读客

读客悬疑文库

认准读客读悬疑，本本都是大师级。

第一部

财富背后，总有犯罪。

——巴尔扎克

第一章

亚美利哥·邦纳塞拉坐在纽约第三刑事法庭里，等待正义得到伸张，等待报应落在那两个家伙头上，他们企图玷污他的女儿，残忍地伤害了她。

法官身材魁梧，他卷起黑袍的袖子，像是要动手惩罚站在法官席前的两个年轻人。他脸色冰冷，神情鄙夷。可是，眼前这一切却有什么地方不对劲，亚美利哥·邦纳塞拉感觉到了，此刻却还不理解。

“你们就像最堕落的变态。”法官厉声说。对，就是，亚美利哥·邦纳塞拉心想。畜生，畜生。两个年轻男人留着油亮的平头，脸蛋刮得干干净净，装出虔诚悔悟的神情，顺从地垂着脑袋。

法官继续道：“你们的表现活像丛林野兽，好在没有侵犯那可怜的姑娘，否则我一定关你们二十年大牢。”法官略一犹豫，一见难忘的粗眉底下，眼神朝脸色灰黄的亚美利哥·邦纳塞拉悄悄一闪，旋即望向面前的一叠鉴定报告。他皱起眉头，耸起肩膀，仿佛要压服油然而生的渴望。他重新开口。

“不过，考虑到你们年纪尚小，没有犯罪记录，家庭体面，而法律的出发点不是报复，因此我判处你们入感化院改造三年，缓期执行。”

要不是从事了四十年的殡葬行当，排山倒海而来的打击和仇恨肯定会爬上亚美利哥·邦纳塞拉的脸庞。漂亮的小女儿还在医院里，靠钢丝箍住断裂的下颌，两个小畜生居然要逍遥法外了？审判从头到尾就是一场闹剧。他望着快乐的父母围住爱子。天哪，他们现在多么快乐，居然满脸微笑。

酸涩的黑色胆汁涌上喉咙，穿过紧咬的牙关满溢而出。邦纳塞拉取出胸袋里的白色亚麻手帕，按在嘴唇上。他站在那里，两个年轻人大踏步走下过道，狂妄而无所顾虑，笑嘻嘻的，甚至都没怎么看他。他望着他们走过，一言不发，用崭新的手帕压着嘴唇。

他们的父母走近了，两对男女和他年龄相仿，但衣着更有美国风范。他们瞥了他一眼，虽说面露惭色，眼里却流露出得意洋洋的藐视。

邦纳塞拉失去控制，探身对着过道大喊，嗓音嘶哑：“你们也会像我一样流泪！我要让你们流泪，就像你们的孩子让我流泪……”手帕举到了眼角。殿后的辩护律师把客户向前赶，父母紧紧围住两个年轻人，他们正沿着过道向回走，像是要去保护父母。大块头法警立刻堵住邦纳塞拉的那排座位。其实并没有这个必要。

亚美利哥·邦纳塞拉定居美国多年，相信法律和秩序，因而事业兴旺。此时此刻，尽管恨得七窍生烟，买把枪杀了这两个人的念头仿佛要挣脱头骨，但邦纳塞拉还是扭头对仍在拼命理解情况的妻子解释说：“他们愚弄了我们。”他顿了顿，下定决心，不再害怕代价，“为了正义，我们必须去求唐·柯里昂。”

洛杉矶一个富丽堂皇的酒店套房里，约翰尼·方坦烂醉如泥，活脱脱一个寻常的吃醋丈夫。他四仰八叉躺在红色沙发上，抓起苏格兰威士忌酒瓶对着嘴喝，又把嘴唇泡进装着冰块和水的水晶玻璃桶冲掉酒味。凌晨四点，他喝得天旋地转，幻想等趾高气扬的老婆一回家就干掉她。但前提是她愿意回家才行。这会儿打电话给前妻问候孩子实在太晚，事业急转直下的人打电话给朋友似乎也不太妥当。有段时间他们凌晨四点接到电话会高兴得受宠若惊，但如今只可能觉得厌倦。想起当年走上坡路那会儿，约翰尼·方坦的烦心事还迷住过美国几位最耀眼的女星呢，他不禁自嘲地对自己笑了笑。

正在痛饮苏格兰威士忌，他总算听见妻子把钥匙插进了锁眼，但他只顾喝酒，直到她走进房间，在他面前站住。他眼中的老婆还是那么美丽，天使脸孔，深情的紫罗兰色眼眸，纤细柔弱但凹凸有致的身体。她的美在银幕上被放大无数倍，超脱世俗。全世界数以亿计的男人都爱上了玛格特·艾什顿的这张脸，肯掏钱在银幕上观赏它。

“你他妈去哪儿了？”约翰尼·方坦问。

“出去鬼混。”她答道。

她低估了他的醉酒程度。他跳过鸡尾酒桌，抓住她的喉咙。但是，一凑近这张有魔力的脸，这双紫罗兰色的可爱眼睛，怒火凭空消散，他又变得无所适从。她犯了错误，看见他收起拳头，露出嘲讽的笑容。她喊道：“别打脸，约翰尼，还要拍戏呢。”

她哈哈大笑。他一拳打在她肚子上，她跌倒在地。他摔在她身上，她拼命喘息，他能闻到她芬芳的呼吸。拳头落在她的胳膊和光滑的棕褐色大腿肌肤上。他痛揍她，像是回到多年前纽约的地狱厨房，他还是个逞凶斗狠的少年，正在殴打流鼻涕的小孩。他能让对方吃苦头，但不会因为掉了牙齿或者打断鼻梁而破相。

可是，他揍得不够重。他下不了手。她对他咯咯傻笑。她摊开四肢躺在地上，织锦长衣拉到大腿根，一边咯咯笑一边奚落他。“来呀，捅进来呀。你倒是捅进来啊，约翰尼，你真正想要的是这个吧。”

约翰尼·方坦站起身。他憎恨地上的这个女人，但她的美貌仿佛魔力盾牌。玛格特翻个身，舞蹈演员似的一跃而起，面对他站住。她跳起孩子的嘲笑舞步，唱着说：“约翰尼永远不会伤害我，约翰尼永远不会伤害我。”随后板起美丽的脸蛋，近乎于哀伤地说，“可怜的傻瓜浑蛋，打得我不痛不痒像个小孩。唉，约翰尼，永远是个傻乎乎意大利佬，那么浪漫，连做爱都像小孩，还以为打炮真像你唱的那些白痴小调。”她摇摇头，说，“可怜的约翰尼。再会了，约翰尼。”她走进卧室，他听见她转动钥匙锁门。

约翰尼坐在地上，脸埋在手里。屈辱得想吐的绝望淹没了他。但没过多久，帮他在好莱坞丛林活下来的草根韧性使他拿起电话，叫车送他去机场。有个人能救他。他要回纽约。回去找那个有权力、有智慧、让他信任的人。他的教父，柯里昂。

面包师纳佐里尼和他烤的意式长棍一样敦实，一样硬邦邦；他满身面粉，怒视老婆、正值婚龄的女儿凯瑟琳和帮工恩佐。恩佐换上了带绿字臂章的战俘制服，害怕这一幕会搞得他来不及回总督岛报到。他是成千上万的意大利战俘之一，每天假释出来为美国经济作贡献，他生活在持续的恐惧之中，唯恐假释被撤销。因此正在上演的这一幕小小喜剧，对他来说却严肃得无以复加。

纳佐里尼恶狠狠地问：“是不是你羞辱了我的家庭？战争已经结束，你知道美国要把你踢回遍地狗屎的西西里农村，所以给我女儿留了个小包裹做纪念？”

恩佐个头很矮，但筋骨强健，他伸手按住心口，虽然几乎泪流满面，但说起话来口齿伶俐：“主人，我向圣母发誓，我绝没有辜负你的善意。我全心全意敬爱你的女儿。我全心全意向她求婚。我知道我配不上她，他们要是送我回意大利，我就永远也没法回美国了，就永远没法娶凯瑟琳了。”

纳佐里尼的妻子菲洛蒙娜这时候开口了。“别犯浑，”她对矮胖的丈夫说，“你知道该怎么做。留下恩佐，让他去长岛和我们的远亲待在一起，避避风头。”

凯瑟琳在哭。她已经开始发福，不怎么漂亮，还长着淡淡的胡须。她永远也找不到第二个像恩佐这么英俊的男人肯娶她，肯带着尊重和爱意抚摸她的隐私部位了。“我愿意去意大利生活，”她朝父亲尖叫道，“要是你不让恩佐留下，我就离家出走。”

纳佐里尼凶巴巴地瞥了女儿一眼。他这个女儿啊，是个“烫手货”。他亲眼见过，恩佐从她背后挤过去，把刚出炉的热长棍放进柜台上的篮子里，女儿用圆滚滚的臀部磨蹭恩佐的下体。纳佐里尼下流地想：要是不采取恰当的措施，小流氓的热长棍就要钻进他女儿的烤炉了。恩佐必须留在美国，成为美国公民。能安排这种事情的，天底下只有一个人——教父唐·柯里昂。

上述所有人，还有其他许多人，都收到了华美精致的请柬，出席定于一九四五年八月最后一个星期六举行的康丝坦齐娅·柯里昂小姐的婚礼。新娘的父亲唐·维托·柯里昂尽管已经搬进长岛大宅，但从不忘记老朋友和旧邻居。招待宴会将在那幢大宅举办，欢庆仪式会持续一整天。毫无疑问，这次社交活动将分外盛大。和日本的战争刚刚结束，不必担心战场上的儿子，人们正需要一场婚礼来显示内心的欢乐。

就这样，在那个星期六早晨，唐·柯里昂的亲朋好友涌出纽约城，前来表达敬爱之意。他们送来的贺礼是塞满米黄色信封的现金，而不是支票。每个信封里都有一张卡片，标明送礼人的身份和他对教父奉献了多少敬意。每一分敬意教父都当之无愧。

人人向唐·维托·柯里昂求助，希望也从不落空。他不许空头支票，不找借口掩饰懦弱，说什么世上还有更强大的力量束缚他的双手。他不必是你的朋友，连你有没有能力报答也无关紧要。不可或缺的条件只有一个：你，你本人，要承认你对他的友谊。满足了这个条件，无论求助者多么贫穷多么卑微，唐·柯里昂都会把他的麻烦放在心上。为了解决求助者的灾难，他不会允许任何事情挡道。报答？友谊而已，以“唐”尊称他，时不时也用更有感情色彩的“教父”头衔。偶尔再送点朴素的小礼物——一加仑家酿的葡萄酒，一篮为他家圣诞餐桌特别烘制的胡椒烤饼——仅仅是为了表示尊敬，绝不图利。大家心照不宣，这只是善意的姿态，表达你欠他的人情，他有权随时请你做点什么小事抵债。

今天这个大喜之日，他女儿出嫁的日子，唐·维托·柯里昂站在长滩家的门口接待宾客，他认识每一个人，他信任每一个人。

很多人多亏了唐才过上了舒适的生活，在这个亲密的场合可以当面称呼他“教父”。连庆典上负责招待的人也都是朋友。酒保是他的老伙计，礼物就是婚宴的全部酒水和他本人娴熟的技术。侍应生是唐·柯里昂几个儿子的朋友。花园餐台上的食物由唐的妻子和她的朋友烹制，花园足有一英亩大，张灯结彩，喜气洋洋，装饰出自新娘的密友之手。

唐·柯里昂招待每个人都同样热情，无论对方是穷是富，位高权重或者微不足道。他不怠慢任何一位。这就是他的性格。宾客纷纷称赞他身穿燕尾服多么风度翩翩，外人见了很容易以为唐就是幸运的新郎。

三个儿子里有两个陪他站在门口。老大的受洗教名是桑蒂诺，不过除父亲之外人人管他叫桑尼，年长的意大利人斜眼打量他，年轻的则一脸仰慕。就意大利父母在美国生下的第一代而言，桑尼·柯里昂个子算是很高了，差不多六英尺，加上剃成平头的浓密卷发，显得还要再高一点。他浓眉大眼，五官端正，长得像爱神丘比特，厚实的弓形嘴唇饱含肉欲，浅凹的下巴莫名地淫邪。他体格健壮如公牛，大家都知道上帝赋予他得天独厚的本钱，他的妻子把自己当成烈士，对婚床的恐惧不亚于当年异教徒害怕拷问台。有传闻说他年轻时常逛名声不好的院子，连最老练、无畏的老妓女，敬畏地检查过他偌大的家伙后，也要了双倍的价钱。

就在婚宴现场，几个大屁股大嘴巴的年轻妇人自信而节制地打量着桑尼·柯里昂。可是这次她们恐怕是在浪费时间了，因为桑尼·柯里昂已经准备对妹妹的伴娘露西·曼奇尼下手了，虽然他的老婆和三个孩子也在场。这姑娘也心领神会，身穿粉色礼服坐在花园餐桌前，油亮的黑发上戴着花冠。上周彩排的时候，她已经在和桑尼打情骂俏，那天上午更是在圣坛前捏了他的手。毕竟是姑娘家，只能做到这一步了。

桑尼没法成为他父亲那种了不起的男人，但露西并不在乎。桑尼·柯里昂有力量，有勇气。他很慷慨，心胸和硕大的本钱一样让人折服。然而，他欠缺父亲的谦逊，脾气暴躁而炽烈，导致他连连判断失误。尽管他是父亲事业的好帮手，不过很少有人相信他能接班。

二儿子弗雷德里科，大家叫他弗雷德或弗雷迪，是每个意大利人都会向圣贤祈求自己也能生一个的那种孩子。他孝顺忠诚，随时为父亲效劳，三十岁了还和父母同住。他个头不高，身材结实，并不英俊，但也有一颗家族遗传的爱神脑袋，浓密的卷发，圆润的脸庞，性感的弓形嘴唇。不过在弗雷德脸上，那双嘴唇并无肉欲，而是犹如花岗岩雕像。他性格阴郁，是父亲的左膀右臂，从不和父亲顶嘴，从不和女人勾三搭四，让父亲脸上无光。尽管有这么多优点，可他缺乏对领袖而言必不可少的人格魅力和兽性，也没有人指望他能继承家业。

三儿子迈克尔·柯里昂没有站在父亲和两个兄长的旁边，而是在花园找了个最僻静的角落，坐在一张酒桌前。即便如此，他还是躲不过家族亲友的关注。

迈克尔·柯里昂是唐最小的儿子，也是唯一拒绝那位大人物摆布的孩子。他没有其他孩子的浓眉大眼爱神脸，连乌黑的头发都不打卷，而是满头直发。他纯净的橄榄棕肤色放在女孩身上肯定很美丽，他那种英俊颇为清秀。说实话，唐曾经担心过小儿子的男性气概。直到迈克尔·柯里昂长到十七岁，他的担忧才烟消云散。

此时此刻，他的小儿子坐在花园最偏僻的角落里，以显示他存心疏远父亲和家人。坐在他身边的美国女孩，人人都听说过，但直到今天才亲眼见到。恰当的礼数他当然不会忽略，他介绍她认识了在场各位，包括他的家人。家里人对她印象一般。她太瘦，太白，脸孔对女人来说过于精明，举止对姑娘家来说过于随便。连名字听起来都那么怪异，她自称凯·亚当斯。就算她告诉大家她的家族两百年前定居美国，这个姓无人不知，他们恐怕也只会耸耸肩。

客人都注意到唐并不特别关注小儿子。迈克尔在战前曾是他的宠儿，似乎只等时机成熟，唐就会选择他继承家业。他继承了大人物父亲的沉稳魄力和智慧，天生的本能使得人们不得不尊敬他。二战爆发后，迈克尔·柯里昂志愿加入海军陆战队，违抗了父亲的明确命令。

唐·柯里昂不愿意也没兴趣让小儿子因为效忠一个与他无关的政权而送命。他已经贿赂好医生，私下里作了各种安排，花费大量金钱做足预防措施。可是，迈克尔已年满二十一岁，谁也扭转不了他的个人意愿。他参军，跨过太平洋作战，晋升上尉，赢得奖章。1944年，《生活》杂志刊登了他的照片和赫赫战功。朋友把杂志拿给唐·柯里昂看（家人没这个胆子），唐轻蔑地嘟哝了几句，说：“他为陌生人创造了那些奇迹。”

1945年，正在养伤的迈克尔·柯里昂提前退伍，他压根不知道是父亲安排了他的退役。他在家里住了几个星期，没和任何人商量，突然去了新罕布什尔州汉诺佛的达特茅斯学院，就此离开父亲的住所。这次回来一方面是参加妹妹的婚礼，另一方面是让家里人见见他的未婚妻，一个苍白无力的美国姑娘。

有几位宾客的人生格外多姿多彩，迈克尔·柯里昂在用他们的小趣闻逗凯·亚当斯开心。她觉得这些人异乎寻常，迈克尔因此觉得很好玩，她见了新鲜和陌生的事物总是目光炯炯，这和往常一样迷住了迈克尔。最终一小群人吸引住了她的视线，他们都聚集在家酿葡萄酒的木桶旁。那几个人分别是亚美利哥·邦纳塞拉、面包师纳佐里尼、安东尼·科波拉和卢卡·布拉齐。她用她一向敏锐的眼力指出这四个人显得不怎么开心。迈克尔微笑道："对，他们是不开心。他们在等着私下见我父亲。求他办事。"很容易就看得出，四个人的眼神须臾不离唐的身影。

唐·柯里昂站在门口欢迎宾客，一辆黑色雪佛兰轿车开过来，在林荫路的另一侧停下。前排的两个男人从上衣口袋里掏出记事本，毫不掩饰地抄写附近车辆的牌号。桑尼扭头对父亲说："那边的两个家伙，肯定是警察。"

唐·柯里昂耸耸肩。"马路又不是我家的，他们爱干什么就干什么。"

桑尼五官粗重的爱神脸气得通红。"下贱的狗杂种，什么都不尊重。"他走下门前台阶，穿过林荫道，来到黑色轿车停泊的地方。他愤怒地把脸凑近司机，司机没有畏缩，而是打开皮夹，亮出绿色证件。桑尼一言不发地后退，朝轿车后门啐了一口，扬长而去。他希望司机能跳出轿车追上来，但司机无动于衷。他回到台阶上，对父亲说："联邦调查局的在抄车牌号码，没礼貌的浑蛋。"

唐·柯里昂知道他们是谁。他最亲近的朋友早已得到提醒，别乘自己的轿车出席婚礼。尽管他并不赞同儿子傻愣愣地展示怒火，但儿子发发脾气也有好处，让不速之客们误以为他们的“意外”出现让人措手不及。唐·柯里昂本人并不生气。有个道理他早就弄清楚了，那就是你必须承受社会强加的侮辱，因为他明白，连最卑微的人，只要时刻擦亮眼睛，就迟早能抓住机会，报复最有权势的人。正是明白这个道理，唐才从不放弃他的谦逊风度，所有朋友都对此敬佩有加。

宅邸背后的花园里，四人乐队开始演奏。宾客都已到齐。唐把不速之客抛诸脑后，领着两个儿子走向婚宴现场。

几百名客人聚集在宽敞的花园里，有些在鲜花点缀的木台上跳舞，有些坐在摆满喷香食物和大罐家酿红酒的长桌边。新娘康妮·柯里昂光彩夺目，同新郎、伴娘、女傧相和迎宾员坐在一张特别垫高的餐桌周围。乡村风格的布置符合意大利传统，却不对新娘的胃口，但康妮选择这个丈夫已经触怒了父亲，因此只好用一场“黑皮”[1]式婚礼讨好他。

新郎卡洛·里齐是个混血儿，父亲是西西里人，母亲祖籍意大利北方，他遗传了母亲的金发蓝眼。卡洛的父母住在内华达州，他惹了点官司，不得不离开那里。他在纽约认识了桑尼·柯里昂，进而认识了桑尼的妹妹。唐·柯里昂当然派过几个信得过的朋友去内华达，他们汇报说卡洛和警方的纠葛是因为卡洛玩枪不慎，问题不严重，很容易就能抹掉记录，让他清白做人。他们还带回了有关内华达州合法赌博的情报，唐对此很感兴趣，最近一直在惦记这档子

1 Guinea：对意大利裔美国人的蔑称。

事。唐高明的手段之一，就是把利益的来源分布在不同的行当。

康妮·柯里昂不算漂亮，瘦巴巴的，有点神经质，以后肯定是个泼妇。但今天不同，白色婚纱和献出贞操的渴望改变了她，她容光焕发，几乎称得上美丽。木头桌面底下，她的手搁在新郎肌肉发达的大腿上，噘起爱神式的弓形嘴唇，隔着空气亲吻他。

她觉得卡洛·里齐英俊得无以复加。卡洛·里齐小时候曾顶着烈日在荒漠里劳作，做非常辛苦的体力活儿，因此前臂和肩膀异常粗壮，燕尾服撑得鼓鼓囊囊的。他沐浴在新娘爱慕的视线中，为新娘斟满酒杯。他待她格外殷勤，仿佛两人是同台的演员，但眼睛不时扫向新娘挎在右肩上的特大号丝绒手包，装现金的信封填满了手包。到底有多少？一万？两万？卡洛·里齐微微一笑。这还只是开始。他总算和豪门结亲了，他们会照顾好他的。

客人里有个衣冠楚楚的年轻人，油光水滑的雪貂脑袋，也在打量那个丝绒手包。保利·加图盘算着该怎么一把抢走那个胀鼓鼓的钱袋。想一想就让人开心。不过他知道这只是无聊无害的妄想，就像小孩做梦用气枪打倒坦克。他望着上司彼得·克莱门扎，中年胖子绕着几个姑娘在木头舞台上跳欢快的塔兰台拉民间舞。克莱门扎的个头高得吓人，块头也大得吓人，舞步娴熟而放肆，用硬邦邦的肚皮色迷迷地挨碰比他年轻得多也矮小得多的姑娘们的胸部，宾客们不禁鼓掌喝彩。年纪较大的女人抓住他的胳膊，争抢下一轮的舞伴位置。年纪较小的男人恭敬地让出舞池，伴着曼陀林狂放的节奏拍巴掌。克莱门扎终于瘫坐在椅子上，保利·加图端来一杯冰镇的黑葡萄酒，掏出丝绸手帕帮他擦拭汗流不止的朱庇特额头。克莱门扎大口喝酒，鲸鱼似的喘气。他没有对保利道谢，而是直截了当地说：“别杵在这儿当舞蹈裁判，去做你该做的事情。到附近多走两圈，看看有什么问题。”保利连忙钻进人群。

乐队暂停休息。一个叫尼诺·瓦伦蒂的年轻人捡起他们放下的曼陀林，抬起左脚踏着座椅，唱起粗俗的西西里情歌。尼诺·瓦伦蒂面容英俊，但因为常年饮酒而肿胀。他这会儿已经有点醉了，翻着白眼，舔着舌头，唱出淫秽的歌词。女人们开心尖叫，男人们跟着歌手喊出每个小节的最后一个词。

唐·柯里昂在这种事情上出了名地死板，尽管他的矮胖老婆兴高采烈地跟着大家起哄，他却一转身钻进屋子里。桑尼·柯里昂看在眼里，起身走向新娘的餐桌，在年轻的伴娘露西·曼奇尼身边坐下。他俩很安全。桑尼的妻子在厨房，忙着完成婚礼蛋糕的最后装饰。桑尼咬着女孩的耳朵说了几个字，女孩起身离开。桑尼等了几分钟，假装漫不经心地跟上去，他挤过人群，时不时停下和宾客聊几句。

所有人的眼睛都盯着他们。伴娘念了三年大学，已经完全成了美国人，是个名声在外的成熟女孩。婚礼彩排的时候，她从头到尾都在用挑逗和玩笑与桑尼·柯里昂调情，既然他是伴郎，和她在婚礼上扮演一对儿，她觉得这么做是受到允许的。她挽起粉色长袍，走进屋子，装出天真的笑脸，轻快地跑上楼梯，进了卫生间，在里面待了一小会儿。等她出来，看见桑尼·柯里昂在上面一层的楼梯平台向她招手。

唐·柯里昂的“办公室”是个略微垫高的拐角房间，此刻关着窗户，汤姆·黑根隔着玻璃俯视张灯结彩的花园婚宴。他背后的贴墙书架堆满法律书籍。黑根是唐的律师和顾问，是家族最重要的下属。他和唐在这个房间里解决了许多棘手问题，所以当他看见教父离开婚宴走进屋子，他就知道了，即便今天是大喜之日，有些小事还是非得处理不可，唐要来找他。紧接着，黑根看见桑尼·柯里昂和露西·曼奇尼咬耳朵，还有他尾随露西走进屋子的那一幕小小喜剧。黑根做个鬼脸，考虑要不要告诉唐，最后决定还是算了。他走到办公桌前，拿起手写的名单，列出的人都已得到私下面见唐·柯里昂的许可。唐走进房间，黑根把名单递给他。唐·柯里昂点点头，说："邦纳塞拉留到最后。"

黑根推开法式双开门，径直走进花园，走向聚在酒桶周围的央求者，指了指胖乎乎的面包师纳佐里尼。

唐·柯里昂用拥抱欢迎面包师。他们在意大利是小时候的玩伴，长大了也还是好朋友。每年复活节都有新鲜出炉的凝脂奶油麦芽派送到唐·柯里昂的家里，脆皮烤得金黄，又大又圆，堪比卡车轮胎。逢到圣诞节和家族成员的生日，纳佐里尼就用鲜美的奶油酥点表达敬意。这些年，不管生意好坏，纳佐里尼总是高高兴兴地向唐年轻时创立的面包业协会缴纳费用，除了战争期间希望能在黑市买到物价局的糖票之外，从没求过任何人情。现在这位忠诚的朋友有机会恳请援助了，唐·柯里昂很愿意答应他的请求。

他递给面包师一根"高贵"雪茄，一杯黄色"女巫"利口酒，按着面包师的肩膀，鼓励他说下去。这是唐有人情味的一面。他也有过苦涩的经历，知道一个人求人帮忙需要多少勇气。

面包师讲述女儿和恩佐的事情。一个意大利西西里的年轻人，被美国军队俘虏，以战俘身份来到美国，假释出来为美国的战事作贡献！诚实的恩佐和不谙世事的凯瑟琳萌发了纯洁而高尚的感情，但如今战争结束，可怜的小伙子要被遣返意大利，纳佐里尼的女儿肯定会心碎欲绝。只有教父柯里昂能帮助这对苦恼的男女。他是他们最后的希望。

唐陪着纳佐里尼踱来踱去，手按着面包师的肩膀，同情地点着头，鼓舞面包师的勇气。等他终于讲完，唐·柯里昂笑着对他说："我亲爱的朋友，你可以不用担心了。"他开始仔细解释他的解决之道。首先向本选区的国会议员请愿。再由国会议员提出特别法案，允许恩佐入籍美国。法案肯定能在国会通过。这是恶棍狼狈为奸的特权。唐·柯里昂解释说办事需要钱，现行价格是两千块。他，唐·柯里昂本人，愿意保证事情顺利办成，费用由他代收。朋友你说怎么样？

面包师拼命点头。他早知道办这么大的事情肯定得花钱。完全可以理解。国会的特别法案可不便宜。纳佐里尼感激得热泪盈眶。唐·柯里昂陪他走到门口，保证派得力干将去找面包师，安排妥当所有细节，整理一应必须文书。面包师使劲拥抱他，随后消失在花园里。

黑根对唐笑着说："纳佐里尼倒是做了一笔好投资。两千块一个女婿和一个面包房的终身帮工。"他顿了顿："交给谁办？"

唐·柯里昂蹙眉思考道："别找我们的人。交给隔壁选区的犹太佬。换个家庭住址。战争结束，估计会有很多类似的事。得在华盛顿再安排几个人，处理我们办不完的事情，免得价格上涨。"黑根在记事簿里做笔记，"别找鲁特科议员，试试费歇尔。"

黑根带进来第二个人，他的问题很简单。他叫安东尼·科波拉，父亲是唐·柯里昂年轻时在铁路货场的工作伙伴。科波拉想开比萨店，购置设施和特制烘箱需要五百块定金。出于某些无法深究的原因，对方不接受赊账。唐从衣袋里摸出一卷钞票。数量不够，他做个鬼脸，对汤姆·黑根说：“借我一百块，星期一我去了银行还你。”央求者再三声明，说四百块就够了，但唐·柯里昂拍拍他的肩膀，抱歉地说：“婚礼开销太大，搞得我有点缺现金。”他接过黑根递过来的钱，和他的那卷钞票一起塞给安东尼·科波拉。

黑根一言不发地望着这一幕，眼中满是仰慕。唐时常教导大家，必须用自己的风格表现慷慨。安东尼·科波拉这么一个人，唐这样的大人物居然找旁人借钱供他办事，你说他会多么受宠若惊。倒不是说科波拉不知道唐是百万富翁，而是有几个百万富翁会因为穷朋友而忍受哪怕一丁点儿不方便呢？

唐抬起头，像是在问下一个是谁。黑根答道：“卢卡·布拉齐，不在名单上，但他想见你。他明白他见不得人，可他想当面祝贺你。”

唐第一次露出不愉快的神色，他回答得拐弯抹角。“非得见他？”他问。

黑根耸耸肩。“你比我更熟悉他。不过你请他参加婚礼，他已经感恩戴德了。他没料到你会请他，估计他想表达一下谢意。”

唐·柯里昂点点头，打手势示意带卢卡·布拉齐来见他。

花园里，卢卡·布拉齐紫胀狂暴的脸色吓住了凯·亚当斯。她向迈克尔打听他。迈克尔之所以带凯参加婚礼，就是想让她慢慢了解他父亲的真面目，免得到时候大吃一惊。不过到目前，她似乎只把唐看作不怎么守规矩的生意人。迈克尔决定兜着圈子告诉她部分实情。他解释说卢卡·布拉齐是东部地区黑社会最可怕的角色之一，据说头号天赋就是能单枪匹马执行杀人任务，不需要帮凶协助，所以法律不可能发现他的罪行并给他定罪。迈克尔做个鬼脸，说："我不知道这些说法有多少是真的，但我知道他算是我父亲的朋友。"

凯终于有点明白了，她半信半疑地问："你不是想说这种人是你父亲的部下吧？"

他不想再顾及太多，直截了当答道："差不多十五年前，有几个人想夺走我父亲的进口油生意。他们刺杀他，险些成功。卢卡·布拉齐杀上门去，风传他在两周内干掉了六个人，终结了著名的橄榄油战争。"他笑得仿佛在说笑话。

凯打个寒战："你是说你父亲被黑帮放过冷枪？"

"十五年前，"迈克尔说，"从此就风平浪静了。"他害怕他说得太多了。

"你想吓唬我对不对？"凯说，"不想和我结婚就直说嘛。"她笑着用胳膊肘戳他的侧肋，"非常聪明。"

迈克尔报以微笑，说："只是希望你考虑清楚而已。"

"他真的杀了六个人？"凯问。

"报纸这么说的，"迈克说，"反正没有证据。不过，有一桩他的事谁也不肯说。估计太恐怖了，连我父亲都避而不谈。汤姆·黑根知道，但不肯告诉我。有次我跟他开玩笑，说，'我得长到几岁才有资格听卢卡的那桩事？'汤姆答道，'一百岁吧。'"迈克尔抿了一口红酒，"事情肯定非同小可。卢卡也肯定不是平常人。"

地狱魔鬼见了卢卡·布拉齐也要害怕，他身材矮壮，骨架粗大，出现在哪儿，哪儿就警笛长鸣。他那张脸永远一副凶相。眼睛是棕色的，但毫无这种颜色的暖意，而是呈现出死气沉沉的黄褐色。嘴巴与其说残忍，不如说了无生机：薄嘴唇，橡皮质地，色如嫩牛肉。

布拉齐的残暴名声令人生畏，但对唐·柯里昂的忠诚也众所周知。有几根栋梁支撑起唐的权力大厦，他就是其中之一。他这种角色可不常见。

卢卡·布拉齐不怕警察，不怕社会，不怕上帝，不怕地狱，不怕也不爱身边的同伴。但是，他选择了心甘情愿地敬畏和爱戴唐·柯里昂。可怕的布拉齐来到唐面前，毕恭毕敬，手足无措。他结结巴巴地说了些锦上添花的贺词，一本正经地祝愿唐的第一个外孙是男孩。他奉上塞满现金的信封，是给新郎新娘的礼物。

这就是他的全部目的了。黑根注意到了唐·柯里昂的变化。唐接待布拉齐就像皇帝接见立下汗马功劳的臣子，并不特别亲昵，而是带着王者的尊严。唐·柯里昂的每个手势和每句话都表明他非常看重卢卡·布拉齐。对于布拉齐将礼物亲手交给他本人，他没有显露出丝毫惊讶。他理解其中的意义。

信封里的钱肯定比别人给的多。布拉齐考虑了好几个钟头才定下数目，和其他客人有可能送出的金额比了又比。他想当最慷慨的一个人，以表达他最尊敬唐，因此他非得把信封交到唐本人手里才行，这么做当然很笨拙，但唐没有理会，只是也用好听的词句表达谢意。黑根看着卢卡·布拉齐凶狠的脸变得满是自豪和喜悦。布拉齐亲吻唐的手背，走出黑根为他拉开的房门。黑根不多不少地对布拉齐露出友善的笑容，矮壮的男人彬彬有礼地扯了扯嫩牛肉颜色的橡皮嘴唇，以此还礼。

门徐徐关上，唐·柯里昂轻轻地长出一口气。全世界只有布拉齐能让他紧张。这家伙就像自然界的力量，实在不是能驯服的对象。对待他必须像处理炸药那样谨慎。唐耸耸肩。就算是炸药，也有办法引爆而不造成伤害。他探询地望着黑根："只剩下邦纳塞拉了？"

黑根点点头。唐·柯里昂蹙眉思考，然后说："带他进来之前，先叫桑蒂诺过来。他该学着点儿。"

黑根来到花园里，心急火燎地寻找桑尼·柯里昂。他请邦纳塞拉耐心等待，走到迈克尔·柯里昂和女朋友身边，问："见到桑尼了吗？"迈克尔摇摇头。该死，黑根心想，要是桑尼还在搞伴娘，那就麻烦了。桑尼的老婆和伴娘的家族要是发现了，那就是一场灾难。他急忙走向半小时前看见桑尼进去的那扇门。

见到黑根走进屋子，凯·亚当斯问迈克尔·柯里昂："他是谁？你介绍说他是你哥哥，但他和你不是一个姓，而且怎么看都不是意大利人。"

"汤姆十二岁开始就和我们住在一起了，"迈克尔说，"父母双亡，他在街头流浪，眼睛严重感染。一天夜里，桑尼带他回家，他从此就住下了。他没别的地方可去，结婚以后才搬走。"

凯·亚当斯激动起来。"多么浪漫啊，"她说，"你父亲肯定是个热心肠，已经有好几个子女了，还二话不说就又收养了一个。"

迈克尔懒得说明意大利移民觉得四个孩子委实不多，只是答道："没有收养汤姆，他只是和我们住在一起。"

“噢，”凯说，随后又好奇道，“为什么不收养他？”

迈克尔笑道：“因为我父亲说要汤姆改姓是不尊重他，不尊重汤姆的亲生父母。”

他们看见黑根赶着桑尼穿过法式双开门，走进唐的办公室，然后对亚美利哥·邦纳塞拉勾勾手指。“他们为什么要在今天这种日子拿公事打扰你父亲？”凯问。

迈克尔又笑道：“因为他们知道，按照传统，西西里人不能在女儿结婚的日子拒绝请求，也没有哪个西西里人会让这种机会平白溜走。”

露西·曼奇尼挽起粉色礼服，跑下楼梯。桑尼·柯里昂那张浓眉大眼的爱神脸，被酒气和色欲激得通红淫邪，吓得她魂不附体，但她挑逗他一个星期，本来就是为了这个。她在大学里有过两段恋情，不但没什么感觉，而且两次都没超过一个星期。和第二个情人拌嘴的时候，他抱怨说什么她“下面太大”。露西明白了，直到学期结束都拒绝再赴任何约会。

夏天，她帮最好的朋友康妮·柯里昂准备婚礼，听到人们传桑尼的闲话。一个星期天下午，在柯里昂家的厨房，桑尼的老婆珊德拉说得百无禁忌。珊德拉是个好脾气的粗鄙妇人，出生在意大利，小时候来到美国。她身体健壮，奶子硕大，结婚五年，已经生了三个孩子。珊德拉和其他妇人用婚床的恐怖故事挑逗康妮。“我的天，”珊德拉咯咯笑道，“第一眼瞅见桑尼那根铁棒，想到他要把那玩意儿捅进我身体里，我吓得直喊救命。过了第一年，我那里面软得就像通心粉煮了一个钟头。每次听说他睡了别的姑娘，我就去教堂点根蜡烛。”

她们哈哈大笑，只有露西觉得两腿之间阵阵发紧。

她跑上楼梯，奔向桑尼，难以抑制的欲望淌遍全身。来到拐角平台上，桑尼抓住她的手，拽着她沿着走廊钻进一间空卧室。门在背后关上，她两腿发软。她感觉到桑尼的嘴贴上她的嘴，他的嘴唇散发烟草烧焦的苦味，她张开了嘴。桑尼的手摸进了伴娘礼服，被分开的衣料发出沙沙声，露西感觉到一只热烘烘的手出现在了她两腿之间，分开丝绸内裤，爱抚她。她搂住他的脖子，吊在半空中，等他解开长裤。他用双手抱起她赤裸的臀部，举起她。他的舌头探进她的嘴里，她使劲吸吮。他拼命一顶，她的脑袋撞在门上。她感觉到某个炽热的东西穿过她的两腿之间。她的右手松开他的脖子，下去给他引路。进入时的一刺，那种难以想象的愉悦让她不由得惊叫一声，几乎把双腿提起来绞住他的脖子；不知道多少次，她承受着折磨；她的骨盆越抬越高，终于平生第一次颤抖着达到了高潮。她缠住他身体的双腿慢慢松开，滑下来落回地面。两人彼此偎依，气喘吁吁。

两人本来可以再亲热一会儿，但轻轻的敲门声打断了他们。桑尼连忙扣上裤子，用身体堵住房门，免得外面的人进来。露西慌慌张张地抚平粉色长袍，眼睛闪闪发亮，但带给她无数欢愉的东西已经藏进了庄重的黑色礼服里。他们听见汤姆·黑根的低沉叫声：“桑尼，在里面吗？”

桑尼松了一口气，朝露西使个眼色：“在，汤姆，什么事？”

黑根的声音仍旧很低：“唐要你去他的办公室。就现在。”桑尼和露西听见他走远的脚步声。桑尼等了几秒钟，等露西使劲亲吻他的嘴唇，然后溜出房门，跟着黑根去了。

露西梳理头发，检查一遍衣服，拉起吊袜带。她的身体感觉受了擦伤，嘴唇软乎乎的一碰就疼。她走出房门，尽管觉得两腿之间黏糊糊湿漉漉的，但没有去卫生间清洗，而是径直下楼梯去了花园。她回到新娘那张餐桌，在康妮身旁坐下，康妮愠怒地叫道："露西，你去哪儿了？怎么像是喝醉了，现在不许再走开了。"

金发新郎给露西斟了一杯葡萄酒，心领神会地笑了笑。露西不在乎。她把深红色的葡萄酒端到灼热的嘴唇边，喝了一大口。她感觉到两腿之间又湿又黏，于是并拢双腿。她的身体在颤抖。她一边喝酒，一边隔着杯沿饥渴地寻觅桑尼·柯里昂。她没兴趣看其他任何人。她咬着康妮的耳朵，顽皮地说："再过几个小时，你就知道是怎么回事啦。"康妮咯咯直笑。露西端庄地把双手叠放在桌上，但掩不住脸上的喜气，就好像偷走了新娘的什么珍宝。

亚美利哥·邦纳塞拉跟着黑根走进拐角房间，见到唐·柯里昂坐在宽阔的写字台前。桑尼·柯里昂站在窗口，望着花园。今天下午，唐第一次显得这么冷酷，他没有拥抱客人，也不和客人握手。脸色灰黄的殡仪馆老板之所以能拿到请帖，仅仅因为他老婆和唐的妻子是好朋友。唐·柯里昂非常反感亚美利哥·邦纳塞拉。

邦纳塞拉的开场白拐弯抹角，颇为巧妙："请您原谅我的女儿，您妻子的教女，她今天无法亲自登门，奉上敬意，因为她还没出院。"他瞥了桑尼·柯里昂和汤姆·黑根一眼，暗示他不想当着他们的面说下去，但唐的心肠可不软。

"我们都知道你女儿遭遇的不幸，"唐·柯里昂说，"要是我能帮得上什么忙，你尽管开口就是了。我妻子毕竟是她的教母。我可忘不了这份荣誉。”这是一份斥责，因为殡仪馆老板从不遵守习俗，用“教父”称呼唐。

邦纳塞拉脸色灰白，直截了当地说：“能和您单独聊聊吗？”

唐·柯里昂摇摇头。“这两位都是我愿意托付性命的人。他们是我的两条右臂。我不能打发他们走开，那太侮辱人了。”

殡仪馆老板闭上眼睛，隔了几秒钟，开始讲述事情经过。他的声音很沉静，这是他用来安慰死者家属的声音。“我按照美国习惯抚养女儿。我相信美国。美国帮我发家。我给女儿自由，但也教她不要让家族蒙羞。她找了个所谓的‘男朋友’，不是意大利人。她和他看电影，很晚回家，但她从没见过他的父母。我接受了这一切，没有反对，这都怪我。两个月前，他拉她去看电影，他还带了个伙伴，两人骗她喝威士忌，企图占她便宜。她奋起反抗，保住了贞操，却被他们像对待畜生似的殴打。我赶到医院，她顶着两个黑眼圈，鼻梁折断，下巴粉碎性骨折。医生得用钢丝箍起来才行。她痛得直哭：‘爸爸，爸爸，他们为什么要那么做？他们为什么要那么对我？’我也哭了。”邦纳塞拉说不下去了，他老泪纵横，但声音没有流露出情感。

唐·柯里昂不怎么情愿地做个同情的手势，邦纳塞拉说了下去，痛苦让他的声音有了人味儿。“我为什么哭？我惹人疼爱的女儿，我的生命之光。一个漂亮的女孩。她以前信任别人，以后再也不会了。她再也不漂亮了。”邦纳塞拉浑身发抖，灰黄色的脸孔涨成了难看的深红色。

“我像正经美国人那样去报警。警察逮捕了那两个小伙子，送他们上法庭接受审判。证据确凿，他们认罪。法官判处他们监禁三年，却缓期执行，审判当天就释放了。我站在法庭上，活像个大傻瓜，那些杂种还对我笑。于是我对老婆说：‘我们必须找唐·柯里昂伸张正义。’”

唐低了低头，对这个男人的痛苦表示尊重。可是，他开口说话的时候，言语却冷冰冰的，像是尊严受到了冒犯。“你为什么报警？为什么不一开始就来找我？”

邦纳塞拉几不可闻地喃喃答道：“您要我怎么做？就说您要什么吧。但请您实现我的恳求。”他的言辞近乎傲慢。

唐·柯里昂正色道：“你的恳求是什么？”

邦纳塞拉瞥了黑根和桑尼·柯里昂一眼，摇摇头。唐坐在黑根的办公桌前，没有起身，只是朝殡仪馆老板探出身子。邦纳塞拉犹豫片刻，随即弯下腰，把嘴唇凑得贴上了唐毛茸茸的耳朵。唐·柯里昂像告解室里的神父似的听着，眼望远方，冷漠而不动声色。这个姿势保持良久，最后邦纳塞拉结束耳语，挺直腰杆。唐抬起眼睛，严肃地打量着邦纳塞拉。邦纳塞拉脸孔通红，毫不畏惧地回视。

末了，唐开口道：“我做不到，你得意忘形了。”

邦纳塞拉提高嗓门，清清楚楚地说：“您要什么我都答应。”听见这话，黑根打个哆嗦，脑袋里一阵抽紧。桑尼·柯里昂抱起双臂，露出冷笑，从窗口转过身，第一次望向房间里的这幕戏。

唐·柯里昂从办公桌前起身。他仍旧不动声色，但声音仿佛冷酷的死神。“我们认识已经很多年了，你和我，”他对殡仪馆老板说，“但直到今天，你从没有征求过我的意见，或者寻求我的帮助。我妻子是你独生女儿的教母，但我记不得你上次请我去你家喝咖啡是什么时候了。你践踏我的友情，唯恐欠我的债。”

邦纳塞拉喃喃道：“我不想惹麻烦。”

唐抬起一只手。“算了，你别说了。你觉得美国是天堂。你生意兴隆，过得不错，以为这世界是个无忧无虑的地方，你可以随心所欲享受快乐。你不用真正的朋友武装自己，因为有警察保护你，还有法院，你和你的家人向他们求助不怕吃亏。你不需要唐·柯里昂。很好。我的感情受了伤害，但我不会把友谊硬塞给并不需要的人，尤其是那些看不起我的人。”唐顿了顿，对殡仪馆老板露出客气但嘲讽的笑容，“今天你却跑来找我，说什么‘唐·柯里昂，请帮我伸张正义’，求我却不尊重我。你没有拿出你的友谊。你在我女儿结婚的日子来找我，要我去杀人，还说什么——”唐轻蔑地模仿道，“‘您要什么我都答应。’不，不，我并不生气，我只想知道，我做了什么，害得你待我这么缺乏礼数？”

苦闷而恐惧的邦纳塞拉叫道：“美国对我很好。我想当个好公民。我希望我的孩子能是美国人。”

唐一拍巴掌，表示坚决同意。“说得好。非常好。那你还有什么可抱怨的？法官已经作出判决。美国已经作了决定。带着鲜花和糖果去医院探望她吧，她见了会很欣慰的。还有什么不满足的吗？再说本来也不算什么大事嘛，小伙子还年轻，血气方刚，况且还有一个是高官的儿子。唉，我亲爱的，亚美利哥，你这人一直循规蹈矩。尽管你践踏我的友谊，我必须承认我完全相信亚美利哥·邦纳塞拉的诺言比别人的都靠得住。所以呢，你要答应我，你会打消那些疯狂的念头。这可不符合美国精神。要宽恕，要遗忘。生命本来就充满了不幸。”

唐克制着愤怒，不留情面、傲慢无情地冷嘲热讽，把可怜的殡仪馆老板变成了一团打战的果冻，但他还是鼓起勇气，再一次说：“我请您伸张正义。”

唐·柯里昂敷衍道：“法庭给了你正义。”

邦纳塞拉固执地摇摇头。“不，法庭把正义给了两个年轻人，而没有给我。”

唐点点头，认同这个是非分明的判断，他问：“你要什么正义？”

“以眼还眼。”邦纳塞拉说。

“你要得太多了，”唐说，“你女儿还活着。”

邦纳塞拉不情愿地说：“那就让他们受同样的苦。”唐等他继续说下去。邦纳塞拉鼓起最后一点勇气，说，“我要付给您多少？”这简直是绝望的悲鸣。

唐·柯里昂背过身去。这是明确的拒绝。邦纳塞拉一动不动。

最后，唐·柯里昂叹了口气，像个没法对犯错朋友长久生气的好心人，转身面对脸色苍白如尸体的殡仪馆老板。唐·柯里昂有雅量，唐·柯里昂有耐心。“你为什么害怕把第一忠诚献给我？”他说，“你告上法院，一等就是几个月。你花钱请律师，律师知道得很清楚，你最终只会自取其辱。你接受法官的判决，而法官就像街头最廉价的妓女一样出卖自己。早几年你手头紧，到银行去借钱，利息高得能杀人，你拿着帽子，乞丐似的站在一边等待，他们东闻西闻，把鼻子都伸到你屁眼里了，就为了确认你有能力还贷。”唐顿了顿，声音愈加严厉。

“但你要是来找我，我的钱包就是你的。你要是来找我伸张正义，侮辱你女儿的人渣今天只会哭得更加伤心。你这么老实的人要是不走运招惹了敌人，那他们也就是我的敌人……”唐抬起胳膊，指着邦纳塞拉，“那么，请相信我，他们只会害怕你。”

邦纳塞拉低下头，用被扼住的声音喃喃道：“做我的朋友吧。我全都接受。”

唐·柯里昂伸手按着他的肩膀。“很好，”他说，“你的正义将得到伸张。有一天——也许永远也不会有这一天——我会请你报答我，帮忙办点小事。在那天之前，就当这份正义是礼物吧，来自我的妻子，你女儿的教母。”

房门在感恩戴德的殡仪馆老板身后关上，唐·柯里昂转身对黑根说：“把事情交给克莱门扎，吩咐他派靠得住的人处理，不能是闻见血腥味就忘乎所以的手下。不管那个伺候尸体的笨脑瓜里做什么白日梦，我们毕竟不是杀人犯。”他注意到男子气概十足的大儿子在隔窗张望花园宴会。无可救药，唐·柯里昂心想，桑蒂诺如果一直这么抗拒教导，那就不可能领导家业，永远当不了唐。他必须尽快另觅人选，毕竟他只是凡人。

花园里传来惊天动地的欢呼声，吓了三个人一跳。桑尼·柯里昂凑近窗户，见到的情景让他快步走向房门，脸上露出愉快的笑容。“是约翰尼，他来参加婚礼了，我怎么说的来着？”黑根走向窗户，“确实是你的教子，”他对唐·柯里昂说，“要带他过来吗？”

“不用，”唐说，“让大家跟他开开心吧。叫他有空了再来见我。”他对黑根笑了笑，“看到了吗？真是个好教子。”

嫉妒让黑根感到一阵心痛。他干巴巴地说：“都两年没见了。

多半又惹了麻烦，来找你帮忙。”

“有麻烦不找他的教父还能找谁呢？”唐·柯里昂问。

康妮·柯里昂头一个看见约翰尼·方坦走进花园，她忘了新娘的矜持，尖叫道：“约翰尼！”跑过去扑进他的怀抱。他紧紧拥抱康妮，亲吻她的嘴，其他人上来问候他的时候，他还是一直搂着康妮。他们都是他的老朋友，是他在西区一起长大的伙伴。康妮拽着他去见新郎。见到金发年轻人因为不再是今日焦点而面露不悦之色，约翰尼觉得有点好笑。他使出全部魅力，和新郎握手，端起一杯葡萄酒向他敬酒。

演奏台上响起一个熟悉的声音：“约翰尼，来给我们唱一首吧？”他抬起头，见到尼诺·瓦伦蒂的笑容。约翰尼·方坦跳上演奏台，抱住尼诺。他们当初形影不离，一起唱歌，一起约会姑娘，直到约翰尼开始出名、常去电台唱歌才分开。约翰尼去好莱坞拍电影之后，给尼诺打过几次电话，只是为了聊天，还答应安排他去俱乐部唱歌。不过他始终没有付诸行动。今天见到尼诺，见到他醉醺醺的促狭笑容，往日的情谊全回来了。

尼诺开始弹奏曼陀林。约翰尼·方坦搭上尼诺的肩膀。“这首歌献给新娘。”他说，跺着脚唱起一首下流的西西里情歌。他一边唱，尼诺一边用身体做猥琐动作。新娘自豪地涨红了脸，客人用欢呼表达赞赏。唱着唱着，众人都开始跺脚，吼叫每个小节末尾淘气的双关语。一曲唱罢，他们鼓掌鼓个不停，直到约翰尼清清嗓子，唱起第二首歌。

他们都为他感到骄傲。他是他们中的一员，现在是著名歌手、电影明星，和男人心中最性感的女神睡觉。尽管如此，他却长途跋涉三千英里参加婚礼，向教父表达足够的敬意。他仍旧喜爱尼诺·瓦伦蒂这些老朋友。很多人见过约翰尼和尼诺小时候的合唱，但谁曾料想约翰尼长大后能抓住五千万女性的心呢?

约翰尼·方坦俯身把新娘拽上演奏台，让康妮站在他和尼诺之间。两人弯下腰，面对面，尼诺猛地拨弦，奏出几个刺耳的和弦。这是他们的老花招，模仿情场争斗，拿声音当利刃，轮流吼叫一段迭句。约翰尼微妙地退让半步，允许尼诺盖过自己的声音，让尼诺抢过他怀里的新娘，让尼诺轻快地接过最后一段凯旋的歌词，自己的声音渐渐小了下去。整个婚礼现场爆发出欢呼和掌声，歌曲结束，三个人彼此拥抱。宾客央求再来一首。

只有站在屋子拐角门口的唐·柯里昂感觉到有什么地方不对劲。他装出心情愉快的样子，尽量不触犯客人，快活地喊道："我的教子跑了三千英里来向我们致敬，难道谁也不想让他润润嗓子？"马上有十几个斟满红酒的杯子伸向约翰尼·方坦。他从每个酒杯里各喝一口，接着跑过去拥抱他的教父，同时凑到老人的耳朵旁说了些什么。唐领着他走进屋子。

约翰尼走进房间，汤姆·黑根伸出手。约翰尼和他握手，说："最近可好，汤姆？"但缺乏平时待人那种真诚和热情的魅力。他的冷淡让黑根有点受伤，但并没有放在心上。担任唐的心腹也有坏处，这就是其中之一。

约翰尼·方坦对唐说："收到婚礼请帖，我心想，'我的教父不再生我的气了。'我离婚后给你打过五次电话，汤姆总说你出去了或者很忙，所以我知道你不高兴。"

唐·柯里昂拿起黄色的“女巫”酒瓶，斟满酒杯。“都是过去的事了。现在归现在。我还能为你做什么事情吗？还是你名气太大，太有钱，已经不需要我的帮助了？”

约翰尼一饮而尽那杯黄澄澄的烈酒，伸出酒杯示意还要。他尽量用轻松自在的声音说：“我哪里算有钱啊，教父？我在走下坡路。你说得对。我不该为了现在这个贱婆娘抛弃老婆和孩子。你生我的气，我不怪你。”

唐耸耸肩。“我只是担心你，你是我的教子，没别的。”

约翰尼在房间里踱来踱去。“我被那条母狗迷花了眼。好莱坞最了不起的明星。她貌若天仙。可你知道她拍完电影做什么吗？要是化妆师是男人，把她的脸化得好看点，她就允许他操她。要是摄影师把她拍得格外上镜，她就领他去更衣室，跟他打一炮。随便什么人都行。她对她的肉体就像我对口袋里当小费的零钱。完全是魔鬼的婊子。”

唐·柯里昂突然打断道：“你的家人怎么样了？”

约翰尼叹了口气。“我照顾着呢。离婚后，我给金妮和孩子的比法庭的判决还要多。我每周见他们一次。我想念他们。有时候我觉得我要发疯了。”他又喝掉一杯酒，“现在的妻子成天嘲笑我。她不理解我为什么吃醋。她说我是死脑筋的黑皮，还取笑我的歌艺。我走前好好收拾了她一顿，但没打脸，因为她在拍电影。我揍得她抽筋，像小孩似的只打胳膊和腿，她笑个不停。”他点燃香烟，“就这样，教父，活得真没意思。”

唐·柯里昂答得很简单：“这些麻烦我可帮不了你。”他顿了顿，又问，“你的嗓子是怎么了？”

自信的魅力和自嘲的表情统统从约翰尼·方坦的脸上消失了。他几乎泣不成声地说："教父啊，我没法再唱歌了，我的喉咙出了问题，医生也搞不清楚原因。"黑根和唐惊讶地看着他，约翰尼可从来都很硬气。方坦继续道："我的两部电影挣了很多钱。我曾经是大明星，现在他们一脚把我踢开。电影公司老板对我恨之入骨，现在要打发我滚蛋了。"

唐·柯里昂站在教子面前，阴沉地问道："他为什么讨厌你？"

"我以前唱过颂扬自由派组织的歌曲，你知道的，你很不喜欢我唱那些东西。唉，杰克·沃尔茨也不喜欢。他说我是共产党，不过没能把罪名栽给我。后来我勾搭了他的女人。完全是一夜情，她却反过来追我。我他妈能怎么办？再然后我的婊子老婆赶我出门，金妮和孩子不肯接受我，除非我愿意趴在地上哀求，而且我连歌都没法唱了。教父啊，我他妈该怎么办？"

唐·柯里昂脸色铁青，一丝同情也没有。他轻蔑地说："首先，你得像个男人。"怒火忽然扭曲了他的脸庞。他吼道："像个男人！"他探身过办公室，揪住约翰尼·方坦的头发，动作里充满了蛮狠的情谊，"老天在上，你在我身边待了那么久，怎么可能变成这个样子？好莱坞的软蛋？哭哭啼啼求人可怜？哭得像个娘儿们——'我该怎么办？哦，我该怎么办？'"

唐的模仿来得那么超乎寻常，那么出人意料，黑根和约翰尼先是大吃一惊，紧接着放声大笑。唐·柯里昂也有点沾沾自喜。他有几秒钟回想着他有多么爱这个教子。他自己的三个儿子被这样揶揄会如何反应？桑蒂诺会一连几个星期吊着脸，举止乖戾。弗雷迪会畏畏缩缩。迈克尔会冷笑一声，扬长而去，几个月不露面。可是，约翰尼，多么乖的小伙子啊，他已经露出笑容，正在打起精神，他明白教父的真正意图。

唐·柯里昂说了下去。“你抢了老板的女人，他比你有权势得多，然后居然还抱怨他不肯拉你一把。真是一派胡言。你抛弃了家庭，另娶一个婊子，让孩子没了父亲，现在因为他们不肯敞开怀抱迎接你而哭哭啼啼。那个婊子，你不肯打她的脸，就因为她在拍电影，她笑话你，你居然还吃惊。你活得像白痴，自然有白痴一样的下场。”

唐·柯里昂停下来，换上耐心的声音问：“这次愿意接受我的建议吗？”

约翰尼·方坦耸耸肩。“我不能和金妮复婚，我没法过她想要的日子。赌博、喝酒、和朋友一起鬼混，这些我都戒不掉。漂亮的女人追我，我拒绝不了她们。回到金妮面前，我总觉得自己在做贼。天哪，我可不想再受一遍那些折磨。”

唐·柯里昂难得露出恼怒的神色：“我没叫你复婚。你爱怎么过就怎么过。你愿意当孩子的父亲，这当然最好。男人要是不愿意好好当父亲就不是真正的男人。但另一方面，你不能强迫孩子的母亲接受你。谁说你不能每天去看孩子了？谁说你们不能住在一个屋檐下了？谁说你不能想怎么过日子就怎么过日子了？”

约翰尼·方坦笑道：“教父啊，不是所有女人都是老式的意大利妻子。金妮可不吃这套。”

唐开始挖苦他：“那是因为你活得就像个软蛋。你给的比法庭判的更多。你不打现在老婆的脸，因为她在拍电影。你让女人主宰你的世界，可她们无法胜任。虽说死后她们都会上天堂当圣人，我们只能在地狱受煎熬。另外，这些年我一直在看着你。”唐的声音变得真诚，“你始终是个好教子，给了我最大的尊敬。可是，你的老朋友呢？今年你跟这个人厮混，明年又是另外一个人。那个意大利小伙子怎么样了？他在电影里很有趣，可是运气不好，你见不到他了，因为你现在出名了。跟你一起上学的老伙计怎么样了？他可是你唱歌的搭档啊。对，尼诺。他很失望，拼命喝酒，但从不抱怨。他开卡车运砂土，干得很卖力，周末唱歌挣区区几个小钱。他从不说你的坏话。你就不能帮帮他？为什么？他唱得不错。”

约翰尼·方坦虽然厌倦，但还是耐心地解释道：“教父，他实在天赋不足。好是挺好，但并不出色。”

唐·柯里昂的眼皮几乎耷拉成了一条缝，他说：“你，我的教子，你啊，才是实在天赋不足。要不我给你找个和尼诺一起开卡车运砂土的工作？”约翰尼没有吭声，唐继续道：“友谊就是一切。比天赋更重要，比政府更重要。和家人差不多同样重要。千万别忘了这一点。你要是能用友谊筑起一道墙，就不需要求我帮忙了。来，说说看，你为什么没法唱歌了？你在花园里唱得不赖，都赶得上尼诺了。”

微妙的讽刺让黑根和约翰尼微微一笑。现在轮到约翰尼耐心解释了：“我的嗓子变得很脆弱。唱上一两首，然后有几个小时甚至几天没法唱歌。彩排和重拍我怎么都熬不下来。我的嗓子很脆弱，肯定得了什么毛病。”

“这么说，你有女人的麻烦，嗓子有毛病，现在又告诉我，你还和那位好莱坞的一把手不和，他拒绝让你工作。”唐开始谈正经事。

“他比你说的一把手还大，”约翰尼说，“他是电影公司的老板。他是总统的顾问，利用电影宣传战争，一个月前刚买了今年最热门的小说的电影改编权。那是一本畅销书，主角恰好就是我这种人，我都不需要表演，做我自己就行了。连唱歌都不需要。说不定能拿奥斯卡奖。大家都知道那个角色适合我，我会重新走红。这次是以演员的身份。可浑蛋杰克·沃尔茨要赶我走，不肯把角色给我。我说我愿意白干，拿最低薪酬就行，但他还是说不行。他还放出风声说，我要是肯去电影公司的内部餐厅舔他的屁眼，说不定他还会稍微考虑一下。”

唐·柯里昂挥挥手，叫他别感情用事说废话。懂道理的人之间没什么生意纠纷是无法解决的。他拍拍教子的肩膀。“你泄气了。你觉得没有人关心你？你瘦多了，喝了不少酒吧？睡不着，吃安眠药？”他不满地摇摇头。

“我要你遵守我的命令，”唐说，“我要你在我家住一个月。好好吃饭，休息睡觉。我要你多陪陪我，我喜欢有你做伴，你说不定能从你教父身上学到点为人处世的道理，帮你在了不起的好莱坞混世界。但是，不许唱歌，不许喝酒，不许碰女人。一个月结束，你回好莱坞去，这个一把手、炮筒子，就会把你要的角色交给你。成交吗？”

约翰尼·方坦根本不相信唐有这么大的权力，但他的教父从没许过办不成的承诺。“这家伙和埃德加·胡佛有私交，”约翰尼说，“在他面前说话都不能太大声。”

“他是生意人，”唐不动声色地说，“我会给他一个他无法拒绝的条件。”

“太晚了，”约翰尼说，“合约都已经签好，一周内就要开始拍摄。怎么想都不可能啊。”

唐·柯里昂说：“去，参加宴会吧。朋友们在等你呢，一切都交给我了。”他把约翰尼·方坦赶出房间。

黑根在办公桌前坐下，开始记录。唐长叹一声，问：“还有事情吗？”

“索洛佐，没法继续拖延了，你本周必须见他。”黑根抬起笔，指着日历。

唐耸耸肩：“等婚礼结束，时间你来安排。”

这个答案告诉了黑根两件事。首先也是最重要的，维吉尔·索洛佐将得到否定的答案。其次，唐·柯里昂不肯在女儿的婚礼前回答索洛佐，是因为他知道拒绝会惹来麻烦。

黑根小心翼翼地问：“要我吩咐克莱门扎找几个人住在家里吗？”

唐不耐烦地说：“为什么？我不肯在婚礼前回答，是因为这么重要的日子容不得乌云，连远远的一丝乌云也不行。另外，我想事先知道他想谈什么。现在我们知道了。他的提议很见不得人。”

黑根问：“那么，你打算拒绝？”见到唐点头，黑根又说，“我觉得你回答之前，我们应该先讨论一下，全家一起讨论。”

唐笑着说：“你这么想？好吧，讨论一下也好。等你从加州回来好了。你明天飞过去，替约翰尼摆平这件事。见见那个电影业的大人物。告诉索洛佐，你从加州回来，我就见他。还有事情吗？”

黑根正色道：“医院打过电话。阿班丹多顾问快不行了，挺不过今天晚上。已经通知他家里人过去候着了。”

自从癌症把占科·阿班丹多禁锢在病床上之后，黑根代理行使顾问职务已有一年。他现在就等着唐·柯里昂永远承认他顾问的地位。可惜机会不大。这么高的位置按传统必须交给父母都是意大利人的男人。他暂时代理已经惹出了不少麻烦。另外，他今年三十五，按说岁数不够，也缺乏一名成功顾问必不可少的经验和狡猾。

唐并没有鼓励他。他问：“我女儿什么时候和新郎离开？”

黑根看看手表。“几分钟后，他们切蛋糕，再过半个小时就走。”这提醒了他另外一件事，“你的新女婿，要给他在家族内部安排个重要职务吗？”

唐回答得那么斩钉截铁，让黑根吃了一惊。“没门。”唐用手掌猛拍桌面，“绝对没门。给他安排个挣钱过日子的活计，日子可以过得不错，但绝对不能让他了解家族生意。把这话告诉其他人，桑尼、弗雷迪、克莱门扎。”

唐顿了顿。“吩咐我的儿子，三个儿子，叫他们陪我去医院给可怜的占科送终。我要他们向他致以最后的敬意。叫弗雷德开大车，问约翰尼要不要一起去，就当给我个面子。”他见到黑根疑惑地望着他，“你今晚就去加州。你没时间见占科了。不过等我从医院回来，和你谈完你再走。明白了？”

“明白，”黑根说，“要弗雷德什么时候准备车子？”

“宾客离开以后，”唐·柯里昂说，“占科会等我的。”

“参议员打过电话，”黑根说，“道歉说他没法亲自登门贺喜，不过你也能理解。指的大概是马路对面抄车牌的两个调查局探员。不过他通过特别信使送了礼物。”

唐点点头。他不觉得有必要指出提醒参议员别来的正是自己。“礼物像样吗？”

黑根做了个深感触动的表情，意大利式的表情放在德国–爱尔兰血统的脸孔上，显得非常别扭。“古董银器，很珍贵。年轻人卖了它至少能得一千块。参议员花了不少精力找这件恰到好处的礼物。对那种人来说，这比具体值多少钱重要得多。”

唐·柯里昂没有掩饰他的得意，参议员这种大人物也得如此尊重他。参议员和卢卡·布拉齐一样，也是唐的权力大厦的栋梁之一，也用礼物再次表达了忠心。

约翰尼·方坦一出现在花园里，凯·亚当斯就认出了他。她这次是真的吃惊了。“你没说你们家和约翰尼·方坦有交情，”她说，“现在我非得嫁给你了。”

“想会会他吗？”迈克尔问。

“现在就算了，”凯叹了口气，“我爱了他足足三年。只要他在大都会剧院开演唱会我就来纽约，尖叫得脑袋要爆炸。他实在无与伦比。”

“我们等会儿去找他。”迈克尔说。

约翰尼唱完歌，和唐·柯里昂一起钻进屋子，凯狡黠地说：“你不是想说约翰尼·方坦这样的大明星也要求你父亲帮忙吧？”

“他是我父亲的教子，”迈克尔说，“要不是我父亲，他今天也成不了大明星。”

凯·亚当斯笑得很开心：“听起来像是又一个了不起的故

事。”

迈克尔摇摇头，说：“但我不能说。”

“你可以信任我。”她说。

他告诉了她，语气不像是在开玩笑，也没有任何自豪。他没有多加解释，只说八年前，他父亲比现在暴躁，事情和教子有关，所以唐就觉得牵涉到了个人荣誉。

前因后果说得很快。八年前，约翰尼·方坦和一个流行乐队合唱，大获成功。他成了电台节目里最吸引听众的明星。倒霉的是，乐队领班莱斯·哈雷，很有名气的演艺圈大人物，刚开始就和约翰尼签了长达五年的合作契约。这在演艺行业很常见。莱斯·哈雷凭合同转租约翰尼，大部分钞票进了他的腰包。

唐·柯里昂亲自参加磋商。他提出用两万块买断约翰尼·方坦签署的服务合约。哈雷提出他只分走约翰尼收入的五成。唐·柯里昂觉得很好玩，把两万块降到一万。乐队领班显然对他钟爱的演艺事业之外的世界一窍不通，彻底忽视了降价背后的真实意思。他一口回绝。

第二天，唐·柯里昂亲自去见乐队领班。他带了两个他最好的朋友，一个是顾问占科·阿班丹多，另一个是卢卡·布拉齐。见到没有旁人在场，唐·柯里昂硬是说服莱斯·哈雷签字放弃他持有的约翰尼·方坦的全部权利，代价是一张面额一万美元的保付支票。唐·柯里昂的说服手段是用手枪顶着乐队领班的脑门，拿出最严肃的态度让领班相信，一分钟内要么签字，要么脑浆洒满这份文件。莱斯·哈雷签了字。唐·柯里昂收起枪，把保付支票递给领班。

后来的事情大家都知道。约翰尼·方坦一路向上，成为全国最走红的歌手。他出演好莱坞音乐片，制片公司挣得盆满钵满。唱片赚的钞票以百万计算。随后，他和青梅竹马的妻子离婚，抛弃两个孩子，娶了电影界最灿烂的金发女星。他很快发现那女人是个“婊子”。他酗酒赌博，追逐其他女人。他的歌喉出了毛病。唱片销量下滑。电影公司不肯续约。现在只好回来找教父。

凯若有所思地说：“你确定你不羡慕你父亲吗？听你说的，他尽在为别人办好事了。他肯定是天生的热心肠。”她坏笑道，“当然啦，手段不完全遵纪守法。”

迈克尔叹了口气：“听起来确实是这么一回事，但请让我换个说法。知道极地探险家在通往北极的路上要沿途存放口粮，防止日后某天会需要食物吗？那就是我父亲的人情。他迟早会找上门，而他们最好按他说的做。”

临近黄昏，婚礼蛋糕终于推了出来，人们赞叹欣赏，分而食之。蛋糕是纳佐里尼特别烘焙的，巧妙地点缀着贝壳形状的成块奶油，美味可口，新娘贪婪地从蛋糕上挑了好几个吃掉，然后一阵风地离开，去和金发新郎去度蜜月了。唐彬彬有礼地催促宾客离开，同时注意到调查局探员的黑色轿车已经无影无踪。

最后，车道上只剩下了黑色的长车身凯迪拉克，弗雷迪坐在司机座位上。唐坐进前排，就他的年纪和庞大体型而言，动作颇为灵巧。桑尼、迈克尔和约翰尼·方坦坐进后排。唐·柯里昂对迈克尔说：“你的女朋友，她自己回市里没问题吧？”

迈克尔点点头：“汤姆说他会安排好的。”唐·柯里昂点点头，黑根的效率让他很满意。

燃油配给定量尚未取消，因此去曼哈顿的外环公园大道车流稀少。不到一个钟头，凯迪拉克就驶上了法兰西医院所在的街道。唐·柯里昂在路上问小儿子学业如何。迈克尔点头说不错。桑尼从后座问父亲："约翰尼说你在帮他处理好莱坞的事情，要我过去帮忙吗？"

唐·柯里昂直截了当："汤姆今晚过去。他不需要帮忙，事情很简单。"

桑尼·柯里昂笑道："约翰尼觉得你搞不定，所以我想你会派我去。"

唐·柯里昂扭头道："你为什么质疑我？"他问约翰尼·方坦："你的教父曾经失信过吗？我被人愚弄过吗？"

约翰尼紧张不安地道歉："教父，幕后主使是个真正的炮筒子。油盐不进，连花钱都没用。他手眼通天，而且恨我。我实在想不出你还能怎么处理。"

唐用带着情谊的好笑语气说："听我一句话：你能如愿以偿。"他用胳膊肘捅捅迈克尔。"我们可不能让我的教子失望，你说呢，迈克尔？"

迈克尔从来没有怀疑过父亲哪怕一秒钟，他摇摇头。

他们走向医院大门，唐·柯里昂拉住迈克尔的胳膊，让其他人先走。"等你念完大学，来找我谈谈，"唐说，"我有些计划，你会喜欢的。"

迈克尔没有说话。唐·柯里昂气咻咻地嘟囔道："我知道你是什么人。我不会强迫你做你不赞成的事情。不过这次比较特殊。你现在尽管过你的日子，反正你已经成年了。但等你念完大学，请以儿子的身份来见我。”

占科·阿班丹多的家人是妻子和三个女儿，她们身穿黑衣，像一群胖乌鸦似的聚在医院的白色瓷砖走廊里，见到唐·柯里昂走出电梯，马上扑腾着离开瓷砖地面，被本能驱使着飞向他寻求保护。矮壮的母亲身穿黑衣显得挺庄重，肥胖的女儿则不太起眼。阿班丹多太太亲吻唐·柯里昂的面颊，啜泣着说：“噢，您是什么样的圣人啊，在女儿结婚的日子来这儿。”

唐·柯里昂一挥手扫开感谢之词。“我难道不该来向这么一位朋友表示敬意吗？他担任我的右臂足有二十年啊。”他立刻醒悟过来，这位即将成为寡妇的女人，并不知道她的丈夫已经挺不过今夜了。占科·阿班丹多在医院住了将近一年，因为癌症渐渐死去，妻子已经觉得致命的疾病只是普通生活的一部分，今夜只是又一个难关罢了。她叽里咕噜讲个没完。“进去见见我可怜的丈夫吧，”她说，“他问起你来着。可怜的男人，他想去参加婚礼，表示敬意，但医生怎么都不许。他随后说你会在这个大喜之日来看他，但我怎么都不肯相信。唉，男人比女人更理解友谊。快进去吧，他见到你一定会很高兴。”

一名护士和一位医生走出占科·阿班丹多的私人病房。医生年纪很轻，表情严肃，天生发号施令的气度，也就是天生豪门巨富的风度。一个女儿怯生生地问：“肯尼迪医生，我们能进去看看他吗？”

肯尼迪医生恼怒地望着这一大群人。他们难道不明白房间里的病人正在承受痛苦的折磨，正在等死？要是大家能让他安安静静地辞世，对他反而比较幸运。“只能是直系亲属。”他用优雅而礼貌的语气说。他吃了一惊，因为妻子和三个女儿扭头望向一位身穿很不合身的燕尾服的矮胖男人，像是在等他决定。

矮胖的男人开口说话，声音里略微有一丝意大利口音。“亲爱的医生，”唐·柯里昂问，“他真的快死了吗？”

“对。”肯尼迪医生说。

“那你就没什么可做的了，”唐·柯里昂说，“把重任交给我们吧。我们会安慰他，帮他合眼。我们会埋葬他，在葬礼上流泪，之后照顾他的妻子和女儿。”听他把话说得这么直截了当，逼着她理解事态，阿班丹多太太哭了起来。

肯尼迪医生耸耸肩。你不可能向这些乡巴佬解释什么。另外一方面，他也注意到了对方言辞中自然而然的正当性。他的角色已经结束。他仍旧优雅而礼貌地说：“请等护士放你们进去，她还有些必要的事情要帮患者做。”他顺着走廊从他们身边走开，白大褂在身后翻飞。

护士重新走进病房，他们耐心等待。护士终于又出来，拉开门放他们进去。她悄声说：“疼痛和高烧害得他神志不清，尽量别惊动他。你们只能待几分钟，妻子可以留下。”约翰尼·方坦走过的时候，护士认出了他，猛地瞪大眼睛。他对护士浅浅一笑，护士用不加掩饰的挑逗眼神盯着他。他把护士归入以后可以考虑的类别，然后跟着其他人走进病房。

占科·阿班丹多和死神跑了一场马拉松，此刻终于被征服，他筋疲力尽地躺在抬高的床上。肉体消耗得只剩下一具骷髅，曾经生机勃勃的浓密黑发如今是脏兮兮的几缕细毛。唐·柯里昂兴高采烈地说："占科，亲爱的朋友，我带几个儿子来向你致意了，还有啊，你看，连约翰尼都从好莱坞赶回来了。"

垂死的男人睁开烧红了的眼睛，感激地望着唐。他让几个年轻男人用血肉丰满的手握他瘦骨嶙峋的手。妻子和女儿在床边一字排开，亲吻他的面颊，轮流握他的另一只手。

唐握住老朋友的手，安慰道："赶紧好起来，我们一起回意大利，去我们原来的村子，像父亲当年那样在酒馆门前玩地滚球。"

垂死的男人摇摇头。他示意年轻男人和家人从床边走开，抬起另一只瘦骨嶙峋的手，紧紧抓住唐。他想说话。唐垂下脑袋，坐进床边的椅子。占科·阿班丹多乱七八糟说着他们的童年。接着，他炭黑色的眼睛变得狡猾起来。他轻声说话，唐凑得更近。唐·柯里昂使劲摇头，眼泪滚滚而下，这一幕震惊了房间里的其他人。颤抖的声音越来越响，充满整个房间。饱受折磨的阿班丹多用超人的力量从枕头上抬起脑袋，眼神发直，抬起骷髅般的食指对着唐。"教父，教父啊，"他拼命高喊，"救救我，别让我死，我求你了。我的血肉要从骨头上烧掉了，我感觉虫子在吃我的脑浆。教父啊，医治我，你有力量，擦干我可怜妻子的眼泪。小时候我们在柯里昂村一起玩耍，现在怎能让我死去？我有罪，我害怕下地狱！"

唐默不作声。阿班丹多说："今天是你女儿结婚的日子，你不能拒绝我啊。"

唐的声音沉静而郑重，穿透他亵渎神灵的胡言乱语。"老朋友啊，"他说，"我没有这种力量。要是有，我肯定比上帝更加仁慈，你要相信我。但是，我不畏惧死亡，不畏惧地狱。我将每晚每早为你的灵魂望弥撒。你的妻子和女儿也会为你祈祷。有这么多人求情，上帝怎么会惩罚你呢？”

骷髅般的脸露出奸诈得让人厌恶的表情，阿班丹多狡猾地说：“这么说，你都安排好了？”

唐冰冷的声音毫无安慰之意：“别亵渎神灵，你要认命。”

阿班丹多倒回枕头上，眼睛失去了狂野的希望之光。护士回到病房里，用严肃的职业态度驱赶大家出去。唐站起身，但阿班丹多伸出手。“教父，”他说，“留下陪我，帮我面对死神。他见到你在我身边，说不定会被吓跑，让我过得安稳。说不定你可以说点什么，拉拉关系，对吧？”垂死的男人使个眼色，像是在嘲讽唐，但并不特别认真。“再怎么说，你和死神都是亲兄弟嘛。”他像是害怕唐被触怒，连忙攥紧唐的手，“留下陪我，让我握着你的手。我们智取那个浑蛋，就像我们智取其他人一样。教父啊，你不要出卖我。”

唐示意别人出去。众人离开。他用两只大手握住占科·阿班丹多枯瘦的手爪，温柔而笃定地安慰老朋友，一起等待死神。就仿佛唐真能从全人类最凶残的叛徒手上夺回占科·阿班丹多的生命。

康妮·柯里昂的大喜之日结束得很不错。新娘的手包里加起来一共收了两万块礼金，驱使卡洛·里齐以高超的技巧和旺盛的精力履行了新郎的职责。新娘十分愿意放弃贞操，却不愿意松开钱包。他不得不送她一个黑眼圈才得到后者。

露西·曼奇尼在家里等桑尼·柯里昂的电话，满心以为他会打来约她。最后，她打电话到他家，听见接电话的是个女人，连忙挂断。她不可能知道，几乎所有参加婚礼的人都注意到她和桑尼离席，过了要命的半小时才出现，已经有流言说桑蒂诺·柯里昂又找到一个玩弄对象，说他“办了”自己妹妹的伴娘。

亚美利哥·邦纳塞拉做了个可怕的噩梦。他梦见唐·柯里昂头顶军官帽，身穿工装裤，手戴厚手套，把一具浑身弹孔的尸体丢在殡仪馆门口，喊道：“记住，亚美利哥，一个字也别透露，尽快埋了尸体。”他在梦中呻吟得既响又久，最后被老婆摇醒。“唉，你怎么回事呀？”她抱怨道，“刚从婚礼上回来就做噩梦。”

保利·加图和克莱门扎送凯·亚当斯回她在纽约市的酒店。车很宽敞，装饰豪华，由加图驾驶。克莱门扎坐在后排，让出前排座位给凯。她觉得这两个人都充满了奇异的魅力，交谈用的是电影里的布鲁克林腔调，待她彬彬有礼得夸张。她和两个男人天南海北聊了一路，惊讶地发现他们提起迈克尔都带着深厚的情谊和尊敬，而迈克尔总让她以为他和他父亲的那个世界格格不入。克莱门扎用带着气音的低沉嗓门向她保证，“老头子”认为迈克尔是三个儿子里最优秀的，家业肯定会交给他继承。

“什么样的家业？”凯用最随便的语气问。

保利·加图转动方向盘，飞快地瞥她一眼。克莱门扎在她背后惊讶地说：“迈克没跟你说过？柯里昂先生是全美国最大的意大利橄榄油进口商。战争已经结束，这门生意保准能发大财。他很需要迈克这样的精明孩子。”

来到酒店，克莱门扎坚持送她到前台。她出言反对，克莱门扎却只是说：“老板说要保证送你到家。我非得做到才行。”

她拿到房间钥匙，克莱门扎陪她走到电梯口，一直送她进电梯。她朝克莱门扎挥手微笑，惊讶地见到他回礼的笑容是那么真诚，只可惜她没有见到他走回前台，问："她登记的名字是什么？"

前台服务员冷冷地看着克莱门扎。克莱门扎将攥在手里的绿纸小球滚过台面，服务员一把抓起，马上答道："迈克尔·柯里昂先生和夫人。"

回到车里，保利·加图说："这小妞真不错。"

克莱门扎嘟囔道："迈克已经和她睡过了。"除非，他心想，他们真的已经结婚了。"明天一大早来接我，"他对保利·加图说，"黑根有事情交给我们，得尽快解决。"

星期六深夜，汤姆·黑根吻别妻子，驱车赶往机场。他的首批登机特权（五角大楼一位参谋长的谢礼）帮助他不费吹灰之力就上了一架前往洛杉矶的飞机。

对汤姆·黑根来说，今天忙碌但充实。占科·阿班丹多凌晨三点咽气，唐·柯里昂从医院回来，通知黑根说他现在是家族的正式顾问了。黑根将变得非常有钱，权势就不消说了。

唐打破了长久以来的传统。顾问一直都是正统的西西里人，黑根由唐的家庭抚养长大也无法改变这个传统。问题的关键是血统。只有西西里出生的人才天生认同缄默规则——拒绝作证，保持沉默的规则，才能获得信任，坐上顾问这个重要位置。在下达命令的家族首领唐·柯里昂和执行命令的人之间还有三层组织，说是缓冲也行。这样的话，底下无论出什么事情都没法追查到上面。除非顾问叛变。星期天上午，唐·柯里昂对如何处理那两个殴打亚美利哥·邦纳塞拉女儿的年轻人，下达了明确的指示，但命令是关起门下达给汤姆·黑根的。当天晚些时候，黑根同样私下里向克莱门扎下达命令，当时也没有其他人在场。反过来，克莱门扎吩咐保利·加图执行任务。保利·加图召集人手，执行命令。保利·加图和他的人不知道任务的起因，也不知道最初是谁下达了命令。要把唐卷进去，链条上的每一环都必须背叛，尽管这种事尚无先例，但并非完全不可能。预防之道众所周知：让链条上的某个环节消失。

顾问，顾名思义，是唐的参谋，是唐的右手，是他的第二个大脑。他还是唐最亲密的伙伴和朋友。出门开重要会议，他给唐开车；谈判的时候，他为唐准备饮料、咖啡、三明治和新雪茄。他知道唐知道的所有（或者几乎所有）事情，了解权力的全部结构。全世界只有他能搞垮唐，但从来没有顾问背叛过唐，在美国站稳脚跟的任何一个西西里家族里都没有过，因为那么做没有前途。每个顾问都知道，只要保持忠诚就能发财，就能获得权势和尊敬。要是遭遇不幸，老婆和孩子会受到庇护，和他活着或自由时没有两样。但前提是他必须忠诚。

碰到某些情况，顾问必须以更加公开的方式代替唐露面，但又不能牵连首脑。黑根飞往加州要办的就是这种事情。他明白这次任务的成败将严重影响他的顾问生涯。约翰尼·方坦能不能拿到战争电影里他渴求的角色，就家族生意的标准而言只是小事一桩，黑根安排在下个星期五和维吉尔·索洛佐的会面更加重要。可是，黑根知道，对于唐来说，两件事同样重要，都关系到他这个顾问称不称职。

活塞引擎的飞机抖得厉害，汤姆·黑根本已紧绷的神经更加紧张，他向空姐要了一杯马丁尼安抚情绪。唐和约翰尼都和他大致说过那部电影的制片人杰克·沃尔茨是个什么角色。听约翰尼说完，黑根就知道他不可能口头说服沃尔茨，同时也确信唐无论如何都要守住他对约翰尼的承诺。他的责任就是协商和联络。

黑根往后一躺，在脑子里过一遍手头的全部资料。杰克·沃尔茨是好莱坞最顶尖的三大制作人之一，拥有自己的电影公司，手头有几十个明星的合约。他是总统的战争情报咨询委员会电影业分会的成员，简而言之就是他协助拍摄战争宣传片。他去白宫赴宴，在好莱坞的家中招待埃德加·胡佛。不过，名头只是听起来很响亮而已。这些都是官方的联系，沃尔茨本人没有政治影响力，部分因为他是极端保守派，部分因为他妄自尊大，喜欢滥用权力，不曾想过这样做反而会让敌人如雨后春笋般冒出地面。

黑根叹了口气，实在找不到办法“解决”杰克·沃尔茨。他打开手提箱，想处理些什么文书，但他太累了。他又要了杯马丁尼，开始反思人生。他完全不后悔，只觉得自己幸运极了。原因暂且不论，事实证明十年前他选择了一条正确的道路。他事业成功，他很快乐——一个成年人的合理期望不过如此了，而且他活得很有意思。

汤姆·黑根今年三十五，高个子，平头，身材细瘦，长相普通。他是律师，尽管通过执业考试后从事过三年法律工作，但并不为柯里昂家族处理具体的法律事务。

十一岁的时候，他是十七岁的桑尼·柯里昂的玩伴。黑根的母亲瞎了眼睛，在他十一岁那年过世之后，一向酗酒的父亲更成了毫无指望的醉鬼。父亲是个勤勉的木匠，一辈子没做过亏心事，结果被喝酒毁了家庭，最终害他丧命。汤姆·黑根变成孤儿，流落街头，晚上睡在楼门口。妹妹被别人收养，但在1920年代，社会机构不会追查一个不知感恩、逃离他们庇护的十一岁男孩。黑根也有一只眼睛被感染，左邻右舍风传是他母亲传染或遗传的，和他接触也会被传染。众人都躲着他。十七岁的桑尼·柯里昂心肠很好，态度专横地要求收留他带回家的朋友。汤姆·黑根得到一盘热腾腾的意大利面，浇着油腻腻的番茄酱汁，那味道他到现在还忘不了，接着他睡在了家里的一张折叠铁床上。

唐·柯里昂什么话都没说，也没进行任何讨论，理所当然地允许这个孩子留在家里。他亲自带黑根见眼科医生，治疗他的眼部感染。他送黑根上大学和法学院。唐从未以父亲自居，而是像一名监护人。他从不表露感情，但奇怪的是，唐对黑根比对自家儿子更加客气，不强加父辈的意愿给他。大学毕业后去念法学院是他自己的决定，因为他曾听见唐·柯里昂说“律师拎着公文包，偷的钱比一百个人带着枪还要多”。另外一方面，桑尼和弗雷迪高中一毕业就坚持要加入家族生意，反而让他们的父亲恼怒不已。只有迈克尔去念了大学，但珍珠港事件后第二天就报名加入海军陆战队。

通过执业考试后，黑根结婚成家。新娘是个新泽西的意大利姑娘，大学毕业，这在当时还很罕见。婚礼自然还是在唐·柯里昂的家里举行，婚礼过后，唐答应支持黑根愿意建立的任何事业，给他介绍要打官司的客户，装修办公室，帮他置业。

而汤姆·黑根却垂下头，对唐说：“我愿意为您做事。”

唐惊喜地问：“你知道我是什么人吗？”

黑根点点头。他并不真的知道唐到底有多少权势，当时还不知道。接下来的十年，他仍旧没有完全了解，直到占科·阿班丹多生病，他开始担任代理顾问。当时他只是使劲点头，盯着唐的双眼。“我愿意像你的儿子那样为你做事。”黑根说，言下之意是彻底忠诚，彻底接受唐的父辈权威。唐理解了黑根的意愿，在那时已经开始造就他的伟大传奇，也第一次对黑根流露出父亲的情谊。他搂住黑根，飞快地拥抱一下，从此待他就像亲生儿子，但他还是经常说，“汤姆，千万别忘了亲生父母。”就仿佛他不但要提醒黑根，也在提醒自己。

黑根绝对不可能忘记。他母亲近乎痴呆，邋里邋遢，严重贫血使得她对孩子毫无感情，连装也装不出来。黑根憎恶父亲。母亲死前的瞎眼吓坏了他，自己眼部感染就像一抹厄运的阴云。他确信自己会变瞎。父亲死后，汤姆·黑根十一岁的心智崩溃了，没人知道是怎么回事。他游荡街头，像动物一样等死，直到那个命运之日，桑尼发现他睡在楼门口，带他回家。接下来发生的完全是奇迹。可是，黑根做了很多年噩梦，梦见他是个成年瞎子，用白色拐杖咯咯嗒嗒探路，他瞎眼的孩子跟在背后，用白色小拐杖咯咯嗒嗒探路，他们在街上乞讨。有些早晨，他醒过来，唐·柯里昂的面容跳进刚刚恢复意识的大脑，他终于觉得安全了。

唐坚持要他除了履行对家族生意的职责外，先实践三年一般性法律事务。这段经历后来证明是无价之宝，同时打消了黑根为唐·柯里昂做事的残存疑虑。接下来，他进入一家唐能施加影响力的顶级刑事法律事务所，受训两年。大家公认他对法律的这个分支很有天赋。他做得不错，全身心效劳家族生意之后的六年里，唐·柯里昂硬是找不到一次斥责他的机会。

他开始担任代理顾问之后，其他有权势的西西里家族轻蔑地称柯里昂家族是“爱尔兰帮”。这让黑根觉得很好笑，同时也提醒他，他不可能接替唐，担任家族生意的领袖。但他很知足。那本来就不是他的目标，这种野心无论对他的恩人还是恩人的血亲都是极大的“不尊重”。

飞机在洛杉矶降落，天还没亮。黑根住进酒店，沐浴刮脸，望着城市渐渐破晓。他叫服务生把早餐和报纸送进房间，然后躺下休息，等待十点钟和杰克·沃尔茨碰面。预约出乎意料地顺利。

前一天，黑根打电话给一个叫比利·高夫的人，他在各种电影工会里拥有无上权威。黑根遵照唐·柯里昂的指示，请高夫帮忙安排明天黑根登门拜访沃尔茨，这同时是在暗示沃尔茨，要是会面的结果不能让黑根满意，电影公司就有可能爆发罢工。一小时后，黑根接到高夫的电话。会面约在上午十点。高夫说，沃尔茨明白有可能爆发罢工，但似乎并不在乎。他还说：“事情要是真的发展到那一步，我得先和唐本人谈谈才行。”

“要是真的发展到那一步，他一定会找你谈的。”黑根说，这样回答避免了作出任何承诺。高夫对唐如此百依百顺，黑根并不惊讶。从理论上说，家族的帝国仅限于纽约地区，但唐·柯里昂最初就是靠帮助工会领袖起家的，他们有很多人还欠他的人情债。

但约在十点钟可不是好兆头。说明他是见客名单上的第一位，说明对方不会请他共进午餐，说明沃尔茨没把他当回事。高夫并没有全力施压，说不定他已经上了沃尔茨的贿赂名单。唐远离聚光灯的做法对家族生意有时候也是不利条件，因为他的名字出了这个圈子就无人知晓。

事实证明他分析得很正确。沃尔茨让他在约定时间之外多等了半个钟头。黑根并不在乎。接待室非常奢华，相当舒适，对面的暗紫色沙发上坐着一个女孩，黑根这辈子都没见过这么漂亮的孩子。她顶多十一二岁，服饰昂贵而简洁，打扮得像个成年人。她长着一头美得超凡脱俗的金发，有深海蓝色的大眼睛和新鲜树莓颜色的红嘴唇。守在旁边的显然是她母亲，企图用冰冷的傲慢气势瞪得黑根屈服，反而让黑根很想一拳打在她脸上。天使般的孩子，恶龙般的母亲，黑根心想，同时毫不示弱地还以冷眼。

终于有个衣着优雅但身材矮胖的中年女人出来，领着黑根穿过一间又一间办公室，来到电影制片人的办公套间。办公室和办公室里的员工都很美丽，黑根不由赞叹。他微微一笑。这些精明孩子，以为在办公室打工就能涉足电影业，但其中绝大多数一辈子都是坐办公室的命，最终要么接受失败，要么返回家乡。

杰克·沃尔茨身量很高，体格粗壮，衣服剪裁得煞费苦心，差不多遮住了肥硕的肚皮。黑根知道他的来历。沃尔茨十岁就在西区搬运空啤酒桶和手推车，二十岁帮助父亲奴役制衣工人，三十岁离开纽约，搬到西海岸，投资五分戏院，开拓影业市场。四十八岁，他成了好莱坞最有权势的影业巨头，但仍旧口无遮拦，好色如命，像野狼一样追逐年轻女明星。五十岁，他改头换面，学习演讲，由英国男仆教他穿衣打扮，英国管家教他社交礼仪。第一任妻子过世，他娶了个不喜欢演电影的世界闻名的美丽女明星。今年他六十岁，搜集大师古画，是总统咨询委员会的成员，名义下有价值数百万美元的基金会，鼓励电影业的艺术创新。女儿嫁给一位英国勋爵，儿子娶了一名意大利公主。

根据全国电影专栏尽心尽力的报道，他最近的爱好是他名下的几个赛马训练场，仅过去一年就投入了上千万美元。他以六十万美元天价购入英国明星赛马“喀土穆”，宣布这匹百战百胜的赛马即将荣休，担任种马，专门为沃尔茨的马厩繁育后代。

沃尔茨彬彬有礼地接待黑根，他那张脸晒成均匀而漂亮的古铜色，须发经过精心修剪，他随便歪了歪嘴，算是微笑打招呼。尽管花了那么多钱，尽管有技艺最高超的技师帮他收拾，但年龄毕竟还是摆在那儿；脸上的肌肉像是被勉强缝在一起的。不过，他的言行举止还是拥有勃然活力，这点和唐·柯里昂相同，也就是一个人对他所生活的世界拥有生杀大权的那种气度。

黑根开门见山，说他是约翰尼·方坦的一位朋友的传话人，说这位朋友很有权势，若是沃尔茨先生愿意帮个小忙，那么他保证会感激不尽，并愿意奉上一辈子的友谊。这个小忙呢，就是允许约翰尼·方坦主演贵公司下周开拍的那部战争电影。

那张勉强缝起来的脸不动声色，沃尔茨很有礼貌地说：“你那位朋友能帮我什么忙呢？”他的声音里有一丝掩不住的高傲。

黑根无视他的傲慢，解释道：“你会遇到一些劳工方面的麻烦。那位朋友百分之百能消除这个麻烦。你有个给公司挣了许多钱的头牌男星，癖好最近从大麻转到了海洛因。那位朋友能保证这个男星再也搞不到海洛因。今后要是再遇到这种小事情，打个电话就能解决你的问题。”

杰克·沃尔茨像听小孩吹牛似的听他说，最后存心换上东城口音，粗声粗气地说：“你在威胁我？”

黑根冷静答道：“绝对不是。我受朋友之托求你办事。我想说的重点是，这么做对你没有任何坏处。”

沃尔茨像是早有准备，忽然换上一脸怒容。嘴唇卷曲，染成黑色的浓眉皱成一条粗线，盖住闪闪发亮的眼睛。他俯身探过桌子对黑根说：“够了，油腔滑调的浑蛋，我跟你和你的老板直说，我才不在乎他是谁。约翰尼·方坦绝对不可能主演那部电影。我不在乎有多少个黑皮黑手党大佬会从暗处钻出来。”他坐回去，“听我一句劝。埃德加·胡佛，知道这个名字吧——”沃尔茨哂笑道，“和我有私交。要是我告诉他有人逼我，你们死都不知道怎么死的。”

黑根耐心地听着。他高估了沃尔茨。这么愚蠢的人可能管理一家价值几百万美元的公司吗？这事值得思考一下，因为唐正在寻找新的投资机会。要是电影业的头目都这么低能，这个领域倒是挺适合。侮辱对他毫无影响。黑根的谈判技巧是唐亲自传授的。“永远不要动怒，”唐这么教导他，“绝不要威胁，要讲道理。”用意大利语说“讲道理”听上去像“应对”。关键是忽视所有的侮辱和威胁，一边脸挨了打，就把另一边脸也凑上去。黑根曾经目睹唐在谈判桌边一坐就是八个小时，唾面自干，试图劝说一个臭名昭著、妄自尊大的暴徒别那么飞扬跋扈。八小时过后，唐·柯里昂扬起双手，打个绝望的手势，对谈判桌边的其他人说：“谁也没法和这家伙讲道理。”然后大踏步走出会议室。暴徒吓得脸色发白，连忙派手下请唐回会议室。各方达成谅解，但两个月后，那个暴徒在他最喜欢的理发店被乱枪打死。

于是，黑根重新开始，语气平常。“请看我的名片，”他说，“我是律师。难道我会自寻死路吗？我威胁你了吗？只要能让约翰尼·方坦主演那部电影，要求随便你提。我们为这个小忙提出了丰厚的回报。就我所知，这个忙对你只有好处。约翰尼说你承认他是完美的人选。正是因为这样我们才请你帮忙。如果你担心你的投资，我的客户愿意出资赞助这部电影。我们明白你说一不二。谁也不能强迫你，也不会强迫你。我们知道你和胡佛先生有私交，请允许我补充一句，我的老板因此很尊敬你。他非常尊敬这份关系。”

沃尔茨刚才一直拿着一杆大号红色羽毛笔胡写乱画，听见提到钱，忽然来了劲头，放下羽毛笔。他神气活现地说：“这部电影的预算是五百万。”

黑根轻轻吹声口哨，表示惊叹，然后漫不经心地说：“我老板的很多朋友都信任他的判断。”

沃尔茨第一次认真起来。他打量着黑根的名片。“我没听说过你，”他说，“我认识纽约大部分有头面的律师，你他妈到底是谁？”

“我在高级律师事务所执业，”黑根干巴巴地说，“只负责一个客户。”他站起身，“我就不耽搁你的时间了。”他伸出手，沃尔茨和他握手。黑根朝房门走了几步，然后又转身面对沃尔茨，“我明白你经常和一些自以为了不起的人打交道。但我恰恰相反。你不妨通过我们共同的朋友查证。要是愿意考虑，就打电话到我的酒店。”他顿了顿，“恕我无礼，有些事情，连胡佛先生都觉得无能为力，但我的客户做得到。”他见到电影制片人眯起双眼。沃尔茨终于明白了意思。“顺便说一句，我非常欣赏你的电影，”黑根用他最奉承的语气说，“希望你能再接再厉，我们的国家需要好电影。”

当天下午晚些时候，黑根接到制片人秘书的电话，说一小时内有车接他去沃尔茨先生在郊区的宅子吃晚饭。她说行程有三小时，但车上有酒吧和开胃点心。黑根知道沃尔茨是搭私人飞机去的，心想为什么不请他也飞过去。秘书又彬彬有礼地说："沃尔茨先生建议你带上过夜行李，明天早晨送你去机场。"

"知道了。"黑根说。又是一个需要考虑的问题。沃尔茨怎么知道他打算明早飞回纽约？他想了几分钟。最合理的解释是沃尔茨请私家侦探调查他的行踪，尽可能搜集情报。这么说，沃尔茨肯定知道他代表的是唐，说明他对唐有几分了解，反过来说明他打算认真对待这整件事。说不定真有可能奏效，黑根心想，说不定沃尔茨比他今天上午的表现来得精明。

杰克·沃尔茨的家宅像是以假乱真的电影布景，有种植园风格的大屋，黑土马道围绕广阔的花园，有供马群起居的马厩和草场。树篱、花床和草坪经过仔细修剪，整齐得像是电影明星的指甲。

沃尔茨在有空调的玻璃门廊接待黑根。他身穿便装，蓝色丝绸衬衫敞开领口，芥末黄的便裤配软皮凉鞋。在鲜艳华服的衬托之下，那张缝起来的硬汉脸更加恐怖。他递给黑根一杯特大号马丁尼，自己也从托盘上拿起一杯。他比今天上午友善多了。他搂住黑根的肩膀说："晚餐前还有一点时间，我们去看看我的马匹吧。"两人走向马厩，他说："我摸了你的底细，汤姆，你怎么不说你的老板是柯里昂啊？我还以为你是约翰尼请来吓唬我的三流骗子呢。我可从来不吓唬人。倒不是说我喜欢树敌，我只是不吃这一套而已。我们现在先开心开心，吃过晚餐再谈生意。"

说来令人惊讶，沃尔茨居然很懂得款待宾客。他解释他的新方法和创新措施，希望能打造出全国最成功的马厩。马厩彻底防火，有最高等级的卫生设施，由私家侦探组成的特别保安队伍看守。最后，沃尔茨领着他走向一个隔间，外墙上镶着好大一块黄铜标牌。标牌上的名字是“喀土穆”。

黑根以外行人的眼睛都看得出隔间里的马有多美丽。喀土穆毛色漆黑，唯独宽阔的额头有一块钻石形状的白斑。棕色大眼闪着金苹果的光芒，绷紧肌肉上的黑色皮肤丝绸般柔滑。沃尔茨带着孩童般的自豪说：“全世界的头号赛马。我去年在英国用六十万买的。我打赌连俄国沙皇也没花过这么多钱买一匹马。但我不打算让它上场，我要让它当种马。我要建立起美国历史上最伟大的赛马马厩。”他梳理马的鬃毛，轻轻唤它的名字，“喀土穆，喀土穆。”他的声音里有爱意，马作出回应。沃尔茨对黑根说：“我是天生的骑手，知道吗？第一次上马背都五十岁了。”他哈哈笑道，“也许我的俄国祖母或外祖母被哥萨克骑兵强奸过，我继承了血脉。”他挠着喀土穆的肚皮，钦佩的语气不可能更真挚了，“看它那儿，我真想也有那么一根。”

他们回到正厅吃晚饭。三名侍者在一名管家的指挥下伺候他们，桌布镶着金线，餐具全是银器，可惜黑根发现食物非常普通。沃尔茨显然独居已久，而且不懂得享受美食。等两人都点起粗大的哈瓦那雪茄，黑根才问沃尔茨：“约翰尼能不能拿到那个角色？”

“我没办法，”沃尔茨说，“就算我想，也没法把约翰尼塞进那部电影。演员的合同全都签好了，下周就要开拍。现在我哪儿还有回旋余地？”

黑根不耐烦道：“沃尔茨先生，和大人物打交道有个好处，就是知道这种借口一推就翻。实际上你想做什么就可以做什么。”他抽了一口雪茄，“不相信我的客户能信守承诺？”

沃尔茨干巴巴地说：“我相信我会遇到劳工纠纷。高夫打电话说过了，那个浑蛋，听他说话的口气，绝对想不到我每年付他十万黑钱。我相信你能让我那个娘娘腔‘男’明星再也弄不到海洛因。但我不在乎，而且我能为电影提供资金。我恨方坦。告诉你的老板，我没法帮他这个忙，不过别的事情倒是可以考虑。随便什么事情。”

黑根心想，无耻浑蛋，既然是这样，为什么让我大老远赶来？他还有别的事。黑根冷冷地说：“我认为你并不理解如今的局面。柯里昂先生是约翰尼·方坦的教父。这是非常亲密、非常神圣的宗教关系。”听见他提到宗教，沃尔茨谦恭地低了低头。黑根继续道，“意大利人有个玩笑话，说世界太残酷，所以一个人非得有两个父亲照看他，这就是教父的由来。约翰尼的父亲已经过世，因此柯里昂先生觉得他的责任更加重大。说到其他的要求，柯里昂先生可是很敏感的。第一个要求被回绝，他绝对不可能求你帮第二个忙。”

沃尔茨耸耸肩：“我很抱歉，可答案仍旧是不行。但既然你来都来了，说个价码吧，我得花多少钱摆平劳工纠纷这档事？现金，马上付。”

这解答了黑根的一个疑问。既然沃尔茨已经决定不把角色给约翰尼了，为什么还要花那么多时间和他周旋？这次会面根本不可能改变他的决定。沃尔茨有恃无恐，他不害怕唐·柯里昂的权势。当然，沃尔茨的政治关系分布全国，和联邦调查局局长也有交情，还有大量的个人财富和电影圈说一不二的权柄，他不觉得唐·柯里昂能构成任何威胁。要任何一个聪明人说，甚至要黑根说，沃尔茨的地位都确实似乎不可动摇。他愿意承受罢工有可能造成的损失，那么唐也就拿他无可奈何了。这种力量权衡没错，但是问题是：唐·柯里昂已经答应了教子，会帮他弄到那个角色，而就黑根所知，在这类事情上，唐·柯里昂决不食言。

黑根平静地说："你存心歪曲我的意思。你想把我说成是勒索帮凶。柯里昂先生答应为你解决劳工纠纷，这是友情的表现，作为回报你要帮助他的客户。朋友之间交换影响力罢了，没别的意思。但是你并没有拿我当回事。我个人认为你犯了个错。"

沃尔茨像是早就在等这个机会撒泼发火。"我非常明白，"他说，"这是黑手党的风格，不是吗？嘴上说得好听，其实是在威胁。我跟你挑明了吧，约翰尼·方坦的确是完美的人选，那个角色会让他成为大明星，但他就是拿不到，绝对拿不到，因为我恨这个浑蛋，我要把他赶出电影圈。听我告诉你原因，他毁了我最值钱的女明星。我培养了她五年，唱歌、跳舞、表演，什么都学了，我砸下去了几十万美元想要把她捧成明星。但你别以为我铁石心肠，眼里只有钱，坦白说，这个姑娘很漂亮，我这辈子从没玩过她那么漂亮的屁股，要知道我可是见识过各种各样的女人。她能像水泵一样榨干你。可是约翰尼出现了，用橄榄油似的嗓子和黑皮的魅力拐走了她。她抛弃了一切，害得我被人嘲笑。我这种地位的人，黑根先生，是不能忍受被耻笑的。我必须让约翰尼偿还我的损失。"

沃尔茨终于第一次让黑根吃了一惊。他觉得难以理解，一个这么富裕的成年人居然会让此等小事影响他对生意的判断，而且还是如此重要的生意。在黑根的世界里，柯里昂家族的世界里，女性的美丽肉体和性魅力对世俗事务毫无重要性可言。只要不涉及婚姻和家族的脸面，这就只是私人事务。黑根决定最后再试一次。

“你说得对极了，沃尔茨先生，”黑根说，“但你至于愤怒到这个地步吗？我觉得你并不理解这个小人情对我的客户有多重要。约翰尼小时候是在柯里昂先生怀里受洗的，他父亲过世后，柯里昂先生担负起了父亲的职责。有很多人称呼他‘教父’，表达尊敬和谢意，因为他曾经帮助过这些人。柯里昂先生从不让朋友失望。”

沃尔茨突然站起身。“我听够了。从来是我命令匪徒，匪徒哪儿有资格命令我？我要是拿起听筒，你今晚就得在牢里过夜。那位黑手党老大要是敢跟我动粗，他会发现我可不是什么乐队领头。没错，我也知道那个故事。听着，你们柯里昂先生死都不知道怎么死的。别逼我动用我在白宫的关系。”

白痴，愚蠢的杂种。他是怎么成为一把手的？黑根不由心想。总统的顾问，全世界最大的电影公司的老板。唐非得投资电影业不可。这家伙听话只听表面意思，没有理解其中的意义。

“谢谢你招待晚餐，让我度过这么愉快的夜晚，”黑根说，“能安排人送我去机场吗？我想我就不必过夜了。”他冷笑道，“柯里昂先生坚持要在第一时间听见坏消息。”

黑根在大屋那水银灯照射的柱廊上等车，见到两个女人登上等在车道上的加长林肯，正是他在沃尔茨办公室见过的十二岁漂亮金发女孩和女孩的母亲。可现在女孩那线条优雅的嘴唇成了乱七八糟的一团粉红色，海蓝色的双眼目光呆滞，沿着台阶走向打开的车门时，两条长腿像跛马似的蹒跚。母亲搀着女儿，扶她坐进车里，对着女儿的耳朵咬牙切齿地说着什么。母亲扭头鬼鬼祟祟地望向黑根，黑根见到她的眼神燃烧着秃鹫般的凯旋光彩，紧接着她也钻进了车里。

怪不得他没能坐飞机从洛杉矶过来，黑根心想。飞机上坐着母女俩和制片人。这样沃尔茨就有时间在晚餐前休息一下，搞那个小女孩。约翰尼想混的就是这样一个世界？祝他好运，也祝沃尔茨好运。

保利·加图不喜欢速战速决，特别是牵涉到暴力。他喜欢预先详细盘算。比方说今晚的任务，虽说只是揍两个小流氓，但要是有谁出错，就很容易酿成大祸。他一边小口啜饮啤酒，一边左顾右盼，看两个小流氓能不能勾搭上吧台的那两个小烂货。

保利·加图对这两个小流氓了若指掌。一个叫杰瑞·瓦格纳，一个叫凯文·穆南，今年都是二十岁，容貌出众，棕色头发，高个子，好身材。他们两周后要回城外的大学，父亲都有政治影响力，加上大学生的身份，所以躲过了征兵。他们因为侵犯亚美利哥·邦纳塞拉的女儿而被判缓刑。一对人渣，保利·加图心想。逃兵役，违反假释条例，午夜过后还在酒吧喝酒，追逐放荡女人。两个小流氓。保利·加图觉得他本人的缓役是另外一码事，因为医生向征兵委员会提供书面诊断书，证明这名二十六岁的未婚白种男性患者由于精神问题接受过弹震症治疗。加图经过“杀人明誓”的成人礼之后，克莱门扎帮他安排了这件事。

克莱门扎吩咐他这个任务必须在两个小伙子回学校前尽快完成。为什么非得在纽约下手？加图不由心想。克莱门扎总是提点额外要求，不直接给命令。要是这两个小骚货跟着他们离开，那今晚可就又是白费了。

他听见一个姑娘笑着说："你疯了吗，杰瑞？我才不和你上车呢。我不想像某个可怜姑娘一样进医院。"她的声音饱含恶意的满足，倒是遂了加图的心愿。他喝完啤酒，走上黑洞洞的街道。好极了。时间过了午夜。还亮着灯的只有另外一家酒吧。其他店铺都已关门。克莱门扎关照过分局的巡逻车。在接到无线电调度之前，他们不会在附近出没，就算来也会来得很慢。

他靠在四门雪佛兰轿车上。后排虽说坐着两个大块头，但从外面几乎看不清楚。保利说："他们一出来就动手。"

他还是觉得安排得过于仓促。克莱门扎搞来了两个小流氓的案底照片，还有他们每晚鬼混的酒吧地址。保利在家族内部找了两个打手，把小流氓指给他们。他的指示说得很清楚：不准打头顶和后脑，不能意外弄出人命。除此之外，爱怎么揍就怎么揍。他只提醒了一句："要是两个小流氓没在医院里住满一个月，你们就回去开卡车。"

两个大块头钻出车门，他们以前是打拳的，但连小俱乐部都没熬出头，桑尼·柯里昂安排他们收高利贷，所以活得还算不赖。他们当然急于表达谢意。

杰瑞·瓦格纳和凯文·穆南走出酒吧，一头撞进陷阱。酒吧女郎的奚落刺痛了少年人的自尊心。保利·加图靠在挡泥板上，大声嘲笑道："喂，情圣，被女人甩了吧。"

两人转过身，心情不坏。保利·加图一看就很适合拿来发泄屈辱。雪貂脸，矮个子，体格瘦削，而且还自作聪明。他们满怀渴望地扑上来，却立刻被两个男人从背后牢牢地抓住了胳膊。保利·加图趁机把带有十六分之一英寸铁刺的特制铜指套戴上右手。他每周在健身房训练三次，时间抓得很准，一拳镶在小流氓瓦格纳的鼻梁上。抱住瓦格纳的壮汉举起瓦格纳，保利挥动手臂，一记上勾拳不偏不倚正中下体。瓦格纳软瘫下去，大块头将他扔在地上。从头到尾还不到六秒钟。

两人的注意力转向凯文·穆南，他企图喊救命，从背后抱住他的男人伸出一条壮硕的手臂，轻而易举地勒住他，另一只手锁住穆南的喉咙，不让他发出任何声音。

保利·加图钻进车里，发动引擎。两个大块头把穆南揍成一坨果冻，动作不慌不忙得吓人，像是全世界的时间都归他们支配。他们不是慌乱地瞎打一通，而是一板一眼，用上躯体的全部力量，慢镜头似的慢慢收拾他。每一拳下去都带着皮开肉绽的声音。加图瞥了一眼穆南的脸——已经面目全非。两条壮汉撇开躺在人行道上的穆南，转身走向瓦格纳。瓦格纳正在尝试起身，张嘴就喊救命。有人从酒吧里出来，两个打手必须加快节奏了。他们把瓦格纳揍得跪倒在地。一个人抓住他的胳膊，用力一扭，接着一脚踢在他脊梁上。随着“咔嚓”一声，瓦格纳的惨叫声喊得整条街都推开了窗户。两个人下手飞快。一个双手像老虎钳似的夹住瓦格纳的脑袋，拽他起身。另一个挥舞偌大的拳头，猛砸固定的靶子。又有几个人跑出酒吧，但谁也没出头干预。保利·加图喊一声：“够了，快走。”两条大汉跳上车，保利一脚把油门踩到底。就算有人记下车型和牌照也无所谓。车是偷来的，牌照是加州的，纽约市有十万辆黑色雪佛兰轿车。

第二章

星期四早晨，汤姆·黑根走进他在市区的事务所。他打算先处理积欠的文书工作，好在周五和维吉尔·索洛佐会面前准备妥当资料。考虑到这次会面如此重要，他已经请求唐空出一个晚上讨论应对方法，他们知道索洛佐想和家族做什么生意。黑根希望先处理完所有琐事，然后心无旁骛地参加这次初步的会面。

周二深夜，黑根从加州回来，通报他和沃尔茨的磋商结果，唐似乎并不惊讶。他让黑根仔细描述每个细节，听到小女孩和母亲的事情，他厌恶地皱起眉头，喃喃用令人发指[1]表达强烈的不满。他最后问了黑根一个问题："这家伙真的有种吗？"

黑根琢磨着唐这个问题的真实用意。经过这些年，他早已明白唐的价值观和绝大多数人的大相径庭，因此他的话很可能还有其他意思。沃尔茨有性格吗？沃尔茨意志坚强吗？百分之百有。不过这并不是唐想知道的。这位电影制片人有不会被轻易吓住的勇气吗？他能承担电影延期导致的财务损失吗，能承受旗下大明星被曝出吸

1 infamità：原文意大利语，意为极度恶劣的行径。

食海洛因吗？答案仍旧是肯定的。但是，这仍旧不是唐的意思。最后，他在脑海里正确地诠释出了唐的本意。杰克·沃尔茨有卵蛋甘冒失去一切的风险，以维护原则和荣誉吗？仅仅为了复仇？

黑根微微一笑。他很少和唐开玩笑，但这次实在忍不住：“你想问他是不是西西里人。”唐愉快地点点头，认可这句奉承人的俏皮话，也表示黑根说得对。“不。”黑根答道。

这个话题到此为止。唐一直思考到第二天。星期三下午，他打电话叫黑根来家里，对他下达指令。黑根把这一天剩下的时间全用在了安排实施上，他对唐佩服得五体投地。毫无疑问，唐解决了问题，沃尔茨今天上午肯定会打电话来，说约翰尼·方坦将担任这部战争新片的男主角。

电话恰好响了，但打来的是亚美利哥·邦纳塞拉。殡仪馆老板感激得声音发颤。他请黑根转告唐，他的友谊至死不变。只需要唐一个电话，他亚美利哥·邦纳塞拉肯为敬爱的教父肝脑涂地。黑根保证一定转告。

《每日新闻》在版面正中间刊登了杰瑞·瓦格纳和凯文·穆南躺在马路上的照片。拍照的是行家里手，画面非常血腥，他们简直成了两堆肉块。报纸说他们还活着就是奇迹，但必须住院数月，还得接受整形手术。黑根要提醒克莱门扎：保利·加图值得关注。他做事似乎挺靠得住。

接下来的三个钟头，黑根高效地为唐的房地产公司、橄榄油进口生意和建筑公司合并收入报表。几家公司现在都不太景气，但战争已经结束，很快就能财源滚滚。他几乎忘了约翰尼·方坦，直到秘书说有加州的电话才想起来。拿起听筒，他颇为兴奋和期待，说："我是黑根。"

线路那头的声音由于仇恨和激动而走了样。"你这个狗杂种，"沃尔茨扯着嗓子喊道，"我要你们一个个进监狱蹲一百年。我拿全部家产跟你们拼了。我要割了约翰尼·方坦的卵蛋，听见了吗，黑皮杂种？"

黑根友好地说："我是德国和爱尔兰的血统。"对方沉默良久，"咔嗒"一声挂断电话。黑根露出微笑。沃尔茨一个字也没敢威胁唐·柯里昂本人。这就是唐的天才之处。

杰克·沃尔茨总是单独睡觉。他那张床容得下十个人，卧室足够拍摄电影里的舞厅场景，但自从第一任妻子十年前过世后，他始终单独睡觉。这并不意味着他不再享用女人。他是不年轻了，但他体力充沛，不过现在只有小女孩才能引起他的性欲，而晚上几个小时已经是身体和耐心的极限了。

星期四早晨，他不知为何醒得很早。黎明的光线使得宽敞的卧室影影绰绰，仿佛雾气弥漫的草场。床脚附近有个熟悉的轮廓，沃尔茨挣扎着用手肘撑起半个身子，想看得更清楚一些。那个轮廓属于马匹的头颅。沃尔茨还是看得有些模糊，伸手打开了床头柜上的台灯。

他被眼前的东西震惊得感到了生理上的不适。就仿佛胸口挨了大锤一击，心脏狂跳，阵阵反胃，呕吐物喷溅在厚实的熊皮地毯上。

名马喀土穆那丝绸般柔滑的黑色头颅，被从躯体上割了下来，牢牢地粘在厚厚的一摊血迹中央。细长的白色筋腱露在外面，口鼻满是泡沫，曾经闪烁金光的苹果大眼因为死亡和失血，成了两颗斑驳的腐烂水果。纯粹原始的恐惧击倒了沃尔茨，出于恐惧，他大喊仆人，同样出于恐惧，他打电话给黑根，语无伦次地威胁。他的癫狂胡话吓坏了管家，管家打电话给沃尔茨的私人医生和电影公司的二把手。不过，沃尔茨在他们赶到前控制住了情绪。

他深感震惊。什么样的人能随便毁灭一头价值六十万美元的动物？没有一句警告，不装腔作势，不按理出牌，不留任何余地。这种冷酷无情，这种对一切价值的全然蔑视，意味着这个人只认他自己的法律，甚至把自己视为上帝。这个人还有足够的权势和狡诈来支持他的意愿，马厩的安保力量在他眼中犹如儿戏。到了这个时候，沃尔茨已经得知有人给马下了强效麻醉剂，用斧头不慌不忙砍下硕大的三角形头颅。夜班警卫说没听到任何动静。要沃尔茨说，这不太可能。他们有可能是被逼着这么说的，也有可能被收买了，收买他们的人愿意要他们怎么说，他们就怎么说。

沃尔茨绝不愚蠢，只是极度自大，错误地以为他在自己的世界里比唐·柯里昂更有权力。他仅仅是需要看到与之相反的证据而已。他理解了对方的意思：尽管他很有钱，尽管他和美国总统有关系，尽管声称和联邦调查局局长有私交，一个躲在暗处的意大利橄榄油进口商就能要了他的命。真的可以杀了他！就因为他不肯给约翰尼·方坦一个他想要的角色。谁有权这么做事？要是大家都这么做事，世界会变成什么样子啊。太疯狂了。你有钱、有公司、有发号施令的权柄，却不能为所欲为。这种人必须碾碎，这种事决不允许。

沃尔茨请医生给他一剂药效温和的镇静剂，帮助他冷静头脑，理智思考。真正让他震惊的是这个叫柯里昂的家伙居然随随便便就下令毁灭了一匹价值六十万美元的世界名马。六十万美元啊！只是个开始而已。沃尔茨打个寒战。他回想他已经建立起的好生活。他很有钱，勾勾手指、承诺一份合约就搞得到全世界最漂亮的女人。因为心血来潮就拿所有这些冒险？那是发疯。他也许能揪出柯里昂，但杀一匹赛马能得到什么刑罚？他狂笑起来，医生和仆人神情紧张地望着他。另一个想法涌上心头。有人如此公然地蔑视他的权力，他将沦为整个加州的笑柄。想到这里，他作了决定。除此之外，他还有个念头：也许他们不打算杀他，是因为手里还有更狡猾、更可怕的手段。

沃尔茨给了必要的指示，他的亲信班子行动起来。仆人和医生发誓保守秘密，否则就是电影公司和沃尔茨的死敌。透露给媒体的消息是赛马喀土穆在从英国来的路上不幸染病，终告不治。尸体被埋在大宅的一个秘密地点。

六小时后，那部电影的执行制片人打电话给约翰尼·方坦，通知他下周一报到。

那天晚上，黑根来到唐的家里，为明天和维吉尔·索洛佐的重要会面作准备。唐叫来了他的大儿子，桑尼·柯里昂那张浓眉大眼的爱神脸疲惫而憔悴，捧着一杯水小口啜饮。他肯定还在搞那个伴娘。黑根心想。又是一桩烦心事。

唐·柯里昂坐进扶手椅，吸着“高贵”牌雪茄。黑根在办公室存了一盒这种雪茄。他劝过唐改抽哈瓦那，但唐说哈瓦那伤喉咙。

“该知道的情况都搞清楚了吧？”唐问。

黑根打开他存放笔记的文件夹。这些笔记都不牵涉犯罪，只是些暗语一样的提示，以确保他没有遗漏任何重要的细节。“索洛佐找我们是为了求助，”黑根说，“他想请家族投资至少一百万美元，同时寻求法律方面的保护伞。答应这两个条件，我们就能分一杯羹，但具体数字没人知道。塔塔利亚家族为索洛佐作保，他们多半也有一份。生意是毒品。索洛佐在土耳其有关系，把土耳其种植的罂粟运往西西里没有任何问题。他在西西里有加工海洛因的地点，而且还能加工吗啡，如果有需要的话，这也是一种保险。不过他的加工厂似乎十分隐蔽安全。现在的障碍只剩下运进美国和分销。另外就是启动资金。一百万美元可没法从天上掉下来。”黑根见到唐·柯里昂皱起眉头。老头子不喜欢别人在谈论生意的时候乱加不必要的修饰。他连忙说了下去。

“大家管索洛佐叫‘土佬’有两个原因。第一，他在土耳其待的时间很多，在土耳其有老婆和孩子。第二，据说他很容易拔刀子，至少年轻时是这样。不过只因为生意动刀，而且都有说得过去的理由。很有能力，不受别人的管教。他有案底，蹲过两次监狱，一次在意大利，一次在美国，政府知道他的毒贩身份。对我们是个优势。他被认为是黑帮大佬，而且有案底，意味着他不可能靠作证得到豁免。他在美国也有老婆和三个孩子，是个顾家的男人。只要知道家里人的生活费用有着落，他就愿意承担任何刑罚。”

唐抽着雪茄，说：“桑蒂诺，你怎么看？”

黑根知道桑尼会说什么。唐一直压制着他，他很气恼。他想大展身手。这是个完美的机会。

桑尼喝了一大口威士忌。“白粉是个金矿，”他说，“同时也很危险。最后得有人去蹲二十年大牢。要我说，别插手具体运营，只提供保护和资金，这么做应该不错。”

黑根赞赏地望着桑尼。他这手牌打得不错，着眼于显而易见的事实，提出了对他来说最有利的办法。

唐抽着雪茄说：“你呢，汤姆，你怎么想？”

黑根摆出百分之百诚实的样子。他已经得出结论，唐要拒绝索洛佐的提议。更糟糕的是，黑根确信唐想得不够透彻，眼光不够长远，类似的情况他只遇到过几次。

“直说吧，汤姆，”唐鼓励道，“西西里血统的顾问也不总是赞同老板。”三个人都笑了起来。

“我认为你该答应，”黑根说，“显而易见的原因你都清楚，但最重要的一条是毒品的盈利能力远远超过其他行当。就算我们不插手，也有其他人会，说不定就是塔塔利亚家族。借着毒品的利润，他们可以买通越来越多的警察和政客。他们的家族会变得比我们更强大，最后甚至动手抢走我们的产业。这就像国与国的关系。他们搞军备，我们也只能跟着搞。他们的经济力量越是强盛，对我们的威胁就越大。我们现在有赌场和工会，这两门生意暂时最挣钱。不过我认为毒品是未来的希望。我认为我们应该分一杯羹，否则就是在拿所有家业冒险。风险不在眼前，而是在十年以后。”

唐似乎很受触动。他抽着雪茄，喃喃道：“这确实是最重要的事情。”他叹了口气，站起身，“明天我几点见那个异教徒？”

黑根怀着希望说：“他上午十点到这儿。”唐也许会答应。

“你俩陪我见他。”唐说。他起身伸个懒腰，挽住儿子的胳膊：“桑蒂诺，好好睡一觉，你的脸色活像魔鬼他本人。照顾好自己，你不可能永远年轻。”

桑尼受到父亲关心的鼓舞，问了黑根不敢说出口的问题：“爸爸，你会怎么回答他？”

唐·柯里昂笑着说：“不了解怎么分账和其他的细节，我怎么知道？另外，我得考虑一下今晚得到的建议。我毕竟不是那种鲁莽行事的人。”就在他出门的时候，他语气随便地对黑根说：“你的笔记里有没有说土佬在战前靠妓院谋生？就像现在的塔塔利亚家族。记下这一条，免得忘了。”唐的声音里有最细微的一丝嘲笑，黑根涨红了脸。他故意没提这一点，一方面是无关紧要，另一方面是害怕这会先入为主地影响唐的判断。唐在男女之事上极其地古板。

维吉尔·“土佬”·索洛佐体格粗壮，中等块头，五官黝黑，说是真正的土耳其佬也混得过去。他鼻梁犹如弯刀，有一双冷酷的黑眼睛。他的神态也非常威严。

桑尼·柯里昂在门口迎接他，领他去办公室见黑根和唐。黑根觉得除了卢卡·布拉齐，这是他见过的最危险的人。

大家礼貌地握手寒暄。要是唐问我这家伙有没有卵蛋，黑根心想，我一定会说有。他从没在一个人身上见过如此可怕的力量，连唐也比不上。说实话，唐今天拿出了最糟糕的一面。和他打招呼的时候，唐显得有点过于单纯，过于像个农夫。

索洛佐开门见山。生意确实是贩毒。事情都安排妥当了。土耳其的罂粟田保证每年如数供货。他在法国有一家受到保护的工厂，把罂粟提炼成吗啡。他在西西里有个绝对安全的场地，把吗啡加工成海洛因。走私进入法国和意大利能有多保险就有多保险。运进美国会有百分之五左右的货损，因为大家都知道，联邦调查局实在无法收买。但是，利润大得惊人，风险近乎零。

“那为什么来找我呢？”唐很有礼貌地问，“我为何配得上你的慷慨？”

索洛佐的黑脸还是面无表情。“我需要两百万美元的现金，”他说，“另外一点同样重要，我需要一个伙伴，他得在重要位置有权势滔天的朋友。今后几年里，我的递送人员也许会有人被逮住，这是难免的。他们都是没有案底的人，这点我可以保证，因此法官从轻发落也合乎逻辑。我需要一个朋友，他能保证我的人就算进监狱，也只会蹲个一两年。这样他们就不会乱说话了。但要是被判个十年二十年的，那可就说不准了。天底下有很多软骨头。他们会乱说话，咬出更关键的角色。法律方面的保护伞必不可少。我听说，您，唐·柯里昂的口袋里装了很多法官，数量比得上擦鞋匠口袋里的零钱。”

唐·柯里昂没有费心去认可他的恭维。“我的家族能分多少？”他问。

索洛佐两眼一亮。“五成。”他顿了顿，用近乎于爱抚的声音说，“头一年，你的分红就有三四百万，往后只会越来越多。”

唐·柯里昂说：“塔塔利亚家族占多少呢？”

索洛佐第一次露出紧张的神色。“他们从我那份里拿分红，我在运作方面需要人手。”

“这么说，”唐·柯里昂说，“我只需要提供一点资金和法律保护就能拿五成，不必担心运作方面的问题，你想说的就是这些吧？”

索洛佐点点头。“假如你觉得两百万美元现金只是‘一点资金’，那么我要为你的成功喝彩了，唐·柯里昂。”

唐平静地说：“我之所以同意见你，是为了表示我对塔塔利亚家族的尊重，也因为我听说你做事认真，理当得到我的尊敬。我不得不拒绝你的提议，但请你听我的理由。你这门生意利润丰厚，但风险同样巨大。我要是参与你的运作，就会损害我的其他利益。没错，我在政坛上有许许多多朋友，但我的生意假如不是赌博而是毒品，他们对我恐怕就没那么友好了。他们认为赌博和烈酒一样，有伤风化但无害，但他们认为毒品很肮脏。不，你不用辩解。我说的是他们的看法，不是我的。一个人怎么谋生不关我的事。我想说的是，你的生意对我来说风险太大。我的家族成员过去这十年都过得很好，风平浪静。我不能因为贪婪而危害他们和他们的生计。”

索洛佐的失望仅有一个表现：眼神飞快地扫视整个房间，像是希望黑根或桑尼出言支持他。他说：“你担心你的两百万没有保障？”

唐冷冷一笑，答道：“不。”

索洛佐没有死心。“塔塔利亚家族愿意担保你的投资。”

这时候，桑尼·柯里昂犯了个判断和程序上的错误，一个不可饶恕的错误。他急切地问：“塔塔利亚能担保我们收回投资，但不需要任何佣金吗？”

黑根被他的插嘴吓傻了。他看着唐把凶恶而冷酷的视线转向大儿子，而桑尼因为莫名其妙受了斥责而手足无措。索洛佐的眼神又是一闪，但这次是出于满足。他发现唐的堡垒有一条裂缝。唐开口了，他驳回了桑尼的话。“年轻人嘛，免不了贪心，而且越来越没规矩，居然打断长辈说话，乱管闲事。唉，我对孩子总是很心软，宠坏了他们。你也看见了。索洛佐先生，我的拒绝是最终决定。请允许我恭祝您生意兴隆。你我在生意上没有冲突。很抱歉，我让你失望了。”

索洛佐低了低头，和唐握手，黑根送他到外面的车上。和黑根道别的时候，他脸上毫无表情。

回到房间里，唐·柯里昂问黑根：“你怎么看他？”

“西西里人。”黑根干巴巴地说。

唐若有所思地点点头，转向大儿子，心平气和地说：“桑蒂诺，绝对不要让家族外的人知道你在想什么。绝对不要让他们知道你手里有什么牌。我觉得你和那个小姑娘搞名堂把脑子搞坏了。别鬼混了，好好关心生意。现在从我面前滚开吧。”

对于唐的责骂，桑尼先是惊讶，然后是愤怒。黑根全看在眼里。他难道真以为唐不知道他四处猎艳？黑根心想，他真的不知道今天上午犯了多么危险的错误吗？要真是这样，桑蒂诺·柯里昂当上唐以后，黑根可不想当他的顾问。

唐·柯里昂等桑尼离开房间后，这才一屁股坐进皮革扶手椅，打个粗暴的手势示意倒酒。黑根给他斟了一杯茴香酒。唐抬起头看着他，说：“叫卢卡·布拉齐来见我。”

三个月后的一天，黑根正在市区的办公室忙着处理文件，希望能早点下班，去给老婆孩子挑选圣诞礼物。约翰尼·方坦兴高采烈地打来电话，打断了他的思路。电影已经拍完，毛片——天晓得那是什么鬼东西，黑根心想——好得没法说。他送了唐一件圣诞礼物，唐看了保准两眼发亮，他本打算亲自送来，但电影这边还有些小事，实在分身无术。他只能在西海岸过圣诞了。黑根试图掩饰他的不耐烦。他一向对约翰尼·方坦的魅力免疫，但胃口倒是被吊了起来。“什么礼物？”他问。约翰尼·方坦嘿嘿一笑，说：“不能说，保证是一等一的圣诞礼物。”黑根立刻失去了所有兴趣，决定有礼貌地挂断电话。

十分钟后，秘书说康妮·柯里昂来电话，有话要跟他说。黑根叹了口气。康妮没出嫁之前是个好姑娘，结婚后成了讨厌鬼。她抱怨她的丈夫，经常回家探望母亲，一住就是两三天。事实证明卡洛·里齐是正牌窝囊废。家族安排他做点挣钱的小生意，却被他搞得一塌糊涂。他酗酒，嫖妓，赌博，动不动打老婆。康妮没和家里人说过，但告诉了黑根。不知道这次又要讲什么伤心事了。

然而，圣诞气氛似乎也让她高兴了起来。她只是想问黑根，她父亲还有桑尼、弗雷德和迈克会喜欢什么样的圣诞礼物。她已经想到了要送母亲什么。黑根给了些建议，她都觉得太俗气。最后，她总算放过了黑根。

电话铃再次响起，黑根把文件扔回待处理的档案篮。去他妈的，他要走了。不过，他可没有拒接电话的念头。秘书说打来的是迈克尔·柯里昂，他开开心心地拿起听筒。他一直很喜欢迈克。

“汤姆，”迈克尔·柯里昂说，“我明天带着凯开车进城。有些重要的事情想在圣诞节前告诉老头子。他明晚在家吗？”

“当然，”黑根说，“他过完圣诞才出城。需要我帮你安排什么吗？”

迈克的口风和他父亲一样紧。“不需要，”他说，“我们圣诞节见，大家都要去长滩，对吧？”

“对。”黑根说。迈克没有跟他聊天，而是直接挂断电话，黑根觉得很高兴。

他吩咐秘书打电话给他妻子，说他迟一点回家，不过还是在家吃饭。走出大楼，他脚步轻快地走向商业区的梅西百货。有人挡住他的去路。他惊讶地发现来者是索洛佐。

索洛佐抓住他的胳膊，轻声说：“别怕，我只想和你聊聊。”停在路边的轿车突然打开门。索洛佐催促道：“进去，我想和你聊聊。”

黑根抽出手臂。他并不害怕，只是有点恼怒。“我没这个工夫。”他说。这时有两个男人从他背后夹了过来，黑根突然觉得两腿发软。索洛佐温和地说：“上车。我要是想杀你，你已经是个死人了。请相信我。”

黑根钻进轿车，根本不相信他的话。

迈克尔·柯里昂对黑根撒了谎。他已经在纽约了，打电话的时候在离黑根不到十个街区的宾夕法尼亚酒店。他放下听筒，凯揿熄灭烟头，说：“迈克，你真是个撒谎精。”

迈克尔挨着她坐在床边。“都是为了你，亲爱的。要是告诉家里人我已经在城里了，那就非得立刻去见他们不可。那样今晚我们就没法出去吃饭、去戏院、一起睡觉了。我们还没结婚，在我父亲的家肯定没法睡在一起。”他搂住凯，轻轻亲吻她的嘴唇。她的嘴巴甜如蜜糖，他温柔地拉着她倒在床上。她闭上眼睛，等待他和她做爱，迈克尔感到无比幸福。他在太平洋打了好几年仗，在血腥的夺岛战斗之中，他做梦都想着凯·亚当斯这样的姑娘。她这么美丽的姑娘。苗条而柔软的身体，牛奶般的皮肤，燃烧着激情。她睁开眼睛，拽着他低头吻她。两人一直做爱做到吃饭和去戏院的时候。

吃过饭，他们走过灯火通明的百货商店，店里挤满了为圣诞节购物的人，迈克尔对凯说："你要什么圣诞礼物？"

她贴紧迈克尔，说："只要你。你觉得你父亲会接受我吗？"

迈克尔柔声说："不成问题。你父母会接受我吗？"

凯耸耸肩："我不在乎。"

迈克尔说："我甚至想过走法律途径改名换姓，但要是出了事情也没什么用处。你确定愿意成为柯里昂家的一员吗？"他半开玩笑地说着。

"愿意。"她却没有笑。两人彼此贴紧。他们已经决定要在圣诞节这周结婚，到市政厅不声不响地举行世俗婚礼，只邀请两个朋友担任见证人。不过，迈克尔坚持要告诉父亲。他解释说，只要不秘密结婚，父亲就绝对不会反对。凯不太放心。她说她打算到婚礼后再通知她父母。"他们肯定会以为我怀孕了。"她说。迈克尔咧嘴一笑："我父母也是。"

他们谁都没有提起迈克尔将不得不斩断家族联系的问题。两人明白迈克尔已经在某种程度上这么做了，但内心对此都有点愧疚。他们决定念完大学，每周末见面，暑假住在一起。生活应该会很美好。

他们看的是音乐剧《竞技大赛》，主角是个吹牛皮的窃贼，故事有点感伤，看得两人互视微笑。他们走出剧院，外面天气很冷。

凯偎依在他身边，说：“我们结婚以后，你会先揍我，然后偷一颗星星当礼物吗？”

迈克尔笑道：“我要当数学教授，”他说，“要不要先吃东西再回饭店？”

凯摇摇头。她意味深长地抬头看着他。和往常一样，她对做爱的渴望打动了迈克尔。他低头报以微笑，两人在冰冷的马路上拥吻。迈克尔很饿，决定叫客房服务送三明治。

走进饭店大堂，迈克尔让凯去报摊，说：“你买报纸，我去拿钥匙。”前面有几个人在排队，尽管战争已经结束，但饭店还是缺少人手。迈克尔拿到房间钥匙，不耐烦地环顾四周找凯。她站在报摊前，低头盯着手里的一份报纸。他走了过去。凯抬头看他，两眼充满泪水。“噢，迈克，”她说，“噢，迈克。”他接过凯手里的报纸，第一眼见到的就是父亲躺在马路上的照片，脑袋浸在血泊之中。一个男人坐在马路牙子上，哭得像个孩子。那是他的二哥弗雷迪。迈克尔·柯里昂觉得身体在结冰。心里没有悲痛，也没有恐惧，只有冰冷的怒火。他对凯说：“上楼回房间。”他不得不挽起凯的手臂，拉着她走进电梯，一路上谁也不说话。走进房间，迈克尔在床边坐下，打开报纸。头版头条：

维托·柯里昂遭到枪击。所谓的黑帮大佬严重受伤。手术在警方重兵把守下进行。血腥的黑帮斗争令人担忧。

迈克尔觉得两腿发软。他对凯说：“他没死，那些杂种没能得逞。”他又读一遍报道。父亲在今天下午五点遭到枪击。也就是说，他忙着和凯做爱、吃饭、欣赏音乐剧的时候，父亲正在死亡线上挣扎。迈克尔愧疚得难受。

凯说：“我们这就去医院？”

迈克尔摇摇头：“我先给家里打个电话。下手的人疯了，老头子没死，他们会孤注一掷。天晓得下一步会搞什么名堂。”

长滩家宅的两部电话都占线，迈克尔打了二十分钟才拨通。听筒里传来桑尼的声音：“哪位？”

“桑尼，是我。”迈克尔说。

他听得出桑尼松了一口气。“天哪，小弟，我们都在担心你。你他妈在哪儿？我派手下去你那小城打探情况了。”

“老头子怎么样？”迈克尔问，“伤得重吗？”

“很重，”桑尼说，“他们冲他开了五枪。不过他够硬气，”桑尼的声音充满自豪，“医生说他熬得过来。听着，小弟，我很忙，没时间聊天，你在哪儿？”

“纽约，”迈克尔说，“汤姆没说我要进城？”

桑尼稍微压低了声音，“他们抓走了汤姆，所以我才担心你。他老婆在我这儿。她还不知道，警察也一样。我不想告诉他们。策划这事的浑蛋肯定是疯子。你给我马上过来，别乱说话。明白吗？”

“好的，”迈克说，“知道是谁下的手吗？”

“当然，”桑尼说，“只要卢卡·布拉齐赶过来，他们就死定了。我们还是有优势。”

“我一小时内就到，”迈克尔说，“搭出租车。”他挂断电话。消息登报已经超过三个钟头。电台肯定也播了这条新闻。卢卡不可能没有听到。迈克尔琢磨起了一个问题：卢卡·布拉齐在哪儿？此时此刻，黑根也在问自己这个问题。长滩的桑尼·柯里昂同样在担心这个问题。

当天下午四点三刻，唐·柯里昂看完橄榄油公司经理准备的报表。他拿起外衣，用指节敲敲儿子弗雷迪的脑袋，让他别埋头看报纸了。“叫加图把车从停车场开过来，”他说，“等几分钟我们就回家。”

弗雷迪嘟囔道：“只能我自己去了。保利今天早上打电话请病假，说是又感冒了。”

唐·柯里昂若有所思地想了几秒钟，“本月的第三次。看来你得找个更健康的伙计开车了。告诉汤姆。”

弗雷迪辩解道：“保利是个好小伙子。他要是说生病，那就肯定是生病了。没关系，我不怕开车。”他走出办公室。唐·柯里昂望着窗外，看见儿子穿过第九大道走向停车场。他打电话到黑根的办公室，但没人接。他打电话回长滩家里，还是没人接。他有点生气，又望向窗外。车已经停在了楼门口的路边。弗雷迪靠在挡泥板上，抱着胳膊看圣诞节的购物人潮。唐·柯里昂穿上外衣。经理帮他穿上大衣。唐·柯里昂嘟囔一声谢谢，出门走下两段楼梯。

来到街上，时值初冬，天光暗淡。弗雷迪漫不经心地靠在重型别克的挡泥板上。见到父亲走出大楼，弗雷迪跑上马路，到司机座那边钻进车里。唐·柯里昂正要从人行道这一侧上车，忽然停下，转身走向路口的露天水果摊。这是他最近的习惯，他喜欢反季的大水果，黄澄澄的桃子和橙子在绿色盒子里闪闪发亮。店主跑过来招呼他。唐·柯里昂没有动手去拿，只是用手指点。摊主只有一次违背了他的意愿，拿起他挑的一个水果，给他看底下有点烂。唐·柯里昂用左手接过纸袋，用一张五块钱付账。他接过找零，就在他转身走向等候的轿车时，两个男人突然绕过拐角出现。唐·柯里昂立刻意识到发生了什么。

两个男人穿黑大衣，黑帽子拉得很低，以防被目击证人记住长相。他们没料到唐·柯里昂竟有这么警觉。唐·柯里昂丢下水果，冲向停在路边的轿车，对他这种体型的人来说，他的速度快得惊人。他边跑边喊："弗雷迪，弗雷迪！"就在这时，两个男人拔枪开始射击。

第一发子弹击中唐·柯里昂的后背。他感觉到子弹如榔头般的冲击力，但仍旧拖着身体跑向轿车。接下来的两颗子弹击中臀部，他摊手摊脚倒在马路上。两个枪手小心翼翼地避开滚动的水果，跟上来想解决他。此刻离唐呼唤儿子还不到五秒钟，弗雷德里科·柯里昂钻出车门，出现在车的另一边。枪手朝滚进了排水沟的唐匆匆忙忙又开两枪。一枪击中手臂多肉的部位，另一枪击中右侧小腿。伤都不重，但流血很多，在他身旁淌成了几小块血泊。这时候唐·柯里昂已经失去了知觉。

弗雷迪听见父亲的喊声，听见父亲喊他生下来的名字，紧接着听见两声响亮的枪响。他下车时已经慌了神，甚至忘了拔枪。两名刺客轻而易举就能撂倒他，但他们过于惊慌，一方面肯定知道二儿子有枪，另一方面耽搁的时间已经太久。他们拐过路口消失，留下弗雷迪一个人在路边陪着流血不止的父亲。大道上的购物客有几个躲进门洞或扑倒在地，剩下的三五成群聚在一起。

弗雷迪仍旧没有拔枪。他似乎吓傻了，盯着父亲脸朝下趴在柏油路上，身边发黑的血泊已经汇成湖泊。弗雷迪的肉体陷入休克。人们重新露头，有人见到他摇摇欲坠，扶着他到路边坐在马路牙子上。唐·柯里昂失去知觉的躯体周围聚起人群，直到第一辆警车拉着警笛分开一条路。紧跟着警车的是《每日新闻》的无线电报道车，车还没停稳，摄影师就跳下来，开始拍摄血泊中的唐·柯里昂。又过了几分钟，救护车赶到。摄影师把注意力转向弗雷迪·柯里昂，他哭得不加掩饰，这幅画面实在太滑稽了，因为他那张硬朗的爱神脸上，粗鼻梁和厚嘴唇沾满了鼻涕。警探在人群中散开，更多的警车陆续赶到。一名警探在弗雷迪身边跪下问话，但弗雷迪过于震惊，无法回答。警探伸手从弗雷迪的大衣里掏出钱包。他看了一眼证件，对搭档吹声口哨。几秒钟后，一群便衣警察把弗雷迪和人群隔开。第一个警探发现弗雷迪的肩套里有枪，掏出来拿走。他们抬起弗雷迪，把他塞进一辆没有标记的警车。见到这辆车开走，《每日新闻》的无线电报道车跟了上去。摄影师还在拍摄每一个人和每一件东西。

父亲遭到枪击后半小时，桑尼·柯里昂连续接到五个电话。第一个来自约翰·菲利普斯警探，他收柯里昂家的黑钱，坐在赶到枪击现场的第一辆便衣警车里。电话接通，他劈头就问桑尼："听得出我是谁？"

"听得出。"桑尼答道。他刚才在打瞌睡，喊他来接电话的是他妻子。

菲利普斯也不废话，语速飞快："有人在你父亲的办公楼外面刺杀他。十五分钟之前。他还活着，但伤得很重。救护车送他去了法兰西医院。警察把你弟弟弗雷迪带到切尔西分局去了。等他们释放他，你最好给他请个医生。我这就去医院，协助询问你家老头子，但前提是他能说话。有情况我随时通知你。”

隔着桌子，桑尼的妻子珊德拉发现丈夫涨红了脸，眼神发直。她悄声说：“出什么事了？”桑尼不耐烦地朝她一挥手，叫她安静，转身背对妻子，对着听筒说：“确定他还活着？”

“对，确定，”警探答道，“流了很多血，但我认为看起来可怕，实际上还好。”

“谢谢，”桑尼说，“明早八点整在家等着。有一千块送到。”

桑尼放下听筒，强迫自己坐着不动。他知道自己最大的弱点就是脾气火暴，此刻要是乱发脾气，结果可能是致命的。首先必须找到汤姆·黑根。他正要拿起听筒，电话又响了。来电者是家族许可的赌博簿记，负责唐的办公室所在的区域。簿记说唐遇到暗杀，在街上被乱枪打死。桑尼提了几个问题，得知簿记的线人未曾靠近尸体，桑尼认为他的消息并不确切。菲利普斯的内部线报更加准确。刚放下听筒，电话就第三次响起。打来的是《每日新闻》的记者，他刚说明身份，桑尼·柯里昂就挂断了电话。

他打到黑根家，问黑根的妻子：“汤姆还没到家吗？”她说：“没有。”还说离他应该到家的时间还有二十分钟，她在等他回家吃饭。“叫他打电话给我。”桑尼说。

他试着理清思路，试着想象父亲遇到这种情况会怎么反应。他立刻想到肯定是索洛佐发动了袭击，但要是没有更强大的势力撑腰，索洛佐可没胆子清除唐这种地位的家族领袖。电话铃第四次响起，打断他的思绪。听筒里传来的声音非常柔和，彬彬有礼，问：“桑蒂诺·柯里昂吗？”

“对。”桑尼说。

“汤姆·黑根在我们手上，”对方说，“大约三小时后，我们将释放他，让他带来我们的提议。别匆忙下决定，先听听他怎么说。否则你只会惹来更多的麻烦。木已成舟，现在大家必须讲道理。别发你那出了名的脾气。”音调稍微有点嘲讽。桑尼拿不准，但听起来很像索洛佐。他装得意志消沉，有气无力地说：“我等着。”他听见对面咔嗒一声挂断，扭头看一眼沉重的镶金手表，把准确的来电时间写在台布上。

他坐在餐桌前，皱起眉头。妻子问：“桑尼，怎么了？”他冷静地说：“老头子被人放了冷枪。”见到妻子的震惊表情，他不耐烦地说：“别怕，他没死。不会发生其他事情了。”他没说黑根的事情。电话铃第五次响起。

打来的是克莱门扎。胖子呼哧呼哧的声音像是猪喘气，他问：“知道你父亲出事了？”

“知道，”桑尼答道，“不过他还活着。”电话沉默良久，接着响起克莱门扎饱含感情的声音。“感谢上帝，感谢上帝，”他又焦虑地说，“确定吗？我听说他死在街上了。”

“他活着。”桑尼说。他仔细听着克莱门扎说话时的细微变化。情绪听起来很真诚，但演戏本来就是胖子的分内事。

“你必须接手，桑尼，”克莱门扎说，“要我做什么？”

“来我父亲家，”桑尼说，“带上保利·加图。”

“就这些？”克莱门扎问，“不用我派人去医院和你家？”

“不用，我只要你和保利·加图，”桑尼答道。电话又沉默良久，克莱门扎在掂量情况。桑尼不想搞得太僵，于是问：“保利他妈的到底在哪儿？他到底在干什么？”

电话里不再有呼哧呼哧的声音了，克莱门扎显得有点戒备：“保利请病假，他感冒了，所以在家里。他今年冬天一直病怏怏的。”

桑尼立刻警觉起来：“这几个月他请了几次病假？”

“大概三四次吧，”克莱门扎答道，“我问了弗雷迪好几次要不要换人，但他说不用。没有理由，过去十年过得风平浪静，你知道的。”

“对，”桑尼说，“到我父亲家碰头吧。记得带上保利，过来的时候接上他。我不管他病得有多重。听明白了？”他没等克莱门扎回答，直接摔下电话。

妻子在默默垂泪。桑尼盯着她看了好一会儿，然后恶狠狠地说：“我们的人打电话，就说我在我父亲家，叫他们打他的特别专线。其他人打电话，一律回答你什么都不知道。要是汤姆的老婆打电话，就说他在忙生意上的事情，过一阵才能回家。”

他沉思片刻：“我们的人会过来看家。”他见到妻子面露惧色，不耐烦地说，“用不着害怕，我只是要他们过来守着而已。他们叫你做什么你就做什么。找我就打爸爸的特别专线，但除非有要紧事，否则别打过来。还有，别担心。”他走出家门。

夜幕已经落下，十二月的寒风抽打林荫道。桑尼不怕走进黑夜。这八幢房屋都属于唐·柯里昂。林荫道入口的左右两幢租给家族扈从及家眷、明星情妇和住地下室房间的单身汉。另外六幢围成半圆形，汤姆·黑根和家人住一幢，唐本人住最小也最不起眼的一幢。另外三幢住着唐那些已经退休的老朋友，不收租金，但有个默契：只要唐提出要求，他们就必须搬走。这条林荫道看似和平安静，实际是一座坚不可摧的堡垒。

八幢房屋都有水银灯，周围照得通明，外人不可能潜入林荫道。桑尼穿过马路，到父亲的屋子门前，用他的钥匙开门。他喊道："妈，你在哪儿？"母亲从厨房出来，她背后飘来煎辣椒的香味。没等她说话，桑尼就抓住她的胳膊，拉着她坐下。"我接到电话，"他说，"不过你别担心。爸爸受伤进医院了。你换身衣服，准备过去。我马上给你安排车子和司机。好吗？"

母亲盯着他看了几秒钟，然后用意大利语问："中冷枪了？"

桑尼点点头。母亲垂首片刻，然后返回厨房。桑尼跟她进去，看着母亲关掉正在用平底锅煎辣椒的煤气炉，走出厨房，上楼去卧室。他用锅里的辣椒和桌上篮子里的面包凑合做了个三明治，滚烫的橄榄油从指缝间滴下来。他走进拐角的大房间，那是父亲的办公室，从上锁的柜橱抽屉里取出特别专线电话，这部电话登记在假名字和假地址之下。他首先打给卢卡·布拉齐。没人接电话。他接着打给布鲁克林的"安全阀"首领，此人名叫忒西奥，对唐的忠诚无可怀疑。桑尼把现状和计划告诉他。忒西奥的任务是召集五十个绝对忠诚的部下，派人守卫医院，派人到长滩办事。忒西奥问："克莱门扎呢？也被他们抓走了？"桑尼答道："我暂时不想用克莱门扎的人。"忒西奥马上明白过来，他顿了顿，然后说："抱歉，桑尼，但换了你父亲也会这么说：别忙着下决定，我不相信克莱门扎会背叛我们。”

“谢谢，”桑尼说，“我也不这么认为，但此刻我必须谨慎。对吧？”

“对。”忒西奥说。

“还有一件事，”桑尼说，“我小弟迈克在新罕布什尔州汉诺威念大学。叫几个我们在波士顿的熟人过去接他，带他回纽约家里，等事情平息再说。我打电话通知他，让他等着。我只是想预防万一，免得出意外。”

“好的，”忒西奥说，“安排妥当了我马上去你父亲家，好吗？你认识我的人，对吧？”

“对。”桑尼说。他挂断电话，走到镶在墙里的小保险箱前开锁，取出一本蓝色皮革装订的索引簿子，翻到“账”字头部分，找到他要查的条目：雷·法瑞尔，五千块，圣诞夜。后面是个电话号码。桑尼拨打电话，说：“法瑞尔？”对方答道，“对。”桑尼说：“我是桑蒂诺·柯里昂。我想请你帮个忙，马上就要结果。请你帮我查两个电话号码，列出过去三个月内打进打出的所有通话。”他把保利·加图和克莱门扎两人家里的号码给对方，然后说：“非常重要，今晚十二点前给我，你会得到一份额外的圣诞礼物。”

整理思绪之前，他又打了一次卢卡·布拉齐的号码。还是没人接听。他有点担心，但马上抛诸脑后。卢卡一听到消息就会来这儿。桑尼坐进转椅。一小时之内，屋子里将满是家族人马，他要对他们发号施令。此刻他终于有时间思考，终于意识到情况有多么严重。十年来第一次有人挑战柯里昂家族和家族的权势。毫无疑问，幕后主使是索洛佐，但要是没有纽约五大家族中的至少一家撑腰，他绝对没有这个胆子。支持他的无疑是塔塔利亚家族。这意味着要么全面开战，要么按照索洛佐的条件立刻达成协议。桑尼露出狞笑。土佬固然老谋深算，可惜运气不好。老头子还活着，因此只能开战。有卢卡·布拉齐和柯里昂家族的资源，结果可想而知。然而，让人担心的问题又回来了：卢卡·布拉齐在哪儿?

第三章

算上司机，车里有四个人守着黑根。他们逼着他坐进后座，街上两个站在他背后的人这会儿坐在他两边。索洛佐坐在前排。黑根右边的男人探身过来，拉下黑根的帽子遮住眼睛，他什么都看不见了。“小拇指都不许动一下。”他说。

路程不远，顶多二十分钟，下车的时候天已经黑了，黑根认不出这个地点。他们领着他走进地下室，让他坐进一把直背餐椅。索洛佐隔着餐桌在对面坐下，黝黑的脸庞露出秃鹫般的凶相。

“我不希望你害怕，”他说，“我知道你不是家族的打手。我希望你帮助柯里昂家族，也希望你帮助我。”

黑根把香烟放进嘴里，他的手在颤抖。一个男人拿来一瓶黑麦威士忌放在桌上，用骨瓷咖啡杯给他斟了半杯。黑根怀着感激的心情一饮而尽。烈酒下肚，手不抖了，腿也不软了。

“你老板死了。”索洛佐说。他停下来，惊讶地看见黑根眼里涌出热泪。他继续道：“我们在他办公室外面的马路上伏击了他。我一得到消息就抓了你。你必须帮我和桑尼讲和。”

黑根没有搭腔，他惊讶于自己的悲痛。哀伤的感觉和怕死的恐惧在心头交织。索洛佐又说：“桑尼对我的生意很感兴趣，对吧？你也知道这条路前途无量。毒品是未来。里面的钱太多了。用不了几年，大家都能发财。唐是个上了年纪的‘胡子彼得’[1]，他的时代已经结束，只有他自己不知道。现在他死了，再怎么样也不可能让他起死回生。我打算提出新的建议，希望你说服桑尼接受。”

黑根说：“你一点机会都没有。桑尼会动用全部力量追杀你。”

索洛佐不耐烦地说：“这肯定是他的第一反应。你必须用道理说服他。塔塔利亚家族全力支持我。只要能阻止双方全面开战，纽约的其他几大家族什么都能接受。我们的战争会危及他们和他们的生意。要是桑尼接受提议，美国的其他家族都会认为事情和他们没关系，唐的老朋友也包括在内。”

黑根低头看着双手，没有吭声。索洛佐接着劝说：“唐在走下坡路。换了是以前，我绝对不可能碰他。另外几大家族不信任他，因为他任命你当顾问，而你连意大利人都不是，更别说西西里人了。要是全面开战，柯里昂家族会被碾碎，大家都是输家，包括我在内。比起金钱，我更需要柯里昂家族的政治影响力。所以请说服桑尼，说服各位首领，这样能少流很多血。”

黑根举起咖啡杯，示意倒酒。“我可以试试看，”他说，“但桑尼很顽固。再说，连桑尼也阻止不了卢卡。你得当心卢卡。要是我赞成你的提议，我也得当心卢卡。”

索洛佐平静地说：“卢卡让我操心好了。你只需要操心桑尼和

1　指二十世纪初来到美国的西西里黑手党成员，谨守故土规则。

唐的另外两个儿子。听着，你可以告诉他们，弗雷迪本来也会像他老头子那样吃子弹，但我严格命令手下，不准对他开枪。我不希望造成不必要的仇恨。记得告诉他们，弗雷迪还活着都是因为我。”

黑根的脑袋终于开始运转。他第一次真的相信索洛佐并不打算杀他或扣他当人质。恐惧解除，突如其来的解脱感流遍全身，他羞愧得脸色通红。索洛佐带着心照不宣的平静笑容看着他。黑根开始衡量情况。他要是不答应帮索洛佐说话就有可能送命。不过他随即醒悟过来，索洛佐期待他回去传话，原原本本地传话，因为这是一名负责的顾问的分内事。此刻仔细思考之下，他同时意识到索洛佐说得对。必须不惜一切代价阻止塔塔利亚家族和柯里昂家族之间无限制全面开战。柯里昂家族必须埋葬死者，忘记仇恨，达成交易。等时机成熟，再下手对付索洛佐。

抬头一看，他发现索洛佐很清楚他在想什么。土佬在笑。黑根突然一惊。卢卡·布拉齐出了什么事情，索洛佐为何不把他放在心上？卢卡和他达成了交易？他回忆起唐·柯里昂拒绝索洛佐的那天夜里，曾召唤卢卡到办公室闭门谈话。不过，现在不是为这种细节伤脑筋的时候。他必须返回长滩柯里昂家族的安全堡垒。“我尽量，”他对索洛佐说，“我觉得你说得对，甚至唐也会希望我们这么做。”

索洛佐肃然点头。“很好，”他说，“我不喜欢血流成河，我是一个商人，流血过于浪费金钱。”这时电话铃响了，坐在黑根背后的一个男人起身去接。他听了一会儿，最后简短地说：“好，我转告他。”他挂断电话，到索洛佐身边，凑到土佬耳旁悄声说话。黑根看着索洛佐脸色变得惨白，眼里闪烁怒火。他觉得又是一阵心慌。索洛佐看着他陷入沉思，黑根突然意识到他恐怕不会被释放了，意识到发生的某些事情多半判了他的死刑。索洛佐说：“老头子还活着。一身西西里老皮吃了五颗子弹，居然还活着。”他听天由命地耸耸肩，“运气不好，”他对黑根说，“我运气不好，你也运气不好。”

第四章

迈克尔·柯里昂赶到父亲的长滩家宅，发现一条铁链拦住了林荫道狭窄的入口。八幢屋子都亮起水银灯，林荫道照得通明，弯曲的水泥人行道前停着至少十辆轿车。

两个他不认识的男人靠在铁链上，其中一个用布鲁克林口音说："你是谁？"

他报上姓名。另一个男人走出离他们最近的屋子，打量着他的脸。"唐的儿子，"他说，"我带他进去。"迈克跟着男人走向父亲家，守门的两个男人放他和向导进屋。

屋里满是他不认识的人，进了客厅才见到熟脸。迈克尔见到汤姆·黑根的妻子特蕾莎直挺挺地坐在沙发上抽着香烟，面前的咖啡桌上放着一杯威士忌。沙发的另一侧坐着壮硕的克莱门扎。这位首领面无表情，但汗流浃背，手里的雪茄被口水泡得发黑，闪着滑溜溜的光。

克莱门扎走过来，安慰地紧握住迈克尔的手，嘴里喃喃道："你母亲在医院陪你父亲，他不会有事的。"保利·加图起身想和他握手。迈克尔好奇地看着他。他知道保利是父亲的保镖，但不知道保利今天请病假在家休息，不过他觉察到了这张细瘦黑脸上的紧张神情。他知道加图名声不错，前途光明，手脚麻利，知道怎么处理微妙的任务而不留下后遗症，今天却失职了。他注意到房间一角有几个陌生男人，不是克莱门扎的人。迈克尔把几点事实加在一起，马上醒悟过来。克莱门扎和加图有嫌疑。他以为保利也在场，于是问雪貂脸年轻人："弗雷迪怎么样？他还好吧？"

"医生给他打了一针，"克莱门扎说，"他在睡觉。"

迈克尔走到黑根的妻子跟前，俯身亲吻她的面颊。他们一向处得很好。他耳语道："别担心，汤姆不会有事的。你和桑尼谈过了吗？"

特蕾莎在他身上贴了一会儿，摇摇头。她是个优雅而美貌的女人，说是意大利人不如说是美国人，此刻非常害怕。迈克尔握住她的手，拉着她从沙发上起来，领着她走进父亲的拐角办公室。

桑尼摊在办公桌前的椅子里，左手拿黄色记事簿，右手拿铅笔。房间里另外只有一个人，是忒西奥首领，迈克尔认出了他，立刻意识到屋里那些生面孔肯定是他的人，他们正在组织新的保镖队伍。他手里也拿着记事簿和铅笔。

桑尼见到他们，从办公桌前出来，拥抱黑根的妻子。"别担心，特蕾莎，"他说，"汤姆没事。对方只是要他传话，说很快就放他。他不是动手的人，只是家族的律师。没理由伤害他。"

他松开特蕾莎，搂住迈克尔，亲吻他的面颊，迈克尔吃了一惊。迈克尔推开桑尼，咧嘴笑道："当初被你揍习惯了，现在又得习惯这个？"他们小时候成天打架。

桑尼耸耸肩。"听着，小子，派人去那个乡下小城没接到你，我很担心。不是怕你被他们干掉，而是不想把坏消息带给妈妈。我跟她说爸爸出事就够受了。”

“她撑得住吗？”迈克尔问。

“还行，”桑尼说，“她经历过这种事。我也是。你那时候还小，到你懂事的时候，情况已经好得多了。”他顿了顿，又说，“她在医院陪老头子。他会挺过来的。”

“我们要不要也过去？”迈克尔问。

桑尼摇摇头，干巴巴地说：“事情了结之前，我不能离开这里。”电话铃响起。桑尼拿起听筒，仔细听着。趁他听电话，迈克尔踱到桌边，瞥了一眼桑尼在写字的黄色记事簿。上面是个名单，有七个人。前三个是索洛佐、菲利普·塔塔利亚和约翰·塔塔利亚。迈克尔突然明白过来，他闯进来的时候，桑尼和忒西奥正在制订暗杀名单。

桑尼挂断电话，对特蕾莎·黑根和迈克尔说：“你们到外面去等好吗？我有些事情还没和忒西奥安排妥当。”

黑根的妻子说：“是汤姆的电话吗？”她的语气几近狂暴，流着恐惧的眼泪。桑尼搂住她，领着她走向房门。“我发誓他不会有事，”他说，“在客厅等着。我有消息就出来通知你。”桑尼在她背后关上门。迈克尔已经坐进一把皮革扶手椅。桑尼瞪了他一眼，然后坐回办公桌前。

“你要是留在我这儿，迈克，”他说，“就会听到你不想听见的内容。”

迈克尔点燃香烟：“我要帮忙。”

“不行，没门，”桑尼说，“老头子要是知道我让你掺和进来，会心疼死的。”

迈克尔起身吼道：“浑蛋，他也是我父亲。我难道不该帮他吗？我可以帮忙。我不需要出去杀人，但我帮得上忙。别再当我是你的小弟了。我打过仗，挨过枪子，忘记了？我杀了不少日本人。你要干掉什么人，我知道了又怎么样？昏过去吗？”

桑尼咧嘴一笑：“很快你就会希望我出手的。好吧，你留下，电话归你管。”他对忒西奥说：“我刚才接到了内部消息。”他又对迈克尔说：“肯定有人出卖了老头子。有可能是克莱门扎，有可能是保利·加图，这家伙今天请病假，倒是凑巧。我已经知道答案了，让我看看你有多聪明。迈克，你是大学生。是谁投靠了索洛佐？”

迈克尔重新坐下，躺进皮革扶手椅。他仔细琢磨着每一件事情。克莱门扎是柯里昂家族权力体系中的一名首领，能成为百万富翁全是拜唐·柯里昂所赐，两人的亲密友情已经持续了二十多年。克莱门扎占据着组织内部最有权势的位置之一。背叛他的唐，克莱门扎能得到什么？更多的金钱？他已经很有钱了，但人总是贪心不足的。更多的权势？报复臆想中的侮辱或轻视？因为黑根被任命为顾问？还是生意人的直觉，认为索洛佐终将获胜？不，克莱门扎不可能叛变，接着迈克尔悲哀地想到，他这么想只可能因为他不希望克莱门扎死。他从小到大收了胖子很多礼物，唐太忙的时候，克莱门扎有空就带他出去玩。他不可能相信克莱门扎犯了背叛罪。

可是，另外一方面，在柯里昂家族的所有人里，索洛佐最想收买的也正是克莱门扎。

迈克尔转而考虑保利·加图。保利还没有发财，但他受到器重，前途无量，不过他和别人一样，需要花时间奋斗才行。另外，他毕竟年轻，对权力有着更疯狂的念头。迈克尔记起念六年级的时候，他和保利是同班同学，因此也不希望保利是叛徒。

他摇摇头。“两个都不是。”他说。他这样说，仅仅因为桑尼说他已经有答案了。要是投票决定的话，他会投保利一票。

桑尼对他微笑道：“别担心。克莱门扎没问题，是保利。”

迈克尔看得出忒西奥松了一口气。他们都是首领，他当然同情克莱门扎。既然叛徒是个小角色，形势也就没那么危急了。忒西奥小心翼翼地说：“那么，明天我就可以让我的人回家了？”

桑尼说：“后天。在此之前我不希望有别人知道这一点。听着，我要和我弟谈些家事，纯粹是私事。到外面客厅等我，好吗？我们等会儿继续列名单。你和克莱门扎一起解决这事。”

“好的。”忒西奥说，起身离开。

“你怎么确定是保利？”迈克尔问。

桑尼说：“电话公司有我们的线人，帮忙查到了保利家和克莱门扎家所有打进打出的电话。老头子办公楼的马路对面有个电话亭，保利本月请病假的三天里，都接到了从这个电话亭打来的电话。今天也是。对方想搞清楚保利是不是失势了，或者被谁顶替了位置。或者什么别的原因。无所谓。”桑尼耸耸肩，“感谢上帝，还好是保利。我们太需要克莱门扎了。”

迈克尔试探道：“那么，两边会全面开战吗？”

桑尼眼神坚定：“我就是这么打算的，现在只等汤姆回来。除非老头子有别的想法。”

迈克尔说：“那为什么不等老头子醒来跟你说？”

桑尼好玩地打量着他："你的战斗勋章到底是怎么骗来的？对方拿枪口指着我们，老弟，我们只能还击。我只害怕他们扣着汤姆不放。"

迈克尔听了很惊讶："为什么不放？"

桑尼的声音又变得很有耐心："他们抓汤姆是因为他们以为老头子死了，打算和我谈笔交易，汤姆是牵线人，带着他们的提议回来。现在，老头子还活着，他们知道我作不了决定，所以汤姆对他们毫无用处了，要杀要剐全凭索洛佐高兴。他们要是杀了他，就等于和我们摊牌，打算铲除我们。"

迈克尔平静地说："索洛佐凭什么认为他能和你达成交易？"

桑尼红了脸，一时间答不上来。过了一会儿，他说："我们几个月前见过一面，索洛佐提议一起做毒品生意。老头子拒绝了他，但我没管住嘴，我表示愿意接受。这么做真是大错特错，要是说老头子对我有什么教导，那就是绝对不能做这种事情，让别人知道家族内部意见有分歧。于是索洛佐认为只要除掉老头子，我就会跟他合作搞毒品。老头子要是死了，家族的权力至少减半。要守住老头子积攒的家业，我非得拼死一搏才行。毒品是未来的大买卖，我们应该介入。就生意而言，我会跟他联手。当然了，他不可能让我太接近他，免得我一时心痒做掉他。但他同时也很清楚，要是我接受交易，其他几大家族就不会允许我几年后仅仅为了复仇而开战。另外，塔塔利亚家族给他撑腰。"

"如果他们真的干掉了老头子，你打算怎么办？"迈克尔问。

桑尼答得很简单："索洛佐死定了。我不惜一切代价。不在乎我们是不是要同时和纽约五大家族开战。塔塔利亚家族会被抹掉，我不在乎同归于尽。”

迈克尔柔声说：“这可不是爸爸的做事风格。”

桑尼凶狠地打了个手势。“我知道我不是他那块料，但我向你保证——他也会向你保证的——论到真刀真枪，短兵相接，我不比任何人逊色。索洛佐知道这一点，克莱门扎和忒西奥也知道，我十九岁那年就杀了第一个人，那是家族最近一次开战，我是老头子的得力干将。所以我现在并不担心。我们家族处理这种事的人马都在。我只希望能尽快联系上卢卡。”

迈克尔好奇地问：“卢卡真有大家说的那么凶悍吗？他真那么厉害？”

桑尼点点头：“独一无二的人物。我打算派他对付塔塔利亚家的三个头目。我亲自收拾索洛佐。”

迈克尔不安地动了动。他看着自己的大哥，他记得桑尼虽说有时候粗暴凶恶，但本质上是个热心的好人。听他这么说话，感觉真是怪异，见到他像新登基的罗马皇帝，随手列出要处决的敌人名单，他觉得不寒而栗。他很高兴自己并没有参与其中，父亲还活着，他不必卷入江湖仇杀。他可以打打下手，接电话，跑腿，送信。桑尼和老头子能处理他们的事情，特别是还有卢卡这个后盾。

客厅忽然传来女人的叫声。天哪，迈克尔心想，像是汤姆的妻子。他冲过去打开门。客厅里的所有人都站了起来。汤姆·黑根在沙发前紧紧搂住特蕾莎，脸色有点尴尬。特蕾莎哭得上气不接下气，迈克尔意识到那声尖叫是她在狂喜中呼喊丈夫的名字。他望着汤姆·黑根挣脱出妻子的怀抱，让妻子坐回沙发上。他对迈克尔狰狞一笑：“很高兴见到你，迈克，真的很高兴。”他大踏步走进办公室，没有多看啜泣的妻子一眼。他和柯里昂家族生活了几十年，不可能什么都没学到，想到这里，奇特的自豪感觉涌上迈克尔心头。黑根有着老头子的风范，桑尼也是，令人惊讶的是，甚至他自己也是。

第五章

凌晨四点，桑尼、迈克尔、汤姆·黑根、克莱门扎和忒西奥，几个人都坐在拐角办公室里。汤姆·黑根说服特蕾莎回家了。保利·加图还在客厅等候，浑然不知忒西奥的手下已经得到指令，不准他离开，也不准他走出他们的视线。

汤姆·黑根复述索洛佐的提议。他说索洛佐得知唐还活着之后，显然想杀了黑根。黑根咧嘴一笑："哪怕有一天我要向最高法院陈情，恐怕也比不上今晚我在该死的土佬面前的表现了。我说就算唐还活着，我也可以说服家族接受交易。我说我能随便摆布你，桑尼。我们从小就算好伙伴；另外，你别往心里去啊，我还让他觉得你要是能早点接老头子的班，并不会特别难过。上帝请宽恕我。"他对桑尼抱歉地笑了笑，桑尼打手势说他明白，这话说了也不算数。

迈克尔躺在扶手椅里，电话搁在右手边，打量着两个男人。黑根一进房间，桑尼就冲上去拥抱他。想到桑尼和汤姆·黑根这么亲近，各方各面都比他和他的亲生大哥更亲近，迈克尔不禁稍微有点嫉妒。

“我们说正经事吧，”桑尼说，“我们必须制订计划。看看我和忒西奥列出的名单。忒西奥，你把你那份给克莱门扎。”

“假如要制订计划，”迈克尔说，“弗雷迪也应该在场。”

桑尼恶狠狠地说：“弗雷迪眼下派不上用场。医生说他严重休克，必须彻底静养。真不明白。弗雷迪平时挺硬气的。估计见到老头子被放冷枪让他受了刺激，他一向以为唐就是上帝。迈克，他和你我不一样。”

黑根赞同道：“对，别让弗雷迪参与。什么都别让他参与，完全不参与。要我说，桑尼，风波过去之前，你应该留在家里，根本不要出门。你在家里很安全。别低估索洛佐的能力，他是个厉害的对手。医院安排了吗？”

桑尼点点头：“警察封锁了医院，我派我的手下不间断地探望爸爸。汤姆，你看看这份名单？”

黑根看得皱起了眉头：“老天在上，桑尼，你真的动了个人感情。唐会认为这纯粹是生意争端。索洛佐是关键人物。干掉索洛佐，事情就会恢复原样。没必要对塔塔利亚家族下手。”

桑尼望向两位首领。忒西奥耸耸肩。“棘手。”他说。克莱门扎根本不吭声。

桑尼对克莱门扎说：“有件事不需要讨论就能下结论。我不想再看见保利那张脸。把他列在名单的第一位。”胖子首领点了点头。

黑根说：“卢卡呢？索洛佐似乎并不担心卢卡。我很担心要是卢卡出卖了我们，那我们的麻烦就大了。我们必须首先搞清楚卢卡的下落。有谁联系上他了吗？”

“没有，”桑尼答道，“我整个晚上都在打电话找他。他也许在哪儿鬼混。”

“不，”黑根说，“他从不和情妇过夜，完事后总是回家。迈克，继续打他的电话，直到有人接为止。”迈克尔顺从地拿起听筒，拨出号码。他听到那边的振铃声，但久久无人接听，最后挂断了电话。“一刻钟打一次。”黑根说。

桑尼不耐烦地说：“好吧，汤姆，你是顾问，有什么好建议？你到底认为我们该怎么办？”

黑根拿起桌上的酒瓶给自己倒威士忌。“我们和索洛佐谈判，拖到你父亲恢复健康，能够控制局面为止。有必要的话，甚至可以和他达成交易。等你父亲从床上起来，他不费吹灰之力就能解决问题，其他家族都会听他的。”

桑尼怒道：“你认为我收拾不了索洛佐那家伙？”

汤姆·黑根直勾勾地看着他的眼睛：“桑尼，你当然能击败他，柯里昂家族有这个力量。你有克莱门扎和忒西奥帮你，假如爆发全面战争，他们可以召集上千人手。但要是那样，整个东海岸会血流成河，其他家族会怪罪柯里昂家族。我们会四面树敌。那是你父亲最忌讳的情况。”

迈克尔望着桑尼，以为他听了进去，但桑尼一开口却对黑根说：“要是老头子死了，顾问，你会建议我怎么做？”

黑根平静地说：“我知道你不会听我的，但我会建议你和索洛佐做毒品交易。没了你父亲的政治关系和个人影响力，柯里昂家族就会失去一半力量。没了你父亲，纽约其他几大家族会转而支持塔塔利亚家族和索洛佐，避免长期无益的斗争。要是你父亲死了，达成交易，然后等待时机。”

桑尼气得脸色发白：“你说得倒是轻巧，他们杀的又不是你父亲。”

黑根马上自豪地说：“对他来说，我和你还有迈克一样，都是他的好儿子，甚至更好。我给你的是职业意见。就个人而言，我想杀光那群杂种。”他声音里的情绪让桑尼后悔，桑尼说：“噢，天哪，汤姆，我不是那个意思。”但他确实是这个意思。血缘毕竟是血缘，其他什么都比不了。

桑尼沉思片刻，另外几个人在尴尬的寂静中等着他。最后，他叹了口气，静静地说：“好吧，我们按兵不动，等老头子回来作决定。汤姆，我要你也留在林荫道。别冒险。迈克，你要当心，虽说我觉得索洛佐不会把亲属拖进战争，因为那样所有人都会与他为敌。但你还是要当心。忒西奥，你的手下是后备力量，让他们在城里各处刺探情报。克莱门扎，处理掉狗东西保利·加图之后，把你的手下调进屋里和林荫道，替换忒西奥的人。忒西奥，你在医院的人就别动了。汤姆，明天一早就开始用电话和信使与索洛佐和塔塔利亚展开谈判。迈克，你明天带几个克莱门扎的人去卢卡家等他露面，要是他不露面，就搞清楚他到底去哪儿了。那个疯子说不定听到新闻，已经去找索洛佐算账了。我实在不相信他会背叛自己的唐，土佬给他多少钱都没用。”

黑根不情愿地说：“也许迈克不该这么直接地介入这种事。”

“也对，”桑尼说，“那就算了，迈克，我反正需要你在家等电话，这个任务比较重要。”

迈克尔没吭声。他觉得很惭愧，甚至羞耻，他注意到克莱门扎和忒西奥尽量不动声色，他很清楚他们在努力掩饰对他的轻蔑。他拿起电话，拨打卢卡·布拉齐的号码，把听筒压在耳朵上，听着铃声响了又响。

第六章

彼得·克莱门扎那晚睡得很不安稳，他早早起床，早餐是一杯渣酿白兰地、厚厚一片热那亚的萨拉米香肠和一节新鲜的意大利面包，和往常一样，面包还是直接送到他家门口。用过早餐，他端起大号素色瓷杯，喝着加了茴香酒的热咖啡。他身穿旧浴袍和红拖鞋在屋里走来走去，琢磨着今天要做的事情。昨晚桑尼·柯里昂说得很清楚，要尽快处理掉保利·加图。所谓尽快，就是今天。

克莱门扎有点犯难。倒不是因为加图是他手底下出来的叛徒。这件事和首领的判断力没关系。保利的背景毕竟挑不出毛病。他来自一个西西里家庭，和柯里昂家的孩子在同一个地区长大，甚至和其中一个孩子是同学。他顺理成章走到现在的地位。上头考验过他，没有发现缺点。杀了第一个人之后，他靠家族过上了好日子，东区的一个簿记生意有他的抽头，一个工会发他薪水。克莱门扎不是不知道保利·加图靠抢劫捞点钱，这么做当然违反家族的规定，但也能证明他的价值。打破这种规章制度说明他闲不住，就仿佛好赛马永远想挣脱缰绳。

再说保利从没因为抢劫而惹来麻烦。他的行动总是经过精心计划，实施时只造成最低限度的混乱，从不伤害别人：他只抢了曼哈顿时装中心的三千美元和布鲁克林贫民区一家瓷器厂工人的全部薪水。一个年轻人的口袋里有些闲钱终归是好事。事情并不出格。谁能料想保利·加图会叛变呢？

今天早晨让彼得·克莱门扎烦心的是个行政问题。处决加图这件事本身反而犹如家常便饭。问题在于他这个首领该提拔谁上位，在家族内取代加图？对于“纽扣人”[1]来说，这次晋升非常重要，不能轻易作决定。这个人必须悍勇、精明、足够安全，不能有麻烦就向警察开口，必须深受西西里的缄默规则的熏陶。另外，这个人有了新的位置，应该得到什么待遇呢？克莱门扎曾经好几次和唐谈过，应该给出事时顶在最前线的重要纽扣人提高奖金，但唐没有答应。要是保利的荷包更鼓，说不定就能抵抗奸诈土佬索洛佐的利诱了。

克莱门扎最后把候选名单缩小到了三个人。第一个是为哈莱姆的黑人非法彩票经营者做事的执法人，强壮而凶残，力大无穷，很有个人魅力，容易和别人打成一片，但必要时也能让他们害怕他。考虑了半小时，克莱门扎还是划掉了这个名字。这家伙和黑人走得太近，说明他并不合适。而且他现在的这个位置还没人能够取代。

克莱门扎几乎选了第二个人，这个小伙子很努力，为组织效力忠心耿耿，干得也不错。他为家族许可的曼哈顿地区高利贷头目服务，负责收回拖欠的账款。他刚入行的时候是一名簿记的代理员。他还没有准备好接受这么重要的提拔。

1 button man：纽扣人，犯罪组织内类似打手的低等级成员。

最后他选定的是洛可·兰坡。兰坡在家族的学徒生涯虽短但令人钦佩。战争期间，他在非洲负伤，1943年退伍。尽管受伤让他瘸得厉害，算是半个残废，但由于实在缺少年轻人，克莱门扎还是吸收了他。克莱门扎让他当时装中心黑市的联系人，同时联系控制物价局食品券的公务员。经过磨炼，兰坡成了整个行当里的麻烦解决专家。克莱门扎喜欢他出色的判断力。他知道有些事情蛮干毫无意义，只会受到重罚或者蹲上半年大牢，他明白要挣大钱就要舍小利。他眼力不错，明白凶恶恐吓不适合这一行，轻轻敲打就够了。他低调处理他负责的生意，完全合乎需要。

克莱门扎松了一口气，就像认真的办公室主任解决了棘手的人事问题。好了，洛可·兰坡将得到助手的位置。克莱门扎打算亲自处理这件事，帮助没有经验的新人杀人明誓，也了结他和保利·加图的个人恩怨。保利曾经是他的门生，他越过几个更有资格、更忠诚的人提拔了保利，他帮助保利杀了第一个人，处处提携他。保利背叛的不单是家族，还背叛了他的恩主彼得·克莱门扎。不知尊重的行为必须严惩。

其他的事情都安排好了。保利·加图接到命令，下午三点来接克莱门扎，开一辆自己的车，别开赃车。克莱门扎拿起电话，拨打洛可·兰坡的号码。他没有报上姓名，而只是说："来我家，有事要你办。"他很高兴地发现尽管时间还早，兰坡既不惊讶也不睡意蒙眬，只是说："行。"好小子。克莱门扎又说："别着急，吃过早饭午饭再来，不过别超过下午两点。"

电话里又是言简意赅的一声"行"，克莱门扎挂断电话。他早已通知手下去柯里昂家族的林荫道接替忒西奥首领的人，现在已经办妥了。他有几个得力部属，这种体力活不需要他操心。

他决定去洗他的凯迪拉克。他爱死了这辆车。开起来安静又稳当，内饰非常考究，天气好的时候，他偶尔会在车里坐上个把钟头，因为比坐在屋里舒服多了。另外，洗车总能帮助他思考。他记得父亲在意大利也喜欢洗刷驴子。

克莱门扎在有暖气的车库里忙活，他讨厌寒冷。他复查计划。对付保利非得加倍小心，这家伙就像耗子，能闻到危险。不过话也说回来，就算他很凶悍，这会儿肯定也吓得屁滚尿流，因为老头子还活着。他多半坐立不安，像是屁股爬满蚂蚁的驴子。克莱门扎早就习惯了这种情况，在他的行当乃是家常便饭。首先，他要找个好借口，让洛可陪着他们。其次，他得想个说得过去的任务，需要他们三个人一起去办事。

当然了，严格来说，没必要这样。不需要任何麻烦也能做掉保利·加图。他已经被盯上了，不可能跑掉。可是，克莱门扎有个强烈的感觉，那就是遵守良好的工作习惯很重要，务必做到万无一失。论到生死问题，谁也说不准会发生什么。

彼得·克莱门扎一边洗浅蓝色的凯迪拉克，一边琢磨用什么样的表情说什么话。他要粗声大气，就像保利惹他发火似的。加图敏感多疑，这会打乱他的阵脚，至少能让他摸不着头脑。过度友善反而会让他警觉，但也不能大发雷霆，而要是心不在焉的恼火。兰坡为什么也在？这会使得保利非常惊慌，特别是兰坡还必须坐在后排。保利开车，后脑勺对着兰坡，他恐怕不会乖乖让自己置于险境。

克莱门扎使劲擦拭抛光凯迪拉克的金属表面。事情会很棘手，非常棘手。他考虑要不要再叫一个人来，但想想还是算了。这一点上他遵循了基本的逻辑判断。将来有可能会出现有人会因为利益而出卖他的情况，要是只有一名同伙，那就是正反双方各执一词。但要是还有第二名同伙作旁证，平衡就会被打破。不，办事必须严格按照程序。

克莱门扎最伤脑筋的是处决必须“公开”。言下之意：尸体要被发现。他更希望让尸体消失（通常的埋葬地点是附近的大海，或者家族朋友在新泽西拥有的沼泽地，或者其他更复杂的手段）。可是，这次必须公开，震慑潜在的叛徒，警告敌人：柯里昂家族绝对没有变得愚蠢或软弱。这么快就揪出了索洛佐的间谍，这会使得索洛佐警觉起来。柯里昂家族将挽回部分颜面。老头子吃冷枪让家族显得有点愚蠢。

克莱门扎叹了口气。凯迪拉克闪闪发亮，仿佛一枚硕大的蓝色钢蛋，可他离解决问题仍旧差了十万八千里。答案忽然冒了出来，既合情合理又切中要害，能解释洛可·兰坡、他本人和保利为何一起出现，能让这个任务足够隐秘和重要。

他要告诉保利，今天的任务是找一处公寓，以备家族决定“睡床垫”之用。

每当家族之间的战争变得残酷而激烈，双方会在秘密公寓设立指挥部，双方人手可以睡在摆满房间的一个个床垫上。这么做不是为了让妻儿远离危险，这样的斗争一般不会牵连家人，而是参加战斗的人很容易遭到报复。找个秘密地点住进去只是出于明智，因为你不想让敌手或想贸然插手的警察掌握你的一举一动。

因此，家族通常会派一位受到信任的首领去租一套秘密公寓，摆满床垫，作为据点，动手的时候方便进入城区。克莱门扎领命办这种事当然合情合理。他带上加图和兰坡安排各种细节（例如装饰公寓）同样合情合理。另外，事实证明保利·加图很贪婪，第一个念头肯定是这么重要的情报能从索洛佐手上换到多少钱，克莱门扎想着想着笑了。

洛可·兰坡来得很早，克莱门扎向他解释任务和各自的角色。惊讶和感激让兰坡喜形于色，他毕恭毕敬地感谢克莱门扎提拔他，允许他为家族效劳。克莱门扎相信他没看错人。他拍着兰坡的肩膀说："过了今天，你的待遇会好得多。这个回头再谈。你明白家族现在还有更关键、更重要的事情要做。"兰坡打了个手势，意思是他不着急，知道少不了他的奖赏。

克莱门扎走进书房，打开保险柜，取出一把手枪交给兰坡。"用这把，"他说，"警察绝对查不到。和保利一起留在车里。等任务完成，我要你带着老婆孩子去佛罗里达度假。先用你的钱垫上，回头我补给你。放松放松，晒晒太阳。住家族在迈阿密海滩的酒店，要是有事我知道上哪儿找你。"

克莱门扎的妻子敲敲书房门，说保利·加图来了。他的车停在车道上。克莱门扎带着兰坡穿过车库。克莱门扎坐在前排加图旁边的座位，嘟囔一声算是打招呼，一脸不痛快的表情。他看看手表，像是预料到加图会迟到。

雪貂脸的纽扣人使劲打量他，寻找蛛丝马迹。兰坡坐进他背后的后排座位，他抖了一下，说："洛可，坐到另一边去。你块头太大，会遮住后视镜。"兰坡乖乖地换到克莱门扎背后，仿佛这是全世界最自然不过的要求。

克莱门扎烦闷地对加图说：“该死的桑尼，他吓破胆了，已经开始考虑睡床垫。我们得在西区找个地方。保利，你和洛可准备东西，到时候其他人用得着。知道什么合适的地方吗？”

不出所料，加图的眼睛露出贪婪的光芒。保利吞下鱼饵，满脑子都是这条情报值多少钱，忘了考虑自己有没有危险。兰坡表现得很完美，他盯着窗外，一脸冷淡，懒洋洋的。克莱门扎不禁庆幸自己选对了人。

加图耸耸肩：“我得想想。”

克莱门扎嘟囔道：“边开车边想，我今天要去纽约。”

保利车技老练，下午进市区的车流稀少，因此初冬的夜幕刚开始降临，他们就赶到了城区。一路上他们没有闲聊。克莱门扎指挥保利驶向华盛顿高地。他看了几幢公寓楼，吩咐保利到阿瑟大道停车等候。他把洛可·兰坡也留在车上，走进维拉·马里奥餐厅，吃了一顿小牛肉和色拉的简餐，对几个熟人点头致意。一小时过后，他走了几个街区到停车的地方，坐进车里，加图和兰坡还在等候。“妈的，”克莱门扎说，“他们又要我们回长滩。有别的任务交给我们。桑尼说这事回头再说。洛可，你就住在市里，要么你就留下？”

洛可平静地说：“我把车停在你家了，我老婆明天一早就要用。”

“这倒是，”克莱门扎说，“那你只能跟我们回去了。”

回长滩仍旧一路无言。在进城区的最后一段路上，克莱门扎忽然说：“保利，停车，我要撒尿。”一起做事那么久，加图知道胖子首领憋不住尿。他经常提这种要求。加图开下公路，在通往沼泽的泥地上停车。克莱门扎下车，走了几步钻进灌木丛，真的撒了一泡尿。他回来打开车门，飞快地张望一眼公路上下。没有灯光，路上一片漆黑。“动手。”克莱门扎说。一秒钟后，车里轰然响起枪声。保利·加图像是蹿了起来，躯体撞在方向盘上，接着软软地倒在座位上。克莱门扎早就后退两步，免得溅上头骨碎片或血迹。

洛可·兰坡从后座手忙脚乱爬下车。枪还握在手里，他一抬手扔进沼泽。他和克莱门扎匆忙走向停在附近的一辆车，坐进车里，兰坡在座位底下摸索，找到留给他们的钥匙。他发动引擎，送克莱门扎回家。他没有走回头路，而是走琼斯海滩堤道穿过梅里克镇，取草原小溪公园大道，拐上州北公园大道，走长岛高速公路到白石大桥，经布朗克斯返回他在曼哈顿的家。

第七章

暗杀唐·柯里昂的前一天夜里，他最强大、最忠诚也是最令人恐惧的扈从准备和敌人碰面。几个月前，卢卡·布拉齐就开始接触索洛佐。这是唐·柯里昂本人的命令。卢卡的办法是频繁光顾塔塔利亚家族控制的夜总会，勾搭他们最抢手的应召女郎。和应召女郎上床的时候，他抱怨说他在柯里昂家族受到压制，无人赏识他的价值。和应召女郎鬼混一周以后，夜总会老板布鲁诺·塔塔利亚开始接触他。布鲁诺是最小的儿子，表面上和家族的皮肉生意没有往来，但他那因长腿舞女而出名的夜总会却是城市应召女郎的进修学校。

第一次会面说的尽是场面话，塔塔利亚邀请他以执法人身份加入家族生意。这么你来我往了差不多一个月，卢卡像是个被年轻美女迷得神魂颠倒的男人，布鲁诺·塔塔利亚的角色是个生意人，试图挖对手的墙脚。在一次类似的会面中，卢卡假装有所动摇，说：“但有一点你必须明白，我绝对不会背叛教父。唐·柯里昂是我非常尊敬的人。我理解他，因为在家族生意里，他必须把几个儿子摆在我前面。”

布鲁诺·塔塔利亚是新一代黑手党，几乎毫不掩饰对卢卡·布拉齐、唐·柯里昂甚至自己父亲这些胡子彼得的蔑视，但今天却有点过于虔敬。他说："我父亲不可能希望你做任何反对柯里昂家族的事情。何必呢？现在大家都相安无事，和以前不一样啦。只是说你要是想找份新工作，我可以给我父亲传个话。我们这一行永远用得上你这样的人。这不是简单的生意，只有手段强硬的人才能让事情顺利进行。你什么时候下了决心就告诉我。"

卢卡耸耸肩："我现在过得也不坏。"于是这件事就算了。

他使塔塔利亚家族相信他想从油水很足的毒品生意中捞点好处。这样一来，要是土佬有什么盘算，他也许能听到风声，还能知道索洛佐是否打算招惹唐·柯里昂。等了两个月，风平浪静，卢卡报告唐，索洛佐大方地接受了失败。唐吩咐他接着试探，但旁敲侧击即可，别急于求成。

唐·柯里昂遇刺前的那天晚上，卢卡来到夜总会。布鲁诺·塔塔利亚很快在他的酒桌边坐了下来。

"我有个朋友想和你聊聊。"他说。

"带他过来好了，"卢卡说，"你的朋友我都欢迎。"

"不行，"布鲁诺说，"他想私下会会你。"

"他是谁？"卢卡问。

"就是个朋友，"布鲁诺·塔塔利亚说，"他有个提议想听听你的意见。夜里晚些时候行吗？"

"当然，"卢卡说，"时间地点？"

塔塔利亚悄声说："夜总会凌晨四点打烊，服务员打扫卫生的时候，我们就在这儿碰头，怎么样？"

他们知道我的习惯，卢卡心想，他们肯定调查过我。他通常下午三四点起床吃早餐，然后和家族里的老伙伴赌博或者找姑娘消遣。有时候他看一场午夜场电影，然后找一家夜总会喝酒。天亮之前他从不上床。因此，提议凌晨四点碰面并不像听上去那么稀奇。

“行，好的，”他说，“我四点再来。”他走出夜总会，叫计程车去第十大道他租的房间。他和一家意大利远亲合住。这套公寓贴着铁轨，他的两个房间和其他房间隔开，中间是一扇特制的门。他喜欢这么住，因为既有家庭生活的感觉，也能避免在最缺乏防御的地方遭受突袭。

狡猾的土耳其狐狸要露出他毛茸茸的尾巴了，卢卡心想。事情要是发展得顺利，索洛佐今晚亲自露面，说不定可以就此一了百了，给唐送一份圣诞大礼。卢卡回到房间里，打开床底下的行李箱，取出沉重的防弹背心。他脱掉衣服，把防弹背心穿在羊毛内衣外面，套上衬衫和外衣。他考虑了几秒钟，要不要打电话到唐在长滩的住处，把最新进展告诉他，但他知道唐从不在电话上和任何人谈正事，再说这个任务是唐私下里布置的，不希望别人知道，黑根和他的大儿子也包括在内。

卢卡总是带枪，他有持枪许可证，这可能是有史以来最昂贵的一份许可证，总共花了万把块，但假如被警察搜身，他可以免于牢狱之灾。身为家族的最高行动指挥官，他配得上这东西。不过今夜不同，考虑到他也许能了结这个任务，他需要一把“安全”枪，一把不可能被追查的枪。不过，转念仔细一想，他决定今夜还是先听听对方的建议，然后向教父唐·柯里昂报告。

他动身返回夜总会，但没再喝酒，而是慢慢走到四十八街，拐进他最喜欢的意大利餐厅帕斯蒂小馆，吃了顿悠闲的夜宵。快到约定的时间了，他踱回夜总会门口。进去的时候，看门人已经走了。衣帽间的姑娘也走了。只有布鲁诺·塔塔利亚在等他，布鲁诺和他打招呼，领着他走向房间侧面空荡荡的酒吧。他前方是几张空荡荡的小酒桌，中央的抛光黄木舞池闪闪发亮，犹如一小粒钻石。阴影中是空无一人的演奏台，麦克风细长的金属支架悄然耸立。

卢卡在吧台前坐下，布鲁诺·塔塔利亚走进吧台。卢卡谢绝了布鲁诺递给他的酒杯，点燃香烟。要见他的有可能是别人，不是土佬。但就在这时，他看见索洛佐走出了房间另一头的暗处。

索洛佐和他握手，和他并排在吧台前落座。塔塔利亚把酒杯摆在土佬面前，索洛佐点头致谢。“知道我是谁吗？”索洛佐问。

卢卡点点头，露出一抹狞笑。老鼠被引出洞窟。他很乐于处理这个背叛西西里原则的家伙。

“知道我有什么提议吗？”索洛佐问。

卢卡摇摇头。

“有一桩大买卖，”索洛佐说，“真的大，顶层人员每人几百万的大生意。第一批货运到，我保证有你五万块。我说的是毒品。毒品是未来。”

卢卡说：“为什么找我？要我向唐传话？”

索洛佐做了个怪相：“我已经和唐谈过了。他不想参与。没关系，离了他我照样干。但我需要一个身手好的人，提供现场保护。我知道你和家族闹得不太愉快，也许愿意换个环境。”

卢卡耸耸肩：“那得看条件够不够好了。”

索洛佐一直在全神贯注地观察他，此刻似乎下了决定。“考虑几天我的提议，然后我们再聊聊看。”他说着伸出手，但卢卡假装没看见，忙着往嘴里塞香烟。吧台里的布鲁诺·塔塔利亚不知从哪儿摸出打火机，伸向卢卡的香烟。他忽然做了个怪动作，把打火机丢在吧台上，抓住卢卡的右手，死死按住。

卢卡的反应很快，身体滑下高脚凳，想挣脱布鲁诺的束缚。索洛佐扑上来抓住他的左腕。但卢卡比他们两人加起来都要强壮，他险些挣脱，但就在最后一刻，又一个男人走出他背后的暗处，用丝质细绳勒住他的脖子。细绳收紧，勒得卢卡无法呼吸。他脸色变紫，双臂渐渐没了力气。塔塔利亚和索洛佐很容易就能按住他的胳膊了，他们像孩子似的站在那儿，好奇地看着卢卡背后的男人继续收紧细绳。地板突然变得又湿又滑。卢卡的括约肌失去控制，屎尿倾泻而出。他失去了全部力量，两腿打弯，身体下坠。索洛佐和塔塔利亚松开他的手，只剩下勒杀者还支撑着他的身体，卢卡倒下，他跟着跪倒在地，收紧细绳，细绳深深陷进脖子上的肉里。卢卡的眼睛突出，像是受了极大的震惊，除了这种震惊，他和活人已经毫无相似之处。他死了。

“别让尸体被发现，”索洛佐说，“不能立刻被发现，这很重要。”他转身离去，消失在暗处。

第八章

唐·柯里昂吃冷枪后的第二天，整个家族忙得不可开交。迈克尔守在电话旁，一有消息就转达桑尼。汤姆·黑根忙着物色双方都能接受的调停人，安排和索洛佐的会谈。土佬突然变得谨慎，大概是知道了克莱门扎和忒西奥手下的家族纽扣人在全城搜寻他的踪迹。索洛佐寸步不离藏身之处，塔塔利亚家族的所有高层人物也一样。桑尼倒是早有预料，他知道敌人势必要采取这种最基本的预防措施。

克莱门扎忙着收拾保利·加图。忒西奥领命寻找卢卡·布拉齐的下落。卢卡从刺杀的前一天夜里开始就没回过家，这不是好兆头。但桑尼既不相信布拉齐会背叛家族，也不认为他有可能遭到突袭。

柯里昂妈妈留在市区，住进家族的朋友家里，好离医院近一些。女婿卡洛·里齐提出愿意帮忙，但家里说他管好唐·柯里昂安排的生意就行了，也就是曼哈顿意大利人聚居区的簿记业务。康妮和母亲住在市里，方便她探望医院里的父亲。

弗雷迪还在父母家自己的房间里，靠镇静剂维持情绪。桑尼和迈克尔去探望过他，见到他面色苍白，一脸病容，不禁大吃一惊。“老天。”走出弗雷迪的房间，桑尼对迈克尔说，“他看着比老头子受伤更重。”

迈克尔耸耸肩。他在战场上见过处于类似情况的士兵，但没想到这种事会落到弗雷迪身上。他记得小时候二哥是家里最强壮的，也是对父亲最恭顺的。可是，大家都知道唐已经放弃了二儿子，他不可能在家族生意里担当重要角色。他不够精明，也不够无情，性格过于孤僻，没有足够的魄力。

那天傍晚，迈克尔接到约翰尼·方坦从好莱坞打来的电话。桑尼拿起听筒：“算了，约翰尼，你回来看老头子也没啥用。他伤势太重，而且会让你招致非议，我知道老头子不会喜欢这样。等他好一点，我们把他接回家，你再来看他吧。好的，我会转达你的祝福。”桑尼挂断电话，扭头对迈克尔说：“爸爸听了肯定高兴，约翰尼想从加州飞回来看他。”

还是傍晚，克莱门扎的一名手下叫迈克尔去厨房接听那部公开的电话。打来的是凯。

“你父亲没事吧？”她问，声音有点紧张，不太自然。迈克尔知道她还不太相信发生的事情，不太相信他父亲真是报纸所称的“匪徒”。

“他会好起来的。”迈克尔说。

“我能陪你去医院看他吗？”凯问。

迈克尔笑了。她记得他说过的话：想和老意大利人相处得好，就必须经常做这种事情。“这次是特例，”他说，“要是记者知道了你的名字和背景，肯定立刻登上《每日新闻》的第三版。美国姑娘和黑手党老大的儿子有一腿。你父母恐怕不会喜欢吧？”

凯干巴巴地说：“我父母从来不看《每日新闻》。”她又尴尬地顿了顿，然后说，“你没事吧，迈克，你不会有危险吧？”

迈克尔又笑着说：“我是柯里昂家族出了名的胆小鬼。没有任何威胁。他们才懒得来收拾我呢。没事，凯，危机已经过去，不会再有麻烦了。本来就是个意外而已。见到你再跟你解释吧。”

“什么时候能再见？”她问。

迈克尔沉思道：“今天夜里如何？先到你的酒店喝一杯吃顿饭，然后我去医院探望老头子。成天在这儿接电话，我倦透了。行吗？但别告诉任何人。我可不想撞见报社记者拍我俩的照片。不是开玩笑，凯，那可就尴尬死了，特别是对你父母来说。”

“好的，”凯说，“我等你。要我帮你买圣诞礼物吗？或者别的什么事情？”

“不用，”迈克尔说，“你准备一下就行。”

她有点兴奋地轻笑一声。“我会准备好的，”她说，“难道不是一向如此吗？”

“对，是的，”他说，“所以你是我最爱的姑娘。”

“我爱你。”她说，“你能说吗？”

迈克尔看着厨房里的四个小混混。“不行，”他说，“今晚，好吗？”

“好的。”她说。他挂断电话。

克莱门扎忙完当天的任务，终于回来，在厨房里忙着用大锅烹制番茄酱。迈克尔对他点点头，返回拐角办公室，发现黑根和桑尼等他等得很不耐烦。“克莱门扎在外面吗？”桑尼问。

迈克尔咧嘴一笑："他在给手下煮面条，和军队似的。"

桑尼没好气地说："叫他别浪费那个时间了，赶紧进来。我有更重要的任务交给他。叫忒西奥和他一起过来。"

几分钟后，几个人都集中在办公室。桑尼劈头就问克莱门扎："处理掉了？"

克莱门扎点点头。"你再也不会看见他了。"

迈克尔像是被电打了一下，意识到他们说的是保利·加图，小保利已经毙命，被婚礼上高高兴兴跳舞的克莱门扎杀死了。

桑尼问黑根："联系上索洛佐了？"

黑根摇摇头："他的谈判热情似乎已经冷了，反正显得没那么急切了。也许只是格外小心而已，免得被我们的纽扣人盯上。再说我还没找到他信任的有地位的调解人。不过，他肯定明白现在必须谈判。老头子死里逃生，他已经错过了机会。"

桑尼说："他很精明，是我们家族遇到的最精明的家伙。也许他猜到我们只是在拖延时间，等老头子情况好转，或者摸清他的底细。"

黑根耸耸肩："对，他肯定猜到了，但他还是非得谈判不可。他别无选择。我明天一定安排妥当。不会有错。"

克莱门扎的一名手下敲敲门，走进办公室。他对克莱门扎说："收音机里刚才说警察发现保利·加图死在他的车里。"

克莱门扎点点头，答道："不用担心。"纽扣人惊讶地看着首领，随即露出了然的表情，转身返回厨房。

会议继续进行，像是没有受到任何打扰。桑尼问黑根："唐的情况有变化吗？"

黑根摇摇头。“他没事了，但最近几天不能说话。他完全失去知觉，还没从手术中恢复回来。你母亲差不多守了他一天，康妮也是。医院里到处是警察，忒西奥的人也在附近，以防万一。几天后等他好转，我们去问他要我们怎么做。现在必须拖住索洛佐，免得他狗急跳墙。所以我才安排你和他商谈交易。”

桑尼冷哼道：“那也得他肯谈，我已经让克莱门扎和忒西奥去找他了，说不定我们能撞大运，一口气解决问题。”

“哪儿有这么好的运气，”黑根说，“索洛佐太精明了。”黑根顿了顿，“他知道一旦坐上谈判桌，就基本上只能任我们摆布了。所以他在拖延。我猜他正在寻求纽约另外几大家族的支持，这样就算老头子放出话来，我们也没法追杀他。”

桑尼皱起眉头：“他们为什么要支持他？”

黑根耐心地解释道：“为了避免大规模斗争，那样会伤害所有人，逼着报纸和政府采取行动。另外，索洛佐会让他们分一杯羹。你知道贩毒有多少油水可捞。柯里昂家族不需要，我们有赌博，那是和气生财的好生意。但另外几大家族在饿肚皮。索洛佐已经证明了他的能力，他们知道他能搞大贩毒买卖。他活着，他的钱就能流进他们的口袋，死了，他会带来麻烦。”

迈克尔从没见过桑尼此刻的脸色：厚实的爱神嘴唇和古铜色的皮肤变得灰白。“我他妈不在乎他们要什么。他们最好别插手这场战斗。”

克莱门扎和忒西奥不安地动了动，像是步兵首领害怕将军心血来潮，下令不惜一切代价攻克固若金汤的山头。黑根有点不耐烦了。“别这样，桑尼，你父亲不会喜欢你的想法。你知道他常说

‘那是白费劲’。没错，要是老头子下令追杀索洛佐，我们不会允许任何人挡道。但这并不是个人恩怨，而是生意。要是追杀土佬，其他家族插手，我们就展开谈判。要是其他家族发现我们决心干掉索洛佐，他们会放手的。唐会在其他领域让步，扯平得失。但千万别在这种事情上大开杀戒。这是生意。连暗杀你父亲也都是生意手段，不是个人恩怨。你现在应该明白这一点了。”

桑尼的眼神仍旧凶恶。“对，这些我都理解。但你也要明白一点，到我们想杀索洛佐的时候，谁也挡不住我们。”

桑尼问忒西奥：“卢卡有消息吗？”

忒西奥摇摇头。“完全没有，多半是被索洛佐抓走了。”

黑根静静地说：“索洛佐不担心卢卡，这让我觉得很有意思。他很精明，不可能不担心卢卡这样一个人。我相信不管用什么方法，他已经让卢卡置身事外了。”

桑尼嘟囔道：“天哪，希望卢卡别和我们作对。我怕的就是这种事。克莱门扎，忒西奥，你们怎么觉得？”

克莱门扎说得很慢：“任何人都有可能犯错，看看保利就知道。但卢卡不一样，他只认一条路。教父是他唯一信仰、畏惧的人。不仅如此，桑尼，他对你父亲的尊敬超过其他任何人，而教父赢得了所有人的尊敬。不，卢卡不可能背叛。要我说，索洛佐这种人，无论多么狡猾，也不可能成功突袭卢卡。卢卡怀疑所有人和所有事。他总是作最坏的打算。我估计他只是去什么地方休息几天。我们随时都会得到他的消息。”

桑尼转向忒西奥。布鲁克林首领耸耸肩。“任何人都有可能叛变。卢卡这人很敏感。也许唐不知怎的触犯了他。也有这个可能。

但我认为是索洛佐成功突袭了他。这符合顾问刚才说的。我们得作最坏的打算。”

桑尼对大家说：“索洛佐应该很快就会听说保利·加图的下场，他会有什么反应？”

克莱门扎恶狠狠地说：“会让他好好思考一下。他会知道柯里昂家族不是傻瓜，会明白昨天算他非常走运。”

桑尼断然道：“那不是走运。索洛佐策划了好几周。他们肯定每天跟踪老头子去办公室，观察他的生活习惯，然后买通保利甚至卢卡。他们踩着时间点绑架汤姆。他们做到了所有想做的事情。他们不走运，运气不好，雇用的纽扣人不够出色，老头子动作又太快。他们要是杀了他，我就必须达成交易，索洛佐势必取胜，暂时取胜。我只能耐心等待，五年十年后才能报仇。你不能说他走运，彼得，那太低估他了。我们最近太过于低估别人。”

一个纽扣人从厨房端来一盆意大利面，然后送来盘子、叉子和红酒。他们边聊边吃，迈克尔看得很讶异。他没有吃，汤姆也没吃，但桑尼、克莱门扎和忒西奥狼吞虎咽，最后用面包皮把酱汁蘸得一干二净。场面甚至有点滑稽。他们继续讨论。

忒西奥不认为消灭保利·加图会让索洛佐不安，事实上土佬多半早就料到了，甚至还挺高兴。少了一张没用的嘴巴吃薪水。他并不会因此害怕；设身处地想一想，他们难道会害怕吗？

迈克尔不太有信心地说：“我知道我是外行，不过就你们对索洛佐的分析而言，加上他突然和汤姆切断联系，我猜他还藏着一张王牌。他很可能还会耍手段，重新占上风。要是能猜到他打算干什么，那我们就取得先机了。”

桑尼不情愿地说："是啊，我也琢磨过这个，但能想到的只有卢卡。我已经放出风声，取消他享有的所有家族特权，一露面就带他来这儿。除此之外我只能想到一点，那就是索洛佐已经和纽约各大家族达成交易，明天我们就会得知他们要联合起来对付我们。那样的话，我们就必须答应土佬的条件了。汤姆，你说呢？"

黑根点点头："我也是这么看的。没有你父亲领导，我们顶不住这种压力。只有他能反抗其他家族。他们需要他的政治关系，他能拿这些关系做交易，前提是他非常想这么做的话。"

克莱门扎开口说话，对一个刚刚被最得力的属下背叛的人来说，他有点过于自信："索洛佐绝对不可能靠近这幢屋子，老板，你不必担心这个。"

桑尼若有所思地看了他几秒钟，然后对忒西奥说："医院怎么样？你的人守得住吗？"

这次会议的第一次，忒西奥显得对自己完全有信心。"里里外外都有，"他说，"二十四小时看守。警察也戒备森严。警探在病房门口等着盘问老头子。真是笑话。唐还在打点滴，不吃不喝，所以不用担心食物，本来在这方面最应该提防的就是土耳其人，他们相信毒药。他们不可能接近唐，无论如何都不可能。"

桑尼躺进座椅。"也不可能对我下手，他们要和我谈生意，需要家族运转正常。"他朝迈克尔咧嘴一笑，"我猜会不会是你。也许索洛佐打算绑架你，拿你当人质威胁谈交易。"

迈克尔郁闷地想着，我和凯的约会没希望了，桑尼不可能允许我离开这里。但黑根急躁地说："不，他要是需要谈判砝码，随时都可以抓迈克。但谁都知道迈克不参与家族生意，他是平民，要是索洛佐抓他，他会失去其他纽约家族的支持。连塔塔利亚家族都会帮我们追杀他。不，其实显而易见。明天我们要接待所有家族共同派出的一名使者，他会告诉我们必须和土佬联合做生意。他在等的就是这个。这就是他藏着的王牌。”

迈克尔松了一口气。“那就好，”他说，“我今晚得进城。”

“干什么？”桑尼厉声问。

迈克尔咧嘴一笑：“我打算去医院探望老头子，看看妈妈和康妮。另外还有些别的事情。”和唐一样，迈克尔从不吐露真实意图，他不想告诉桑尼说他要去见凯·亚当斯。没有理由不告诉他，只是习惯而已。

厨房里传来一阵嘈杂。克莱门扎出去看个究竟，回来的时候，他双手捧着卢卡·布拉齐的防弹背心，里面裹着一大条死鱼。

克莱门扎干巴巴地说：“土佬已经知道他的间谍保利·加图的下场了。”

忒西奥同样干巴巴地说：“我们知道卢卡·布拉齐的下落了。”

桑尼点燃雪茄，喝了一注威士忌。迈克尔摸不着头脑，问：“鱼是什么意思？”回答他的是顾问、爱尔兰人黑根。“鱼是说卢卡·布拉齐已经长眠海底。”他说，“这是西西里的传统。”

第九章

迈克尔·柯里昂那晚进城时心情低落。他觉得自己正逐渐陷入家族生意，这违背了他的意愿，他讨厌桑尼使唤他，哪怕只是接电话这种小事。参加家族会议让他感到不安，仿佛连谋杀这种秘密都可以托付给他似的。但现在去见凯，他觉得同样有愧于她。他跟她从没在家族问题上完全说过实话。他虽然也提起家人，但总穿插着笑话和奇闻轶事，比起现实生活中的他们，反而更像彩色电影里的冒险家。但现在，父亲当街挨了冷枪，大哥在策划杀人报复。事实清楚明白，只是这和他告诉凯的不一样。他说父亲遇刺是“意外”，麻烦已经结束。妈的，看起来似乎刚开始。桑尼和汤姆没有认清索洛佐的本质，还低估了他，尽管桑尼足够精明，认识到危险。迈克尔试着思考土佬的底牌是什么。这个人显然胆大包天，心细如发，魄力非凡。你必须想到他会真的打你一个措手不及。可是，桑尼、汤姆、克莱门扎和忒西奥都自认为控制住了局势，而且他们都比迈克尔有经验。我是这场战争中的“平民”，迈克尔挖苦地想着，要我参加这场战争，你们给我的勋章得比我在二战里拿到的勋章高级个一万倍才行。

想到这里，他又愧疚起来，因为他并不特别同情父亲。亲生父亲被打得满身枪眼，但说来奇怪，听汤姆说这只是生意而非个人恩怨，迈克尔却比任何人都理解这一点。父亲操纵了一辈子的权势，从周围的人身上勒索敬意，眼下付出了代价。

迈克尔只想退出，退出所有这些，去过他自己的生活。可是，在这次危机结束之前，他还不能切断和家族的关系。他必须以一介平民的能力帮忙。他突然意识到了，让他烦心的是分配给他的这个身份：有特权的非战斗人员，以良心为借口拒服兵役的人。怪不得“平民”二字总在脑海里蹦跶得这么烦人。

他来到酒店，凯在大堂等他（克莱门扎的两名手下开车送他进城，确定没有被跟踪后，在附近的一个路口让他下车）。

他们共进晚餐，喝了些酒。“你打算几点去探望父亲？”凯问。

迈克尔看看手表。“探视时间八点半结束。我打算等别人都走了再去。他们会让我上去的。他有私人病房和自己的护士，所以我可以陪他坐一会儿。他恐怕还没法说话，甚至不知道我在不在。但我必须去表达尊敬。”

凯悄声说：“我为你父亲觉得很难过，婚礼那天他看起来那么和气。我不相信报纸上说他的那些话。我认为大部分都是瞎编。”

迈克尔答得很委婉：“我也不这么认为。”他很惊讶地发现自己竟然对凯这么守口如瓶。他爱凯，信任凯，但父亲和家族的事情一句也不会告诉她。她是局外人。

“你怎么样？”凯问，“打算卷入报纸欢天喜地描述的这场黑帮战争吗？”

迈克尔咧嘴一笑，解开上衣纽扣，拉开左右两襟。“看，没有枪。”他说。凯笑出了声。

时间已晚，他们上楼来到她的房间。她为两人调酒，坐在他的大腿上喝酒。她的礼服底下是丝质内衣，他的手摸到她滚烫的大腿。两人倒在床上，穿着衣服做爱，嘴巴黏在一起。完事后，他们躺着一动不动，觉得身体的热气烧穿了衣服。凯喃喃道：“你们当兵的管这个叫吃快餐对吧？”

“对。”迈克尔说。

“倒也不坏。”尝到滋味的凯说。

他们打起瞌睡。迈克尔突然醒来，看看手表。“该死，”他说，“快十点了，我得赶紧去医院。”他到卫生间洗漱一番，梳理头发。凯跟着进来，从背后搂住他的腰。“我们什么时候结婚？”她问。

“随你定，”迈克尔说，“不过要等家里的事情平静下来，老头子情况好转。还有，我觉得你还是先跟父母解释一下比较好。”

“我该怎么说？”凯静静地问。

迈克尔梳着头发。“就说你遇到了一个意大利血统的男人，英勇帅气，达特茅斯学院的优等生，二战时得过杰出服役十字勋章和紫心勋章，诚恳，勤勉。但他父亲是黑手党首领，专杀坏人，有时候贿赂政府高官，因为职业原因被打得浑身枪眼。可是，这和那个诚恳又勤勉的儿子没关系。这么多全记住了？”

凯放开他的身体，靠在卫生间的门上。“真的吗？”她问。“他真的……”她顿了顿，“杀人？”

迈克尔停下梳头的手。“我不清楚，”他说，“没人清楚，但如果是真的，我也不会惊讶。”

他出门之前，她问：“什么时候能再见？”

迈克尔亲吻她。“你先回家，在乡下小城好好想一想。圣诞节假期过后，我回到学校，我们汉诺威再见。好吗？”

“好。”她说，目送他走出房门，看着他先挥手再走进电梯。她从没感觉这么贴近他，从没这么爱一个人，要是有谁说她要到三年之后才会再见到迈克尔，她恐怕不可能忍耐那种痛苦。

迈克尔在法兰西医院门口下了计程车，惊讶地发现街上空无一人。他走进医院，发现大厅空空荡荡，不禁更加惊讶。该死，克莱门扎和忒西奥在干什么？就算他们没上过西点军校，也该有足够的常识去布置岗哨。大厅总得安排几个人吧。

连最后一拨探视者都已离开，现在差不多是晚间十点半。迈克尔既紧张又警觉。他没有在问询处耽搁，因为他知道父亲在四楼，也知道是哪一间病房。他搭自助电梯上去。太奇怪了，没有人拦他，直到四楼护士台才被叫住。他大踏步走过去，没有搭理她的问题，来到父亲的病房前。门外没有人。应该守在门口等待盘问老头子的两个警探在哪儿？忒西奥和克莱门扎的手下在哪儿？病房里有人吗？门开着，迈克尔走进去。床上有个人影，借着照进窗口的月光，迈克尔看清了父亲的脸。父亲直到此刻仍旧面无表情，胸膛随着不均匀的呼吸微微起伏。床边的钢架上垂下软管，插进他的鼻孔。另外几条软管从腹部排出废物，滴进地上的玻璃罐。迈克尔站了几秒钟，确定父亲还活着，然后走出病房。

他对护士说：“我叫迈克尔·柯里昂，想陪我父亲坐一会儿。有两个警探应该守着他，他们去哪儿了？”

护士年轻貌美，对自己的权威很有信心。“噢，你父亲的访客实在太多，干扰到了医院的正常运行，”她说，“十分钟之前有几个警察过来，赶走了所有人。刚刚五分钟之前，我喊那两个警探接电话，他们总部有什么急事，把他们叫走了。不过你别担心，我经常进来查看情况，房间里有什么动静我都听得见，所以我们才敞着门。”

“谢谢。”迈克尔说，“我就陪他坐几分钟，好吗？”

她对迈克尔微笑：“只能几分钟，然后就得离开，你知道医院有规定。”

迈克尔回到父亲的病房里。他拿起话筒，请医院的接线员拨通长滩家里拐角办公室的号码。接电话的是桑尼。迈克尔悄声说：“桑尼，我在医院，我来得很晚。桑尼，这儿一个人都没有。没有忒西奥的人，门口没有警探。老头子完全没人保护。”他的声音在颤抖。

桑尼大吃一惊，过了很久才开口，声音低沉：“这就是你说的索洛佐的动作。”

迈克尔说：“我也这么觉得。可他是怎么让警察把所有人赶走的？人都去了哪儿？忒西奥的手下去哪儿了？老天在上，索洛佐那王八蛋难道连纽约警局都买通了？”

“别着急，小子，”桑尼安慰道，“我们又走了好运，你这么晚才去医院。留在老头子的病房里。从里面锁上门。我打几个电话，十五分钟内就有人赶到。你别乱跑，也别惊慌。好吗，小子？”

“我不会惊慌。”迈克尔说。自从危机开始以来，他第一次感到胸中燃起了怒火，对父亲的敌人有了冰冷的恨意。

他挂断电话，按铃叫护士。他打算忽视桑尼的命令，按照自己的判断采取行动。护士进来，他说："你千万别害怕，但我们必须马上移动我父亲，搬到另外一个病房，最好另外一层楼。你能拔掉所有管子吗？好把床推出去。"

护士说："开什么玩笑。这需要医生的批准。"

迈克尔说得飞快。"你肯定在报纸上读到过我父亲。你也看见了，今晚没人保护他。我刚刚听到风声，说有人要来医院杀他。请相信我，帮帮我。"碰到需要的时候，迈克尔很能说服别人。

护士说："不需要拔掉管子，可以连支架一起推出去。"

"有空病房吗？"迈克尔轻声说。

"走廊尽头有一间。"护士答道。

他们只用了几分钟，动作迅速而高效。迈克尔对护士说："你和他留在这儿等帮手来。你要是待在外面的护士站，说不定会受伤。"

就在这时，病床上传来了父亲的声音，嘶哑但充满力量："迈克尔，是你吗？出什么事了，怎么了？"

迈克尔俯身到床边，握住父亲的手。"是我，迈克，"他说，"别害怕。听着，千万别发出声音，特别是假如有人喊你的名字。有人要来杀你，明白了吗？但这儿有我，你别害怕。"

唐·柯里昂还没有完全明白前天自己遇到了什么事情，此刻被剧痛折磨，却还是对小儿子露出慈祥的笑容，他想说："我为什么要害怕？从我十二岁起就有陌生人想杀我。"但他实在没有足够的力气说出口。

第十章

医院规模不大，很私密，只有一个出入口。迈克尔隔窗扫视街面。底下是个弧形天井，有几级台阶通向街道，马路上一辆车也没有。不管谁要进医院，都必须经过这个出入口。他知道时间不多，于是跑出病房，蹿下四段楼梯，冲出底层出入口的宽幅双开门。他看到一边是救护车停车场，那里既没有救护车，也没有轿车。

迈克尔站在医院外的人行道上，点燃香烟，解开大衣，站在路灯底下，好让别人看见他的长相。一个年轻人沿着第九大道快步走近，胳膊底下夹着包东西，他上身穿着军服，一头浓密的黑发。他走到路灯底下，迈克尔觉得他有点面熟，但想不起来具体是谁。年轻人在他面前停下，伸出手，用浓重的意大利口音说："唐·迈克尔，还记得我吗？恩佐，面包师纳佐里尼的帮工，也是他的女婿。你父亲让政府允许我留在美国，救了我的命。"

迈克尔和他握手。他想起来了。

恩佐又说："我来向你父亲表达敬意。这么晚了，我还能进医院吗？"

迈克尔笑着摇摇头："不行了，但还是谢谢你。我会告诉唐，说你来过。”一辆轿车隆隆驶下街道，迈克尔立刻警觉起来。他对恩佐说：“快走吧。也许会有麻烦。你可不能被警察缠上。”

他见到意大利小伙子面露惧色，惹上警察的麻烦意味着遣返或被拒绝入籍，但年轻人站在那儿一动不动，用意大利语轻声说：“要是有麻烦，那我愿意留下帮忙。我欠教父的人情。”

迈克尔深受触动。他正要再次劝说年轻人快走，但转念一想，为什么不让他留下呢？医院门口站着两个人，说不定能吓走索洛佐派来执行任务的人马。只站一个人就肯定不行了。他分了恩佐一根烟，帮他点燃。两人顶着十二月的寒冷夜风站在路灯下。圣诞节的绿色装饰切碎医院的黄色窗格，微光闪烁，照在他们身上。这根烟就快抽完，一辆低矮的黑色大轿车从三十街拐上第九大道，贴着路边向他们驶来。车速慢得几近停顿，迈克尔往车里张望，想看清对方的面容，身体不由自主地颤抖。车像是要停，但突然加速开走。有人认出了他。迈克尔又递给恩佐一根香烟，注意到面包师的手在颤抖，惊讶地发现自己的手却很稳定。

两人在街上抽了不到十分钟的烟，警笛突然划破夜空。一辆巡逻车吱吱嘎嘎拐上第九大道，在医院门前停下。另外两辆警车紧随其后。医院门前忽然挤满了制服警察和便衣警探。迈克尔松了一口气。好桑尼肯定打通了电话。他上前迎接他们。

两个身材魁梧的警察抓住他的胳膊，第三个搜他的身。戴金穗警帽的大块头警长走上台阶，手下恭恭敬敬让出一条路。他腰围惊人，帽子底下露出白发，但异常健壮，脸色赤红如牛肉。他走到迈克尔面前，粗声粗气道：“我以为你们这些黑皮流氓都给关起来了，你他妈是谁，在这儿干什么？”

迈克尔背后的一名警察说："警长，他没有武器。"

迈克尔没有吭声。他在琢磨这个警长，冷静地打量他的面容和钢蓝色的眼睛。一名便衣警探说："他是迈克尔·柯里昂，唐的儿子。"

迈克尔静静地说："应该守卫我父亲的警探去哪儿了？是谁撤掉了岗哨？"

警长暴跳如雷："他妈的小流氓，你以为你是谁，敢教我做事？是我撤掉的。我才不管意大利佬相互残杀，我不会动一根手指保护你的老头子。现在给我滚蛋。滚出这条马路，小地痞，不是探视时间就别在医院。"

迈克尔还在仔细打量他。警长的话并没有惹他生气。他的脑筋转得飞快。索洛佐会不会就在最开始那辆车里，见到他站在医院门口，索洛佐会不会打电话给这个警长，说："柯里昂的人怎么还守在门口，我不是花钱让你把他们关起来了吗？"事情会不会如桑尼所说，都经过了精密策划？所有的事情都说得通了。他依然很冷静，对警长说："你要是不在我父亲的病房附近安排警卫，我就不离开医院。"

警长都懒得搭理迈克尔，扭头对他旁边的警探说："菲尔，把他抓起来。"

那名警探踌躇道："这孩子没案底，警长。他是战争英雄，从不参与非法活动。报纸会闹翻天的。"

警长对那名警探怒目而视，气得满脸通红。他吼道："去你妈的，我说把他抓起来。"

迈克尔仍旧头脑清楚，并没有动怒，存心挖苦道："土佬给了你多少钱，要你出卖我父亲，警长？”

警长转向他，对两个身材魁梧的巡警说：“抓住他。”迈克尔感觉双臂被死死按住，见到警长偌大的拳头飞向自己的脸。他想闪避，但拳头重重地砸在颧骨上。一颗手雷在脑壳里爆炸。嘴里充满鲜血和碎骨，他意识到那是牙齿。他感觉半边脑袋充气似的肿了起来，两腿轻飘飘的，要不是两个警察拽着他，他已经倒在了地上。但他仍旧神志清醒，便衣警探上前拦住警长，免得他再动拳头，嘴里说：“老天，警长，你真的伤着他了。”

警长大声说：“我没碰他。他扑上来打我，自己摔倒了。你眼睛瞎了？他拒捕。”

迈克尔在血色雾霭中见到又有几辆轿车贴着路边停下。好些人鱼贯而出。他认出里面有克莱门扎的律师，他在对那名警长说话，好言好语但饱含信心。“柯里昂家族雇用了私家侦探公司保卫柯里昂先生。我带来的这些人有持枪许可，警长，你要是逮捕他们，明早就要见法官，向他解释理由。”

律师看着迈克尔，问：“你要控告对你做出这种事的人吗？”

迈克尔说话有困难，上下颌合不拢，但他还是勉强嘟囔道：“我脚滑了，摔了一跤。”他见到警长得意洋洋地瞥了他一眼，他试着还以微笑。他不惜一切代价也要隐藏控制大脑那美妙森冷的寒意和严冬般充斥全身的恨意。他不想让任何人觉察到他此刻的感受。换了唐也是一样。他感觉自己被搀进医院，随即失去了知觉。

第二天上午醒来，他发现下颚戴上了铁箍，左边缺了四颗牙齿。黑根坐在床边。

“医生给我打了麻药？”迈克尔问。

“对，”黑根说，“他们要从牙龈里挖碎骨，你确定会疼得难以忍耐。再说你反正也昏过去了。”

“我还受了别的伤吗？”迈克尔问。

“没了，”黑根说，“桑尼想送你回长滩家里，你能撑得住吗？”

“当然，”迈克尔说，“唐没事吧？”

黑根脸色一亮：“我觉得问题已经解决了。我们雇了一家侦探公司，附近现在戒备森严。到车上我继续跟你说。”

开车的是克莱门扎，迈克尔和黑根坐在后排。迈克尔的脑袋抽痛不已。“昨晚到底发生了什么，你们算是搞清楚了吗？”

黑根平静地说：“桑尼有条内线，就是那位想保护你的菲利普斯警探。他给我们通了消息。那个警长叫麦克劳斯凯，从当巡警开始就收黑钱，胃口相当大。我们家族塞了他不少好处，但他非常贪婪，做事靠不住。索洛佐肯定塞了他好大一笔。昨晚探视时间一结束，麦克劳斯凯就抓了忒西奥在医院内外安排的所有人。有些人带着枪也无济于事。麦克劳斯凯紧接着撤走守在唐门口的警探，说需要他们帮忙，还声称另外派了几个警察顶上，他们却搞混了命令。放屁。他收了黑钱出卖唐。菲利普斯说他属于有一就有二的那种人。索洛佐那一大笔钱肯定只是预付金，答应得手后还有无数好处。”

“我受伤的事情见报了吗？”

“没有，”黑根说，“我们没有声张，谁也不希望这件事被捅出去。警察不希望，我们也不希望。”

“很好，”迈克尔说，“恩佐那孩子溜掉了吗？”

“溜掉了，”黑根说，“他比你机灵，警察一到就跑了。他说索洛佐的车经过时，他就站在你旁边。真的吗？”

“对，”迈克尔说，“小伙子挺不错。”

“会好好关照他的，”黑根说，“你感觉还好吧？”他关心地看着迈克尔，“样子不太妙。”

“我没事，”迈克尔说，“那个警长叫什么来着？”

“麦克劳斯凯，”黑根说，“倒是有个消息，说不定能让你心情好些，柯里昂家族总算扳回一分。布鲁诺·塔塔利亚，今天凌晨四点。”

迈克尔坐了起来。“怎么回事？你不是说我们应该按兵不动的吗？”

黑根耸耸肩：“医院出事之后，桑尼下了狠心。纽扣人撒遍纽约和新泽西。我们昨晚列了个名单。我还在劝说桑尼别冲动，迈克，也许你能跟他聊聊。不需要全面开战也能了结整个问题。”

“我会跟他聊聊的，”迈克尔说，“今天上午要碰头吗？”

“要，”黑根说，“索洛佐终于联系上了，想和我们坐下来谈谈。有个调解人在安排细节。说明我们赢了。索洛佐知道他输了，想保全他那条小命。”黑根顿了顿，“我们没有立刻还击，他也许以为我们软弱可欺。但塔塔利亚死了一个儿子以后，他知道我们动真格了。他敢对唐下黑手，算是豪赌一场。另外，卢卡的下落弄清楚了。伏击你父亲的前一天夜里，他们杀了卢卡。在布鲁诺的夜总会。简直不敢想象。”

迈克尔说：“肯定打了他一个措手不及。”

一辆黑色长车横过来堵住长滩家那条林荫道的入口。两个男人靠在引擎盖上。迈克尔注意到入口两边的两幢屋子开着楼上的窗户。天哪，桑尼是动真格的了。

克莱门扎在林荫道外停车，三个人走路进去。两名守卫是克莱门扎的手下，克莱门扎对他们皱皱眉头，算是打过招呼。守卫点头还礼。没有微笑，没有寒暄。克莱门扎领着黑根和迈克尔·柯里昂进屋。

他们还没按门铃，就有另外一名守卫打开门。他显然从窗口看见了他们。他们走进拐角办公室，发现桑尼和忒西奥在等他们。桑尼走到迈克尔面前，用双手捧着弟弟的脑袋，开玩笑道："漂亮，真漂亮。"迈克尔拍开他的手，走到办公桌前倒了一杯苏格兰威士忌，希望烈酒能缓和下巴的剧痛。

五个人坐成一圈，气氛和前几次会议大不相同。桑尼显得更快活，迈克尔明白他的快活意味着什么。大哥心里不再犹豫不决。他下定决心，什么都没法动摇他。索洛佐昨晚的企图是最后一根稻草。休战已经没得谈了。

"你走了以后，调解人来过电话，"桑尼对黑根说，"土佬想会谈。"桑尼哈哈大笑，"他倒是有卵蛋，"他钦佩道，"经过昨晚的烂事，居然还敢约我们今天或明天谈一谈。难不成我们就老实待着，他上什么菜我们就吃什么？算他有胆子。"

汤姆小心翼翼地问："你怎么回答的？"

桑尼咧嘴一笑，"我说行啊，好呀，随便他定时间，我不着急。我有上百个纽扣人二十四小时巡街。要是索洛佐敢露一根屁股毛，他就死定了。他们要多少时间，我就给他们多少时间。"

黑根说："有什么具体建议吗？"

"有，"桑尼说，"他要我们派迈克见他，听他的提议。调解人保证迈克的安全。索洛佐不要求我们保证他的安全，他知道他没这个资格，因此这次会面由他那边安排。他的人来接迈克，带迈克去会面地点。迈克听索洛佐怎么说，然后放他回来。但会面地点暂时保密。他们保证交易的条件好得我们没法拒绝。"

黑根问："塔塔利亚家族呢？布鲁诺死了，他们有什么打算？"

"那是交易的一部分。调解人说塔塔利亚家族答应听索洛佐的，会忘记布鲁诺·塔塔利亚。他们对我父亲下手，他就是代价。一命抵一命。"桑尼又笑道，"杂种真有胆子。"

黑根小心翼翼地说："我们应该听听他们怎么说。"

桑尼使劲摇头。"不，不行，顾问，这次不行。"他带上一丝意大利口音，存心模仿父亲和大家开玩笑，"没什么可会谈的，没什么可讨论的，不再给索洛佐耍心眼的机会。等调解人来问我们怎么回答，你替我回答他一句话：我要索洛佐，否则就全面战争。我们开始睡床垫，派所有纽扣人上街。大家鱼死网破。"

"另外几大家族不会答应全面开战的，"黑根说，"等于把所有人放在火上烤。"

桑尼耸耸肩。"他们有个很简单的解决办法啊，把索洛佐交给我。要么就和柯里昂家族开战。"桑尼顿了顿，接着粗鲁地说，"别再建议怎么息事宁人了，汤姆，我已经作了决定，你的任务是帮助我获胜。听懂了？"

黑根低下头，沉思片刻，然后说："我和你在警局的联系人聊过。他说麦克劳斯凯警长肯定拿索洛佐的黑钱，而且胃口不小。不但如此，麦克劳斯凯还在贩毒生意里分一杯羹。麦克劳斯凯已经答应担任索洛佐的保镖。没有麦克劳斯凯陪着，土佬连鼻子都不敢探出狗洞。他和迈克会面的时候，麦克劳斯凯会坐在他旁边，穿便服，但带枪。你必须明白，桑尼，索洛佐有这种人护着，他就刀枪不入。从来没有谁枪杀一名纽约警长后还能安然脱身。报纸、整个警察局、教会等都不会放过你，压力大得你难以想象。那会酿成灾难。各大家族将找你麻烦。柯里昂家族会被驱逐。连老头子的政治保护网都会明哲保身。你必须考虑到这些因素。”

桑尼耸耸肩。“麦克劳斯凯不可能一辈子陪着土佬，我们等得起。”

忒西奥和克莱门扎不安地抽着雪茄，不敢插嘴，汗流浃背。上头要是作了错误的决定，首先倒霉的就是他们。

迈克尔第一次开口，他问黑根：“能把老头子从医院搬回林荫道吗？”

黑根摇头道：“我一去就问过了。不可能。他的情况还很糟糕。他能活下来，但需要各种各样的护理，也许还需要再动手术。不可能。”

“那么你必须立刻做掉索洛佐，”迈克尔说，“我们不能等。这家伙太危险。他会想出什么新点子的。他明白，除掉老头子是最重要的。对，他知道现在情况不妙，所以愿意为了那条小命低头。但如果他知道自己左右是个死，那就会再次对唐下手。有那个警长帮他，天晓得这次会发生什么。我们不能冒险，必须立刻做掉索洛佐。”

桑尼若有所思地挠着下巴。“你说得对，小弟，”他说，“你这话算是一语中的。不能让索洛佐再对老头子下手了。”

黑根平静地说：“麦克劳斯凯警长呢？”

桑尼转向迈克尔，面露古怪的微笑：“对，小弟，那个难啃的警长呢？”

迈克尔说得很慢：“好吧，这很极端。但有些时候，最极端的手段也有正当的理由。考虑一下，假如我们必须杀死麦克劳斯凯，那么必须证明他和这事脱不开干系，所以他不是在履行职责的诚实警长，而是一名卷入黑帮勾当的腐败警官，招致杀身之祸完全是活该。我们有收我们钱的报社人员，把故事连同足够的证据交给他们，这样他们就能给我们撑腰了，减轻部分压力。听起来怎么样？”迈克尔用讨教的眼神打量众人。忒西奥和克莱门扎脸色阴沉，不肯说话。桑尼还是一脸古怪的笑容：“继续说，小弟，说得很好。童言无忌嘛，唐的口头禅。继续说，迈克，说下去。”

黑根也在微笑，侧过头去。迈克尔脸红了。“好，他们要我去和索洛佐会谈。只有我、索洛佐和麦克劳斯凯在场。把时间安排在两天以后，派我们的线人打听清楚会谈地点。坚持必须是公共场所，说我不愿意让他们带我去什么公寓或住宅。用餐高峰时间的餐馆或酒吧，诸如此类的，这样我觉得安全。他们也觉得安全。连索洛佐也猜不到我们敢枪杀警长。我和他们碰面的时候，他们会搜我的身，因此我身上不能带枪，你们要想个办法，在会谈期间让我拿到武器。然后我宰了他们两个人。”

四个脑袋转过来盯着他。克莱门扎和忒西奥大惊失色。黑根有点悲哀，但并不讶异。他想说什么，但想想还是算了。但桑尼，他那张浓眉大眼的爱神脸欢快地抽搐着，突然爆发出一阵大笑，是打心底里发出的笑声，绝非作假。他真的在捧腹大笑，用一根手指指着迈克，喘着粗气说，“你，高贵的大学生，从来不想掺和家族生意。现在想杀一个警长和土佬，就因为麦克劳斯凯打烂了你的脸。你当成了个人恩怨，只是生意而已，你却当真了。你想杀了这两个家伙，因为你脸上挨了拳头。真是放屁。这么多年，你净在放屁。”

克莱门扎和忒西奥完全误会了桑尼，以为他在嘲笑弟弟提出这么一个建议是在虚张声势，也露出灿烂的笑容，有点同情迈克尔。只有黑根心生警惕，不动声色。

迈克尔环顾众人，瞪着笑得停不下来的桑尼。“你要宰了他们两个人？”桑尼说，“喂，小弟，他们可不会给你奖章，只会送你上电椅。明白吗？这可不是逞英雄啊，小弟，不是射击一里之外的敌人，而是在看得见他们眼白的地方开枪，就像当初在学校里挨的教训，明白吗？你得站在他们面前，轰掉他们的脑袋，脑浆会溅满你漂亮的常春藤校服。怎么，小弟，只因为一个白痴警察打了你的脸，你就想杀人？”他还在笑。

迈克尔站起身。“你最好别笑了。”他说。他突然变脸，克莱门扎和忒西奥的笑容立刻消失。迈克尔既不高也不健壮，但浑身上下散发着危险的气息。此时此刻，他仿佛唐·柯里昂的化身。他的眼睛变成了灰褐色，脸色青白，似乎随时会扑向他强壮的大哥。毫无疑问，他手里要是有枪，桑尼恐怕就危险了。桑尼停下笑声，迈克尔用杀人的语气冷冷地说：“狗娘养的，你以为我做不到？”

桑尼收起笑声。“我知道你做得到，”他说，“我笑的不是你说的话。我笑的是事情变成这样了。我一直说你是家里最硬气的，比唐本人都硬气。只有你敢和老头子作对。我记得你小时候什么样子，那脾气可真是够看的。妈的，你脾气上来了连我都敢揍，我比你大那么多。弗雷迪每个星期都得赏你一顿好揍。索洛佐居然以为你是家里的软蛋，因为你让麦克劳斯凯打你，但你没有还手，不肯参与家族争斗。麦克劳斯凯也是，他以为你是没胆子的小黑皮。”桑尼顿了顿，柔声说，“但你毕竟是一个柯里昂，狗娘养的，只有我知道这一点。从老头子挨枪子那天开始，我坐在这儿等了三天，等你脱掉常春藤战斗英雄的狗屁伪装，等你担任我的右手，一起杀了那些试图摧毁爸爸和家族的杂种。谁能想到你需要的只是在脸上挨一拳？”桑尼做个滑稽的挥拳手势，重复道，“真想不到。”

紧张气氛缓和下来。迈克摇摇头：“桑尼，我只是因为别无选择。我不能再给索洛佐机会对老头子下手。现在只有我能接近他。这我看出来了。另外，我觉得你找不到敢杀警长的人。也许你可以自己动手，桑尼，但你有老婆和孩子，在老头子恢复健康前，你要管理家族。这样就只剩下了我和弗雷迪。弗雷迪还没恢复，无法行动。那就只有我了。完全符合逻辑，和我下巴挨的那一拳毫无关系。”

桑尼过来拥抱他。“我他妈不在乎你的理由，只要你肯和我们并肩作战就行。我还要告诉你一件事：自始至终你都是正确的。汤姆，你说呢？”

黑根耸耸肩：“理由充足。我这么想是因为我不认为土佬是诚心谈交易。我认为他还在想办法对付唐。按照一个人的过去，就可以推断出他的未来。所以我得做掉索洛佐。必须做掉他，哪怕非得做掉那个警长也一样。但动手的人将承受极大的压力。难道非得是迈克吗？”

桑尼柔声说：“我可以去。”

黑根不耐烦地摇摇头：“就算有十个警长陪着，索洛佐也不敢让你靠近他一英里之内。再说现在家族由你代管。你不能冒险。”黑根顿了顿，对克莱门扎和忒西奥说：“你们有没有非常得力的顶尖纽扣人能接下这个任务？他这辈子都不需要担心钱了。”

克莱门扎首先说：“没有生面孔，索洛佐立刻会认出来的。我或者忒西奥去也一样。”

黑根说：“有没有够凶悍、身手好但还没建立起名声的新人？”

两个首领同时摇头。忒西奥用微笑抵消话里的刺：“这就像让小联盟的队员去打世界联赛。”

桑尼插嘴道：“只能是迈克。有成百上千条理由。最重要的是他们低估他，觉得他娘娘腔。但他有这个本事，我敢打包票，这一点很重要，因为我们只有这个机会做掉那个杂种土佬。所以现在必须盘算一下该怎么支援迈克。汤姆、克莱门扎、忒西奥，搞清楚索洛佐打算带他去哪儿会谈，花多少钱都无所谓。知道了以后，我们要想一想该怎么把武器送到迈克手里。克莱门扎，你从武器库里找一把真正‘安全’的枪，最‘冷’的一把——绝不可能被查到。枪管尽量短，破坏力足够大。不需要特别精确。开枪时他就对着他们的脑袋。迈克，用完之后，你把枪扔在地上。别被连人带枪抓个正着。克莱门扎，用那种特制胶带缠住枪管和扳机，这样不会留下指纹。记住，迈克，我们什么都摆得平，目击证人，任何事情，但要是连人带枪被逮住就没戏了。我们要准备好运输工具和掩护手段，让你消失一段时间，等风头过去再露面。你要离开很长时间，迈克，但你别去和你的女人告别，连电话也别打。等事情结束，你离开美国，我会帮你传话给她。以上都是命令。”桑尼对弟弟微笑，“现在和克莱门扎待在一起，熟悉他给你挑的枪。顺便练习一下。其他事情交给我们。所有事情。好吗，小弟？”

迈克尔·柯里昂又觉得那种美妙的寒意流遍全身。他对大哥说：“我的女朋友和私事不用你操心，我没那么蠢，你认为我会打电话告别吗？”

桑尼连忙说：“好吧，但你仍旧是新人，我只是帮你理理思路。别往心里去。”

迈克尔咧嘴笑着说：“你他妈什么意思，新人？我和你一样，听从爸爸的教诲，否则你以为我为什么这么聪明？”两人哈哈大笑。

黑根为众人斟酒。他有点郁郁寡欢。政客希望诉诸战争，律师希望诉诸法规。“好吧，管他的，现在我们知道该怎么做了。”他说。

第十一章

马克·麦克劳斯凯警长坐在办公室里，摸着鼓鼓囊囊装满投注单的三个信封。他皱着眉头思考，希望能读懂投注单上的记号。这关系重大。前一天夜里，他的队伍突袭了柯里昂家族的一个簿记点，缴获的投注单就装在信封里。簿记现在必须赎回投注单，否则赌客就会自称获胜，掏空他的腰包。

但对于麦克劳斯凯警长来说，读懂投注单非常重要，他卖给簿记的时候可不想被蒙。要是赌注加起来有五万，他差不多能收到五千。但要是有些赌注特别大，投注单加起来有十万甚至二十万，那他的要价就要高得多了。麦克劳斯凯摆弄着信封，决定吊一吊簿记的胃口，让对方先出价，或许能从中猜到真正的价值。

麦克劳斯凯望向警局办公室墙上的挂钟。时间到了，他要去接滑头滑脑的土佬索洛佐，送那家伙去他和柯里昂家族约定会谈的地点。麦克劳斯凯走到壁柜前，开始换便装。换好衣服，他打电话给老婆说晚上有公事，不回家吃饭了。他从不跟老婆说实话。她以为靠警察那点薪水就能活得如此体面。麦克劳斯凯觉得很好笑，哼了一声。他母亲也曾这么以为，但他早就知道了实情。他父亲手把手教会了他。

他父亲曾经是个巡警，每周带着儿子走一遍辖区，向一个个店主介绍他六岁的儿子："这是我家小子。"

店主会和他握手，甜言蜜语恭维他，打开收款机，五块十块地送给这个孩子。一天下来，马克·麦克劳斯凯的每个衣袋都会塞满纸钞，父亲的朋友这么喜欢他，每次见面都要送点礼物，他打心底里觉得骄傲。他父亲当然要把钱存进银行，为小马克念大学做准备，只给他留下顶多五毛零花。

等马克回到家里，他的警察叔伯问他长大了要干什么，他会幼稚地吃吃答道"警察"，逗得他们哄堂大笑。后来，尽管父亲希望他先上大学，他还是高中一毕业就去考警校了。

他曾经是个好警察，是个英勇的警察。盘踞街角的凶狠小流氓见了他就逃跑，最后干脆只要他执勤就不露面。他曾经悍勇过人，公平处事，从不带着儿子去见店主，收现金当礼物，假装没看见违反垃圾规定和停车规定的行为；他直接收钱，之所以直接收，是因为他觉得这是他应得的。其他警察巡逻的时候，经常躲进电影院或在餐馆消磨时间，尤其是冬天的夜班，他却从不这么做。他总是认真巡查。他给他管理的店铺许多保护和服务。当班时遇到有酒鬼醉汉从鲍威利流窜过来，他驱赶他们的手段异常凶狠，那些家伙顶多只敢来一次。他辖区内的商人很欣赏他，用各种方法表达谢意。

另外一方面，他遵守体系规则。他辖区内的簿记知道他不会为了一己私利存心闹事，知道他满足于警局总数里的那一份。他的名字和很多人列在一起，但他从不敲诈勒索。他这人公平处事，只收干净的职务贿赂，他在警局的晋升之路不算出众，但很稳当。

他养活了一个大家庭，四个儿子没有一个当警察，而是都上了福特汉姆大学，马克从警佐升到副警长，最后当上警长，全家活得衣食无忧。也就在这段时间，麦克劳斯凯有了难以打交道的名声。他辖区内的簿记交的是全城最高的保护费，看来四个儿子念大学开销实在太大。

麦克劳斯凯觉得干净的职务贿赂并不出格。他的儿子凭什么要去念纽约市立学院或者不值钱的南方大学，难道就因为局里的薪水不够让警察过日子和照顾家人吗？他用他的生命保护所有人，档案证明他在巡逻时曾和盗匪殊死枪战，收拾过武装保镖和不懂事的皮条客。他把他们打得不敢露头。他好好治理他的这一角纽约，让普通人过得安心，当然有资格拿到比每周一百多得多的酬劳。薪水这么低，他倒是不愤慨，而是明白人终究只能靠自己。

布鲁诺·塔塔利亚是他的老朋友。布鲁诺和他的一个儿子是福特汉姆大学的同学，毕业后开了夜总会，麦克劳斯凯一家偶尔进城消遣，就去夜总会享受美酒佳肴和歌舞表演，请客的当然是夜总会。除夕之夜，他们会收到精致的请柬，以老板贵客的身份参加酒会，坐在最好的位置。布鲁诺一定会把他们介绍给来夜总会演出的名角，其中不乏著名歌手和好莱坞明星。当然了，他时不时请麦克劳斯凯帮些小忙，比方说抹掉某个雇员的犯罪记录，弄到歌舞表演的工作许可，通常是个有卖淫或骗赌案底的漂亮姑娘。麦克劳斯凯总是乐于助人。

麦克劳斯凯给自己立了条规矩，决不表现出他明白别人的企图。索洛佐找到他，提出要把老柯里昂无依无靠地丢在医院里，麦克劳斯凯没有问原因，只问给多少钱。索洛佐说一万，麦克劳斯凯就知道了原因。他没有犹豫。柯里昂是全国最大的黑手党头目之一，政治关系比当年的卡彭还要多。不管是谁想做掉他，都算是帮美国除了一害。麦克劳斯凯先收钱后办事，但紧接着又接到索洛佐的电话，说医院门口还有柯里昂的两个手下，他气得暴跳如雷。他已经把忒西奥的手下全抓了起来，还撤掉了守在病房门口的两名警探。身为一个有原则的人，他非得把一万块还给索洛佐不可，但他早就盘算好了这笔钱的用途，那是他孙子的教育经费。在愤怒的驱使下，他冲到医院，揍了迈克尔·柯里昂。

不过事情进展顺利。他在塔塔利亚夜总会和索洛佐碰头，谈定了一笔更好的交易。麦克劳斯凯还是没提问，因为他知道全部答案。他关心的只有价钱。他根本没想过自己有可能遇到危险，没想过有谁会一时间异想天开，杀死一名纽约市的警长。黑手党最凶悍的打手遇到最低阶的巡警想扇他耳光，也得乖乖站着任人摆布。杀警察没有任何好处，因为忽然间会有许多打手因为拒捕或企图逃离犯罪现场而被击毙，谁他妈敢做这种事情呢？

麦克劳斯凯叹了口气，准备离开分局。所谓祸不单行，他老婆在爱尔兰的姐姐和癌症斗争数年后终于逝世，这场病花了他不少钱。举办葬礼还要花更多。他自己在祖国的叔伯婶婶时不时需要拉一把，维持他们的土豆农庄，他寄钱去冲抵赤字。他并不吝啬。他和老婆回去探亲的时候，得到的待遇堪比国王皇后。战争已经结束，外快源源不断，不如今年夏天再去一趟好了。麦克劳斯凯把他要去哪儿告诉巡警秘书，免得局里有急事找不到他。他不觉得需要采取什么预防措施，退一万步说，他总是可以声称索洛佐是和他碰头的线人。出了分局，他走过几个街区，叫了辆计程车，前往他要和索洛佐会面的地方。

安排迈克尔逃离美国的是汤姆·黑根：假护照，海员证，将在西西里港口停泊的一艘意大利货轮上的铺位。他派出的几名密使当天下午出发，搭飞机赶往西西里，和那里的黑手党首脑商量，帮迈克尔找个藏身之地。

桑尼安排了一辆轿车和一个绝对靠得住的司机，等待迈克尔走出他将和索洛佐会面的那家餐厅。司机就是忒西奥本人，他自告奋勇给迈克尔开车。这辆车看起来破旧，但引擎很好。车将挂假牌照，本身也无法追查。特殊任务需要最安全的车，这辆车就是为此预留的。

迈克尔和克莱门扎待了一天，练习将会传递给他的小型手枪。这支点二二用的是软头子弹，打进人体只是针眼小洞，出去时则会撕开血淋淋的大窟窿。他发现这支枪在目标五步之内打得很准，之外就难说会飞到哪儿去了。扳机有点紧，克莱门扎用工具收拾一番之后就好用多了。他们决定不管枪声，免得无辜的旁观者搞错情况，出于愚蠢和勇气贸然出头。枪声会让旁观者远离迈克尔。

克莱门扎一边陪他练枪一边指导他。“开完枪就马上丢掉。垂下胳膊，让枪顺势滑出手。谁也不会注意到。大家都会以为你还有枪。他们只会盯着你的脸。快步离开，但别跑。别直接看任何人的眼睛，但也别扭头不看他们。记住，他们害怕你，请相信我，他们会害怕你。谁也不会出手干预。走出餐馆，忒西奥会在车里等你。进去，剩下的全交给他。别担心会出意外。你只会惊讶事情怎么这么顺利。来，戴上帽子，看看你的模样。”他把一顶灰色软呢帽扣在迈克尔的头上。从来不戴帽子的迈克尔做个鬼脸。克莱门扎安慰道："预防被指认。目击证人改变口供的也有了借口。别担心指纹。枪柄和扳机贴上了特制胶带。别碰枪身的其他部位，千万记住了。"

迈克尔说："桑尼已经知道索洛佐要带我去哪儿了吗？"

克莱门扎耸耸肩。"还没有。索洛佐非常小心。不过别担心他会伤害你。调解人在我们手上，你不安全回来，我们就不放他。要是你遇到什么意外，调解人会付出代价的。"

"他为什么要冒险？"迈克尔问。

"他收费很高，"克莱门扎说，"算是一小笔财富了。另外，他在各大家族都算重要角色。他知道索洛佐不敢让他出意外。对于索洛佐而言，你这条命不如调解人的值钱。就这么简单。你会安然无恙。事后天崩地裂都有我们撑着。"

"会有多糟糕？"迈克尔问。

"会非常糟糕，"克莱门扎说，"意味着柯里昂家族和塔塔利亚家族全面开战。其他大部分家族会站在塔塔利亚家族那一边。卫生部今年冬天要收拾许多尸体了。"他耸耸肩，"这种事每隔十来年就要发生一次，能释放彼此的仇怨。另外，要是放任他们在小事上随便摆布我们，那他们就会想要夺走我们的一切。必须一冒头就斩断。就像他们当初在慕尼黑就该阻止希特勒，他干了那种事，怎么能随便放过他，放过他就意味着后面的大麻烦都是自找苦吃。"

迈克尔听他父亲说过类似的话，但时间是三九年，战争尚未正式打响。唐说假如各大家族管理国务院，二次大战就不用打了，他想着，忍不住苦笑。

他们开车返回林荫道，走进唐的住所，桑尼已经把这里当成了指挥部。迈克尔琢磨着桑尼还能在林荫道这个安全地带忍耐多久。他迟早会冒险出门。他们发现桑尼在沙发上打瞌睡，咖啡桌上扔着午餐的残羹：牛排碎块、面包渣和半瓶威士忌。

父亲向来整洁的办公室如今成了乱七八糟的寄宿公寓。迈克尔摇醒大哥，说：“你怎么活得像个流浪汉，就不能把房间收拾得干净点？”

桑尼打着哈欠说：“你他妈是在检查兵营吗？我们还没打听到他们打算带你去哪儿，索洛佐和麦克劳斯凯这对杂种。要是不知道地方，他妈的该怎么把枪送到你手上？”

“要么我随身带着？”迈克尔说，“也许他们不会搜我的身，或者藏个好地方，就算搜也找不到。再说找到了又怎样？顶多让他们拿走，不会有什么损失。”

桑尼摇摇头，说：“不行。这次必须确保做掉索洛佐。记住，有机会就杀他。麦克劳斯凯动作慢，比较迟钝。你有足够时间杀他。克莱门扎有没有告诉你，千万记得扔掉枪？”

“一百万遍了。”迈克尔答道。

桑尼从沙发上起身，伸个懒腰。“下巴感觉怎么样？”

“难受。”迈克尔说，左半边脸疼得火烧火燎，但钢丝箍住的地方上了麻药，没有感觉。他拿起咖啡桌上的酒瓶，咕咚咕咚灌下几口威士忌，疼痛随之减轻。

桑尼说：“悠着点儿，迈克，现在可不能喝晕头。”

迈克尔说：“噢，天哪，桑尼，你就别装大哥了。我和比索洛佐更凶残的敌人打过仗，条件比现在艰苦得多。他有迫击炮吗，有空中掩护吗，有重炮吗？地雷？他只是个狡猾的浑蛋，有个高级警察当打手。只要下决心杀他们，就不存在任何问题。下决心才是最困难的。他们死都不知道怎么死的。”

汤姆·黑根走进房间，点头和他们打招呼，走向以假名登记的电话。他打了几个电话，最后对桑尼摇摇头。“一点风声都没有，”他说，“索洛佐在尽量保守秘密。”

电话铃响了。桑尼接听，尽管没人说话，但他还是举起另一只手，像是叫大家都安静。他在记事簿上写了几笔，最后说：“好的，到时候见。”然后挂断电话。

桑尼笑道：“索洛佐真是个人物。他安排今晚八点，他和麦克劳斯凯警长在百老汇的杰克·邓普西酒吧门口接迈克，去其他地方谈事情，他要迈克和他用意大利语交谈，这样爱尔兰警察根本不知道他们在说什么。他居然还叫我别担心，他知道麦克劳斯凯只听得懂‘索尔多’[1]这么一个意大利词。另外，迈克，他查过你的底细，知道你懂西西里方言。”

迈克尔干巴巴地说：“忘得差不多了，不过反正也聊不了几句。”

汤姆·黑根说：“调解人不来，我们就不让迈克去。这一点安排好了吗？”

克莱门扎点点头：“调解人在我家和我的三个手下打牌呢。他们要接到我的电话才会放他走。”

桑尼躺进皮革扶手椅。“妈的，我们怎么才能查清会面地点？

1 意大利货币单位。

汤姆，我们在塔塔利亚家族有内线，他们怎么一点消息都没有？”

黑根耸耸肩。“索洛佐实在太精明。他非常谨慎，甚至不用他们的人掩护。他觉得有那个警长就够了，秘密比刀枪更重要。他其实是对的。我们只能派人跟踪迈克，祈祷能有好结果。”

桑尼摇摇头：“不行，尾巴这东西，想甩总归是甩得掉的。他们首先要查的就是有没有人跟踪。”

这时已经是下午五点。桑尼满脸焦虑地说：“要么等车来的时候，直接让迈克朝车里射击，管他是谁。”

黑根耸耸肩。“要是索洛佐不在车里怎么办？我们岂不是白白浪费一把好牌？该死，必须查清索洛佐要带他去哪儿。”

克莱门扎插嘴道：“也许我们该想想他为啥弄得这么神神秘秘。”

迈克尔不耐烦地说：“因为要预防万一呗。能不让我们知道的事情为什么要让我们知道？再说了，他能闻到危险。就算有那个警长跟着他，他也还是疑神疑鬼。”

黑根打了个响指。“那个警探，叫菲利普斯的。桑尼，给他打电话。他也许能查到该去哪儿找那个警长。值得一试。麦克劳斯凯恐怕不在乎别人知不知道他的下落。”

桑尼拿起听筒，拨打号码，轻声说了几句，挂断电话。“等他回电。”桑尼说。

他们等了快三十分钟，电话铃响了。打来的是菲利普斯。桑尼在记事簿上写了几笔，挂断电话。他紧绷着脸。“我想我们搞清楚了，”他说，“麦克劳斯凯总要留话给同事，万一有急事该去哪儿找他。今晚八点到十点，他在布朗克斯的蓝月亮。有谁熟悉那地方吗？”

忒西奥很有把握地说：“我知道。非常合适我们。家庭式的小餐馆，隔间很宽敞，适合私下谈话。饭菜很好吃。顾客不多管闲事。太理想了。”他俯身在办公桌上把烟头摆成示意图，“这是大门。迈克，事成后你直接出来，左转，拐过路口。我看见你，点亮大灯，过来接上你。你要是遇到麻烦，喊一声，我马上进来接应。克莱门扎，你赶紧安排起来。派人过去放枪。那儿的卫生间是老式马桶，水箱和墙壁之间有缝隙。让你的人把枪用胶带粘在缝隙里。迈克尔，他们会在车里搜你的身，发现你没带武器，随后就不会担心你了。进了餐馆，等一段时间，找个借口上厕所。不，别起身，先征求对方的许可。装得好像憋得难受，要自然。他们不可能多想。等你从厕所出来，别浪费时间。别重新坐下，直接开枪。也别想当然。打脑袋，一人两枪，然后立刻出去，能走多快就走多快。”

桑尼听得非常仔细。“派个信得过的精明人去放枪，”他对克莱门扎说，“我可不希望我弟弟走出厕所的时候手里什么也没有。”

克莱门扎一字一顿道：“枪一定会在那儿。”

“好了。”桑尼说，“大家干活吧。”

忒西奥和克莱门扎走了，汤姆·黑根说：“桑尼，要我开车送迈克去纽约吗？”

“不用，”桑尼说，“你留在这儿。迈克得手后，我们会忙得不可开交，我需要你帮忙。报纸那头准备好了吗？”

黑根点点头：“一得手我就放消息给他们。”

桑尼起身，走到迈克尔面前站住。他抓住迈克尔的手。“好了，小弟，”他说，“都交给你了。我会跟妈妈解释你为什么不告而别。适当的时候，我会给你女朋友捎个信。好吗？”

“好的，”迈克说，“你觉得我这一去，什么时候能回来？”

“至少一年。”桑尼说。

汤姆·黑根插嘴道：“唐也许有办法，让你早点回家，但别抱太大希望。时间取决于许多因素：我们给记者准备的故事怎么样，警察局想花多大力气掩盖过去，其他家族的反应有多剧烈。这件事会闹得满城风雨，现在能确定的只有这一条。”

迈克尔和黑根握手。“你们尽力而为，”他说，“我可不想再离家苦熬三年了。”

黑根柔声说：“现在退出还不算晚，迈克，我们可以派别人去。我们可以重新思考其他方案。也许索洛佐并不是非得除掉不可。”

迈克尔哈哈一笑。“我们可以说服自己相信任何观点，”他说，“但第一次讨论出的方案就很正确。我这辈子一直过得无忧无虑，现在也该吃点苦头了。”

“你别被下巴左右了思路，”黑根说，“麦克劳斯凯很愚蠢，另外，这是生意，无关个人。”

他第二次见到迈克尔·柯里昂脸色一凝，表情和唐相似得可怕。“汤姆，你别是真的相信了这种玩笑话吧？生意的一点一滴，全都和个人有关。一个人一辈子每天吃什么拉什么，全都和个人有关。大家说这是生意，没问题，但他妈的还是和个人有关。知道这道理是谁教给我的吗？唐，我家的老头子。教父。就算他的朋友被雷劈了，老头子也会觉得这是个人恩怨。连我参加海军陆战队，他都觉得这是个人恩怨。所以他才这么了不起。了不起的唐。在他眼中，什么都是个人恩怨。简直像是上帝。哪怕一只麻雀尾巴上掉了根羽毛他都知道，连他妈怎么掉的也知道。对吧？明白道理了吗？一个人要是觉得意外是对个人的侮辱，那么意外就永远不会找上他。我入行晚，没错，但我赶上来了。对，我把下巴被打断看作个人恩怨；对，我把索洛佐想杀我父亲看作个人恩怨。”他笑着说，“告诉老头子，这些都是跟他学的，我很高兴有机会报答他为我做的那些事情。他是个好父亲。”他顿了顿，沉思着对黑根说，“知道吗？我不记得他打过我。或者打过桑尼，或者弗雷迪。当然还有康妮，他甚至没有大声吼过康妮。可是，汤姆，你跟我说实话，你估计唐杀过多少人？”

汤姆·黑根别过脸去：“有一点你倒不是跟他学的，就是像你现在这么说话。有些事情非做不可，做了也不值得再次提起，不需要给自己找正当的借口。这种事情正当不起来。反正做就是了，然后忘掉。”

迈克尔·柯里昂皱起眉头，静静地问：“身为家族的顾问，你是否同意索洛佐活着对唐和家族都很危险？”

“同意。”黑根说。

“好。”迈克尔说，“那么我就必须杀了他。”

迈克尔·柯里昂站在百老汇大街的杰克·邓普西餐馆门口等车接他。他看看手表，离八点还有五分钟。索洛佐将分秒不差。迈克尔却要确保不迟到，他已经等了一刻钟。

从长滩到市区的路上，他一直在试图忘记刚才对黑根说的那番话，因为要是相信了自己的那番话，他的人生就将走上不归路。可是，经过今晚，他还有可能回头吗？要是再这么胡思乱想，迈克尔郁闷地心想，今晚当心丧命。他必须把心思放在手头的事情上。索洛佐不是白痴，麦克劳斯凯很难啃。他感觉到下巴的剧痛，此刻他喜欢这疼痛，让他提高警惕。

这是个寒冷的冬夜，尽管夜场就快开演，百老汇却人烟稀少。一辆黑色大型轿车在路边停下，迈克尔打个寒战，司机探过身子，打开前门，说："迈克，上车。"他不认识司机，司机是个年轻的小混混，光溜溜的黑发，衬衫敞着领口，但他还是坐了进去。后排坐着麦克劳斯凯警长和索洛佐。

索洛佐隔着座椅靠背伸出手，迈克和他握手。索洛佐握得很有力，手温暖而干燥，他说："迈克，很高兴你能来。希望我们能谈妥所有事情。真是太糟糕了，情况完全出乎我的预想，完全不该变成这样。"

迈克尔·柯里昂平静地说："希望今晚能谈定，我不希望父亲再受到打扰。"

"保证不会了，"索洛佐恳切地说，"我以我的孩子向你发誓，保证不会了。只是请你敞开心胸和我谈。希望你不像你哥哥桑尼那么容易头脑发热。跟他谈生意是不可能的。"

麦克劳斯凯警长哼了一声："这孩子不错，他没问题的。"他俯身热情地拍拍迈克尔的肩膀。"迈克，那天晚上对不住了。干我这一行，年纪大了，容易发脾气。看来我应该早点退休才对。最受不了有人招惹我，可是又成天被人招惹。你知道那种滋味。"他喟然长叹，仔仔细细搜了迈克尔的身。

迈克尔注意到司机露出一丝微笑。车向西开，像是根本不在乎被跟踪。车拐上西区高速路，在车流里钻进钻出。要是有车跟踪，也得这么钻进钻出。接着，迈克尔惊恐地发现轿车拐下了通往乔治·华盛顿大桥的路口，他们要过桥去新泽西。桑尼的线人给错了情报。

轿车经过引桥，走上桥面，把灯火辉煌的纽约留在背后。迈克尔尽量不动声色。他们是要把他扔进沼泽，还是狡诈的索洛佐最后一分钟改变了会谈地点？但就在快开过大桥的时候，司机突然猛打方向盘。沉重的轿车碾过隔离带，飞上半空，弹回返回纽约的车道。麦克劳斯凯和索洛佐同时扭头张望，看有没有车辆做出同样的动作。司机确实在往纽约开，他们驶下大桥，朝着东布朗克斯而去，虽说没有车跟踪，但还是专走黑街后巷。将近九点，他们确定没有尾巴，索洛佐举着烟盒向麦克劳斯凯和迈克尔敬烟，两人都没有要，他自己点燃香烟，对司机说："好技术，我会记着你的。"

十分钟后，轿车驶进一个意大利小聚居区，在一家餐馆门口停下。街上空荡荡的，时间已晚，餐馆里没几个人。迈克尔担心司机也会进餐馆，但司机留在了车上。调解人没提到另有司机，谁也没提过这一点。从原则上说，索洛佐带司机就算破坏了约定，不过迈克尔决定不就此发难，他知道他们会以为他不提是出于恐惧，害怕破坏会谈成功的机会。

他们围着餐馆里唯一的圆桌坐下，索洛佐不肯进小隔间。餐馆里另外只有两个人。迈克尔怀疑他们是索洛佐的暗桩。不过无所谓，等他们有机会出手，保准为时已晚。

麦克劳斯凯饶有兴致地问：“这里的意大利菜好吃吗？”

索洛佐再三保证：“试试小牛肉，全纽约最好的。”唯一的侍者送上红酒，拔掉软木塞，倒了满满三杯。令人惊讶的是，麦克劳斯凯竟然不喝酒。“不喝酒的爱尔兰人恐怕只有我一个，”他说，“见过太多好人因为烈酒惹上麻烦了。”

索洛佐对警长好言好语道：“我要用意大利语和迈克交谈，不是信不过你，而是我说英语表达不清我的意思，我想让迈克相信我没有恶意，今晚达成协议对所有人都有好处。绝对不是我不信任你，你千万别往心里去。”

麦克劳斯凯警长露出嘲讽的笑容。“好的，你们谈你们的，”他说，“正好我集中精神吃小牛肉和细面条。”

索洛佐用西西里方言对迈克尔说：“你必须理解，我和你父亲之间的事情纯粹是生意问题。我非常尊重唐·柯里昂，巴不得有机会能为他效劳。可是，你也必须明白，你父亲为人非常守旧。他挡住了发展的道路。我这门生意就是未来，是日后的潮流，每个人都能发大财。可是，你父亲因为某些不切实际的顾虑挡了财路。他这么做等于把意愿强加在我身上。对，对，我知道。他告诉我：‘尽管去做，那是你的生意。’但我们都知道那是不现实的。我们迟早会妨碍对方。他的言下之意是不准我做这门生意。我有自尊，不允许别人把意愿强加在我身上，所以做了非做不可的事情。塔塔利亚成了我的合伙人。要是这场争端继续下去，柯里昂家族就会被迫对抗其他所有人。你父亲如果身体健康，也许还撑得下去。但教父的大儿子毕竟不是教父本人——绝没有不尊重的意思。爱尔兰顾问黑根更是比不上占科·阿班丹多——愿上帝让他的灵魂安息。因此我提出讲和，休战。我们暂时消除敌意，等你父亲恢复健康，能够参加谈判再说。我苦苦劝说，答应补偿，塔塔利亚同意不再为他家的儿子布鲁诺寻仇。双方讲和。而我呢，我得过日子，所以会在我这门生意里做点小买卖。我不求柯里昂家族合作，只求你们别干涉。以上就是我的提议。我想你有资格同意，敲定协议。”

迈克尔用西西里方言说：“跟我说说你打算怎么开始做生意，特别是我们家族在其中的角色，还有我们能得到什么好处。”

“这么说，你想仔细听听整个方案了？”索洛佐问。

迈克尔肃容道：“首先最重要的，你必须保证再也不试图威胁我父亲的生命。”

索洛佐夸张地举起一只手。“我能怎么向你保证？现在被追杀的是我。我已经错过了机会。你太高估我啦，亲爱的朋友，我没那么能干。”

迈克尔终于确定了，这次会谈不过是为了争取几天时间，索洛佐肯定还要尝试刺杀唐。局势妙在土佬低估了他，以为他是个小毛孩。那种怪异而美妙的森冷感觉笼罩全身。他挤出难受的表情。索洛佐看在眼里，问：“怎么了？”

迈克尔有点尴尬地说：“酒下去就进膀胱了。我憋得慌。能让我去一下卫生间吗？”

索洛佐用黑眼睛使劲端详他的面容，他伸出手，粗鲁地探进迈克尔的裤裆，里里外外摸个遍，寻找武器。迈克尔露出被冒犯的表情。麦克劳斯凯不耐烦地说：“我搜过他了。我搜过成千上万个小流氓。他没带武器。”

索洛佐不喜欢这样，不知为何，但就是不喜欢。他望向对面桌边的男人，朝卫生间的方向挑了挑眉毛。男人微微点头，表示他检查过了，里面没人。索洛佐不情愿地说：“别耽搁太久。”这家伙的直觉真是敏锐，而且非常紧张。

迈克尔起身走进卫生间。小便池顶上有个铁丝篮子，里面搁着一条粉色肥皂。他走进隔间。他真的需要撒尿，括约肌都要夹不住了。他很快解决问题，伸手到搪瓷水箱背后，摸到用胶带固定的短管小手枪。他撕下手枪，想起克莱门扎说的不必担心会在胶带上留指纹。他把枪插进腰带，用上衣遮住，系好纽扣。他洗手，润湿头发，用手帕擦掉水龙头上的指纹，然后走出卫生间。

索洛佐正对卫生间的门坐着，黑眼睛闪着机警的光芒。迈克尔笑了笑。“现在尽管聊吧。”他说着松了一口气。

麦克劳斯凯警长正在吃刚端上来的小牛肉和细面条。对面墙边的男人原本全神贯注，浑身绷紧，现在也明显放松了。

迈克尔重新坐下。他记起克莱门扎说过别这么做，应该一出卫生间就开枪。他却没有这么做，原因或者出于本能的警觉，或者出于纯粹的怯懦。他的感觉告诉他，要是做什么突兀的动作，就会被立刻放翻。现在他觉得安全了，刚才肯定很害怕，因为他很高兴自己不需要用两条腿站着。他双腿发软，抖得厉害。

索洛佐凑近他，迈克尔用桌面遮住腹部，悄悄解开纽扣，聚精会神听索洛佐说话。他一个字也没听懂，对他而言完全是胡言乱语。脑袋里充满隆隆流动的热血，一个字也钻不进去。他的右手在桌子底下移向腰间的手枪，拔了出来。就在这时，侍者过来听他们点菜，索洛佐扭头对侍者说话。迈克尔用左手猛地掀起桌子，右手一抬，枪口几乎抵住了索洛佐的脑袋。这家伙的协调性可真好，险些跟着迈克尔的动作一步跳开，但迈克尔更年轻，反应更迅速，随手扣下扳机。子弹击中索洛佐的眼睛和耳朵之间，从另一头飞出去，一大团血雾和碎骨洒在呆若木鸡的侍者身上。迈克尔凭本能知道一颗子弹就够了。索洛佐在最后一瞬间扭过头，他见到索洛佐眼中的生命之光像蜡烛似的熄灭。

时间这才过去一秒钟，迈克尔转身把枪口对准麦克劳斯凯。警长盯着索洛佐，眼神漠然而惊讶，像是在说这件事和他没关系。他似乎没有意识到自己有危险。叉满小牛肉的叉子悬在半空中，双眼刚转回来盯着迈克尔。他脸上和眼睛里的神情饱含自信和愤慨，像是在等待迈克尔投降或逃跑，而迈克尔对他笑着扣动了扳机。这一枪没打准，不致命，而是打中了麦克劳斯凯粗如牛颈的脖子，麦克劳斯凯使劲呛咳，像是吞了一大口咽不下去的小牛肉。他的肺部被打穿了，使劲咳嗽，空气中弥漫起血雾。迈克尔冷静从容地瞄准，一枪打爆披满白发的脑袋。

空气中像是挂着粉红色的雾气。迈克尔转向坐在墙边的男人。男人刚才毫无反应，似乎是被吓瘫了，此刻他小心翼翼地把双手亮在台面上，转开视线。侍者踉踉跄跄退向厨房，满脸惊恐，难以置信地盯着迈克尔。索洛佐仍旧坐在椅子里，餐桌支撑着他的半边身子。麦克劳斯凯沉重的身体垮下去，从椅子上滑到了地上。迈克尔让枪滑出掌心，枪贴着身体落向地面，没有发出多少声音。他注意到墙边的男人和侍者都没注意到他扔枪的动作。他几步走到门口，打开门。索洛佐的轿车还停在路边，但司机不见踪影。迈克尔左转拐弯。车头灯亮起，一辆破旧的轿车在他身旁停下，车门打开。他钻进去，车呼啸开走。他看到忒西奥坐在司机座位上，轮廓分明的脸板得像块大理石。

“办了索洛佐？”忒西奥问。

有一瞬间迈克尔被忒西奥的话问住了。“办了”一般指男女之事，办了女人就是诱奸她。忒西奥用在这儿真是有趣。“两个都办了。”迈克尔说。

“确定？”忒西奥问。

“见到脑浆了。”迈克尔答道。

车里有一身迈克尔的替换衣服。二十分钟后，他登上驶往西西里的意大利货轮。两小时后，货轮起锚出海，迈克尔在船舱里望着纽约市犹如地狱烈火的灯光。他感到如释重负。他总算逃掉了。这种感觉很熟悉，他所在的分队在某个岛屿抢滩登陆时，他被抬下火线。战斗仍在继续，但他受了轻伤，被送上后方的医疗船。当时这种压倒一切的轻松感也油然而生。地狱血流成河，而他不必在场。

索洛佐和麦克劳斯凯警长遇刺身亡，第二天，纽约全城各个分局的所有警长和副警长同时发话：严禁赌博，严禁卖淫，严禁签订密约，直到杀死麦克劳斯凯警长的凶手落网。全城大搜捕，所有非法生意陷入瘫痪。

那天晚些时候，几大家族派出密使，问柯里昂家族是否打算交出凶手。他们得到的回答是此事与柯里昂家族无关。当晚，一颗炸弹在长滩的柯里昂家族林荫道爆炸，一辆轿车开到铁链前，扔下炸弹就呼啸而去。同样是当晚，柯里昂家族的两名纽扣人在格林尼治村的一家意大利餐馆吃饭时被杀。1946年五大家族混战拉开帷幕。

第二部

第十二章

约翰尼·方坦朝男仆随便一挥手，说："明早见，比利。"黑人管家鞠了一躬，走出面向太平洋的宽敞餐室兼客厅。这是朋友之间的鞠躬道别，而非仆役对主人，之所以要鞠躬，仅仅因为约翰尼·方坦在和客人共进晚餐。

约翰尼的客人是个姑娘，名叫莎朗·莫尔，家住纽约市格林尼治村，来纽约是因为有个老情人已经出人头地，她想在他制作的电影里捞个小角色。约翰尼拍摄沃尔茨那部电影的时候，她恰好来片场探班。约翰尼觉得她年轻鲜活，迷人聪慧，请她回家共进晚餐。他的晚餐邀请闻名遐迩，有着皇室宴请的魄力，她当然满口答应。

他名声在外，莎朗·莫尔显然在期待他的猛烈攻势，但约翰尼很讨厌好莱坞有肉就吃的做法。他从不随便和女孩睡觉，除非女孩身上有他特别喜欢的地方。当然也有例外，有时候他喝得酩酊大醉，醒来时发现身边睡着个他不记得怎么遇到甚至不知道有没有见过的姑娘。如今他已经三十五岁，离过一次婚，和第二任妻子逐渐疏远，睡过数不清的女孩，因此他实在没那么饥渴。可是，莎朗·莫尔身上有什么东西激起了他的怜爱，所以他才邀请她共进晚餐。

他一向吃得不多，但知道有野心的漂亮姑娘总要为了穿漂亮衣服饿肚子，约会时往往胃口大开，所以桌上有充足的食物。桌上的酒水同样充足，冰桶里有香槟，餐具柜上有苏格兰威士忌、黑麦威士忌、白兰地和利口酒。约翰尼不停斟酒，用事先准备的几盘好菜款待客人。吃完饭，他领着姑娘走进宽敞的客厅，隔着落地玻璃窗眺望太平洋。他把艾拉·菲茨杰拉德的唱片放进音响，和莎朗坐进沙发。他和莎朗闲聊，了解她小时候的情况，她当初是假小子还是小花痴，是模样平常还是相貌出众，是孤僻还是开朗。他总觉得这些小细节分外引人入胜，能撩起对他做爱而言必不可少的柔情。

两人偎依在沙发上，非常友好，非常舒适。他亲吻莎朗的嘴唇，这个吻冷静而友好，她这么吻他，所以他也如此回应。宽大的观景窗外，他看见暗蓝色的太平洋在月光下舒展。

“你怎么不放自己的唱片？”莎朗问他，语气里带着戏弄。约翰尼报以微笑。她的戏弄让他觉得很好玩。“我可没那么好莱坞。”他说。

“放一张给我听听。”她说，“现场唱一首？就像在电影里。我会像银幕上的姑娘那样，热血沸腾，浑身瘫软。”

约翰尼放声大笑。换了早几年，他还会做这种事情，结果总像在舞台上，姑娘对着想象中的镜头，拼命假装性感，假装被他融化，眼泪水汪汪地充满欲望。现在他连做梦都不想给女孩唱歌。首先，他有几个月没唱歌了，信不过自己的声音。其次，外行不明白职业歌手唱歌那么好听，其实在很大程度上靠的是技术设备。他当然可以播放自己的唱片，但他听见自己饱含激情的年轻嗓音就害臊，那感觉正仿佛秃顶发胖的老头让别人看他风华正茂时的照片。

“我的嗓音已经不行了，”他说，“实话实说，我听见自己唱歌就恶心。”

两人慢慢喝酒。“听说你在这部电影里很出彩，”她说，“真的一分钱也不收？”

“只收了象征性的报酬。”约翰尼答道。

他起身斟满她的白兰地酒杯，递给她一根印着金色字母的香烟，用打火机给她点烟。她一边抽烟一边喝酒，他重新在她身旁坐下。他的酒杯比她的满得多，他需要白兰地热身、提神、充电。这和一般一夜情的情况相反，他需要灌醉的是自己，而不是女孩。因为女孩往往迫不及待，他却没那么起劲。最近两年，他的自尊心饱受摧残，他用这个简单的办法恢复自尊心：和年轻鲜活的女孩一夜风流，请她共进几次晚餐，送个昂贵的礼物，然后尽可能用最友好的办法甩掉她，以免她受到伤害。女孩事后总能说她们和了不起的约翰尼·方坦有过一段情。这不是真爱，但姑娘那么漂亮，那么真诚，你也挑不出什么毛病。他讨厌难搞的碎嘴女人，爬下他的床就跑去告诉朋友说她睡了伟大的约翰尼·方坦，最后还要加一句说她们睡过更好的。在他的职业生涯之中，最让他惊讶的是那些低声下气的丈夫，他们就差没当面告诉他，说他们愿意原谅老婆，因为大歌星兼影星约翰尼·方坦就算勾搭了最贞洁的烈妇也情有可原。这实在让他无话可说。

他喜欢艾拉·菲茨杰拉德的唱片，喜欢她干净的歌喉，清澈的抑扬顿挫。音乐是生活中他唯一真正理解的东西，他知道他比全世界任何人都更加理解。此刻躺在沙发上，白兰地温暖他的喉咙，他忽然想唱歌了，不是自己唱，而是跟着唱片哼哼，但当着陌生人他可不能这么做。他伸出空闲的手放在莎朗的大腿上，另一只手举起酒杯喝酒。他毫不掩饰，带着孩童寻找温暖的那种色欲，用她大腿上的那只手撩开裙摆，露出金色网眼丝袜上方的乳白色肌肤，尽管这么多年亲热过那么多女人，此情此景还是让约翰尼觉得有一股黏糊糊的暖流瞬间淌遍全身。奇迹仍旧在发生，要是有一天连性欲都像嗓子那样抛弃了他，他该怎么办呢？

他准备好了。他把酒杯放在嵌花的鸡尾酒台上，转身面对她。他的动作非常确定，非常有把握，但又非常温柔。他的爱抚并不鬼祟，也不淫靡。他亲吻她的嘴唇，双手摸上她的胸部，一只手落下去爱抚温暖的大腿，掌心感觉到的皮肤是那么光滑。她回吻他，温暖但并不热烈，如今的他更喜欢这种亲吻。他讨厌女孩突然情欲勃发，就像她们的身体是引擎，一碰毛茸茸的开关就轰然转动。

他和平时一样，做了每次都能激起他性欲的事情。他用中指的指尖轻轻抚弄她两腿之间的部位，动作尽可能轻。有些女孩甚至觉察不到这是做爱的开始，有些女孩会略微分神，不确定这算不算是肌肤相亲，因为同时他总在深吻女孩的嘴。也有些女孩会一沉腰身，吸住甚至是包裹住他的手指。当然了，在他成名之前，还有些女孩会扇他耳光。这就是他的全部技巧，通常来说相当管用。

莎朗的反应却异乎寻常。爱抚和亲吻她全盘接受，紧接着却移开她的嘴唇，顺着沙发微微一扭，伸手拿起酒杯。这是冷静而肯定的拒绝。这种事也发生过，虽说很少，但确实发生过。约翰尼也拿起酒杯，点燃香烟。

她用非常甜蜜的声音轻轻说："并不是我不喜欢你，约翰尼，你比我想象中还要好很多。也不是因为我不是那种女孩。只是我必须动情了才能和男人上床，明白我的意思吗？”

约翰尼·方坦对她微笑，他还是挺喜欢她：“而我没有让你动情？”

她有点尴尬：“呃，你要知道，你唱歌出名什么那会儿，我还很小。我恰巧错过了你，我和你隔了一代。实话实说，不是我假正经。假如你是影星的时候我已经长大了，现在想也不想就会脱掉内裤。”

此刻他不怎么喜欢她了。她很可爱，会说话，有头脑。尽管他的关系能帮她进入演艺事业，但她并没有贴上来跟他睡觉。她是个坦诚的好姑娘。可是，他还意识到了另外一点。这种事以前也发生过几次。女孩和他约会，但不管她有多喜欢他，却早就打定主意不和他上床，只因为这样可以告诉朋友和她自己，她主动放弃了和了不起的约翰尼·方坦睡觉的机会。随着年龄渐长，他现在能理解这种事了，他并不生气，只是不再那么喜欢她了，而原先他又是那么喜欢她。

既然不怎么喜欢她了，他也放松下来，喝着酒，眺望太平洋。她说：“希望你别生气，约翰尼。我想我大概比较保守，我想在好莱坞，女孩应该可以安然退场，就像男女亲吻道晚安那么简单。我来这儿还不久，不懂规矩。”

约翰尼对她微笑，拍拍她的面颊，手落下去拉起裙摆，遮住她光滑圆润的膝盖。“我没生气，”他说，“来个老式约会也不错。”他没有说心里话，其实他松了一口气，因为他不必证明自己是个美好的情人，他不必维持在屏幕上天神一样的形象，也不必听女孩试着作出夸张的反应，就好像他完美到能够和一个再普通不过的女人做出不同凡响的爱一样。

他们又喝了一杯，冷静地亲吻，然后她决定走了。约翰尼很有礼貌地问：“改天再找你吃晚饭？”

她说得坦白诚实。“我知道你不想浪费时间，最后落得失望，”她说，“谢谢这个美妙的晚上。有朝一日我会告诉我的孩子，我曾单独和约翰尼·方坦在他家共进晚餐。”

他对她微笑。“还要说你没有屈服。”他说。两人哈哈大笑。“他们恐怕不会相信。”她说。轮到约翰回应了，他虚情假意地说：“我可以写下来，你想要吗？”她摇摇头。他继续道：“要是有谁敢怀疑，你就打电话给我，我保证向他们澄清。我会说我撵着你满公寓跑，而你捍卫了自己的贞节。如何？”

他终于有点过于刻薄了，见到年轻的脸上露出伤痛，他不太舒服。她明白这话的意思是说他并没有太使劲，他剥夺了她获胜的美妙感觉。她会觉得其实是因为自己缺乏魅力，不够吸引人，因此才成了今夜的胜者。她这样的一个女孩，每次讲述如何拒绝了不起的约翰尼·方坦，最后都必须露出嘲讽的微笑，补充道：“当然啦，他并不是特别起劲。”现在他开始怜悯她了：“要是心情不好就打电话给我。好吗？我也不是非得和我认识的每个女孩睡觉。”

“好的。”她说完就走了。

他有一个漫长的夜晚需要打发。他可以去杰克·沃尔茨所谓的“肉铺”，愿意倒贴的小明星不计其数，但他想要个有人味儿的伴侣。他想像人类一样交谈。他想到第一任妻子维吉尼亚。拍片工作已经结束，他陪孩子的时间就多了。他想重新进入他们的生活。现在他也很担心维吉尼亚。她可没有应付好莱坞浪荡公子的本事，他们也许会去追她，只为了事后吹嘘他们搞过约翰尼·方坦的前妻。还好就他所知，还没有谁说过这种话。不过，是个人就能这么说他的第二任妻子，约翰尼冷笑着心想。他拿起听筒。

他立刻认出了她的声音，这不稀奇，因为第一次听见这个声音的时候他才十岁，念书时他们也是同班同学。“嗨，金妮，”他说，“今晚忙吗？我能过来坐坐吗？”

“行啊，”她说，“不过孩子都睡了，我不想吵醒他们。”

“没问题，”他说，“我只想和你聊聊。”

她听起来有点犹豫，小心翼翼地控制自己，不流露出任何关心，她问：“出什么大事了吗，什么严重的？”

“没事，”约翰尼说，“今天拍完那部电影了，我只是想见见你，和你聊聊天。要是你确定我不会吵醒孩子，就让我看一眼她们。”

“好吧，”她说，“你得到了你想要的角色，我很高兴。”

“谢谢，”他说，“半小时后见。”

约翰尼·方坦来到贝弗利山他过去的家，他在车里坐了几分钟，望着那幢屋子。他记起教父的叮嘱，说他可以创造出自己想要的生活。只要知道自己想要什么，多半就能心想事成。可是，他到底想要什么呢？

前妻在门口等他。她很漂亮，身材娇小，浅黑肤色，是个意大利好姑娘，是从不和其他男人鬼混的邻家女孩——这点对他特别重要。你还想要她吗？他扪心自问，答案是否定的。首先，他不可能再和她做爱，他们的感情已经陈旧。其次还有另外几个原因，和性爱无关，虽然他们已经不再势如水火，但她绝对不可能原谅他。

她给他煮咖啡，请他在客厅吃自家做的点心。“沙发上躺会儿吧，”她说，“你看起来很疲惫。”他脱掉上衣和鞋子，解开领带，她坐进对面的靠椅，露出凝重的微笑。“好玩。”她说。

“什么好玩？”他问，喝一口咖啡，手一抖把咖啡洒在了衬衫上。

“了不起的约翰尼·方坦居然没有约会。”她说。

“了不起的约翰尼·方坦要是还能睡到姑娘就算走运了。”他说。

他这么直接可不寻常，金妮问：“你到底是怎么了？”

约翰尼咧嘴苦笑：“我和一个女孩在我家约会，她甩了我。可你知道吗？我却松了一口气。”

让他惊讶的是他见到怒气在金妮脸上一闪而过。“别为那些小婊子伤脑筋，”她说，“她肯定以为这样最能吸引你。”约翰尼很开心地意识到金妮真的很生气，因为居然有女孩拒绝约翰尼。

“哈，管他的，”他说，“我反正厌倦了这种事。一个人总得成长嘛。既然我再也没法唱歌，女人恐怕要对我没兴趣了。我可不是靠脸骗色的，你知道。”

她诚恳地说：“你的真人从来比照片好看。”

约翰尼摇摇头。“我越来越胖，而且在脱发。该死，要是这部电影不能让我再出名，我干脆趁早学烤比萨去算了。要么想办法让你拍电影吧，你看起来很不错。”

她看起来有三十五岁了。保养得很好的三十五岁，但毕竟还是三十五岁。在好莱坞，三十五岁和一百岁没什么区别。年轻的漂亮女孩像旅鼠似的涌进洛杉矶，大部分人能混一年，有些两年。有些女孩美得能让男人心脏停跳，但只要一开口，对成功的贪婪欲望就遮蔽了可爱的眼神。普通女人在姿色上绝不可能和她们竞争。你尽可以扯什么魅力、智慧、优雅和仪态，但这些女孩的纯粹美丽彻底压倒了其他因素。要不是这种女孩有那么多，一个普通好看的女人或许还有机会。约翰尼·方坦搞得到所有这些女孩，至少是其中的绝大多数，因此金妮知道他这么说至少是为了哄她开心。他说话向来这么好听。他对女人总是彬彬有礼，哪怕名声最盛的时候也一样，恭维她们，给她们点烟，开门。平时受到如此礼遇的往往是他，所以和他约会的女孩愈加受到触动。他这么对待所有女人，哪怕是一夜情的对象，哪怕是连名字都不知道的姑娘。

她对他微笑，这是个友善的笑容。“你已经追到我了，约翰尼，还记得吗？十二年了，你犯不着跟我来这套。”

他叹了口气，在沙发上伸个懒腰。“不是开玩笑，金妮，你气色真的很好。但愿我也能这么好看。”

她没有答话，看得出他很沮丧。“觉得你那部电影怎么样？能帮助你吗？”她问。

约翰尼点点头。“挺好，能把我一路送回顶峰。我要是拿到奥斯卡，再好好谋划一番，就算不唱歌我也能重新出名。那样就可以给你和孩子更多的钱了。”

“我们的钱已经够多了。”金妮答道。

“我想多见见孩子，”约翰尼说，“我想稍微安生点儿了。我能每周五来吃晚饭吗？我发誓一次也不会落下，不管离家多远，不管我多忙。只要挤得出时间就陪孩子过周末，孩子放假也可以来和我住几天。”

金妮拿起烟灰缸放在他胸口。“我倒是没问题，”她说，“我不肯再结婚，就是因为想让你一直当她们的爸爸。”这句话她说得毫无感情色彩，但盯着天花板的约翰尼·方坦知道她这么说是为了修补裂痕，当初婚姻刚破裂，他的事业开始走下坡路那会儿，她说过一些很难听的话。

“说起来，猜猜谁给我打过电话？”她说。

约翰尼不肯陪她玩，他从不玩猜猜看的游戏。“谁？”他问。

金妮说：“你哪怕随便猜一次也好嘛。”约翰尼没有吭声。她说：“你的教父。”

约翰尼确实吃了一惊。“他从不和别人在电话上谈事情。他跟你说了什么？”

“他请我帮助你，”金妮说，“说你会和过去一样出名，你正在东山再起，但你需要别人信赖你。我问凭什么要我这么做，他说因为你是我的孩子的父亲。这位老先生真是热心，居然还有人说他的坏话。”

维吉尼亚讨厌电话，所以拆掉了家里的大多数分机，只留下卧室和厨房两部电话。他们听见厨房的电话响了。她过去接听，回到客厅时面露惊讶之色。“找你的，约翰尼，”她说，“是汤姆·黑根，说事情很重要。”

约翰尼走进厨房，拿起听筒。“是我，汤姆。”他说。

汤姆·黑根的声音很冷静：“约翰尼，电影已经完成拍摄，教父派我来找你，安排一下，帮你出头。他叫我搭早班飞机。我们在洛杉矶碰头如何？我当天晚上就得回纽约，所以你不必担心我连晚上也要纠缠你。”

“没问题，汤姆，”约翰尼说，“别担心什么晚上不晚上的。过一夜，放松放松。我办个酒会，介绍你认识几个电影圈的朋友。”他总是这么说，他不希望老邻居觉得受他嫌弃。

“多谢，”黑根说，“但我非得搭凌晨的航班回纽约不可。就这样，你来接十一点半从纽约起飞的航班。”

“没问题。”约翰尼说。

“你留在车里，”黑根说，“我下飞机的时候，你派个手下接我，领我去见你。”

“好。”约翰尼说。

他回到客厅，金妮好奇地看着他。“教父给我设计了什么计划，帮我出头，”约翰尼说，“他帮我弄到了电影里的那个角色，我不清楚他是怎么做到的。但我希望其他的事他就别插手了。”

他躺回沙发上，觉得疲惫不堪。金妮说：“你今晚别回家了，就睡客房吧。明天可以和孩子们吃早饭，免得半夜开车回家。想到你孤零零一个人待在家里我就难过。你不寂寞吗？”

“我很少回家。”约翰尼说。

她笑着说：“看来你改变的并不多。”她犹豫片刻，说：“我去收拾另一间卧室？”

约翰尼说：“不能睡你的卧室？”

她红了脸。“不行。”她说，对他微笑，他报以微笑。他们仍旧是朋友。

第二天，约翰尼醒来，百叶窗拉着，阳光照了进来，约翰尼看得出时间已经很晚。除非是下午，否则阳光不会有这个角度。他喊道：“嘿，金妮，还有早饭吃吗？”远远地传来她的叫声。“稍等片刻。”

真的只等了片刻。她肯定早就全都准备好了，热烘烘地放在炉子里，就等着装进餐盘，因为约翰尼刚点燃今天的第一支香烟，卧室门就被推开，他的两个女儿推着早餐小车进来了。

她们美得让他心碎。她们容光焕发，眼里闪着讶异和急于奔向他的渴望。她们的头发梳成老式长辫，身穿传统裙装，脚蹬漆皮鞋。她们站在早餐小车旁望着他揿熄香烟，等他召唤，张开双臂。她们随即奔向他。他把脸贴在两个芬芳鲜嫩的小脸蛋中间，用胡须茬刮得她们哇哇尖叫。金妮出现在卧室门口，把小车接着往前推，让他在床上吃早饭。她在床沿上坐下，帮他倒咖啡，给吐司抹黄油。两个女儿坐在沙发上望着他们。她们已经长大，不再是打枕头仗和能让人举起来摇晃的年龄了。她们已经知道要整理蓬乱的头发了。天哪，他心想，用不了多久她们就将成人，好莱坞的小流氓会追着她们跑。

他边吃边和女儿分享吐司和培根，还让她们喝了几小口咖啡。这是早几年留下来的习惯，那时候他和乐队唱歌，很少有机会和女儿一起吃饭，所以碰到他颠倒时间吃饭，比方说下午吃早饭，早晨吃晚餐，她们就喜欢抢他的食物吃。颠倒时间吃东西让她们很开心，早晨七点吃牛排和炸薯条，下午吃培根和煎蛋。

只有金妮和他的几个密友知道他有多宝贝这两个女儿。离婚和搬出家门的时候，和女儿分别最让他痛苦。他争取和为之奋斗的事情只有一件，那就是保留父亲地位。他拐弯抹角让金妮明白，她要是再婚，他会很不高兴，并非因为嫉妒，而是不愿失去父亲的地位。他对金钱作出安排，只要不再婚，她在财务方面就不需要发愁。另外一方面，她尽可以找情人，只要不让他们侵入家庭生活就行。不过，这方面他倒是完全信任金妮。她在情爱上出奇地害羞和守旧。好莱坞的小白脸闻到味道，蜂拥而至，想从她著名的丈夫那儿捞到钱财和好处，却每每空手而归。

他不担心她会因为昨晚他想和她睡觉而生出破镜重圆的念头。他们谁也不想恢复当初的婚姻关系。她明白他对美色的渴望，他对远比她美貌的女人有着难以遏制的冲动。众所周知，他和合演电影的女明星至少得睡一觉。女人抗拒不了他孩子气的魅力，正如他抗拒不了她们的美貌。

“你得赶快穿衣服了，”金妮说，“汤姆的航班很快就要降落。”她把女儿赶出卧室。

“好，”约翰尼说，“顺便说一句，金妮，知道我在离婚吗？我很快就又要自由了。”

她望着约翰尼穿衣服。唐·柯里昂女儿的婚礼之后，他们达成新的约定，他总在她家里放几身干净衣服。“还有两周就是圣诞节了，”她说，“要把你也计划在内吗？”

这还是他第一次考虑假日怎么过。他的嗓子出问题之前，假日是唱歌挣钱的好季节，但即便如此，圣诞节仍旧神圣不可侵犯。要是这次再错过，那就是一连两年了。去年他在西班牙追求第二任妻子，苦苦求她嫁给他。

“好，”他说，“圣诞夜和圣诞节。”他没提新年夜。新年夜也是他每隔一段时间就需要来一次的狂欢之夜，和朋友喝得烂醉，他可不希望老婆守在旁边。他对此并不愧疚。

她帮约翰尼穿上外衣，掸了掸灰尘。他向来讲究整洁。她看见他皱起眉头，因为换上的衬衫没有按照他的喜好清洗熨烫，袖扣是他很久没戴过的，对他最近的着装风格来说过于花哨。她轻轻一笑，说："汤姆注意不到区别。"

家里的三个女人送他出门，到车道上车。两个女儿一边一个抓着他的手，妻子稍微落后两步。他显得那么高兴，她看得也很愉快。来到车前，他转过身，轮流把两个女儿举到半空中，一边放下一边亲吻。最后，他亲了亲妻子，坐进车里。他向来不喜欢啰唆的告别。

他的公关经理和助手已经安排好了。回到家里，一辆配有司机的包租车在等他。车里坐着公关经理和一名助理。约翰尼停好车，跳进包租车，赶往机场。他等在车里，公关经理去接飞机。汤姆上车，他们握手，车开回他家。

最后，只剩下他和汤姆坐在客厅里。两人之间有点冷淡。约翰尼一直没法原谅黑根，康妮婚礼之前，唐对约翰尼很生气，约翰尼想联系唐，拦在中间的正是黑根。黑根从不为他的行为找借口。他不能这么做。他的职责有一部分就是充当怨恨的避雷针，因为人们对唐过于敬畏，就算有气也不敢怨恨他本人。

"教父派我来在某些事情上帮你一把，"黑根说，"我想在圣诞节前解决问题。"

约翰尼·方坦耸耸肩。"电影已经拍完。导演待我很好。我的镜头很重要，不可能因为沃尔茨想打发我就被剪辑师扔掉。他不可能毁掉一部千万美元的大制作。所以现在全看观众觉得我在电影里有多出色了。”

黑根字斟句酌地说：“赢得奥斯卡奖对一个演员的职业生涯是真的非常重要，还只是普普通通的宣传噱头，不得也无所谓。”他顿了顿，又连忙说，“当然，荣誉除外，是人就喜欢荣誉。”

约翰尼·方坦对他咧咧嘴：“除了我那位教父，还有你。不，汤姆，那不是噱头。一尊奥斯卡奖能让一个演员红十年，他可以随便挑选角色，观众愿意进电影院看他。拿奥斯卡不是一切，但对于一名演员，却是这个行当最重要的东西。我指望这次能获奖。不是因为我这个演员有多了不起，而是我本来以歌手闻名，而这个角色万无一失。再说我演得也不错，不开玩笑。”

汤姆·黑根耸耸肩，说：“教父告诉我，按照现在的事态发展，你恐怕毫无获奖的机会。”

约翰尼·方坦怒道：“你在胡扯什么？电影都还没开始剪辑，更别说上映了。唐甚至都不是电影业的人。你他妈飞了三千英里，就是要说这种屁话？”他气得都快哭出来了。

黑根急忙解释道：“约翰尼，我对电影当然一窍不通。记住，我只是唐的信使。不过我们讨论过很多次你的事情。他担心你的未来。他觉得你还需要他的帮助，想一劳永逸解决你的问题。我这次来就是为了让事情能顺利进行。但约翰尼，你必须成长起来。你不能再把自己当成歌手和演员了。你要把自己当作能呼风唤雨的人，一个有权势的人。”

约翰尼·方坦笑着斟满酒杯。“要是我这次得不到奥斯卡，那我的权势恐怕也就和我女儿差不多了。我的嗓子完了，要是嗓子能恢复，我还可以试试。唉，该死。教父怎么知道我赢不了？好吧，我相信他。他从不犯错。”

黑根点燃一支细雪茄。“我们听到风声，说杰克·沃尔茨不肯用电影公司的钱支持你候选。事实上，他甚至对投票者放话说他不希望你得奖。他还扣下了广告经费和有助于你获胜的所有开销。他尽可能安排人投另一个家伙的票。他用上了各种各样的贿赂：职位、金钱、女人……他这样做的同时还要设法让电影不受损失，至少尽可能少受损失。”

约翰尼·方坦耸耸肩。他倒了满满一杯威士忌，一饮而尽。“那我就死定了。”

黑根望着他，厌恶地皱起嘴唇。“喝酒对你的嗓子没好处。”他说。

“去你妈的。”约翰尼说。

黑根的脸突然拉下去，面无表情地说：“好吧，那我们现在只谈公事。”

约翰尼·方坦放下酒杯，走到黑根面前站住。“抱歉，汤姆，我没管住嘴巴，”他说，“天哪，真是对不起。我拿你撒气是因为我想宰了杰克·沃尔茨，但又不敢这么使唤教父他老人家，所以只好冲你嚷嚷。”他两眼含泪，把空酒杯砸向墙壁，但动作虚弱无力，厚实的酒杯没有破碎，而是顺着地板滚回了他面前，他低头看着酒杯，满心挫折和愤怒。他接着大笑起来，说，“我的天哪。”

他走到房间的另一头，在黑根对面坐下。“知道吗？我的事业一帆风顺，然后我和金妮离了婚，所有事情都开始倒霉。我的嗓子坏了，唱片卖不出去，找不到拍电影的工作。然后我的教父对我生气，不肯接我的电话，我去纽约都不肯见我。挡路的一直是你，我责怪你，可我知道要是唐不下令，你也不会这么做。可谁能怨恨唐呢？那就像怨恨上帝。因此我诅咒你。但你从来都是对的。为了向你表示歉意，我接受你的建议。嗓子一天不恢复，我就一天不喝酒。行吗？”

他的道歉发自肺腑。黑根忘记了恼怒。这个三十五岁的大男孩肯定有什么特殊之处，否则唐不可能那么宠爱他。他说：“算啦，约翰尼。”约翰尼的真诚让他感到尴尬，他怀疑约翰尼是害怕自己，害怕自己会挑拨他和唐的关系。当然了，谁都不可能以任何理由挑拨唐，唐的情感只受他自己左右。

“情况没那么糟糕，”他告诉约翰尼，“唐说他可以抵消沃尔茨对你做的所有坏事，说你几乎肯定能拿奖，但他觉得这并没有解决问题。他想知道你有没有脑子和卵蛋，自立门户当制片人，从头到尾自己制作电影。”

“他怎么能让我拿奖？”约翰尼怀疑道。

黑根答得不留情面：“你那么容易就相信沃尔茨能瞒天过海，却不相信你的教父也做得到？看来要让你对这桩事的另一面树立起信心，我非得和你说实话了。不过你可别到处乱说。教父的权势比杰克·沃尔茨大得多，尤其是在某些更加关键的领域。他打算怎么操纵奖项？他控制着——或者说控制了控制电影业所有工会的人，控制所有或者近乎所有投票者。当然，首先你必须足够优秀，能凭借自己的成就去竞争。另外，你的教父比杰克·沃尔茨有脑子。他不会跑到投票人面前，拿枪顶着他们的脑袋说‘投票给约翰尼·方坦，否则就崩了你’，遇到武力威胁不起作用或者会留下太多恶感的时候，他是不会这么做的，而是会让那些人心甘情愿地投你一票。可话也说回来，他要是不干涉，他们就不会把票投给你。现在你反正就相信我好了，他确实能让你得奖，而他要是不插手，你就没法得奖。”

“好吧，”约翰尼说，“我相信你。我有足够的卵蛋和头脑当制片人，但我没那么多钞票，也没有哪家银行肯资助我。拍摄一部电影需要几百万。”

黑根干巴巴地说：“你获奖以后就开始制订计划，制作三部由自己主演的电影。雇用这行最优秀的人——技术人员、明星，需要谁就雇谁。制订三到五部电影的计划。”

“你疯了，”约翰尼说，“那么多电影少说也要两千万美元。”

“等你需要钱了，”黑根说，“就联系我。我会告诉你联系加州的哪家银行，请他们提供资金帮助。别担心，他们多年来一直资助电影拍摄。你就按正常方式找他们借钱，理由必须正当，就像正规的生意往来。他们会批准。但你首先要见我，把数字和计划解释给我听。明白了？”

约翰尼沉默良久，最后静静地说：“还有什么条件？”

黑根笑了。“你是想知道，为了一笔两千万美元的贷款，你需要做些什么来报恩吗？当然会有的。”他等约翰尼开口，“可是，要是唐请你做事，你本来也不可能拒绝他吧？”

约翰尼说：“如果事关重大，那就必须是唐本人跟我说，明白我的意思吗？你和桑尼说了都没用。”

他敏锐的直觉让黑根吃惊，方坦终究还是有些头脑的。他凭直觉知道唐非常宠爱他，而且唐那么精明，不可能要他做什么危险的蠢事，而桑尼就说不准了。他对约翰尼说：“有一点你听了肯定安心。你的教父向我和桑尼下了死命令，不许我们以任何方式在任何事情上牵连你，防止因为我们犯错，损坏你的形象。你本人就更不可能这么做了。我向你保证，他会请你帮的那些忙，都是不等他开口你就会抢着做的事情。懂了？”

约翰尼微笑道：“懂了。”

黑根说：“还有，他对你很有信心。他认为你头脑很好，所以估计银行在这项投资上能挣钱，也就是说他能因此挣钱。所以，这确实是一桩商业交易，千万别忘记这一点。别拿了钱去乱花。就算他最喜欢你这个教子，但两千万美元也还是很大一笔钱。他冒了很大的风险才把钱交到你手上。”

“转告他，别担心，”约翰尼说，“连杰克·沃尔茨这种货色都能在电影界呼风唤雨，别人没理由不行。”

“教父也是这么想的，”黑根说，“能派车送我回机场吗？我的话说完了。签任何合约之前，先雇个好律师，这事情我不插手，但如果你不反对的话，我希望你签合同之前可以让我先过目一下。另外，你永远也不会遇到劳资纠纷，很能帮你降低一些成本，所以不管会计师在这类条目上填了多少，你抹掉那些数字就是了。”

约翰尼小心翼翼地问：“其他方面也要你点头吗？比方说剧本、选角之类的？”

黑根摇摇头。“不需要，”他说，“唐倒是有可能反对些什么，但他要是有意见就会直接跟你说。天晓得到底是什么。电影无论如何也打动不了他，因此他并不感兴趣。再说他不喜欢胡乱插手，这点我可以凭经验向你保证。”

“很好，”约翰尼说，“我开车送你去机场吧。替我谢谢教父。我很想打电话亲口感谢他，但他从来不接。说起来，这是怎么回事？”

黑根耸耸肩：“他难得对着听筒说话，他不希望自己的声音被录下来，哪怕说的是全然无关紧要的内容。他害怕别人会把字词拼凑起来，听上去像他在说别的什么事情。我猜就是这么一回事。他最担心的就是有朝一日会遭到政府陷害，所以不想被他们抓住把柄。”

他们坐进约翰尼的轿车，约翰尼开车赶往机场。黑根心想，约翰尼比他想象的要好，他看到了约翰尼的一些优点，亲自送他去机场就是一个证明。他对人的谦恭礼貌，这是唐一向重视的。还有道歉。约翰尼的道歉发自肺腑。他认识约翰尼很多年了，他知道约翰尼的道歉并非出自恐惧。约翰尼从小就胆大包天，所以才经常惹麻烦，跟公司老板和女人闹得不愉快。约翰尼是为数不多不害怕唐的人，在黑根认识人当中，只有方坦和迈克尔不害怕唐。因此他愿意接受真诚的道歉。接下来这几年，他和约翰尼将经常碰面。约翰尼必须通过这场考验，证明他到底有多精明。他必须为唐做一些事，这些事情唐既不会开口求他去做，也不会作为互相帮助的交换条件逼他去做。黑根琢磨着约翰尼·方坦到底够不够聪明，有没有意识到交易的这个部分。

约翰尼在机场放下黑根（黑根坚持不让约翰尼浪费时间陪他等飞机），驱车回到金妮家里。见到约翰尼，她很惊讶。他想待在她的家里，好有时间整理思绪，制订计划。他知道黑根的提议异常重要，他的人生轨迹随之改变。他曾经是大明星，但年纪轻轻三十五岁就被淘汰了。这一点上他不会自欺欺人。就算赢得最佳男主角奖项，那又能有多少意义呢？要是嗓子不恢复，就是零蛋。他只会是个二流人物，没有真正的权势，捞不到真正的油水。甚至那个拒绝了他的姑娘，聪明可爱，挺有时代气息，可他如果真是头面人物，她还会那么冷淡吗？现在有唐用钞票给他撑腰，他就有机会比肩好莱坞的任何大人物了。他也可以呼风唤雨。约翰尼不禁笑了。妈的，他甚至可以成为一个唐。

和金妮过上几周倒是不错，更久一点也可以考虑。他可以每天带着孩子出去玩，邀请几个朋友来坐坐。他要戒烟戒酒，好好保养。嗓子说不定还能恢复。要真能恢复，加上唐的金库，他将所向披靡。他可以在美国尽可能活得像个古代的国王或皇帝。情况将不取决于他的嗓子撑不撑得住，也不取决于公众对他这个演员能关注多久。帝国的根基将是金钱和最特殊、最令人垂涎的权力。

金妮给他整理好了客房。两人都明白，他不会睡在她的房间里，他们不会以夫妻身份同居。夫妻关系不可能恢复。尽管外界的闲话专栏和影迷把婚姻失败完全归咎于他，但有趣的是，对约翰尼和金妮而言，他们都知道更该负责的是金妮。

约翰尼·方坦成为最受欢迎的歌手和音乐电影明星之后，从没动过抛弃老婆孩子的念头。他骨子里是意大利人，很守旧。当然，他也时常偷腥——实在难以避免，因为干他这一行的，诱惑总是赤裸裸地摆在面前。尽管他看起来瘦弱，那话儿却和很多小骨架拉丁男人一样既长又硬。女人的讶异总是让他开心。他喜欢和端庄甜美、看似处女的姑娘约会，解开胸衣发现双乳饱满结实得出乎意料，沉甸甸的那么淫荡，与浮雕般的精致面容恰成对比。他喜欢在看似性感的姑娘身上寻找羞涩和胆怯，她们仿佛动作敏捷的篮球好手，用无数假动作装得像是睡过上百个男人，他和她们单独相处，你来我往几个钟头，办完事才发现其实是处女。

好莱坞的家伙都嘲笑他对处女的偏好，他们当面说这是老掉牙的黑皮口味。但约翰尼知道关键在于你怎么操纵女孩。你要以正确的方式启发她，然后呢？啊哈，突破禁区实在美妙，教她们用双腿夹住你的腰实在美妙。她们的大腿各不相同，屁股各不相同，肤色各不相同，白色、棕色、褐色的色调各不相同。他在底特律睡过一个黑人姑娘，正经女孩，不是妓女，父亲是请他出场的一家夜总会的一位爵士歌手，她是他人生最美妙的经历之一。她温暖的嘴唇像是掺了胡椒的蜂蜜，深褐色的皮肤犹如凝脂，她是上帝创造的最甜美的女人，而且在遇到他之前还是处女。

其他人总喜欢谈论口交和各种花样，他其实并不那么喜欢口交。女孩尝试给他口交以后，他往往会对她们丧失兴趣，因为口交满足不了他。他和第二任妻子合不来就是因为这个。她取笑他，说他太正经，进而说他做爱像小孩。也许这就是昨晚那姑娘拒绝他的原因。算了，去他妈的，她反正也不可能真有多棒。你看得出一个姑娘喜不喜欢做爱，真心喜欢的才做得最好。特别是初尝滋味的那些。他最讨厌那种十二岁就开始做爱，到二十岁已经厌倦的女人，只是按步就班扭动身体，虽说她们往往美艳动人，能用叫床蒙混过关。

金妮把咖啡和糕点端进他的卧室，放在会客区的长台上。他大致说了几句，说黑根在帮他聚拢信用贷款，准备制作电影，她听了非常兴奋。他将重新成为大人物。她其实并不知道唐·柯里昂究竟有多少权势，也不理解黑根从纽约来见他到底有多重要。他说黑根还会帮他处理法律事务。

喝完咖啡，他说他今晚就开始工作，打电话，为未来制订计划。“一半收益记在孩子的名下。”他告诉金妮。金妮露出感激的笑容，吻他道晚安，离开房间。

写字台上的玻璃盘里装满了有他姓名缩写图案的香烟，旁边的保湿盒里是铅笔粗细的古巴雪茄。约翰尼向后一躺，开始打电话。他的脑袋转得飞快。他打给新电影原著的畅销书作者。作家和他年龄相仿，成名之路也非常艰辛，如今是文学界的名人。他来好莱坞本希望能独当一面，却被当作狗屎对待。约翰尼有一天晚上在布朗德比餐馆亲眼见到作家受辱。有人安排作家和一个大胸的风骚小明星约会，吃完饭肯定还要睡一觉。可他们吃着吃着，一个獐头鼠目的喜剧演员朝小明星勾勾手指，小明星就撇下作家走了。这帮助作家对好莱坞的权势等级树立了正确观念。他的小说让他世界闻名也无济于事。小明星宁可勾搭最低级下贱、最獐头鼠目、最招摇撞骗的影坛大人物。

约翰尼打电话到作家在纽约的住所，感谢作家写活了他那个了不起的角色。马屁拍得作家忘乎所以。他假装随意地问起作家的新书进展如何，写的是什么内容。他点燃雪茄，听作家介绍书里特别有意思的章节，最后说：“天，写完了一定要让我先睹为快。寄给我一份样稿怎么样？说不定能帮你谈个好交易，比你和沃尔茨那个肯定强。”

作家的热切语气说明他猜对了。沃尔茨摆了他一道，用蝇头小利换走改编权。约翰尼提到长假过后他也许会去纽约，到时候请作家和他的几个朋友吃顿饭。“我认识几个漂亮姑娘。”约翰尼开玩笑道。作家哈哈大笑，说太好了。

接下来，约翰尼打给刚刚完成拍摄的那部电影的导演和摄影师，感谢他们在拍片时的大力帮助。他和他们推心置腹，说他知道沃尔茨跟他过不去，因此双倍感激他们的帮助，要是有机会能为他们效劳，打个电话知会一声就得。

最后，他打了最困难的一个电话，打给杰克·沃尔茨本人。他感谢沃尔茨愿意把角色给他，说他非常乐意能再为沃尔茨效劳。他这么做只是为了迷惑沃尔茨，因为他向来光明磊落，直来直往，几天后沃尔茨就将发现他要的花招，对这通电话的虚情假意倍感吃惊，而这正是约翰尼·方坦希望他有的感觉。

打完电话，他坐在写字台前抽雪茄。边桌上有威士忌，但他已经对自己和黑根承诺过不再喝酒。他甚至连抽烟也不应该。或许很愚蠢，戒烟戒酒多半解决不了嗓子的问题。或许机会渺茫，但去他妈的，说不定有用呢，现在有了拼死一搏的机会，他希望所有概率都站在他这一边。

屋子已经静了下来，前妻在睡觉，他钟爱的女儿在睡觉，他可以回想生命中那段恐怖的时光，他怎么抛弃妻子和女儿。抛弃她们，投向一个臭婊子的怀抱，娶她当第二任老婆。可是，哪怕到了现在，想到她依然让他微笑，她在许多方面仍不失是个可爱的女人。再者说，拯救他一生的关键就是那天他下定决心，绝对不会去恨任何女人，更确切地说，那天他决定他不能恨第一任妻子、两个女儿、为数众多的女朋友、第二任妻子和之后的女朋友们，一直到涉朗·莫尔，她甩了他，好四处吹嘘她如何拒绝和了不起的约翰尼·方坦睡觉。

他曾经跟着乐队巡回卖艺，后来成为电台明星和舞台剧明星，最后终于打进电影圈。从头到尾都活得随心所欲，爱睡哪个女人就睡哪个女人，但从不让女人影响个人生活。接下来，很快成为他第二任妻子的玛格特·艾什顿迷住了他，他完全为她疯狂。他的职业生涯完蛋了，嗓子完蛋了，家庭生活也完蛋了。他走到了山穷水尽的那一天。

可情况是这样的，他为人向来慷慨公正。和第一任妻子离婚的时候，他把所有财产都给了她。他还确保他挣的每一块钱，不管来自唱片、电影还是夜总会表演，两个女儿都会分得一份。他名利双收的时候，对第一任妻子有求必应。他帮助过她的每一个兄弟姐妹和她的父母，甚至是她小时候学校里的朋友和她们的家属。他从来不是出了名就忘本的那种人。老婆的两个妹妹出嫁，他应邀在婚礼上唱歌，这其实是他最讨厌的事情。约翰尼没有拒绝过妻子，只要不完全违背他的人格，妻子的任何要求他都满足。

接下来他开始倒霉，找不到拍电影的工作，也没法继续唱歌，第二任妻子背叛他，他跑去与金妮和两个女儿过了几天。一天晚上，他的情绪低落到极点，他算是扑在她脚下，恳求她的怜悯。那天他听了自己新录的一首歌，声音难听得可怕，他指责是录音师存心破坏。但最终他不得不相信那就是他真实的声音。他砸碎母带，从此拒绝唱歌。他无地自容，除了和尼诺在康妮·柯里昂的婚礼上合唱一曲之外，连半个音符都没再唱过。

金妮了解到他的各种不幸遭遇，脸上的神情是他永远也忘不掉的。那神情只闪现了一秒钟，但足以让他永远也忘不了。那是无情的幸灾乐祸，让他不得不相信金妮这几年来对他怀着多么轻蔑的恨意。她很快恢复常态，对他表示出冷淡但彬彬有礼的同情。他假装接受。接下来的几天，他去见这些年来他最喜欢的三个姑娘，他和她们始终保持友谊，偶尔以伙伴的身份睡睡觉，他曾竭尽全力帮助她们，送出去的礼物和工作机会价值几十万。他瞥见同样的幸灾乐祸在她们脸上一闪而过。

就在那段时间里，他知道了他必须下定决心。一方面，他可以学习好莱坞的其他大人物，那些著名的制作人、编剧、导演和演员，他们带着性欲和仇恨捕猎美女。运用权势和金钱帮助别人的时候，他可以尽量吝惜，时刻警惕背叛，从心底里相信女人都会背叛和抛弃他，女人是他要击败的敌寇。但另一方面，他也可以拒绝仇恨女人，选择继续相信她们。

他知道自己承受不了不爱女人的代价，无论女人多么水性杨花，多么背信弃义，要是不能爱女人，他的一部分灵魂会随之死去。全世界他最爱的女人见到无常命运碾碎羞辱他，却暗自高兴，这没关系；她们以最可怖的方式——不是性爱——对他不忠，这也没关系。他别无选择。他必须接受她们。于是他和她们做爱，送她们礼物，隐藏她们的幸灾乐祸给他造成的创痛。他知道这是偿还女人给予他的极大的自由和热爱，因此他原谅她们。他并不后悔他那么对待金妮：坚持独占孩子的父亲地位，但决不考虑和她复婚，并且让她明白这一点。他从顶峰跌落，这是他抢救出来的唯一一件东西。对于他给女人造成的伤害，他早已变得铁石心肠。

他很累，准备上床睡觉，却怎么都摆脱不了记忆里的一件事：和尼诺·瓦伦蒂合唱。他忽然知道该怎么最大程度地取悦唐·柯里昂了。他拿起听筒，请接线生转纽约。他打给桑尼·柯里昂，问他要尼诺·瓦伦蒂的号码，接着打给尼诺。尼诺的声音和平时一样醉意盎然。

“喂，尼诺，愿不愿意过来帮我做事？”约翰尼说，“我需要一个信得过的兄弟。”

喜欢开玩笑的尼诺说：“天，我说不准啊，约翰尼，我有个开卡车的好工作，沿途可以和家庭主妇说说笑笑，每周净赚一百五。你的待遇怎么样？”

“起薪五百，外加安排你约会电影明星，怎么样？”约翰尼说，“说不定还可以让你在我的酒会上唱歌。”

“哦，好的，让我考虑一下，”尼诺说，“我先找律师、会计师和开卡车的帮工聊一聊。”

“喂，尼诺，别再开玩笑了，”约翰尼说，“我这儿需要你。你明天一早就给我飞过来，签一份每周五百的合同，为期一年。你要是勾搭我的姑娘，我就解雇你，但你能拿到至少一年的遣散费。如何？”

尼诺沉默良久，开口的时候声音很清醒：“喂，约翰尼，你开玩笑吧？”

约翰尼说：“我说真的，老兄。你跑一趟我经纪人在纽约的办公室，他们会给你机票和一些现金。明早我醒来就打电话给他们，所以你下午就在洛杉矶了。怎么样？我派人接你，带你回我家。”

尼诺又沉默良久才开口，声音犹犹豫豫，说：“好的，约翰尼。”听上去已经毫无醉意。

约翰尼挂断电话，起身准备睡觉。自从砸碎母带那天以来，他的感觉从没有这么好过。

第十三章

宽敞的录音室里，约翰尼·方坦抱着黄色记事簿估算开销。乐手鱼贯而入，都是他的朋友，他小时候和乐队唱歌那会儿就认识他们了。指挥正在发乐谱，口头指导乐手，他是流行乐伴奏领域最顶尖的人物，对事业低谷的约翰尼很是照顾。他叫艾迪·内尔斯，尽管日程表排得很满，但还是卖了约翰尼一个人情，来参加这次录音。

尼诺·瓦伦蒂坐在钢琴前，心情紧张，随手乱弹，不时拿起一大杯黑麦威士忌喝一口。约翰尼并不介意。他知道尼诺醉不醉唱得一样好，再说今天要录的歌曲也不需要尼诺有多少艺术家细胞。

艾迪·内尔斯特别编排了几首意大利和西西里的老歌，特地选了尼诺和约翰尼在康妮·柯里昂婚礼上的那首二重唱。约翰尼之所以想录这张唱片，主要是因为他知道唐喜欢这种歌曲，这将是给唐的一份完美的圣诞礼物。他凭直觉知道这张唱片的销量差不了，当然，恐怕到不了一百万。另外，他知道帮助尼诺正是唐所期待的报答方式。尼诺毕竟也是唐的教子。

约翰尼把写字板和记事簿放在身边的折叠椅上，起身站在钢琴旁。他说："嘿，兄弟，"尼诺抬起头来，挤出笑容。他看起来病怏怏的。约翰尼俯身给他捏肩膀。"放松，老兄，"他说，"今天要是干得好，我保证给你安排好莱坞最出名的好屁股。"

尼诺喝了一大口威士忌："谁？莱丝？"

约翰尼笑道："不，狄安娜·邓恩。保证是好货。"

尼诺食指大动，但还是忍不住装得好像希望落空："就不能帮我安排莱丝吗？"

乐队开始演奏串烧曲的开场。约翰尼·方坦仔细听着。艾迪·内尔斯会先按照这次特别的编排演奏全部曲目，然后就是第一次录音了。约翰尼一边听，一边在脑子里记录，他该怎么处理每句唱词，该怎么切入下一首歌。他知道他的声音撑不了太久，但演唱大部分交给尼诺，约翰尼只需要跟着和声。当然，除了决斗二重唱。他得省着力气唱那首歌。

他把尼诺拽起来，两人站在麦克风前。尼诺唱砸了开场，接着又唱砸了第二次。他尴尬得满脸通红。约翰尼揶揄道："喂，你这是存心拖延要加班费对吧？"

"没有曼陀林，我觉得很不自在，"尼诺说。

约翰尼琢磨了几秒钟，说："喝点酒试试。"

这一招似乎管用了。尼诺一边唱，一边喝个不停，唱得很不错。约翰尼唱得很放松，没有用力，声音随着尼诺的主旋律上下翻飞。这么唱歌满足不了情感，但他暗自赞叹自己的技巧。玩了十年声音，他终究还是摸到了些门道。

唱到压轴的决斗二重唱，约翰尼放开嗓子，唱完之后，他的声带扯得生疼。乐手被最后这首歌带着走，对这些久经沙场的老将来说真是稀奇。他们敲打乐器，拿跺脚代表鼓掌。鼓手用一段连续轻擂向他们致敬。

加上停顿和商议，录音历经四个小时才结束。艾迪·内尔斯走过来对约翰尼轻声说：“听着很不赖嘛，小伙子。似乎又可以录唱片了，我有首新歌，完全适合你。”

约翰尼摇摇头：“算了，艾迪，别拿我开心了。再说，过几个钟头，我的嗓子会嘶哑得甚至没法说话。你觉得今天录的有多少需要补录？”

艾迪沉思着说：“尼诺明天得来一趟录音室。他唱错了几个地方。不过他比我预想中好得多。至于你的部分，我会请工程师修补我不喜欢的地方。可以吗？”

“可以，”约翰尼说，“什么时候听小样？”

“明天晚上，”艾迪·内尔斯说，“你家？”

“好，”约翰尼说，“感激不尽，艾迪。明天见。”他挽起尼诺的胳膊，走出录音室。他们没有去金妮家，而是去了他的住处。

时间已经临近傍晚。尼诺的酒意大半未消。约翰尼叫他去洗个淋浴，然后小睡一觉。他们晚上十一点要出席一个盛大酒会。

等尼诺醒来，约翰尼先向他介绍情况。“这次酒会是影星的孤独之心俱乐部，”他说，“今晚来的娘儿们都是你在电影里见过的妖娆贵妇，几百万男人情愿拿一条胳膊换一夜风流。她们今晚参加酒会只有一个目标，就是找个男人挨顿好操。知道为什么吗？因为她们太饥渴了，她们只是年纪稍微有点大。和所有贵妇一样，她们挑男人也讲究品位。”

“你的嗓子怎么了？”尼诺问。

约翰尼这会儿说话几近耳语。“每次稍微唱唱歌，嗓子就变成这样。接下来我会有一个月没法唱。不过嘶哑过几天就能好。”

尼诺体贴地说：“很难受吧？”

约翰尼无所谓。“听着，尼诺，今晚你别喝太醉。你得给这些好莱坞的女人表演一下，我的朋友可不是吃素的。你必须给她们留下点印象。记住，这些贵妇里有些在电影圈很有权势，能帮你安排工作。搞完以后再卖卖魅力也没啥坏处。”

尼诺已经在给自己斟酒了。“我一向有魅力。”他说。他一口喝完，咧嘴笑道，“不开玩笑，真能让我亲近狄安娜·邓恩？”

“别心急火燎的，”约翰尼说，“其实和你想象的不一样。”

好莱坞明星的孤独之心俱乐部（这是被强制出席的新起之秀的叫法）每周五晚上聚会，地点是电影公司给罗伊·迈克艾尔罗伊安排的一处宫殿一样的住所，他是沃尔茨国际电影公司的媒体经纪人，更确切的头衔是公关顾问。实际上，尽管这是迈克艾尔罗伊举办的开门酒会，主意却来自杰克·沃尔茨那颗讲求实际的头脑。他有不少很挣钱的明星年龄渐长，没有特殊灯光和天才化妆师的帮助，时间的痕迹就昭然若揭。她们有各种各样的问题，灵魂和肉体都越来越迟钝，不再能够“坠入爱河”，不能想当然地认为自己是抢手货。另外一方面，她们也被金钱、名声和过去的美貌惯得过于颐指气使。沃尔茨召开酒会是方便她们挑选一夜情的情人，男人若是真有两下子，就能升格担任全职床伴，从此一路往上爬。这种活动有时候会堕落成争斗和纵欲，惹来警方找麻烦，因此沃尔茨决定干脆在公关顾问家召开酒会，公关顾问可以贿赂记者和警官，当场摆平问题。

对电影公司那些默默无闻、没演过主角但是精力旺盛的年轻男演员来说，参加周五晚上的酒会并不总是一桩美差。因为电影公司会安排在酒会上放映尚未发行的新片。事实上，这就开酒会的借口。大家会说："我们去看看某人拍的新片怎么样。"于是酒会就有了正当的理由。

年轻的女明星被禁止参加周五晚上的酒会。更确切地说，是不鼓励参加。她们中的绝大多数人都心领神会。

新电影上映放在十二点开始，约翰尼和尼诺十一点赶到。罗伊·迈克艾尔罗伊乍一见是个格外讨人喜欢的男人，修饰整齐，衣冠楚楚。看见约翰尼·方坦，他欢喜得惊叫起来。"你他妈来这儿干什么？"他的惊讶是真心的。

约翰尼摇摇头："来让乡下表弟开开眼界。这位是尼诺。"

迈克艾尔罗伊和尼诺握手，赞赏地打量着他。"她们会生吞活剥了他。"他对约翰尼说，领着两人来到后天井。

后天井其实是一连串大房间，玻璃门正对花园和池塘。这里聚集了百来号人，手里都拿着酒杯。天井的灯光经过精心布置，女人的面容和皮肤增色不少。这些都是尼诺小时候在昏暗银幕上见过的女人，在他的青春淫梦里扮演过角色。可是，现在见到活生生的真人，就像看见她们化了恐怖片的妆。什么也掩盖不了肉体和灵魂背后的疲惫，时间侵蚀了她们的神性。姿态和动作虽然和记忆中一样迷人，但她们就像蜡制水果，引不出他的半滴口水。尼诺连喝两杯，走到一张桌子旁，方便他接近酒瓶的巢穴。约翰尼跟着他，两人你一半我一杯喝酒，直到背后响起狄安娜·邓恩那有魔力的嗓音。

尼诺和其他几百万个男人一样，早把这个声音永远刻印在了脑海里。狄安娜·邓恩拿过两个奥斯卡，主演过好莱坞史上最赚钱的电影。银幕上的她有那种猫一般的女性魅力，没有哪个男人抵抗得了她的诱惑。可是，此刻她说的话却无论如何也上不了银幕。“浑蛋约翰尼，你和我睡了一晚上，结果逼着我又开始看心理医生了。你怎么再也不找我了？”

约翰尼亲吻她送上来的面颊。“你害得我一个月起不了床，”他说，“认识一下我的表弟尼诺。强壮的意大利小伙。他说不定应付得了你。”

狄安娜·邓恩扭头冷冷打量尼诺：“他喜欢看试映？”

约翰尼笑道：“他以前没机会，不如你带他？”

单独和狄安娜·邓恩相处，尼诺不得不大喝特喝。他尽量表现得无动于衷，但这真的很难。狄安娜·邓恩鼻尖上翘，盎格鲁–撒克逊古典美女的脸型，轮廓分明。他实在太熟悉她了。他见过她孤零零地在卧室里心碎，为死去的飞行员丈夫痛哭，为失去父亲的孩子们流泪。他见过卑鄙小人克拉克·盖博先是占她便宜，接着撇下她去追求一个性感尤物，她发怒、受伤害、受屈辱，但仍旧保持光芒四射的尊严（狄安娜·邓恩从没在电影里扮演过性感尤物）。他见过她因为爱意得到回应而眉飞色舞，在她爱慕的男人怀里扭动；他还见过她凄美地死去至少六七次。他见过她，听过她，梦过她，但对独处时她说的第一句话还是毫无思想准备。

“约翰尼是这城市少数几个有卵蛋的男人之一，”她说，“剩下的都是同性恋和脓包，给他们阴囊里灌上一卡车西班牙苍蝇[1]，那玩意儿也硬不起来。”她抓住尼诺的手，领着他来到房间一角，远离人群和竞争。

她打听他的身世，仍旧散发着那种冷冷的魅力。他看穿了她。他明白她在扮演富家交际花的角色，友善对待马童或司机，但电影里的她要么会向他的情谊泼冷水（如果是斯宾塞·屈塞扮演他），要么会神魂颠倒得忘乎所以（如果是克拉克·盖博扮演他）。不过无所谓。他不由谈起他和约翰尼如何在纽约一起长大，他和约翰尼如何受邀在小俱乐部唱歌。他发现她出乎意料地同情和感兴趣。聊着聊着，她看似随意地问起：“知道约翰尼是怎么让杰克·沃尔茨那杂种把角色给他的吗？”尼诺愣了一下，摇摇头。她没有追问。

试映沃尔茨新片的时间到了。狄安娜·邓恩领着尼诺，温暖的手俘获了他的手，走进主宅深处的一个房间，这个房间没有窗户，有五十来张双人小沙发，沙发摆放得互不干扰，每一张都是个半隐蔽的小岛。

尼诺看见沙发旁有个小桌，小桌上是一碗冰块、几个酒杯、几瓶烈酒和一盘香烟。他递了一支香烟给狄安娜·邓恩，帮她点烟，然后给两人斟酒。他们没有交谈。几分钟后，灯光熄灭。

他猜到会有肆无忌惮的行为，他毕竟早就听说过好莱坞的荒淫传奇，但实在没料到狄安娜·邓恩会那么贪婪地径直扑向他的性器官，事先连半句客套和礼貌的话都没说。他喝着酒，望着银幕，但舌头尝不到味道，眼睛看不见电影。一方面，他体验到了

1 Spanish Fly：西班牙苍蝇，有催情作用，多用于动物。

从未有过的兴奋，部分是因为此刻在黑暗中伺候他的女人曾经是他春梦的主角。

但另一方面，他的男性尊严受到了侮辱。因此，举世闻名的狄安娜·邓恩得到满足，整理好他的衣物之后，他异常冷静地在黑暗中给她倒了杯酒，又点了支香烟，用他想象得到的最轻松的声音说："这部电影似乎挺不错。"

他感觉到身边沙发上的她身体一僵。她难道在等他说什么恭维话？尼诺在黑暗中摸到最近的酒瓶，给自己倒了满满一杯。去他妈的。她当他是男妓。不知为何，此刻他对所有这些女人有了冰冷的怒意。他们又看了十五分钟电影。他侧过身子，两人不再接触。

最后，她用嘶哑的声音耳语道："别装模作样，你也挺享受，你大得像头驴子。"

尼诺喝着酒，用天生不拘小节的口气答道："平时就这德性，真该让你瞧瞧兴奋起来的样子。"

她轻轻一笑，从此没再开口。电影终于结束，灯光亮起。尼诺环顾四周。他看得出黑暗中有过一场狂欢，但奇怪的是他居然什么都没听见，不过有些贵妇满脸痛快，眼神闪亮，一看就是刚结束一场恶战。他们踱出放映室。狄安娜·邓恩立刻撇下他，去和一个年纪比他大些的男人攀谈，尼诺认出那男人是个著名演员，但现在见到他的真人，他才意识到那家伙是个基佬。他若有所思地喝着酒。

约翰尼·方坦来到他身边，说："嗨，老伙计，玩得开心吗？"

尼诺咧咧嘴："难说得很。反正不一样。不过等我回了老家，可以到处说狄安娜·邓恩上了我。"

约翰尼哈哈笑道："要是她肯邀请你回家就不一样了。她没有吗？"

尼诺摇摇头："我的注意力全放在电影上了。"这次约翰尼没有笑。

"认真点，兄弟，"他说，"这种女人能给你很多好处。再说你从来有洞就搞。妈的，有时候想起你上过的丑女人，我现在还要做噩梦。"

尼诺醉醺醺地挥舞酒杯，扯着嗓门说："对，她们是丑，但她们是女人。"角落里的狄安娜·邓恩扭头看他们，尼诺抬抬酒杯和她打招呼。

约翰尼·方坦叹息道："好吧，你就是个黑皮乡下人。"

"一辈子都是。"尼诺说，满脸醉酒后的迷人笑容。

约翰尼完全理解他。他知道尼诺没有装出来的那么醉。他知道尼诺之所以装醉，只因为想说说心里话，但要是清醒，这么说话对他的好莱坞新东家就太无礼了。他搂住尼诺的脖子，怀着感情说："机灵鬼，你知道你有一份万无一失的全年合同，你爱说什么就说什么，我不能让你滚蛋。"

"你不能让我滚蛋？"尼诺用醉醺醺的狡黠语气说。

"不能。"约翰尼说。

"那就去你妈的吧。"尼诺说。

有几秒钟，约翰尼惊讶得要发火，但随即看清了尼诺脸上满不在乎的怪笑。过去这几年他活得越来越精明，从云端跌落凡尘也让他变得更加敏感，总之就在这时，他理解了尼诺，这个儿时的唱歌搭档为何总不成功，为何此刻要毁掉自己的成功机会：尼诺的反应与成功之路背道而驰，无论别人怎么帮他，他都觉得受了羞辱。

约翰尼拉着尼诺的胳膊，拽着他走出屋子。尼诺现在连站也站不稳了。约翰尼安慰他说："好啦，小子，就算为我唱歌吧，我还想靠你发财呢。我不想操纵你的生活。你爱干什么就干什么。好吗，兄弟？你只需要为我唱歌，帮我挣钱，因为我现在没法唱歌了。听懂了吗？老伙计。"

尼诺站直身。"约翰尼，我愿意为你唱歌。"他说，他说得口齿不清，约翰尼听得半懂不懂，"我现在唱得比你好了。其实你知道吗？我唱得一直比你好。"

约翰尼站在那儿思考，原来如此。他知道他嗓子正常的时候，尼诺根本和他不是一个等级，小时候合唱那会儿就不是。他看见尼诺在等他回答，在加州的月光下醉醺醺地摇晃。"去你妈的。"他柔声说，两人同时大笑，又回到了他们年轻的时候。

听说唐·柯里昂遇刺，约翰尼·方坦不但担心他的教父，也害怕资助他制作电影的承诺就此落空。他想去纽约，到医院向教父表达敬意，但他们说那样会给他带来坏名声，唐·柯里昂最不希望发生的就是这种事。于是他只能等待。一周后，汤姆·黑根派来使者。资助仍旧算数，但一次只能拍一部电影。

在这段时间里，约翰尼放任尼诺去好莱坞和加州闯荡，尼诺和年轻的小明星厮混得很开心。约翰尼偶尔约他出去玩一个晚上，但从不强迫他。谈到唐遇刺，尼诺对约翰尼说："知道吗？我曾经求唐在他的组织里给我找份工作，他却不肯。我受够了开卡车，想挣大钱。你知道他怎么说？他说每个男人只有一种命运，我的命运是当歌手。意思是说我吃不了江湖这碗饭。”

约翰尼琢磨起了这个问题。教父恐怕是全世界最聪明的人了。他一眼就看得出尼诺吃不了江湖这碗饭，只能惹上麻烦甚至丢掉小命。他会仅仅因为一句俏皮话就丢掉小命。可是，唐怎么知道他会成为歌手？因为，该死，他猜到我迟早会拉尼诺一把。他是怎么猜到的？因为他会提点我，而我会尽力表达谢意。他当然不会求我这么做。他只会让我知道，我要是这么做了，他会很高兴。约翰尼·方坦叹了口气。现在教父受了伤，麻烦缠身，他这边没人撑腰，沃尔茨又在暗地里使坏，他可以吻别奥斯卡奖杯了。只有唐能通过私人关系施加压力，而柯里昂家族有别的事情需要考虑。约翰尼主动提出帮忙，黑根斩钉截铁地说不用。

约翰尼忙着筹拍电影。之前那部电影的原著作者刚写完新书，应约翰尼的邀请来到西海岸，跳过经纪人和电影公司直接谈判。这本小说完全符合约翰尼的要求。他不需要唱歌，故事充满活力，有许多女人和性爱，约翰尼还立刻看到一个角色完全是为尼诺量身定制的。这个角色说话像尼诺，举动像尼诺，连长相也像。真是不可思议。尼诺只需要爬上银幕，扮演自己就行了。

约翰尼动作很快。他发现他对制片的了解超过自己的想象，但还是雇了个执行制片人，此人精通业务，但因为上了黑名单而找不到工作。约翰尼没有占他便宜，而是签了份公平的合同。“我指望你能帮我省更多的钱。”约翰尼直截了当地对他说。

因此当执行制片人来找他，说需要五万块打点工会代表，这时他吃了一惊。超时工作和用工方面有很多问题需要处理，五万块算是合情合理。约翰尼琢磨起了执行制片人是不是在骗他的钱，最后说："让工会那家伙来见我。"

工会那家伙叫比利·高夫。约翰尼对他说："我以为我的朋友已经摆平了工会。听说我不必担心这方面的事情。完全不必担心。"

高夫说："谁说的？"

约翰尼说，"你他妈知道得一清二楚。我不会指名道姓，但只要他说过，我就相信。"

高夫说："世道变了。你的朋友有麻烦，他的话在西岸这么远的地方了已经不管用了。"

约翰尼耸耸肩。"我们过两天再见，如何？"

高夫笑了笑。"行啊，约翰尼，"他说，"但打电话给纽约也帮不了你。"

可是，打电话给纽约确实帮得了他。约翰尼打到黑根的办公室，黑根恶狠狠地说别付钱。"你要是给那杂种一毛钱，你的教父也会暴跳如雷的，"他对约翰尼说，"会让唐失去尊敬，现在他承担不了这个代价。"

"我能和唐谈谈吗？"约翰尼问，"你能和他谈谈吗？我得让电影拍起来啊。"

"现在谁也没法和唐谈话，"黑根说，"他还太虚弱。我和桑尼谈谈，想办法解决问题。不过结论我可以先告诉你。一毛钱也别给那个浑蛋。情况一有变化我就通知你。"

约翰尼挂断电话，心里不怎么痛快。劳资纠纷会大幅增加拍片成本，搅得鸡飞狗跳。他考虑了几秒钟，要不干脆悄悄塞给高夫五万块算了？唐给他保证和黑根给他保证并发号施令毕竟是两码事。不过，他决定还是等几天看看。

等待帮他省下了五万块。第三天夜里，高夫在格伦代尔的家中遇刺身亡。再也没人说起劳资纠纷。杀人让约翰尼有点害怕。这是唐的触手第一次在他眼前发动致命攻击。

时间一周一周过去，约翰尼·方坦越来越忙，准备剧本、选角、研究制片细节，忙得忘了他的嗓子，忘了他不能唱歌。奥斯卡奖公布提名，他发现候选人里有他，组织者没有邀请他去向全国电视直播的颁奖仪式上演唱提名歌曲之一，他虽说不高兴，却只是耸耸肩就继续工作了。教父不再能够施加压力，因此他并不指望自己真能拿奖，不过获得提名也有点价值。

他和尼诺灌录的意大利名曲卖得比他近期的另几张唱片好得多，他知道这是尼诺的成功，和他关系不大。他已经听天由命，知道自己不再是职业歌手了。

他每周与金妮和孩子共进一次晚餐。无论忙得多么焦头烂额，他从不忘记这份责任。不过他不和金妮睡觉。另外一方面，他的第二任妻子要花招搞了个墨西哥离婚[1]，因此他又是单身汉了。奇怪的是，他并不热衷于勾搭招之即来的小明星。说实话他也够势利的。那些年轻的明星，正当红的女演员，她们连搭理都懒得搭理他，所以他有点难受。但这对认真工作有好处。大部分晚上他都是单独回家，播放自己的旧唱片，端杯酒，边听边哼唱几小节。他以前唱得很好，真他妈好。他从没意识到自己到底有多好。嗓音是否特别暂且不论（每个人都有可能得到一把好嗓子），他的唱功实在

1　在墨西哥离婚比在美国的程序简单，开销也更少。

是好。他曾经是真正的艺术家，自己却不知道，不知道他有多热爱唱歌。他刚明白唱歌究竟是怎么一回事，却用酒精、烟草和女人毁了嗓子。

尼诺有时候过来喝杯酒，和他一起听唱片，约翰尼会嘲笑他说："你个黑皮崽子，一辈子都没法这么唱歌。"尼诺会露出迷人得稀奇的笑容，摇摇头，用同情的语气说："是啊，永远也做不到。"像是他知道约翰尼的心思似的。

新片开拍前一个星期，奥斯卡颁奖之夜即将来临。约翰尼邀请尼诺同行，尼诺拒绝了。约翰尼说："伙计啊，我没求你帮过忙，对吧？今天算我求你，陪我一起去。要是我没得奖，只有你真心为我觉得可惜。"

尼诺有一瞬间似乎愣住了，回过神来，他说："行啊，老伙计，我去就是了。"他犹豫了两秒钟，然后说："你要是没得奖，那就忘记这回事好了。尽管喝个烂醉，有我照顾你。妈的，今晚我不喝酒都行。够朋友吧？"

"老兄，"约翰尼·方坦说，"确实是好朋友。"

奥斯卡颁奖之夜，尼诺信守承诺。他完全清醒地来到约翰尼家，两人出门前往举办仪式的剧院。尼诺心想约翰尼为什么不邀请他的女儿或者前妻参加颁奖晚会。特别是金妮。约翰尼难道认为金妮不会支持他？尼诺可真想喝酒，哪怕一杯也行，这个漫长的夜晚似乎会很难熬。

尼诺·瓦伦蒂觉得奥斯卡颁奖完全无聊透顶，直到最佳男演员揭晓为止。听见"约翰尼·方坦"这几个字，他不禁一跃而起，拼命鼓掌。约翰尼向他伸出手，尼诺紧紧握住。他知道他的老朋友需要和他信任的人亲密接触，尼诺一时间悲哀极了，因为约翰尼在这个辉煌的时刻，身边居然没有比他更好的伴侣。

接踵而至的彻底是一场噩梦。杰克·沃尔茨的电影横扫所有大奖，电影公司举办派对，报社记者和野心勃勃的男女投机分子蜂拥而至。尼诺信守承诺，保持清醒，尽量照顾约翰尼。但酒会上的女人不停把约翰尼·方坦拽进卧室去“聊天”，约翰尼喝得越来越醉。

获得最佳女主角的女明星也遇到了同样命运，但她喜欢这一套，应付得也更好。尼诺不拿正眼看她，整个酒会上这么做的男人只有他。

最后，终于有人想到一个绝妙的点子：两位获奖者当众交媾，其他人充当观众。女演员被扒得精光，另外几个女人开始脱约翰尼·方坦的衣服。尼诺，场内唯一清醒的人，他抓起褪掉一半衣物的约翰尼扛在肩上，挣扎着冲出屋子上车。尼诺开车送约翰尼回家，心想：难道这就是成功？我宁可不要。

第三部

第十四章

十二岁的唐就已经是个男子汉了。他个子不高，肤色黝黑，身材瘦削，家住西西里一个独特的摩尔风貌村庄，村庄名叫柯里昂。他原名维托·安多里尼，陌生人杀死父亲，前来斩草除根，母亲把他送到美国，和朋友待在一起。来到新大陆，他改姓为柯里昂，以保持他和故乡的联系。他极少用行动表达感情，这是其中一次。

世纪之交的西西里，黑手党就是第二政府，比罗马的官方政府更有权势。维托·柯里昂的父亲和另一名村民有世仇，对方向黑手党告状。父亲拒绝屈服，在公开争吵中杀死了本地的黑手党首领。一周以后，人们发现他一命呜呼，尸体被“狼枪”[1]打得七零八落。葬礼后一个月，黑手党的枪手前来打听他的儿子维托。他们认为他差不多成年了，说不定等几年就会为父亲复仇。十二岁的维托在亲戚家东躲西藏，上船逃往美国。阿班丹多夫妇收留了他，他们的儿子占科日后会成为唐的顾问。

小维托在纽约地狱厨房第九大道的阿班丹多杂货店做事。十八

1　狼枪：短筒霰弹猎枪。

岁那年，维托娶了个刚从西西里来的意大利姑娘，女孩年仅十六岁，擅长烹饪，是个好主妇。他们住进第十大道近三十五街的廉租公寓，离维托做事的杂货店只有几个路口，两年后，他们迎来了第一个孩子桑蒂诺，桑蒂诺仰慕父亲，所以朋友都叫他桑尼[1]。

附近住着个叫法努奇的男人。这个意大利汉子体格魁梧，模样凶狠，身穿昂贵的浅色套装，头戴米色软呢帽，据说是一名“黑手”，黑手党的一个分支，专用暴力手段向家庭和店主勒索钱财。不过，这附近的居民大多数可不是吃素的，所以法努奇的身体伤害威胁只对缺少男性后代保护的老夫妻奏效。也有些店主用一点小钱打发他，只是懒得麻烦而已。然而，法努奇同时也黑吃黑，对非法售卖意大利奖券和经营家庭赌场的人下手。阿班丹多杂货店给他上点小贡，虽说小占科极力反对，对父亲说他可以教训教训法努奇。占科的父亲禁止他这么做。维托·柯里昂看在眼里，觉得和他毫无关系。

一天，三个年轻人收拾了法努奇一顿，从左耳到右耳割开他的喉咙，深度不足以要命，但足够吓得他魂飞魄散，让他血流成河。维托看见法努奇从惩罚他的年轻人那里逃跑，环形伤口鲜血淋漓。有个细节他永远也忘不了：法努奇一边跑，一边把米色软呢帽垫在下巴底下接血。就仿佛他不愿玷污那身套装，或者不想留下一道可耻的猩红印记。

这次袭击到头来却成全了法努奇。三个年轻人不是杀人犯，只是几个凶悍的小伙子，想教训法努奇一顿，不让他继续黑吃黑。

---

1 Sonny：英文中亦是对小男孩的昵称，相当于“小儿子”。

法努奇却证明他能杀人。几周后，对他动刀子的年轻人遭到枪杀，另外两个年轻人的家属用补偿金换取法努奇发誓不再报复。经过这件事，贡钱水涨船高，法努奇成了附近赌博事业的合伙人。至于维托·柯里昂，这些都和他没关系。他过眼就忘。

第一次世界大战期间，进口橄榄油货源匮乏，法努奇不但向阿班丹多杂货店供应橄榄油，还供应意大利萨拉米香肠、火腿和干酪，以此换得部分收益。他安排一个侄子进杂货店，维托·柯里昂愕然发现自己失业了。

这时，次子弗雷德里科也已出生，维托·柯里昂有四张嘴要喂。直到这一天，他还是个非常内敛文静的年轻人，想法都闷在心里。杂货店老板的儿子、年轻的占科·阿班丹多是他最亲密的朋友，维托因为占科父亲的行为而责怪了朋友，这个发展让两人都有些吃惊。事情是这样的：占科羞愧得满脸通红，向维托发誓说你不必担心食物。他，占科，会从杂货店偷食物，满足朋友之需。维托断然拒绝他的提议，因为这实在太可耻了，儿子怎么能偷父亲的东西？

年轻的维托对可怖的法努奇却生出了冰冷的怒意。他没有以任何方式表露愤怒，只是默默等待时机。他在铁路上打了几个月零工。没多久，战争结束，工作机会越来越少，他一个月只能挣到几天的工钱。另外，大部分工头是爱尔兰人或美国人，用最肮脏的语言辱骂工人，维托总是板着脸，假装听不懂，实际上尽管说话有口音，他的英语好得很。

一天晚上，维托正在和家人吃饭，忽然听见有人敲窗户，窗外是隔开两幢楼的通风井。维托拉开窗帘，惊讶地发现彼得·克莱门扎，一个住在附近的年轻人，从通风井另一头的窗户探出身子，把一个白布包裹伸向维托。

“嘿，兄弟，”克莱门扎说，“帮我收着，我会回来取的。快点。”维托不由自主地探出身子，隔着空荡荡的通风井接过包裹。克莱门扎脸色紧张而焦急。他似乎惹了什么麻烦，维托出自本能帮助了他。他在厨房解开包裹，里面却是五把上了油的枪。他将包裹收进卧室的壁橱，等待后续发展。他得知警察抓走了克莱门扎。他把包裹隔着通风井递给维托的时候，警察多半正在砸他的门。

维托没有对任何人提起，他惊恐的老婆害怕丈夫被送进监狱，哪怕闲聊都不敢开口。两天后，彼得·克莱门扎重新露面，随随便便地问维托：“我的货还在你那儿？”

维托点点头。他生性寡言少语。克莱门扎来到他的廉租公寓，接过一杯红酒，维托从卧室壁橱深处翻出那个包裹。

克莱门扎喝着红酒，一张和善的大脸警惕地盯着维托。“打开看过？”

维托面无表情，摇头答道：“和我没关系的事情我不感兴趣。”

两人喝了一晚上红酒，发现彼此性情相投。克莱门扎口若悬河，维托·柯里昂擅长聆听。他们成了点头之交。

几天后，克莱门扎问维托·柯里昂的妻子，她的客厅地板要不要铺块上等地毯。他领着维托去搬地毯。

克莱门扎领着维托来到一幢公寓楼，大理石露台，有两根大理石廊柱。他用钥匙开门，走进一套奢华的公寓。克莱门扎哼了一声，说：“到房间那头去，帮我把地毯卷起来。”

这是一块厚实的红色羊毛地毯。克莱门扎如此慷慨，维托·柯里昂为之震惊。两人卷起地毯，克莱门扎抬起一头，维托抬起另一头。两人抬着地毯，走向大门。

就在这时，公寓楼的门铃响了。克莱门扎丢下地毯，跑向窗口。他把窗帘拉开一条缝，瞅了一眼，马上从衣服里面拔出手枪。直到此刻，震惊的维托·柯里昂才醒悟过来，他们这是在某个陌生人家里偷地毯。

门铃又响了第二遍。维托走到克莱门扎身旁，看清外面的情况。门口站着一名制服警察。他们看着警察第三次按门铃，然后耸耸肩，走下大理石台阶，顺着马路走远了。

克莱门扎满意地咕哝一声，说："来，我们走。"他抬起他那头地毯，维托抬起另一头。警察刚拐弯，他们就挪出沉重的橡木大门，抬着地毯走上马路。三十分钟后，他们按维托·柯里昂公寓客厅的尺寸剪裁地毯，剩下的足够装饰卧室。克莱门扎是个熟练工，从不合身的宽大上衣口袋里（那会儿他还不太胖，但已经喜欢穿松松垮垮的衣服了）掏出剪裁地毯所需的全部工具。

时间一天天过去，局势却不好转。柯里昂一家又不能吃漂亮的地毯。唉，找不到工作，老婆孩子只能挨饿。维托接受了朋友占科给他的几包食物，一边思考出路。最后还是克莱门扎和忒西奥找上了他，忒西奥是附近的另一个勇悍小子。克莱门扎和忒西奥觉得他不错，喜欢他的做派，也知道他走投无路。他们拉他入伙，这个帮派专门抢劫运输丝绸服装的卡车，卡车在三十一街的工厂装货，没有危险，司机是懂事的普通工人，见到枪口就像天使似的跳上人行道，劫匪开走卡车，到朋友的仓库卸货。有些商品卖给意大利批发商，有些则在意大利社区挨门挨户兜售，这些社区包括布朗克斯的亚瑟大道、曼哈顿的桑树街和切尔西区，住的都是等便宜货的意大利穷人，按照正价，那些人家的女儿一辈子也买不起这么精致的服装。克莱门扎和忒西奥请维托开车，因为他们知道阿班丹多杂货店的送货卡车就是他当司机的。1919年，技术熟练的汽车驾驶员还很稀奇。

维托·柯里昂知道不该这么做，却接受了他们的邀请。一番讨价还价之后，敲定他这次出马的份额至少是一千块。不过，这两位毛头同伴让他觉得太冒失，全盘计划不够周详，赃物分配过于随便。就他而言，整套手法都失之轻率。但他觉得这两个人不错，靠得住。彼得·克莱门扎已是虎背熊腰，赢得了他一定的信任，瘦削阴沉的忒西奥赢得的则是信心。

这个活儿本身倒是轻而易举。两名同伙亮出手枪，逼着丝绸卡车的司机下车，维托·柯里昂并不觉得有什么可怕。克莱门扎和忒西奥的冷静也给他留下了深刻印象。他们没有头脑发热，反而和司机有说有笑，说他只要乖乖的，他们就送他老婆几身衣裳。维托觉得自己兜售衣服有点傻气，于是把分得的赃物卖给销赃人，只拿到七百块。不过七百块在1919年已经是很大一笔钱了。

第二天，米色套装、白色软呢帽的法努奇在街上拦住维托·柯里昂。法努奇面相凶恶，毫不掩饰下巴底下从左耳到右耳的半环形白色伤疤。他有两道浓密的黑眉毛，五官粗鄙，笑起来却不知怎的挺和气。

他带着浓重的西西里口音说："哎呀，年轻人，据说你们发财啦。你和你的两个朋友，不觉得对我有点太吝啬吗？这附近毕竟归我管，总得让我湿湿嘴嘛。”他说了句西西里黑手党的黑话，意思是要求分赃。

维托·柯里昂按照他的习惯没有回答。他当然明白暗示的意思，只是在等待对方明确提出要求。

法努奇对他笑笑，露出金牙，绞索般的伤疤贴着面颊伸展。他用手帕擦擦脸，解开上衣的纽扣，像是要凉快一下，其实是为了亮出插在宽松舒适长裤腰间的手枪。他叹了口气，说：“给我五百块，我就忘了这次侮辱。年轻人毕竟不知道我这样的人应该得到什么尊敬。”

维托·柯里昂对他笑笑，尽管他还是个手上没沾过血的年轻人，但笑容里的刺骨寒意仍旧让法努奇愣了几秒钟，这才说下去，“否则警察就会来找你，你的老婆和孩子会蒙羞，失去依靠。当然了，要是我的情报不准确，弄错了你的收益，嘴也可以少沾点水。但不能少于三百块。还有，别想蒙我。”

维托·柯里昂终于开口。他的语气通情达理，毫无怒气，谦恭有礼，年轻人对法努奇这种有地位的长者就该这么说话。他轻声说：“我那份在我的两个朋友手里。我得跟他们说说。”

法努奇放心了。“记得转告你的两位朋友，我指望他们也能同样让我湿湿嘴。别害怕，尽管去说，”他宽慰道，“克莱门扎和我很熟，他明白事理。你跟着他好好混。他在这些事情上比较有经验。”

维托·柯里昂耸耸肩，挤出有点尴尬的神情。“当然啦，”他说，“你得理解，我是新入行的。谢谢你像教父一样和我说话。”

法努奇很受触动。“小伙子人不错嘛。”他说着拉起维托的手，攥在他毛乎乎的两只大手里，“你懂得尊重，”他说，“在年轻人身上是美德。下次要先和我谈谈，明白了？也许我还能帮你们策划一下呢。”

日后，维托·柯里昂逐渐明白，他之所以能和法努奇周旋得那么成功，那么知道进退，正是因为他脾气暴躁的父亲死在了西西里的黑手党手上。但此时此刻，他只感到一种森冷的怒意，这家伙居然要抢他冒着生命和自由的风险挣来的钱。他并不害怕，恰恰相反，他当时在想，法努奇真是个疯狂的傻瓜。以他眼中的克莱门扎而言，这条粗壮的西西里大汉宁可不要命，也不肯放弃劫来的一分钱。说到底，克莱门扎愿意仅仅为了偷一块地毯杀死警察，而瘦削的忒西奥有着蝰蛇的致命气质。

那天夜里，在通风井另一头克莱门扎的廉租公寓里，维托·柯里昂刚又领教了一课。克莱门扎破口大骂，忒西奥愁眉苦脸，但话锋一转，他们居然讨论起了法努奇拿到两百块会不会就此收手。忒西奥觉得有这个可能。

克莱门扎固执己见：“不行，刀疤脸杂种肯定找过收衣服的批发商，打听到我们得了多少钱。三百块，少一毛钱法努奇都不会作罢。我们只能付钱。”

维托大吃一惊，但他很谨慎，没有流露出他的惊讶。“我们为什么非得付钱？他能把我们三个怎么样？我们比他强壮，我们还有枪，凭什么要把血汗钱交给他？”

克莱门扎耐心解释。“法努奇的朋友是真正的野兽。他在警察局也有关系。他想听我们的计划，无非是打算出卖我们，博得警察的欢心。这样警察就欠他一个人情了。这就是他的道道儿。另外，他有马兰扎拉本人点头的特许权，这片地区归他管。”马兰扎拉是个经常见报的匪首，据说手下有个犯罪集团，专门从事敲诈勒索、赌博和武装抢劫。

克莱门扎给大家倒家酿的葡萄酒。他老婆把一盘萨拉米香肠、橄榄和一条意大利面包放在桌上，带着椅子下楼，去和女伴坐在门口聊天。她是个意大利姑娘，来美国好几年了，但还听不懂英语。

维托·柯里昂和两个朋友坐着喝酒。他从未像今天这样运用过智慧。他惊讶于自己的思路竟然如此明晰。他回想他对法努奇的所有了解。他回忆法努奇喉咙被割的那天，法努奇如何用软呢帽垫在下巴底下，接住滴落的鲜血。他想起动刀子的年轻人死于非命，另外两个被迫破财消灾。他突然想通了，法努奇肯定没什么像样的关系，不可能有。一个向警方通风报信的人，一个收钱就可以不寻仇的人，肯定没有过硬的后台。真正的黑手党头目不会放过另外那两个人。不，法努奇只是运气好，杀了动刀子的年轻人，知道另外两个人有所提防，他奈何不了他们，因此才情愿收钱买命。他能向店主和公寓楼里的赌场勒索保护费，完全是因为他身上的那股蛮劲。可是，维托·柯里昂知道至少有一个赌场从不向法努奇进贡，老板也没有遇到任何事情。

这样看来，法努奇是个独行侠。他雇用枪手执行特殊的任务，不过这都是纯粹的金钱关系。维托·柯里昂于是作了另外一个决定：他的人生要走一条什么道路。

这段经验催生了他的座右铭：一个人只能有一种命运。那天晚上，他大可以向法努奇进贡，回去当他的杂货店伙计，过几年自己也开个杂货店。可是，命运决定他必须成为唐，命运把法努奇带给他，他要走命中注定的道路。

喝完那瓶红酒，维托谨慎地对克莱门扎和忒西奥说：“你们要是愿意，不如一人给我两百块，我去交给法努奇？我保证他会接受我给他的这个数字。剩下的事情全交给我。我会把问题解决得包你们满意。”

克莱门扎顿时露出怀疑的眼神。维托冷冷地对他说：“只要我承认一个人是我的朋友，我就绝对不会骗他。你们明天自己去找法努奇，让他向你们要钱，但别立刻付给他，也无论如何别和他吵。就说要去取钱，会通过我转交给他。让他明白你们愿意按他的价码付钱。别讨价还价，这个交给我。他要是真像你说的那么危险，那就没必要激怒他。”

当晚谈到这里结束。第二天，克莱门扎找法努奇谈话，确定事情不是维托编出来的。接着，克莱门扎来到维托家，给了维托两百块。他盯着维托·柯里昂说：“法努奇说不能少于三百，你怎么让他接受这个数目？”

维托·柯里昂通情达理地说：“这就不是你需要关心的了。你记住我帮了你一次就好。”

随后来的是忒西奥。忒西奥比克莱门扎内敛和敏锐，更狡猾，但少些冲劲。他感觉到有蹊跷，什么地方不对劲。他有点担心，对维托·柯里昂说：“和那个黑手杂种打交道要当心，他奸诈得像个神父。给钱的时候需要我在场当证人吗？”

维托·柯里昂摇摇头，甚至没费心回答，只是对忒西奥说：“告诉法努奇，今天晚上九点到我家来收钱。我请他喝杯酒，聊一聊，说服他接受这个数目。”

忒西奥摇摇头：“你恐怕没那个好运气，法努奇从不让步。”

“我会和他讲道理。”维托·柯里昂说，这句话后来成了他的名言，致命攻击前的最后警告。后来他成为唐，每次请对手坐下来和他讲道理，对手就明白这是解决争端而不流血杀人的最后一次机会了。

吃过晚饭，维托·柯里昂吩咐老婆带着两个孩子——桑尼和弗雷德——到街上去，没有他的允许，就无论如何也不准他们回家。她必须守在公寓门口。他和法努奇有些私事要讨论，不能被打扰。他看见妻子脸上的惧意，很生气，平静地说：“你以为你嫁了个傻瓜吗？”妻子没有回答，不回答是因为她害怕，但此刻害怕的不是法努奇，而是自己的丈夫。他就在她的眼前发生变化，每个小时都有所不同，变成一个散发着危险气息的男人。他向来安静，沉默寡言，但总是很斯文，通情达理，就西西里年轻男子而言非同寻常。妻子见到的是他在褪去与世无争的保护色，准备迎接自己的命运。他起步很晚，已经二十六岁，但一登场就技惊四座。

维托·柯里昂决定杀死法努奇。杀了法努奇，他的银行户头上就会多七百块。三百块是他必须付给黑手恐怖分子的钱，还有忒西奥的两百和克莱门扎的两百。要是不杀法努奇，他就要让出这七百块现金。在他眼里，法努奇那条命值不了七百块。他不会用七百块换取法努奇的小命。就算法努奇需要七百块动手术救命，他也不会给他七百块让他找医生。他不欠法努奇的人情债，他们没有血缘关系，他对法努奇也没有感情。那么，凭什么要给法努奇七百块呢？

接下来的结论理所当然，既然法努奇想用武力夺走他的七百块，那么他为什么不杀了法努奇呢？地球没了这么一个角色也照样转。

当然，还有一些现实因素需要考虑。法努奇也许真有几个手握权柄的朋友，会来为他寻仇。法努奇本人就很危险，不那么容易杀，而且还有警察和电椅候着呢。可是，自从父亲遇害以后，维托·柯里昂本来就活在死刑判决之下。十二岁那年，他逃脱处刑人的追杀，远涉重洋来到陌生的土地，换了个陌生的名字。多年默默的观察告诉他，他远比芸芸众生更聪明、更勇敢，只是缺少机会运用智慧和运气罢了。

可是，在向命运迈出第一步之前，他还是犹豫了。他甚至把七百块单独叠成一卷，揣进长裤的口袋。不过，他把钱放进了左边裤兜。右边裤兜是克莱门扎为了抢劫丝绸卡车而交给他的手枪。

法努奇准九点登门拜访。维托·柯里昂端出一罐克莱门扎送他的家酿葡萄酒。

法努奇把白色软呢帽挨着酒罐放在桌上。他松开领带，一条宽边的花纹领带，明艳的图案掩盖住了番茄汁的污渍。这是个炎热的夏夜，煤气灯火苗微弱，公寓里悄静无声。维托·柯里昂却浑身冰冷。为了表示真诚，他先递上那卷钞票，仔细观察法努奇，法努奇一张一张点钱，接着拿出大号皮夹，把钱塞进去。法努奇喝着葡萄酒，说："你还欠我两百。"他两道浓眉下的脸上毫无表情。

维托·柯里昂用冷静而通情达理的声音说："我手头有点紧，我最近失业。请允许我拖欠几周吧。"

法努奇可以接受这个小小让步。钱已经到手大部分，剩下的等等也无妨。说服之下甚至还可能多等几天甚至就此作罢。他边喝酒边哧哧笑道："哎呀，你这个年轻人倒是机灵。我以前怎么没有注意到你？小伙子你太安静了，对自己没好处。我可以帮你安排些事情，能挣大钱。”

维托·柯里昂礼貌地点点头，表示很有兴趣，拿起紫色酒罐斟满法努奇的酒杯。法努奇想到他会说些什么，觉得还是不多坐为妙，于是起身握住维托的手。“晚安啦，年轻人，”他说，“别往心里去哟。要是有什么我能效劳的，打个招呼就行。你今晚为自己办了件好事。”

维托目送法努奇下楼，走出大门。马路上满是目击者，能证明法努奇安然离开柯里昂家。维托在窗口观察，见到法努奇拐弯上了第十一大道，知道法努奇这是要回家，多半打算先放下战利品，然后再出门。很可能还要放下手枪。维托·柯里昂走出公寓，沿着楼梯跑上屋顶。他跑过一整个街区的屋顶，爬下一幢空厂房的防火楼梯，来到那幢楼的后院。他踢开后门，走前门出去。马路对面就是法努奇居住的公寓楼。

这一片廉租公寓向西只延伸到第十大道。第十一大道多数是仓库和厂房，租用给依靠纽约中央铁路跑运输的公司，他们需要就近利用从第十一大道到哈德逊河之间星罗棋布的堆场。这片空旷地区里剩下的公寓楼已经寥寥无几，法努奇那幢是其中之一，大部分住户是单身列车员、货场工人和最廉价的妓女。他们不像老实的意大利人那样坐在街上聊天，而是在酒馆里挥霍薪水。因此，维托·柯里昂发现他很容易就溜过了空荡荡的第十一大道，钻进法努奇那幢公寓楼的门厅。他在这里拔出他从没用过的枪，等待法努奇回家。

他隔着门厅的玻璃门张望，知道法努奇会从第十大道过来。克莱门扎给他看过枪上的保险，他空膛扣过扳机。不过，小时候在西西里，他九岁就经常和父亲上山打猎，经常端起当地叫“狼枪”的沉重霰弹枪开火。正因为他那么小就熟悉狼枪，杀死他父亲的凶手才判了他死刑。

他等在黑洞洞的门厅里，看见法努奇的白色身影穿过马路，走向大门。维托后退一步，肩膀抵着通往楼梯的内门。他举枪准备开火，伸出的手离大门仅有两步之遥。门向内打开。法努奇，白色的法努奇，肩宽体阔的法努奇，臭烘烘的法努奇，填满了门口那一方亮光。维托·柯里昂扣动扳机。

枪火撼动了整幢楼，声音从敞开的大门传到街上。法努奇抓住两边门框，尽量站直，竭力去掏枪。挣扎的力量扯开纽扣，衣襟左右敞开。枪露了出来，衬衫前襟靠腹部位置犹如蛛网的一团红色也露了出来。维托·柯里昂瞄得非常仔细，像是在把钢针插进血管，对着红色蛛网的中心又开了一枪。

法努奇跪倒在地，撑开大门。他发出可怕的呻吟声，一个人肉体受到巨大折磨时的呻吟声，听起来几乎有点滑稽。这个呻吟声维托记得他听到了至少三次，他把枪口抵着法努奇汗津津油汪汪的面颊，一枪打进他的脑子。从头到尾不到五秒钟，法努奇瘫倒在地死去，尸体堵住敞开的大门。

维托小心翼翼地从尸体的上衣口袋里取出大号皮夹，揣进自己的衬衫。他跑过马路，穿过对面的空厂房，来到后院，爬防火楼梯到屋顶。他在屋顶俯瞰街道。法努奇的尸体仍旧躺在门口，但见不到其他人影。公寓楼上有两扇窗户被人打开，他能看见黑乎乎的脑袋探出窗口，但他看不清他们的面容，他们肯定也看不清他的面容。再说这种人也不会向警方通风报信。尸体估计要在门口躺到天亮，或者哪个警察巡逻时被绊倒。公寓楼里的住户不会存心出头，引来警察的怀疑和盘问。他们会锁好门，假装什么都没听见。

时间绰绰有余。他走过几个屋顶，进了自己那幢楼的屋顶小门，下楼回到住处。他打开门锁，进去，转身又锁上门。他翻看死者的皮夹。除了他交给法努奇的七百块，里面只有几张一块和一张五块。

皮夹翻盖里塞着一枚五块钱的老金币，多半是幸运符。就算法努奇是个有钱的匪徒，他也肯定没把家当带在身边。这证实了维托的部分猜测。

他知道他必须处理掉皮夹和手枪（当年他就知道必须把金币留在皮夹里）。他再次爬上屋顶，走过几段屋脊，把皮夹扔进一个通风井，然后倒空枪里的子弹，在屋脊上猛砸枪管。枪管怎么敲都不断。他调转枪身，把枪托砸向烟囱侧面。枪托裂成两半。再一下，枪身断成枪管和枪柄两部分。他把它们分别扔进两个通风井。枪管和枪柄从五层楼高处掉下去，却没有发出什么响动，而是陷进了底下堆积如山的稀烂垃圾。明天早晨，住户会从窗户扔出更多的垃圾，要是运气好，证据会消失得无影无踪。维托回到公寓里。

他有点发抖，但完全控制得住。他脱掉衣服，害怕溅上了污血，于是把它们塞进妻子洗衣服的铁皮桶里，用碱水和棕色洗衣皂浸泡，用水槽下的铁皮洗衣板搓洗，最后用碱水和洗衣皂洗刷铁皮桶和水槽。他在卧室一角找到刚洗好的一堆衣服，把这身衣服混进去。接着，他换上干净的衬衫和长裤，下楼在大门口找到老婆和孩子，与邻居谈天说地。

实际上，这些预防措施都是白费力气。天亮后警察发现尸体，根本没来查问维托·柯里昂。他惊讶地发现警察完全不知道法努奇被杀当晚来过他家。他本打算把法努奇活着离开他家当作不在场证明。事后他发现法努奇死了，警察只觉得高兴，并不急于追查凶手。警察想当然地以为这是又一场黑帮处决，只盘问了有敲诈和暴力抢劫前科的无赖。维托从没惹过麻烦，所以也没有进入警方的视野。

虽然他瞒过了警察，但搭档就是另外一码事了。彼得·克莱门扎和忒西奥躲了他一个星期，接着又是两个星期，最后在一天傍晚登门拜访。他们明显带着敬意。维托·柯里昂不动声色地殷勤问候，用葡萄酒款待他们。

先开口的是克莱门扎，他轻声说："第九大道不再有人找店主收保护费了，也没有人收这附近玩牌和赌博的抽头了。"

维托·柯里昂盯着他们，没有吭声。忒西奥说："我们可以接管法努奇的地盘。他们会付钱的。"

维托·柯里昂耸耸肩："为什么要找我？我对这种事不感兴趣。"

克莱门扎哈哈大笑。这时候他还年轻，还没有长出硕大无朋的肥肚皮，但已经有了胖子的笑声。他对维托·柯里昂说："抢劫卡车那次我不是给了你一把枪吗？现在不需要了吧，能还给我吗？"

维托·柯里昂从侧袋里拿出一沓钞票，动作慢而用心，剥下五张十块。"拿着，我给你钱。抢完卡车我就扔掉了。"他笑呵呵地看着两人。

当时维托·柯里昂还不知道这个笑容的威力。之所以让人毛骨悚然，正是因为毫无威胁的意思，像是听到了只有自己才明白的什么私人玩笑。可是，他只在性命攸关的事情上露出这个笑容，玩笑也并不真的私密，他的双眼毫无笑意，外在性格平时又是那么通情达理和沉默寡言，因此突然摘下面具，露出真实的自我才那么吓人。

克莱门扎摇摇头。“我不要钱。”他说。维托收起钞票，静静等待。他们彼此心照不宣。克莱门扎和忒西奥知道他杀了法努奇，尽管他们没告诉过任何人，但几周之后，街坊邻居全知道了。百姓敬维托·柯里昂为“值得尊重的人”，但他并没有试图接手法努奇的生意和贡钱。

随即发生的事情顺理成章。一天晚上，维托的妻子把一位寡居的邻居带回家。这位女士是意大利人，品格无可指摘。她辛勤工作，抚养没有父亲的几个孩子。她十六岁的儿子依照意大利传统，工资袋连封口都不拆就交给母亲；十七岁的女儿是个裁缝，同样这么做。晚上，全家人把纽扣缝在硬纸板上，挣点奴工的计件工资。这位女士名叫科伦坡夫人。

维托·柯里昂的妻子说：“夫人想请你帮个忙。她遇上了麻烦。”

维托·柯里昂以为是要借钱，准备慷慨解囊，结果事情是这样的：科伦坡夫人有条狗，她最小的儿子宝贝得不得了。房东接到投诉，说狗半夜叫唤，因此请科伦坡夫人处理掉。夫人假装答应，房东后来发现夫人骗了他，于是命令她搬出去。她发誓说这次保证处理掉那条狗，而且说到也做到了。但房东实在气愤，不肯收回成命。她要么自己搬出去，要么就叫警察轰她出去。夫人把狗送给住在长岛的亲戚，她可怜的小儿子哭得可伤心了。但这也无济于事，他们眼看着就将无家可归。

维托·柯里昂和善地问她：“为什么请我帮忙？”

科伦坡夫人对他妻子点点头：“她叫我来请你帮忙。”

他吃了一惊。他妻子从没问过他为何要在杀死法努奇的那天晚上洗衣服，从没问过他这个没工作的人靠什么挣钱。即便此时此刻，她还是面无表情。维托对科伦坡夫人说：“我可以资助你点钱来帮你搬家，是这个意思吗？”

女人摇摇头，她泪流满面：“我的朋友全住在这儿，都是和我从小在意大利长大的姑娘们。我怎么能搬到别的地方，和陌生人生活？我想请你说服房东让我留下。”

维托点点头：“这个没问题，你不用搬家。我明天一早就找他聊聊。”

他的妻子对他露出笑容，他不明所以，但很高兴。科伦坡夫人有点不放心。“那个房东，你确定他会答应吗？”她问。

“罗贝托先生？”维托用惊讶的语气说，“当然会。他是个热心人。等我解释清楚你的情况，他保准会同情你的不幸遭遇。别再担心这件事啦。你别着急。为了孩子，你要保重身体啊。”

房东罗贝托先生每天来这个居民区，查看他拥有的一排五幢廉租公寓楼。他是个包工头，把刚下船的意大利劳工卖给大公司，用得到的利润一幢接一幢买下这些公寓楼。他来自意大利北部，受过教育，看不起西西里和那不勒斯的文盲南方佬，他们像害虫一样挤满他的公寓楼，朝通风井里乱扔垃圾，任由蟑螂和耗子啃空墙壁，懒得抬起手保护他的资产。他不是坏人，是个好丈夫和好父亲，但每时每刻都在担心他的投资、他挣来的钱和有产人士不得不支出的开销，结果把自己的神经折磨得疲惫不堪，因此他的精神永远那么烦躁。维托·柯里昂在街上拦住他，想和他聊两句，罗贝托先生表现得有点唐突——当然不算粗鲁，因为尽管这个年轻人模样文静，但万一要是说错什么，这种南方佬随时都有可能一刀子捅了你。

“罗贝托先生，”维托·柯里昂说，“我妻子的一个朋友，一位可怜的寡妇，缺少男人的保护，告诉我说出于某些原因，你命令她搬出你的公寓楼。她绝望极了。她没有钱，朋友都住在这附近。我告诉她说我会找你聊聊，说你通情达理，只是有了误会而已。她已经送走了引起麻烦的小动物，为什么还是不让她留下呢？我们都是意大利人，算我求你赏个人情。”

罗贝托先生打量着面前的年轻人，见到的是个中等块头但身强力壮的男人，是个乡下人而不是匪徒，居然很可笑地胆敢自称意大利人。罗贝托耸耸肩。“我已经把那套公寓租给另一户人家了，租金也高了些，”他说，“总不能为了照顾你的朋友而让他们失望吧。”

维托·柯里昂理解地点点头。“每个月加了多少钱？”他问。

“五块。”罗贝托先生答道。这是撒谎。这套公寓面对铁路，四个房间都很阴暗，租给寡妇每个月收十二块钱，新房客的租金绝不可能高出这个数。

维托·柯里昂掏出一卷钞票，剥下三张十块。“这是六个月增加的总数，现在一次全给你。别告诉她，她是个有尊严的女人。过六个月再来见我。当然啦，你会让她留下那条狗。”

“见鬼去吧，”罗贝托先生说，“你算什么东西，对我发号施令？给我放尊重点儿，否则你的西西里屁股也要流落街头。”

维托·柯里昂惊讶地举起双手。“我只是在求你赏个人情呀。天晓得一个人什么时候会需要朋友，你说对不对？拿着，这钱你收下，就当是我在表达善意，主意你自己拿。我怎么敢反对你的决定。”他把钞票塞进罗贝托先生的手心，“就当帮我一个小忙，收下钱，稍微考虑考虑。明天早上，你要是非得把钱还给我，那就只能这样了。你想让那女人搬出你的房子，我怎么能阻止呢？那毕竟是你的产业啊。你不想让狗留下，这我完全理解。我本人也讨厌动物。”他拍拍罗贝托先生的肩膀，“就帮我这个小忙，好吗？我不会忘记你的。向你在这附近的朋友打听一下我，他们保证会说我这人从来知恩图报。”

实际上，罗贝托先生已经开始明白过来了。那天晚上，他打听了一下维托·柯里昂。他没有等到第二天早上，而是深更半夜就去敲柯里昂家的门，为这么晚还叨扰主人而道歉，接过柯里昂夫人送上的一杯葡萄酒。他向维托·柯里昂保证，整件事情都是天大的误会，科伦坡夫人当然可以继续住下去，当然可以留下那条狗。那帮下三烂房客就付那一丁点儿租金，凭什么抱怨一只可怜的小动物闹得太凶？最后，他把维托·柯里昂硬塞给他的三十块钱扔在桌上，用最真诚的语气说：“你这么好心帮助一位可怜的寡妇，我倍感羞愧，也想表达身为一名基督徒的善心。她的房租就和原来一样吧。”

这出喜剧的几个角色都演得漂亮。维托斟酒，叫妻子端上点心，使劲握住罗贝托先生的手，称颂他的热心肠。罗贝托先生叹着气说结识维托·柯里昂这样的好邻居，真是恢复了他对人性的信心。末了，两人依依不舍地分别。罗贝托先生死里逃生，骨头都吓软了，跳上电车，逃回他在布朗克斯的住处，径直上床。他有三天没在那几幢公寓楼露面。

维托·柯里昂已经成了这片地区“值得尊重的人”，传言说他是西西里黑手党的成员。一天，一个在日租公寓主持扑克赌局的男人来找他，主动提出每周付他二十块，换取他的“友谊”。他只需要每周光临两次赌局，让赌客明白他们受到他的保护。

受到小流氓滋扰的店主请他调停。他照办了，事后得到相应的报酬。不久，他的收入就达到了每周一百块，这个数字在那个时候的那块区域算是一笔巨款。克莱门扎和忒西奥是他的伙伴和盟友，所以他必须分他们一杯羹，他们并没有开口，他是主动这么做的。最后，他决定和他的童年伙伴占科·阿班丹多一起开展橄榄油进口业务。生意归占科管，从意大利进口橄榄油，按照合理的价格买入，储存在他父亲的仓库里。占科在这方面很有经验。克莱门扎和忒西奥主管销售。他们拜访了曼哈顿、布鲁克林和布朗克斯的每一家杂货店，说服店主进“占科纯净”牌橄榄油（维托·柯里昂以他典型的谦虚态度，拒绝用他的名字为品牌命名）。大部分本金由维托提供，他理所当然成了公司的老大。要是遇到特殊情况，克莱门扎和忒西奥说得天花乱坠也说服不了某些店主，维托·柯里昂就亲自出马，运用他令人畏惧的说服力。

接下来的几年，维托·柯里昂过着小商人的满足生活，在一个生机勃勃的经济扩张时代，全心全意建立他的企业。他是个尽心尽责的父亲和丈夫，但忙得没有多少时间顾家。“占科纯净”橄榄油慢慢成为美国最畅销的意大利进口橄榄油，他的组织如雨后春笋般膨胀。和任何一位优秀的销售者一样，他逐渐认识到用价格战打击竞争对手的好处，说服店主少进其他品牌的橄榄油，从而阻塞他们的分销渠道。和任何一位优秀的销售者一样，他把目标瞄准垄断，左手强迫竞争对手放弃这片战场，右手将他们并入自己的公司。刚起步的时候，他在经济上缺少助力，而且不相信广告，仅仅凭借口耳相传，再加上他的橄榄油实际上并不比竞争者的好，因此他无法使用守法商人常用的压制手段，只得依赖他的人格魅力和“值得尊重的人”的威望。

年轻的时候，维托·柯里昂就有了“通情达理”的名声。他从不出言威胁，他的逻辑总是无可辩驳。他始终保证人人都能分得应有的利益，谁也不吃亏。他的手段当然也很简单。和许多天才商人一样，他意识到自由竞争浪费资源，而垄断最有效率。因此，顺理成章，他的奋斗目标就是高效的垄断。布鲁克林有几位橄榄油批发商，脾气暴躁，头脑固执，不讲道理，哪怕在维托·柯里昂以最大限度的耐心仔细说明情况之后，仍旧拒绝了解和认同他的远大理想。对于这些人，维托·柯里昂无可奈何，只能派忒西奥去布鲁克林，建立指挥部解决问题。几间仓库失火被烧，许多卡车的橄榄油倒在沿河的鹅卵石马路上，形成茶青色的湖泊。有个傲慢的米兰人头脑发热，对警察的信任超过圣人对基督的信仰，居然跑去向政府告意大利同伴的状，打破了已有千年历史的缄默规则。可是，还没等案情有所进展，这位批发商就失踪了，从此人间蒸发，留下深爱他的妻子和三个孩子，不过感谢上帝，孩子已经是成年人，接管他的生意，和占科纯净橄榄油公司达成协议。

有言道，伟大的人并非生而伟大，而是越活越伟大，维托·柯里昂就是明证。禁酒法得到通过，全国禁止销售酒类，维托·柯里昂走出最后一步，从有点冷酷无情的普通商人成为违法经济世界里一位了不起的唐。转变并不是在一天里发生的，也不是一年，但是到禁酒法末期和大萧条初期的时候，维托·柯里昂已经成了教父，唐，唐·柯里昂。

事情的开端非常不起眼。占科纯净橄榄油公司当时有六辆送货卡车组成车队。有一帮意大利私酒贩子从加拿大走私烈酒和威士忌到美国，通过克莱门扎找到维托·柯里昂。他们需要卡车和送货员在纽约市分销他们的商品。他们需要靠得住、嘴巴牢的送货员，而且要意志坚强，有点武力。他们愿意付钱给维托·柯里昂，雇用他的卡车和员工，价码高得吓人，维托·柯里昂当机立断，削减橄榄油生意，把卡车几乎全部拿去服务私酒走私者。尽管这帮人在提议时也没少笑里藏刀威胁他，但维托·柯里昂在当时就已经见过风浪，没有把威胁当作侮辱，也没有因此生气而拒绝有利可图的建议。他掂量了一下他们的威胁，发现没什么说服力，于是降低了对新伙伴的评价，因为他们太愚蠢，在毫无必要的情况下滥用威胁。这条情报很有用，遇到合适的机会会很有参考价值。

他再次大发横财。不过更重要的是，他获得了知识、关系和经验。他慢慢积累可靠的言行，就仿佛银行家积累债券。接下来几年，事实越来越清楚了：维托·柯里昂不只能力过人，而且独具天才。

他自愿担任在住处开地下小酒馆的意大利家庭的保护者，这些人以一毛五一杯的价钱把威士忌卖给单身劳工。科伦坡太太最小的儿子举行坚信礼，他成了孩子的教父，大方地拿出一枚二十美元金币当礼物。另外一方面，卡车总有被警察拦下的时候，占科·阿班丹多雇了个在警局和司法部有很多门路的好律师。柯里昂组织建立起贿赂体系，很快有了可观的“工资单”，列出按月塞钱的官员。律师尽量缩小名单，为高昂的费用道歉，维托·柯里昂却安慰他说：“不，别这样，把大家都列上，哪怕暂时还帮不上忙。我相信友谊，我愿意先表达我的友情。”

岁月流逝，柯里昂帝国逐渐壮大，卡车越来越多，“工资单”越来越长，直接为忒西奥和克莱门扎效力的人数也在增加。整个机构越来越难以控制。最后，维托·柯里昂琢磨出一套组织体系。他给克莱门扎和忒西奥安上“首领”的头衔，为他们工作的人是部下。他给占科·阿班丹多安上“顾问”的头衔。他在他本人和实际行动之间建立起好几个缓冲层。每次下达指令，指令都下给占科或两名首领中的一个。向他们中的任何人下达指令的时候，旁边难得还有其他见证者。接下来，他分出忒西奥的一拨人，让他们专门负责布鲁克林。他要忒西奥和克莱门扎相互疏远，多年来一直表达得很清楚：除非绝对必要，否则他不希望这两个人互相协作，哪怕只是社交往来。他向比较精明的忒西奥解释过这一点，忒西奥立刻心领神会，尽管维托说这是预防法律风险的安全措施，但忒西奥明白维托不希望他的两名首领有机会密谋对付他，忒西奥也明白这并非出于恶意，只是策略上的预防。作为回报，维托放手忒西奥经营布鲁克林，但把克莱门扎的布朗克斯牢牢握在手心。克莱门扎更勇猛、更无畏，虽说表面上总是乐呵呵的，其实却更无情，因此需要严加管束。

大萧条继续增强维托·柯里昂的权势。事实上，正是在大萧条时期，众人开始称他唐·柯里昂。全城到处都是老实人祈求一份正经工作，却都徒劳无功。有尊严的人降低自己和家人的身份，向不拿正眼看人的官僚机构讨要官方救济。只有唐·柯里昂的手下昂首阔步上街，口袋里塞满银币和纸钞，不担心会丢掉工作。就连唐·柯里昂这个最谦逊的男人，也忍不住要感到自豪。他在照顾他的世界、他的子民。那些人依赖于他，为他累得满头大汗，冒着自由和生命的危险为他效劳，他没有让他们失望。雇员若是不走运被捕入狱，家人就会得到生活补贴，不是打发乞丐似的一点微薄资助，而是他入狱前的薪水。

这当然不完全是基督徒的善心。连最好的朋友也不会说唐·柯里昂是圣人下凡。这种慷慨的背后也有私心。进监狱的雇员明白，只要守口如瓶，他的老婆孩子就有人照看。只要不向警方通风报信，出狱时就会得到热烈欢迎，家里会有盛大宴会等着他，有上等食物，自家做的小方饺、葡萄酒和各色糕点，亲戚朋友济济一堂欢迎他重获自由。夜里某个时候，顾问占科·阿班丹多，甚至唐本人，会登门向这么忠诚的一名部下表示敬意，为他干一杯，留下一笔丰厚的现金当礼物，让他和家人快活享受一两个星期，再回去继续辛苦工作。唐·柯里昂的同情和体谅就有这么无微不至。

也就在这段时期，唐开始觉得他主宰的世界比总是妨碍他的政府所管理的国家要好得多，这种感觉与日俱增，因为他身边的贫民不断来寻求他的帮助——家庭救济、安排工作、保释犯人、小额贷款、在不通情理的房东和失业的房客之间周旋。

唐·维托·柯里昂向所有求助者伸出援手。不只如此，他怀着善意帮助他们，说些鼓励的话，安慰被接受施恩刺痛的自尊心。于是，自然而然地，当这些意大利人举棋不定，不知道该选谁代表他们进入州立法机构、市政厅和国会，就会向他们的朋友唐·柯里昂、他们的教父征求意见。他就这样成了一股政治力量，各方首脑都来找他出谋划策。他以政治家的远见卓识进一步巩固这种力量，帮助意大利穷苦人家的聪明孩童上大学，有些孩子日后成为律师、助理地检官甚至法官。他以伟大领袖般的高瞻远瞩规划帝国未来。

禁酒令的撤销严重打击了这个帝国，但他早已采取了预防措施。1933年，他派遣特使去见一个人，这个人控制着曼哈顿的所有赌博活动，包括码头的掷骰子和与之相辅相成的高利贷（两者的关系犹如棒球比赛和热狗）、体育和赛马的外围赌博、玩扑克的非法赌场、哈莱姆的地下抽奖和彩票。这个人名叫萨瓦托雷·马伦扎诺，他是纽约地下世界有数的一把手、炮筒子、大人物之一。柯里昂的特使向马伦扎诺建议双方缔结平等互利的伙伴关系。维托·柯里昂有他的组织，在警方与政界关系良好，能为马伦扎诺的犯罪活动提供牢固的保护伞，还拥有向布鲁克林与布朗克斯扩张所需的新生力量。可惜马伦扎诺很短视，轻蔑地驳回了柯里昂的提议。著名匪首艾尔·卡彭是马伦扎诺的朋友，马伦扎诺拥有自己的组织、自己的队伍和雄厚的战争基金。他无法容忍这个暴发户，不像正牌黑手党，更像国会里的辩论家。马伦扎诺的拒绝触发了1933年大战，纽约地下世界的格局因此风云变幻。

乍一看，对抗双方力量悬殊。萨瓦托雷·马伦扎诺有个打手如云的强大组织。他和芝加哥的卡彭是好朋友，可以召唤那个地区的帮手。他和塔塔利亚家族的关系也不错，塔塔利亚家族控制全城的卖淫业和当时刚崭露头角的贩毒业。他和强大的商界领袖有政治联系，商人用他的打手施加恐怖统治，胁迫时装中心的犹太工会分子和建筑业的意大利零散财团。

面对这些，唐·柯里昂只能投入克莱门扎和忒西奥执掌的两个组织严密的小团伙。商界领袖支持马伦扎诺，这抵消了他在政坛和警方的关系。对他有利的是敌人不够了解他的组织。地下世界不知道他的部下的真正力量，甚至误以为布鲁克林的忒西奥是另一支独立力量。

尽管如此，双方还是力量悬殊，直到维托·柯里昂用巧计扯平了差距。

马伦扎诺捎信给卡彭，请卡彭派两个最优秀的枪手，来纽约干掉那个暴发户。柯里昂家族在芝加哥有朋友和情报人员，传回消息说两名枪手将搭火车抵达。维托·柯里昂派出卢卡·布拉齐解决他们，他的命令释放了这个怪物最残暴的本性。

布拉齐和三个手下在火车站截住芝加哥来的两名匪徒。布拉齐的一名手下事先搞到一辆计程车，自己充当司机。火车站的搬运工拎着行李，把卡彭的枪手带上那辆车。两人刚坐进去，布拉齐和另一名手下跟着钻进轿车，用枪逼着两个芝加哥小子躺在地上。计程车驶进码头区附近的一间仓库，布拉齐为他们布置好了场地。

卡彭的枪手被捆住手脚，嘴里塞上小浴巾，免得喊出声。

布拉齐从墙边拎起斧头，挨个收拾卡彭的枪手。他先剁掉一个人的双脚，然后齐膝断小腿，然后齐大腿根断大腿。布拉齐力大无穷，但也抡了许多下才达成目标，这时候受害者当然早已毙命，地上滑溜溜的全是碎肉和鲜血。布拉齐转向第二个受害者，发现已经不必白费力气了。卡彭的第二个枪手被吓得失魂落魄，天晓得怎么一口吞掉了浴巾，被活活憋死。警方尸检确定死因，在他胃里发现了那条浴巾。

几天后，芝加哥的卡彭家族收到维托·柯里昂的口信。大意如下："你现在知道我怎么对待敌人了。一个那不勒斯人为何要介入两个西西里人的争端呢？假如你希望我把你看作朋友，那我就欠你一个人情，随时可以兑现。您这样的人肯定明白，要是你的朋友能够解决自己的问题，愿意帮你的忙，而不是随便使唤你，对你的好处无疑更多。你要是没兴趣考虑和我交朋友，那就算了。但我不得不告诉你，纽约的天气非常潮湿，不利于那不勒斯人的健康，所以我建议你这辈子都别来拜访。"

信件的傲慢语气是精心设计的。唐看不起卡彭家族，觉得他们就是一帮明目张胆、愚蠢的杀人狂。他的智慧告诉他，卡彭飞扬跋扈、喜欢炫耀非法财富，已经丧失了所有的政坛影响力。唐知道，甚至非常确定，没有政坛影响力，没有社会掩护，卡彭的世界，还有其他与此类似的世界，都很容易被消灭。他知道卡彭已经走上毁灭之路。他还知道卡彭的影响力尽管可怕，尽管无孔不入，但仅限于芝加哥。

这个战术相当成功，不完全归功于手段凶残，还因为唐的反应速度迅速敏捷。他要是这么睿智，那么下一步的行动就将充满危险。接受友谊和附带的报酬要好得多，也明智得多。卡彭回话说他们不会干涉。

这一局势力均衡。维托·柯里昂如此羞辱卡彭家族，赢得了美国地下世界的大量"尊敬"。六个月后，他击败了马伦扎诺。他扫荡马伦扎诺保护的骰子赌局，找到他在哈莱姆的头号私彩庄家，抢走他一整天的收入和记录。他从各个方面打击敌人，连时装中心都不放过，他派克莱门扎带人支援工会分子，对抗马伦扎诺雇用的打手和服装公司的老板。在各条战线上，他出色的智慧和组织都让他克敌制胜。柯里昂很擅长利用克莱门扎的残暴，帮助他扭转局势。最后，唐·柯里昂派出藏在暗处的忒西奥军团，前去收拾马伦扎诺本人。

这时，马伦扎诺派遣特使议和。维托·柯里昂拒绝接见，用各种各样的理由搪塞。马伦扎诺的兵卒抛弃首领，不愿为了注定失败的事业丧命。簿记和高利贷转而向柯里昂的组织付保护费。战争将近结束。

1933年的新年夜，忒西奥打入马伦扎诺的防御圈。马伦扎诺的副手急于求和，答应将首脑引向屠场。他们说约了柯里昂在布鲁克林的一家饭馆会面，他们以保镖身份陪马伦扎诺出席。他们溜出饭馆，撇下马伦扎诺坐在格子布的餐桌前，愁眉苦脸地嚼着面包，忒西奥领着四名部下进门，处决迅速而稳妥。马伦扎诺嘴里的面包还没咽下去，就被子弹打得浑身窟窿。战争彻底结束。

马伦扎诺帝国并入柯里昂麾下。唐·柯里昂建立起进贡的体系，所有簿记和私彩投注点的人员保留原职。他从时装区工会得到的额外收入在未来几年非常重要。解决完生意上的问题，唐·柯里昂却发现家里出了麻烦。

桑蒂诺·柯里昂，也就是桑尼，十六岁就长到了出奇的六英尺，肩宽体阔，一张脸浓眉大眼，性感但不柔弱。弗雷迪性格安静，迈克尔才学会走路，但桑蒂诺却总是麻烦缠身。他成天打架，学业糟糕。一天晚上，身为他的教父，克莱门扎不得不担负起进言的责任，来见唐·柯里昂，说他儿子卷入武装抢劫，这桩愚蠢的勾当有可能闹出大事。桑尼显然是主谋，另外两个小子是他的追随者。

维托·柯里昂极少发脾气，这是其中一次。汤姆·黑根在他家已经住了三年，他问克莱门扎这个孤儿有没有卷入。克莱门扎摇摇头。唐·柯里昂派车把桑蒂诺带到他在占科纯净橄榄油公司的办公室。

唐第一次遭遇挫折。他单独见儿子，大发雷霆，咒骂大块头桑尼时他用的是西西里方言，这种语言最适合用来表达怒气。末了，他问："谁给你权力做这种事？你有什么理由要干这种事？"

桑尼站在那儿，气汹汹地拒绝回答。唐轻蔑地说："而且还这么愚蠢。忙活一晚上能挣几个钱？一天五十块？二十块？拿小命冒险，就为了二十块？"

桑尼像是没听见最后这几句话，挑衅道："我看见你杀了法努奇。"

唐说："啊……"倒在椅子上，他等着。

桑尼说："法努奇离开公寓楼，妈妈说我可以回屋了。我看见你爬上屋顶，于是跟踪你。你做的事情我看得一清二楚。我待在屋顶上，看见你丢掉皮夹和枪。"

唐叹息道："唉，看来我没法教你怎么做人了。你难道不想好好上学，不想当个律师？律师拎着手提箱能偷的钱，一千个强盗戴着面具拿着枪也比不上。"

桑尼咧嘴一笑，顽皮地说："我想加入家族生意。"他见到唐仍旧面无表情，没有被这个笑话逗乐。他又连忙补充道："我可以学着卖橄榄油。"

唐还是没有回答。最后，他耸耸肩，"一个人只有一种命运。"他说。他没说目睹法努奇被杀已经决定了儿子的命运，只是转过身，轻声说："明天上午九点过来。占科会教你的。"

占科·阿班丹多拥有顾问必不可少的敏锐洞察力，明白唐的真正意图，交给桑尼的任务主要是贴身保护父亲，在这个位置上，他同样能学习担任唐的微妙诀窍。这个安排也引出了唐本人的职业本能，经常长篇大论教导大儿子如何继承事业。

除了他时常重复的"一个人只有一种命运"理论，唐还喜欢责备桑尼动不动就发脾气的毛病。唐认为威胁是最愚蠢的自我暴露，不假思索就释放怒火是最危险的任性表现。没有谁听唐发出过赤裸裸的威胁，没有谁见过他陷入无法控制的狂怒。那是难以想象的事情。他就这么尽量向桑尼传授自己的准则。他说除了朋友低估你的优点，世上最大的天然优势就是敌人高估你的缺陷。

克莱门扎首领手把手教桑尼射击和使用绳索。桑尼对意大利绳子不感兴趣，他太美国化了。他更喜欢简单直接、保持距离的盎格鲁-撒克逊枪械，这让克莱门扎很伤心。不过桑尼很快就成了很受父亲欢迎的好搭档，为他开车，帮他处理各种小事。随后的两年里，他怎么看都是个普通人家的儿子，正在进入父亲的生意圈，不怎么聪明，也不怎么急切，满足于一份清闲的工作。

与此同时，他童年的玩伴、义兄汤姆·黑根却要上大学了。弗雷迪还在念高中，最小的迈克尔在读初中，小妹康妮才四岁，还在满地乱跑。全家人早就搬进布朗克斯的公寓住宅。唐·柯里昂在考虑去长岛买房子，但想把这件事和他正在盘算的另外几个计划结合起来。

维托·柯里昂很有远见。黑帮斗争让美国的所有大城市陷入混乱。几十起游击战同时打响，野心勃勃的暴徒尝试建立自己的小帝国，柯里昂这种角色尽量保卫疆界和生计的安全。唐·柯里昂看到报纸和政府部门在利用这些杀戮制定越来越严厉的法规，采取越来越残酷的警方手段。他预见到大众的义愤会挂起民主程序，给他和他的手下引来致命打击。他自己的帝国就内部而言很稳固。他决定给交战各方带去和平，从纽约开始到全国。

他知道这个任务很危险。他把第一年花在会见纽约各大帮派的首领上，奠定基础，试探口风，提议划分势力范围，由一个组织松散的联合委员会批准，各方共同遵守。可是帮派和利益冲突太多。大家不可能达成协议。和历史上所有伟大的统治者和立法者一样，唐·柯里昂看明白了，除非把王国的数量缩减到可控范围之内，否则就不可能缔造秩序与和平。

纽约有五六个强大的“家族”无法清除。但剩下的那些，例如控制社区的“黑手”恐怖分子、无组织的高利贷放债人、使用暴力手段的簿记（缺乏执法部门的保护，也就是说，还没有买通他们），都必须消失。于是，他对这些人发动了一场实质意义上的殖民战争，投入柯里昂组织的全部资源对付他们。

缔造纽约地区的和平花了他三年时间，得到了一些意料之外的奖赏，不过奖赏刚露面的时候，却披着厄运的外衣。一群被唐判了死刑的爱尔兰疯狗歹徒借着绿宝石岛的冲劲，险些侥幸获胜。一名爱尔兰枪手凭借偶然的机会和自杀式的血勇，突破了唐的警戒圈，冲着唐的胸口放了一枪。刺客立刻被子弹打成了筛子，但损害已经造成。

不过，这却给了桑蒂诺·柯里昂一个机会。父亲暂时退出行动，桑尼以首领的头衔组织起一支队伍，那是他自己的小王国，他就像年轻时初出茅庐的拿破仑，显露出了城市战方面的天赋。他还表现出冷酷无情的作风，这是唐·柯里昂缺少的特质。

从1935年到1937年，桑尼·柯里昂在地下世界获得了有史以来最狡诈最无情的刽子手的名声。可是，单就恐怖而言，他在卢卡·布拉齐这位可怕人物面前也要黯然失色。

布拉齐追杀其他的爱尔兰枪手，单枪匹马将他们扫除干净。六个强大家族中有一个试图干涉，充当独立匪徒的保护人，刺杀家族领袖以杀一儆百的也是布拉齐。不久，唐养好了伤，与这个家族讲和。

1937年，除了一些小摩擦小误会（当然，有时候结果也很致命），纽约市平静而和谐。

古代城邦统治者总要留个心眼，盯着在城墙外游荡的蛮人部落，唐·柯里昂也很关注他的王国之外的世界局势。他注意到希特勒的得势、西班牙的陷落，注意到德国在慕尼黑如何恐吓英国。他没有受到外部世界的蒙蔽，清楚看到全球大战即将打响，明白这场战争的意义。他的王国将比以前更加坚不可摧。不但如此，有远见的机灵人能靠战争大发横财。不过，想达到这个目标，无论外部世界如何炮火震天，他的版图之内必须维持和平。

唐·柯里昂带着他的信念走遍美国。他与洛杉矶、旧金山、克利夫兰、芝加哥、费城、迈阿密和波士顿的同胞商谈。他是地下世界的和平传道人，到了1939年，他比哪一任教皇都要成功，经他斡旋，全国地下世界最强大的各个组织之间缔结了切实可行的和平协议。这份协议就像美国宪法，充分尊重各个成员在各州各市的内部权威地位。协议只约定了各方的势力范围，以及各方应一致维护地下世界的和平。

就这样，1939年二战打响，1941年美国参战，唐·维托·柯里昂的世界却和平有序，与蓬勃美国的其他产业平起平坐，准备好了摘取金色果实。柯里昂家族插手向黑市供应物价局的食品票和汽油票，甚至旅行优先证。时装中心有些制衣企业没有政府合同，因而就得不到足够的原材料，家族帮他们搞到军方合同，接着再通过黑市搞到原材料。他甚至有能耐帮组织内符合征兵条件的所有年轻男子找到理由，不去海外打仗。他或者给年轻人安排军工企业的免役岗位，或者请医生帮忙，建议在体检前吃什么药。

唐对他的统治倍感骄傲。对于发誓效忠的臣民来说，他的王国非常安全，而信仰法律和秩序的普通人却大量死去。唯一美中不足的是儿子迈克尔·柯里昂拒绝了他的帮助，坚持志愿参军，报效祖国。让唐惊讶的是，组织另外还有几个年轻人也这么做了。其中一个年轻人对他的首领解释说，“这个国家待我一直不错。”首领向唐复述这段话的时候，唐气愤地对首领说，“我待他也很好啊。”这些人本来也许会倒霉，但既然他原谅了儿子迈克尔，就必须也原谅其他那些错误理解了他们对唐和自己的义务的年轻人。

二战结束时，唐·柯里昂知道他的王国必须再次改变行事策略，更好地适应外部世界的形势变化。他相信他能做到这一点，而且不损失任何利益。

这份信念有来自他亲身经历的理由。引领他走上光辉大道的是两桩个人遭遇。事业刚起步的时候，当时还年轻的纳佐里尼只是一个面包师的助手，正打算结婚，跑来求他帮忙。他未来的新娘是个意大利好姑娘，两人辛苦存钱，向一名别人引荐给他们的家具批发商付了三百块巨款。这位批发商让他们任意挑选家具，拿去装点他们的廉租公寓。一套精致而耐用的卧室家具，有两个衣橱和各色灯具。一套客厅家具，有松软厚实的沙发和扶手椅，蒙的是鲜艳的金线细纺面料。纳佐里尼和未婚妻在塞满家具的巨大仓库里花了一整天，快快活活地挑选物件。批发商接过他们的三百块血汗钱，揣进口袋，保证家具一周内送到他们已经租好的公寓里。

可是，就在第二周，家具公司宣告破产。塞满家具的大仓库被查封，物资转给债权人抵账。批发商溜得无影无踪，其他债权人只能对空发怒。纳佐里尼就是其中之一，律师说无计可施，除非法院裁决，满足所有债权人的诉求。整个过程大概需要三年，纳佐里尼要是能挽回一成损失就算走运了。

维托·柯里昂听完经过，又是好笑又是不敢相信。法律怎能允许这种强盗行径？批发商在长岛有宫殿般的豪宅，有一辆豪华轿车，还在供几个孩子念大学。他怎能收下可怜的面包师的三百块钱，但不把家具交给纳佐里尼？为了验证这番话，维托·柯里昂让占科·阿班丹多请占科纯净公司的律师去查一查。

结果证实了纳佐里尼的说法。批发商把个人财产都放在妻子名下。家具事业是个股份有限公司，他不承担个人责任。是啊，他收下纳佐里尼的钱那会儿已经打算申报破产了，确实显得不守信用，但这是业内的普遍做法。法律对此束手无策。

事情倒是很容易纠正。唐·柯里昂派顾问占科·阿班丹多找批发商谈话。不出所料，精明的商人立刻心领神会，安排让纳佐里尼拿到家具。对于年轻的维托·柯里昂来说，这堂课也算小开眼界。

第二桩遭遇的影响更加深远。1939年，唐·柯里昂决定搬出纽约市。和其他父母一样，他也希望自家孩子能上更好的学校，交往更像样的伙伴。出于个人原因，他希望能找一个他的名声还不为人知的市郊，过点隐姓埋名的生活。他买下长滩的那条林荫道，当时那里只有四幢新落成的住宅，不过地皮足够再建几幢。桑尼已经和珊德拉正式订婚，很快就将结婚，一幢屋子将属于他。唐本人住一幢，另一幢给占科·阿班丹多和家人。最后一幢暂时空置。

入住林荫道后一周，三个工人开着卡车正大光明进来，声称是长滩镇的锅炉检查员。唐的一名年轻保镖放他们进来，领他们去看地下室的锅炉。唐、妻子和桑尼在花园休息，享受带着咸味的海风。

保镖喊唐回屋，唐觉得大为扫兴。三个工人都是虎背熊腰的大块头，围着锅炉站成一圈。他们拆开了锅炉，零件乱糟糟地扔在地下室的水泥地面上。领头的是个专横男人，用粗暴的语气对唐说：“你的炉子一塌糊涂。要我们修好重新装起来的话，劳务费和零件得花你一百五，否则就不让你通过本郡的检查。”他掏出一张红色纸标签，“贴上我们的签条，明白吗？本郡的弟兄们就不会找你麻烦了。”

唐被逗乐了。这一周风平浪静，他过得很无聊；他丢下了生意，处理搬家的各种琐碎小事。他换上比平时更加浓重的口音，结结巴巴地说：“我要是不付你钱，我的锅炉会怎么着？”

领头的耸耸肩，朝地上七零八落的零件打个手势，“我们就这么扔着呗。”

唐温顺地说：“你等一等，我去拿钱。”他回到花园里，对桑尼说：“听着，有几个人在收拾锅炉，我不明白他们到底要什么。你下去处理一下。”这不只是个玩笑，他正在考虑让儿子担任二老板。这是高级管理人员必须通过的测验之一。

桑尼的解决方法并没有让父亲完全满意。过于直接，缺乏西西里人的微妙手腕。他是大棒，而非轻剑。桑尼听完首领的要求，立刻掏枪指着三个人，让保镖用棍子狠狠收拾了他们一顿。接着，他逼着他们装好锅炉，收拾地下室。他搜他们的身，发现他们实际上受雇于一家总部设在萨福克郡的住宅改造公司。他问清楚公司老板的名字，然后一路拳打脚踢把三个男人送回卡车上。“别让我再见到你们在长滩出现，”他说，“否则就割了你们卵蛋挂在耳朵上。”

这是桑蒂诺年轻时的典型作风，随着年岁渐长，他越来越残忍，把保护范围扩大到了所居住的整个社区。桑尼亲自拜访那个住宅改造公司的老板，叫他别再派人来长滩了。柯里昂家族和当地警方建立了日常业务联系之后，警方把这类投诉和职业罪犯的罪行通报给他们。不到一年，长滩成了全美同等规模城镇中犯罪率最低的地方。职业盗贼和劫匪得到警告：不得在本镇犯案。初犯尚可忍耐，再犯就消失得无影无踪。狮子大开口的住宅改造诈骗犯和巧舌如簧的登门骗子手得到礼貌的警告：长滩不欢迎你们。有些家伙过于自信，胆敢无视警告，被揍得离死只差一口气。对法律和权威缺乏尊重的当地小流氓得到了最有父爱的忠告：滚蛋。长滩成了模范小城。

唐觉得不可理喻的是这些销售欺诈居然合法。显然，在那个循规蹈矩没有活路的世界，他利用自己的天赋才能立足。于是，他就走上了那条路，进入了那个世界。

就这样，他幸福地住在长滩的林荫道上，巩固和扩展他的帝国，直到二战结束，土佬索洛佐破坏和平，将唐的王国卷入他的战争，把唐送上医院的病床。

第四部

第十五章

在这个新罕布什尔的村庄里，隔窗窥视的家庭主妇和门里消磨时间的店主不会漏掉任何异样的动静。因此，一辆纽约牌照的黑色轿车停在亚当斯家门口，所有居民没几分钟就都知道了。

凯·亚当斯虽说在念大学，骨子里还只是个小镇姑娘，所以也在卧室窗口偷看。见到那辆车沿着马路开过来的时候，她正在复习备考，刚打算下楼吃午饭；车在她家草坪前停下，她不知为何并不惊讶。两个男人钻出车门，都是身材魁梧的大块头，活像电影里的匪徒，她飞奔下楼，抢先开门。她确定他们是迈克尔或迈克尔的家里人派来的，不希望他们未经介绍就和父母说话。倒不是说迈克的朋友会让她觉得丢人，只是她的父母都是老派的新英格兰居民，甚至无法理解她怎么会认识这种人。

门铃响起，她恰好走到门口，她对母亲喊道："我来。"她打开门，两个大块头站在门口。其中一个的手伸进胸袋，动作就像匪徒掏枪，凯吓得惊叫一声，但他掏出来的只是个小皮夹，男人翻开皮夹，露出证件。"我是纽约警察局的约翰·菲利普斯警探，"他说，朝另一个男人打个手势，他的同伴肤色黝黑，两道眉毛非常浓，非常黑。“这位是我的搭档，塞瑞昂尼警探。您是凯·亚当斯小姐吗？”

凯点点头。菲利普斯说：“我们能进去和你谈几分钟吗？和迈克尔·柯里昂有关。”

她站到旁边，让他们进门。就在这时，父亲出现在通向书房的侧走廊口。他问：“凯，什么事？”

他父亲头发灰白，身材瘦削，容貌出众，不但是本镇浸信会的牧师，而且是宗教界的著名学者。凯其实并不特别了解父亲，父亲对她来说是个谜，但她知道父亲爱她，尽管看起来父亲总觉得她这个人很无趣。虽说一向不太亲近，但凯还是很信任父亲。因此，她直截了当答道：“他们是纽约的警探，想问我几个问题，和我认识的一个小伙子有关。”

亚当斯先生似乎并不吃惊，他说：“不如来我的书房吧？”

菲利普斯警探客气地说：“亚当斯先生，我们希望能和您的女儿单独谈谈。”

亚当斯先生答得也很有礼貌：“那得看凯的意见了。亲爱的，你愿意和这两位先生单独谈，还是希望我陪着你，或者让你母亲陪着？”

凯摇摇头。“我单独和他们谈吧。”

亚当斯先生对菲利普斯说：“到我的书房谈吧。留下吃午饭吗？”两个男人摇摇头，凯领着他们走进书房。

他们不怎么舒服地坐在沙发的边缘上，她坐进父亲的皮椅。菲利普斯警探的开场白是：“亚当斯小姐，过去这三周你见过迈克尔·柯里昂或者听到过他的消息吗？”这个问题足以让她警觉起来。三周前，她打开波士顿的报纸，赫然发现头版头条是一名纽约警长和名叫维吉尔·索洛佐的毒贩同时被杀。报纸说这场血案属于柯里昂家族参与的帮派战争。

凯摇摇头。“没有，最后一次见到他的时候，他正要去医院探望父亲。差不多是一个月以前了。”

另外一名警探用粗哑的声音说：“那次我们知道得很清楚，后来没再见过他或者得到他的消息？”

“没有。”凯说。

菲利普斯警探用礼貌的语气说：“如果你确实和他有联系，我们希望你能告诉我们。我们必须和迈克尔·柯里昂谈一谈，事情极其重要。我得提醒你，如果你确实和他有联系，就有可能处于非常危险的境地。如果你以任何方式帮助他，就有可能惹上非常严重的麻烦。”

凯在椅子里坐得笔直。“我为什么不能帮助他？”她问，“我们就快结婚了，夫妻理当互相帮助。”

接话的是塞瑞昂尼警探。“如果你帮助他，那就有可能成为谋杀从犯。我们之所以要找你的男朋友，是因为他杀死了一名纽约的警长和警长正在接触的线人。我们知道开枪的就是迈克尔·柯里昂。”

凯哈哈大笑。她的笑声发自肺腑，充满怀疑，确实打动了两名警察。“迈克才不会做这种事情，”她说，“他和家族没有任何关系。参加他妹妹婚礼的时候，大家明显当他是外人，和待我差不多。他最近要是藏了起来，肯定是因为不想见人，免得自己的名字被卷进这场风波。迈克不是匪徒。我比你们或者任何人都了解他。

他为人太好，不可能做出杀人这么可耻的事情。他是我认识的最守法的人，而且就我所知，他从不撒谎。”

菲利普斯警探温和地问：“你认识他多久了？”

“一年多了。”凯说，两个男人的笑容让她吃了一惊。

“我认为有几件事情得让你知道，”菲利普斯警探说，“那天晚上他和你分开以后就去了医院。从医院出来，他和一位去医院办正经事的警长吵了起来。他主动攻击警官，但挨了一顿揍。具体说是下巴骨折，还掉了几颗牙齿。他的朋友带他回到柯里昂家族在长滩的住处。第二天夜里，和他争吵的那名警长遭到枪杀，迈克尔·柯里昂就此失踪，人间蒸发。我们有我们的联络人和线人。他们都说凶手是迈克尔·柯里昂，但我们没有证据可供呈交法庭。目击凶案的侍者见到他的照片说不认识，但面对面也许认得出。我们还问了索洛佐的司机，他不肯开口，但迈克尔·柯里昂要是在我们手上，他也许就愿意说话了。因此我们警察全在找他，联邦调查局在找他，所有人都在找他。可惜目前还没有结果，我们以为你也许能提供一点线索。”

凯冷冰冰地说：“我一个字也不相信。”可是，她知道迈克被人打断了下巴这一点肯定是真的，这让她有点难过，但不认为这会驱使迈克动手杀人。

“要是迈克联系你，能通知我们一声吗？”菲利普斯问。

凯摇摇头。叫塞瑞昂尼的另一名警探粗鲁地说：“我们知道你俩一直在睡觉。我们有旅馆的记录和目击证人。这种消息要是不小心见了报，你父母肯定会很不愉快。他们这么可敬，恐怕会看不起一个和匪徒睡觉的女儿。你要是不马上交代清楚，我就叫你老头子进来，把话跟他挑明白。”

凯讶异地瞪着他，然后起身过去打开书房的门。她看见父亲站在客厅窗口抽烟斗。她喊道：“爸，能进来一下吗？”父亲转过身，对她微笑，走向书房。进了门，他搂住女儿的腰，面对两名警探，说：“二位先生，如何？”

他们没有回答，凯冷冰冰地对塞瑞昂尼警探说：“警官先生，你跟他挑明白好了。”

塞瑞昂尼涨红了脸：“亚当斯先生，我说这些是为了你女儿好。她和一个小流氓有瓜葛，我们有理由相信此人谋杀了一名警官。我只是想说她要是不肯合作，就有可能惹上严重的麻烦，但她似乎不明白这件事到底有多严重。也许你能和她说说。”

“真是难以置信。”亚当斯先生礼貌地说。

塞瑞昂尼一挺下巴。“你女儿和迈克尔·柯里昂已经交往一年多了，他们在旅馆过夜，以夫妻身份登记。迈克尔·柯里昂受到通缉，要因为一起刺杀警官的案件接受盘问。你女儿拒绝提供有可能帮助我们的信息。这些都是事实。你爱说难以置信就说吧，但每一句我都有充足的证据。”

“我并不怀疑你的话，先生，”亚当斯先生不紧不慢地说，“我觉得难以置信的是我女儿会惹上严重的麻烦。难道你在暗示她是个——”他露出学者的怀疑神情，“匪徒的‘姘头’，是这么说的吧？”

凯惊讶地望向父亲。她知道父亲这是在以学究派头开玩笑，吃惊的是父亲居然并不把这件事看得很严重。

亚当斯先生确定地说：“不过请二位放心，那位年轻人要是敢在这儿露面，我保证马上报警。我女儿也同样。现在，不好意思，我们的午饭快凉了。”

他彬彬有礼地把警察送出家门，在他们背后慢吞吞地斩钉截铁地关上门。他挽起凯的胳膊，领着她走向屋后的厨房。“来吧，亲爱的，你母亲在等我们吃饭。”

他们走进厨房，凯在悄悄流泪，既因为刚从紧张中解脱出来，也因为父亲不问缘由的爱护。厨房里，母亲假装没看见她在哭，凯明白父亲肯定和母亲说了警察的事。她坐进老位子，母亲默不作声地上菜。三个人都在桌边坐下，父亲低头谢恩祷告。

亚当斯夫人身材矮胖，总是衣着整洁，发型一丝不乱。凯从没见过她蓬头垢面。母亲对她总是有点冷淡，保持一臂距离，连此刻也不例外。“凯，别那么夸张了。这些到头来肯定都是瞎忙活。那孩子毕竟是达特茅斯的学生，怎么可能卷入这么下贱的勾当？”

凯惊讶地抬起头。“你怎么知道迈克是达特茅斯的学生？”

母亲得意地说：“你们年轻人就喜欢神神秘秘的，以为自己很聪明。我们早就知道他了，但你不说，我们也不想提起。”

“可你们是怎么知道的？”凯问。她无法面对父亲，因为父亲知道她和迈克睡过觉了，因此没有看见他说话时脸上的笑容。“我们拆了你的信呗。”

凯又是气又是怒。这下她可以面对父亲了。他的行为比她的罪过更加不可饶恕。她无法相信他会做这种事。“父亲，不会吧，怎么可能？”

亚当斯先生对她笑着说：“我思考过哪种行为的罪过更大，是拆你的信，还是不管不顾我的独生女儿有可能遇到的危险。答案很简单，也符合道德。”

亚当斯夫人咽下一口炖鸡，在吃下一口之前说：“再怎么说，亲爱的，对于你这个年龄来说，你实在天真得可怕。我们不得不留神。再说你从不提起他。”

凯第一次庆幸迈克尔写信时从不情意绵绵，庆幸父母没见过她写的某些信件。“我之所以不提起他，是害怕他的出身会吓住你们。”

“确实吓住了，”亚当斯先生喜滋滋地说，“说起来，迈克尔真的没有联系过你？”

凯摇摇头。“我不相信他会犯任何罪。”

她见到父母隔着餐桌交换眼神，亚当斯先生柔声说：“他要是没有犯罪，又忽然消失，那么也许是遇到了别的什么事情。”

凯刚开始没听明白，紧接着，她从桌边起身，跑回自己的房间。

三天后的长滩，凯·亚当斯在柯里昂家族的林荫道路口下了计程车。她接到电话，满怀期待。汤姆·黑根在门口迎接，见到是他，凯很失望。凯知道他一句实话都不会说。

来到客厅，他给凯倒了杯酒。她看见有几个人走来走去，但桑尼不在其中。她直截了当地问汤姆·黑根：“知道迈克在哪儿吗？知道我该怎么联系他吗？”

黑根把话说得滴水不漏。“我们知道他没事，但不知道他这两天在哪儿。他听说警长被枪杀，害怕警察会诬告他，于是决定藏起来。他说他过几个月再联系我们。”

这个故事不但是假的，而且存心要让人一眼看穿——他只能透露这么多。“警长真的打断了他的下巴？”凯问。

“很抱歉，确实如此，”汤姆说，“但迈克并不是睚眦必报的那种人。我相信他和后来的事情毫无关系。”

凯打开手包，取出一封信。“要是他和你们联系，能把这封信交给他吗？”

黑根摇摇头。“我要是收下这封信，而你上法庭说我收下了这封信，就可以解读为我知道他的下落。你不如再等一等吧？我相信迈克会和你联系的。”

她喝完酒，起身离开。黑根陪她走向门厅，他刚打开门，就有一个女人从外面进来。这是个矮胖妇人，穿一身黑衣。凯认出她是迈克尔的母亲。她伸出手，说：“柯里昂夫人，近来可好？”

女人小小的黑眼睛盯着她看了几秒钟，皱巴巴的橄榄色面孔忽然露出笑容，笑容有点唐突，不知为何却显得真诚而友善。“哎呀，这不是米基的小女友吗？”柯里昂夫人说。她的意大利口音很重，凯几乎听不懂。“吃东西吗？”凯说不，意思是说不想吃东西，柯里昂夫人却怒气冲冲地转向汤姆·黑根，用意大利语骂了他几句，最后说：“连一杯咖啡都不请可怜的姑娘喝，真是耻辱。”她拉起凯的手，老妇人的手出奇地温暖和充满活力，领着凯走进厨房。“你喝杯咖啡，吃点东西，然后有人开车送你回家。你这样的好姑娘，我不要你坐火车。”她按着凯坐下，在厨房里忙前忙后，脱掉大衣和帽子挂在椅背上。没过几秒钟，桌上就摆上了面包、干酪和萨拉米香肠，炉子上热着咖啡。

凯腼腆地说：“我来问迈克的事情，我一直没有他的消息。黑根先生说谁也不知道他的下落，说他过一阵就会露面。”

黑根连忙插嘴："妈，我们现在只能跟她说这些。"

柯里昂夫人用能瞪死人的轻蔑眼神看了看他。"如今轮到你教我怎么做了？我丈夫都不敢教训我——愿上帝保佑他。"她在胸前画个十字。

"柯里昂先生还好吧？"凯问。

"好，"柯里昂夫人说，"还好。他年纪大了，糊涂了，会让这种事发生。"她不怎么恭敬地敲敲脑袋。她倒上咖啡，逼着凯吃了些面包和干酪。

喝完咖啡，柯里昂夫人用两只棕色的手捉住凯的双手，轻声说："米基不会写信给你，你不会听到米基的消息。他要躲两三年。也许更久，也许久得多。你回去和家人团聚，找个好小伙子结婚吧。"

凯从手包里拿出那封信。"能帮我交给他吗？"

老妇人接过信，拍拍凯的面颊。"当然，当然。"她说。黑根正要反对，她用意大利语吼了他几句，然后领着凯走向大门。她在门口轻轻亲吻凯的面颊，说："忘了米基吧，他不再是你的男人了。"

门口有辆车等她，前排坐着两个男人。他们开车送她回到纽约的酒店，一路上一声不吭，凯也同样。她在尽量让自己适应现实：她深爱的年轻人是个冷血凶手。消息的来源不容怀疑，因为正是他的母亲。

第十六章

卡洛·里齐对整个世界满腹牢骚。他入赘柯里昂家族，却被冷落一旁，只得到曼哈顿上东区一摊小小的簿记生意。他原先还指望能住进长滩林荫道的一幢屋子呢。他知道唐只要愿意，说句话就能让扈从家属搬走，他以为这是板上钉钉的事，这样他能进入所有生意的内部了。可是，唐却没有公正地待他。那个“伟大的唐”，他轻蔑地想着。一个老胡子彼得，居然会像小流氓似的在马路上遭到枪手刺杀。他希望老东西一命呜呼。桑尼曾经和他是朋友，要是桑尼成为家族首领，他也许就有机会进入内部了。

他望着妻子倒咖啡。天哪，她成了什么邋遢样子。结婚才五个月，她已经开始发福，肚皮也像吹气球似的。意大利东边的婆娘，都是真正的黑皮贱种。

他伸手摸了摸康妮日益膨胀的臀部。她对他微笑，他嘲笑道：“肥肉比猪身上的还多。”见到她的刺痛表情，眼里淌泪，他却很高兴。她也许是了不起的唐的女儿，但终究是他的老婆，现在是他的私人财产，他愿意怎么待她就怎么待她。随便践踏柯里昂家族的一员让他觉得自己很有能耐。

他刚开始就收拾得她服服帖帖的。她企图留下那个装满礼金的拎包，他却赏她一个漂漂亮亮的黑眼圈，抢走了钞票。钱的下落也根本不告诉她。要是说了反而会招惹麻烦。他到今天还略略有那么一丝内疚。天哪，他在赛马和歌舞女郎身上挥霍了差不多一万五。

他感觉到康妮在背后看着他，于是张弛肌肉，伸手去拿桌子另一头的一盘甜面包。他刚把火腿和炒蛋一扫而空，但他是个大块头，早餐的饭量也大。他对自己展现给妻子的画面很满足，不是一般油腻腻的黑皮意大利丈夫，而是金发平头，手臂粗壮，长满金色汗毛，肩宽腰细。他知道从体格上说，那些给家族效命的所谓硬汉子根本比不上他。什么克莱门扎，什么忒西奥，什么洛可·兰坡，什么被人做掉的保利小子。天晓得那到底是怎么一回事。不知为何，他想到了桑尼。一对一连桑尼都不是他的对手，尽管桑尼比他块头稍微大点，身体稍微壮些。真正让他害怕的是桑尼的名声，虽说他只见过好脾气、乱开玩笑的桑尼。没错，桑尼是他的好哥们儿。等现在这个唐完蛋，事情也许会有新发展。

他慢吞吞地喝着咖啡。他讨厌这套公寓。他已经习惯了西区更宽敞的居住区，过一会儿他就得穿过全城去他的簿记点，经营午间的生意。今天是星期天，一周里生意最兴旺的一天，棒球已经开打，篮球快要结束，晚间的赛马即将开盘。他逐渐意识到康妮在背后忙来忙去，于是扭头看她。

她正在着装打扮，正是他最讨厌的地道纽约黑皮风格。丝绸印花长裙，扎腰带，俗丽的手镯和耳环，荷叶边衣袖。模样少说老了二十岁。“你他妈这是去哪儿？”他问。

她冷冰冰地答道：“去长滩看我父亲。他还没法起床，需要陪伴。”

卡洛好奇道：“管事的还是桑尼吗？”

康妮半冷不热地看看他。“怎么了？”

他气急败坏道：“下贱的黑皮婊子，敢再这么和我说话，我就把你肚皮里的小崽子揍出来。”她一脸惊慌，反而让他更加恼火。他跳起来，就手便是一记耳光，抽出一道红印子。他正正反反又是三记耳光，打得又快又准。他见到她的上嘴唇劈裂，流血肿起，于是见好就收。他不想留下伤疤。她跑进卧室，摔上门，他听见钥匙在锁眼里转动。他哈哈大笑，坐下继续喝咖啡。

他一根接一根抽烟，直到该换衣服才起身，敲敲门，说：“开门，别逼我出脚。”里面没有回应。“快点，我得换衣服。”他大声说。他听见她起床，走到门口，钥匙在锁眼里转动。他走进房间，她背对着他，走回床边躺下，别过脸对着墙。

他三下两下换好衣服，发现她只穿着衬裙。他希望她回家探望父亲，带回消息告诉他。“怎么？几个耳光就扇得你没精神了？”真是个淫贱的懒婆娘。

“我不想去。”她带着哭腔嘟囔道。他不耐烦地伸出手，把她翻过来面对自己。他看见了她为什么不想去，确实不去为妙。

他出手大概没掌握好轻重。她的左脸肿了起来，上嘴唇肿得奇形怪状，鼻子底下涨得发白。“好吧，”他说，“不过我很晚才回家。星期天比较忙。”

他离开公寓，发现车上有张罚单，而且是十五块的绿单子。他把罚单塞进手套箱，让它加入厚厚一摞伙伴的行列。他心情不错。扇那个被宠坏了的小婊子总是让他心情愉快，既然柯里昂家族不肯善待他，就这么拿她出出气倒也不错。

第一次打得她青一块紫一块的时候，他还有点担心。她马上跑回长滩，向父母告状，给他们看她的黑眼圈。他吓得出了一身冷汗。不过，等她回来，却非常温顺，成了个本分的意大利小妻子。接下来的几个星期，他尽量扮演好丈夫的角色，各方各面都好好待她，亲热体贴，每天从早到晚搞她。最后，她以为他不会再下那种狠手了，于是把回家的遭遇告诉了他。

她发现父母不以为然，不但不同情，很奇怪地还觉得好笑。她母亲稍微有点同情，请她父亲找卡洛·里齐谈谈。父亲却拒绝了。“她是我女儿不假，”他这么回答，“但现在她属于她的丈夫。他知道他的责任。在意大利连皇帝都不敢掺和夫妻间的家务事。回家吧，等你学会怎么当个好老婆，他就不会揍你了。”

康妮气愤地对父亲说：“你揍过你老婆吗？”她是父亲的心头肉，可以这么放肆地说话。父亲答道：“她可没有给过我揍她的理由。”母亲笑呵呵地点头。

她描述丈夫怎么抢走结婚的礼金，甚至不说一声钱都用在了哪儿。父亲耸耸肩，说：“要是我老婆也像你这么专横，我恐怕也会和他一样。”

她就这么回到家，有点困惑，有点害怕。她一直是父亲的心头肉，没法理解他现在为何如此冷淡。

然而，唐并不像他装出来的那么冷漠。他问了问，知道了卡洛·里齐把结婚礼金都花在了哪儿。他在卡洛·里齐的簿记点安排了几个手下，他们会向黑根事无巨细地报告里齐的一举一动。但唐没法插手。一个男人要是害怕他老婆的家族，怎么能好好履行丈夫的职责呢？这是个难解的僵局，他不敢贸然干涉。后来，康妮怀孕了，他觉得自己的决定很明智，更加认定他绝对不能插手。尽管康妮向母亲诉苦说她又挨了几次打，母亲终于开始担心，对唐提起这件事。康妮甚至暗示说她也许打算离婚。唐这辈子第一次向康妮发了火。他说："他是你的孩子的父亲。一个孩子来到世上，怎么能没有父亲呢？"

得知这些，卡洛·里齐愈发有信心了。他百分之百安全，甚至对手下的两个"登记员"——萨利·雷格斯和寇奇——吹牛说只要看老婆不顺眼，他就揍得她满地乱爬。他看到他们面露敬佩之色，因为他有胆子这么粗暴对待了不起的唐·柯里昂的女儿。

可是，里齐之所以觉得安全，只是因为他不知道桑尼·柯里昂在得知妹妹挨揍以后，爆发出了能杀人的狂怒，唐本人下了最严厉、最强硬、连桑尼都不敢违抗的命令，这才约束住他，所以桑尼才对里齐避而不见，他不相信他能控制住自己的脾气。

就这样，在这个美丽的星期天早晨，自以为百分之百安全的卡洛·里齐驱车穿城，沿着九十六街驶向东区。他没注意到桑尼的轿车从对面驶来，驶向他的住处。

桑尼·柯里昂离开保卫森严的林荫道，在城里和露西·曼奇尼过夜。这会儿他在回家的路上，有四个保镖陪着他，前车两个，后车两个。他身边不需要帮手，他能应付从一个方向来的袭击。保镖自己开车，住在露西房间的左右两个房间里。只要不是每天去，偶尔见见露西应该无妨。不过既然已经在城里了，他打算接上康妮小妹回长滩看看。他知道卡洛应该在簿记点，小气的王八蛋不肯给康妮叫车，所以他想让小妹搭个顺风车。

他等前车的两个人走进公寓楼，然后下车跟着进去。他看见后车的两个人在他那辆车背后停下，下车盯着街道。他保持警惕。敌手知道他进城的概率顶多百万分之一，但小心终归没错。这是三十年代的战争给他的教训。

他从不搭电梯。电梯犹如死亡陷阱。他脚步飞快，爬了八层楼，来到康妮的公寓门口。他敲敲门。之前他眼看着卡洛的车经过，知道家里只有康妮一个。没人应门。他又敲敲门，听见妹妹问："是谁？"声音惊恐而胆怯。

声音里的惊恐让他大吃一惊。小妹向来是家里最活泼、鲁莽、倔强的一个。她这是出了什么事？他说："是我，桑尼。"门闩拨开，门开了，康妮哭着扑进他的怀里。桑尼惊讶得没法动弹，他拉开康妮，见到一张肿胀的脸，顿时明白发生了什么事。

他转身跑下楼梯，去追她的丈夫。怒火熊熊燃烧，扭曲了他的面容。康妮看见他愤怒的样子，死死抱住他，不放他走，拖着他走进公寓。这会儿她是因为恐惧而哭。她了解大哥，害怕他的脾气，所以没有向他埋怨过卡洛。她好不容易才拖着桑尼回到公寓里。

"都怪我，"她说，"我先挑衅，想打他，所以他才打我。他的下手没那么重，是我撞上去的。"

桑尼控制住了那张爱神脸上的表情。"今天你不是要去看老头子吗？"

她没有回答，他又说："我记得你要去的，所以过来接你，反正已经在城里了。"

她摇摇头。"我不想让他们看见我这个样子，下星期吧。"

“好。”桑尼说。他拿起厨房里的电话，拨了个号码，“我叫医生过来，给你包扎一下。你这个情况得小心。孩子还有几个月？”

“两个月，”康妮说，“桑尼，你别插手，求你了。”

桑尼哈哈一笑，说话时满脸凶相。“别担心，不会让你的孩子没出生就成孤儿的。”他轻轻亲吻小妹没受伤的那一侧面颊，然后离开公寓。

东121街的一家糖果店门前，马路上并排停了长长一溜轿车，那里就是卡洛·里齐的簿记点。店门口的人行道上，父亲在和小孩抛接球，星期天早晨，他们带着孩子出门兜风，下注的时候陪着孩子玩耍。见到卡洛·里齐来了，父亲们放下球，买冰激凌给孩子，免得他们吵闹。父亲们开始研究报纸上的首发投球手名单，苦苦琢磨今天的棒球赔率。

卡洛走进糖果店里面的大房间。他的两名登记员——精瘦的小个子萨利·雷格斯，壮实的大个子寇奇——已经在等待接单了。他们面前摆着一排横格大开本记事簿，用来记录赌注。木架上放着黑板，用粉笔写着十六个大联盟球队的名字，两个一对，表示今天谁打谁。每对球队旁边是个空心方框，准备填写赔率。

卡洛问寇奇：“店里的电话能窃听了吗？”

寇奇摇摇头。“还没搭上。”

卡洛走到墙边，拿起听筒，拨了个号码。萨拉·雷格斯和寇奇不动声色地看着他记录“赛线”，也就是当日比赛的赔率。他们看着他挂断电话，走到黑板前，用粉笔抄写各场比赛的赔率。尽管卡洛不知道，但他们早就知道赛线，此刻正在核查他写的数字。卡洛接手的第一周就犯错，抄反了赔率，造出所有赌徒梦寐以求的所谓“中间盘”，也就是在他这儿按这个赔率下注，再找另一个簿记，对同一支队伍按正确的赔率下注，赌徒就必胜无疑。只有卡洛的簿记生意会亏钱。这次犯错害得簿记点一周亏了六千块，证实了唐对女婿的判断。他下令说卡洛不管做什么都要再三核查。

柯里昂家族的高级成员一般从不过问运营中的这种细节，两头至少隔着五个缓冲层。可是，这个簿记点毕竟是考验女婿的测试场，所以始终处在汤姆·黑根的直接监管之下，每天都要向他报告情况。

赛线贴出，赌徒涌入糖果店的里屋，把赔率贴着比赛和投手名单抄在报纸上。有些男人拉着小孩的手，抬头看着黑板，一个家伙押的赌注很大，他低头看看领着的小女孩，开玩笑道：“宝贝儿，你觉得今天谁会赢？巨人还是海盗？”光怪陆离的队名迷住了小女孩，她说：“巨人比海盗厉害吗？”父亲哈哈大笑。

两名登记员前方排起队伍。登记员每填满一张单子就扯下来，包上收到的赌注，递给卡洛。卡洛从后门出去，爬上几级楼梯，走进糖果店老板居住的公寓。他打电话向中央交易所报告金额，撩开一段加宽的窗帘，把钱放进墙上的小保险箱。接下来，他烧掉登记单，用马桶冲掉灰烬，下楼返回糖果店。

由于蓝法[1]的规定，周日的比赛只能在下午两点以后开打，因此第一批下注的都是有家室的男人，投注后匆忙回家，带着妻小去海滩。随后陆续到来的是单身汉赌徒，还有星期天让家人困守城里

1　禁止在星期日从事商业交易的法律。

闷热公寓的死硬派。单身汉赌徒都是豪客，下的赌注比较大，一般四点左右回来，接着赌连场开打的第二场比赛。正是因为他们，卡洛的星期天才需要从早干到晚和加班，也有已婚男子从海滩打来电话，尝试挽回损失。

一点半，赌客逐渐散去，卡洛和萨拉·雷格斯可以出来，坐在糖果店旁边的露台上透透气。他们看着小孩打棍球。一辆警车经过。他们就当没看见。这个簿记点在本辖区后台过硬，当地警察碰都不敢碰。要扫荡这里，非得警局最高层下令不可，即便真要扫荡，他们也会早早得到警告。

寇奇出来在两人旁边坐下。他们闲聊棒球和女人。卡洛笑着说："我今天没忍住，又教训了一顿我老婆，让她知道谁说了算。"

寇奇看似随意地说："她肚皮已经很大了，对吧？"

"所以我只扇了她几个耳光，"卡洛说，"没伤到她。"他想了几秒钟，又说，"她以为她能随便支使我，我可不吃这一套。"

还有几个赌客在附近吹牛扯淡聊棒球，其中两三个坐在卡洛和两名登记员上方的台阶上。忽然，街上打棍球的小孩四散奔逃，一辆轿车呼啸驶近这个街区，猛地停在糖果店门前。急刹车伴着一声尖啸，车还没停稳，一个男人就从驾驶座上蹿了出来，他的动作实在太快，所有人都来不及反应。来者正是桑尼·柯里昂。

他浓眉大眼的爱神脸和弓形的厚嘴唇拧成暴怒的凶相。才一眨眼，他就跳上露台，扼住卡洛·里齐的喉咙。他把卡洛和其他人分开，想把他拖上马路，但卡洛用两条肌肉发达的胳膊死死抱住露台的铁栏杆，再也不肯松手。他蜷成一团，耸起两肩，尽量护住脑袋和脸。桑尼扯碎了他的衬衫。

接下来的事情让人恶心。桑尼用拳头痛揍蜷缩的卡洛，用被怒火烧哑的嗓子辱骂他。卡洛虽说体型庞大，却毫不抵抗，不喊饶命也不叫冤枉。寇奇和萨利·雷格斯不敢插手。他们以为桑尼打算杀了妹夫，不想跟着卡洛倒霉。打棍球的孩子刚才还围过来，想骂那个害他们奔逃的司机，此刻却带着敬畏和兴趣看着这一幕。这都是些野小子，但见到如此愤怒的桑尼，他们谁也不敢作声。这时，另一辆车开到桑尼那辆车背后停下，两名保镖跳下车。见到眼前的场景，他们也不敢插手。他们警觉地守在旁边，准备保护首领，提防哪个旁观者蠢得会上去帮助卡洛。

卡洛的完全屈服，看着令人厌恶，但也许正是因为这样才救了他的小命。他用双手抱着铁栏杆，所以桑尼没法把他拖到街上，尽管他的力气也不小，但他就是不还击。他让拳头像雨点似的落在没有防护的后脑勺和脖子上，等待桑尼的怒火消退。最后，桑尼喘着粗气，低头看着他，说："肮脏的狗杂种，再碰我妹妹一下，我就宰了你。"

这几句话缓和了紧张，因为要是桑尼想杀了他，就不可能发出这种威胁。他说得很无奈，是因为他不可能付诸行动。卡洛不肯看桑尼。他低着头，手和胳膊缠着铁栏杆。他一直那么抱着，直到轿车呼啸而去，听见寇奇用慈爱得出奇的声音说："好啦，卡洛，进店里去吧。别在外面丢人了。"

直到这时，贴着露台石阶蜷成一团的卡洛才敢起身，松开他攥住铁栏杆的双手。他站起来，看见孩子盯着他的表情分外厌恶，好像目睹了一个人类同胞的堕落。他有点头晕，但主要是因为震惊，因为被纯粹的恐惧控制了身体；尽管桑尼的重拳犹如暴雨，但他伤得并不重。他任由寇奇拉着他的胳膊，领着他走进糖果店的里屋，用冰块帮他敷脸，虽说没有破皮流血，但整张脸青肿得很难看。恐惧逐渐退去，受到的羞辱让他犯恶心，他非得呕吐不可，寇奇扶着他的脑袋对准水槽，像搀醉汉似的扶着他，带他上楼走进公寓，帮他躺在一张床上。卡洛没有注意到萨利·雷格斯已经不见踪影。

萨利·雷格斯走到第三大道，打电话给洛可·兰坡，报告刚才发生的事。洛可冷静地听着，接着打电话给首领彼得·克莱门扎。克莱门扎呻吟道："唉，我的天，该死的桑尼，他的臭脾气。"但说话前先谨慎地按下了插簧，免得洛可听见他的唠叨。

克莱门扎打电话到长滩家里，找到汤姆·黑根。黑根沉吟片刻，然后说："尽快派你的部下开几辆车到通往长滩的路上，以防桑尼遇到塞车或出事故。他每次那么大发雷霆，自己都不知道自己会干出什么事。难说另一边的朋友会不会听说他在城里。说不准啊。"

克莱门扎怀疑地说："等我派的人赶到路上，桑尼都已经到家了。塔塔利亚家族的人也一样。"

"我知道，"黑根耐心解释道，"但万一出了什么意外，桑尼说不定会被堵住。尽力而为吧，彼得。"

克莱门扎不情不愿地打电话给洛可·兰坡，吩咐他带几个人开车控制住回长滩的道路。他自己坐进他钟爱的凯迪拉克，带上三名驻扎在家里的护卫队成员，赶往大西洋海滩大桥，驶向纽约市区。

糖果店门口的闲汉里有一个小赌徒是塔塔利亚家族花钱雇的线

人，他打电话通知了他的联络人。可是，塔塔利亚家族并没有因为战争而精简机构，联络人必须一层层向上传递消息，找到与塔塔利亚家族首脑有联系的首领。这时候，桑尼·柯里昂已经安全回到长滩的林荫道，走进父亲的住处，准备迎接父亲的怒火。

第十七章

1947年柯里昂家族与五大家族的战争使各方都耗费巨大。警方为了麦克劳斯凯警长的案件，向各方施加压力，情况因此愈加复杂。调查警官对保护赌博和色情业的政治力量置之不理这种情况十分少见，政客遇到这种时候也无能为力，就仿佛参谋部面对一支烧杀劫掠的军队，而前线指挥官拒绝服从命令。

缺乏保护对敌手的伤害超过了对柯里昂家族的伤害。柯里昂集团的大部分收入来自赌博业，受到打击的主要是其中“街头彩票”和“摸奖”两个分支。经营这些赌局的代理员被警方纳入网络，通常先不重不轻收拾一顿，然后登记入册。警方甚至查到几家彩票金库的地址，上门扫荡，钱财损失惨重。那些庄家也都是一方炮筒子，纷纷向首领诉苦，首领带着他们的怨言上家族议事会讨论。可是，他们无能为力。庄家得到的答复是暂时歇业。哈莱姆的黑人散户得到允许，接管这个最挣钱的区域，他们的活动方式非常分散，警方发现很难给他们定罪。

麦克劳斯凯警长死后，有些报纸报道他和索洛佐有来往。他们公布证据，说麦克劳斯凯在死前不久接受大笔贿赂。报纸刊登的报道是黑根安排的，情报由他本人提供。警察局既不承认也不否认，但报道收到了效果。警方通过线人和被家族贿赂的警察得到消息：麦克劳斯凯是个堕落警察。倒不是因为他收钱和干净的职务贿赂——底层警察没有这方面的限制——而是他收了最肮脏的赃钱：杀人犯和贩毒的钱。对于警察的道德准则而言，这是不可原谅的罪过。

黑根知道警察对法律和秩序的信任天真得可笑。警察比他们服务的大众更相信这两样东西。说到底，法律和秩序犹如魔法，警察从中汲取权力——个人权力，他们对这种权力的珍惜，不亚于任何人对个人权力的珍惜。然而，警察对他们服务的大众又总怀着郁结于心的怨恨。大众既是警察要保护的对象，也是警察的猎物。作为被保护的对象，大众忘恩负义、态度恶劣、索求无度。作为猎物，大众狡猾而危险，一肚子坏水。一个人落到警察手里，警察维护的社会制度就会动用所有资源，营救警察捕获的猎物。操纵这些把戏的是政客。法官慈悲为怀，判处罪大恶极的流氓缓刑。州长和总统动不动大赦天下，觉得备受尊敬的律师还没有帮罪犯脱尽罪名。过了一段时间，警察学乖了。流氓奉上钞票，警察为什么不收下呢？警察更需要钱呐。警察的孩子凭什么不能上大学？老婆凭什么不能去更奢侈的商店购物？他凭什么不能冬天去佛罗里达度假晒太阳？警察毕竟每天都在冒生命危险，这可不是说着玩的。

但是，警察通常有规矩，不接受肮脏的贿赂。警察可以收钱让簿记做生意，可以收钱少开停车罚单和超速罚单，可以允许应召女郎和妓女挣点皮肉钱——当然，报酬不能少。这些恶习都是凡人的本性。然而，警察通常不会接受贿赂而放纵贩毒、武装抢劫、强奸、杀人和其他重大罪行。在警察眼里，这些行为损害的是他个人权威的核心，绝对不能纵容。

杀死一名警长相当于弑君。可是，等消息传出来，麦克劳斯凯被杀时身边是个臭名昭著的毒品贩子，涉嫌参与谋杀，警察的复仇欲望开始减退。另外，说到底，警察还有贷款要还，还有车款要付，还有孩子要长大成人。没了份子钱，警察就得节衣缩食，量入为出。没有执照的摊贩适合捞点午饭钱。停车罚单的酬劳也能积少成多。有些更不顾一切的警察甚至开始在管辖区的警厅搜刮搞同性恋、人身攻击、斗殴的嫌犯的财务。最后，高官发了善心。他们提高要价，允许各大家族恢复营业。各个辖区的中间人又开始登记贿赂名单，列出所属分局的所有警察和每个月的份额。社会秩序的假象得以恢复。

派私家侦探护卫唐·柯里昂的病房是黑根的主意。忒西奥组织里更加凶悍的手下从旁辅助。即便如此，桑尼还是不放心。二月中旬，唐可以活动了，桑尼安排救护车把唐送回林荫道的家里。屋子经过改造，唐的卧室成了一间设备齐全的病房，足以应付任何紧急情况。家里特别为此招募护士，检查背景后雇用，二十四小时值班。肯尼迪医生得到丰厚报酬，被说服担任这家私人医院的住院医师，时间至少到唐只需要护理为止。

林荫道本身加固得坚不可摧。纽扣人搬进另外两幢屋子，原先的房客送回意大利老家度假，费用由家族承担。

弗雷迪·柯里昂领命去了拉斯维加斯，一方面是休养，另一方面是打探情况，为家族打入日益兴隆的豪华旅馆兼赌场这一行作准备。拉斯维加斯属于仍旧中立的西海岸帝国，那个帝国的唐保证弗雷迪的安全。纽约的五大家族无意去拉斯维加斯追杀弗雷迪而继续树敌。他们在纽约的麻烦已经够多了。

肯尼迪医生严禁他们在唐面前讨论生意，但谁也不遵守这条禁令。唐坚持在病房里召开战时议事会。他回家的第一个晚上，桑尼、汤姆·黑根、彼得·克莱门扎和忒西奥就齐聚一堂。

唐·柯里昂还虚弱得没法说话，但他希望听一听情况，行使否决权。听到弗雷迪受命去拉斯维加斯了解赌场业务，他赞同地点了点头。听到柯里昂家族的纽扣人杀死了布鲁诺·塔塔利亚，他摇头叹息。但最让他揪心的是得知迈克尔刺杀了索洛佐和麦克劳斯凯警长，然后被迫流亡西西里。听到这个，他示意所有人出去；他们在存放法律书籍的拐角房间继续讨论。

桑尼·柯里昂躺在写字台前的大扶手椅里。"我想我们最好先让老头子轻松几个星期，等医生说他可以处理生意再说，"他顿了顿，"我想在他恢复之前让生意运转起来。警察已经开了绿灯。首先是哈莱姆的地下彩票。黑人兄弟在那儿弄得有声有色，现在我们要收回地盘了。他们总是瞎搞，不管做什么生意都这样。很多代理员不付钱给赢家。他们开着凯迪拉克上街，却告诉赌客说要么慢慢等，要么只拿一半奖金。我不喜欢他们开新车，不喜欢他们赖赢家的钱，所以我不希望这些单干户留在这个行当里，他们坏了我们的名声。汤姆，我们马上推进这个计划。告诉外界我们要整顿这个行当，其他事情都会恢复正轨。"

黑根说："哈莱姆有些弟兄很难对付。他们已经尝到了挣大钱的甜头，怕是不愿意回去重新当代理员或者分销人。"

桑尼耸耸肩。“把名字报给克莱门扎。这是他的工作，端正一下他们的态度。”

克莱门扎对黑根说：“没问题。”

忒西奥提出了至关重要的问题：“我们一旦开始营业，五大家族就会跟着扫荡。他们会袭击我们在哈莱姆的彩票庄家和东区的簿记，甚至会让我们保护的时装中心员工吃苦头。这场战争会耗费许多金钱。”

“他们也许不会，”桑尼说，“五大家族知道我们会以牙还牙。我派了和平使者出去试水温，说不定为塔塔利亚家那小子赔偿一笔就行了。”

黑根说：“我们在这些谈判里会贴上冷屁股。五大家族最近这几个月损失了很多钱，把责任全怪在我们头上。怪得也有道理。我估计他们会希望我们答应参与贩毒，利用柯里昂家族的政治影响力。换句话说，就是索洛佐的交易，只是少了索洛佐。不过，他们会先用战斗行为伤害我们，然后再提出这个建议。他们认为这样能说服我们考虑贩毒的提议。”

桑尼毫不犹豫道：“贩毒没得谈。唐说不行，只要他不改主意，那就是不行。”

黑根很快回答：“那我们就会面临一个战术问题。我们的钱摆在明处——簿记和彩票，容易受到打击。可是，塔塔利亚控制的是妓女、应召女郎和码头工会。我们该怎么打击他们呢？另外几大家族也经营赌博，但大部分收入来自建筑业和高利贷，控制工会，招揽政府合同。他们凭敲诈勒索和其他手段从无辜百姓身上捞钱。他们的钱不是从街上来的。塔塔利亚夜总会太有名，我们没法碰，会惹大麻烦。唐不出面，双方的政治影响力旗鼓相当。我们面临的问题很严峻。”

“这是我的问题，汤姆，”桑尼说，“我来寻找答案。你继续谈判，跟进其他事情。先把生意恢复起来，然后看情况再作定夺。克莱门扎和忒西奥有足够多的部下，真要动手，我们拼得过整个五大家族。我们要对抗到底。”

解决业内的黑人散户不成问题。警方收到线报，四处取缔，干得格外起劲。在那个时代，黑人还不可能贿赂高级警官或政治官员，以得到许可维持活动。主要原因是种族偏见和种族猜忌。不过，哈莱姆一向被认为是个小问题，平定局面本来就在预料之内。

五大家族却从出乎意料的方向发动突袭。服装工会两名有影响力的高级骨干被杀，两人都是柯里昂家族的成员。紧接着，柯里昂家族的高利贷放债人被禁止进入码头地区，柯里昂家族的簿记也是一样。码头工会纷纷倒向五大家族。五大家族威胁全市所有柯里昂的簿记变节。哈莱姆最大的街头彩票庄家，柯里昂家族的老朋友和盟友，遭到血腥谋杀。再也不存在其他出路。桑尼吩咐首领，开始睡床垫。

市区内收拾出两套公寓，摆满床垫供纽扣人歇息，搬进冰箱存放食物，储存大量枪支弹药。克莱门扎的部下驻扎一套，忒西奥另一套。家族旗下的所有簿记配备保镖小队。但是，哈莱姆的彩票庄家投靠了敌人，柯里昂家族暂时无能为力。家族耗费了大量金钱，进账寥寥无几。又是几个月过去，其他问题越来越明显。最重要的是柯里昂家族寡不敌众。

原因有几点。唐还太虚弱，无法参与决策，家族的许多政治力量保持中立。另外，过去的十年和平严重损害了两名首领的作战能力。克莱门扎是称职的行刑人和行政官，但不再拥有领兵作战的精力和青春活力了。年龄让忒西奥变得温和，不再冷酷无情。汤姆·黑根尽管能力过人，但就是不适合担任战时顾问。他最大的缺点是他不是西西里人。

桑尼·柯里昂意识到了家族战时阵容的缺陷，但无法采取措施补救。他不是唐，只有唐才可以撤换首领和顾问；而撤换他们这个动作本身就会让局势更加危险，有可能造成叛乱。起初，桑尼只想以守为攻，等待唐恢复健康，接过指挥权，但彩票庄家背叛和簿记受到恐怖威胁使得家族的地位岌岌可危。他决定发动反击。

他决定的反击手段是直取心脏。他制订了一套宏大的战术行动，打算同时刺杀五大家族的首脑，为此建立了针对这些人的严密监控体系。可是，一周过后，敌方首脑突然潜入地下，再也不公开露面。

五大家族和柯里昂帝国陷入僵持。

第十八章

亚美利哥·邦纳塞拉的住处和他在桑树街的殡仪馆只隔着几条马路，所以他通常回家吃晚饭。晚饭过后，他总是返回殡仪馆，尽职地陪着悼念者向躺在肃穆店堂里的死者致敬。

他向来讨厌别人取笑他的职业和给死人化妆的繁琐技术。他的朋友、家人和邻居当然不会开这种玩笑。一个人靠汗水挣面包钱，做什么职业都值得尊敬。

今天，他和妻子在装饰华丽的公寓里共进晚餐，餐具柜上摆着圣母玛利亚的镏金雕像，红玻璃筒里烛光闪烁。邦纳塞拉点燃骆驼牌香烟，喝一口美国威士忌缓神。妻子把热气腾腾的两碗汤放在桌上。家里只有他和妻子，他把女儿送到波士顿，在妻子的姐姐家暂住，在那里忘记那段可怕的遭遇和创伤，让她受伤的两个恶棍已经受到了唐·柯里昂的惩罚。

妻子一边喝汤一边问："今晚还要回去工作吗？"

亚美利哥·邦纳塞拉点点头。妻子敬重他的工作，但并不理解技术在这个行当是最不重要的。她和其他人一样，以为他挣钱凭的是让死者在灵柩里宛如在世的手艺。当然，他在这方面的技术确实远近闻名，但更重要也更必要的是他从不缺席守灵式。痛失亲人的家属晚上待在所爱之人的灵柩旁，接受亲友的悼念，他们确实需要亚美利哥·邦纳塞拉的陪伴。

他对死者的陪护一丝不苟，面容总那么庄重，但又很坚强，懂得安慰人；他的声音总那么沉稳，但又压低嗓门，主导整个哀悼仪式。他能缓和有失体面的悲恸，能斥责不守规矩但父母无心约束的孩子。他吊唁时从不哭哭啼啼，但也绝不敷衍。一家人只要让亚美利哥·邦纳塞拉送别过一个亲人，下次就还会再来找他。下葬前，他会陪伴死者度过在这个世界的最后一晚。

他通常吃过晚饭要打个瞌睡，然后洗脸剃须，拼命抹粉以掩住浓黑的须茬儿，当然还要刷牙。他怀着敬意换上干净的亚麻内衣、白得发亮的衬衫、黑色的领带、刚熨烫过的黑色正装、黑色袜子和哑光的黑色皮鞋。不过，整体效果并不阴沉，反而很安慰人。他总把头发染得乌黑，这是他这一代意大利男人里闻所未闻的轻浮举动，但这不是出于虚荣，而是因为他有一头漂亮的花白头发，颜色在他看来与他的职业很不相称。

喝完汤，妻子把一小块牛排和几叉渗着黄油的菠菜放在他面前。他食量不大。吃完这些，他喝着一杯咖啡，又点燃一根骆驼牌香烟。他边喝咖啡边想可怜的女儿。她再也不是原先的那个人了。外在的美丽已经恢复，但眼神像是受惊的动物，他见到就受不了。因此，他们决定送她去波士顿生活一段时间。时间能治好创伤。痛苦和恐惧不是死亡，还有挽回的余地，这一点他知道得很清楚。他的职业让他乐观处世。

刚喝完咖啡，客厅的电话忽然响了。只要他在家，妻子就不接电话，他站起身，喝完最后一口咖啡，揿熄香烟。他走向电话，边走边扯掉领带，开始解衬衫的纽扣，准备小睡片刻。他拿起听筒，彬彬有礼而平静地说：“你好。”

另一头的声音粗哑而紧张。“我是汤姆·黑根，”声音说，“我应唐·柯里昂的要求给你打电话。”

亚美利哥·邦纳塞拉觉得咖啡在胃里翻腾泛酸，有点想吐。为了给女儿报仇而欠下唐的人情债已经是一年多以前了，有恩必报的念头日益淡薄。当初看到两个小恶棍那血淋淋的脸，他感激得愿意为唐赴汤蹈火，但时间对谢意的侵蚀比对美的侵蚀还要更快。此刻邦纳塞拉难受得像是大难临头，答话的声音随之颤抖：“好的，我明白。我听着呢。”

黑根声音里的冷酷让他惊讶。顾问尽管不是意大利人，但待人一向彬彬有礼，此刻却显得粗暴蛮横。“你欠唐一个人情，”黑根说，“他相信你会报答他，你会乐于见到这个机会。一小时后——不会更早，但可能更晚，他会去你的殡仪馆请你帮忙。你去那儿迎接他。你的员工不必在场，打发他们回家。如果你有任何异议，请现在就开口，我来转告唐·柯里昂。他还有其他朋友愿意帮他这个忙。”

亚美利哥·邦纳塞拉吓得险些叫起来：“我怎么会拒绝教父？你怎么会这样想？我当然愿意照他说的办。我没有忘记我的人情债。我这就去殡仪馆，马上就去。”

黑根的声音软了下来，但语气有些奇怪。“谢谢，”他说，“唐对你很放心。有疑问的是我。今晚你帮他这次，以后遇到麻烦尽管来找我，你得到的将是我的个人友谊。”

这话吓得亚美利哥·邦纳塞拉愈加魂不附体。他结结巴巴地说："唐本人今晚要过来？"

"对。"黑根说。

"这么说，他的伤势已经完全恢复了，感谢上帝。"邦纳塞拉说。他的语气让这句话像是个问题。

电话那头犹豫片刻，黑根最后异常平静地说："对。"咔嗒一声，电话断了。

邦纳塞拉汗流浃背，他冲进卧室，换衬衫，漱口；但他没有刮脸和换新领带。他系上白天那条领带，打电话到殡仪馆，吩咐助手今晚和死者家属留在前厅，他在后面的整容工作区有事情要忙。助手疑惑发问，邦纳塞拉粗暴地打断他，命令助手严格执行他的指示。

他穿好正装上衣，还在吃饭的妻子惊讶地抬头看他。"我有事情要忙。"他说。妻子见到他的表情，没敢多问。邦纳塞拉走出住处，走了几个街区来到殡仪馆。

这幢屋子孤零零地矗立在一大片建筑用地上，四周围着白色栅栏，背后有一条狭窄的车道连接马路，宽度仅够救护车和灵车通行。邦纳塞拉打开门锁，敞开大门，自己走到屋后，从宽幅门进屋，一路上看见几个吊唁者从前门走进殡仪馆，去告别亲友的遗体。

许多年前，邦纳塞拉从一位打算退休的殡仪馆老板手上买下这幢屋子，当时屋前有个门廊，吊唁者必须爬上十级台阶才能进入殡仪馆。这就造成了一个问题。年迈的和行动不便的吊唁者有心想见死者最后一面，却不太可能爬上这些台阶，于是前老板就让他们使用货运升降机，这是个金属小平台，搭在屋子旁边的地面上。升降机是用来运送灵柩和遗体的，能降到地下，再向上进入吊唁厅，于是行动不便的吊唁者愕然发现他们从灵柩旁边冒了出来，而其他吊唁者还得挪开各自的黑色座椅，让升降机通过翻板活门。行动不便或年迈的吊唁者告别遗体之后，升降机再次钻出打磨抛光的地板，带他们入地再出去。

亚美利哥·邦纳塞拉觉得这个办法既不体面又吝啬，于是他翻修了殡仪馆的前院，去掉门廊，换成小坡度的行走步道。当然了，灵柩和遗体还是由升降机搬运。

屋子的后半部是业务办公室、防腐处理室、灵柩储藏室和存放化学药品和可怕工具的上锁密室，用一道厚实的隔音门与吊唁厅和接待室隔开。邦纳塞拉走进办公室，在办公桌前坐下，点燃一支骆驼牌香烟——他难得在殡仪馆抽烟——开始等待唐·柯里昂。

他在极度绝望中等待。他心里有数，自己是要接受什么任务。过去这一年，柯里昂家族和纽约的五大黑手党家族爆发战争，报纸上充斥着流血事件。双方各有很多人被杀。这次肯定是柯里昂家族杀了某个重要角色，他们想隐藏尸体，让尸体消失得无影无踪，还有什么办法比通过有执照的殡仪馆正式下葬更好吗？亚美利哥·邦纳塞拉对要交给他的任务不抱幻想。他将成为谋杀从犯。事情若是败露，他得蹲几年大牢。女儿和妻子将会蒙羞，他的好名声，亚美利哥·邦纳塞拉广受尊敬的名声，将被拖进黑帮恶战的血腥泥沼。

他破罐子破摔，又抽了一根骆驼牌香烟，继续想到更可怕的后果。别的黑手党家族发现他帮助了柯里昂家族，会把他当作敌人，会杀死他。他开始诅咒他去找教父求他报仇的那一天，诅咒妻子和唐·柯里昂的妻子交上朋友的那一天，诅咒女儿和美国和他的事业成功。再一转念，乐观精神回来了。不会出事的。唐·柯里昂很精明，为了保守秘密，肯定前前后后都安排好了。他只需要鼓足勇气就行，因为天底下没有比惹唐不高兴更致命的事情了。

他听见轮胎碾过砾石路面。他久经训练的耳朵说有车开过狭窄的车道，停进了后院。他打开后门，请他们进屋。大块头胖子克莱门扎先进来，接着是两个模样凶恶的年轻人。他们一个字也没和邦纳塞拉说，搜查了一遍各个房间；克莱门扎转身出门，两个年轻人和殡仪馆老板留在屋里。

几分钟过后，邦纳塞拉辨认出沉重的救护车开上车道的声音。克莱门扎出现在门口，背后是两个男人抬着一副担架。亚美利哥·邦纳塞拉最害怕的噩梦成了现实。担架上是一具尸体，用灰色毯子裹着，发黄的双脚在担架一头露了出来。

克莱门扎示意抬担架的人进防腐处理室。这时候，一个男人从后院的暗处走进灯光明亮的办公室。来者是唐·柯里昂。

唐在受伤期间掉了不少体重，动作僵硬得奇怪。他用双手拿着帽子，硕大头颅上的毛发显得很稀疏。比起邦纳塞拉在婚礼上见到的唐，他老了很多，缩了几圈，但仍旧散发着权势感。他把帽子按在胸口，对邦纳塞拉说："唉，老朋友，准备好帮我这个忙了吗？"

邦纳塞拉点点头。唐跟着担架走进防腐处理室，邦纳塞拉缀在后面。尸体放在一张有沟槽的台子上。唐拿着帽子轻轻打个手势，其他人退出房间。

邦纳塞拉轻声说："您要我做什么？"

唐·柯里昂盯着台子。"既然你敬爱我，那么我要你施展所有本领，所有技术，"他说，"我不希望他的母亲见到他这个样子。”他走到台子前，掀开灰色毯子。亚美利哥·邦纳塞拉违背了他的全部意愿，违背了他多年的锻炼和经验，禁不住惊叫起来。防腐处理台上那张被子弹打烂的脸属于桑尼·柯里昂。左眼浸在血里，晶状体上有一道星状裂纹，鼻梁和左颧骨打得稀烂。

唐伸手扶住邦纳塞拉，以免跌倒，但只持续了一瞬间。“看哪，他们怎么残杀我的儿子。”他说。

第十九章

也许是因为局势僵持，桑尼·柯里昂才踏上消耗战的血路，最终以他自己的死亡作结。也许是他阴沉暴力的天性失去约束，才落得如此下场。总而言之，那年春夏，他向敌方的从属人员发动了毫无意义的扫荡战。塔塔利亚家族在哈莱姆的皮条客被乱枪打死，码头的雇用打手遭到屠杀。警告效忠五大家族的工会上层保持中立。柯里昂家族的簿记和放债人仍旧被禁止进入码头地区，桑尼派遣克莱门扎率领分部在湾岸地区肆意破坏。

这种屠戮毫无意义，因为无法影响战局。桑尼是个出色的战术大师，战果辉煌。可是，此刻需要的却是唐·柯里昂的战略天赋。战争陷入你死我活的游击战，双方断送了大量的利益和性命，结果却得不偿失。柯里昂家族终于被迫关闭了一些最挣钱的簿记登记点，其中就包括送给女婿卡洛·里齐讨生活的那一个。卡洛从此沉溺酒色，成天和歌舞女郎鬼混，弄得妻子康妮的日子很不好过。自从挨了桑尼一顿痛揍，他再也不敢打老婆，但也不肯和她睡觉。康妮趴在他脚边哀求，却被他轻蔑踢开，他觉得自己简直是个古罗马人，举手投足带着优雅的贵族气息。他嘲笑她说：“打电话给你大哥呀，说我不肯搞你，说不定他会揍得我硬起来。”

其实他怕桑尼怕得要死，虽说两人还能冷冰冰地礼貌相待。卡洛觉察到桑尼会杀了他，明白桑尼拥有动物本性，能杀死另一名人类；而他要想杀人，却必须聚集起全部勇气和全部意志力。卡洛从没想到过，这是因为他比桑尼·柯里昂更有人情味——如果“人情味”能用在他们头上的话；他嫉妒桑尼身上那种被镀上传奇色彩的、可怕的凶残。

汤姆·黑根，身为顾问，他不赞同桑尼的战术，却决定不向唐提出异议，只因为这种战术在某种程度上也取得了一定效果。随着消耗战的继续，五大家族似乎终于低头，反击越来越弱，终于完全停止。黑根刚开始并不相信敌人表现出的和解姿态，桑尼却喜气洋洋。“我要乘胜追击，”他对黑根说，“那些杂种会来求我们和谈的。”

桑尼有别的事情要担心。他老婆给他脸色看，因为风言风语已经传进她的耳朵，说露西·曼奇尼迷住了她的丈夫。尽管她喜欢公开拿桑尼的尺寸和技巧开玩笑，但桑尼这次疏远她的时间太久了，她怀念两人的床上时光。她唠叨得桑尼很不好受。

除此以外，身为猎杀目标的桑尼还处于巨大的精神压力之下。他一举一动都得分外小心，他知道敌人肯定记录下了他屡次探访露西·曼奇尼。不过话也说回来，这是他一辈子的弱点，因此也防范得非常严密。他在露西那儿很安全。尽管露西一丁点儿都没有察觉，但桑蒂诺的部下每天二十四小时监视着她，她的那层楼一旦有公寓搬空，桑尼的可靠部属就会去租下来。

唐在逐渐恢复，很快将重新掌权。到那时候，战局必定会倒向柯里昂家族这边。桑尼对此深信不疑。在这段时间里，他必须捍卫家族的帝国，赢得父亲的尊重；另外，由于王位并不一定非得传给长子，桑尼还得巩固他的继承权。

可是，敌人也在制订计划。他们分析局势，得出结论：避免彻底失败的唯一出路就是杀死桑尼·柯里昂。他们现在对局面理解得愈加透彻了，知道他们有可能与唐和谈，因为唐是出了名的讲求逻辑和通情达理。他们越来越憎恨嗜血的桑尼，他们认为这种行径很野蛮，而且缺乏生意人的好嗅觉。没有人想回到兵荒马乱的从前。

一天晚上，康妮·柯里昂接到一个匿名电话，说话的是个姑娘，说要找卡洛。“你是谁？”康妮问。

电话那头的姑娘咯咯笑着说：“我是卡洛的朋友。我只想告诉他，今晚我没法见他了。我得出城一趟。”

“臭婊子，”康妮·柯里昂说，她对听筒尖叫道，“下三烂的臭婊子！”电话咔哒一声挂了。

那天下午卡洛去赌马了，半夜三更才回到家，由于输了钱而一肚子怨气，因为随身带着酒瓶而喝得半醉。他刚进门，康妮就破口大骂。他置之不理，进屋冲澡。从卫生间出来，他光溜溜地对着康妮擦身子，梳妆打扮准备出门。

康妮叉着腰站在那儿，气得横眉冷对，脸色发白。“你哪儿都不准去，”她说，“你的女朋友打过电话，说她今晚来不了。你个狗杂种，居然有脸让你那些婊子打到这个号码上。我要宰了你这个浑蛋！”她扑向卡洛，又是踢又是挠。

他用肌肉发达的前臂挡开她。“你疯了。”他冷冷地说。康妮看得出他在担心，像是知道最近在搞的疯姑娘真会玩这种把戏。

“她在捉弄人，神经病。”卡洛说。

康妮躲过他的胳膊，一爪挠向他的面门，指甲勾到了他的面颊。他耐心好得出奇，只是推开了她。康妮注意到他很小心，因为她在怀孕，这激起她的勇气，给怒火添了一把柴。她很快就什么都不能做了，医生说分娩前的两个月不能有性生活，而她很想做爱，因为最后两个月就快开始了。另外，她想在卡洛身上留下个伤口的愿望也很真实。她跟着卡洛走进卧室。

她看得出卡洛有点害怕，顿时满心轻蔑和欢喜。“你给我留在家里，”她说，“不准出去。”

“好的，好的。”他说。他只套了条短裤，没穿衣服。他喜欢这么在家里走来走去，他对自己的倒三角体型和金黄的肤色很骄傲。康妮饥渴地盯着他。他勉强笑道：“至少得给我弄点吃的吧？”

他在请她履行妻子的职责——至少是其中一项职责——这让康妮消了气。她做饭很有一手，这是从母亲那儿学来的。她嫩煎小牛肉和青椒，趁平底锅还在火上煨着，又拌了色拉。卡洛往床上一躺，研究明天的赛马日程表。他手边有满满一水杯的威士忌，时不时拿起来喝一口。

康妮走进卧室，站在门口，像是未经邀请就不敢靠近床边。“饭菜好了。”她说。

“我还不饿。”他说，眼睛仍旧盯着赛马日程表。

“已经在桌上了。”康妮固执地说。

“填你的屁眼去吧。”卡洛说，一口喝完水杯里剩下的威士忌，拿起酒瓶斟满，一眼也没看康妮。

康妮走进厨房，拿起盛满食物的盘子，狠狠摔进水槽。炸裂声引得卡洛走出卧室，他看着油腻腻的小牛肉和青椒溅得厨房满墙都是，引起了他的洁癖。“娇生惯养的黑皮臭婆娘，”他恶狠狠地说，“给我打扫干净，否则我就踢死你。”

“他妈的没门。”康妮说。她举起爪子似的双手，准备挠他赤裸的胸膛。

卡洛回到卧室里，拿着对折的皮带出来。“打扫干净。”他说，威胁的口吻毋庸置疑。她站在那儿一动不动，他挥舞皮带，抽在她垫得高高的臀部上，有点刺痛，但并不真有多疼。康妮回到厨房里，拉开橱柜，从抽屉里拿出一柄长面包刀，握在手里准备迎战。

卡洛哈哈大笑。“柯里昂家的娘儿们也能杀人。”他说。他把皮带放在餐桌上，大步走向康妮。康妮突然挥刀猛刺，但怀孕的沉重躯体拖慢了动作，他闪过攻击，她怀着杀人的渴望瞄准卡洛的腹股沟。他轻而易举抢下面包刀，开始扇她耳光，下手中等偏重，免得打破皮肤。他一巴掌连一巴掌扇过去，她绕着餐桌后退，想逃离他的魔爪，他追着康妮走进卧室。她想咬卡洛的手，卡洛揪住她的头发，拎起她的脑袋，又是几个耳光上去，直到她哭得像个小孩，因为疼痛也因为屈辱。卡洛轻蔑地把康妮摔在床上，拿起床头柜上的威士忌喝了几口。他这会儿已经烂醉，蓝眼睛闪着狂野的光芒，康妮终于真的怕了起来。

卡洛骑在她身上，就着酒瓶狂饮，伸手揪住一大块因为怀孕而发胖的大腿，使劲一捏，她疼得直喊饶命。“比猪都肥。”他厌恶地说，走出卧室。

康妮又是害怕又是胆怯，躺在床上，不敢去看丈夫在隔壁干什么。过了好久才起身到门口，偷看客厅里的动静。卡洛又开了一瓶威士忌，四仰八叉躺在沙发上，没多久就喝得不省人事沉沉睡去，她轻手轻脚走进厨房，打电话给长滩家里。她想请母亲派人来接她，但希望接电话的千万别是桑尼，最好是汤姆·黑根或母亲。

晚上将近十点，唐·柯里昂家厨房的电话响了。唐的一名保镖接起电话，恭恭敬敬把听筒交给康妮的母亲。可是，柯里昂夫人听不太懂女儿在说什么，康妮急得歇斯底里，一边却要压低嗓门，免得被隔壁房间的丈夫听见。丈夫打肿了她的脸，嘴唇鼓胀害得她口齿不清。柯里昂夫人向保镖打个手势，示意去找桑尼，他正在客厅和黑根谈话。

桑尼走进厨房，从母亲手里接过听筒。“是我，康妮。”他说。

康妮吓坏了，一方面怕她的丈夫，另一方面也怕大哥的反应，因此愈加口齿不清。她说得颠三倒四：“桑尼，派车接我回家就行，我回来了再和你说，没事的，桑尼。你别来。叫汤姆来，求你了，桑尼。没事的。我只想回家。”

这时黑根刚好走进厨房。唐在楼上的卧室，服了镇静剂已经睡下，黑根想盯着点儿桑尼，以防万一。屋里的两个保镖也走进厨房。所有人都看着桑尼听电话。

毫无疑问，桑尼·柯里昂骨子里的暴虐从某一口神秘泉眼里冒了出来。大家看得一清二楚，血液涌向青筋暴起的脖子，仇恨蒙住双眼，五官绷紧，继而抽紧；脸色变得灰白，就像病人正在抵抗死神，奔流全身的肾上腺素让双手颤抖。不过，他却控制住了自己的声音，压低嗓门对妹妹说：“你等着，你等着就好。”说完，他挂断电话。

他站了几秒钟，被怒火烧得有点不知所措，嘴里骂着“狗娘养的，他妈的狗娘养的”，跑出了屋子。

黑根认得桑尼的这种表情，桑尼已经丧失了全部理性。这时候的桑尼什么都干得出来。黑根还知道进城那段路会让桑尼冷静下来，恢复部分理智。可是，那部分理智会让桑尼变得更加危险，保护桑尼不受愤怒带来的后果所害。黑根听见汽车引擎轰然发动，对两名保镖说：“去追他。”

他拿起听筒，打了几个电话，安排桑尼住在城里的几名部下去卡洛·里齐家，带走卡洛。另外几个人陪着康妮等桑尼。阻挠桑尼发泄怒火有点冒险，但他知道唐会支持他。他害怕桑尼会当着目击证人杀死卡洛。他倒是不害怕敌方会搞什么名堂。五大家族已经沉默了很久，显然正在谋求和解。

桑尼开着别克冲出林荫道，这时候他已经部分恢复了神志。他注意到两名保镖开车跟了上来，暗暗嘉许。他不觉得会遇到危险，五大家族已经停止反击，不再继续交火。他出门时在前厅抓上了外衣，手套箱的暗格里有枪，车登记在分舵的一名成员名下，因此他本人不会惹上官司。不过，他不觉得会需要武器。他甚至都不知道该怎么收拾卡洛·里齐。

这会儿他有机会琢磨了，桑尼知道他不能让孩子没出生就死了爹，尤其这个爹还是妹妹的丈夫。不能因为两口子吵架就杀人，除非事情超出两口子吵架的范围。卡洛是条恶棍，桑尼觉得他有责任，因为妹妹是通过他认识这个杂种的。

桑尼的暴虐天性还有另一面：他没法打女人，也从来没打过；

他不能伤害孩子和软骨头。卡洛那天不肯还手，桑尼因此没杀人；彻底投降解除了他的暴力武装。小时候他的心肠也很软，长大后杀人如麻只是命运使然。

这次我要一劳永逸地解决问题，桑尼心想，他开着别克驶向堤道过河，从长滩开到琼斯海滩的公园大道。他每次去纽约都走这条路，因为道路比较通畅。

他决定先打发康妮和保镖回家，然后和妹夫认真谈谈。接下来会发生什么就天晓得了。要是龟孙子真的伤害了康妮，他就打残那个小杂种。晚风吹过堤道，带着咸味的新鲜空气平息了他的怒气。他把车窗摇到底。

他和平时一样开上琼斯海滩堤道，因为在这个时节的这个深夜钟点，这条路总是空空荡荡，他可以肆意加速，一口气开到另外一边的公园大道。连公园大道也不会有多少车辆。开快车发泄一下有助于缓解情绪，他知道过度紧张很危险。他把保镖的车甩了很远。

堤道光线昏暗，除他之外一辆车也没有。他远远看见前方的白色锥形屋顶：一个有人值守的收费亭。

旁边还有几个收费亭，但只在白天交通繁忙的时候才有人值守。桑尼一边刹车，一边在口袋里翻零钱。口袋里没有。他用一只手掏出皮夹，打开，摸出一张纸币。开进有照明的通道，他有点惊讶地发现前面那辆车堵住了去路，司机似乎在向收费员打听方向。桑尼按喇叭，那辆车闻声前进，让他的车开到收费口。

桑尼把一块钱的纸币递给收费员，等着找零。他急着想摇上窗户。大西洋的晚风吹得车里凉飕飕的。收费员笨手笨脚地拿零钱，拿着拿着居然还弄掉了。收费员弯腰去捡零钱，头部和身体消失在收费亭里。

就在这时，桑尼发现前面那辆车没有走，而是停在前面几英尺的地方，仍旧挡住他的去路。与此同时，他的侧面余光瞥见右边黑洞洞的收费亭里还有个人。他没有时间思考了，因为前面那辆车里钻出两个男人，正在向他走来。收费员仍旧不见踪影。离一切爆发还有最后千分之一秒，桑蒂诺·柯里昂瞬间就知道他死定了。此刻他的思绪异常清楚，沥空了所有暴虐情绪，就仿佛潜藏的恐惧终于成为现实，净化了他的头脑。

即使这样，求生本能驱动他粗壮的身躯，撞向别克的车门，撞开了门锁。桑尼壮硕的躯体刚冲出车门，黑灯的收费亭里的男人就开火了。前面那辆车里下来的两个男人也举起枪，黑灯的收费亭里的男人停止射击，桑尼扑倒在马路上，两条腿有一半还在车里。前面过来的两个人朝桑尼身上又开了几枪，冲着他的脸连踢几脚，进一步毁坏他的容貌，表明这次刺杀有浓重的个人恩怨气息。

几秒钟后，四个人——三名刺客和假收费员——坐进车里，飞速逃向琼斯海滩另一边的草原小溪公园大道。桑尼的车和收费口的尸体挡住了追击的通道，但几分钟后，等桑尼的保镖停车看见桑尼的尸体躺在地上，却无意追赶凶手。他们兜个大圈子，调头返回长滩。在堤道上遇到第一部公用电话，一名保镖就跳下车，打电话给汤姆·黑根。他说得干脆而直接：“桑尼死了，他们在琼斯海滩收费站截住了他。”

黑根的声音非常平静。“明白，”他说，“去克莱门扎家，叫他立刻过来。他会告诉你们该怎么做的。”

黑根是在厨房里接电话的，柯里昂老太太忙着准备夜宵迎接女儿。他表情镇定，老妇人没有注意到任何异样。倒不是她想注意也注意不到，而是她和唐生活了一辈子，早就明白别去注意才更聪明；明白如果她有必要知道的坏事，那么马上就会有人来通知她；如果是坏事但她不知道也无所谓，那么她还是不要知道为妙。她早就习惯了不去分担男人的痛苦，因为他们难道分担过女人的痛苦吗？她不动声色，给自己煮咖啡，把食物摆在桌上。就她的经验而言，痛苦和恐惧不会减轻肉体的饥饿感；就她的经验而言，吃东西能减轻痛苦。要是有医生企图给她用镇静药，她会勃然大怒，咖啡和面包就是另外一码事了；不过，熏陶她长大的毕竟是另一种更加原始的文化。

就这样，她望着汤姆·黑根逃进拐角会议室；而黑根一进会议室就开始颤抖，抖得太厉害，他只得坐下，并拢双腿，脑袋缩在拱起的两肩之间，双掌牢牢合起，放在两膝之间，仿佛在向魔鬼祈祷。

此刻他知道了，他不配做家族的战时顾问。他受到愚弄，上了大当，五大家族用表面上的退缩骗过了他。他们不声不响，布阵伏击。他们仔细策划，耐心等待，不管怎么挑衅都不出手。他们的等待是为了发动一次致命攻击。他们做到了。老占科·阿班丹多不可能犯这种错误，事有蹊跷，他肯定会想方设法弄清楚，会三倍小心提防。除了这些，黑根还感到悲伤。桑尼是他真正的兄弟，他的救世主，从小就是他的英雄。桑尼从不虐待他欺负他，始终用爱待他。索洛佐放他回来那天，桑尼紧紧拥抱他，重逢的欢喜发自肺腑。尽管他长大后变得残忍暴虐嗜血，但对黑根来说，这些都无关紧要。

他之所以要走出厨房，是因为他知道他无论如何也没法开口，告诉柯里昂妈妈说她儿子死了。尽管他视唐为父亲，视桑尼为兄弟，但他从未把她视为母亲。黑根对她的感情与对弗雷迪、迈克尔和康妮的一样，是对亲近他但并不爱他的人的那种感情。可是，他还是无法开口。短短几个月，她失去了所有的儿子：弗雷迪流亡内华达，迈克尔为了保命藏在西西里，现在桑蒂诺又死了。三个儿子里她最爱哪一个？她从没表现出来过。

仅仅几分钟，黑根就重新控制住了自己。他拿起听筒，拨通康妮的号码。铃声响了很久才传来康妮耳语般的声音。

黑根轻柔地说："康妮，是我，汤姆，叫醒你丈夫，我有话要和他说。"

康妮惊恐地低声说："汤姆，桑尼过来了吗？"

"不，"黑根说，"桑尼不会过去。别担心。你叫醒卡洛，说我有非常重要的话要和他说。"

康妮带着哭腔说："汤姆，他揍我，要是他知道我打给家里，我怕他会再伤害我。"

黑根安慰道："他不会的。他会听我说话，我会好好嘱咐他。一切都会好的。告诉他事情很重要，非常重要，他必须来听电话。懂了？"

过了差不多五分钟，听筒里才传来卡洛的声音，威士忌和睡意让他说得含混不清。黑根厉声说话，让他警醒。

"听着，卡洛，"他说，"我下面要说的事很糟糕，你给我准备好了，等我说的时候，你要用非常随便的语气回答我，我刚才告诉康妮说很重要，所以你得跟她说个故事，就说家族决定让你俩搬进林荫道的一幢屋子，给你安排一份好工作；说唐终于决定给你机会，希望能让你们过得更舒服。听明白了？”

卡洛答话时满怀希望：“是的，明白了。”

黑根继续道：“几分钟后，我的两个人会来敲门，带你们走。告诉他们，我要他们先打电话给我。这一句就行了，别多嘴。我会命令他们让你和康妮留在家里。听明白了？”

“明白，明白，我听明白了。”卡洛连声说，声音很激动。黑根紧张的语气总算让他警觉起来，知道接下来的消息会非常重要。

黑根没多废话：“敌人今晚杀死了桑尼。别说话。康妮趁你睡觉打电话给他，他在去找你们的路上被杀了，但我不想让她知道这一点，哪怕她已经猜到了，我也不想让她确切知道。她会认为这都是她的错。听着，今晚我要你陪着她，什么也别说。我要你和她修补关系，当一个完美的好丈夫。我要你一直保持这样，至少等到孩子出生。明天早上，也许是你，也许是唐，也许是康妮的母亲会告诉康妮，她的大哥被杀了。到时候我要你陪着她。帮我这个忙，以后有机会我一定照顾你。听明白了？”

卡洛的声音有点颤抖：“明白，汤姆，明白了。听着，我和你向来处得不错。我很感激。你知道的，对吧？”

“对，”黑根说，“不会有人责怪是你打康妮导致了这个结果，别担心。我会处理好的。”他顿了顿，轻声鼓励道，“去吧，照顾好康妮。”他挂断电话。

他已经学会从不出言威胁，唐教会了他这一点，但卡洛完全明白了他的意思：他离死只差半步。

黑根又打电话给忒西奥，叫他立刻来长滩林荫道。他没有说原因，忒西奥也没问。黑根叹了口气。现在轮到最困难的一部分了。

他必须唤醒服药昏睡的唐，必须告诉全世界他最敬爱的一个人：我辜负了您，我没能守住您的国土和您大儿子的性命。他必须告诉唐：除非受伤的您披挂上阵，否则我们就将失去一切。黑根不想自欺欺人。只有伟大的唐亲自出马，才能收拾目前的惨败局面，哪怕只是返回僵持状态也好。黑根没有费神询问医生的意见，眼下没有这个必要。就算医生说唐死都不能从病床上起来，他也必须向养父报告情况，然后遵从一切指示。唐会怎么应对，这方面毫无疑问。医生的看法在此刻无关紧要，一切事情都无关紧要。唐必须得到消息，然后要么接过指挥权，要么命令黑根向五大家族交出柯里昂帝国的权力。

话虽如此，但黑根还是万分惧怕接下来的这一个小时。他尽量做好精神准备，克制自己的内疚。过分自责只会增加唐的负担，过分悲恸只会加重唐的哀伤。指出他本人担任战时顾问的缺陷，只会让唐自认判断失误，竟然选了这么一个人坐上如此重要的位置。

黑根知道，他必须通报消息，提出他的分析，说明该怎么办才能扭转局势，然后保持沉默。接下来唐要他怎么回应，他就怎么回应。唐要他悔罪，他就悔罪；唐要他悲伤，他就袒露心底的哀恸。

听见几辆轿车驶进林荫道的隆隆声，黑根抬起头。两位首领到了。他打算先和他们简单说两句，然后上楼叫醒唐·柯里昂。他起身走到办公桌旁的酒柜前，拿出酒瓶和一个杯子。他呆站片刻，魂不附体，甚至没法举起酒瓶斟酒。他听见背后的房门轻轻打开，转过身，见到的赫然是自遇刺以来第一次打扮整齐的唐·柯里昂。

唐穿过房间，坐进他那张宽大的皮革扶手椅。他的步伐有点僵硬，衣服挂在身上有点松垮垮的，但在黑根眼中，他和以前没什么区别。好像唐单凭意志就可以摆脱身体的虚弱。他面容坚定，带着往日的全部力量和强韧。他直挺挺地坐在扶手椅里，对黑根说：“给我一点茴香酒。”

黑根换了一瓶酒，给两人各倒一杯甘草味的烈酒。这是乡下土酿，比店里卖的烈得多，是一个老朋友的礼物，他每年都要送唐一小卡车这种酒。

“我老婆睡前在哭，”唐·柯里昂说，“我朝窗外看，见到两个首领都来了，但这会儿是半夜，所以，我的顾问，我想你应该把大家都知道的事情也告诉你的唐。”

黑根静静地说：“我对妈妈什么也没说。我正想上楼叫醒你，把消息直接告诉你。本来再过一分钟我就要上楼去叫醒你的。”

唐·柯里昂不动声色道：“但你必须先喝点酒。”

“对。”黑根说。

“酒你已经喝完了，”唐说，“现在请告诉我吧。”声音里有一丝最细微的斥责，针对的是黑根的软弱。

“敌人在堤道上对桑尼开枪，”黑根说，“他死了。”

唐·柯里昂连眨眼睛。有那么半秒钟，他的意志之墙土崩瓦解，肉身力量的枯竭清清楚楚写在脸上。但他立刻恢复原样。

他合拢双手，放在面前的办公桌上，直勾勾地盯着黑根的眼睛。“告诉我，都发生了什么。”他说，他举起一只手，“不，等克莱门扎和忒西奥来了再说，免得你再从头说起。”

没过几秒钟，两位首领就在保镖的护送下走进房间。他们立刻看出唐已经知道了儿子的死讯，因为唐起身迎接他们。他们拥抱唐，老战友当然有这个资格。黑根先给他们各倒一杯茴香酒，两人喝完一杯，黑根开始讲述今晚的前因后果。

听到最后，唐·柯里昂只问了一个问题："确定我儿子已经死了吗？"

克莱门扎答道："对。保镖虽然是桑蒂诺的人，但都是我亲自挑选的。他们来我家以后，我仔细盘问了好几遍。他们在收费站的灯光下看清了他的尸体。按照他们见到的伤口，他不可能还活着。他们敢用生命担保。"

唐·柯里昂接受了最终宣判的结果，没有流露任何感情，只是沉默了几秒钟。他说："没有我的明确命令，你们谁都不准插手，谁都不准发动报复行动，谁都不准追查凶手的下落。我个人不点头，就不准再对五大家族采取任何战争行动。在我儿子下葬之前，我们家族将中止一切生意活动，并中止保护我们的所有生意活动。过后我们再在这里碰头，讨论接下来该怎么办。今夜我们必须尽量为桑蒂诺准备丧事，要让他有一个基督徒的葬礼。我会请朋友找警方和其他人安排各种琐事。克莱门扎，你带上部下，时刻陪着我，担任保镖。忒西奥，你保护我的家人。汤姆，你打电话给亚美利哥·邦纳塞拉，就说我今晚需要他的服务。请他在殡仪馆等我。也许要等一两个，甚至三个小时。都明白我的意思了吗？"

三个男人点点头。唐·柯里昂说："克莱门扎，安排几个人和几辆车等我。我过几分钟就准备好。汤姆，你做得不错。明天早晨，我要康丝坦齐娅来陪母亲。安排她和她丈夫住进林荫道。叫珊德拉的那些女伴去她家陪她。等我告诉我妻子，她也会过去。我妻子会把不幸的消息告诉她，让女人们安排教堂望弥撒，为他的灵魂祈祷。”

说完，唐从扶手椅上起身。另外三个人跟着他站起来，克莱门扎和忒西奥再次拥抱他。黑根为唐拉开门，唐停下盯着黑根看了几秒钟，然后伸手摸着黑根的面颊，轻轻拥抱他，用意大利语说：“你是个好儿子，你安慰了我。”言下之意是说，黑根在这个可怕的时刻表现得体。唐上楼走向卧室，去通知妻子。就是在这个时候，黑根打电话给亚美利哥·邦纳塞拉，请殡仪馆老板偿还他欠柯里昂家族的人情债。

第五部

第二十章

桑蒂诺·柯里昂的死震惊了地下世界。等唐·柯里昂从病床上起身主持家族事务的消息传回来，参加葬礼的探子报告说唐似乎已经康复，五大家族的首脑发狂般开始准备抵抗必将爆发的复仇血战。谁也不会犯错，误以为唐·柯里昂遭遇了不幸就会变得容易应付。他这个人一辈子只犯过几次错误，而且每次都从中吸取了教训。

只有黑根猜到了唐的真正意图，见到唐派遣使者向五大家族提出和谈，他并没有吃惊。唐不仅提出和谈，还建议纽约市的所有家族举行会议，并邀请全国各地的家族参加。纽约黑帮家族的势力在全国占有优势，因此他们的福祉影响着全美国的福祉。

刚开始还有疑惑。莫非唐·柯里昂布下了陷阱？他想让敌人放松警惕？他打算用全场大屠杀给儿子报仇？不过，唐·柯里昂很快就证明了他的诚意。他不仅邀请全国所有家族参加会议，而且也没有采取任何备战行动或谋求盟友。接着，他迈出决定性的最后一步，证实了他的意图，让大家确信会议能够安全地召开：他请布其奇奥家族出面作保。

布其奇奥家族是个独一无二的势力，在西西里曾经是黑手党里特别凶恶的一个分支，来到美国却成了和谈工具。这群人曾经靠残暴和决绝讨生活，但现在的谋生方式甚至称得上圣贤之道。布其奇奥家族有个强项：他们靠血缘关系紧密结合，哪怕在这个对家族的忠诚高于对妻子的地下世界中，他们对家族的忠诚也称得上严苛。

加上三代以内的堂表兄弟，布其奇奥家族一度有两百来号人，完全统治着西西里南部一小块地区的经济。整个家族的收入来自四五个面粉厂，面粉厂绝非共有，只保障家庭成员的就业、生计和最低限度的安全。加上内部通婚，足以让他们构建起统一阵线抵抗敌人。

他们控制着西西里的一角，其他人不准修建面粉厂与他们竞争，不准修建水坝，不准向竞争者提供水源或损害他们的水力买卖。一次，某个有权势的大地主企图修建一个仅供自家使用的小磨坊，但磨坊遭到焚毁，他告到宪兵队和上级机关，导致布其奇奥家族的三名成员被捕。甚至还没等到开庭，大地主的庄园宅邸就被付之一炬。起诉和指控悉数撤销。几个月后，意大利政府的一名高级官员抵达西西里，建议修建大型水坝，以解决危害该岛多年的水源短缺问题。工程师从罗马来勘测地形，愠怒的当地人——特别是布其奇奥家族的成员——盯着他们的一举一动。警察涌入这片地区，住进专门建造的营房。

修建水坝似乎是势在必行了，给养和设备已经在巴勒莫卸下货轮，不过这些物资最远也就只到了巴勒莫。布其奇奥家族联系上其他黑手党首领，商谈之后得到支持。重型设备遭到毁坏，轻型设备干脆被盗。意大利国会的黑手党议员在政治上向水坝的规划者发动了反击。争论持续了好几年，直到墨索里尼掌权。独裁者判定水坝务必修建。结果仍旧事与愿违。独裁者知道黑手党业已形成法外之法，将有可能威胁他的政权。他全权委托一名高级警官办理此事，高级警官解决问题的办法很简单，他把所有人扔进监狱或流放去苦役岛。短短几年，他单靠随意逮捕有黑手党嫌疑的任何人，就打破了黑手党的势力，同时也毁灭了许多无辜百姓的家庭。

布其奇奥家族过于轻率，居然以暴制暴对抗这种不被约束的权力。半数男人丧命于武装冲突，另外一半被流放去了苦役殖民小岛。最后只剩下了屈指可数的几个人，朋友安排他们通过秘密途径跳船经加拿大迁居美国。移民不到二十人，他们在哈得孙河谷离纽约市不远的一个小镇定居下来，从最底层开始奋斗，后来有了自己的垃圾搬运公司和几辆卡车。没有竞争，他们渐渐兴旺发达。之所以没有竞争，是因为竞争者都会发现卡车被烧毁或破坏。有个固执的家伙压价抢生意，被发现埋在他收来的垃圾底下，窒息而死。

这些男人娶了西西里的姑娘，孩子当然要降生，而垃圾生意虽然能马马虎虎过日子，但买不起美国能提供的更加精致的生活。于是，布其奇奥家族拓宽思路，开始担任交战的各个家族之间的调解人和人质。

布其奇奥家族的血脉里有着愚钝，说是不开化也行。总而言之，他们明白自己能力有限，在组织和控制更复杂的生意体系（例如卖淫、赌博、毒品和公众欺诈）方面，没法和其他黑手党家族竞争。他们是直来直去的角色，能向普通巡警送礼，却不懂怎么接触政治掮客。他们的资本只有两个：信誉和残忍。

布其奇奥家族的成员从不撒谎，绝不背叛。这些行为过于复杂。另外，布其奇奥家族的成员从不忘记受到的伤害，不惜一切代价也要报复。阴差阳错之下，他们意外发现了这个日后将证明对他们而言最挣钱的行当。

交战之中的家族若是想和谈和安排会面，就会联系布其奇奥家族。布其奇奥家族的首领亲自斡旋最初几次谈判，安排必要的人质。举例来说，迈克尔前去会见索洛佐的时候，就有一名布其奇奥家族的成员留在柯里昂家里，以保证迈克尔的安全，费用由索洛佐承担。要是索洛佐杀了迈克尔，那么柯里昂家族就将杀死那名布其奇奥家族的男性人质。接下来，布其奇奥家族将为这名族人之死向索洛佐寻仇。布其奇奥家族实在太不开化，所以决不允许任何东西、任何形式的惩罚挡了他们的寻仇之路。若是遭到背叛，那么你无论如何也防备不了他们，因为他们不要命也要复仇。布其奇奥家族的人质相当于烫金的保证书。

因此，见到唐·柯里昂雇用布其奇奥家族担任调解人，安排他们为参加和平会谈的所有家族提供人质，他的诚意再也毋庸置疑。背叛的可能性不复存在，这次会谈将和婚礼一样安全。

人质到位之后，和谈在一家小型商业银行的董事会议室举行，这家银行的总裁欠唐·柯里昂的人情，而且有一部分股份虽然归在总裁名下，但实际上属于唐·柯里昂。总裁的记忆中有珍宝般的一刻：他提出用书面文件证明唐·柯里昂对这些股份的所有权，以排除背叛的全部可能性，柯里昂却大惊失色。“我愿意把我的所有财产托付给你，”他告诉总裁，“我愿意把我的生命和儿孙的福祉托付给你。我无法想象你会耍花招或者背叛我。我的整个世界，我对我看人眼光的信心会土崩瓦解。当然了，我有我自己的书面记录，那是为了万一我遭遇不测，我的继承人会知道你替他们保管了这些东西。但是，我知道哪怕我不在这世上守护我儿孙的利益了，你也会忠实地满足他们的要求。”

银行总裁虽然不是西西里人，但一样很重感情。他完全明白唐的意思。教父的请求就是总裁的命令。就这样，在这个星期六的上午，银行的行政套间，配有松软皮椅的会议室，百分之百的私密环境，全都准备好了供各大家族使用。

一支精心挑选的小部队换上警卫制服，替代了银行的保安队伍。星期六上午十点，人们开始进入会议室。除了纽约五大家族，来自全国各地的另外十个家族也派代表参加——芝加哥除外，芝加哥是地下世界的害群之马，大家已经放弃了驯服芝加哥的打算，觉得允许那群疯狗出席这么重要的会议毫无意义。

会议室里搭起了小酒吧和自助餐台。每名与会代表允许带一个助手出席。大部分唐带的是顾问，因此房间里的年轻人相对较少，汤姆·黑根是其中之一，而且只有他不是西西里血统。他身上聚集了众人好奇的目光，是个异类。

黑根知道进退。他不说话，也没有笑容。他伺候唐·柯里昂，恭敬程度不亚于宠臣伺候国王；他给唐端冷饮，点雪茄，把烟灰缸摆在唐的面前——恭敬，但不谄媚。

房间里这么多人，只有黑根认得暗色镶板墙壁上挂的那些肖像画里都是谁。这些浓墨重彩的油画，大部分描绘的是金融界传奇人物。一幅是财政部长汉密尔顿。黑根忍不住要想，汉密尔顿肯定会同意在银行机构举办这场和谈。没有比金钱更能平心静气，更有助于纯粹理性发挥作用了。

召集时间定在上午九点半到十点之间。唐·柯里昂既然是和谈的发起者，所以算是主人，因此第一个到场；他的优点很多，准时就是其中之一。第二个抵达的是卡洛·特拉蒙蒂，他把美国南部变成了私人领地。这位中年人英俊出众，是西西里罕见的高个子，皮肤晒得非常黑，衣服和发型异常精致。他看着不像意大利人，更像杂志封面懒洋洋地躺在游艇甲板上的富豪钓客。特拉蒙蒂家族靠赌博业吃饭，见到这位唐，你很难想象他凭借什么样的残忍才建立起他的帝国。

他很小就离开西西里，定居佛罗里达，在那里长大成人，受雇于控制赌博业的南部小镇政客辛迪加。那些人是一群狠角色，有更加凶狠的警官撑腰，做梦也没想到会被这么一个初来乍到的移民打败。他们对他的残忍毫无准备，也无法匹敌，因为在他们眼中，要争取的利益实在不值得流这么多血。特拉蒙蒂用更大的份额争取警方，消灭了原先操纵赌博业的极其缺乏想象力的红脖流氓。特拉蒙蒂与古巴的巴蒂斯塔政权建立联系，把金钱注入哈瓦那的赌场和妓院，诱惑美国本土的赌客成群结队前往。特拉蒙蒂如今的资产许多倍于百万富翁，拥有迈阿密海滩最奢华的酒店。

同样晒得黝黑的顾问陪伴特拉蒙蒂走进会议室，特拉蒙蒂拥抱唐·柯里昂，以同情的神色表达他对教父丧子的哀悼。

其他的唐陆续来到。他们彼此相识，打过许多年的交道，有时候是因为社交，有时候是因为追逐利益。他们一向以职业性的礼节彼此相待，在年轻还没发胖的时候都帮过别人的小忙。第三位到场的唐是底特律的约瑟夫·扎卢奇。通过恰当的伪装和掩护，扎卢奇家族在底特律地区拥有一家赛马场和很大一部分赌博业。扎卢奇面如满月，模样和蔼，家住底特律最时髦的格罗斯角，住宅价值十万美元。他的一个儿子娶了美国一个老牌世家的女儿。扎卢奇和唐·柯里昂一样精明世故。在由黑帮家族控制的各个城市里，底特律的暴力犯罪率最低，过去三年统共只处了三起死刑。他厌恶贩毒。

扎卢奇带着顾问，两人上来拥抱唐·柯里昂。扎卢奇一口美国腔，声音洪亮，只带着最细微的一丝乡音。他衣着守旧，很有生意人派头，也有良好的商誉与之相配。他对唐·柯里昂说："只有你的声音才能召唤我来这儿。"唐·柯里昂颔首表示感谢。他可以指望扎卢奇的支持。

随后赶到的两位唐来自西海岸，他们在各方各面都联系紧密，所以乘同一辆车到场。两人是弗兰克·法尔康和安东尼·莫雷纳里，四十刚出头，比与会的其他人都年轻。他们的衣着比其他人稍微随便一点，言谈举止有一丝好莱坞风度，热情得稍微有点过头。弗兰克·法尔康控制电影工会和各片厂的赌博活动，并通过复杂的管道向西部各州的妓院输送女孩。一个唐混娱乐界不太现实，但是法尔康却干出了一点门道。其他的唐因此不信任他。

安东尼·莫雷纳里控制旧金山的滨海地区，在体育赌博的帝国里数一数二。他有意大利渔民的血统，拥有旧金山最好的海鲜餐馆，据说他以低价供应上等的食物，他对此颇感骄傲。他有一张职业赌徒的扑克脸，传闻他插手美墨边境和远东航道的贩毒事业。两人的助手年轻健壮，一看就知道不是顾问而是保镖，只是不敢携带武器参加会议。大家都知道他们的保镖会空手道，其他的唐只觉得很好玩，但毫无警觉之意，不会比见到加州这两位唐带着教皇祝福过的护身符进门更加警觉。显然这里有几位笃信上帝的虔诚信徒。

接着赶到的是波士顿家族的代表。没有赢得同侪尊重的唐只有这一位。他名声在外，不善待部下，无情地瞒骗手下。这倒是可以原谅，毕竟一个人的贪婪尺度全靠自己把握。不能原谅的是他无法维持帝国的秩序。波士顿地区有太多的凶案，有太多争夺权力的小规模战争，没人撑腰的散户犯罪，过于明目张胆地藐视法律。如果说芝加哥的黑手党是野蛮人，那么波士顿这帮人就是没教养的蠢货、土鳖。波士顿的唐叫多米尼克·潘查，是个敦实的矮子，按照某位唐的说法，越看越像小偷。

克利夫兰辛迪加也许是美国纯赌博业内最有权势的帮派，出席的代表是一位容貌秀气的老人，他苍白瘦弱，头发雪白。他的外号是“犹太佬”，理由和长相无关，是因为他身边的助手全是犹太人，而不是西西里人。有传闻说要是他愿意，他甚至会任命一个犹太人做顾问。正如唐·柯里昂的家族因为吸收了黑根而有“爱尔兰帮”的绰号，唐·文森特·弗伦扎的家族也有“犹太家族”的雅称，只是相比之下更加实至名归。不过他执掌的组织效率奇高，尽管长相秀气，但他可不怕见血，他用铁拳统治帝国，辅以柔和的政治手腕。

纽约五大家族的代表最后到场，汤姆·黑根不无讶异地注意到，这五个人比外埠的乡巴佬显得更加仪表堂堂，威严出众。比方说，纽约的五位唐符合西西里的古老传统，一个个都是“大肚汉”，象征着力量和勇气，也代表着身材肥胖，他们在西西里仿佛是这两种意思结合的化身。纽约的五位唐矮胖粗壮，生着狮子般的硕大头颅，五官也比常人更大，肉乎乎的鼻子，厚实的嘴唇，赘肉下垂的面颊。他们的衣服和发型都不怎么考究，完全是实打实不虚荣的生意人派头。

首先是安东尼·斯特拉齐，他控制新泽西地区，还有曼哈顿西区码头的航运业。他在新泽西经营赌博业，和民主党的政治机器联系紧密。他有一支货运卡车队伍，帮他挣了大钱，主要因为他的卡车可以超载，不会被公路超重检查员拦住罚款。卡车压坏路面，他的路政公司和州政府签合同修路，再捞一笔油水。这种环环相扣的生意链让任何人心里都美滋滋的。斯特拉齐也很老派，拒绝经营卖淫业，但生意范围在码头区，所以很难不卷入贩毒。在和柯里昂家族敌对的五大家族中，他的势力最弱，但组织性最强。

控制纽约州北部地区的家族负责安排意大利移民从加拿大偷越国境，经营州北部的赌博业，对州政府下发赛马场的许可证有否决权，家族的首脑是欧蒂里奥·库尼奥。他长着乡间面包师的快活圆脸，特别能让人放松警惕，台面上的生意是一家大型牛奶公司。库尼奥喜欢小孩，口袋里总是装满糖果，希望能逗他的众多孙儿或同事的孩子开心。他戴一顶软呢圆帽，帽檐像女人的遮阳帽似的垂下来，把圆脸盘衬托得愈加宽大，模样非常可笑。他不但是少数几个从未被捕过的唐之一，甚至无人怀疑他的真正营生，他进入几个市民委员会任职，而且被商会投票选为“纽约州年度优秀商人”。

塔塔利亚家族最亲密的盟友是唐·埃米利奥·巴齐尼。他经营布鲁克林和皇后区的部分赌博活动，经营部分卖淫活动，从事敲诈勒索。斯坦顿岛完全受他控制。他经营布朗克斯和西切斯特的部分体育赌博。毒品买卖有他一份。他与克利夫兰和西海岸联系紧密，是少数几个精明得对内华达州开放的拉斯维加斯和里诺感兴趣的人之一。他对迈阿密海滩和古巴也感兴趣。他在纽约和全国的势力仅次于柯里昂家族，影响力甚至远至西西里。只要是非法的生意，就有他的一杯羹——据说在华尔街都有个立足点。从开战以来，他用金钱和影响力支持塔塔利亚家族。他的野心是取代唐·柯里昂，成为全国最有权势、最受尊敬的黑手党首领，并接管柯里昂帝国的部分版图。他和唐·柯里昂颇为相似，但更摩登、世故，更有商业头脑。谁都不会说他是胡子彼得，还在往上爬的年轻而鲁莽的新一代首领都很敬重他。他冷酷无情，完全不像唐·柯里昂的温和，此刻他大概是这群人里最受尊敬的一位了。

最后一个到场的是唐·菲利普·塔塔利亚，也就是塔塔利亚家族的首领，他们支持索洛佐，从而直接挑战柯里昂家族的权威，险些获胜。有意思的是其他人都有点瞧不起他。原因很简单，大家知道他任凭自己受索洛佐摆布，甚至是被土耳其佬的手巧妙地牵着鼻子走。他要承担这场动乱的责任，这次骚乱严重影响了纽约各大家族的日常业务。另外，他是个六十岁的花花公子和老色鬼，而且有充足的机会放纵自己。

这是因为塔塔利亚家族经营的就是女人。家族的生意是卖淫业，而且控制着全国各地的大部分夜总会，能把有天赋的人安插去美国的任何地方。菲利普·塔塔利亚利用暴力手段控制有前途的歌手和喜剧演员，强行进入唱片公司。不过，卖淫业是家族收入的主要来源。

大家都不喜欢他的性格。他爱抱怨，总是唠叨家族生意开销太大。洗衣店的账单，那么多毛巾，吃干净了利润（但洗衣公司其实也还是他的）。姑娘们懒惰，不安分，有的逃跑，有的自杀。皮条客两面三刀，一丁点儿忠诚都不懂。好帮手真是难找。西西里血统的小伙子对这种工作嗤之以鼻，认为贩运和虐待女人有违尊严；他们宁可唱着山歌割喉咙，用棕榈叶编个十字架挂在翻领上。菲利普·塔塔利亚说话总是大吼大叫，居高临下，毫无同情心。他最嘹亮的吼声留给政府，因为政府有权颁发或撤销夜总会和歌舞秀场的酒类许可证。他发誓他付给这些管公章的窃贼的钞票比华尔街造就了更多的百万富翁。

说来奇怪，尽管他对柯里昂家族发动的战争险些取胜，却没能给他赢来应有的尊敬。他们知道他的力量刚开始来自索洛佐，后来又来自巴齐尼家族。还有一点是占尽先机的突袭没能让他全面取胜，这是他受到蔑视的缘由。他要是更有效率，就可以避免所有这些麻烦了。唐·柯里昂的死亡将意味着战争结束。

唐·柯里昂和菲利普·塔塔利亚在敌对的战争中都失去了儿子，因此两人只是拘谨地点头打个招呼也完全合乎情理。唐·柯里昂是注意力的焦点，其他人都在打量他，观察伤情和挫败是否让他流露出软弱。大家困惑的问题是唐·柯里昂为何要在爱子死后启动和谈，这等于承认失败，几乎肯定将导致他的失势。他们很快就会知道答案了。

众人打招呼，斟酒寒暄，又过了半个小时，唐·柯里昂在锃亮的胡桃木会议桌前落座。黑根谦逊地在唐的左后方就座。这个信号使得其他的唐纷纷走向会议室。助手坐在唐的背后，顾问坐得比较近，方便在需要的时候提供建议。

唐·柯里昂首先发言，说话的神态像是没有发生过这一切——他受重伤，大儿子惨死，帝国摇摇欲坠，家庭分崩离析，弗雷迪逃往西部受莫雷纳里家族的庇护，迈克尔躲在西西里的荒郊野外。他自然地说起了西西里方言。

“我想感谢大家赏光肯来，”他说，“我认为这是帮了我个人的忙，我欠你们每个人一份人情债。有句话我说在前头，我今天来不是为了争吵什么或者说服谁，只是想说说道理，尽一个有理性的人的全部力量，希望大家今天分手时都还是朋友。这是我保证要做到的，你们有些熟悉我的人知道我从不轻易保证什么。好了，我们谈正经事吧。今天在座各位都是有信誉的人，不像律师那样需要彼此签字画押。”

他顿了顿。其他人都没有说话。有几个人在抽雪茄，有几个人在喝酒。他们都是有耐心的好听众。他们有个共同的特点，属于那种罕有的人物，拒绝接受有组织社会的制约，拒绝听从他人的命令。除非他们自己愿意，否则绝不会向任何势力和个人屈服。他们用欺诈和谋杀守护自由意志。只有死亡，或者最符合逻辑的说理能摧毁他们的意志力。

唐·柯里昂叹息道;“事情怎么会走到这一步？”他没有期待回答，“唉，算了，愚蠢的事情已经发生。太不幸了，完全没有必要。请允许我从我的角度说一说究竟发生了什么。”

他停下来，看有没有人反对他讲述他看到的前因后果。

“感谢上帝，我恢复了健康，也许能及时纠正这件事。我的儿子大概太鲁莽、太固执了，这点我不否认。总之就这么说吧，索洛佐找我谈生意，请我用金钱和影响力援助他。他说塔塔利亚家族已经表示了兴趣。这门生意是贩毒，我对此不感兴趣。我喜欢安静，这么有进取心的生意对我来说过于闹腾。我怀着对他和塔塔利亚家族的尊敬，向索洛佐解释我的看法。我以最高程度的礼貌表达了拒绝。我说他的生意和我的生意毫无关系，说我不反对他以他的方式谋生。他误会了意思，于是给所有人带来不幸。唉，这就是生活。在座各位谁没有自己的伤心事？接下来的发展实在不符合我的意图。”

唐·柯里昂停下来，向黑根打手势，示意要喝冷饮，黑根马上递给他。唐·柯里昂润了润喉咙。“我决定讲和，”他说，“塔塔利亚失去了一个儿子，我也失去了一个儿子。我们扯平了。要是人们放弃全部理性，死揪住怨恨不放，这个世界会变成什么样子？这就是西西里的苦难根源，男人忙着复仇，没时间供养家人。实在愚蠢。因此现在我想说，过去的事情就让它过去吧。在今天之前，我没有采取措施调查是谁背叛了我的儿子，又是谁杀死了他。只要讲和，从今往后我也不会这么做。我的一个儿子有家不能回，我必须得到保证，等我安排妥当，他可以安全回家的时候，不会受到干扰，不需要担心政府。这件事安排好，我们再来谈与大家利益攸关的其他事情，就让我们今天帮我们自己——我们所有人——一个有利可图的大忙吧。”柯里昂用双手打个富有感染力的谦逊手势，“这就是我的全部愿望。”

这番话说得很好。正是大家熟悉的那个唐·柯里昂。讲究理性，能屈能伸，好声好气。可是，大家都注意到他声称已经恢复健康，这说明你绝对不能因为柯里昂家族遭遇种种不幸而轻视他。大家还注意到在所有人答应他提出的和平条件之前，讨论其他的事情毫无意义。还注意到他要求恢复原状，除了他在过去一年间的惨重损失，再也不会放弃任何东西。

回答他的却不是塔塔利亚，而是埃米利奥·巴齐尼。他说得言简意赅，既不粗鲁也不侮辱人。

“你说的都没错，”巴齐尼说，“但我必须稍微补充一下。唐·柯里昂太谦虚了。其实，要是没有唐·柯里昂的帮助，索洛佐和塔塔利亚就不可能开展那门新生意。事实上，他的拒绝损害了他们的利益。当然，这不能怪他，可事实仍旧是事实：法官和政客肯买唐·柯里昂的人情债，哪怕是贩毒也一样，但事情牵涉到毒品，他们不可能被除他之外的任何人影响。要是索洛佐不能保证他的手下会得到网开一面的待遇，那他就不可能开展行动。我们都清楚这一点，否则我们就是一帮穷汉了。另外，官方最近加重了刑罚，一旦我们的人惹了毒品的麻烦，法官和检察官就会狮子大开口。面对二十年徒刑，连西西里人都会打破缄默规则法则，知道什么就说什么。不能允许这种事发生。这个系统完全掌握在唐·柯里昂手上。他拒绝让我们使用，实在不是朋友应有的举动。他从我们家人的嘴里夺走面包。时代变了，如今不比从前，大家可以各行其是。假如柯里昂操纵着纽约的所有法官，那么他就必须共享资源，或者允许其他人使用。当然，他可以为此收费，我们毕竟不是共产主义。可是，他必须允许我们从这口井里打水。问题就这么简单。”

巴齐尼说完，会场陷入寂静。分界线已经画出，情况不可能恢复原状。更重要的是，巴齐尼的言下之意是假如和谈失败，他将在塔塔利亚与柯里昂的战争中公开加入塔塔利亚一方。另外，他的一个论点很有说服力。他们的生活和财富依赖于互相帮忙，朋友求你办事而被拒绝，这就属于侵犯行为。朋友不会轻易求你帮忙，你也不能轻易拒绝。

唐·柯里昂最后开口作答。“各位朋友，”他说，“我的拒绝并没有敌意。大家都了解我。我几时拒绝过行个方便的请求？那么做实在违背我的天性。但这次我不得不拒绝。为什么？因为我认为毒品生意在未来几年内将摧毁我们。美国对贩毒的恶感过于强烈。毒品和威士忌、赌博甚至女人不同，大众需要那些东西，只有教会和政府的上层想禁止。但毒品不同，牵涉到的人都要倒霉。毒品有可能破坏其他生意。有人认为我在法官和执法部门有那么大的影响力，我不得不说我受宠若惊，我真希望这是真的。影响力我确实有一些，但如果牵涉到毒品，许多平时很尊重我的看法的人就有可能不再尊重我。他们害怕卷入这门生意，对此有强烈的厌恶感。肯在赌博和其他事情上帮助我们的警察，说到毒品也会拒绝帮忙。因此，求我在这方面帮忙办事，就等于请我危害自己。可是，假如在座各位都认为这么做就可以解决其他问题，那么我也愿意配合。”

唐·柯里昂说完，会议室里的气氛顿时放松下来，众人开始交头接耳。他作出了重大让步。他将为有组织的贩毒生意提供保护。实际上，他几乎完全同意了索洛佐最初的提案，只可惜当初的提案没有今天齐聚此处的全国首脑一致支持。大家心照不宣，他不会参与直接经营，也不会出钱投资。他将仅仅运用他在法律体系内的影响力保驾护航。可是，这个让步已经堪称惊世骇俗了。

洛杉矶的唐·弗兰克·法尔康开口作答。“不可能阻止我们的手下进入这门生意。他们反正会自己下水，招惹麻烦。这门生意的利润太丰厚，诱惑无法抵御。因此，我们不插手反而更加危险。如果在我们的控制之下，至少我们能掩盖得更好些、组织得更好些，保证少惹些麻烦。经营这门生意也没那么糟糕，因为反正要有人控制、要有人保护、要有人组织，我们不能允许乱七八糟的人跑来跑去，像一群无政府分子似的，爱怎么折腾就怎么折腾。”

底特律的唐，他对柯里昂比其他人更加友好，出于理性也出言反对老朋友的立场。“我不喜欢毒品，”他说，“这些年我一直在花钱让手下不插手这门生意。可是没有用，做不到。有人找到他们说：‘我能搞到白粉，你筹个三四千块投资，我们靠分销就能挣五千。’谁能拒绝这么高的利润？然后他们一个个忙着搞副业，撇下我花钱请他们做的事情。毒品里的钱更多，而且一天天越来越大。谁也不可能阻止，因此我们必须控制住这门生意，做得像样点儿。我不允许学校附近出现毒品，不允许卖给儿童。那是伤天害理。但是，我们必须采取措施，不能让乱七八糟的家伙为所欲为，给所有人带来麻烦。”

底特律的唐激起了众人响亮的赞同声。他说中了要害。你甚至不可能花钱让别人不贩毒。另外，他关于儿童的那番议论，是他众所周知的慈悲和温厚在说话。可话也说回来，谁会卖毒品给儿童？儿童又怎么会有钱买？至于让有色人种去贩毒，那简直是天方夜谭。黑人没有分量和影响力，他们允许社会如此践踏他们就是最好的证明。底特律的唐提起他们，也足以说明他总是被不相干的事所动摇。

所有的唐轮流发言。大家都哀叹贩毒是坏事，会招惹麻烦，但又同意无法限制。理由很简单，这门生意的利润实在太丰厚，因此必然会有人冒着一切风险去染指。这就是人性啊。

最后大家达成共识：开放毒品买卖，唐·柯里昂必须为东部的毒品生意提供一定程度的法律保护。不言而喻，巴齐尼和塔塔利亚两个家族将负责大部分成规模的活动。搬开了这块大石头，会议转向牵涉到更广大的利益的其他问题，还有许多复杂问题等待解决。众人同意设拉斯维加斯和迈阿密为开放城市，所有家族都可进驻。大家都认为这两个城市前途无量。众人同意这两个城市不得展开暴力犯罪，形形色色的小型犯罪将被清除。众人同意在遇到重大事件时，处决虽有必要但有可能招来公众抗议，那么处决必须经过本委员会的批准。众人同意必须约束纽扣人及其他部下的暴力犯罪和彼此间因个人原因而起的复仇行为。众人同意各大家族在接到请求时应该互相帮助，例如提供处刑人，例如在贿赂法官这种特定行动中提供技术支持，这在某些场合关系到生死。这种高层人员非正式的谈话很花时间，中间休会一段时间，在餐台和酒吧吃午饭喝酒。

最后，唐·巴齐尼试图把会议引向结束。“那么，所有问题都讨论完了，”他说，“我们得到了和平，请允许我向唐·柯里昂表示敬意，和他打了这么多年交道，我们都知道他言出必行。若是再有什么分歧，我们可以重新开会，不必冲动犯傻。要我说，这条新路充满生机。我很高兴事情终于得到解决。”

只有菲利普·塔塔利亚还有点担心。若是战争重新爆发，杀死桑蒂诺·柯里昂已使他成为群体里最脆弱的一个人。他第一次长篇大论发言。

“我同意刚才的所有决定，我愿意忘记我自己的不幸。可是，我想听到柯里昂家族的严格保证。他会不会尝试个人复仇？随着时间过去，他的位置也许会更加牢固，他会忘记我们发誓永葆友谊吗？我怎么知道他过三四年不会觉得自己受到了亏待，违背意愿被迫答应今天的协议，因此可以随心所欲打破誓言？我们是不是非得时刻互相警惕，还是可以真的心怀和平去过和平的日子？我愿意给出保证，柯里昂能向所有人给出他的保证吗？”

就在这时，唐·柯里昂发表了将被长久纪念的演说，巩固了他在众人中最具远见的领袖地位，演说充满逻辑常理，发自肺腑，切中要害。他在演说中创造了一个短语，日后像丘吉尔的“铁幕”一样变得人尽皆知，但到十年后才进入公众视线。

他第一次起身对委员会说话。他个子不高，因为“病况”有点消瘦，六十岁的年龄终究显出了几分老态，但无疑已经恢复了过去的全部力量，仍旧拥有过去的所有智慧。

“我们如果失去理性，那算是什么样的人啊，”他说，“没有理性，我们和丛林野兽还有什么分别？但是，我们毕竟有理性，能够彼此说理，能够和自己说理。重新挑起所有争端，诉诸暴力和混战，能够满足我的什么目标呢？我的儿子死了，这是不幸，我必须承受，不能让我周围的世界随我一同受苦。因此，我今天说，我以名誉发誓，我不会寻求复仇，不会追查往事的前因后果。我将胸怀坦荡离开这里。

“有一点我想说的是，我们必须看顾自己的利益。我们这些人都拒绝当傻瓜，拒绝当傀儡，被高处的人扯着线蹦蹦跳跳。我们在这个国家运气不错。我们的大部分子女已经过上了更好的生活。你们有些人的儿子是教授、科学家、音乐家——真是走运。你们的孙子也许会成为新的首领。我们谁都不希望见到儿孙走上我们的老路，那样过日子太艰难了。他们可以和其他人一样，我们的勇气赢来了他们的地位和安稳。我已经有了孙子，希望他们的孩子有朝一日能成为——谁知道呢——州长？总统？在美国一切皆有可能。可是，我们必须跟着时代向前走。刀枪刺杀的年月已经过去。我们要像商人一样狡猾，从商的钱更多，对我们的儿孙更好。

“至于我们的行为，我们不需要对那些炮筒子、那些首领负责，他们擅自决定我们该怎么处理我们的生命，他们宣战，希望我们用血肉保护他们的战果。我们凭什么为了保护他人的利益而伤害自己？而我们看顾我们自己的利益，他们凭什么插手？这是我们的事业[1]。”唐·柯里昂说，“这是我们自己的事业。我们管理自己的世界，因为这就是我们的世界，我们的事业。我们必须紧密团结，抵抗外来的干涉。否则他们就会给我们套上鼻环，就像他们已经给美国的另外几百万那不勒斯人和意大利人套上了鼻环一样。

“为了这个原因，我愿意放弃为儿子报仇，这是为了大家的利益。我现在发誓，只要我还负责指挥家族的行动，若是没有正当理由和遇到最激烈的挑衅，就连一个指头也不会举起来反对在座各位。我愿意为了共同利益牺牲我的商业利益。我发誓保证，以名誉保证，你们都清楚我从没有违背过誓言和名誉。

“不过，我也有个自私的目的。因为受到索洛佐和那位警长的凶杀指控，我最小的儿子不得不逃跑。我必须安排他安全回国，洗清污名。这是我个人的事情，我会自己做些安排。也许我必须找到真凶，或者向政府证明他的无辜，也许证人和线人会撤回他们的谎言。可是，我还是要说，这是我个人的事情，我相信我能把我的儿子带回家。

“但是，有句话我得说在前头。我是个迷信的人，这个毛病

1　Cosa nostra：原文为意大利语，意为“我们的事业”，指代黑手党。

多么可笑，但我不得不说，要是什么倒霉的变故落在我的小儿子头上，要是某个警察不小心开枪打死他，要是他在牢房里上吊自杀，要是什么新证人冒出来证明他有罪，那迷信就会让我觉得这是因为在座有人还对我心怀恶意。再进一步说，假如我的儿子被雷劈了，我都会怪罪在座的某些人。要是他乘的飞机坠海，乘的船只沉入滚滚波涛，他得上致命的热病，汽车被火车撞了，迷信同样会让我归咎于在座某些人的恶意。各位先生，这种恶意，这种厄运，我可永远不会原谅。但除此之外，我愿意拿我孙子辈的灵魂起誓，我绝对不会打破我们缔结的和平。说到底，我们毕竟比那些双手沾满无数人类鲜血的领袖要好，不是吗？”

说完这些，唐·柯里昂从他的位置顺着会议桌走向唐·塔塔利亚的座位。塔塔利亚起身迎接他，两人拥抱，彼此亲吻面颊。房间里的其他唐鼓掌，见到谁都使劲握手，祝贺唐·柯里昂和唐·塔塔利亚新建立的友谊。这恐怕不是全世界最美好的友谊，他们不会互送圣诞礼物，但他们也不会彼此仇杀。在他们的世界里，这样的友谊就足够了，需要的也只是这样的友谊。

由于西部的莫雷纳里家族庇护了他的儿子弗雷迪，唐·柯里昂在散会后和旧金山的唐多聊了一阵，感谢他的善意。莫雷纳里的话足以让唐·柯里昂明白弗雷迪在那头如鱼得水，过得很高兴，很受女人的欢迎。他似乎很有经营酒店的天赋。唐·柯里昂赞叹摇头，就像平常父亲得知孩子拥有他做梦也没想到的天赋一样。有时候最大的不幸也能带来意料之外的报酬，难道不是这样吗？他们都同意确实如此。柯里昂向旧金山的唐明确表示，因为庇护弗雷迪帮了他一个大忙，所以他欠旧金山的唐一笔人情债。柯里昂郑重表示会施加影响力，无论未来几年的权力结构发生什么变化，都保证旧金山的人能用上至关重要的赛马电报线，这个保证非常重要，因为围绕这个设施而起的争斗是个一直在流血的老伤疤，而芝加哥那帮人死抓着不放又让事态更加复杂。不过，唐·柯里昂在那个法外之地也并非毫无影响力，他的承诺就是价值千金的礼物。

傍晚时分，唐·柯里昂、汤姆·黑根和保镖兼司机——凑巧就是洛可·兰坡——回到长滩的林荫道。走进屋子，唐对黑根说，“今天的司机，那个叫兰坡的，多注意他。我觉得这个小伙子值得好好培养。”这句评语让黑根有点吃惊。兰坡一整天半个字都没说过，甚至没有瞥一眼后座上的唐和黑根。他为唐开车门，他们走出银行时车已经停在门口，他的每件事情都做得恰如其分，但这正是一个训练有素的司机应该做到的。显然唐的眼睛见到了他没看清的东西。

唐让黑根先离开，吃过晚饭再来，抓紧时间休息一下，因为他们要彻夜讨论。他还吩咐黑根叫上克莱门扎和忒西奥。夜里十点，别早到。黑根要向克莱门扎和忒西奥通报下午会议的情况。

十点，唐在配备法律书籍和特别电话的拐角办公室等待他们三人。桌上的托盘盛着冰块、苏打水和几瓶威士忌。唐开始发布命令。

“今天下午我们缔结了和约，”他说，“我用誓言和名誉作了保证，这对你们几个人应该足够了。可是，那些朋友恐怕没那么值得信赖，所以我们还不能放松警惕。可别被下三烂打个措手不及。”唐转向黑根，“已经放布其奇奥家族的人质回去了吧？”

黑根点点头：“我一到家就打电话通知了克莱门扎。”

唐·柯里昂转向大块头克莱门扎。首领点点头："我放他们走了。教父啊，我有个问题，西西里人真能像布其奇奥家表现出来的那么愚钝吗？"

唐·柯里昂微微一笑："他们够精明了，能过上好日子。有什么必要比这更精明呢？搞得天下大乱的可不是布其奇奥家族这种人。不过你说得对，他们缺少西西里人的头脑。"

战争已经结束，众人的情绪都很放松。唐·柯里昂亲自调酒端给大家。唐品着他的那杯酒，点燃雪茄。

"我不要你们采取行动搞清楚桑尼的死因，过去的事情就忘了吧。我要你们与其他家族全面合作，哪怕他们稍微贪婪一点，我们没有拿到应得的份额也让着点。在找到办法接迈克尔回家之前，无论遇到什么挑衅，我都不允许破坏和平。这是你们考虑问题的首要前提。千万记住，他要回来就必须彻底安全地回来。我说的不是塔塔利亚和巴齐尼，我担心的是警察。没错，我们可以除掉不利于他的关键证据，侍者不会作证，另外一个人不管他是旁观者还是枪手也不会。我们最不需要担心的就是关键证据，因为我们知根知底。我们要担心的是警察会不会因为线人让他们相信就是迈克尔·柯里昂杀死了警长，从而炮制假证据。明白吗？我们必须要求五大家族尽其所能纠正警方的观念。他们与警方合作的线人必须捏造出新说法。我认为听完今天下午我的演说，他们会明白这么做也符合他们的利益。不过这还不够。我们要想出更特别的办法，让迈克尔永远不需要担心这件事。否则他回美国也没有任何意义。我们都好好想一想，这是目前最重要的。

"唉，老天应该允许每个人一辈子犯一次傻。我已经犯过了。

我要买下林荫道附近的所有土地和房屋。一英里之内，我不希望有人推开窗户能看见我的花园。我要在林荫道附近筑起围墙，我要二十四小时全面保护林荫道。我要在围墙上开一道大门。简而言之，我现在希望活在要塞里。就这么说吧，从今往后，我再也不去市区办事了。我将半隐退。我忽然很想摆弄摆弄花园，葡萄收成好就酿酿酒。我想住在这幢屋子里。只有度假或者有急事需要见什么人的时候才出去，出门的时候也必须采取所有预防措施。你们别误会，这不是准备打仗，只是小心谨慎而已，我这人向来很谨慎，生活中最不合我心思的就是粗心大意。女人和孩子能够承担粗心大意的后果，男人却不行。做这些事情的时候要慢慢来，免得心急火燎地惊扰了我们的朋友。表面上要做得自然而然。

“现在我打算把生意逐渐转交给你们三个人。我要解散桑蒂诺的手下，把那些人安排进你们的组织。这会让我们的朋友安心，表明我的和平立场。汤姆，我要你调遣一组人去拉斯维加斯，向我全面汇报当地的情况。汇报弗雷迪的情况，那边究竟在发生什么，听说我都要认不出我的儿子了。听说他天天下厨，和小姑娘寻欢作乐，超出了成年人应有的范围。唉，他小时候过于严肃，一直不是从事家族生意的那块料。不过我们先搞清楚那边究竟能做些什么再说。”

黑根静静地说：“要派你的女婿去吗？说起来卡洛还是内华达人，他应该熟门熟路。”

唐·柯里昂摇摇头。“不行，孩子都不在身边，我老婆很孤独。我要康丝坦齐娅和丈夫搬进林荫道的一幢屋子。我要给卡洛一份有职权的工作，也许我以前对他太严厉了，再说，”唐做个鬼脸，“我的儿子不够数。把他从赌博业撤出来，安插进工会，让他做些文书工作，尽量多说话。他这人很健谈。”唐的声音里有最细微的一丝轻蔑。

黑根点点头：“好的，克莱门扎和我过一遍人选，调遣队伍去拉斯维加斯。要我把弗雷迪叫回家住几天吗？”

唐摇摇头，他冷酷地说：“回来干什么？我老婆还能给大家做饭呢。就让他待在那儿吧。”三个人不安地动了动。他们没有意识到弗雷迪居然激起了父亲这么强烈的反感，怀疑里面有些他们还不了解的原因。

唐·柯里昂叹息道：“今年我打算在花园里种些青椒和番茄，吃不完就当礼物送给你们。我年纪大了，想享受一点和平，一点安静和清净。好吧，就这些。还想再喝一杯吗？”

这句话就是解散的意思。三个人站起身，黑根送克莱门扎和忒西奥上车，约定开会商量细节，实现唐刚才表达的愿望。接着，他回到房间里，他知道唐·柯里昂还在等他。

唐已经脱掉上衣和领带，躺在沙发上，严厉的面容松弛下来，露出疲惫的皱纹。他挥手示意黑根坐进扶手椅，说：“好了，顾问，你不赞成我今天的那些决定吗？”

黑根考虑清楚，最后答道：“倒是没什么不赞成的，但我觉得那些决定既不符合也没有真实表现你的性格。你说你不想查清桑蒂诺是怎么死的，也不打算复仇。我不信。你发誓维护和平，因此你将捍卫和平，但我无法相信你会拱手把敌人今天看似赢得的战果送给他们。你构造了一个我无法解答的巨大谜团，赞不赞成又从何谈起呢？”

唐的脸上露出满意的神情。“你比任何人都了解我。尽管你没有西西里血统，但我把你培养成了一个西西里人。你说的都没错，但谜团终究有答案，你会在它完全编织好之前看明白的。你看得出每个人都必须接受我的话，而我会信守诺言。我要你们不折不扣地执行我的命令。可是，汤姆，现在最重要的就是尽快让迈克尔回家。把这个当成你脑子里和工作中的首要任务。打通所有的法律关节，我不在乎你花多少钱。他回家必须回得万无一失。咨询最好的刑事律师。我会给你几个法官的名字，他们会私下接见你。事成之前，我们必须严防一切背叛行为。”

黑根说：“我和你看法相同，不太担心确实存在的证据，更担心他们有可能炮制的伪证。警察的朋友还有可能在他被捕后杀死他。他们会在牢房里杀死他，让其他犯人顶罪。要我说，我们甚至不能让他被捕和受指控。”

唐·柯里昂叹息道：“我知道，我知道。这就是难点了，而且我们不能拖延太久。西西里也有麻烦。那边的年轻人不再服从长辈，老派的唐实在控制不住很多被美国驱逐回去的家伙。迈克尔有可能被卡在两者之间。我采取了一些预防措施，他目前隐蔽得还很好，但迟早有露馅的一天。这是我必须和谈的理由之一。巴齐尼在西西里有朋友，已经闻到了迈克尔的踪迹。你那个谜团有了一部分答案：我必须用和谈保证儿子的安全。没有别的办法。”

黑根没有费事问唐是怎么知道这些情报的，他甚至不吃惊。这确实解开了部分谜团。“我和塔塔利亚家族商谈细节的时候，要不要坚持他挑选没有案底的人担任贩毒中间商？法官恐怕不会愿意轻判有前科的人。”

唐·柯里昂耸耸肩。“他们应该有想到这一点的脑子。提一提，用不着坚持。我们尽我们所能，但他们被抓住的人要是有毒瘾，我们连一根指头都别动。就说实在无能为力。不过，你不说，巴齐尼自己也想得到。你注意到了吗？在这件事上，他怎么都不肯直接表态。光看表面，你有可能永远不知道他到底有没有卷入。这种人永远都不怕被输家连累。”

黑根大吃一惊：“你是说他从一开始就是索洛佐和塔塔利亚的后台？”

唐·柯里昂叹息道：“塔塔利亚是拉皮条的。他怎么可能斗得过桑蒂诺？这就是我不必搞清楚前因后果的理由。知道巴齐尼插手就足够了。”

黑根慢慢理解这句话。唐给了他一些线索，但还有很重要的内容没说。黑根知道那是什么，但他的地位不允许他多问。他道过晚安，起身离开。唐还有最后几句话要吩咐。

“记住，运用你的全部智慧，制订计划让迈克尔回家，”唐说，“还有一件事。和电话公司的人安排一下，每个月我都要拿到克莱门扎和忒西奥打进打出的所有通话清单。我并不怀疑他们。我发誓他们绝对不会背叛我。但在出事之前掌握所有微小的细节也不会有坏处。”

黑根点点头，走出门。他琢磨着唐有没有用什么手段监视他，随后又因为他的怀疑而羞愧。但此刻他放心了，确信教父那敏锐而复杂的头脑已经制订出了影响深远的行动计划，白天的谈判仅是一次战术撤退。这里潜藏着一个阴森的秘密，谁也没有提起，他本人不敢问，唐·柯里昂避而不谈。一切都指向未来算总账的那一天。

第二十一章

然而，近一年以后，唐·柯里昂才终于安排妥当，让儿子迈克尔偷渡返回美国。在这段时间里，整个家族绞尽脑汁，盘算切实可行的方案。甚至向已经和康妮一起住进林荫道的卡洛·里齐征求了看法（在这段时间里，他们又生了第二胎，一个儿子）。可是，所有方案都没有得到唐的批准。

最后还是布其奇奥家族的一场不幸解决了问题。布其奇奥家有个叫菲利克斯的小表弟，还不到二十五岁，在美国出生，比家族的任何成员都要有头脑。他拒绝进入家族的垃圾搬运业，娶了个英国血统的漂亮姑娘，进一步和家族划清界限。他晚上念书考律师，白天是邮局的一名文职人员。在这段时间里，他有了三个孩子，妻子很会持家，所以一家人靠他的薪水过日子，等他考取法学学位。

这位菲利克斯·布其奇奥和许多年轻人一样，以为努力完成学业，掌握职业技能，德行就将得到回报，让他过上体面的日子。事实证明并非如此。他依然自负，拒绝了家族的全部帮助。他有个年轻的律师朋友，神通广大，在一家大型法律事务所就职，前途无量，说服菲利克斯帮个小忙。这个小忙非常复杂，看似合法，牵涉到破产欺诈。被揭穿的几率顶多百万分之一。菲利克斯·布其奇奥想试试运气。这场骗局需要动用他在大学学到的法律技能，他觉得看起来犯法并不严重，说来好玩，甚至不触犯刑法。

傻瓜的故事我们长话短说，骗局被揭破了，律师朋友拒绝以任何手段帮助菲利克斯，连电话都不肯接。骗局的两名主犯都是精明的中年商人，由于计划出了纰漏而疯狂斥责菲利克斯·布其奇奥的法律手腕太笨拙，接着认罪并和州政府合作，指名道姓地说菲利克斯·布其奇奥是骗局主谋，说他用暴力威胁控制他们的公司，强迫他们与他合作，执行那些瞒天过海的方案。证词把菲利克斯和布其奇奥家族几个有暴力前科的叔伯兄弟联系了起来，证据确凿而致命。商人得到缓刑，逍遥法外。菲利克斯·布其奇奥入狱一到五年，服刑三年。家族没有向任何家族或唐·柯里昂请求援助，因为菲利克斯拒绝向他们求助，理当给个教训：只有家族才会向你施恩，家族比社会更加忠实，更加值得信赖。

总而言之，服刑三年后，菲利克斯·布其奇奥出狱回家，亲吻妻子和三个孩子，安安静静住了一年，随后用行动证明他毕竟还是布其奇奥家族的成员。他没有隐瞒罪行的打算，购买了一把手枪，射杀了他那位律师朋友。接着，他找到那两名商人，在他们走出一家小餐馆的时候，冷静地开枪打穿两颗脑袋。他连看也没多看马路上的尸体一眼，走进小餐馆，点了一杯咖啡，坐等警察来逮捕他。

审讯迅速，判决无情。黑帮成员罪有应得坐牢，出狱后残忍杀害指认他的证人。这是公然嘲笑社会正义，民众、媒体和社会组织体系破天荒地意见一致，连耳朵软心肠软的人道主义者都要求送菲利克斯·布其奇奥上电椅。按照州长身边最亲密的政治助手的说法，动物收容所对疯狗有多同情，州长待他就有多慈悲。布其奇奥家族终于为他自豪了，只要能向更高一级法院上诉，花多少钱都愿意，但结论却无法改变。各种法律手续虽说能拖延一点时间，但菲利克斯·布其奇奥将死在电椅上。

布其奇奥家的一名成员希望能为这个年轻人做点什么，黑根应他的要求，请唐关注一下这个案件。唐·柯里昂断然拒绝。他又不是魔术师。布其奇奥家的请求完全不可能实现。但第二天，唐打电话叫黑根来他的办公室，吩咐他详详细细从头到尾讲一遍这个案子。等黑根说完，唐·柯里昂叫他请布其奇奥家族的首领来林荫道会面。

接下来的事情简单而绝妙。唐·柯里昂向布其奇奥家族的首领保证，菲利克斯·布其奇奥的妻子将得到一笔不菲的抚恤金，立刻交付给布其奇奥家族。作为回报，菲利克斯必须认罪，是他谋杀了索洛佐和麦克劳斯凯警长。

还有许多细节需要安排。菲利克斯·布其奇奥的坦白必须真实可信，因此他必须了解部分真实的细节。另外，他必须把警长牵涉进贩毒活动。要说服月亮餐馆的侍者，指认菲利克斯·布其奇奥是杀人犯。这需要一定的勇气，因为描述将有翻天覆地的变化：菲利克斯·布其奇奥比迈克尔·柯里昂矮得多也胖得多。不过这个问题交给唐·柯里昂解决。另外，由于被判死刑的年轻人笃信高等教育，也是大学毕业生，他会希望他的孩子也能念大学。因此，唐·柯里昂将一次性承担孩子的大学教育费用。他还要说服布其奇奥家族，原先的三条人命已经让菲利克斯·布其奇奥不可能得到豁免，多认罪只是给本已确定的命运贴上封条而已。

一切都安排妥当了，钱如数给到位，适当接触死刑犯，传达指示和建议。终于，计划实施，认罪登上所有报纸的头条。整件事获得巨大成功。可是，唐·柯里昂和以往一样谨慎，等到菲利克斯·布其奇奥处刑后又过了四个月，这才下令让迈克尔回家。

第二十二章

桑尼死后一年，露西·曼奇尼仍旧非常想念他，哀悼之情超过了任何浪漫故事里的情人。她不是像纯情少女或者忠贞妻子一样思念、渴求他。她也没有因失去“人生伴侣”而寂寞，或是想念他的健壮体魄。她怀恋的不是饱含感情的礼物、小女孩的英雄崇拜和他的笑容，也不是她说了什么惹人怜爱或者俏皮机智的话时他眼中好笑的亮光。

不。她想念他的理由更加重要：他曾是全世界唯一能让她的躯体完成爱情行为的男人。在她年轻而天真的脑袋里，仍旧相信只有他才有可能做到这件事。

如今一年过去了，她在内华达的芬芳微风中晒着日光浴。她的脚边坐着一个身材瘦削的金发年轻男人，他正在抚弄她的脚趾。两人在酒店的游泳池边消磨周日的下午时光，尽管周围有那么多人，男人的手还是顺着她赤裸的大腿滑了上来。

“喂，朱尔斯，停下，”露西说，“我还以为医生好歹不会像普通男人那么轻浮呢。”

朱尔斯咧嘴一笑：“我是拉斯维加斯的医生。”他轻挠她的大腿内侧，惊讶于一个小小动作就能惹得她那么兴奋。尽管她极力掩饰，但兴奋还是在脸上流露了出来。真是一个纯朴天真的姑娘。可是，他为什么就是无法让她就范呢？他必须搞清楚这一点，什么爱情失去就永远无法弥补之类的鬼话就算了吧。他的手底下是个活生生的器官，活生生的器官需要另外一个活生生的器官。朱尔斯·西格尔医生下定决心，今晚他要在房间里迈出这一大步。他原本打算不要花招就让她就范，但如果非得要花招的话，他可是行家——当然，都是出于对科学的兴趣，再说这可怜的孩子也想得要命。

“朱尔斯，停下，求你了，停下。”露西说，声音在颤抖。

朱尔斯立刻懊悔起来。“好的，宝贝儿。”他说。他把脑袋放在她的膝头，用柔软的大腿当枕头，打了个小盹。她的蠕动和她滚烫的下体让他觉得很有意思；她用手梳理他的头发，他开玩笑似的抓住她的手腕，像情人一样握在手里，实际上是在量她的脉搏——跳得很厉害，他今晚就能把她弄到手，解开这个谜团，看看到底是为什么。朱尔斯·西格尔医生满怀信心，沉沉入睡。

露西望着泳池边的人们。她怎么也不可能想到不足两年，生活就能变得这么厉害。她从没后悔过自己在康妮·柯里昂婚礼那天的“犯蠢”。那是她遇到过的最美好的事情，她在梦中一遍又一遍重温那一刻，就像她在婚礼之后的那几个月里一遍又一遍地重温一样。

桑尼每周找她一次，有时多些，从没少过。每次见他的前几天里，她的躯体经受着煎熬。他们对彼此的激情是最原始的那一种，没有掺杂诗意和任何形式的理性。那是最原始的天性，是肉欲之爱，是器官对器官的爱。

每次桑尼打电话说要来，她就确保公寓里备足晚餐和早餐所需的酒水和食物，因为他通常要到第二天上午才离开。他想饱尝她的滋味，正如她想饱尝他的滋味。他有公寓钥匙，每次一进门，她就会飞扑进他健壮的怀抱。两人都像野蛮人一样直接、原始，刚开始接吻就摸索着解对方的衣服。他们站在门厅里做爱，就仿佛他们必须重演当初的第一幕，然后他就这么抱着她走进卧室。

他们会在床上做爱，会在公寓里一待就是十六个钟头。她会给他做饭，丰盛的大餐。他有时候会接几个电话，显然是谈正经事，但她一个字也没听进去过。她会忙着玩弄他的躯体，爱抚它，亲吻它，用嘴巴吞没它。有时候他起身去拿饮料，从她身边走过，她忍不住要伸手触摸他赤裸的躯体，抓住他，和他做爱。刚开始她对自己的荒淫还有点羞愧，但很快发现这些行为也让情人开心，她彻底沦为他的胯下之臣使得他飘飘欲仙。他们的关系里有着动物般的单纯，彼此都很高兴。

桑尼的父亲在街上遇到刺杀，她立刻意识到情人也有危险。她独自待在公寓里，没有黯然垂泪，而是大声嚎哭——动物般的嚎哭。桑尼一连三个星期没来找她，她靠安眠药、酒精和愤懑过日子。她感觉到的痛楚是肉体上的痛楚，她的躯体疼痛难忍。后来他终于来了，她几乎每时每刻地抓着他不放。接下来他至少每周来一次，直到遇害。

她通过报纸得知他的死讯，那天晚上，她吞了大剂量的安眠药。不知为何，安眠药没有杀死她，而是让她非常难受，她踉踉跄跄地来到公寓的走廊上，晕倒在电梯门口，被人发现后送进医院。她和桑尼的关系很少有人知道，因此只在地摊小报上得到了几英寸的版面。

她在医院里的时候，是汤姆·黑根来医院探望和安慰她，也是汤姆·黑根给她在拉斯维加斯安排了一份工作，去桑尼的弟弟弗雷迪经营的酒店做事，还是汤姆·黑根说柯里昂家族将给她一笔年金，是桑尼给她准备的。黑根问她有没有怀孕，怀疑她就是为此吃安眠药的，她说没有。黑根问她桑尼在遇难的那天夜里有没有来见她，有没有打电话说要来见她，她说桑尼没有来见她，也没打过电话。说她每天下班后都在家里等桑尼。她对黑根说了实话。“他是我这辈子唯一爱过的男人，”她说，“我再也没法爱别人了。”她看见他露出一丝微笑，同时也有点诧异。“就那么难以置信吗？”她问，“他不是把小时候的你领回家了吗？”

“那时候的他是另外一个人，”黑根说，“长大后变成了另外一种男人。”

“对我来说不是，”露西说，“也许对别人来说都是的，但对我来说不是。”她还很虚弱，无法解释桑尼待她有多么温柔，从不对她发火，甚至都不烦躁和紧张。

黑根安排妥当，送她去了拉斯维加斯。有一套租来的公寓在等她，他亲自送露西去机场，请她答应，只要觉得孤单或者过得不顺心就打电话给他，他会尽可能地帮助她。

她登机之前，吞吞吐吐地问黑根：“桑尼的父亲知道你做的这些事情吗？”

黑根笑着说：“我不但代表自己，也代表他。他在这方面很老派，不会做不利于儿子的合法妻子的事情，但他觉得你还太年轻，桑尼应该更懂事才对。可你吃安眠药却吓住了大家。”他没有详细解释，在唐这样的人看来，一个人试图自杀是多么不可思议的事情。

在拉斯维加斯住了十八个月之后，她惊讶地发现自己过得还算开心。有些夜晚她会梦见桑尼，黎明前醒来后躺在那里，一边爱抚自己一边继续做梦，直到重新入眠。她一直没有新男人。拉斯维加斯的生活很合她胃口。每逢休息日，她就在酒店泳池游泳，泛舟米德湖上，驱车穿越沙漠。她瘦了下来，体形变得更好。她仍旧性感，但更接近美国，而不是古老的意大利风格。她在酒店的公关部门担任接待员，和弗雷迪没什么关系，不过弗雷迪每次见到她都要停下聊几句。她对弗雷迪的变化很吃惊。弗雷迪像个花花公子，衣着时髦，似乎对经营赌博饭店很有天赋。他控制的是客房部，赌场东家一般不插手这个行当。夏季漫长而炎热，加上也许过于活跃的性生活，弗雷迪也瘦了不少，好莱坞风格的服侍让他风度翩翩，潇洒得要命。

她到拉斯维加斯六个月后，汤姆·黑根来看她过得怎么样。除了工资，她每个月收到一张六百美元的支票。黑根解释说这笔钱必须做得像是另有来路，请她签署一份授权委托书，方便他调拨钱款。他还说她将从形式上拥有她工作的这家酒店的五“点”股份。她得办理内华达法律要求的所有法律手续，不过所有事情都由别人处理，她本人的不便将微乎其微。但是，没有他的同意，她不能和任何人讨论这方面的安排。她将在各方面得到法律的保护，每个月肯定能拿到那笔津贴。要是政府或执法机构有问题，她只要把所有的事情交给律师就不会有麻烦了。

露西同意了。她明白在发生什么，但并不介意被这么利用。似乎是个合情合理的小恩惠。可是，黑根又请她盯着点儿酒店里的事情，盯着点儿弗雷迪和弗雷迪的老板——他拥有和经营客房部，是大股东——露西说：“什么，汤姆，你不是要我监视弗雷迪吧？”

黑根笑着答道：“弗雷迪的父亲很担心他。他和莫·格林走得很近，我们只想确保他别招惹麻烦。”他没费神解释说唐之所以在拉斯维加斯这种荒漠里资助建设酒店，不单是为了给儿子提供避难所，也是想踏进更大规模商业活动的门槛。

这次会面过后不久，朱尔斯·西格尔来到酒店担任特聘医师。他非常瘦削英俊，魅力过人，当医生似乎有点过于年轻，至少在露西看来是这样。她因为手腕长了个肿块而认识了他。她担心了好几天，终于在一天上午走进医生在酒店的诊室。两个合唱队的歌舞女郎在候诊室里聊天，都是桃红肤色的金发美女，露西一直很羡慕这种美丽。她们貌若女神，但其中一个却在说：“我发誓，再得一次性病，我就不跳舞了。”

朱尔斯·西格尔医生打开诊室的门，示意一名歌舞女郎进去，露西真想转身就走，要是她的问题更加私密和严重，那就肯定走了。西格尔医生穿休闲裤，翻领衬衫。还好角质框眼镜帮了忙，气质显得沉静而稳重，不过总的来说让人觉得不太庄重。和很多骨子里的老派人一样，露西觉得和医学有关的事情不可能是随随便便的。

等她终于走进诊所，他的谈吐举止显得那么能安慰人，打消了她的全部顾虑。他很少开口，但并不唐突，而且不紧不慢。她问肿块是怎么回事，他耐心地解释说只是个很常见的纤维增生，不可能是恶性的，也不需要大惊小怪。他拿起一本厚厚的医学书，说：“伸出胳膊。”

露西犹犹豫豫地伸出胳膊。他第一次对她露出笑容："我要让自己损失一笔外科手术费了，"他说，"我要用这本书砸平它。也许还会再冒出来，不过要是动外科手术摘除，你会破费一大笔，要缠绷带还有很多麻烦事，如何？"

她报以微笑。不知为何，露西完全信任他。"好的。"她说。接下来的一瞬间，沉重的医学书拍在她的手臂上，她惊叫一声。肿块几乎平了。

"有那么疼吗？"他问。

"没有，"她说，她看着他填写病历卡，"就这样？"

他点点头，没再多看她一眼。她起身离开。

一周后，他在咖啡馆遇到露西，到吧台前挨着她坐下。"胳膊怎么样？"他问。

她笑着答道："很好。你真是不守常规，但确实有一手。"

他咧嘴一笑。"你还不知道我有多不守常规呢。我也不知道你有多有钱。《维加斯太阳报》刚发表了这家酒店的股东名单，露西·曼奇尼足足有十个点。我应该利用那个小肿块发一笔财啊。"

她没有吭声，忽然想起了黑根的提醒。他又咧嘴一笑。"别担心，我知道规矩，你只是傀儡而已，拉斯维加斯到处是这种人。今晚陪我看演出怎么样？我请你吃晚饭。还可以请你玩几把轮盘赌。"

她有点拿不准。他极力怂恿。最后，她说："我去是想去，但你恐怕会对今晚的结果失望。我可不像拉斯维加斯的大部分女孩那么随便。"

"所以我才邀请你啊，"朱尔斯兴高采烈道，"我给自己开了休息一晚的处方。”

露西对他笑了笑，有点伤感地说：“就那么明显？”他摇摇头，她说：“好吧，那就吃个晚餐，不过轮盘赌的筹码我自己买。”

他们去吃晚餐看表演，朱尔斯逗得她很开心，用医学术语描述各种类型的赤裸大腿和胸部，但不是讥笑，而是善意的玩笑。吃过饭，他们在同一个轮盘下注，赢了一百多块。接下来，两人在月光下开车去顽石大坝，他试图和她做爱，但她在几次亲吻后开始抵抗，他知道她是真的不愿意，只得罢手。他欣然接受失败。“我说过不行了。”露西有点不好意思地责备道。

“要是我连试也不试，你会觉得受到了莫大的屈辱。”朱尔斯说。她不得不哈哈大笑，因为确实如此。

接下来的几个月里，他们成了好朋友。不是情侣，因为没有做爱，露西不允许。她看得出她的拒绝让他困惑，但没有像大多数男人那样受到伤害，这反而让她愈加信任他了。她发现在医生的职业外表下，他这个人狂放不羁，喜爱玩乐。每逢周末，他就开着一辆改装名爵轿车去加州赛车。有机会休假，他会深入墨西哥内陆，真正的蛮荒之地，他说陌生人在那儿会因为一双鞋丢掉性命，生活和一千年前一样原始。露西偶然得知他是个外科医生，曾经就职于纽约的一家著名医院。

她不禁对他为何接受酒店的工作感到更加困惑。她问起此事，朱尔斯答道：“你告诉我你最隐秘的秘密，我就告诉你我的。”

她脸红了，没说下去。朱尔斯没有追问，两人的关系一如既往，她对这份温暖友情的依赖超出了自己的意料。

此刻，坐在泳池边，朱尔斯长着金发的脑袋搁在她的膝头，她对他产生了难以遏制的柔情。她的下体一阵胀痛，她的手指不由自主充满欲望地爱抚他的脖子。他似乎睡着了，没有注意到，单是感觉到他贴着自己，她就兴奋了起来。他忽然从她的膝头抬起脑袋，站起身，抓住她的手，领着她穿过草坪，走上水泥步道。她乖乖地跟着他，听凭他领着她走进他居住的一幢独立小屋。进了房间，他给两人调了两大杯酒。经过烈日暴晒和淫靡的念头，酒精径直冲进大脑，让她头晕目眩。朱尔斯搂住她，除了几小片浴衣之外赤裸裸的两具躯体彼此紧贴。露西喃喃道："不要。"但声音毫无说服力，朱尔斯也不加理睬。他很快脱掉她的胸罩，抚弄和亲吻她沉甸甸的双乳，接着剥掉她的短裤，一边亲吻她的躯体，她浑圆的肚脐和大腿内侧。他站起身，好不容易褪掉自己的短裤，搂紧她，两个人赤裸裸地彼此拥抱，倒在他的床上，她感觉到他进入了自己的身体——这就够了，光是那轻微的触感，就让她达到了高潮。高潮过后的那一瞬间，她从他的动作中读到了他的讶异。认识桑尼之前的那种耻辱感排山倒海而来，但朱尔斯把她的身体拉到床边，将她的双腿摆成一个特定的角度，她任由朱尔斯操纵她的四肢和躯体，他重新进入她的体内，亲吻着她，这次她感觉到了他，但更重要的是她看得出他也有了感觉，一路冲到高潮。

朱尔斯从露西的身上翻下来，她缩进床的一角，开始哭泣。她觉得太羞愧了。可就在这时，她惊讶地听见朱尔斯轻轻笑着说："可怜又愚昧的意大利姑娘啊，这几个月你就是为这个在拒绝我？你个小笨蛋。"他把"你个小笨蛋"说得那么饱含善意和爱怜，她不禁转身面对他，他抱住她赤裸的躯体，说：“中世纪来的，你绝对是中世纪来的。”他的语气充满了安慰，因为她还在哭个不停。

朱尔斯点燃香烟，放进她的嘴里，她呛得直咳嗽，想哭也没法哭了。“你给我听好了，”他说，“你要是生在二十世纪的家庭文化里，按照像样的现代方式抚养长大，估计问题几年前就已经解决了。让我说说你的问题吧：这不是相貌丑陋、肤质糟糕和斜眼这种整容手术没法解决的问题，你的问题更像下巴上有个疣或痣，或者耳朵外廓不好看。别往性方面去想。你的问题是骨盆畸形，我们外科医生的叫法是骨盆底异位。通常出现在产后，但也有可能是天生结构不良。这个症状很常见，虽然一个小手术就能解决，但确实让很多女人一辈子活得凄惨。甚至有女人因此自杀。你的体型这么好，我都没往这方面想，我还以为是心理问题呢，因为我知道你的经历，你和桑尼什么的，你跟我说的已经够多了。来，我给你仔细检查一下，好确定到底要动多大的手术。你先去洗个澡。”

露西去浴室冲了个澡。朱尔斯很有耐心，不顾她的反对，命令她躺在床上，分开两腿。他的住处有备用的急诊包，此刻打开放在手边。床边的玻璃板小桌上放了些其他器具。他完全成了医生，检查她的身体。她觉得有点屈辱，他却亲亲她的肚脐，一脸漫不经心地说：“我这辈子第一次很享受这份工作。”他把露西翻过来，一只手充满爱意地抚摸她的脖颈。检查完，他把露西翻回正面，温柔地亲吻她的嘴唇，说：“宝贝儿，我要给你完全造个新的下面，然后我会亲自试用。第一次是以医学为目的，我要写论文拿到正式期刊上发表。”

朱尔斯从头到尾都带着善意和爱怜，显然非常关心她，露西克服了羞愧和尴尬。他甚至拿来书架上的医学课本，给她看一个类似的案例和纠正的手术过程。她非常感兴趣。

“况且也对健康有好处，”朱尔斯说，“要是不矫正，你的排泄系统以后会出大问题。要是不动手术，整个构造都会越来越脆弱。很多医生因为保守的观念问题无法诊断和矫正这种症状，很多女人因此遭受折磨，真是该死。”

“别说了，求你别再说了。”露西说。

他看得出她仍旧对自己的秘密有些羞愧，因为“丑陋的缺陷”而尴尬。尽管受过医学训练的头脑认为这蠢得可笑，但性格中敏感的一面也能让他理解她的心情，使得他下决心要让她感觉好受些。

“好了，既然我知道了你的秘密，现在轮到你听听我的了，”他说，“你一直问我来这儿干什么——这位东部最年轻最有才华的外科医生。”他嘲弄地复述报纸对他的描述，“真相是这样的：我是堕胎医生——本身并不那么坏，半个医疗行当嘛，可惜我被逮住了。我有个叫肯尼迪的医生朋友，我们一起实习过，这家伙正派得很，但答应拉我一把。我知道汤姆·黑根跟他说过，柯里昂家族欠他的人情债，所以需要帮忙尽管开口。他去找了黑根。指控很快撤销，但医学协会和东部的医院都把我列入了黑名单。于是柯里昂家族帮我安排了这份工作。挣钱不少，这份工作也需要我。歌舞女郎经常怀孕，要是直接来找我，堕胎实在再容易不过。我的刮宫手艺和你刮煎锅似的。弗雷迪·柯里昂简直让人忍无可忍。要是我没算错，从我来到现在，他已经搞大了十五个姑娘的肚子。我在认真考虑要不要跟他就性爱话题来一场父子般的恳谈。尤其是我已经给他治过三次淋病和一次梅毒了。弗雷迪这厮骑马不爱用马鞍。”

朱尔斯停了下来。他刚才是存心失言，这是破天荒第一次，是想让露西知道别人——包括她认识而且有点害怕的弗雷迪·柯里昂——也有不能见光的隐私。

“就当是你身体里的一根橡皮筋失去了弹性吧，”朱尔斯说，“切掉一截，会更紧、更有脆劲儿。”

“让我考虑一下。”露西说，但她知道自己肯定要做这个手术，因为她百分之百信任朱尔斯。她想到另一个问题：“需要多少钱？”

朱尔斯皱眉思考。“我没有做这种手术的设施，而且也不是这方面的专家。不过我在洛杉矶有个朋友，他是业内的最顶尖的高手，在最好的医院里有最优秀的设施。说起来，他给好多电影明星紧过皮，那些贵妇人发现光是拉脸拉胸部已经不足以让男人爱她们了。他欠我几个人情，所以一分钱都不必花。我帮他做堕胎手术。要不是会违反医生的伦理，我就告诉你都有哪些性感女神做过这个手术了。”

她立刻好奇起来。“哎呀，快说，告诉我吧，”她说，“求你了。”这可是最精彩的闲谈材料，朱尔斯有个好处，就是她可以随便展示女人的八卦天性，不必害怕被他取笑。

“答应和我共进晚餐，再一起过夜，我就告诉你，”朱尔斯答道，“我们要弥补因为你犯傻而错过的许多好时光。”

他的温情让露西爱他爱得无法自拔，甚至说出了这样的话：“你不必非得和我睡觉，你知道我现在是什么样子，不会有多少乐趣的。”

朱尔斯哈哈大笑：“你个小笨蛋，笨得难以置信。没听说过做爱还有其他方式吗？古老得多，也文明得多。你没那么天真吧？”

“哦那个。”她说。

“哦那个，”他模仿道，“好姑娘不那么做，男子汉不那么做。哪怕是一九四八年也不行。哎呀，亲爱的，我可以带你去拉斯维加斯一个小老太的家里去坐坐，她在西部狂野年代——记得是上世纪八十年代——是最热门的妓院里最年轻的老鸨。她喜欢回忆往事。知道她怎么说？那些枪手，那些阳刚男子汉，动不动就拔枪的牛仔，总央求女孩做‘法国式’，医学术语是口交，你的叫法是‘哦那个’。难道没考虑过和你亲爱的桑尼做‘哦那个’吗？”

她第一次让他真的吃了一惊。她转身面对他，表情只能以蒙娜丽莎的微笑来形容。医学头脑立刻开始胡思乱想：这莫非就是几个世纪的谜题的答案？她静静地说：“我和桑尼什么都做过。”这是她第一次向别人坦白这方面的事情。

两周以后，朱尔斯·西格尔站在洛杉矶那家医院的手术室里，望着朋友弗雷德里克·凯尔纳施展专业手法。露西进入麻醉状态之前，朱尔斯俯身悄声说：“我告诉他说你是我的心头肉，所以他会使劲儿往紧里箍。”不过前驱麻醉药已经让她昏昏欲睡，所以她没有笑，连嘴角都没动一动，但他的玩笑话确实带走了她对手术的恐惧。

凯尔纳医生以一杆进洞的信心划开切口。任何加固骨盆底的手术技法都要满足两个目标。一方面是缩短骨盆的肌肉吊索，收紧松弛部位。另一方面自然要打开阴道，将骨盆底的问题点向前拉到耻骨弓下方，减轻从正上方受到的压力。修复骨盆吊索的部分叫会阴缝补术。缝合阴道壁的部分叫阴道缝合术。

朱尔斯看见凯尔纳医生的动作谨慎了起来，切开的风险在于刀口过深，伤及直肠。这个病例颇为简单，朱尔斯研究过所有X光片和检验结果。应该不会出问题，但外科手术这东西总有出问题的可能性。

凯尔纳正在处理隔膜吊索，T型钳夹住阴部皮瓣，露出括约肌和构成阴道的筋膜。凯尔纳缠着医用纱布的手指推开松软的结缔组织。朱尔斯盯着阴道壁，寻找静脉突出的迹象，那是直肠受损的危险信号。不过凯尔纳老伙计心里有数，他构造新阴部的轻松程度不亚于木匠钉起几块二乘四的木板。

凯尔纳缝合刀口，修掉多余的阴道壁，闭合“入口”，去除赘肉，确保日后不会形成讨厌的凸起。凯尔纳并起三根手指，尝试伸进变窄了的阴道口，接着换成两根手指。两根手指勉强进去，他深入探查，抬头看了朱尔斯两眼，宝蓝色的眼睛在纱布口罩上方顽皮一闪，像是在问这下够窄了吧。他低头继续忙着缝合。

手术结束，他们把露西推进加护病房，朱尔斯向凯尔纳了解情况，凯尔纳很开心，这是一切顺利的信号。“完全没有并发症，好兄弟，”他对朱尔斯说，“里面什么也没长，非常简单的手术。她的身体弹性特别好，在这种病例里很罕见，现在她是一等一的寻欢作乐好伴侣了。我嫉妒你啊，好兄弟。当然了你们还得等一阵子，不过我保证你会喜欢我的手艺。”

朱尔斯哈哈笑道：“你是真正的皮格马利翁，医生，我说真的，你太了不起了。”

凯尔纳医生哼了一声：“都是小孩子的把戏，和你的堕胎差不多。社会要是更现实点儿，你我这种有真材实料的人，应该去做些更像样的事情，把这种破事丢给三流货好了。说起来，下个星期我要送个姑娘去你那儿，人很好，遇到麻烦的似乎总是这种人。今天的手术就算扯平了。”

朱尔斯摇头道：“谢谢，医生。你找个时间过来，我让你领略一下什么叫热情款待。”

凯尔纳歪了歪嘴：“我每天都在赌博，不需要你们的轮盘赌和掷骰子。我和命运头碰头的次数实在太多了。你在荒废生命，朱尔斯，再过几年，正经的外科手术你就全忘光了。到时候你还怎么混？”他转身离开。

朱尔斯明白凯尔纳的本意不是斥责而是提醒，但他还是顿时消沉了下去。露西至少要在加护病房住十二个钟头，他于是进城喝了个烂醉。喝醉有一部分原因是露西的问题解决得这么容易，他的心头大石落了地。

第二天早晨，他来医院探望露西，惊讶地发现床边已经有了两个男人，病房里到处都是鲜花。露西靠坐在几个枕头上，容光焕发。朱尔斯之所以惊讶，是因为露西早就和家里断了往来，特别叮嘱他只要不出问题就别通知家人。弗雷迪·柯里昂当然知道她要入院做个小手术，这是必要的，否则两人都没法请假；弗雷迪还告诉朱尔斯说酒店可以帮露西付账。

露西介绍他们认识，朱尔斯立刻认出了其中的一个男人。大名鼎鼎的约翰尼·方坦。另外一位是个健壮的大块头意大利人，模样有点傲慢，名叫尼诺·瓦伦蒂。他们和朱尔斯握手，然后就不再理睬他。两人和露西开玩笑，聊当年在纽约的旧邻居，聊朱尔斯不可能知道的人和事。他只好对露西说：“我等会儿再过来吧，我还得去见见凯尔纳医生呢。”

不过约翰尼·方坦已经开始向他发射魅力了。“哎，老兄，我们反正得走了，你陪着露西吧。好好照顾她，医生。”朱尔斯注意到约翰尼·方坦的声音有一种特别的嘶哑感，忽然想起他有一年多没公开演唱了，赢得奥斯卡奖也是因为表演。他难道这把年纪突然变声，而报纸为他保守秘密，所有人都为他保守秘密？朱尔斯喜欢内幕八卦，听着方坦的声音，尝试诊断他的问题。有可能只是发紧，或者是烟酒过度，甚至纵欲过度。声音里有种难听的粗粝感，他得丢掉甜美情歌王子的美名了。

“你听着像是得了感冒。”朱尔斯对约翰尼·方坦说。

方坦有礼貌地答道：“只是喉咙发紧，昨晚我试过唱歌。估计我得接受现实了，我的嗓子变了，上岁数了嘛，你明白的。”他对朱尔斯露出“去他妈的”笑容。

朱尔斯假装随便地说：“没请医生看看？也许很容易就能治好呢。”

方坦不再魅力四射。他冷冰冰地瞪着朱尔斯看了好一会儿。“我两年前做的第一件事情就是看医生。最好的专科大夫。我的私人医生，据说是加州最顶尖的一位。他们叫我多休息。没什么毛病，只是上岁数了。男人上了岁数，声音会跟着变化。”

说完，方坦不再搭理他，只关注露西，像是对所有女人那样对她发射魅力。朱尔斯继续听他说话。肯定是声带上长了东西。但专科医生怎么可能没有发现呢？难道是恶性的，还是不能动手术？要么还有别的原因？

他打断方坦的话："上一次接受专科检查是什么时候？"

方坦显然被惹火了，但看在露西的面子上，尽量按捺住火气。"大概十八个月前。"他说。

"你的医生有没有给你定期检查？"朱尔斯问。

"还用你说？"约翰尼·方坦怒道，"他给我喷可待因，仔细检查。他说只是嗓子上了年纪，还有喝酒抽烟其他原因。难不成你比他还懂行？"

朱尔斯问："哪个医生？"

方坦稍微有点自豪地说："塔克，詹姆斯·塔克医生。对他有何高见？"

很耳熟，提起他就会想起电影明星、名媛和收费昂贵的疗养院。

"穿衣打扮很有一套。"朱尔斯笑呵呵地说。

方坦真的生气了。"你觉得你当医生比他强？"

朱尔斯哈哈笑道："那得看你当歌手是不是比卡门·伦巴多强了。"他惊讶地看见尼诺·瓦伦蒂仰天狂笑，后脑勺撞在了椅背上。这个笑话似乎没那么好笑。他狂笑时吐出的气息有波旁威士忌的味道，瓦伦蒂先生——天晓得是何方神圣——大清早这个时辰就已经喝得半醉了。

方坦苦笑着对朋友说："喂，他说笑话你笑成这样，我说笑话你怎么不笑？"露西伸手把朱尔斯拽到床边。

"他看着像个小混混，其实是个厉害的外科医生，"露西告诉两人，"如果他说他比塔克医生强，那他就肯定比塔克医生强。约翰尼，你就听他的吧。"

护士进来说他们得出去了，住院医生要给露西作检查，需要私密。朱尔斯开心地看见约翰尼·方坦和尼诺·瓦伦蒂上去亲吻露西的时候，露西转过头去，他们亲到的是面颊而不是嘴唇；不过他们似乎早有预料。她允许朱尔斯亲吻她的嘴唇，一边悄声说："下午再过来，好吗？"他点点头。

回到走廊里，瓦伦蒂问他："她做了什么手术？问题严重吗？"

朱尔斯摇摇头。"妇科的小毛病。完全是常规手术，相信我好了。我比你们更关心她，我希望能娶她。"

两人上上下下打量他，他只好问："你们怎么知道她在这家医院？"

"弗雷迪打电话给我们，请我们过来看看，"方坦说，"我们是在同一个街区长大的。弗雷迪的妹妹出嫁的时候，露西是伴娘。"

"哦。"朱尔斯说。他不想流露出他全都清楚，也许因为他们都守口如瓶，尽量保护露西，守住她和桑尼那段情缘的秘密。

三个人顺着走廊向前走，朱尔斯对方坦说："我在这儿有访问医生的待遇，愿不愿意让我看看你的喉咙？"

方坦摇头道："我赶时间。"

尼诺·瓦伦蒂说："他的嗓子价值百万，不能让无照医生随便看。"朱尔斯看见瓦伦蒂对他咧嘴一笑，显然站在他这一边。

朱尔斯喜滋滋地说："我可不是无照医生。我是东海岸最厉害的年轻外科医生和诊断医师，直到被人指控非法堕胎。"

如他所料，这句话让他们认真对待他了。他承认自己的罪行，反而激发他们对他自封的头衔产生了信任。瓦伦蒂首先回过神来，“要是约翰尼不肯用你，我倒是有个女朋友想让你看看，不过要看的不是嗓子。”

方坦紧张地说：“需要多少时间？”

“十分钟。”朱尔斯说，这是骗人，但他相信骗人也有好处。除非在生死关头，真话和医疗实在合不来。

“好吧。”方坦说，声音变得更加低沉和嘶哑，透着恐惧。

朱尔斯请了个护士，要了一间诊疗室，这里没有他需要的所有设施，但也够用了。不到十分钟，他已经知道方坦的声带上有增生了——实在非常容易，塔克这个衣着入时的无能小人，混饭吃的好莱坞骗子，本应该一眼就看见的。天哪，那家伙说不定连行医执照都没有，就算有也应该被撤销。朱尔斯没有多看方坦和瓦伦蒂，他拿起电话，请医院的喉科专家下来。接着，他转过身，对尼诺·瓦伦蒂说：“看来你要多等一阵了，有事的话就先走吧。”

方坦瞪着他，一脸不敢相信的神色，“你这个浑蛋，以为能把我留在这儿？你凭什么觉得我会让你动我的喉咙？”

朱尔斯自己都没法想象他能这么开心，他直勾勾地盯着方坦的眼睛。“你爱去哪儿就去哪儿，”他说，“但你的声带上有增生，在喉咙里。你要是愿意留下几个钟头，我们就能查明病因，搞清楚是恶性还是良性，决定是手术还是保守治疗。我可以给你解释清楚，我可以给你介绍全美国最顶尖的专科医生，你要是觉得有必要，大可以请他今晚就乘飞机来洛杉矶，反正你那么有钱。另外一方面，你也可以现在就出去，见你那个庸医朋友，或者提心吊胆，决心换个医生，或者再被介绍给另一个无能骗子。万一是恶性的，过段时间长得太大了，他们会切掉你的整个喉部，否则你就必死无疑。当然，你也可以一直提心吊胆过下去。留下，几个小时我们就能搞清病因。你难道还有什么更重要的事情？”

瓦伦蒂说：“我们留下吧，约翰尼，管他的。我去楼下大厅打电话给电影公司。我保证不多嘴，只说有事耽搁住了。然后我再上来陪着你。”

这个下午过得很忙碌，但非常有价值。朱尔斯看过X光片和取样检验的结果，觉得医院喉科专家的诊断完全靠得住。检查到半中间，约翰尼·方坦满嘴碘酒，塞在嘴里的纱布卷害得他干呕不止，他企图打退堂鼓。尼诺·瓦伦蒂抓住他的肩膀，把他狠狠地按回椅子上。检查结束，朱尔斯对方坦得意地笑着说：“肉赘。”

方坦没有反应过来。朱尔斯重复道：“只是肉赘而已。很容易切除，和剥大红肠的皮差不多。过几个月你就一切正常了。”

瓦伦蒂欢呼一声，方坦却还是皱着眉头：“然后呢，能唱歌吗？会影响我唱歌吗？”

朱尔斯耸耸肩：“这我就没法保证了。不过你现在反正也没法唱歌，有什么区别吗？”

方坦厌恶地看着他。“小子，你不知道你在说什么，对吧？听上去是个好消息，其实，我有可能永远没法唱歌了，对不对？我有可能再也不能唱歌了？”

朱尔斯终于动气了。他一直在以真正的医生身份诊治方坦，乐在其中，他在帮这个王八蛋一个大忙，王八蛋却表现得像是被摆了一道。朱尔斯冷冰冰地说：“听着，方坦先生，我是一名医学博士，你应该叫我医生，而不是小子。我说的确实是好消息。我本来以为你长的是恶性肿瘤，很可能需要切除整个发声器官，否则你会被它害死。我担心的是我也许不得不说你已经死定了。说‘肉赘’这两个字的时候，我确实满心欢喜，因为你的歌声曾经带给我那么多快乐，在我还年轻、你还是一名响当当的艺人那会儿，帮我搞定了很多姑娘。可是你这个人实在是被宠坏了。怎么？你是约翰尼·方坦，所以就不可能得癌症，不会长无药可救的脑瘤，心脏不会衰竭？你以为你能永生不死？唉，人生又不完全是甜美的音乐，你要是愿意在医院里走一圈，就会看见什么是真正的苦难，就会给肉赘唱一首小情歌了。所以别说废话，该做什么就做什么。你那位衣冠楚楚的医生也许能帮你安排一个正经外科专家，但他自己要是企图窜进手术室，我建议你因为企图谋杀而逮捕他。”

朱尔斯转身走出房间，瓦伦蒂说：“好样的，医生，就该这么教训他。”

朱尔斯又回过身。“你总是不到中午就喝得醉醺醺的？”

瓦伦蒂说：“是啊。”使劲对朱尔斯微笑，开心得让朱尔斯不由压低了嗓门：“你得想明白了，再这么喝下去，你这条命顶多还剩五年。”

瓦伦蒂跳着碎舞步蹒跚走向他，一把搂住朱尔斯，满嘴波旁威士忌的酒臭。他哄然笑道：“五年？”仍旧笑个不停，“还要等那么久吗？”

手术后一个月，露西·曼奇尼坐在拉斯维加斯的酒店泳池旁，一只手端着一杯鸡尾酒，另一只手抚摸朱尔斯枕着她大腿的脑袋。

“用不着喝酒壮胆，”朱尔斯取笑道，“我在我们的套房里准备了香槟。”

“这么快，你确定没问题吗？”露西问。

“我是医生，”朱尔斯说，“今晚是我的大日子。说起来你有没有想到，我将是医学史上第一个试用自己手术结果的外科医生？空前绝后，知道吗？我打算兴高采烈地写报告寄给学术期刊。让我想一想，‘术前的明显欣快感源于心理原因和外科专家兼指导者的高超手法，术后性交的高度快感则完全来自神经学’……”露西猛拽他的头发，他疼得大叫起来，只得住嘴。

她低头看着朱尔斯。“今晚你要是没有满足，那就只能怪自己了。”她说。

“我保证我的技术没问题。手术方案是我定的，只是让凯尔纳老兄做体力活罢了，”朱尔斯说，“我们养精蓄锐一下，今晚的研究会很耗时费力。”

他们上楼回到套房里——两人已经同居——露西不由惊喜：一顿丰盛的晚餐，香槟酒杯旁有个首饰盒，里面是一枚镶着偌大钻石的订婚戒指。

“看看，我对我的技术多有信心，”朱尔斯说，“现在就看你配不配合了。”

他待她非常体贴和温柔。刚开始她还有点害怕，被他一碰就想躲开，但很快就恢复了信心，感觉身体积蓄起了她未曾体验过的激情。第一次事毕，朱尔斯悄声说：“我的技术不错吧？”她也悄声答道：“哦，是的，不错，是的，不错。”两人相对大笑，开始了第二次。

第六部

第二十三章

流亡西西里五个月，迈克尔·柯里昂终于理解了父亲的个性和自己的命运。他理解了卢卡·布拉齐和冷酷的首领克莱门扎，理解了母亲为何听天由命，安然接受自己的角色。这是因为他在西西里看到了如果不和命运抗争，他们将落得什么结果。他理解了唐为什么总说“一个人只有一个命运”。他理解了人们为何蔑视权威和合法政府，为何触犯缄默规则的人都会遭到仇视。

迈克尔穿戴旧衣服和鸭舌帽，在巴勒莫的码头下船，辗转到西西里岛的内陆，黑手党控制的一个行省的心脏地带，当地的黑手党头目曾经得到过他父亲的帮助，因此欠他父亲很大一笔人情债。柯里昂镇就在这个行省，多年前唐迁居美国后拿镇名充当了姓氏。镇上已经没有唐的亲戚在世，女人年老逝世，男人不是死于仇杀就是也搬走了，有的去了美国或巴西，有的去了大陆的其他行省。他后来发现，这个贫穷小镇发生凶杀的频率在全世界也首屈一指。

迈克尔被安排以客人身份住进黑帮头目的单身叔叔家。这位叔叔年已七旬，是附近地区的医生。黑手党头目五十多岁，名叫唐·托马西诺，公开身份是管家，为西西里的一户望族管理一个大庄园。管家是豪门庄园的看管人，确保穷人不会强占无人开垦的土地，不会以任何方式暗自侵占，包括偷猎和未经许可的耕种。简而言之，管家就是富人以一定金额雇用的黑帮首领，保护富人的地产，防止穷人以合法或非法的手段对土地提出要求。假如有贫穷农户试图通过法律途径购买无人开垦的土地，管家就要用人身伤害或死亡威胁他。就这么简单。

唐·托马西诺还控制附近地区的用水权，拒绝罗马政府在当地建水坝。他的生财之道就是从他控制的自流井向居民卖水，这种水坝会摧毁他的生意，让水价变得过于便宜，摧毁几百年来辛苦建立起的整个水资源经济。不过，唐·托马西诺是个老派的黑手党首领，绝对不碰贩毒和卖淫。巴勒莫这种大城市涌现出的新一代黑手党首领与唐·托马西诺在这方面意见相左，受驱逐返回意大利的美国帮派分子影响了新一代首领，他们没有类似的顾虑。

这位黑手党首领格外肥壮，名副其实的“大肚汉”，是个能在同伴中激起恐惧的角色。有他庇护，迈克尔什么也不用害怕，不过作为流亡者隐匿身份还是有必要的。因此，迈克尔的活动范围仅限于唐的叔叔、塔扎医生家的围墙之内。

塔扎医生身高近六英尺，在西西里人来说算是很高了，面颊红润，头发雪白，尽管年已七旬，每周还是要去巴勒莫光顾比他年轻得多的妓女，而且越年轻越好。塔扎医生的另一个癖好是读书。他什么书都读，喜欢找文盲镇民、农夫患者和庄园的牧羊人讨论他正在读的书，这让他在当地有了傻瓜的名声——书和他们能有什么关系呢？

每天傍晚，塔扎医生、唐·托马西诺和迈克尔坐在满是大理石雕像的大花园里，在西西里岛上，大理石雕像和黑红色的醉人葡萄一样，都像是变魔术似的从地里长出来的。塔扎医生喜欢讲述黑手党几百年来的丰功伟绩，迈克尔·柯里昂听得入迷。有时候连唐·托马西诺也会被芬芳的晚风、果香浓郁的醉人葡萄酒和花园里清雅宁静的氛围迷得忘乎所以，讲述起他的亲身经历。医生说的是传奇，唐是现实。

就在这个古老的花园里，迈克尔·柯里昂知道了长出父亲这颗果实的藤蔓之根。“黑手党”一词的原意是避难场所。一个突然出现的秘密组织后来以此为名，他们抵抗已经欺压了这个国家和人民几百年的统治者。西西里这片土地在历史上经受过绝无仅有的残酷蹂躏。宗教法庭不分贫富，对西西里人一律严酷拷问。罗马教廷册封的王爵占有土地，以绝对权力统治牧羊人和农夫。警察是权力的工具，和这些人难分彼此，因此西西里人嘴里的“警察”是骂人时最难听的脏话。

面对残暴的绝对权力，苦难中的人民害怕被击垮，学会了决不泄露怒火和恨意，决不空口威胁而让自己受到伤害，因为那就等于提醒对手，会迅速遭到报复。他们学会了社会就是敌人，于是在受到冤屈而寻找救济的时候，转而求助于叛逆的地下王国——黑手党。黑手党通过缄默规则巩固权力。在西西里乡村，陌生人连问怎么去最近的村镇都得不到礼遇和回答。黑手党成员能犯下的最大罪错莫过于告诉警察，他吃了谁的枪子或者被谁以任何方式伤害了。缄默规则成了人们的宗教。一个女人就算丈夫被杀、儿子被杀、女儿被强奸，也不能向警方透露罪犯的姓名。

政府无法实践正义，人们于是向罗宾汉般的黑手党求助。黑手党在某种程度上扮演了政府的角色。人们不管有什么急事，都会去找当地的黑手党头目。他是他们的社工，是随时能拿出一篮子食物和一份工作的地方长官，是他们的保护者。

可是，有一点塔扎医生没有说清楚，是迈克尔在接下来的几个月内自己了解到的：西西里的黑手党已经成了富人的非法武装，甚至是法律和政治体系的辅助警察，已经沦落成了堕落的资本主义体系，反共产主义，反自由主义，对任何形态的商业活动——无论规模有多小——都要强征一份税收。

迈克尔·柯里昂第一次明白了，他父亲这样的人为何选择当盗贼和杀人犯，而不是合法社会的普通成员。对于一个有灵魂的人来说，贫穷、恐惧和落魄实在可怕得难以承受。西西里人移民到了美国，只会想当然地认为政府也同样残忍。

塔扎医生周末照例去巴勒莫逛妓院，问迈克尔要不要同去，但迈克尔拒绝了。逃亡西西里使得他骨折的下巴无法得到像样的医治，左脸如今带上了麦克劳斯凯警长留给他的纪念品。骨头愈合得不太好，扯得侧脸有些歪斜，从左边看显得很邪恶。他对相貌一直颇为自负，破相比想象中更让他心烦意乱。疼痛来来去去，他倒是并不在意，塔扎医生给他开了些镇痛药。塔扎提出帮他治疗，迈克尔婉言谢绝。他来这儿已经够久，知道塔扎医生恐怕是西西里数一数二的差劲大夫。塔扎医生什么都读，唯有医学文献除外，他承认自己看不懂。他能通过医师考试，完全是有西西里最重要的黑手党首领从中斡旋，首领特地去了一趟巴勒莫，和塔扎的教授们讨论应该给他什么分数。这也说明了黑手党在意大利对社会是多么可怕的癌症。专长毫无价值，天赋毫无价值，努力毫无价值。黑手党教父把职业当礼物送给个人。

迈克尔有许多时间思前想后。白天，他在乡野散步，附庸于唐·托马西诺庄园的两名牧羊人不离左右。在西西里岛，黑手党时常招募牧羊人充当雇用杀手，牧羊人杀人也只是为了讨生活。迈克尔思考着父亲的组织。柯里昂帝国若是继续蓬勃发展，结果会和西西里岛的情况相同，像癌症一样毁掉整个国家。西西里已经成了鬼魂的岛屿，居民移民去了世界各国，只为了混口饭吃，或者是逃离因为追求政治和经济自由而遭到杀害的命运。

漫长的散步途中，最让迈克尔叹为观止的是壮丽秀美的风景。他走过乡间的柑橘园，枝叶搭成阴凉深邃的洞穴，古老沟渠穿插其中，公元前的巨蛇石像从毒牙间吐出活水。房屋样式模仿古罗马的别墅，有宽阔的大理石门廊和同样宽敞的拱顶房间，如今已经破败成废墟，只有离群的野羊居住。地平线上，嶙峋的山丘闪闪发亮，犹如漂白的骨骼垒在一起。花园和田地绿意盎然，仿佛透亮的绿宝石项链般点缀荒原。他有时候会一直走到柯里昂镇，一万八千居民的住所连绵不断，占据了近处山岭的侧面，从山上开采的黑色岩石搭起了一座座简陋小屋。过去一年间，柯里昂镇有超过六十起杀人案，死神的阴影笼罩着小镇。再向前走，费库萨森林打断了单调的平原风景。

他的两名牧羊人保镖总是扛着狼枪陪迈克尔散步。这种凶恶的西西里霰弹枪是黑手党最喜欢的武器。墨索里尼派高级警官去西西里清除黑手党，他做的第一件事就是下令拆墙，全西西里的石墙都不得高于三英尺，不让使用狼枪的凶手把石墙当作刺杀的埋伏地点。可惜用处不大，警官大人的解决办法是逮捕一切有黑手党嫌疑的男性，驱逐去苦役殖民岛。

盟军解放西西里岛之后，美军政府官员认为法西斯政权囚禁的必然是民主斗士，任命大量黑手党成员为村镇官员和军管政府的翻译。好运让黑手党重振旗鼓，反而比战前更加恐怖。

长途散步，晚上一瓶烈性葡萄酒和结结实实一大盘面条配肉食，迈克尔总是睡得很香。塔扎医生的图书室有很多意大利文的书籍，尽管迈克尔会说意大利方言，在大学里也选修过意大利语，读这些书仍旧劳神费力。口语逐渐没了口音，尽管他永远也没法假扮当地人，但冒充来自北方与瑞士和德国交界处的外省人已经没问题了。

变形的左脸让他更加像本地人。由于缺少医药，这种破相在西西里很常见。仅仅因为缺钱，小伤口就没法及时得到修补。很多孩童和成年人都有破相的伤疤，要是在美国，早就通过小手术或先进的医学手段修整得看不见了。

迈克尔时常想起凯，想起她的笑容和身体，每次想到自己连再见都没说就突然离开，良心就感到阵阵刺痛。奇怪的是，杀死那两个人却没有让他良心不安，索洛佐试图刺杀他的父亲，麦克劳斯凯警长打得他终生破相。

塔扎医生总是催他动手术，矫正偏向一侧的面部，特别是迈克尔经常问他要镇痛药——随着时间过去，疼痛越来越厉害，发作也越来越频繁。塔扎解释说眼睛下方有一根面部神经，向周围辐射出一整套复杂的神经丛。说起来，这正是黑手党拷问人最喜欢的位置，拷问人会用冰锥的锋利尖端在受害者脸上找到这个位置。迈克尔脸上的这根神经受到了伤害，也许有一小块碎骨扎进了那里。去巴勒莫的医院做个小手术就能一劳永逸地驱除痛楚。

迈克尔拒绝了。医生问为什么，迈克尔咧嘴笑道："那是老家留给我的纪念。"

他其实并不在乎疼痛，这种疼痛更接近隐痛，是颅骨内搏动的轻微刺痛，仿佛马达在液体里旋转，清洗设备。

过了快七个月悠闲的乡村生活，迈克尔终于厌烦起来。也就在这个时候，唐·托马西诺变得非常忙碌，难得来他寄居的别墅做客。他和巴勒莫蓬勃发展的"新黑手党"有了冲突。那些年轻人靠战后兴旺的建筑业大发横财，借着这笔钱，开始侵蚀老派黑手党首领的乡村地盘，他们轻蔑地称老派首领为"胡子彼得"。唐·托马西诺忙着保护他的地盘。迈克尔没了老头子的陪伴，只能听塔扎医生的故事打发时间，而有些故事已经说了好几遍。

一天早晨，迈克尔决定远足去柯里昂镇另一头的山区。当然，那两位牧羊人保镖还是陪着他——并不是为了防范柯里昂家族的敌人，而是因为外乡人在这里独自乱逛实在过于危险。这个地区遍地土匪，黑手党的不同派别常年仇杀，危及所有人的生命。他还有可能被误认为农具屋小偷。

农具屋是田间地头用茅草搭建的小屋，存放农具，为下地劳动的人遮风挡雨，免得他们扛着农具长途跋涉往来村庄。西西里的农夫不住在他们耕种的土地上。那太危险了，任何一块可耕种的土地——假如归农夫所有——都异常珍贵。不，农夫住在村里，太阳一出来，他就出发去遥远的田地里耕耘，全凭步行。农夫来到他的农具屋，发现被人洗劫一空，那他可就倒霉了。他这是被人断了生计。事实证明法律毫无用处，黑手党于是接手，将农夫的利益置于羽翼之下，用典型的手段解决问题。黑手党追杀屠戮所有的农具屋窃贼。有无辜百姓受伤也是在所难免。要是迈克尔凑巧走过某个刚被洗劫一空的农具屋，如果没有人肯为他担保，很可能会被判定有罪。

就这样，在一个阳光灿烂的清晨，他开始步行穿过乡野，两名忠诚的牧羊人跟着他，其中一个生性淳朴，甚至有点痴傻，比死人还沉默，比印第安人还要面无表情。他有着西西里人中年发福之前的精瘦身材，名叫卡洛。

另一个牧羊人更外向，比较年轻，稍微见过些世面，尽管大部分是海洋，因为他是意大利海军的水手，只来得及文了个身，所在的舰艇就被击沉，他成为英国人的俘虏。文身让他在村里挺有名气。西西里人通常不文身，一是缺少机会，二是没这个爱好（这位牧羊人叫法布雷奇奥，文身主要是想遮住腹部的一块红色胎记）。不过，黑手党成员的集市推车倒是都绘着华丽的风景画，精心绘制，笔法纯朴但画面美丽。总而言之，法布雷奇奥回到老家，胸膛上的文身并没有让他有多骄傲，但文身图案的主题很贴近西西里的所谓“荣誉”，在他毛茸茸的肚皮上一个丈夫刺死一对纠缠在一起的男女。法布雷奇奥和迈克尔说说笑笑，问他美国怎么样——他不可能向他们永远隐瞒他的真实国籍，但他们并不清楚他的身份，只知道他来这儿避难，他们不能乱说他的事情。法布雷奇奥有时会带给迈克尔一块还在渗奶珠的新鲜乳酪。

他们沿着尘土飞扬的乡间道路行走，经过一辆又一辆绘着艳丽图画的驴车。田地里满是粉色的花朵，橘树、杏树和橄榄树的花朵都在绽放。这曾让迈克尔倍感惊讶。迈克尔听别人说了那么多西西里人如何贫穷，还以为西西里是一片贫瘠的荒原，但见到的土地却遍地鲜花，散发着柠檬花香的气味。西西里的美丽让他不由感叹，人们怎能忍心离开。逃离伊甸园一样的家园，你就知道人类对同胞有多么残酷了。

他打算徒步走到海边的马扎拉村，晚上搭公共汽车回到柯里昂，耗尽全部精力，好好睡一觉。两个牧羊人的帆布背包里装满了路上吃的面包和乳酪。他们明目张胆地背着狼枪，像是要去打猎一整天。

这个早晨格外美丽。迈克尔的感觉就仿佛小时候夏天一早出门去打球。那时候的每一天都像刚冲洗过那么干净，刚画上去的那么鲜艳。今天也是这样。西西里遍地绚丽鲜花，橘和柠檬树的花香浓郁，尽管面部伤情严重压迫鼻窦，他也还是闻到了。

左脸的粉碎性骨折已经完全愈合，但骨头没有对齐，鼻窦受压导致左眼疼痛，还让他流涕不止，不但把一块又一块的手帕擦得黏糊糊的，还经常学着当地农夫的样子，冲着地面擤鼻子。而他从小就深恶痛绝这个习惯，有些年长的意大利人觉得手帕是英国佬的纨绔做派，就着马路边的阴沟擤鼻子，他见了就讨厌。

他觉得整张脸都“沉甸甸的”。塔扎医生说这都怪骨折愈合不良对鼻窦造成了压力。塔扎医生说他的症状叫颧骨蛋壳性碎裂，在开始愈合之前很容易处理，一个小手术就能解决，用类似调羹的器械把碎骨推回原位。但现在不行了，医生说，你只能去巴勒莫住院，做个叫“颌面修补术”的大手术，打碎骨头重新拼合。迈克尔听听就够了，他没有答应。比起疼痛和流鼻涕，更难以忍受的是脸上那种沉甸甸的感觉折磨着他。

那天他根本没有走到海边。走了十五英里，他和两名牧羊人就歇在凉爽湿润的橘树树荫下，吃着午餐喝葡萄酒。法布雷奇奥在唠叨什么他以后要去美国。吃喝完毕，他们懒洋洋地躺在树荫下，法布雷奇奥解开衬衫纽扣，伸缩腹部的肌肉，文身于是活了过来。胸口那对赤裸的男女开始蠕动，丈夫看得心急如焚，匕首在被刺穿的肉体里颤抖。三个人看得很开心。就在这时，西西里人所谓的“霹雳”击中了迈克尔。

橘树林子的另一头是几片狭长的绿色田地，属于某位男爵的庄园。顺着橘树林子向前，路边有一幢古罗马风格的别墅，模样像是刚从庞培城的废墟里挖出来的，宛如一座小型宫殿，有宽敞的大理石门廊和希腊式的廊柱，从廊柱中间出来了一群乡村姑娘，左右各有一名裹着黑衣的矮壮妇人。她们来自附近的村庄，显然刚向本地的男爵尽了传统义务，帮他打扫别墅或者是为他冬季暂住作准备，这会儿正要去田间采花装饰房间。她们采的是粉色的岩黄芪和紫色的紫藤花，还有橘树和柠檬树的花朵。姑娘们没有看见树荫下的三个男人，越走越近。

印着艳丽花朵的便宜衣服紧紧包裹她们的身体。她们还不到二十岁，但阳光早早催熟了她们的肉体。三四个姑娘追着另一个姑娘跑向那丛橘树。被追赶的姑娘左手拿着一捧紫色大葡萄，用右手一颗一颗揪下葡萄，扔向追赶她的那些姑娘。她的满头卷发也是葡萄一样的黑紫色，身躯也和葡萄一样就要涨破皮肤。

就快跑到树丛，她忽然瞥见三个男人与周围颜色不同的衬衫，吓了一跳，猛地停下。她踮着脚尖站在那里，姿势像是准备逃跑的小鹿。她站得那么近，近得足以看清她的五官。

她的一切都是鸭蛋形的——鸭蛋形的眼睛、鸭蛋形的脸型、鸭蛋形的额头轮廓。她的皮肤是很精致的暗奶油色，眼睛很大，是黑紫红色或暗棕色，浓而长的睫毛都快遮住了这张可爱的脸庞。她嘴唇丰满但并不臃肿，甜蜜但并不软弱，被葡萄汁染成了深红色。她可爱得让人不敢相信眼睛，法布雷奇奥忍不住喃喃道："耶稣基督啊，取了我的灵魂去吧，我要死了。"虽然是玩笑话，但嗓子有点沙哑。女孩像是听见了他的感叹，放下脚跟，转身逃向追赶她的伙伴。她的后腰在紧身衣裙下扭得像只小动物，既充满肉欲，又天真无邪。跑到伙伴身边，她又转过身，脸孔在炫目花朵的衬托下像个黑洞。她伸出一条胳膊，抓着葡萄的手指着树丛。女孩边跑边笑，矮壮的黑衣妇人连声责骂。

而迈克尔·柯里昂，他不由站起身，心脏扑腾扑腾跳个不停，觉得有点头晕。热血涌遍全身，流经四肢，冲击手指尖和脚趾尖。全西西里岛的香气都在风中涌动，橘子花、柠檬花、葡萄、各种野花。他的躯体像是抛弃灵魂，自己飘走了。他听见两个牧羊人放声大笑。

"你这是被霹雳打中了，嗯？"法布雷奇奥拍着他的肩膀说。连卡洛也变得友善，拍着他的胳膊说："悠着点儿，朋友，悠着点儿。"语气含着情谊。那阵势就仿佛迈克尔被汽车撞了。法布雷奇奥递给他一瓶酒，迈克尔狠狠喝了一大口。他的头脑顿时清醒了。

"你们两个该死的恋羊崽子胡说什么啊？"他说。

两个人哈哈大笑。卡洛那张诚实的脸以最严肃的表情说："你躲不过那道霹雳。被霹雳击中，有眼睛就看得见。哎呀，朋友，有什么不好意思的，有些男人还祈祷能天降霹雳呢。你很走运。"

迈克尔不怎么开心，因为别人这么容易就看穿了他的情绪。可是，这毕竟是他这辈子第一次撞见这种事情。和青春期的迷恋不一样，和他对凯的爱毫无相似之处，他对凯的爱的基础是凯的甜美和智慧，还有她明辨是非的眼光；而这次是排山倒海的占有欲望，女孩的面容在他的脑海里打下了不可磨灭的印记，他知道要是不能占有她，这张脸会在记忆里折磨他一辈子。他的生活顿时变得简单，集中在一个目标上，除此之外的一切都不值得分神哪怕一瞬间。在这段流放的时间里，他总是想着凯，但他猜想那段情缘再也不可能继续，甚至连友情都没法保持了。无论怎么说，他毕竟是个杀人犯，是个杀过人的黑手党成员。然而，此刻连凯都被完全驱逐出了脑海。

法布雷奇奥兴致勃勃地说："我去村里看看，我们能问出她的身份。谁知道呢，说不定比我们想象的容易得手。霹雳只有一种解药，对吧，卡洛？"

另一个牧羊人严肃地点点头。迈克尔没有说话，跟着两个牧羊人顺着道路走向附近的村庄，那群姑娘刚才就消失在了这个村庄里。

村庄照例环绕带喷泉的中央广场而建。不过这个村庄在一条大路上，所以有几家商店、酒铺和一间小小的咖啡馆，小露台上摆着三张桌子。牧羊人找了张桌子坐下，迈克尔过去和他们作伴。前后左右找不到女孩的身影，毫无踪迹。村庄里似乎只有几个小男孩和一头游游荡荡的驴子。

咖啡馆的老板出来伺候客人。他身材魁梧，个子不高，再矮点儿就是侏儒了，他兴高采烈地和他们打招呼，把一盘鹰嘴豆摆在桌上。“生面孔呀，”他说，“听听我的建议如何？试试我家的葡萄酒。葡萄是自己家农庄种的，酒是我的两个儿子亲手酿的。他们在葡萄里混了橙子和柠檬。保证是意大利最好的红酒。”

他们叫他拿一罐来，酒比他宣传的还要好，黑紫色，和白兰地一样有劲。法布雷奇奥对老板说：“我敢说你认识村里的每一个姑娘，对吧？刚才在路上见到几个漂亮妞往这边走，其中有一个害我们朋友挨了一道霹雳。”他朝迈克尔打个手势。

咖啡店老板换个眼神，重新打量迈克尔。这张破相的脸和先前一样，还是平平常常，不值得看第二眼。不过一个挨了霹雳的男人就是另外一码事了。“你还是带几瓶酒回家吧，朋友，”他说，“否则今晚肯定睡不好。”

迈克尔问他：“知道一个满头卷发的姑娘吗？奶油般的皮肤，眼睛特别大，特别黑。知道村里有这么个姑娘吗？”

老板只撂下一句“不，不知道这样的女孩”，就转身从露台上回到了店里。

三个男人慢吞吞地喝着葡萄酒，喝完一罐，喊老板再来一罐。老板没有出现。法布雷奇奥走进店里，回来的时候做个鬼脸，对迈克尔说：“和我想的一样，我们说的正是他女儿，他在后面气得发狂，要让我们尝尝厉害。我们还是赶紧回柯里昂村吧。”

尽管已经在岛上住了几个月，但柯里昂还是不习惯西西里人在情爱方面的保守，而这次对西西里人来说也有点过头了。可是，两位牧羊人似乎觉得理所当然。他们在等他起身离开。法布雷奇奥说：“老杂种说他有两个儿子，身强力壮的好汉，他吹声口哨就能叫来。我们走吧。”

迈克尔冷冰冰地瞪着他。在此之前，他一直表现得像个温文尔雅的年轻人，一个典型的美国佬，只是藏身于西西里说明他肯定做了什么很有男子气的事情。这是牧羊人第一次见到柯里昂家族的眼神。唐·托马西诺知道迈克尔的真实身份和案底，待他向来很谨慎，拿他当同样“值得尊敬的人”，但这两个没文化的羊倌对迈克尔有自己的看法，而且不怎么聪明。迈克尔冷冰冰的眼神，他刚硬发白的脸膛，浑身散发出的怒气，犹如冰块上流淌出的寒雾，止住了他们的笑声和热乎劲儿。

迈克尔看到他们恭敬得体的视线，说：“叫他出来见我。”

他们丝毫没有犹豫，扛起狼枪，走进昏暗凉爽的店堂。几秒钟后，两人夹着老板重新出现。矮胖的男人面无惧色，但怒气里有一丝警觉。

迈克尔靠在椅背上，打量了他几秒钟，然后非常平静地说：“我明白议论你女儿惹你生气了。请接受我的道歉，我在这里是陌生人，不太熟悉风俗。请允许我这么说：我对你和她都毫无不尊敬的意思。”

牧羊人保镖深受触动。和他们说话的时候，迈克尔从没用过这个语气。尽管是在道歉，但声音里透着命令和权威的感觉。老板耸耸肩，更加警觉了，知道不是在和普通农夫打交道。“你是谁，你对我女儿有什么想法？”

迈克尔毫不迟疑地说：“我是美国人，来西西里躲藏，逃避美国警察的追捕。我叫迈克尔。你可以向警察告密，挣一大笔钱，可你女儿不但会失去自己的父亲，还会失去一个丈夫。我无论如何都想认识你的女儿，在你的允许和你家族的监管下认识一下，以我全部的礼数和全部的尊重认识一下她。我想认识她，和她说话，要是彼此都觉得合适，我想娶她。要是不合适，你就再也不会见到我了。她也许会觉得我很讨厌，这就不是人力能挽救的了。可是，要是时机恰当，我会把岳父应该了解的事情全部告诉你。”

三个男人惊愕地瞪着他，法布雷奇奥敬畏地悄声说：“真是好一道霹雳。”老板终于没那么趾高气扬、满脸不屑了，连怒气都没那么笃定了。最后，他说：“你是友中友吗？”

普通西西里人绝对不会大声说出“黑手党”这个词，所以店老板这等于是在问迈克尔是不是黑手党的成员。这是问一个人属不属于黑手党的通常问法，但一般不会直接向当事人提出。

“不，”迈克尔说，“我在这里是陌生人。”

老板重新审视他，看他破相的左脸，看西西里少有的两条长腿。他打量着明目张胆扛枪的两个牧羊人，想起他们怎么走进咖啡馆，说他们的东家要和他聊聊。老板吼叫着要那个王八蛋从他家露台滚蛋，一名牧羊人却说：“听我一句，你最好亲自出去和他聊聊。”他不由自主走了出来。此刻他意识到最好对这个陌生人以礼相待，于是勉强道：“星期天下午来吧。我叫维泰利，我住在村外山坡上的高处。你先来咖啡馆，我带你上去。”

法布雷奇奥想说什么，迈克尔用一个眼神制止了他，牧羊人的舌头冻在了嘴里。维泰利也注意到了这一点。迈克尔起身伸出一只手，老板紧紧握住，满脸笑容。他要打听一下，要是答案不如意，反正可以让两个儿子带着霰弹枪迎接迈克尔。老板在“友中友”圈里也有不少关系。不过，直觉告诉他这就是西西里人信奉的不期而遇的好运气，女儿的美貌将让她不愁吃穿，家族兴旺。其实倒也不错。村里有些年轻人已经开始围着女儿打转，这张破相的脸足以完成吓跑他们的必要任务。为了表达善意，维泰利送了他们一瓶最好最冰的葡萄酒。他注意到付钱的是一名牧羊人。这让他的心里更加有数了，迈克尔说了算，另外两个只是他的手下。

迈克尔失去了远足的兴致。他们找到一家车行，雇用汽车和司机送他们回柯里昂镇。还没到吃晚饭的时候，塔扎医生多半就从牧羊人嘴里听说了前后经过。晚上，坐在花园里，塔扎医生对唐·托马西诺说："我们的朋友今天吃了一道霹雳。"

唐·托马西诺似乎并不吃惊，他咕哝道："真希望巴勒莫的那帮年轻人也能吃一记霹雳，好让我喘口气。"他说的是巴勒莫那些大城市里涌现的新派黑手党首领，正在挑战他这种旧体系的中坚力量。

迈克尔对托马西诺说："我想请你吩咐两个羊倌一声，星期天别跟着我。我要去女孩的家里吃饭，不希望他们在旁边转来转去。"

唐·托马西诺摇摇头："你是你父亲托付给我的，所以别对我提这种要求。另外呢，我怎么听你已经在说结婚了？在我派人和你父亲通气之前，这种事绝对不可能发生。"

迈克尔·柯里昂说得很小心，这毕竟是一位值得尊敬的长者。"唐·托马西诺，你了解我的父亲。要是有人拒绝他，他的耳朵马上会什么也听不见，直到答应了才会恢复听觉。唉，他已经被我拒绝了好几次。保镖的事情我理解，我不想招惹麻烦，他们星期天陪我去好了，但结不结婚我说了算。既然我不允许父亲干涉我的私生活，那么要是允许你这么做，岂不是在侮辱他吗？"

黑手党头目叹息道：“唉，好吧，看来这个婚是非结不可了。我知道你是被霹雳打中了。她是个正派人家的好姑娘。你要是侮辱了她家门楣，她父亲肯定会追杀你，你肯定会流血。另外，我和这家人很熟，我不会允许这种事发生。”

迈克尔说：“她也许会受不了我的长相，另外她年纪很小，会觉得我太老，”他见到两个男人在对他笑，“我需要钱买礼物，最好还能有辆车。”

唐点点头。“都交给法布雷奇奥安排吧，他很机灵，在海军学过机修。我明天早上给你些钱，顺便通知一下你父亲——这是我的义务。”

迈克尔对塔扎医生说：“有什么办法能止住这该死的鼻涕吗？我不想让姑娘看见我总在擦鼻子。”

塔扎医生说：“可以在你出发前给你敷药，会让你感觉有点发麻，但别担心，你一时半会儿还不能亲她。”医生和唐都被这句俏皮话逗乐了。

星期天之前，迈克尔拿到一辆阿尔法罗密欧，有点破旧，但还能开。他搭巴士去了一趟巴勒莫，为姑娘及其家人置办礼物。他得知姑娘叫阿波罗妮亚，每晚总挂念她可爱的面容和好听的名字，不使劲喝酒就睡不着，医生家的几位老女仆得到命令，每晚要在他床边放一瓶冰好的葡萄酒。他每晚都喝个精光。

星期天，随着响彻西西里全境的教堂钟声，他开着阿尔法罗密欧去了那个村子，在咖啡馆门口停车。卡洛和法布雷奇奥带着狼枪坐在后排，迈克尔叫他们在店里等，别跟着他去老板家。咖啡馆今天歇业，露台上空无一人，维泰利靠在栏杆上等他们。

几个人互相握手，迈克尔带着三个装礼物的小包，跟着维泰利爬上山坡。维泰利的住处比普通村舍宽敞得多，他家显然不穷。

室内的陈设很熟悉，有几尊罩着玻璃罩的圣母像，圣母像脚下闪烁着祈祷蜡烛的红光。两个儿子在等他们，同样身穿星期天穿的黑衣。两个年轻人顶多二十出头，身强力壮，经常下地干活，模样比较成熟。母亲身材健壮，和丈夫一样矮胖身材。没有那姑娘的身影。

先是一轮彼此介绍，迈克尔连听也没听，众人在一个房间里落座，这里多半是客厅，但也有可能是正式的用餐室。房间里塞满了各色家具，不怎么宽敞，但就西西里的标准而言，已经是中产阶级方能享受的浮华生活了。

迈克尔向维泰利先生和维泰利夫人奉上礼物。给父亲的礼物是个金质雪茄剪，给母亲是在巴勒莫能买到的一匹最好的布料。还有一件礼物是给那姑娘的。维泰利夫妇收下礼物，但感激中有所保留。礼物给得有点早，通常要到第二次登门拜访才送礼。

父亲用乡下男人对男人的语气对迈克尔说："别以为我们家就那么低贱，会随便欢迎陌生人进门。但唐·托马西诺以个人名义为你作保，整个行省没有一个人会怀疑这位好人的信誉，所以我们才愿意欢迎你。可是，有句话我要说清楚，如果你对我女儿是认真的，那么我们就必须先知道一下你和你家族的情况。你应该能理解，你们家也是这个国家出去的。"

迈克尔点点头，有礼貌地说："只要你想知道，我随时都愿意有问必答。"

维泰利阁下举起一只手。"我这人不喜欢打听是非。先看有没有必要好了。现在你是以唐·托马西诺的朋友身份进我家门的。”

尽管鼻腔内部敷了药，但迈克尔竟然闻到那姑娘出现在了房间里。他转过身，姑娘就站在通往里屋的拱门门口。那是鲜花和柠檬花的香味，可她乌黑的卷发上没有簪花，纯黑色的裙装上——显然是她最好的主日礼服——也没有装饰。她瞥了迈克尔一眼，微微一笑，端庄地垂下眼睛，在母亲身边坐下。

迈克尔又有了那种气短的感觉，洪水般涌遍全身的与其说是情欲，不如说是疯狂的占有欲。他第一次理解了意大利男人那闻名遐迩的嫉妒。此时此刻，要是有谁敢碰一下这女孩，妄图宣称拥有她，从他手里夺走她，他就会毫不犹豫杀死对方。他想占有她，就像吝啬鬼想占有金币那样痴狂，就像小佃农想拥有一片土地那样饥渴，想把她锁在房间里，囚禁她，只有他一个人能碰。他甚至不想让别人看见她。她扭头对一个哥哥微笑，迈克尔想也没想就向他投去杀人的眼神。全家人都看见了，认为这是挨了“霹雳”的典型症状，顿时放下心来。结婚之前，这位年轻人将是女儿手里的面团。结婚以后情况当然会有变化，但那也无所谓了。

迈克尔在巴勒莫也给自己买了些新衣服，此刻不再是衣着简陋的乡下人，全家人看得出他肯定是个唐。和他想象中的不一样，脸伤并没有让他显得邪恶；另一边侧脸英俊非凡，弥补了破相的一边。这点伤在西西里再怎么说也称不上破相，因为要和他比较的是许多身体上遭遇了极度不幸的人。

迈克尔直勾勾地望着姑娘，她可爱的鸭蛋脸。他见到她的嘴唇近乎于紫蓝色，颜色和嘴唇里流淌的鲜血一样深。他不敢直呼她的名字，只好说：“我那天在橘树丛见到了你，你转身逃跑，希望我没有吓坏你。”

女人抬起眼睛，看了他仅仅一瞬间。她摇摇头，但那双眼睛可爱得让迈克尔不得不转开视线。母亲凶巴巴地说：“阿波罗妮亚，和可怜的小伙子说两句吧，他赶了许多里路来见你。”但女孩长且黑的睫毛一动不动，翅膀般遮住双眼。迈克尔把用金纸裹着的礼物递给她，她接过去放在膝头。父亲说：“打开吧，女儿。”但她的手没有动。这双棕色的小手像是属于顽童。母亲探身拿起包裹，不耐烦地打开，但下手很有分寸，不想扯破昂贵的包装纸。见到红色天鹅绒的首饰盒，她犹豫片刻，她这双手还没拿过这种东西，不知道怎么打开暗扣。不过她还是凭借本能打开了，取出礼物。

礼物是一条沉重的金链，可以当项链佩戴，全家人倍感敬畏，不但因为显然很值钱，更因为在这个社会里，金子质地的礼物就等于最认真的表白，不亚于求婚，至少也是有求婚的意图。他们不再怀疑陌生人的诚恳，也不再怀疑他的家世。

阿波罗妮亚仍旧没有去拿礼物。母亲举到她眼前让她看，她抬起长长的睫毛，只看了一眼，就转而直视迈克尔，小鹿般的棕色眼睛很严肃，用意大利语说：“谢谢。”这是迈克尔第一次听见她说话。

声音仿佛天鹅绒，充满了少女的柔嫩和羞怯，听得迈克尔的耳朵嗡嗡作响。他不敢看她，只和她父母说话，因为看她会让他失魂落魄。不过他还是注意到了，尽管她的衣服很保守，宽宽大大的，但她的肉体仍旧散发着纯粹的肉欲，如亮光般射穿布料。他还注意到她涨红了脸，热血涌到脸上，暗奶油色的肤色变得更深了。

最后，迈克尔起身准备离开，全家人跟着站了起来。他们郑重其事地道别，握手的时候，女孩终于站在了他面前，肌肤相贴让迈克尔像是触了电，她的手温暖而粗糙——乡民的皮肤。父亲送他下山上车，请他下周来吃星期天的正餐。迈克尔点点头，但知道自己不可能忍耐一星期之久。

他没有苦苦等待。第二天，他没带那两个牧羊人，开车来村里，坐在咖啡馆的花园露台上，同女孩的父亲聊天。维泰利先生动了恻隐之心，叫老婆和女儿下山来咖啡馆和他们一起坐坐。这次就没那么尴尬了。阿波罗妮亚不再那么羞怯，话也稍微多了些。她身穿日常的印花衣服，更加适合她的肤色。

第三天，还是照旧。只是这次阿波罗妮亚戴着他送的金链。迈克尔对她微笑，知道这是在给他打暗号。他送阿波罗妮亚上山，她母亲紧随其后，但这也阻止不了两个年轻人的身体挨挨蹭蹭，阿波罗妮亚绊了一下，撞在他身上，他只得伸手扶住她，她的身体是那么温暖，那么充满活力，在迈克尔的血液里掀起阵阵波澜。他们看不见维泰利夫人在背后忍不住笑了，因为她的女儿是一头小山羊，还裹着尿布的时候就在这条路上上下下了，怎么可能绊跤？她笑是因为在婚礼之前，这位年轻人只能用这个办法摸摸她的女儿了。

如此，两周一晃而过。迈克尔每次来都要送她礼物，她的羞怯越来越少。不过，他们见面的时候总有女方家里的长辈盯着。她只是个农村姑娘，没多少文化，对这个世界一无所知，但她对生活有着鲜活的渴望，再加上语言的障碍，她显得格外有趣。一切都按照迈克尔的愿望顺利进行。姑娘不但迷上了他，还知道他肯定很有钱，婚礼定于两周后的星期天举行。

唐·托马西诺终于插手。他收到从美国传来的话：迈克尔做事可以不受约束，但必要的预防措施还是一样也不能少。因此，唐·托马西诺自命为新郎的长辈，他的保镖到场也就顺理成章了。卡洛、法布雷奇奥和塔扎医生都算是柯里昂家族出席婚礼的代表。新郎和新娘将住进塔扎医生那幢有石墙包围的别墅。

婚礼是普通的乡村婚礼。新郎新娘和来宾组成队伍，步行从新娘家走向教堂，村民站在街道上，朝他们撒鲜花。婚礼队伍把糖衣杏仁——传统的结婚糖果——扔给邻居，剩下的糖果在新娘的婚床上堆成白色糖山，不过这里的婚床只是个象征，因为他们将在柯里昂镇外的别墅度过初夜。婚宴要持续到午夜，但新郎新娘会早早乘那辆阿尔法罗密欧离开。到了要离开的时候，迈克尔惊讶地发现新娘请母亲陪他们一起去柯里昂镇。父亲解释说姑娘年纪还小，是处女，有点害怕，新婚之夜过后的早晨需要有人陪她说说话；万一出什么岔子，还能把她拨回正轨——情况有时候会变得很棘手，对吧？迈克尔发现阿波罗妮亚看着他，小鹿般的棕色大眼里含着疑虑。迈克尔对她笑了笑，点头答应。

就这样，他们开车载着岳母回到柯里昂镇外的别墅。不过年长的妇人见到塔扎医生的女仆就咬起了耳朵，抱了抱女儿，留下一个吻就走了。迈克尔和新娘总算可以单独走进宽敞的卧室。

阿波罗妮亚在斗篷底下还穿着婚纱。嫁妆箱和行李从车里送进了房间。小桌上有一瓶葡萄酒和一盘小婚礼蛋糕。两人的眼睛总往华盖大床瞅，姑娘站在房间正中央，等待迈克尔先采取行动。

此刻他单独和她在一起了，合法地拥有她了，不再有障碍阻挡他享用每晚都要梦到的这具躯体和这张面容了，但迈克尔却无法走近她。他望着她摘下新娘的头纱，搭在椅背上，把新娘的花冠放在小梳妆台上。梳妆台上有一排迈克尔派人从巴勒莫买来的香水和面霜。姑娘用视线清点了一遍。

迈克尔关掉灯，心想姑娘在等待黑暗遮蔽身体，好脱下身上的衣服。可是，西西里的月光却从敞开的窗户里洒了进来，金光亮如白昼，迈克尔过去关百叶窗，但留了一条缝，免得房间里太闷热。

姑娘还站在小桌边，迈克尔只好走出房间，到走廊另一头的卫生间去了。他同塔扎医生和唐·托马西诺在花园里喝了杯葡萄酒，妇人们正忙着铺床。他以为回去的时候会见到阿波罗妮亚身穿睡衣，已经躺在了床上。他惊讶地发现母亲还没向女儿传授过这一点。也许阿波罗妮亚本来希望他能帮她脱衣服。不过，迈克尔相信她还太腼腆，太纯真，做不出这么主动的事情。

回到卧室里，他发现房间一片漆黑，有人完全关上了百叶窗。他摸索着走到床边，辨认出阿波罗妮亚裹着被单的身影，她背对着他，蜷成一团。迈克尔脱掉衣服，赤裸裸地钻到被单里。他伸出一只手，摸到的是丝绸般的赤裸皮肤。她没有穿睡衣，这份大胆激励了迈克尔。他小心翼翼地慢慢按住她的肩膀，轻轻用力，让她转过来面对他。她缓缓转身，他的手摸到了她的乳房，那么柔软，那么丰满，她飞快地钻进他的怀抱，两具肉体紧紧贴在一起，激起一道微弱的电流，他终于搂住了她，深深亲吻她温暖的嘴唇，把她的肉体和乳房按在自己身上，一翻身骑上了她的身体。

她的肉体和毛发如绸缎般紧绷，她的欲望也起来了，初生的情欲促使她贴紧迈克尔。他进入她的身体，她轻轻惊叫一声，身体静止了一秒钟，紧接着使劲一挺下体，两条光滑的大腿缠住迈克尔的臀部。来到高潮，两具身体死死纠缠，拼命互相擦蹭，彼此分开就仿佛临终前的颤抖。

那天晚上和接下来的几周，迈克尔·柯里昂终于理解了淳朴百姓为何如此珍视处女。这是一段他从未体验过的肉欲时光，让他体会到了雄性的力量。头几天，阿波罗妮亚简直成了他的奴隶。精力旺盛的姑娘得到信赖和怜爱，刚刚摆脱处女身份，被唤起了性意识，甘美得仿佛熟透的水果一般。

她一个人就点亮了别墅里颇为阴郁的男性气氛。新婚之夜后的第二天，她把母亲送回家，以活泼的少女魅力主持餐桌。唐·托马西诺每天和他们共进晚餐，随后坐进满是戴着血红花环的雕像的花园，边喝葡萄酒边听塔扎医生讲那些老故事，因此晚上总是过得很愉快。夜里回到卧室，新婚的两人接连几个小时狂热做爱。迈克尔怎么也尝不够阿波罗妮亚那雕像般的美丽肉体，怎么也看不够她蜜色的皮肤和闪着情欲光芒的棕色大眼。她散发着美妙的清新气味，性欲激发的肉体气息，近乎于甜香，是可怕的催情剂。她的处女激情和他的勃发情欲相得益彰，两人往往到黎明时才筋疲力尽地睡着。有时候，尽管已经疲惫但还不想睡觉，迈克尔就坐在窗台上望着沉睡的阿波罗妮亚的赤裸身躯。她的面容在睡梦中也那么可爱，迈克尔以前只在意大利圣母绘本里见过，艺术家的笔法再怎么夸张，你也看得出那肯定是处女。

婚后第一周，他们时常开着阿尔法罗密欧外出野餐和游玩。唐·托马西诺私下告诉迈克尔，结婚让西西里人都知道了他的出现和身份，因此必须采取预防措施，应付柯里昂家族的敌人——他们的长臂也伸进了岛上的避难地。唐·托马西诺在别墅周围安排了武装警卫，牧羊人卡洛和法布雷奇奥在石墙内值勤。迈克尔和妻子只能在别墅地界内活动。迈克尔教阿波罗妮亚读写英语和绕着石墙内沿开车，借此消磨时光。在这段时间里，唐·托马西诺忙得不可开交，很少陪他们。塔扎医生说他还在和巴勒莫城的新黑手党闹不和。

一天夜里在花园，一位在别墅做事的老年村妇端来一碟新鲜橄榄，然后转身问迈克尔："大家都说你是纽约教父唐·柯里昂的儿子，真的吗？"

迈克尔见到唐·托马西诺气得直摇头，他们的秘密如今已经众所周知。可是，这个干瘪老太的眼神却那么热切，知不知道实情对她来说似乎很重要，迈克尔于是点点头。"你认识我父亲？"他问。

老妇人名叫菲洛蒙娜，皱皱巴巴的棕色面容像个核桃，皮壳裂开，露出褐色的牙齿。迈克尔来别墅这么久，她还是第一次对他微笑。"教父救过我的命，"她说，"还有我的脑子。"她朝脑袋打个手势。

她显然还想说什么，迈克尔用微笑鼓励她。她畏畏缩缩问："卢卡·布拉齐死了，真的吗？"

迈克尔又点点头，惊讶地看见老妇人露出如释重负的表情。菲洛蒙娜在胸前画个十字，说："上帝宽恕我，但我希望他的灵魂在地狱里受煎熬，直到永恒。"

迈克尔回想起他从前对布拉齐的好奇，直觉突然告诉他，老妇人知道黑根和桑尼一直不肯告诉他的某些事情。他给老妇人斟了一杯酒，请她坐下。"给我说说我的父亲和卢卡·布拉齐，"他温和地说，"我知道部分情况，但他们是怎么成为朋友的？布拉齐对我父亲为何那么忠诚？别害怕，请告诉我。”

菲洛蒙娜那张皱巴巴的脸和葡萄干似的黑眼睛转向唐·托马西诺，唐·托马西诺用某种方式表达了同意。于是菲洛蒙娜讲起她的故事，陪他们度过这个夜晚。

三十年前，菲洛蒙娜是纽约的接生婆，在第十大道为意大利移民服务。意大利女人总是怀孕，她的生意颇为兴隆。医生遇到难产都要向她请教。她的丈夫开了个杂货店，生意也很不错——但他已经死了，愿他可怜的灵魂安息——可是，他喜欢打牌和玩女人，没想过为艰难时日存钱。总而言之，三十年前那个该诅咒的晚上，正经人早就上床休息了，忽然有人来敲菲洛蒙娜的门。她并不害怕，因为谨慎的孩子总是挑这个时辰降临罪恶尘世，她穿上衣服打开门。门口站着的是卢卡·布拉齐，当时就已经声名狼藉了。另外，大家都知道他是单身汉。菲洛蒙娜马上慌了神。她以为布拉齐是来收拾她丈夫的，她丈夫说不定一时犯傻，拒绝帮布拉齐什么小忙。

可是，布拉齐这次倒是肩负着最普通的任务，说有个女人快要临盆，住处离这附近有段距离，她必须跟他走。菲洛蒙娜立刻觉得有什么地方不对劲。那天晚上，布拉齐凶恶的脸就像个疯子，显然被什么魔鬼摄了心神。她不想去，说她只给她了解情况的女人接生，但他捞出一大把绿票子塞进她手里，粗声大气地命令她别磨蹭。她害怕，不敢拒绝。

街上停着一辆福特，司机和卢卡·布拉齐是一路货色。开了不到三十分钟，他们过桥来到长岛市的一幢板房小屋。屋子能住两户人家，现在显然只有布拉齐和他的同党，因为厨房里还有几个混混在打牌喝酒。布拉齐拉着菲洛蒙娜上楼进卧室。床上是个漂亮姑娘，像是爱尔兰血统，脸化着浓妆，一头红发，肚子胀得像母猪。可怜的姑娘怕得要死，见到布拉齐，她惊恐得转过头去——对，就是惊恐——布拉齐那张邪恶面孔上的憎恨表情，她这辈子也没见过更可怕的东西（菲洛蒙娜又在胸前画个十字）。

长话短说，布拉齐走出房间。他的两个手下协助接生婆，孩子生下来了，母亲筋疲力尽，陷入沉睡。布拉齐被叫过来，菲洛蒙娜用多余的毯子裹起婴儿，把小包裹递给他，“这个女儿是你的吧，接着。我的任务完成了。”

布拉齐凶恶地瞪着她，癫狂占据了他的整张脸。“对，是我的，”他说，“但我不要这个种的东西活下去。给我拿到地下室，扔进锅炉。”

菲洛蒙娜有一瞬间以为她听错了什么。“种”这个字用得她大惑不解。他难道想说这姑娘不是意大利人？还是说这姑娘是最低贱的品种，简而言之就是妓女？还是在说从他下体出来的东西就不配活下去？她确信布拉齐开了个粗鲁的玩笑，随口说：“反正是你的孩子，你爱怎么处理都随你。”她再次试图把包裹递给他。

筋疲力尽的母亲醒来了，转身面对他们，刚好看见布拉齐使劲一推小包裹，婴儿砸在菲洛蒙娜的胸口。她用微弱的声音喊道：“卢卡，卢卡，我真抱歉。”布拉齐转身面对她。

太可怕了，此刻的菲洛蒙娜说，真是可怕。他们就像两头疯狂的野兽，根本不是人类，对彼此的憎恨弥漫在整个房间里。这一瞬间，什么都不存在了，连这个新生儿都不存在了。但其中又有一种怪异的激情：那种魔鬼般的嗜血欲望，实在有悖于自然，你知道这两个人将在地狱里永受煎熬。卢卡·布拉齐转过身，对菲洛蒙娜严厉地说：“照我说的做。我让你发财。”

菲洛蒙娜吓得不敢说话。她摇摇头，好不容易才挤出声音：“你自己动手，你是父亲，你喜欢怎么做就怎么做。”但布拉齐没有应声，而是从衬衫里掏出匕首。“我会割了你的喉咙。”他说。

她肯定陷入了休克状态，因为下一段记忆就是他们都来到了地下室，站在四四方方的铸铁锅炉前。菲洛蒙娜还抱着毯子里的婴儿，婴儿毫无声息（如果她大哭，如果我当时够机灵，使劲掐她一下，菲洛蒙娜说，那个魔鬼也许会发发善心）。

大概是哪个男人打开了炉门，她看见了火光。再一转眼，她和布拉齐单独站在地下室里，周围的水管在渗水，泛着一股耗子的臭味。布拉齐又抽出了匕首。毫无疑问，要是不从命，他就会杀死她。火光，布拉齐的眼睛。他那张脸，就是魔鬼的雕像，不是人类，没有理智。他把菲洛蒙娜推向敞开的炉门。

说到这里，菲洛蒙娜沉默下去。她并拢双手，放在膝头，直直地望着迈克尔。他知道她要什么，知道她想告诉他，但不想用自己的声音。他轻声问：“你做了吗？”她点点头。

她又喝了一杯葡萄酒，在胸前画个十字，祈祷几句，这才继续说下去。她收到一沓钞票，被车送回家。她明白要是敢走漏一个字，就得搭上自己的一条命。两天后，布拉齐杀死了婴儿的母亲，那个爱尔兰姑娘，警方随即逮捕了他。菲洛蒙娜吓得失魂落魄，跑去找教父，说了这件事情。教父命令她保守秘密，他会处理好一切的。布拉齐当时还没有为唐·柯里昂做事。

唐·柯里昂还没来得及摆平事情，卢卡·布拉齐就在牢房里企图自杀，用一块玻璃划破喉咙。他被送进监狱的医院，在他养伤的时候，唐·柯里昂前前后后全都安排妥当了。警察知道卢卡·布拉齐犯案，却无法向法庭证明，只好释放了他。

尽管唐·柯里昂向菲洛蒙娜保证说她既不需要害怕卢卡·布拉齐，也不用担心警方，但她还是活得提心吊胆。她的精神几近崩溃，做不了老本行。最后，她说服丈夫卖掉杂货店，两人一起返回意大利。丈夫是个好人，菲洛蒙娜把一切都告诉了他，他完全理解。可是，他这人意志不够坚定，在意大利挥霍掉了两人在美国做苦力挣来的钱。他去世之后，菲洛蒙娜成了佣人。故事说到这里结束。她又喝了一杯葡萄酒，对迈克尔说："我祝福你父亲的大名。我每次只要开口，他就会送钱给我，他从布拉齐手上救了我。转告他，我每晚都为他的灵魂祈祷，他不需要畏惧死亡。"

她离开后，迈克尔问唐·托马西诺："她说的是真事吗？"黑手党头目点点头。迈克尔心想，难怪谁也不肯跟他说实话。非同一般的故事。非同一般的卢卡。

第二天早晨，迈克尔想和唐·托马西诺讨论一下所有事情，却得知一名信使传来紧急消息，老头子赶到巴勒莫去了。晚上，唐·托马西诺回来，把迈克尔叫到一旁。他说，美国来了消息。他悲痛得说不出口的消息。桑蒂诺·柯里昂被杀了。

第二十四章

清晨，西西里柠檬色的阳光洒满迈克尔的卧室。他睁眼醒来，感觉到阿波罗妮亚光滑的身体贴着他睡得热烘烘的皮肤，于是怀着爱意叫醒她。两人做爱完毕，尽管已经完全占有了她好几个月，但他仍旧惊叹于她的美丽和激情。

她走出卧室，去走廊另一头的卫生间盥洗更衣。迈克尔没有穿衣服，早晨的阳光让身体充满活力，他点燃香烟，懒洋洋地躺在床上。今天是他们在这幢别墅的最后一天。唐·托马西诺安排他去西西里南岸的另一个小镇。阿波罗妮亚怀孕刚第一个月，打算回家先住几个星期，随后再去迈克尔的新藏身处。

昨天晚上，阿波罗妮亚上床以后，唐·托马西诺和迈克尔在花园里坐下。唐既烦躁又疲惫，承认他很担心迈克尔的安全。“结婚让你暴露了，”他对迈克尔说，“真奇怪，你父亲怎么不安排你换个地方躲躲。我正在和巴勒莫的年轻土佬闹纠纷。我提出的安排很公平，允许他们湿湿嘴，比他们应得的还要多，可那群人渣什么都想要。我无法理解他们的心态。他们试着搞了些小花样，但我没那么容易死。他们必须明白，我这么强大，他们不可能轻易打败。但和年轻人打交道就是有这个坏处，能干归能干，但说不通道理，总想霸占一口井里的所有水。”

唐·托马西诺告诉迈克尔，牧羊人法布雷奇奥和卡洛将继续担任保镖，和他一起乘阿尔法罗密欧离开。唐·托马西诺今晚就要和他告别，因为明早天一亮他就要去巴勒莫处理事情。另外，迈克尔不能把这步棋告诉塔扎医生，因为医生打算去巴勒莫过夜，保不准会说漏嘴。

迈克尔知道唐·托马西诺处境不妙。武装保镖绕着别墅石墙彻夜巡逻，几个信得过的牧羊人背着狼枪总在屋里转悠。唐·托马西诺本人也全副武装，一名私人保镖亦步亦趋。

早晨的阳光越来越强烈。迈克尔揿熄烟头，按照大多数西西里男人的打扮，穿上工装裤、工装衬衫和鸭舌帽。他光着脚探出卧室窗户，见到法布雷奇奥坐在一把花园椅上。法布雷奇奥正在懒洋洋地梳理浓密的黑发，狼枪漫不经心地扔在花园桌上。迈克尔吹声口哨，法布雷奇奥抬头望向窗户。

“备车，”迈克尔低头喊道，“我五分钟后出发。卡洛呢？”

法布雷奇奥站起身，衬衫没有系纽扣，胸口文身的红蓝线条露在外面。“卡洛在厨房喝咖啡，”法布雷奇奥说，“你夫人也去吗？”

迈克尔眯起眼睛望着他。他忽然想到，法布雷奇奥最近这几周似乎总盯着阿波罗妮亚看。当然，他还没胆大包天得敢对唐的朋友的妻子下手，在西西里，没有比这更存心找死的事情了。迈克尔冷冷地说：“不，她要先回自己家，过几天再和我们会合。”他目送法布雷奇奥急匆匆地走向石屋，那里是存放阿尔法罗密欧的车库。

迈克尔去走廊的另一头洗漱。阿波罗妮亚已经走了，多半在厨房亲手为他准备早餐，洗掉心里的内疚，因为她想在去西西里的另一头之前，再回家多看两眼。唐·托马西诺会派人送她去迈克尔躲藏的地方。

下楼走进厨房，老妇人菲洛蒙娜端上咖啡，不好意思地对他说再见。“我会向父亲转达你的问候。”迈克尔说，她使劲点头。

卡洛走进厨房，对迈克尔说：“车开出来了，要我帮你拎行李吗？”

“不用了，我自己拎，”迈克尔说，“阿波拉呢？”

卡洛露出好笑的表情：“她坐在驾驶座上，想踩油门想得要命。她不用去美国就会变成美国人啦。”在西西里有农妇尝试驾驶汽车，这可是闻所未闻的稀奇事。迈克尔偶尔允许阿波罗妮亚开着阿尔法罗密欧绕着石墙内侧兜圈，但总坐在她身旁，因为她有时候想踩刹车，却一脚踏在油门上。

迈克尔对卡洛说：“叫上法布雷奇奥，到车上等我。”他走出厨房，跑上楼回卧室。他已经收拾好了行李。拎起皮箱前，他朝窗外张望了一眼，见到车停在门廊前，而不是厨房门口。阿波罗妮亚坐在车里，双手抓着方向盘，像是小孩子在玩耍。卡洛把午餐提篮放在后座上。这时，迈克尔见到法布雷奇奥走出了别墅大门，似乎要去外面办什么事，不禁有点烦心。这家伙在干什么？他见到法布雷奇奥扭头张望，神情不知怎的有点鬼祟。他得好好教训一下这个牧羊人了。迈克尔走下楼梯，决定去厨房找菲洛蒙娜再打个招呼，和她郑重道别。他问老妇人：“塔扎医生还在睡觉吗？”

菲洛蒙娜皱巴巴的老脸淘气地笑了笑。“老公鸡等不到日出。

医生昨晚就去巴勒莫了。”

迈克尔哈哈大笑。他从厨房走出别墅，柠檬花的香味沁透了他堵塞的鼻窦。他见到十步外的车道上，阿波罗妮亚在车里对他挥手，明白她是要他站在原处，等她把车开过来。卡洛笑嘻嘻地站在车旁，一只手抓着狼枪。法布雷奇奥仍旧不见踪影。就在这个时刻，没有经过任何推理，一切线索忽然在脑海里汇聚，迈克尔对姑娘喊道：“不！不！”可是，随着阿波罗妮亚发动引擎，剧烈的爆炸淹没了他的叫声。厨房门应声而碎，迈克尔被甩出去足足十英尺，狠狠摔在别墅的墙上。从屋顶震落的石块砸在肩膀上，他躺倒在地，又一块石头砸在他头上。在他失去意识之前，他只来得及看见阿尔法罗密欧只剩下了四个轮子和连接车轮的钢梁。

再次恢复知觉，他所在的房间似乎非常暗，他听见有人说话，但嗓子压得很低，听不清字词，只是些许声音。出于动物的本能，他试着假装还在昏迷，但说话声随即停止，有人在床边的椅子上俯身凑近他，声音也变得清晰，说：“哎呀，他总算醒来了。”一盏灯点亮，白热烈火般的光线炙烤眼球，迈克尔扭过头去。脑袋特别沉重，非常麻木。这时，他认出浮在上空的那张脸属于塔扎医生。

“让我稍微看看你，然后就关灯。”塔扎医生轻声说。他忙着用小手电照迈克尔的眼睛，“你会好起来的。”塔扎医生扭头对房间里的另一个人说：“你可以和他说话了。”

坐在床边椅子上的是唐·托马西诺，迈克尔这会儿看清了他的面容。唐·托马西诺在说：“迈克尔，迈克尔，能和我说话吗？还是想休息？”

抬起一只手打手势比说话容易，迈克尔这么做了，唐·托马西诺说："是法布雷奇奥把车从车库里开出来的吗？"

迈克尔微微一笑——他不知道自己在笑，这个笑容表示同意，不同寻常，令人胆战心惊。唐·托马西诺说："法布雷奇奥失踪了。听我说，迈克尔，你昏迷了近一周。明白吗？大家都以为你死了，所以现在你很安全，他们已经不再追杀你了。我送信通知了你父亲，他说用不了多久，你就可以返回美国。这段时间里，你就在这儿静养。你在山上，这儿是我的一个特别农庄，很安全。按理说你已经死了，巴勒莫的那些人与我讲和，他们的目标本来是你。他们想杀死你，但希望做得像是其实在追杀我。这一点你要记在心里，其他事情都交给我处理吧。你休养身体，悄悄待着。"

迈克尔记起了前后经过，知道妻子死了，卡洛也死了。他想到厨房里的老妇人，不记得她是不是跟着他走出了别墅。他哑着嗓子说："菲洛蒙娜？"唐·托马西诺静静地说："除了爆炸害她流鼻血，没受什么伤。别担心。"

迈克尔说："法布雷奇奥。告诉你的牧羊人，谁交出法布雷奇奥，会获得全西西里最好的牧场。"

塔扎医生和唐·托马西诺都松了一口气。唐·托马西诺从手边的桌子上端起玻璃杯，仰起头，喝着琥珀色的烈酒。塔扎医生坐在床沿上，有点心不在焉地说："知道吗？你是鳏夫了。这在西西里很少见。"像是这点区别能安慰他似的。

迈克尔示意唐·托马西诺靠近。唐在床沿上坐下，俯下头。"告诉我父亲，把我弄回去，"迈克尔说，"告诉我父亲，我希望当他的儿子。”

迈克尔等了一个月，从重伤中恢复过来，又等了两个月，各种必要的手续和安排才完全就绪。他从巴勒莫飞到罗马，从罗马飞到纽约。在这段时间里，法布雷奇奥始终下落不明。

第七部

第二十五章

凯·亚当斯拿到大学学位，接受了新罕布什尔家乡一所小学的教职。迈克尔消失后的头六个月，她每周打电话向迈克尔的母亲询问情况。柯里昂夫人很友善，最后却总是说：“你是个好姑娘。忘了米基吧，找个好丈夫。”这份直率并没有冒犯凯，她明白迈克尔的母亲这么说是出于关心，她的处境不可能有出路。

第一个学期结束，她决定去纽约买些好衣服，见见大学里的女同学。她还想在纽约找个更有意思的工作。她过了两年老处女的生活，读书教书，拒绝约会，拒绝一切活动，哪怕不再打电话到长滩以后也是这样。她知道她不能再这么过下去，自己正一天天变得暴躁和阴沉。可是，她却始终相信迈克尔会写信给她，或者想办法捎信给她。他不这么做就等于羞辱她，他居然这么不信任她，实在惹人伤心。

她搭早班火车出发，下午三四点住进酒店。当初的女同学都有工作，她不想打扰她们，打算晚上再打电话到她们家里。坐火车很疲劳，她没有外出购物的心情。她孤零零地坐在旅馆房间里，回想起迈克尔和她在旅馆里做爱的往事，不禁心情低落。是这种凄凉的心情，使得她拿起电话，打给长滩找迈克尔的母亲。

一个粗鲁的男人接听电话，她觉得纽约口音很重。凯请他找一下柯里昂夫人。等了几分钟，凯听见那个口音浓重的声音问她是谁。

凯有点尴尬。“我是凯·亚当斯，柯里昂夫人，”她说，“不记得我了？”

“怎么会？记得，当然记得，”柯里昂夫人说，“你怎么后来不打电话啦？结婚了吗？”

“唉，还没有，”凯说，“忙着工作。”迈克尔的母亲显然因为她不再打电话而有些生气，凯不由吃了一惊。“有迈克尔的消息吗？他没事吧？”

电话另一头沉默良久，最后传来了柯里昂夫人有力的声音：“米基回家了。他没打给你，没去见你？”

凯觉得胃里一阵发虚，委屈得想哭。她好不容易开口，有点语不成声：“他回家多久了？”

柯里昂夫人说：“六个月。”

“哦，我明白了。”凯答道。她确实明白了。迈克尔的母亲知道他待她实在过于轻贱，这让她觉得热辣辣的羞耻一波波袭来。紧接着，愤怒涌起。对迈克尔的愤怒，对他母亲的愤怒，对所有外国佬的愤怒，这些不通礼数的意大利人，就算做不了情人，也可以保持体面的友谊啊！就算迈克尔不想要她这个床伴，不再想娶她，也该明白她有多关心他啊！他难道以为她是那种愚昧的意大利姑娘，会因为奉献了贞操而又被抛弃就会自杀或者大吵大闹？她尽量冷静地说：“我明白了，非常感谢，”她说，“很高兴迈克尔回家了，一切安好。我只是想知道一下而已。我不会再打电话来了。”

柯里昂夫人的声音很不耐烦，像是没听见凯在说什么。“要见米基，就来这儿。给他一个大大的惊喜。你叫辆车，我吩咐看门的替你付车钱。你告诉出租车司机，车钱给他双份，否则他就不肯来长滩。不过你别付钱。门口我丈夫的手下会付钱。”

“我不能去，柯里昂夫人，”凯冷冰冰地说，“迈克尔要是想见我，早就打电话到我家里了。他很明显不想继续我们的关系。”

柯里昂夫人轻快地说：“你是个好姑娘，两条腿很漂亮，但没什么脑子，”她咯咯笑道，“你来看我，不是米基。我想和你聊聊。你马上来。别付车钱。我等你。”电话咔嗒一声断了。柯里昂夫人挂断了电话。

凯可以再打过去，说她来不了，但她知道她必须见迈克尔一面，和他说说话，哪怕只是礼貌闲谈也行。假如他已经回家，没有隐瞒行踪，就说明他已经从麻烦中脱身，可以过正常人的生活了。她跳下床，开始为见他作准备。她精心梳妆打扮。要出门的时候，她望着镜子里的自己。她比迈克尔失踪前更漂亮了吗？还是他会觉得我老了、没吸引力了？她的体型更有女人味了，臀部更加浑圆，胸部更加丰满。按理说意大利人就喜欢这样，可迈克尔却总说他就喜欢她瘦巴巴的。唉，有什么关系呢？迈克尔显然并不想再和我有什么瓜葛，否则六个月前一回到家就应该打电话给我了。

她拦下一辆出租车，司机拒绝送她去长滩，直到她对司机甜甜一笑，说按里程双倍付钱。车程近一小时，自从上次拜访，长滩的林荫道变了很多。林荫道四周筑起了铁栏杆，路口有一道大铁门。一个穿休闲裤、白上衣和红衬衫的男人过来开门，把脑袋探进车窗，看了看计价器，掏出一把钞票塞给司机。凯看见司机没有反对，对到手的数额颇为满意，于是下车走过林荫道，走向最中央的那幢屋子。

开门的是柯里昂太太本人，她用温暖的拥抱欢迎凯，凯不由吃了一惊。柯里昂太太又用赞赏的视线上下打量凯。“多漂亮的姑娘啊，”她说得毋庸置疑，“唉，我的儿子怎么那么傻。”她拉着凯进门，走进厨房，大浅盘已经盛满食物，炉子上煮着咖啡。“迈克尔马上就到家，”她说，“给他个惊喜吧。”

两人坐下，老妇人逼着凯多吃点，一边怀着极大的好奇心问东问西。得知凯是老师，来纽约是为了探访以前的女同学，今年只有二十四岁，她喜形于色。她频频点头，就仿佛这些事实印证了心里的猜测。凯紧张极了，只懂得问一句答一句，别的什么都没说。

她首先隔着厨房的窗户瞥见了他。一辆车在屋前停下，另外两个男人钻出车门，随后是迈克尔。他站直身，和另外两个男人里的一个说话。他的左脸暴露在她的视线之内。这半边脸受过伤，凹下去了，就像洋娃娃的脸被顽皮孩童踢了一脚。奇怪的是，破相在她眼中并没有损害他的英俊，却引得她淌出了眼泪。他转身准备进屋，她见到他取出一块雪白的手帕，捂住嘴巴和鼻子，压了几秒钟。

她听见门打开了，他的脚步声从门厅转向厨房，他出现在厨房里，见到了凯和他的母亲。他似乎不为所动，只是微微一笑，破相的左脸使得他没法咧嘴。凯本想用最冰冷的语气说一声“你好吗”，却从座位上跳起来，扑进他的怀抱，把脸蛋埋在他的肩膀上。他亲吻她湿漉漉的面颊，抱紧她，等她哭完，然后领着她出门上车，挥手赶开保镖，带着凯驱车离开。她用手帕擦掉残余的化妆，就算是补妆了。

“我可不想哭成这样的，”凯说，“但谁也没有告诉我，他们把你伤成了这个样子。”

迈克尔笑着摸了摸受伤的半边脸。“你说这个？没什么。只是让我鼻窦不舒服。现在回来了，我有时间就去治一治。我不能给你写信或者用别的方式联系你，”迈克尔说，“你首先必须理解这一点。”

“好吧。”她说。

“我在市里有个地方，”迈克尔说，“我们现在就过去，还是先找家餐馆吃顿饭、喝两杯？”

“我不饿。”凯说。

他们向纽约开去，两人都沉默了一阵子。“你拿到学位了吗？”迈克尔问。

“拿到了，”凯说，“我现在是小学老师。他们找到了杀死警察的真凶吗？所以你才可以回家？”

迈克尔有好一会儿没有回答。“是啊，找到了，”他说，“纽约的报纸全登了。你没读到？”

凯笑了起来，他否认自己是杀人犯，她不由松了一口气。“我们镇上只有《纽约时报》，”她说，“这条新闻估计塞在最后面的八十九页上。我要是读到了，肯定会早些打电话给你母亲。”她停了停，又说，“真有意思，听你母亲说话的语气，我都快相信事情真是你做的了。你回来之前，我们喝咖啡的时候，她还在说认罪的那个疯子如何如何。”

迈克尔说："说不定我母亲刚开始也相信了。"

"你的亲生母亲？"凯问。

迈克尔咧嘴一笑。"母亲和警察一样，总把事情往坏里想。"

迈克尔把车停进桑树街的一家修车铺，老板似乎认得他。他领着凯拐弯走向一幢相当老旧的褐石大屋，屋子颇为符合这个破败的街区。迈克尔用钥匙打开前门，走进室内，凯发现装饰昂贵而舒适，堪比百万富翁的市区联排别墅。迈克尔领着凯上楼，楼上的套房包括宽敞的客厅、大厨房和一扇通往卧室的门。客厅的一角是吧台，迈克尔给两人调酒。他们坐进沙发，迈克尔静静地说："我们不如去卧室吧。"凯喝了一大口酒，对他微笑。"好的。"她说。

凯觉得做爱和以前同样美妙，只是迈克尔变得更粗鲁直接了，不像以前那么温柔。就好像他对她也有所防范，但她不打算抱怨。隔阂是会逐渐消失的。说来有趣，她心想，男人遇到这种情况往往更加敏感。她发觉时隔两年，和迈克尔做爱仍旧是天底下最自然而然的事情，就仿佛他从没离开过一天。

"你应该给我写信，应该信任我的，"她贴在迈克尔的身上说，"我会遵守新英格兰的缄默规则。扬基佬的嘴巴也可以很紧，你知道的。"

迈克尔在黑暗中轻声笑着说："我没想到你会等我。发生了那些事情，我真的没想到你还会等我。"

凯很快回答："我一直不相信是你杀了那两个人。听你母亲似乎相信了的时候也许除外。但我心里从来就不相信。我太了解你了。"

她听见迈克尔喟然叹息。"我有没有杀人并不重要，"他说，

“你必须理解这一点。”

他冷酷的声音让凯不明所以。她说：“你就直说吧，到底是不是你？”

迈克尔在枕头上坐起来，黑暗中火光一闪，他点燃香烟。“如果我向你求婚，你在回答之前是不是非要我先回答这个问题？”

凯说：“我不在乎，我爱你，真的不在乎。如果你也爱我，就不该害怕告诉我实话。不该害怕我会去报告警察。就这么简单，对不对？你其实真是黑帮，对吧？可我并不在乎。我在意的只是你显然不爱我。你回家这么久，连个电话都不打给我。”

迈克尔抽着香烟，烟灰掉在凯赤裸的脊背上。她轻轻一抖，开玩笑地说：“别折磨我了，我是不会说的。”

迈克尔没有笑，语气有点茫然。“知道吗？回到美国，见到家里人，父亲、母亲、妹妹康妮、汤姆，我并不那么开心。好归好，但我根本不在乎。可今晚回到家里，见到你在厨房里，我开心极了。要你说，这算不算是爱？”

“要我说，已经足够接近了。”凯答道。

他们又做了一回爱。这次迈克尔温柔多了。他出去给两人斟酒，回来时坐进面对床的扶手椅。“我说正经的，”他说，“愿不愿意嫁给我？”凯对他微笑，示意他上床。迈克尔报以微笑。“说正经的，”他说，“我不能事无巨细全告诉你。我现在为父亲工作了。他在培养我接管家族的橄榄油生意。但你知道我的家族有敌人，我的父亲有敌人。你说不定年纪轻轻就要当寡妇，这个可能性虽说微乎其微，但毕竟存在。我不能把办公室每天发生了什么一五一十全告诉你。我不能把生意场上的事情全告诉你。你会成为我的妻子，但没法成为我的人生伴侣——大家是这么说的，对吧？不是彼此对等的伴侣。这个不可能。”

凯在床上坐起来，打开床头柜上的大台灯，点燃香烟，靠在枕头上，平静地说：“你想说你确实是黑帮，对不对？你想说你要为杀人和各种与杀人有关的罪行负责。想说我不能过问你的那部分生活，甚至连想都不能想。这算什么？简直是恐怖电影里怪物在求美丽的姑娘嫁给他。”迈克尔咧嘴一笑，破相的半边脸转过来对着凯，凯后悔道：“天哪，迈克，我根本没注意到那块该死的地方，我发誓，真的没有。”

“我知道，”迈克尔笑着说，“我现在还挺喜欢的，只是害得我经常流鼻涕。”

“你说要认真的，”凯继续道，“我们要是结婚，我会过上什么样的生活？就像你母亲？意大利家庭主妇，养几个孩子，收拾收拾屋子？要是出事怎么办？我怀疑你迟早要坐牢。”

“不，绝对不可能，”迈克尔说，“被杀？有可能。坐牢？不可能。”

他的信心让凯笑出了声，这个笑声很有意思，混合了骄傲和因骄傲而起的喜悦。“你凭什么这么说？”她说，“说真的，告诉我。”

迈克尔叹息道：“有许许多多事情我不能告诉你，也不想告诉你。”

凯沉默许久。“既然你回来了好几个月都不肯打电话给我，为什么又想要我嫁给你？我在床上有那么好？”

迈克尔郑重其事地点点头。“对，”他说，“不过我不费吹灰之力就能享受到，为什么要为了这个求你嫁给我呢？听着，你现在不需要回答我。我们继续见面。你回去和父母商量一下。听说你父亲也很强硬。听听他的建议吧。”

“你还没有回答我的问题呢，你为什么要我嫁给你？”凯说。

迈克尔从床头柜的抽屉里取出一块白手帕，捂住鼻子擤了一下，擦掉鼻涕。“这是不嫁给我的最好的理由，”他说，“有个家伙总在身边擤鼻子，怎么受得住？”

凯不耐烦地说：“快说，说正经的，我在问你问题呢。”

迈克尔抓着那块手帕。“好吧，”他说，“只此一次。天底下我只对你有爱恋和关心的感觉。我没有打电话给你，是因为没想到发生了那些事情之后，你仍旧对我感兴趣。是啊，我可以追求你，哄骗你，但我不想那么做。我信任你，所以愿意告诉你一件事，但你别说给别人听，哪怕是我父亲。如果一切顺利，柯里昂家族将在五年内完全合法化。要实现这个想法，就必须处理好一些非常棘手的事情——所以我说你也许会成为很有钱的寡妇。说到我为什么想娶你，好吧，因为就是想要你，想要成家。我想要孩子，是时候了。我不希望孩子受到我的影响，就像我受到我父亲的影响那样。倒不是说我父亲存心影响了我。他没有这么做过，他甚至根本不希望我参与家族生意，他更希望我去当教授或医生。可惜事与愿违，我不得不为家族战斗。因为我爱我父亲，敬重我父亲。我不知道还有谁比他更值得尊敬。他是好丈夫和好父亲，对活得不那么幸运的人来说是好朋友。他还有另外一面，但对我，对他的儿子来说并不重要。总而言之，我不希望我们的孩子遇到这种事情。我希望他们能受到你的影响，希望他们像真正的美国孩子那样长大，成为真正的美国人，里里外外都是。他们或者他们的儿孙也许能进入政界，”迈克尔笑了笑，“说不定还能出个美国总统呢。没什么是不可能的。在达特茅斯上历史课的时候，我们研究过历届总统的背景，有些人的父亲和祖父没被绞死就算是走运了。不过我的孩子当医生、音乐家和老师也不错。他们绝对不能参与家族生意。等他们到那个年纪，我早就退休了。你和我会加入什么乡村俱乐部，过着富裕美国人简单而美好的生活。你觉得我的求婚词听起来怎么样？”

“非同凡响，”凯说，“不过当寡妇那部分似乎没有细说。”

“可能性微乎其微，我提起只是为了让你全面了解情况。”迈克尔用手帕擦了擦鼻子。

“我没法相信，没法相信你是这样的人，你从骨子里就不是，”凯说，露出大惑不解的神情，“我从头到尾都不理解，事情怎么会变成这样。”

“嗯，我不会继续解释下去了，”迈克尔柔声说，“说真的，你不需要思考这方面的事情，如果我们结婚，这些和你、和我们的生活都没有任何关系。”

凯摇摇头。“你凭什么想娶我，凭什么转弯抹角说你爱我，你对我没说过这个字，却说你爱你的父亲，但你从没说过爱我，你怎么可以不信任我，连生活里最重要的事情都不告诉我？你怎么能娶一个你无法信任的女人？你父亲信任你母亲，这点我很清楚。”

“那是当然，”迈克尔说，“但不等于他会把所有事情都告诉她。另外，你要知道，他有理由信任她。不但因为他们结了婚，她是他的妻子，而且她在生孩子还不那么安全的时候为他生了四个孩子，而是她在别人对他开枪以后护理他、保卫他。我母亲信任我父亲。四十年来，我母亲最忠诚守护的就是我父亲。等你做到这些，我会告诉你一些你其实并不想知道的事情。”

“我们必须住在林荫道吗？”凯问。

迈克尔点点头。“我们会有自己的一幢屋子，情况没你想象的那么坏。我父母不会打扰我们。我们可以过我们自己的生活。可是，在解决所有问题之前，我只能住在林荫道。”

“因为住在外面对你很危险。”凯说。

认识迈克尔这么久，这是凯第一次见他动怒。令人胆寒的森冷怒火并没有通过姿态或语调的变化表现出来，而是一股如死亡般从他身上散发出的寒意，凯知道要是她最终决定不嫁给迈克尔，促使她下定决心的就会是这股寒意。

“问题出在电影和报纸宣传的那些狗屎东西，”迈克尔说，“你对我父亲和柯里昂家族有了错误的看法。我最后再解释一次，以后不会再说了。我父亲是个生意人，想供养老婆孩子，帮助日后也许会遇到麻烦的朋友。他不接受我们所在社会的规矩，因为这些规矩会束缚他，迫使一个拥有极大魄力和非凡性格的人去过并不适合他的生活。你必须理解一点：他认为他和总统、首相、最高法院的法官和州长这些大人物是对等的。他拒绝遵守别人制定的规矩，拒绝忍气吞声过日子。但是，他最终的目标是带着一定的权势进入这个社会，因为社会并不保护不具备权势的个体。另外一方面，他的行为也遵守他的一套伦理道德，他认为这套伦理道德优于社会的法理结构。”

凯向他投去难以置信的眼神。“太荒唐了，”她说，“要是每个人都这么想怎么办？社会还怎么运转？我们岂不是要回到穴居时代？迈克尔，说归说，但你不相信，对吧？”

迈克尔对她笑了笑：“我只是在复述我父亲的信念。我只是希望你能了解，不管他是什么人，总之他不缺乏责任感，至少他创造的社会里是这样。他不是你心中端着机关枪扫射的暴徒。他是个负责任的男人，只是方式与众不同。”

“那么，你的信念是什么？”凯平静地问。

迈克尔耸耸肩。“我的信念是家庭，”他说，“是你和我们也许会组成的家庭。我不相信社会能保护我们，不愿意把命运交给别人处置，那些家伙唯一的本事就是哄骗大众投票给他们。但这只是暂时的。我父亲的时代已经结束。他过去能做的事情，今天要做就必须冒极大的风险。无论喜不喜欢，柯里昂家族都必须融入社会。但就算要融入，我也希望我们能带着自己的巨大权势融入，简而言之就是金钱和其他价值的所有权。我希望我的后代能活得尽可能地安稳，然后再融入大众的命运。”

“可是，你曾经志愿参军保卫国家，曾经是战争英雄，”凯说，“是什么让你改变了看法？”

迈克尔答道：“这样谈是没有什么结果的。也许我只是一个传统的保守派，就像你老家长大的那些人。我自己照顾自己的利益。政府并没有为人民做多少事情，事情就是这样，但并不是真的这样。我只能这么说：我必须帮助我的父亲，我必须站在他身旁，而你必须作出决定，要不要站在我身边。”他对凯笑着说，“看来结婚真不是个好主意。”

凯拍拍床铺。“结婚我还拿不准主意，不过我有两年没亲近过男人了，不会轻易放过你。你给我过来。”

他们又躺在了床上，台灯熄灭。她在迈克尔耳边说：“相信我说的吗？你离开后我没碰过别的男人。”

“相信。”迈克尔说。

“你呢？”她换上更温柔的声音。

“有过，”迈克尔说，他感觉到她有点绷紧了身体，“但过去这六个月没有。”这是实话。自从阿波罗妮亚死后，凯是第一个和他做爱的女人。

第二十六章

布置华丽的套房俯瞰酒店后面的人工仙境；缠在树上的橙色装饰灯照亮了移植而来的棕榈树，沙漠的星光下，两个巨大的游泳池闪着深蓝色的微光。地平线上的砂石山峦环绕着霓虹闪烁的拉斯维加斯。约翰尼·方坦放下厚实的灰色花边窗帘，转身回到房间里。

房间里有特别安排的一组四个人：一个赌区经理，一个荷官，一个替补人手，还有穿着暴露制服的鸡尾酒女招待，他们正在为私人赌局作准备。尼诺·瓦伦蒂躺在会客区的沙发上，手里的玻璃杯里灌满了威士忌。他望着赌场人员布置二十一点牌桌，又在马蹄形赌桌前放上六把舒适的软椅。“好极了，好极了，”他用半醉不醉的含糊声音说，“约翰尼，来陪我和这帮浑蛋赌几把。我运气不错，我们要赢他们一个片甲不留。”

约翰尼在沙发前的脚凳上坐下。“你知道我不能赌博的，”他说，“尼诺，感觉怎么样？”

尼诺·瓦伦蒂咧嘴笑道：“好得很。半夜总有女人上来陪我，吃点东西，再回到牌桌前。你知道我赢了赌场差不多五万块吗？他们磨磨叽叽跟我折腾了快一个星期。”

“知道，”约翰尼·方坦说，“你要是死了，希望把钱留给谁？”

尼诺一口喝光杯里的烈酒。“约翰尼，你这个浪荡鬼的名声到底是怎么来的？约翰尼啊，你死气沉沉的。老天，这儿的游客乐趣都比你多。”

约翰尼说：“是啊，要我扶你上牌桌吗？”

尼诺挣扎着从沙发上起身，牢牢地在地毯上站稳脚跟。“我自己就行。”他说，松手任由酒杯落地，走向刚刚搭好的牌桌，步履还算坚定。发牌手已经准备好了。看台子的站在发牌手背后，替补发牌手坐在远离牌桌的椅子上。鸡尾酒女招待坐在另一把椅子上，正对尼诺·瓦伦蒂，他打什么手势她都看得见。

尼诺用指节敲敲绿色台呢。“筹码。”他说。

看台子的掏出衣袋里的记事簿，填了张欠条，连同墨水笔放在尼诺面前。“给您，瓦伦蒂先生，”他说，“按常规，五千块起板。”尼诺在欠条最底下随手签名，看台子的把欠条收进衣袋，朝发牌手点点头。

发牌手的手指灵活得不可思议，从牌桌的暗格里拈出几摞黑黄相间的百元筹码。不到五秒钟，尼诺面前就多了五摞高度相同的百元筹码，一摞十枚。

绿色台呢上刻出了六个比纸牌稍大的白色方框，每个方框对应一名玩家的座位。尼诺把赌注放在其中三个方框里，一个方框一枚筹码，代表他收三把牌，每把一百块。三把他都没再要牌，因为庄家的明牌是六点，很容易爆掉——也确实爆掉了。尼诺收起筹码，扭头对约翰尼·方坦说：“今晚兆头不错，你说呢，约翰尼？”

约翰尼笑了笑。请尼诺这种赌棍在赌博前签借条很少见，对豪客而言，通常说句话就顶用了。赌场大概害怕尼诺会因为喝酒忘记他的欠账，他们可不知道尼诺有个好记性。

尼诺赢个不停，第三盘结束，他朝鸡尾酒女招待勾勾手指。她走到房间另一头的吧台前，端来满满一玻璃杯他喜欢的黑麦威士忌。尼诺拿起酒杯，换到另一只手里，伸手搂住女招待。“陪我坐坐，宝贝儿，玩两把，送点运气给我。”

鸡尾酒女招待长得很漂亮，但约翰尼看得出她全是虚情假意，再怎么装也装不出半分真心。她对尼诺绽放灿烂的笑容，但真正垂涎的是黑黄相间的筹码。妈的，约翰尼心想，她想要就给她呗。他懊悔的只是尼诺没有用钱买来更好的货色。

尼诺让女招待替他玩了几盘，赏她一枚筹码，拍拍她的屁股，叫她起身滚蛋。约翰尼示意她端杯酒来。酒端来了，可她的动作像是在出演有史以来最做作的电影里最做作的一个镜头。她把所有魅力射向了不起的约翰尼·方坦，眼里放出悉听尊便的光芒，步态卖弄十二万分的性感，嘴巴微微张开，像是怀着一肚子欲火，打算见什么吞什么。她怎么看都像发情的雌兽，可惜只是表演而已。约翰尼·方坦心想，唉，天哪，又是这种人。想拉他上床的女人最喜欢这么接近他，但只在他烂醉的时候才管用，而他此刻毫无醉意。他对姑娘露出著名的笑容，说：“谢谢你，宝贝儿。”姑娘看着他，分开嘴唇，露出“谢谢你才对”的笑容，眼神变得迷离，网眼丝袜裹着的长腿带着绷紧的身躯微微后仰，肉体里像是在积蓄巨大的张力，乳房愈加丰满鼓胀，就快撑破薄得可怜的上衣了。紧接着，她全身轻轻一颤，几乎释放出一股性欲的震荡波。简直就像约翰尼·方坦只用一个微笑和一句“谢谢你，宝贝儿”就让她高潮了。演得漂亮，约翰尼第一次见到演得这么漂亮的。可惜如今的他已经知道这是演戏。睡这种女人一般得不到什么乐趣。

他望着女招待坐回椅子上，自己慢悠悠地喝着酒。他不想再看一次刚才的小把戏了，今晚他没这个情绪。

过了一个小时，尼诺·瓦伦蒂撑不住了。他先是向前一歪，又晃晃悠悠地向后倒，接着直挺挺地从椅子上摔向地面。还好看台子的和替补发牌手见到他开始摇晃就冲了上来，在他着地前抓住了他。他们扶起他，架着他穿过分开的帘幕，走进套房的卧室。

约翰尼望着这一幕，鸡尾酒女招待帮两个男人脱掉尼诺的衣服，给他盖上罩单。看台子的数了数尼诺的筹码，掏出那一小本借款单，记下数字，守在桌边，盯着庄家的筹码。约翰尼问他：“他这样有多久了？”

看台子的耸耸肩。“他今晚昏得比较早。第一次发作的时候，我们叫来了酒店的医生，他用什么药救醒瓦伦蒂先生，教训了他一顿。可尼诺说再见到他昏过去就不必叫医生了，把他放到床上，第二天早晨自己会好的。我们照他吩咐的做。他运气不错，今晚又赢了一大笔，快三千块。”

约翰尼·方坦说：“唉，今晚还是叫酒店的医生来一趟吧。要是有必要就去赌场那头广播一声。”

差不多过了十五分钟，朱尔斯·西格尔才走进套房。约翰尼见到他就生气，这家伙从来就没个医生的样子。今晚他上身是件松松垮垮的蓝色白边针织马球衫，赤脚穿着一双白色山羊皮便鞋，却拎着个传统的黑色出诊包，模样实在可笑。

约翰尼说：“你得想想办法，找个半截的高尔夫球袋装你那些吃饭家伙。”

朱尔斯心领神会地笑着说：“是啊，医学院的拎包就是太累赘了。大家见了就害怕。至少该换个颜色。”

他走向尼诺躺着的那张床，打开诊疗包，对约翰尼说：“多谢你那张顾问费的支票。你太大方了。我做的事情不值那么多。”

“不值个屁，”约翰尼说，“陈年往事就别提了。尼诺这是怎么了？”

朱尔斯飞快地检查心跳、脉搏和血压，从包里取出注射器，漫不经心地扎进尼诺的胳膊，推了一管药水。尼诺睡梦中的面容没了蜡像一般的惨白色，血色回到面颊上，像是血脉恢复了畅通似的。

“诊断起来很简单，”朱尔斯欣然答道，“他第一次在这儿昏倒的时候，我抓住机会给他检查了身体，做了几项化验，在他恢复知觉前把他送进医院。他有糖尿病，轻度成年二型，只要好好吃药，节制饮食，其实不是什么大毛病。但他置之不理，打定主意要喝死自己。他的肝功能正在衰退，大脑也会受到影响。现在他处于糖尿病导致的轻度昏迷之中。我的建议是把他关起来。”

约翰尼顿时放了心。事情还不严重，尼诺只需要照顾好自己就行。“你是说弄进那种戒酒瘾的地方？”约翰尼问。

朱尔斯走向房间另一头的吧台，给自己倒了杯酒。“不，”他说，“我说的是真的关起来。也就是疯人院。”

“别逗了。”约翰尼说。

“我没开玩笑，”朱尔斯说，“精神病学的那些东西我并不完全懂，但我知道不少，职业需要嘛。你的朋友尼诺可以恢复得相当不错，前提是肝损伤不能太严重，但这个就只有到尸检的时候才能知道了。他真正的问题在脑袋里。简而言之，他根本不在乎死不死，说不定就是想自杀。在解决这方面的问题之前，他是没指望的，所以我才说要把他关起来，接受必要的精神病学治疗。”

有人敲门，约翰尼过去开门。来的是露西·曼奇尼，她扑进约翰尼的怀抱，亲吻他。“天哪，约翰尼，见到你太好了，”她说。

“好久不见啊。”约翰尼·方坦说。他注意到露西变了。她苗条了不少，衣服比从前好得多，穿在她身上显得尤其美丽。她把头发剪得有几分男孩子气，非常适合脸型。他从没见过她这么年轻漂亮的样子，脑子里闪过在拉斯维加斯找她作伴的念头。和这么一个漂亮妞四处逛逛倒是乐事一桩。不过，还没等他点燃魅力，就想起她是医生的人。唉，算了吧。他换上朋友对朋友的笑容，说：“大半夜的，你跑到尼诺的房间里来干什么？”

她一拳打在他肩膀上。“我听说尼诺病了，朱尔斯上来看他。我只是想看看能不能帮忙。尼诺没事吧？”

“没事，”约翰尼说，“他会好起来的。”

朱尔斯·西格尔瘫倒在沙发上。“好个屁，”朱尔斯说，“我建议我们坐在这儿等尼诺醒过来，然后说服他自己入院治疗。露西，他喜欢你，你也许能帮上忙。约翰尼，你如果是他真正的朋友，那就应该配合我。否则尼诺老兄的肝脏很快就是某个大学实验室的展品A了。”

医生的轻浮态度让约翰尼很不高兴。他以为他是老几？他正想说什么，却听见床那边传来了尼诺的声音：“喂，老朋友，给我倒杯酒好吗？”

尼诺坐在床上，他朝露西笑着说："嘿，小宝贝，到老尼诺这儿来。"他张开怀抱，露西在床沿坐下，抱了抱尼诺。奇怪的是，尼诺的脸色现在并不难看，几乎算是正常了。

尼诺打个响指。"来吧，约翰尼，给我倒一杯。时间还早。牌桌他妈的上哪儿去了？"

朱尔斯喝了一大口酒，对尼诺说："你不能喝酒，你的医生禁止你喝酒。"

尼诺恶狠狠地说："我的医生？去他妈的。"话刚出口，演戏似的后悔表情就浮现在他脸上。"嘿，朱尔斯，是你啊。你不就是我的医生吗？哥们，我说的不是你。约翰尼，给我倒一杯，否则我下床自己倒。"

约翰尼耸耸肩，走向吧台。朱尔斯冷漠地说："我说过了，他不能喝酒。"

约翰尼知道朱尔斯为什么惹他生气。这位医生说话总那么冷静，无论内容多么紧迫，说起来也从不拿腔拿调，声音始终低沉而克制。就算他在警告什么，那么警告也只存在于字词之中，声音本身永远四平八稳，仿佛事不关己。光是这一点就足以让约翰尼动怒，端了一杯威士忌给尼诺。他先对朱尔斯说："一杯酒杀不死他，对吧？"然后把酒递给尼诺。

"对，杀不死他。"朱尔斯说得很平静。露西紧张地看看他，想说什么，一转念又停下了。尼诺接过威士忌，一仰脖灌了下去。

约翰尼低头对尼诺微笑，他们在表演给浑蛋医生看。突然，尼诺使劲喘息起来，脸色涨得发紫，他透不过气，哼哼唧唧地使劲吸气，身体像鱼似的向上跃起，整张脸挣得血红，眼珠突出。朱尔斯出现在床的另一边，面对约翰尼和露西。他抓住尼诺的脖子，按住尼诺，把注射器的针头插进肩膀和脖子相接的地方。尼诺软瘫下去，挣扎得没那么用力了，没多久，他倒在枕头上，眼睛紧闭，陷入沉睡。

约翰尼、露西和朱尔斯回到套房的会客区，围着宽大结实的咖啡桌坐下。露西拿起海蓝色的听筒，叫了咖啡和食物送上楼。约翰尼在吧台前给自己调酒。

“你知道他喝了威士忌会有那个反应？”约翰尼问。

朱尔斯耸耸肩。“对，相当确定。”

约翰尼生气地说：“那你为什么不警告我？”

“我警告你了。”朱尔斯说。

“警告的方式不对，”约翰尼冷冰冰地怒吼道，“你算是什么狗屁医生？你压根儿就不关心。说什么要把尼诺送进疯人院，你就不能说疗养院？你就喜欢跟人对着干，对吧？”

露西低头盯着膝盖。朱尔斯只是对对方坦笑道：“谁也拦不住你把那杯酒递给尼诺。你就非得显示一下你不接受我的警告、我的命令？还记得嗓子那档事过后，你请我当你的私人医生吗？我拒绝你是因为我知道我跟你合不来。医生认为他是神明，是现代社会的高等祭司，这是他的奖赏之一，但你不可能用这种态度对我。神明归神明，但我非得拍你的马屁。你们这些人的好莱坞医生都是一个德性。那些家伙倒是从哪儿找出来的啊？妈的，他们是不懂还是根本不在乎？他们肯定知道尼诺出了什么问题，但只给他吃各种各样的药物，让他有一口气就行。他们身穿丝绸正装，舔你的屁眼，只因为你是手握大权的电影人，而你反过来认为他们是了不起的医生。演艺圈啊，医生们哪，总得有点心肝吧？对吧？可是，他们根本不在乎你的死活。唉，我有个小小的爱好，虽然听起来难以置信，却正是治病救人。我没有拦住你把那杯酒给尼诺，就是想让你看看他喝了会有什么结果。”朱尔斯倾向约翰尼·方坦，声音仍旧沉静，不含感情，“你的朋友已经离死不远。明白不明白？要是不接受治疗和严格的护理，他就死定了。高血压、糖尿病和坏习惯让他随时有脑溢血的危险。他的大脑会砰地炸开。这么说够形象的吧？没错，我说的就是疯人院。我要你明白他需要什么。否则你就什么都不会做。跟你实话实说好了。把他关进去，你还能救你这位好哥们儿一命，否则就亲亲他，和他说再见吧。”

露西嗫嚅道：“朱尔斯，亲爱的，朱尔斯，别这么凶。有话好好说。”

朱尔斯站起身。约翰尼·方坦不无满足地注意到，他平时的冷静不翼而飞，说话时也没了那种缺乏重音的沉稳语气。

“你以为这是我第一次在这种情况下劝说你这种人吗？”朱尔斯说，“这是我的日常工作。露西叫我别那么凶，那是因为她真的不懂。知道吗？我经常这么和别人说，‘肉别吃那么多，否则你会死；烟别抽那么多，否则你会死；工作别那么卖力，否则你会死；酒别喝那么凶，否则你会死。’谁也不听我的。知道为什么吗？因为我说的不是‘明天你就会死’。但今天我可以告诉你，尼诺说不定明天就会死。”

朱尔斯走到吧台前，给自己又调了一杯酒。“怎么说，约翰尼？同意把尼诺关进去吗？”

约翰尼说：“我也不知道。”

朱尔斯在吧台前几口喝完一杯酒，又斟满酒杯。“知道吗？说来有趣，你可以抽烟抽死，喝酒喝死，工作累死，甚至吃死。这些都是做得到的。从医学角度来说，唯一做不到的是性交把自己搞死，但人们却在这方面设置了各种障碍。”他顿了顿，喝完酒，“即便如此，麻烦也还是会有，至少对女人来说是这样。我诊治过绝对不能再怀孕的女人。‘非常危险’，我这样嘱咐她们。‘你会死的’，我实话实说。一个月后，她们又冒出来，红着脸说‘医生，我好像有了’，当然，她们想堕胎。‘但这非常危险’，我还是这么说。那时候我说话还动感情呢。她们会笑着对我说，‘可是，我丈夫和我都是严守教规的天主教徒啊。’原话。”

有人敲门，两名侍者推着装满食物和银咖啡壶的餐车进来，从餐车底下取出活动小桌支起来。约翰尼打发他们离开。

他们在桌边坐下，喝着咖啡，吃着露西点的三明治。约翰尼往后一靠，点燃香烟。“这么说，你确实救过不少人的命，怎么会变成堕胎医生的？”

露西第一次开口：“他想帮助有麻烦的姑娘，有些姑娘说不定会自杀，或者为了取掉孩子做些危险的事情。”

朱尔斯对她微笑，叹息道：“事情没那么简单。当时我好不容易当上外科医生。按照棒球运动员的说法，我有一双好手。可是，我实在太出色了，把自己吓得屁滚尿流。打开某个倒霉蛋的肚皮，我看一眼就知道他死定了。手术还是要做，但我知道癌症或肿瘤还会复发，却满脸堆笑说些屁话送他们回家。有个可怜的姑娘来看病，我切掉她一个乳房。一年后她又来了，我切掉另一个乳房。又过了一年，我从她肚子里像掏瓜瓤似的摘除东西。再然后？她就死

了。丈夫呢？只会打电话来问，‘化验结果怎么说？化验结果怎么说？’

“于是我另外雇了个秘书接这种电话。只在病人做好检查、化验和手术的准备以后才见她们。我尽量少和患者接触，因为我太忙。最后，我只允许丈夫和我谈两分钟。‘晚期。’我就这么说。他们就好像没听见似的。他们理解意思，但就是听不见。刚开始我还以为自己不知不觉地压低了声音，于是存心扯着嗓门说。可他们还是听不见。有个家伙居然问我，‘初期？到底是什么意思？’”朱尔斯哈哈大笑，“初期，晚期，去他妈的。我开始接堕胎的活儿。轻松简单，大家高兴，就好像洗碗清理水槽。这就是我的行当呀。我喜欢极了，我喜欢当堕胎医生。我不认为两个月的胚胎是人类，所以一点问题也没有。我帮助遇到麻烦的年轻女孩和已婚女性，钱挣得很不错。我离开了第一线。警察逮我的时候，我感觉像是逃兵被抓了回来。不过我运气挺好，朋友四处打点，把我弄了出来，但大医院不允许我再拿刀。于是我就在这儿了。一遍又一遍劝人活命，但是和从前一样，大家都就当没听见。”

“我没有，”约翰尼·方坦说，“我正在考虑呢。”

露西改变话题。“约翰尼，你来拉斯维加斯干什么？好莱坞栋梁忙累了来松松骨头，还是为了工作？”

约翰尼摇摇头。“迈克尔·柯里昂要见我，和我谈谈。他今晚和汤姆·黑根一起飞过来。露西，汤姆说他们也要见你。知道是怎么一回事吗？”

露西摇摇头。“明晚所有人要一起共进晚餐。弗雷迪也去。我估计事情和酒店有关系。赌场最近一直在亏钱，不应该的。唐大概派迈克来查账。”

“听说迈克总算把他的脸修整好了。”约翰尼说。

露西笑道：“大概是凯说服了他。他们结婚的时候他都不肯。真是想不通。样子那么吓人，还害得他不停流鼻涕。他早就该修整好才对。”露西顿了顿，“柯里昂家族把朱尔斯叫去参加手术，让他当顾问和观察员。”

约翰尼点点头，干巴巴地说：“是我推荐的。”

“哦，”露西说，“总而言之，迈克说他想为朱尔斯做些事情，所以明晚邀请我们一起吃饭。”

朱尔斯边想边说：“他谁也不信任。他提醒我注意每个人的一举一动。手术本身很简单，常规手术而已。有执业资格的人都能开这个刀。”

套房的卧室传来响动，他们望向帘幕。尼诺又醒来了。约翰尼过去坐在床沿上。朱尔斯和露西走到床脚停下。尼诺对他们挤出惨淡的笑容：“好吧，我就不自作聪明了。我觉得糟糕透了。约翰尼，记得一年前我们在棕榈泉和那两个女人吗？我向你发誓，我一点也不嫉妒。我很高兴。约翰尼，相信我吗？”

约翰尼安慰道：“当然，尼诺，当然相信你。”

露西和朱尔斯对视一眼。就他们对约翰尼·方坦的了解，很难相信他会从尼诺这种老朋友手里横刀夺爱。为什么时隔一年尼诺还要说他不嫉妒呢？同一个想法掠过两人的脑海：尼诺打算像浪漫小说似的喝死自己，是因为某个姑娘抛弃了他，投入了约翰尼·方坦的怀抱。

朱尔斯又检查了一下尼诺的情况。“我叫个护士到房间里陪你一晚，”朱尔斯说，“你必须卧床休息几天。不开玩笑。”

尼诺微笑着说：“好的，医生，但护士千万别太漂亮了。”

朱尔斯打电话叫护士，然后和露西离开。约翰尼坐进床边的椅子，等待护士。尼诺重新沉沉睡去，一脸筋疲力尽的神色。约翰尼想起尼诺说对一年前的事不嫉妒的话。约翰尼从来没有想到过尼诺会嫉妒。

一年前，约翰尼·方坦执掌的电影公司，他坐在自己豪华的办公室里，心情前所未有地低落。这可真是奇怪，因为他制作的第一部电影——他本人担纲，尼诺领衔——挣了个盆满钵满。一切都很顺利，大家各司其职，费用没有超过预算。参与者全都大发其财，杰克·沃尔茨少说也要夭寿十年。另外两部电影正在制作之中，一部由他本人担纲，另一部由尼诺担纲。尼诺实在太适合扮演那种魅力四射的愣头青小情人了，女人恨不得把他搂进乳沟里。他简直就是点石成金，钞票滚滚而来。教父透过银行得到分红，这尤其让约翰尼开心。他证明了教父对他的信心。可是，这些对他今天的心情毫无帮助。

如今他已经是成功的独立制作人了，手里的权力和他当歌手时同样大，甚至更大。漂亮女人和从前一样扑进他怀里，不过目的更加现实。他有了私人飞机，过得比以前更奢侈，享受商人能享受而歌手不能享受的特别减税待遇。那么，他到底是为了什么不开心呢？

他很清楚理由。他脑门疼，鼻腔疼，喉咙瘙痒。挠痒止痒的办法只有一个，就是唱歌，但他害怕得不敢尝试。他为此打过电话给朱尔斯·西格尔，问他什么时候开嗓子才安全，朱尔斯说只要他愿意，随时都可以。于是，他尝试了一次，声音嘶哑而难听，他黯然放弃。第二天，喉咙疼得厉害，和切除肉赘前的疼法截然不同——甚至更疼，火烧火燎。他不敢继续尝试，害怕他会永远失声，或者毁了嗓子。

要是不能唱歌，其他的一切又有什么意义呢？其他的一切都狗屁不如。他真正了解的东西只有唱歌。也许全世界没有人比他更加了解唱歌和他的音乐。他现在明白了，自己就有这么出色。唱了这么多年，他已经成了真正的专家。别人没法告诉他什么对什么错，他不需要向任何人请教。他打心底里了解。多么浪费，多么他妈的浪费啊。

今天是星期五，他决定与维吉尼亚和两个女儿度周末。他和往常一样，先打电话说他要来。其实是给她一个拒绝的机会。她从不拒绝。离婚这么多年了，一次也没有拒绝过。因为她绝对不会阻拦女儿见到父亲。多好的女人啊，约翰尼心想。碰到维吉尼亚算他走运。尽管他知道他对维吉尼亚的关心胜过了他对其他女人的关心，但他们还是不可能回到床上去。也许等六十五岁他退休以后，两人可以一起隐居，从此不问世事。

现实却击碎了他的梦想，来到维吉尼亚家，他发现维吉尼亚不太高兴，两个女儿也不怎么乐意见到他，因为母亲本来答应让她们和几个女伴去加州的一个牧场度周末，可以骑骑马什么的。

他对维吉尼亚说尽管让她们去牧场，然后乐呵呵地吻别女儿。他很理解她们的心情。有哪个孩子宁可陪着闷闷不乐的父亲——况且还是个擅离职守的父亲——而不是去牧场骑马玩乐呢？他对维吉尼亚说：“我喝几杯就走。”

“好的。”她说。今天她心情低落——少见，但看得出来。她过的这种生活也确实不容易。

她看见他拿了个特别大的杯子斟酒。“你倒是为什么要给自己打气？”维吉尼亚问，“你过得那么万事如意。我做梦都没想到过你当商人会这么出色。”

约翰尼对她笑了笑。“其实并不难。”他说，心里想：原来问题出在这儿。他了解女人，明白维吉尼亚之所以心情低落，是因为她认为约翰尼过得称心如意。女人最不喜欢见到男人过得太遂心，见了就生气，让她们难以用情感、性爱和婚姻纽带拴住男人。约翰尼只好说：“我要是不能唱歌，有没有这些又有什么区别呢？”更多是为了哄她开心，而不是发自己的牢骚。

维吉尼亚气恼道：“天哪，约翰尼，你已经不是毛头小子了。你都过三十五了。为什么还要傻乎乎地操心唱不唱歌呢？你当制片人反正挣得更多。”

约翰尼好奇地打量着她。“因为我是歌手，我喜欢唱歌。老不老和这个又有什么关系呢？”

维吉尼亚不耐烦道：“我反正从来不喜欢你唱的歌。现在既然你显露出了制作电影的本事，那么你不能唱歌反而让我高兴。”

约翰尼怒道：“你他妈放什么屁。”两人都被这话吓了一跳。他气得发抖。维吉尼亚怎么可以这么想，她怎么可以这么恨他？

维吉尼亚见他受到伤害，却露出微笑，那句话实在伤人，他当然有理由动怒。她说：“那些女人因为你唱歌那德性追着你跑的时候，你觉得我是什么感觉？我要是光屁股上街引得男人追着我跑，你会有什么感觉？你唱歌就是这个德性，我巴不得你嗓子坏掉，再也没法唱歌。不过，那都是离婚前的事情了。”

约翰尼喝完酒。“你什么都不明白。一点也不明白。”他走进厨房，打电话给尼诺。他三言两语安排好，两人一起去棕榈泉度周末，又给了尼诺一个女孩的号码，这个女孩是新人，他早就想搞到手。“她会给你带个朋友，”约翰尼说，“我一小时后到你家。”

他出门的时候，维吉尼亚冷冰冰地和他道别。他根本不在乎，他对维吉尼亚生气的次数屈指可数，这是其中一次。去他妈的，他打算肆意放松一个周末，排出体内所有的毒水。

果不其然，到了棕榈泉一切顺心如意。约翰尼在棕榈泉有自己的屋子，每年的这个季节总有人打扫照看。两个姑娘年纪很轻，会玩得很开心，不至于贪婪地索求帮助。几个闲人到泳池旁陪他们，到晚餐时间才离开。尼诺带着他那个姑娘回屋，为晚餐换衣服，趁着晒了太阳的身子还暖和，见缝插针打一炮。约翰尼没这个心情，于是让他的姑娘——蒂娜，是个娇小玲珑的金发美人——上楼去自己冲澡。和维吉尼亚吵完架之后，他总是提不起兴致跟别的女人上床。

他走进玻璃墙围起的天台客厅，这儿有一架钢琴。和乐队巡演的时候，他会为了逗观众开心偶尔摆弄几下钢琴，所以他也能勉强弹点假模假式的月光小夜曲。他坐在琴凳上，边弹边随意哼唱，声音很轻，断断续续一两个单词，不算真在唱歌。不知不觉间，蒂娜走进客厅，给他倒了一杯酒，挨着他在钢琴前坐下。他弹了几首曲子，她跟着他哼唱。他把蒂娜留在钢琴前，自己上楼去冲澡。在浴室里，他唱了几小段——更接近念白。他穿上衣服，回到楼下。客厅里还是只有蒂娜一个人；尼诺大概和女人干得正欢，要么是又在拼命喝酒。

蒂娜走到室外，望着游泳池，约翰尼重新在钢琴前坐下，开始唱他的一首老歌。喉咙里没了烧灼感。音调还有点喑哑，但韵味十足。他望向天台，蒂娜还在外面，玻璃门关着，她听不见。不知为何，他不希望别人听见他的歌声。他换上一首自己最喜欢的老情歌，唱得全情投入，就仿佛他在对观众演唱，放开嗓门，等待熟悉的灼痛感涌上喉头——却迟迟没有等来。他听着自己的歌声，声音起了变化，但他还是很喜欢。现在的歌声更沉稳，属于成熟的男人，而不是毛头小子：浑厚，他心想，沉稳而浑厚。他轻松自如地唱完那首歌，坐在钢琴前思考着。

尼诺在他背后说："不坏啊，老伙计，真的不坏。"

约翰尼猛地转身。尼诺一个人站在门口，没有带他的女孩。约翰尼松了一口气。他不在乎让尼诺听见。

"是啊，"约翰尼说，"把那两个女孩赶走吧，打发她们回家。"

尼诺说："要打发你自己打发。她们都是好姑娘，我不想害得她们伤心。再说我刚和我的姑娘打了两炮。我要是连饭都不请她就打发她回家，她会觉得我是什么人啊？"

去他妈的，约翰尼心想。就让那两个姑娘随便听吧，声音难听又怎样呢？他在棕榈泉认识一位乐队领班，他拨通号码，要一把曼陀林琴给尼诺。乐队领班反对道："妈的，加州哪儿有人弹曼陀林！"约翰尼吼道："叫你送你就送！"

屋里塞满了录音器材，约翰尼支使两个姑娘开关设备和调音量。吃完晚餐，约翰尼开始工作。尼诺弹曼陀林伴奏，他唱了一遍他所有的老歌。他一口气从头唱到尾，完全不需要顾忌嗓子。他的嗓子好得很，他觉得他能永远唱下去。不能唱歌的几个月里，他经常琢磨怎么唱歌，思考该怎么把词句唱得和年轻时不一样。他在脑海里尝试各种微妙的重音变化。此刻他在现实中唱了出来。实际唱的时候常常出错，在脑海里感觉明明很对头，大声唱出来反而不怎么好听。大声唱出来，他心想。他不再听自己的歌声，而是把注意力都放在演绎上。他的节拍偶尔不那么准确，但问题不大，只是有点生疏罢了。他的脑袋里有个节拍器，一向可靠，只需要稍加练习就能恢复。

最后，他终于停下。蒂娜走过来，眼睛闪闪发亮，吻了他很久。“我总算知道我母亲为什么不肯漏掉你的任何一部电影了。”她说。换了别的时候，这句话恐怕都不太得体，但此刻约翰尼和尼诺一起哈哈大笑。

他们回放录音，约翰尼听清了自己的声音。嗓子变了，天上地下的区别，但毫无疑问，仍旧是约翰尼·方坦在唱歌。正如他早先注意到的，声音变得更浑厚和沉稳，但同时也更像男人而非男孩子的歌声了。声音里有了更多的情感和个性。技巧更是远远超过从前，说是炉火纯青也不为过。现在他这么生疏还能如此动听，等恢复了最佳状态，他要厉害成什么样子啊？约翰尼对尼诺笑着说：“真的有我想象中那么好吗？”

尼诺若有所思地看着他喜气洋洋的脸。“太他妈好了，”他说，“不过先看看你明天还能不能唱歌再说。”

尼诺居然这么悲观，约翰尼有点受伤。“狗娘养的，你知道你不可能唱得这么好。别担心明天了。我感觉好极了。”那天晚上他没有再唱歌。他和尼诺带着两个姑娘去参加一场派对，蒂娜在他床上过夜，可惜他的表现不尽如人意。姑娘有点失望。可是，去他妈的，不可能一天事事遂心吧，约翰尼心想。

第二天早晨，他醒来时满心担忧，隐约害怕嗓子恢复是他夜里梦见的。等他确定不是梦见的，又害怕嗓子会再次失灵。他走到窗口，轻轻哼唱，然后穿着睡衣去了客厅。他在钢琴上弹起一首歌，过了几个小节，开始尝试跟唱。刚开始他没有放开喉咙，但嗓子既不痛也不嘶哑，于是他放声歌唱。声音准确而浑厚，他根本不需要用劲。轻松，太轻松了，犹如行云流水。约翰尼意识到坏日子已经到头，他已经完全恢复。现在就算电影拍砸他也不在乎，昨晚他和蒂娜没搞成他也不在乎，维吉尼亚会因为他又能唱歌而恨他，他还是不在乎。这时候他只有一点小小的遗憾。假如嗓子是在他给女儿唱歌时恢复的，那该有多好啊。那样的话就太好了。

酒店的护士推着装药品的小车走进房间。约翰尼起身，低头望着尼诺，尼诺正在沉睡，也许正在一点一点死去。他知道尼诺并不嫉妒他的嗓子恢复。他明白尼诺嫉妒的只是嗓子恢复让他那么高兴，他依旧那么在乎唱歌。因为现在尼诺·瓦伦蒂显然对任何让他愿意活下去的事情都丧失了兴趣。

第二十七章

那天夜里，迈克尔·柯里昂很晚才赶到拉斯维加斯，遵照他的命令，没有人在机场接他。只有两个人陪着他，一个是汤姆·黑根，另一个是新保镖艾尔伯特·奈利。

酒店留出最豪华的套房给迈克尔及随行人员。需要迈克尔会见的人已经等在了套房里。

弗雷迪用热情的拥抱欢迎弟弟。弗雷迪壮实了很多，模样变得更和善，喜气洋洋的，而且比从前时髦多了。他身穿做工考究的灰色丝绸正装，配饰一件不少，精心修剪的发型堪比电影明星，脸刮得很干净，容光焕发，指甲也经过仔细打理。和四年前被仓皇送出纽约的那个人相比，他起了翻天覆地的变化。

他仰起上半身，怀着情谊打量迈克尔。“脸修整好了，你漂亮了不知道多少倍。你妻子总算说服你了，对吧？凯怎么样？她什么时候过来看看我们？”

迈克尔对哥哥微笑道：“你看起来也好得很。凯本来想来，但她又怀上了，而且有一个孩子要照看。再说这次我来是为了公事，弗雷迪，明天晚上或者后天上午就得飞回去。”

“先吃点东西吧，”弗雷迪说，“酒店的大厨可厉害了，你会尝到这辈子最好吃的饭菜。你快去冲个澡，换身衣服，出来这儿就都准备好了。我已经让你要见的人都排好队了，他们就在外面等着，你准备好了我叫一声就行。”

迈克尔轻快地说：“把莫·格林留到最后，请约翰尼·方坦和尼诺上来和我们吃饭，还有露西和她的医生朋友。我们边吃边聊。”他转身对黑根说，“汤姆，还要加上什么人吗？”

黑根摇摇头。弗雷迪欢迎他就远不如对迈克尔那么热情了，不过黑根也能理解。弗雷迪上了父亲的黑名单，弗雷迪当然要责怪顾问没有帮他摆平。黑根倒是愿意帮他这个忙，但他并不清楚弗雷迪为何会引起父亲的恶感。唐并没有具体说原因，只是表达了不悦的情绪。

迈克尔的套房里支起餐桌，众人落座时已经过了十二点。露西亲吻迈克尔，没有说他的脸比手术前好看了许多。朱尔斯·西格尔倒是毫无顾忌，他打量着修复后的颧骨，对迈克尔说：“手术很成功，接缝没有问题。鼻窦还好吧？”

“很好，”迈克尔说，“谢谢你帮忙。”

吃饭的时候，大家的注意力放在迈克尔身上。他们都注意到他的言行举止酷似唐。说来奇怪，他也在众人心里激起了同样的尊重和敬畏，他本人却安之若素，还尽量让大家不要拘束。黑根和平时一样，宁可不引人瞩目。他们不认识的新保镖艾尔伯特·奈利也很安静和低调。他说他不饿，坐进靠近房门的扶手椅，读起一份本地的报纸。

喝完几杯酒，吃过东西，他们打发走侍者。迈克尔对约翰尼说：“听说你的声音和以前一样好，以前的歌迷全回来了。我要恭喜你。”

“谢谢。”约翰尼说。他很好奇：迈克尔为什么想见他，要请他帮什么忙？

迈克尔对众人说：“柯里昂家族正在考虑集体迁居拉斯维加斯。卖掉我们在橄榄油生意里的全部份额，定居拉斯维加斯。唐、黑根和我已经讨论过了，我们认为这里就是家族的未来。不是说现在或者明年。前后安排需要两年、三年，甚至四年。不过整体计划就是这样。我们的几个朋友是这家酒店和赌场的大股东，所以这里将是我们的根据地。莫·格林将把股份卖给我们，这里将完全由家族的朋友掌握。”

弗雷迪的圆脸顿时紧张起来。“迈克，你确定莫·格林肯卖？他没和我提过，而且他热爱这个行当。我不觉得他会卖。”

迈克尔静静地说：“我会出一个他无法拒绝的提议。”

他说话的语气平平常常，效果却让人胆寒，也许因为这正是唐最喜欢的说法之一。迈克尔对约翰尼·方坦说：“唐指望你能帮我们起步。按照我们的理解，娱乐业是吸引赌客的重要因素。我们希望你能签个合同，一年举办五次表演，每次为期一周。希望你在电影业的朋友也能这么做。你已经帮了他们很多忙，现在可以让他们还人情债了。”

“没问题，”约翰尼说，“我愿意为教父做任何事情，迈克，你知道的。”可是，他的声音里却有一丝犹疑。

迈克尔笑着说：“你和你的朋友都不会因此亏钱的。你会得到酒店的股份，你认为足够重要的朋友也可以得到股份。你不相信我也无妨，我跟你实话实说，这是唐的原话。”

约翰尼连忙说：“我相信你，迈克。但长街有十几家酒店和赌场正在兴建。等你们进来，市场有可能已经饱和，竞争者早已站稳脚跟，你们也许会来得太迟。”

汤姆·黑根开口道：“其中三家酒店是柯里昂家族的朋友资助建设的。”约翰尼立刻明白了，柯里昂家族拥有其中三家酒店及其赌场，也就是说有很多股份可供支配。

“我这就去办。”约翰尼说。

迈克尔转向露西和朱尔斯·西格尔。“我欠你的人情，”他对朱尔斯说，“听说你想回去继续开膛破肚，很多医院因为你从前给人堕胎，不肯让你用他们的设施。我想听你亲口说，你真有这个愿望吗？”

朱尔斯笑着说：“应该是吧，但你不了解医学界。你拥有的权势对他们来说毫无意义。你恐怕帮不了我的忙。”

迈克尔漫不经心地点点头。“你当然说得对。不过，我有几个朋友——都是很有声望的人——打算在拉斯维加斯开办一家大型医院。按照这个城市的发展势头和规划，很快就会需要这么一家医院。要是安排得好，他们也许会允许你进入手术室。妈的，他们能弄几个你这么出色的外科医生来这荒郊野外呢？或者有你一半出色的？我们这是帮医院一个大忙，所以你再坚持一下吧。听说你和露西要结婚了？”

朱尔斯耸耸肩。“等我看见自己的前程再说。”

露西淘气地说：“迈克，你要是不开那家医院，我死了都是老处女。”

众人哄堂大笑，只有朱尔斯除外，他对迈克尔说：“如果我接受这份工作，那可不能有什么附加条件。”

迈克尔冷冰冰地说：“没有附加条件。我欠你一个人情，只是想还你这个人情。”

露西细声细气地说：“迈克，你别生气。”

迈克尔对她笑笑。“我没生气，”他转向朱尔斯，“你那么说可真是不动脑子。柯里昂家族为你做了不少安排。我会蠢到逼你做你不愿意的事情吗？就算我真的逼你了，你又能怎样？你遇到麻烦的时候，有别人抬起哪怕一根手指帮你吗？听说你想回去当真正的外科医生，我花了很多时间看我能不能帮忙。结果是我能。我不是在逼你做任何事情。可是你至少应该把我当朋友，为朋友做点你愿意做的事。这就是我的条件。当然，你也可以拒绝。”

汤姆·黑根低下头，忍不住笑了。唐本人恐怕也没法说得更好了。

朱尔斯涨红了脸。“迈克尔，我不是那个意思。我万分感谢你和你的父亲。忘了我刚才的话吧。”

迈克尔点点头。“好的。在医院建成开业之前，你将是四家酒店的医学主管。给自己组织一个队伍吧。你的薪水相应提高，等会儿你和汤姆慢慢商量。另外，露西，有件更重要的事情我要交给你。基本上是协调以后将在酒店游乐中心开设的所有商铺。财务方面的协调。也许还有招聘在赌场为我们工作的女孩，诸如此类的。要是朱尔斯不肯娶你，你至少会是个有钱的老处女。”

弗雷迪一直在怒气冲冲地抽雪茄。迈克尔扭头面对他，和气地说：“弗雷迪，我只是替唐跑腿的。他要你做什么，当然会亲口告诉你，不过我保证肯定是件大事，足以让你高兴。大家都说你在这儿做得非常出色。”

“那他为什么生我的气？”弗雷迪郁闷地说，“就因为赌场在亏钱？那部分又不是我负责的，那是莫·格林的地盘。我到底要怎么做，老头子才满意啊？”

“别担心。”迈克尔说。他转向约翰尼·方坦，“尼诺去哪儿了？我还以为能见到他呢。”

约翰尼耸耸肩。“尼诺病得厉害。护士在房间里照顾他。这位医生说应该把他关进去，说他这是想自杀。可这是尼诺啊！”

迈克尔真的吃了一惊，若有所思道：“尼诺为人一直很好，我没听说他做过任何不像话的事，说过让人不舒服的话。他什么都不太在乎，除了喝酒。”

“是啊，”约翰尼说，“钞票滚滚而来，他有很多工作可以接，唱歌、拍电影都行。他如今拍一部电影能拿五万块，他却不屑一顾。他根本不在乎成不成名。我和他是多年的好朋友，从没见过他做什么让人讨厌的事情。可这个浑蛋现在却要把自己喝死。”

朱尔斯正要说话，忽然有人敲了敲套房的门。坐在扶手椅上的男人离门最近，却没有过去开门，而是继续埋头读报，这让他有些吃惊。黑根起身去开门。莫·格林把他往旁边一推，大踏步走进房间，身后跟着两名保镖。

莫·格林是个英俊潇洒的匪徒，当年在布鲁克林以“谋杀有限公司”的行刑人出道，后来插手赌博业，向西发展，寻找生财之道；他第一个看到了拉斯维加斯的光明前途，建起长街上的第一家酒店赌场。他一怒之下就要杀人的暴脾气还在，酒店里没有人不害怕他，弗雷迪、露西和朱尔斯·西格尔也不例外。他们总是尽量避开他。

他板着那张英俊的脸，对迈克尔·柯里昂说："我一直在等着和你谈话，迈克，我明天还有很多事情要做，所以我觉得还是今晚就碰个头吧。你说呢？"

迈克尔·柯里昂望着他，表情友好而诧异。"没问题，"他说着朝黑根打了个手势，"汤姆，给格林先生倒杯酒。"

朱尔斯注意到叫艾尔伯特·奈利的男人正在仔细观察莫·格林，看也不看靠在门上的两名保镖。他知道只要在拉斯维加斯，就绝对不可能爆发暴力冲突。拉斯维加斯在规划中将是美国赌徒的合法天堂，暴力会给这套计划带来致命打击，因此各方严禁使用暴力。

莫·格林对保镖说："拿些筹码给这些朋友下去玩两手，酒店请客。"他指的显然是朱尔斯、露西、约翰尼·方坦和迈克尔的保镖艾尔伯特·奈利。

迈克尔·柯里昂点点头，赞同道："好主意。"听到他发话，奈利起身准备和别人一起出去。

互道珍重之后，房间里只留下了弗雷迪、汤姆·黑根、莫·格林和迈克尔·柯里昂。

格林把酒杯放在桌上，勉强控制住怒气说："我听说柯里昂家族要买断我的股份？只有我让你们出局，你们休想买断我。"

迈克尔通情达理地说："你的赌场一直在亏钱，这很不合理，你的经营方式有问题，我们也许能比你做得好。"

格林粗声粗气地大笑道："狗杂种，我帮助你们，在你们倒霉的时候收留了弗雷迪，现在却要赶我走了？真是好算计啊。谁也不能赶我走，我有很多朋友愿意给我撑腰。”

迈克尔仍旧很平静，说起话来通情达理：“你收留弗雷迪是因为柯里昂家族支援了你一大笔钱，让你完成酒店的装修，充实赌场的本金。还因为西海岸的莫雷纳里家族肯担保他的安全，你收留他，他们帮了你几个忙。柯里昂家族和你互不相欠。我不知道你为什么生气。你随便说个价码，只要合情合理，柯里昂都愿意掏腰包，这有什么不对的呢？有什么不公平呢？你的赌场在亏钱，我们这是在帮你。”

格林摇着头说：“柯里昂家族已经没有当初的力量了。教父身体不行了。其他家族正在把你们赶出纽约，你们以为这儿遍地软蛋。听我一句劝，迈克，你连试也别试。”

迈克尔轻声细气地说：“所以你就可以在大庭广众之下扇弗雷迪的耳光喽？”

汤姆·黑根大吃一惊，扭头望向弗雷迪。弗雷迪·柯里昂涨红了脸。“迈克，小事一桩。莫没有恶意。他有时候会失去控制，但我和他还是好朋友。对吧，莫？”

格林警觉起来。“对，当然。有时候为了经营，我也只能动手打人。我对弗雷迪生气，是因为他睡了每一个鸡尾酒女招待，放任她们上班摸鱼。我和他争执起来，只能教训教训他。”

迈克尔不动声色，对哥哥说：“你被教训了，弗雷迪？”

弗雷迪愠怒地盯着弟弟，没有回答。格林哈哈笑道：“他一次带两个上床，玩三明治。弗雷迪，我不得不承认，你对女人确实有一手。被你搞过以后，谁都满足不了她们了。”

黑根发现这句话打了迈克尔一个措手不及。他和迈克尔对视一眼。这大概就是唐对弗雷迪不悦的真正原因了。唐在性这方面很老脑筋。他觉得弗雷迪一次和两个女人寻欢作乐，完全是伤风败俗。莫·格林这种人动手教训他更是有损柯里昂家族的尊严，这是他上了父亲黑名单的另一个原因。

迈克尔站起身，下了逐客令："我明天就回纽约，所以你考虑一下价码吧。"

格林气急败坏地说："狗娘养的，你以为能随便打发我？老子能打飞机前杀的人就已经比你多了。我要飞到纽约去和唐本人谈。我要让他开个价码。"

弗雷迪紧张地对汤姆·黑根说："汤姆，你是顾问，你可以和唐谈一谈，提点建议。"

听到这里，迈克尔冷酷的一面终于爆发在两个人身上。"唐已经半退隐了，"他说，"现在家族生意由我负责。我已经撤掉了汤姆的顾问位置。他以后在拉斯维加斯将完全担任我的律师。他过几个月就带着家人搬到拉斯维加斯来，开始办理所有法律手续。因此，你们要是有话要说，那就对我说好了。"

没有人回答。迈克尔正色道："弗雷迪，你是我的哥哥，我尊重你。但以后请不要支持与家族作对的人。我连提也不会向唐提起。"他扭头对莫·格林说，"不要侮辱正在尽量帮助你的人。你最好把力气用在查清楚赌场为何亏钱上。柯里昂家族投入了大笔资金，却没有得到相应的回报，但我这次来仍旧不是为了指责你，而是对你伸出援手。唉，你要是宁可朝我的援手吐口水，那就是你的事情了。我不会多说什么。"

他自始至终没有提高声音，但这番话却让格林和弗雷迪清醒了过来。迈克尔盯着他们，从桌边走开，意思是说他们可以离开了。黑根过去开门，两人连晚安都没说就出去了。

第二天早晨，迈克尔·柯里昂收到莫·格林的口信：无论什么价码，他都不肯出售股份。送信的是弗雷迪。迈克尔耸耸肩，对哥哥说："回纽约之前，我想先见见尼诺。"

来到尼诺的套房，他们发现约翰尼·方坦在沙发上吃早饭。朱尔斯拉起了卧室的帘幕，在里面检查尼诺的情况。等了好一阵，帘幕终于拉开。

尼诺的模样吓了迈克尔一跳。他整个人都垮了，两眼无神，嘴巴微张，脸上所有的肌肉都耷拉着。迈克尔坐在床沿上，说："尼诺，能和你叙叙旧可真好。唐经常问起你的近况。"

尼诺咧嘴一笑——还是以前那个笑容，"告诉他，我快死了。告诉他，演艺圈比橄榄油生意还要危险。"

"你会好起来的，"迈克尔说，"你有什么烦心事，只要家族帮得上忙的，尽管告诉我。"

尼诺摇摇头。"没有，"他说，"真的没有。"

迈克尔和他又聊了一会儿，起身离开。弗雷迪送他和他的手下去机场，迈克尔坚持叫他离开，不用等飞机起飞。迈克尔与汤姆·黑根和艾尔伯特·奈利登上飞机，迈克尔扭头问奈利："记住他的长相了？"

奈利拍拍脑门。"拍了大头照，编号存在这儿了。"

第二十八章

回纽约的航班上，迈克尔·柯里昂放松心情，想打个瞌睡，可惜未能如愿。人生中最艰难的时光正在接近，说不定甚至会要了他这条命。不可能继续推迟了。一切都已准备就绪，他们采取了所有的预防措施，足足耗费两年时间。无法继续拖延下去了。上周，唐正式向首领和柯里昂家族的其他成员宣布退隐，迈克尔知道这是父亲在用他的方式说时机已经成熟。

他回美国就快三年，和凯结婚已经超过两年。他的这三年花在了学习家族生意上。他长时间和汤姆·黑根探讨，长时间和唐谈话。他惊讶地发现柯里昂家族的财富和权势竟然如此可观。家族在纽约中城拥有大量昂贵地产，都是整幢的办公楼。家族暗中与华尔街两家证券经纪公司合作，是时装中心几家公司的合伙人，拥有长岛几家银行的股份；而这些都还没算非法的赌博生意。

回顾柯里昂家族过去的活动时，迈克尔觉得有件事情特别有意思：家族向一群唱片盗版商收过保护费。盗版商复制和出售著名歌手的唱片，一切都仿造得天衣无缝，因此从没被逮住过。他们批发卖给零售店，歌手和唱片公司当然拿不到一分钱。迈克尔注意到盗版使得约翰尼·方坦损失惨重，因为那段时间恰好在他失声之前，他的唱片在全国最为畅销。

他向汤姆·黑根问起这事，唐为什么允许盗版商损害他教子的利益？黑根耸耸肩。生意就是生意。再说了，当时约翰尼刚和青梅竹马的老婆离婚，娶了玛格特·艾什顿，唐对他非常不满，他因此上了唐的黑名单。

“那些人后来为什么罢手？”迈克尔问，“被警察逮住了？”

黑根摇摇头。“康妮的婚礼过后不久，唐就收回了保护。”

正符合他经常见到的模式：唐帮助不幸的人，而这些人的不幸又有一部分要归咎于他。不一定出于狡诈或计划，很可能只是因为他在各方面都有利益，也许这就是宇宙的固有性质：善与恶内在联系，宇宙本身就是这样。

迈克尔在新英格兰与凯成婚，没有大张旗鼓，只有她的父母和她的少数几个朋友参加。他们随后搬进长滩林荫道的一幢屋子。迈克尔惊讶地发现凯与他父母还有住在林荫道的其他人相处得很好。她很快就有了，真是个传统的意大利好老婆，这一点帮了她很大的忙。两年后的今天，她刚刚怀上了第二个孩子。

凯会在机场接他，她总喜欢到机场接他，每次他外出归来，她总是分外开心。他见了也很开心。但今天是个例外。这次旅程结束，意味着他终于要启动酝酿已有三年的大行动了。唐正在等他，首领也在等他，而他，迈克尔·柯里昂将发布命令，作出即将左右他和家族命运的决定。

每天早晨，凯·亚当斯·柯里昂起床喂婴儿吃早饭的时候，总会看见保镖开车送柯里昂妈妈离开林荫道，一小时后返回。凯很快得知婆婆每天清晨都要去教堂。老太太经常在回来的路上顺便拜访她，喝杯咖啡，看看新得的孙子。

柯里昂妈妈的开场白永远是问凯为什么不考虑皈依天主教，罔顾凯的孩子已经受洗成为新教徒。凯不禁觉得有必要问一问老太太，她为什么每天清晨都要去教堂，天主教徒非得如此吗？

老太太像是以为这会阻止凯皈依天主教，连声说："噢，不，不是的，有些天主教徒只在复活节和圣诞节去教堂。你愿意去几次就去几次。"

凯笑着说："那你为什么每天都要去呢？"

柯里昂妈妈用最自然不过的语气说："我去是为了我丈夫，"她指着脚下说，"免得以后去那儿。"她顿了顿，又说，"我每天为他的灵魂祈祷，这样他就可以去那儿了。"她指了指天上。她说话时满脸顽皮笑容，像是在偷偷摸摸忤逆丈夫的意志，又像在说这个目标注定失败。她说话的语气也像是在开玩笑，是个意大利老太婆的黑色笑话。和平时一样，只要丈夫不在身边，她对伟大的唐就有点不太尊重。

"爸爸最近心情如何？"凯有礼貌地问。

柯里昂妈妈耸了耸肩。"自从吃了那几枪，他就像换了个人，把事情全交给迈克，自己成天侍弄菜园——他的辣椒，他的番茄。就仿佛他仍旧是个农夫。唉，男人，都是一个样。"

上午晚些时候，康妮·柯里昂会领着两个孩子穿过林荫道找凯聊天。凯喜欢康妮，喜欢她的活泼性格，喜欢她对哥哥迈克尔显而易见的偏爱。康妮教凯怎么做意大利菜，偶尔也带上她更专业的菜肴来供迈克尔品尝。

今天上午康妮和往常一样来了，问凯怎么看她的丈夫卡洛，问迈克尔是不是表里如一地喜欢卡洛。卡洛和家族一直不怎么合得来，但这两年似乎走上了正道。他在工会干得不错，但必须干得非常卖力，每天很晚才回家。康妮常说卡洛是真心喜欢迈克尔。可话也说回来，每个人都喜欢迈克尔，就像每个人都喜欢她父亲。迈克尔是唐的翻版。由迈克尔来经营家族的橄榄油事业真是再好不过了。

凯早就看出来了，康妮每次说到她丈夫和家族的关系，总是紧张兮兮地期待着对卡洛的嘉许之词。康妮对迈克尔喜不喜欢卡洛简直到了提心吊胆的地步，只有傻瓜才看不出这一点。一天晚上，她向迈克尔说起这件事，又说起谁也不谈论桑尼·柯里昂，甚至提都不提他的名字，至少在她面前是这样。有一次，凯尝试向唐和唐的妻子表达哀悼之情，得到的却是近乎于无礼的沉默和不加理睬。她也试过让康妮谈谈她的大哥，同样未能成功。

桑尼的妻子珊德拉带着孩子搬去佛罗里达和父母团聚。家族作了必要的财务安排，保证她和孩子过上舒适的生活，因为桑尼并没有留下任何资产。

迈克尔不情愿地解释了桑尼遇害那晚的经过：卡洛打老婆，康妮打电话回林荫道，接电话的是桑尼，气疯了冲出家门。因此，康妮和卡洛当然总是提心吊胆，害怕家族的其他成员会怪罪她间接导致了桑尼遇害，或者责怪她丈夫卡洛。实情并非如此。证据摆在眼前：家族给了康妮和卡洛一幢林荫道的屋子，提拔卡洛进工会担任重要职务。卡洛也改邪归正，戒酒戒嫖，不再自作聪明。家族对他这两年的表现和态度很满意。没有人因为过去的事情责怪他。

“我们为什么不找个晚上请他们来家里，你来安慰一下自己的妹妹呢？”凯说，“她多可怜，总是提心吊胆，生怕你对她丈夫有看法。你亲口告诉她，叫她别再胡思乱想。”

“这我做不到，”迈克尔说，“我们家里从来不讨论这种事情。”

“我可以把你的这些话告诉她吗？”凯说。

这个建议明显合乎情理，迈克尔却花了很长时间思考，凯不禁困惑起来。最后，迈克尔说：“我觉得不应该，凯，我觉得这么做没有半点好处。她还是会担心。任何人都无能为力。”

凯愣住了。她觉察到尽管康妮很爱迈克尔，迈克尔对妹妹却比他对其他人总是冷淡一点。“你不会因为桑尼的事情责怪康妮吧？”她问。

迈克尔叹了口气。“当然不会，”他说，“她是我的妹妹，我一直很喜欢她。我为她感到遗憾。卡洛改邪归正了，但骨子里他不是个好丈夫。这种事谁都无能为力，我们就别再提了吧。”

唠叨不符合凯的天性，因此她没再多嘴。另外，她早就知道逼问迈克尔毫无益处，他会变得冷酷而乖戾。她知道全世界只有她能压迈克尔一头，但也知道经常这么做只会毁掉这种能力。还有，和迈克尔在一起两年，她更加爱他了。

她爱迈克尔是因为他总是非常公正，说起来奇怪，但他确实对周围的每一个人都那么公正，哪怕在最小的细节上也决不武断。她看得到迈克尔现在手握大权，经常有人登门向他请教和求助，对迈克尔顺服而恭敬，但真正让她分外喜爱迈克尔的却是另外一件事情。

迈克尔带着破相的脸从西西里回来以后，每一名家族成员都尝试过劝说他接受整容手术。迈克尔的母亲每天追着他跑。一个星期天，柯里昂全家在林荫道聚餐，她对迈克尔吼道："你这模样简直是电影里的匪徒，老天在上，就算为了你可怜的老婆，去修整一下你那张脸吧。也免得你成天流鼻涕，活像爱尔兰醉汉。"

坐在桌首的唐看在眼里，他问凯："他的模样让你难受吗？"

凯摇摇头。唐对妻子说："他已经不归你管了，事情也和你没关系了。"老妇人立刻安静下来。倒不是说她有多害怕丈夫，而是当众和他争论会显得不尊重他。

可就在这时候，康妮——唐的掌上明珠正在厨房烹制周日大餐，炉火把她的脸蛋烘得红扑扑的——从厨房走进房间，说："我觉得他应该把脸修整好。他受伤前是家里最英俊的。来吧，迈克，就答应了吧。"

迈克尔望向她，一脸的心不在焉，仿佛根本没听见大家都在说什么。他没有回答。

康妮走到父亲身旁站住。"你给他下命令。"她对唐说，双手亲热地放在唐的肩膀上，轻轻按摩父亲的脖颈。全家只有她能这么亲近唐，她对父亲的爱令人感动，是小女孩的那种无条件的信赖。唐拍拍她的一只手，说："我们都要饿死啦，先把面条端上来再聊天。"

康妮转向丈夫，说："卡洛，你劝劝迈克，让他修整一下他的脸，说不定他会听你的。"她的语气暗示迈克尔和卡洛·里齐是朋友，关系比卡洛与家里其他人都要好。

卡洛晒得黝黑，金发剪得考究，梳得整齐，喝着家酿葡萄酒说：“谁也不能左右迈克的想法。”自从搬进林荫道，卡洛就变了个人。他知道他在家族里的位置，从不越轨。

在这整件事里存在一些凯搞不懂的东西，一些说不清道不明的东西。同为女人，她看得出康妮是在有意蛊惑父亲，尽管做得很漂亮，甚至发自内心，但并不自然。卡洛的回答就像个大男人磕头如捣。迈克尔却对一切视而不见。

凯并不在意丈夫的破相，但很担心破相引起的鼻窦毛病。手术不但能修复面容，也能治好鼻窦，因此她希望迈克尔能住院接受必要的治疗。可是，尽管奇怪，但她能理解丈夫对破相的留恋之情。她知道唐也理解。

凯生完第一个孩子以后，迈克尔问她：“你希不希望我去修整我的脸？”

凯吃了一惊，点点头。“你知道孩子是什么样的，等儿子长大，意识到你的面容不正常，他心里会不舒服的。我不想让我们的孩子见到。我根本不在乎，迈克尔，我说真的。”

“明白了，”他对凯微笑着说，“我去做。”

他等凯出院回家，作了全部必要的安排，然后入院治疗。手术很成功。面颊上的凹痕已经几不可查。

家族里人人高兴，康妮则是最高兴的一个。她每天拖着卡洛去医院探望迈克尔。迈克尔回家那天，她使劲拥抱迈克尔，亲吻他，赞赏道：“现在你又是我最英俊的哥哥了。”

只有唐不为所动，耸耸肩，评论道：“有什么区别呢？”

凯满心感激。她知道接受手术违反了迈克尔本人的意愿。他之所以接受，是因为凯求了他，因为全世界只有她能迫使迈克尔做违背自己心意的事情。

迈克尔从拉斯维加斯返回的那天下午，洛可·兰坡开着豪华轿车去林荫道接凯，送她去机场迎接丈夫。丈夫每次出城回来，她都要去机场接他，主要是因为住在宛如堡垒的林荫道上，没有他，她觉得非常孤单。

她看着迈克尔与汤姆·黑根和新来的艾尔伯特·奈利走下飞机。凯不太喜欢奈利，奈利那种不动声色的暴戾让她想起卢卡·布拉齐。她注意到奈利走在迈克尔的侧后方，锐利的视线扫过附近每一个人。奈利首先瞅见了凯，拍拍迈克尔的肩膀，要他往凯的方向看。

凯扑进丈夫的怀抱，迈克尔轻轻亲了她一下，放开手。他、汤姆·黑根和凯坐进豪华轿车，艾尔伯特·奈利却不见了。凯没有注意到奈利和另外两个男人钻进了另一辆车，护送豪华轿车回到长滩。

凯从来不问生意谈得好不好。两人心照不宣，连这种礼节性的问题说出口都会很尴尬，倒不是说他不会给个同样礼节性的回答，而是这么一问一答，就会提醒两人想到这场婚姻还有一片禁区永远无法被纳入疆域。凯已经不在乎了。可是，听迈克尔说他今晚要向父亲汇报拉斯维加斯之行的结果，她还是忍不住失望地皱了皱眉。

“抱歉，”迈克尔说，“明晚我们去纽约看戏吃饭，好吗？”他拍拍凯的腹部，她怀孕已近七个月了。“等孩子出生，你又要忙得不可开交。唉，你真像是意大利人。两年两个孩子。”

凯反唇相讥："你呢？你真像扬基佬。回家第一个晚上就花在生意事上。"不过，她是面带微笑对丈夫说这句话的，"不会很晚回来吧？"

"十二点以前，"迈克尔说，"你要是累了就别等我。"

"我等你。"凯说。

那天晚上的会议在唐·柯里昂家的拐角书房举行，与会者有唐、迈克尔、汤姆·黑根、卡洛·里齐和克莱门扎与忒西奥两位首领。

这次会议的气氛不像平时那么融洽。自从唐·柯里昂宣布半退隐和迈克尔接管家族生意以来，众人的关系就有些紧张。家族这种巨型组织的控制权一向不是父子相传的。换了其他家族，克莱门扎和忒西奥这种有权势的首领也有资格接替唐的位置。至少也能得到允许，分裂成立自己的家族。

另外，唐·柯里昂和五大家族和谈之后，柯里昂家族的实力就走上了下坡路。巴齐尼家族如今无疑是纽约地区最有权势的家族，与塔塔利亚家族结盟后，占据了柯里昂家族原有的地位。他们同时在暗地里蚕食柯里昂家族的势力，靠武力挤进赌博领域，测试柯里昂家族的反应，发现反击乏力，于是建立起自己的簿记点。

听到唐的退隐消息，巴齐尼家族和塔塔利亚家族欢欣鼓舞。迈克尔也许能证明他也是个人物，狡诈程度和影响力在十年内却不可能追上唐。柯里昂家族明显是在走下坡路。

家族确实遭遇了严重的挫折。事实证明弗雷迪只适合管小客栈，是妈妈的宝贝——无法更加准确的言传，总是像个贪婪的婴儿，总是叼着母亲的奶头不放——简而言之就是没有男子气概。桑尼遇害也是一场灾难。桑尼在世时令人恐惧，不可轻视。他当然也犯过错误，派自己的弟弟迈克尔去杀土佬和警长。尽管从战术角度说是必要的一步棋，但从长期战略的角度看，事实却证明他犯了个严重错误，最终迫使唐从病床上爬起来，害得迈克尔失去了宝贵的两年经验和训练，没能在父亲的监护下学习。还有，任命一名爱尔兰人当顾问是唐这辈子唯一一次犯傻。论狡诈，爱尔兰人无论如何也比不上西西里人。各大家族观点一致，他们自然更尊敬巴齐尼-塔塔利亚联盟，而非柯里昂家族。他们对迈克尔的看法是他不如桑尼那么有魄力，虽说比较有智慧，但仍旧比不上他的父亲。这个继承人资质平庸，不值得过于畏惧。

另外，尽管唐息事宁人的政治家风度受人们的敬佩，但他不为桑尼复仇却严重损害了家族的威信。大家认为他的政客手腕缘于软弱。

在座众人都清楚这些问题，有几个人甚至深信不疑。卡洛·里齐喜欢迈克尔，但不像害怕桑尼那样害怕他。克莱门扎也是，尽管赞赏迈克尔做掉土佬和警长的精彩表演，却忍不住觉得迈克尔过于软弱，当不了唐。克莱门扎希望能得到允许，组建自己的家族，分离出柯里昂家族，建立自己的帝国。可是，唐已经表示过不行了，克莱门扎非常尊重唐，不可能违抗他——除非局势失控。

忒西奥看好迈克尔。他感觉到这个年轻人没这么简单，巧妙地隐藏起了某种力量，他戒心很重，生怕把真正的实力暴露在公众视线之下，遵循唐的教诲：让朋友低估你的优点，敌人高估你的缺陷。

唐本人和汤姆·黑根当然最了解迈克尔。要是唐对儿子有能力取回家族的地位缺乏百分之百的信心，他肯定不会退隐。黑根在过去两年间担任迈克尔的老师，惊讶地发现迈克尔迅速掌握了错综复杂的家族生意。他不愧是教父的儿子。

克莱门扎和忒西奥之所以不喜欢迈克尔，是因为他不但削弱了两人组织的实力，而且毫无重建桑尼手下的想法。柯里昂家族如今只有两个作战单位，人数也大不如前。克莱门扎和忒西奥认为这是自寻死路，特别是巴齐尼和塔塔利亚还正在蚕食他们的帝国。因此，今天他们希望这些错误能在唐召开的特殊会议上得到纠正。

迈克尔首先汇报拉斯维加斯之行，指出莫·格林拒绝出售股份。“不过，我们会给他一个他无法拒绝的出价，”迈克尔说，“你们都知道柯里昂家族打算把活动中心移向西部。我们将拥有长街的四家酒店赌场。但事情不可能一天就办成，我们需要时间打好基础。”他直接对克莱门扎说：“彼得，你和忒西奥，我希望你们毫无疑问、不加保留地再跟我干一年。一年结束，你们都可以从柯里昂家族分裂出去，自立门户，组建自己的家族。当然，不用说，我们的友谊仍旧一如既往，我根本不会动别的念头，因为那样是侮辱你们和你们对我父亲的尊敬。但是，在此之前，我希望你们能听从我的领导，不要有什么顾虑。各方正在谈判，你们认为难以解决的问题终究会得到解决。因此，还请二位耐心一些。”

忒西奥发言道：“莫·格林想和你父亲谈谈，为什么不让他谈呢？唐有本事说服任何人，谁都抵挡不了他的说理。”

唐回答了他的问题：“我已经退隐了，要是插手，会损害迈克尔的威信。另外，我恐怕不怎么愿意和那家伙谈。”

忒西奥记起他听说过莫·格林曾在拉斯维加斯的酒店扇弗雷迪·柯里昂耳光。事情恐怕不会这么简单，他往后一靠。莫·格林死定了，他心想。柯里昂家族没兴趣说服他。

卡洛·里齐发言道：“柯里昂家族打算完全停止纽约的生意？”

迈克尔点点头。“我们正在出售橄榄油生意，能交出去的东西都会转给忒西奥和克莱门扎。卡洛，你不用担心你的工作。你是土生土长的内华达人，熟悉这个州，认识当地人。等我们去了拉斯维加斯，我指望你能担任我的右手。”

卡洛往后一靠，满意得满脸通红。他的机会来了，他将进入权力核心。

迈克尔继续道：“汤姆·黑根不再担任顾问，他将是我们在拉斯维加斯的律师。两个月后，他会带着家人定居拉斯维加斯，只担任律师。从现在这一分钟开始，任何人都不能找他谈其他的事情。他是律师，只是律师。不得怀疑汤姆，这是我的意愿。再说了，如果需要建议，还有比我父亲更好的顾问吗？”众人哈哈大笑，但对笑话之外的信息心领神会。汤姆·黑根已经出局，不再拥有任何权力。每个人都瞥了一眼黑根的反应，但他面无表情。

克莱门扎带着胖子的气音呼哧呼哧地说：“那么，一年之后，我和忒西奥就全靠自己了？”

“也许不到一年，”迈克尔亲切地说，“当然了，你也可以留在家族之内，你说了算。不过，我们的大部分实力将向西迁移，所以你最好组织起自己的力量。”

忒西奥平静地说：“这样的话，我希望你能允许我们招募新人，充实部下。巴齐尼家族的王八蛋不断吞噬我的领土。我觉得应该给他们上一堂礼貌课了。”

迈克尔摇头道：“不，没有好处。不要轻举妄动。这些事情都将通过谈判解决，我们在离开前会理清所有的头绪。”

忒西奥不那么容易低头。他冒着招致迈克尔反感的风险，直接对唐说：“请原谅，教父，看在我们多年友谊的分上，请原谅我。但是，我认为你和你儿子在内华达的事情上是大错特错了。没有纽约的实力做后盾，你怎么可能在那里成功？两边的命运相互关联。你们离开以后，巴齐尼和塔塔利亚对我们来说过于强大，我和彼得会陷入麻烦，迟早向他们臣服，虽说巴齐尼不合我的口味。我想说的是，柯里昂家族应该在强盛中转移，而不是在虚弱时。我们应该巩固组织，至少要收复斯坦顿岛的失地。”

唐摇摇头：“我已经讲和了，请记住，我不能食言。”

忒西奥拒绝认输：“大家都知道自从和谈以后，巴齐尼一直在挑衅。再说，如果迈克尔是柯里昂家族的新首领，他为什么不能采取他认为合适的行动呢？你的话不能束缚他的手脚。”

迈克尔突然插嘴，完全以首领的口吻对忒西奥说：“各方正在谈判的一些事情能解答你的疑问，打消你的疑虑。要是我的话对你来说还不够，那就问问你的唐好了。”

忒西奥意识到他已经越界。要是胆敢问唐，迈克尔将成为敌人。他只好耸耸肩，说：“我说这些不是为了自己，而是为了家族。我能照顾好自己。”

迈克尔对他友善地笑了笑：“忒西奥，我从来没有怀疑过你。永远也不会。请你信任我。我在这些方面比不上你和彼得，但我毕竟有我的父亲当领路人，表现不会太差，我们都会见到好结果的。”

会议到此结束。重要消息是克莱门扎和忒西奥将得到允许，带着各自的人手组建家族。忒西奥掌管布鲁克林的赌博和码头工会，克莱门扎掌管曼哈顿的赌博和家族在长岛的赛马内线。

两位首领出门时不怎么满意，还有点不安。卡洛·里齐迟迟不肯离开，希望终于等来了家族正式接纳他的日子，但很快发现迈克尔并没有这个意思。他把唐、汤姆·黑根和迈克尔单独留在拐角书房里。艾尔伯特·奈利送他出大门，卡洛注意到奈利站在门洞里，目送他穿过水银灯照耀下的林荫道。

书房里，三个男人放松下来，只有在同一幢屋子里住了许多年的一家人才能这么轻松。迈克尔给唐倒了杯茴香酒，给汤姆·黑根倒了杯苏格兰威士忌。他给自己也斟了一杯烈酒，这是很少见的事情。

汤姆·黑根首先开口：“迈克，你为什么把我排除出去？”

迈克尔面露讶色。“你是我在拉斯维加斯的头号部下。我们要尽量合法，你将负责法务。还有比这个更重要的职位吗？”

黑根笑得有点哀伤。“我说的不是这个。我说的是洛可·兰坡在背着我秘密组建人手，说的是你直接指挥奈利，而不是通过我和某位首领。当然，除非你也不知道兰坡在干什么。”

迈克尔轻声说：“你是怎么发现兰坡的人？”

黑根耸耸肩。“别担心，风声没有走漏，其他人都不知道。但是，我这个位置看得见所有动静。你允许兰坡拥有自己的生计，给了他很大的自由，所以他的小帝国需要人手。然而，他每招募一个人都必须向我报告。我注意到他放在工资单上的人对所承担的职务来说都有点过于优秀，就所履行的职责而言拿的薪水又有点过于丰厚。顺便说一句，你选兰坡算是选对了人。他干得好极了。”

迈克尔做个鬼脸。“要是被你注意到了，显然还不够好。再说兰坡也是唐选的。”

“好吧，”汤姆说，“那么，我为什么被排除出去了？”

迈克尔面对他，也不避讳，而是直截了当说道：“汤姆，你不适合在开战时当顾问。这次转移局势将变得很险恶，我们可能要被迫应战。另外，我也想把你撤下火线，以防万一。”

黑根涨红了脸。要是唐这么说，他或许愿意低头接受。可是，迈克有什么资格作出如此突然的决定呢？

“好吧，”他说，“但说起来，我赞同忒西奥的看法。我认为这步棋你完全走错了。你的迁移是出于虚弱，而非强盛。这么做从来不会有好下场。巴齐尼就像一条狼，他会一条胳膊一条腿地撕烂你，其他家族恐怕不会冲出来帮助柯里昂家族。”

唐终于开口：“汤姆，这不单是迈克尔的主意。我在这些方面向他提供建议。有些事情非做不可，但我实在承担不起这么大的责任了。这是我的愿望，不是迈克尔的。我从来不认为你是个不称职的顾问，但我认为桑蒂诺是个不称职的唐——愿他的灵魂安息。他确实很勇猛，但不适合在我遭遇小小不幸的时候领导家族。谁又能想到弗雷迪会追着女人的屁股跑呢？所以，你别难过。我完全信任迈克尔，正如我完全信任你。出于某些不能告诉你的原因，你绝对不能参与接下来的事情。另外，我跟迈克尔说过，兰坡的秘密人手逃不过你的眼睛。你看，我对你多么有信心。”

迈克尔笑着说："实话实说，汤姆，我没想到真会被你看出来。"

黑根知道他们是在宽慰他。"也许我还能帮忙。"他说。

迈克尔摇摇头，斩钉截铁道："你出局了，汤姆。"

汤姆喝完酒，在离开前温和地责备了迈克尔一句。"你和你父亲差不多同样出色，"他告诉迈克尔，"但有件事你还得学着点。"

"什么？"迈克尔有礼貌地问。

"怎么对别人说不。"黑根答道。

迈克尔郑重其事地点点头。"你说得对，"他答道，"我会记住的。"

黑根离开后，迈克尔开玩笑地对父亲说："其他的你都教过了，现在请告诉我，怎么用别人喜欢的方式对他们说不。"

唐走到大书桌前坐下。"你不能对你爱的人说不，至少不能经常说。这就是秘诀。要是非说不可，也得听起来像是肯定。或者想办法让他们自己说。你得耐心，不怕麻烦。可话也说回来，我毕竟是个守旧的人，你是摩登的新一代，用不着都听我的。"

迈克尔笑道："对。不过，你也同意让汤姆出局，对吧？"

唐点点头。"他不能卷入这些事。"

迈克尔静静地说："我想现在可以告诉你了，我打算采取的行动不仅是为了给阿波罗妮亚和桑尼报仇，从方向上说也是正确的。忒西奥和汤姆对巴齐尼的判断很正确。"

唐·柯里昂点点头。"复仇这盘菜，凉了最好吃，"他说，"我并不想和谈，但我知道不和谈你就不可能活着回来。我吃惊的是巴齐尼居然最后还试了一次。也许在和谈之前就安排好了，他想取消也取消不了。你确定那次的目标不是唐·托马西诺？”

迈克尔说：“他们就希望弄得看起来是这样。计划本来很完美，连你都不会起疑心。只可惜我侥幸活了下来。我看见法布雷奇奥走出大门，逃之夭夭。我回来以后当然全调查清楚了。”

“他们找到了那个牧羊人吗？”唐问。

“找到了，”迈克尔说，“一年前找到的。他在水牛城开了家小比萨店。改名换姓，用假护照和假证件。牧羊人法布雷奇奥活得相当不赖。”

唐点点头。“所以，没必要继续等下去了。你打算什么时候发动？”

迈克尔说：“我想等凯生完孩子。以防事情出差错。我让汤姆去拉斯维加斯定居，这样大家就不会觉得他和事情有关系了。我觉得一年以后的今天就很适合。”

“你全都准备好了？”唐问，他说话时没有看迈克尔。

迈克尔柔声说：“你没有参与，不需要负责，我承担全部责任。我拒绝你哪怕只是行使否决权。你现在要是尝试行使否决权，我就脱离家族，走我自己的路。你仍旧不需要负责。”

唐沉默半晌，最后长叹一声。他说：“那就这样吧。也许这就是我退隐的原因，也许这就是我把所有事情交给你的原因。我已经做完了我这辈子的苦工，已经硬不起这个心肠。有些职责，连最优秀的人也无法永远承担。这就是其中之一。”

在这一年里，凯·亚当斯·柯里昂生下第二个孩子，仍旧是男孩。她生得很顺利，没有遇到任何麻烦，回到林荫道时受到了皇家贵妇的欢迎。康妮·柯里昂送了婴儿一套意大利手工制作的丝绸用品，非常贵重，非常漂亮。她告诉凯："这是卡洛发现的，我找不到特别喜欢的东西，他跑遍纽约，就想弄点特别的好礼物。"凯微笑道谢，明白她应该把这桩好事告诉迈克尔。她越来越像西西里人了。

同样在这一年里，尼诺·瓦伦蒂死于脑溢血。他的辞世登上小报头版，因为由约翰尼·方坦制作、尼诺·瓦伦蒂担纲的电影几周前开画，票房火爆，尼诺成了大明星。小报说约翰尼·方坦亲自安排葬礼，仪式将不对外开放，只有家人和亲友可以参加。一则煽情报道甚至说，在一次访谈中，约翰尼·方坦将朋友之死归咎于他本人，说他应该强迫朋友接受治疗，记者把约翰尼·方坦写成敏感但无辜的旁观者，面对悲剧像平常人一样自我谴责。约翰尼·方坦将儿时伙伴尼诺·瓦伦蒂打造成了电影明星，朋友做到这个份上已经足够了。

柯里昂家族只有弗雷迪参加了这场在加州举办的葬礼。露西和朱尔斯·西格尔参加了。唐想去，但他刚刚遭遇了一次轻微的心脏病发作，害得他卧床一月不起。他只好送了个大花篮。艾尔伯特·奈利以家族正式代表的身份赶赴西海岸。

尼诺葬礼后两天的好莱坞，莫·格林在电影明星情妇家中遭到枪杀；艾尔伯特·奈利直到近一个月后才重新在纽约露面。他从加勒比度假归来，简直晒成了黑人。迈克尔·柯里昂用微笑和几句嘉许之词欢迎他，其中提到奈利将额外得到一笔"生计"——东区一个公认特别挣钱的簿记点的收入。奈利颇为满意，因为他生活的这个世界令人满意，履行职责的人能获得恰当的奖赏。

第八部

第二十九章

迈克尔·柯里昂对一切意外都采取了预防措施。他的计划无懈可击，防备坚不可摧。他很耐心，希望用一整年时间做足准备。然而，他并没能得到这必需的一年时间，因为命运站在了他的反面，而且来势汹汹，他猝不及防：因为辜负了迈克尔·柯里昂的正是教父，了不起的唐本人。

一个阳光灿烂的星期天早晨，女人都去了教堂，唐·维托·柯里昂换上园艺服：松垮垮的灰色长裤，褪色的蓝衬衫，土黄色的旧呢帽，配一条脏兮兮的灰色丝绸帽带。唐这几年长了不少体重，声称伺候番茄藤纯粹是为了健康——但他骗不了任何人。

实际情况是他喜欢照料花园，他喜欢大清早花园的景色，让他回想起六十年前在西西里的童年时光，但又没有恐惧，没有父亲之死带来的悲恸。你看，一行行豆苗开出了小小的白花，茁壮的大葱茎秆筑起篱笆。花园的另一头有个带喷嘴的大桶，装满了稀释的牛粪，那是上佳的花园肥料。脚边是他亲手搭建的四方木架，粗白绳捆扎起彼此交错的木条。番茄藤已经爬满木架。

唐忙着给花园浇水。水必须在日出前浇完，否则日头会把水变成棱镜，聚热灼伤生菜的叶子。阳光比水重要，水当然也很重要，但阳光和水若是调配不当，就会酿成大祸。

唐在花园里走来走去搜寻蚂蚁。要是有蚂蚁，就说明菜地里有蚜虫，因为蚂蚁总是跟着蚜虫跑，那他就得喷杀虫药了。

他准时浇完水。阳光越来越热，唐心想，“小心，要小心。”不过，还有几株豆苗需要用木杆支起来，他再次弯下腰。伺候完最后这行豆苗，他就回屋歇息。

突然，太阳好像降到了头顶。舞动的金色斑点充满了天空。唐跪倒在地，迈克尔的大儿子穿过花园跑向他，炫目的黄色光芒包裹着那孩子。唐当然不会被骗住，他太老练了：死神就躲在那团黄色光球背后，正准备扑向他，唐挥手赶开孩子——刚好来得及——胸膛里像是挨了几记重锤，他喘不上气，一头栽倒在地。

孩子跑去找父亲。迈克尔·柯里昂和林荫道门口的几个男人冲进花园，发现唐趴在地上，双手攥着两把泥土。他们抬起唐，把他放在石板天井的阴凉处。迈克尔在父亲身边跪下，抓着父亲的手，另外几个人去叫救护车和医生。

唐费了最大的力气，睁开眼睛，最后看了儿子一眼。心脏病严重发作把红脸膛变成了铁青色。他已在弥留之际。他闻着花园的香味，黄色的光球刺得眼睛生疼，他悄声说：“生活如此美丽。”

他没有看到女人的眼泪，死在她们从教堂回来之前，死在救护车和医生赶到之前。他死在男人之间，握着他最爱的儿子的手。

葬礼极其隆重。五大家族的唐和首领悉数出席，忒西奥和克莱门扎家族也一样。约翰尼·方坦不顾迈克尔的劝告，坚持参加葬礼，登上小报头条。方坦向报纸发表声明，说维托·柯里昂是他的教父，是他这辈子认识的最像样的男人，能得到家族允许，向他表示最后的敬意，他只感到非常荣幸，才不怕你们知道。

守灵仪式按照传统习俗在林荫道他的故居举行。亚美利哥·邦纳塞拉的手艺从没这么出色过，他还清了所有的人情债，为他的老朋友、他的教父精心化妆，简直像是母亲在打扮要出嫁的女儿。人人都说连死神都无法取走唐脸上的高贵与尊严，说得亚美利哥·邦纳塞拉心里充满了不言而喻的自豪和奇异的力量感。只有他知道突如其来的死亡从多大程度上改变了唐的面容。

老朋友和旧部下都来了。纳佐里尼带着妻子、女儿、女婿和孙子孙女来了；露西·曼奇尼和弗雷迪从拉斯维加斯来了；黑根及其妻子和儿女来了，旧金山、洛杉矶、波士顿和克利夫兰的几位唐都来了。抬棺人是洛可·兰坡和艾尔伯特·奈利、克莱门扎和忒西奥，当然还有唐的两个儿子。林荫道和两边的所有屋子都摆满了花篮。

报社记者和照相师守在林荫道的大门口，还有一辆大家都知道属于联邦调查局的小货车，探员带着电影摄影机在车里拍摄这个史诗般的场面。有几个记者试图混进去，发现大门和围栏有保安把守，拿不出证件和请帖就进不去。他们得到了良好的招待，还不时有饮料和点心送出来，但就是不许他们进去。他们试着和出来的人攀谈，却只收获了冷冰冰的视线和沉默。

迈克尔·柯里昂与凯、汤姆·黑根和弗雷迪在拐角图书室度过了这一天的大部分时间。人们被引荐到他面前，向他表达哀悼之情。迈克尔对所有人都以礼相待，但有几个人称他“教父”或

"唐"的时候，只有凯注意到他因为不悦而抿紧了嘴唇。

克莱门扎和忒西奥也来加入了核心团体，迈克尔亲自为他们斟酒。他们聊了些生意上的事情。迈克尔说林荫道连同所有的住宅将出售给一家房产开发与建筑公司，获利极为丰厚，再次证明了唐的商业天赋。

他们都明白这说明整个帝国都将搬往西部，说明柯里昂家族正在变现他们在纽约的势力。这个动作等的是唐的完全退隐或辞世。

有人说这幢屋子有近十年没这么济济一堂了，上次人声鼎沸还是康丝坦齐娅·柯里昂和卡洛·里齐的婚礼。迈克尔走到窗口，望着花园。也就是这么多年前，他和凯坐在花园里，做梦也没想到他的命运竟会如此离奇。父亲死前的最后一句话是"生活如此美丽"。迈克尔不记得父亲对死亡发表过任何看法，仿佛唐太尊敬死神，不愿妄加评论。

现在该去墓地了，该埋葬伟大的唐。迈克尔挽起凯的手臂，出门去花园加入送葬的人群。他背后是两名首领和他们的兵卒，接下来是教父在世时赐福过的卑微凡人。面包师纳佐里尼、寡妇科伦坡和她的几个儿子，他严厉但公正地统治过的王国的众多臣民。甚至有一些往日的敌手也来送他最后一程。

迈克尔把这一切都看在眼里，绷着脸露出礼貌的笑容。他不为所动，但他心想，要是我离世时也能说一句"生活如此美丽"，那么其他的也就不再重要。要是我能这么相信自己，那么其他的还有什么关系呢？他将追随父亲的脚步。他将照顾他的孩子、他的家庭和他的王国。不过，他的孩子将在另一个世界里长大，将成为医生、艺术家、科学家、州长、总统。任何人。他将帮助他们融入人类的大家庭，但他这个强大而谨慎的父亲，必须警惕地注意那个大家庭的一举一动。

葬礼后的第二天早晨，柯里昂家族所有最重要的高级成员在林荫道聚首。快到正午时分，他们被召进唐生前居住的屋子。迎接他们的是迈克尔·柯里昂。

拐角的图书室几乎挤满了人。有两位首领，克莱门扎和忒西奥；有洛可·兰坡，一脸通情达理的精明相；有卡洛·里齐，非常安静，他很清楚自己的位置；有汤姆·黑根，不顾他彻底洗白的身份，在危急时刻留了下来；艾尔伯特·奈利，尽量贴近迈克尔，给新唐点烟调酒，在柯里昂家族遭此大难的时候，显示出坚定不移的忠贞。

唐的辞世对家族是个巨大的不幸。没了他，家族的实力似乎损失了一半，几乎失去了与巴齐尼-塔塔利亚联盟谈判的全部筹码。房间里每个人都明白这一点，正在等着听迈克尔怎么说。在他们眼中，迈克尔还不是新唐，还没有赢得这个地位和头衔。要是教父还活着，他也许能保证儿子顺利继位，但现在就说不准了。

迈克尔等奈利倒完酒，然后平静地说："我只想告诉在座诸位，我明白大家的感受。我明白你们都尊敬我父亲，但现在不得不为自己和家人担忧。有些人在思考这件事将如何影响我们已经制订的计划和我已经作出的承诺。嗯，答案是这样的：不会有任何影响。一切照常进行。"

克莱门扎摇了摇他那颗水牛般的大头，他铁灰色的头发蓬乱，五官嵌在层层堆叠的肥肉中间，表情很不愉快。"巴齐尼和塔塔利亚家族将下重手攻击我们，迈克，你只能要么应战，要么坐视。"

众人注意到克莱门扎不但没有用唐的头衔称呼他，甚至只用了昵称“迈克”。

“我们等着看，”迈克尔说，“让他们首先破坏和平。”

忒西奥用他柔和的声音说：“他们已经破坏了，迈克。他们今天早晨在布鲁克林开设了两个簿记点。分局负责制订保护名单的警长给了我这个消息。一个月后，我在布鲁克林连个挂帽子的地方都不会有了。”

迈克尔若有所思地盯着他。“你没有对此采取行动吧？”

忒西奥摇着他雪貂似的小脑袋说：“没有，我不想给你找麻烦。”

“很好，”迈克尔说，“按兵不动。我想对你们说的暂时只有这一句。按兵不动。怎么挑衅都不要反击。给我几周时间理清头绪，看看风会往哪个方向吹。到时候我会为在座各位谈成条件最好的交易。到时候我们再开最后一次会，做出最后的决定。”

他没有搭理他们的惊讶，艾尔伯特·奈利开始送他们出去。迈克尔突然说：“汤姆，你留下几分钟。”

黑根走到面对林荫道的窗口，目送奈利将两位首领、卡洛·里齐和洛可·兰坡送出戒备森严的大门，这才转身对迈克尔说：“所有的政治关系都接过来了吗？”

迈克尔懊丧地摇摇头。“不是全部的。本来还需要三个月时间，唐和我就在忙这个。不过法官已经全在我手上了，这是首先交接的，还有国会里几个最重要的角色。纽约的党魁当然不是问题。柯里昂家族比别人想象的要强大得多，但我希望做得更加万无一失。”他对黑根笑着说，“我猜你已经完全想通了。”

黑根点点头。“其实并不难。除了你要我退出行动的原因。不过我换上西西里人的脑袋，最后连这点也想明白了。”

迈克尔笑道：“老头子说你肯定能想通，但我现在不能再让你过舒服日子了。我这儿需要你。至少接下来几周需要你。你最好给拉斯维加斯打个电话，和你妻子交代一下。就说你必须多逗留几周。”

黑根沉思道：“你认为他们会对你下手？”

迈克尔叹了口气：“唐指点了我。他们会通过我身边的人下手。巴齐尼会安排某个和我非常亲近、我肯定不会怀疑的人对我下手。”

黑根对他笑着说：“就像我这样的人。”

迈克尔笑着答道：“你是爱尔兰人，他们不会信任你。”

“我是德美混血儿。”黑根说。

“对他们来说还是爱尔兰人，”迈克尔说，“他们不会来找你，也不会找奈利，因为奈利是警察。再说你们和我过于亲近。他们不能冒险。洛可·兰坡还不够亲近。不，只能是克莱门扎、忒西奥或卡洛·里齐。”

黑根轻声说：“我押卡洛。”

“等着瞧，”迈克尔说，“不需要等太久。”

实际上只等到了第二天上午，黑根和迈克尔正在吃早饭，迈克尔去图书室接了个电话，回到厨房对黑根说：“安排好了。一周后我将和巴齐尼会面。唐逝世后必须缔结新的和约。”迈克尔笑了起来。

黑根问："打电话给你的是谁？接洽的是谁？"两人都知道，柯里昂家族里谁去接洽，谁就是叛徒。

迈克尔露出哀伤而懊悔的笑容，答道："忒西奥。"

早餐剩下的时间里，两人默不作声。黑根边喝咖啡边摇头道："我昨天都敢发誓不是卡洛就是克莱门扎，没想到会是忒西奥。他是这群人里最优秀的。"

"也是最有智慧的，"迈克尔说，"他做了他眼中最聪明的事情。他出卖我，让巴齐尼做掉我，由他继承柯里昂家族。他觉得继续站在我这边，他迟早会颗粒无收。他估计我不可能获胜。"

黑根犹豫了一下，逼着自己问道："他的估计有多准确？"

迈克尔耸耸肩。"情况看起来很糟糕，但只有我父亲才明白，政治关系和政治力量比得上十个组织。我认为我已经掌握了父亲的大部分政治力量，但知道这一点的只有我。"他对黑根露出鼓励的笑容，"我会让他们叫我唐的，但对于忒西奥，我觉得很难过。"

黑根说："你答应和巴齐尼会面了吗？"

"答应了，"迈克尔说，"一周后的今晚。布鲁克林，忒西奥的地盘——我在那儿会很安全。"他又放声大笑。

黑根说："在此之前，请多加小心。"

迈克尔第一次对黑根冷淡起来。"我不需要顾问给我这种建议。"他说。

柯里昂与巴齐尼两个家族和平谈判前的这一周里，迈克尔向黑根展示了他能有多么小心。他一步也不踏出林荫道，见人也总是带着奈利。麻烦事只有一桩：康妮和卡洛的大儿子要去天主教堂受坚信礼，凯请求迈克尔当孩子的教父。迈克尔一口回绝。

“我很少求你，”凯说，“看在我的面上，这次就答应了吧。康妮想得都要发疯了。卡洛也是。对他们来说非常重要。迈克尔，求你了。”

她看得出她这么坚持让迈克尔很生气，以为他仍旧会拒绝，但他却点点头，说：“好吧，但我不能离开林荫道。叫他们安排神父来这儿给孩子举行仪式。花多少钱我都肯付。教会要是找麻烦，我就让黑根去谈。”

就这样，与巴齐尼家族会面前的一天，迈克尔·柯里昂成为了卡洛·里齐和康妮·里齐的大儿子的教父。他的礼物是一块极其昂贵的手表和金表链。卡洛在家里举办了一场小型酒会，他邀请了两位首领、黑根、兰坡和林荫道的全部住户，其中当然也包括唐的遗孀。康妮激动得忘乎所以，整个晚上没完没了地拥抱和亲吻哥哥和凯。连卡洛·里齐都变得感情外露，瞅到机会就握着迈克尔的手，叫他教父——这是意大利的旧风俗。迈克尔也从没这么容易亲近和谈笑风生。康妮咬着凯的耳朵说：“我想卡洛和迈克这下算是真正的朋友了。这种纽带总能把两个人联系起来。”

凯捏了捏她的手臂。“我也很高兴。”

第三十章

艾尔伯特·奈利坐在布朗克斯的公寓里，小心翼翼刷着以前当警察时的蓝色制服。他解下警徽，放在桌上准备抛光。制式枪套和手枪挂在椅背上。这套熟悉的琐碎规程莫名其妙地让他高兴，妻子离开他快两年了，他很少会这么高兴。

他娶丽塔的时候，她还在念高中，他也刚当上警察。她是个黑发的腼腆姑娘，来自一个古板的意大利家庭，晚上十点以前必须回家。奈利全心全意爱上了她，爱她的纯真，爱她的品行，也爱她黝黑的肤色和美貌。

刚开始，丽塔·奈利狂热地迷恋着丈夫。他力大无穷，她看得出人们害怕他，既因为他的力量，也因为他黑白分明、绝不动摇的是非观。他很少拐弯抹角。要是不赞同某个团体或个人的看法，他要么避而不谈，要么直截了当地说出他的不满。他从不礼节性地随意附和。他拥有地道的西西里脾气，发起火来实在恐怖。当然，他从不对妻子动怒。

区区五年，奈利成了纽约警队最令人畏惧同时也是最诚实的警察，但他有他自己的一套执法标准。他讨厌地痞流氓，见到一群流氓半夜三更在路口寻衅滋事，就会断然采取行动。他的身体强壮得出奇，这一点连他自己都没有完全意识到。

一天晚上，他在中央公园西路跳下巡逻车，叫住六个身穿黑色丝绸外套的小流氓。他的搭档很了解奈利，留在驾驶座上，不想掺和进去。六个小伙子都不到二十岁，在街上拦人讨烟抽，用的是年轻人的那种威胁手法，并没有真的伤害什么人。他们还调戏路过的女孩，色迷迷的德性更像法国佬，而不是美国人。

奈利命令他们贴着隔开中央公园和第八大道的石墙站好。虽是黄昏时分，但奈利带着他最喜欢的武器：一支特大号的手电筒。他从不拔枪，因为没这个必要。他动怒的时候脸色十分吓人，加上制服，平常的小流氓见了就腿软，毫无例外。

奈利问第一个身穿黑色丝绸外套的小伙子："你叫什么？"小伙子答了个爱尔兰名字。奈利说："滚远点儿，今晚再让我见到就钉死你。"他用手电筒比划了一下，小伙子快步溜走。奈利按同样套路打发走了接下来的两个小伙子。可是，第四个小伙子报上的是个意大利名字，笑嘻嘻地看着奈利，像是在说我们有血缘关系。奈利明显是意大利血统的长相，他盯着小伙子看了几秒钟，毫无必要地问了一句："意大利人？"小伙子信心十足地咧嘴一笑。

奈利却抡起手电筒冲他脑门来了一下。小伙子跪倒在地，前额皮开肉绽，血流如注，但只是皮肉伤。奈利粗声粗气地对他说："狗娘养的，你让意大利人丢脸了。你败坏了我们的名声。给我站起来。"他一脚踢在小伙子的侧腹部，不轻但也不重，"回家去，别在街上鬼混。再让我逮住你穿这种衣服，我就送你进医院。现在给我回家。算你走运，我不是你老子。"

奈利懒得再问剩下的两个小流氓，只是赏了他们屁股几脚，告诉他们今晚别被他看见第二次。

这种遭遇战总是打得非常迅速，不等人群聚集起来，旁观者抗议他的暴行，事情就已经结束。奈利会钻进巡逻车，搭档开车就走。当然了，偶尔也会碰到一两个想打架的硬骨头，甚至会拔出匕首。这些人算是倒了大霉。奈利动起手来迅速又残忍，打得他们鲜血横流，然后抓起来扔进巡逻车。他们将被捕，受控袭警。不过，案子通常要等他们出院才能开始审理。

最后，上头调奈利去联合国大厦地区巡逻，主要原因是他不够尊重分局领导。联合国那些有外交豁免权的家伙把豪华轿车随便停在马路上，根本不在乎警方的规定。奈利向分局抱怨，上司叫他别生事，就当没看见好了。一天晚上，乱停的车辆堵得一条小马路彻底瘫痪。时间已经过了午夜，奈利从巡逻车里取出特大号手电筒，把一辆辆车的挡风玻璃砸得稀烂。就算是高级外交官，想在几天之内修好挡风玻璃也不怎么容易。抗议信雪片般涌入分局，要求惩处这种破坏行径。砸碎挡风玻璃后一周，真实情况传到某个人耳中，艾尔伯特·奈利被调往哈莱姆。

不久后的一个星期天，奈利带着妻子去布鲁克林，探望他孀居的姐姐。和所有西西里人一样，艾尔伯特·奈利对姐姐有着激烈的爱护之情，每几个月总要探望一次，看她是不是一切都好。姐姐比奈利大很多，儿子已经二十岁，叫托马斯，缺乏父亲的指引，活得不怎么规矩。他卷入过几起小型争斗，最近变得越来越野。奈利曾经动用过警队里的关系，让偷了东西的小伙子免于起诉。那次他尽量按捺住脾气，警告外甥说："汤米，你害得我姐姐掉眼泪，我得让你走走正道了。”这是舅舅对外甥的友善忠告，而不是威胁。汤米虽然是布鲁克林这个最凶悍的街区上最凶悍的孩子，仍旧害怕他的艾尔舅舅。

这次看望姐姐的时候，汤米星期六很晚才回家，一直在房间里睡觉。母亲进去叫醒他，叫他穿上衣服，和舅舅舅妈一起吃星期日的正餐。汤米粗鲁的声音从门缝里传了出来："我他妈才不在乎，让我睡觉。"他母亲只好回到厨房里，抱歉地笑了笑。

于是他们没有管他，自己吃饭。奈利问姐姐，汤米有没有惹来真正的麻烦，她摇摇头。

奈利和妻子正准备出门，汤米总算起床了。他含含糊糊打了个招呼，走进厨房，居然对母亲叫道："喂，妈妈，给我做点东西吃行吗？"但这不是请求，而是娇生惯养的孩子在任意支使母亲。

母亲尖声说："吃饭的时候起床就有饭吃，现在我才不给你做饭呢。"

这种难堪的场面其实不算什么，但刚睡醒的汤米还有点起床气，犯了错误。"唉，去你妈的，少他妈唠叨了，我自己出去吃。"话刚出口，他就后悔了。

艾尔舅舅像猫扑耗子似的跳到他身上。不但因为他姐姐今天受了侮辱，还因为他私下里显然经常和母亲这么说话。汤米从不敢在舅舅面前说这种话。今天他实在是疏忽了——算他倒霉。

就在两个惊恐的女人眼前，艾尔伯特·奈利不慌不忙、冷酷无情地揍了外甥一顿。刚开始这小子还企图自卫，但很快就放弃了，拼命求饶。奈利几个耳光扇得他嘴唇肿胀流血。他抓着这小子的脑袋一下一下地撞墙，一拳一拳打在肚子上，又把他按倒在地，拿他的面门擦地毯。他叫两个女人等一等，拖着汤米下楼坐进车里。他在车里吓得汤米屁滚尿流。“要是我姐姐再告诉我，你用这种语气和她说话，今天这顿打相比之下就会像是小姑娘亲了你一口，”他说，“我要你改邪归正。你上去吧，告诉我妻子，我在车里等她。”

两个月后，艾尔伯特·奈利值夜班回家，发现妻子离开了他。她收拾了所有衣服，逃回娘家。她父亲说丽塔害怕他，说因为他的脾气，她害怕和他一起生活。艾尔听得愣住了，不敢相信。他从没打过妻子，甚至没有威胁过她，对她只有爱。她的离开让他大惑不解，决定过几天去她家里找她谈一谈。

不幸的是，第二天夜里，他值班时惹出了大麻烦。他接警出车去哈莱姆处理一起人身攻击案件。和平时一样，车还没停稳，他就跳出车门。时间已经过了十二点，他带着超大号手电筒。出事地点一眼就能看见。一幢公寓楼门前聚集了一群人。一个黑人女人对奈利说：“有个男人拿刀划一个小女孩。”

奈利冲进门洞。走廊尽头有一扇门开着，里面灯火通明，他听见有人呻吟。他一边摆弄手电筒，一边顺着走廊过去，进了那扇敞开的门。

地上躺着两个人，险些绊倒他。一个是二十五岁左右的黑人妇女，另一个是个黑人小女孩，顶多十二岁。两人身上脸上都被剃刀划得血淋淋的。奈利看见肇事者就在客厅里。他认识那家伙。

凶手叫瓦克斯·贝恩斯，臭名昭著的皮条客、毒贩子和暴力犯罪者。此刻他吸了毒，两眼暴突，血淋淋的剃刀在手里微微发颤。两周前贝恩斯当街严重伤害一名妓女，奈利逮捕了他。当时贝恩斯对他说："喂，哥们，别多管闲事。"奈利的搭档也说什么黑鬼喜欢自相残杀就由他们去吧，但奈利还是把贝恩斯抓回分局。贝恩斯第二天就被保释出去了。

奈利向来不怎么喜欢黑人，在哈莱姆做事更是让他越来越讨厌他们。他看不惯这些浑蛋。贝恩斯明目张胆犯法激怒了他，见到小女孩被剃刀划得浑身是血让他恶心。他冷静地在心里作了决定：他不会抓贝恩斯回警局。

可是，目击证人已经从背后涌进公寓：楼里的几个住户和巡逻车上的搭档。

奈利命令贝恩斯："放下刀子，你被捕了。"

贝恩斯哈哈大笑。"哥们，你不开枪就别想逮捕我，"他举起剃刀，"还是说你想尝尝这个？"

奈利动作飞快，搭档来不及拔枪。黑人一刀刺来，奈利超乎凡人的反应神经让他用左手掌挡开攻击，他用右手抡圆了手电筒砸过去，一下子打在贝恩斯的脑袋侧面，打得贝恩斯醉汉似的两腿打结。剃刀从手里掉下来，他毫无还手之力，因此奈利的第二下完全是多余的，警局听证会和刑事审判后来在目击者和搭档的证词下证明了这一点。奈利用手电筒从上向下砸在贝恩斯的头顶上，这一下力量大得可怕，敲碎了手电筒的玻璃，珐琅护垫和灯泡崩出来，飞到了房间的另一头。手电筒沉重的铝合金外壁也弯了，多亏里面的电池，才没有折成两截。住在公寓楼里的一位黑人看得目瞪口呆，后来为检方作证说："哥们，那黑鬼的脑壳够硬的。"

可是，贝恩斯的脑壳终究还是不够硬。这一击砸塌了他的头盖骨。两小时后他在哈莱姆医院咽气。

艾尔伯特·奈利因为滥用暴力在警局内部受到指控，只有他一个人倍感意外。他遭到停职处理，检察官又提出刑事指控。他被控过失杀人，判决有罪，入狱一到十年。这时候他对社会的愤怒和憎恨达到了顶点，根本不在乎坐牢。他们居然说我是罪犯！居然因为我杀了黑鬼皮条客那么一个禽兽就送我进监狱！女人和小女孩被划得惨不忍睹，终生破相，人还躺在医院里，他们居然不管不顾！

他并不害怕监狱，既因为他是警察，也因为他的罪名情有可原，肯定会得到照顾。他的几个伙伴已经向他保证，他们会找朋友打招呼。只有他岳父，一位精明的老派意大利人，布朗克斯一家鱼市场的老板，明白艾尔伯特·奈利这种人在监狱里恐怕活不过一年。要么是他被同牢房的囚犯杀死，要么是他杀死同牢房的囚犯。女儿因为那些只有女人才明白的愚蠢理由抛弃了这么一个好丈夫，他为此一直有些愧疚，于是动用他在柯里昂家族的关系人（他向柯里昂家族的一名代表交保护费，还把最好的鱼当礼物送给柯里昂家族），请求家族出手援助。

柯里昂家族知道艾尔伯特·奈利。这位守法而彪悍的警察算是个传奇人物，名声在外，不可等闲视之，哪怕去掉制服和佩枪，仍旧值得敬畏。柯里昂家族对这种人向来感兴趣。他的警察身份倒是并不重要。很多年轻人在拥抱真正的命运之前都走错过路。时间和运气会改正错误。

提醒汤姆·黑根注意的是彼得·克莱门扎，他对优秀人才的嗅觉很敏锐。黑根看着警方案卷的复本，听克莱门扎讲完，最后说：“看来我们又多了一个卢卡·布拉齐。”

克莱门扎使劲点头。胖归胖，他那张脸却没有平常胖子的慈祥感。“我也是这么想的。应该交给迈克自己处理。”

就这样，还没等艾尔伯特·奈利从临时拘留所转入州北他的埋骨之地，就得到通知说法官看了新材料和高级警官的书面陈述，重新审议后决定判他缓刑，就此释放。

艾尔伯特·奈利不是傻瓜，他的岳父也不喜欢闷声做好事。奈利查清前因后果，答应和丽塔离婚，以此偿还岳父的人情债。接着，他前往长滩酬谢恩人。当然，事先已经做好了安排。迈克尔在图书室接见他。

奈利一本正经地表达感谢，见到迈克尔热情地接受了他的谢意，他不禁既惊又喜。

“妈的，我怎么能让他们这么对待西西里的同胞？”迈克尔说，“应该发你一个大奖章才对，但那些该死的政客除了游说团体，什么都不关心。听着，我要是没有仔细调查一番，看到你遭受的待遇有多么不公正，本来也不会挺身而出。我的手下和你姐姐谈过，她说你一向照顾她和她的儿子，说你怎么让那小子改邪归正，没有让他走错路。你的岳父说你是全世界最好的小伙子。这可真是少见。”迈克尔很得体地没有提起奈利的妻子离开了他。

两人聊了一阵。奈利向来话少，遇到迈克尔·柯里昂却聊得很投机。迈克尔只比他大五岁，但奈利感觉像是在和比他大得多的人说话，和一位足以当他父亲的长者说话。

最后，迈克尔说：“既然已经把你弄出了监狱，我不能看着你走投无路。我帮你安排点事情做吧。我在拉斯维加斯有产业，你凭借经验可以当酒店的保安。还是说你想做什么小本生意？我可以和银行说句话，帮你贷款当资本。”

奈利感激得尴尬起来，但出于自尊，他还是拒绝了，最后说：“缓刑期间，我必须留在法院的管辖范围之内。”

迈克尔兴致勃勃地说：“这些都不值一提。我搞得定。别惦记什么监管了，我想办法抽掉你那张黄纸，免得银行找麻烦。”

黄纸指的是警方的刑事犯罪记录，通常在法官酌情定罪时呈交给法官。奈利在警队的时间已经足够长，知道许多暴徒之所以能得到法官的轻判，就是因为警方的记录科受贿，呈交了一份干干净净的黄纸。听见迈克尔·柯里昂说他办得到这种事，他并不吃惊；他吃惊的是他们竟然肯为他费这么多的力气。

“如果需要帮助，我一定会联系你的。”奈利说。

“好的，很好。”迈克尔说，他看看手表，奈利以为这是逐客令，起身准备离开，但他又吃了一惊。

“吃午饭了，”迈克尔说，“来和我们家一起吃个饭吧。我父亲说他很想见见你。我们去他家。我母亲大概做了煎辣椒、炒蛋和香肠。真正的西西里风味。”

艾尔伯特·奈利，从他还小的时候算起，从他十五岁父母过世算起，这无疑是他过得最愉快的一个下午。唐·柯里昂和蔼可亲，得知奈利父母出生的小村庄离他老家只有几分钟车程，他真是高兴极了。大家聊得开心，食物美味，红艳艳的葡萄酒味道醇厚。奈利不禁觉得他终于碰到了人生知己，他明白他不过是个普通客人，但也知道他能在这么一个世界里找到永久的安身之地，获得幸福。

迈克尔和唐送他出门上车。唐握着他的手说：“你是个好小伙子。我的儿子迈克尔，我一直在教导他经营橄榄油生意，我年纪大了，很想退休。他来找我，说希望插手你那桩小事。我说你好好学习橄榄油生意吧，但他就是不肯安生。他说有个好小伙子，西西里人，别人正在使坏收拾他。我今天告诉你这些，是想说他做得对。见过你以后，我很高兴我们费了那些周折。那，要是我们还能为你做点什么，尽管吩咐一声就是了。明白吗？我们乐意为你效劳。”（回想起唐的仁慈，奈利希望伟大的老头子还活着，能见到他今天将如何帮助家族。）

奈利花了不到三天就下定决心。他明白柯里昂家族在拉拢他，但也明白其他的道理。他被社会谴责和惩罚的行为，正是柯里昂家族欣赏他的地方。他知道在柯里昂家族，他会过得比在外面这个世界里更加高兴。他还知道柯里昂家族的限制比较少，因此更加强大。

他再次拜访迈克尔，向迈克尔摊牌。他不想去拉斯维加斯，愿意接受家族在纽约的职位。他清楚表示愿意效忠。迈克尔受到触动，奈利看得分明。工作安排好了，迈克尔坚持要奈利先去迈阿密度个假，住在家族的酒店里，家族承担费用，预付一个月薪水，让他有足够的现金好好享受人生。

这次度假是奈利第一次品尝到奢侈的味道。酒店的人特别照顾他，总说：“唉，你可是迈克尔·柯里昂的朋友。”风声传开，他得到最豪华的套房，而不是打发一般普通关系户的小房间。酒店夜总会的经营者介绍了几个漂亮姑娘给他。返回纽约的时候，奈利的人生观有了细微的变化。

他被分配进克莱门扎手下，人才大师仔细考验他。必要的预防措施终归不能放下。他毕竟曾经是警察。不过，尽管奈利曾经身处围墙的另一边，但他的暴虐天性打消了人们的顾虑。不到一年，他就杀了第一个人，再也不能回头。

克莱门扎对他赞不绝口。奈利是奇迹，是卢卡·布拉齐再世。克莱门扎甚至夸口说他会超过卢卡。毕竟奈利是他发现的嘛。就身体条件而言，奈利确实出类拔萃，反射神经和协调能力比得上乔·迪马乔。克莱门扎也明白他这种人驾驭不了奈利。经过安排，奈利直接为迈克尔·柯里昂效力，中间只有汤姆·黑根一层必不可少的缓冲。他是"特殊人物"，薪水很高，但没有自己的营生，比方说簿记点或雇用打手。他明显对迈克尔·柯里昂尊敬得五体投地，黑根忍不住开玩笑对迈克尔说，"现在你有了你的卢卡。"

迈克尔点点头。他确实做到了。艾尔伯特·奈利到死都会是他的人。诀窍当然来自唐本人的传授。学习生意经的时候，接受父亲教导的那些漫长日子里，迈克尔曾经问父亲："你怎么会用卢卡·布拉齐这种人，禽兽不如的一个人？"

唐开始教导他。"世界上有些人呢，"他说，"嚣张跋扈专找死。你肯定见到过这种人。赌桌上吵得不可开交，只是因为挡泥板被剐了一下就怒气冲冲跳下车，不清楚对方的底细就肆意羞辱和威胁别人。我见过一个家伙，傻得出奇，存心撩拨一群危险角色，他自己却没有半点能耐。这种人到处乱逛，嘴里喊着'杀了我，杀了我'。迟早会碰见愿意成全他们的人。我们每天读报都能见到这种人。他们当然会给别人带来巨大的损害。

"卢卡·布拉齐就是这种人，但他很有本事，因为长期以来谁也奈何不了他。绝大多数这种人和我们毫无关系，但布拉齐是一件可以利用的凶险武器。既然他不怕死，存心找死，那么诀窍就在于，让他唯独不想死在你的手里。他害怕的事情只有一件——不是死亡，而是他或许会死在你手里。到那个时候，他就完全属于你了。”

这是唐死前最有价值的训导之一，迈克尔用这套办法让奈利成为了他的卢卡·布拉齐。

此时此刻，艾尔伯特·奈利独自坐在布朗克斯的公寓里，准备再次换上警察制服。他仔细刷干净制服，接下来打算擦亮枪套。还有警帽，帽舌得好好清理，厚底黑皮鞋要擦得闪闪发亮。奈利干得很起劲。他已经找到了他在世界上的位置，迈克尔·柯里昂绝对信任他，今天他不会辜负这份信任。

第三十一章

同一天，两辆豪华轿车停在长滩林荫道上。一辆等着送康妮、她母亲、丈夫和两个孩子去机场。卡洛·里齐一家要去拉斯维加斯度假，为迁居做些准备工作。迈克尔不顾康妮的抗议，向卡洛下了命令，没有花时间解释说他要在柯里昂和巴齐尼两个家族会谈前撤空林荫道。事实上，会谈本身就是高度机密，只有家族的几名首领知道内情。

另外一辆豪华轿车等着送凯和孩子去新罕布尔探望父母。迈克尔还得留在林荫道，有些紧急事务需要他处理。

昨天夜里，迈克尔送信给卡洛·里齐说需要他在林荫道多留几天，本周晚些时候再去和妻儿会合。康妮大发雷霆，打电话找迈克尔，但迈克尔已经进城了。这会儿，她用视线在林荫道搜寻哥哥的踪迹，但他和汤姆·黑根在闭门密谈，禁止打扰。卡洛送康妮上车，康妮吻别卡洛。“等你两天，你要是不来，我就回来抓你。”她威胁道。

卡洛还她一个好丈夫的笑容，充满性暗示。“我会去的。”他说。

她探身出车窗。“你估计迈克尔为什么要你留下？”她问，担忧地皱起眉头，模样老气，毫无吸引力可言。

卡洛耸耸肩。“他答应过要给我找个好差事，也许就是想谈谈这个，至少听起来有这意思。”卡洛不知道柯里昂与巴齐尼两大家族定于当晚会谈。

康妮急切地说：“真的吗？”

卡洛点点头，叫她放心。豪华轿车驶出林荫道大门而去。

第一辆豪华轿车离开，迈克尔出来送别凯和两个儿子。卡洛也过来祝凯一路平安，度假愉快。第二辆豪华轿车也徐徐开动，驶出大门。

迈克尔说：“很抱歉，卡洛，我必须要你留下。一两天就行。”

卡洛马上说：“没关系，完全没关系。”

“很好，”迈克尔说，“你守在电话旁，我准备好了就打给你。我还有别的事情要办。好吗？”

“当然，迈克，那当然。”卡洛说。他走进自己家，打电话给他在韦斯特伯里偷偷养的情妇，答应晚上溜出来见她。他打开一瓶黑麦威士忌，坐下等待。他等了很久很久。中午过后不久，车辆开始陆续进门。他看见克莱门扎走下一辆车，没几分钟过后，忒西奥走下另一辆。一名保安把两人领进迈克尔的住处。几小时后，克莱门扎离开了，但忒西奥没再露面。

卡洛在林荫道走了一圈，呼吸新鲜空气，顶多十分钟。他熟悉在林荫道值勤的所有保镖，甚至和其中几个关系不错。他有心找他们闲聊打发时间，却惊讶地发现今天的保镖都是生面孔，他一个也不认识。更让他惊讶的是负责把守大门的居然是洛可·兰坡，卡洛知道洛可在家族里地位很高，除非发生了什么异乎寻常的事情，否则不可能前来执行这种琐碎任务。

洛可友好地对他笑了笑，打声招呼。卡洛有点紧张。洛可说："咦，还以为你和唐在一起快活呢。"

卡洛耸耸肩。"迈克要我等他一两天，有什么事情要交给我。"

"是啊，"洛可·兰坡说，"我也是。结果他打电话叫我守门。唉，管他的，他说了算。"语气像是在说迈克尔比不上他的父亲——有点不太恭敬。

卡洛假装没听见他的语气。"迈克知道他在干什么。"他说。洛可默然接受他的谴责。卡洛说再见，转身走向住所。有事情发生了，但洛可不知道内情。

迈克尔站在客厅的窗口，望着卡洛在林荫道走来走去。黑根端来一杯烈性白兰地。迈克尔欣然接受，喝了一口。黑根在身后轻声说："迈克，你必须开始行动，是时候了。"

迈克尔叹了口气："真希望不是这么快，真希望老头子能多活一段时间。"

"不会出错的，"黑根说，"我都没有完全看穿，别人就不用说了。你安排得非常妥当。"

迈克尔从窗口转过身。"很大一部分是老头子策划的，我以前真的不知道他到底有多精明，不过我猜你应该知道。"

"谁比得上他呢？"黑根说，"不过计划非常优美，无懈可击，所以你的水平也不差。”

“看到结果再说吧，”迈克尔说，“忒西奥和克莱门扎在林荫道吗？”

黑根点点头。迈克尔一口喝掉剩下的白兰地。“叫克莱门扎来见我。我要亲自向他下达指示。我连一眼都不想见到忒西奥。告诉他，我准备半小时后和他一起去和巴齐尼会谈。接下来，克莱门扎的人会关照他的。”

黑根用平淡的语气问：“不可能放忒西奥一马？”

“不可能。”迈克尔说。

州北，水牛城，一条小街上的一家小比萨店，生意兴隆。随着午餐时间过去，顾客越来越少，店员从窗口端起盛着剩下几块比萨的铁皮托盘，放在砖砌烤炉的架子上。他看了看炉膛里还在烤的一片比萨。奶酪还没有开始鼓泡。等他转身面向柜台，招待街上的客人，赫然见到一个满脸凶相的年轻人站在那儿。年轻人说：“给我一块。”

店员拿起木铲，把一块凉比萨放回炉膛里加热。客人没有等在外面，而是推门进了店堂。店里这会儿没有客人。店员打开炉门，取出烘热的比萨，放在纸碟上端给客人。客人却没有付钱，而是目光灼灼地盯着店员。

“听说你胸口有个漂亮文身，”客人说，“能从你衬衫领口看到最顶上一点，能让我看个完整吗？”

店员愣住了，无法动弹。

“解开衬衫。”客人说。

店员摇摇头。“我没有文身，”他的英语口音很重，“有文身的是值夜班那位。”

客人哈哈大笑。笑声刺耳而勉强，听了让人难受。“别逗了，解开衬衫让我看看。”

店员开始后退，想绕到炉子的另一头去。客人的手抬过柜台，手里握着枪。他开火了。子弹击中店员的胸口，掀得他撞在炉子上。客人朝他的身体开了第二枪，店员跌倒在地。客人绕过货架，弯下腰，扯开衬衫的纽扣。胸口满是鲜血，但文身清晰可辨，彼此纠缠的男女和刺穿身体的匕首。店员无力地抬起一条胳膊，像是要保护自己。枪手说：“法布雷奇奥，迈克尔·柯里昂向你问候。”他举起枪，枪口离店员的颅骨仅有几英寸，他扣动扳机，然后走出店堂。路边有辆车敞着门在等他，他跳上车，汽车迅速开远。

大门口铸铁廊柱上的电话响了，洛可·兰坡拿起听筒。对方说：“你的包裹准备好了。”然后咔嗒一声挂断。洛可钻进车里，驶出林荫道。他走琼斯海滩堤道——也就是桑尼·柯里昂遇害的那条路——来到旺托的火车站停下。另外一辆车正在等他，车里有两个人。他们沿着日出公路开了十分钟，拐进一家汽车旅馆的前院。洛可·兰坡把两个人留在车上，自己走向一幢山间木屋风格的小别墅。洛可一脚踢得门和铰链分了家，蹿进房间。

七十岁的菲利普·塔塔利亚赤裸得像个婴儿，站在躺着一个年轻女人的床上。菲利普·塔塔利亚满头浓密的黑发，阴毛却是铁灰色。他的身体柔软而丰润，仿佛雏鸟。洛可一口气把四颗子弹打进他的腹部，转身跑回车上。两个男人在旺托火车站放他下车，他开自己的车一路回到林荫道。他进屋和迈克尔·柯里昂谈了几句，又出来继续守门。

艾尔伯特·奈利一个人在公寓里，整理好了他的制服。他慢慢穿上，裤子、衬衫、领带、上衣、枪套、武装腰带。停职时他交回了佩枪，但行政手续上的疏忽大意让警队忘了收回徽章。克莱门扎找了一把无法追查的点三八警用手枪给他。奈利拆开枪，上油，检查击铁，重新装配，咔嗒咔嗒扣了几次扳机。他把子弹装进弹膛，准备出发。

他把警帽放进厚纸袋，穿上普通人的大衣，盖住警服。他看看手表。离车到楼下来接他还有十五分钟。他把十五分钟用在了对镜打量自己上。没有问题，怎么看都是真正的警察。

等他的车里有两个洛可·兰坡的手下坐在前排。奈利坐在后座上。车驶向闹市区，离开公寓所在的区域之后，他脱掉普通人的大衣，放在脚边。他扯开纸袋，戴上警帽。

车到五十五街和第五大道路口在道旁停车，奈利钻出车门。他顺着大道向前走。重新穿上警服，走在他巡逻过无数次的街道上，他的感觉很奇怪。人群熙熙攘攘。他走向商业区，到洛克菲勒中心停下，马路对面是圣派屈克大教堂。他在第五大道靠近他的这一侧瞥见了要找的那辆豪华轿车。车孤零零地停在一串“禁止停车”和“禁止临时停车”的红色标记之间。奈利放慢步伐。他来早了。他停下来，掏出告票簿涂涂写写，然后继续前进。他走到豪华轿车侧面，用警棍敲敲挡泥板。司机诧异地抬起头。奈利用警棍指了指“禁止停车”标记，示意司机开走。司机扭过头去。

奈利走到马路上，到驾驶座敞开的车窗前停下。司机是个满脸凶相的流氓，正是他喜欢收拾的那种类型。奈利用存心侮辱人的语气说：“我说，有点眼色行不行，是要我把告票塞进你的屁眼呢，还是乖乖给我滚蛋？”

司机不为所动。“你最好先去分局问一问。要是发我一张票能让你开心，你就尽管开给我好了。”

“他妈的滚远点儿，”奈利说，“否则我把你拖下车，揍得你屁滚尿流。”

司机不知从哪儿掏出一张十块钞票，只用一只手就叠成个小方块，抬起胳膊想塞进奈利的口袋。奈利回到人行道上，朝司机勾勾手指。司机从车上下来。

“请出示驾驶执照和车辆登记证。”奈利说。他本想把司机弄到路口的另一边去，但现在做不到了。奈利从眼角瞥见三个矮胖男人走下中心大厦的台阶，朝马路而来。那是巴齐尼和两名保镖，正要去见迈克尔·柯里昂。他刚看见他们，一名保镖就抢先跑上来，看巴齐尼的座驾出了什么事情。

保镖问司机：“什么事？”

司机没好气地说：“我收了张告票，没大事。这家伙肯定是新来的。”

这时，巴齐尼和另一名保镖也走近了，巴齐尼吼道：“他妈的搞什么？”

奈利在告票簿上写完，把驾驶执照和车辆登记证还给司机。他把告票簿放回臀部口袋，手收回来的时候顺势拔出了点三八警枪。

他把三颗子弹打进巴齐尼酒桶般的胸膛，另外三个人这才醒过神来，纷纷蹲下躲闪，而此刻奈利已经冲进人群，转过拐角，跳上正在等他的轿车。车飞速驶上第九大道，转向下城区。来到切尔西公园附近，奈利已经扔掉了警帽，换掉衣服，穿上普通人的大衣，他钻进另一辆正在等他的轿车。他把枪和警服留在前一辆车上，自然会有人处理。一小时后，他安然回到长滩林荫道，向迈克尔·柯里昂汇报。

忒西奥在老唐住处的厨房等待，正在喝咖啡的时候，汤姆·黑根进来了。“迈克准备好了，”黑根说，“你给巴齐尼打个电话，通知他出发。”

忒西奥起身走向墙上的电话，拨通巴齐尼在纽约的办公室，劈头就说：“我们出发去布鲁克林了。”他挂断电话，对黑根微笑，“希望迈克今晚能给大家谈个好交易。”

黑根肃然道：“相信他一定会。”他陪忒西奥走出厨房，来到林荫道上，走向迈克尔的住处。来到门口，一名保镖拦住他们，“老板说他坐另一辆车，叫你们先出发。”

忒西奥皱起眉头，扭头对黑根说：“该死，他不能这么做，会打乱我的所有安排。”

这时，又有三名保镖在他们周围冒了出来。黑根轻声说：“我也不能跟你去了，忒西奥。”

雪貂脸首领一瞬间就全明白了，也默然接受。他有半秒钟浑身发软，随即恢复正常。他对黑根说：“告诉迈克，纯粹为了生意，我一向喜欢他。”

黑根点点头。“他理解。”

忒西奥犹豫片刻，柔声说：“汤姆，不能放我一马？看在过去的份上？”

黑根摇摇头，“我不能。”他说。

他目送四名保镖围拢忒西奥，押他登上一辆等待的车。他有点难过。忒西奥曾经是柯里昂家族最优秀的部下。除了卢卡·布拉齐，老唐最倚重的应该就是他。这么精明的一个人，活到这么大的年纪，却犯下致命的判断错误，实在太不幸了。

卡洛·里齐还在等待迈克尔接见他，许多人来来去去，看得他惶恐不安。显然出了什么大事，但看起来他被排除在外了。他等得不耐烦了，打电话给迈克尔。接电话的是一名室内保镖，他去叫迈克尔，回来说迈克尔叫他少安毋躁，很快就来找他。

卡洛又打给情妇，保证请她吃夜宵，在她家过夜。迈克尔说很快就来找他，不管要谈什么，一两个钟头肯定够了。开车去韦斯特伯里还要四十分钟左右。时间来得及。他答应他一定赶到，甜言蜜语哄她，免得她生气。挂断电话，他决定先换衣服，节省会面后的时间。刚穿上干净衬衫，他就听见有人敲门。他马上醒悟过来，迈克尔打电话找他，却总是忙音，于是派手下来叫他了。卡洛过去开门，巨大的恐惧淹没了他，感觉整个身体都要瘫软下去了。站在门口的是迈克尔·柯里昂，面容正是卡洛·里齐时常在噩梦中见到的死神。

站在迈克尔·柯里昂背后的是黑根和洛可·兰坡。他们面容肃穆，像是虽说十二万分的不情愿，但还是不得不向朋友报告坏消息。三个人走进屋子，卡洛·里齐领着他们进了客厅。他从起初的震惊中恢复过来，以为刚才是神经过敏大发作了。可是，迈克尔一开口，他才真的魂飞魄散，险些呕吐。

“桑蒂诺的事，你要给我一个交代。”迈克尔说。

卡洛没有吭声，假装听不懂。黑根和兰坡分开，各自占领一面墙壁。他和迈克尔面对面站着。

“你把桑尼卖给了巴齐尼，”迈克尔的声音很平稳，“你和我妹妹演了一套小闹剧，是不是巴齐尼哄你说，这么做能骗柯里昂家的人上当？”

卡洛·里齐吓得胆战心惊，说起话来不顾体面，没有丝毫自尊。“我发誓我是清白的，我以我孩子的命发誓，我是清白的。迈克，别这么对我，求你了，迈克，别这么对我。”

迈克尔静静地说：“巴齐尼死了，菲利普·塔塔利亚也死了。今晚我要清算家族的老账。你少跟我说你是清白的，老实承认对你有好处。”

黑根和兰坡诧异地望着迈克尔。他们心想，迈克尔毕竟还比不上他的父亲。有必要逼着叛徒承认有罪吗？他的罪行已经铁证如山，这种事情能证明到这个程度已经到头了。答案显而易见，但迈克尔对他是否正确还不够有信心，还害怕自己不够公正，还有一丝一毫的难以确定，只有卡洛·里齐本人坦白才能打消他的疑虑。

迈克尔没有等来回答，他近乎和蔼地说：“别那么害怕。难道我会让我的妹妹当寡妇、让我的外甥失去父亲吗？再怎么说，我都是你的一个孩子的教父呀。唉，对你的惩罚就是把你赶出家族的生意。我会送你上飞机去拉斯维加斯和妻儿团聚，你就留在那儿好了。我会给康妮一份津贴。就是这样。但请不要总说什么我是清白的，不要侮辱我的智力，惹我生气。是谁接触你的，塔塔利亚还是巴齐尼？”

知道自己不会被杀，甘美的欣慰感觉犹如泉涌，怀着一肚子挣扎求生的希望，卡洛·里齐喃喃答道：“巴齐尼。”

“好的，很好，”迈克尔柔声说，他挥了挥右手，“你可以走了。等在外面的车会送你去机场。”

卡洛首先出门，另外三个人紧随其后。天已经黑了，但林荫道和平时一样灯火通明。一辆车驶近停下，卡洛认出是自己那辆。司机是个生面孔，后座远离他这边的地方还坐着个人。兰坡打开前门，示意卡洛上车。迈克尔说：“我会打电话通知你妻子说你已经上路。”卡洛坐进车里，冷汗浸透了丝绸衬衫。

车徐徐启动，轻快地驶向大门。卡洛扭头想看他认不认识后座上的人。就在这时，克莱门扎一挥手，用绳索勒住卡洛·里齐的脖子，动作伶俐而优雅，就像小女孩把缎带套上小猫的头颈。克莱门扎猛地一拽，光滑的细绳嵌进卡洛·里齐的皮肤，身体弹上半空，仿佛鱼儿上钩。克莱门扎死死卡住他，收紧绳子，直到他的身体软瘫下去。车里突然臭气熏天，死亡临近使得括约肌松弛，卡洛失禁了。保险起见，克莱门扎又等了几分钟才松手，把绳子收起来放回衣袋里。他躺回后座靠背上，卡洛的尸体软绵绵地靠在车门上。几秒钟过后，克莱门扎摇下车窗，放掉臭气。

柯里昂家族取得了彻底的胜利。就在这二十四小时内，克莱门扎和兰坡允许各自的手下大开杀戒，惩罚擅自闯入柯里昂家族的外来者。奈利接管了忒西奥的人。巴齐尼家族的簿记点就此歇业，巴齐尼手下两个最高等级的执法人在桑树街的意大利餐馆吃完晚饭，正优哉游哉地剔着牙，却被枪击身亡。一个声名狼藉的赛马掮客在场上大胜一晚，回家路上同样被杀。滨水区两个盘子最大的放债人失踪，几个月后才在新泽西的沼泽地现身。

这次凶残的攻击使得迈克尔·柯里昂确立了名声，柯里昂取回他们在纽约各大家族中的卓然地位。他之所以受人尊敬，不但因为可敬的战术天赋，还因为巴齐尼和塔塔利亚两个家族的大部分首领立刻投靠了他。

要是没有妹妹康妮的歇斯底里大发作，迈克尔·柯里昂的胜利简直称得上完美无瑕。

康妮把孩子留在拉斯维加斯，和母亲飞回家。她按捺住丧夫的痛苦，等豪华轿车开进林荫道才爆发。母亲还没来得及拦住她，她就跑过卵石马路，冲进迈克尔·柯里昂的住处，在客厅找到迈克尔和凯。凯起身走向她，想安慰她，姐妹似的拥抱她，但愣在了那里，因为康妮对她的哥哥大吼大叫，又是咒骂又是斥责。“卑鄙的狗杂种，”她尖叫道，“你杀了我丈夫。你等我们的父亲去世才动手，这样谁也拦不住你了，你杀了他。你因为桑尼怪罪他，一直怪罪他，所有人都怪罪他。可你就不为我想一想。你从来不在乎我。我现在该怎么办，该怎么办？”她号啕大哭。迈克尔的两名保镖站在她背后，等待迈克尔的指示。迈克尔却面无表情地站在那儿，等待妹妹发泄完怒火。

凯用惊恐的声音说：“康妮，你昏头了，别说这种话。”

康妮从歇斯底里中恢复过来，声音饱含怨毒，“你以为他为什么总对我那么冷淡？你以为他为什么把卡洛留在林荫道？他从头到尾都知道他要杀了我丈夫，但我父亲还活着的时候他不敢。我父亲会阻止他。他知道，所以他只是静静等待，还答应当我们孩子的教父，不就是为了麻痹我们吗？铁石心肠的杂种。你以为你了解你丈夫？你知道他把多少人和我家卡洛一起杀了吗？读读报纸就知道。巴齐尼、塔塔利亚，还有好多。我哥哥杀了他们。”

她说着说着又歇斯底里发作起来，想朝迈克尔的脸膛吐口水，但嘴里没有唾液。

“送她回家，给她找个医生。”迈克尔说。两名保镖立刻抓住康妮的胳膊，把她拖出屋子。

凯惊魂未定，问丈夫：“她为什么要说那些话？迈克尔，她怎么会那么想？”

迈克尔耸耸肩。“她歇斯底里发作了。”

凯望着丈夫的眼睛。“迈克尔，不是真的吧，求求你，告诉我，不是真的。”

迈克尔疲惫地摇摇头。“当然不是。请你相信我，这次我允许你过问我的事务，我也愿意给你一个答案。不是真的。”他的语气从未如此令人信服。他直视凯的眼睛。他动用了两人在婚姻中建立起的全部互相信任，希望她能相信他。她不能继续怀疑下去了。她后悔地笑了笑，扑进他的怀里，亲吻丈夫。

“我们都需要喝一杯了。”她说，走进厨房去取冰，在厨房里听见前门开了，走出来，她看见保镖带着克莱门扎、奈利和洛可·兰坡进门。迈克尔背对着她，她走了两步，好看清丈夫的侧脸。这时，克莱门扎向她丈夫打招呼，用的是最正式的称呼。

“唐·迈克尔。”克莱门扎说。

凯看见迈克尔如何站在那里，接受他们的臣服。他让凯想起罗马的雕像，那些罗马古代帝王的雕像，他们凭借神授的君权，掌握臣民的生死大权。他一只手撑着腰，侧脸流露出冷酷而尊贵的威权，身体站得随便而傲慢，重心落在略微后撤的一条腿上。首领站在他面前。就在这一刻，凯知道了，康妮指责迈克尔的话全都是真的。她回到厨房，默默哭泣。

第九部

第三十二章

经过一年微妙的政治运作，柯里昂家族的血腥胜利终告完整，迈克尔·柯里昂成为全美国最强盛的黑帮家族的首领。过去这十二个月，迈克尔的时间平均分配，一半在长滩林荫道的指挥总部，另一半在拉斯维加斯的新家。一年过去，他决定停止在纽约的所有活动，卖掉全部住宅和林荫道的地产。为此，他带全家回东海岸最后再看看。他们住了一个月，结束生意，凯打包托运家里的物品。有无数琐碎小事需要办理。

柯里昂家族的地位已经毫无争议，克莱门扎组建了自己的家族。洛可·兰坡接任柯里昂家族的首领。内华达，艾尔伯特·奈利负责家族控制的所有酒店的保安工作。黑根也属于迈克尔的西部家族组织。

时间医治了旧伤。康妮·柯里昂和哥哥迈克尔言归于好。事实上，那次癫狂指责后不到一周，她就因为说的那些话向迈克尔道歉，向凯保证说那些都不是真的，只是突然丧夫后的歇斯底里疯话罢了。

康妮·柯里昂轻而易举地找到了新丈夫，服丧不到一年，就把一个来柯里昂家族当秘书的好小伙子弄上了床。这个年轻人来自一个可靠的意大利家庭，毕业于美国最顶尖的商校。迎娶唐的妹妹自然让他前程无忧。

凯·亚当斯·柯里昂听取天主教的教诲，最终皈依，柯里昂家大为高兴。两个儿子按照要求也被领入教会。迈克尔本人对这个动向却不怎么满意。他更愿意让孩子当新教徒，新教更符合美国的主流。

凯惊讶地发现自己爱上了内华达的生活。她喜欢这里的景致，山丘和峡谷里华美的红色岩石，灼热的沙漠，不经意出现、令人心旷神怡的湖泊，甚至包括炎热的天气。两个儿子骑着矮种马四处溜达。她有了真正的仆人，而不是保镖。迈克尔的生活也正常多了。他拥有一家建筑公司，参加商人俱乐部和市民委员会，颇为关心当地政治，但又不公开插手。这样的生活确实不错。清空纽约的住处，拉斯维加斯将成为永久的家园，这让凯很高兴。她不喜欢回纽约，所以最后这次回来之后，她以最高的效率和速度打包托运，今天是最后一天了，她急于离开纽约的心情就像长期住院的病患终于能够出院。

最后这天，凯·亚当斯·柯里昂在黎明醒来。她听见林荫道外传来卡车的轰鸣声。卡车将搬空这些住宅的全部家具。柯里昂家族下午乘飞机回拉斯维加斯，柯里昂妈妈也要走。

凯走出浴室，迈克尔靠在枕头上抽烟。“你到底为什么每天一大早都要去教堂？”他说，“星期天我倒是不在乎，但平时为什么也要去？你和我妈真是一个毛病。”他摸黑打开了床头灯。

凯坐在床沿上，开始穿丝袜。“你知道刚皈依的天主教徒是什么样，”她说，“比其他人更加热心呗。”

迈克尔伸手去摸她的大腿，摸到了尼龙长筒袜以上热乎乎的皮肤。“别摸了，”她说，“今天早晨我要领圣餐。”

她从床上起身，迈克尔没有试图挽留。他微笑着说：“既然你这个教徒这么严守教规，为什么经常允许孩子不去教堂呢？”

她有点不安，心生警觉。他打量着她，用那种她暗暗称之为“唐的眼神”的目光。“他们有的是机会，”她说，“回到家里，我会逼着他们多去的。”

她吻别迈克尔，走出屋门，外面已经暖和起来了。夏天的艳阳红彤彤地升起。凯走向林荫道的大门口，她的车停在那里。柯里昂妈妈身穿寡妇的黑衣服，已经坐在车里等她。这已经成了例行的套路：早弥撒，每天清晨，同去同回。

凯亲吻老妇人皱纹交错的面颊，坐到驾驶座上。柯里昂妈妈怀疑地问：“你吃早饭了？”

“没有。”凯说。

老妇人赞许地点点头。凯有一次忘了领圣餐前从午夜开始不得进食的规定，那是很久以前了，但柯里昂妈妈从此就不再信任她，每次都要问清楚。“感觉还好吧？”老妇人问。

“挺好。”凯答道。

清晨的阳光下，小教堂显得冷冷清清。彩色玻璃挡住炽热的阳光，里面很凉快，适合安歇。凯搀扶婆婆爬上白色石阶，让她走在前面。老妇人喜欢坐前排，靠近圣坛。凯在台阶上又等了几分钟。她在最后这一刻总是不太情愿，总是有点害怕。

最后，她还是走进凉爽而黑暗的教堂，指尖蘸了圣水画十字，用湿指尖飞快地碰了碰干燥的嘴唇。圣坛前的蜡烛红光闪烁，基督钉在十字架上。凯先跪拜，然后走进她的那排座位，跪在硬木条上，等待招呼她领圣餐。她低着头，像是在祈祷，其实心里并没有做好准备。

只有置身于昏暗的拱顶教堂之中，她才允许自己思索丈夫的另一面，思索一年前那个可怕的夜晚，他如何存心利用两人间的信任和爱，哄骗她相信他的谎言，相信他没有杀害他的妹夫。

她曾经离开过他，不是为了这件事，而是为了这个谎言。第二天早晨，她带着孩子去了新罕布什尔的父母家。她没有留下任何话，甚至不清楚自己打算怎么办。迈克尔马上就明白了。第一天他给凯打了个电话，随后再也没有打扰她。一周后，一辆纽约牌照的豪华轿车来到她家门前，车里坐着汤姆·黑根。

她和汤姆·黑根度过了一个漫长而难熬的下午，她一生中最难熬的一个下午。两人去小镇外的树林里散步，黑根并没有好言相劝。

凯犯了个错误，她试着说些冷酷无礼的话，可惜并不适合这个角色。“迈克派你来威胁我？”她问，“还以为会是几个‘弟兄’钻出车门，端着冲锋枪逼我回去。”

自从认识黑根以来，凯这还是第一次见他动怒。他恶声恶气地说：“我就没听过这么孩子气的屁话。没想到你这样的女人会说出这种话。别逗了，凯。”

“好吧。”她说。

两人走在绿意盎然的乡间小路上。黑根轻声问：“你为什么逃跑？”

凯说："因为迈克尔对我撒谎，因为他当了康妮儿子的教父，愚弄了我。他背叛了我。我不能爱这么一个男人。我忍受不了。我不能允许他当我的孩子的父亲。"

"真不知道你在说什么。"黑根说。

她转向黑根，怒气有了正当的理由。"我是说他杀了自己的妹夫。明白吗？"她顿了顿，"还有，他对我撒谎。"

两人默默地走了好一会儿，最后，黑根说："你不能确定这些都是事实。为了讨论起见，姑且假设是真的——请记住，我没有说就是真的——但假如我能证明他有正当理由呢？或者说，有可能性很大的正当理由？"

凯看着他，嘲笑道："这还是我第一次见到你律师的一面，汤姆，可不是你最好的那一面。"

黑根咧嘴笑笑。"好吧，你听我说完。假如是卡洛把桑尼诱入圈套，出卖了桑尼呢？假如卡洛那次是存心殴打康妮，就为了引出桑尼，而敌人知道他会走琼斯海滩堤道呢？假如卡洛曾经花钱买桑尼的命呢？那你怎么想？"

凯没有回答。黑根继续道："假如唐，这位可敬的男人，下不了狠心做他应该做的事情，杀死女儿的丈夫为儿子复仇呢？假如最终他不堪忍受，指定迈克尔继承事业，知道迈克尔会肩负起他的重担，承受那份罪责呢？"

"那都是历史了，"凯说，泪如泉涌，"大家现在都很高兴，为什么不能原谅卡洛呢？为什么不能好好活下去，忘了这件事呢？"

她领着黑根走过草场，来到树荫下的小溪旁。黑根坐在草地上，叹了口气。他环顾四周，又叹口气，说："换了这个世界，也许真的可以。"

凯说："他已经不是娶我的那个男人了。"

黑根轻笑一声。"如果还是，那他已经死了，而你是寡妇。也就没什么难题了。"

凯怒道："你这话是什么意思？来，汤姆，一辈子总得说一次实话。我知道迈克尔做不到，但你不是西西里人，你可以把实话告诉一个女人，可以把女人看作平等的同类。"

黑根又沉默良久，最后摇头道："你错怪了迈克。你生气是因为他对你撒谎。唉，他提醒过你，永远不要过问生意上的事情。你生气是因为他当了卡洛儿子的教父，但那是你逼他接受的。实话实说，这确实是一步好棋，方便对卡洛采取行动。赢得对方的信任，这是经典的战术手段。"黑根苦笑道，"这么说够坦诚了吧？"但凯已经低下了头。

黑根继续道："我再多跟你说些实话吧。唐去世后，有人设计要杀迈克。知道是谁吗？忒西奥。因此忒西奥必须被处决。卡洛必须被处决。因为背叛是不能宽恕的罪行。迈克尔可以宽恕他们，但他们永远无法宽恕自己，因此反而更危险。迈克尔真的很喜欢忒西奥，更爱自己的妹妹。可是，如果放过忒西奥和卡洛，那就是对你和孩子、对他的整个家庭、对我和我的家人的失职。他们会对我们所有人、所有人的生命构成危险。"

凯听着这番话，泪水滚滚而下。"是迈克尔派你来说服我的吗？"

黑根望着她，真的吃了一惊。"不是，"他说，"他叫我告诉你，你要什么都可以，愿意干什么就干什么，但一定要照顾好孩子，”黑根笑了笑，“他叫我告诉你，你是他的唐——当然，只是开玩笑。”

凯伸手按住黑根的胳膊。“他没有命令你把另外这些事告诉我？”

黑根犹豫片刻，像是在考虑要不要说实话。“你还是不明白，”他说，“如果你把我今天的话告诉迈克尔，那我就死定了。”他顿了顿，“全世界只有你和你的孩子是他无法伤害的。”

过了漫长的五分钟，凯从草地上起身，开始返回住处。就快到家的时候，凯对黑根说：“吃完晚饭，你能用车送我和孩子回纽约吗？”

“我来就是为了这个。”黑根说。

回到迈克尔身边一周后，她去找神父，请神父指引她皈依天主教。

教堂的最深处响起钟声，召唤罪人悔改。凯按照教规，握拳轻捶胸口以示悔罪。钟声再次敲响，随着沙沙的脚步声，来领圣餐的人离开座位，走向圣坛前的栏杆。凯起身加入队伍。她在圣坛前跪下，教堂深处又传来钟声，她攥紧拳头，再次捶打心口。神父来到她的面前。她仰起头，张开嘴，接受薄如纸片的面饼。这是最可怕的一刻。她必须等待面饼融化，吞下去，才能做她来这里要做的事情。

她洗清罪孽，这个哀求者蒙受神恩，垂下头，交叠双手，放在圣坛栏杆上。她挪动重心，减轻身体对膝盖的压迫。

她排空所有思绪，忘记自己，忘记孩子，忘记所有的愤怒、所有的反抗和所有的疑问，然后，她怀着发自肺腑的恳切愿望——渴望相信，渴望上帝能听到她的心声——为迈克尔·柯里昂的灵魂念诵必不可少的祷词，卡洛·里齐被杀后的每一天都是这样。

图书在版编目（CIP）数据

教父 /（美）马里奥·普佐 (Puzo,M.) 著；姚向辉译 . -- 南京：江苏凤凰文艺出版社，2018.8（2025.7 重印）
（《教父》三部曲：典藏版）
书名原文：The Godfather
ISBN 978-7-5594-2402-0

Ⅰ.①教… Ⅱ.①马… ②姚… Ⅲ.①长篇小说－美国－现代 Ⅳ.① I712.45

中国版本图书馆 CIP 数据核字 (2018) 第 135024 号

教父

［美］马里奥·普佐　著　　姚向辉　译

责任编辑　丁小卉
特约编辑　赵思婷　孙若羚　叶启秀
封面设计　读客文化　021-33608320
责任印制　刘　巍
出版发行　江苏凤凰文艺出版社
　　　　　南京市中央路 165 号，邮编：210009
网　　址　http://www.jswenyi.com
印　　刷　河北中科印刷科技发展有限公司
开　　本　880 毫米 ×1230 毫米 1/32
印　　张　16.25
字　　数　357 千字
版　　次　2018 年 8 月第 1 版
印　　次　2025 年 7 月第 10 次印刷
标准书号　ISBN 978－7－5594－2402－0
定　　价　269.70 元（全三册）

读客®

读客悬疑文库

认准读客读悬疑，本本都是大师级。

图书在版编目（CIP）数据

教父. 2, 西西里人 / (美) 马里奥·普佐 (Puzo,M) 著; 祁阿红译. -- 南京: 江苏凤凰文艺出版社, 2018.8 (2025.7 重印)
（《教父》三部曲: 典藏版）
ISBN 978-7-5594-2402-0

Ⅰ. ①教… Ⅱ. ①马… ②祁… Ⅲ. ①长篇小说－美国－现代 Ⅳ. ① I712.45

中国版本图书馆 CIP 数据核字 (2018) 第 136997 号

教父. 2, 西西里人

［美］马里奥·普佐　著　　祁阿红　译

责任编辑　丁小卉
特约编辑　赵思婷　孙若羚　叶启秀
封面设计　读客文化　021-33608320
责任印制　刘　巍
出版发行　江苏凤凰文艺出版社
　　　　　南京市中央路 165 号，邮编：210009
网　　址　http://www.jswenyi.com
印　　刷　河北中科印刷科技发展有限公司
开　　本　880 毫米 ×1230 毫米 1/32
印　　张　13.25
字　　数　290 千字
版　　次　2018 年 8 月第 1 版
印　　次　2025 年 7 月第 10 次印刷
标准书号　ISBN 978－7－5594－2402－0
定　　价　269.70 元（全三册）

献给卡罗尔

目 录

第一部

/1950年，迈克尔·柯里昂

第一章

迈克尔·柯里昂站在巴勒莫港长长的木板码头上，目送那艘前往美国的大型远洋客轮起航。要不是父亲给了他新的指示，他此刻已随那艘大船启程了。

他向来时乘坐的小渔船上的人挥手告别，那些人在过去几年中一直在保护他。小渔船冲开远洋轮的尾浪前行，就像一只勇敢地跟在妈妈身后游泳的小鸭。船上的人挥手回应，他今后不会再见到他们了。

码头上一派繁忙。身穿宽大工作服、头戴工作帽的工人正忙着从船上卸货，然后装上开进长码头的卡车。这些人瘦长精干，鸭舌帽遮住了他们的面部轮廓，看上去不像意大利人，倒更像阿拉伯人。他们当中一些人将成为他的新保镖，在他见到唐·克罗切·马洛之前，他们要确保他的安全。马洛是“友中友”的龙头老大。尽管报纸和外界都称他们为“黑手党”，在西西里，人们却称他们“友中友”。西西里的平民百姓从来不使用“黑手党”这个词。他们从来不称唐·克罗切·马洛“龙头老大”，而是称他“善人”。

在西西里两年的流亡生活中，迈克尔听到不少关于唐·克罗切的传闻，有的说得神乎其神，他简直不相信会有这样的人。从父亲那里传来的指令非常明确：就在今天，他将与唐·克罗切共进午餐，他们两个人将安排意大利头号土匪萨尔瓦多·吉里安诺逃离西西里。如果带不走吉里安诺，迈克尔·柯里昂就不能离开西西里。

码头的另一端，离他顶多五十码的一条窄路上，停着一辆黑色大轿车。站在车前的三个人，在耀眼的光线中，就像是金色的幕墙上切出的三个黑色长条。迈克尔朝他们走去，接着停下来点燃一支香烟，审视着这座城市。

巴勒莫位于一座死火山形成的碗状盆地的底部，三面环山，一面濒临波光粼粼的蓝色地中海。整个城市都沐浴着西西里岛正午的金色阳光。洒落在地面的阳光略泛红色，仿佛在诉说几个世纪以来发生在西西里的流血冲突。太阳给希腊神庙雄伟的大理石石柱、细长的穆斯林塔楼、精雕细刻的西班牙大教堂的正面都抹上了一层金色。在远处的山丘上，诺曼古城堡的垛口依稀可见。这些都是基督诞生前曾经统治西西里的残暴军队留下的。在古堡城墙的另一侧，圆锥形的山体紧紧环抱着有几分柔弱的巴勒莫市，仿佛一道绳索紧紧地绕在这座城市的脖子上，群山和城市好像都优雅地跪着。再往上，在蔚蓝的天空中，有数不清的小红隼鹰在振翅翱翔。

迈克尔朝码头另一端等候他的三个人走去。每靠近一步，他们的身形和模样就变得越来越清晰。三人一字站开，拉大彼此间的距离，准备围上来迎接他。

他们都了解迈克尔的底细：他是人在美国，但势力触及西西里岛的“教父”唐·柯里昂的小儿子；他在处决一个柯里昂家族的仇人的时候还杀死了纽约市的一名高级警官。由于这两起命案，他一直在西西里岛避风，过着流亡生活。现在终于有了“安排”。他准备重返故土，继续当柯里昂家族的王储。他们打量着迈克尔，他步履轻快，略显疲惫，但十分警觉。他双颊凹陷，像个历经苦难和危险的人。他显然是一个“值得尊敬”的人。

迈克尔走出码头时，最先迎上来的是一位胖胖的神父。此人头戴油腻的蝠形帽，身穿修士长袍，白色的袍领上沾满了西西里岛的红色沙尘，袍领托着的是一张肉墩墩的世俗面孔。

他就是龙头老大唐·克罗切的胞弟本杰明诺·马洛神父。他举止腼腆虔诚，对名声在外的哥哥忠心耿耿，从不顾忌与魔鬼过从甚密。有些居心不良的人私下议论，说他把忏悔者的秘密都告诉了唐·克罗切。

在与迈克尔握手时，本杰明诺神父的笑脸中透出几分紧张，可是看见迈克尔抿着嘴的善意微笑，他似乎很惊讶，也随之松了口气，因为这不像一个杀手的微笑。

第二个人虽说客气，但缺乏热情。他是西西里所有警察的上司弗雷德里科·韦拉尔迪警督。这三个人中，只有他脸上没有丝毫欢迎的笑容。他身材瘦削，但衣着讲究，对一个公职人员来说，这种讲究有些奢侈。他冷峻湛蓝的双眼是远古诺曼征服者的遗传。韦拉尔迪警督不可能喜欢这个谋杀高级警官的美国人，迈克尔在西西里可没那么好的运气，韦拉尔迪的手握起来像刀刃。

第三个人又高又壮，与那两个人站在一起显得很魁梧。他紧紧握着迈克尔的手，把他拉向自己来了个热烈拥抱。“迈克尔老弟，”他喊了一声，“欢迎你到巴勒莫来。”随后他松开双臂，用好奇而又审慎的目光打量着迈克尔。“我是斯特凡·安多里尼，和你父亲一起在柯里昂家族里长大的。我在美国见过你，那时候你还小。你记得我吗？”

奇怪的是，迈克尔居然还记得。斯特凡·安多里尼的红棕色头发在西西里人当中极为罕见，这使他非常烦恼，因为西西里人认为犹大也是红头发。他的面孔同样令人难忘。他的嘴很大，但形状不规则，血红的厚嘴唇像刚切下的鲜肉，嘴唇上方是毛茸茸的鼻孔，两只眼睛嵌在深深的眼窝里。虽然他面带笑容，但是看见这张面孔的人肯定会做噩梦。

迈克尔立刻意识到神父与此事的联系，但韦拉尔迪警督的出现则使他颇感意外。安多里尼尽了一名亲友的责任，很有分寸地向迈克尔介绍了韦拉尔迪的官方身份。迈克尔顿生警觉。这个人来干什么？韦拉尔迪是萨尔瓦多·吉里安诺最锲而不舍的追捕者之一。斯特凡·安多里尼和警督之间显然结怨颇深。他们就像两个准备决斗的人，只是表面上彬彬有礼。

司机替他们打开车门。本杰明诺神父和斯特凡·安多里尼礼貌地轻轻拍了拍迈克尔，请他坐到后座上。本杰明诺神父表现出基督教的恭谦，非要坐在中间的座位上，让迈克尔靠车窗坐，因为他觉得迈克尔一定要看看巴勒莫的美丽景色。安多里尼在后座的另一侧坐下。韦拉尔迪警督早就钻进车里，坐在副驾驶的座位上。迈克尔注意到，警督紧紧抓着车门的把手，为的是随时快速打开车门。迈克尔心下思忖，本杰明诺神父赶紧坐到中间那个座位上，是想减少成为袭击目标的可能性。

轿车像一条大黑龙在巴勒莫的街道上缓缓行驶。在这条大道的两侧，有格调高雅的摩尔式住房、巨大的希腊立柱式公共建筑和西班牙教堂。私人别墅被漆成蓝色、白色、黄色，而且都带摆满鲜花的阳台，在他们头顶上方形成了一条空中走廊。如果没有宪兵小分队（即意大利国家警察），还真是一道亮丽的景观。这些荷枪实弹的宪兵在四处巡逻，连阳台上也有站岗的人。

与周围的车辆，尤其是那些从农村运送新鲜农产品进城的骡车相比，他们的轿车鹤立鸡群。不过那些骡车都漆了生动明快的颜色，就连车轮的辐条和驾骡的车辕也不例外。许多骡车的侧面都画着富有情节的画，有戴头盔的武士，也有戴王冠的国王，这些人物都出自西西里流传下来的查理大帝与罗兰的古老民间传说。不过有些车上画着的是一个穿鼹鼠皮裤和无袖白衬衣的英俊青年，他腰里别着枪、肩上挎着枪，两行简短的故事后面总用红色的大写字母写着一个名字：吉里安诺。

在西西里流亡的这段时间，迈克尔听到大量关于萨尔瓦多·吉里安诺的故事。这个名字频频现于报端，成了街谈巷议的人物。迈克尔的新娘阿波罗妮亚说，她每天晚上都要为吉里安诺的安全祈祷，西西里岛上几乎所有青少年也都这样做，因为吉里安诺与他们休戚与共，他们崇拜他，都梦想成为像他那样的人。他很年轻，二十多岁就有领兵作战的才华，打败了对付他的宪兵部队。他仪表堂堂，慷慨大方，把打劫来的大部分财富都分给了穷人。他为人正派，严禁手下人伤害妇女和神父。在惩处告密者或叛徒的时候，他总要给他们时间做祈祷，让他们清洗自己的灵魂，以便与另一个世界的统治者好好相处。这些传闻迈克尔都知道。

他们的车刚拐出这条大道，迈克尔就看见一幢房子墙上的大黑字告示。他只看清了最上头一行中“吉里安诺”这个名字。本杰明诺神父朝车窗方向欠过身说："那是吉里安诺的一份声明，不管怎么说，巴勒莫的夜晚依然是他的天下。"

"那上面说些什么？"迈克尔问道。

"他允许巴勒莫人重新乘坐有轨电车了。"本杰明诺神父回答说。

"他允许？"迈克尔笑着问道，"一个逃犯允许？"

坐在车子另一侧的斯特凡·安多里尼笑起来。"只要宪兵坐电车，吉里安诺就炸。不过他事先就告诫公众不要去坐电车，现在他答应不炸电车了。"

迈克尔干巴巴地问："吉里安诺为什么要炸有警察乘坐的电车呢？"

韦拉尔迪警督回过头，蓝色的眼睛盯着迈克尔。"因为愚蠢的罗马政府逮捕了他的父母，说他们私通一名罪犯，也就是他们的儿子。这是一项法西斯的法律，一直没有被共和国废止。"

本杰明诺神父以平静而又骄傲的语气说："家兄唐·克罗切出面斡旋，把他们释放了。哦，家兄对罗马当局非常恼火。"

天哪，迈克尔思忖道，唐·克罗切对罗马当局非常恼火？除了黑手党的一把手，这个唐·克罗切还能是谁？

轿车在一幢横亘一个街区的玫瑰色大楼前停下。大楼四角各有一个伊斯兰风格的蓝色尖塔，大门外有一个带宽绿条纹的、独特的天篷，上面印着"翁贝托酒店"字样，门口站了两个门童，制服上的纽扣金光闪闪。这些景象并没有转移迈克尔的注意力。

他那双老练的眼睛把酒店周围的情况看得一清二楚。他至少看见十个保镖，他们或两人一组在街上走动，或倚靠在铁栏杆上。这些人很张扬，敞开的上衣里露出随身携带的武器。迈克尔刚下汽车的时候，有两个抽细雪茄烟的人一度挡在他前面，仔细打量了他一番，好像要目测他的身高，准备给他挖墓穴似的。对韦拉尔迪警督和其他两个人，他们没有丝毫的兴趣。

这一行人进去之后，保镖就封锁了大饭店的入口。大厅里过来四名保镖，带领他们进入一条走廊。这些人的脸上洋溢着皇帝侍从般的优越感。

走廊尽头是两扇橡木大门。一个坐在豪华气派的高椅上的人站起来，用一把铜钥匙把门打开。他鞠了个躬，并向本杰明诺神父诡秘地一笑。

这是一个豪华套房，法式落地窗打开着，窗外是一座精心打理的大花园，园中的柠檬树不时飘来阵阵清香。迈克尔走进去，看见套间内侧也站着两个人。他不明白唐·克罗切何以受到如此严密的保护。他与吉里安诺是朋友，又与罗马政府的司法部长是知己，满街的宪兵自然不会威胁到他的安全。那么这个唐究竟在防范谁？害怕什么？他的敌人是谁呢？

套房起居室的家具原先是为意大利的一座宫殿设计的，扶手椅硕大无比，沙发像小船，又长又深，巨大的大理石桌子像是从博物馆里偷来的。这些东西恰如其分地烘托出从花园里走进来欢迎他们的唐·克罗切。

唐伸出双臂拥抱迈克尔·柯里昂。他站着的时候，身高和体宽几近相等；他的头像雄狮，花白浓密的头发留着黑人那样的发卷，修剪得非常精心；蜥蜴般乌黑的眼睛，像镶在肥嘟嘟的面颊上方的两粒葡萄干；他的面颊好似两块红木，左半边刨得很平，右半边长满了横肉；那张嘴显得出奇的精巧，嘴唇上方是稀稀拉拉的胡须；他的鼻子像一根特大号的钉子，把他的脸固定在一起。

可是，除了那个帝王般的脑袋，他整个人都像个乡巴佬。他的大肚子上套着一条宽大得不合身的裤子，用两根米色宽吊带吊在肩上。他上身那件特大的白衬衣刚洗过，但没有熨烫。他没有系领带，也没有穿外套，光着脚站在大理石地面上。

他不像一个勒索工商企业，甚至广场地摊都不放过的人。很难相信他欠下了一千条人命，他对西西里岛西部的控制就连罗马当局也自愧不如。他富甲一方，连那些在西西里岛拥有大庄园的公爵和伯爵也相形失色。

他敏捷轻盈地拥抱了迈克尔一下，接着说："我和你父亲小时候就认识。他有你这样一个好儿子，我感到很高兴。"接着他询问客人一路上可好，现在有什么要求。迈克尔笑了笑说，如果能来点面包和葡萄酒就好了。唐·克罗切立刻把他领进花园。他也像其他西西里人一样，只要有可能，就在户外用餐。

在柠檬树下事先就摆好了一张小桌子，桌上铺着洁白的台布，摆着擦得亮晶晶的玻璃酒杯。用人把宽大的竹椅向后拉了拉，唐·克罗切亲自安排座位，客气的程度与他六十多岁的年龄很不相称。他安排迈克尔坐在自己的右侧，让当神父的弟弟坐在他的左侧。接着他让韦拉尔迪警督和斯特凡·安多里尼坐在他对面，对他们显得不冷不热。

西西里人对吃很在行。当有美食可享用的时候，为数不多的几个人也敢开唐·克罗切的玩笑：在杀敌人和品美食之间，唐·克罗切更愿意选择后者。用人们把食物端上来时，他坐在那里，双手拿起刀叉，脸上露出慈祥的微笑。迈克尔环顾四周，见花园里有一道高高的石墙，至少可以看见十名保镖，分散坐在几张小餐桌前，每张桌上最多两个人，而且离他们都有一段距离，以便让唐·克罗切和他的客人私下交谈。园子里弥漫着柠檬和橄榄油的清香。

唐·克罗切亲自把一块烤鸡和一些土豆放进迈克尔的盘子，把奶酪末撒在他旁边小碟子里的通心粉上，接着往他的酒杯里倒上本地产的浑浊的白葡萄酒。他饶有兴趣地招待着这位新朋友，真的觉得让客人吃好喝好至关重要。迈克尔确实有点儿饿了，因为从天亮到现在他还没有吃过东西。唐·克罗切不断往他的盘子里放吃的，不过也非常注意其他客人的盘子，必要时他就给用人打手势，让他们添酒加菜。

酒足饭饱之后，唐·克罗切呷了一口浓咖啡，准备言归正传。

他对迈克尔说："这么说，你是准备帮助我们的朋友吉里安诺逃亡美国咯？"

"这是我接到的指令，"迈克尔说，"我要确保他进入美国，不能有半点闪失。"

唐·克罗切点点头，他那红木似的大脸上露出肥胖者略带睡意的和蔼。他那震颤的男高音与他的长相及身躯极不相称。"我把萨尔瓦多·吉里安诺交给你，这是我和你父亲两人的约定。不过现实生活不会那么顺顺当当，总是会出现一些意外，现在要我继续践约就很为难。"他举起手，示意迈克尔不要打断他，"这事不能怪我，不是我出尔反尔，而是吉里安诺谁都不信，他连我也不信。这么多年来，几乎从他成为逃犯的第一天起，我就一直在帮助他。我们曾经是合作伙伴。他现在才二十七岁，在我的帮助下，他成了西西里最了不起的人物。可是现在五千名意大利军人和警察正在搜山，他已经走上穷途末路。即便如此，他还是不让我插手。”

“那我就无能为力了，”迈克尔说，“我收到的命令是最多等他七天，之后我必须动身回美国。”

他嘴上这么说，心里却不明白，为什么帮助吉里安诺出逃这件事对他父亲来说这么重要。这么多年他一直流亡海外，现在归心似箭。他逃离美国的时候，父亲身受重伤躺在医院里，大哥桑尼遇害，柯里昂家族陷入与纽约其他五大家族的生死较量之中，这场争斗从美国一直蔓延到西西里，迈克尔年轻的新娘也遭人杀害。他父亲确实几次派人捎信，说他已经伤愈，并且与五大家族握手言和，还安排撤销了所有针对迈克尔的指控。迈克尔知道，父亲需要他的帮助，姐姐康妮、哥哥弗雷迪、父亲的养子汤姆·黑根，还有他可怜的母亲，他们都十分想念他。母亲肯定还在为失去桑尼而伤心。迈克尔不由自主地想起了凯——在他失踪两年之后，她还会想念他吗？但最重要的是：父亲为什么要让他推迟行程呢？这件和吉里安诺有关的事肯定非常重要。

突然，他觉察到韦拉尔迪警督那双冷峻的蓝眼睛正盯着他看，那张瘦削的贵族脸上露出鄙弃的神情，仿佛迈克尔表现出了胆怯。

“别着急，”唐·克罗切说道，“我们的朋友安多里尼现在还是我和吉里安诺及其家人之间的联络人，我们一起想想办法。你去特拉帕尼时，顺道去蒙特莱普雷看望一下他的父母。”他顿了顿，庞大的面颊上掠过一丝微笑，“你的办法他们都告诉我了，全部都说了。”他特别强调了一下，不过迈克尔认为他不可能知道所有的计划。教父从来不会向任何人把一切都和盘托出。

唐·克罗切继续说道："我们这些关爱吉里安诺的人取得了两点共识。一是他不能再留在西西里了，二是他必须移民美国。韦拉尔迪警督也同意。"

"即使是在西西里，这件事也很奇怪，"迈克尔笑着说，"这位警督可是发誓要抓住吉里安诺。"

唐·克罗切笑起来，笑声显得短促而尴尬。"谁能理解西西里？其实也很简单：罗马政府宁可让吉里安诺在美国愉快地生活，也不想让他在巴勒莫法庭的证人席上大声控诉，这就是政治。"

迈克尔觉得费解，心里很是不快。这是计划之外的事。"为什么放他一条生路反而对韦拉尔迪警督有利呢？吉里安诺死了不就没有任何威胁了？"

韦拉尔迪警督以不屑的口吻说："我也希望是这样，可是唐·克罗切喜欢他，待他就像自己的儿子。"

斯特凡·安多里尼恶狠狠地瞪了警督一眼。本杰明诺神父一味地闷头喝酒。唐·克罗切板起面孔对警督说："在座的各位都是朋友，我们必须对迈克尔说实话。吉里安诺手上有一张王牌，是一本日记，他说那是他的遗嘱，里面有证据证明在他逃亡期间，罗马政府的一些官员出于自身政治上的目的，帮助了他。如果那份文件被公开，基督教民主党政府就会垮台，社会党人和共产党人将取而代之统治意大利。韦拉尔迪警督和我看法一致，必须不惜一切代价防止这样的事情发生。所以他愿意帮助吉里安诺携带遗嘱离开，前提是绝不会公开遗嘱的内容。"

"你看过那份遗嘱吗？"迈克尔问道。他心里在嘀咕，不知他父亲是否知道这个情况，他根本没有提到过这样一份文件。

“我知道它的内容。”唐·克罗切说。

韦拉尔迪警督恶毒地说：“要是我有决定权，我会下令把他杀了，让他的遗嘱见鬼去。”

斯特凡·安多里尼瞪着警督，目光带着毫不掩饰的强烈恨意。迈克尔第一次意识到安多里尼是个和唐·克罗切一样危险的人物。安多里尼说：“吉里安诺绝不会投降，你也没那个本事杀了他。你还是放聪明点儿，管好自己吧。”

唐·克罗切慢慢地抬起手，桌上的人都静下来。他没有理会其他人，只是慢条斯理地对迈克尔说：“也许我已经不能兑现对你父亲的承诺，把吉里安诺交给你了。唐·柯里昂为什么会对这件事感兴趣，这我不能告诉你。不过你可以放心，他自有他的理由，而且是正当的理由。那我还能做些什么呢？今天下午你去看望吉里安诺的父母，说服他们，吉里安诺必须相信我，提醒那些可爱的人是我把他们从监狱里弄出来的。”他稍事停顿后接着说，“这样，我们也许会帮助他们的儿子。”

在流亡匿迹的日子里，迈克尔逐渐对危险产生了动物般的直觉。他讨厌韦拉尔迪警督，害怕充满杀气的斯特凡·安多里尼，而本杰明诺神父则使他浑身起鸡皮疙瘩。但是使他感到危险的，是唐·克罗切。

桌子上的人跟唐·克罗切说话的时候，个个低声下气，就连他弟弟本杰明诺神父也不例外。而他说话的时候，他们都身体前倾，恭敬地低着头，就连咀嚼食物的嘴也停了下来。用人们围着他转，好像他是太阳，保镖们分散在花园四周，不停地用眼睛看着他，只要他一声令下，他们随时都会冲出来，把在场的人撕成碎片。

迈克尔小心翼翼地说："唐·克罗切，这里你说了算。"

克罗切感激地点了点大脑袋，把两只修长的手交叉放在腹部，嗓门洪亮地说："我们大家必须开诚布公。把我当成你的父亲一样，告诉我你有什么计划。"

迈克尔瞄了韦拉尔迪警督一眼。在西西里警察局局长面前，他根本不可能开诚布公。唐·克罗切立即会意。"韦拉尔迪警督完全听从我的建议，"他说道，"你可以像信任我一样信任他。"

迈克尔端起酒杯喝了一口酒。他从杯子上方看过去，那些保镖注视他们，一个个都像看戏的观众。韦拉尔迪警督做了个鬼脸，显然并不喜欢克罗切的外交辞令，唐·克罗切的言外之意是他控制着警督和他的地盘。斯特凡·安多里尼那张凶狠的、长着厚嘴唇的脸皱起了眉头。只有本杰明诺神父低着头没有看他。迈克尔把浑浊的白葡萄酒一饮而尽，一个用人立即上来给他斟酒。这个花园似乎突然变得危机四伏。

他内心深知，唐·克罗切的话不可信。坐在这张桌子上的人凭什么要相信西西里的警察局局长呢？吉里安诺会相信吗？西西里的历史充满了尔虞我诈。想到这一点，迈克尔心里很不是滋味。他想起自己死去的妻子。为什么唐·克罗切会相信这样的人？他的四周为什么有这么多保镖？他是黑手党的唐，与罗马政要有过硬的关系，在西西里，他实际就是他们的非官方代表。唐·克罗切还有什么可害怕的？只能是吉里安诺。

唐在观察着他。迈克尔非常诚恳地说："我的计划很简单。我在特拉帕尼，等你的人把萨尔瓦多·吉里安诺交到我手上，必要的证件都准备好了，我们乘快船到非洲，从非洲直飞美国，入境手续已经办好了，无需通常那套繁琐手续。我希望事情真像他们说的那么简单。”他顿了顿，“不知你有没有其他的忠告？”

克罗切叹了口气，端起杯子喝了一口，然后两眼死死地盯着迈克尔，开始慢条斯理、有板有眼地说：“西西里这个地方充满悲剧色彩。这里没有什么信任，也没有什么秩序，只有无尽的暴力和欺诈。看来你非常谨慎，我年轻的朋友，你完全有权这样做。我们的吉里安诺也是。我跟你这么说吧：没有我的保护，图里·吉里安诺不可能活到今天。他和我是一只手上的两个手指。可是现在他觉得我是他的敌人。唉，你无法想象我有多痛苦。我只有一个希望，那就是有朝一日，图里·吉里安诺能回到自己的家里，成为西西里的英雄。他是一个真正的基督徒，也是一个勇敢的男人。他有一颗善良的心，因此赢得了每个西西里人的爱戴。”唐·克罗切稍事停顿，把杯中的酒饮干，“可是他时乖命蹇，孤身一人躲在山里带领屈指可数的几个人对抗政府军，每到转折关头，都会被人出卖。所以他谁都不相信，甚至包括他自己。”

克罗切冷冷地看着迈克尔，稍后又接着说：“如果我不是这么喜欢吉里安诺，我大概会对你说，我并不欠你什么。我完全有理由让你回美国去，不要带他走，这是一场与你毫不相干的悲剧，而且就要结束了。”克罗切稍事停顿，又叹了一口气，“当然了，你是我们唯一的希望，我必须恳求你留下来，帮助‘我们的事业’。我将尽可能地帮助你，我决不会抛弃吉里安诺。”说着他举起手中的酒杯，“祝他长命百岁！”

他们都喝了一口酒。迈克尔心里在琢磨：克罗切是想让他留下，还是想让他别管吉里安诺呢？这时候斯特凡·安多里尼开了腔："别忘了，我们曾经答应吉里安诺的父母，让迈克尔去蒙特莱普雷看望他们。"

"尽管去，"唐·克罗切客气地说，"我们必须给他的父母一点希望。"

"也许他们知道那份遗嘱的事。"本杰明诺神父的语气谦虚但十分坚定。

唐·克罗切叹了口气。"是啊，吉里安诺的那份遗嘱。他认为那个东西能够救他的命，至少能在他死后为他报仇。"他的话是直接对迈克尔说的，"别忘了，罗马当局害怕这份遗嘱，但是我不怕。告诉他的父母，写在纸上的东西会影响历史，但影响不了生命。生命是一部不同的历史。"

从巴勒莫到蒙特莱普雷最多只有一个小时的车程。可是就在这一个小时中，迈克尔和安多里尼却从文明的城市来到了原始的西西里乡村。斯特凡·安多里尼开着那辆小菲亚特，在午后阳光照射下，他那刮得溜光的面颊和下巴上显现出星星点点的红胡子茬儿。他开车谨慎，速度不快，学车较晚的人通常都是如此。菲亚特沿着蜿蜒的山路向大山深处开去，一路上就像喘不上气来似的突突作响。

他们在宪兵设置的五个路障前先后被拦下。每个路障至少有一支十二个人的小分队把守，而且还配备了带机关枪的装甲车。安多里尼的证件使他们得以顺利通过。

迈克尔觉得很奇特，这些乡村地区虽然离巴勒莫很近，却如此荒凉原始。他们路过一些小村庄，看见有些石屋就建在陡峭的山坡上，摇摇欲坠。这些山坡上精心开出了狭窄的小块梯田，种植着一排排带刺的绿色植物，小山丘上有无数白色的巨石，隐没在青苔和竹节之中，远看就像是一大片荒冢。

沿途不时能看见一些神龛，都是些上了锁的木龛，里面供奉着圣母玛利亚或其他被尊崇的圣人。迈克尔看见一个女人跪在神龛前祈祷，她丈夫则坐在小驴车上对着酒瓶大口灌酒，那头驴子像个殉道者似的耷拉着脑袋。

斯特凡·安多里尼伸手抚摸着迈克尔的肩膀说："看见你我心里舒服多了，我亲爱的小老弟。你知不知道吉里安诺一家是我们的亲戚？"

迈克尔知道这是谎话，这个狡猾的红头发，他的微笑里有名堂。"不知道，"迈克尔回答说，"我只知道他的父母在美国时为我父亲干活。"

"和我当年一样，"安多里尼说，"我们帮你父亲建造了长岛的别墅。老吉里安诺是个很好的泥瓦匠，你父亲给他找了一份橄榄油的生意，可是他执意干老本行。他像黑人一样辛苦劳作了十八年，像犹太人一样省吃俭用。后来他回到西西里，过起英国绅士般的生活。可是战争和墨索里尼使他们的里拉变得一文不值，现在他只剩下那幢房子和自己耕种的那一小片土地。他诅咒离开美国的那一天。他们原以为他们的孩子会像王子一样成长，没想到现在当起了土匪。"

菲亚特的车后扬起滚滚沙尘，路边的仙人果和竹子显得脏兮兮的，一束束仙人果看上去就像人的手。他们可以看见山谷中的橄榄林和葡萄园。突然，安多里尼说："图里是他母亲在美国的时候怀上的。”

他看见迈克尔眼睛中的疑问。“是啊，他是在美国怀上，但是出生在西西里。当时只要再等几个月，他就是美国公民了，图里也经常这样说，”他略微停了停，“你觉得你真能帮他吗？”

“我不知道，”迈克尔回答说，“跟警督和唐·克罗切吃完午饭之后，我反倒糊涂了。他们需要我的帮助吗？我父亲说唐·克罗切会帮助吉里安诺，可是他从来没有提起过这位警督。”

安多里尼用手把稀疏的头发向后捋了捋，他下意识地用脚踩下油门，菲亚特飞也似的向前冲去。“吉里安诺和唐·克罗切现在是冤家对头，”他说，“不过我们的计划没有跟克罗切商量过，图里和他父母把希望寄托在你的身上，他们知道你父亲对朋友向来是一片真心。”

“那么你站在哪一边？”迈克尔问道。

安多里尼一声叹息。“我为吉里安诺而战，”他回答说，“五年前他没有杀我，后来我们一直情同手足。可是我生活在西西里，不能当面得罪唐·克罗切。我是在这两个人之间走钢丝，不过我是决不会背叛吉里安诺的。”

迈克尔心想：这个人究竟想说什么呢？这些人为什么从来都不直接回答一个问题？他思忖道：因为这里是西西里。西西里人害怕真相。过去几千年里，暴君和宗教法庭用酷刑逼迫他们说真话，罗马政府用法律要求人们说真话，教堂忏悔处的神父用下地狱的痛苦敦促人们说真话，可是真话是力量的源泉，是控制的杠杆，为什么要拱手交给别人呢？

迈克尔想，他必须自己想办法，也许他会放弃这个任务，赶紧回去。他现在身处险境。在吉里安诺和唐·克罗切之间显然存在着某种恩怨。如果他卷进西西里的这场恩怨旋涡，就等于自取灭亡。因为西西里人认为，复仇才是唯一真正的公正手段，而且这样的复仇总是无情的。在这个信奉天主教的岛上，虽然每一家都供奉着流泪的耶稣像，但是基督教的宽恕却像胆小鬼的托词，是令人不齿的。

“吉里安诺和克罗切怎么会反目成仇的呢？”迈克尔问道。

“是因为发生在吉里斯特拉山口的那场悲剧，”安多里尼说道，“那是两年前的事。之后情况就发生了变化。吉里安诺认为是唐·克罗切在暗中搞了鬼。”

路面顺山势进入一道峡谷，汽车似乎突然开始垂直下降。他们驶过一座诺曼城堡的废墟，这座城堡是九百年前为了威慑周围的村落而建造的，现在里面爬满了与世无争的蜥蜴，还有几只离群的山羊。再往下，迈克尔就可以看见蒙特莱普雷镇了。

这座深藏于群山怀抱中的小镇，就像悬挂在井底上方的木桶，围成一个完整的圆形，圆圈外围没有房屋。下午的太阳像一个深红色的火球，照射在小镇的石头围墙上。菲亚特驶入一条狭窄弯曲的街道，安多里尼踩下刹车，车停在了有一个排的宪兵把守的路障前。一个宪兵晃了晃手中的步枪，示意他们全部下车。

迈克尔注视着安多里尼，见他掏出自己的证件给宪兵看。他看见那是一张镶有红边的特别通行证，知道这种通行证只有罗马政府的司法部长才能签发。迈克尔自己也有一张，不过他得到的指示是，不到万不得已不要使用。像安多里尼这样的人，怎么能弄到这张神通广大的通行证呢？

他们回到车上，沿着蒙特莱普雷镇狭窄的街道继续前行。在这么窄的街道上行车，如果对面有车，谁也过不去。街道两侧的房子都有漂亮的阳台，并且漆成了不同的颜色。有许多是蓝色的，也有一些是白色的，还有一些是粉色的，偶尔也有一两幢黄色的。到了下午这个时候，女人都在家里为丈夫准备晚餐。不过街上一个玩耍的儿童也看不见。每个街道拐角上都有两个宪兵在巡逻。蒙特莱普雷就像一座被占领的城镇，正在实行军事管制。只有几个老人面无表情地从阳台上往下看。

菲亚特在一排房子前面停下，其中一幢房子漆成鲜亮的蓝色，花园大门的隔栅上有个大大的字母G。开门的是一个六十来岁的瘦老头。他穿着一件深色带竖条纹的美国式西装，里面是一件白衬衣，扎了一条黑色领带。这就是吉里安诺的父亲。他迅速上前，深情地拥抱安多里尼，几乎是感激地拍了拍迈克尔的肩膀，把他们领进屋内。

吉里安诺的父亲，满面都是绝症病人家属等待亲人离世的煎熬。他显然在极力控制自己的感情，但还是不由自主地把手放在脸上，像是强迫自己不要失态。他紧绷着身体，动作僵硬，步履有些蹒跚。

他们走进一间宽敞的起居室。在西西里的小镇上，这样的起居室算是比较豪华的。室内的墙上赫然挂着一个乳白色的椭圆相框，里面有一张大照片，由于放得太大，人脸的模样都显得模糊了。迈克尔立即明白，这肯定是萨尔瓦多·吉里安诺。照片下方，在一张黑色小圆桌上有一盏许愿灯。另一张桌子上，一张镶在镜框里的照片要清楚得多。照片上的父亲、母亲和儿子站在一块红色幕布前，儿子的一只手臂挽着母亲。萨尔瓦多·吉里安诺两眼直瞪着镜头，似乎是在向它挑战。他的面容像古希腊雕像一样，非常英俊，面部表情像雕刻在大理石上那样凝重。丰满的嘴唇显得十分性感。两只椭圆形的眼睛之间距离较宽，眼睑略微向下。这是一张自信心十足的脸，一个决心在世界上干出一番事业的男人的脸。但是这英俊的面庞竟然如此和蔼可亲，这一点谁也没有跟迈克尔提起过。

还有一些是他和姐姐、姐夫们的合影，不过大多放在角落里一些光线暗淡的桌子上。

吉里安诺的父亲把他们领进厨房。吉里安诺的母亲玛丽亚·隆巴尔多从炉灶边走过来欢迎他们。与起居室那张照片上的人相比，她苍老了许多，看上去判若两人。她那礼貌的微笑就像在干枯疲惫的脸上裂开的一道口子。她的皮肤粗糙，布满皱纹。她的长发披在肩上，但已添了许多花白的头发。她的双眼不同寻常的黑，对毁灭她和她儿子的世界散发出冷漠的恨意。

她没有理会自己的丈夫和斯特凡·安多里尼，开门见山地对迈克尔说："你到底是不是来帮助我儿子的？"那两个男人见她问得很不得体，觉得有些尴尬，但迈克尔却神情凝重地冲着她笑了笑。

"是的，我站在你这一边。"

她的紧张情绪有所缓解，用手捧住头，仿佛准备挨打似的。安多里尼用安慰的口吻对她说："本杰明诺神父说要来，我告诉他你不欢迎他来。"

玛丽亚·隆巴尔多抬起头，迈克尔觉得她很了不起，喜怒哀乐全都表现在脸上。她鄙弃、仇恨、恐惧、讥讽的话语都和她坚强的微笑还有无法压抑的痛苦神情交织在一起。"哦，是啊，本杰明诺神父的心肠可好得很！”她说，“有了那颗好心，他就像一个瘟神，把死亡带给整个村庄。他就像一棵菠萝麻——你只要蹭上了，皮肤就会流血。他把忏悔者的秘密告诉他哥哥，把托付他的灵魂出卖给了魔鬼。”

“唐·克罗切是我们的朋友。是他托人把我们从监狱里放出来的。”吉里安诺的父亲言辞平和，入情入理，就像在安抚一个疯子。

吉里安诺的母亲不禁火冒三丈。“啊，唐·克罗切，‘大善人’哪，他的心肠总是那么好！不过我要告诉你，唐·克罗切是一条毒蛇。他把枪口对着前方，杀害他身边的朋友。他和我们儿子本来准备共同管理西西里岛，可是现在图里独自一个人躲进了深山，而这个‘大善人’却在巴勒莫逍遥自在，跟他的婊子在一起鬼混。唐·克罗切只要吹一声口哨，罗马当局就会来舔他的脚丫。其实他比我们儿子犯的罪更多。他是个坏蛋，我们儿子是好人。啊，我要是像你们一样是个男人，我就宰了他。我会让这个‘大善人’安息的。”她做了一个厌恶的表情，“你们男人什么都不懂。”

吉里安诺的父亲不耐烦地说：“我只知道我们的客人再过几个钟头就要动身赶路了，我们必须先给他吃点东西，然后再谈。”

吉里安诺的母亲突然像变了个人似的。她关切地说：“可怜的人，你赶了一天的路来看我们，还要听唐·克罗切的谎话和我的胡话。你准备去哪儿？”

“我上午必须赶到特拉帕尼，”迈克尔回答，“我就待在我父亲朋友的家里，等你儿子来找我。”

房间里一阵寂静。他感觉得出他们都知道他的来历。他们看见了他脸上凹陷的疤痕，那是两年前留下的伤疤。吉里安诺的母亲走上前来，快速地拥抱了他一下。

“先喝杯酒吧，”她说，“然后到镇上去溜达溜达。用不了一个时辰，饭菜就能准备好。到时候图里的朋友们都会过来，我们可以理智地谈一谈。”

安多里尼和吉里安诺的父亲各自走在迈克尔的左右两侧，领着他在蒙特莱普雷狭窄的卵石小路上散步。太阳下山后，卵石路显得黑乎乎的。黄昏前天空一片模糊的蓝色，只有宪兵在他们四周活动。每个路口都通向一条弯曲细长的小巷，就像从贝拉大街喷射出的毒液。小镇显得很荒凉。

“这个小镇曾经生机勃勃，”吉里安诺的父亲说，“一直都这么穷，像整个西西里岛一样，多灾多难，但总是充满了生机。现在有七百多公民被关进了大牢，罪名是和我儿子一起密谋造反。他们是无辜的，大部分人都是，但是政府把他们抓起来了，是想杀鸡给猴看，是为了让人向他们报告图里的行踪。这个小镇周围部署了两千多名宪兵，还有几千个在大山里搜捕图里。所以人们已经不能在外面吃饭，孩子们也不能在街上玩耍了。那些宪兵都是胆小鬼，就连一只兔子过街，他们也会开枪。天黑之后就实行宵禁，镇上的妇女如果想去拜访邻居，被抓住就会遭到他们的调戏与侮辱。男人就会被他们拉到巴勒莫的地牢里去拷打折磨。”他叹了一口气，“在美国根本不可能发生这种事情。我诅咒离开美国的那一天。”

斯特凡·安多里尼让他俩等一下，自己点燃了一支小雪茄。他吐了一口烟，笑着说：“说实在的，虽然巴黎的香水很香，但是所有的西西里人更喜欢自己村里的粪土。我为什么要待在这个地方？

我本来可以像有些人那样逃往巴西的。啊，我们热爱生养我们的这块土地，我们是西西里人，可是西西里并不爱我们。”

吉里安诺的父亲耸了耸肩。“我回来了，我真傻。只要再等几个月，我的图里按法律就是美国人了。可是那个国家的空气肯定渗进了他母亲的子宫。”他茫然若失地摇了摇头，“我儿子为什么总要关心其他人的问题，甚至包括那些和他没有血缘关系的人？他总是有一些了不起的想法，而且总是要伸张正义。一个真正的西西里人谈论的是面包问题。”

他们沿着贝拉大街缓缓前行。迈克尔发现这个小镇是个打伏击和游击的好地方。它的街道非常狭窄，只够一辆汽车通行，许多街道的宽度只够小拉车和驴车通行。而西西里人至今还用它们来运送东西。只要有几个人，就能阻挡入侵者，然后撤到环绕小镇的白色石灰岩的大山里。

他们一路走到中心广场。安多里尼指着矗立在广场上的小教堂说：“那些宪兵第一次想抓图里的时候，他就躲在这座教堂里。从那以后，他就成了个幽灵。”他们三个人看着教堂的大门，好像萨尔瓦多·吉里安诺就要从门里出来似的。

太阳落山了。他们在宵禁之前回到房子里。有两个陌生人在屋里等着他们，不过只有迈克尔不认识他们，因为他们拥抱了吉里安诺的父亲，还和斯特凡·安多里尼握了握手。

其中一个年轻人身材瘦削，皮肤灰黄，一双乌黑的、炯炯有神的大眼睛，两撇颇为时髦的小胡子，脸庞像女孩儿一样漂亮，但绝不柔弱。他身上突显的残酷气质只有不惜代价掌控大局的人才有。

听到他们介绍说他叫加斯帕尔·皮肖塔，迈克尔颇感惊讶。皮肖塔是图里·吉里安诺的副手和表亲，也是他最亲密的朋友。他是西西里仅次于吉里安诺的通缉要犯，他的人头值五百万里拉。迈克尔听到过种种传闻，所以他想象中的加斯帕尔·皮肖塔是个危险邪恶的人。可是站在眼前的却是个瘦骨伶仃、因结核病而面色潮红的青年，冲破两千罗马宪兵的包围，来到蒙特莱普雷。

另一个人也使他感到惊讶，但原因不同。第一眼看到他，迈克尔就畏缩了一下。此人身材极其矮小，说是侏儒也不为过，但他威严的举止让迈克尔立即意识到，如果对他敬而远之，那将会是一种冒犯。他穿着做工考究的灰条西服，里面是一件乳白色衬衣，配了一条华贵的银灰色宽领带。他头发浓密，几乎全白，年纪最多五十岁。他气质优雅——或者说像他这种身材的人能做到的优雅。他的相貌英俊粗犷，嘴唇厚实，轮廓鲜明。

他看出了迈克尔的不安，略带讥讽地对他善意地笑了笑。别人称他为赫克特·阿多尼斯教授。

玛丽亚·隆巴尔多·吉里安诺在厨房的餐桌上摆好晚饭。他们坐在靠近阳台的窗户旁边用餐，可以看见斑驳的晚霞辉映着天空，群山逐渐被黑暗吞噬。迈克尔吃得很慢。他知道他们都在对他进行审视和判断。食物很普通，但是很可口，鱿鱼兔肉酱汁实心面，加上红椒番茄酱，入口辣乎乎的。终于，赫克特·阿多尼斯用西西里本地方言说："这么说，你就是维托·柯里昂的儿子。我听说你父亲比唐·克罗切还要厉害。解救我们图里的人就是你了。"

他的语气带着冷冷的嘲讽，如果你敢，大可以当成是一种挑衅。他的微笑似乎是在怀疑每个行动背后的目的，似乎在说，"是啊，你确实是在做一件好事，但你的目的是什么呢？"当然，这没有任何的不尊重，他了解迈克尔的底细，他们都是杀手。

迈克尔说：“我将奉家父之命，在特拉帕尼等吉里安诺来找我，而后我就带他一起去美国。”

皮肖塔比较严肃地问：“一旦把图里交给你，你能确保他的安全？你能保护他免遭罗马当局的伤害？”

迈克尔看见吉里安诺的母亲一脸焦虑，正目不转睛地盯着他。他谨慎地说：“我将竭尽全力，确保万无一失。是的，我很有信心。”

他看见那位母亲的情绪放松了，但是皮肖塔依然非常严厉：“可是我没有。今天下午你对克罗切信任有加，而且向他和盘托出了你们的逃生计划。”

“我为什么不能？”迈克尔当即反问。皮肖塔怎么这么快就知道了他和克罗切进餐的细节？“我父亲的口令说克罗切会安排把吉里安诺交给我。况且我只跟他说了其中一项。”

“其他的呢？”皮肖塔问道，他看出迈克尔在犹豫，“说吧，不要有顾虑。如果连这个房间里的人都不能信任，那么救图里就没有希望了。”

一直没有吱声的小矮子赫克特·阿多尼斯开了腔。他的嗓音非常浑厚，俨然一个天生的演说家、怂恿者。“我亲爱的迈克尔，你要知道，唐·克罗切是图里·吉里安诺的死对头。你父亲的信息过时了。很显然，我们不能在毫无防范的情况下把图里交给你。”这一回他说的不是西西里方言，而是罗马人纯正的意大利语。

吉里安诺的父亲插话说：“唐·柯里昂答应帮助我儿子，我相信他的承诺。在这一点上没有任何问题。”

赫克特·阿多尼斯说："我坚持自己的意见，我们必须了解你所有的计划。"

"我可以把我告诉唐·克罗切的情况告诉你们。"迈克尔说，"但是我为什么要把其他计划也说出来呢？如果我问你们图里·吉里安诺现在藏在哪里，你们会告诉我吗？"

迈克尔见皮肖塔露出了笑容，这是在对他的回答表示真正的赞赏。但是赫克特·阿多尼斯却说："这是两码事。你没有理由了解图里·吉里安诺藏在哪里。但是我们必须了解你所有的计划，以便提供帮助。"

迈克尔心平气和地说："我对你一点儿也不了解。"

赫克特·阿多尼斯那张英俊的脸上露出灿烂的微笑。接着这个小矮子站起来鞠了个躬。"请你原谅我，"他非常诚恳地说，"图里小时候，我是他的老师，他的父母让我做他的教父，这是我莫大的荣幸。现在我是巴勒莫大学的历史与文学教授。而且，这张桌子上的每个人都能证明我是可信的。我不但现在是，而且一直是吉里安诺组织中的一员。"

斯特凡·安多里尼轻声说："我也是这个组织的成员。你知道我的名字，我是你的表弟。不过我的雅号叫'魔鬼修士'。"

这也是西西里岛上的一个传奇名字，迈克尔曾听到过多次。迈克尔心想，这个诨名与他那张凶神恶煞般的脸倒挺相称。他也是一个悬赏通缉的要犯。可是那天下午吃饭的时候，他却坐在韦拉尔迪警督旁边。

他们都在等他作出回答。迈克尔无意把自己的最后计划告诉他们，但他知道必须跟他们说点什么。吉里安诺母亲的眼睛一直看着他。他直接对着她说：“这很简单。首先我必须提醒你们，我在这里最多只能等七天。我离开家的时间太久了，父亲有些事情还需要我去协助处理。当然，你也知道，我现在是归心似箭。帮助你儿子是我父亲的愿望。信使带给我的最后一道指令是，先拜访这里的唐·克罗切，然后前往特拉帕尼。到了那里之后，要我待在当地的唐的别墅里。在那里等候的都是从美国来的人，我可以绝对相信他们。他们个个是行家。”他稍微停顿了一下。“行家”这个词在西西里岛上有特定的含义，通常指的是黑手党内的高级杀手。他继续说道：“图里只要找到我就安全了。那幢别墅是一个堡垒。几个钟头之后我们就乘快船前往非洲的某个城市。我们一到那里，就会有一架专机把我们送往美国，到了美国之后，他将受到我父亲的保护，你们就再也不用为他担惊受怕了。”

赫克特·阿多尼斯问：“你准备什么时候接上图里·吉里安诺？”

迈克尔回答说：“我明天一早就能赶到特拉帕尼。从那时候算起，再给我二十四小时。”

突然，吉里安诺的母亲声泪俱下。“我那可怜的图里现在谁也不相信。他是不会到特拉帕尼去的。”

“那我就帮不了他了。”迈克尔冷冷地说。

吉里安诺的母亲似乎陷入了绝望。出人意料的是，走上前去安慰她的却是皮肖塔。他吻了吻她，然后用手臂搂着她。“玛丽亚·隆巴尔多，别担心，”他说，“图里听我的，我来告诉他，我们都相信这个从美国来的人，是吧？”他以询问的目光看着其他人。他们都点点头。“我将亲自陪图里前往特拉帕尼。”

看来大家都满意了。迈克尔意识到，他那句冷淡的回答促使他们相信了他。西西里人都这样，对于过分的热情或慷慨存有戒心。而他感到不耐烦的是，他们的谨慎打乱了他父亲的计划。唐·克罗切现在成了敌人，吉里安诺也许不会很快就来找他，也许根本就不会来。退一步说，图里·吉里安诺跟他有什么关系呢？因此，他再次产生了疑问：吉里安诺跟他父亲究竟是什么关系？

他们把他请进那间小起居室。吉里安诺的母亲已经摆好了咖啡和茴香酒，并对没有糖表示歉意。他们说由于迈克尔要连夜赶往特拉帕尼，喝点茴香酒能帮他暖暖身子。赫克特·阿多尼斯从他那件做工考究的上衣里掏出一只金烟盒，先递给每人一支烟，然后抽出一支叼在薄薄的嘴唇上。他有点情不自禁，向后仰在椅子上，两脚离开了地面。这时候，他真像个吊在线绳上的木偶。

玛丽亚·隆巴尔多指着挂在墙上的巨幅画像说："他真帅气啊！他长得帅，为人也好。他逃亡之后，我的心都碎了。阿多尼斯先生，你还记得那个可怕的日子吗？吉里斯特拉山口的惨案，他们撒的谎。我儿子是绝对不会做那种伤天害理的事的。"

其他人都显得局促不安。这是迈克尔一天之内第二次听到吉里斯特拉山口这个地名了，他很想知道那里究竟发生过什么事，但是他不想问。

赫克特·阿多尼斯说："图里还是我的学生的时候，他酷爱读书。他把关于查理大帝与罗兰的传奇中的人物熟记在心里，现在他自己也成了传奇人物。他落草为寇，我的心也碎了。"

吉里安诺的母亲痛苦地说："如果他能活着，那是他的命大。哦，我们为什么要把儿子生在这里呢？哦，对啊，我们想让他成为一个真正的西西里人。”她发出一阵痛苦的狂笑，“他的确成了西西里人。可是他提心吊胆地活着，他的脑袋成了悬赏的对象。”她稍事停顿后坚定地说，“我的儿子是个圣人。”

迈克尔注意到，皮肖塔的微笑很特别。人们听到有些父母过分夸奖自己孩子的优点时，就会露出这样的微笑。就连吉里安诺的父亲也做了个手势，表现出不耐烦的样子。斯特凡·安多里尼的微笑很有分寸。皮肖塔深情而又冷静地说：“我亲爱的玛丽亚·隆巴尔多，不要把自己的儿子想象得那么无助，他打的胜仗多过败仗，他的敌人仍然很害怕他。”

吉里安诺的母亲稍稍平静下来。她说：“我知道他杀过很多人，可是他从来不滥杀无辜。他总是给他们时间洗刷灵魂，并且让他们向上帝做最后的祈祷。”她突然抓住迈克尔的手，领着他从厨房走上阳台，“那些人没有一个真正了解我儿子，”她对迈克尔说，“他们不知道他是多么温文尔雅。也许他对待别人是另一个样子，可是在我面前的才是他真正的自己。他听从我的每一句话，从来没有对我说过狠话。他是个充满爱心和孝心的孩子。他刚上山的时候，常常从山上往下看，不过什么也看不见就是了。我往山上看，也是什么都看不见。但是我们的心灵是相通的，相互感受到对方的爱。今天晚上我就在想他。我想到他孤身一人在大山里，有几千个当兵的在追捕他，我很伤心。也许你是唯一能够搭救他的人。答应我，你会等他的。”她紧紧地握住他的双手，泪流满面。

迈克尔看着外面的夜色，看着这座位于大山深处的蒙特莱普雷镇。只有小镇的中心广场有一点灯光。夜空中繁星点点。下面的街道上偶尔传来轻武器的金属碰撞声以及巡逻宪兵沙哑的说话声。这仿佛是一座充满幽灵的小镇。在这温柔的夏夜，这些幽灵全都跑出来了。夏夜的空气中弥漫着柠檬的清香，充斥着无数小虫发出的鸣叫声，偶尔还夹杂着巡逻宪兵的突然叫喊声。

“我尽量多等几天，”迈克尔轻声说，“但我父亲需要我回去。一定要让你儿子来找我。”

她点点头，领着他回到房间。皮肖塔在房间里来回踱步，显得比较紧张。他说：“我们已经决定在这里等到天亮，等到解除宵禁。在外面的黑暗中，两手痒痒、想打枪的军人太多了，随时可能会发生意外。你有不同意见吗？”他问迈克尔。

“没有，”迈克尔说，“只要不让我们的主人感到太为难就行。”

他们说这个不成问题。有好几次，图里·吉里安诺悄悄回镇上看望父母，他们都是彻夜不眠。再说，他们有很多问题要讨论，有许多细节问题要敲定。对眼前的长夜，他们并没有很难熬的感觉。赫克特·阿多尼斯脱掉上衣，取下领带后，依然显得很有风度。吉里安诺的母亲又煮了些咖啡。

迈克尔请他们把所知道的有关图里·吉里安诺的事情都说给他听听。他觉得自己必须了解这个人。两位老人再次告诉他说，图里一直是个好孩子。斯特凡·安多里尼谈到图里·吉里安诺那一天是如何饶他不死的。皮肖塔讲述了一些有趣的故事，说到图里的大胆、诙谐、仁慈。虽然有时候他对敌人和叛徒残酷无情，但他从来不用酷刑折磨他们，也不用污辱他们的人格。接着他谈到了吉里斯特拉山口的悲剧。“那天他落泪了，”皮肖塔说，“当着所有组织成员的面。”

玛丽亚·隆巴尔多说：“吉里斯特拉山口的那些人不可能是他杀的。”

赫克特·阿多尼斯安慰她说：“这我们都知道。他天性善良。”他转身面向迈克尔说：“他喜欢读书，我原来觉得他会成为一个诗人或一名学者。他有点脾气，但是从来不残暴。他发脾气都是有原因的。他疾恶如仇，痛恨宪兵对穷人心狠手辣，对富人阿谀奉承。他小时候听说一个农民不能储存自己种植的玉米，不能饮自己酿制的酒，不能吃自己屠宰的猪，他就特别生气。但他是一个温文尔雅的孩子。”

皮肖塔笑起来。“他现在可没那么温文尔雅了。而你，赫克特，现在不要再扮演那个小巧的教师角色了。只要骑在马上，你也跟我们一样，是个大男人。”

赫克特·阿多尼斯正色看了他一眼。“阿斯帕努，”他说，“现在不是你要小聪明的时候。”

皮肖塔毫不示弱地对他说：“小矮子，你以为我会怕你吗？”

迈克尔知道了皮肖塔的绰号叫阿斯帕努，也看出这两个人之间明显有嫌隙。皮肖塔不断提起对方身材矮小，阿多尼斯对皮肖塔说话的语气总是十分严厉。实际上，这些人相互之间都存有戒心。其他人似乎都和赫克特·阿多尼斯保持距离。吉里安诺的母亲好像对任何人都不推心置腹。天慢慢黑了，有一点很明显：他们都非常喜欢图里。

迈克尔试探性地问道：“图里·吉里安诺写了一份遗嘱。这东西现在在哪里？”

一阵长长的沉默。大家的目光都集中到他身上。突然之间，他也成了他们不信任的对象。

最后还是赫克特·阿多尼斯开了口："那是我建议他写的，他写的时候我还帮过他。他在每一页上都签了自己的名字。里面有他与唐·克罗切和罗马政府之间的秘密结盟，还有吉里斯特拉山口事件的真相。一旦这个东西被公之于世，政府肯定会垮台。在情况变得非常糟糕的时候，这也是吉里安诺的最后一张王牌。"

"那我希望你们把它放在了一个安全的地方。"迈克尔说。

皮肖塔说："是啊，唐·克罗切也想得到这份遗嘱。"

吉里安诺的母亲说："在适当的时候，我们会安排把这个东西交到你手上。也许你可以把它和那个姑娘一起带到美国。"

迈克尔惊讶地看着他们。"哪个姑娘？"他们一个个都把目光移开了，觉得尴尬不安。他们知道这不是一个惊喜，他们害怕看到他的反应。

吉里安诺的母亲说："我儿子的未婚妻。她怀孕了。"接着她对其他人说："她是不会从人间蒸发的。我们现在就问问他，能不能带她走。"她想保持镇静，但显然担心迈克尔的反应。"她会到特拉帕尼去找你。图里希望你先送她去美国。有了她安全到达的消息，图里就会去找你。"

迈克尔言辞谨慎地说："我没有接到指示。我必须和特拉帕尼的人商量时间的问题。我知道你儿子到了美国之后，你和你丈夫随后也会去的。难道这个姑娘不能与你们同行？"

皮肖塔毫不客气地说："这个姑娘是对你的考验。她会用暗语回信，那样吉里安诺就知道与他打交道的人不仅诚实，而且有智慧。只有到那个时候，他才能相信你会把他安全带出西西里。"

吉里安诺的父亲不高兴地说："阿斯帕努，我已经告诉过你和图里，唐·柯里昂已经答应帮助我们了。"

皮肖塔礼貌圆滑地说："这是图里的指令。"

迈克尔稍加思索后说："我认为这样很明智。我们可以检验逃生路线有没有问题。"不过他并不想让吉里安诺使用同一条逃生路线。他对吉里安诺的母亲说："我可以把你、你丈夫还有这个姑娘一起送走。"他以询问的目光看着吉里安诺的父母，但他俩都摇摇头。

赫克特·阿多尼斯温和地对他们说："这个主意不错啊。"

吉里安诺的母亲说："只要我们的儿子还在西西里，我们就不会离开。"吉里安诺的父亲双手交叉放在胸前，点头表示同意。迈克尔明白他们心里在想什么。如果图里·吉里安诺在西西里遭到不测，他们就不会再去美国。他们必须留下来追悼他，埋葬他，在他的墓前放上鲜花。最终的悲剧是属于他们的。那个姑娘可以走，她只是图里的恋人，没有血缘关系。

当天夜里，玛丽亚·隆巴尔多·吉里安诺把一本贴满新闻的剪报拿给迈克尔看。里面全是罗马政府悬赏吉里安诺人头的不同价码的告示。她还让他看了1948年美国《生活》杂志上刊登的一篇图片报道，里面说吉里安诺是当代最有名的土匪，是意大利劫富济贫的罗宾汉。杂志上还刊登了吉里安诺给媒体写的一封非常有名的信。

信上说："五年来，我一直在为西西里的自由而战。我把从富人那里得来的东西分给了穷人。请西西里的人民来评判一下，我究竟是土匪强盗，还是自由战士。如果他们反对我，我就主动送上门听候你们发落。只要他们支持我，我就继续发动全面进攻。"

玛丽亚·隆巴尔多看着他，脸上露出自豪的微笑。迈克尔心想，这肯定不像被通缉的土匪说的话。他十分同情她，觉得她很像自己的母亲。她的脸上留有过去的伤痛，可是她的眼睛里却不由自主地流露出与命运抗争的热情。

终于等到了黎明。迈克尔站起身，与他们道别。使他感到惊讶的是，吉里安诺的母亲走上前来热烈地拥抱了他。

“你使我想起了我的儿子，”她说道，“我相信你。”她走到壁炉架前面，取下一个圣母玛利亚的木雕像。它是黑色的，具有黑人的相貌特征。“这是个小礼物，拿去吧。这是我唯一值得给你的东西。”迈克尔不想拿，但是她硬把它塞进了他的手里。

赫克特·阿多尼斯说：“在西西里，这样的雕像已经所剩无几了。说来也怪，我们很亲近非洲。”

吉里安诺的母亲说：“她的模样并不重要。你可以向她祈祷。”

“是啊，”皮肖塔说，语气有点鄙夷，“她起的作用和另一个圣母一样。”

迈克尔看见皮肖塔与吉里安诺母亲告别的情景。他可以看出他们之间的真实情感。皮肖塔吻了吻她的双颊，拍了拍她的肩膀，让她放宽心。她把头在他的肩膀上靠了一会儿，然后说：“阿斯帕努，阿斯帕努，我爱你就像爱我自己的儿子一样，不能让他们把图里杀掉。”说着说着她就哭起来了。

皮肖塔的冷漠荡然无存。他似乎要瘫倒了，那张黝黑清瘦的脸变得非常温柔。他说：“你们都会在美国颐养天年的。”

接着他转身对迈克尔说：“我一个星期之内把图里带到你那儿

去。”

他一声不吭，大步流星地走出门去。他有特殊的红边通行证，可以再次躲进山里。虽然赫克特·阿多尼斯在镇上有自己的房子，但他将和吉里安诺的父母待在一起。

迈克尔和斯特凡·安多里尼上了那辆菲亚特后，穿过中心广场，驶上通往卡斯特尔维特拉诺和海滨城市特拉帕尼的公路。安多里尼缓慢平稳地开着车，沿途有许多军方的路障，他们到达特拉帕尼的时候，已是中午时分。

第二部

/1943年，图里·吉里安诺

第二章

1943年9月，赫克特·阿多尼斯当上了巴勒莫大学的历史和文学教授。凭他的聪明才智，他本应赢得同事们的尊重，然而由于他身材特别矮小，同事们对他颇为不恭。在西西里的文化中，这是一种必然，因为一个人的绰号通常是残酷地建立在这个人的生理缺陷基础上的。只有这所大学的校长赏识他的真才实学。

这年9月，赫克特·阿多尼斯的人生开始发生重大变化。意大利南部的战事已经结束。美国军队攻占了西西里岛，继而登上大陆。法西斯政权覆灭，意大利获得新生。然而西西里岛出现了一千四百年来的第一次权力真空。赫克特·阿多尼斯深知历史往往会捉弄人，所以对局势并没有抱太大的希望。黑手党早就开始篡夺西西里的法治权力。他们的邪恶势力与当年组合国[1]的势力一样十分嚣张。透过办公室的窗户，他看见下面那块场地上的几幢建筑，看着那片被称为校园的地方。

宿舍是没有必要的，因为这里没有像美国和英国大学那样的校

1 corporate state，指墨索里尼的法西斯党统治下的意大利组合国。

园生活。这里的学生大多数在家里学习，按规定隔一段时间来向教授请教。教授讲课的时候，学生不听也不会受到惩罚。他们只要参加考试就行。赫克特·阿多尼斯认为这种制度总的来说不光彩而且非常愚蠢，因为它对西西里人造成了很坏的影响，他认为应该用比其他国家更严格的教学规章制度来约束西西里的学生。

从那扇教堂式的窗户向下看，他看见西西里各地的黑手党首领们正季节性地来到学校，在老师们中间活动。在法西斯统治时期，这些人都比较谨慎，也比较收敛。现在，美国人恢复了民主的统治，他们就像蠕虫一样挣扎着，从雨水打湿的土壤中钻出来。他们不再低调行事。

黑手党的首领、友中友，还有西西里众多村落的族长，都盛装来到学校来为一些学生求情。这些学生有的是那些家道殷实的财主的公子哥儿，有的是他们亲朋好友的儿子。这些人的考试成绩不及格，如果不采取得力措施就拿不到学位。学位至关重要，否则这些家庭怎么能把那些没有抱负、没有天分、缺乏聪明才智的儿子扫地出门呢？那样一来，父母亲就要养活他们一辈子。虽然学位只是学校发的一纸文凭，但只要拿到它，这些纨绔子弟就能成为教师、医生、议员，最差的也能在政府部门混个差使干干。

赫克特·阿多尼斯无所谓，他从历史中得到了安慰。他喜欢英国人，在大英帝国的鼎盛时期，英国人曾经把军队交给富家的纨绔子弟。这些人的父母花钱给他们在军队中买官，让他们指挥陆军部队或者海军大型舰艇。尽管如此，大英帝国依然兴盛。虽然这些军官率领部下进行过不必要的屠杀，但是必须承认，他们都与自己的部下一起浴血沙场，因为勇敢是这个阶层应尽的职责。像这样死去至少解决了一个问题——不至于让这些无能之辈成为国家的负担。意大利人虽然缺乏骑士精神，但也不是那样冷静务实。他们爱护自己的子女，不让他们经受磨难，把国家的事抛在了脑后。

透过窗户，赫克特·阿多尼斯至少看见三个当地黑手党首领在四处转悠，寻找猎物。他们头戴布帽，脚穿皮靴，由于天气暖和，厚厚的绒外套就搭在手臂上。他们拎着水果篮和竹编套着的家酿葡萄酒当作礼物。这些东西不是用来行贿的，而是用来消除教授们看见他们之后的恐惧心理。因为大多数教授都是西西里人，他们明白这些人的要求是不能拒绝的。

有个黑手党头目走进大楼开始爬楼梯，他那身土气的打扮简直可以上台演《乡村骑士》了。赫克特·阿多尼斯不由感到一阵恶意的愉悦。他准备参演一出熟悉的喜剧。

这个人阿多尼斯认识，叫布奇拉，家住离蒙特莱普雷不远的小镇帕尔蒂尼科，拥有一个农场和自己的羊群。他们握了握手，布奇拉就把手里的篮子递了过来。

“我们有很多水果都掉在地上烂掉了，我想还是拿一点来送给教授吧。”布奇拉说。这个人个子不高，肩膀很宽，一辈子从事艰苦的体力劳动，所以身体很壮实。阿多尼斯知道他诚实可靠，为人谦逊，并没有用自己的权力聚敛钱财。他是原始的黑手党人，孜孜以求的不是财富，而是尊重和荣誉。

阿多尼斯微笑着接过水果。西西里岛上哪个农民会让东西浪费掉呢？一只橄榄掉在地上，就会有一百个孩子像蝗虫一样扑上去抢。

布奇拉叹了口气。他的样子和蔼可亲，但是阿多尼斯知道，这副模样转眼之间就可能变成威胁和恐吓。所以他同情地微微一笑。布奇拉说："过日子就是麻烦事不断。我的地里还有活要干，可是我的邻居请我帮个小忙，我怎么好意思拒绝呢？我父亲和他父亲很熟，我祖父跟他祖父也很熟。只要朋友请我帮忙，我都愿意帮，这是我的天性，大概也是我的不幸。话又说回来了，我们不都是基督教徒嘛？"

赫克特·阿多尼斯随声附和："我们西西里人都这样。我们太慷慨了，所以罗马的北方佬才恬不知耻地占我们的便宜。"

布奇拉精明地盯着他看，觉得这个人不会惹来麻烦。听说这个教授也是友中友，而且他并不害怕自己，可是如果教授和他是一路人，他布奇拉怎么会不知道呢？不过黑手党也分级别的。不管怎么说，眼前这个人是个懂世道的。

"我来是想请你帮个忙，"布奇拉说，"是西西里人求西西里人。我邻居的儿子今年没能大学毕业。是你让他不及格。这是我邻居说的。我听了你的大名之后，就跟他说：'什么！阿多尼斯先生？为什么？这可是世界上心肠最好的人哪！如果他知道实际情况，是绝对不会这么狠心的。绝对不会。'所以他们流着眼泪求我把整个事情跟你说说。他们以最卑微的态度请求你修改他的成绩，这样他就可以在这个世界上混碗饭吃了。"

赫克特·阿多尼斯并没有被这种极端客套的假象所迷惑。这些人就像他所佩服的英国人一样，他们对你粗鲁无礼，但做得非常微妙，你被他们侮辱了好几天，才意识到他们极大地伤害了你。这是对英国人的描述，但是对于布奇拉先生，如果他的要求被拒绝，随之而来的将是某个月黑风高夜的一声枪响。赫克特·阿多尼斯彬彬有礼地品尝着篮子里的橄榄和草莓。“啊，在这个可怕的世界上，我们可不能让一个年轻人挨饿啊，”他说道，“他叫什么名字来着？”布奇拉说了之后，他从办公桌抽屉里拿出一本成绩册。虽然他知道这个名字，他还是装模作样地一页页地翻找。

这个不及格的家伙是一个笨蛋、一个蠢材、一块朽木；他还不如布奇拉农场里的一只羊，是个人面兽心的家伙。他生性懒惰，玩弄女性，得过且过，喜欢吹牛，是个不可救药的白痴，连《伊利亚特》和维尔加都分不清。尽管如此，赫克特·阿多尼斯还是对布奇拉客客气气地笑了笑，以非常惊讶的语调说：“啊，他的确有一门考试有点麻烦。不过改一下并不困难。让他来见我，我在这里的房间里教教他，然后让他补考一次。他不会不及格的。”

他们握了握手，布奇拉随即告辞。阿多尼斯心下思忖：又结交了一个朋友。这些草包拿到他们本不该拿或者拿不到的大学文凭意味着什么呢？在1943年的意大利，他们可能用这张纸来擦他们娇贵的屁股，心甘情愿地沦为庸才。

一阵急促的电话铃声打断了他的思绪，他不由觉得很恼火。一阵短铃之后，间歇片刻，又是三声更短促的铃声。总机接线的女人正在闲聊，在她谈话的间隙拨动分机的按钮。这让他更加愤怒，冲着话筒大喊了一声“喂！”，声音非常粗鲁。

不巧的是，打电话的人是校长。校长恪守职业礼仪，但是没有计较他的粗鲁，显然有更要紧的事。他的声音因恐惧而颤抖，几乎带着哭腔在哀求：“我亲爱的阿多尼斯教授，能麻烦你到我办公室来一下吗？学校碰到一个大难题，只有你才能解决。这件事情非常重要，相信我，我亲爱的教授，我会感谢你的。”

这几句奉承话反倒使赫克特·阿多尼斯紧张起来。这个白痴指望他干什么？跳巴勒莫大教堂吗？校长本人更合适，他的身高至少有六英尺，想到这里，阿多尼斯感到不是滋味。还是校长他自己跳吧，不要让一个腿最短的部下来替他跳。这个画面使阿多尼斯恢复了好心情。他以温和的语气问："你是不是可以给我一点暗示？这样我在路上还可以考虑考虑。"

校长突然压低嗓门："尊敬的唐·克罗切大驾光临，他外甥是个学医的学生，老师建议他体面地退出所选的课程，唐·克罗切非常客气地请我们重新考虑一下，可是医学院的那个教授非要这个年轻人退学不可。"

"那个傻瓜是谁？"赫克特·阿多尼斯问道。

"年轻的纳托尔博士，"校长说，"他是个可敬的老师，不过不大懂得人情世故。"

"我五分钟后到你办公室。"赫克特·阿多尼斯说。

他匆匆穿越那片开阔地朝办公大楼走去，心里在琢磨这件事该怎么办。难办的不是校长。每当遇到这类难题，他总是把阿多尼斯找去。难办的是纳托尔博士。他很了解这位博士。此人是个才华横溢的医学家，一个很好的老师，他的死将是西西里的一大损失，他的辞职将是这所大学的一大损失。他非常傲气，令人讨厌。他坚持原则，为人正直。但是，即便是他也该听说过大名鼎鼎的唐·克罗切嘛，在他聪明的头脑中也应该有一点起码的常识。这里肯定还有其他原因。

在大楼前面停着一辆车身很长的黑色轿车。有两个人靠在车上，虽然身穿西装，但却没个正派样儿。他们肯定是唐的保镖和司机，是出于对唐·克罗切所拜访的学者表示尊重才被留在下面的。他们看见阿多尼斯矮小的身材、合身的衣服和夹在胳膊下的皮包，起初感到惊愕，接着觉得好笑。这一切都被阿多尼斯看在眼里。他以冷峻的目光看了他们一眼，着实使他们吃了一惊。这个小矮人也是黑手党吗?

校长办公室与其说是个管理中心，不如说像个图书馆。校长不像个管理者，倒像个学者。靠墙的书架上摆着几排书，办公室里的家具显得很厚重，但却很舒服。唐·克罗切坐在一张硕大的椅子上，呷着浓咖啡。他的脸使赫克特·阿多尼斯想起了荷马史诗《伊利亚特》中描述的一艘战船的船首——因多年的征战和无情的大海而扭曲变形。克罗切假装与他素不相识，阿多尼斯则听凭校长替他作介绍。校长当然知道这是一出闹剧，不过年轻的纳托尔博士却被蒙在鼓里。

在这个学校里，个子最高的是校长，个子最矮的是阿多尼斯。校长出于礼貌立即坐下，往椅子上一靠，准备说正事。

“我们有一点小小的意见分歧。”校长说。听见这话，纳托尔博士愤然哼了一声，而唐·克罗切则微微点了点头。校长接着说：“唐·克罗切有个外甥一心想当医生。纳托尔教授说他没有得到必要的分数，因此不能发文凭。这是个悲剧。唐·克罗切特别关注，亲自登门来谈这件事。他为我们学校做过很多好事，我想我们应当尽量给他一点关照。”

唐·克罗切说：“我是个大老粗，可是没人否认我事业有成。”他的语气和蔼可亲，丝毫没有讽刺挖苦。赫克特·阿多尼斯心想，当然啦，一个可以贿赂部长、下令杀人、恫吓店主和厂主的人是不必看书写字的。唐·克罗切继续说道：“我是凭经验摸索自己的道路。我外甥为什么不能这样呢？如果我外甥的名字后面不能加上医生两个字，我那可怜的妹妹心都会碎的。她是个虔诚的基督徒。她愿意帮助这个世界。”

跟许多行为正直的人一样，纳托尔博士也缺乏敏感。他说：“我不能改变自己的立场。”

唐·克罗切叹了口气，假意说道：“我外甥能干出什么坏事啊？我可以在部队为他谋一个公务，或者为他在天主教老年医院安排一项工作。他会抓住那些老人的手，倾听他们诉说自己的烦恼。他这个人特别温柔，老人们会觉得很亲切。我的要求是什么呢？不过是请你们在这堆乱糟糟的文件中做一点小小的改动。”他扫视了办公室一眼，对靠墙摆放的书籍表现出不屑一顾的神情。

赫克特·阿多尼斯感到极度不安，因为这种温和态度是一个危险信号。他很恼火地想，唐当然觉得任何事都轻而易举了，假如他的肝脏稍有不适，手下人会立即送他去瑞士。但是赫克特·阿多尼斯知道这个僵局得靠他解决。“我亲爱的纳托尔博士，”他说道，“我们肯定能够想点儿办法。是不是给他一点个别辅导，或者让他到一家慈善医院去接受一段时间的训练？”

纳托尔博士出生在巴勒莫，但他长得并不像西西里人。他头发浅黄，有点谢顶，而且一生气就摆在脸上。在这种微妙的情况下，真正的西西里人是绝对不会这样的。毫无疑问，这是从古代诺曼征服者的基因中继承的缺陷。“你不明白，我亲爱的阿多尼斯教授。这个年轻的傻瓜想当一名外科医生。”

赫克特·阿多尼斯思忖：耶稣啊！约瑟啊！我的圣母玛利亚和

圣人们啊！这回可真麻烦了。

见自己的同事惊得哑口无言，纳托尔博士趁势说：“你的外甥对解剖学一窍不通，他把解剖用的尸体大卸八块儿，就像把一只羊切开做烤羊肉一样。他大部分时间都不来上课，考试前也不作任何准备，他进手术室就像是去跳舞似的。我承认他很温和，你找不到比他更温和的人了，但问题是他将来得用锋利的手术刀给病人开刀。”

赫克特·阿多尼斯知道此刻的唐·克罗切在想什么：这孩子将来是不是蹩脚的外科医生不关我的事！这是个事关家族荣誉的问题，如果当不了医生，就会失去别人的尊敬。即便他是个不合格的外科医生，杀死的人也不会比唐·克罗切的手下杀的人多。还有，这个年轻的纳托尔博士没有屈从他的意愿，也没有领会他的暗示——当不成外科医生唐·克罗切并不在意，当个普通医生也行。

现在到了赫克特·阿多尼斯出面调解的时候了。“我亲爱的唐·克罗切，”他说道，“容我们再劝劝纳托尔博士，我想他肯定会给你这个面子。但是你外甥为什么不切实际地想当外科医生呢？正如你所说，他太温和了，外科医生是天生的虐待狂，哪个西西里人愿意主动挨刀子？”他稍事停顿后接着说，“而且，他必须在罗马接受培训，即使我们让他通过考试，罗马人会用各种借口刁难西西里人。如果你一定要这么做，那就害了你外甥。我来提个妥协方案吧。”

纳托尔博士低声嘟囔说不可能妥协。唐·克罗切蜥蜴般的眼睛里第一次露出凶光。纳托尔博士不吭气了，于是赫克特·阿多尼斯赶紧打圆场说：“你的外甥会得到一个及格的分数，他可以去当医生，但不能当外科医生。我们就说他心太软，不适合动刀子。”

唐·克罗切摊开双手，嘴唇动了动，露出一丝冷笑。“你的好意和理智说服了我，”他对阿多尼斯说，“那就这样吧。我外甥就当个普通医生，不当外科医生了，我妹妹该知足了。”他匆匆告辞，因为他的主要目的已达到；他没有提更多的要求。校长陪同他下楼，把他送上车。房间里的每个人都注意到克罗切临走前投向纳托尔博士的目光。这一眼看得非常仔细，好像要记住他的相貌特征，免得忘了这张试图违背他意愿的脸。

他们走了之后，赫克特·阿多尼斯对纳托尔博士说：“我亲爱的同事，你必须辞职，到罗马单干吧。”

纳托尔博士怒冲冲地说：“你疯了吗？”

赫克特·阿多尼斯说：“还没有你那么疯。今天晚上我一定要请你吃顿饭，我会向你解释我们的西西里为什么不是伊甸园。”

“但是为什么要我离开？”纳托尔博士不满地问道。

“因为你对克罗切·马洛先生说了‘不’。西西里地方不大，不能同时容纳你们两个人。”

“但是他已经得逞了，”纳托尔博士绝望地大喊，“他的外甥会成为一名医生。你和校长都表示同意了。”

“但是你没有，”赫克特·阿多尼斯说，“我们同意是为了救你的命。尽管如此，你现在已经上了黑名单了。”

当晚，赫克特·阿多尼斯在巴勒莫一家最好的酒店宴请了六位教授，包括纳托尔博士。这几位教授当天都有“贵客”来访，每个人都同意为一个不及格的学生修改分数。听了他们说的情况，纳托尔博士很反感地说：“但这种事不能出在医学院，不能出在一个未来医生的身上。”最后他们对他发起脾气来。一位哲学教授质问他：对人类来说，凭什么医学比大脑的复杂思维活动和灵魂永恒的神圣性更加重要？他们说完之后，纳托尔博士同意离开巴勒莫大学，移民到巴西去。他的同事们向他保证说，在那里一个好的胆囊外科医生可以稳赚大钱。

当晚，赫克特·阿多尼斯睡了个安稳觉。第二天早晨，他接到一个来自蒙特莱普雷的紧急电话：他的教子图里·吉里安诺杀了一名警察。图里的智慧是他栽培的，图里的温和体贴是他所欣赏的，图里的未来也是他计划的。

第三章

蒙特莱普雷是个七千人居住的小镇，深陷于卡马拉塔的山谷和贫困之中。

1943年9月2日，镇上的人们都在准备次日起连续三天的狂欢节。对每个小镇来说，这都是一年中最盛大的节日，比复活节、圣诞节和新年还热闹，比庆祝二战的结束或民族英雄的诞生还隆重。这个节日是为了纪念本镇最受爱戴的圣人。这也是墨索里尼法西斯政府未敢染指或禁止的为数不多的民俗之一。

为了庆祝这个节日，每年都要成立一个由本镇三位德高望重的人组成的委员会，由他们指定一批代表来筹集款项和物资。各家各户的捐赠是量力而行。此外，他们还派代表到街上去募捐。

随着这个盛大节日的临近，三人委员会开始使用过去一年中积累的这笔特别款项。他们雇来一个乐队，雇了一个小丑，并为未来三天举行的赛马设立了不菲的奖金。他们还雇请专人把小教堂和大街小巷都打扮起来。这样一来，破烂不堪的蒙特莱普雷顿时就变得像金缕地的中世纪城堡。他们还请来一个木偶剧团。叫卖食品的小贩都设立起摊点。

在蒙特莱普雷，许多人家都利用这个节日展示待嫁的女儿，给她们添置新衣裳，并由年长的妇女陪伴出行。从巴勒莫来的一队妓女在镇外搭起一顶硕大的帐篷，把她们的营业执照、健康证明都挂在红、白、绿道相间的帆布帐篷边上。一个几年前身上长出圣痕的著名修士被请来进行布道活动。在最后一天，要抬着圣人的灵柩游街，全镇的人都会赶着自家的骡、马、猪、驴跟在后面。灵柩上摆着圣人的肖像，挂满了钱币、鲜花、五颜六色的糖果，以及大竹篓瓶装酒。

这几天是他们最美好的日子。即使在今年剩下的时间里要忍饥挨饿，他们也无所谓；而且就在纪念圣人的村广场上，他们将向地主出卖自己的劳力，虽说每天只挣一百里拉，他们也不在乎。

在蒙特莱普雷狂欢节的第一天，图里·吉里安诺被指定参加开幕仪式——让蒙特莱普雷的奇骡和本镇最强壮的公驴交配。母骡是难得受孕的，因为骡是母马和驴子的后代，被认为是没有生育能力的。但在两年前，蒙特莱普雷却有头只骡子产下一只驴。母骡的主人同意让它献身，如果奇迹出现，它的后代就捐献给明年的庆典，以此作为他们家对小镇节日的贡献。在这个庆典中，的确有一种嘲讽的意味。

不过这种仪式性的交配不全是讽刺。西西里的农民与他们的骡子和驴子有很多相似之处。这里的骡子和驴子都很能干活，而且像农民一样坚韧、顽强。它们像农民一样，连续干几个小时活也累不倒，不像身份高贵的马那样娇气。它们的脚力稳健，在山上的梯田里干活，不像脾气暴烈的公马和反复无常的良种母马跌倒摔断腿。而且，其他人或动物不吃的东西，农民、骡子和驴都能吃下去维持生命，而且活得很好。不过最大的共同点还是：无论是农民还是骡和驴都必须受到关爱和尊重，否则他们就会变得脾气暴戾，难以驾驭。

天主教的宗教节日起源于古代人祈求神灵创造奇迹的异教徒的仪式。在1943年9月这个重大的日子里，在蒙特莱普雷镇狂欢节的过程中，将出现一个改变全镇七千居民命运的奇迹。

二十岁的图里·吉里安诺被公认为最勇敢、最诚实、最强壮、最受人尊敬的年轻人。他为荣誉而生。也就是说，他一丝不苟地公平待人，决不容忍任何肆意的侮辱。

上一次收获时节，当地庄园监工以侮辱性的低工资雇佣劳工，吉里安诺断然拒绝，引起了人们的注意。他还对其他人发表演说，鼓动他们不要干这样的活，让庄稼烂掉。宪兵根据庄园主的指控逮捕了他。其他人都回去干活了。吉里安诺并没有因此对这些人和对宪兵产生反感。在赫克特·阿多尼斯的干预下，他被释放。出狱后他也没有任何积怨。他坚持了自己的原则，对他来说这已经够了。

还有一次，阿斯帕努·皮肖塔和另一名青年动起了刀子，吉里安诺赤手空拳地站在他们中间，用善意的劝说化解了他们的怒气。

这种方式的不同寻常之处在于，如果换了其他人，就会被看作用仁爱掩饰懦弱，但是吉里安诺的某种特质阻止人们这样看待他。

九月的第二天，被朋友和家人称作“图里”的萨尔瓦多·吉里安诺不停思考着一件事，他觉得这对他的男子气概是个沉重打击。

只是一件小事。蒙特莱普雷镇没有剧院，没有公共会堂，但是有一个带台球桌的小咖啡馆。前一天晚上，图里·吉里安诺、他的表弟加斯帕尔·“阿斯帕努”·皮肖塔还有其他几个青年在一起打台球。镇上的几个中年人一边喝酒，一边看他们打球。其中一个叫圭多·昆塔纳的人有了几分醉意。他在本镇有点名气，曾因涉嫌加入黑手党遭到墨索里尼的监禁。美国人攻占西西里后，他被当成法西斯的受害者而释放。有谣传说他是蒙特莱普雷镇的下一任镇长。

图里·吉里安诺知道黑手党的传奇力量。在过去几个月的自由环境中，黑手党好像从新生的民主政府的沃土中吸足了养分，它的“蛇头”开始在这片土地上蠢蠢欲动了。小镇上已经传得沸沸扬扬，说店主们正向某些“头面人物”缴纳“保护费”。图里当然知道这段历史：许多农民向有权势的贵族和地主讨要工资而被杀害；黑手党曾经牢牢地控制着西西里岛，墨索里尼掌权之后，藐视法律程序，消灭黑手党，就像一条凶猛的毒蛇，用毒牙去咬那些不如它强大的爬行动物。图里·吉里安诺预感到恐怖的来临。

现在，圭多·昆塔纳有点看不起吉里安诺和他的同伴。也许是他们高昂的情绪激怒了他。他一个认真严肃的男人，正在步入人生一个重要阶段；他曾经被墨索里尼政府流放到荒岛上，现在他回到了出生地，他的目的是，未来几个月内，在小镇居民中树立自己的威信。

也许是吉里安诺的英俊激怒了他，因为他自己相貌极其丑陋。他长得吓人不是因为五官不正，而是因为他习惯于摆出一副令人望而生畏的样子。天生的恶棍对天生的英雄有着天然的敌意。

不管是什么原因，昆塔纳突然站起来，刚好撞到了向台球桌另一侧走去的吉里安诺。出于对长者的礼貌，吉里安诺非常客气、诚恳地向他道歉。圭多·昆塔纳以鄙弃的目光上下打量了吉里安诺一番。“你们为什么还不回家，休息好才能挣明天的面包钱，”他说，“我的朋友们想打台球，已经等了一个钟头了。”他伸手夺过吉里安诺手里的球杆，微微一笑，挥手让他离开台球桌。

大家都在注视着。这算不了多大的侮辱。如果这个人年纪再轻一点，或者对他的侮辱再厉害一点，吉里安诺就会被迫动手来维护自己男子汉的尊严。阿斯帕努·皮肖塔身上总是带着一把刀，这时候他已经站起身来。如果昆塔纳的朋友想介入，他就会把他们挡住。皮肖塔可不敬老，他只希望吉里安诺和朋友结束这场争端。

那一刻吉里安诺感到一阵莫名其妙的不安。眼前这个人气势汹汹，好像准备应对最严重的后果。他身后的同伴都不年轻了，他们饶有兴趣地笑着，似乎对出现什么结局毫不怀疑。其中有个人身穿猎装，还带了一支步枪。吉里安诺赤手空拳，一时之下感到一阵难以启齿的恐惧。他并不是害怕受到伤害或者被他打几下，也不是害怕这个比他壮实的人。他害怕的是，这些人知道自己在干什么，而且控制着局面。他却做不到。他们可以在他回家的时候，在蒙特莱普雷背街的小巷朝他打黑枪。第二天人们会发现他像个傻瓜似的死在街上。促使他忍让的，是一个天才的游击战士与生俱来的作战直觉。

于是，图里·吉里安诺拽着他朋友的胳膊，把他拉出了小咖啡馆。皮肖塔二话没说就跟他出来了，虽然对图里的轻易屈服觉得不解，但却丝毫没有怀疑他内心的恐惧。他知道图里为人谦和，认为他不想在这点小事上与别人争吵或造成对别人的伤害。他们准备沿贝拉大街回家的时候，听见身后传来台球的碰撞声。

当天夜里，图里·吉里安诺整晚无法入眠。他当真害怕那个一脸恶相、气势汹汹的人吗？他是不是像女孩子一样发抖了？那些人是不是都在嘲笑他？他最好的朋友——他的表弟阿斯帕努现在会怎么看他？吉里安诺是个胆小鬼？这个蒙特莱普雷最受尊敬的青年领袖、最强壮无畏的人第一次碰到真正的威胁就成了缩头乌龟？但是吉里安诺对自己说，何必为台球这种小事与一个粗暴无礼的年长者结仇，甚至把命都搭上呢？这跟与其他年轻人发生争吵不是一回事。他知道像这样的争吵后果会非常严重。他知道这些人是友中友，这正是他害怕的一点。

他辗转反侧，彻夜未眠，早晨醒来后心情忧郁，这种情绪对一个青年男子来说很危险。他觉得自己很滑稽可笑。像大多数年轻人一样，他一心想当英雄。如果生活在意大利的其他地区，他早就当兵去了。作为西西里人，他没有主动提出这样的要求，因为他的教父赫克特·阿多尼斯作出了一定的安排让他不必去服兵役。不管怎么说，虽然西西里岛由意大利治理，真正的西西里人都认为自己不是意大利人。实际上，意大利政府也不会急于征召西西里人去当兵，尤其是处在战争最后一年的时候。西西里人有很多亲人都在美国，他们生来就是罪犯和叛徒。西西里人非常愚钝，经过训练也打不了现代战争，他们走到哪里都要惹是生非。

图里·吉里安诺走到大街上，见天气晴好，郁闷的情绪逐渐烟消云散。金灿灿的太阳光芒四射，空气中弥漫着柠檬树和橄榄树的清香。他喜欢蒙特莱普雷，喜欢它那弯弯曲曲的街道、喜欢那些带阳台的石头房子，还有阳台上恣意盛开的鲜花。他喜欢红瓦的屋顶一直延伸到小镇尽头，深埋在山谷之中，沐浴在流金般的阳光下。

狂欢节的精心装饰掩盖了这个典型西西里小镇的内在贫穷。街道上方悬挂着由彩纸圣人像组成的迷宫，房子都用挂满鲜花的大型竹编花架装饰起来。坐落在高处、隐蔽于群山中的房子也用鲜花装点起来，这些房子大多数有三四个房间，里面住着男女老少以及他们饲养的牲口。许多住房都没有卫生设施，即使千万朵鲜花和山里凉爽的空气也掩盖不住太阳照射后垃圾所散发的臭气。

天气好的时候，人们在户外活动。妇女坐在阳台的木椅子里准备食物，阳台铺着卵石，饭桌也摆在了外面。小孩子在街上追着小鸡、火鸡和小山羊到处跑；年纪大一点的在编竹筐。贝拉大街尽头、临近广场的地方，有一个两千年前希腊人建造的大型鬼脸喷泉，一股水流从鬼脸上布满石牙的嘴里喷涌而出。两侧山上是绿油油的梯田。在山下的平原上，帕尔蒂尼科镇和海堡镇清晰可见，潜伏在远处朦胧地平线上的是充满血腥和灰暗的石头镇柯里昂。

贝拉大街的另一端，连着通向海堡平原的道路的尽头，图里看见了牵着一头小毛驴的阿斯帕努·皮肖塔。他突然很担心皮肖塔对他昨晚丢脸的行为会有什么反应。他这个朋友出了名地尖酸刻薄。他会不会说一些鄙视他的话？吉里安诺再度感到生气，发誓下次决不能这样毫无准备。他不会再顾及任何后果，他要向所有人表明他不是懦夫。回想起来，当时的场面依然历历在目。昆塔纳的朋友在他身后伺机而动，其中有一个人还带了支猎枪。他们是黑手党，肯定会报复。他并不是害怕他们，而是害怕他显然会被他们打败，因为虽然他们并不强壮，但却非常残忍。

阿斯帕努·皮肖塔脸上露出诡秘的微笑。他说："图里，这只小毛驴不知道该干什么，我们必须帮帮它。"

吉里安诺没有搭理他。他感到欣慰的是，他的朋友已经把昨晚的事置之脑后。阿斯帕努对别人的错误少不了要讽刺挖苦，而且言辞尖刻，可是对他却至亲至爱，尊敬有加，这一直使图里内心十分感动。他们肩并肩朝着小镇的广场走去。孩子们就像引水鱼似的，不停地在他们前面和四周蹿来蹿去，他们知道这只毛驴是去干什么的，个个兴奋不已。对于他们来说这是非常好玩的，是无聊的夏季中最让他们兴奋的事情。

在小镇广场的中间有一个四英尺高的小平台，是用从附近山上开采的大块石料搭建的。图里·吉里安诺和阿斯帕努·皮肖塔把毛驴推上用土堆起的平台坡道。他们用绳子把驴子的头拴在一根短铁柱上。驴子坐下来。它的额头上有一块白斑，嘴上套了口套，看上去活像个马戏团的小丑。孩子们聚集在平台四周，嘻嘻哈哈，打打闹闹。有个小男孩大喊："哪个是驴？"逗得所有的孩子哈哈大笑。

图里·吉里安诺看着这一幕，心里美滋滋的，他对自己现在的生活无比满足，他还不知道，这是他最后一天当一个默默无闻的乡下男孩了。他身在出生、成长的这个小地方，外面的世界不可能伤害到他，就连昨晚的耻辱也被他抛到了九霄云外。他对巍峨的石灰岩山脉了如指掌，就像一个小孩子熟悉自己的玩具沙箱一样。这些山上出石板就像长草一样容易，山上的岩洞和其他藏身地能隐蔽一支部队。图里·吉里安诺了解这里的一切：房子、农场、劳工、罗马人和摩尔人留下的城堡废墟、希腊神庙美丽的断壁残垣。

牵着那只奇骡的农民出现在另一条通往广场的路上，这个人就是今天早晨雇他们干活的雇主。他叫帕佩拉，在他成功地对邻居实施了报复之后，赢得了蒙特莱普雷镇居民的尊敬。他们两家人因一片相邻的橄榄园结仇长达十年之久，比墨索里尼强加给意大利的战争时间还长。盟军解放西西里，建立民主政府之后不久的一天晚上，这个邻居几乎被一把短筒猎枪打成了两截。在西西里岛上，用锯短枪管的猎枪来干这种事的情况比较常见。人们立即怀疑到帕佩拉的头上，可是他当天因与宪兵发生争执，被警方带走了，发生谋杀案的当晚他一直被关在贝兰伯兵营的牢房里。有谣传说这是黑手党死灰复燃的第一个迹象。帕佩拉与圭多·昆塔纳家有姻亲关系，因而利用友中友来摆平这场争端。

帕佩拉牵着骡子走到平台前，孩子们全都涌了过去。为了驱散他们，他只好小声呵斥，偶尔甩甩手中的鞭子。孩子们轻易躲过了他的鞭子，因为他只是善意地笑笑，然后在他们头顶上方打一两声响鞭而已。

白额驴闻到台下母骡的气味，想挣脱拴着它的绳子。图里和阿斯帕努把这只驴子举了起来，博得孩子们一片欢呼。这时候帕佩拉把骡子的屁股推向平台边缘。

理发匠弗里塞拉正好从他的店里出来看热闹。跟在他后边的罗科菲诺上士摆出一副趾高气扬的样子，用手搓揉着他那张光滑红润的脸。他是蒙特莱普雷镇上唯一每天都要修面的人。即使在台子上，吉里安诺也能闻到理发匠给他喷的古龙水散发出来的浓烈香气。

罗科菲诺上士用职业的目光扫视着聚集在广场上的人群。他是驻小镇宪兵小分队的队长，手下有十二个人，负责小镇的治安。狂欢节这一天历来麻烦较多，他已经命令四名宪兵组成小分队在广场巡逻，可是他们还没有到达现场。他也在观察给小镇奉献骡子的帕佩拉。他知道肯定是帕佩拉下令杀死了他的邻居，这些西西里的野蛮人很快就利用了他们神圣的自由权。罗科菲诺心想：失去墨索里尼他们会感到遗憾的，与黑手党相比，这个独裁者就像古城阿西西的圣弗朗西斯一样温和。

理发匠弗里塞拉是蒙特莱普雷镇的活宝。那些无所事事的人都聚集到他的理发店里，听他讲笑话和小道消息。他为自己服务比对顾客还周到。他的小胡子修剪得很精心，上了油的头发梳得整整齐齐，可是他的脸却像木偶戏里的小丑：圆鼻头，门一样的宽嘴巴，看不见下巴。

这时他大声喊起来："图里，把牲口牵到我店里来，我给它洒点儿香水，你的驴子会以为它要跟公爵夫人做爱呢。"

图里没有搭理他。他小时候就到弗里塞拉这里来理过发，但是剪得太难看，所以就由他妈妈亲自来剪了。可是他父亲还是去找弗里塞拉理发，一来是听听镇上的街谈巷议，二来是把自己在美国的见闻说给那些没见过大世面的人听。图里·吉里安诺不喜欢这个理发匠，因为此人曾经是个死硬的法西斯，而且众所周知，他和黑手党关系不一般。

罗科菲诺上士点燃一支香烟，朝贝拉大街走去，根本没有注意到吉里安诺——在未来几个星期内，他将对这次疏忽追悔莫及。

那只毛驴现在想跳下平台。吉里安诺稍稍松了松绳子，这样皮肖塔就可以把它牵到平台边缘，让它处于下面站着的那只神骡上方。母骡的屁股正好高出平台边缘。吉里安诺又把绳子放了一段。母骡打了个大响鼻，把屁股向后一撅，这时候那驴子也纵身向下，用前腿搭在骡子屁股上，痉挛似的向前挣扎了几下，然后悬停在半空，那张带白斑的脸上露出一副狂喜的滑稽相。帕佩拉和皮肖塔哈哈大笑，而吉里安诺则拼命地拉住绳子，把倦怠的驴子朝铁柱子方向拉。围观的人欢呼起来，高声祝福着。孩子们早就跑到街上寻找其他乐子去了。

笑得合不拢嘴的帕佩拉说：“如果我们都能像驴子一样生活，呵，那多带劲儿啊。”

皮肖塔没好气地说：“帕佩拉先生，那我就把竹筐和橄榄筐让你驮在背上，然后每天赶着你走八个钟头山路，那才是驴子的生活嘛。”

帕佩拉瞪了他一眼，他听出了弦外之音：他给的工钱太少。他对皮肖塔从来没有好感，实际上他雇的是吉里安诺。蒙特莱普雷的人都喜欢图里，皮肖塔则不讨人喜欢，他说话刻薄，死气沉沉，还有点懒惰。他的肺有毛病，但这不是理由。他照样抽烟、勾搭巴勒莫的放荡女孩、打扮得像个花花公子，还别出心裁地留了个法式的小胡子。帕佩拉心想，他最好咳死，带着他的烂肺下地狱。他给了他们两百里拉，吉里安诺很有礼貌地向他表示感谢，随后他就赶着骡子动身回农场了。两个年轻人解开驴子，把它牵回吉里安诺的家里。这头驴子的工作才刚刚开始，还有很多力气活儿等着它去干呢。

图里·吉里安诺的母亲早早地就为两个年轻人准备好午饭。他的两个姐姐，玛丽安尼娜和朱塞平娜，都在帮母亲揉面，准备做晚餐用。在一块四四方方、上了虫胶漆的面板上，她们把鸡蛋打在一大堆面粉中，和成一个大面团，把它揉匀揉实，用刀在上面刻了个十字使之圣洁。接着姐妹俩把它切成长条，把它们裹在麻叶上搓揉，然后把麻叶抽出来，长条形的面就成了空心的。屋子里还摆了用大碗盛放的橄榄和葡萄。

图里的父亲还在地里干活，不过今天收工比较早，这样就可以参加下午的狂欢节。第二天，玛丽安尼娜就要订婚了，吉里安诺的家里要举办一次特别的宴会。

图里一直是玛丽亚·隆巴尔多·吉里安诺的心头肉。两个姐姐还记得，他小时候妈妈每天都要给他洗澡。母亲要把那只洋铁皮脸盆放在火炉上烤烤热，还要用手肘试一试水温。肥皂也是从巴勒莫特意买来的。两个姐姐一开始还有些嫉妒，后来看到母亲给一丝不挂的小弟弟那样精心地洗澡，都感到很好奇。他小时候从来不哭，每当母亲俯下身子轻轻地给他唱歌，说他的身上洁白无瑕，他就咯咯直笑。他是家里年纪最小的，可是长大成人之后却是家里最强壮的。在她们看来，他总是有点儿与众不同。他喜欢看书，喜欢谈论政治，当然她们总说他之所以长得这么高大健壮，是因为他是在美国怀上的。她们都特别喜欢他，因为他非常温存，没有私心。

这天早上，母亲和两个姐姐都为他担心。他在吃面包、山羊奶酪和他那盘橄榄，喝菊苣咖啡的时候，她们既疼爱又不安地看着他。吃完午饭，他就要和阿斯帕努一起赶着毛驴去柯里昂，替人偷运奶酪、火腿和香肠。为了干这件事，他今天就不能参加狂欢节了。这样做是为了使母亲高兴，也使姐姐的订婚宴得以成功举行。他们还要把一部分东西拿到黑市上去，卖一些现钱贴补家用。

这三个女人看见两个年轻人在一起都很高兴。他们从小就是好朋友，虽然两个人个性迥异，但比亲兄弟还亲。阿斯帕努·皮肖塔皮肤黝黑，留着电影明星式的小胡子，表情非常生动，黑眼睛透着灵气，头发乌黑，人很聪明，这些都很讨女人喜欢，但是比起图里·吉里安诺古希腊的文静美还是逊色一筹。吉里安诺身材魁梧，就像散落在西西里各地的古希腊雕像一样。他全身——头发和皮肤——都是浅棕色。他总是显得很稳重，但行动起来雷厉风行。梦幻般棕色的双眼是他最出众的特征，当他望着你的时候，眼睑就像那些雕像上的一样，半开半合，整个面部显得文静安详。

就在皮肖塔与玛丽亚·隆巴尔多逗乐的时候，图里·吉里安诺去了自己在楼上的卧室，做一些出门前的准备，特别是要带上他藏在那里的一把手枪。他没有忘记前一天晚上的屈辱，决定今天去干活的时候把武器带上。他知道如何用枪，因为父亲经常带他出去打猎。

母亲独自在厨房里等着与他告别。她拥抱了他，还摸了摸他别在腰里的那把枪。

“图里啊，多加小心，”她提醒他说，“不要和宪兵争吵。如果他们拦住你，你就把东西交给他们得了。”

吉里安诺让她放心。“他们可以把东西拿走，”他说，“可是我不会让他们打我，或者把我抓进监狱。”

她能够理解这一点。出于西西里人强烈的自豪感，她为他感到骄傲。许多年前，正是出于这种自豪感，加之对贫困的愤怒，她说服丈夫去美国，开始新的生活。她有过美好的梦想，相信这个世界上有公平正义，应该有属于自己的一块地方。她在美国积攒了一笔钱，但又是这种自豪感促使她决心回到西西里，过女王一样的生活。可是后来一切都化成了泡影。战争时期，里拉变得一文不值，她又变得一贫如洗。她只能听天由命，把希望寄托在孩子们身上。看到图里身上表现出她曾经有过的那种精神，她感到非常欣慰。可是她又害怕将来有一天，图里也必须直面西西里残酷现实的生活。

她看着图里走到外面卵石铺就的贝拉大街上去迎接阿斯帕努·皮肖塔。她儿子走起路来像一只大型的猫科动物，胸膛宽阔，胳膊和腿的肌肉发达，相比之下，阿斯帕努简直像根瘦麻秆儿。不过她儿子不像阿斯帕努那样狡猾和残暴。在他们共同生活的这个充满危险的世界里，阿斯帕努会保护图里的。她喜欢阿斯帕努橄榄色皮肤的俊秀，但是她觉得自己的儿子更英俊。

她目送他们沿贝拉大街走向镇外通往海堡平原的路。这两个年轻人，一个是她的儿子图里·吉里安诺，一个是她妹妹的儿子加斯帕尔·皮肖塔，都刚刚二十岁，但看上去还很年少。她喜欢这两个孩子，同时也为他们担惊受怕。

她看着两个人和一头驴消失在街道的起伏处，最后出现在高高的山梁上，进入环抱蒙特莱普雷的大山。玛丽亚·隆巴尔多·吉里安诺凝神注视着，好像今后再也见不着他们了。她就这样看着他们逐渐消失在半晌山头的薄雾之中，消失在一段传奇故事的序幕里。

第四章

1943年9月的西西里，人们只能靠到黑市上进行交易才能生活下去。战时严格的食品配给仍在实行，农民必须把自己的农产品按定价卖给中央政府的粮仓，换取几乎一文不值的纸币。政府本应把这些粮食低价卖给或分配给民众。有了这样的制度，每个人都应当得到足够的粮食来生存。事实上，农民尽量多地私藏粮食，因为他们上交给政府仓库的东西，都被唐·克罗切·马洛和他支持的镇长拿到黑市上加价出售了。民众不得不到黑市上去买，他们是为求生存才违法进行走私的。如果他们被抓住，就会受到指控并被投入监狱。罗马的民主政府对他们有什么好处呢？他们可以去投票，但他们还得忍饥挨饿。

图里·吉里安诺和阿斯帕努·皮肖塔就要打破这些法规，可是他们并不在乎。皮肖塔在黑市上人脉很广，所以这件事就由他来安排。他和一个农民达成一笔交易，他从乡下走私一车奶酪送到蒙特莱普雷镇的一个黑市交易商那里，为此他们将得到四只熏火腿和一筐香肠作为报酬。有了这些东西，他姐姐的订婚宴就能办得比较体面。他们所违反的是两项法律，一是禁止黑市交易的法律，二是禁止在意大利的地区间走私的法律。当局无法控制黑市交易，否则他们就要把西西里的人全部关进监狱。不过走私的情况就不同了。国民警察巡逻队（即宪兵）在乡村地区四处寻查，设立路障，还雇用了线人。当然，他们对唐·克罗切·马洛的商队却无可奈何，因为他们使用的是美国军用卡车，而且有军事部门的特别通行证。但他们可以抓住不少小打小闹的农民和饥饿的村民。

吉里安诺和皮肖塔走了四个小时才到那个农庄。他们把那块巨大的白色奶酪和其他东西绑在驴子身上，然后在上面覆盖了一些麻秆和竹子作掩护，这样看起来他们就像是给牲口送饲料的，因为许多村民的家里都养了牲口。他们像许多年轻人一样既自信又粗心，或者说更像那些想瞒过父母，把自己心爱的东西藏起来的小孩子。他们之所以信心十足，是因为他们熟悉山间的秘密通道。

返程的路还很长。出发前，吉里安诺让皮肖塔在前面侦察宪兵。他们用特定的口哨声作为通报危险的暗号。驴子驮着奶酪走得轻松自如，也很听话，狂欢节的典礼上它已经得到了奖赏。他们慢慢地往山上走，一路上没有发现任何危险迹象。两小时后，吉里安诺发现身后大约三英里处有个商队在跟着他们，有六只骡子和一个骑马的人。如果黑市上还有别人知道这条路，那么在外巡逻的警察就可能在这里设卡。为小心起见，他让皮肖塔走得更远一点。

过了一小时，他追上了阿斯帕努，见他正坐在大石头上边抽烟边咳嗽。此时阿斯帕努脸色苍白，其实他是不该抽烟的。图里·吉里安诺在他身边坐下歇一歇。他什么也没说，因为他们之间谁也不想对对方指手画脚，这是他们从小就形成的主要默契之一。最后，阿斯帕努掐灭了手里的香烟，把烧黑的烟头放进口袋。他们又开始赶路。吉里安诺在前面牵着驴缰，阿斯帕努走在后边。

他们走的是一条山间小路，避开大路和村庄，但是偶尔也能看见一些古希腊人的蓄水池，残破的雕像嘴里还在喷水，还有一个几百年前用来抵御入侵者的诺曼人城堡。图里·吉里安诺再次想到西西里的过去和他自己的未来。他伤感地想到教父赫克特·阿多尼斯答应狂欢节之后来找他，为他准备巴勒莫大学的申请材料。赫克特·阿多尼斯从来不参加狂欢节，喝醉酒的人常常取笑他身材矮小，孩子们——有些孩子比他还高——也会侮辱他。图里感到奇怪的是，上帝为什么要限制一个人的生长发育，但又要向他头脑里灌那么多知识。图里很喜欢赫克特·阿多尼斯，认为他是世界上最聪明的人，而且这个人对他和他父母都非常好。

他想到在自家那一小块土地上辛勤劳作的父亲，想到两个衣衫破烂的姐姐。所幸的是，玛丽安尼娜长得漂亮，尽管家境贫寒，时局很乱，她却找了个丈夫。不过他觉得最可怜的还是他母亲玛丽亚·隆巴尔多。他在小时候就意识到母亲活得很痛苦，很不开心。她感受过美国的富饶，在西西里这样一个贫困的小镇上，她怎么也高兴不起来。他父亲经常讲述那些美好的时光，他母亲听了就会潸然泪下。

但是图里·吉里安诺心想，他要改变这个家的命运。他要努力劳动，努力学习，成为教父那样的了不起的人。

突然他们面前出现了一片小树林，是西西里仅存的少数林地之一，现在这一带似乎到处都是巨大的白色岩石和大理石采石场。翻越这个山头之后，一路向下就到蒙特莱普雷了。他们必须倍加小心，提防宪兵的流动巡逻队，不过眼前这个“四岔路口”也不能掉以轻心。吉里安诺拉住驴缰，并示意阿斯帕努停下。他们悄然站在那里，没有听见异常的响动，只听见无数贴近地面飞舞的昆虫发出的嗡嗡声。这是它们振动翅膀和腿所发出的声音，就像远处传来的锯木声。他们穿过这个路口，安然进入另一片小树林。图里·吉里安诺又开始了遐想。

转眼间，前面的林木稀疏起来，好像被人推向了远处似的。他们路过一小块开阔地，地面高低不平，全是碎石子、砍伐留下的竹桩，和一些稀稀拉拉、几乎没有叶子的小草。在花岗岩密布的山峦上方，傍晚的太阳苍白惨淡，正渐渐离他们远去。过了这片开阔地，就是一条迤逦的小路，向下一直通到远处的蒙特莱普雷。突然吉里安诺的左眼感觉到一丝闪光，就像有人划了一根火柴，他猛然从白日梦中惊醒，一把拉住驴子，并示意阿斯帕努停下。

从三十码开外的灌木丛中走出三个陌生人。图里·吉里安诺看见了他们的黑色军帽和镶白边的黑色军服。他觉得自己真笨，绝望与羞愧的感觉油然而生：他们被抓住了。三个人端着枪走向他们，行进过程中逐渐散开。其中两个人很年轻，脸红扑扑的，硬边军帽歪戴在后脑勺上，样子很滑稽。他们把冲锋手枪的枪口对着这一边，神情认真，还有点沾沾自喜。

中间的那个宪兵年纪大些，手里拿着步枪。他的脸上坑坑洼洼，还有几道伤疤。他的帽檐一直拉到了眼睛上方，袖子上戴的是士官臂章。吉里安诺刚才看到的闪光就是从这支步枪枪管反射的阳光。那士官用枪口对着吉里安诺的胸膛，脸上露出狰狞的笑。吉里安诺看见这狞笑后，立刻由绝望变成了愤怒。

这个手持步枪的士官步步进逼，他的两个同伴也逐渐靠上前来。图里·吉里安诺此时已高度警惕。那两个持冲锋枪的年轻人并不可怕，他们大大咧咧地朝驴子走来，没有把眼前这两个人放在眼里。他们挥手让吉里安诺和皮肖塔从驴子旁边走开，其中一个人把冲锋手枪放进枪套，掀开驴子背上的伪装竹帘。他看见这批货的时候，不由自主地吹了一声贪婪的口哨。他没有注意到此时阿斯帕努已经向他靠近。但是手持步枪的那个士官却看见了。他大喊了一声："你，小胡子，快走开。"阿斯帕努向后退了两步，退到离吉里安诺较近的地方。

那个士官靠近一步。吉里安诺密切注视着他的一举一动。那张麻脸显得很疲惫，但那双眼睛却炯炯有神。只听见他说："好了，年轻人，那块奶酪很不错啊，刚好配我们营里的通心粉，只要你说出那个卖主的名字，我们就让你们骑着毛驴回家。"

他们没有理睬他，他等了一会儿，他们还是没有搭理他。

最后，吉里安诺平静地说："如果你能让我走，我就给你一千里拉。"

"你可以用里拉去擦屁股，"那士官说道，"好了，把证件拿出来，如果证件有问题，我就让你先用你的证件擦屁股。"

侮辱的语言和黑白边的制服让吉里安诺顿时怒从心头起，那一刻他知道他不会让这些人把他抓走，也不会让他们抢走他的东西。

图里·吉里安诺拿出自己的证件，朝这个士官走去。他希望走到那支步枪的弧形线之内。他知道自己的身体比大多数人都灵活，他愿意孤注一掷。可是对方用步枪示意他后退并说："把它扔在地上！"吉里安诺只好照办。

皮肖塔在吉里安诺左侧五步远的地方。他知道他的朋友心里在想什么，知道他衬衣下面掖着一把手枪，于是就设法吸引那士官的注意。他身体前倾，手摸着别在后腰上刀鞘里的那把刀，故意傲慢地说：“中士，如果我们把那个农民的名字告诉你，你还要我们的证件干什么？交易可不是这样做。”他稍事停顿后语气讥讽，“我们知道宪兵从来是说话算话的。”他说“宪兵”这个词的时候满是憎恶。

手持步枪的士官朝皮肖塔那边走了几步，然后停下来。他冷冷地一笑，平端着枪对他说：“还有你，花花公子，你的证件。你是不是像你的驴子一样没有证件？这只驴子的胡子也比你的好看。”

那两个人年轻宪兵哈哈笑起来。皮肖塔的眼睛突然一亮。他朝士官方向又迈了一步。“是的，我没有证件，我也不认识什么农民，这些东西是我们在路上捡的。”

这个愚蠢鲁莽的对抗行动没有奏效。皮肖塔原想等这个士官靠近，进入他的攻击距离。可是这人却向后退了几步，笑了笑说：“一顿鞭子可以灭灭西西里人的傲慢。”他停了一下又说，“你们两个，给我躺在地上。”

“鞭子”泛指使用皮鞭或者棍子的体罚。吉里安诺知道，蒙特莱普雷有些人在贝兰伯兵营里就受到过这样的拷打。他们回家的时候，有的腿被打残，有的头肿得像西瓜，有的内脏被打坏，从此丧失劳动能力。绝对不能让宪兵这样来对待他。吉里安诺单膝着地，好像准备躺下，一只手撑在地上，另一只手放在腰带上，准备随时从衬衣下面拔出手枪。此刻，这片开阔地已笼罩在黄昏前的薄雾中，远处小树林上方的太阳已沉到山后。他看见皮肖塔骄傲地站在那里，对中士兵的命令充耳不闻。他们肯定不会因为偷运一块奶酪就开枪打他。他可以看见两个年轻宪兵的手在发抖。

就在这时候，后面传来了骡叫声和急促的骡蹄声，下午跟在他们后面的那个商队此刻也进了这片开阔地。骑在马上的那个领队肩上挎着一支短筒猎枪，穿了一件厚实的皮夹克，看上去体型庞大。他从马上跳下来，从口袋里掏出一大沓里拉，对手持步枪的宪兵说："看来这一次你逮住了几条小沙丁鱼。"显然他们相互认识。这个手持步枪的人第一次放松了警惕，欣然接受了送给他的钱。两人相视一笑，似乎全然忘记了这两个被逮住的人。

图里·吉里安诺慢慢地向靠他最近的那个宪兵移动，皮肖塔则悄悄地朝最近的灌木丛移动。两个宪兵都没有注意，吉里安诺用前臂砸过去，把一个宪兵打倒在地，然后冲着皮肖塔大喊："快跑！"皮肖塔钻进了竹林，吉里安诺则跑向小树林。剩下的那个宪兵惊慌失措，抑或是太无能，没有及时掉转枪口。快钻进小树林的吉里安诺异常兴奋，他纵身跃起，钻进两棵粗壮的大树中间隐蔽起来。与此同时，他从衬衣下面拔出枪来。

他的判断没错，那个手持步枪的士官最危险，只见他把手中那一沓钱扔在地上，掉转枪口，非常冷静地开始射击。他无疑击中了目标，吉里安诺的身体像一只死鸟似的落在地上。

吉里安诺听见枪声的同时感到一阵剧烈疼痛，好像遭到了木棍的重击。他摔在两棵树之间的地上，想挣扎着站起来，但失败了。他双腿麻木，不听使唤。他把身体蜷缩起来，手上依然抓着枪。他看见那个士官得意地举起步枪在空中晃动。这时候吉里安诺感到裤子里全是血，热乎乎、黏糊糊的。

扣动扳机的那一刹那，图里·吉里安诺感到的只是震惊：他们为了一块奶酪就向他开枪射击。所有的人都这样做，因为这一个小小的错误，他们就残酷无情地毁了一个家庭的主心骨。他母亲会哭一辈子的。现在他身上血流如注，他还从来也没有伤害过任何人。

他扣动扳机后，看见那支步枪落地，士官的白边黑帽子飞到半空，身体连同那受了致命伤的脑袋软瘫下来，摇摇晃晃地倒在石头地上。用手枪在这样的距离射击命中率很低，但是吉里安诺觉得子弹好像是他用手推出去的，使它像匕首一样击穿了那个人的眼睛。

对方的一把冲锋手枪开始射击，但子弹射偏了，嗖嗖声像小鸟的鸣叫，紧接着是一阵死寂，就连嗡嗡飞的小昆虫也停了下来。

图里·吉里安诺就势滚进了灌木丛，看见敌人的脸被打得血肉模糊，他心中产生了希望。他并不是一点力气也没有。他想挣扎着爬起来，这一次他成功了。他开始跑，但是只有一条腿能够向前迈，另一条腿只能在地上拖着。他的大腿根发热，而且黏糊糊的，鲜血浸透了他的裤子。他觉得看东西有些模糊，觉得自己突然穿过一片有亮光的地方。这时他担心自己绕了个圈儿又回到那片开阔地，所以想往回跑。他的身体开始向下栽倒——不是倒向地面，而是栽进了略带红色的黑色深渊，这时候他知道自己怕是永远起不来了。

空地上的年轻宪兵松开扣住冲锋手枪扳机的手指，嗒嗒的枪声停了下来。那个走私犯从地上爬起来，手里拎着那沓钱，把它递给另一个宪兵。那个宪兵却用手枪指着他说：“你被捕了。”

走私犯说：“现在这些钱你们可以对半分了，放我走吧。”

两个宪兵看了看倒在地上的士官。毫无疑问他死了，他的眼睛和眼窝被子弹打烂，伤口流出黄色带泡沫的液体，一只壁虎已把触角伸进他的伤口。

走私犯说：“我到后面去找他，他已经受伤。我把他尸体拖回来，你们两个就成英雄了，让我走吧。”

另一个宪兵把图里扔在地上的身份证件捡起来大声读道：“萨尔瓦多·吉里安诺，蒙特莱普雷镇。”

“现在找他已经没有必要，”另一个宪兵说道，“当务之急是向总部报告。”

“胆小鬼。”走私犯说。他想把短筒猎枪从肩上放下来，可是看见宪兵正恶狠狠地看着他。他的话侮辱了他们。为此，他们让他把士官的尸体搭在他的马背上，一起步行到兵营去。走之前他们拿走了他的枪。两个宪兵惊慌失措，他真希望他们不要因为紧张而走火误杀他。除此之外，他没有更多的担心。他和蒙特莱普雷的罗科菲诺上士很熟。他们以前就打过交道，今后还会继续打交道。

在这段时间内，他们谁也没有想到皮肖塔。不过他们所说的话都被他听见了。他手上握着刀，躺在一个长满高草的坑里。他在等他们来找图里·吉里安诺，他打算对其中一个人进行伏击，割断他的脖子，然后把他的枪拿到手。此刻他怒火中烧，甚至消除了对死亡的恐惧。他听见那个走私犯主动要求把吉里安诺的尸体拖回去的时候，就把那个人的面孔深深地印在了脑子里。听到他们撤退不再追捕他的时候，他甚至感到遗憾。他们把他的驴子拴在商队后面的时候，他十分苦恼。

他知道吉里安诺受了重伤，需要帮助。他绕过开阔地，穿过小树林，跑到他的同伴刚才消失的地方。灌木丛中看不出有人的迹象，于是他沿着来时的路往回跑。

还是没有看见图里的踪影。他爬上一块巨大的岩石，其顶端凹陷形成一个坑，在这个石头坑中间有一汪几乎变黑了的血。在岩石的另一面是一长溜黏稠、鲜红的血迹。他继续往前跑，突然惊讶地发现吉里安诺四仰八叉地倒在前面的路上，手上还握着那把枪。

他跪在地上，把手枪拿过来，别在自己的腰上。这时候图里·吉里安诺的眼睛睁开了。这双眼睛里充满了仇恨，令人望而生畏，但是它们越过阿斯帕努·皮肖塔，看着远方。皮肖塔心里的一块石头落了地，眼泪都快掉下来了。他想赶紧把他扶起来，但是他身体太弱了。“图里，起来试试看，我来帮你。”皮肖塔说。吉里安诺用双手撑着地把身体抬起来。皮肖塔用一只手臂托起他的腰，他感到手上又热又粘。他把手抽出来，撩起吉里安诺的衬衣，看见他腰部有个大口子，不禁大惊失色。他把吉里安诺靠在一棵树上，立刻脱下自己的衬衣，用它塞住伤口止血，然后把两只袖子在腰上扎紧。他一只胳膊搂着图里的腰，另一只手抓住他的左手，把它高高举起，这样就使他们两个人保持了平衡。他小心翼翼地挪着脚步，架着吉里安诺在小路上慢慢往山下走。从远处看，他俩似乎是在边跳舞边下山。

蒙特莱普雷的人们希望圣罗沙利狂欢节能给他们的小镇带来奇迹，而图里·吉里安诺却没能过上这个狂欢节。

他没能参加可以稳拿第一的射击比赛，没能参加用木棒或皮鞭攻击对方头部的马术比赛，也没能看见紫、黄、绿三色火箭在满天星斗的夜空爆炸构成的绚丽图案。

他还没来得及尝杏仁糊糖，形状做得像胡萝卜、竹笋和西红柿，甜得让人浑身酥麻；他也从来没有吃过武士形状的棉花糖，武士的形象全都来自关于罗兰、奥利维和查理大帝的传奇故事，它们的糖制宝剑上镶着薄荷糖做成的红宝石和水果粒做的绿宝石，孩子们拿回家后放在床边，充满遐想地进入梦乡。在家里，姐姐的订婚宴缺了他如期进行。

那只驴子和奇骡的交配没有成功，所以不会有后代。蒙特莱普雷的公众非常失望。多年以后他们才知道，这次狂欢节的奇迹降临在了那个牵驴子的年轻人身上。

第五章

圣方济各会修道院的院长正在进行晚间巡视，督促那些偷懒、无能的修道士们干活。他检查了圣物作坊的仓库，检查了为附近几个镇供应硬皮面包的面包房。他观察了农产品园，检查了装满橄榄、西红柿、葡萄的竹筐，看它们光滑的表面上有没有伤痕。修道士们个个忙得像小精灵，但却不像小精灵那么开心。实际上他们很沉闷，丝毫没有为上帝效劳必须具备的愉悦感。院长从长袍里掏出一根长长的黑色方头雪茄，在修道院内四处漫步，这样到吃晚饭时能有个好胃口。

就在这时候，他看见阿斯帕努·皮肖塔拖着图里·吉里安诺进了修道院的大门。守门人想把他们挡在大门外，但是皮肖塔用手枪顶着他的光头，吓得他跪在地上做起最后的祈祷。皮肖塔把浑身血迹斑斑、几乎奄奄一息的吉里安诺放在院长面前的地上。

院长身材瘦高，五官小巧得像猴子——塌鼻梁，棕色纽扣一样的小眼睛。他年过七十，从容优雅，精力充沛，头脑和过去一样好使。墨索里尼上台之前，他受雇于黑手党的绑匪，为他们写过讲究的绑架信。

现在，他的修道院是黑市操纵者和走私贩私者的大本营，这是包括农民和当局在内尽人皆知的，但是他的非法活动却从来无人干预。因为他是神职人员，人们觉得他为这个地区提供了精神指导，得到一些物质回报是理所当然的。

看见两个浑身是血的农民歹徒擅自闯进圣弗朗西斯教堂圣地的时候，曼弗雷迪院长并不感到吃惊。实际上，他非常熟悉皮肖塔。他曾利用这个年轻人干过一些走私和黑市买卖的勾当。他们一个是上了年纪的神职人员，一个是涉世不深的年轻人，然而双方都惊奇地在对方身上发现了一个共同点——那就是狡诈——这使他们很高兴。

院长先安慰了看门的修士，然后对皮肖塔说："唔，亲爱的阿斯帕努，你在干什么？"皮肖塔把扎在吉里安诺伤口上的衬衣捆捆紧。院长惊讶地发现他脸上悲痛的神情；他没有想到这个年轻人也会有这样的情感。

皮肖塔再次看着那个大伤口，知道他的朋友现在是命悬一线。他怎么把这个消息告诉图里的父母亲呢？他害怕玛丽亚·隆巴尔多会伤心。可是现在，还有更重要的事情。他必须说服院长让吉里安诺在修道院里躲一躲。

他直视院长的眼睛。他想传达的信息不是直接的威胁，而是想让对方明白，如果他拒绝，就会多一个可怕的敌人。"这是我的表兄萨尔瓦多·吉里安诺，也是我最亲密的朋友，"皮肖塔说，"你也看得出来，他处境非常不幸，用不了多久警察就会漫山遍野地找他。也会找我。你是我们唯一的希望。我请求你把我们藏起来，再请一个医生。你为我干这件事，你就有了一个永久的朋友。"他特别强调了“朋友”这个词。

院长仔细地听着他所说的每一句话。他完全明白。他曾经听说过吉里安诺是个勇敢的年轻人，在蒙特莱普雷颇受尊敬，善于射击和捕猎，而且少年老成。就连黑手党也对他另眼相看，认为他是一个可以招募的对象。唐·克罗切有一次到修道院来进行社交和事务访问时，曾对院长提起过他，说经过调教他可能成为很有用的人。

他仔细看了看这个昏迷不醒的年轻人，几乎可以断定这个人需要的不是藏身之地，而是葬身之地；需要的不是医生，而是为他进行最后祈祷的神父。答应皮肖塔的这个请求几乎无须冒任何风险，因为即使在西西里，把一具尸体藏起来也不算犯法。但是他不想让这个年轻人知道，他帮这个忙几乎毫无价值。他问：“他们为什么要搜捕你们呢？”

皮肖塔有些犹豫。如果院长知道死了一名警察，就有可能拒绝向他们提供藏身之地。但是如果他对即将到来的搜捕行动毫无准备，他可能感到震惊并出卖他们。皮肖塔决定把事情原原本本地告诉他，于是很快把事情的经过说了一遍。

院长垂下眼皮，为那个下了地狱的灵魂感到痛苦。他仔细地检查了昏迷不醒的吉里安诺。扎了衬衣的伤口还在往外渗血。也许就在他们说话的时候，这个可怜的年轻人就会死去，这样一来所有问题就会一了百了。

作为圣方济各会的修士，院长不乏基督教的博爱之心，可是在这种可怕的岁月里，他不得不考虑这种恻隐之心可能带来实际的物质上的后果。如果他提供了庇护但这个年轻人还是死了，结果只会对他有好处。当局只要见到他的尸体就满足了，而他的家人也会对他感激不尽。如果吉里安诺能够康复，他的感恩之情也许更有价值。如果一个人受了重伤还能开枪打死警察，卖给他一个人情是非常值得的。

当然他也可以把这两个小坏蛋交给警察，警察很快就会把他们处死。那样有什么好处呢？当局对他不会比现在更好。他们现在掌权的这个地区对他来说早就很安全了，他需要的是篱笆墙另一侧的朋友。出卖这两个年轻人只能使他在农民中树敌，并与这两家人结仇。院长还不至于愚蠢到这种地步，认为他这件法衣能保护他免受必然会随之而来的仇杀。此外，他也看透了皮肖塔，这个年轻人还要走很远才能踏上通往地狱之路。不，绝不能对西西里农民的仇恨掉以轻心。他们是真正的基督教徒，永远不会亵渎圣母玛利亚的雕像，可是如果为了复仇，他们会用短筒猎枪打死违反“缄默规则”的教皇。任何人都必须遵守这种保持缄默的古老规则。在这片土地上有许许多多耶稣像，但是谁也不相信打不还手，“宽恕”是懦夫的借口，西西里农民不知道什么叫怜悯。

有一点院长是确信无疑的，皮肖塔永远不会背叛他。在一次走私过程中，院长安排人把皮肖塔抓起来进行审问。审讯者是巴勒莫警察局的，不是宪兵那些笨蛋。无论审讯人员暗示或是单刀直入发问都没能让皮肖塔开口，他始终缄口不言。审讯者把他放了，告诉院长他是一个可以信赖的年轻人，可以把重要的事情交给他去做。打那以后，院长对阿斯帕努·皮肖塔刮目相看，他还经常为他的灵魂祈祷。

院长用两个手指捏着他那干瘪得只剩下皮包骨的嘴吹了声口哨。几个修士匆忙跑过来，院长让他们把吉里安诺抬到修道院一个比较偏远的厢房里。那是院长的特别住处，战争期间他曾经把一些从意大利军队逃跑的富农的儿子藏在那里。接着他派了个修士到五英里外的圣吉塞皮贾托村去请医生。

皮肖塔坐在床边，抓着图里·吉里安诺的手。图里的伤口已不流血，眼睛也睁开了，但是目光呆滞。皮肖塔眼里噙着泪水，没敢说话。他擦了擦图里冒汗的前额，发现他的皮肤有点发紫。

一个小时后，医生赶到。在赶过来的路上，他看见大批宪兵正在山坡上搜索，所以当他看见自己的朋友、修道院院长把一个受伤的人藏在这里，他丝毫没有感到意外。这不关他的事；警察和政府的事管它干什么呢？修道院长是西西里人，他需要帮助。院长经常在星期天给他送一篮子鸡蛋，圣诞节前还给他送过一桶酒，复活节前又给他送去一只羊羔。

医生对吉里安诺进行检查，并为他包扎了伤口。子弹打穿了他的腹部，可能还打坏了部分重要脏器，肝脏肯定受到了创伤。由于大量失血，这个年轻人面如死灰，全身皮肤白里透紫。伤者嘴巴四周出现了一个白圈，医生都知道这是死亡的第一先兆。

他叹了口气后对院长说：“我已经尽力而为。血已经止住，不过他的失血量超过了全身血液总量的三分之一，这种情况通常是非常危险的。要给他保暖，给他喝点牛奶，我给你一点吗啡。”他非常遗憾地看了看躺在那里的吉里安诺那副强壮的身板。

皮肖塔小声问道：“我怎么跟他的父母亲说？他还有救吗？”

医生叹了口气。“你想怎么说就怎么说吧。他受的是致命伤。小伙子看上去身体很强壮，所以他也许能多活几天，但是最好不要抱什么希望。”他看见皮肖塔极度绝望的眼神和院长如释重负的表情，讥诮道，“当然，在这块神圣的地方，总是有出现奇迹的可能。”

院长和医生走了出去。皮肖塔俯身去擦他朋友额头上的汗，惊讶地发现吉里安诺眼神中的一丝嘲弄，他暗棕色的眼睛有一道银边。皮肖塔的身体又向下俯了些。图里·吉里安诺在小声说话，说得非常吃力。

“告诉我母亲，我会回家的。”图里说。接着他做了一件皮肖塔今生永远不会忘记的事。他突然伸出双手抓住皮肖塔的头发。这双手非常有力；垂死的人双手绝对不会这样有力。他把皮肖塔的头向下压了压，“听我的话。”吉里安诺说。

赫克特·阿多尼斯接到吉里安诺父母给他打的电话，第二天上午他就到了蒙特莱普雷。不过他很少住在自己的房子里。年轻时他就讨厌这个出生地，尤其排斥狂欢节。那样的装饰使他感到沮丧，那些缤纷绚丽的装点似乎是掩饰小镇贫困的恶作剧。在狂欢节期间，他总是要忍受一些侮辱——醉酒的人讥笑他的身高，女人对他投去鄙夷的微笑。

他比所有人都懂得多也无济于事。他们非常傲气，每家的房子都漆得跟他们父辈的一样，可是他们不知道房子的色彩暴露了他们的血统。他们不仅从自己的祖先那里继承了血缘，也继承了房子的色彩。若干个世纪前，诺曼人把房子漆成白色，希腊人总是使用蓝色，阿拉伯人用各种粉色和红色，犹太人使用黄色。现在他们都认为自己是意大利人或西西里人。一千年来，血缘已经混杂了，已经不能根据他的相貌来判断房主人的种族，如果你对一幢黄色房子的主人说他们祖先是犹太人，你的肚子可能就要挨上一刀。

阿斯帕努·皮肖塔家的房子是白色的，可是他看上去却像阿拉伯人。吉里安诺家房子的主色调是希腊蓝，从相貌上看，图里·吉里安诺是典型的希腊人，可是他却具有诺曼人那样强健的大骨架身材。显而易见，各种血统已经混杂，形成了具有某种奇怪而危险特征的西西里人，这也是促使阿多尼斯今天到蒙特莱普雷来的原因。

贝拉大街的每一个角落都有两个表情严肃的宪兵，他们手持步枪和冲锋手枪，处于戒备状态。狂欢节的第二天已经开始，可是很奇怪，小镇的这一片地方却几乎没有人来，街上也没有小孩玩耍。赫克特·阿多尼斯把车停在吉里安诺家房前的便道上。两个宪兵以怀疑的目光看着他，等他走出汽车，看见他那么矮小，两人不觉哑然失笑。

皮肖塔打开门把阿多尼斯领进去。吉里安诺的母亲和父亲在厨房里等着，桌上的早餐是冷香肠、面包和咖啡。玛丽亚·隆巴尔多比较平静，因为她很疼爱的阿斯帕努安慰她说她儿子会康复的。与其说她很害怕，倒不如说她很生气。吉里安诺的父亲并没有显露出悲伤，而是显得很骄傲，因为他儿子证明自己是个男子汉——他还活着，而他的敌人却死了。

皮肖塔讲了事情的来龙去脉，试图安慰他们。他避重就轻地提了一下吉里安诺的伤势，至于他怎么勇敢地把吉里安诺背进山下的修道院，他没有多说。但是阿多尼斯知道，带着一个受伤的人在崎岖山路上行走三英里，对于身材瘦小的皮肖塔来说会有多么艰难。同时他还觉得皮肖塔对于吉里安诺的伤势说得轻描淡写。他感到情况不妙。

“宪兵怎么会知道这么多情况，都找到这儿来了？”他问道。皮肖塔把吉里安诺交出自己身份证件的事告诉了他。

吉里安诺的母亲哭着说：“图里为什么不让他们把奶酪拿走？他为什么要动手呢？”

吉里安诺的父亲厉声对妻子说：“你想让他干什么？告发那个可怜的农民？那样是给家族的荣誉抹黑。”

赫克特·阿多尼斯对两个人的话感到很惊讶。他知道吉里安诺的母亲比他父亲还要强壮、暴躁，但是她开口就示弱，他父亲反而异常强硬。而皮肖塔，也就是阿斯帕努这个小伙子——谁能想到他如此勇敢地拯救自己的同伴，把他送到安全的地方，现在还冷静地对吉里安诺的父母隐瞒他们儿子的伤势。

吉里安诺的父亲说：“要是他没有把身份证交出去就好了。我们的朋友们都会作证，说他就在小镇的街上。”

吉里安诺的母亲说：“不管怎么说，他们都会逮捕他。”说着她就哭起来，“现在他只能躲在深山老林里了。”

赫克特·阿多尼斯说：“我们一定不能让院长把他交给警察。”

皮肖塔不耐烦地说：“他不敢。他知道即使穿着修士的法袍，我也会把他吊死。”

阿多尼斯审视着皮肖塔，这个年轻人有不怕死的劲头。阿多尼斯知道伤害一个年轻人的自尊是不明智的。警察永远不能理解的是，老人历尽生活的磨难，即使受到侮辱，也不会去计较另一个人的非难，可是一个年轻人却无法承受这样的侮辱。

他们是在向赫克特·阿多尼斯求助，况且他以前就帮助过他们的儿子。阿多尼斯说："如果警方知道他在那里，修道院院长就没有办法了。在有些事情上，他也不是没有受到过怀疑。我想如果你们同意，最好还是请我的朋友克罗切·马洛先生出面向院长求情。"

他们非常惊讶地发现阿多尼斯认识唐·克罗切，不过皮肖塔却对他报以会心的微笑。阿多尼斯不客气地对他说："你在这里干什么？他们会认出你并把你抓起来的。他们已经掌握了你的相貌特征。"

皮肖塔鄙弃地说："那两个家伙吓得屁滚尿流，连自己的亲妈都认不出来了。有十几个人会为我作证，证明我昨天就在蒙特莱普雷。"

赫克特·阿多尼斯摆出一副咄咄逼人的职业姿态。他对吉里安诺的父母说："你们不能去看儿子，也不能把他在什么地方告诉任何人，包括你们最要好的朋友。到处都有警方的线人和密探。阿斯帕努只能在晚上去看图里。一旦他能走动，我就把他安排到另一个镇上去住，等这阵风头过去之后再说。还有，要有点钱，事情就好打点，图里就能回家。不要为他担心，玛丽亚，要保重自己的身体。还有你，阿斯帕努，一有什么情况就告诉我。"

他拥抱了吉里安诺的母亲和父亲。他临走的时候，玛丽亚·隆巴尔多还在哭。

他还有许多事情要做——最重要的是给唐·克罗切传个话，以确保图里的藏身之处万无一失。谢天谢地，罗马的政府没有悬赏提供杀害警察线索的人，否则修道院院长就会像出手宗教文物那样尽快把他出卖的。

图里·吉里安诺一动不动地躺在床上，他听见医生亲口宣布他受的是致命伤，但是他相信自己是不会死的。他觉得自己的身体仿佛悬在空中，他既感不到疼痛，也感不到恐惧。他是绝对不会死的，他并不知道这是大量失血引起的欣快症。

白天，有个修士照顾他，喂他喝牛奶。晚上，院长陪医生来看他。皮肖塔夜里来，握着他的手，陪伴他度过难熬的漫漫长夜。两个星期之后，医生宣布出现了奇迹。

图里·吉里安诺的坚强意志让伤口愈合，补回了失去的血液，被钢铁子弹打穿的内脏也恢复好了。神志模糊的时候，他梦想着未来的辉煌，他感觉到一种新的自由：从现在起他可以不再为自己所做的任何事情负责。社会的法律和严格的西西里家规再也无法约束他了，他可以为所欲为，血淋淋的伤口使他成了一个无罪的人。这一切都源自那个愚蠢的宪兵，他竟然为了一块奶酪就向他开枪。

在养伤的这几个星期，他一遍遍地回想着过去的日子：他和同村的人聚集在小镇广场上，等着被挑选到大庄园里去打一天零工，他们所得的报酬连肚子都填不饱，而那有权力的人总是一副“爱干不干”的鄙视神情。不公正的粮食分配使辛苦了一年的人依然处于贫困之中。穷人受到专横的法律惩罚，而富人则可以逍遥法外。

他发誓伤愈之后一定要伸张正义。他将不再是一个听天由命的软弱青年。他将从体力上和思想上武装自己。有一件事他是可以肯定的：在这个世界上，他决不会再示弱，不会像他面对圭多·昆塔纳或者向他开枪的警察时那样了。过去那个图里·吉里安诺已经不复存在。

过了一个月，医生建议他再休养四个星期，增加一些锻炼，所以吉里安诺穿上修士的衣服在修道院内散步。院长开始对这个年轻人产生了兴趣，经常陪他一起散步，讲他年轻时到遥远的地方旅行的故事。赫克特·阿多尼斯给院长送来一笔钱，感谢他为穷人祈祷；唐·克罗切对院长说，他对这个年轻人很感兴趣，于是院长对吉里安诺就更加另眼相看了。

吉里安诺亲眼目睹了这些修士的生活，感到非常惊讶。在一个民众几乎食不果腹的地方，出卖苦力一天只能挣到五十分钱，而圣弗朗西斯修道院的修士却生活得像王公贵族。这座修道院实际就是一座富庶的大庄园。

他们拥有一座柠檬园，粗壮的橄榄树几乎和耶稣同龄，他们有小竹园，此外还有一家肉铺，屠宰的牲畜都是他们自己饲养的羊和小猪。小鸡和火鸡就一群一群地散养在院子里。修士们每天吃面的时候都要吃肉，还要喝酒。酒是他们自酿的，就放在巨大的地窖里。他们的烟瘾很大，抽的烟都是用酒从黑市上换来的。

不过他们干活都很卖力。白天干活时，他们都光着脚，把长袍掖起来露出膝盖，额头上汗水直淌。为了防晒，他们的光头上戴着奇形怪状的美国软边帽，有黑色的，也有棕色的。这些帽子是院长用一桶葡萄酒从某个军政府采购官员那里换来的。修士们戴帽子的方式也五花八门，有些人像街头流氓那样把帽子的软边放下，有些人把软边竖上去形成一道槽，把香烟插在里面。后来院长开始讨厌这些帽子，于是除了在地里干活之外，其他时间就不准他们戴了。

在第二个月里，吉里安诺也像个修士一样了。院长感到惊讶的是，他在地里干活很卖力，帮助其他修士把沉重的、装着水果和橄榄的篮子扛进棚子里。吉里安诺的体力不断恢复，他也很喜欢干活，喜欢显示自己的力气。他们把他的篮子装得满满的，他连膝盖也不弯一下。院长为他感到自豪，告诉他在修道院待多久都可以，还说他是上帝创造的真正的男人。

这四个星期，图里·吉里安诺过得很开心。毕竟他已经从奄奄一息中恢复过来，他正在自己的头脑中编织美梦和奇迹。他很喜欢这个老院长，因为院长对他绝对信任，还把修道院的许多秘密告诉了他。这个老头儿还吹嘘说，修道院的所有产品都直接拿到黑市上去卖，而不是上缴国库。但是酒除外，酒是留着给修士们自己喝的。夜晚在修道院里有很多人赌博，还有不少人酗酒，甚至女人也被偷偷地带进来，但是院长对这一切都睁一只眼闭一只眼。“现在是困难时期，”他对吉里安诺说，“承诺的天堂遥不可及，人们现在必须有点乐趣。上帝会宽恕他们的。”

一个雨天的下午，院长带吉里安诺参观修道院一边的仓库，那里面有大量的圣人遗物，是一些技术娴熟的老修士制作的。像许多店主一样，院长也抱怨时运艰难。“战前，我们的生意很好，”他叹了口气，“这个仓库里的库存从不会超过一半。看看我们这里有什么神圣的宝贝吧，鱼骨是出自耶稣变出的那些鱼，权杖是摩西前往迦南途中使用过的。”他停下来，满意地看着吉里安诺脸上惊讶的表情，接着他那张瘦削的脸皱了起来，邪恶地露齿一笑。他用脚踢了踢一堆木棍，几近兴奋地说，“这个东西曾经卖得很好，是我们的主蒙难的十字架，几百个呢。这个箱子里装的是你所知道的所有圣人的遗骨碎片。在西西里，每家每户都有圣人遗骨碎片。在一个特别的储藏室里，我们有十三条圣安德鲁的手臂，三个施洗者约翰的头，七领圣女贞德穿过的盔甲。到了冬天，我们的修士就去远方推销这些东西。”

图里·吉里安诺哈哈大笑起来，院长看着他微微一笑。不过吉里安诺心里想的是：穷人总是上当受骗，甚至被那些指引他们通往救赎之路的人欺骗。这也是应当谨记的一个重要事实。

院长还给他看了一个大澡盆，里面是巴勒莫的红衣主教赐予的大纪念章，三十块耶稣蒙难后使用的裹尸布，还有两尊黑色圣母玛利亚雕像。听到这里，图里·吉里安诺的笑声突然停住了。他告诉院长他母亲有一尊黑色圣母玛利亚雕像，那是她从小姑娘的时候就一直珍藏的宝贝，是传家宝。那会不会也是一件赝品呢？院长慈祥地拍拍他的肩膀，告诉他一百多年来他们的修道院一直在用上好的橄榄木进行复制，即使复制品也是有价值的，因为毕竟复制的数量有限。

院长觉得，把神职人员这些小罪过悄悄告诉一个犯了杀人罪的人不会有什么坏处。不过，他对吉里安诺不表态的沉默感到不安，于是采取守势说：“不要忘了，我们这些献身上帝的奴仆也必须生活在这个世俗世界中，这个世界上的俗人并不相信要等待上天堂后的回报。我们也都有家庭需要救济和保护。我们的许多修士都很穷，出身很贫寒，而且我们知道他们也是普通百姓。在这样的艰难时期，我们不能让自己的兄弟姐妹和亲人去忍饥挨饿。神圣的教会也需要我们的帮助，它必须捍卫自己免受强敌伤害。共产党人和社会党人是被误导的自由主义者，必须和他们斗争，这也是需要钱的。虔诚的信众对教会来说是莫大的安慰。信众需要我们的圣物，这不仅满足了他们自己心灵上的需要，也给我们提供了打败那些异教徒所需要的经费。假如我们不向他们提供这些东西，他们就会浪费钱去赌博、酗酒、嫖妓。你说是不是？”

吉里安诺点点头，然后微微一笑，他被这个伪善的人弄得一头雾水。院长看见他的微笑后颇感恼火，他原本以为这个杀人犯会礼貌地回应，因为他为他提供了庇护，把他从死亡的边缘拉了回来。即使出于感恩，他也应该真心作出礼貌的反应。这个走私犯、杀人犯、乡巴佬、公子哥儿图里·吉里安诺应当表现出更多的理解，更像一个基督教徒才是。院长不客气地说：“不要忘了，我们真正的信仰在于我们相信奇迹会发生。”

“是啊，”吉里安诺说，“我真心诚意地认为，你们的责任就是帮助我们发现奇迹。”他说这句话时毫无恶意，而且说得很风趣，是真的想使他的恩人高兴。而且他也只能这样说才不至于笑出声来。

院长高兴起来，慈爱随之回归。这小伙子不错，在过去几个月里，他很喜欢他的陪伴，他心里感到宽慰，因为图里欠他很大的人情，他绝不会不知感激。他早就表现出高尚的心灵，而且每天都用语言和行动表明他对院长的尊重和感激。他不像歹徒那样心狠手辣。如今的西西里，穷人、告密者、强盗……各类罪人比比皆是，这个小伙子会怎么样呢？院长思忖：一个人只要杀过人，碰上同样的情况就会再次杀人。院长认为，唐·克罗切应当点化图里·吉里安诺走上正确的人生道路。

有一天，吉里安诺躺在床上休息的时候，院长带来一位不速之客。院长介绍说这是他的好朋友本杰明诺·马洛神父，说完就离开了。

本杰明诺神父非常关心地说：“年轻人，我希望你的伤已经痊愈。院长大人告诉我这真是一个奇迹。”

吉里安诺彬彬有礼地说：“上帝的慈悲。”本杰明诺神父虔诚地低下头，好像受益者就是他自己似的。

吉里安诺仔细打量着他。这个牧师从不下地干活。他的法袍连边都特别干净，他的脸虚胖发白，他的手细嫩柔软。不过他看起来倒是慈眉善目的，像耶稣一样与世无争的表情，充满基督徒的恭谦。

本杰明诺神父的声音也是那样温柔和蔼。他说道：“我的孩子，我愿意听你的忏悔，并施你圣餐。你忏悔赎罪之后，就能以纯洁的心灵走进世界。”

图里·吉里安诺心里在揣摩这个牧师，这个人具有令人崇敬的权力。“原谅我，神父，”他说，“我现在还没有做好忏悔的准备。如果我这时候进行忏悔，那将不是出自内心的。感谢你为我祈福。”

神父点点头说：“是啊，那将使你罪上加罪。不过我还想提请你做另外一件事，也许它在这个世界上比较切实可行。我的兄长唐·克罗切让我问问，你是否愿意到维拉巴去，到他那里去避避风头。你会得到较高的报酬，当然了，你也知道，只要你得到他的保护，当局绝对不敢再伤害你。”

吉里安诺非常吃惊，他所干的事情已经传到了唐·克罗切那里。他知道自己必须小心了。他痛恨黑手党，不愿意和他们纠缠不清。

“这真是荣幸之至啊，”他说道，“我感谢你和你的兄长，但是我必须和家里人商量商量，我必须顺从父母的意愿，所以暂时恕我不能领你的情。”

他看到牧师一脸惊讶，在西西里有谁会拒绝接受唐·克罗切的保护？于是他又补充了一句：“也许过几个星期，我会有不同的想法，那时候我就到维拉巴去找你们。”

本杰明诺神父回过神来，他举起双手对主表示感谢。“上帝保佑你，我的孩子，”他说道，“家兄的大门永远为你敞开。”他在胸前画了个十字，随后就辞别了。

图里·吉里安诺知道现在他该离开了。那天晚上阿斯帕努·皮肖塔来看他，吉里安诺告诉他要做哪些准备工作，好让他回到外面的世界中去。他发现自己像变了个人似的，他的朋友也发现了。皮肖塔听到他的指令后二话没说，但他知道这将使他自己的生活也发生深刻的变化。最后吉里安诺告诉他：“阿斯帕努，你可以和我在一起，你也可以和你的家人待在一起。你觉得该怎么做就怎么做。”

皮肖塔微笑着说：“你觉得我会让你一个人独享那些乐趣和荣耀吗？让你在大山里玩耍，而我却赶着毛驴去干活，或者去摘橄榄？那我们还有什么友谊可言？我们从小就在一起玩耍，一起干活，我能让你一个人在大山里生活吗？只有等你自由地回到蒙特莱普雷，我才能回去，所以不要再说傻话了。我四天之后来接你，我需要一点时间完成你让我做的事。”

在随后的四天里，皮肖塔忙得不可开交。他找到了那个骑马的走私犯，就是他主动提出追捕受伤的吉里安诺。这人姓马尔库齐，是个远近闻名的恶棍，在唐·克罗切和圭多·昆塔纳的庇护下进行大规模走私活动。他的叔叔马尔库齐是一个黑手党头目。

皮肖塔发现马尔库齐经常从蒙特莱普雷到海堡去。皮肖塔认识给马尔库齐家喂养骡子的那个农民，当他发现骡子不在地里，而被送到靠近小镇的一个谷仓的时候，他打赌马尔库齐第二天又要跑一趟了。黎明时分，皮肖塔就来到马尔库齐的必经之路上蹲守。他带了一支短筒猎枪。这是许多西西里家庭的必备之物。这种杀伤力很强的散弹枪在西西里很普通，经常被用来搞暗杀。墨索里尼清除黑手党的时候，曾下令所有石头墙的高度都不得超过三英尺，以免搞暗杀的人利用石墙进行伏击。

皮肖塔决定干掉马尔库齐，不仅因为这个搞走私的家伙想主动帮助警察杀死受伤的吉里安诺，而且因为他还以此为荣在他的朋友面前炫耀。干掉这个家伙对于其他可能背叛吉里安诺的人也是一个警告。此外，他知道马尔库齐肯定会携带武器，而那些武器也正是他所需要的。

皮肖塔没有等太长的时间。马尔库齐带着轻装上阵的骡子去海堡的黑市运货。他骑在领头的骡子身上，沿着一条山间小路走下来。他有点麻痹大意了，不是把步枪端在手里，而是把它挎在了肩上。他看见皮肖塔站在小路上挡住他的去路时，并没有感到惊讶。他的眼前不过是个又矮又瘦的小青年，留着一撮时髦的小胡子，不过使他感到恼火的是对方那副笑容。等皮肖塔从上衣里面抽出短筒猎枪的时候，马尔库齐才如梦方醒。

他恶声恶气地说："你弄错方向了吧？我的货还没有去运呢。这些骡子是受友中友保护的。放聪明一点，另外找个主儿吧。"

皮肖塔轻声说："我只想要你的命。"他冷酷地笑了笑，"几个月前你想在警察面前当英雄，不记得了吗？"

马尔库齐想起来了。他看似不经意地把骡子掉转到一侧，其实是不让皮肖塔看见他的手。他迅速把手滑到腰带位置拔出手枪，同时猛拉缰绳转身准备射击，可是随着短筒猎枪的枪声，他从骡鞍上应声倒下，摔在地上。他最后看见的是皮肖塔的微笑。

皮肖塔感到一阵残忍的满足感。他俯身站在马尔库齐的尸体旁，对着他的脑袋补了一枪。他把死者手上的手枪拿过来，把他身上背的步枪取下，然后掏出他上衣口袋里的步枪子弹放进自己的口袋。接着他迅速开枪把四只骡子逐一打死，以警告那些可能向吉里安诺的敌人提供帮助的人，哪怕是间接的帮助。他站在小路上，双臂抱着短筒猎枪，肩上挎着缴获的步枪，腰里别着那支手枪。他没有丝毫恻隐之心，他为自己的凶残感到高兴。虽然他热爱自己的朋友图里，但是他们在许多方面都表现得格格不入。虽然他承认图里的领导地位，但是他总觉得自己应当表现出同样的勇敢和智慧，从而证明自己无愧于他们之间的友谊。现在，他也完成了成人礼，走出了社会的怪圈，和图里一起站到了这个怪圈之外。他的行动把自己和图里永远捆绑在了一起。

两天之后，就在晚饭前，吉里安诺已经做好了离开修道院的准备。他和聚集在餐厅里的修士们拥抱，感谢他们的善意，修士们也都非常舍不得他走。他从来没有参加过他们的宗教仪式，没有为自己的杀人行为忏悔或后悔过，不过有些修士在未成年之前也犯有类似的罪行，所以不会轻易批评别人。

院长把吉里安诺送到修道院大门口时，皮肖塔已在那里等着。院长赠送了一件纪念品给吉里安诺作为离别留念。那是一尊黑圣母玛利亚雕像，是吉里安诺母亲玛丽亚·隆巴尔多那尊雕像的复制品。吉里安诺把雕像放进皮肖塔带来的一只美国生产的绿色帆布包里。

皮肖塔不屑地看着院长和吉里安诺道别，他知道院长是个走私犯，是黑手党的秘密成员，也是奴役手下那些可怜修士的监工。皮肖塔无法理解院长此刻的离别之情，他想不到吉里安诺的人格力量不但赢得了他的爱慕、友情和尊重，也征服了像院长这样德高望重的人。

院长的情感是出自真心，也包含着私心。他知道这个年轻人会成为西西里岛一个不可小觑的人物，他觉得这就像看见有圣缘的人一样。图里·吉里安诺的感激是发自内心的。院长不仅救了他的命，而且教了他许多东西，与他愉快地相处，院长甚至把自己的藏书馆给他使用。吉里安诺特别喜欢院长的诡诈，这是生活中一种重要的平衡，有好有坏，但是坏事不那么明显，这种平衡推动着生活的发展。

院长和图里·吉里安诺相互拥抱。图里说："你对我恩重如山。今后无论你需要什么帮助，尽管告诉我。只要你开口，我一定照办。"

院长拍拍他的肩膀。"基督教是施恩不图报的，"他说，"回到上帝指引的路上来吧，我的孩子，要回报他的恩德。"不过这已经是他的口头禅了。他深知年轻人的无知，图里会不顾一切地满足他的要求的。他不会忘记吉里安诺的承诺。

吉里安诺把那只帆布包背在自己的肩上，没有让皮肖塔帮忙。他们并肩走出修道院的大门，再也没有回头看一眼。

第六章

在接近德奥拉山山顶一块突出的峭壁边缘，吉里安诺和皮肖塔俯瞰着山下的蒙特莱普雷。小镇在他们下方几英里的地方，随着夜幕降临，家家户户的房子里都露出了灯光。吉里安诺甚至觉得他能听见小镇广场上大喇叭里播放的音乐。晚饭之前，喇叭里总是向在街上溜达的人转播罗马电台的小夜曲。

但是在大山里，空间是具有欺骗性的。从山上走下去到镇里需要两个小时，从山下走上来却需要四个小时。吉里安诺和皮肖塔从小就在这里玩耍，他们对山上的每一块岩石、每一个洞穴和每一条隧道都了如指掌。比安卡洞就在这块悬崖上，那是他们最喜欢去的地方，里面的空间比蒙特莱普雷任何一幢房子都大。

图里·吉里安诺心想，阿斯帕努出色地执行了他的命令，在山洞里存放了睡袋、平底锅、几箱弹药，还有几袋食品和面包。有一个木箱子里放的是手电筒、提灯和刀子，还有几桶煤油。他笑起来。“阿斯帕努，我们可以在这里长住了。”

“先暂时待在这里，”阿斯帕努说，“宪兵如果要找你，第一个来的就是这个地方。”

“那些胆小鬼只敢白天来，”图里回答说，“夜里我们是安全的。”

群山已笼罩在黑暗之中，可是夜空却星光闪烁，所以他们能够清楚地看见对方。皮肖塔打开那只帆布包，从包里取出武器和衣服。图里·吉里安诺开始一步一步、举行仪式般地武装自己，他脱下修士长袍，穿上鼹鼠皮做的裤子，然后穿上一件有许多口袋的大羊皮上衣。他在腰带上别了两把手枪，然后把一支冲锋手枪插在上衣里面，这样比较隐蔽，而且可以随时取用。他把一条子弹带系在腰上扣好，又往上衣口袋里放了几梭子子弹。他接过皮肖塔递给他的刀，把它放在刚刚穿上的军用皮靴里，然后将一把微型手枪塞进羊皮上衣翻领下面绳编的枪套里。他把所有的枪支和弹药都仔细检查了一遍。

那支步枪他就公然斜挎在肩上。在终于装束齐备之后，他对皮肖塔微微一笑。皮肖塔仅背着一把短筒猎枪，他把小刀插在背后的刀鞘里。“我觉得自己像没穿衣服一样，”皮肖塔说，“你身上带那么多钢铁玩意儿还能走路吗？你要是摔倒了，我可扶不动你。”

吉里安诺依然在微笑，就像一个孩子相信自己的诡计得逞之后的窃笑。武器和弹药的重量压得他身上那个大伤疤隐隐作痛，但是他需要这样的疼痛，因为这使他感到一种赦罪的解脱。“我做好了两手准备，不是与家人见上一面，就是与敌人狭路相逢。”他对皮肖塔说。两个年轻人踏上从德奥拉山山顶通向蒙特莱普雷那条蜿蜒而漫长的小路。

他们在缀满繁星的天幕下行走，身上的装备足以抵抗死亡和敌人，图里闻到远处果园里飘来的柠檬清香以及野花的扑鼻香气，感到一种从未有过的静谧。面对不期而遇的仇敌，他再也不会那样无可奈何，再也不必质疑自己的勇气。他以坚强意志战胜死神，让受重伤的身体得以康复，他相信自己的身体一定能反复经受这样的磨难。他相信等待他的是一番宏图伟业，像神奇的中世纪英雄那样，在取得了辉煌的胜利之后，才会走向漫长的人生尽头。

他永远不会离开这些大山和橄榄树，也不会离开西西里。对于自己未来的荣誉，虽然他只有一个模糊的想法，但却从来没有怀疑过。他将不再是一个贫穷的农家少年，不再害怕宪兵、法官以及日益腐朽的法律。

此刻他们已经走出大山，踏上了通往蒙特莱普雷的道路。他们路过一个神龛，神龛中的圣母玛利亚手抱孩子，身上那件蓝色石膏长袍就像月光下闪烁的海面。空气中弥漫着果园散发的香甜味，使吉里安诺如痴如醉。他看见皮肖塔弯腰摘了一个在夜晚的空气中发出甜味的仙人果。他由衷地热爱这个救过他性命的朋友，这种感情植根于他们共同度过的童年。他想与他分享自己的神奇力量。他们绝对不会无声无息地死在西西里的一个山坡上，他们的命运不会如此。吉里安诺兴奋地大喊起来："阿斯帕努，阿斯帕努，我相信，我相信。"接着便从最后一截山坡跑下去，从耶稣和其他死难圣贤的神龛前跑过去，离开了幽灵般的白色山岩。皮肖塔在他身边奔跑，并发出阵阵笑声。他们一起跑上通向蒙特莱普雷那条洒满月光的道路。

山路尽头是一片牧场，百米开外就是贝拉大街上那些房子的后墙。在这些墙后边是每家每户种植西红柿的菜园，有的园子里还有一棵橄榄树或者柠檬树。吉里安诺家园子的篱笆没有上锁，两个年轻人悄悄溜进去后，发现吉里安诺的母亲正在等他们。她跑向吉里安诺张开的双臂，泪水像断线的珠子直往下掉。她热烈地亲吻儿子并小声说："我的心肝，我的儿子。"图里发现自己站在月光下，有生以来第一次没有回应母亲的爱。

这时已近午夜，月光依然皎洁。他们匆匆走进屋内，以免被监视的人看见。窗户上的百叶窗帘是放下的，吉里安诺和皮肖塔两家的亲戚都分布在各条街上望风，只要发现巡逻警察就会随时通报。屋子里，吉里安诺的朋友和家人等着为他庆贺。他们摆了一桌可以与复活节大餐媲美的酒席。今晚他们与他相聚，今后他就要生活在大山里了。

吉里安诺的父亲与儿子拥抱，并用手拍拍他的后背表示赞赏。在场的有他的两个姐姐，还有赫克特·阿多尼斯，此外还有一个叫拉韦内拉的邻家妇女，是个约摸三十五岁的寡妇。她丈夫叫坎德列里亚，是个赫赫有名的土匪，一年前因被人出卖，遭到警察伏击。她成了吉里安诺母亲的挚友。但是看见她出现在聚会中，吉里安诺颇为惊讶，只有他母亲才会邀请她。一时之下，他弄不清是为什么。

吃饭时，他们频频举杯，为吉里安诺接风，好像他刚从国外度长假回来。不过他父亲想看看他的伤口。吉里安诺把衬衣从裤子里拉出，露出了一块肉红色的大伤疤，伤口四周的组织依然呈现出枪伤造成的青紫。他母亲伤心得哭起来。吉里安诺微笑着对她说："难道你愿意看到我蹲大牢，留下受杖刑的疤痕？"

吉里安诺很熟悉眼前这个场面，觉得它就像他儿时经历的最高兴的日子一样，但他觉得自己与他们之间已然有了很大的距离。桌上都是他喜欢吃的，有墨鱼、番茄酱汁粗通心面、烤羊羔、一大碗橄榄果、初榨纯橄榄油调制的红绿色拉、竹篓瓶装酒，总之，西西里产的好东西应有尽有。吉里安诺的父母亲讲述了他们在美国生活的那段童话般的经历。赫克特·阿多尼斯则大谈西西里历史上的辉煌：加里波第[1]和红衫军，西西里晚祈祷事件[2]。历史上，最早压迫西西里人的是罗马人，随后是摩尔人、诺曼人、法国人、德国人、西班牙人。西西里的历史充满了辛酸！它从来就没有自由，劳动力被贱卖，流血冲突是家常便饭。

所以现在没有一个西西里人相信政府、法律和社会的内在秩序，因为这些都是用来奴役他们的。这些年来，吉里安诺一直在听这样的故事，把它们深深地印在了脑子里。然而今天他才意识到自己可以改变这种状况。

他注视着边喝咖啡边抽烟的阿斯帕努。即使在这种欢聚时刻，阿斯帕努的嘴角也总是挂着讥讽的微笑。吉里安诺知道他在想什么，也知道他以后会说什么：你只要愚蠢一点，被警察开枪打伤，然后你就杀人，触犯法律，你的亲人就会表现出对你的爱，把你当成天上来的圣人。不过，他觉得阿斯帕努是他唯一的贴心人。

还有那个叫拉韦内拉的女人。他母亲请她来干什么？她又为什么要来呢？他看出她那张轮廓分明的漂亮脸庞，乌黑的眼眉，暗红

---

1 Caribaldi（1807—1882），意大利统一运动领导人，加里波第在乌拉圭流亡期间曾组建过一支意大利红衫军团。

2 Sicilian Vespers，1282年西西里人反对安茹王朝的查理一世对当地统治而发动的一场起义。

的嘴唇，不过在这间烟雾缭绕的房子里，她的双唇显得有些发紫。她身上是西西里寡妇常穿的宽松黑长袍，所以看不出她的体态。

图里·吉里安诺不得不把在四岔路口发生的枪击事件一五一十地告诉他们。他父亲此时已有几分醉意，听到警察被打死的时候，大声吼叫着表示赞赏。他母亲则一言不发。他父亲说那个农民来找他来要驴子，他对那个农民说："得了吧，你失去的不过是驴子，我失去的可是儿子啊。"

阿斯帕努说："是驴找驴呀。"

大家都笑了。吉里安诺的父亲继续说道："这个农民听说一个警察被打死了，非常害怕，也不讨要驴子了，因为他害怕受到杖刑。"

图里说："他会得到赔偿的。"

最后，赫克特·阿多尼斯大致讲了帮助图里的计划。吉里安诺的父母要抵押土地，筹措资金赔偿死者家属。阿多尼斯本人将捐赠一笔钱，但是这一切要等到对方怒气平息之后，让唐·克罗切向政府官员和死者家属施压。这毕竟算是个偶然事故，双方都没有真正的恶意，只要死者家属和政府一些要员合作，就可能上演一出闹剧。唯一不利的就是杀人现场的那张身份证。但是一年之后，唐·克罗切就能使它从被告的档案中消失。更重要的是，图里·吉里安诺这一年不能出事。他必须隐身匿迹于大山之中。

图里·吉里安诺耐心地听着每一个人的意见，时而微笑，时而点头，丝毫没有表露他心中的不悦。他们认为他还是两个月前狂欢节时的图里。他脱下羊皮上衣，取下身上携带的武器，把枪放到桌子下面，堆在自己的脚旁边。但是这并没有引起他们多大的注意，那块难看的大伤疤也没有起到什么作用。他们压根儿没有想到，身体的创伤会使一个人的思想发生如此巨大的变化，图里已经不再是他们所熟悉的那个年轻人了。

在这个房子里，他眼下是安全的。此刻那些可以信赖的朋友们正在街上望风，监视宪兵的营房，随时准备给他们通风报信。这是一幢几百年前用石头建造的房子，窗户孔有一英尺深，上面有厚实的木制活动挡板，还上了锁。木门非常结实，还用铁条进行了加固。房子里一点亮光也透不出去。即使敌人突然来袭，也不可能很快冲进来。不过图里·吉里安诺还是觉得自己处境很危险。这些可亲的人想让他回到以前的生活，劝他成为一个农民，放下自己的武器，不要反抗自己的同胞，把束手无策的他交给法律。此刻，他必须狠心对待他爱的人。以前这个年轻人的梦想一直是获得爱而不是力量。可是这一切都发生了变化，现在他清楚地认识到他要先变得强大起来。

他彬彬有礼地对赫克特·阿多尼斯以及其他人说："亲爱的教父，我知道你说这番话是出于对我的关爱。可是我不能让父母为了帮我摆脱困境而失去他们那点可怜的土地。在场的各位也不要过于为我担心。我已经是个大人了，必须为自己的粗心大意付出代价。我打死了一个宪兵，但我不想让任何人替我负担赔偿金。不要忘了，我只是私运了一点奶酪他就开了抢。当时我觉得自己反正快死了，那就以牙还牙，否则我是绝对不会向他开枪的。现在这一切都过去了。下一次我肯定不会轻易开枪。"

皮肖塔咧嘴一笑说："不管怎么说，在大山里更有意思。"

但是吉里安诺的母亲不觉得好笑。大家都看见了她的惊恐神情和充满忧虑的眼睛，她绝望地说："不要去当土匪，不要去打劫穷人，他们的日子已经够惨的了。不要去当强盗。让拉韦内拉跟你说说她丈夫当年过的是什么日子吧。"

拉韦内拉抬起头，两眼盯着吉里安诺。她那含情脉脉的脸着实使他吃了一惊，好像是在吸引他的注意。她用眼睛大胆地看着他，几乎是在向他发出邀请。先前他只觉得她是个年纪比自己大的女人，现在他感受到她身上的性魅力。

她开口说话的时候，嗓音嘶哑，充满了感情。她说："我丈夫当年就待在你想去的地方，他过着野兽般的生活。无时无刻不提心吊胆。总是那样。他吃不下饭，无法入睡，任何风吹草动都会使他从床上跳起来。他把枪放在床边，但是就这样也没有用。我们的女儿生病的时候，他偷着去看她，可是他们早就在那里等着了。他们知道他心地善良，担心女儿。他们开枪打死了他，就像打死街上的一条狗。他们弯下身子看着他，还当着我的面哈哈大笑。"

吉里安诺看见皮肖塔咧嘴一笑。那个赫赫有名的土匪坎德列里亚，心地善良？他杀过六个告密的嫌疑人，他打劫富裕的农民，勒索贫苦农民的钱财，整个小镇人心惶惶。可是他的妻子对他的看法却截然不同。

拉韦内拉没有注意到皮肖塔的笑。她继续说道："我把他埋了，一个星期之后又埋了我女儿。他们说她得的是肺炎，但我知道她是心碎了。我记得清清楚楚，我进山去看他的时候，他总是受冻挨饿，有时候还生病。只要能过一个诚实农民的生活，他什么都愿意放弃。最糟糕的是，他的心肠变得像橄榄核那么硬。他已经失去了人性，但愿他能够安息。所以说，亲爱的图里，不要这么傲气。

你遭到不幸，我们愿意帮助你，不要变成我丈夫生前那个样子。”

房间里鸦雀无声。皮肖塔脸上的笑容不见了。吉里安诺的父亲小声说，农场没有了他也高兴，那样他早上还可以睡睡懒觉。赫克特·阿多尼斯双眉紧锁，低头看着桌上的台布。他们谁都没有说话。

一阵急促的叩门暗号打破了沉寂。这是一个望风者发出的信号。皮肖塔走过去和那个人说了几句话，回来时向吉里安诺打了个手势，要他拿起武器。“宪兵的兵营里灯火通明，”他说，“一辆警察的面包车封锁了贝拉大街通向小镇广场的出口。他们已经做好突袭这幢房子的准备。”他停顿了一下，“我们必须马上离开。”

图里·吉里安诺十分冷静地准备离开，大家都目瞪口呆。他母亲扑向他的怀抱，他拥抱她的时候已把羊皮上衣抓在手里。他和其他几个人告别，而且很快就全副武装起来，把上衣穿好，步枪挎在肩上。他从容不迫地站在那里对大家微笑，然后对皮肖塔说：“你可以先留下来，然后到山上去找我，也可以现在就跟我走。”皮肖塔二话不说，径直走到后门口，把门打开。

吉里安诺最后拥抱了母亲一下。母亲情不自禁地在他脸上吻了吻说：“躲起来吧，不要鲁莽行事。让我们来帮助你。”说话间，他已经摆脱了母亲的双臂。

皮肖塔走在前面，穿过田野，来到上山的斜坡处。吉里安诺打了个呼哨，皮肖塔收住脚步，等他赶上来。上山的路清晰可见。望风的人刚才告诉他，说这个方向没有警察巡逻。走四个小时山路，到比安卡洞就安全了。如果宪兵敢在黑暗中追赶他们，那他们也未免太大胆，太愚蠢了。

吉里安诺问道：“阿斯帕努，宪兵的兵营里有多少人？”

“十二个人，”皮肖塔说，“还有那个上士。”

吉里安诺笑起来。“十三是不吉利的数字。他们就这几个人，我们跑什么？”他停下来，说了一声“跟我来”。

他在前面领路，两人折回田野，先向前走了一段，然后再度进入蒙特莱普雷镇。他们横穿贝拉大街进入一条昏暗狭窄的小巷，从比较安全的地方注视着吉里安诺家的房子。他们蹲在阴影处等着。

五分钟后，他们听见一辆吉普车沿贝拉大街开过来的声音。车上挤了六个人，包括那个上士。其中两个人立即钻进小巷去堵后门。上士带领三个人走到前门，使劲敲了敲门。与此同时，一辆带顶棚的小卡车在吉普车后停下，从车上跳下两个宪兵，端着步枪对街面实行警戒。

图里·吉里安诺把一切都看在眼里，觉得很有意思。警察的袭击是基于这样的设想：目标根本不可能实施反击，面临占优势的对手，他们唯一的选择就是避其锋芒。也就是在这时候，图里·吉里安诺确立了一条基本原则，那就是，在受到追捕时，一定要处于能进行反击的位置，不论力量强弱多悬殊，也许差距大了反而更好。

这是吉里安诺的第一次有预谋的行动，他发现如果开枪射击，他很快就能控制局面。当然他不能向在前门的上士和另外三个人开枪，因为子弹可能打进屋子里，打伤在自己家里的人。但是他可以轻而易举地干掉那两个在街上担任警戒的家伙，还有两辆车上的司机。只要他想，就能趁上士和另外三个人进入他家的时候把这几个人干掉。那样，上士他们就不敢出来，他和皮肖塔就可以从容地穿过那片田野。至于那几个用面包车封锁大街出口的警察，他们是远水救不了近火。况且不接到命令，他们也不会擅自来到街上。

不过此刻他还不想开枪，这只是他的一次设想，他特别想看一看上士是如何动作的，因为这个人是他未来的主要对手。

这时候，吉里安诺的父亲打开了前门，上士粗暴地抓住老人的手臂，把他拽到门外的街道上，大声命令他在那儿等着。

在意大利宪兵中，上士是宪兵中军衔级别最高的士官，通常是驻小镇的小分队队长。由于这种身份，他成了当地社区的重要成员，能与镇长和教区的神父平起平坐。他没有想到吉里安诺的母亲会堵住他的去路，当着他的面朝地上吐唾沫表示蔑视。

他和他手下三个人就强行进入，对房子进行搜查，自然也招来吉里安诺母亲的大声辱骂和诅咒。房子里的人都被押到街上进行盘问；几家邻居房子里的男男女女都被带到外面，他们没有一个不骂警察的。

由于对房子的搜查毫无结果，上士就对这些人进行盘问。吉里安诺的父亲大为惊讶。他问上士："你觉得我会告发我的儿子吗？"被赶到街上的人齐声大喊，表示对他的支持。上士下令让吉里安诺家里的人都回到房子里去。

在小巷的阴影中，皮肖塔对吉里安诺说："他们很走运，你母亲那里没有我们的武器。"吉里安诺没有回答。他的血直往头上涌。他极力控制着自己。上士挥起警棍向人群中一个男人打过去，因为那个人竟敢指责他们粗暴对待吉里安诺的父母。另外两名宪兵开始随意抓人，把蒙特莱普雷的居民押上在一旁等候的卡车，一路用木棍打，用脚踢，全然不顾他们恐惧和反抗的呼喊。

突然，有一个人站到大街上，独自面对宪兵。他猛地向上士扑去，随即便是一声枪响，那人应声倒在石子路上。一名妇女尖叫着从房子里跑出来，扑在倒在地上的丈夫身上。图里·吉里安诺认得她；她是他们家的老朋友，总是给他妈妈送新烤制的复活节蛋糕。

图里轻轻拍了拍皮肖塔的肩膀，轻轻说了声“跟我来”，随即顺着狭窄弯曲的街道跑向位于贝拉大街另一端的镇中心广场。

皮肖塔拼命大喊：“你到底要干什么？”紧接着他就不吱声了。因为他突然明白了图里脑子里想的是什么。那辆卡车装满了被抓的人，必须开到贝拉大街尽头才能拐弯返回贝兰伯兵营。

图里在一条与贝拉大街平行的昏暗街上跑着，他觉得自己像神一样无形。他知道敌人想不到，也不可能想象得到他在干什么。他们以为他跑进深山躲起来了。他感到一阵狂喜，他要让他们知道随便搜查他母亲的家是要受到惩罚的，他们必须三思而后行，不能再冷血地开枪杀人。他要逼他们尊重他的邻居和家人。

他跑到广场的另一侧，广场上只有一盏路灯，借助灯光他可以看见堵在贝拉大街口的那辆警察面包车。难道他们觉得这样的陷阱就能抓住他？难道这就是他们的聪明才智？他钻进另一条小街，绕到广场大教堂的后门。皮肖塔跟在他后面，进去之后，他们跃过祭坛栏杆，不约而同地在祭坛上停了一下。许多年以前，当神父给蒙特莱普雷的人做星期天弥撒、举行圣餐仪式的时候，他们曾在这里当过他的祭坛助手。虽然他们随时准备射击，但却不由自主地跪下，笨手笨脚地在胸前画了起十字。一时之下，头戴荆冠的基督蜡像、身穿蓝袍的镀金圣母石膏像以及一排排其他圣像的力量使他们的战斗激情受到了挫伤。他们穿过一小段通道跑到橡木大门旁，刚好在射程之内。他们跪下，做好射击准备。

封锁贝拉大街的面包车向后倒车，让那辆装着被捕群众的卡车进入广场掉头往回开。就在这时候，图里·吉里安诺推开教堂的大门，对皮肖塔说："朝他们头顶上方开枪。"与此同时，他用冲锋手枪瞄准那辆面包车的车胎和发动机开了火。发动机发生爆炸，面包车起火燃烧，广场骤然间被火光照亮。在前排座位上的两个宪兵像散了架的木偶，连滚带爬地从车里跑出来，惊慌失措，无法应对突袭。身边的皮肖塔用步枪向那辆卡车的驾驶室射击。图里·吉里安诺看见司机跳出来，倒在地上不动了。另一个武装宪兵从车上跳出来，皮肖塔再次开火。第二个警察也应声倒下。图里转过身正准备责备皮肖塔，突然机枪的扫射打烂了教堂的彩色玻璃窗，红宝石般的玻璃碎片飞溅到地上。图里意识到已经不可能手下留情了。阿斯帕努是正确的。他们必须干掉那些人，否则就会被那些人干掉。

吉里安诺拉了拉皮肖塔的手臂，回身穿过教堂，从后门跑出去，在蒙特莱普雷幽暗弯曲的街上向前跑。他知道今天晚上已经来不及帮助那些被抓的人逃跑了。他们溜出小镇的最后一道墙，穿越几片开阔的田野，一直跑到布满巨大白色石头的斜坡，才觉得到了安全地带。等他们到达卡马拉塔山脉的德奥拉山山顶，已是破晓时分。

一千多年前，斯巴达克斯在这里隐藏了一支奴隶武装，并率领他们与罗马军团作战。站在德奥拉山山顶，看着喷薄欲出的太阳，图里·吉里安诺心中充满了年轻人的喜悦，庆幸自己逃脱了敌人的追捕。他将永远不会再对另一个人俯首帖耳了。他要决定谁应该活着、谁应该死。他毫不怀疑自己做的一切都是为了西西里的光荣与自由，是行善而不是作恶。只有为了正义事业，为了帮助穷人，他才会出手。他要赢得每一场战斗，他要赢得被压迫者的爱戴。

他那时才二十岁。

第七章

唐·克罗切·马洛出生在维拉巴村，他日后使这个小地方成了西西里最繁荣、最有名的小镇。他的家人笃信宗教，原本打算让他去做天主教的神父，给他取名克罗切菲索，只有最虔诚的父母才会给孩子取这种宗教色彩很浓的名字。然而，西西里人并不觉得这有什么讽刺意味。年轻时的他身材细长，很不情愿地在庆祝复活节的宗教剧里扮演耶稣的角色，并因为扮相虔诚而赢得人们的称赞。

克罗切·马洛长大成人时适逢世纪之交。他不愿意服从任何人，走私、敲诈、偷窃的勾当他都敢干。最糟糕的是，他竟然让同村的一个女孩怀孕了，但是他不肯娶这个像抹大拉一样的少女，他宣称他们被剧中狂热的宗教情绪迷住了心窍，所以他应当得到原谅。

女孩的家里认为这种解释太狡猾，不能接受，要求他迎娶他们的女儿，否则他只有死路一条。克罗切·马洛非常高傲，不可能跟一个名声不好的女孩结婚，于是他跑进了山里。当了一年土匪之后，他幸运地和黑手党取得了联系。

“黑手党”在阿拉伯语中的意思是“庇护所”，是公元十世纪撒拉森人统治西西里时带进来的。历史上，西西里人先后遭受罗马人、罗马教廷、诺曼人、法国人、德国人和西班牙人的压迫。这些人建立的政府奴役贫苦的劳动阶层，剥削劳动，奸污妇女，杀害当地的领导者，即使是富人也没能幸免。西班牙人的天主教宗教法庭剥夺了他们的财富，因为他们是异教徒。于是黑手党作为一个复仇性的秘密帮会出现了。如果皇家法庭拒绝对一个强奸农妇的诺曼贵族进行判决，一伙农民就会以暗杀手段除掉那个贵族。如果警察头头用恐怖刑具“卡塞塔”拷打小偷，他们就会干掉那个头头。久而久之，农民和穷人中那些意志坚定者就自发组织起来，成立了有组织的帮会。这个帮会得到了民众的支持，实际上成了第二政府，具有更强的势力。在出现纠纷的时候，谁也不会去找官方的警察局，而是去找当地黑手党的首领，请他来进行调停。

西西里人不会向当局告发黑手党所做的任何事情，否则就犯了弥天大罪。他们会保持沉默，这种缄默被称为“缄默规则”。数百年来，这个做法逐渐扩大为绝不向警方提供有关犯罪的任何信息，即使他自己是这种犯罪的受害者。民众断绝了与政府执法机构之间的所有联系，他们甚至对自己的孩子说，如果有陌生人来问某个村庄或者某个人的家怎么走，不要告诉他们。

几个世纪来，黑手党一直统治着西西里。它的存在朦胧虚幻，当局从来也搞不清它的势力有多大。第二次世界大战之前，西西里岛上从来没有人说过“黑手党”这个词。

唐·克罗切逃进深山五年之后，成了妇孺皆知的“合格的人”。也就是说，他是一个可以信赖的人，让他去除掉一个人，不会引起多少麻烦。他是个“受尊敬的人”，经过一番安排之后，他回到自己的故乡——位于巴勒莫以南四十英里的维拉巴镇。其中一项安排就是给那个被他坏了名声的姑娘家一笔损失费。这后来竟被说成是他的慷慨大方，其实这恰恰证明他很有心计。那个怀孕的女孩已经被送到美国的亲戚家，为了给她遮丑，就说她是个年轻寡妇，不过她的家人依然耿耿于怀，因为他们毕竟是西西里人。唐·克罗切是个老练的杀手、残酷的绑匪，而且是令人畏惧的黑手党的成员，但即便是这样，他也无法保证那个受到侮辱的家庭不会对他进行报复，这是名誉的问题，如果不是那笔赔偿金，他们非除掉他不可。

克罗切·马洛的慷慨大方与谨慎小心为自己赢得了“唐”的尊称。四十岁的时候，他就成了黑手党举足轻重的人物，派系之间最棘手的纠纷会请他来裁定，最野蛮的仇杀会请他来解决。他通情达理、足智多谋，天生擅长交际，不过最重要的是，见到流血的事，他连眼睛都不眨一下。在西西里的黑手党中，他成了尽人皆知的“和事唐”，大家的事业都兴旺发达起来；那些顽固分子都被明智地做掉了，唐·克罗切成了个有钱有势的人物。就连他的弟弟本杰明诺也当上了巴勒莫红衣主教的秘书，但血浓于圣水，这个胞弟把自己的第一忠诚献给了哥哥唐·克罗切。

唐·克罗切结婚后生了个儿子，他把这个儿子视为掌上明珠。当时他还不那么谨慎、谦逊。他策划了一场内部夺权，使他在西西里一举成名，也使罗马社会高层对他刮目相看。这次事变起源于夫妻间的一桩小事——连历史上的伟人也不得不忍耐的小事。

唐·克罗切之所以能与一个望族人家的女儿结婚，是因为他在黑手党的地位。这家人花一大笔钱捐了个贵族，认为这样他们的血统也就高贵起来。结婚几年之后，妻子开始对他不恭敬。他知道不能容她这样下去，要采取异乎寻常的办法。血统高贵的妻子开始对唐·克罗切浑身上下都感到不满意，他愚蠢、乡里乡气、沉默寡言、不修边幅、动辄粗暴地发号施令。她还记得当唐·克罗切宣布向她求婚的时候，其他求婚者就全都销声匿迹了。

当然，她并没有以非常明显的方式对他表现出不恭敬，因为这里毕竟不是英国或者美国，而是西西里。不过这位唐极为敏感。他很快就发现妻子并不崇拜他脚下的这片土地，这就足以证明她对他的不恭。他决心赢得她的忠心，并让她一辈子忠于自己，这样他才能够全力以赴地干自己的事业。他绞尽脑汁，终于想出了一个只有马基雅维利才能想出来的计划。

意大利国王要到西西里来看望自己的忠实臣民，而这些臣民的确堪称忠实。所有的西西里人都痛恨罗马政府，也都害怕黑手党。他们热爱君主制，因为这个制度延续了他们的家族，而这个家族是由血缘关系、圣母玛利亚和上帝组合而成。为恭迎国王驾临，岛上准备举行盛大的庆祝活动。

国王到达西西里的第一个星期天，就在巴勒莫大教堂参加了弥撒。他将给西西里岛上古老的贵族奥洛尔托亲王的儿子当教父。国王至少已经有了一百个教子，其中不乏元帅、公爵以及法西斯政党强力人物的儿子。这些都是加强王室和政府行政长官之间关系的政治行为。国王的教子自然而然就成了王室的骑士，而且这一殊荣能从授予他们的证书和饰带得到证明。此外，他们还将获得国王赠送的小银杯。

唐·克罗切做好了准备。他在参与庆典的人群中安插了三百个人。他的兄弟本杰明诺是主持庆典活动的神父之一。奥洛尔托亲王的儿子接受了洗礼，自豪的父亲得意洋洋地走出教堂，把孩子高高举起。人群中爆发出欢呼声。奥洛尔托亲王是绅士阶层中民怨较少的，他身材瘦长、相貌堂堂，在西西里似乎也算个人物了。

就在这时候，唐·克罗切手下的一帮人拥进教堂，堵住了国王的出路。国王身材矮小，胡子长得比头发还密。他穿着一身漂亮的骑士服，活像一个玩具兵娃娃。尽管他表面上派头十足，实际上心地十分善良，所以当本杰明诺神父把另一个襁褓中的婴儿塞进他怀中的时候，他一时不知如何是好，但也没有提出质疑。拥进来的那些人根据唐·克罗切的指示，把国王和他的随行人员以及主持仪式的巴勒莫红衣主教分隔开来，这样他们就无法进行干预。本杰明诺神父赶紧把附近洗礼盘中的圣水洒在孩子身上，然后从国王怀里抱过婴儿，把他递给了唐·克罗切。唐·克罗切的妻子跪在国王面前，高兴得不住地擦眼泪。他们只有这个儿子，现在国王成了他们儿子的教父。她已别无他求。

唐·克罗切开始发福，瘦削的脸上开始长肉，面颊变成红褐色，那高高的鹰钩鼻子仿佛成了他攫取权力的触角，卷曲的头发变成了铁丝网般的灰白色。他的身体像气球似的鼓了起来，眼下出现了眼袋，就像脸上长了两大块青苔。他的权力也随着身上的肉在不断增长。他似乎长成了一尊刀枪不入的金刚。他好像是个没有缺点的人，他从来不发怒，也从来不表现出贪婪。他的情感疏离，从来没有表现过爱意。他意识到自己的责任重大，就连和妻子同床或者贴在她胸脯上的时候，他都从来没有说过自己的恐惧。他是真正的西西里之王，但是他的儿子——他的继承人——却受到宗教社会改革的严重影响，移民去了巴西，去教化并拯救亚马孙河流域野蛮的印第安人。唐·克罗切感到很没面子，从此再也没有提过儿子的名字。

墨索里尼执政初期，唐·克罗切对他很不以为然。在对墨索里尼进行了仔细的观察之后，他得出的结论是，这个人既没有谋略，也没有勇气。如果这样的人也能够统治意大利，那么他唐·克罗切就理所当然地能够统治西西里。

可是灾难降临了。墨索里尼上台几年之后，把邪恶的目光转向了西西里和黑手党。他意识到这不是一伙衣衫褴褛的贼寇，而是一个真正的内部政体，控制着他的帝国的部分地方。他认识到，历史上黑手党一直在密谋反对罗马政府。尽管过去一千年中，西西里的统治者都力图铲除它，但均以失败而告终。这个独裁者发誓要把他们永远消灭。法西斯既不相信社会的民主，也不相信社会的法制。只要他们认为是对国家有利的事，他们就会无所顾忌地去做。简而言之，他们运用了唐·克罗切·马洛的一套办法。

墨索里尼派他的心腹切萨雷·莫里部长出任西西里的地方行政长官，赋予他极大的权力。莫里一到任，就终止了西西里所有法院的司法权，并置西西里的一切法律条文于不顾。他向西西里派来大批部队，下令说他们可以先开枪后盘查。他把整个村庄的人抓起来流放。

在墨索里尼实行独裁统治之前，意大利是没有死刑的，这就使他在对付黑手党的问题上处于不利地位，因为黑手党把处死一个人作为它的主要强力手段。行政长官莫里到任后，一切都发生了变化。坚守“缄默规则”，承受可怕的“卡塞塔”酷刑的黑手党成员遭到枪杀。所谓的同案犯都被流放到地中海上那些与世隔绝的荒岛上。一年之后，西西里岛的人口减少了十分之一，黑手党的领导力量被摧毁。成千上万的无辜百姓也被这张大网网住，并蒙受了不白之冤，而罗马当局对此却无动于衷。

唐·克罗切喜欢民主的公平规则，他被法西斯的行为激怒了。他的朋友和同伴都因编造的罪名而入狱，因为他们非常聪明，不可能留下任何犯罪证据。许多人是因人告密而坐牢的，告密的人无须出庭作证，所以根本找不到他们，更无法去与他们讲理。司法的公平到哪里去了？法西斯分子已经倒退到宗教法庭和国王神权的时代。唐·克罗切从来就不相信王的神权。他说任何有理智的人都不会相信这一点，除非其他的选择被四匹野马撕成了碎片。

可是法西斯的做法更加残酷，他们竟然使用中世纪的刑具“卡塞塔”。这是一种可怕的箱式刑具，长三英尺，宽两英尺，用来对付死扛硬撑的人确有奇效。在“卡塞塔”酷刑之下，就连那些最顽强的黑手党成员也难以管住自己的舌头，就像英国女人管不住自己的贞操一样。唐·克罗切义愤地夸口说，他从来不使用任何形式的拷打来折磨人。杀人灭口就足够了。

唐·克罗切就像一条大鲸鱼，潜到了西西里地下的浑水之中。他进入一家修道院，在院长曼弗雷迪的庇护下乔装成方济各会的修士。这两个人长久愉快地相处，克罗切以不识字为荣，可是他早年刚刚干绑票生意的时候，也得请院长为他写必要的勒索信。他们相互之间从不欺瞒。他们发现双方的爱好相同——荡妇、美酒和高难度的偷盗。克罗切经常带着院长去瑞士，除了看病，就是品味那个国家奢侈的平静。和西西里充满危险的快感相比，那里的生活是闲适、愉快的。

第二次世界大战开始后，墨索里尼已无暇关注西西里的事情。唐·克罗切立即抓住这个良机，悄悄地与幸存的黑手党成员建立起联系，向被流放到潘泰莱里亚岛和斯特龙博利岛的老牌黑手党忠实成员送去了希望，还主动帮助被行政长官莫里囚禁的黑手党骨干的家属。

唐·克罗切知道，他的希望最终将有赖于盟国的胜利，为了这个结局，他必须竭尽全力。他和地下游击组织取得联系，指示属下帮助被击落的盟国飞行员。所以，唐·克罗切在这一关键时刻为自己的未来作了准备。

1943年7月美军入侵西西里，唐·克罗切及时向他们伸出了援手。这支军队中不是有许多西西里的同胞吗？难道他们不是西西里移民的后代吗？难道西西里人应当替德国人打西西里人？唐·克罗切的手下人劝说几千个意大利士兵擅离职守，躲到黑手党为他们准备的隐蔽地点。克罗切本人亲自与美军的秘密特工取得联系，带领攻击部队穿越各个山口，使他们能够从侧翼袭击德国人战壕中的重炮。结果，美军大大提前完成了任务，且损失很小，而在西西里岛另一侧实施攻击的英军不仅遭到重大伤亡，而且进展缓慢。

这时的唐·克罗切已经六十五岁，身材庞大，但却亲自带领一帮黑手党潜入巴勒莫市区，绑架了该市的德军城防司令。在美军突破前沿，进入该市之前，他们一直躲在城里。意大利南部的美军最高司令长官在给华盛顿的文电中称赞唐·克罗切为“黑手党将军”。在随后的几个月中，他在美军参谋军官中成了知名人士。

美国在西西里岛的军管首长是阿方索·拉庞托上校。他以前是新泽西州的资深政客，被直接任命为上校军官，为承担此项工作受过专门训练。他为人和蔼可亲，知道如何处理政治问题。他的军政府中的参谋军官也是按照这个标准选定的。美国军管政府总部由二十名军官和五十名士兵组成，其中许多人都具有意大利血统。唐·克罗切像对待亲兄弟一样热诚地欢迎他们，对他们表现出极度的忠诚和关爱，不过在朋友面前，克罗切却称他们为“信奉基督的羔羊”。

但是美国人常说，唐·克罗切“言而有信”。阿方索·拉庞托上校任命唐·克罗切为他的首席顾问，与他的关系非同一般。上校经常到他家里去吃饭，而且吃到那些熟悉的饭菜时总是赞不绝口。

上校要解决的第一个问题是任命西西里岛上所有小镇的镇长。以前的镇长全被关进了美国人的监狱，因为他们都是法西斯分子。

唐·克罗切向他推荐了曾经被法西斯囚禁的黑手党骨干。这些人的档案中明确地记载着因抵抗当局的目标和利益而受到法西斯政府折磨和关押的历史，所以他们的罪名被认为是莫须有。唐·克罗切让妻子做了非常可口的鱼和意大利面条，在餐桌上向上校讲了许多动人的故事，说他的朋友们（包括那些杀人和偷窃的人）如何坚持自己所信仰的公正和自由的民主原则。上校听了非常高兴，因为他一下子就发现了在他领导下管理民众的理想人选。在一个月的时间里，西西里西部的大多数小镇都有了镇长，而且这些人都是在法西斯监狱中找到的最坚定的黑手党成员。

对美国军队来说，这些人发挥了出色的作用。在被占领的地区，美军只要留下少数人来维持秩序。欧洲大陆的战争仍在继续，在美军的后方没有出现破坏活动，也没有发现间谍活动。普通民众从事的黑市交易被限制在最低状态。阿方索·拉庞托上校因此荣膺一枚特别勋章，并晋升为陆军准将。

唐·克罗切的黑手党镇长们严厉执行反走私法，不断派出宪兵在各条道路和山口进行巡逻。这一点与过去别无二致。而且这都是唐·克罗切的指令。政府的巡视员让固执的农民把粮食、橄榄和葡萄按官方确定的价格卖到政府的定点仓库——当然，这些东西都将以配给的方式供应西西里的民众。为了确保这一点，唐·克罗切从美军那里借来卡车，把这些食品运送到巴勒莫、蒙雷阿莱和特拉帕尼这几座饥饿的城市，还有锡拉库扎、卡塔尼亚，甚至大陆城市那不勒斯。美国人对唐·克罗切的效率赞叹不已，给他颁发了书面奖状，表彰他为美国武装部队服务的事迹。

但是唐·克罗切不能拿这些奖状当饭吃，他目不识丁，看不懂也体会不到乐趣。阿方索·拉庞托上校的友好姿态填不饱他那巨大的肚子。他不想依靠美国人的感激或者上帝对美德的恩赐过日子，他认为自己为人类和民主所做的许多好事都应当得到报偿。这些满载货物的美国卡车上的司机都持有上校签署的官方道路通行证，他们按照唐·克罗切的指示把车开到不同的目的地。这些货物被卸载到唐·克罗切在蒙特莱普雷、维拉巴和帕尔蒂尼科等小镇上的私人仓库。然后他和同伙再把这些东西以五十倍的官方价格在生意兴隆的黑市上出售。就这样，他加强了与那些东山再起的主要黑手党首领的关系。他认为贪婪是人类最大的弱点，所以他把自己得到的好处与他们共同分享。

他不是一般意义上的慷慨大方。阿方索·拉庞托上校收到了一些贵重的礼品，如古董雕像、绘画和古代宝石。这些都是唐·克罗切送的。他对美国军管政府小分队人员就像对待自己的儿子。他像溺爱孩子的父亲一样给他们送礼物。这些军人是特别挑选出来的，他们理解意大利人的特点和文化，许多人的祖上就生活在西西里，他们也对他的关爱进行了回报。他们给他签署特别通行证，精心保养借给唐·克罗切使用的卡车。他们去参加他的社交聚会，因为在那里他们可以结交一些漂亮的西西里姑娘，坠入温暖的情网，这也是西西里人特点的另一方面。他们被接到这些西西里人的家里，吃到与自己移居美国的母亲做得一样可口味的饭菜，其中许多人甚至追求起黑手党成员的女儿来。

唐·克罗切·马洛已经做好了东山再起的一切准备。西西里各地的黑手党骨干都欠了他的人情。他低价收买了岛上一口人工水井，靠卖水就能大赚一笔。他垄断食品，每一个水果店、肉食品店、餐厅的咖啡吧，甚至流动乐队都是他的勒索对象。他还控制了汽油，而汽油的唯一来源是美军。他向贵族们的大庄园提供监管人，打算在适当时机以低价购买他们的土地。他准备重新建立墨索里尼上台之前他已经具备的权势。他决心再次成为家财万贯的大亨。正如人们所说的，在未来的岁月里，他将把整个西西里放进他的橄榄油压榨机。

唐·克罗切有一块真正的心病。他的独生子像中了邪似的一心只想积德行善。他的弟弟本杰明诺神父又不能成家。克罗切无法把自己的帝国传承给血亲中的任何人。他外柔内刚的劝说无法奏效，而与他沾亲带故的、年轻的黑手党骨干中还没有他可以信赖的铁腕人物。

唐·克罗切的人看上了年轻的萨尔瓦多·吉里安诺，曼弗雷迪院长也确认了吉里安诺的潜力。这个年轻人的英雄故事在西西里越传越神。克罗切从中嗅出了治愈自己这块心病的良方。

第八章

逃离蒙特莱普雷的第二天清晨，吉里安诺和皮肖塔来到德奥拉山上那个藏身洞穴的后面，在水流湍急的小溪中洗了个澡。他们带着枪来到悬崖旁边，在地上铺上一条毯子，躺在那里欣赏黎明的粉色霞光。

比安卡洞很深，尽头是一堆大石头，几乎堆到了洞顶。图里和阿斯帕努小时候曾经从石缝中钻过去，发现了一条直通大山另一侧的暗道。这条通道早在基督降生之前就有了，是当年斯巴达克斯的军队为躲避罗马军团挖成的。

悬崖下方就是蒙特莱普雷镇，小得像个玩具村庄，有几条紧贴山崖的白垩石羊肠小道通向这个悬崖。初升的太阳正把金色的阳光洒向蒙特莱普雷镇那一幢幢灰色石屋。

早晨的空气非常清新。地上的仙人果清凉甘甜，图里随手摘了一个，慢慢地放进嘴里咬了一口，可以清除口腔中的异味。再过几个小时，火热的太阳就将把它们变成棉桃似的干果。长着昆虫般细腿和圆鼓鼓大脑袋的壁虎爬到他手上。它们虽然样子可怕，但是却不伤人。他把它们轻轻地掸开了。

阿斯帕努在擦枪，图里注视着下面的小镇。目力所及处，他看见一些小黑点。那是人们走出小镇到自己的小块土地上去劳作。他想找到自己家的房子。很久以前他和阿斯帕努曾经在自家的屋顶插上西西里和美国的旗帜。这两个聪明活泼的孩子被人们称赞为爱国者，他们没有吭气，其实真正原因是：当他们在附近山头玩耍的时候，一眼就能看见这幢房子——确保与成人世界的联系。

他突然想起十年前的一件事情。村里的法西斯官员命令他们把吉里安诺家房顶上的美国旗拿下来。两个孩子非常生气，他们把美国旗和西西里旗都拿了下来，藏在了比安卡洞，就埋在大石堆附近。

吉里安诺对皮肖塔说："注意那些小道上的动静。"说罢他就进入洞里。即使过了十年，吉里安诺还清楚地记得埋旗子的地方——石堆右下角，他们当时把大石头下的土挖掉，东西放进去后把土填了回去。

那个地方已经长出一层薄薄的暗绿色青苔。吉里安诺用皮靴在地上踢了踢，然后用一块小石头在地上挖起来。没用几分钟时间，他就把那两面旗挖了出来。美国旗已经成了一块破布，裹在它里面的西西里旗则保存得比较好。吉里安诺把旗子展开，鲜红和金黄色还像他小时候看到的一样鲜艳，而且上面一个洞眼都没有。他把它取出来，笑着对皮肖塔说："你还记得这个吗，阿斯帕努？"

皮肖塔惊讶地看着这面旗，接着也笑起来，不过显得更加激动。"这是命运，"他大喊一声，从地上跳起来，把那面旗从吉里安诺手里夺了过去。他拿着旗子走到悬崖边，朝着下面的小镇挥舞。此刻他俩是心照不宣。吉里安诺从悬崖边上拔起一棵小树。他们在地上挖了一个小洞，把小树放进去，用石头把树支撑起来，然后把那面旗帜挂在上面，让所有的人看见它在自由地飘扬。最后，他们坐在悬崖边等待着。

到中午时分，他们才看见通向他们那段峭壁的土路上出现了一个骑着毛驴的人。

持续观察了一个小时后，他们才看见那只驴子上了山脊，沿着上山的路走来。皮肖塔说："真见鬼，骑驴的人比驴还小。肯定是你的教父阿多尼斯。"

吉里安诺听出了皮肖塔话音中的鄙弃。皮肖塔这个人身材瘦削、精干、体态匀称，但对生理缺陷有一种恐惧心理。他患有肺结核，有时候还咳血，他觉得很恶心，倒不是因为这会危及生命，而是因为这会破坏他的完美形象。西西里人喜欢根据一个人的生理缺陷给人起绰号。有一次皮肖塔的一个朋友戏称他"纸肺"，皮肖塔操起小刀就要捅他，要不是吉里安诺有力气，差点就要弄出人命来。

吉里安诺顺着山坡向下跑了几英里之后，躲到一块巨大的花岗岩石后面。这是他和阿斯帕努小时候玩的一种游戏。等阿多尼斯从他身边的小道上走过去，他突然从藏身的石头后面走出来，用短筒猎枪对着阿多尼斯大喊一声："站住！"

接下来还是小时候的游戏。阿多尼斯慢慢转过身，并以此掩盖拔枪的动作。可是吉里安诺笑起来，因为他已经走到那块大石头后面，只有那把短筒猎枪的枪管在阳光下熠熠闪光。

吉里安诺大声说："教父，我是图里。"等阿多尼斯把枪插回腰间的皮带上，卸下身上的背包后，吉里安诺才把短筒猎枪的枪口放低，从岩石后面走出来。他知道赫克特·阿多尼斯腿短，从牲口背上下来比较困难，想上前帮他一把。可是当他走上那条小道的时候，教授已经很敏捷地从毛驴背上下来了。他们相互拥抱，吉里安诺牵着驴子，两人一起向上，朝峭壁方向走去。

“年轻人啊，你彻底回不了头了，”赫克特·阿多尼斯以教授的口吻说道，“昨天晚上又死了两个警察。这已经不再是玩笑了。”

他们来到悬崖壁的时候，皮肖塔跟他打了个招呼。阿多尼斯说：“我一看见这面西西里旗，就知道你们在这里。”

皮肖塔露齿一笑，兴奋地说：“图里和我，还有这座山已经脱离了意大利。”

赫克特·阿多尼斯瞪了他一眼。这个以自我为中心的年轻人，自以为很了不起。

“整个小镇都看见了你们的旗帜，”阿多尼斯说，“包括那个宪兵上士。他们会上来把它拿走的。”

皮肖塔带着几分傲气说：“总是这种老师教训学生的口吻。欢迎他们到我们的旗子这儿来，不过他们来了只能看见这面旗子而已，晚上我们非常安全。天黑之后宪兵要是敢离开营地，那就成奇迹了。”

阿多尼斯没有理他，随即把毛驴背上的包打开。他给了吉里安诺一副高倍望远镜、一个急救箱、一件干净衬衣、几件内衣、一件毛衣、一个剃须包，里面有他父亲的刀片，此外还有六块肥皂。他说：“这些东西你们在上面都用得着的。”

吉里安诺拿到望远镜非常高兴，这是未来几个星期他最需要的东西。他知道那些肥皂是他母亲过去一年中积攒下来的。

在另外一只包里有一大块撒了胡椒粉的颗粒状奶酪、一个长面包、两张大圆饼——其实就是烤面包，里面塞了熏香火腿、白干奶酪，上面还放了几个煮鸡蛋。

阿多尼斯说："这两张饼是拉韦内拉送的。她说她丈夫在山里的时候，她总是为他做这种饼。一张饼可以吃一个星期呢。"

皮肖塔狡黠地笑着说："这种饼是越陈越香啊。"

两个年轻人坐在青草丛中，用手掰下一些面包。皮肖塔用小刀切下几片奶酪。由于草丛中昆虫太多，他们把食品袋放在一块大花岗岩的顶上。他们往下走了一百英尺，在一条清澈的小溪边喝了一些水，然后在一个能看见峭壁下面情况的地方坐下来休息。

赫克特·阿多尼斯叹了一口气。"你们两个人都很得意啊，不过这可不是闹着玩的。他们要是抓住你们，就会把你们毙掉。"

吉里安诺平静地回答说："我要是抓住他们，也会把他们毙掉。"

赫克特·阿多尼斯听见这话非常震惊。相互谅解的希望已经没有了。"不要这么冲动，"他说道，"你还是个孩子。"

吉里安诺看着他，过了很长时间才说："我不是孩子了，因为一块奶酪，他们已经能朝我开枪了。你指望我逃走？让家人挨饿？而我像度假一样在山上等着你给我送食物？他们来杀我，我就杀他们。你呢，我亲爱的教父，我小时候，你不是跟我们讲过西西里农民的悲惨生活吗？压迫他们的人是罗马政府的税官、贵族、地主，这些有钱人付给我们的工钱少得可怜，我们拿到手的钱连生活都难以为继。我和蒙特莱普雷的两百来个人到劳务市场去找活干，他们挑选劳工的时候就像在挑选牲口。他们说，干一个上午活儿给一百里拉，你们爱干不干。大部分人只好去干。西西里的斗士除了萨尔瓦多·吉里安诺，还会是谁呢？”

赫克特·阿多尼斯现在真的慌了：做个逃犯已经很糟糕了，做个革命者就更加危险。“这在文学作品中看看也就罢了，”阿多尼斯说，“可是在现实生活中，这会让你早早地走进坟墓。”他顿了一下，“那天晚上你们的英雄壮举有什么用呢？你们的邻居现在还被关在监狱里呢。”

“我会解救他们的，”吉里安诺平静地说。他看见阿多尼斯脸上的惊讶表情。他希望得到教父的赞同、帮助和理解。看得出教父还把他当成一个心地善良的农民。“你必须理解我现在的处境。”他略作停顿。他能不能开诚布公地说出自己的想法呢？他的教父会不会认为他狂妄自大？不过他还是继续往下说，“我并不害怕死。”他朝赫克特·阿多尼斯微微一笑——教父对这孩子般的微笑曾经非常熟悉和喜欢。“真的，我自己也很吃惊，我不害怕被人杀掉，因为对我来说这不太可能发生。”他哈哈大笑起来。“他们的军警、他们的装甲车、他们的机关枪、整个罗马，我都不害怕，我可以打败他们。西西里有很多土匪，帕萨藤珀，还有泰拉诺瓦，他们就不怕罗马。他们能做的，我也能做。”

赫克特·阿多尼斯感到好笑，同时也感到焦虑。难道是吉里安诺身上的伤影响了他的大脑思维？难道他现在与亚历山大、恺撒、罗兰这些谱写新历史的人物一样了？如果不是坐在深山幽谷中与挚友高谈阔论，那么英雄人物的梦想始于何时呢？不过他还是漫不经心地说：“不要再提什么帕萨藤珀和泰拉诺瓦，他们已经被抓了，就关在贝兰伯兵营的牢房里，再过几天就要移送到巴勒莫去了。”

吉里安诺说：“我要营救他们，我希望他们感谢我。”

他说这句话的严肃神情使赫克特·阿多尼斯感到震惊，但却使皮肖塔非常高兴。他俩都因为吉里安诺的变化而感到惊讶。他俩一直都很喜欢他，也敬重他。作为一个年轻人，他品格高尚，非常沉稳。这是他们第一次感觉到他对力量的渴望。

赫克特·阿多尼斯说：“感谢？帕萨藤珀把送他一头毛驴的叔叔都杀了。”

“那么我必须教教他感谢这个词的含义，”吉里安诺说着顿了顿，“现在，我想求你一件事。先仔细考虑，如果你拒绝，我仍然是你忠诚的教子。不要考虑你是我父母亲的好朋友，也不要考虑你多么喜欢我。是你教导我要热爱西西里，我求你的这件事就是为了西西里。在巴勒莫给我当眼线吧？”

赫克特·阿多尼斯对他说：“你是让我这个巴勒莫大学的教授成为你们匪帮的成员。”

皮肖塔不耐烦地说：“这种事在西西里不足为奇，因为这里的每个人都和友中友有某种联系。除了在西西里，还有什么地方的历史学和文学教授会带手枪呢？”

赫克特·阿多尼斯仔细打量着这两个年轻人，同时在考虑如何作答。他可以轻易地答应，然后把这种承诺置之脑后。他也可以轻易地拒绝，答应只能作为朋友，时而提供一些帮助，就像他今天这样。毕竟这出闹剧不可能持续太长时间。吉里安诺可能会在交战中被杀或者被人出卖。他可以移居美国，这样问题就解决了。想到这一点，阿多尼斯颇有几分伤感。

赫克特·阿多尼斯想起了很久以前的一个夏日，一个和今天很相似的日子，当时图里和阿斯帕努顶多只有八岁。他们坐在吉里安诺家的房子和大山之间的牧场上等着吃晚饭。赫克特·阿多尼斯给图里带去一口袋书，其中有一本是《罗兰之歌》，他当时还读给他们听了。

这首诗阿多尼斯几乎能背下来。在西西里，每个识字的人都喜爱这首诗，每个不识字的也都喜欢这个故事。在小镇和乡村演出的木偶剧团都把它作为主打节目，西西里的每辆马车上都画着这个传奇故事中的人物。查理大帝有两个伟大的骑士罗兰和奥利维，他们杀死了大批萨拉森人，保护他从法兰克撤离。阿多尼斯讲述了他们在伟大的龙塞斯瓦列斯战役中是如何共同战死的——奥利维三次请求罗兰吹响号角，让查理大帝的军队回兵营救，而骄傲的罗兰拒绝了。等萨拉森人在数量上占压倒优势的时候，罗兰吹响了大号，但为时已晚。查理大帝杀回来营救他的爱将，发现他们已经战死，他们的四周躺满了萨拉森人的尸体，他难过得直扯自己的胡须。阿多尼斯记得吉里安诺激动得热泪盈眶，但奇怪的是，阿斯帕努的脸上却露出了不屑的神情。这两个孩子中，一个认为这是人生中最壮烈的时刻，另一个却认为死在异教徒手中很不光彩。

当时两个孩子从草地上爬起来，跑进屋里去吃晚饭。图里的一只手臂搂着阿斯帕努的肩膀，阿多尼斯看见这个姿势后微微一笑。这是罗兰扶着奥利维，这样他们两人才能在冲上来的萨拉森人面前站着死。罗兰临死的时候把他的铁护手指向蓝天，一个天使把它从他的手里接了过去。那首诗以及那个传奇故事都是这么说的。

那是一千年前的事了，但现在的西西里和那时一样遭受着不幸：橄榄树林、炙热的平原、基督徒早期在路边修建的神龛、数不清的十字架上处死的斯巴达克斯领导下造反的奴隶。现在，他的教子也将成为这样的英雄。但这个年轻人却不明白：要改变西西里，就需要有一座道德的火山的爆发，才能点燃这片土地。

阿多尼斯看着他们，只见皮肖塔仰面朝天躺在草地上，吉里安诺那双黑棕色眼睛一动不动地看着他，脸上露出微笑，仿佛在说他知道教父在想什么。这时，阿多尼斯觉得眼前的景象发生了奇妙的变化。他们仿佛是两尊大理石雕像，超凡脱俗。皮肖塔成了花瓶上的一个雕像，他手上的壁虎是一条毒蛇，在早晨的阳光中，一切都雕刻得栩栩如生。皮肖塔像个危险人物，带给这个世界的是毒药和匕首。

萨尔瓦多·吉里安诺，也就是他的教子图里，在这只花瓶的另一面。他像希腊阿波罗神那样俊美，浑身肌肉发达，眼白清晰，几乎像个盲人。他面部表情开朗而坦诚，具有传奇英雄般的率直。阿多尼斯提醒自己不要夹带个人情感，吉里安诺有着决心成为英雄少年的表情。他的身体就像地中海边的雕像那样充满阳刚，大腿粗壮、背部肌肉发达。他的体形像美国人，比大多数西西里人的个子高，块头大。

皮肖塔在孩童时期就比较滑头。吉里安诺总是相信人性善，也为自己的真诚而自豪。当年赫克特·阿多尼斯经常想，等两个孩子长大之后，皮肖塔会成为领头人，吉里安诺将成为他的追随者。其实他本该知道：相信自己的美德比相信自己的狡诈更加危险。

皮肖塔讥讽的语气惊醒了赫克特·阿多尼斯的白日梦。“请你答应吧，教授，我是吉里安诺团伙的副手，不过，我手下没有可以指挥的人。”他咧着嘴笑了笑，“我愿意从小角色干起。”

阿多尼斯没有被他的话激怒，可是吉里安诺的眼睛里却闪着怒火。不过他还是平静地说：“你的答复是什么？”

赫克特·阿多尼斯说：“好吧。”作为教父他还能说什么呢?

接下来，吉里安诺告诉阿多尼斯回蒙特莱普雷之后要干些什么，并把自己第二天的计划大致说了一下。听到这个年轻人的大胆而且疯狂的计划，阿多尼斯再次感到吃惊。然而当吉里安诺把他扶上毛驴的时候，他还是弯下腰来亲了亲自己的教子。

皮肖塔和吉里安诺目送骑着毛驴的阿多尼斯沿通向蒙特莱普雷的小路渐渐远去。“他的个子这么矮小，”皮肖塔说，“我们小时候玩抓土匪游戏的时候，他倒是很合适的。”

吉里安诺转过身轻声对他说：“我们小时候你的笑话也有趣多了。我们谈正经事的时候，你就要正经一些。”当晚睡觉之前，他俩相互拥抱了一下。“你是我的兄弟，”吉里安诺说，“记住这一点。”接着他们就裹上毯子，度过了最后一个默默无闻的夜晚。

第九章

黎明前，天还黑漆漆的，图里·吉里安诺和阿斯帕努就起来了，因为宪兵可能在天亮前摸黑对他们实施突然袭击，当然这种可能性不大。头天晚上已经很晚的时候，他们看见从巴勒莫来的一辆装甲车和两辆吉普车开进贝兰伯兵营进行增援。夜间，吉里安诺几次从山坡上下去侦察，静听有没有人攀缘峭壁的声音——对这样的防范措施，皮肖塔很不以为然。他对吉里安诺说："要说我们小时候，那还真是天不怕地不怕呢。你觉得那些懒鬼宪兵会摸着黑，拿自己的性命来冒险，甚至错过在软和的床上睡个好觉？"

"我们要培养良好的习惯。"图里·吉里安诺回答说。他知道总有一天他们会碰上强劲的对手。

图里和阿斯帕努都把枪放在毯子上仔细检查。接着，他们吃起拉韦内拉做的饼，喝上一两口阿多尼斯留下的酒。那块饼又辣又香，吃到肚子里热乎乎的，给他们补充了能量。他们用树枝和石头在悬崖边上垒起一道矮墙，然后待在矮墙后面，用望远镜观察小镇和山路上的动静。皮肖塔负责警戒，吉里安诺则把子弹压进枪膛里，并把几盒弹药装进羊皮夹克的口袋。他的动作非常仔细，不紧不慢。他把所有的给养都埋进地下，搬来几块大石头压在上面。对于这些细节的检查，他从来不相信任何人。就在这时候，皮肖塔看见那辆装甲车离开了贝兰伯兵营。

“你说得对，”皮肖塔说，“那辆装甲车不是朝我们这里来，而是开向海堡平原方向。”

他们相视而笑。吉里安诺一阵暗自得意。毕竟对付警察并不那么难，就像玩小孩子的游戏，只要有小孩子那点儿聪明就行了。那辆装甲车将在那条道路的转弯处消失，然后兜个圈子进入山里，来到他们所在悬崖的后面。当局肯定知道那条暗道，认为他们会从那里逃跑，这样他们就会自投罗网，直接撞上装甲车，撞到他们的机枪口上。

一个小时之内，宪兵会派一个小分队从奥拉山的侧面爬上来，对他们展开正面攻击，把他们赶出来。警察以为他们是行事鲁莽的青年，是头脑简单的土匪，这对他们来说倒是十分有利。他们插在悬崖边的红黄两色西西里旗恰恰可以说明他们的粗心和冒失，警察也许就是这么想的。

一个小时后，一辆运兵车和一辆吉普车从贝兰伯兵营开出。坐在吉普车上的是罗科菲诺上士。这两辆车不紧不慢地开到奥拉山的山脚，十二名手持步枪的宪兵跳下车，部署在几条通向斜坡的小路上。罗科菲诺上士脱下有饰带的帽子，用它指着他们头顶上方、在悬崖边飘扬的那面金红两色旗帜。

图里·吉里安诺此刻正从树枝掩体后面通过望远镜进行观察。他有些担心停在山另一侧的装甲车。他们会不会派人从那个山坡爬上来？不过那些人要爬上来也得好几个小时，现在不可能靠近他们。他暂时将他们抛在脑后，对皮肖塔说：“阿斯帕努，我们还是比较聪明的，否则我们今天晚上就不能回家，不能像小时候那样去见妈妈、吃面条了。”

皮肖塔笑起来。“还记得吧，我们从来就不喜欢回家？不过我得承认，这样更有意思。我们是不是干掉几个？”

“不，”吉里安诺说，“开枪打他们头顶上方。”他想起前天夜里皮肖塔没有服从他的命令，“阿斯帕努，听我的，没有必要杀他们，这样的杀戮没有任何意义。”

他们耐心地等了一个小时。吉里安诺把他的短筒猎枪从树枝形成的屏障后面伸出去开了两枪。令人惊讶的是，那一排信心十足的人就像蚂蚁一样迅速散开，消失在草丛中。皮肖塔用步枪打了四发子弹。宪兵开始还击，山坡上有好几个地方冒出了青烟。

吉里安诺放下手中的短筒猎枪，拿起望远镜。他看见上士和他手下的中士在进行无线电联络。他们会与大山另一侧的装甲车联络，提醒他们土匪就要逃跑了。他抓起短筒猎枪，又打了两枪，然后对皮肖塔说：“该走了。”

他们两人朝悬崖较远处爬去，爬到行进的宪兵看不见他们的地方，然后从布满大石头的斜坡上滑下去。下滑五十码后，他们站起来，把武器拿在手里，猫着腰沿山坡向下跑。吉里安诺偶尔停下来，通过望远镜观察那些攻击者。

宪兵仍在向峭壁方向开火，不知道这两个土匪已经绕到了他们的侧面。吉里安诺在前面，沿着大石头间的隐蔽通道进入一片小树林。稍事休息之后，他们又开始迅速而悄无声息地沿着小路向下跑。不到一个小时，他们就来到大山和蒙特莱普雷之间的那片开阔地。他们绕到小镇的另一端，那地方处于他们和那辆运兵车之间。他们把武器掖在上衣里，就像下地干活的农民一样，大摇大摆地穿过那片开阔地。他们来到贝拉大街的北端，从离贝兰伯兵营只有一百码的地方进入蒙特莱普雷。

这时候，罗科菲诺上士正命令手下人继续沿山坡向插着那面旗帜的悬崖逼近。山上已经有一个小时没有开枪还击了，他想那两个土匪肯定已沿着秘密通道逃跑，而且现在正从大山的另一侧下山，朝那辆装甲车方向自投罗网去了。他想把网收起来。他的手下人又用了一个小时才到达那个悬崖的边沿，扯下那面旗帜。科洛菲诺上士走进那个洞穴，把那些大石头推向一边，打开那条秘密通道。他派手下人进入那条洞穴走廊，到山的另一侧与装甲车会合。当他发现猎物已经逃跑时，他大为震惊，立即把人分成搜索和警戒小组，相信他们会把逃犯从洞里赶出来。

赫克特·阿多尼斯完全按照吉里安诺的指示作准备，在贝拉大街的北侧停放了一辆画满古代传说故事的大车。就连车轮辐条和轮辋上都画着身穿盔甲的小人，这样车轮一转动，这些小人就像打仗一样翻滚起来。车辕上漆着鲜红的纹饰，上面还点缀着一些银色。

这辆大车就像一个从头到脚都文了身的人一样。两个车辕之间套着一头懒洋洋的白骡子。吉里安诺跳上驾驶座，朝车里看了看。车上装满了大竹篓坛装酒，少说也有二十坛。他把短筒猎枪塞到一排坛子后面，接着朝大山方向瞥了一眼，看见那面旗帜还在飘扬，但其他什么动静也没有。他笑着看了看阿斯帕努。“现在是万事俱备，”他说道，“去展示一下你的身手吧。”

皮肖塔做了个严肃但可笑的敬礼动作，随即把上衣扣子扣上，遮住那把手枪，然后朝着贝兰伯兵营的大门走去。他边走边留心通向海堡平原的那条路，看有没有装甲车从山里往回开。

坐在驭手座上的图里·吉里安诺看着皮肖塔，见他慢慢穿过开阔地，走上通向兵营大门那条石板路。接着他看了看贝拉大街。他能看见自己家的房子，但是房子前面没有站人。他原以为也许能看见母亲的。有一幢房子前面坐着几个人。他们的餐桌和酒瓶就放在阳台下面的阴凉处。他突然想起脖子上挂着的望远镜，赶紧松开皮带，把望远镜放进大车后面。

在兵营大门口站岗的年轻宪兵顶多只有十八岁。一看他那红扑扑的面颊和光溜溜的脸，就知道他是意大利北方省份的人。那镶着白边的黑色警服穿在他身上显得松松垮垮，根本不合身。那顶有饰带的军帽戴在他头上，使他看上去活像个木偶或小丑。那张稚气未脱、弯弯的嘴上还叼了一支烟，这显然是违反规定的。皮肖塔慢慢朝他走去，内心不由得产生一股莫名其妙的鄙弃。尽管过去几天出了不少事，可是这家伙却没有把步枪端在手上。

这个卫兵眼里看见的是一个邋遢的农民，但却留着与身份不相称的漂亮小胡子。他没好气地吆喝起来："嘿，说你呢，你这家伙，知道这是什么地方吗？"他的步枪仍然在肩上挎着。如果这时候皮肖塔想割断他的脖子，简直易如反掌。

但是皮肖塔没有这样做。他尽量忍住笑，装出对这个傲慢的臭小子卑躬屈膝的样子。他说："求你啦，我想见上士。我有一个非常重要的情报。"

"你可以把它交给我。"卫兵说。

皮肖塔忍不住了。他以嘲弄的口吻说：“你也能给赏钱吗？”

卫兵被他的粗鲁吓了一跳，不屑一顾但谨慎地说：“就算你告诉我耶稣再次降临，我也一个子儿都不会给你。”

皮肖塔咧嘴一笑。“比这个消息好多了。我知道图里·吉里安诺又到了哪里，就是把你的鼻子打出血的那个人。”

卫兵将信将疑地说：“他妈的，在这个国家里头，西西里人从什么时候开始与法律为伍了？”

皮肖塔向前凑了凑说：“我是有条件的，我已经申请加入宪兵队，下个月我就去巴勒莫参加考试。谁知道呢，也许我们俩很快就要穿同样的制服了。”

卫兵看着皮肖塔，露出较为友好的神情。许多西西里人都当了警察，这倒是真的。这是一条脱离贫困的路子，而且手里还有一点儿小权。有一个众所周知的笑话，说西西里人不是沦为罪犯就是当了警察，但是无论在哪一边，他们造成的危害是不分上下的。这时候皮肖塔不禁感到好笑，因为他竟然说自己想当警察。他是一个花花公子，拥有一件巴勒莫生产的绸衬衣，只有傻瓜才会穿那种带白杠的黑制服和那顶有编织带和硬帽舌的帽子。

“你最好还是三思啊。”那卫兵说道。他不想让每个人都沾上这样的好事，“工资少得可怜，要不是从走私犯那里拿点好处，我们大家都要饿肚子了。这个星期，我们营有两个人，他们是我的朋友，都被那个该死的吉里安诺给杀了。西西里的农民总是傲慢无礼，你想到镇上去理发，他们连路都不肯给你指。”

“我们用杖刑教训教训他们，让他们懂点儿礼貌。”皮肖塔神秘兮兮地说，“给我来支烟吧？”好像他们已经是同事一样。

皮肖塔感到高兴的是，那卫兵暂时的善意已烟消云散。“给你一支烟？”卫兵一听火冒三丈。他简直不相信自己的耳朵，“上帝啊，我凭什么要把烟给一个西西里的人渣？”这下他终于把枪从肩上取了下来。

皮肖塔觉得心中一股恶气油然而生，恨不得一下扑上去割断这小子的喉咙。“因为我可以告诉你们到哪儿去找吉里安诺，”皮肖塔回答说，“你们的人太笨，在山上搜索连一只壁虎也找不到。”

卫兵显得很茫然。他被这家伙给弄糊涂了。从这个人要提供的情报来看，他觉得最好还是向他的上司报告一下。他有一种预感，觉得这人很狡猾，弄不好会使他倒大霉。他把大门打开，端着枪朝皮肖塔晃了晃，示意他进入贝兰伯兵营。他背对着街道。这时候，还在一百码开外的吉里安诺已把骡子踢醒，让它拉着车走上通向兵营大门的石板路。

贝兰伯兵营占地四英亩，有一幢很大的办公楼，附带L形的翼楼，是关押犯人的牢房。办公楼后面是宪兵的营房，能容纳一百号人，营房中特别划出一块地方作为上士的个人寓所。大楼右侧的车库其实是个牲口棚。由于机动车辆在山里无用武之地，宪兵小分队有一支进行山地运输的骡马队，现在这里依然被当作牲口棚用。

在最后面是弹药仓库和军需仓库。两个仓库都是波纹钢结构。兵营的四周有一道七英尺高的铁丝网，外加两个岗楼，但是这些东西已经有好几个月不用了。这座兵营是墨索里尼时期建造的，对黑手党开战后进行了扩建。

皮肖塔走进大门时，先看看有没有危险迹象。岗楼上空无一人，院子里也没有武装游动哨。这个兵营里很平静，看起来像个被遗弃的农场。车库里没有车辆；实际上整个兵营里都看不见什么车辆。皮肖塔感到吃惊，也担心随时可能有车辆返回。他简直不敢相信上士居然这么傻，兵营里一辆车也不留。他真想告诫图里，他们可能随时遇到回营地的宪兵。

在年轻卫兵的押送下，皮肖塔走进办公楼宽阔的大门。这是个很大的房间，虽然天花板上的吊扇在转动，但却不足以驱散房间里的热气。在房间的显著位置有一张加长了腿的大办公桌，它的四周有一排栏杆，里面放着办事人员用的小办公桌。一些长条木凳靠四周摆放。房间里几乎没有人，只有那张大办公桌前面坐着一个下士。跟那个年轻卫兵相比，他显得全然不同。办公桌上金灿灿的姓名牌上写着“卡尼奥·西尔韦斯特罗下士”。他身材魁梧，膀大腰圆，脖子粗壮，脑袋硕大。从耳朵到那轮廓分明的下巴有一道粉红的伤疤，那是一块亮闪闪的失去机能的组织。他的嘴唇上方有两撇浓密的胡须，就像一对张开的黑色翅膀。

西尔韦斯特罗佩戴着下士袖标，腰里别着一把大手枪。糟糕的是，当卫兵报告了皮肖塔的来意之后，下士满腹狐疑，根本不相信。下士操着一口西西里方言对皮肖塔说：“你是个撒谎的混蛋。”可是他话音未落，就听见大门外传来吉里安诺的叫声。

“嘿，宪兵，想喝酒吗？要不要酒？”

皮肖塔对吉里安诺的腔调佩服之至：嗓音嘶哑，土里土气，要不是本地人，就听不懂他那种富农趾高气扬的话。

下士非常恼火，大吼起来：“那个家伙在嚷嚷什么？”说着大踏步地走出门去，卫兵和皮肖塔紧随其后跟了出去。

那辆彩绘的大车和那头白骡子就在大门外。图里·吉里安诺打着赤膊，宽阔的胸膛上汗水直淌，正用手晃着一个酒坛子。他脸上挂着乡下人憨厚的笑容，整个身子傻乎乎地歪着。他的这副模样顿时打消了下士的疑虑。这个人身上不可能藏着武器。他醉醺醺的样子，一口土里土气的西西里腔调。下士松开按在枪上的手，卫兵也把枪口放低了一些。皮肖塔向后退了一步，随时准备从上衣下面把枪拔出来。

“我有一车酒要送给你们。”吉里安诺又扯着大嗓门嚷起来。他用手擤了擤鼻子，然后随手把鼻涕甩进大门里。

“这酒是谁让你送的？”下士问道。但是他人却向大门口走去，吉里安诺知道他会把大门打开，让车子进去的。

“是我父亲让我把酒送到上士这里来的。”吉里安诺说着眨了眨眼。

下士目不转睛地看着吉里安诺。毫无疑问，这酒是某个农民送的礼，目的是让他做一点走私买卖。下士心里嘀咕起来：作为一个真正的西西里人，为了表示送礼的诚意，这个人的父亲应该亲自来送。不过他只是耸了耸肩。“把东西从车上卸下来送进营房去吧。”

吉里安诺说：“我可不负责卸东西。这我不干。”

下士再次起了疑心。他的直觉向他发出警告。吉里安诺察觉到这一点，就从大车上爬下来，只要一伸手就可以从车后把短筒猎枪拿出来。不过他首先搬起一坛竹篓装的酒说：“我这里给你们送来二十坛美酒。”

下士冲着兵营的宿舍喊了一声之后，两个年轻的宪兵跑出来；他们的上衣扣子还没扣，帽子也没戴，而且两个人谁都没带武器。

吉里安诺站在大车上，把酒坛子塞到他们手上，还塞了一个坛子给那个带枪的卫兵。那卫兵想不拿，吉里安诺扯着嗓门愉快地说：“想喝酒就动手搬。”

现在三个卫兵都抱着酒坛子，腾不出手来干别的了。吉里安诺迅速观察现场。正是他所希望的。下士是唯一手上没拿东西的，不过皮肖塔就站在他身后。吉里安诺向山坡方向看了看，去搜山的人还没有任何返回的迹象。他朝通向海堡的路上看了看，看不见那辆装甲车的影子。贝拉大街上，孩子们依然在玩耍。他把手伸进车里，抽出那把短筒猎枪，对准大惊失色的下士。与此同时，皮肖塔也从上衣下面拔出手枪。他用手枪顶着下士的后背说：“不许动！不然就用铅弹把你的大胡子剃光。”

吉里安诺用枪对着那三个吓呆了的宪兵说：“你们抱着这些坛子到房子里去。”那个带枪的卫兵抱着坛子，把步枪丢在地上。他们三人往房子里走的时候，皮肖塔从地上捡起那支步枪。进了办公室后，吉里安诺津津有味地拿起那个姓名牌。“卡尼奥·西尔韦斯特罗下士。请把钥匙交出来。所有的钥匙。”

下士的手按着枪上，瞪了吉里安诺一眼。皮肖塔把他的手向前一推，下了他的枪。下士转过身冷冷地、恶狠狠地盯着他看了一眼。皮肖塔微微一笑，说了声“对不起了”。

下士转过脸对吉里安诺说：“小伙子，快逃走吧，去当个演员，你很有两下子。不要再干这个营生了，你是绝对跑不掉的。天黑之前上士和他带去的人就会回来，你就是跑到天边，也会被缉拿归案。好好想想吧，年轻人，沦落到成逃犯、人头被悬赏是什么滋味儿。我会亲自去抓捕你，而且对于人脸我是过目不忘。我会查出你的名字，你就是躲到地底下，我也能把你挖出来。”

吉里安诺冲他笑了笑。不知怎么的，他有点喜欢这个人。他说：“如果你想知道我的名字，为什么不问一问呢？”

下士以嘲弄的神情看了他一眼。“你会像个大傻瓜似的告诉我吗？”

吉里安诺说：“我从来不说谎，我姓吉里安诺。”

下士下意识地伸手去摸腰里的枪，可惜刚才已经被皮肖塔给卸了。这种本能的反应使吉里安诺更喜欢他了。这个人有勇气，还有责任感。其他几个宪兵都吓得魂不附体了：这就是杀了他们三个战友的萨尔瓦多·吉里安诺，他没有理由不杀他们。

下士仔细看着吉里安诺的脸，记住了他的模样，然后慢慢地、小心翼翼地从办公桌的抽屉拿出一大串钥匙。他之所以这样，是因为吉里安诺用短筒猎枪紧紧地顶着他的后背。吉里安诺接过钥匙，把它们扔给皮肖塔。

“把关押的人全都给放了。”他说道。

在办公楼用作监狱的侧翼楼的一间大牢房里，关押着十个老百姓，都是吉里安诺逃跑那天夜里从蒙特莱普雷抓来的。在一间单独的小牢房里，关押的是本地两个有名的土匪帕萨藤珀和泰拉诺瓦。皮肖塔打开他们的牢门时，他们喜出望外，跟着他来到那间办公室。

被抓的蒙特莱普雷的老百姓都是吉里安诺家的邻居。他们拥进办公室，围绕在吉里安诺四周，以拥抱的方式对他表示感谢。他没有拒绝，但始终保持着警惕，眼睛一直盯着那几个被抓住的宪兵。邻居们看见他的战果都很高兴，他让这些可恶的家伙威风扫地。他是好样儿的。他们告诉他说，上士下令对他们执行杖刑，但是下士凭借个人威信和据理力争，说这种做法会引起民愤，影响到军营的安全，最后有效地阻止了这种惩罚。第二天上午他们将被转送到巴勒莫，接受地方治安官的法庭调查。

吉里安诺把短筒猎枪的枪口对着地面，因为他怕万一走火伤着周围的人。这些邻居的年纪都比较大了，他还是小孩子的时候就认识他们。他像以前一样，跟他们说话的时候特别注意分寸。“欢迎你们跟我上山，”他说道，“你们也可以到西西里的其他地方投亲靠友，等当局恢复理智之后再说。”他等了等，一片沉默。两个土匪——帕萨藤珀和泰拉诺瓦——没有与众人站在一起。他们十分警惕，大有一触即发的态势。帕萨藤珀是个矮胖子，相貌丑陋，脸上是儿时生天花留下的麻子，嘴唇厚得难看。乡下的农民都称他“野兽”。泰拉诺瓦的身材瘦小，像个雪貂，不过长得小巧玲珑，并不难看，嘴角上翘，自由地露出微笑。帕萨藤珀是个典型的西西里土匪，生性贪婪，尽干些偷盗家畜、杀人越货的勾当。泰拉诺瓦曾经是个辛勤劳动的农民，因为两个税收官员来没收他准备参加比赛的一只肥猪，他就把他们杀了，然后把猪杀了给家人与亲友分享，随后当了土匪。后来这两个人联起手来。他们之所以被抓到这里，是因为有人告密，被捕时两人正躲在柯里昂一片庄稼地上的废弃仓库里。

吉里安诺对他们说：“你们俩已经别无选择。我们一起上山吧。如果你们愿意，可以在我手下干，当然也可以另立门户。不过今天我需要你们的帮助，你们俩也确实欠我一个小小的人情。”他微笑着对他们说，想让他们入伙的要求听起来比较客气。

没等两个土匪作出回答，那个宪兵下士就采取了一项疯狂的对抗行动。也许是他西西里人的自尊受到了挫伤，抑或是他天生野兽般的狂暴性格，或者只是由于被拘押的两个有名的土匪就要逃脱这一事实，他勃然大怒，突然从离吉里安诺只有几步远的地方一个箭步蹿上前来，其动作之快令人瞠目结舌。

与此同时，他拔出藏在衬衣下面的一把小手枪。吉里安诺抬起短筒猎枪的枪口准备开火，可是为时已晚。下士的手枪已经举起，枪口离吉里安诺的头部只有两英尺，子弹随时都会直接射入他的脸部。

所有的人都惊呆了。吉里安诺看见对准他脑袋的那把枪。枪的后边是下士那张因愤怒而涨红的脸，脸部的肌肉像蛇的身体一样在收缩。不过那把手枪似乎是慢慢举起来的。眼前的情景就像在噩梦中向下坠落，不停地坠落，但他心里却明白这只是一场梦，自己是永远坠不到底的。下士扣动扳机前的一刹那，吉里安诺觉得异常平静，甚至毫无惧色。下士扣压扳机时，他眼睛都没有眨一下，反而向前挪了一步。撞针发出很大的金属声响，它撞击到枪膛里的一颗哑弹。说时迟，那时快，皮肖塔、帕萨藤珀和泰拉诺瓦三人一拥而上，把下士重重地压在下面。泰拉诺瓦一把抓住手枪，把它夺了过来，帕萨藤珀抓住他的头发，准备用手指去抠他的眼睛，皮肖塔拔出的刀子即将扎进他的喉咙。这一切恰好被吉里安诺及时看见。

吉里安诺平静地说："不要杀他。"说着把他们从仰面朝天、毫无还手之力、正在等死的下士身上拉开。他向下一看，惊讶地发现他们几个人在盛怒之下于刹那间造成的肢体损伤。下士的一只耳朵几乎被扯了下来，伤口处鲜血淋漓，右胳膊已经被拧得变了形，一只眼睛正在流血，眼睛上还耷拉着一大块皮。

下士依然毫无惧色。他正躺在那儿等死。吉里安诺突然产生了恻隐之心。是这个人让他面对生死考验并证明他是不会轻易死掉的；同样还是这个人证明了死神的软弱无能。吉里安诺把他从地上拉起来，使大家颇为惊讶的是，他很快拥抱了下士一下，接着装成只是帮他站直的样子。

泰拉诺瓦检查了一下手枪。“你这个人的命真大呀，”他对吉里安诺说，“只有这一颗是哑弹。”

吉里安诺伸出手要那把枪。泰拉诺瓦有些犹豫，不过还是递给了他。吉里安诺转身对下士说：“放老实点儿。”他的语气比较友善，“你和你们的人都不会有事的。我向你保证。”

下士没有回答，因为他受伤后头晕眼花，体力不支，他似乎没听懂吉里安诺说的是什么。帕萨藤珀小声对皮肖塔说：“把你的刀给我，我来把他结果了。”

皮肖塔说：“这里只有吉里安诺可以发号施令，其他人都得听他的。”皮肖塔一本正经地说，其实他不想让帕萨藤珀注意到他也早就想干掉这个家伙了。

那几个被抓来的蒙特莱普雷的老百姓很快就匆匆离开了。他们不愿意成为一场屠杀宪兵事件的目击证人。吉里安诺把下士和他的几个伙伴带进侧翼的监狱，把他们锁进一间大牢房。接着他就领着皮肖塔、帕萨藤珀和泰拉诺瓦搜查了贝兰伯兵营的其他建筑。他们在武器仓库里发现了步枪、手枪、冲锋手枪以及成箱的弹药。他们拿了许多武器挂在身上，并把一箱箱弹药装上大车，然后又到生活区拿了一些毛毯和睡袋。皮肖塔还把两套宪兵的制服扔到车上，因为它们以后说不定能派上用场。大车上装满战利品之后，吉里安诺坐到驭手座上准备出发，其他三个人手持武器，行走时相互保持着一定距离，以便应对任何不测。他们迅速沿着通向海堡的道路前进。经过一个多小时，他们来到赫克特·阿多尼斯借大车的那个农户家。他们把得来的战利品埋在他家的猪圈里，接着用从美军后勤供应库里偷来的橄榄绿色油漆把他的大车全部刷了一遍。

晚饭前，罗科菲诺上士带领搜索组返回兵营。此时虽然太阳已经下山，可是晚霞却把半边天染得通红。看见手下人被关在自己的牢房里，罗科菲诺上士气得满脸通红，红得不亚于天空的晚霞。他立即派出那辆装甲车，到各条道路上去搜寻那几个无法无天的歹徒，而此时的吉里安诺已经回到大山里的藏身地点。

意大利所有的报纸都在显著位置刊登了这则消息。三天前，两名宪兵被打死的消息也是报纸的头版新闻，而吉里安诺那时只是西西里凶残的亡命之徒。这一次就全然不同了。他智勇双全，用计谋战胜了国家警察，解救了遭到不公正待遇的朋友和邻居。巴勒莫、那不勒斯、罗马和米兰的记者纷至沓来，在蒙特莱普雷镇采访图里·吉里安诺的家人和朋友。有一张照片上，图里的母亲拿着他的吉他，说他弹得棒极了（不完全是事实，他刚能弹出点调儿来）。他以前的同学都说他读了很多书，送了他一个“教授”的绰号。报纸发现这一点如获至宝：一个西西里的土匪竟然还能看书识字。他们还提到他的表弟阿斯帕努·皮肖塔，因为他纯粹是出于对他的友情才跟他一起逃亡的。他们好奇一个人如何能激发出别人这样的忠诚。

报上刊登了一张他十七岁时的照片，让报道具有无法抗拒的魅力，他相貌英俊，具有地中海男子的阳刚之气。但是，意大利人最喜欢的，也许还是他宽宏大量地饶了那个曾经想杀死他的下士。这和西西里流传甚广的一出木偶戏极其相似，比戏剧要好，因为木偶从来不流血，也不会被子弹打得血肉模糊。

只有一件惋惜的事：吉里安诺决定放走帕萨藤珀和泰拉诺瓦这两个歹徒，而与这两个歹人为伍也许意味着他闪亮的骑士形象会受到玷污。

只有米兰的报纸指出萨尔瓦多·“图里”·吉里安诺杀死了三个警察，同时建议采取特别措施将其缉拿归案，不能因为他人长得帅气、读过许多书、会弹吉他就饶恕他的罪行。

第十章

唐·克罗切现在已经充分注意到图里·吉里安诺，而且十分钦佩他。真是个英武的青年啊！“英武”在西西里方言中并没有“黑手党”的意思，而是指以自己特有的形式表现出的非常之美，如一张英俊的脸、一棵挺拔的树、一个俊俏的女子。

唐·克罗切觉得这个年轻人能成为他的得力助手，一员战将。眼下吉里安诺是个麻烦，不过他没有太在意。被关押在蒙特莱普雷的两个土匪，一个是令人害怕的帕萨藤珀，一个是机灵的泰拉诺瓦。警方是得到他的首肯，与他商量后才把他们抓起来的。但是，这些他可以宽容大度，既往不咎。唐绝对不会让怨恨损害自己未来利益的。现在他要仔细盯着图里·吉里安诺的一举一动。

吉里安诺待在山里，他并不知道自己的名气与日俱增。他正忙于谋划壮大自己的力量。他首先要解决的问题是如何对待泰拉诺瓦和帕萨藤珀。他仔细询问了他们被抓的经过，认为他们是遭到背叛，被人告密。他们两人发誓说手下的人都很忠诚，许多人死于警方的伏击。吉里安诺经过缜密考虑后得出的结论是，黑手党扮演了这伙人的保护神和联络员的角色，但却将他们出卖了。他把这个结论说给这两个人听，可是他们根本就不相信。友中友绝对不会违背神圣的“缄默规则”，因为这是他们的安身立命之本。吉里安诺没有坚持自己的意见，反而正式邀请他们入伙。

他解释说他不只是为了生存，而是为了成为一支政治力量。他强调说他们不会去打劫穷人。相反，他们要把得来的东西分一半给蒙特莱普雷镇四周一直到巴勒莫郊区的穷人。泰拉诺瓦和帕萨藤珀仍将管理自己的旧部，但现在要服从吉里安诺的指挥。没有吉里安诺的同意，他们不能擅自进行任何打劫钱财的活动。他们联合之后将纵横于巴勒莫市、蒙雷阿莱市以及蒙特莱普雷、帕尔蒂尼科和柯里昂周围的乡村地区。他特别叮嘱他们要对宪兵主动出击。他说怕死的不是他们这些绿林好汉，而是那些在野外执行任务的警察。这两个人听了他的大胆计划后着实感到惊讶。

帕萨藤珀是守旧的土匪，干点奸淫掳掠、勒索杀人的事。他立刻开始打起自己的算盘，如何才能在这样的联手中得到好处，怎样才能干掉吉里安诺，夺取他的那份财物。泰拉诺瓦比较喜欢吉里安诺，非常感激他的救命之恩，心里想着如何为这个富有才华的年轻人出谋划策，帮助他走上比较谨慎稳妥的道路。这时吉里安诺看着他们，脸上露出淡淡的微笑，好像看透了他们的心思，觉得他们的想法很有意思。

阿斯帕努·皮肖塔对自己这位挚友的远大抱负不仅非常了解，此刻更是深信不疑。如果图里·吉里安诺说自己能做成一件事，皮肖塔就相信图里一定能做成。此时他正在洗耳恭听。

灿烂的朝阳给群山罩上了一层金色。他们三人如痴如醉地倾听吉里安诺：他们要领导这场战争，让西西里人变成自由的人民，吉里安诺谈到他们如何去领导这场斗争，给西西里人以自由，让穷人过上好日子，把黑手党、贵族阶层和罗马的势力摧毁。要是换个人，他们准会笑他是痴人说梦，但是他们没有忘记，而且任何人只要看见都不会忘记的场面：宪兵下士举起手枪对着吉里安诺的脑袋。吉里安诺在等待下士扣动扳机时所露出的镇定眼神，还有他那认为自己绝对不会死的信心。在手枪哑火之后，他对下士表现出的恻隐之心。这些都是一个相信自己死不了的人才有的举动，这迫使旁人也相信他的信仰。所以现在他们凝视着这个英俊的年轻人，被他的俊美、勇气和纯真所折服。

第二天上午，吉里安诺带领阿斯帕努·皮肖塔、帕萨藤珀和泰拉诺瓦沿一条山路下山，准备到离卡斯特尔维特拉诺镇不远的平原地区去。他很早就下来看了地形。他和他们三个人都打扮成劳工的模样。

他知道运送食品去巴勒莫市场的卡车车队肯定会从这里经过。问题是怎样才能让那些卡车停下来。为了防止遭到劫持，那些车都开得很快，而且司机还随身携带了武器。

在离卡斯特尔维特拉诺镇不远处，吉里安诺让他的人隐蔽在路旁的灌木丛中，自己则坐在一块非常显眼的白色大石头上。下地干活的人愣愣地看着他，看见他携带的短筒猎枪后，赶紧匆匆走开。吉里安诺担心被认出来。这时他看见路上过来一辆画着传奇故事图案的大车，只有一头骡子在拉车。赶车的老人吉里安诺认识。他是西西里乡村地区专业的车夫。他出租马车，把附近村庄里的竹子送到镇上的工厂去。很久以前他去过蒙特莱普雷，替吉里安诺的父亲运过东西。吉里安诺走到路中间，右手拎着的短筒猎枪来回晃动着。这个车夫认出了他，不过依然不动声色，只是朝他眨了眨眼。

吉里安诺用小时候的方式与他打招呼，喊了他一声“叔叔”。“祖·佩皮诺大叔，”他说道，“今天是我们两个人的幸运日，我能让你发财，你来这里帮我减轻点儿穷人的负担。”他看到这个老人的确特别高兴，不禁哈哈笑起来。

老人没有答话，只是用眼睛盯着他，表情木然地等着。吉里安诺爬到车上，在他的身边坐下。他把短筒猎枪放进车里看不见的地方，接着又兴奋地笑起来。有了祖·佩皮诺，今天肯定是他的幸运日。

吉里安诺觉得心旷神怡，秋高气爽，远处群山秀丽，他的三个手下正隐蔽在灌木丛中，用枪封锁了道路。他把自己的计划向祖·佩皮诺作了解释，老人只是听着，一言不发，毫无表情。最后吉里安诺说把从卡车上卸下的食品给他装满一大车作为回报，祖·佩皮诺这才嘟嘟囔囔地说：“图里·吉里安诺，你从来就是个优秀、勇敢的年轻人，善良理智、慷慨大方、有同情心。你长大成人之后也没有变。”这时候吉里安诺想起来了，祖·佩皮诺是个喜欢使用花哨词语的老派西西里人。“这个忙，还有其他的忙我都帮定了。替我问候你父亲，他应该为有你这样一个儿子而自豪。”

中午时分，路上出现了三辆满载食品的卡车。这个车队出现在通往帕尔蒂尼科平原那条路的拐弯处时，不得不停下来，因为路被一堆大车和骡子完全堵住了。这可是祖·佩皮诺的杰作。这个地区的所有车夫都欠他的人情，而且都听他的。

最前面那辆卡车的司机按响喇叭，缓缓向前行驶，结果碰到离他最近的一辆大车。车上的人转过脸恶狠狠地瞪了他一眼，于是他立即把车停下，耐心地等待。他知道这些车夫虽然干着卑微的营生，但在面子问题上，在与机动车争抢道路使用权的问题上却态度强硬，弄不好会一刀把他捅死，然后嘴里哼着小曲扬长而去。

后面两辆车跟着也刹车停下。司机从车上下来。其中有个司机是西西里最东边的人，另一个是外乡人，也就是说来自罗马。这个罗马人一只手拉开上衣拉链，朝那些车夫走过去，怒气冲冲地大声让那些该死的骡子和车子把路让开，另一只手却一直放在上衣里。

吉里安诺从大车上跳下来。他没有伸手去拿车里的那支短筒猎枪，也没有拔出腰里那把手枪。他向隐蔽在灌木丛中等候的人打了个手势，他们手持武器冲到路上。泰拉诺瓦向最后那辆卡车走去，为的是不让它跑掉。皮肖塔从路边的斜坡上冲下来，直接来到那个罗马司机面前。

帕萨藤珀此刻比其他人更激动。他把第一辆车的司机从车上拽下来，推倒在吉里安诺的脚下。吉里安诺伸手把他扶起来。这时候，皮肖塔把最后那辆车的司机押了过来。那个罗马人把空着的手从上衣里抽出来，脸上的怒气也随之消失。吉里安诺微笑着，以真诚的善意说：“今天你们三个人真交了好运。你们不必长途跋涉去巴勒莫了。我的车夫会替你们卸车，并把食品分给这一地区的穷人，当然了，这要在我的监督之下进行。我向你们做个自我介绍，我是吉里安诺。”

三个驾驶员连忙赔不是，态度变得很和善。他们说他们并不急着要走。他们有的是时间。实际上，现在是他们吃午饭的时间。他们在车上很舒服。天气也不太热。这确实是一次难得的机遇，是他们的运气。

吉里安诺看出了他们的恐惧。“不用担心，”他说道，“那些靠自己辛勤劳动挣钱的人，我是不杀的。我手下的人干他们的活，你们和我一起吃午饭，然后你们就回家去，把你们的好运气告诉你们的老婆孩子。如果警察询问，你们尽量少说一点，这样我会感谢你们的。”

吉里安诺停下来。不能让这些人蒙羞或者记仇，这对他来说非常重要。让他们回去说受到了良好的对待，这一点也很重要。因为以后还会有其他人。

卡车司机都被带到路边一块大石头旁的阴凉处，他们没等搜身就主动把手枪交给了吉里安诺。那些车夫们卸车的时候，他们乖乖地坐着。那些人装完大车之后，还有整整一卡车东西没有动，因为他们的车已经装满了。吉里安诺让皮肖塔和帕萨藤珀随同那辆卡车的司机一起上车，并告诉皮肖塔把粮食分发给蒙特莱普雷的农业劳工。吉里安诺本人和泰拉诺瓦负责在卡斯特尔维特拉诺地区和帕尔蒂尼科地区发放。事后他们将在奥拉山山顶上那个洞穴会合。

这次行动使吉里安诺开始赢得整个乡村地区的支持。哪个土匪会把自己得来的东西分给穷人？第二天，意大利所有报纸都刊登消息，报道了这个罗宾汉式的强盗。只有帕萨藤珀抱怨说这一整天算是白辛苦了。皮肖塔和泰拉诺瓦明白，他们赢得的是数以千计的反对罗马当局的支持者。

但是他们不知道的是，这些货物原本都是运往唐·克罗切的仓库的。

才过了一个月的时间，到处都有了给吉里安诺通风报信的人——告诉他哪个富商带着黑市赚来的钱上了路；某些贵族的生活习惯、少数与警察高层有来往的坏蛋。有传闻说阿尔卡莫公爵夫人有时会向别人炫耀自己的珠宝。据说一年中的大部分时间，这些珠宝都放在巴勒莫一家银行的金库里，有时候为了参加宴会，她就把它们取出来戴。吉里安诺觉得这是一笔大买卖。为了了解更多的情况，他派阿斯帕努·皮肖塔到阿尔卡莫庄园作进一步打探。

阿尔卡莫公爵和夫人的庄园在蒙特莱普雷西南二十英里的地方。四周有围墙，大门口有武装警卫把守。公爵还向友中友支付“租金”，以确保他家的牲口不被盗，房屋不遭窃，家庭成员不被绑架。在一般情况下，这足以对付普通犯罪，他比梵蒂冈的教皇还安全。

十一月初是西西里各大庄园采收葡萄的时候，为此它们要从附近的村庄雇佣劳工。皮肖塔到镇广场报了名，被带到阿尔卡莫公爵的庄园去干活。第一天的活就很累，是把一串串紫黑色的葡萄装进筐子里。在葡萄园干活的有一百多号人，有男有女，还有小孩，他们边干活还边唱歌。中午由东家提供一顿丰盛的户外午餐。

皮肖塔独自坐在一边，观察着其他人。他看见一个年轻女子从城堡里端出一盘面包。她模样俊俏，但脸色苍白，显然是个难得在太阳底下干活的人。此外，她比其他妇女要穿得好。不过给皮肖塔印象最深的，还是她脸上那轻蔑的神情和不屑与其他劳工接触的做派。他听说这个姑娘是公爵夫人的贴身女佣。

皮肖塔立刻意识到找她比找其他任何人都管用。吉里安诺知道皮肖塔的为人，曾经叮嘱他在打探情况的过程中，千万不要招惹那里的妇女，但是皮肖塔认为吉里安诺太不切实际，太不了解这个世界的行为方式。这个猎物太有价值了，而且这个姑娘也实在太漂亮了。

等她第二次端着盘子出来的时候，皮肖塔把盘子从她手中接过来，替她端着。她吃了一惊。他问她叫什么名字，她没有告诉他。

皮肖塔放下盘子，一把抓住她的手臂，假装很生气地对她笑了笑。“我问你话的时候，你要回答我。如果不回答，我就把你扔进那个大葡萄堆里去。”接着他哈哈大笑，表明自己是在开玩笑。他对她露出了非常迷人的微笑，以特别温柔的声音说：“你是我在西西里看见的最漂亮的姑娘。我太想跟你说话了。”

女佣觉得他令人畏惧，但也讨人喜欢。她看见他腰里挂着一把寒光闪闪的砍刀，还注意到他的行为举止，好像他也是一位公爵似的。现在她的兴致上来了，说她名叫格拉齐耶拉。

当天干完活之后，皮肖塔来到城堡的后厨房，大胆地敲开了门，要找格拉齐耶拉。开门的是个老太太，听明来意之后很客气地说：“用人是不许会客的。”说完她就“砰”的一声把门关上了。

第二天，皮肖塔又接过格拉齐耶拉手上的盘子，并悄悄地对她说收工以后想见见她。他抚摸着她的手臂，而后把一只小巧的金手镯套在她手腕上。她答应天黑以后溜出来，在没有人的葡萄园里和他见面。

当晚，皮肖塔穿上那件在巴勒莫定做的绸衬衣。剪下的葡萄堆成了座座小山，他就在这些小山形成的峡谷中等着她。格拉齐耶拉走到他跟前，被他一把揽在怀里。她仰起嘴等着他来吻。他用嘴唇轻触她的唇，同时把一只手伸向她的两腿之间。她扭动身子想挣脱，但被他紧紧地搂住了。他们吻得更深了。他掀起她的毛料裙子，惊讶地发现她的内衣竟是绸子的。皮肖塔心想，她肯定是从公爵夫人那里借的。她的胆子还真大，有点像个小偷。

他把她拉到事先铺好的毯子上，与她一起躺下。她激情地吻着他。隔着绸内裤，他感觉到了她的反应，于是迅速把她的内裤拉下，用手触摸那温暖湿润的地方。他们继续亲吻的时候，她解开他的皮带扣，他顺势把裤子褪到脚踝，翻身趴在她身上，把手移开，突然格拉齐耶拉一声尖叫，随即软瘫地躺着不动了。皮肖塔心想，妈的，她来得也太快了。不过转念一想觉得这样也好。他的主要目的是获取情报，自己的满足可以等以后再说。

他们紧紧相拥，并用毯子裹住自己的身体。他告诉她说他正在挣些钱，准备将来上巴勒莫大学，还说家里人希望他成为一名律师。他想让她觉得她的收获不小。接着他问了她一些有关她本人的问题，诸如喜不喜欢自己的工作、其他用人怎么样，并逐步把话题转向她的女主人公爵夫人。

格拉齐耶拉把阿斯帕努的手拉回她的两腿中间，接着告诉他公爵夫人穿上华丽的衣裳并佩戴珠宝首饰的时候是多么漂亮，而她格拉齐耶拉是夫人的心腹，夫人不穿的、款式过时的衣服就给她穿。

“我想看看你穿上你家女主人最好的衣服是什么样子。她的珠宝首饰也允许你戴吗？”

“呃，平安夜的时候，她总要拿一根项链给我戴。”正如吉里安诺猜想的那样，圣诞节期间，珠宝是在家里的。现在他还剩下一个问题要了解，可是她突然骑在他身上，把毯子往上拽到自己的肩膀。阿斯帕努顿时觉得难以自制。毯子滑落到一边，裙子也被向上掀起，从格拉齐耶拉的头上脱下。两个人激情荡漾，翻滚到旁边的葡萄堆里。事毕之后，两人疲惫的身体上沾满了黏糊糊的葡萄汁和他们自己的体液。

阿斯帕努说："户外的空气当然是很新鲜的了，不过我什么时候才能到房子里去，跟你好好地做一次爱呢？"

"公爵在家的时候不行。他到巴勒莫去之后，家里要宽松得多。下个月过圣诞节前，他要出去好几个星期。"

阿斯帕努微微一笑。既然需要的信息已全部弄到手了，他的精力就集中到眼前的事上来了。他扑在格拉齐耶拉身上，再次把她按倒在毯子上，疯狂地跟她做爱，把她弄得心醉神迷，有点害怕。他做得恰到好处，让她更加期待下个月见到他。

圣诞节前五天，吉里安诺、帕萨藤珀、皮肖塔和泰拉诺瓦赶着一辆骡车在阿尔卡莫庄园的大门前停下。他们装扮成家道殷实的小地主，一身狩猎者的行头。这是他们用袭击卡车的战利品在巴勒莫买来的：灯芯绒裤子、红色羊毛衬衣，厚重的猎装上衣，口袋里装了好几盒子弹。两个门卫挡住了他们的去路。由于是大白天，他们并没有警惕，枪都挎在肩上。

吉里安诺大步流星地朝他们走过去。他手上没有武器，一把手枪藏在他那件赶车人的粗布外套里面。他朝门卫毫无拘束地笑了笑。"二位，"他说道，"我叫吉里安诺，是来给你们漂亮的公爵夫人恭贺圣诞节的，希望她能布施一点，接济接济穷人。"

听见吉里安诺这个名字后，两个门卫吓愣了。他们刚把枪从肩上取下，帕萨藤珀和泰拉诺瓦的冲锋手枪已经对准了他们。皮肖塔夺走了门卫的枪，把它们扔进车里。帕萨藤珀和泰拉诺瓦留在大门口监视两个门卫。

去公爵的大宅要穿过一个石头铺成的大院子。院子一个角上有几只鸡，正围着一个给它们撒食的年老女佣。在宅邸那边，公爵夫人的四个孩子正在花园里玩耍，一个穿黑布裙的家庭女教师在监护着他们。吉里安诺沿着一条路朝大宅走去，皮肖塔与他并肩而行。皮肖塔的信息是准确的，院子里没有其他警卫人员。花园那一边种了一大片蔬菜和橄榄。地里有六个人正在干活。他按下门铃，顺手一推，正好碰上前来开门的女佣格拉齐耶拉。看见皮肖塔从正门进来，她着实吓了一跳，赶紧往旁边一让。

吉里安诺和颜悦色地说："不要紧张，告诉你家女主人，是公爵派我们来的，我们有正事，必须当面跟她讲。"

格拉齐耶拉虽然将信将疑，还是把他们领进了起居室。正在那里看书的公爵夫人挥手让女佣退下。她对这两个不速之客有点恼火，不客气地说："我丈夫出去了。你们有什么事？"

吉里安诺一时语塞。他被这座富丽堂皇的房子惊呆了。他从没见过这么大的房间，而且房间的形状竟然不是方的，而是圆的。巨大的法式落地窗上挂着金色的窗帘。头顶上方的天花板向上形成一个穹隆，上面装饰着小天使壁画。到处都是书——沙发上、小咖啡桌上，还有靠墙的一些地方。墙上挂着巨幅油画，硕大的花瓶随处可见。在庞大的沙发椅和长沙发前面的茶几上摆放着各式金银盒子。这个房间足以容纳一百个人，可是现在里面只有这个身穿白色丝绸的孤独女人。阳光和空气从窗户里透进来，花园里孩子们的嬉戏声也从窗户传了进来。吉里安诺生平第一次懂得了什么是财富的诱惑力，金钱可以创造出怎样的美。他不想以任何粗暴残酷的手段毁掉这种美。他要做他必须做成的事，但又不愿意让这么美的地方留下创伤。

公爵夫人在耐心地等待他的回答。她惊讶地发现眼前这个青年竟然具有如此英俊的阳刚之美。她看得出他很喜欢这个房间的富丽堂皇，但却没有注意她的美丽容貌，这使她有点恼火。可惜他只是个农民，明显与自己的社交圈子无缘，因为在她的世界里稍许来点没有邪念的调情也不算过分。这些想法使她说的话比平时更富有魅力：“年轻人，真对不起，如果是与庄园有关的事情，你最好下次再来。我丈夫这会儿不在家。”

吉里安诺看了她一眼。他产生了些许敌意，是一个贫穷男人对一个富有女人的敌意，因为眼前这个女人凭自己的财富和社会地位表现出某种优越感。他礼貌地鞠了一个躬，看见她手指上戴着一枚特别漂亮的戒指，就以讥讽的卑躬语气说：“我是来找您的，我叫吉里安诺。”

可是他的讥讽对公爵夫人不起作用，因为她对自家用人的奴颜婢膝已经习以为常了。她反倒觉得他这种态度是很自然的。她是一个有教养的女性，她的兴趣在文学和音乐，对西西里的日常事务毫无兴趣。她很少看当地的报纸，觉得这些报纸是野蛮人的。所以她很客气地说：“很高兴认识你。我们在巴勒莫见过面吗？也许在剧场里？”

阿斯帕努·皮肖塔饶有兴致地看着眼前的这一幕，哈哈笑起来；他走到落地窗前，以便堵住从那里进来的用人。

皮肖塔的笑声引起吉里安诺一阵不快，可是公爵夫人的无知却使他觉得更加有趣。他直言不讳地说："我亲爱的公爵夫人，我们从未谋面。我是个强盗。我的全名叫萨尔瓦多·吉里安诺。我认为自己是西西里的斗士，今天我来见你的目的，是请你把你的珠宝捐赠给穷人，让他们也能够欢度圣诞节，庆祝基督诞生。"

公爵夫人不可思议地微微一笑。这个年轻人不可能对她有什么恶意，他的容貌和身材勾起她内心前所未有的欲望。听到他话语中的威胁，她反而感到十分有趣。她会在巴勒莫的社交聚会上把这个故事讲给别人听。所以她坦诚地笑了笑说："我的珠宝在巴勒莫银行的金库里。这幢房子里的现金你都可以拿去。我还要祝福你。"在她的一生中，还没有人怀疑她说过谎。即使小时候，她也从来不说谎。这是她生平的第一次。

吉里安诺看着挂在她脖子上的钻石，知道她这是在说谎。他很不情愿地做了他不得不做的事情。他向皮肖塔点点头，皮肖塔把手指放在牙齿之间打了三声呼哨。不一会儿，帕萨藤珀就出现在落地窗前。他的身材矮胖，丑陋无比。他那张凶煞神似的刀疤脸只有在木偶戏中才看得到。他的面部很宽，几乎没有额头，浓密蓬松的黑发和两道突出的眉毛，看上去活像个大猩猩。他朝公爵夫人笑了笑，露出一口黄牙。

第三个强盗的出现终于使公爵夫人感到毛骨悚然。她取下脖子上的项链，把它交给吉里安诺。"这下你满意了吧？"她问道。

"没有，"吉里安诺回答说，"我亲爱的公爵夫人，我这个人心很软。不过我的朋友们性格就不同了。我的朋友阿斯帕努虽然长得帅，却像他让人心碎的小胡子一样残酷无情。站在落地窗前面的那个人，虽说是我的部下，但也会使我做噩梦。不要逼我让他们出手。他们会像老鹰一样进入你家的花园，把你的孩子抢到山上去。现在还是把其余的钻石都乖乖地拿出来给我吧。”

公爵夫人惊慌失措地跑进自己的卧室，几分钟后端出一箱珠宝。她的脑子反应很快，先藏起几件价值不菲的珠宝，然后才拿着箱子出来，把它递给吉里安诺。吉里安诺很有礼貌地向她表示感谢。接着他对皮肖塔说：“阿斯帕努，公爵夫人也许忘了点儿什么东西。到她卧室去看看。”皮肖塔几乎不费吹灰之力就发现了被藏起的珠宝，随即把它们拿到吉里安诺面前。

这时吉里安诺已经打开了那只珠宝箱。他看见这么多贵重的宝石，高兴得心怦怦直跳。他知道这一箱珠宝足够蒙特莱普雷全镇的人吃上好几个月，何况这些珠宝都是公爵用压榨劳工血汗得来的钱买的。就在公爵夫人两手不安地绞在一起的时候，吉里安诺注意到她戴在手指上的绿宝石戒指。

“我亲爱的公爵夫人，”他说道，“你怎么能这么愚蠢呢？你骗了我，想把这些珠宝藏起来。我以为只有那些小里小气的农民才会做这种事，因为他们的财富是累死累活积攒起来的。你怎么能为了两件珠宝就用自己和四个孩子的生命来冒险呢？这些珠宝你是不会心疼的，就像你那个公爵丈夫不会心疼他头上那顶帽子一样。好了，不要大惊小怪，把你手指上戴的那枚戒指给我。”

公爵夫人哭了。“亲爱的年轻人，”她说道，“请把这个戒指给我留下吧。它值多少钱，我就给你多少钱。这是我丈夫送给我的订婚礼物，失去它我会心碎的。”

皮肖塔再次哈哈笑起来，他是故意的，他害怕图里会发善心把戒指给她留下。那颗祖母绿可是价值连城呢。

不过吉里安诺没有发善心，他不客气地抓住公爵夫人的手臂，把那枚戒指从她颤抖的手上褪了下来。皮肖塔这一辈子都忘不了吉里安诺当时的眼神。他很快向后退了一步，把那枚戒指套在自己的小指上。

吉里安诺看见伯爵夫人脸色通红，眼泪汪汪。他又变得彬彬有礼起来。他说："为了不忘记你，我永远不会把这枚戒指卖掉——我留着自己戴。"公爵夫人想看看他脸上是不是带有讥讽的神情，但是没有发现。

对图里·吉里安诺来说，这是一个神奇的时刻。当他把戒指套在自己手指上的时候，他感到这是权力的转移。这枚戒指使他与自己的命运紧紧联系起来了。这是他从富人世界夺取权力的象征。这枚镶着金边的墨绿色宝石仍然散发着一个漂亮女人身上的香水味，它在她手上已经戴了许多年，他夺来了永远不属于他的那种生活的一丝气息。

唐·克罗切仔细地听着，一句话也没有说。

阿尔卡莫公爵当面向唐·克罗切抱怨。难道他没有向友中友交过"佣金"？他们不是保证他家不会受任何形式的偷盗吗？这是什么世道？过去是没有人敢这样干的。唐·克罗切准备怎样找回那些珠宝？公爵已经向当局报了案，不过他知道这没什么用，也许还会引起唐·克罗切的不快。不过倒是可以得到一些保险赔付。也许罗马政府会认真对待吉里安诺这伙土匪。

唐·克罗切心想，的确是时候对付吉里安诺了。他对公爵说：“如果我找回你的珠宝，你会支付珠宝价值四分之一的费用给我吗？”

公爵顿时火起来。“首先，我支付的租金，就是要你保护我和我的财产安全。可是，你没有尽到自己的责任，还要我来支付赎金。如果你这样做交易，怎么能赢得客户的尊重呢？”

唐·克罗切点点头。“我必须承认你言之有理。可是萨尔瓦多·吉里安诺是一股自然的力量，是上帝降下的灾难。你肯定不能指望友中友保护你不受地震、火山爆发、水灾的伤害。我向你保证，到时候吉里安诺会被制服的。但是你想一想：你支付赎金，由我来安排。今后五年你将得到保护，而无须再向我支付一般的租金，我保证吉里安诺不再袭击你家。我和他都认为你会吃一堑长一智，把这些贵重的东西放在巴勒莫银行的金库里，他不会再去打扰你的。女人太幼稚了——她们不知道，世上的男人在追求物质财富时欲望有多强，胃口有多大。”他略作停顿，先让公爵脸上的微笑逐渐消失，然后才接着说，“如果你算一算，在今后五年的乱世中，你的整个庄园要交多少租金，你就会发现这次不幸事件并没有给你造成多大的损失嘛。”

公爵仔细想了想。唐·克罗切说的没错，麻烦的事还在后面。可是尽管免交今后五年的“租金”，为那些珠宝缴纳赎金毕竟不是个小数目；谁敢说唐·克罗切还能再活五年，或者说他就能够制服吉里安诺？不过，这是现在最好的办法了。这样可以防止夫人在未来几年内再甜言蜜语地骗他去买珠宝，这就能省下一大笔钱。他不得不再卖掉一块地，但他祖上有好几代人都卖过地，而且为了弥补自己的愚蠢行为都付出过代价，何况他手上还有几千英亩土地呢。公爵同意了。

唐·克罗切召见了赫克特·阿多尼斯。第二天阿多尼斯就去找了他的教子。他坦白直接地说明了自己的来意。“你就是把珠宝卖给巴勒莫的小偷，也卖不出好价钱来，”他说，“即使那样也要时间，圣诞节前你肯定拿不到钱，我知道你希望拿到现钱。此外，你还能赢得唐·克罗切的好感，这对你来说非常重要。不管怎么说，你已经让他丢了面子，如果你这次帮他个忙，他会对你既往不咎的。”

吉里安诺对他的教父笑了笑。唐·克罗切对他有没有好感，他并不在乎，毕竟铲除这个西西里黑手党龙头老大才是他的梦想。他已经派人到巴勒莫，去为这次抢来的珠宝寻找买家，很明显那将是一个艰苦而又漫长的过程，所以他同意克罗切的提议，但是他不肯交出那枚祖母绿戒指。

阿多尼斯离开之前，终于不再扮演吉里安诺的文学老师的角色了，他第一次亲口说出了西西里生存的现实。“我亲爱的教子，”他说道，“我比任何人都钦佩你的素质。我喜欢你的崇高思想，我希望这里也有我的一份功劳，可是现在我们必须面对生存问题，你永远不可能和黑手党抗衡。在过去的一千年里，他们就像数百万只蜘蛛，编织起一张笼罩了西西里全部生活的大网。盘踞在这张大网中央的是唐·克罗切。他很赏识你，想跟你交朋友，共享荣华富贵。不过有时候你必须遵从他的意志。你可以建立自己的帝国，但是必须建在他这张网里。有一件事毋庸置疑——你不能直接跟唐·克罗切作对，否则历史将帮助他把你摧毁。”

就这样，那些珠宝终究物归原主了。吉里安诺把从珠宝上得来的钱留下一半，分给了皮肖塔、帕萨藤珀和泰拉诺瓦。他们都看见了他手上戴的那枚祖母绿戒指，但是什么也没说，因为卖珠宝的钱他分文没有要。

吉里安诺决定把剩下的那一半钱分给为大户人家放牧的劳工、老寡妇、孤儿，以及他身边所有的穷人。

大部分钱他都是通过中间人分发的，可是有一个大晴天，他往自己的羊皮上衣口袋里塞了好几沓里拉，还用帆布口袋装了满满一袋钱。他决定带着泰拉诺瓦走访从蒙特莱普雷到皮亚尼-德格雷西之间的村庄。

在一个村子里，有三个几乎揭不开锅的老太太，他给了她们每人一沓里拉。她们流着泪吻他的手；另一个村子里，有个人因无力偿还抵押贷款即将失去农场和土地，吉里安诺给他留下了足以偿还这笔贷款的钱。

他还收购了一个村里的面包食品店，把钱付给老板之后，把面包、奶酪和面点分发给了所有的村民。

在另外一个镇上，他接济了一个病儿的父母，使他们有钱带孩子去巴勒莫的医院看病，有钱支付当地医生上门出诊的费用。他还参加了当地一对年轻人的婚礼，送给他们一笔数目不小的礼金。

不过，他最喜欢做的，还是把钱分给那些衣衫褴褛的孩子。在西西里各个小镇的街上，这样的孩子随处可见，很多孩子都认识吉里安诺。他把一沓沓的钱分给聚在他身边的孩子们，叫他们把钱拿回家去交给自己的父母，然后目送他们高高兴兴地跑回家去。

他决定天黑前回去看看自己的母亲，不过这时他剩下的钱已经不多了。在穿过自家后边一块空地时，他碰到一个小男孩和一个小女孩。他们哭哭啼啼的，说父母给他们的钱没有了，是被宪兵拿走的。听到这个小小的悲剧，他觉得很有意思，就把身上的两沓钱拿出一沓给了他们。接着他让小女孩带了一张条子给她父母，因为她长得很漂亮，他不想让她回家受到责罚。

对他怀有感激之情的不仅仅是这个小女孩的父母亲。在博尔盖托、柯里昂、帕尔蒂尼科、蒙雷阿莱以及皮亚尼-德格雷西镇，人们开始称吉里安诺为“蒙特莱普雷王”，以此表达对他的忠诚。

唐·克罗切少拿了公爵五年的保护费，但他内心却很高兴。他告诉阿多尼斯说，公爵将支付的珠宝赎金为其总价值的百分之二十，但他实际向公爵收取的却是百分之二十五，而这百分之五就进了他自己的腰包。

他更高兴的是，他早就看出吉里安诺不是等闲之辈，他对自己所作出的准确判断感到洋洋得意。果然是个正直的年轻人。谁能料到这个年轻的人如此敏锐、理智，听从长者的劝诫？而这一切都出于能保护他自己利益的冷静智慧，这一点克罗切自然是佩服之至，毕竟，谁愿意跟一个傻瓜打交道呢？是的，这个龙头老大认为图里·吉里安诺会成为他的得力助手，到适当的时候，他就把他收养为心爱的义子。

图里·吉里安诺清楚地看透了这些阴谋诡计。他知道他的教父是真心实意地在为他的利益着想。但这并不意味着他就应该相信这个老人的判断。他知道自己的羽翼尚未丰满，还不是黑手党的对手，他确实需要他们的帮助。但是从长远来看，他不能抱任何幻想。如果按教父的话去做，他就会成为唐·克罗切的附庸，这是他决计不会干的。眼下他只能等待时机。

第十一章

吉里安诺的队伍现在有了三十个人，有帕萨藤珀和泰拉诺瓦的旧部下，还有吉里安诺从狱中解救的蒙特莱普雷的平民百姓。尽管他们都是清白无辜的，但他们知道罗马政府不会轻易放过他们，他们仍然是被追捕的目标。他们宁可和吉里安诺一起被追捕，也不愿意在孤立无援的情况下束手就擒。

四月里一个晴朗的早晨，吉里安诺的眼线从蒙特莱普雷送来消息说，有一个人要来打听入伙的事情，看来是个危险人物，也许是警方的密探。他在中央广场等候。吉里安诺派泰拉诺瓦带四个人到蒙特莱普雷去查一下。如果那人是密探，就干掉他，如果是个有用的人，就留着他。

午后不久，泰拉诺瓦回来向吉里安诺复命说："我们把那个家伙带来了，我们觉得在枪毙他之前，你也许想见他一下。"一看见这个身穿传统西西里农民装束的壮汉，吉里安诺就哈哈笑起来。"唔，老朋友，你以为我会忘记你这张脸吗？这一回你带的子弹是不是要好一点？"

原来这个人是宪兵下士卡尼奥·西尔韦斯特罗。在那次著名的劫狱事件中，他曾经用手枪对着吉里安诺的头部开枪。

西尔韦斯特罗那张带着几道刀疤的脸显得很坚定。不知怎么的，吉里安诺还挺喜欢他这张脸，内心对他尚存几分仁慈，因为此人曾经帮助证明他是不会死的。

西尔韦斯特罗说："我是来入伙的。我对你们可能是个宝。"他以自豪的语气说，就像要赠送礼物一样。这种姿态也很对吉里安诺的胃口。他让西尔韦斯特罗接着往下说。

那次劫狱事件后，西尔韦斯特罗下士被送交巴勒莫的军事法庭，受到玩忽职守的指控。他的上士冲着他大发雷霆，先对他进行了一番仔细盘问，然后对他提出指控。说来也怪，引起上士怀疑的是下士对吉里安诺开枪时的情景。一颗哑弹竟然是造成对方饶他不死的原因。上士说他明知那是一颗不能伤人的哑弹，却把它装进枪里，还说整个的反抗都是在故意演戏，劫狱计划是西尔韦斯特罗下士帮助吉里安诺制订的，还派卫兵帮助他们劫狱成功。

吉里安诺打断他的话问道："他们凭什么说你应该知道那是哑弹呢？"

西尔韦斯特罗看上去有点不好意思。"我应当知道，我是步兵军械保管员，是个行家。"他神情严肃地耸了耸肩，"这是我的失误，没错。他们让我做文职工作，结果我疏忽了本职责任。但是我对你们很有价值，我可以当军械保管员，为你们检查和维修所有的武器，你们的弹药会得到妥善保管，军火仓库绝不会发生爆炸；我可以改进武器，这样你们就可以更好地在山地上使用。"

"告诉我后面发生的事。"吉里安诺说。他在仔细打量这个人，这可能是一个在他们当中安插奸细的计划，看得出皮肖塔、帕萨藤珀和泰拉诺瓦根本就不相信这个人。

西尔韦斯特罗继续说道："他们都是些笨蛋，是吓破了胆的女人。上士知道自己太蠢，营地里关了这么多人，他却把大多数人带上了山。宪兵把西西里看成一块被占领的外国土地。我反对这种态度，于是就上了他们的黑名单。巴勒莫当局想保他们的上士——毕竟他出了问题他们也有责任。他们为保颜面，决定对外宣称这次事件是因为贝兰伯兵营内部有奸细，而不是被有勇有谋的人劫狱。他们没有让我上军事法庭，要求我主动辞职。他们说这样就不会有歧视，可是我太了解他们了，我这一辈子也别想谋求公职了。我别无长技，但还算个西西里的爱国者。于是我就考虑——我还能干点什么呢？我对自己说——我去找吉里安诺吧。"

吉里安诺派人到伙房去拿食物，接着就和手下几个头领商量。

帕萨藤珀嗓音粗哑、非常肯定地说："他们把我们看成什么样的傻瓜了？把他毙掉，然后把他的尸首扔下悬崖。我们的队伍里不需要宪兵的人。"

皮肖塔看出吉里安诺又一次被下士骗了。他知道他的朋友会感情用事，所以就小心翼翼地说："这很可能是个阴谋，即便不是，又何必要冒这个险呢？我们将来会时时刻刻提心吊胆，随时随地会产生怀疑。为什么不把他打发走呢？"

泰拉诺瓦说："现在他知道了我们的营地，看到了我们的一些人，而且知道了我们的人数。这些都是很有价值的情报。"

吉里安诺说："他是个真正的西西里人，他这么做是出于一种荣誉感，我不相信他会扮演一个密探的角色。"他看到他们都对他的天真付之一笑。

皮肖塔说："不要忘了，他曾经想杀了你。他被我们抓住的时候，身上还藏了一把手枪，仅仅是出于气愤，而且在根本逃不掉的情况下，他还想杀你。"

吉里安诺心想，这正是他对我有价值的地方。他大声说："难道这不正好证明他是一个正直的人吗？他被打败了，但是觉得就是死也要拼一下。留下他有什么危害呢？他只是一个普通成员，我们不用信任他。我们会密切注意他。我本人也会特别注意他。等到时机成熟，我们就考验他一下，如果他真是宪兵的奸细，那他肯定会拒绝。把他交给我吧。"

当晚，他对西尔韦斯特罗说他已经是他们的成员了，后者仅仅说了一句："无论什么事情，你都可以放心地让我去做。"他知道吉里安诺又一次从死亡的边缘救了他。

复活节那天，吉里安诺回了一趟家。皮肖塔反对，说警察可能会布设陷阱。对西西里的土匪来说，复活节是个传统的死亡节日。警察希望密切的家庭纽带会促使土匪下山，悄悄地回家看望亲人。但是吉里安诺的眼线送来消息说，上士本人将到大陆去探家，贝兰伯兵营有一半人获准到巴勒莫去欢度复活节。为了确保安全，吉里安诺决定多带几个人。复活节前的一个星期六，吉里安诺悄悄地回到蒙特莱普雷。

几天前他就捎话给他母亲说要回家看看，母亲给他准备了一桌酒菜。那天晚上他睡在自己小时候睡的床上，第二天早晨，他母亲去参加弥撒，吉里安诺陪她一起去了教堂。他带来的六个保镖也回镇上看望了亲人，不过他们受命时刻跟在吉里安诺的身边。

吉里安诺和他母亲从教堂出来的时候，六个保镖和皮肖塔正在等他。阿斯帕努说话的时候脸气得煞白。“图里，有人把你出卖了。上士从巴勒莫带了二十个人来抓你。他们包围了你母亲的房子，以为你在家里。”

吉里安诺顿时对自己的鲁莽和愚蠢行为感到一阵恼火，下决心永远不再这样麻痹大意。这倒不是因为上士带了二十个人就能在她母亲的房子里抓住他。他的保镖会伏击他们，不可避免会有一场血战，那样就破坏复活节回家的意义。基督复活的日子不应是破坏和平的日子。

他与母亲吻别，让她回家后不要有顾虑，告诉警察说她在教堂就和儿子告别了，这样她就不会被指控为同谋。他让她不要担心，说他和他的人弹药充足，很容易就能脱身，甚至连交火都用不着。宪兵是不敢跟着他们进山的。

吉里安诺率领手下人离开的时候，警察连他们的影子都没有看见。那天晚上在山上的营地，吉里安诺询问了皮肖塔。上士怎么可能知道他这次下山的事？告密者是谁？要全力查清。“这是你的特别任务，阿斯帕努，”他说道，“如果有一个，也就可能还有其他人。花多长时间或者花多少钱我都不在乎，但是你必须查个水落石出。”

皮肖塔从小就不喜欢蒙特莱普雷那个长得像狒狒的理发匠弗里塞拉。他给人理发的时候要根据他自己当天的心情。有时候他理的发相当时髦，有时候却像是在恶作剧，还有的时候理出来的头土得就像乡巴佬。他不断变换给人理发的发式，声称自己是个艺术家。

见到比他地位高的人，他就跟人家套近乎，见到地位与他相当的人，他就显得神气十足。对待小孩子，他像典型的西西里人一样喜欢开恶劣的玩笑，这也是岛上人不太讨喜的一面。他会用剪刀夹他们的耳朵，有时候把他们的头发理得像光溜溜的桌球。皮肖塔带着残忍的快意向吉里安诺报告说，理发匠弗里塞拉是警方的密探，是他破坏了“缄默规则”。显然复活节那天上士带人包围他家不是偶然，他肯定得到了密报，图里只提前了二十四小时告诉家里，上士怎么可能得到这个情报呢？

皮肖塔利用自己在村里的线人确认了上士在这二十四小时内的行动。只有吉里安诺的父母知道他要回来，他随意问了问他们，看是不是他们无意中走漏了风声。

玛丽亚·隆巴尔多很快就觉察出他的用意，她对他说：“我没有对任何人说过，就连对邻居也没有说过。我一直待在家里准备饭菜，好让图里美美地吃上一顿复活节大餐。”

就在儿子要回来的当天上午，吉里安诺的父亲到弗里塞拉那里去理了发。老人有点虚荣心，他想儿子图里难得回蒙特莱普雷家里一趟，到时候自己要显得精神一些。

弗里塞拉给他理发修面，像往常一样开了个玩笑：“先生不是要到巴勒莫去跟什么年轻女人幽会吧？不然就是要接见罗马来的什么人？”他弗里塞拉要让吉里安诺先生英俊得可以接见“国王”。

皮肖塔想象着当时的情景：吉里安诺的父亲面带神秘兮兮的微笑，低声嘟哝说一个人只有在感到满意的时候才会有绅士风度。但是知道自己儿子的声名大振，被称为“蒙特莱普雷王”的时候，他有点得意忘形了。也许老人是在其他时候去的，而理发匠在图里回去的当天知道了这个情况，于是就作出了这种非常简单的判断。

罗科菲诺上士走进理发店，他每天都要来修面。理发匠似乎没有跟这个警察说任何可能转达情报的话。可是皮肖塔很肯定。他派出探子到理发店去，整天坐在那里，在弗里塞拉摆在路边上的小桌子上和他打牌。他们一起喝酒，谈论政治，对过往的朋友大呼小叫。

几个星期以来，皮肖塔的探子收集了更多的情报。弗里塞拉在替人修面和理发的时候总爱吹口哨，曲调出自他所喜欢的一出歌剧。有时候那个椭圆形大收音机里放着罗马买来的唱片，每次给上士修面，都是这样的场景，而且他总会弯下身子，贴在上士耳边悄悄说几句话，如果不是对他有所怀疑，他看上去只不过是一个对顾客恭敬的理发师。可是皮肖塔派来的人注意到上士所付的里拉，那张钱是叠起来的，弗里塞拉把它放进了白大褂里面那件马甲上的表袋里。这名探子和他的帮手走到理发匠面前，逼他把那张钞票拿出来看看。那张钞票的面值是一万里拉。弗里塞拉发誓说这是支付他过去几个月的工钱，他们假装相信了他的话。

皮肖塔当着泰拉诺瓦、帕萨藤珀和西尔韦斯特罗下士的面拿出了他的证据。他们此刻都在山上的营地，吉里安诺走到一段可以俯瞰蒙特莱普雷的悬崖边，凝视着下面的小镇。

自从吉里安诺记事的时候起，理发匠弗里塞拉就一直是这个小镇的一部分。他小时候行坚信礼之前曾经找弗里塞拉理过发，还得到他送给他做纪念的一枚小银币。他认识理发匠的妻子和儿子。弗里塞拉会在街上大声和他开玩笑，而且总是问候他的父母亲。

可是现在弗里塞拉破坏了“缄默规则”。他向敌人告密，他是警察雇用的眼线。他怎么能这么愚蠢呢？吉里安诺现在该拿他怎么办呢？在激烈的战斗中杀死执行任务的警察是一码事，冷血地处决一个父辈的长者是另一码事。图里·吉里安诺才二十一岁，这是他第一次在伟大的事业中迈出残忍而必要的一步。

他转身对着其他几个人。“弗里塞拉是看着我长大的。你还记得吗？阿斯帕努，我小时候他给我喝过冰镇柠檬汁。也许他只是嘴碎，跟上士闲扯，并没有真的向他提供情报。这和我们告诉他我要回镇上去，然后他向警察告密不同。也许他只是说了自己的想法，然后拿了钱，因为那些钱是人家主动给的。有谁会不拿呢？”

帕萨藤珀眯起眼睛看着吉里安诺，就像鬣狗看着一只正在死去的狮子，盘算着时机是否已经成熟，能不能冲上去撕它一块肉下来。泰拉诺瓦轻轻地摇摇头，嘴角露出淡淡的微笑，就像听小孩在讲愚蠢的故事。只有皮肖塔作出了回答。

“他是有罪的，就像神父逛妓院一样。”

“我们可以给他一个警告，”吉里安诺说，“我们可以让他站到我们这边来，在对我们有用的时候，利用他向当局提供假情报。”他话一出口就知道自己这样做是错的，他再不能这样了。

皮肖塔气愤地说：“照你这么说，为什么不送他一件礼物、一袋粮食或者一只鸡呢？图里，我们的性命和山里所有弟兄的性命都取决于你的勇气、你的意志、你的领导。如果你原谅了弗里塞拉这个叛徒，一个违背‘缄默规则’的人，我们怎么能够服从你的领导呢？如果友中友内部出现这种情况，即使没有这么多证据，他的心肝早就被挂在理发店门口的柱子上了。如果你这次放过他，那么每个贪婪的告密者都会知道他可以告一次密而不受惩罚。我们可能就死在这些‘一次’的一次之中。”

泰拉诺瓦理智地说：“弗里塞拉是一个愚蠢的狒狒，贪婪狡诈。他平时只是个令人讨厌的人，可是现在他是个危险人物。放他一马是太欠考虑了——他没有那种悟性，是不会改邪归正的。他以为我们不会动真格的，其他人也会这样想。图里，在蒙特莱普雷镇，你压制了黑手党的活动。他们的成员昆塔纳虽然说话不谨慎，但是行动非常谨慎。如果你放过弗里塞拉，不把他处死，黑手党会认为你软弱，进一步挑战你；宪兵会变得大胆，不那么害怕你，那就更加危险。就连蒙特莱普雷的人也会看不起你。不能让弗里塞拉活着。”说最后这句话时，他自己也颇有些遗憾。

吉里安诺若有所思地听他们说着。他们言之有理。他意识到帕萨藤珀脸上的表情，而且知道他心里在想什么。只要让弗里塞拉活着，帕萨藤珀就绝对不可信任。现在不可能回到查理大帝时代去当一个武士，也不可能回到金缕地以决斗的方式解决问题。必须处死弗里塞拉，而且要造成最大限度的恐惧。

吉里安诺有了一个想法。他转身面对西尔韦斯特罗下士问道：“你怎么看？上士肯定跟你谈起过他的告密者。理发匠是不是有罪？”

西尔韦斯特罗耸耸肩，面部毫无表情。他没有说话。他们都意识到他不说话是一种有骨气的表现，是为了不背叛以前信任他的人。他不回答也是一种表态，实际是告诉他们理发匠肯定和上士有来往。可是吉里安诺必须弄清楚。他微笑着对下士说：“现在是证明你对我们忠诚的时候了。我们都去蒙特莱普雷，而且将由你在公共广场亲自处死弗里塞拉。”

阿斯帕努·皮肖塔钦佩他朋友的狡猾，吉里安诺总是让他感到惊讶。他的行为历来光明正大，但他设下的陷阱连伊阿古也会佩服。他们对西尔韦斯特罗已渐渐了解，认为他为人正直，处事公平，可以信赖。如果他不能确定理发匠是否有罪，他是绝对不会答应去行刑的，无论这样做要付出多大的代价。皮肖塔看见吉里安诺脸上的微笑——如果下士拒绝他，理发师就将被判定无罪，不会受到惩罚。

下士捋了捋浓密的小胡子，然后看着大家的眼睛说："弗里塞拉理发的技术太差，就凭这一条他就该死，早上我会做好准备的。"

黎明时分，吉里安诺、皮肖塔、前下士西尔韦斯特罗下山前往蒙特莱普雷。帕萨藤珀已于一小时前带领一个十人小分队先出发，封锁通向小镇广场的所有街道。泰拉诺瓦留下负责看管营地，万一他们遇到大麻烦，他就随时率领大队人马进镇增援。

一大早，吉里安诺和皮肖塔就进了广场。石子铺就的街道和两旁狭窄的人行道上有不少积水，一些孩子正在那个高高的平台上玩耍。很久之前，在那个命定的日子里，那只驴和母骡就是在这个平台上交配的。吉里安诺让西尔韦斯特罗把小孩赶出广场，不让他们看到即将发生的事情。西尔韦斯特罗吹胡子瞪眼，吓得孩子们像小鸡一样四散逃出广场。

吉里安诺和皮肖塔拿着机枪走进理发店的时候，弗里塞拉正在给当地一个有钱的地主理发。理发匠以为他们是来绑架他的顾客，于是像要展示礼物一样赶紧掀开那人身上的布，狡黠地笑了笑。这个地主原先是个老派的西西里农民，是靠向意大利军队出售牛羊而发家的。他傲气十足地站了起来。可是皮肖塔挥手让他靠边站，对他露齿一笑说：“你还没有那么多钱来支付我们的开价，不值得我们费心。”

吉里安诺高度警惕，眼睛一直盯着弗里塞拉。他看见理发匠手上依然拿着剪刀，就对他说：“把剪刀放下。要你去一个地方，但不是去为别人理发。现在出去吧。”

弗里塞拉放下剪刀。他想挤出一丝笑容，那张狒狒似的宽脸变得像小丑一样滑稽。“图里，”他说道，“我没有钱，我的店才开门，我是个穷人。”

皮肖塔一把抓住他那浓密的胡须，把他从店里拉到铺着石子的街道上。西尔韦斯特罗正在外面等着。弗里塞拉跪在地上大声喊道：“图里，图里，你小时候我给你剃过头。你还记得吗？我老婆会饿死的，我儿子是个弱智。”

皮肖塔能看出吉里安诺在犹豫。他踢了理发匠一脚说：“你告密之前就该想到这些了。”

弗里塞拉哭起来。“我从来没告过图里的密，我向上士报告过一些偷羊的人，我以老婆孩子的名义发誓。”

吉里安诺看着跪在地上的这个人。这时他感到自己的心都要碎了，他知道他要做的是彻底毁灭这个人。但他以柔和的语气说：“给你一分钟时间，向上帝祈祷吧。”

弗里塞拉抬起头，看了看身边的三个人，没有看出丝毫的怜悯。他低头默默做了个祈祷，然后抬起头对吉里安诺说：“不要让我的老婆孩子挨饿。”

“我答应你，他们会有吃的。”吉里安诺说，接着他转身对西尔韦斯特罗下达命令，“杀了他。”

西尔韦斯特罗看着眼前的场面感到有几分恍惚。但是听到这个命令之后，他扣动了冲锋手枪的扳机。几发子弹把弗里塞拉的身体打得弹起来，滑向湿漉漉的石子路另一侧。暗红色的血从没有水的石头缝隙中流过，把一些小蜥蜴冲了出来。广场上一阵长长的寂静。接着皮肖塔单膝跪在尸体旁，把一张方方的白纸别在死者的胸口。

上士赶来的时候，发现的唯一证据就是这张纸。商店店主们说他们什么也没看见。他们当时正在商店后面忙活。有的说他们当时正在观察奥拉山山顶美丽的云彩。弗里塞拉的顾客说听见枪声的时候他正在脸盆那边洗脸，根本没有看见杀手的脸。尽管如此，谁是凶手已经一目了然。弗里塞拉尸体上的那张白纸上写着：

这就是背叛吉里安诺的下场。

第十二章

大战结束了，可是吉里安诺的战争才刚刚开始。在两年的时间里，萨尔瓦多·吉里安诺成了西西里大名鼎鼎的人物。他主宰着西西里岛的西北部。蒙特莱普雷镇成了他那块地盘的心脏。他控制着皮亚尼-德格雷西、博尔盖托和帕尔蒂尼科，还有那个充满杀气的柯里昂，当地居民的凶悍在西西里都是出了名的。他的势力范围即将延伸到特拉帕尼，现在已经威胁到蒙雷阿莱以及西西里的首府巴勒莫。罗马的新一届民主政府悬赏一千万里拉要他的人头，吉里安诺一笑置之，继续充满自信地在许多城镇活动。偶尔他甚至还到巴勒莫的几家餐厅用餐。离开之前他总要在盘子底下压一张字条，上面写道："这是为了证明图里·吉里安诺想到哪儿就能到哪儿。"

吉里安诺把卡马拉塔山脉的纵深地带变成了自己固若金汤的堡垒。他对山里的所有洞穴和秘密通道都了如指掌。他觉得在这里他是不可战胜的。他特别喜欢观赏蒙特莱普雷的景色以及蔓延至特拉帕尼和地中海的帕尔蒂尼科平原。在远处大海的映衬下，薄暮变成了蓝色，他可以看见希腊神庙的废墟、橘子林、橄榄园以及西西里西部的稻谷。透过望远镜，他可以看见那些上了锁的路边神龛，那里面是积满尘垢的圣人雕像。

他率领人马下山，到尘土飞扬的道路上打劫政府的车队，掠抢在铁路上运行的火车，抢富婆的珠宝首饰。每逢宗教节日，那些赶着彩绘图案大车的农民都对他和他的手下人表示敬意，起初那些人还很害怕，后来就对他们充满了尊重和热爱。他把抢劫来的东西分给他们，无论是牧人还是劳工，大家都得到过他的好处。

他的耳目遍及整个乡村地区。夜晚孩子们做祷告时，总要祈求圣母玛利亚“保佑吉里安诺不受宪兵的伤害”。

这一片乡村地区养活了吉里安诺和他的人。这里有橄榄林和橘子林，还有葡萄园。这里有许多羊群。当他的人来抢几只羊的时候，牧羊人把头转开装作没看见。在这样的地形上，吉里安诺的行动好像幽灵，完全融入了西西里蓝天和地中海相互照映的蔚蓝之中。

山里的冬天漫长而寒冷，可是吉里安诺的队伍在不断壮大。到了夜间，卡马拉塔山脉的山坡上和山谷里，燃烧的篝火有几十堆。他的人借助篝火的亮光在擦拭武器，缝补衣服，在附近的山间小溪中洗衣服。在准备集体晚餐时，有时会发生争执。西西里的每个村庄有一套烹饪方法：在做墨鱼和鳗鱼时选用的配料不同，做番茄汤所放的调料也不一样。就连在香肠要不要蒸的问题上也有分歧。倾向于用刀杀人的人喜欢洗衣服，绑匪喜欢烹调和缝纫，抢劫银行和火车的人总喜欢擦枪。

吉里安诺要求大家都挖防御壕沟，建立覆盖范围很大的监听哨，这样就不至于遭到政府军的突然袭击。有一天，在挖壕沟的时候，他们挖到一副巨大的动物骨架，大得超出了他们的想象。那一天，赫克特·阿多尼斯来，给吉里安诺带来一些供他学习的图书，因为现在吉里安诺对世界上所有的东西都感兴趣。他看的书涉及科学、医药、政治、哲学以及军事技术。每隔几个星期，赫克特·阿多尼斯就给他带来好几袋图书。吉里安诺把他带到那副动物骨架出土的地方。阿多尼斯看见他们茫然的样子之后微微一笑。“我不是给了你许多历史书吗？”他对吉里安诺说，“一个对人类过去两千年历史一无所知的人，是一个在黑暗中生活的人。”他停顿了一下。阿多尼斯说话的嗓音很动听，是一个教授授课时的声音。

“这个骨架是迦太基的汉尼拔使用的战争机器的遗骸。两千年前，他率领军队翻越这些大山去进击罗马帝国。这是他的一头经过训练、用于作战的大象的骨架。在这个大陆上以前并没有大象，所以罗马军队肯定被吓得不轻。可是这些大象并没有给汉尼拔带来什么优势。罗马人终究战胜了他，把迦太基人打得一败涂地。这些山里的鬼魂太多了，被你发现了一个。你想想，图里，总有一天你也会成为一个鬼魂的。”

吉里安诺确实思考了整整一夜。想到自己有一天也会成为历史上的幽灵，他觉得挺高兴。如果自己被人杀害，他希望最好是死在这个大山里。他居然突发奇想，想到自己受了伤，爬进千万山洞中的一个并从此消失，直到后来被人偶然发现，就像汉尼拔的这头大象一样。

这年冬季，他们多次变换营地。他们的队伍有时一分散就是几个星期。他们寄宿在亲戚家、友好的牧人家或者睡进贵族人家又空又大的谷仓里。这个冬季的大部分时间，吉里安诺都在看书，进行策划，还多次与赫克特·阿多尼斯促膝长谈。

初春，吉里安诺和皮肖塔来到通向特拉帕尼的公路上。他们看见路上有一辆大车，车的侧面画着最新的传奇故事。他们第一次看见上面画着吉里安诺的故事。画面是俗气的大红色，画的是吉里安诺正躬身从公爵夫人手上摘下祖母绿戒指。画面的背景人物是端着机枪的皮肖塔，正在威胁几个吓破了胆的武装人员。

也正是在这一天，他们第一次同时扎上了特制的腰带——金质的腰带扣呈矩形，上面蚀刻的图案是一只翱翔的老鹰与一只雄踞的狮子。这两根腰带扣是他们的军械师西尔韦斯特罗打造的。他把它们送给了吉里安诺和皮肖塔。这成了他俩在这支队伍中领导地位的象征。吉里安诺总是系着它，而皮肖塔只有与吉里安诺在一起的时候才系，因为他经常化装到城镇与乡村去，有时甚至还进入巴勒莫。

到了夜晚，回到山里，吉里安诺把皮带取下来，仔细把玩着这个金质腰带扣。左侧的雄鹰像个身披羽毛的人，右侧的雄狮蹲坐着，它的前爪——与鹰的双翼一起——支撑着一个金丝圈，看起来就像在共同转动一只世界之轮。他对这只狮头人身的造型特别感兴趣。空中之王与地面之王一起被蚀刻在质地较软的黄金上。吉里安诺认为那只鹰是他自己，那只狮子是皮肖塔，而那个圆圈则是西西里。

几百年来，绑架富人一直是西西里的家庭手工业。绑匪通常都是黑手党的恶棍，他们在绑架之前先送上一封信。这种先礼后兵的做法避免了非常麻烦的细节安排，迫使对方提前支付赎金。这就像直接支付现金进行批发就可以打折一样，可以折扣掉一笔数量可观的赎金，因为这样做免除了令人头疼的绑架的细节安排。实际上，绑架名人的事远非人们想象的那么简单。这不是那些贪得无厌、非职业绑匪或浮躁懒惰、游手好闲的无能之辈干得了的；绝对不能采用美国人那种鲁莽轻率、自杀式的做法，他们败坏了这个行当的名声。在西西里，就连“绑架[1]”这个词也不用，因为除非连成人一起绑来，没人会只绑架一个小孩索要赎金。你怎么说西西里人都可以：天生的罪犯，杀人如麻，像土耳其人一样狡猾奸诈，他们的社会落后时代三百年……但是有一点却是无可辩驳的：西西里人爱护儿童，不，他们简直把儿童看成了偶像。所以在西西里没有“绑架”的说法。他们会“邀请”某个富人前去做客，就像去住豪华酒店一样，但他必须支付房钱和饭钱，否则他们是不会放他走的。

在过去几百年中，这个“家庭手工业”形成了一套规矩。价钱总是可以商量的，黑手党可以充当中间人。对愿意合作的“客人”，他们从来不施用暴力。对请来的“客人”，他们尊重有加，以头衔相称，如“亲王”“公爵”“大人”等，即便有些土匪不怕灵魂受罚，把大主教抓来，也要尊其为“主教大人”。跟议会议员说话，他们都敬称其为“尊敬的”，虽然这些混蛋才是尽人皆知的大盗。

这是谨慎的做法，历史证明这种做法卓有成效。只要人质的尊严得到了维护，一旦被放了之后，他就不会有报复的念头。有一个经典的例子：一个公爵被释放后，带领宪兵到他所知道的匪徒藏身之地，把他们抓起来后，他还替他们支付辩护律师的费用。虽然他

1　绑架（kidnap）英文直译是“诱拐儿童”。

们因此被判了刑，公爵却出面求情，要求把他们的刑期减少一半。这是因为他们当时对他特别关照，特别有礼貌，公爵说，即使在巴勒莫的上流社会，他也没有见过如此得体的行为举止。

相反，如果人质受到虐待，被释放后就会不惜重金追踪他的绑架者，有时支付的酬金甚至超过他曾经支付的赎金。

可是在一般情况下，如果双方的行为方式比较文明，经过一番讨价还价，人质就会被释放。西西里的有钱人逐渐认为，这是他们为了生活在自己喜爱的这片土地上而缴纳的非官方税。由于他们向官方政府纳税甚少，他们情愿以基督徒的忍让来承受这一不快。

稍加强迫就可以使那些横下心来拒绝或者进行无休止讨价还价的人最终作出让步。但这时也许需要砍掉一只耳朵或者一根手指。通常这种做法足以使大家恢复理智。比较惨也极少见的情况是，交还一具已被肢解或被子弹打烂的尸体，在以前还有在尸体上戳许多刀留下一个十字的情况。

但是“邀请客人”也是颇费心机的。首先要对目标进行一个时期的观察，以期将暴力降到最小的程度。在此之前，要准备好五六个藏身地点，备足所需物品，配备看守人员，因为谈判可能会拖较长时间，而且当局也可能会搜寻受害者，这些都是不难理解的。这种事情非常复杂，不是业余人士干得了的。

吉里安诺进这一行的时候，决心只盯住有钱的西西里人。实际上，他的第一个对象就是西西里最有钱有势的贵族奥洛尔托亲王。此人不仅在西西里拥有一些大庄园，而且在巴西还拥有一个真正的王国。蒙特莱普雷大多数人家的土地——他们的农场和房屋——都是他的。从政治上来说，他是最有影响力的幕后人物。罗马政府的司法部长与他关系密切，意大利前国王是他儿子的教父，唐·克罗切是他在西西里所有庄园的监管人。毫无疑问，奥洛尔托亲王付给唐·克罗切的巨额酬金还包括保护费，用来保护他个人免遭绑架和刺杀，保护他的珠宝和牛羊免遭偷盗。

身居城堡的奥洛尔托亲王非常安全。守卫城堡围墙的有唐·克罗切雇用的人，此外还有守门人以及他的私人保镖。此刻他正准备度过一个平静而愉快的夜晚，用那架巨型望远镜观察星辰。那架望远镜是这个世界上他最喜欢的东西。突然在通往观测台的盘旋楼梯上传来沉重的脚步声。接着大门被冲开，四个衣着粗野、手持枪械的人冲进这个狭小的空间。亲王丢下那些无辜的星星，转过脸面对他们，并用手臂护住望远镜。当他看见泰拉诺瓦那张雪貂似的脸之后，不由得默默地向上帝祷告起来。

泰拉诺瓦彬彬有礼地对他说："大人，我奉命前来恭请您上山和图里·吉里安诺一起度假，您要缴纳上山的食宿费用，这是我们的规矩，不过您会受到像新生儿一样的良好照顾。"

亲王想掩饰自己的恐惧。他鞠了个躬，阴沉着脸问："我能带一些药品和衣服吗？"

泰拉诺瓦说："我会派人来取的，我们现在得要动作快一点，宪兵很快就会来的，不过他们不是我们邀请参加这个小聚会的对象。现在请下楼，您先走，别想逃跑。四处都是我们的人，即使是亲王也没有子弹跑得快吧。"

在围墙一个偏僻的边门旁，有一辆阿尔法-罗密欧和一辆吉普车在等候。奥洛尔托亲王和泰拉诺瓦上了那辆阿尔法罗密欧，其他人全部跳上那辆吉普车，随即这两辆车就飞速驶上通往山里的那条路。它们从巴勒莫开出半小时后，在离蒙特莱普雷不远的地方停下来，所有的人都下了车。在一个供奉着圣母玛利亚神像的路边神龛前，泰拉诺瓦跪下，用手在胸前画着十字。亲王也是个教徒，他也想跪下祈祷，但还是极力控制了这种冲动，因为他担心这会被看成是软弱的表现，或被看成是他在乞求这些人不要伤害他。这五个人略略分开成星形，亲王处于中心位置。他们开始沿着一条陡峭的斜坡前行，最后走上一条进入峰峦叠嶂的卡马拉塔山山脉的狭窄小路。

他们连续行走了几个小时，其间亲王几度累得要求休息一下，陪同他的几个人都有礼貌地应允了。后来他们坐在一块巨大的花岗岩石前吃晚餐。他们吃的有白面包、粗面包、一大块奶酪以及一瓶酒。泰拉诺瓦与包括亲王在内的几个人一同分享。他有些抱歉地说："对不起，没什么好的给你吃。等我们到了营地之后，吉里安诺会用热餐招待你，也许是鲜美的炖兔子肉。我们有个厨师原先是巴勒莫一家餐厅的。"

亲王很礼貌地表示感谢，然后津津有味地吃起来，而且比他平常在丰盛的晚餐桌上的胃口还好。这番运动使他胃口大开，他多少年都不曾有过这种饥饿感了。他从口袋里掏出一包英国香烟让大家抽。泰拉诺瓦和他的手下人连声道谢，每人拿了一支，贪婪地抽起来。亲王特别注意到，他们并没有把这包香烟据为己有。所以他鼓起勇气说了一句："有些药我是必须服的。我有糖尿病，每天要用胰岛素。"

泰拉诺瓦表现出的关心着实使他吃惊。"你为什么不早说呢？"泰拉诺瓦说，"我们当时可以多等一会儿嘛。不过，不管怎么说，你不用担心。吉里安诺会派人去弄的，到早上你就能有了。

我向你保证。”

“谢谢你。”亲王说了一声。泰拉诺瓦瘦小的身体就像一只小灵犬，总是乖巧地蹲着，精力非常集中。他那张雪貂似的脸带着微笑，随时准备听从招呼。不过他也像一把刀片：既可以为人所用，也可能使人丧命。

接着他们继续前行。泰拉诺瓦走在星形队形的顶端，但他常常走回来与亲王聊上几句，说他们保证不会伤害他。

经过一番攀爬之后，他们终于到了一座大山的山顶。那里地势平缓，还有三堆篝火，在靠近悬崖的地方摆着一些野餐用的桌子和竹椅。吉里安诺正坐在一张桌子边上，借助美国军用干电池灯的灯光看书。他的脚边有一只装着书的帆布口袋，上面爬了很多壁虎。空气中传来持续不断的响声，亲王听出那是无数昆虫发出的嗡嗡声。吉里安诺似乎丝毫未受这声音的干扰。

吉里安诺从桌子边上站起来，彬彬有礼地迎接亲王。他身上丝毫没有猎人对待猎物的气势。不过他脸上却露出好奇的微笑，因为他在思考自己究竟走出了多远。两年前他还是个贫穷的农民，如今他居然把西西里血统最高贵、最有钱的人抓来听候他的发落。

“你吃饭了吗？”吉里安诺问，“为了让你在我们这里过得更愉快一些，你还需要些什么？你得和我们待上一段时间。”

亲王承认自己饿了，还解释说他需要胰岛素和一些药品。吉里安诺朝悬崖下面喊了一声，他手下一个人立刻沿着小路跑上来，手里端着一罐热腾腾的炖肉。吉里安诺让亲王详细写下所需药品的名称。他说：“我们有个卖药的朋友在蒙雷阿莱。无论我们什么时候去，他都会给我们开门。明天中午你就有药了。”

等亲王吃完之后，吉里安诺领他走下斜坡，进入一个小山洞。洞里有个用稻草打的地铺，上面还放着床垫。两个跟在他们后面的土匪都拿着毯子，亲王惊讶地发现他们甚至还拿着白床单和一个鼓鼓的大枕头。吉里安诺注意到他的惊讶神情，随即说：“你是一位尊贵的客人，我会竭尽全力让你在这儿愉快地度过一个不长的假期。如果我手下的人对你有什么不恭，请你告诉我。他们都得到严格的指示，要完全尊重你的地位以及你作为西西里爱国者的名誉。现在好好睡一觉，你明天需要运用全部的体力，因为我们要长途跋涉。赎金通知已经发出，宪兵将大批出动进行搜索，所以我们必须走得离这儿远远的。”

亲王对他的好意表示感谢，接着就问赎金要多少。

吉里安诺哈哈大笑。他那年轻的笑声和稚气未脱的英俊面容使亲王非常高兴。可是听到吉里安诺的回答之后，那股高兴劲儿立刻荡然无存。“你们政府悬赏一千万里拉买我的人头，如果赎金达不到这个数目的十倍，对大人您将是个侮辱。”

亲王吃了一惊，他不无讥讽地说：“我希望我的家人能像你这样看得起我。”

“这个还可以商量。”吉里安诺说。他走了之后，两个土匪替他把床铺好，然后就坐到洞口外面去了。虽然虫子的声音不绝于耳，奥洛尔托亲王却睡了一个多年未曾有过的好觉。

吉里安诺忙了一个晚上。他派人到蒙特莱普雷去拿药品；他当时谎称去蒙雷阿莱，对亲王没有说实话。接着他派泰拉诺瓦去修道院找曼弗雷迪院长。他希望请院长出面主持赎金的谈判，当然，他知道院长也必须通过唐·克罗切才能出面。不过院长是一个最佳的中间人，而唐·克罗切也将得到自己的那份佣金。

谈判过程将是漫长的，而且各方都知道一亿里拉这样的数目是不可能全额支付的。奥洛尔托亲王很有钱，但是从以往的经验来看，第一次开价一般不会是实价。

奥洛尔托亲王被绑架的第二天过得非常愉快。他们进行了一次并不艰辛的长途跋涉，来到大山深处一座被遗弃的农舍。吉里安诺俨然是一所舒适大宅的主人，好像一个殷实的财主因国王突然御驾光临那样感到荣幸。目光敏锐的吉里安诺看见奥洛尔托亲王在为自己那身衣服的现状而苦恼。看着那套花了大价钱精工制作的英国式西服被磨破，他感到非常惋惜。

“你真的那么在意穿在皮肤外层的衣服吗？”吉里安诺毫无鄙弃之意，坦诚而好奇地问道。

亲王历来喜欢说教，现在他们两个人有的是时间。于是他跟吉里安诺大谈了一通面料上乘、做工考究、穿着得体的衣服如何能够提升一个人的气质，他自己就是个例子。他谈到伦敦的裁缝，说他们非常势利，把意大利的公爵比作共产党人。他谈到各种不同的面料、高超的手艺以及多次试穿所花的时间。“我亲爱的吉里安诺，”奥洛尔托亲王说，“这并不是钱的问题，不过圣罗沙利知道我花在这套衣服上的钱足以使西西里的一家人过上一年，而且还能给他们的女儿办嫁妆。但是我必须去伦敦。我必须花几天时间和裁缝在一起，听任他们的摆布。这是一种不愉快的经历。所以这套衣服被弄成这样我很惋惜。这是无法替代的。”

吉里安诺非常同情地打量着亲王，接着问道：“为什么你和你们这个阶层的人把奢华的衣着，对不起，或者说把得体的穿着看得这么重要？就连现在，在大山里，你还扎着领带。我们进了这个房子后，我注意到你把上衣扣子扣上了，好像有个公爵夫人等着要见你似的。”

奥洛尔托亲王虽然政治上守旧，而且像西西里的大多数贵族一样，丝毫没有经济公正感，可是对下层人士却有一种认同感。他觉得他们和自己一样也是人，凡是为他干活、举止得体、比较本分的人，他都不会亏待他们。在他的城堡里，仆人都喜欢他。他对待他们就像对待自己的家庭成员。他们过生日的时候总能收到他送的礼物，每逢节日他总要款待他们吃一顿。在举行家宴的时候，只要没有客人在场，站在桌子旁伺候的用人就可以参加这个家庭的讨论，就贵族家庭的问题发表自己的意见。这种情况在意大利并不少见。下层阶级的人只有在为自己的经济权利作斗争的时候，才会受到残酷的对待。

此时此刻亲王对吉里安诺也是这种态度。他觉得把他抓来的这个人是他的仆人，只不过是想分享他的生活，一个非常有钱有势的人那种令人羡慕的生活。亲王突然意识到，他可以把被绑架的这段时间变得对自己有利，这样他也不至于白白地支付赎金。但是他知道他必须非常谨慎，必须既不屈尊俯就，也要最大限度地发挥自己的魅力。他知道自己必须坦率、真诚，尽可能不要持怀疑态度。在这种情况下，他不能指望得到更多的东西，因为吉里安诺可能从弱势突然转变成强势。

于是奥洛尔托亲王认真、坦诚地回答了吉里安诺的问题。他笑着说：“你为什么要戴那枚祖母绿戒指，还有那个金皮带扣呢？”

他等待对方回答，可是吉里安诺只是笑了笑。亲王接着说：“我娶了一个比我还有钱的女人。我有权力，也有政治责任。我在西西里有不少庄园，我通过妻子在巴西买了一座更大的庄园。在西西里，只要我把手从衣服口袋里拿出来，就会有人来吻。即使在罗马，我也有很高的声望。因为在那座城市里，金钱万能。大家的眼睛都会看着我。我觉得很奇怪——我什么也没做，何以会如此呢？但这是我要保持的，而且必须保持，因为我不可能让这样一个公众人物出丑。就连外出打猎的时候，即使我穿得像个村野陋夫，也必须保持贵族的形象，要像个外出打猎的有钱有地位的人。有时候我非常羡慕像你和唐·克罗切这样的人，把权力印在自己的头脑里，放在自己的心上。你们的权力是靠自己的勇气和智慧获得的。我去伦敦找最好的裁缝，基本上为的也是这个目的，这是不是很可笑？”

听了这番精辟的侃侃而谈，吉里安诺不由得哈哈大笑起来。实际上，吉里安诺感到有意思的是，他们两个人竟然在一起吃饭，在一起谈论西西里长期以来的磨难以及罗马政府的软弱无能。

亲王以前听说过唐·克罗切希望让吉里安诺跟他干，于是想从中撮合一下。“我亲爱的吉里安诺，”他说道，“你怎么不和唐·克罗切联手共同治理西西里呢？他有长者的智慧，你有年轻人的理想。毫无疑问，你们两个人都是热爱西西里的。对我们大家来说，未来是个危险的时代，在这样的时代，你们为什么不能联手呢？现在战争已经结束，世事正在发生变化。共产党人和社会党人都希望削弱教会的力量，摧毁血缘关系。他们竟敢说政党的责任感比热爱自己的母亲、照顾自己的兄弟姊妹还重要。如果他们赢得大选并且把这些政策付诸实施，那怎么办？”

“他们永远不可能赢，”吉里安诺说，“西西里人永远不会投他们的票。”

“不要说得这么肯定，”亲王说，“你还记得西尔维奥·费拉吗？他是你儿时的朋友。像西尔维奥这样的好小伙子应征去当兵打仗，回来的时候却成了深受激进思想影响的人。这些激进思想的鼓吹者承诺提供免费的面包、免费的土地。无知的农民就像毛驴一样，跟着挂在前面的胡萝卜走。他们很可能把票投给社会党人。”

“我不喜欢基督教民主党人，但是我会不遗余力地防止社会党人执政。”吉里安诺说。

“只有你和唐·克罗切可以确保西西里的自由，”亲王说，“你们必须联手。唐·克罗切把你看成他的儿子一样——他是真心喜欢你。而且只有他才能防止你和黑手党发生严重冲突。他理解你在做自己必须做的事；我也这样理解。不过即使现在这样，我们三个人也可以合作，共同维护我们的命运。否则，我们都将走向失败。”

图里·吉里安诺不由得生气。有钱人竟然如此傲慢！他以极具杀伤力的平静语气说：“你的赎金问题还没有谈妥，你就提出要建立联盟。你的命也许还保不住呢。”

那天夜里，亲王觉睡得很不好。不过吉里安诺并没有表现出进一步的恶意，在随后的两个星期里，亲王过得很有收获。由于每天的运动和新鲜空气，他的健康状况大为好转，他的体质也增强了。虽然以前他一直比较瘦，腰部依然聚集了不少脂肪，现在这些脂肪已经消失。从身体状况来说，他的感觉从来没有像现在这么好。

他在精神上也非常愉快。有时候他随便走一走，吉里安诺不在，只有他和看护他的人在一起，他就只好和那些大字不识、没有文化的人交谈。他们的品行让他刮目相看。这些土匪中大多数人很有礼貌，淳朴而有尊严，而且一点也不愚钝。他们对他总是以公爵相称，对他的要求总是给予方便。他以前从来没有和他的西西里同胞有如此近距离的接触，他发现他对自己的故土和人民产生了新的感情。最后谈成的赎金为价值六千万里拉的黄金，通过唐·克罗切和曼弗雷迪院长来支付。在释放他的前一天晚上，吉里安诺为他举行了一次宴会，他手下的几个头领和二十个最重要的成员出席作陪。为了庆祝这一时刻，他们从巴勒莫弄来香槟，大家都祝贺他即将获得自由，因为他们都逐渐喜欢上了他。最后，亲王祝酒说："我曾经在西西里最高贵的人家做过客，但是我从来没有受到如此盛情的款待，没有见过如此的殷勤好客，也没遇到过像这里的大山中如此有礼貌的人。我睡觉从来没有睡得这么好，我吃饭也从来没有吃得这么香。"他稍事停顿，接着又笑着说，"买单的费用是高了些，但是从来好货就不便宜嘛。"这句话引来一阵笑声，其中尤以吉里安诺的笑声最为响亮。可是亲王注意到，皮肖塔脸上没有一丝笑容。

大家都为他的健康干杯，并举杯为他祝福。这将成为亲王终生难忘的夜晚，成为一次愉快的记忆。

第二天早晨是个星期天，亲王被送到巴勒莫的大教堂。他进入教堂参加了清晨的弥撒，并作了感恩祈祷。他穿的衣服和他被绑架那天的一模一样。为了给亲王一个惊喜，同时也为了表达对亲王的敬意，吉里安诺把他的英式西服送到罗马，请最好的裁缝进行了织补和清洗。

第十三章

西西里的几个黑手党老大要求面见唐·克罗切。唐·克罗切是首领的首领，但实际上他并不直接领导其他人。他们各有各的领地。黑手党很像中世纪的王国：实力强大的“王公”们纠集在一起，支持势力最强大的那个成员进行战争，公认此人为名义上的统治者。但是与古代王公们一样，他们的支持是要国王争取到的，他们要战利品作为奖赏。唐·克罗切不是靠武力领导其他人，而是靠他的智慧、领袖气质以及平生所受到的“尊敬”。他把大家不同的利益集中起来，变成共同的利益，使所有人都能受益。

唐·克罗切与这些人打交道必须非常谨慎，因为他们都有自己的私人武装，有暗杀、绞杀、投毒的人，还有用可怕的短筒猎枪直接杀人的枪手。他们在这个方面的力量与他旗鼓相当，所以克罗切才想把图里·吉里安诺拉到自己的门下，让他统领自己的武装。这些人生来就很聪明，其中有些人是西西里地区最狡猾的。对于克罗切扩展自己的势力，他们并没有嫉妒，他们相信他，也信赖他。但是智者千虑，也难免会有失误。他们认为克罗切对吉里安诺的执著是他大脑严密结构中唯一一环失误。

唐·克罗切安排了一场豪华午宴招待六位头领，地点就在巴勒莫的安全性与保密性较好的尤姆波尔托饭店的花园里。

首领中最厉害和坦率的是比萨奎诺镇的唐·夏诺。他同意代表其他人发表意见，话说得很客气但毫不留情面，这也是黑手党高层会议的规矩。

“我亲爱的唐·克罗切，”唐·夏诺说，“你知道我们大家都很敬重你。你使我们和我们的家人获得了新生。你对我们恩重如山，我们说出实话完全是为了你好。图里·吉里安诺这个土匪的势力已经太大了。我们过分抬举了他。这小子乳臭未干，根本不把我们放在眼里。他从受我们保护的那些声名显赫的委托人那里抢劫珠宝，从最富有的地主那里抢走橄榄、葡萄和谷物。现在他终于对我们表现出不恭，我们不能坐视不管了。他明知奥洛尔托亲王受我们的保护，却偏偏绑架了他。可是你还在继续迁就他，继续向他示好。我知道他实力强大，可我们不是比他更强大吗？如果我们再容忍下去，他不是就会变得更加肆无忌惮？我们一致认为现在是时候解决这个问题了。我们必须采取一切可能的措施来削弱他的力量。如果我们对他绑架奥洛尔托亲王的事置之不理，我们就会成为整个西西里的笑柄。”

唐·克罗切点点头，似乎对这番话表示赞同，但却没有吱声。在场地位最低的圭多·昆塔纳以近乎哀求的语气说：“我是蒙特莱普雷的镇长，是友中友的一员，这大家都知道，可是没人来找我进行仲裁或者主持公道，也没有人给我送礼。蒙特莱普雷镇在吉里安诺的控制之下。他容我住在那里，为的是不得罪你们各位。可是我没法生存，也没有任何权力，我只是个傀儡。只要有吉里安诺在，友中友就无法在蒙特莱普雷立足。我并不害怕这个年轻人。在他还没有当土匪之前，我见过他。我不觉得是他一个值得害怕的人。如果大家同意，我准备除掉他。我已经制订了计划，只要你们批准，我就去执行。”

卡尔塔尼塞塔镇的唐·皮杜和皮亚尼–德格雷西镇的唐·阿尔扎纳点头表示赞同。唐·皮杜说：“有什么为难的呢？凭我们的力量，我们可以把他的尸体送到巴勒莫大教堂，然后像参加婚礼一样去参加他的葬礼。”

维拉穆拉镇的唐·马尔库齐、帕尔蒂尼科的唐·布奇拉以及唐·阿尔扎纳也都表示赞同。现在，他们就等着唐·克罗切表态。

唐·克罗切抬起大脑袋。他说话的时候，那张长着大鼻子的脸依次看了看每个人。“我亲爱的朋友们，你们所说的我也有同感，”他说道，“但是我觉得你们低估了这个年轻人。他的才智超越了他的年龄，而他的勇敢不亚于在座的你我，想杀掉他可不容易。而且我觉得将来还可以利用他，不单单是为了我自己，也是为了我们大家。共产主义的鼓吹者正在鼓动西西里人，他们狂热地期待出现第二个加里波第，所以我们一定不能让他们把吉里安诺变成他们的救星。如果让这些野蛮人来统治西西里，后果我就不必多说了。我们必须劝说他与我们一起战斗，我们的地位还不巩固，还不能用暗杀的办法推翻他的势力。”他先是叹了口气，接着喝了口酒，咽下嘴里的面包，动作优雅地用餐巾擦了擦嘴。“给我这个面子吧，让我最后再劝劝他，如果他拒绝，那你们就去做你们必须要做的事。我三天之后给你们回话，让我去作最后一次努力，争取达成一个理智的协议。”

第一个点头表示同意的是唐·夏诺。不管怎么说，有哪一个理智的人会这么沉不住气，不能等三天再杀人呢？等他们走了之后，唐·克罗切派人把赫克特·阿多尼斯请到他维拉巴镇的家里。

唐·克罗切态度强硬。“我对你的教子已经忍无可忍了，”他对这个小个头的阿多尼斯说，“现在他不跟我们合作就是跟我们作对，绑架奥洛尔托亲王是对我直接的侮辱，但是我愿意既往不咎。他毕竟还年轻，我记得自己像他这个年纪的时候也是这么血气方刚的。我一直这么说，在这一点上我很钦佩他。相信我，我很器重他的才干。如果他愿意帮助我，我会非常高兴。但是他必须认清自己的位置。我们还有其他一些首领，他们就不那么钦佩他，也不那么理解他。我是没有办法阻挡他们的。你去找你的教子，把我的话转告他。最晚明天，你把他的回话告诉我。我不能再等了。”

赫克特·阿多尼斯害怕了。“唐·克罗切，我知道你是大人大量。图里过于任性，年轻人都太相信自己的力量。他现在还没有到山穷水尽的地步，如果他向你们宣战，我知道他是赢不了的，但是那样会造成十分可怕的损失。我们能不能答应给他一点什么好处？”

这个龙头老大说：“我向他保证，他在黑手党会有一个很高的地位，他会赢得我的忠诚和关爱。毕竟他不能一辈子待在山里。他总有一天会想要回到社会中，在自己家人的怀抱中过着合法的生活。等那一天来到的时候，我将是西西里唯一能保证他获得赦免的人。能这样做将是我最大的快乐。我的话是真心实意的。”唐·克罗切说这话的时候，不容你不相信他，也不容你拒绝他。

赫克特·阿多尼斯到山里去见吉里安诺的时候，心里非常矛盾，也非常害怕，他决定和他的教子打开天窗说亮话。他希望吉里安诺理解他们两个人之间的爱是第一位的，甚至高于他和唐·克罗切的结盟。他到达的时候，在靠近悬崖的地方已经摆好了椅子和折叠桌。只有图里和阿斯帕努坐在那里。

阿多尼斯对吉里安诺说："我必须跟你单独谈。"

皮肖塔气恼地说："小个子，图里可从来不对我保密。"

阿多尼斯没有理会他的侮辱，他平心静气地说："如果图里愿意，他可以把我跟他说的话告诉你，这是他的事，但是我不能告诉你，我担不起这个责任。"

吉里安诺拍了拍皮肖塔的肩膀。"阿斯帕努，让我们两个单独待着吧，如果是应该让你知道的事，我一定告诉你。"皮肖塔迅速站起身来，瞪了阿多尼斯一眼，随即走开了。

过了好一阵儿，赫克特·阿多尼斯才开始说话。"图里，你是我的教子，打你小时候起，我就一直很喜欢你。我当过你的老师，给你书看，你变成土匪，我帮助过你。在这个世界上，你是少数几个让我觉得活着很有意义的人。可你却默许你的表弟阿斯帕努侮辱我。"

吉里安诺难过地说："除了我的母亲和父亲，我最信赖的人就是你。"

"还有阿斯帕努，"赫克特·阿多尼斯满是责备地说，"他变得太残暴了，你还能相信他？"

吉里安诺看着他的眼睛，脸上露出平静而诚恳的表情，这使阿多尼斯不得不佩服。"是的，我必须承认，我更信任阿斯帕努，但是从小我就爱你，是你用书本和智慧解放了我的思想。我知道你用自己的钱接济了我的父母，在我遇到麻烦的时候，你是我真正的朋友，但是我知道你和友中友纠缠不清，我想这也许是你今天来找我的原因。”

阿多尼斯又一次对他教子的直觉感到钦佩，他把情况向图里作了说明。“你必须和唐·克罗切和解，”他说道，“法兰西国王、两西西里王国的国王、加里波第，甚至墨索里尼，都没有能够完全铲除黑手党，你不要指望能打赢他们。我恳求你与他们和解。开始的时候你必须服从唐·克罗切，不过谁也不知道你未来的地位。我所说的，以我的名誉和你母亲的性命保证——她是我们两个都热爱的人，唐·克罗切相信你的能力，真心喜欢你这个人。你将成为他的继承人，他的义子。但是这次你要按他的规矩来。”

赫克特·阿多尼斯可以看出图里被这一番话打动了，而且在认真考虑他的话。他充满爱意地说：“图里，想一想你母亲。你不可能在山里过一辈子，每年用几天时间冒着生命危险去看她。有唐·克罗切，你就有希望得到赦免。”

这个年轻人前思后想了一阵，接着慢慢严肃认真地对他的教父说：“首先我要谢谢你的一片好意，这个条件非常诱人。可是现在我决心要解放西西里的穷人，我认为黑手党和我的目标不一样。他们服从于有钱人和罗马政客，而这些人是我的死对头。我们走着瞧吧。当然，我绑架了奥洛尔托亲王，触犯了他们，但是我依然让昆塔纳活着，因为我瞧不起他。我容忍唐·克罗切是出于对他的尊敬。把这一点告诉他。还有，告诉他我祈祷有朝一日我们会变成平等的伙伴，我们的利益将不再发生冲突。至于他的那些头领，他们想干什么就悉听尊便，我不害怕他们。”

赫克特·阿多尼斯把这一番话告诉唐·克罗切的时候，心情非常沉重。唐·克罗切点点他那狮子般的脑袋，好像这全在他的意料之中。

在随后的一个月中，有过三次暗杀吉里安诺的行动。第一个行动的是圭多·昆塔纳。他像波吉亚家族的人一样计划周密。吉里安诺下山时经常走的一条路的两旁是茂盛的草地，昆塔纳把一大群羊赶到了草地上，三个看守羊的人外表与普通牧羊人无异，都是柯里昂本地人，而且都是昆塔纳的老朋友。

有大约一个星期时间，每当这几个牧羊人看见吉里安诺从路上过来的时候，都要很有礼貌地跟他打招呼，而且按照传统请求吻他的手。吉里安诺和他们进行友好的交谈，牧羊人经常是他这支队伍的临时成员，而且他一直在发展新的成员。每次外出他几乎都要带保镖，所以他并没有意识到自己有危险。经常跟他出来的是阿斯帕努，因为他一个人至少能顶两个。这些牧羊人身上都没有带武器，再说了，他们穿的衣服很单薄，也藏不了武器。

这几个人把短筒猎枪和子弹带都绑在羊肚子下面，并把这些羊混在羊群中。他们想等吉里安诺单独一个人或者带保镖不多的时候下手。可是皮肖塔对这个突然出现的羊群和这几个牧羊人的友善行动产生了怀疑，于是通过自己的耳目了解情况，有人认出这几个人是昆塔纳雇用的杀手。

皮肖塔当机立断，带领十个亲信把这三个牧羊人包围起来。他对他们严加盘问，问他们这个羊群的主人是谁，他们替人放羊有多长时间了，他们的老家在哪里，他们的父母亲和妻子儿女叫什么名字。这几个人的回答似乎很坦率，但是皮肖塔有证据证明他们在撒谎。

搜查结果发现武器藏在羊身上，被羊毛掩盖着。皮肖塔本想把抓住的这几个人处决掉，但是吉里安诺没有同意，因为毕竟他们的行动未遂，而且真正的罪魁祸首是昆塔纳。

他要这几个牧羊人把羊群赶到蒙特莱普雷去，到镇上的主要广场大声吆喝："快来领取礼物吧，是吉里安诺送的！每户领一只羊，这是吉里安诺的祝福。"只要有人说要，他们就必须替人家宰羊剥皮。

"记住了，"皮肖塔对这几个牧羊人说，"我要你们像巴勒莫最可爱的女店员那样尽职尽责，就像你们能得到一笔佣金似的。另外代我向圭多·昆塔纳问好，并向他致谢。"

唐·夏诺的行动没有进行精心策划。他派了两个人去秘密贿赂帕萨藤珀和泰拉诺瓦，要他们反对吉里安诺。可是他无法理解的是，像帕萨藤珀这样残暴的人怎么会忠于吉里安诺。这一次吉里安诺还是不同意杀人。不过帕萨藤珀用棍子把这两个人狠狠揍了一顿，然后才把他们放回去。

第三次行动又是昆塔纳指使的，这一次吉里安诺失去了耐心。

蒙特莱普雷镇新近来了个神父，是个游方修道士，身上有多处圣痕。一个星期天的早晨，他在当地教堂做完弥撒祈祷后，向众人展示了身上的圣伤。

这个神父姓多达纳，他高高的个子，有一副运动员的身板，脚蹬一双有裂痕的皮靴，身穿黑色长袍，走路步履轻快。他的头发浅黄中透着白色，虽说年纪不大，但脸上却布满了皱纹，呈现核桃般的褐色。不到一个月，他就成了蒙特莱普雷镇的传奇人物，因为他不辞艰辛地工作：帮助当地农民收割庄稼，批评那些在街上调皮捣蛋的孩子，到生病的老年妇女家中走访，让她们忏悔自己的罪过。有一个星期天，在弥撒祈祷之后，他站在教堂外面，等玛丽亚·隆巴尔多·吉里安诺走过来时，他挡住她问他能为她儿子做点什么，对此，她丝毫没有感到意外。

“你肯定在为他那不死的灵魂担心，”多达纳神父说，“下次他来看你的时候，你来叫我过去，我要听他忏悔。”

玛丽亚·隆巴尔多虽然是个教徒，但对神父却没有好感。不过这个人给她的印象不错。她知道图里肯定不会进行忏悔，不过也许他会喜欢一个对他的事业有同情心的神父。她对神父说她会把话带给儿子的。

多达纳神父说：“我甚至愿意到山里去帮助他，这个你也告诉他。我唯一的使命就是拯救那些可能下地狱的灵魂，一个人做什么是他自己的事。”

一个星期后，图里·吉里安诺回来探望母亲。她敦促他去见见这个神父，做一次忏悔。也许多达纳神父会施给他圣餐。如果他忏悔了自己的罪过，她心里会好受些。

图里·吉里安诺很感兴趣，这反而使她母亲感到惊讶。他同意跟这个神父见面，并让阿斯帕努·皮肖塔跟他去教堂，再护送他回家。多达纳神父的出现果然证实了吉里安诺的怀疑：此人的行动干练，像个习惯动武的人，精力十分充沛，对吉里安诺的事业太过同情。

多达纳神父说：“我的孩子，我将在你的卧室单独听你忏悔，然后施你圣餐，我的东西全带来了。”他拍了拍夹在腋下的木箱，“你的灵魂将和你母亲的一样纯洁，如果你一旦遭遇不幸，你会直接进入天堂。”

玛丽亚·隆巴尔多说：“我去为你和这位神父准备咖啡和吃的。”说罢她就去了厨房。

“你可以在这里听我忏悔。”图里·吉里安诺笑着说。

多达纳神父看了阿斯帕努·皮肖塔一眼。“你的朋友必须离开这个房间。”他说道。

图里哈哈大笑。“我的罪过是公开的，每一家报纸上都登过，除了一件事之外，否则我的灵魂是纯洁的——我必须承认我这个人生性多疑，我想看看你胳膊下面夹的箱子里有什么东西。”

“施圣餐用的圣饼，”多达纳神父回答说，“我来拿给你看。”他开始打开那只木箱，而就在这时候皮肖塔的手枪已经顶住了他的后脑勺，吉里安诺从神父手上接过箱子。这时他们相互看着对方的眼睛，吉里安诺把那只箱子打开，在天鹅绒的衬垫上，赫然出现在眼前的是一支烤蓝冲锋手枪。

皮肖塔看见吉里安诺按捺住内心的怒火，脸气得煞白，一圈清晰的眼白也变黑了。

吉里安诺把箱子关上，抬头看着神父。“我想我们应当一起去教堂祈祷，”他说道，“我们为你做一次祈祷，我们也为昆塔纳做一次祈祷，我们将祈求上帝驱除昆塔纳心中的邪恶，还有你心中的贪婪。他答应给你多少钱？”

多达纳神父并不担心——其他没有成功的杀手都被轻易释放了。他耸耸肩，而后笑了笑。“政府的悬赏之外再给五百万里拉。”

“价钱不低啊，”吉里安诺说，“你想赚钱，这我不怪你。可是你欺骗了我母亲，这是我不能容忍的。你真是神父吗？”

“我？”多达纳露出鄙弃的神情，“从来都不是，不过我想没人会怀疑我的。”

他们三个人一起沿着街道往前走。吉里安诺拎着那只木箱，皮肖塔跟在后边。他们走进教堂后，吉里安诺让多达纳神父在祭坛前跪下，从木箱里拿出那支冲锋手枪。“给你一分钟时间祈祷吧。”吉里安诺说。

第二天早晨，圭多·昆塔纳起床后准备去咖啡馆喝早咖啡。他打开屋子的门，一个巨大的黑影挡住了清晨的阳光，他吓了一跳，紧接着一个巨大的、粗制滥造的木十字架倒向屋子里，险些把他砸倒。钉在十字架上的，是被子弹打成蜂窝的多达纳神父的尸体。

唐·克罗切在默默地反思这些失败。他已经警告过昆塔纳，要他必须尽好镇长的职责，否则蒙特莱普雷镇就得自生自灭。吉里安诺显然已经忍无可忍，他也许会对黑手党发动一场全面的战争。从吉里安诺的报复行动中，唐·克罗切看到了一个胜利者的自信。只有最后一次机会了，而且必须成功。唐·克罗切知道现在到了他必须最终表明立场的时候了。明知道这样不明智，他也十分不情愿，但还是找来了他最信赖的杀手，这个人叫斯特凡·安多里尼，人称“魔鬼修士”。

第十四章

蒙特莱普雷兵营里宪兵已经增加到一百多人，吉里安诺难得潜回镇上与家人共同度过一个夜晚，每次他都担心会遭到宪兵的突然包围与袭击。

有一天晚上，在听父亲讲述他的美国往事时，吉里安诺萌生了一个想法。当时他父亲老萨尔瓦多一边喝酒，一边跟一个知心老友交谈。这个人也在美国待过，后来和他一起回到西西里，他们都善意地指责对方当时太蠢。这个人名叫阿尔菲奥·多里奥，是个木匠。他提醒吉里安诺的父亲说，刚到美国的那几年，他们还没有给黑手党教父唐·柯里昂干活。那时他们被雇用去修建一条巨大的河底隧道，他们还争论起来，一个说隧道是通新泽西的，一个说是通长岛的。他们回想起在河水流淌的河底作业时那种恐怖的感觉，害怕万一隧道坍塌，河水灌进来，他们就会像老鼠一样被淹死。突然，吉里安诺有了个想法。这两个人，加上一些可靠的帮手，可以挖一条地道，从他父母家一直通到只有一百码开外的山脚下。地道出口可以隐藏在那一片巨大的花岗岩石中，入口可以隐藏在家里的壁橱或者厨房的炉子下面。如果这件事能办成，那么吉里安诺就可以来去自由了。

两个老人告诉他这是不可能的，但是他母亲听到这个想法后欣喜不已，因为这样一来，在寒冷的冬天，她儿子就可以偷偷地回家，在他自己的床上睡觉了。阿尔菲奥·多里奥说，就算能保住密，能够帮忙的人也很有限，而且这只能在晚上干，挖这样一条地道需要花的时间太长了。还有其他一些问题。比如，他们挖出来的土倒在哪里才不会引起别人注意？再说了，这里的土层中石头太多。如果在地下碰到大块的花岗岩怎么办？如果被请来帮忙的人中有人把地道的事说出去了怎么办？这两个老人之所以持反对意见，主要是考虑到至少要花上一年的时间。吉里安诺注意到，他们反复说这个问题，是因为他们内心深处觉得他活不了那么长时间。他母亲也意识到这个问题。

她对两个老人说："我儿子请你们做的是能够救他命的事情，如果你们太懒，不想干，那就我来干。我们至少可以试一试。除了浪费一点劳动力，还会有什么损失呢？即使当局发现了地道，那又能怎么样？我们完全有权在自己的土地上挖。我们可以说我们在挖地窖准备放蔬菜和酒。想一想吧，这条地道将来也许能救图里的命。难道花这一点力气不值得吗？"

赫克特·阿多尼斯当时也在场，他说他去弄一些挖掘地道的书和必要设备。他还提出了一个使大家都很高兴的想法：挖一条通贝拉大街另一幢房子的小暗道，万一地道口暴露或被人告密，就用它作为备用出口。这条暗道先挖，由两位老人和玛丽亚·隆巴尔多来。这样别人就不会知道，而且挖的时间也不会太长。

在确定哪一幢房子最可靠的问题上，他们讨论了很长时间。

吉里安诺的父亲建议选阿斯帕努·皮肖塔父母的房子，但是吉里安诺立即表示反对。那幢房子太容易引起怀疑，而且会受到严密的监视。那里面住的亲戚太多，所以知道的人就会太多。再说，阿斯帕努和家里人关系不好。他生父去世后母亲改嫁，为此阿斯帕努从来没有原谅过她。

赫克特·阿多尼斯主动提出通到他家的房子，可是那地方有些远了，而且吉里安诺也不想牵连他的教父，因为一旦地道被发现，房主人肯定会遭到逮捕。他们考虑了其他的亲戚，但都被否定了。最后吉里安诺的母亲说："只有一个人。她一个人独居，就在这条街往下的第四家。她丈夫被宪兵打死了，她对他们恨之入骨。她是我最好的朋友，而且她特别喜欢图里。她是看着图里从小长大的。图里在大山里度过了整整一个冬天，她也送去了食物，她是我真正的朋友，我充分信任她。"

她略作停顿后接着说："拉韦内拉。"自打开始讨论，他们就在等她说出这个名字。从一开始，拉韦内拉就是他们头脑中唯一合乎逻辑的人选。因为他们是西西里的男人，不能提出这样的建议。如果事情传出去，她从此就会声名狼藉。她是个年轻寡妇。这样一来，她就等于把自己的隐私和自己本身交给了一个年轻男子。谁能相信她没有失德？在西西里这个地方，没有哪个男人会跟这样一个女人结婚，甚至没有人会尊重她。虽然拉韦内拉比吉里安诺至少要大十五岁，可是她还不到四十岁，她长得不算漂亮，但还有几分姿色，她的眼睛中闪烁着欲望的火。不管怎么说，她是一个女人，而他是一个男人。有了这条地道，他们就可以单独在一起，因此他们肯定会成为情人。西西里人相信，一个男人和一个女人无论年龄相差多大，只要单独在一起，都没法克制自己。所以，把地道通到她的家里，也许有一天能救图里·吉里安诺的命，可是她肯定要落一个坏名声。

吉里安诺洁身自好，这使大家都感到担心，不过他本人还不理解这一点。这种情况在一个西西里男子的身上极为少见，他太拘谨了。他手下的人是巴勒莫妓院的常客，阿斯帕努·皮肖塔的风流韵事臭名远扬，泰拉诺瓦和帕萨藤珀都是穷寡妇的情人，经常会接济她们一些东西。即使有了吉里安诺的警告在先，帕萨藤珀收服女人的手段还是更像强奸犯，而非追求者。吉里安诺下令说手下人只要强奸妇女，就会被枪毙。

出于这些原因，他们才等吉里安诺母亲把她这位朋友的名字说出来。而当她说了之后，他们都感到有些惊讶。玛丽亚·隆巴尔多·吉里安诺是个保守的信徒，如果年轻女孩无人陪伴在镇子的广场上散步，她就会毫不犹豫地说她们是婊子。他们不知道玛丽亚·隆巴尔多所了解的内情：拉韦内拉由于难产，加之没有适当的医疗保健，已经失去了生育能力。他们不可能知道，玛丽亚·隆巴尔多已经认定，拉韦内拉可以用最安全的方式给她儿子带来最大的快乐。她的儿子是个土匪，当局悬赏要他的人头，很容易被女人出卖。他年纪轻，精力充沛，需要有一个女人——一个年纪大一些、没有生育能力的女人，而且不会提出结婚的要求，这有什么不好？谁愿意跟一个土匪结婚呢？她有过自己的悲惨经历，她的丈夫被人在她的眼前枪杀。这将是一个很好的安排。只是拉韦内拉的名声会受影响，所以这个决定必须由她自己作出。如果她同意，那说明她心甘情愿地认了。

几天以后，吉里安诺的母亲向她提出这个要求的时候，她惊讶地发现拉韦内拉自豪而兴奋地答应了。这也验证了她的怀疑，那就是她的朋友喜欢图里。玛丽亚·隆巴尔多眼里闪着感激的泪花，把拉韦内拉拥在自己的怀里，心想那就听天由命了吧。

四个月后，这条支线地道完工。主干地道要再用一年时间才能完成。每隔一段时间，吉里安诺就在夜里悄悄地回到镇上，看望自己的家人，每次母亲都给他准备一顿丰盛的饭菜，吃完这顿热饭之后，他就在那张温暖的床上好好睡一觉。快到春天的时候，吉里安诺发现有必要使用那条支线地道了。有一天，一支几乎全副武装的宪兵队在贝拉大街上巡逻。吉里安诺的四个保镖就隐蔽在附近的房子里，他们已经做好了战斗准备。但是巡逻队走过去了。尽管如此，他们还是害怕巡逻队会对吉里安诺的家杀个回马枪。于是图里·吉里安诺从父母亲卧室的出入口钻进了地道。

支线地道入口盖着一块木板，上面覆了一英尺的土加以伪装，这样挖主干地道的人就不会知道还有另外一条地道。吉里安诺不得不先把土挖掉，然后搬开那块木板。又过了十五分钟，他才从狭小的地道爬到拉韦内拉家的房子下面。它的出口在厨房，出口上面摆了一只很大的铁炉子。吉里安诺用约定的暗号敲了敲活动门板，然后静静地等待。接着他又敲了几下。他从来不害怕子弹，可是他害怕这样的黑暗。终于头顶上方传来轻微的响声，接着活动门板被提了上去。但是由于那只炉子压着，门板不能平着向上提。吉里安诺只好从露出的那个开口挤上去，最后是肚皮紧贴着拉韦内拉家厨房的地面爬出来的。

虽然已是深夜，拉韦内拉依然穿着那件不合身的黑色连衣裙。

这还是她丈夫三年前死的时候，她为他服丧的丧服。她光着脚，没有穿长筒袜。吉里安诺从地上爬起来的时候，看见她腿上的皮肤是那样的白皙，与她那张被晒得黝黑的脸和她头上乌黑、粗糙浓密的头发形成了巨大的反差。他第一次注意到，她的脸不像镇上大多数年纪较大的妇女那么宽，而是略呈倒三角形。虽然她的眼睛呈深褐色，但却矍铄有神，这是他以前从来没有注意到的。她的手上端着一铲烧得通红的煤，好像随时准备把它倒进洞口似的。现在她平静地把煤放进炉子，盖上炉盖，但她的神情有点紧张。

吉里安诺安慰她说："有一支巡逻队在街上转悠，等他们回营房之后我就走，不过别担心，外面有我的朋友。"

他们在等待。拉韦内拉给他倒上咖啡，两人闲聊起来。她注意到他不像她丈夫当年那样心慌意乱。他没有透过窗户向外看，听见街上有突然响动时并没有张皇失措，他似乎特别放松。她并不知道这是他专门训练出来的，因为他听说过有关她丈夫的事，而且他也不想让自己的父母，尤其是自己的母亲感到紧张。他表现出的自信使她很快就忘了他所处的危险，他们一起聊着镇上发生的细小琐事。

她问他是否收到了她时不时地给他往山里捎去的食物。他向她表示感谢，说他和他的伙伴们都争抢她送来的食物，仿佛是在争抢东方三博士的礼物，他们对她的厨艺赞不绝口，但是他没有其他粗俗的笑话讲给她听。他们说如果做爱和做饭一样厉害，那她就是个宝了。这时候他也在仔细端详着她，她不像平常那样对他那么友好，她也没有表现出在外人面前的那种温柔。他心想自己是否冒犯了她。当危险过去之后，他准备离开的时候，他们两人都非常拘谨。

两个星期之后，吉里安诺又去了她家。这时候冬季即将结束，可是山上依然是风雪弥漫，路边那些上了锁的神龛上因下雨而滴着水。在山洞里的时候，吉里安诺美滋滋地想着母亲的饭菜、热水澡以及他儿时房间的那张床。除了这些奢望之外，使他感到惊讶的是，他竟然想到拉韦内拉皮肤白皙的腿。夜色降临之后，他吹口哨召集了保镖，就上路去蒙特莱普雷。

家人见他回来非常高兴。母亲立即动手做他最喜欢吃的菜，同时还给他烧水洗澡。父亲刚给他倒了一杯茴香酒，这时一个眼线到他家来报告，几支宪兵巡逻队正在包围小镇，上士将亲率突击小分队从贝兰伯兵营出发，准备对吉里安诺家实施突然袭击。

吉里安诺打开壁橱活动板进入地道。由于下雨，地道里的稀泥沾了他一身，穿越地道花了较长时间，而且很不容易。等他爬到拉韦内拉家厨房的时候，他已经是满身泥浆，脸也成了黑的。

拉韦内拉看见他这副模样后哈哈大笑。在吉里安诺的记忆中，她还是第一次这样笑。“你像个摩尔人了。”她说道。一时之下，他感到像孩子似的受到了伤害。也许是因为在西西里的木偶剧中摩尔人总是坏蛋的缘故。也许他被看成了一个坏蛋而不是一个落难的英雄。抑或是她的笑使得他内心想接近她的欲望无法实现。她发现她不知哪个地方伤了他的自尊。“我来把铁皮浴盆里倒上水，你可以把身上洗洗干净，”她说道，“我丈夫的一些衣服你可以穿，我来把你的衣服洗一洗。”

她原来以为他不会同意，以为在这样危险的情况下，他会很紧张，不敢洗澡。她丈夫来看她的时候就有些草木皆兵，所以从来不脱衣服，也从来不把枪放在手够不着的地方。可是吉里安诺冲她笑了笑，脱下大衣，解下枪，把它们搁在她放柴火的木箱子上。烧几锅水灌浴盆要不少时间。在烧洗澡水的时候，她给他冲了杯咖啡，同时不断打量着他。她觉得他像天使一样英俊，而且她觉得自己没有看错。她痛苦地回忆着：她丈夫当年也很英俊，可是他被打死了，被子弹打得惨不忍睹。喜欢一个男人的脸是不明智的，尤其是在西西里。她当时哭得很伤心，但她的内心深处却暗暗涌动着一股巨大的解脱感。一旦他成了土匪，死是必然的。每天她都在焦虑地等待，希望他死在大山里或者某个很远的地方。可是他却被打死在她的眼前。打那以后，她就再也没有能够摆脱一种耻辱感，不是因为他是个土匪，而是因为他死得不光荣，死得不英勇。他向宪兵投降了，祈求他们饶恕，但是他们当着她的面把他杀害了。感谢上帝，她女儿没有看见父亲被害的惨状，这也算是基督的一点怜悯。

她注意到图里·吉里安诺正看着她，脸上露出所有心动的男人特有的神情。这一点她太了解了，她丈夫的手下人脸上经常有这样的神情。但是她知道图里不会勾引她，既是出于对他母亲的尊重，也是对她的尊重，因为这条地道对她来说已经算是一种牺牲。

她离开厨房，走进那间小起居室，好让他一个人洗澡。像这样赤身裸体、附近还有个女人的情况使他感到一阵冲动。他洗得特别认真，然后穿上她丈夫的衣服。那条裤子有点短了，衬衣的胸围也紧了些，所以最上面一颗纽扣他就没有扣。她放在附近火炉上暖着的毛巾比破布还破，他觉得身上还没擦干。他第一次意识到她是多么的穷困，所以他决定通过母亲接济她一点钱。

他大声告诉拉韦内拉说他已经穿好衣服了，于是她回到厨房。

她上上下下看了他一遍后说："你的头还没有洗呢，你头发里可以藏壁虎了。"她话说得很不客气，但却充满了热情，这样他就不会不高兴了。她像老奶奶似的用手摸着他乱蓬蓬的头发，然后抓住他的手臂把他领到水池前。

吉里安诺觉得头上被她摸过的地方暖烘烘的。他很快把脑袋放在水龙头下，她用水冲了冲他的头发，然后用厨房里的黄肥皂在他的头发上擦了一遍；她没有别的肥皂。在给他洗头的时候，她的身体和腿轻轻地碰到了他，他觉得一阵冲动，真想用手去抚摸她的乳房和柔软的腹部。

拉韦内拉替他把头发洗完之后，让他坐在厨房里的一张黑色珐琅漆的椅子上，用一条粗糙破烂的深棕色毛巾使劲揉他的头发。他的头发很长，一直披到衬衣领子上。

"你看上去就像电影里无赖的英国贵族，"她说道，"我必须替你把头发剪一剪，但是不能在厨房里剪，头发会飘进我的锅里，把你的饭弄脏，到另一个房间去吧。"

她的严肃样子使吉里安诺感到好笑。她在扮演一个姨妈或者母亲的角色，防止表现出任何不适宜的温柔。他意识到这种做法背后的性意味，所以他非常谨慎。他在这个问题上没有经验，也不想显得傻乎乎的。这就像他在大山里打游击一样，只有一切都对他有利的时候，他才会投入战斗。这里的地貌还没有经过侦察。在过去一年中，他指挥过战斗，杀过人，原先那孩子般的恐惧现在已显得非常可笑，所以如果被一个女人拒绝，也不至于伤害到他的自我。尽管他在这方面洁身自好，他也和朋友们到巴勒莫去逛过妓院，不过那还是在他当土匪之前，现在他要有一个首领的尊严，当然作为一个浪漫英雄，他也不会再去干那种事了。

拉韦内拉领着他走进那间小起居室，房间里杂乱地放了一些充填家具以及黑色清漆桌面的小桌子，这些小桌上放着她死去的丈夫和孩子的单独或者合影照片，还有的是拉韦内拉与她家人在一起的照片，椭圆黑边的相框已经有点泛深棕色。吉里安诺惊讶地发现年轻、快乐的拉韦内拉真是个美人儿，特别是穿着漂亮的衣裙时。一张她穿着深红色连衣裙的照片让吉里安诺心动不已。一时间他想到了她的丈夫为了给她买这些好东西必然犯下的许多罪恶。

“别看那些照片了，”拉韦内拉苦笑着说，“那时候我觉得这个世界会让我得到幸福。”他意识到她带他到这个房间来的目的之一，就是让他看这些照片。

她用脚把一张小圆凳从房间的角落里踢出来，让吉里安诺坐在上面。她从一个做工精美、装饰着金线的小皮箱里拿出剪刀、剃刀和梳子——这是一个圣诞节的时候，她丈夫坎德列里亚从他的受害者那里拿回家来的。接着她走进卧室，拿出一块白布披在吉里安诺的肩膀上。她还拿来一只木碗放在身边的桌子上。这时候有一辆吉普车从她家房子旁边开过去。

“要我替你把枪从厨房拿过来吗？”她问道，“那样你会安心一点儿吗？”

吉里安诺平静地看着她，显得镇定自若。他不想让她受惊。他们都知道一辆吉普车的宪兵正要去突袭吉里安诺的家。但是有两点他是知道的：如果宪兵到这里来，想进入那扇闩着的门，那么皮肖塔和他率领的几个人就会立即把他们消灭。还有，他离开厨房前，已经把炉子压在活动门上面，从下面是推不动的。

他轻轻抚摸着她的手臂。“不，”他说道，“枪我是用不着的，除非你想用这把剃刀抹我的脖子。”他俩都笑起来。

她开始替图里·吉里安诺剪头发。她剪得非常仔细，动作不紧不慢，用手抓起一捋头发，剪掉一截，放进那只碗里。吉里安诺静静地坐着。他凝视着房间的墙壁，修剪头发的声音就像在给他施催眠术。墙上挂着拉韦内拉的丈夫、大土匪坎德列里亚的几张大照片。吉里安诺心想，所谓大，也只不过是在西西里这个小地方而已。他年轻好胜的心已经在把自己与她死去的丈夫相比了。

照片上的卢蒂诺·坎德列雷亚也是个英俊男子。他高高的额头，精心修剪的栗色卷发。吉里安诺心想，不知道这头发是不是他妻子给他剪的。他嘴唇上方那两撇骑士式的胡须使他显得有点老气，其实他被宪兵打死的时候才三十五岁。那张椭圆照片上的脸慈祥地向下看着，似乎是在祝福。只有从眼睛和嘴巴才能看出他的残暴。然而，他的脸上也有一股无可奈何的表情，好像知道自己必然会落个怎样的下场。那些振臂反抗世界、用暴力与谋杀手段强抢豪夺、满足自己私欲的人，那些试图用自己定下的规矩统治社会的人，必然会突然之间死于非命，他自然也不例外。

那个木碗里亮棕色的头发越来越多，堆得像个小鸟窝。吉里安诺感觉到拉韦内拉的腿紧紧地靠着他的后背，她身上的热气也透过粗布裙子传了过来。她走到他正面给他剪前额上的头发时，站得离他的腿远远的，可是当她必须身体前倾的时候，她丰满的胸部几乎碰到了他的嘴唇。她浓郁的体香使他的脸上暖烘烘的，就像面对着一团火。墙上的那些照片都被挡住了。

她扭动丰满的臀部，把另一捋头发放进木碗。有那么一阵儿，她的大腿蹭着他的手臂。即使隔着黑粗布裙，他也能感觉到她那润滑的肌肤。他正襟危坐，身体像磐石一样纹丝不动，她靠他靠得更紧了。为了克制自己不去掀她的裙子、抱她的大腿，他打趣地说：“我们是参孙和大利拉[1]吗？”

她突然向后退了几步，眼泪不由自主地哗哗流下来，这着实使他吃了一惊。他不假思索地用手抓住她的身体，把她拉向自己的身边。她慢慢把手伸出去，把银剪刀放在装满头发的木碗里。

这时候他的双手已伸进她黑色的丧裙下面，抓住她温暖的大腿。她弯下身，张开嘴含住他的嘴巴，就像要把它吞下似的。这开始的柔情就像一秒钟的火花，顷刻点燃了她三年守寡所积蓄的激情，而他那青年男子的情欲也突然迸发出来，因为除了花钱逛过妓院，他还从来没有享受过女人的温情。

吉里安诺生平第一次失去了所有的理智，到了忘乎所以的地步。拉韦内拉的身体是那样富有肉感，那激情就像一盆火，烤得他的骨头都有热感。他没有想到她的乳房会如此丰满，寡妇的黑裙把它们巧妙地掩盖并保护起来，他觉得一股热血涌上了头。接着他们就躺在地板上，一边脱衣服，一边做起爱来。她不断痛苦地低声呼唤着“图里、图里”，但他什么话也没有说。他完全沉浸在她身体的气息、热情和肉感之中。完事之后，她领他进了卧室，又云雨了一番。他无法相信自己在她身体上得到的快乐，对欲望的屈服让他感到沮丧，唯一使他欣慰的是，她更加溃不成军。

1　Samson and Delilah，《圣经・旧约》中的人物，大利拉诱使参孙说出他力量的源头是头发，让人在他熟睡后剃去了他的长发，出卖了他。

他睡着之后，她低下头，久久地看着他的脸。她要把这张脸印在脑子里，她害怕无法再活着见到她。她记得丈夫死之前他们最后一次睡觉的那个晚上，他们做完爱之后，她就转身背对着他入睡了，打那以后她就再也没有他脸上那种甜蜜表情的记忆了。她当时之所以背对着他，是因为她看见丈夫那种紧张的样子觉得受不了。他在家的时候，怕遭到围捕，所以根本睡不着，她从床上起来去做早饭或者干别的事情，他就会惊恐地跳起来。这时候，她真佩服吉里安诺的平静，她喜欢他这个样子。她喜欢他，因为他跟她丈夫不同，他没有把枪带上床，也没有做爱中途还去听听可疑动静，此外他不抽烟，不喝酒，也不说自己心中的恐惧。他说话温文尔雅，但却能够毫无畏惧、集中精力来享受快乐。她悄悄地从床上爬起来，而他却依然纹丝不动地躺着。她等了一会儿，然后走出房间，到厨房去为他做她最拿手的好菜。

早晨他是从前门离开她家的，他若无其事地走出去，不过他的上衣里面还是掖着枪的。他说他不回家和母亲告别了，请她到他家跟他妈妈说一说，让她知道他很安全。对于他的大胆，她着实感到害怕，不过她不知道他在镇上有一支小小的武装，也没有注意到他出门之前先把门打开等了一会儿，这是为了通知皮肖塔，以便随时消灭经过这里的宪兵。

她略带羞涩地和他吻别，这使他很感动，接着她小声说："什么时候再来看我？"

"每次只要我来看我母亲，过后就来看你，"他说，"上山之后，我每天晚上都会梦见你。"她听见这句话高兴极了，因为她给了他快乐。

她一直等到中午才到吉里安诺家里去看他母亲。玛丽亚·隆巴尔多一看她的脸就知道发生了什么。拉韦内拉看起来年轻了十岁。她那深棕色的眼睛炯炯有神，双颊透着玫瑰红色，而且四年来第一次没有穿黑裙子。这是一条带花边、配丝绒腰带的裙子。姑娘们穿上这样的裙子是为了告诉母亲她们有了意中人。玛丽亚·隆巴尔多的感激之情油然而生，她感谢这个朋友，感谢她的忠诚、她的勇气，同时对自己的计划成功实现感到满意。对她儿子来说，这是个极好的安排，因为这个女人永远不会背叛他，永远不会对他说她怀孕了。虽然隆巴尔多很爱自己的儿子，但她并没有产生嫉妒。如果说有，那只是因为拉韦内拉说她做了最拿手的食物，撒着饱满花椒粒的兔肉奶酪馅饼，图里一口气吃了足够五个人吃的分量，还说自己一辈子也没吃过比这个更好吃的东西。

第十五章

即便是在人们相互残杀就像西班牙人斗杀公牛那样凶残的西西里，柯里昂人发起疯来还是让大家感到恐惧。不和的两家人可以因为一棵橄榄树发生争吵而杀人，邻里间会因为从公用小河中取水多少而互相残杀，一个男人还会因爱招来杀身之祸——比如说他以不尊重的目光看着某个人的妻子或女儿。即使头脑冷静的黑手党，也没有能摆脱这样的疯狂。在柯里昂，不同人手之间曾经也是打得你死我活，是唐·克罗切让他们停战的。

在这座小镇，斯特凡·安多里尼得了个诨名叫“魔鬼修士”。

唐·克罗切把他从柯里昂找来，命令他加入吉里安诺的队伍，取得他们的信任。他要和他们待在一起，等待唐·克罗切给他下达进一步行动的指令。与此同时，他必须把吉里安诺的实力以及帕萨藤珀和泰拉诺瓦对他的忠诚程度等情报送给他。由于皮肖塔的忠诚是毫无疑问的，他只要掂量一下这个年轻人的弱点就行了。如果遇到适当的时机，安多里尼就要动手杀了吉里安诺。

斯特凡·安多里尼并不惧怕大名鼎鼎的吉里安诺。他长了一头红发——这在意大利极为罕见——他以为自己可以不受道德准则的约束。他认为自己聪明过人，就像一个赌徒认为自己的一套办法永远不会失手一样。

他挑选了两个还是学徒的年轻杀手和他一同前往。这两个人还没有被接纳为黑手党成员，但却希望享有这份荣耀。他们背着背包和短筒猎枪，进入吉里安诺经常出没的大山里，果然被皮肖塔率领的流动巡逻队撞上了。

皮肖塔不动声色地听着斯特凡·安多里尼的叙述。安多里尼对他说，宪兵和国家警察在找他，因为在柯里昂有一个鼓吹社会主义的人遭到谋杀。这确实是真的，不过有一点安多里尼没有说，那就是警察和宪兵都没有任何证据，只是想找他询问情况。在唐·克罗切的影响下，这样的询问会很温和，不会刨根问底。安多里尼还对皮肖塔说，这两个年轻人被当作同谋，也是警察追捕的对象，这也是真的。可是在讲述过程中，他感到越来越不安。皮肖塔的神情，好像正看着一个老熟人，又好像是一个知道很多事的人才有的表情。

安多里尼说他进山是希望跟随吉里安诺。接着他打出了自己的王牌，他得到了吉里安诺父亲的同意。他，斯特凡·安多里尼，是唐·维托·柯里昂的堂弟。皮肖塔点点头，听安多里尼继续往下说。唐·维托·柯里昂出生在柯里昂村的安多里尼家族。他的父亲被杀时，他还是个孩子，但也受到追捕，于是他就逃亡美国，后来成了那里的黑手党龙头老大。他当年回西西里找那些杀父凶手报仇的时候，斯特凡·安多里尼还是他的手下。他后来到美国拜访唐·柯里昂，领到了赏金。那时，他遇到了吉里安诺的父亲，他在柯里昂长岛的新家当泥瓦匠。他们成了朋友。这次进山之前，他去了蒙特莱普雷，得到了老萨尔瓦多·吉里安诺的祝福。

皮肖塔在听他讲述的时候，脸上露出若有所思的表情。他不相信这个满头红发、一脸杀气的家伙，他也不喜欢一个赤发鬼——西西里的叫法——领着两个跟班的架势。

皮肖塔对安多里尼说："我带你去见吉里安诺，不过在他跟你说话之前，你的短筒猎枪要一直背在肩上，没经过允许别随便取下来。"

斯特凡·安多里尼咧嘴一笑，极其和蔼地说："不过我认识你，阿斯帕努，我相信你。把短筒猎枪从我肩上拿去，你的人也可以把我手下的枪拿走，等我们跟吉里安诺说清楚之后，我相信他会把武器还给我们的。"

皮肖塔说："我们可不是给你们驮武器的牲口，还是你们自己背着吧。"他领着他们在山里行进，最后来到吉里安诺选在悬崖边可以俯瞰蒙特莱普雷的隐蔽地点。

分散在悬崖附近的五十多个人正在擦拭武器、维修装备。吉里安诺坐在一张桌子边上，通过望远镜向远处眺望。

在把新来的人带过去之前，皮肖塔先跟吉里安诺作了汇报。他把所有的情况说了一遍，然后说："图里，我觉得他有点'霉味儿'。"这是西西里人用来形容告密者的说法。

"你觉得你以前见过他？"吉里安诺问道。

"也许是听说过这个人，"皮肖塔说，"不知怎么的，我总觉得有点眼熟。不过红头发的人比较少，我应当记得他。"

吉里安诺平静地说："你是听拉韦内拉说的。她管他叫'赤发鬼'，她并不知道他是安多里尼。她也跟我说起过他，他参加过她丈夫的队伍，一个月之后，她丈夫就遭到了宪兵的伏击，并且被打死了。拉韦内拉也不信任他，说这个人鬼得很。”

西尔韦斯特罗朝他们走来。“不要相信那个红头发的家伙，我在巴勒莫总部的时候，经常看见他私下去拜访宪兵的指挥官。”

吉里安诺说：“去蒙特莱普雷把我父亲带上山来，在这段时间要派人看住他们。”

皮肖塔派泰拉诺瓦去把吉里安诺的父亲接上山，然后走到那三个坐在地上的人面前。他弯下腰，拿起斯特凡·安多里尼的武器。有好几个人把他们围在中间，就像群狼围住倒在地上的猎物。“如果我现在不让你们保管自己的武器，你们不会介意吧？”皮肖塔笑着问道。斯特凡·安多里尼似乎有点惊讶，接着露出一脸苦笑，他只是耸了耸肩。皮肖塔把短筒猎枪扔给身边的一个人。

稍后，他让手下人做好准备，然后伸手去拿安多里尼那两个小老弟身上的短筒猎枪。其中一个并非出于恶意，而是出于害怕，推了皮肖塔一把，接着就把手放在那把枪上。皮肖塔就像蛇突然吐出芯子一样迅速亮出一把刀，一个箭步冲上去，用手中的刀割开了那人的喉咙。一股殷红的鲜血喷进山上清新的空气中，那家伙一头栽下去。皮肖塔两腿叉开，身体前倾，紧接着又是一刀，结果了他的性命。随后他连续踢了几脚，把尸体踢进一条溪谷。

吉里安诺队伍中的其他人这时全都端着枪站起来。坐在地上的安多里尼把双手高高举起，以哀求的目光向四周看了看。另一个跟班急忙出手去抓枪，想把它取下来。站在他身后的帕萨藤珀高兴得咧嘴一笑，把手枪里的子弹尽数射进了他的脑袋，枪声在大山里回响，所有的人都愣住了。安多里尼脸色苍白，吓得直打哆嗦。帕萨藤珀握着手枪。这时候，悬崖边传来吉里安诺平静的声音："把尸体处理掉，把红头发绑在树上，等我父亲来了再说。"

他们把两个死人用竹网包裹起来，抬至一道深深的石罅旁，把他们扔下去，然后按照旧的迷信说法，扔了许多石头下去，说是可以压住臭气。这是交给帕萨藤珀的任务，不过他是先掏出他们身上所有的东西之后，才这样把他们埋葬掉的。吉里安诺经常抑制自己对帕萨藤珀的厌恶情绪，因为无论如何晓之以理，也无法使这个野兽变成骑士。

过了将近七个小时，到天黑之后，吉里安诺的父亲才来到营地。斯特凡·安多里尼被从树上放下来，带进点着煤油灯的山洞。吉里安诺的父亲看见安多里尼的样子后非常生气。

"这个人是我的朋友，"他对自己的儿子说，"在美国的时候我们都为教父干活。我告诉他可以来你这儿入伙，还说他会受到很好的对待。"

他握着安多里尼的手说："真对不起，我儿子肯定对你产生了误会，或者听到了有关你的什么谣传。"他停顿了一下，感到很难受。看见他的老朋友安多里尼怕成这样，几乎站都站不住了，他心里很不是滋味。

安多里尼心想自己是死定了。这一切都让他揣摩不透。他等着后脑勺上挨枪子儿，紧张得脖子上的肌肉都疼了。想到自己过于轻率，低估了吉里安诺，他几乎都要哭了。两个跟班这么快就被杀了，他吓坏了。

吉里安诺的父亲意识到，他朋友安多里尼的生死完全掌握在自己儿子的手中。他对儿子说："图里，我很少求你为我做什么。如果你跟这个人有什么过不去，那就饶他一次，放他走吧。在美国的时候，他对我很好，你受洗礼的时候，他还给你送了礼物。我很信任他，而且非常珍视和他的友情。”

吉里安诺说：“你已经证明了他的身份，他将受到贵客的待遇，如果他愿意留下，成为我们的一员，那我们欢迎。”

吉里安诺派人用马把父亲送回蒙特莱普雷，好让他在自己家的床上好好睡一觉。父亲走后，他跟斯特凡·安多里尼进行了单独谈话。

“我知道你和坎德列里亚的事，”吉里安诺说，“你曾经去投奔坎德列里亚，不过你是唐·克罗切的卧底。一个月之后，坎德列里亚就被打死了。他的老婆认识你，根据她跟我讲的情况，我不难明白到底发生了什么。我们西西里人善于破解阴谋诡计方面的谜团。一股又一股的土匪消失了。政府变聪明了，聪明得令人惊讶。我在山里每天都在想巴勒莫的政府——他们之前可没有这么聪明。后来我了解到，罗马的司法部长和唐·克罗切暗中勾结。我们，也就是你和我，都知道这两个人当中，出谋划策的是唐·克罗切。所以，是唐·克罗切在为罗马当局铲除这些土匪。接着我就想，很快就要轮到唐·克罗切的奸细来找我了。我左等右等，心想怎么这么长时间还没有动静。因为，说得谦虚一些，抓我的赏金可是最贵的。今天我从望远镜里看见了你们三个人，我想：哈哈，又是这个赤发鬼，看见他我很高兴。可是我同样也要杀了你，我不想使我父亲难受，所以你的尸体得失踪。”

斯特凡·安多里尼顿时一阵火大，竟然忘了害怕。他高声大喊：“你要欺骗你父亲？你还有脸说自己是西西里人的儿子？”他朝地上吐了一口唾沫，“那就杀了我，直接下地狱去吧。”

皮肖塔、泰拉诺瓦和帕萨藤珀也感到很惊讶，不过这种事他们以前见得多了。虽然吉里安诺信守诺言，为自己说话算话而自豪，而且总是为别人说公道话，但他也会突然变卦，做出在他们看来很恶劣的举动。并不是因为他们反对他杀掉安多里尼——他可以杀掉一百个、一千个安多里尼，但是他居然违背他对自己父亲许下的诺言，欺骗他父亲，这在他们看来是不能原谅的。只有西尔韦斯特罗表现出理解地说：“他不能因为父亲心软而置我们大家的生死于不顾。”

吉里安诺平心静气地对安多里尼说：“向上帝祈祷吧。”他向帕萨藤珀打了个手势，“给你五分钟时间。”

安东里尼头上的红发像猪鬃一样竖了起来。他发疯似的大声说：“在杀我之前，你先问问曼弗雷迪院长。”

吉里安诺以惊异的目光看着他。这个红头发的家伙振振有词地说：“你曾经对院长说你欠他的情，还说他要你做什么都可以。”对自己的这项承诺，吉里安诺记得很清楚，可是这个人是怎么知道的呢？

安多里尼接着说：“我们一起去找他，他会求你饶我一命的。”

皮肖塔以鄙弃的语气说：“图里，派个人带信去，一个来回，又要花一天的时间。难道这个院长对你的影响比你父亲还大？”

吉里安诺又一次使他们感到吃惊。“把他的手臂捆起来，脚也用绳子拴住，这样他就只能走，不能跑。给我十个保镖，我亲自把他押送到修道院去。如果院长不求我免他一死，那就让他做最后一次忏悔。然后我再把他宰了，把尸体交给那里的修士去埋葬。”

日出时分，图里·吉里安诺已经领着一帮人来到修道院大门口。他看着准备下地干活的修士们，嘴角上浮现出一丝微笑。就在两年前，他不也是穿着棕色修士长袍，戴着美国软边帽，与这些修士一起下地干活的吗？他记得这有多好笑，当时谁能想到他现在会变得如此残暴？他怀念起在地里干活的平静时光。

院长亲自到大门口来迎接。被押来的人向前走了几步，瘦高个儿、身穿黑色长袍的院长有些犹豫，接着张开了双臂。斯特凡·安多里尼扑上前去拥抱老院长，在他左右面颊上吻了吻，而后说：“神父，这些人要杀我，只有你能救我。”

院长点点头。他向吉里安诺伸出双臂，吉里安诺上前来与他拥抱。现在吉里安诺什么都明白了。安多里尼那一声“神父”不是一个人称呼神父的语气，而是儿子称呼父亲的语气。

院长说：“把他的命交给我，就当是一次恩惠。”

吉里安诺解开安多里尼手臂上和脚上的绳子，然后说：“交给你了。”

安多里尼瘫倒在地上，恐惧从他身上突然消失后，他反而变得非常虚弱。院长用他那弱不禁风的身子把他扶起来。他对吉里安诺说：“到我的饭堂里去。我请你的人吃一顿饭，我们三个人可以谈谈该怎么办。”他转身对安多里尼说：“我亲爱的孩子，你还没有脱离危险。唐·克罗切知道后会怎么想？我们必须在一起商量，否则你走投无路。”

院长有个专门喝咖啡的小房间。他们三人舒舒服服地坐下后，有人为两个年轻人送来奶酪和面包。

院长转过身，苦笑着对吉里安诺说：“我有许多罪孽，这就是我造的一个孽。我是这个人的父亲，当时我还年轻。啊，没有人能理解一个西西里教区神父的冲动。我没有抑制这样的冲动。这件丑闻被掩盖起来，他的母亲跟安多里尼家族的一个人结了婚。我花了很多钱，这才能在教会中得到提拔。可是上天的嘲弄谁也无法预测，我儿子长大之后成了杀人犯，这是我不得不背的一个十字架。当然我还有很多其他的罪过。”

院长转身对着安多里尼，说话的语气也发生了变化：“我的孩子，仔细听我说。我给了你第二次生命。知道你首先应当忠于谁吗？现在你要效忠吉里安诺。

“你已经不能再回到唐·克罗切那里去了。他会产生疑问：为什么图里杀了另外两个人，却单单饶你不死？他会怀疑你背叛了他，那样你就必死无疑。你必须向唐·克罗切彻底坦白，但是要求留在吉里安诺身边。你会给他提供信息，维系友中友和吉里安诺的联系。我会亲自去找他，跟他说这样做的好处，我还要告诉他你忠于吉里安诺，但这不会对他不利。他会相信你要背叛这个曾经饶你不死的人。但是我告诉你，如果你不忠于吉里安诺，我将永远诅咒你下地狱。你将带着你父亲的诅咒走进坟墓。”

他接着对吉里安诺说：“现在我要请你再帮我一个忙，我亲爱的图里·吉里安诺，让我的儿子加入你的队伍，他将为你战斗，按照你的吩咐去做，我发誓他会效忠你的。”

吉里安诺仔细考虑了他的这番话。他认为经过一段时间他肯定可以赢得安多里尼的爱戴，而且他知道这个人对他父亲，也就是院长，是一片忠心的。他背叛的可能性比较小，而且也是可以防范的。在他的队伍采取行动的时候，斯特凡·安多里尼可以成为一个很好的头领，而且是获取唐·克罗切帝国情报的有价值的来源。

吉里安诺问："那你跟唐·克罗切怎么说呢？"

院长停了片刻没有说话。"我亲自去跟他说，我在那里是有影响力的，以后你会明白的。现在你愿不愿意收下我儿子？"

"愿意，我可以向你发誓，"吉里安诺说，"不过，如果他背叛我，即使你祈祷，也赶不上他下地狱的速度。"

斯特凡·安多里尼一直生活在缺少信任的世界，这也许是多年来他脸上总是杀气腾腾的原因。他知道在未来的岁月里，他会像表演空中飞人的马戏团演员，在死亡线上东摇西摆，没有哪一边是安全的。他感到欣慰的是，吉里安诺人性中的怜悯使他免于一死。但他也没有抱任何幻想，图里·吉里安诺是唯一使他感到害怕的人。

从这一天起，斯特凡·安多里尼就成了吉里安诺队伍中的一员。在未来几年，他以自己的凶残和宗教虔诚赢得了一个诨名——魔鬼修士，并因此名扬西西里。他对宗教的虔诚就是他每星期去参加的弥撒活动。他通常去的是本杰明诺当神父的维拉巴镇。在忏悔的时候，他向神父泄露了吉里安诺队伍的秘密，这些秘密将由神父转告唐·克罗切。但是，吉里安诺规定他不能说的秘密他都没有说。

第三部

/1950年，迈克尔·柯里昂

第十六章

那辆菲亚特离开特拉帕尼镇的环城路，驶上与沙滩平行的公路。迈克尔·柯里昂和斯特凡·安多里尼来到一座别墅，它比大部分别墅要大，别墅外还有三间房屋，四周有一道围墙，只有朝沙滩一侧有个缺口。别墅大门口有两个警卫，迈克尔看见大门里面有个胖胖的男人，穿一身与周围环境不很协调的衣服：运动上衣、宽松的休闲裤、一件编织的圆开领衫。等待开门的时候，迈克尔看见那人宽宽的脸上露出了笑容，这个人竟然是彼得·克莱门扎。

克莱门扎是迈克尔·柯里昂父亲手下的主要亲信。他从美国到这里来干什么？迈克尔上次看见他的时候，就是命案发生的那晚，是克莱门扎安置了那把他用来杀警督和索洛佐的枪。他还记得当时克莱门扎脸上那可怜和悲伤的神情，那是两年多以前的事了。现在克莱门扎看见迈克尔真是喜出望外。他把他从那辆小小的菲亚特车上拉下来，紧紧地拥抱了他一下。

“迈克尔，看见你真是太好啦。我等了好多年，就是想告诉你，我为你感到骄傲，你干了一件了不起的事。现在你的麻烦已经过去，再过一个星期，你就要和家人团聚了，他们要为你摆宴接风呢。大家都在等着你，米奇。”他用强劲的臂膀搂着迈克尔，兴致勃勃地看着他的面孔，还作出了自己的评估。眼前这个人已经不只是个战争中的年轻英雄了。在西西里的这段时间，他已经从一个毛头小伙子长成了男子汉。也就是说，迈克尔脸上表现出西西里人那骄傲而又含蓄的神情，原先的稚气已经荡然无存。迈克尔已经可以在家族中获得他应得的地位了。

迈克尔看见克莱门扎高大魁梧的身躯和轮廓分明的大脸庞，心里非常高兴。他询问了家里的情况。他父亲遇刺后身体已经恢复，但健康状况不太好。克莱门扎忧伤地摇摇头。“任何人身上被打出窟窿都是麻烦事，无论你恢复得多好。不过这已经不是你父亲第一次遇刺了。他就像一头公牛，他会没事的。桑尼被打死了，这才是对他和你母亲最大的伤害。太残忍了，米奇，他们用机枪把他打成了碎片。这太过分了。他们根本就用不着这么干，太可耻了。不过我们也正在制订计划。回家之后，你父亲会告诉你的。听说你就要回去了，大家都很高兴。”

斯特凡·安多里尼朝克莱门扎点点头，显然他们以前见过面。他和迈克尔握握手，说他要告辞了——他必须回蒙特莱普雷去处理一些事情。“无论你听到什么，”他说道，“都要记住这一点，我将永远忠于图里·吉里安诺，他可以永远信任我。如果他遭到背叛，背叛他的人肯定不会是我。”他有点口吃，但充满诚意，“我不会背叛你们。”

迈克尔相信他的话。“你是不是过来休息一下，吃点东西或者喝点儿什么？”他问道。

斯特凡·安多里尼摇摇头。他钻进那辆菲亚特，把车开出大门，那两扇大门随后就立即关上了。

克莱门扎领着迈克尔穿过开阔地，朝别墅主建筑走去。围墙四周以及直接连着大海的沙滩上都有武装流动哨在巡逻。有一个小型码头向前伸展，远方就是非洲海岸线。码头上停泊着一艘悬挂意大利国旗的大型摩托艇。

别墅里有两个身穿黑衣的干瘪老太婆，她们的皮肤被太阳晒得黝黑，头上围着的头巾也是黑色的，浑身上下没有一点光鲜的地方。克莱门扎吩咐她们端一碗水果送到迈克尔的卧室去。

卧室的露台面向蓝色的地中海。早晨的阳光照在海面上，似乎把大海从中间分成了两块。远处的水天线上，扬起鲜亮的蓝红风帆的渔船就像水面上的浮球在上下波动。露台上有一张小桌，上面铺着一块厚厚的深褐色台布，摆了一壶浓咖啡和一坛红葡萄酒。他俩在桌边的椅子上坐下。

“你好像很疲劳，”克莱门扎说，“先睡一会儿，然后我再把详细情况告诉你。”

“我可以睡上一会儿，”迈克尔说，“不过首先你要告诉我，我母亲好吗？”

“她很好，”克莱门扎回答说，“她正等你回家呢。桑尼已经不在了，我们不能让她失望，要不然她真的受不了。”

迈克尔又问道：“我父亲呢？他是不是完全康复了？”

克莱门扎笑起来，笑得很难看。“他没事了，五大家族很快就会知道了。迈克，你父亲期盼着你回去。他都为你安排好了，我们不能让他失望。所以不要为吉里安诺的事情太伤脑筋——如果他来，我们就带他一起走；如果他继续胡来，我们就让他留在这里。”

“这些都是我父亲的意思？”迈克尔问道。

克莱门扎说：“每天都有信使飞往突尼斯，我乘船过去和他交谈。这是我昨天接到的指令。原本是想让唐·克罗切帮助我们的，这是我离开美国的时候你父亲跟我说的。可是你知道你昨天离开巴勒莫之后，那里发生了什么？有人企图暗杀克罗切。他们从花园翻墙进去，杀了四个保镖。不过克罗切躲过了一劫。那么这究竟是怎么回事呢？”

迈克尔说：“天哪。”他想起了唐·克罗切在饭店四周采取的防范措施，“我想那是我们的朋友吉里安诺干的。我希望你和我父亲能知道自己在干什么。我太累，脑子转不动了。”

克莱门扎站起身，拍拍他的肩膀。“米奇，睡一会儿吧。等你醒来的时候，你能见到我哥哥。一个了不起的人，就像你父亲一样，也很潇洒，很厉害，他是这个地方的老大，不要管什么克罗切。”

迈克尔脱下衣服就上了床，他已经有三十多个小时没合眼了，可是他的大脑中思绪起伏，不让身体休息。虽然放下了厚厚的木制百叶窗，他依然能感觉到早晨就已火辣辣的太阳，空气中浮动着浓郁的花香和柠檬树的清香。他在思考过去几天中发生的事情。皮肖塔和安多里尼的行动怎么能如此自由？在一个最不当的时机，吉里安诺为什么认定唐·克罗切是他的敌人？这样的错误有悖于西西里人的特点。这个人已经在山里当了七年土匪，想必已经当够了，他肯定希望过好一点的生活——在这里是不可能的，但在美国没问题。他肯定有这样的计划，否则他不会让已经怀孕的未婚妻先去美国。他的思路清晰起来，这些谜团的答案是：吉里安诺准备进行最后的一搏。他并不害怕死在自己的国家。各种策划和阴谋很快会见分晓，而他迈克尔是被蒙在鼓里的，所以必须谨慎从事。他迈克尔·柯里昂可不想死在西西里。在这个特定的传奇里，他是个局外人。

迈克尔一觉醒来，推开这间大卧室的百叶窗，看见了在朝阳中熠熠生辉的白色石砌阳台。从阳台往下看，波光粼粼的地中海像蓝色的地毯一直伸向水天相接的地方。海面泛出道道深红，出海的渔船正淡出他的视野。他盯着这些渔船看了一会儿，全然陶醉在大海和海岸线北边埃里切巍峨峭壁的美景之中。

房间里摆满了制作粗糙的家具，有一张桌上放着一只蓝色搪瓷脸盆和一罐子水，一条棕色毛巾搭在椅子上，墙壁上画着各位圣人和怀抱小基督的圣母玛利亚。迈克尔洗过脸后走出房间。这时，彼得·克莱门扎已在楼梯下面等他。

“啊，你看上去好多了，米奇，”克莱门扎说，“先好好吃一顿，这样就有力气了，接下来我们就可以谈正事了。”他把迈克尔领进厨房。他们在一张长木桌边上坐下，一个穿黑衣服的老妪像变魔术似的出现在炉子旁边，倒了两杯浓咖啡给他们端了过来，接着又变魔术似的端来一盘鸡蛋和香肠放在桌上，还从烤箱里拿来一大块皮色焦黄的圆面包。然后她就走进厨房隔壁的房间，对迈克尔的感谢没作任何表示。这时候一个男人走进来，他的年纪比克莱门扎稍大一些，但是跟他长得很像。迈克尔立刻意识到这是彼得·克莱门扎的哥哥唐·多梅尼克·克莱门扎。不过唐·多梅尼克的穿着截然不同。他穿一条黑丝绒长裤，裤脚管塞进一双结实的棕色皮靴里，上身是一件白绸衬衣，袖子带褶，外面套了一件长黑马甲，头上戴着一顶短檐帽。他把右手拿着的鞭子扔进一个角落。迈克尔站起来和他打招呼，唐·多梅尼克·克莱门扎伸出双臂，友好地拥抱了他。

他们一起在桌子边上坐下。唐·多梅尼克那庄重威严的神情使迈克尔想起自己的父亲，他也一样保守礼让。彼得·克莱门扎显然有点怕他哥哥，多梅尼克对彼得则带有几分大哥对举止轻浮的小弟的溺爱。迈克尔既惊讶也感到有趣。彼得·克莱门扎是他父亲在美国最信任、最心狠手辣的手下。

唐·多梅尼克说话的语气严肃，目光炯炯有神。“迈克尔，你父亲唐·柯里昂让我关照你，我感到十分高兴和荣幸。现在你可以解开我心中的谜团了。我这个不中用的弟弟，他说他在美国混得很好，是不是真的？他真有那么厉害？我这个弟弟连杀猪这样的事都干不好。他真是唐·柯里昂最得力的助手？他说他手下指挥着一百个人，这些话我能相信吗？”可是他在说这番话的时候，却深情地拍了拍他弟弟的肩膀。

“都是真的，”迈克尔说，“我父亲总说，要不是你弟弟，他就要去卖橄榄油了。”

他们都大笑起来。彼得·克莱门扎说：“那我就会在监狱中度过我的大半生。他不只是教会我如何用枪，更重要的是教会我如何思考。”

唐·多梅尼克叹了口气。“我只是个穷庄稼汉。我的邻居们找我来商量问题，在特拉帕尼这个地方，他们说我是一个重要人物，这倒是真的。他们认为我‘不忠诚’，因为我不愿意唯唐·克罗切马首是瞻。也许这样做很不明智，也许教父能找到和唐·克罗切较好相处的办法。可是我觉得不可能。我也许‘不忠诚’，但只是对那些不知廉耻的人。唐·克罗切向政府出卖情报，无论理由有多么聪明，我认为这是非常无耻的。传统的方法依然是最好的，迈克尔，你在这儿再待上几天就会明白了。”

“我相信我肯定会，”迈克尔彬彬有礼地说，“我必须感谢你现在给我提供的帮助。”

“我还有些事情要做，”唐·多梅尼克说道，“如果你需要什么，派人来告诉我。”他拿起那条鞭子走了出去。

彼得·克莱门扎说：“迈克尔，你父亲同意帮助图里·吉里安诺离开这个国家，这是出于他对吉里安诺父亲的友谊和尊重。不过你的安全是第一位的。你父亲在这里还有些仇人。我们给吉里安诺一个星期时间和我们联络。如果他不来，你就必须一个人返回美国。这是我接到的指令。我们有一架专用飞机在非洲等候，随时都可以离开，只要你发话就行。”

迈克尔说：“皮肖塔说他很快就会带吉里安诺来见我。”

克莱门扎吹了一声口哨。“你看见皮肖塔了？见鬼，他和吉里安诺都是他们千方百计要找的人，他是怎么下山的？”

迈克尔耸了耸肩。“他有一张由司法部长签发的红边特别通行证。这件事情也使我感到很不安。”

彼得·克莱门扎摇了摇头。

迈克尔继续说道：“那个把我带到这儿来的家伙，安多里尼，你认识他吗，彼得？”

“认识，”彼得·克莱门扎回答说，“在纽约的时候，他是我们的打手，不过吉里安诺的父亲是个正直的手艺人。他们两个人回这里来真是太傻了，可是有很多西西里人都这样，他们总是忘不了在西西里的破烂小房子。这一次我就带回来两个人，来当帮手的。他们有二十年没有回来了。我们在乡村地区散散步，到了靠近艾里切的地方，那个小镇很美，米奇，我们到了田野上，在那里有很多羊，我们在一起喝葡萄酒，后来就想尿尿。于是我们就撒起尿来，尿刚撒完，这两个家伙一蹦三尺高地跳起来，大喊‘西西里万岁’。你还能怎么办？他们就是这种人，西西里人到死都是这样。”

迈克尔说：“是啊，不过安多里尼这个人怎么样？”

克莱门扎耸耸肩。“他是你父亲的表弟，过去五年里他一直是吉里安诺手下的得力干将。不过，他以前是唐·克罗切的人。谁知道呢？是个危险人物。”

迈克尔说：“安多里尼要把吉里安诺的未婚妻带到这儿来，她怀孕了，我们必须把她送到美国去，等她给吉里安诺带来密信，说所选择的路线可行，吉里安诺就来找我们。我答应了，这样行吗？”

克莱门扎吹了一声口哨。“我从来没听说吉里安诺有个女人，没问题，我们可以办到。”

他们走进外面的一个大花园。迈克尔可以看见大门口的警卫，还看见海滩上至少有六个武装人员在来回走动。在一个短码头上停靠着一艘大摩托艇。花园里也有一群人，显然是在等着要见彼得·克莱门扎。大约有二十个人，都是典型的西西里人，身穿沾满尘土的衣服，头戴软边帽，就像唐·多梅尼克的样子，不过显得比较穷。

在花园的一个角落里有一棵柠檬树，树下面放了一张椭圆木桌，桌子四周是几张做工粗糙的木椅。克莱门扎和迈克尔在其中两张椅子上坐下之后，克莱门扎让那些人过来。其中有个人走过来在椅子上坐下。克莱门扎问起这个人的生活状况。他结婚了没有？有孩子了吗？为唐·多梅尼克干活有多长时间了？在特拉帕尼有谁是他的亲戚？他想没想过到美国去发财？对最后这个问题的回答必然是“想过”。

一个穿黑裙子的老妪拿来一大罐加了鲜柠檬汁的酒，接着又端来一个盘子，上面放了许多杯子。克莱门扎给每个面试的人递上一杯酒，再给他一支烟。面试完了，香烟也给完了，那些人都离开了花园。克莱门扎对迈克尔说：“你觉得他们有什么问题吗？”

迈克尔耸耸肩说：“我看他们都一样，都想去美国。”

克莱门扎说：“我们在那边也需要新鲜血液。我们损失了许多人，可能还会损失不少人。每隔五年左右我都要回来，带十二个人回去。我亲自训练他们。先从小事干起——催收欠款、暴力抢劫、警卫任务。我考验他们的忠诚，等我觉得是时候了，我就给他们机会杀人明誓。不过我在这件事情上非常谨慎，他们也知道，一旦过了这一关，今后只要忠心耿耿，这一辈子就能过上好的生活。这里的每个人都知道我是为柯里昂家族来招募人员的，而且每个人都希望跟我见面。不过我大哥先替我进行筛选。没有他的首肯，谁也见不着我。”

迈克尔看了看这座美丽的花园，五颜六色的鲜花、清香扑鼻的柠檬树、从古代废墟中挖来的神像，还有一些新的圣徒造像以及别墅四周玫瑰色的围墙。在这里检验十二个杀手门徒真是太美妙了。

下午四五点钟的时候，那辆小菲亚特又出现在别墅的大门口，警卫挥手让它进来，开车的是安多里尼。他身边坐着一个年轻女子，长长的黑发，椭圆的面庞，跟画像上的圣母玛利亚一样漂亮。她从车上走下来的时候，迈克尔看出她已经有了身孕。虽然她穿着西西里妇女那种宽松衣裙，但颜色却不是黑的，而是很难看的玫瑰色和白色。但是她太漂亮了，所以穿什么衣服也就无所谓了。

迈克尔·柯里昂看见从后座下来的赫克特·阿多尼斯，见他身材那么矮小，心里感到非常惊奇。阿多尼斯走上前来进行介绍。这个姑娘叫尤斯蒂娜。她丝毫没有年轻女子的那种羞涩，虽然才十七岁，可是脸上却露出成熟女人的坚强，好像她早就尝过生活的辛酸。她先把迈克尔仔细打量了一番，然后才向他鞠了个躬作为对引见的回应。她那样看他，好像是想从他脸上看出有什么要阴谋诡计的破绽。

一个老女人把她领到为她准备的房间。安多里尼把她的行李从车上搬下来，她只带了一只小箱子，迈克尔把这只箱子拎到她的房间。

安多里尼开着菲亚特走了，赫克特·阿多尼斯没走。当晚大家在一起吃晚饭。在餐桌上，他们商量了把尤斯蒂娜送到美国的计划。唐·多梅尼克说，到突尼斯的船已经准备就绪，随时待命，一旦吉里安诺来了，他们就立即起航。他笑着说："谁知道他会带些什么乱七八糟的人一起来呢。"

彼得·克莱门扎说他会护送尤斯蒂娜去突尼斯，确保把她送上那架有特别文件的专机，这样她进入美国就没有麻烦了。事情办完后他就回别墅来。

等尤斯蒂娜到了美国，把密信带回来，营救吉里安诺的行动就开始。

在餐桌上尤斯蒂娜话很少。唐·多梅尼克问她，今天已经走了这么远的路，晚上就走行不行。

从她回答问题的神态，迈克尔可以看出她对吉里安诺肯定具有极大的吸引力。她有一双炯炯有神的黑眼睛，还有坚强的西西里女人那刚毅的下颌和嘴巴，说起话来也是那么傲慢。

“旅行比干活要轻松，比躲藏起来更安全，”她说，“我在大山里睡过觉，在田野里和羊群睡在一起，为什么在船上或者飞机上就不能睡觉呢？肯定不会那么冷吧。”她的语气中充满了年轻人的自豪，可是她在端起酒杯这时候，两只手却在发抖。“我只关心图里能不能走掉，他为什么不能跟我一起走呢？”

赫克特·阿多尼斯语气温和地说：“尤斯蒂娜，他不想因为他的在场危及你的安全，他离开要困难得多，必须采取更多的防范措施。”

彼得·克莱门扎说：“那艘船天亮前能送你到非洲，尤斯蒂娜，也许你还是先休息一会儿好。”

尤斯蒂娜说：“不用了，我不累，我太激动了，根本睡不着。我能不能再喝一杯酒？”

唐·多梅尼克把她的酒杯倒满。“喝吧，这对你的孩子有好处，过一会儿还有助于你的睡眠，吉里安诺让你给我们带什么口信没有？”

尤斯蒂娜苦笑着对他说："我有好几个月没有看见他了。他信任的只有阿斯帕努·皮肖塔一个，不是因为他觉得我会背叛他，而是因为我是他的弱点，他们可以利用这一点设陷阱抓他。这都是他从那些浪漫故事中得到的教训，女人的爱是埋葬英雄的坟墓。他认为对我的爱是他最大的弱点，当然他从来也不把自己的计划告诉我。"

迈克尔又了解到吉里安诺的一些情况，他觉得很有意思。如果他的父亲还在西西里，他也可能成为这种人，桑尼也可能成为这种人。"你是怎么遇到图里的？"他问尤斯蒂娜。

她笑起来。"我十一岁的时候就爱上他了，"她说，"那是七年前的事了，也是图里开始逃亡的第一年。在我们那个小村庄里，他已经是个大名鼎鼎的人物。我弟弟和我跟爸爸在地里干活，我爸交给我一沓里拉，让我拿回家给我妈。我弟弟和我当时都还是傻乎乎的小孩子，看见有这么多钱，我们都很激动，就挥动着这些钞票往家跑。在路上有两个宪兵看见我们，就把我们的钱拿走了，看见我们哭，他们还哈哈大笑。我们不知道该怎么办，我们害怕，不敢回家，我们也不敢回到父亲身边。这时候，一个年轻人从灌木丛中走出来。他的个子比大多数西西里男子都高，而且肩膀也宽。他的样子就像我们在战争时期看见的美国兵。他端着一挺机枪，不过他有一双温和的棕色眼睛，人长得很帅气。他问我们：'孩子们，这么美妙的日子，你们哭什么呀。还有你，小姑娘，你一哭就不漂亮了，有谁还会娶你呢？'他哈哈大笑，看得出，无论出于什么原因，他见到我们很高兴。我们把所发生的事情告诉了他，他又笑起来，说我们必须随时提防宪兵，还说这对我们这样的小孩来说是一个很好的教训。接着他给了我弟弟厚厚一沓里拉，要他拿回家交给我们的母亲，另外他还给我写了一张字条，让我带给我父亲。字条上所写的，我现在还记得一清二楚。字条上说：‘不要责备这两个漂亮的孩子，你们老了之后，他们会给你们带来欢乐与安慰。我给他们的钱比你失去的要多得多。记住：从今天起，你和你的孩子们将受到吉里安诺的保护。’我心想这个名字太奇妙了，而且他是用大写字母写的。随后的几个月里我经常梦见这个名字。就是由几个大写字母拼成的‘吉里安诺’。

“我之所以爱他，是因为他以做好事为乐，他在帮助别人之后感到特别的高兴，他到现在还是初衷不改。我总看见他这么高兴，好像他帮助别人能得到比受助者更多的东西。这就是西西里人喜欢他的原因。”

赫克特·阿多尼斯平静地说：“直到吉里斯特拉山口惨案发生。”

尤斯蒂娜目光向下，非常生气地说：“他们仍然喜欢他。”

迈克尔很快问了一句：“那之后你是怎么认识他的？”

尤斯蒂娜说：“我哥哥是他的朋友，我父亲大概也是他的手下，我不大清楚，只有我的家里人和图里的几个头领知道我们结婚了。图里要大家发誓保密，因为他害怕当局会逮捕我。”

餐桌上的人听到这个消息都感到震惊。尤斯蒂娜把手伸进衣服里，拿出一只小钱包，从里面取出一份封得严严实实的乳白色硬纸文件，把它递给迈克尔。可是赫克特·阿多尼斯伸手接过去看起来。接着他对她笑着说：“明天你就能到美国了，我能把这个好消息告诉图里的父母吗？”

尤斯蒂娜脸色绯红。“他们总以为我是为未婚先孕，”她说，“因为这个他们总是看不起我，是的，你可以告诉他们。”

迈克尔说：“你有没有见过或者读过图里藏起来的那份遗嘱？”

尤斯蒂娜摇了摇头。“没有，”她说，“图里从来没有跟我说起过。”

唐·多梅尼克的脸色变得很冷淡，但也有几分好奇。迈克尔心想，他听说过这份遗嘱，但是并不赞成。到底有多少人确实知道呢？当然不是西西里的民众，知道它的人只有罗马的政府成员、唐·克罗切、吉里安诺的家人以及他那一伙核心人物。

赫克特·阿多尼斯说：“唐·多梅尼克，尤斯蒂娜安全抵达美国、送来消息之前，我能不能留在你这里？这样我就可以安排把消息告诉吉里安诺，应当不会超过一个晚上。”

唐·多梅尼克直率地大声说：“那是我的荣幸啊，教授。你想待多久就待多久。不过现在我们大家都该去睡觉了。我们年轻的女士还要长途跋涉，一定要休息一会儿，我年纪大了，也熬不了夜啦。晚安。”他像个充满爱心的大鸟打发大家去休息。他亲自搀扶着赫克特·阿多尼斯的手臂，把他领到一间卧室，并大声命令女佣们照顾好其他几位客人。

第二天早晨，迈克尔醒来的时候，尤斯蒂娜已经走了。

赫克特·阿多尼斯在这里留宿了两个晚上，才等到尤斯蒂娜带来的信，说她已经安全到达美国，阿多尼斯在信中看到了让他放心的暗语。在准备离开的那天早晨，他要求和迈克尔单独谈谈。

两天来迈克尔一直在紧张地期待着，因为他自己也急于回到美国的家中。彼得·克莱门扎说起过桑尼遇害的事，对图里·吉里安诺，迈克尔感到了同样的不祥之兆。在他的头脑中，这两个人慢慢交织在了一起，他们的外貌有点相似，生命力顽强，有能力。迈克尔的年龄与吉里安诺相仿，对吉里安诺的名气很感兴趣，想到他们最终将见面，他真有些迫不及待了。他心想不知吉里安诺到美国之后，父亲会让他干什么。他相信这是他父亲的目的，否则派他把吉里安诺带回去就毫无道理了。

迈克尔和阿多尼斯一直走到了海滩。武装警卫向他们两人敬礼并称呼他们“大人”。两个警卫看见身材矮小、衣着考究的阿多尼斯，没有表露出任何不恭敬的嘲笑。那艘摩托艇已经返回。从近处，迈克尔可以看见它的大小与一艘游艇相仿。艇上的人配备了短筒猎枪和机枪。

七月骄阳似火，平静的蓝色海面像金属一样反射着阳光。迈克尔和阿多尼斯在码头上的两张椅子上坐下。

“我今天上午离开之前，要给你一道最后指令，”赫克特·阿多尼斯轻声说，“这是你能为吉里安诺做的最重要的事情。”

“我一定尽心尽力。”迈克尔说。

“你必须立即把吉里安诺的遗嘱送到美国交给你父亲，”阿多尼斯说，“他知道有什么用，他肯定会让唐·克罗切和罗马政府知道这个东西已经安全到了美国，这样他们就不会伤害吉里安诺，他们会让他安全地移民美国。”

“你带在身上了吗？”迈克尔问道。

小个子冲他诡秘地笑了笑，接着哈哈大笑说：“你已经拿到了。”

迈克尔呆住了，“你肯定搞错了，”他说道，“谁也没有把它给我呀。”

“给了，他们给你了。”赫克特·阿多尼斯说。他亲切地把手放在迈克尔手臂上，迈克尔注意到他的手那么小，就像一个小孩的手。“吉里安诺的母亲玛丽亚·隆巴尔多交给你的。只有她和我知道东西在哪里，就连皮肖塔也不知道。”

迈克尔一脸茫然。“在那尊黑圣母像里面，”赫克特·阿多尼斯说，“那个东西真的在他们家传了好几代人，而且很值钱，可是吉里安诺拿的是个复制品，中间是空的。遗嘱写在很薄的纸上，而且每一页都有吉里安诺的签名，是过去几年中我帮助他写的。还有一些重要文件。图里一直都知道将来可能会发生什么事，所以想做好准备。他是个年轻人，但是很有远见。”

迈克尔笑起来。“他母亲是个了不起的演员。”

“所有的西西里人都是，”赫克特·阿多尼斯说，“我们谁都不信，对任何人都有所保留。当然，吉里安诺的父亲可以相信，但是他可能不太谨慎。虽然皮肖塔从小就是他最忠实的朋友，斯特凡·安多里尼从宪兵手中救过吉里安诺的命，但是时间和酷刑是会让人改变的，所以最好还是不让他们知道。”

“但是，他是信任你的。”迈克尔说。

“我很荣幸，”阿多尼斯轻描淡写地说，“不过你能看出吉里安诺有多聪明了吧？在遗嘱问题上，他只相信我，但是他却把性命托付给了皮肖塔。只有我们两个人都背叛他的时候，他才会失败。”

第十七章

迈克尔·柯里昂和赫克特·阿多尼斯回到别墅后，与彼得·克莱门扎一起坐在柠檬树下。迈克尔迫不及待地想看那份遗嘱，但是赫克特·阿多尼斯说，安多里尼马上就来接他回蒙特莱普雷，迈克尔要等一等，看安多里尼有没有给他带回任何新的消息。

一个小时过去了。赫克特·阿多尼斯看了看自己的手表，脸上露出焦虑的神情。

迈克尔说："也许他的汽车抛锚了，那辆菲亚特已经老掉牙了。"

赫克特·阿多尼斯摇了摇头。"斯特凡·安多里尼是杀手，但是他特别守时，是个靠得住的人。我害怕出了什么事情，他已经晚了一个钟头。我必须在天黑宵禁之前返回蒙特莱普雷。"

彼得·克莱门扎说："我大哥会给你派车和司机。"

阿多尼斯考虑了一下之后说："不，我还是等吧，我必须见到他，这很重要。"

迈克尔说："如果你不在场，我们看看那份遗嘱你不会介意吧？那个雕像怎么打开？"

赫克特·阿多尼斯说："当然——那就看吧。至于打开那尊雕像，其实也没有什么奥秘。它是用坚硬的木料刻成的。图里先把文件放进去，然后把头重新胶合上去。只要把头剁下来就行，如果你看不懂，我可以帮助你，派个用人来叫我，我就过来。"

迈克尔和彼得·克莱门扎一起来到迈克尔的卧室，那尊雕像依然在迈克尔的上衣口袋里，他已经把这件事全忘了。他把圣母像拿出来，两个人凝视着它，雕像的特征完全是非洲式的，可是面部表情却跟西西里每个穷人家里供奉着的白人圣母玛利亚像一样。迈克尔用手掂了掂，雕像很重——谁也不会想到它的中间是空的。

彼得·克莱门扎走到门口，喊楼下一个女佣去厨房把斩肉刀拿上来。那女佣上来之后，盯着房间里看了一会儿，然后才把刀递给克莱门扎。他把门关上，不让那个好奇的女人继续往里看。

迈克尔把黑色圣母雕像放在沉重的木头梳妆台上，一只手抓住嵌在雕像下面的圆形底座，另一只手抓住雕像头的上半部分。克莱门扎小心翼翼地把刀对准雕像的脖子，举起粗壮的手臂，用力猛地一砍，雕像的头被砍下来，滚到了房间的另一侧。从雕像那中空的脖子里露出用灰色软皮包着的一卷纸。

克莱门扎正好一刀砍在接缝上，不然这把刀怎么也砍不断这么硬的橄榄木。他把刀放在梳妆台上，从没有脑袋的雕像中抽出一卷纸。他打开包在上面的软皮，把纸一张张摊开放在梳妆台上。总共有大约十五张极薄的葱皮纸，上面用黑墨水写得密密麻麻的。每一张纸的下面都有吉里安诺龙飞凤舞的签名。里面还有一些盖有官方大印的文件、印有政府部门抬头的信以及盖着公证人印章的文件。由于塞在雕像里的时间太长，这些纸都卷起来了。迈克尔把它们展开弄平，用雕像的身子和头以及那把刀把它们压住。接着他好像要庆祝什么事似的，从床头柜上的坛子里倒了两杯酒，把其中一杯递给克莱门扎。把酒喝完之后，他们就开始看那份遗嘱。

他们用了将近两个小时才看完。

迈克尔对图里·吉里安诺非常钦佩：年轻的理想主义者遭受了这么多的坎坷。迈克尔了解这个世界，可以想象得出吉里安诺为了致力于自己的使命，掩饰着自己的狡黠和计划。迈克尔对吉里安诺的逃离产生了巨大的认同感和责任感。

能够动摇罗马基督教民主党政府的，不是吉里安诺过去七年写的日记，而是一些证明文件。那些大人物怎么会这么愚蠢？迈克尔心想：有一张红衣主教签署的便条，一封司法部长写给唐·克罗切的信，问他用什么办法可以镇压港吉里斯特拉山口的游行，当然其措辞肯定是遮遮掩掩的，但从后来所发生的事实，就可以看出其中的险恶用心。单看这些事都没有什么问题，可是把它们集中起来，就成了金字塔一样确凿的罪证。

有一封信是奥洛尔托亲王写的，信上对吉里安诺千恩万谢，并保证说在罗马基督教民主党政府中所有身居高位的人都向亲王保证，只要吉里安诺按他们的要求去做，他们将尽最大的努力使他得到赦免。在这封信中，亲王声称他和罗马的司法部长已经达成了完全的谅解。

此外还有宪兵高官捉拿吉里安诺的行动计划的副本——这些副本是用来换取吉里安诺所提供的服务。

“难怪他们不想抓吉里安诺，”迈克尔说，“有了这些文件，他就能让他们全完蛋。”

彼得·克莱门扎说：“我马上就把这东西送到突尼斯去，明天晚上它就会在你父亲的保险柜里了。”

他拿起没有头的圣母雕像，把这些纸全塞了进去。他把雕像放进自己的口袋，然后对迈克尔说：“我们动身吧，如果我现在出发，明天早晨就可以回来。”

他们走出别墅，克莱门扎把那把斩肉刀交给了厨房的一个老妪，她以怀疑的神情把刀检查了一遍，好像要看看上面有没有血迹。他们朝海滩方向走去，却突然发现赫克特·阿多尼斯还在等人。斯特凡·安多里尼还没有来。

这个小个子松开了领带，还脱下了上衣。虽然他在柠檬树的树荫下，汗水还是湿透了那件雪白的衬衫。他也有了些许醉意，花园里那张木桌上的大酒坛已经空了。

他心不在焉地跟迈克尔和彼得·克莱门扎打招呼。“最后的一击开始了，已经过了三个钟头，安多里尼还没有来，我必须到蒙特莱普雷和巴勒莫去，我必须把消息告诉吉里安诺。”

彼得·克莱门扎粗声大气愉快地说：“教授，也许是他的车中途抛了锚，或者被其他更紧急的事耽搁了。他知道你在这里很安全，而且会等他。如果他今天不来，你就和我们再待一个晚上。”

可是赫克特·阿多尼斯不断嘟囔着“坏事了，要出事了”，同时恳求他们提供交通工具。克莱门扎让两个人把阿尔法-罗密欧开来，把赫克特·阿多尼斯送到巴勒莫去，并告诉他们一定要在天黑前把车开回别墅。

他们帮助赫克特·阿多尼斯上了车，并告诉他不要担心，遗嘱二十四小时内就能送到美国，吉里安诺会安然无恙的。汽车驶出大门后，迈克尔陪同克莱门扎走到下面的海滩，看着他上了那艘摩托艇，并一直目送那艘摩托艇驶向非洲方向。“我早晨就回来。”彼得·克莱门扎大声说。迈克尔心想，如果吉里安诺选择今天晚上来，不知会发生什么事情。

过了不久他开始用晚餐，伺候他的是两个老妪。晚饭后他沿着海滩漫步，走到别墅属地的边缘，被警卫挡了回来。再过几分钟天就黑了，地中海就像深蓝色的天鹅绒，他可以闻到地平线那一端非洲大陆的气息，除了野花的芬芳，还有野生动物的气味。

在靠近海边的地方，没有昆虫的嗡嗡声，昆虫需要茂密的植被，也需要离海岸较远处带烟尘的热空气。这里几乎就像是一台停止了运转的机器。他站在海滩上，感受西西里夜晚的静谧和美妙。他同情那些提心吊胆在黑暗中奔波劳顿的人们：隐藏在大山深处的吉里安诺，拿着随时可能失效的通行证出入敌人的防线的皮肖塔，在西西里尘土飞扬的公路上寻找对方的阿多尼斯教授和斯特凡·安多里尼，还有跨越蓝黑色大海到突尼斯去的彼得·克莱门扎。唐·多梅尼克·克莱门扎没有回来吃晚饭，他去哪里了？在西西里的夜晚，他们都是一些影子，等他们重新出现的时候，决定图里·吉里安诺生死的舞台也就搭建好了。

第四部

/1947年，唐·克罗切

第十八章

萨伏伊王室的翁贝托二世国王为人谦逊，和蔼可亲，深受人民的爱戴。他赞成全民公投决定意大利是否需要一位名义上的国王。如果人民不需要，他希望能够退位。在这一点上，他很像几位前任，萨伏伊王室的国王都不是野心勃勃的，君主制实际上是议会统治下的民主制。政治专家们相信全民公决会同意保留君主制。

意大利政府指望依靠西西里岛的大部分民意维持现状。这时，岛上最强的两股势力是图里·吉里安诺和唐·克罗切·马洛。前者控制着西西里的西北部，后者以及黑手党控制着西西里的其他地方。吉里安诺没有参与任何政党的竞选计划，唐·克罗切和黑手党则不遗余力地要确保基督教民主党再次赢得大选，并保留君主。

出人意料的是，意大利选民抛弃了君主制，意大利成了共和国。社会党人和共产党人声势浩大，基督教民主党已经摇摇欲坠，濒临垮台。随后的几次大选可能会选出一个唯物的社会主义罗马政府。基督教民主党开始动用所有资源以赢得下一次大选。

最让人感到意外的是西西里。许多属于社会党和共产党的成员被选进了国会。在西西里，工会仍然被看成邪恶组织，许多工业界人士和土地所有者都拒绝和他们打交道。这到底是怎么回事呢？

唐·克罗切非常恼火。他的手下尽心尽力，恐吓了所有乡村地区的村民，但是显然没起任何作用。天主教会派出神父在布道中反对共产党，修女们承诺把面条和橄榄油送给投基督教民主党的选民。可他们没想到花在食物上的上百万里拉打了水漂，狡猾的西西里农民吃了慈善组织的面包，却抛弃了基督教民主党。

司法部长佛朗哥·特雷扎也对他的西西里同胞十分恼火——都是些奸诈之徒，狡猾没给他们带来任何好处，即使穷得连尿盆都没有，他们也为自身的荣誉而骄傲。他拿他们毫无办法。他们怎么能选社会党人和共产党人呢？他们最终会毁了自己的家庭，意大利大教堂里的基督教神明都会被摒弃。现在只有一个人能够解决这个问题，能够应对这场决定意大利政治道路的大选。他派人去请唐·克罗切·马洛。

西西里的农民把选票投给了左翼政党，选择废黜他们敬爱的国王。如果他们知道这些身居高位的人非常恼火，美国、法国和英国等强国都担心意大利会变成俄国的盟友，他们会感到惊讶和滑稽的，不过许多农民压根儿就没听说过什么俄国。

二十年来，西西里的穷人第一次得到民主选举的机会，他们把选票投给了承诺让他们花很少的钱买下自己那一点土地的候选人和政党。

但是，他们不知道选择左翼政党实际上就是选择摧毁自己的家庭结构、选择摧毁圣母玛利亚和神圣的天主教会——在西西里，每家每户的厨房和卧室里都供奉着由红烛照亮的神像。他们也不知道这样投票实际上是要把大教堂变成博物馆，把他们敬爱的教皇从意大利的领土上赶走，如果他们知道这些情况，他们定会感到惊骇不已。

不。西西里人之所以投票，不是为了某一个政党，而是为了得到一块属于自己和家人的土地。在他们心目中，没有什么能比这个更让他们高兴的了。在自己的土地上耕种，把用自己汗水浇灌的劳动果实留给自己和孩子。他们梦寐以求的天堂就是山坡上几英亩可以种植谷物和蔬菜的梯田、一座小小的葡萄园、一棵柠檬树和一棵橄榄树。

司法部长佛朗哥·特雷扎是西西里人，也是一个真正的反法西斯斗士，在逃亡英国之前曾蹲过墨索里尼的监狱。他身材高大，长得像贵族，虽然他的胡须中已经添了几丝花白，他的头发却依然那么乌黑。虽然他是个真正的英雄，但也是个十足难对付的官僚政客。

这位部长在罗马的办公室非常宽敞，里面摆放着很占空间的古董家具，墙上挂着罗斯福总统和温斯顿·丘吉尔的照片。办公室的窗户是彩色玻璃的，窗外是一个小阳台。部长亲自为他的贵客唐·克罗切倒了一杯葡萄酒。

他们坐下来，边喝酒边谈论西西里的政治局势以及即将到来的地方选举。特雷扎部长谈了他的担忧，如果西西里的投票继续出现左倾趋势，基督教民主党就很可能失去对政府的控制，天主教也很可能失去意大利国教的合法地位。

唐·克罗切对这些都没有作出反应。他的嘴在不停地吃，心里不得不承认，与老家西西里相比，罗马的东西好吃得多。他那硕大的脑袋低得几乎贴在盛满块菌拌面条的盘子上了。巨大的上下颌不停地、津津有味地咀嚼。偶尔他也用餐巾擦一擦那两撇稀疏的小胡子。只要用人端上一盘菜，他那大鹰钩鼻子都要凑上去，仿佛要闻一闻是不是有毒。他的两眼不停地在一桌丰盛的菜肴上来回地看。部长在喋喋不休地谈论国家大事，而克罗切则是一言不发。

最后端上来的是一大盘水果、奶酪、一杯咖啡和一杯白兰地。在象征性地喝了一点之后，唐·克罗切准备说话了。在那张不太适合他的椅子上，他挪动了一下硕大的身躯。部长赶紧领他去客厅，因为那里有不少铺垫很厚的扶手椅。他叫一个用人把咖啡和白兰地端进客厅，随后就把他打发走了。部长亲自为克罗切倒了一杯浓咖啡，还递上一支香烟，不过对方没有接。接着部长就准备洗耳恭听，他知道唐·克罗切会说到点子上的。

唐·克罗切目不转睛地注视着部长。对他那贵族的外形、粗笨愚钝的相貌和持重的神情，克罗切都很不以为然。他也看不上部长的胡须，认为那是故作姿态。这个人在罗马可以神气活现，可是在西西里就不行了。不过他可以巩固西西里黑手党的势力。以前轻视罗马的做法是错误的，结果是墨索里尼和法西斯上台。唐·克罗切不抱任何侥幸心理，一个左翼政府会真的实行改革，真的动手铲除黑手党组织。只有基督教民主党政府才会保留使唐·克罗切不受伤害的法律程序，他欣然来到罗马，觉得自己是安抚精神创伤的信仰治疗师。他知道他能够医治他们的心病。

“在下一次大选中，我可以把西西里交给你，”他对特雷扎部长说，“但是我们需要武装人员。你必须承诺不对图里·吉里安诺采取任何行动。”

“这个我不能承诺。”特雷扎部长说。

“这个你必须承诺。”唐·克罗切作出回应说。

部长捋了捋胡小胡子。“这个吉里安诺是什么人？”他很不情愿地问，“他太年轻了，不应当这么残暴，即使是西西里人，也不能这样。”

“啊，不，他是个温文尔雅的年轻人。”唐·克罗切回答说。他没有理会部长脸上讥讽的微笑，也没说他根本没见过吉里安诺。

特雷扎部长摇摇头。“我觉得这不可能，”他说，“一个杀了这么多宪兵的人不能被称为温文尔雅。”

这也是事实。唐·克罗切认为在过去的几年中，吉里安诺一味蛮干，不计后果。自从把多达纳“神父”处死以来，他一直疯狂对待所有的敌人，无论是黑手党还是罗马当局。

吉里安诺开始给报社写信，声称自己统治着西西里西部，罗马政府想干什么就随它的便。他还写信警告蒙特莱普雷、柯里昂和蒙雷阿莱的宪兵午夜之后不许上街巡逻。他的理由是，他的人必须去探亲访友，他不想让他们在睡觉的床上遭到逮捕，不想让他们在走出家门时遭到枪杀，也不希望自己回蒙特莱普雷的时候，在家中遭到类似的命运。

报纸上刊登了这些信件，还乐此不疲地附加特写报道。萨尔瓦多·吉里安诺禁止使用“卡塞塔”酷刑？这个土匪不准警察在西西里的城镇合法巡逻？真不知天高地厚！真是太胆大妄为了！这个年轻人以为他是意大利的国王？一些漫画中，威武的吉里安诺大摇大摆地走进广场，而那些宪兵则躲在蒙特莱普雷的一条巷子里。

当然，蒙特莱普雷的那个上士能做的事情只有一件，每天晚上他都派人上街巡逻。兵营的人数已经增加到一百，但每个夜晚，他的兵营都处于戒备状态，在山区通往小镇的各个路口增哨加岗，防止吉里安诺进行突然袭击。

有一次他派宪兵进山，吉里安诺和他手下的五个头领——皮肖塔、泰拉诺瓦、帕萨藤珀、西尔韦斯特罗和安多里尼——各率领一支五十人的队伍，对他们进行了伏击。吉里安诺毫不留情，打死了六名宪兵。在机枪和步枪的火力面前，其他的宪兵小分队纷纷逃命。

罗马当局大为震怒，但是，吉里安诺这种胆大妄为正是他们可以加以利用的，唐·克罗切要是能让这个黑不溜秋的司法部长相信这一点就好了。

“相信我，”唐·克罗切对特雷扎部长说，“吉里安诺可以为我们所用，我会劝他对西西里的社会党和共产党宣战，他会去袭击他们的总部，压制他们的组织者。他能在军事上助我一臂之力，我和我的朋友们必须做一些不能公开去做的必要的事情。”

特雷扎部长似乎并未对他的建议感到惊讶，不过他盛气凌人地说：“吉里安诺已经是这个国家的丑闻，一个全世界都知道的丑闻。在我的办公桌上有一份陆军参谋长调遣部队镇压他的行动计划。他们悬赏一千万里拉要他的人头，一千名宪兵已经接到通知，准备进入西西里增援现有的宪兵。可是你却要我保护他？我亲爱的唐·克罗切，我希望你能帮助我们抓住他，就像对付其他土匪一样。吉里安诺是意大利的耻辱，大家都认为他应该被除掉。”

唐·克罗切呷了一口咖啡，然后用手指捋了捋胡须。对这个罗马的伪君子，他已经有点不耐烦了。他慢条斯理地摇摇头。“让图里·吉里安诺活着，继续做他的英雄和好事对我们更有价值。西西里的民众非常崇拜他，他们为他的灵魂和安全祈祷。在我那个岛上，没有人会背叛他。他比其他土匪高明得多。我在他的营地安插了间谍，但是他的人格力量如此强大，我都不知道我的人是否忠诚于我。你说的吉里安诺实际上是这样一个人，他能够激发所有人对他的爱戴。如果你派出上千名宪兵和你自己的部队，但是他们失败了——他们曾经失败过——那时候该怎么办？我跟你说吧，如果吉里安诺决定在下一次选举中帮助左翼政党，你将失去西西里，这就意味着你们的党将失去意大利，这一点你肯定也很清楚。”他停顿了好一会儿，目不转睛地看着部长，“你必须和吉里安诺达成妥协。”

“那么要怎样才能达成呢？”特雷扎彬彬有礼地问道。唐·克罗切讨厌他礼貌但傲慢的微笑，虽然这个人是在西西里出生的，但这却是罗马式的微笑。部长继续说道，“我听到可靠的消息，吉里安诺压根儿就不喜欢你。”

唐·克罗切耸了耸肩。“这三年要是他一直怀恨在心，他就不可能活到今天。我和他有联系。赫克特·阿多尼斯博士就是我的人，他是吉里安诺的教父和最信赖的朋友，他将作为我的联系人和吉里安诺进行和解，但是你必须作出实际的保证。”

部长讥讽地说：“我写信给这个我很想抓住的这土匪，告诉他我很欣赏他，然后签上我的大名，你觉得怎么样？”

唐·克罗切最厉害的地方就是不理会别人对他的侮辱和不恭，但是他会把它牢记在心里。他的回答很简单，表情没什么变化。

“不，”他说，“我只要一份陆军参谋长对付吉里安诺的行动计划副本，还有你派一千名宪兵增援西西里岛的命令的副本。我要把它们拿给吉里安诺看，告诉他如果他帮助我们教育西西里的选民，你就承诺不执行这两项命令。这在今后也不会牵连到你——你可以说有个副本被人偷了。我也会对吉里安诺作出承诺：如果基督教民主党赢得下次大选，他就会得到赦免。”

“啊，这不行，”特雷扎部长说，“赦免不在我的职权范围之内。”

“作个承诺并不超出你的职权范围，”唐·克罗切说，“能做到那最好，如果你觉得不可能，我也只能把这个坏消息转告他。”

部长明白了，唐·克罗切在向他暗示他最终还是要除掉吉里安诺的，他们两人不可能在西西里并存，在这些事情上唐·克罗切会承担一切责任，部长不必为这个问题而劳神，作出一些承诺当然没有问题，他只要把两个军事行动的计划副本给唐·克罗切就行了。

部长在仔细斟酌自己的决定。唐·克罗切低下大脑袋轻声说：“如果赦免还是有可能的，那我坚持能够赦免他。”

部长在房间里大步来回走动，考虑可能出现的各种复杂情况。唐·克罗切则正襟危坐，目不旁视。部长说：“我以我的名义承诺赦免他，但是你要知道这个问题现在很棘手。这个丑闻非同一般。如果报纸知道我们两个人见了面，他们会活剥了我，那我就只好回西西里的农场去铲大粪、剪羊毛了。有必要真的给他这两份计划的副本吗？”

“如果不给，那就什么事也办不成。”唐·克罗切说。他的男高音就像一个歌手那样高亢嘹亮，令人心悦诚服，“吉里安诺需要我们两人是朋友的证据，他得到好处才肯为我们服务。我把这些计划给他看，并保证这些计划将不再执行，他可以像以前一样自由行动，不必和军队以及更多的警察作战。我能拿到这些计划就证明了我和你的关系，而这些计划没有实施，就证明了我对罗马的影响力。”

特雷扎部长又给唐·克罗切倒了一杯浓咖啡。“我同意，”他说道，“我相信我们的友谊。不过我担心你的安全，小心为上策。如果吉里安诺做了我们要他做的事情但却得不到赦免，那他肯定会找到你的头上。”

唐·克罗切只点头，没说话。他又呷了口咖啡。部长盯着他，接着说：“在这样的小地方，你们两个人难以共存。”

克罗切微微一笑。“我会给他腾地方，”他说道，“有的是时间嘛。”

“很好，很好，”特雷扎部长说，“要知道，如果我能确保民主党在下次大选中赢得西西里的选票，如果我能够解决吉里安诺的问题，给政府脸上增光，那么我未来的地位会有多高谁都说不准，不过无论有了多高的地位，我也绝对不会忘记你，我亲爱的朋友，我会一直欢迎你的意见的。”

唐·克罗切的庞大身躯在椅子上动了动。他心下思忖：让这个橄榄脑袋的西西里人当意大利总理是否真的值得。不过这个人的愚蠢正好可以为黑手党所用。如果他有二心，除掉他也不难。唐·克罗切以他那特有的诚恳语气说：“我感谢你的友情，我会尽一切努力帮助你的仕途。我们就这么说定了。我明天下午回巴勒莫，如果你能在明天上午把计划副本和其他文件送到我的宾馆，我将不胜感激。至于吉里安诺，如果他完成任务之后你还没有替他争取到赦免，我就安排让他消失。也许让他去美国或者其他不会再给你造成麻烦的国家。”

两人就此道别。特雷扎是西西里人，他相信社会。唐·克罗切则认为罗马的政府和法律是魔鬼用来奴役他的手段。他相信自由，一种属于他自己的自由，这种自由不是任何势力的恩赐，而是源自他从西西里同胞们那里赢得的尊重。他心想，不幸的是，命运把他与图里·吉里安诺对立起来了。吉里安诺最合他的心意，而不是眼前这个虚伪混账的部长。

唐·克罗切回到巴勒莫之后，就派人去请赫克特·阿多尼斯。他把与特雷扎见面的事以及他们达成的协议告诉了阿多尼斯。接着他把政府准备对吉里安诺采取军事行动的计划副本拿给他看。这个小个头显得很沮丧，而这也正是唐·克罗切所希望看到的。

“部长答应我，他不会同意这些计划，也绝不会执行，”唐·克罗切说，“可是你的教子必须尽其所能来影响下一次大选。他必须坚定、强硬，不要那样为穷人担心。他必须考虑自己的命运。他必须明白，和罗马、和司法部长结盟是一次机会。所有的宪兵、警察和法官都归特雷扎管。有朝一日他也许会成为意大利总理。如果是这样，图里·吉里安诺就可以回到家人的怀抱，也许可以在政界谋一个很好的出路。西西里人民爱戴他。但是目前他必须宽宏大量，捐弃前嫌。我希望你能够对他产生影响。”

赫克特·阿多尼斯说：“但是他怎么会相信罗马的承诺呢？图里一直是在为穷人而战斗。他不会做任何对穷人不利的事情。”

唐·克罗切毫不客气地说："吉里安诺肯定不是个共产党。你安排我和他见一次面，我来说服他。我们是西西里最有影响力的两个人。我们为什么不能联手呢？他以前拒绝过我，但是现在时过境迁了。这样做不但是解救我们，也是解救他自己。共产党人会铲除我们，而且对两者都不会手软。一个共产党国家容不得吉里安诺这样的人物存在，也容不得像我这样的坏蛋。我希望和他会面，地点由他定。告诉他，我担保政府作出的承诺。如果基督教民主党赢得下一次大选，他的赦免问题就包在我身上。我以自己的性命和荣誉担保。"

赫克特·阿多尼斯听明白了。如果特雷扎部长背信弃义，唐·克罗切愿意冒险承担吉里安诺的报复。

"我能不能把这些计划拿去让吉里安诺看看？"阿多尼斯问道。

唐·克罗切考虑了一下。他知道如果交给他带去，这些计划就永远拿不回来了，今后它们将成为吉里安诺的强大武器。他对赫克特·阿多尼斯微微一笑。"我亲爱的教授，"他说道，"你当然可以把它们带去。"

图里·吉里安诺在等赫克特·阿多尼斯，同时也在考虑对策。他知道大选和左翼政党的胜利会迫使唐·克罗切来求助于他。

过去四年里，吉里安诺控制着西西里的一角，他给那里的穷人发放了数不清的里拉和粮食，但是只有夺取某种权力，他才能真正帮助他们。

阿多尼斯给他带去的经济学和政治学方面的书使他感到困惑。历史的进程表明，只有左翼政党才是穷人的希望，但在美国是个例外。尽管如此，他也不愿意与他们为伍，他们反对宗教，嘲笑西西里人中世纪式的家族纽带。他知道，为了把他从大山里赶出来，社会党政府会比基督教民主党政府更起劲。

此刻已是夜里。吉里安诺看着他的队伍在山上燃起的点点篝火。他从峭壁上俯瞰蒙特莱普雷，偶尔可以听见村里广场上的喇叭中飘来的音乐声，那是巴勒莫播放的音乐。他可以看见小镇的灯光，它们构成了近乎圆环的几何图案。他在想，阿多尼斯来后，他们先谈正事，然后他就陪教父下山，顺便去看看她的父母和拉韦内拉。这样做他并不害怕。经过三年时间，这一地区的动向都在他的完全控制之下。镇上的宪兵小分队也在他的监控之下，如果他们胆敢靠近他母亲的住房，他会率领足够的人马去消灭他们。现在贝拉大街上就有他的武装支持者。

阿多尼斯一到，图里·吉里安诺把他领进一个放了一张桌子和几把椅子的大山洞。洞里点着几盏美国的军用干电池灯。阿多尼斯拥抱他之后，递给他一小包书，图里非常感激地把书收下。阿多尼斯还给了他一只装着文件的公文包。“我想你会感兴趣的，你应该现在就看一看。”

吉里安诺把文件摊在木桌上。这些文件包括由特雷扎部长签发的从大陆增派一千名宪兵到西西里与吉里安诺匪帮作战的命令。还有陆军参谋总长制订的作战计划。吉里安诺饶有兴趣地看起来。他并不害怕；他只是需要再往深山里去一点就行了。不过这个预警来得很及时。

“这些是谁给你的？”他问阿多尼斯。

“唐·克罗切，”阿多尼斯回答说，“是特雷扎亲自给他的。”这样的消息本应使图里感到惊讶，可是他似乎没有这样的感觉。实际上他只是微微一笑。

“这是威胁吗？”吉里安诺问，“这里的大山深得很。他们派来的人都会被大山所吞没，而我则会在一棵树下吹着口哨慢慢入眠。”

“唐·克罗切想和你见个面。你说在哪里见，他就到哪里，”阿多尼斯说，“这些计划是他用来表示诚意的。他想提个建议。”

图里说：“你呢？我的教父，你也建议我们见面吗？”他密切地注视着阿多尼斯的反应。

“是的。”阿多尼斯的回答直截了当。

图里·吉里安诺点点头。“那么我们就到蒙特莱普雷，在你家里见面吧。你能肯定唐·克罗切会冒这个风险？”

阿多尼斯认真地说：“他为什么不呢？我会对他说保证他的安全。我也要你向我保证，你是一诺千金的，我最相信你。”

吉里安诺双手握着赫克特的手。“我向你保证，”他说道，“谢谢你带来的这些计划，也谢谢你带来的这些书。今天晚上你可不可以给我讲解其中的一本，然后再回去？”

“当然可以。”赫克特·阿多尼斯说。他用那优雅的职业嗓音解释他带来的那些书中的困难章节。吉里安诺全神贯注地听他讲解，还提了一些问题。他们就像回到了许多年之前，就像当年的老师和孩子在一起。

就在那天晚上，赫克特·阿多尼斯建议吉里安诺要保留一份证明文件，上面要记录吉里安诺的队伍所遇到的各种事情，并详细记录他与唐·克罗切以及特雷扎部长的秘密交易。这能给他提供重要的保护。

吉里安诺立刻充满热情。他心想，即使它发挥不了多少作用，即使最后丢失了，也许过了一百年，它会被别的反叛者发现。就像汉尼拔的大象遗骨被他和皮肖塔发现一样。

第十九章

这次历史性的会见发生在两天之后。在很短的时间里，蒙特莱普雷就谣传着唐·克罗切·马洛要来了，要恭恭敬敬地来见他们光荣的英雄图里·吉里安诺。谁也不知道这个秘密是如何外泄的。也许是因为吉里安诺为这次会见采取了特别的防范措施。他的巡逻队进入指定地点，封锁了通向巴勒莫的道路；将近五十个来自蒙特莱普雷的手下都回到他们的亲人那里过夜。

帕萨藤珀受命率领手下人封锁贝兰伯兵营，如果宪兵想出来巡逻，就把他们挡回去。泰拉诺瓦奉命带人控制通向海堡和特拉帕尼的公路。卡尼奥·西尔韦斯特罗下士带领五名优秀的步枪手和一挺重机枪上了房顶，他们用作伪装的是许多蒙特莱普雷人家用来晒西红柿酱的竹架。

傍晚时分，唐·克罗切乘坐的豪华型阿尔法-罗密欧旅行车停在赫克特·阿多尼斯家的房子前面。陪他一同前来的是他弟弟本杰明诺神父。两名武装保镖和司机一起待在车上。在门口恭迎他们的是赫克特·阿多尼斯。他的衣着比平常更讲究，身上穿的是伦敦裁缝量身定做的灰色西装，里面是白得耀眼的衬衫，配的是一条红黑道相间的领带。与他形成强烈反差的唐·克罗切似乎穿得比平常更随便，一条裤子裹住他肥胖的腰，使他看上去就像一只蹒跚而行的大笨鹅。他的衬衣没有领子，最上面的扣子也没有扣，一件质地厚重的黑色上衣随意地敞着，一眼就看见里面一英寸左右宽的白色背带。他脚上穿的是一双薄薄的拖鞋。

本杰明诺神父身穿修士的长袍，头上戴的还是那顶黑色的、圆形平底锅似的帽子。他进门之前先在胸前画了个十字，低声为这幢房子祈福。

赫克特·阿多尼斯这幢房子是蒙特莱普雷最好的，对此他深感骄傲。房子里的家具都是法国进口的，墙上的油画是从意大利当代二流画家的作品中精挑细选后购买的。他的餐具全都是德国货。房子里的女佣是个中年意大利妇女，战前曾在英国受过这方面的培训。他们三人在客厅坐下等吉里安诺的时候，女佣给他们端来了咖啡。

唐·克罗切感到极为安全。他知道吉里安诺不会背信弃义给他教父脸上抹黑。他满心喜悦地期待着会一会这个崛起的新星，同时对这个人的过人之处作出自己的判断。吉里安诺悄然走进这幢房子，就连克罗切也感到出乎意料。石子铺就的街道上没有丝毫响动，也没有开门和关门的声音。可是吉里安诺却突然出现在通向餐厅的拱形走廊里了。他的英俊外表让唐·克罗切一愣。

大山里的生活使他的胸膛变宽，不过也使他的脸庞变窄了。虽然他的脸还是椭圆形的，但双颊凹陷，下巴变尖了。那双酷似雕像人物的眼睛呈棕黄色，带着一圈奇妙的银色，所以眼珠就像镶嵌在眼眶里似的。他的衣着也使他显得很潇洒——贴身的鼹鼠皮裤子，刚刚洗过而且熨烫得平整的衬衫。他上身穿一件赤褐色丝绒猎装，很宽松，里面背着他通常一直带在身上的冲锋手枪。虽然他已经二十四岁，但模样极其年少，看上去还像个大孩子。

公然反抗罗马政府、狡猾甚于友中友、收服凶残的安多里尼、约束帕萨藤珀的暴虐、征服四分之一的西西里、赢得全岛民众爱戴的，居然是这样一个毛头小伙子？唐·克罗切知道吉里安诺英勇过人，不过西西里有许多勇敢的人都早早地进了坟墓，他们很容易成为狡诈背叛的牺牲品。

就在唐·克罗切还在怀疑的时候，图里·吉里安诺做了一件使克罗切内心特别高兴的事，并使他觉得把这个年轻人看作盟友是正确的。吉里安诺走进来之后，直接走到唐·克罗切面前说："请允许我吻你的手。"

这是西西里农民对地位比自己高的人——神父、地主或者贵族——传统的打招呼方式。吉里安诺脸上露出愉快的笑容。不过唐·克罗切清楚地知道吉里安诺为什么要说这句话。这不是为了恭维他这位龙头老大，也不是尊重他这把年纪，而是因为克罗切把自己置身于吉里安诺的地盘，而吉里安诺是对他的信任表示尊敬。唐·克罗切慢慢地站起身，由于这一动作，他那肉嘟嘟的面颊上的颜色变深了。他把吉里安诺拥在自己的怀里。这是一个高尚的年轻人，他想表达对他的爱慕。与此同时他看见赫克特·阿多尼斯的脸上露出得意的笑容——他的教子表现得很有教养。

这时从拱形走廊中走过来的皮肖塔看见了这一幕，严肃的脸上露出了微微笑意。他也是一表人才，英俊出众，但是与吉里安诺的外貌截然不同。由于患有肺病，他的身材和面庞都很瘦。他的皮肤泛着橄榄色，脸上的骨骼显得更加突出。他的头发乌黑油亮，是经过仔细梳理的。而吉里安诺的棕色头发修剪得很短，就像戴着一顶头盔。

图里·吉里安诺料到这样打招呼会使唐·克罗切感到惊讶，不过他自己也很惊异，因为对方完全理解并且彬彬有礼地表示接受。吉里安诺打量着唐·克罗切魁梧的身躯，内心变得更加警觉。这是一个危险人物，不仅是因为他的名声，还有他强悍的样子。他那本该丑陋不堪的大块头身材，似乎散发着热量，这种能量充斥了整个房间。他开口说话的时候，从那硕大的脑袋中发出的声音具有近乎和声的魔力。他开始说服对方的时候也很吸引人，这种结合了真诚、说服力和礼仪的做法在一个做其他事都粗暴无礼的人身上显得异乎寻常。

“这些年来我一直在对你进行观察，而且这一天也是我盼望已久的。现在这一天来到了，你和我意想中的分毫不差。”

吉里安诺说：“我真的感到受宠若惊。”他在琢磨下面该怎么说，而且他知道对方希望他说什么，“我一直希望我们能成为朋友。”

唐·克罗切点点头，开始解释他和特雷扎部长达成的协议。如果吉里安诺帮助“教育”西西里民众在下次大选中正确投票，那么就能找到一个赦免他的途径。吉里安诺可以回到自己家中当一名普通老百姓，不再做土匪。特雷扎部长把进攻吉里安诺的作战计划交给他，这本身就证明了这项协议的真实性。克罗切把一只手举起来，强调他要说的下一个问题。“如果你同意，部长就将否决这些计划。这样就不会有军队的行动，也不会向西西里增派一千名宪兵。”

唐·克罗切看出吉里安诺在全神贯注地听，但对这一切似乎并不感到惊讶。他继续说下去：“西西里的每个人都知道你关心穷人的疾苦。有人也许认为你会支持左翼政党。但是我听说你信仰上帝，因为你毕竟是个西西里人。谁不知道你对母亲的一片孝心？难道你真的希望共产党人治理意大利吗？那样一来教会怎么办，家族怎么办？参加过战争的意大利和西西里的年轻人都受到外国信仰的影响，可是那样的政治说教在西西里是没有市场的。西西里人能找到一条自己的道路，争取更好的命运。你真的希望有一个不允许公民有叛逆意识的强权国家吗？一个左翼政府肯定会发动针对我们两个人的大规模军事行动，因为我们是西西里的真正统治者，难道不是吗？如果左翼政党赢得下一次大选，有朝一日可能会出现的情况是，俄国人来到西西里的村庄，来决定谁可以去教堂。我们的孩子们会被迫去学校学习，而学校里会教他们：摆在第一位的不是我们神圣的父母，而是国家。那样值得吗？不。现在到了每个真正的西西里人奋起对抗国家、保卫自己的家庭和荣誉的时候了。”

这时候突然出现了意想不到的干扰。皮肖塔仍然靠在拱形走廊的墙上。他冷笑着说：“也许俄国人会赦免我们。”

唐·克罗切感到一阵恼火。可是他不露声色，隐忍着对这个傲慢的小胡子的怒气。他仔细地看了看这个人。他为什么要在这种时候吸引别人的注意力呢？他为什么要让唐·克罗切来注意他呢？克罗切思忖，不知这个人能不能派上什么用场。他的直觉从来没有出过差错，他在吉里安诺最信任的这位副手身上嗅到了腐烂的臭气。这也许是因为他的肺病，也许是因为他那玩世不恭的思想。皮肖塔这个人从来不完全相信任何人，因此也不能完全被信任。唐·克罗切在脑子里反复思考了这个问题，然后才作出回答。

“什么时候有外族帮助过西西里？”他问道，“外国人什么时候公正地对待过西西里人？像你这样的年轻人，”他直截了当地对皮肖塔说，“是我们唯一的希望。聪明、勇敢、有荣誉感。一千年来，这样的人都成为了友中友，与压迫者战斗，寻求正义，这也是图里·吉里安诺现在的奋斗目标。现在是我们肩并肩地站在一起保护西西里的时候了。”

吉里安诺似乎对唐·克罗切嗓音的力量无动于衷。他故意直言不讳：“我们一直都反抗罗马政府和他们派来的统治者。他们历来是我们的敌人。可是现在你反而要求我们帮助他们、相信他们？”

唐·克罗切严肃地说：“有时候为了共同的事业，和一个敌人联手是正确的。如果基督教民主党赢得意大利的支持，他们对我们的威胁最小。因此由他们来治理国家符合我们的目标。这个道理还不简单吗？”他稍事停顿，“左翼分子绝不可能赦免你们。这一点是毋庸置疑的。他们太虚伪，太无情，根本不理解西西里人的个性。当然，穷人将得到土地，但是他们能够保住自己种植的庄稼吗？你能想象得到我们的人民在合作社干活的情景吗？老天爷呀，他们现在就因为宗教仪式中圣母玛利亚是穿白袍还是红袍的问题争执不休，互相残杀。”

他冷嘲热讽，但不乏智慧，他想让听众知道他的夸大其词并非空穴来风。

吉里安诺面带笑意地听着，唐·克罗切的出现和他的人格力量赢得了他的尊重，吉里安诺知道将来也许有必要除掉这个人，他十分抗拒这个想法，好像即使是一个想法也是对自己父亲的大逆不道，触犯了深厚的家庭情感。他必须作出决定，这是他成为逃犯之后最重要的决定。

吉里安诺轻声说：“我同意你对共产党人的看法。他们不是为了西西里人。”吉里安诺停下来。他觉得现在是让唐·克罗切屈从他的意愿的时候了，“但是，如果我为罗马人做什么肮脏事，我就必须答应给我们的人一定的好处。罗马能为我们做什么呢？”

唐·克罗切喝完了杯中的咖啡。赫克特·阿多尼斯马上站起来替他倒，但是克罗切挥手把他挡住，接着对吉里安诺说：“我们待你不薄。安多里尼把有关宪兵动向的情报告诉你，这样你们就可以密切监视他们。他们并没有采取极端的措施把你们从山上彻底清除。但是我知道这还不够。让我为你做一件使我内心感到高兴、同时也使你的父母感到高兴的事吧。你的教父就坐在我们桌边，这里还有你真正的朋友阿斯帕努·皮肖塔，现在当着他们的面我答应你：我将竭尽全力确保你得到赦免，当然还包括你们的人。”

吉里安诺决心已下，但想尽量把这些保证敲定。他说：“你说的几乎每一件事情我都同意。我热爱西西里和这里的人民，我虽然是土匪，但是相信正义。我将不遗余力地争取回到自己的家里和父母的身边。可是你怎么能确保罗马实践他们对我的承诺呢？这是问题的关键。你让我做的事很危险。我必须得到回报。”

唐·克罗切略加考虑，缓慢而认真地说：“你谨慎点是没错的。可是你手上有我让阿多尼斯教授拿来的那些计划。留着它们作为你和特雷扎部长关系的见证。我会想办法为你找到其他一些文件，这样你就可以派上用场。你给报社写信是出了名的，罗马政府肯定害怕你把文件在报上公开。最后我想说，如果你完成了任务，基督教民主党赢得大选，我保证你能得到赦免。特雷扎部长非常尊重我，他是绝对不会失信的。”

赫克特·阿多尼斯脸上露出激动与喜悦的神情。他想象得出，玛丽亚·隆巴尔多看见儿子不再是逃犯、回到家里时该有多幸福。他知道吉里安诺这样做是必要的，但是他认为吉里安诺和唐·克罗切的反共联盟也可能是这两个人真挚友谊之链上的第一个环节。

连皮肖塔也被龙头老大唐·克罗切关于政府赦免的担保所触动。但是吉里安诺却看出了唐·克罗切的保证存在着很大漏洞。他怎么才能知道这一切是不是唐·克罗切的杜撰？这些计划是不是偷来的？它们是不是早就被部长否决了？他有必要直接面见特雷扎本人。

“这我就放心了，”吉里安诺说，“你亲自担保表明你的善心，证明你是西西里人有口皆碑的‘大善人’。可是罗马政府的背信弃义是出了名的，我们都知道政客都是些什么货色。我想派一个我信任的人去当面聆听特雷扎亲口承诺，并得到他作出承诺的书面文件。”

唐·克罗切颇感吃惊。在整个会面过程中，他一直对图里·吉里安诺抱有好感。他在想如果这个年轻人是他的儿子，会是什么样的情景。啊，他们可以共同治理西西里。他在说“请允许我吻你的手”时，显得何其儒雅。唐·克罗切有生以来难得像那样高兴过。可是现在他意识到，吉里安诺没有接受他的担保，他的热情熄灭了。他知道吉里安诺那双奇特的半闭着的眼睛正盯着他，那奇特的目光中在期待更多的证明和保证。唐·克罗切·马洛一个人的保证还不够。

一阵长长的沉默。唐·克罗切在考虑应当说什么，其他人都在等待。赫克特·阿多尼斯想掩盖他对吉里安诺的失望和对克罗切的恐惧。本杰明诺神父那白白胖胖的脸露出受到侮辱的斗牛犬的神情。唐·克罗切终于开口说话，让大家松了一口气。他猜到了吉里安诺的想法和要求。

“你表示同意，这对我有利，”他对吉里安诺说，“也许我有些自鸣得意。不过还是我来帮你作决定。我首先要说的是，特雷扎部长是绝对不会把任何文件交给你的，因为那样做太危险。但是他会跟你交谈，会把他对我所作出的承诺亲口告诉你。我可以得到奥洛尔托亲王和其他支持我们事业的有影响的贵族成员的信件。我有个朋友更能使你信服——天主教会将支持对你的赦免，巴勒莫的红衣主教向我保证过。等你见过特雷扎部长之后，我将安排你与主教大人见面。他也会当面向你作出承诺。这样你不仅有了意大利司法部长的承诺，而且会有一位红衣主教的神圣承诺，这位主教说不定有一天会成为我们的教皇呢，此外还有我本人。”

克罗切说“还有我本人”这句话的语气是无法用语言来形容的。他的男高音压得很低，仿佛不敢把自己的名字和其他两个相提并论，但是这句“还有我本人”却说得铿锵有力，使人无法怀疑他的承诺的重要性。

吉里安诺笑起来。“我可不能去罗马。”

唐·克罗切说：“那就派一个你绝对信得过的人去。我亲自带他去见特雷扎部长。然后我再带他去见红衣主教。神圣教会的红衣主教的话你是肯定会相信的吧？”

吉里安诺目不转睛地看着唐·克罗切。他的大脑开始发出报警信号。这个龙头老大为什么如此急于要帮助他呢？当然了，他知道哪怕有一千个主教和部长作出了承诺，他也不能亲自去罗马，他绝对不会去冒这个险。那么唐·克罗切希望他派谁做他的使者呢？

“我最信任的人莫过于我的副手了，”他对克罗切说，“你就带阿斯帕努·皮肖塔去罗马，然后再带他去巴勒莫。他喜欢大城市，而且如果他向主教做了忏悔，他的罪也许就会得到宽恕。”

唐·克罗切向后靠回椅子上，并打手势让赫克特·阿多尼斯替他往杯子里续点咖啡。这是他惯用的手法，以此来掩饰自己心满意足和胜利的感觉，好像刚才的事情非常无聊，还不如坐下来喝杯咖啡。可是土匪吉里安诺是一个了不起的游击战士，他的直觉可以解读一个人的动作和想法。他立即感觉到了对方这时满意的心情。唐·克罗切实现了一个非常重要的目标。他万万没有想到的是，唐·克罗切非常希望能够有时间单独和阿斯帕努·皮肖塔在一起。

两天之后，皮肖塔和唐·克罗切一起前往巴勒莫和罗马。唐·克罗切对待他就像对待皇室成员一样。而且皮肖塔的脸型确实很像波吉亚家族的将军恺撒[1]。轮廓分明的面庞、两撇小胡子、亚裔人灰黄发暗的皮肤、一双凶残傲慢的眼睛，虽然炯炯有神，但却以傲慢、怀疑的态度看待世间的一切。

在巴勒莫，他们住在唐·克罗切的尤姆波尔托饭店，皮肖塔受

---

1 Cesare Borgia（1475—1507），教皇亚历山大六世的私生子，瓦伦蒂努瓦公爵，靠野心、强权和阴谋征服了意大利的许多属地。

到极高的礼遇。为了去罗马会见司法部长，他还买了新衣服。他和唐·克罗切一起在一些高档饭店用餐。接着巴勒莫红衣主教接见了皮肖塔和克罗切。

虽然皮肖塔来自西西里的一个小镇，在天主教的熏陶中长大，但是红衣教主、堂皇的主教宫殿和普罗大众对神权的谄媚并没有让皮肖塔产生敬畏之感。当唐·克罗切吻红衣主教手上的戒指时，皮肖塔以自豪的目光注视着主教。

主教的个子很高，头戴红色贝雷帽，身穿配饰带的大红披风。他的脸很粗糙，还有麻子。尽管唐·克罗切说他可能当教皇，实际他大概连一张选票也得不着，不过他是个老于世故、善于权术的人，一个地地道道的西西里人。

开始总免不了一番寒暄客套。主教一本正经地询问皮肖塔的宗教信仰。他提醒皮肖塔说，一个人在世上无论犯过什么罪，都不要忘记，只要他是个真正的基督教徒，永恒的宽恕就会等着他。

主教向皮肖塔保证了宗教赦免，然后开始切入正题。他对皮肖塔说，西西里的圣教会正处于生死存亡的危急关头。如果共产党人赢得全国大选，谁知道将来会发生什么？宏伟的大教堂将被焚烧一空，然后被改造成机床厂。圣母玛利亚的雕像、耶稣的十字架、所有圣徒的画像都会被扔进地中海。修士们会遭到杀害，修女们会遭到强奸。

听见最后这句话，皮肖塔微微一笑。无论共产党人多么疯狂，哪个西西里人会想到去强奸修女？主教看见了他的微笑。在下次大选之前，如果吉里安诺愿意帮助镇压共产党的宣传，那么他红衣主教本人将在复活节当天亲自布道，赞颂吉里安诺的功德，并请求罗马政府对他网开一面。他们在罗马与部长见面的时候，唐·克罗切可以把这些话转告给部长。

说完这些话之后，红衣主教结束了这次会面并为阿斯帕努·皮肖塔祝福。在离开之前，皮肖塔请求主教给他写一张见面的证明，好让他拿回去交给吉里安诺。主教答应了这一请求。唐·克罗切对这位圣教会主教的白痴行为感到震惊，不过他没有吱声。

在罗马的会见更对皮肖塔的胃口。特雷扎部长没有像红衣主教那样假惺惺地关心世人的宗教世界。他毕竟是司法部部长，而皮肖塔只不过是土匪派来的使者。他向皮肖塔解释说，如果基督教民主党在大选中失败，共产党人将会采取特别措施消灭西西里残存的土匪。诚然，宪兵现在仍然对吉里安诺采取一些军事行动，但那也是例行公事。表面文章还是要做的，否则那些激进的报纸会把天都吵翻了。

皮肖塔打断他说："阁下是不是在告诉我，你们的党绝不可能给吉里安诺以大赦？"

"这比较困难，"特雷扎部长说，"但也不是没有可能。如果吉里安诺帮助我们赢得大选，如果他在一段时间里偃旗息鼓，不再搞绑架和抢劫，恢复自己的名誉，那他也许可以移民到美国待一段时间，得到大家的原谅之后再回来。但是，如果我们赢得大选，有一件事情我是可以保证的。我们不会动真格地去抓他。如果他希望移居美国，我们不会阻止他，也不会劝说美国当局把他引渡回国。"他停顿了一下，"我会尽力劝说意大利总统赦免他。"

皮肖塔依然带着几分笑意说："但是如果我们变成了模范公民，吉里安诺和他手下的人，还有他们的家属吃什么？政府能不能想办法给我们一点补贴？毕竟，我们干的是人所不齿的勾当。”

司法部长见这个土匪竟敢开口向政府要钱，不禁勃然大怒。就在他正要发作的时候，刚才还像个休眠的爬行动物、闭目静听的唐·克罗切，赶紧出来打圆场。

“这是句玩笑话，阁下，”唐·克罗切说，“他还年轻，第一次离开西西里，不懂外部世界严格的规矩。他们的养家问题一点儿也不用你操心。我会亲自与吉里安诺作出安排。”他瞪了皮肖塔一眼，示意他不要再说了。

部长脸上立即浮现出笑容，对皮肖塔说：“唔，我很高兴地看出西西里的年轻人没有变。我以前也这样。我们从不害怕索要我们应得的东西。也许你会喜欢比承诺更加实在的东西。”他把手伸进办公桌，拿出一张红边的薄卡。他把卡扔给皮肖塔说，“这是一张由我亲自签发的特别通行证。你可以在意大利或者西西里自由通行，不会有宪兵找你的麻烦。其价值不亚于跟它等重的黄金。”

皮肖塔鞠了个躬表示感谢，然后把通行证放进上衣口袋贴近胸口的地方。在他们来罗马的途中，他看见唐·克罗切用过这样的通行证。他知道自己得到一样很有价值的东西。但是他又想：如果他带着这张卡被抓住会怎么样？那就会成为震惊全国的丑闻。吉里安诺的二把手持有司法部长签发的特别通行证？这算怎么回事？他迅速开动脑筋想解决这个难题，可是他找不到任何答案。

送这样重要的证件作为礼物表明了部长的诚意和善意。唐·克罗切一路上的盛情款待令人愉快。可是这些都没有能使皮肖塔完全放心。他在离开之前请特雷扎出具一张便条，他可以向吉里安诺交差，证明确实有这样一次会见，但遭到了特雷扎的拒绝。

皮肖塔回到山里之后，吉里安诺问他问得很仔细，让他重复他能记得的每一句话。皮肖塔把红边通行证拿给他看，同时说出自己心中的疑惑：为什么把这样的东西给他？部长签署这样的证件要冒怎样的风险？吉里安诺拍了拍他的肩膀。“你是个真正的兄弟，”他说，“你比我还多疑。可是你对我的忠诚使你没有能够看出最明显的问题。唐·克罗切肯定跟他说过要给你一张通行证。他们希望你专程去罗马，成为他们的情报员。”

“这个狗娘养的，”皮肖塔怒不可遏地说，“我会拿这张通行证回去割断他的喉咙。”

“不，”吉里安诺说，“留着这张通行证。它会对我们有用的。还有一件事。这个签名看起来像是特雷扎的，但它肯定不是。是伪造的。在必要的时候，他们会不承认这张通行证的合法性。假如它还符合他们的目的，他们肯定会说它是记录在案的，还会拿出登记来说明它是由特雷扎签发的。如果他们说这是伪造的，他们就会把记录销毁。”

皮肖塔悟出了其中的道理。他觉得他对吉里安诺要越发另眼相看了，因为吉里安诺不仅坦率、正直，而能够看透敌人的阴谋。他意识到吉里安诺浪漫主义的根基是偏执狂的出色的洞察力。

“那我们怎样才能相信他们会兑现对我们的承诺？”皮肖塔说，“我们为什么要帮助他们？我们可不是搞政治的。”

吉里安诺陷入沉思。阿斯帕努总是愤世嫉俗，而且有些贪婪。他们为分赃的问题争吵过，皮肖塔极力主张他们手下的成员要多分一点。

“我们别无选择，”吉里安诺说，“如果共产党人控制了政府，他们绝对不会对我们实行大赦。目前，基督教民主党、特雷扎部长、巴勒莫的红衣主教，当然还有唐·克罗切，必须是我们的朋友和战友。我们必须挫败共产党人，这是首当其冲的事。我们要和唐·克罗切会面来解决这个问题。”他顿了顿，拍拍皮肖塔的肩膀，“你让红衣主教写了条子，这干得很好。这张通行证将来也有用。”

但是皮肖塔并没有心悦诚服。“我们替他们干那种勾当，”他说，“然后让我们像叫花子一样乞求，等待他们的赦免。对他们我是一个也不相信——他们跟我们说话的时候，把我们当成傻乎乎的女孩儿，如果我们同意和他们上床，他们就把世界许诺给我们。我说我们要为自己而战斗，把我们得来的钱留着，不要分给穷人。我们可以变得很富有，到美国或者巴西过国王一样的生活。这就是我们的解决办法，那样我们也就没有必要指望这些达官显贵了。”

吉里安诺决定把自己的想法如实相告。“阿斯帕努，”他说，“我们必须把赌注压在基督教民主党和唐·克罗切身上。如果我们赢了并且获得赦免，西西里人民将选举我们来领导他们。我们就将赢得一切。”吉里安诺停下来，朝皮肖塔笑了笑，“如果他们愚弄我们，我们也不会怎么样。我们能有多大的损失呢？现在，你仔细听我说。你我二人的想法是一样的。我们最终的敌人是友中友和唐·克罗切。”

皮肖塔耸耸肩。“我们正在犯一个错误。”他说道。

虽然吉里安诺面带微笑，但却在认真思考。他知道皮肖塔喜欢这种流亡的生活。这非常适合他的个性，虽然他非常机敏狡猾，但是缺乏想象力。他不可能高瞻远瞩，看不清当土匪的必然下场正等着他们。

那天夜里晚些时候，阿斯帕努·皮肖塔坐在悬崖边上，点燃一支香烟。可是他感到胸口一阵剧痛，于是把烟掐灭，把半截烟放进自己的口袋。他知道自己的肺结核越来越严重，但是他也知道如果他能在大山里多待上几个星期，他会感觉好些。有一件事使他感到担心，但是他没有告诉吉里安诺。

在去见特雷扎部长和红衣主教的途中，唐·克罗切一直陪着他。每天晚上他们都在一起用餐，唐·克罗切跟他谈了西西里的未来和将要面临的麻烦。过了一段时间，皮肖塔才意识到唐·克罗切是想博得他的好感，想争取他对友中友的好感，巧妙地试图让他相信，唐·克罗切能够给他一个更好的未来。皮肖塔明白对方的用意，但他却丝毫不露声色。不过他对唐·克罗切的好意不太放心。除了图里·吉里安诺之外，他还从来没有害怕过任何人。唐·克罗切一生都在努力获取别人的“尊敬”，因为这是黑手党首领的象征，他使皮肖塔心生恐惧。他担心的唐比他们都要狡猾，而且会出卖他们，有朝一日他们将会死无葬身之地。

第二十章

1948年4月，西西里立法机构的选举对罗马的基督教民主党无异于一场大灾难。由共产党和社会党所组成的左翼政党“人民联盟”获得六十万张选票，而基督教民主党才获得三十三万张选票。其余五十万张选票由保皇党和另外两个小政党所拥有。罗马陷入一片恐慌。在大选之前必须采取极端手段，否则，西西里这个最落后的地区就会在意大利走向社会主义的进程中起到决定性的作用。

在最初几个月，吉里安诺遵守与罗马达成的协议。他撕下反对党的所有招贴广告，袭击左翼组织的总部，冲击他们在柯里昂、蒙特莱普雷、海堡、帕尔蒂尼科、皮亚尼-德格雷西、圣朱塞佩-亚托以及蒙雷阿莱市的集会。他手下的土匪在这些市镇张贴布告，上面用大黑字写着“处死共产党”。他还纵火焚烧了社会主义工人组织的几处公用房屋。但是他的活动开始得太晚，没有能影响地方的选举，不过他不愿意使用暗杀这种极端恐怖的手段。在唐·克罗切、特雷扎部长、巴勒莫的红衣主教和图里·吉里安诺之间有信件往来。他们对吉里安诺的行动不甚满意，敦促吉里安诺把行动升级，以逆转全国大选的局势。吉里安诺把这些信件全都作为证据留了下来。

善用心机的唐·克罗切认为有必要搞一些大动作。他让斯特凡·安多里尼给吉里安诺送去一封信。

西西里岛最左倾叛逆的两个镇是皮亚尼-德格雷西和圣朱塞佩-亚托。多年来，即使在墨索里尼统治时期，他们也把五一节作为革命节日来庆祝。由于5月1日也是圣罗沙利节，他们可以利用宗教庆典作为掩护来搞庆祝，因为法西斯不禁止宗教活动。可是现在，他们在五一节游行活动中公开打出红旗，进行煽动性演说。一个星期之后的五一节活动将是有史以来规模最大的。按照以往的惯例，这两个镇将联合进行庆祝活动，来自西西里各地的代表会带着家人前来庆祝他们最近的胜利。共产党参议员、著名的激情演说家洛考西将发表重要讲演。这是左派为他们在近期选举中取得的胜利而举行的一次正式的庆祝。

唐·克罗切的计划是让吉里安诺袭击并且阻止这场活动。他们要用机关枪朝人群头顶上方开枪，目的是把他们驱散。这是恫吓行动的第一步，是一次家长式的警告，是一种温柔的告诫。共产党参议员洛考西得要明白，当选国会议员并不代表西西里欢迎他，也不代表他能成为圣人。吉里安诺同意这项计划，下令他的头领皮肖塔、泰拉诺瓦、帕萨藤珀、西尔韦斯特罗和斯特凡·安多里尼做好动手的准备。

在过去三年中，庆祝活动都在皮亚尼-德格雷西和圣朱塞佩-亚托之间、以皮祖塔山峰和库梅塔山峰为屏障的一块平地上举行。有两条崎岖的山路在接近山顶处会合。两个镇的人沿山路朝那块台地行进，在此处汇成一股，穿过一个狭窄的通道进入那片平地，然后分散开来搞他们的庆祝活动。这个狭窄的通道叫吉里斯特拉山口。

皮亚尼-德格雷西和圣朱塞佩-亚托的村庄都很穷，人们的房屋经年历久，农作方式非常原始。他们都信奉古训，要本分做人；妇女要保持名节，在户外要侧身而坐。可是西西里岛上最有叛逆精神的人都出自这两个地方。

这两个地方的村庄很古老，大部分房子是石头砌的，有些连窗户都没有，只有带圆铁片的小出气孔。许多人家都把动物养在自己的房间里。镇上面包师的山羊和羊羔就挤在烤炉四周，如果有一块刚烤出的面包掉在地上，通常都会掉在一堆羊粪上。

村上的男人都到有钱的地主家当雇工，每天挣一块钱，有时候挣得还要少，连养家糊口都不够。那些被称作“黑乌鸦”的修女或修士带着一包包通心面和救济衣物来的时候，村民们都要起誓：把选票投给基督教民主党。

可是在1948年4月的地区性选举中，他们却背弃诺言，以一边倒的态势把选票投给了共产党和社会党。唐·克罗切原以为那些地区都在当地黑手党首领的控制之下，出现这种情况使他极为恼火。他公开地说，那里的人对基督教会的不尊重使他感到难过。那些虔诚的西西里人怎么能欺骗那些从事基督教慈善事业、把面包放进他们孩子嘴里的修女呢?

巴勒莫的红衣主教也异常恼火。他曾经专程到这两个地方去做过弥撒，并告诫他们不要把选票投给共产党。他不仅为他们的孩子祈福，甚至还为他们洗礼，可是他们还是背弃了教会。他把这两个地方的神父召到巴勒莫，告诫他们必须为全国大选再努一把力，这不仅符合教会的政治利益，而且能够拯救许多无知的人，使他们的灵魂免下地狱。

特雷扎部长没有感到特别意外。他是西西里人，了解这个岛的历史。这两个镇子的人都是反对西西里富人和罗马专制的高傲勇士。他们率先加入加里波第的红衫军之前就反抗过法兰西人和摩尔人对该岛的统治。皮亚尼-德格雷西的村民是躲避土耳其入侵者而逃亡到西西里的希腊人后裔。这些人依然保留着希腊人的风俗习惯，说希腊语，而且每逢希腊人的节日就穿上古人的服装表示庆祝。但皮亚尼-德格雷西是黑手党的据点，一直是个孳生叛乱的地方。因此特雷扎部长对唐·克罗切的表现非常失望，他没能够教育好他的臣民。但是他也知道操控那两个村镇及其周围乡村选举的是同一个人——社会党的组织者西尔韦奥·费拉。

在第二次世界大战中，西尔韦奥·费拉在意大利军队中服役并立过许多战功，在非洲战役中被授予勋章，后来他被美国军队俘虏，关押在美国的一座战俘营。他在狱中参加了专门为囚犯设计的课程，学习了民主的进程。开始他不太相信他们，后来他们允许他到当地小镇的一家面包房干活，他才真的变了。他非常惊讶地发现美国生活非常自由，努力工作很容易就能得到永久的繁荣，而且下层阶级在不断向上奋斗。在西西里，一个干苦力的农民只希望为自己的孩子提供吃住而已，对未来不可能有什么奢望。

被遣返回到故乡西西里之后，西尔韦奥·费拉狂热地鼓吹美国。他很快发现基督教民主党是富人的工具，于是参加了巴勒莫的社会主义工人学习小组。他渴求知识，酷爱读书，很快吸收了马克思和恩格斯的所有理论，随后就参加了社会党。他被分配到圣朱塞佩-亚托去组建党的俱乐部。

在四年的时间里，他做了意大利北方的煽动者做不到的事。他把红色革命和社会主义翻译成了西西里方言。他使人们深信选举社会党就意味着得到一块土地。他鼓吹说应当瓜分贵族的大庄园，因为贵族并不耕种这些土地。这些土地可以长出小麦喂饱他们的孩子。他劝说他们相信，社会党政府能够消灭西西里社会的腐败现象。不需要为了特殊关照而贿赂官员，不需要给神父送两个鸡蛋来让他帮忙读一封来自美国的信，也不必给镇上的邮差一个里拉确保信能送到。男人们不必再为了一点微薄的工钱廉价出卖自己的劳动力，到公爵和伯爵的土地上干活。不会再有连肚子都填不饱的工资，政府官员将成为人民的公仆，就像在美国一样。西尔韦奥·费拉引经据典来表明官方的天主教提出的是低劣的资本主义，但是他从来没有攻击过圣母玛利亚和值得赞颂的各位圣徒，也没有攻击过对耶稣的信仰。复活节的早晨，在跟邻居打招呼的时候，他使用的是传统的“基督复活了”。星期天早晨他都要去参加弥撒。他对妻子和孩子都是严格按照西西里的方式进行管教，因为他相信所有老的价值观念，认为儿子要绝对孝顺自己的母亲，敬重自己的父亲，并有责任关照最远房的平辈亲戚。

圣朱塞佩-亚托的黑手党老大警告他别走得太远了，对此他只是付之一笑，并豪放地说将来他会欢迎他们的友情，当然他内心很清楚，将来最后一场最艰巨的战斗将是对付黑手党。唐·克罗切几次派专人去找他，想和他达成妥协，都被他打发走了。由于他在战争中以勇敢闻名，由于他得到村里百姓的尊敬，此外他还表明会审慎地与黑手党打交道，所以唐·克罗切决定耐心等待，尤其是在他觉得大选已经胜券在握的情况下。

更重要的是，西尔韦奥·费拉对他的同胞们充满了同情，这种品质的人在西西里的农民中是罕见的。如果他的邻居病了，他就给这家人送去吃的；对生病的孀居老人，他会帮助她们做些力所能及的小事；对那些艰苦谋生、对前途不寒而栗的人，他总是予以鼓励。他宣称社会党会带来新的希望。他用南方的语言进行政治演说时，西西里人特别爱听。他并没有解释马克思的经济学理论，但却充满激情地说，要向那些压迫农民几百年的人讨还欠债。“就像面包对我们来说是甜的一样，”他说道，“我们的血对那些吸吮它的人来说也是甜的。”

西尔韦奥·费拉组织了一个劳动者合作社，吸纳那些不愿到劳务市场去拍卖劳力的人，因为只有接受最低工资的人才能在那里找到工作。他规定了日固定工资，每到收获季节，贵族们都被迫接受这个条件，否则就只好看着自己的橄榄、葡萄和谷物烂掉。这样，西尔韦奥·费拉就成了知名人物。

西尔韦奥·费拉之所以安然无恙，是因为他受到图里·吉里安诺的保护。这也是唐·克罗切没有贸然对他动手的原因之一。费拉出生在蒙特莱普雷。他的品行特征在青少年时期已经非常明显。图里·吉里安诺非常佩服他，不过他们并不是亲密的朋友，一来是年龄上的差距——吉里安诺比他小四岁，二来是西尔韦奥当兵打仗去了。他回来的时候是个立过战功的英雄。他遇上了一个圣朱塞佩-亚托的女孩，他们在那结婚生活。由于费拉在政治上的名气越来越响，吉里安诺就公开说费拉是他的朋友，尽管他们在政治上有很大的分歧。吉里安诺“教育”西西里选民时，下令不许对圣朱塞佩-亚托镇和西尔韦奥·费拉采取行动。

费拉听到这个消息之后，非常明智地带信给吉里安诺表示感谢，说只要吉里安诺发话，他就一定效力。信是通过费拉的父母转交的，他们和其他几个孩子还住在蒙特莱普雷。有一个孩子是个小姑娘，叫尤斯蒂娜，才十五岁。她拿着这封信到吉里安诺家，准备交给他母亲。当时正好吉里安诺回家看望父母，所以亲自收到了这封信。到了十五岁，大部分的西西里女孩都已经发育成熟。她对吉里安诺一见钟情，谁能不爱他呢？他那强健的体魄和敏捷的身姿使她着了迷，她几乎毫无顾忌地看着他。

图里·吉里安诺正和她的父母以及拉韦内拉一起喝咖啡，他问她要不要来一杯。她说不了。只有拉韦内拉注意到她非常漂亮，而且看出她内心的迷恋。吉里安诺没有认出她来，她曾经丢了钱在街上哭，是他给了她钱。吉里安诺对她说："替我谢谢你哥哥的好意，请他不要担心他的父母亲，他们会永远受到我的保护。"尤斯蒂娜很快离开了吉里安诺家的房子，飞也似的跑回自己父母那里。从那时候起，吉里安诺就成了她的梦中情人。他对她哥哥的那份关爱使她感到骄傲。

当吉里安诺同意镇压吉里斯特拉山口的庆祝活动时，他写信给西尔韦奥·费拉，友好地警告他不要参加五一节的活动。他向他保证说圣朱塞佩-亚托的村民不会受到伤害，但是如果他继续从事社会党的活动，就会有危险，那样他就爱莫能助了。他，吉里安诺，永远不会做伤害他的事，但是黑手党决心要铲除西西里的社会党，费拉肯定会成为他们的目标之一。

西尔韦奥·费拉收到信后，没把它当一回事，认为这是吉里安诺在唐·克罗切怂恿下对他进行的又一次恫吓。社会党正在胜利前进，他不会错过一次盛大的庆祝活动，庆祝他们已经取得的胜利。

1948年五一节那天，皮亚尼-德格雷西和圣朱塞佩-亚托两个小镇的居民一大早就起来，沿着山间小路朝吉里斯特拉山口那边的台地进行长距离攀登。走在队伍前面的是几支乐队，是为举行这次活动特地从巴勒莫雇请的。圣朱塞佩-亚托的人自豪地手持红旗，西尔韦奥·费拉在妻子和两个孩子的簇拥下走在这支队伍的最前面。油漆得五彩缤纷的大车装载着做饭的锅、装着面条的大木箱、盛色拉用的大木碗，拉车的马身上插着特别的红色羽毛，披着五颜六色的毛毯。还有一辆大车专门装了一坛坛的酒。另一辆车上装着大冰块，上面放着圆饼状的奶酪、大段大段的萨拉米香肠、揉好的生面团以及烤面包用的烤炉。

走在队伍中的孩子们有的在跳舞，有的在踢球。准备参加短程赛马的男人都在迫不及待地检查自己的坐骑。赛马将是下午最精彩的比赛项目。

西尔韦奥·费拉领着他们镇上的人朝吉里斯特拉山口的狭窄通道前进。皮亚尼-德格雷西镇的人们举着红旗和社会党党旗从另一条路上来和他们会合。两支队伍会合后，人们继续前进，热情洋溢地相互打招呼，谈论镇上的丑闻，合计大选胜利之后，他们能得到什么好处，他们还面临什么危险。尽管有谣言说这个五一节会有麻烦，可他们根本不怕。他们鄙视罗马当局，但他们害怕黑手党，不过他们是不会屈服的。毕竟上次选举中他们摸了这两只老虎的屁股，至今也没发生什么。

到中午时分，平地上已经聚集了三千多人。妇女们开始用小炉子烧水准备和面，孩子们在放风筝，比风筝飞得高的是西西里的小红隼鹰。共产党参议员洛考西正在温习他准备演讲的稿子；由西尔韦奥·费拉率领的一个小组正在用木头搭建主席台，他自己和两个镇上的知名人士都将坐在台上。帮助他干活的人建议他在介绍这位参议员的时候讲得简短一些，因为孩子们都饿了。

就在这时候，山上的空气中传来轻微的啪啪声。西尔韦奥·费拉心想孩子们肯定把鞭炮带上来了。他转过身来看了看。

同一天更早些时候，西西里火热的太阳还未升起，吉里安诺派出两支各有十二个人的队伍，从蒙特莱普雷的山上行进至吉里斯特拉山口。率领这两支队伍的分别是帕萨藤珀和泰拉诺瓦。每支队伍都带了一挺重机枪。帕萨藤珀带领他的人爬到库梅塔山的山坡上，然后仔细地检查了机枪掩体。他向其中四个人详细交代了如何使用机枪。其余的人携带步枪和短筒猎枪分散守在山坡上，防止任何袭击。

泰拉诺瓦和他的人占领了吉利斯特拉山口另一边的皮祖塔山坡。在这个有利地点，他们可以用武器完全控制下面光秃秃的平原和村庄，这样如果宪兵冒险离开营地，他们也能做好应对的准备。

吉里安诺的人在这两座山的山坡上进行观察。他们看见从皮亚尼–德格雷西和圣朱塞佩–亚托两个镇来的人向那个高高的台地长途攀爬。他们当中有几个人的亲戚也在那两支队伍里，但是他们并没有感到良心上的痛苦，因为吉里安诺的指示很明确：机枪子弹要从人群上方飞过，把他们驱散，让他们逃回自己的村子就行了。不能伤到任何人。

吉里安诺原来打算和他们一同前往，并亲自担任指挥，可是离五一节还有七天的时候，阿斯帕努·皮肖塔胸腔大出血。他跑上山回营地的时候，突然口吐鲜血倒在地上，整个人开始往下滚。跟在他身后的吉里安诺以为这又是表弟的恶作剧。他用脚挡住皮肖塔的身体，这时才发现他的衬衣前襟上全是血。起初他还以为阿斯帕努中了黑枪，自己没有听见枪响。他抱起皮肖塔就往山上走。皮肖塔还没有失去知觉，他不停地低声说“把我放下来，把我放下来”，吉里安诺知道这不可能是子弹打的。皮肖塔微弱的声音说明这是内出血，不是金属击穿身体造成的严重外伤。

吉里安诺把皮肖塔放在担架上，带了十个人抬着他到蒙雷阿莱去找一个医生。这个医生经常为他们治疗枪伤，也能保守秘密。医生像往常一样给克罗切汇报工作，把皮肖塔的病情也报告给了他，因为他希望被任命为巴勒莫一家医院的院长，他知道没有唐·克罗切的护佑，这个院长他是当不成的。

他把皮肖塔送进蒙雷阿莱的这家医院作进一步检查，并让吉里安诺留下来等检查结果。

“我明天早晨回来。”吉里安诺对医生说。他让四个人留在医院保护皮肖塔，然后带着其他人到一个手下的家里隐藏起来。

第二天医生告诉他皮肖塔需要一种叫链霉素的药物，这种药只有美国才能买到。吉里安诺想了想，他想让父亲和斯特凡·安多里尼给美国的唐·柯里昂写信，请他们弄一点药过来。他把这个想法告诉了医生，并问医生皮肖塔能不能出院。医生说可以，但必须卧床静养几个星期。

所以吉里斯特拉山口发生袭击事件的时候，吉里安诺正在蒙雷阿莱照顾皮肖塔，为他安排疗伤住的房子。

西尔韦奥·费拉听见鞭炮声后转身时，大脑中同时记录了三件事。第一，他看见一个惊恐万状的小男孩举着手臂。那手臂的末端不是一只抓着风筝线的手，而是一只可怕的、血淋淋的残手，那断线的风筝正飘向库梅塔山的山坡。第二，他辨别出那不是鞭炮声，而是机枪的扫射声，顿时大惊失色。第三，一匹没有骑手的高大黑马在人群中横冲直撞，它的侧面血流如注。这时费拉飞快地冲进人群，去寻找自己的妻子和孩子。

在皮祖塔山的山坡上，泰拉诺瓦从自己的望远镜中看见了这一幕。开始他以为人们是因为恐惧而卧倒在地上。接着他看见的就是中弹倒地后横七竖八、一动不动的尸体。他猛地把机枪手推开。在这挺机枪声音哑了之后，他依然可以听见库梅塔山那边传来的枪声。泰拉诺瓦心想，帕萨藤珀没看见他们的枪口放得太低了，很多人都被打死了。过了几分钟，另一挺机枪也停止了射击。吉里斯特拉山口变得死一般寂静。接着从两个山的山顶上传来人们的哭喊声以及受伤的人和垂死的人发出的惨叫声。泰拉诺瓦打手势让他的人向他靠拢，让他们拆开机枪，然后带着他们绕到山后溜之大吉。他们撤离的时候，泰拉诺瓦在考虑是不是应该回去把这个悲剧向吉里安诺报告。他害怕吉里安诺会立即把他和他带来的人处死。但是他肯定吉里安诺会给他机会进行说明，他和他的人可以对天发誓，他们的枪口是抬高的。他愿意回到总部进行汇报。他想知道帕萨藤珀会不会也想这样做。

西尔韦奥·费拉找到自己的妻子和孩子们的时候，机枪声已经停止。他的家人没有受伤，正慢慢从地上爬起来。他猛地把他们按倒，让他们趴在地上别动。过了十五分钟，他看见一个人骑着马朝皮亚尼-德格雷西奔跑，去向宪兵求救。这个人没有中弹落马，他知道袭击已经结束，这才从地上爬起来。

从吉里斯特拉山口上面那个台地上，数以千计的人哭喊着向山脚下自己的村庄跑去。躺在地上的非死即伤，他们的家人蹲在他们身边哭泣。早晨还自豪地举在他们手中的旗帜，现在被丢弃在地上，旗帜上的暗金色、亮绿色和大红色在中午的阳光下非常耀眼。西尔韦奥·费拉离开自己的家人去帮助那些受伤的人。他挡住一些正在逃离的男人，让他们运送受伤的人。他惊恐地发现死者中有许多孩子，还有一些妇女。他觉得自己已是泪水盈眶。他的导师们，那些相信政治行动的人，都错了。选民永远改变不了西西里。那都是愚蠢的昏话。为了获得自己的权利，他们必须杀人。

是赫克特·阿多尼斯把这个消息告诉了守在皮肖塔病床边的吉里安诺。吉里安诺立即返回山上的总部，留下恢复中的皮肖塔，没有人保护。

他在蒙特莱普雷的悬崖上召集了帕萨藤珀和泰拉诺瓦。

“在你们说话之前我先提醒你们，”吉里安诺劈头就说，“我一定要查出这件事情谁负责，无论需要多长时间。时间拖得越长，处罚就越厉害。如果这是一个简单的错误，那现在就坦白，我保证不会杀你们。”

帕萨藤珀和泰拉诺瓦还从未见过吉里安诺发这么大的火。在吉里安诺问话的时候，他们站得笔直，一动也不敢动。他们发誓说他们是把枪口抬高，朝人群上方开的枪。当他们看见有人被子弹打中后，就马上停止了射击。

接着吉里安诺审问了他们带去的人以及重机枪手。他把这些情况汇总在一起。泰拉诺瓦的机枪射击大约五分钟之后就停了下来。帕萨藤珀的机枪打了大约十分钟。机枪手们都发誓说他们的枪是朝着人群上方打的。他们谁都不愿承认自己可能出了差错或者以任何方式压低了枪管的角度。

吉里安诺让他们走了之后，独自一个人坐着。自打成为土匪以来，他第一次感到无地自容。他在四年多的时间里一直很自豪地说他从来没有伤害过穷人。这种说法现在已经站不住脚了。他屠杀了穷人。在内心深处，他再也不能把自己看成英雄了。接着他反复思考了各种可能性。这可能是一个错误：他的人善于使用短筒猎枪，但是却不熟悉机关枪。从上向下射击，他们有可能把角度搞错了。他相信泰拉诺瓦或帕萨藤珀跟他说的不是假话，但令人尴尬的是，不能排除这样的可能性：他们两人中有一个人或者两个人都接受了贿赂。不过，他刚听到这个消息的时候，就想到在那里进行埋伏的可能还有其他人。

但是可以肯定的是，如果这是蓄意的，那么中枪的人就不止这么多了。那就可能是一次非常可怕的大屠杀。吉里安诺心想，除非这次屠杀事件是为了败坏他的名声。在吉里斯特拉山口发动袭击，谁会想出这样的办法呢？他一时接受不了这样的巧合。

一个无法回避、令他蒙羞的事实是，他被唐·克罗切暗算了。

第二十一章

吉里斯特拉山口的屠杀事件震惊了整个意大利。各家报纸纷纷以醒目的大标题谴责屠杀无辜的男人、妇女和儿童的暴行。在这次事件中有十五人死亡，五十余人受伤。起初人们怀疑这是黑手党干的，而且西尔韦奥·费拉还发表演说，认为罪魁祸首是唐·克罗切。不过这个龙头老大对此早有准备。友中友的秘密成员在法官面前起誓，说他们看见帕萨藤珀和泰拉诺瓦预先设下了埋伏。西西里民众感到奇怪的是，吉里安诺这次为什么不给报纸写信，否认这一令人发指的指控。可是吉里安诺一反常态地保持沉默。

在大选前的两个星期，西尔韦奥·费拉骑自行车从圣朱塞佩-亚托到皮亚尼-德格雷西镇去。他沿着亚托河、贴着山脚骑行，在路上他遇见两个人大声喊他停下来，但是他继续骑，只是回头看了看，那两个人在他身后费力地前行，很快他就拉开了距离，把他们远远地甩在后面。等他进入皮亚尼-德格雷西的时候，那两个人连影子都看不见了。

在社会党社区活动中心，西尔韦奥·费拉与该党周边地区的其他领导人碰头，谈了三个小时。他们谈完之后，已是黄昏时分。他急于想在天黑之前赶回家。他推着自行车穿过中心广场，很高兴地与他认识的几个村民打招呼。突然来了四个人把他围在中间。他认出其中一个人是蒙特莱普雷的黑手党首领，于是松了一口气。他从小就认识昆塔纳，也知道就算是黑手党，在西西里的这个角落活动也要非常小心，因为他们不想得罪吉里安诺，也不想违犯他“不许侮辱穷人”的禁规。所以他微笑着和昆塔纳打招呼说：“你大老远的到这儿来了。”

昆塔纳说：“你好，我的朋友。我们想陪你走走。不要大惊小怪，我们不会伤害你。我们只是想跟你讲讲道理。”

“那就在这儿讲吧。”西尔韦奥·费拉说。他不禁害怕得发抖，就像在战场上感到的那种恐惧一样，他知道自己能够控制这种恐惧，于是告诫自己不要乱来。其中两个人站在他的两侧，紧紧地抓住他的胳膊。他们轻轻地推着他穿过广场。他的自行车向前滑去，随即翻倒在路旁。

费拉看见一些坐在门外的村民发现了他。他们本应该会帮助他，但是吉里斯特拉山口的大屠杀之后，恐怖的气氛笼罩着小镇，人们精神紧绷。他们当中没有一个人出声。西尔维奥·费拉两只脚跟紧紧地顶着地面，想返回社区活动中心。虽然离得比较远，他依然能够看见活动中心门口站着一些他们党的工作者。难道他们看不见他遇上了麻烦？可是没有人离开那个亮着灯的门洞。他大声喊：“救救我！”村里看不见任何动静，他为这些人感到羞耻。

昆塔纳粗暴地推着他向前走。“不要做蠢事，”他说，“我们只想和你谈谈。好了，不要大喊大叫，我们走吧。不要连累你的朋友。”

天几乎全黑了，月亮已经爬上来。他感到有一支枪顶在他的背后，他知道如果他们真想杀他，在广场上就可以动手。而且他们也会杀了来救他的人。他跟着昆塔纳一起朝村子的边缘走去。他们有可能不想杀他；目击者太多了，而且有些人肯定认识昆塔纳。如果他现在就反抗，他们可能会惊慌失措并向他开枪。最好还是等一等，看看他有什么话要说。

昆塔纳跟他说的话似乎很通情达理。“我们想劝劝你，不要再稀里糊涂地搞共产主义那一套了。你指责吉里斯特拉山口事件是友中友干的，我们原谅了你。可是我们的忍耐没有得到回报，我们已经到了忍无可忍的地步。你觉得这样做明智吗？如果你还执迷不悟，你的孩子们就会失去父亲。”

这时候他们已经走出村庄，沿着通向库梅塔山的岩石小道向上走。西尔维奥·费拉绝望地回过头，但是看见后面没有人跟着。他对昆塔纳说：“你会因为像政治这样的小事就杀掉一个人家的父亲吗？”

昆塔纳冷酷地笑道：“我曾经因为有人把唾沫吐在我鞋子上就杀了他。”抓住他双臂的两个人松开了他。这时候西尔维奥·费拉知道厄运将至。他猛然掉头，沿着月光照亮的岩石小路飞跑。

村民们听见了枪声。社会党的一位领导人去找了宪兵。第二天早晨，人们在一条山沟里发现了西尔韦奥·费拉的尸体。当警方询问村民的时候，没有一个人承认看见了什么。谁也没有说起过那四个人，谁也没有说自己认出了圭多·昆塔纳。也许他们的反叛难以控制，但是他们都是西西里人，是不会打破“缄默规则”的。不过还是有人把自己亲眼所见的事情告诉了吉里安诺的人。

由于多种原因的综合，基督教民主党赢得了大选。唐·克罗切和友中友干得非常漂亮。吉里斯特拉山口的大屠杀震惊了整个意大利，但是对西西里人来说，它远非只是震惊——它极大地伤害了他们。曾经打着基督旗号进行助选的天主教会，现在在慈善活动方面谨慎多了。谋杀西尔韦奥·费拉是最后的一击。1948年，基督教民主党在西西里的选举中以压倒优势取胜，这也帮助他们赢得了整个意大利。很明显，在可以预见的未来，他们将进行比较长时间的统治。唐·克罗切是西西里的主人，天主教将成为国教，特雷扎部长将来很可能成为意大利的总理，虽然不是几年之内，但也不会为时太晚。

事情的结果证明皮肖塔是对的。唐·克罗切通过赫克特·阿多尼斯传话说，由于吉里斯特拉山口的大屠杀惨案，基督教民主党已不可能为吉里安诺和他手下的人争取大赦。这是一桩极大的丑闻，而且其政治内幕会再度掀起轩然大波。报纸也会兴风作浪，罢工风潮将席卷整个意大利。唐·克罗切说特雷扎部长现在已无能为力，还说对于一个被指责为屠杀无辜妇女和儿童的人，巴勒莫的红衣主教也爱莫能助。但是他唐·克罗切会继续努力为他争取赦免。不过，他也劝告吉里安诺最好移民到巴西或者美国，他，唐·克罗切会不遗余力地帮助他。

对于这样的背信弃义，吉里安诺似乎无动于衷，而且似乎是逆来顺受，他手下的人都感到惊讶。他带着他们进一步往深山里退却，并要他的头领们安营扎寨的时候相互不要离得太远，这样他发个通知，很快就能把他们召集起来。时间一天天地过去，他似乎也越来越把自己禁锢在一个小天地中。几个星期以来，他的头领们一直在等待他的命令。

有一天早晨他独自一人进深山转悠，连个保镖也没有带，到天黑以后才回来。他站在篝火前面对皮肖塔说："阿斯帕努，去把头领们都请过来。"

奥洛尔托亲王拥有的庄园占地数十万英亩，种植的东西应有尽有——千百年来，西西里一直是意大利的粮仓——有柠檬、柑橘、谷物、竹子、榨油的橄榄、酿酒的葡萄、数不清的西红柿、绿辣椒，还有最正宗的紫茄子，个头有马车夫的脑袋那么大。有一部分土地按照分成的办法租给农民种。奥洛尔托亲王照例会把最好的那部分成果拿走——作为租用农业器械、种子及运输的费用，而且都附带利息。农民能把用辛勤汗水浇灌的成果留下百分之二十五就很幸运了。与那些每天打零工、挣的钱连肚皮都填不饱的人相比，这些农民还算是比较富的。

贵族庄园的土地非常肥沃，但可惜的是很多土地没有耕种，都抛荒了。早在1860年，伟大的加里波第就对农民承诺，要让他们拥有自己的土地。然而现在，奥洛尔托亲王就有成千上万亩闲置的土地。其他的贵族也一样。他们把土地当成现金储备，靠卖地来维系他们骄奢淫逸的生活。

在上次大选中，包括基督教民主党在内的所有政党都承诺要强制推行共享土地的法律。根据这些法律，大庄园中未耕种的土地可以由农民开垦并支付少量的费用。

可是这些法律在实际执行中总是受到贵族的阻挠。他们雇用黑手党头目恫吓那些可能去开垦的人。在开垦那一天，只要黑手党头目骑着马在庄园四周兜兜圈子，就没有一个农民敢去开垦。少数人这样做了，无一例外地都上了暗杀名单，连家中的男性成员也一起遭殃。这种情况已经持续了一个世纪，每个西西里人都知道这个规则。如果一座庄园有黑手党头目做保护人，那里的土地就不会有人去开垦。罗马可以通过一百项法律，但都没有意义。正如唐·克罗切曾经在不经意中对特雷扎部长说的："你们的法律跟我们有什么关系呢？"

大选过后不久，就到了奥洛尔托亲王庄园中未耕种土地可以申请开垦的日子。总共十万英亩土地，而且是由政府装模作样选定的。左翼政党领导人敦促人们去申请开垦。这一天到来的时候，奥洛尔托亲王府邸的大门前聚集了将近五千农民。庄园里搭了一个大帐篷，里面放了桌子、椅子和其他办公用品，政府官员在里面等他们进去登记。有些农民来自蒙特莱普雷镇。

奥洛尔托亲王听从唐·克罗切的建议，雇请了六名黑手党首领做他的土地转租人。那是一个晴朗的早晨，热辣辣的太阳晒得这六个首领背上都冒了汗。他们骑着马在奥洛尔托亲王庄园围墙的四周来回转悠。农民们聚集在耶稣诞生之前就种植的橄榄树下，看着这六个全西西里有名的凶神恶煞。农民们在那里等着，心里害怕，不敢上前，仿佛在期待奇迹的出现。

但是这个奇迹不会是执法队伍。特雷扎部长直接给巴勒莫的宪兵指挥官下命令，禁止所有人员离开兵营。那一天，整个巴勒莫地区连一个穿制服的宪兵都没有。

奥洛尔托亲王庄园围墙外的人群依然在等待。那六个黑手党首领脸上毫无表情，骑在马上有节奏地来回走动，他们的枪放在枪套里，短筒猎枪挎在肩上，手枪别在腰间，但被上衣遮住了。他们没有对人群发出任何威胁的迹象——其实他们根本没有把人群放在眼里；他们只是默默地来回走动。那些农民打开干粮袋和酒瓶塞，好像是希望那些马会疲乏或者会把这些凶神驮走。人群中大多数是男人，只有少数几个妇女，其中一个就是和父母亲一起来的尤斯蒂娜。他们来是为了向杀害西尔韦奥·费拉的凶手表示抗议，但他们谁也不敢突破来回巡视的马构成的防线，去索取法律赋予他们的土地。

不仅仅是出于恐惧，在他们居住的小镇，这些骑手都是“受尊敬的人”，他们就是法律。友中友建立的影子政府比罗马政府办事效率还要高。农民的牛羊被小偷和盗贼偷窃了？如果受害者向宪兵报案，他的东西是找不回来的。但是如果他去找黑手党首领，缴纳百分之二十的费用，就能找回被盗的家畜，而且能得到不会再发生这种事的保证。如果一个暴戾的恶棍因为一杯酒就杀了一个无辜的工人，有了伪证和“缄默规则”的保证，政府很少会宣判这样的人有罪。但是如果受害者家属去找这六个受尊敬的人，就有可能惩治凶手，报仇雪恨。

贫民区的惯偷会被处死，世仇得到体面的解决，地界的纠纷不用聘请律师就能调解。这六个人像是不能反对和忽视的法官，他们所作出的惩罚非常严厉，除了背井离乡，否则无法逃脱。这六个人在西西里所行使的权力连意大利总理也自愧不如。所以人群都滞留在奥洛尔托亲王府的围墙之外。

这六个黑手党首领骑在马上，相互间拉开一段距离，否则就会被看成是软弱。他们各自为战，就像独立的国王，各有令人望而生畏之处。最厉害的是骑灰色斑点马的比萨奎诺镇的唐·夏诺。他现已年过六旬，那张灰色的脸就像他坐骑的皮一样斑驳。他二十六岁时就成了传奇人物，因为他杀了他的前任首领。夏诺十二岁的时候，前任唐杀了他的父亲，为报杀父之仇他等了十四年。终于有一天，他从树上跳到那个人所骑的马背上，从后面紧紧抓住他的仇人，押着他在镇上的主要街道骑马游街。他当着人们的面活剐他的受害者，割下他的鼻子、嘴唇、耳朵和生殖器，然后把血淋淋的尸体抱在手上，骑着马在仇人家的门前示威。此后他就以铁血手腕统治了他那块地方。

第二个黑手党首领是皮亚尼-德格雷西镇的唐·阿尔扎纳。他骑着黑马，马额上插着大红羽毛。他冷静、谨慎，认为凡是争执总有两个方面，他不愿意出于政治目的杀人，在他的庇护下，西尔韦奥·费拉多活了几年。费拉的遇害使他感到难过，不过他也确实无能为力，因为唐·克罗切和其他黑手党首领都坚持是时候在他的地盘杀一儆百了。唐·阿尔扎纳仁慈怜悯，是六个暴君中最受拥戴的。可是此刻，他骑马出现在聚集的人群面前，脸上的表情严肃，内心的迟疑荡然无存。

骑在马上的第三个人是卡尔塔尼塞塔镇的唐·皮杜，他的马笼头上套着花环。谁都知道他喜欢别人的阿谀奉承，对自己的外表自信满满，渴望权力，对有抱负的年轻人总是泼冷水。在村里的一次节日活动中，一个风度翩翩的乡村青年倾倒了当地许多妇女，因为他跳舞时脚脖子上拴着铃铛，穿的是巴勒莫的裁缝量身定做的绿丝绸衬衣和裤子，唱歌时弹的是马德里制造的吉他。唐·皮杜非常生气，因为这个乡村青年竟然招人爱慕，那些女人喜欢的竟是这么个满脸傻笑、毫无大丈夫气概的年轻人，而不是像他这样的真正男子汉。那个倒霉的日子之后，这个青年人就再也没有跳过舞，人们发现他死在回家路上，尸体上有许多子弹窟窿。

第四个黑手党首领是维拉穆拉镇的唐·马尔库齐，他是个苦行者，就像许多老的贵族一样，他的家里就有自己的教堂。除了这一件热衷的事情之外，他的生活非常俭朴。他拒绝利用自己的权势敛财，所以也很贫穷。他尽力帮助自己的西西里同胞，但也非常推崇黑手党的传统。他处决了自己最宠爱的侄子，成为一个传奇人物。他的侄子破坏了“缄默规则”，把同是黑手党的对手情况报告给了警察。

骑在马上的第五个人是帕尔蒂尼科的唐·布奇拉。他曾代表他侄子来找过赫克特·阿多尼斯。那是很久以前一个重大的日子，就是图里·吉里安诺上山落草为寇的那一天。现在，时间已经过去五年，他的体重比以前增加了四十磅。尽管五年之后他已成了大富翁，他还是一身农民装束。他性格残暴但没有恶意，但他对不诚实行为毫不手软，处决窃贼毫不留情，就像十八世纪英国高等法院法官判窃贼的小孩死刑一样。

第六个是圭多·昆塔纳。他虽然名义上是蒙特莱普雷的居民，但在争夺柯里昂镇的血战中大获全胜名噪一时。他这样做是出于无奈，因为蒙特莱普雷受到吉里安诺的直接保护。在柯里昂，圭多·昆塔纳残忍的本性找到了归属。他解决了四起家族世仇，办法很简单，就是直接铲除和他意见相左的人。他杀害了西尔韦奥·费拉以及其他工会的组织者。他也许是唯一一个不被尊重而被憎恨的黑手党首领。

就是这六个人，用自己名声和别人的敬畏，阻挡西西里的贫苦农民进入奥洛尔托亲王庄园的土地。

两辆满载武装人员的吉普车在蒙特莱普雷至巴勒莫的道路上疾驶，随后拐上通往庄园围墙的小路。除了两个人之外，其余的人脸上都蒙着羊毛面罩，只露出两只眼睛。那两个没有蒙面的是图里·吉里安诺和阿斯帕努·皮肖塔。蒙面人中有卡尼奥·西尔韦斯特罗下士、帕萨藤珀和泰拉诺瓦。安多里尼在巴勒莫的路上也蒙着面。吉普车在离骑马的黑手党首领大约五十英尺处停下，这时有些人从聚集在那里的农民中挤了过来。他们也蒙着脸。他们就是刚才还在那片橄榄林中野炊的人。两辆吉普车出现之后，他们打开装食物的篮子，拿出武器和面罩。他们以长弧队形散开，把步枪对准那几个骑马的人。他们总共来了五十个人。图里·吉里安诺跳下吉普车，看看大家是否已各就各位。他注视着那六个骑着马来回走动的人。他知道他们已看见了他，知道人群也已认出了他。西西里下午火热的太阳给绿色的地貌罩上了些许红色。吉里安诺心想，几千个厉害的农民怎么会被吓成这样，被这六个人挡着，拿不到养活自己孩子的面包。

吉里安诺身边的阿斯帕努·皮肖塔就像一条蠢蠢欲动的蝮蛇。

只有阿斯帕努拒绝戴面罩；其他人都害怕这六个黑手党首领的家人以及友中友的人会进行报复。现在吉里安诺和皮肖塔将成为他们进行报复首当其冲的目标。

他们两人都系着雕有鹰狮图案的金扣腰带。吉里安诺只有一把大型手枪，而且是放在腰间的枪套里的。他的手指上戴着几年前从公爵夫人手上取下的那枚祖母绿戒指。皮肖塔双手端着冲锋手枪。他的脸色因肺病和激动变得苍白，吉里安诺迟迟按兵不动，他感到不耐烦。吉里安诺仔细观察着眼前的情景，看看他的命令是否得到切实执行。他的人已构成一道半圆形封锁线，但是如果这几个黑手党首领决定离开，他也给他们留了一条退路。如果他们逃跑，就会大丢“面子”，他们的影响也会大打折扣，农民们就不会再害怕他们。但是他看见唐·夏诺掉转斑点灰马的马头，其他几个首领也跟着他继续在围墙前面展示威风。看来他们是不打算离开了。

从那座古老宫殿的一个塔楼上，奥洛尔托亲王通过用来观察星象的望远镜看到了这一幕情景。他可以看见图里·吉里安诺的脸，而且看得很清楚——椭圆的眼睛、清晰的面庞、慷慨但却紧闭的嘴；他知道他脸上所表现出的力量就是他德行的力量，但是他觉得可惜的是，这种德行缺乏怜悯。亲王知道他的德行是纯洁的，正因为它是纯洁的才非常可怕。他感到十分羞愧。他非常了解他的西西里同胞，现在他对即将发生的事情负有不可推卸的责任。他用金钱雇来的六个赫赫有名的人，他们将为他战斗，他们不会逃跑。他们对聚集在庄园围墙四周的这么多人起到了威慑作用。可是现在吉里安诺像个复仇之神站到了他们面前。亲王觉得太阳似乎正在失去光辉。

吉里安诺大步流星地朝那六个人骑马的小路走去。他们沉重的身躯骑在马背上，继续策马缓缓而行。参差不齐的白石墙边堆放着燕麦，他们不时喂马吃食，马不断地排泄，边走边留下一道粪便。

图里·吉里安诺站在离那条小道很近的地方，皮肖塔在他身后只有一步。六个骑在马上的人没有朝他这边看，也没有停下来。他们的脸上露出不可捉摸的神情。虽然他们肩上都挎着短筒猎枪，但却没有把枪从肩上取下来的打算。吉里安诺在等待。这些人在他面前又走过三趟。吉里安诺向后退了退，轻声对皮肖塔说："把他们从马背上弄下来，带过来见我。"接着他穿过小路靠在庄园的白石墙上。

他靠在墙上，深知自己已经跨越了一条性命攸关的界限，他今天的行为将决定他自己的命运。但是他丝毫没有犹豫不安，只是对这个世界充满了冷酷的怒意。他知道这六个人身后是唐·克罗切那巨大的身影，而这个黑帮龙头老大是他最终的敌人。人群让他感到恼火。他们为什么这么软弱、这么害怕？如果他能够武装并领导他们，他可以打造出一个全新的西西里。但是他对这些衣衫褴褛、食不果腹的贫苦农民也产生了一股怜悯。他举起手向他们敬礼，以此来鼓励他们。人群保持着沉默。这时他想起西尔韦奥·费拉，要是他在，就能把他们鼓动起来。

现在皮肖塔掌控了这出戏的舞台。他身穿一件乳白色毛衣，上面以乱针织出几条暗色的龙图案。他的头梳得油光闪亮，在血红色的西西里阳光映衬之下，就像窄窄的刀刃。他把刀一般的头转向那六个骑在马上的胖子，毒蛇一样的眼睛死死地盯着他们看了一阵。这几个人从他面前骑过去的时候，唐·夏诺的马在皮肖塔脚下拉了几个粪蛋。

皮肖塔后退了一步，朝帕萨藤珀、泰拉诺瓦和西尔韦思特罗点点头，他们立即跑向由那五十个蒙面武装人员构成的环形阵地。这些人进一步散开，堵住了刚才留给那六个人的退路。黑手党首领们虽然把一切都看在眼里，而且心知肚明，但却假装什么也没看见，继续趾高气扬地骑在马上。他们赢得了这场斗争的第一个回合。现在要由吉里安诺来决定是否采取最后也是最危险的步骤。

皮肖塔运动到唐·夏诺的马前面，专横地举起手。唐·夏诺那张灰色的脸上充满恐惧，但他并没有停下来。那匹马想躲开，但是它的骑手紧拉缰绳，把它的头高高拉起。如果皮肖塔不是向旁边让开一步，连人带马就会从他头上越过。夏诺从他身边走过时，皮肖塔弯着腰，野蛮地笑了笑。接着他直接走到那匹马和他的骑手背后，用冲锋手枪瞄准灰色的马屁股扣动了扳机。

霎时间，花香四溢的空气中马的内脏横飞，血如细雨，还夹杂着无数金色的粪粒。一阵密集的子弹打进唐·夏诺骑的那匹马的腿上，把他猛然掀翻在地。他的身体被倒下的马压住，动弹不得。吉里安诺手下四个人把他拉出来，然后把他反绑起来。那马还活着，皮肖塔发起慈悲，上前一步，对准它的头部打了几发子弹。

人群中发出一阵惊恐的低声喊叫与狂喜。吉里安诺依然靠在石墙上，手枪还在枪套里。他站在那里，双手交叉放在胸前，好像他也不知道阿斯帕努·皮肖塔下一步想干什么。

其他五个黑手党首领继续骑在马上。刚才他们的马听见枪声都惊得扬起前蹄，但他们很快就将马控制住了。他们还是像先前一样骑在马上款款而行。皮肖塔再次走到路中间，再次举起手。骑马走在前面的唐·布奇拉停了下来。他后面的几个人也勒住了马缰。

皮肖塔大声对他们说：“你们的家人以后会需要这些马的，我答应替你们把马送回家，现在快下马来拜见吉里安诺。”他响亮清澈的声音传到了那边人群的耳中。

一阵长长的沉默之后，那五个人都下了马。他们站在那里傲气十足地看着人群，眼睛里露出凶狠与傲慢。吉里安诺的弧形防线中，有二十个人端着枪进逼过来。他们把这五个人的手臂反绑起来，动作很小心，手脚很轻。随后他们把这六个人带到吉里安诺面前。

吉里安诺面无表情地看着这六个人。从前昆塔纳羞辱过他，甚至想暗杀他，现在情况发生了逆转。五年了，昆塔纳的面孔没什么变化，像个凶神恶煞。不过此刻，尽管他还是黑手党那一副挑衅的样子，但是却显得神情茫然，目光游移。

唐·夏诺两眼瞪着吉里安诺，灰色的脸上露出鄙弃的神情。布奇拉似乎略感惊讶，他似乎没有想到一件跟他无关的事竟会招致如此的恶意。其他几个黑手党首领冷冷地看着吉里安诺，因为最“受尊敬的人”都必须这么做。吉里安诺了解他们，因为他们都是赫赫有名的人物，其中几个，他在小时候很害怕，尤其是唐·夏诺。现在他让他们在西西里威风扫地，他们是绝对不会饶恕他的。他们将成为他永远的死敌。他知道自己必须怎么做，他还知道这些人也是丈夫和父亲，他们的孩子们会为他们伤心落泪。他们的视线越过他，高傲地看着远方。他们表达的信息显而易见。只要吉里安诺有这个胆量，那他就动手吧。唐·夏诺朝吉里安诺的脚下吐了一口唾沫。

吉里安诺依次看着他们的脸。“跪下来请求上帝的宽恕吧。”他说道。他们一个个纹丝不动。

吉里安诺转身离开他们。这六个黑手党首领站在那里，白色的石墙衬托出他们的轮廓。吉里安诺走到他的手下身边，然后转过身。他以洪亮清晰、足以使聚集的人群听见的声音说：“我以上帝和西西里的名义处决你们。”接着他在皮肖塔肩上轻轻拍了拍。

这时候，唐·马尔库齐开始下跪，但是皮肖塔已经扣动了扳机。此刻依然蒙着面的帕萨藤珀、泰拉诺瓦和西尔韦斯特罗下士也开了火。骤雨般的机枪子弹把这六个被绑着的躯体打得撞向石头墙。凹凸不平的白色石头上顿时溅满了殷红发紫的血，还有从跳动的躯体上飞出的碎肉。阵阵弹雨把他们的身体一次次地打得跳起来，就像被绳子吊着跳舞似的。

在宫殿那高高的塔楼里，奥洛尔托亲王离开了望远镜，所以他没有看见接下来发生的事。

吉里安诺迈步向前，一直走到围墙边上。他从腰里抽出大型手枪，慢慢地，象征性地向倒在地上的每个黑手党首领的头上补了一枪。

目睹了这一场面的人群发出嘶哑的吼叫声。紧接着，几千人从大门拥进奥洛尔托亲王的庄园。吉里安诺看着他们。他注意到没有一个人靠近他身边。

第二十二章

1949年的复活节那天早晨，天气晴好。西西里像是盖上了一块鲜花地毯，摆在巴勒莫建筑物阳台上的大盆里开满了五颜六色的鲜花。人行道的缝隙中也有红色、蓝色和白色的花朵。就连老教堂两侧的人行道也不例外。大街上熙熙攘攘，人们正前往巴勒莫大教堂参加九点钟的大弥撒，届时红衣主教将亲自分发圣餐。附近四乡八镇的农民都来了。他们身穿黑色丧服，带着妻子和孩子，用典型的复活节早晨的问候语与他们见到的人打招呼：“基督复活了。”图里·吉里安诺以同样传统的方式作出回应：“赞颂主的圣名。”

吉里安诺和他的手下头一天晚上就潜入了巴勒莫。他们穿着黑衣，一副朴素的农民打扮，不过他们的上衣宽松而肥大，因为每个人身上都带着冲锋手枪。吉里安诺对巴勒莫的街道了如指掌。在六年的土匪生涯中，他经常潜入这座城市，指挥绑架有钱的贵族，或者在有点名气的餐厅用餐，然后把挑衅的字条压在盘子下面。

吉里安诺进城从来没遇到过危险。他在街上行走的时候，卡尼奥·西尔韦斯特罗下士始终不离左右。在他前面大约二十步开外的地方有两个人，街对面有四个人，此外离他身后二十步还有一个二人小组。如果宪兵拦住吉里安诺要他出示证件，就会很自然地成为这些人的目标，遭到这些人毫不留情的枪击。只要他走进一家餐馆，他的保镖们就会占据其他的餐桌，把整个餐厅挤得满满的。

这天早晨，吉里安诺带了五十个人进城，其中包括阿斯帕努·皮肖塔、下士和泰拉诺瓦；帕萨藤珀和斯特凡·安多里尼留守。当吉里安诺和皮肖塔进入大教堂的时候，他手下的四十个人也跟了进去。下士和泰拉诺瓦等十人在教堂后面的几辆用于撤离的车上。

主持弥撒的红衣主教身穿白底带金色条纹的法袍，脖子上挂着一枚大十字架。他悦耳的嗓音让教堂充满了不可亵渎的神圣氛围。大教堂里有基督和圣母的大型雕像。吉里安诺用手指在刻有基督爱心的圣水盆里蘸了蘸。他跪下的时候，看见教堂那巨大的穹隆以及沿墙摆放的一排排玫瑰红色的还愿蜡烛，烛光照亮了诸圣徒的雕像。

吉里安诺的人在离祭坛较近的地方沿墙边散开。座位上坐满了虔诚的信众，农村人穿着黑衣服，城里人则穿着节日盛装。吉里安诺突然发现身边的圣母与众使徒的雕像，不禁对它的精美感叹不已。

修士和祭坛助手在吟唱，信众们低声回应着，祭坛上奇异的亚热带花卉释放着芳香，求取圣餐者无比虔诚，吉里安诺深深地被此情此景触动。他上次参加弥撒活动是五年前的复活节早晨，那时理发匠弗里塞拉背叛了他。现在这个复活节的早晨，他感到失落和害怕。他不止一次对即将被处死的敌人说：“我以上帝和西西里的名义处决你们。”然后等他们低声向上帝祈祷，祈祷词跟他现在听到的一样。在短暂的瞬间，他真希望自己能让他们像基督一样复活，是他把他们打入了永恒的黑暗深渊，他希望自己能把他们解救出来。这个复活节的早晨，他也许不得不让红衣主教加入他们的行列。这个主教违背了自己的诺言，不仅欺骗了他，而且背叛了他，成了他的敌人。在这座大教堂里，他的弥撒做得再动听也没有意义了。现在就让红衣主教向上帝忏悔是否不合时宜？难道红衣主教就不会威风扫地吗？他会放下架子对吉里安诺坦白自己的背叛行为吗？

弥撒活动已接近尾声；虔诚的信徒纷纷走向祭坛的护栏接受圣餐。吉里安诺的几个手下正跪在靠墙的地方接受圣餐，因为前一天他们在修道院向曼弗雷迪院长做过忏悔，直到这次弥撒结束他们都是纯洁的。

信众们为基督的复活感到高兴，也为自己洗清了罪过而感到高兴。他们走出教堂，穿过广场向大街走去。红衣主教走到祭坛后边，助手把大主教的锥形法冠给他戴上。法冠让他的个子看上去似乎高了一英尺。法冠上精致的黄金漩涡装饰熠熠发光，照着他那张西西里人轮廓分明的面庞，人们感到的是他的权势，而不是神圣。在一群修士的簇拥下，他开始前往教堂里的四个私人祈祷处进行传统祈祷。

第一个祈祷处是罗杰国王一世的墓，第二个是弗里德里克皇帝二世的墓，第三个是亨利四世的墓，第四个是安葬着弗里德里克皇帝二世的皇后康斯坦齐娅骨灰的墓。这些陵墓都是白色大理石建造，上面镶着漂亮的马赛克。此外还有一个单独的祈祷处，那就是供奉着重达一千磅的圣罗沙利雕像的银质神龛。圣罗沙利是巴勒莫的保护神，每逢她的圣日，巴勒莫人就抬着她的雕像在街上游行。在这个神龛里安葬着巴勒莫的所有主教，红衣主教辞世后也将安葬在这里。这里是他停留的第一站。就在他跪下祈祷的时候，吉里安诺和他率领的人把他和他的随从团团围住。吉里安诺的人还封锁了神龛的所有通道，这样就不可能有人去报警。

红衣主教站起身正视他们。就在这时候他看见了皮肖塔。他想起了这张脸，但却不是现在的模样。现在这张脸属于一个魔鬼，前来索取他的灵魂，在地狱炙烤他的肉体。吉里安诺说：“大人，你现在是我的俘虏。如果你照我说的做，就不会受到伤害。你将作为我的客人进山过复活节，我保证你在那里能吃到跟宫殿里一样的美味佳肴。”

红衣主教怒不可遏地说：“你竟敢率领武装人员擅闯上帝的殿堂！”

吉里安诺哈哈笑起来。想到自己即将要做的事情，他敬畏的情绪顿时一扫而光。“我敢干的事还多着呢，”他回答说，“我还敢斥责你违背了自己神圣的诺言。你答应过要赦免我和我的人，可是你没有信守这个诺言。现在你和教会要为此付出代价。”

红衣主教摇摇头。“我不会离开这个神圣的地方，”他说，“有胆量你就杀了我。这样你就名扬世界了。”

“这样的荣誉我早就有了，”吉里安诺说，“现在如果你敬酒不吃吃罚酒，那就别怪我不客气了。我会先杀掉这里的修士，然后把你绑起来，把嘴塞上。如果你乖乖地跟我走，其他人都不会受到伤害。一个星期之后你就能回到这个教堂里来。”

红衣主教在胸前画了个十字，然后朝吉里安诺示意的那个神龛门口走去。这道门通向大教堂的后面，吉里安诺手下其他几个人已经强行控制了主教的专用轿车和司机。

那辆黑色轿车装饰着复活节花束，散热器罩两侧插着教会的小旗。吉里安诺的人还征用了其他知名人士的汽车。吉里安诺引导红衣主教进入那辆黑色轿车，然后在主教身边坐下。他的两名手下跟着坐进轿车后座。阿斯帕努则坐到司机旁边的座位上。随后这个车队就穿越城市的大街小巷。车队从宪兵巡逻队旁边开过的时候，宪兵还向他们敬礼。红衣主教按吉里安诺的命令挥手表示谢意。在一段比较荒凉的路上，他让主教下车。吉里安诺的另一拨人正带着一副为红衣主教准备的担架在等着他们。他们丢下那些车辆和司机，全部遁入一片花海，消失在大山之中。

吉里安诺言而有信。在卡马拉塔山的岩洞里，红衣主教吃到的东西跟他在宫殿里吃的一样好。那些土匪对他颇为畏惧，对他的神圣权威敬重有加，每端上一道菜，都要请他赐福。

意大利报纸纷纷表示极大的愤慨，而西西里民众则是两种情感交加：他们对亵渎行为感到极度恐惧；但对宪兵遭到的羞辱感到幸灾乐祸。但是他们感到最骄傲的是：吉里安诺，一个西西里人挫败了罗马。吉里安诺现在成了最“受尊敬的人”。

每个人都想知道：吉里安诺绑架红衣主教想得到什么？答案很简单：一笔可观的赎金。

圣教会毕竟是以守护生命为己任的，所以没有屈从于吝啬的贵族和富商的讨价还价。教会立即支付了一亿里拉的赎金。但是吉里安诺还有一个目的。

他对红衣主教说：“我是个农民，没有受过信徒的教育。但是我从来没有违背过自己的诺言。而你，一个天主教会的红衣主教，穿着法袍，戴着十字架，可是你却像个异教徒摩尔人，对我说了谎。你的神职救不了你的命。”

主教顿觉双膝发软。

吉里安诺继续说：“你的运气很好。我请你来还有一个目的。”接着他让红衣主教看了他的遗嘱。

现在红衣主教知道自己已经逃过了一劫，他所受过的训练告诉他，等着他的就是上帝的惩罚了。他感兴趣的是这个遗嘱中的文件，而不是吉里安诺对他的斥责。他看见自己写给皮肖塔的字条之后，不由感到一阵怒气，随即在胸前画起十字来。

吉里安诺说：“我亲爱的红衣主教，现在你已经知道这个文件了，回去告诉教会和特雷扎部长。你已经看见了证据，证明我有能力摧毁基督教民主党政府。我的死将是你们最大的不幸。这份遗嘱我将存放在一个你们得不到的安全地方。如果他们有任何人怀疑我，叫他们去问问唐·克罗切，看看我是怎样对待自己的敌人的。”

红衣主教被绑架一个星期之后，拉韦内拉离开了吉里安诺。

三年来，他都是从那个地道爬到她家去的。在她的床上，从她的身体、温存和庇护中，他得到了享受。她从无怨言，除了想给他快乐，她别无所求。

可是，这天晚上的情况截然不同。他们做完爱之后，她说她要搬到佛罗伦萨一个亲戚那里去。“我的心太脆弱，”她告诉他说，

“承受不了你面临的危险。我梦见你在我眼前遭到枪杀。宪兵打死我丈夫的时候就像打死一只牲口，就在自己家的房子前面。他们不断地向他的身体开枪，把他打成了血淋淋的马蜂窝。我梦见你也遭到了这样的不幸。”她把他的头拉向自己的胸脯说，“听，听听我的心跳。”

他听了。他听见她的心在怦怦乱跳，一股怜爱之情油然而生。她丰满的乳房下面的皮肤有点咸味，那是她内心恐惧而沁出的汗的咸味。她在哭泣。他抚摸着她浓密的黑发。

“你以前从来没有害怕过，”吉里安诺说，“什么都没有改变嘛。”

拉韦内拉使劲摇摇头。“图里，你变得太鲁莽了。你树了很多敌，而且都是强敌。你的朋友都害怕你。只要有人敲门，你母亲就吓得脸色煞白。你不可能永远逍遥。”

吉里安诺说：“但是我没有变。”

拉韦内拉又开始哭泣。“啊，图里，你变了。你现在动不动就杀人。我不是说你很残酷；你对死已经毫不在乎了。”

吉里安诺叹了口气。他看出她非常害怕，他感到一阵无法理解的悲伤。“这么说你一定要走，”他说道，“我给你足够的钱，这样你就可以在佛罗伦萨生活。总有一天这一切都将过去。那时候就再不会有杀戮了。我有自己的计划。我不会永远当土匪。那时候我母亲夜晚就能睡安稳觉。我们就能再次生活在一起。”

他看得出她不相信他。

第二天早晨他离开之前，他们再次云雨了一番，这是他们最后一次热情疯狂地在一起。

第二十三章

图里·吉里安诺终于做了一件任何政治家和宪兵想做却没有做到的事情。他使意大利所有政党为达成一个共同的目标联合了起来：消灭图里和他的武装。

1949年7月，特雷扎部长向报界宣布要组建一支五千人的特种宪兵部队，名称是剿匪特种部队，但他没有专门提吉里安诺。报纸很快就指出这是政府狡猾的遮遮掩掩，因为它不希望造成吉里安诺是主要目标的印象。各报都兴高采烈地表示支持，并称赞执政的基督教民主党采取这一有魄力的步骤。

全国的报纸对特雷扎组织这支五千人特种部队的天才构想感到惊讶。这支部队将全部由单身汉组成，这样就不会留下寡妇，也不会留下任何可能成为威胁目标的家庭。这支部队有突击队、伞兵、装甲车、重武器，甚至还有飞机。穷得叮当响的土匪们能抵挡这样的部队吗？这支部队将由意大利的二战大英雄乌戈·卢卡上校指挥，他曾经与德国传奇将军隆美尔并肩作战。报纸称他是“意大利沙漠之狐”，擅长游击战，他的战术和战略会把初出茅庐的西西里乡村青年图里·吉里安诺打个措手不及。

报纸还用少量篇幅轻描淡写地提到弗雷德里科·韦拉尔迪被任命为全西西里的警察局局长。对弗雷德里科·韦拉尔迪警督的历史人们不甚了了，只知道他是特雷扎部长亲自挑选来助卢卡上校一臂之力的。

就在一个月前，唐·克罗切、特雷扎部长和巴勒莫的红衣主教举行了一次重要会议。红衣主教向他们说了吉里安诺的遗嘱以及那些该死的证据。

特雷扎部长如坐针毡。必须在特种部队完成使命之前，毁掉那些证据。他真希望自己能够收回成命，暂停特种部队的集结，但是他的政府受到左翼政党的压力，他们说政府在庇护吉里安诺。

对于唐·克罗切来说，那份遗嘱不过使问题变得稍微复杂一点而已，丝毫没有改变他的决心。他要除掉吉里安诺的决心早已下定：他的六个首领遭到杀害，他已经别无选择。但是吉里安诺不能死在友中友或者他本人手上。吉里安诺是个响当当的英雄，即使对友中友来说，杀死他也是十恶不赦的大罪。因为，这样一来西西里人的仇恨就会集中到他们头上。

唐·克罗切意识到，不管怎么说，他都必须照顾到特雷扎的需要。毕竟他想扶持这个人来当意大利总理。他对部长说："我们的事情必须这样做。当然你也是被逼无奈。你必须缉拿吉里安诺。我保证能让那些文件变成一堆废纸，但是在这之前，你还要先让他活着。"

部长忧心忡忡地点点头。他按下内部通话系统的按钮，以命令的口气说："让那个警督进来。"几秒钟之后，一个高个子走进房间。他身材细长，一双目光冷峻的蓝眼睛。他的衣着很讲究，还有一张贵族似的脸。

“这位是弗雷德里科·韦拉尔迪警督，”部长说，“我很快就要宣布由他担任西西里安全警察的首脑。他将与派到西西里的部队负责人进行协调。”他分别把两个人介绍给对方，并对韦拉尔迪解释了那份遗嘱及其对基督教民主党政府的威胁。

“我亲爱的警督，”部长说，“我要求你把唐·克罗切当成我在西西里的个人代表。你要向他提供他所需要的任何信息，就像对我一样。你明白吗？”

警督用了较长时间来消化这项特别要求。他终于明白了。他的任务是向唐·克罗切通报剿匪部队与吉里安诺作战的所有计划。唐·克罗切将把这些信息提供给吉里安诺，这样他就可以逃脱被抓捕的厄运，直到这位龙头老大觉得结束吉里安诺的土匪生涯已经不会引起任何危险的时候为止。

韦拉尔迪警督说：“我是不是要把所有信息都提供给唐·克罗切？卢卡上校精明得很——他很快就会怀疑有人在走漏风声，也许他会把我排除在他的军事会议之外。”

“如果你遇到什么麻烦，”部长说，“就让他来找我。你真正的任务是搞到那份遗嘱。在完成这项任务之前，你要让吉里安诺活着，让他自由活动。”

警督把冷峻的蓝眼睛转向唐·克罗切。“我很乐意为您效劳，”他说，“但是有一件事情我必须弄明白。如果还没有销毁那份遗嘱，就活捉了吉里安诺，我该怎么办？”

唐·克罗切丝毫没有含糊其词。由于他不是政府官员，所以可以直言不讳。“那将是一场令人无法承受的灾难。”

报纸称赞任命乌戈·卢卡上校为剿匪特种部队司令是一个让人振奋的选择。报上仔细介绍了他的军旅生涯、他的英勇军功、他的战术才干、他稳重孤僻的个性以及他对失败的憎恶。报上说他是一只凶猛的小斗牛犬，是对付西西里暴行的克星。

卢卡上校所做的第一件事就是仔细研究有关图里·吉里安诺的所有情报资料。特雷扎部长发现卢卡上校把自己关在办公室里，身边堆着许多文件夹，里面有各种报告和旧剪报资料。部长问他准备什么时候带兵去西西里，他语气温和地说他准备组建一个参谋班子，并且说不管这要用多长时间，吉里安诺肯定还会在那里。

卢卡上校用一个星期时间研究那些报告并得出了自己的结论：吉里安诺在游击战方面是个天才，有一套独特的作战方法。他只让二十名干部跟在身边，其中包括他的几个头领——他的副手阿斯帕努·皮肖塔，他的贴身保镖卡尼奥·西尔韦斯特罗，还有主管情报工作、负责与唐·克罗切及黑手党网络进行联络的斯特凡·安多里尼。泰拉诺瓦和帕萨藤珀有自己的一伙人，在没有联合行动的情况下，他们可以独立行动，不受吉里安诺的直接指挥。泰拉诺瓦负责执行绑架计划，帕萨藤珀专门抢劫火车和银行。

上校清楚地看出，吉里安诺的组织最多不会超过三百人。但是他不明白吉里安诺怎么能存在六年，怎么能够打败当地的宪兵、几乎完全控制了西西里的西北部？他和他的手下人怎么能躲过大批政府武装力量的搜山？唯一的可能就是：吉里安诺在有需要的时候从西西里的农民中招募了额外数量的人。当政府搜山的时候，这些业余土匪就会躲到镇上和农场里，像普通农民那样生活。这样看来，蒙特莱普雷镇的许多居民也是这支武装的秘密成员。但最重要的是吉里安诺深得民心；他被人出卖的可能性微乎其微。毫无疑问，如果他公开号召革命，就会有数以千计的人啸聚在他的大旗之下。

最后还有一件事他不明白：吉里安诺神出鬼没。他在一个地方出现，接着就好像蒸发了似的消失得无影无踪。卢卡上校越看越有兴趣。接着他发现有件事他可以马上采取行动来对付。也许这件事看起来微不足道，但从长远来看却至关重要。

吉里安诺经常给报纸写信，信的开头总是："你们一直想让我相信我们不是敌人，如果真是这样，你们就会把这封信公之于世。"接着他就针对他近期的土匪行为大放厥词。在卢卡上校看来，开头那句话是一种威胁、一种强迫。信的内容是敌人的宣传。信上解释了绑架、抢劫的原因，以及那些钱是怎样分给西西里穷人的。当吉里安诺与宪兵发生激战，并打死一些人的时候，他总要发出一封信，解释说在战争中军人的死亡是不可避免的。他会直接呼吁宪兵不要作战。还有一封信是在杀了六个黑手党首领之后写的，信上解释说，只有那样做农民才能得到法律和道德赋予他们的土地。

卢卡上校感到震惊的是，政府居然允许这些信件发表。所以他特别请求特雷扎部长授权他在西西里进行军事管制，这样就会切断吉里安诺与支持他的民众的联系。

他寻找的另一个信息就是吉里安诺有没有相好的女人，不过他一无所获。虽然有报告说土匪去巴勒莫逛妓院，还说皮肖塔是个玩女人的高手，而在过去六年中吉里安诺过的却是一种无性的生活。

作为一个意大利人，卢卡上校认为这是不可能的，他在蒙特莱普雷肯定有个女人，只要找到她，大功的一半就告成了。

他还发现一件有趣的事情：吉里安诺和他的母亲之间有着深厚的依恋。吉里安诺对父母双亲都很孝顺，但对母亲却特别尊敬。卢卡上校特别记住了这一点。如果吉里安诺真的没有女人，他们就可以利用他母亲布设诱捕他的陷阱。

当这些准备工作做完之后，卢卡上校组建了一套参谋班子。最重要的安排是任命安东尼奥·佩伦兹上尉做他的副官兼侍卫。佩伦兹上尉身材魁梧，体形偏胖，慈眉善目，性情随和。但是卢卡上校知道他特别勇敢，说不定将来能救他一命也未可知。

1949年9月，卢卡上校率领第一批两千人的增援进驻西西里。他希望这样就够了。他不想带五千人马去，那样就太抬举吉里安诺了。他认为吉里安诺不过是个土匪，应当比较容易对付，而且不会要多长时间。

他第一步下令不许西西里的报纸再刊登吉里安诺的来信。第二步是以与儿子同谋的罪名逮捕了吉里安诺的母亲和父亲。接着他在蒙特莱普雷逮捕和拘留了两百余人进行审讯，说他们是吉里安诺土匪队伍的秘密成员。所有被逮捕的人都被押送巴勒莫，关进由上校的人森严戒备的监狱。采取这些行动的根据是仍在沿用的墨索里尼法西斯政府的法律。

吉里安诺家的房子遭到了搜查，那两条秘密地道被发现。拉韦内拉在佛罗伦萨被捕。不过她说她根本不知道有地道的事，所以几乎立即就被释放了。韦拉尔迪警督放她出去，并不是因为相信她，而是希望吉里安诺去找她。

意大利的报纸简直把卢卡上校捧上了天；现在终于有一个“严肃”的人了。特雷扎部长对自己的知人善任沾沾自喜，在收到总理给他的热情赞扬之后更是喜不自胜。只有唐·克罗切无动于衷。

开头的一个月，图里·吉里安诺研究了卢卡的种种行动以及宪兵的部署。上校的精明使吉里安诺非常钦佩：禁止报纸刊登他的来信，从而切断了他和西西里民众的重要联系渠道。但是对于上校不分青红皂白地逮捕蒙特莱普雷的民众——对有罪的和无辜的不加区别——他的钦佩继而变成了仇恨。对于自己父母的被捕，吉里安诺更是起了冷酷的杀意。

吉里安诺在卡马拉塔山脉深处的洞穴中坐了两天。他制订了自己的计划，对他所了解的卢卡上校的两千名宪兵进行了自己的分析。至少有一千名宪兵驻扎在巴勒莫及其周边地区，等着他去营救自己的父母。还有一千人集中在蒙特莱普雷、皮亚尼-德格雷西、圣朱塞佩-亚托、帕尔蒂尼科和柯里昂几个镇以及周边地区。那里的许多人都是他们的秘密成员，可以招募他们来打仗。

卢卡上校把他的总部设在巴勒莫，所以不会轻易受到袭击。必须想办法引蛇出洞。

图里·吉里安诺把自己的愤怒注入到制订战术计划的行动中。在他看来这些计划都有一个清楚的数学模式，就像小儿的游戏那样简单。这些计划往往都能奏效，如果不能奏效，他总是能遁入大山之中。但是他知道这一切都有赖于准确无误的行动，所以每个细节都要进行周密安排。

他把阿斯帕努·皮肖塔找到自己的洞穴，跟他讲了自己的计划。过后，再让他找来其他头领——帕萨藤珀、泰拉诺瓦、西尔韦斯特罗下士和斯特凡·安多里尼——分别向他们说明他们各自的任务。

巴勒莫的宪兵总部负责发放西西里西部各部队的军饷。每个月都有一辆重兵守卫的运钞车到镇上和地区的总部给驻军发钱。所发放的都是现金，每个军人的薪饷——包括里拉纸币和硬币，都分毫不差地放进一只信封里。这些信封被放进带隔槽的板箱，再装到一辆曾被美军用于运送武器的车里，然后把车门锁好。

这辆车的司机配备了一把手枪，他身边的军需官带了一支步枪。这辆满载着数百亿里拉的卡车离开巴勒莫的时候，在它前面保驾的是三辆巡逻吉普车，每辆车上四个人，而且都架着机枪。此外还有一辆运兵车，车上有二十名手持冲锋手枪和步枪的人。在运钞车后面是两辆指挥车，每辆车上六个人。所有的车上都配备了无线电通信设备，可以随时呼叫巴勒莫和邻近的宪兵兵营请求增援。他们从来没有担心过土匪会袭击这样一支车队，因为这样做无异于自杀。

一大早，运钞车队就离开了巴勒莫，它在第一站托马索那塔尔镇停了一次。然后从那儿拐上通往蒙特莱普雷的山路。军需官和他的护卫人员知道这一天将是漫长的，所以他们行车速度很快。一路上他们边吃萨拉米香肠和面包，边喝瓶子里的酒。他们一路上有说有笑。在前面开路的巡逻吉普车上，司机们都把枪放在脚边。车队越过最后一座小山包，下面就快到蒙特莱普雷了。他们惊讶地发现前方的道路上有一大群羊。吉普车开进羊群，车上的卫兵朝几个衣衫不整的牧羊人大声吆喝。这些当兵的都急于进入凉快的兵营里，吃一顿热饭菜，趁午休的时候脱掉军装，穿着内衣躺在床上歇歇，或者打打牌。现在不可能有什么危险，蒙特莱普雷就在几英里之外，那里的兵营驻有卢卡上校的五百来人。他们可以看见身后的运钞车也开进了数不清的群羊之中，但是他们没有看见它已经开不动了，它的前面没了路。

几个牧羊人在极力为车辆清理道路。他们忙得不可开交，似乎根本没有注意到运兵车在拼命按喇叭，也没有注意到那些卫兵在大喊、大笑、大声诅咒。那些当兵的依然毫无察觉。

突然，有六个牧羊人向那辆运钞车逼近。其中两个从上衣里面掏出枪来，把司机和军需官踢下了车。他们解除了这两个宪兵的武装。另外四个人把装满薪饷信封的木箱扔到车外。这伙人领头的是帕萨藤珀。他那张凶神恶煞般的脸以及粗野蛮横的动作对那些卫兵所起的威慑作用不亚于枪支。

就在几乎同一时刻，道路两侧的山坡上出现了大批手持步枪和冲锋手枪的土匪。后面两辆指挥车的车胎已经被子弹打爆。接着皮肖塔站在一辆车上。他大声喊道："慢慢地从车上下来，不要带武器，这样你们今天晚上就可以回巴勒莫去吃面条。别想当英雄，我们拿走的不是你们的钱。"

在他们的前面，那辆运兵车和三辆吉普车已经到了最后那个小山冈的脚下，正准备驶入蒙特莱普雷，这时候负责指挥的军官才意识到后面的车子还没有跟上来。路上的羊越来越多，已经把他和车队其他车辆隔开了。他拿起无线电，命令其中一辆吉普车立即回去接应，然后打了个手势，让其他车辆停在路边待命。

那辆吉普车掉转车头，沿来时的路向山上开。它刚开到半山腰，就遭到了一阵密集的机枪和步枪火力的袭击。车上的四个人被子弹穿了许多窟窿，由于没了司机，吉普车就失去前进动力，沿着山路慢慢朝车队所在的地方滑去。

宪兵的指挥官跳下巡逻吉普车，大声命令运兵车上的人迅速下车组成一道散兵线。另外两辆吉普车见势不妙，像吓破了胆的兔子赶紧找地方隐蔽。这支力量遭到了有效压制，无法支援位于山冈另一侧的运钞车。他们甚至无法向吉里安诺的人开火。此刻吉里安诺的人正在把装满钱的信封塞进自己的衣服口袋。他们占领了有利地形，显然具有很强的杀伤火力，可以消灭任何进攻者。宪兵部队充其量也就是在隐蔽处构建一道散兵线，胡乱放几枪而已。

蒙特莱普雷的宪兵上士一直在等待军需官的到来。每到月底，他总是觉得囊中羞涩，而且他也像手下人一样，期待着晚上带几个漂亮女人和朋友，到巴勒莫的高档餐馆去饱饱口福。听见枪声的时候，他也弄不清是怎么回事。吉里安诺总不敢在光天化日之下袭击他的巡逻队吧，何况卢卡上校在这一地区还有一支五百人的支援部队呢。

这时候上士听见贝兰伯兵营大门外传来一声巨响。一辆停在后面的装甲车发生爆炸，升起一团橙红色的火焰。接着他听见通往卡斯特尔维特拉诺和海滨城市特拉帕尼的公路方向传来密集的机枪声，随后就是从镇外大山脚下传来的连续不断的轻武器射击声。他看见自己派到蒙特莱普雷乘吉普车和步行的巡逻队纷纷逃回兵营。他逐渐意识到，图里·吉里安诺正倾其所有兵力攻击卢卡上校五百人的兵营。

在靠近蒙特莱普雷的一段峭壁顶端，图里·吉里安诺通过望远镜观察到抢劫运钞车的场面。接着他转体九十度，还能看见在镇上发生的巷战、对贝兰伯兵营的直接攻击以及在海滨公路上与宪兵巡逻队的激战。他的几位头领都干得很漂亮。帕萨藤珀和他率领的人从运钞车里拿到了钱，皮肖塔把巡逻队打得人仰马翻，泰拉诺瓦率领手下人，包括新补充的人员，对贝兰伯兵营发起攻击，并与巡逻队交火。直接归吉里安诺指挥的人留守山上的大本营。真正的魔鬼修士斯特凡·安多里尼则正在准备发动一次突然袭击。

在巴勒莫的总部，卢卡上校接到运钞车被劫的报告后，所表现出的平静使部下感到意外。但他的内心却被吉里安诺的聪明所激怒，很想知道他从哪里得到、又是怎样得到宪兵部队部署情况的情报的。在运钞车被抢的过程中，有四名宪兵死于非命，而在与吉里安诺武装的激战中，也有十人被打死。

佩伦兹上尉冲进门来的时候，卢卡上校还在接听电话，听取有关伤亡的报告。上尉激动得下巴上的肉直哆嗦，他说刚才收到的报告说，有些土匪被打伤，有一个被打死，尸体还留在战场。根据死者身上的文件、个人身份证件以及蒙特莱普雷两位居民的指认，死者不是别人，正是图里·吉里安诺。

卢卡上校一时忘乎所以，没了谨慎和理智，一股胜利的喜悦在胸中升腾。军事史上有许多伟大的胜利和高明的战术运动，但由于个人的意外也会走向反面。一颗鬼使神差、没有头脑的子弹，居然奇迹般地发现了一个大土匪神出鬼没的幽灵。不过他很快就谨慎起来。这样的运气似乎太好了。这也可能是一个陷阱。但即使是陷阱，他也要去踩一下，让设陷阱的人现身。

卢卡上校进行了各种准备，一支能够击败任何攻击的快速机动部队正整装待发。打头阵的是装甲车，跟在后面的是卢卡上校和韦拉尔迪警督乘坐的防弹车。韦拉尔迪警督坚持要去帮助确认那具尸体，但他真正的目的是看看死者身上是否真带着那份遗嘱。跟在卢卡上校那辆车后边的是运兵车，车上的人处于高度戒备，随时准备射击。为整个车队开道的吉普车多达二十辆，上面全是荷枪实弹的伞兵。驻蒙特莱普雷的部队奉命警戒通向该镇的几条道路，并在附近的山上建立瞭望哨。人数众多、携带大量武器装备的步兵巡逻队控制了整个道路的两侧。

不到一个小时，卢卡上校和他的快速机动部队就到了蒙特莱普雷。他们并没有遭到袭击；这样炫耀武力准会让土匪望风而逃。然而等待着上校的将使他大失所望。

韦拉尔迪警督看见这具躺在贝兰伯兵营救护车中的尸体，说这不可能是吉里安诺。虽然这个人被子弹打得面目全非，但还不至于使他作出错误的判断。一些被迫来看这具尸体的居民也说这个人不是吉里安诺。这无疑是个陷阱。吉里安诺肯定是希望上校只带几个护卫就匆匆赶到现场，这样就能成为伏击的目标。卢卡上校下令采取一切防范措施，但他还是急于返回巴勒莫，回到自己的总部。他想亲自向罗马方面报告当天所发生的事情，并确保无人发表吉里安诺已经死亡的假报告。他首先检查确定各小单位的人员全都在位，这样在返回的路上就不会遭到伏击，他把车队前端的一辆运动迅速的巡逻吉普车调过来，然后与韦拉尔迪警督一起坐进那辆吉普车。

上校的这个临时决定救了他们两个人的命。快速机动车队即将到达巴勒莫的时候，卢卡的指挥车处于车队的中段。这时突然一声巨响，指挥车被向上掀起十几英尺，变成燃烧的碎片散落在山坡上。紧随其后的运兵车上总共三十个人，其中八人被炸死，十五人受伤。坐在卢卡指挥车上的两名军官被炸得血肉横飞。

卢卡上校打电话给特雷扎部长，报告了这个坏消息，要求在大陆上待命的另外三千人火速开赴西西里。

唐·克罗切知道，只要吉里安诺的父母亲还被关在监狱，这样的袭击就不会停止，所以他安排把他们释放了。

但是他无法阻止继续向西西里增派部队。现在蒙特莱普雷及其周边地区已经驻扎了两千名士兵。另外还有三千人正在搜山。卢卡上校利用罗马的基督教民主党政府给他的特别权力，把蒙特莱普雷和巴勒莫地区的七百人投进了监狱。他还实行了从黄昏到第二天清晨的宵禁，居民们被限制在家里出不了门，行路的人没有特别通行证就被关进监狱。整个巴勒莫地区笼罩在官方营造的恐怖之中。

唐·克罗切发现形势变得对吉里安诺很不利后，也有些紧张了。

第二十四章

卢卡上校派军队进驻之前，吉里安诺可以自由出入蒙特莱普雷，还经常看见尤斯蒂娜·费拉。有时候她到吉里安诺家去是有事，有时候是去取吉里安诺给她父母的钱。有一天，吉里安诺在巴勒莫的大街上看见她和她的父母在一起，他从来没有发现她长得这么漂亮。他们是为了购买狂欢节的新衣服才进城的，因为在蒙特莱普雷镇上买不到。当时吉里安诺和他的人是到巴勒莫去购置给养的。

吉里安诺大概有六个月没有看见她了，这段时间她长高了，而且比以前苗条了。在西西里的女人中，她身材高挑，两腿修长，脚上穿着新买的高跟鞋。她只有十六岁，但是西西里亚热带的土壤已经让她出落成一个成熟的女人。她漆黑的秀发盘成高高的发髻，用三只像宝石一样的梳子固定着，露出长长的脖子，就像花瓶上画的金闪闪的埃及美女。她两只眼睛很大，露出询问的目光，她的嘴巴非常性感，也是她脸上唯一能反映她年纪的地方。她穿了一件白色连衣裙，正面有一道红缎带装饰。

她简直就像画上的美人。吉里安诺盯着她看了好一会儿。她在父母陪同下从他眼前走过的时候，他正坐在一家露天餐馆，他的手下人分散坐在他四周的几张桌子旁边。他们三人都看见了他。尤斯蒂娜的父亲脸上没有表情，好像根本不认识他。她母亲赶紧把目光转向别处。只有尤斯蒂娜的眼睛一直在看着他。她不愧是西西里人，没有和他打招呼，但却一直注视着他的眼睛，他可以看出她的嘴唇在哆嗦，在抑制自己的微笑。在烈日炎炎的街上，她显得光彩照人。她是一个早熟的西西里性感美人。成为土匪之后，吉里安诺不再相信爱情。对他来说，爱是屈从于人的行为，孕育着致命的背信弃义的种子，但是这时候他却产生了一种从未有过的感觉——他的内心真想跪在一个人的面前，心甘情愿地发誓做这个人的奴隶。他并没有把这个看成是爱。

一个月之后，吉里安诺发现，尤斯蒂娜·费拉站在巴勒莫大街上、沐浴着金色阳光的形象依然萦绕在自己的脑际。他认为这仅仅是一种性的欲望，是他怀念与拉韦内拉在一起的激情夜晚。接着他就想入非非，不仅幻想着和尤斯蒂娜做爱，还幻想着花时间陪她在山里漫游，让她看那些藏身的洞穴，看那些开满鲜花的狭长山谷，并在篝火上为她做饭。他那把吉他还在母亲的房子里，他幻想着为她弹奏吉他。他愿意把这几年写的诗歌拿给她看，其中有一些已经发表在西西里的报纸上。他甚至想到置卢卡上校特种部队的两千人于不顾，悄悄潜入蒙特莱普雷，到她家里去找她。想到这里，他变得理智起来，他知道他正在孕育着一些危险的想法。

这一切都是胡思乱想。其实他的生活中只有两种选择，不是被宪兵打死，就是到美国去避难。如果他继续这样想入非非，那是去不了美国的。他必须把她从自己的头脑中清除出去。如果他勾引她或者把她带走，就会使她父亲成为他的死敌，而他的死敌已经够多的了。吉里安诺曾经因为阿斯帕努诱奸一个纯洁的女孩用鞭子狠狠地抽过他；这些年他的手下有三个人因强奸妇女被他处死。他对尤斯蒂娜的这份情感是想使她幸福，让她爱慕他，让她像他曾经看待自己的方式来看待他。他想让她的眼睛中充满了对他的爱和信任。

不过，这只是他在头脑中对这些选择进行的战术探究。他早就决定了自己的行动方案。他要和这个姑娘结婚。秘密结婚。除了她的家人，谁也不会知道。当然这不包括皮肖塔以及他手下几个可以信赖的成员。无论什么时候，只要能够安全地见到她，他就会派人把她护送到山上来，这样他们就可以有一两天时间待在一起。对于她来说，做图里·吉里安诺的妻子是很危险的，但是他可以安排把她送到美国去，让她在那里等他设法逃出去。只有一个问题：尤斯蒂娜对他是什么看法？

卡塞罗·费拉五年前就成了吉里安诺队伍的秘密成员，只进行情报收集工作，不参加他们的任何行动。他和他妻子了解吉里安诺的父母，而且是邻里，都住在贝拉大街上，离吉里安诺家只隔十幢房子。与蒙特莱普雷的大多数人相比，他受过比较多的教育，不甘心务农。尤斯蒂娜小时候把钱弄丢了，吉里安诺又给了她一份，而且还让她带回一张字条，说他们家将受到他的保护，所以卡塞罗·费拉去拜访了玛丽亚·隆巴尔多，并主动提出帮助吉里安诺。他在巴勒莫和蒙特莱普雷收集有关宪兵巡逻队的动向、吉里安诺准备绑架的富商的动向、向警察告密的人的身份特征等方面的情报。他也从这些绑架中得到一定的实惠，在蒙特莱普雷开起了一家小饭馆，这也有助于他收集情报。

大战结束后，他儿子西尔韦奥退伍回家，成了一名社会主义的鼓动者，卡塞罗·费拉把他逐出了家门。这倒不是因为他不赞同儿子的信仰，而是因为怕他给家里的其他人带来危险。对于民主党和罗马的统治者，他都不抱幻想。他提醒图里要信守承诺，保护费拉一家，而吉里安诺则尽了最大的努力来保护西尔韦奥。西尔韦奥被杀害后，吉里安诺答应为他儿子报仇。

费拉从来没有责备过吉里安诺。他知道吉里斯特拉的大屠杀彻底影响了图里·吉里安诺，让他非常悲伤，至今还感到痛苦。这是他听他妻子说的，因为玛丽亚·隆巴尔多跟她谈起过她的儿子吉里安诺，而且谈了好几个钟头。几年前的一天，她儿子遭到了宪兵的枪击，心地善良的他被迫还击，开了杀戒。当然，自那以后的每一次杀人都是迫不得已，都是被那些坏人逼的。玛丽亚·隆巴尔多对于每一次杀人和每一次犯罪都采取了原谅态度，可是当她谈到吉里斯特拉山口的屠杀事件时，就有些支支吾吾。哦，天真无邪的儿童被机枪子弹打死，手无寸铁的妇女惨遭杀戮。人们怎么能相信他儿子会做这样的事呢？难道他不是穷人的保护者，不是西西里的斗士了？难道他没有用劫来的财富帮助西西里所有挨饿的个人和家庭？她的儿子不可能下令进行这样的屠杀。为此，儿子曾在黑圣母像前对她发过誓，为此，母子二人曾抱头痛哭。

这些年来，卡塞罗·费拉一直在试图破解一个谜团：在吉里斯特拉山口究竟发生了什么？难道真的是帕萨藤珀的机枪手在射击的时候把仰角弄错了？难道真的是嗜血成性的帕萨藤珀为了一时的痛快而对这些人大开杀戒？整个事件会不会是有人故意策划来诬陷吉里安诺呢？用机枪扫射的会不会还有另外一拨人——这些人不是在执行吉里安诺的命令，而是由友中友或者警察部队派去的？除了对吉里安诺，卡塞罗没有排除对任何人的怀疑。因为如果吉里安诺是罪魁祸首，他所生活的这个世界就会崩溃。他喜欢吉里安诺，就像喜欢自己的儿子一样。他是看着他长大成人的，他从未表现出丝毫卑鄙或邪恶的念头。

所以卡塞罗·费拉一直睁大眼睛看着，竖起耳朵听着。对于吉里安诺组织中那些没有被卢卡上校投进监狱的秘密成员，他请他们喝酒。从住在镇上、偶尔到他的小酒馆喝酒、打牌的友中友成员的交谈中，他听到一些只言片语。有一天晚上，从他们谈笑中，他听见他们说“野兽”和“魔鬼”与唐·克罗切进行过秘谈，以及克罗切是如何把这两个令人害怕的家伙变成了传播流言蜚语的能手。费拉陷入了沉思，借助西西里人准确的想象力展开联想。帕萨藤珀和斯特凡·安多里尼曾经和克罗切有过接触。帕萨藤珀常常被称为“野兽”，而“魔鬼修士”则是安多里尼当土匪的名字。他们到远离大山基地的维拉巴去，在唐·克罗切家里和他进行密谈，为的是什么呢？他让十来岁的儿子给吉里安诺家里送去一封急信，两天后他接到指令，要他到山里的一个接头地点去见吉里安诺。他把自己的想法告诉了吉里安诺。年轻人的脸上没有任何表情，只是叫他要绝对保密。他对费拉没有再说什么。现在，时隔三个月，吉里安诺再次要他上山，说他想听听这件事的下文。

吉里安诺和他的队伍转移到大山深处，到了卢卡的部队鞭长莫及的地方。卡塞罗·费拉连夜动身，在接头地点见到前来带他去营地的阿斯帕努·皮肖塔。到第二天早晨，他们才到达营地，这时候热气腾腾的早餐正等着他们。精心准备的早餐放在铺了台布、摆了银餐具的折叠桌上。图里·吉里安诺穿着白绸衬衫和褐色鼹鼠皮裤子，裤脚管塞进擦得锃亮的皮靴里。他刚刚洗过头，头发也梳过。他从来没有像现在这么英俊。

吉里安诺让皮肖塔先出去，自己和费拉单独坐在一起。吉里安诺略显不安。他一本正经地说："我要谢谢你送来的情报。我进行了调查，现在我知道这是真的。这个情报非常重要。不过我请你过来是要谈另外一件事情。我知道这件事会使你吃惊，不过我希望这不会冒犯你。"

费拉确实感到吃惊，不过他很客气地说："你是绝对不会冒犯我的，我欠你的太多了。"

听到这句话之后，吉里安诺微微一笑。费拉记得，从小时候起，吉里安诺脸上就总带着这种坦诚的微笑。

"请仔细听我说，"吉里安诺说，"我要先和你谈谈，要是你不同意，这事就到此为止。现在不要把我当成这支队伍的首领，我是在跟你——尤斯蒂娜的父亲——说话。尤斯蒂娜很漂亮，你家门口肯定会有许多镇上的年轻人流连忘返。我知道你一直在谨慎地保护她的纯洁。我要告诉你，我有生以来第一次有这样的感觉。我想和你女儿结婚。如果你不答应，我就绝不会再提一个字。你还是我的朋友。你女儿还会像以往一样受到我的特别保护。如果你答应，那我就去问你女儿，看她对此有什么想法。如果她说不，这件事情也就到此为止。"

卡塞罗·费拉听到这话果然大吃一惊，他结结巴巴地说："让我想想，让我想想。"他很长时间没有说话。等他开口说话的时候，语气中充满了极大的尊敬，“我愿意把女儿嫁给你，而不是这个世界上的其他男人。我知道我儿子西尔维奥会同意我的看法，可惜上帝让他永远安息了。”接着他又结巴起来，“我只担心我女儿的安全。如果尤斯蒂娜做了你的妻子，卢卡上校肯定会找出种种借口把她抓起来。现在友中友也成了我们的敌人，他们可能做一些伤害她的事。你必须到美国去，否则就会死在大山里。我不想让她年纪轻轻就守寡，原谅我这样直言不讳。但是这样你的生活会变得更加复杂，这也是我最担心的。一个快乐的新郎意识不到这里的各种陷阱，也不会警惕自己的敌人。结婚可能导致你的死亡。我说得这么直白，就是因为我喜欢你而且尊重你。这件事情可以从长计议，等你对自己的未来更加了解、更加明智地筹划自己前途的时候再说。”他说完这番话的时候，两眼一直谨慎地看着吉里安诺，看他说的话是不是惹他不高兴了。

他的话只是使他有点泄气。他看出来了，这是恋爱中的青年人的失落感。这在他看来有点异乎寻常，于是他有几分冲动地说：“我并没有回绝你，图里。”

吉里安诺叹了口气说：“所有这些我都考虑过。我的计划是这样。我和你女儿秘密结婚。曼弗雷迪院长会为我们主持婚礼。我们在山里结婚。在其他任何地方对我来说都太危险。但是我可以安排让你和你夫人陪同你们的女儿来，这样你们也可以亲眼见证这次婚姻。她将和我在一起待三天，然后我就把她送回家。如果你女儿成了寡妇，她将会有足够的钱去开始新的生活。所以你不需要担心她的未来。我爱你的女儿，她这一辈子都将得到我的珍爱和保护。万一我有个三长两短，我也会安排好她的未来。但是，嫁给一个像我这样的人是有风险的，作为她的父亲，你完全有理由不让她承受这样的风险。”

卡塞罗·费拉极为感动。这个年轻人说话简明扼要，开门见山，而且满怀着希望。但最重要的是，他说得句句在理。为使他女儿能应对生活的磨难，为了她未来生活过得幸福，他作出了种种安排。费拉从桌子边上站起来拥抱吉里安诺。“我为你祝福，”他说，“我去跟尤斯蒂娜说。”

费拉临走的时候说，他感到很高兴，因为他所提供的情报有价值。他很惊讶地发现吉里安诺的脸色突然阴沉下来。那双眼睛似乎睁得更大，那张英俊的脸似乎凝固成了白色的大理石。

“我将邀请斯特凡·安多里尼和帕萨藤珀参加我的婚礼，”他说道，“我们可以把问题留到那时候解决。”后来费拉才想到，如果要秘密举行婚礼，那他这么做就离谱了。

在西西里，一个姑娘结婚前从来没有和自己的男人单独在一起待过的情况并不少见。如果女人坐在自己家门外，没结婚的总是侧身而坐，眼睛从来不盯着大街看，否则就会被说成是轻浮。路过的年轻小伙子根本没有机会和她们搭话，但在教堂的时候情况就不同了，因为她们处于圣母玛利亚的神像和她们目光冷峻的母亲的保护之下。如果一个青年男子疯狂地爱上一个侧身而坐的姑娘，或者有几句倾心爱慕的话要说，就必须用文字写下来，写成一封像模像样的信来表达自己的心意。这是一件严肃的事情。很多人都雇请专业人士代笔，因为万一说错了话，结局可能就不是婚礼而是葬礼，这是可想而知的。所以图里·吉里安诺通过女孩的父亲求婚并非不正常，尽管他自己并没有直接向尤斯蒂娜表达过对她的爱慕。

对于尤斯蒂娜会怎样回答，卡塞罗·费拉没有丝毫的疑问。她还是个小姑娘的时候，每次做祈祷她总要说一句“保佑图里·吉里安诺不受宪兵的伤害”。每次碰上给吉里安诺的母亲玛丽亚·隆巴尔多送信的事，她总是很积极。当通往拉韦内拉家有一条地道的消息传开之后，尤斯蒂娜简直气疯了。起初她父母亲还以为她是对那个女人和吉里安诺父母被捕的事感到愤怒，后来才意识到那是她的妒忌。

所以女儿会怎样回答已在卡塞罗·费拉的预料之中；这毫不奇怪。但是她听到这个消息时的反应却完全在他的意料之外。她朝父亲调皮地一笑，好像是她策划了这场诱惑，好像她知道自己可以征服吉里安诺。

在大山深处有一座诺曼人的小城堡，里面已经有二十年无人居住，现在几乎成了废墟。吉里安诺决定在那里办婚礼、度蜜月。他下令阿斯帕努·皮肖塔设立一道由武装人员构成的环形防线，以保护新婚夫妇免遭突然袭击。曼弗雷迪院长坐着驴车离开修道院，接着由吉里安诺的人用担架抬着他沿崎岖的小道上了山。在古城堡里，他非常高兴地看见那里面有一个私家教堂，可惜有价值的雕像和木刻早已被偷盗一空。不过那个石头祭坛很漂亮，空荡荡的石头建筑本身也很漂亮。其实院长并不赞同吉里安诺结婚，他与吉里安诺拥抱之后打趣地说：“有一句谚语你应当听说过：单枪匹马的玩家永远不会输。”

吉里安诺哈哈一笑说：“但是我也得考虑自己的幸福。”接着他又加了一句，“不要忘记，圣约瑟是先剃自己的胡须，然后才给使徒们剃的。”这是农民常说的话，院长很喜欢这句话并经常引用它替自己那些赚钱的计划开脱。吉里安诺这句话使院长情绪好了不少，他打开自己的文件箱，把结婚证书递给吉里安诺。这份证书制作精美，上面印的是烫金的中世纪花体字。

“这段婚姻将由修道院记录在案，”院长说，“但是不要害怕，不会有人知道的。”

新娘子和她的父母前一天晚上就骑着毛驴上了山。他们就住在城堡的两个房间里。吉里安诺的人事先进行了清扫，放上了用竹子和草搭成的床铺。吉里安诺不能把自己的母亲和父亲接来参加婚礼，感到很不是滋味，因为他们处于卢卡上校特种部队的严密监视之下。

应邀参加婚礼的只有阿斯帕努·皮肖塔、斯特凡·安多里尼、帕萨藤珀、西尔韦斯特罗下士和泰拉诺瓦。尤斯蒂娜换下路上穿的衣服，穿上在巴勒莫让她光彩照人的白色连衣裙。她对吉里安诺嫣然一笑，这灿烂的笑容顿时使吉里安诺不知所措。院长主持了简短的仪式，接着他们就来到城堡外的草坪上。草坪上有一张桌子，上面摆放着葡萄酒、冷肉和面包。大家吃得很快，并举杯对新娘和新郎表示祝贺。院长和费拉夫妇返回的路程很长，而且路上也不安全。令人担心的是，宪兵的巡逻队可能无意中进入这一地区，那么吉里安诺手下组成环形防线的武装人员就将被迫交火。院长想尽快回去，但是吉里安诺留住了他。

“我要感谢你今天为我所做的事，”吉里安诺说，“等我大喜的日子一过，我将做一件大发慈悲的事。但是我需要你的帮助。”他们悄悄地说了一些话，院长听后点了点头。

尤斯蒂娜拥抱了自己的父母；她母亲哭了，以乞求的目光看着吉里安诺。这时尤斯蒂娜在她耳边悄悄说了几句，老人当即破涕为笑。母女二人再度拥抱，接着老两口各自骑上毛驴。

新娘和新郎将在城堡的主卧室度过他们的新婚之夜。这间卧室原先空空如也，是图里·吉里安诺让人用驴子驮来一张特大的床垫，上面铺着从巴勒莫的名牌商店买来的丝绸床单、一床鹅绒被和一对枕头。浴室的面积跟卧室差不多，里面有个大理石浴缸以及一个巨大的洗涤池。当然了，自来水是没有的，要用桶取水倒进去。水是吉里安诺亲自用桶从城堡旁边潺潺流动的小溪里拎来的。他还在浴室里放了一些尤斯蒂娜从来没见过的卫生用品和香水。

赤身裸体的她一开始还有些羞怯，把双手放在两腿之间。她肌肤金黄，身材苗条，乳房像成熟女人那样丰满。他亲吻她的时候，她把头微微偏向一边，他的唇只触到她的嘴角。他很有耐心，这并不是因为他有情人的技巧，而是他有一种战术意识，这种意识在他的游击战中发挥了很大作用。她又黑又长的秀发松散着披下来，遮住了她丰满的双乳，他抚摸着她的秀发，谈起他在巴勒莫第一次看见她变成成熟的女人的情形，他说那一天是命中注定的。她当时真是漂亮极了。他背诵起赞誉她的诗歌来。这些都是他独自在山上时，因思慕她的美貌而写的。她觉得放松多了，把鹅绒被盖在身上。吉里安诺躺在被子上，可是她把目光转向了别处。

尤斯蒂娜告诉他，她替哥哥给他送了一封信，那一天她就暗恋他了。可是当时他并没有认出她，不知道她就是几年前他给了她一次钱的那个小姑娘，当时她难受极了。她告诉他说，从十一岁开始，她每天晚上都要为他祈祷，而且从那时起，她就爱上他了。

她的这番话说得图里·吉里安诺心花怒放。她很爱他，他独自在山里，而她却在思念他。他不断抚摸她的秀发，而她则用温暖干燥的手紧紧地握着他的手。“我让你父亲转达我的求婚，你感到吃惊吗？”他问她。

她诡秘而得意地笑了笑。“那次你在巴勒莫那样盯着我看，我一点都不吃惊。”她说，“从那一天起，我就准备做你的人了。”

他俯身亲吻她那红葡萄酒色的嘴唇，这一次她没有把脸转开。他惊讶地感受到她满口的香甜，连呼吸也那么香甜，也感受到自己肉体上的反应。有生以来他第一次感到自己的身体在熔化，他感到飘飘欲仙。他的身体开始颤抖。尤斯蒂娜掀开鹅绒被让他到被子里和她睡在一起。她把身子侧过来，用双臂搂着他，这样他们就可以一起滚动。他觉得她的身体不同于他以前接触过的其他女人。她闭上了双眼。

图里·吉里安诺亲吻她的嘴、她那闭着的眼睛，接着亲吻她的乳房。她的皮肤娇嫩无比，她的胴体几乎热得烫嘴。她的体香使他惊讶，它是那么的甜美，没有受到生活苦难的影响，离死亡还有十万八千里。他的手慢慢向下移至她的大腿，她那柔润的肌肤引起他指尖一阵快感，随之从手指发散到他的腹股沟，继而传至他的头顶，几乎使他感到痛苦。这种感觉使他吃惊，他大声笑起来。这时她把一只手放在他的两腿之间，她的动作之轻柔简直使他失去了知觉。他随即与她做爱，既有激情又很温柔。她慢慢地、有点不知所措地对他的爱抚作出反应，稍过一阵之后，她也迸发出同样的激情。剩下的时间里，他俩一直如胶似漆，除了发出短促的呻吟，他们谁都没有说话。及至天已破晓，精疲力竭的尤斯蒂娜才慢慢睡着。

她睡到将近中午醒来的时候，发现巨大的大理石浴缸里已经注满了凉水，洗涤池边的桶里也是满满的水。到处看不见图里。一时之下她因孤单而感到害怕；接着她就跨进浴缸洗起澡来。走出浴缸后，她用一条棕色粗毛大浴巾把身上擦干，抹了放在洗涤池上的一种香水。梳洗过后，她穿上行路的衣服：一件白纽扣的毛衣和一件棕色外套。她明智地穿了一双轻便鞋。

户外，西西里五月的阳光像往常一样灼热，不过徐徐的山风把空气吹得很凉爽。在折叠桌旁点着一堆篝火，吉里安诺为她准备好了早餐——烤粗面包片、冷火腿和一些水果。还有几大杯牛奶，是从用树叶包裹的金属容器里倒出来的。

见四周没有人，尤斯蒂娜扑向图里的怀抱，深情地吻起他来。接着她感谢他做了这顿早餐，但埋怨他没把她叫醒，让她来做这顿早餐。在西西里，男人做这样的事也算是奇闻了。

他们在室外的阳光下用餐。四周是古堡的断壁残垣，身居其中，他们感到陶醉。古堡城墙上还有残存的诺曼塔楼，塔尖上是五彩石子镶嵌的图案。城堡的入口是漂亮的诺曼式大门，从断壁残垣的缺口，可以看见小教堂祭坛的拱门。

他们从古堡城墙的缺口走出去，穿过一片只有稀稀落落几棵野生柠檬树的橄榄园，步入鲜花盛开的小花园。这些花在西西里生长得非常繁茂，其中有希腊诗人描述的日光兰、有粉红的银莲、紫红的风信子、血红的侧金盏——传说它是由维纳斯情人的鲜血染红的。图里·吉里安诺的一只手臂搂着尤斯蒂娜；她的头发和身体都浸透在鲜花散发的香气之中。来到橄榄园的深处时，尤斯蒂娜大胆地拉着图里倒在五颜六色鲜花点缀的天然大地毯上。他们再次做爱。一群黄黑花纹的蝴蝶在他们上方盘旋飞舞，随后翩翩飞向广阔的蓝天。

到了第三天，也就是他们在一起的最后一天，他们听见远处的山里传来枪声。尤斯蒂娜有些吃惊，不过吉里安诺告诉她不要害怕。这三天他始终特别注意，从来不做让她产生恐惧的事。他身上没有带武器，眼前也看不到武器；他的枪藏在小教堂里。他丝毫没有放松警惕，并命令他的人待在他们的视线之外。枪声过后不久，阿斯帕努·皮肖塔出现了。他从肩上取下一串血淋淋的兔子，把它们扔到尤斯蒂娜的脚下说："把它们烧给你丈夫吃吧，这是他最爱吃的。要是你烧砸了，我们还有二十只。"他对她微微一笑。等她忙着把兔子剥皮、清洗的时候，他朝吉里安诺打了个手势。两人走到城墙一处倒塌的拱门边坐下。

"呃，图里呀，"皮肖塔说着咧开嘴笑着说，"我们为她去冒生命危险值吗？"

吉里安诺平静地说："我是个幸运的人。现在跟我说说你打的那二十只兔子。"

"是卢卡的一支巡逻队，人数不少，"皮肖塔说，"我们把他们阻于环形防线之外。来了两辆装甲车。有一辆驶进雷区，被炸后起了火，焦得就像你的新娘要烤的兔子。另一辆对着岩石胡乱射击了一阵，就溜回蒙特莱普雷的老窝去了。当然，他们明天早晨还会来，来找他们的同伴。来的人不会少。我建议你们今天晚上就离开这里。"

"尤斯蒂娜的父亲明天拂晓来接她，"吉里安诺说，"你安排会面了吗？"

“安排了。”皮肖塔说。

“我妻子离开后……”吉里安诺说到“妻子”的时候有些口吃，皮肖塔哈哈笑起来。吉里安诺笑了笑，接着说，“把那些人带到小教堂里去，我们要把这件事来个了断。”稍事停顿之后他继续说，“我把吉里斯特拉惨案的真相告诉你的时候，你感到吃惊吗？”

“没有。”皮肖塔说。

“留下一起吃晚饭好吗？”吉里安诺问道。

“在你们蜜月的最后一个晚上？”皮肖塔摇了摇头，“这个谚语你想必知道：‘当心新娘子的烹饪。”当然了，这个古谚指的是参与犯罪的新伙伴可能有潜在的背叛行为。皮肖塔其实是在重申吉里安诺不应该结婚。

吉里安诺微微一笑：“现在这种情况不会持续太久——我们必须准备过一种截然不同的生活。明天，在我们把所有事情处理完毕之前，一定要守住那道防线。”

皮肖塔点点头。他朝正在篝火边做饭的尤斯蒂娜看了一眼。“她真是漂亮，”他说，“不可思议的是，她在我们的鼻子尖底下长大，可是我们却从来没有注意到她。但是要当心。她父亲说她有脾气。不能让她摆弄你的枪。”

这也是狡猾的西西里农民的粗话，但吉里安诺似乎没有听见。皮肖塔翻越花园围墙，消失在橄榄园里。

尤斯蒂娜把采集的鲜花放进她从城堡里找到的一只旧花瓶里。这些鲜花使桌上增色不少。她把做好的番茄蒜泥兔肉和用木碗盛的橄榄油红酒醋色拉端到桌上。图里觉得她好像有些紧张，还有些伤感。也许是枪声的缘故，也许是脸色阴沉、腰挎黑色手枪的阿斯帕努·皮肖塔来到他们伊甸园的缘故。

他们面对面坐下，开始慢慢地用餐。吉里安诺心想，她的厨艺真不错。她的动作麻利，不断把面包、肉放进他的盘子里，还往他的杯子里续酒。她母亲把她调教得很好。看到她的胃口很好，不是那种病歪歪的样子，他心里很高兴。她抬起头，看见他正注视着她，就笑嘻嘻地对他说："有没有你母亲做得好吃？"

"比她做得好，"他说道，"但是你可千万别跟她说。"

她依然像调皮的小猫似的看着他。"有拉韦内拉做得好吗？"

图里·吉里安诺从来没有和年轻姑娘有过风流韵事。这突如其来的问题把他问住了，不过他的战术思维头脑迅速对问题作出分析。接下来她肯定要问跟拉韦内拉做爱的事了。这样的问题他既不想听，也不想回答。他对那个中年女人的爱从来没有像他现在对这个年轻姑娘这样深；但他对拉韦内拉依然怀有温情和敬重。她是个经历悲惨、深受苦难的女人，眼前这个小姑娘虽然漂亮迷人，但对那些悲惨遭遇和痛苦却一无所知。

他神情严肃地对尤斯蒂娜笑了笑。她站起身来收拾桌子，不过仍然在等待他的回答。吉里安诺说："拉韦内拉的厨艺很高，用她来衡量你是不公平的。"

一只盘子从他头上飞了过去，他不禁哈哈大笑起来。他之所以这样笑，是因为他对自己在这样的家庭场景中所扮演的角色感到很得意，同时也因为这个年轻姑娘第一次撕下了温柔的面纱。可是，当她开始哭泣的时候，他立刻把她搂到了怀里。

他们站在那儿，站在西西里黄昏时分那转瞬即逝的银色微光中。他对着从她的黑色秀发中露出的涨红了的耳朵说："我是在开玩笑。你是世界上最好的厨师。"他把脸伏在她的脖子上，这样她就看不见他在笑了。

在蜜月的最后一个晚上，他们在一起主要是谈心而不是做爱。尤斯蒂娜问起拉韦内拉，他说那是过去的事了，要把它忘掉。她问他将来怎么跟他见面。他解释说他正在安排人送她去美国，将来他到那里去找她。这一点她父亲早就告诉过她了；她只是想知道，她去美国之前他俩如何见面。吉里安诺发现，她根本没想到他也许走不成；她太年轻了，无法想象悲剧的结局。

天刚蒙蒙亮，她父亲就来了。尤斯蒂娜离别前给了图里·吉里安诺最后一个拥抱。

吉里安诺走进古城堡废墟中的小教堂，等阿斯帕努·皮肖塔把其他头领带过来。他还取出了藏在小教堂里的几支枪，把自己武装起来。

就在婚礼前一天，在与曼弗雷迪院长交谈的时候，吉里安诺对老人说，他怀疑斯特凡·安多里尼和帕萨藤珀，因为在吉里斯特拉山口大屠杀的前两天，他们去见过唐·克罗切。他告诉院长说保证不会伤害他儿子，但对他来说弄清事实真相非常重要。院长把整个事情的过程向他和盘托出。果然不出图里所料，他儿子已经向他做过忏悔。

唐·克罗切要斯特凡·安多里尼把帕萨藤珀秘密带到维拉巴与他见面。克罗切与帕萨藤珀在房间里秘密交谈，让安多里尼在外面等候。这是在大屠杀前两天。"五一惨案"发生后，斯特凡·安多里尼碰到了帕萨藤珀。帕萨藤珀承认唐·克罗切给了他一笔数量可观的酬金，要他违抗吉里安诺的命令，用机枪对着人群扫射。帕萨藤珀威胁说，如果安多里尼把这件事告诉吉里安诺，他就一口咬定他在和唐·克罗做成这笔交易的时候，安多里尼也在房间里。安多里尼非常害怕，他只告诉了他父亲曼弗雷迪院长一个人，再没有告诉过其他人。曼弗雷迪要他守口如瓶。大屠杀后的那个星期，吉里安诺悲愤交加，决心要处决这两个人。

吉里安诺再次告诉院长，保证不伤害他儿子。他告诉皮肖塔他准备干什么，不过要等过了蜜月，等尤斯蒂娜回蒙特莱普雷之后再来处理这件事。他不愿先当屠夫然后再当新郎官。

吉里安诺在诺曼城堡废墟的这座小教堂里等候。教堂的屋顶就是地中海蓝色的天空。阿斯帕努·皮肖塔把头领们带进来后，吉里安诺就靠在残存的祭坛上和他们见面。下士根据皮肖塔的安排，站在可以用枪控制帕萨藤珀和斯特凡·安多里尼的地方。这两人被带到祭坛前，直接面对吉里安诺。到现在还蒙在鼓里的泰拉诺瓦坐在教堂的石凳上。在漫长的夜晚，他一直负责那道环形防线，现在已经疲惫不堪。吉里安诺没有把要处理帕萨藤珀的事告诉其他任何人。

吉里安诺知道，帕萨藤珀就像一只野兽——可以感受到气氛的变化，可以从别人身上嗅出危险的气息。吉里安诺非常谨慎，对帕萨藤珀的态度还是像平时一样。他和帕萨藤珀之间的距离总要比和其他人的要远一些。实际上，他有意把帕萨藤珀和他那帮人派到比较远的地方，去控制特拉帕尼附近地区，因为他非常讨厌帕萨藤珀的凶残。他利用帕萨藤珀去处决告密者，也利用他去威逼那些顽固的“客人”，要他们交纳赎金。帕萨藤珀的尊容就足以使被绑架来的人胆战心惊，讨价还价的时间也因此而缩短。如果这一招还不行，帕萨藤珀就恐吓他们说，不交纳赎金，就别怪他对他们和他们的家人不客气了，还假惺惺地忠告“客人”要争取尽快获释，不要再讨价还价。

吉里安诺用冲锋手枪指着帕萨藤珀说：“我们分手前必须把账算算清楚。你违抗了我的命令，接受唐·克罗切给你的钱，在吉里斯特拉山口制造了一场大屠杀。”

泰拉诺瓦眯起眼看着吉里安诺，为自己的安全担忧，心想吉里安诺是不是要查出真凶，不知自己会不会受到指控。他也许可以采取行动来保护自己，但他看见皮肖塔的手枪也对着帕萨藤珀。

吉里安诺对泰拉诺瓦说：“我知道你和你的手下服从了我的命令。帕萨藤珀没有。他这样做也危害到你的生命安全，因为如果我没有查明事实真相，我就会把你们两个人都处死。现在这笔账我们必须和他算。”

斯特凡·安多里尼纹丝不动。他依然相信命运。他对吉里安诺一片忠心。他与那些信奉上帝的人一样，不相信上帝会有恶意，他犯下的罪过都是为了上帝，他绝对相信自己不会因此受到伤害。

帕萨藤珀此刻已经很清楚了。出于内心深处的动物本能，他意识到自己已难逃一死。除了靠他的凶残，任何其他东西都帮不了他，可是有两把枪正对着他。他只能拖延时间，伺机孤注一掷。因此他说：“钱和信都是斯特凡·安多里尼带给我的——要对他进行清算。”他希望安多里尼采取行动来保护自己，如果安多里尼一动，他就能有下手的机会。

吉里安诺对帕萨藤珀说：“安多里尼已经坦白了自己的罪过，

而且他的手根本没有碰机关枪。唐·克罗切就像欺骗我一样欺骗了他。”

帕萨藤珀狠声恶气、但十分不解地说：“我杀过上百人，你从来没有抱怨过。山口事件已经过去快两年了。我跟你也有七年了，只有那一次我没有服从你的命令。唐·克罗切讲了他的理由，要我相信你不会因为我干的事感到太难过。你只不过是心太软，自己下不了手罢了。我们杀了那么多人，多死几个或者少死几个也没什么了不起。我个人对你一向忠心耿耿。”

吉里安诺知道，现在根本不可能让这个人认识自己所犯的滔天大罪。不过，这件事情怎么会让他生这么大的气呢？这些年来难道他自己就没下令实施过类似的残忍行动？他不是处决过理发师、处决过那个假神父、一次次地搞绑架、打死宪兵、无情地处决告密者？如果说帕萨藤珀是天生的暴徒，那自己又是什么呢？是西西里的斗士吗？他觉得自己在处死帕萨藤珀的问题上产生了犹豫。于是他说：“我给你时间，让你向上帝忏悔。跪下祈祷吧。”

其余的人逐渐与帕萨藤珀拉开距离，让他留在他命中注定的那个地方。他先是假装下跪，紧接着那矮胖的身躯就猛然扑向吉里安诺。吉里安诺迎上一步，按下冲锋手枪的扳机。帕萨藤珀跃起的身躯被子弹打中，但他依然向前扑来，倒地的时候擦到了吉里安诺。吉里安诺及时避开了。

那天下午，帕萨藤珀的尸体在一条宪兵经常巡逻的山路上被发现。他的尸体上别了一张字条，上面写着：

这就是背叛吉里安诺的下场。

第五部

/1950年，图里·吉里安诺
/1950年，迈克尔·柯里昂

第二十五章

迈克尔突然从酣睡中惊醒，就像拼命从深坑里挣扎着往外爬似的。卧室里一片漆黑；木条百叶窗是他拉上的，挡住了外面惨淡的月光。四周静谧无声，只有他怦怦的心跳在打破这怪异的静谧。他可以感觉到卧室里还有一个人。

他在床上翻了个身，觉得附近的地板上似乎有个黑乎乎的东西。他伸手打开床头灯。原来是那颗从黑圣母雕像上砍下的头。他想它是从桌上掉下来的，是它掉在地板上的声音把他惊醒的。他松了一口气，微微一笑。就在这时候，他听见门口有窸窸窣窣的声音。他把目光转向门口，在昏暗的橙黄色灯光照不到的阴影里，他看见了阿斯帕努·皮肖塔那张黝黑瘦削的脸。

他背靠着门坐在地板上。那张带小胡子的嘴巴正得意洋洋地笑着，好像在说：你的保镖们不过如此，你住处的保安也不过如此而已。

迈克尔看了看床头柜上的手表。凌晨三点。“你的活动时间很奇怪——你在等什么呢？”他问道。他翻身下床，迅速穿上衣服，然后打开百叶窗。月光照进房间，像幽灵似的忽隐忽现。“你刚才怎么不把我叫醒？”

皮肖塔晃晃悠悠地站起来，就像蛇昂起头准备攻击一样。“我喜欢看着别人睡觉。有时候他们在睡梦中会大声说出自己的秘密。”

“我从来就不泄密，”迈克尔说，“即使在睡梦中也不会。”他走到外面的露台上，递了一支香烟给皮肖塔。他们一同抽起烟来。迈克尔可以听见皮肖塔的胸腔发出咯咯的声音，因为他在抑制自己的咳嗽。在月光下他的脸色很难看，瘦得就像骷髅。

一阵沉默之后，皮肖塔说：“你拿到那份遗嘱了吗？”

“拿到了。”迈克尔说。

皮肖塔叹了口气。“在这个世界上，图里最相信的人就是我——他连命都托付给我了。现在能找到他的人只有我。但是那本证据他却没有托付给我。那东西在不在你手上？”

迈克尔有些犹豫。皮肖塔大笑起来。“你跟图里一个样。”他说道。

“那份遗嘱现在在美国，”迈克尔说，“在我父亲手上，很安全。”他不想让皮肖塔知道那东西正在被送往突尼斯的路上，因为他不想让任何人知道。

接下来的问题迈克尔实在不想问。皮肖塔如此神秘兮兮地来找他，只能有一个理由。他冒险躲过别墅四周的保镖，只能有一个理由；抑或是他们允许他进来的？这只能说明吉里安诺即将出现。“吉里安诺什么时候来？”他问道。

“明天晚上，”皮肖塔回答说，“不过不是在这里。”

“为什么呢？”迈克尔问道，“这里很安全。”

皮肖塔笑着说："可是我闯进来了，不是吗？"

这是事实，迈克尔感到恼火。他再次怀疑是唐·多梅尼克有令在先，所以保镖把他放了进来，也许是他亲自把他带进来的。"这件事还是由吉里安诺本人来决定吧。"他说。

"不，"皮肖塔说，"我必须为他作出决定。你向他的家人保证他的安全。但是唐·克罗切知道你在这里，韦拉尔迪警督也知道。到处都是他们的眼线。你为吉里安诺制订的是什么计划？结婚庆典？生日宴会？还是葬礼？你要对我们说的是什么昏话？你以为我们西西里人都是蠢驴？"他说话的语气咄咄逼人。

"我不打算把我的营救计划透露给你，"迈克尔说，"相不相信我，悉听尊便。告诉我你要带吉里安诺去哪儿，我就到那里去接他。如果不告诉我，那我明天晚上就安全返回美国，让你和吉里安诺继续东躲西藏吧。"

皮肖塔哈哈一笑，接着说："说起话来真像西西里人。你在这里几年没有白过。"他叹了口气，"我认为事情并没有就此结束，"他说，"将近七年的游击和奔命、不断被出卖和不断的杀戮。不过我们曾经是蒙特莱普雷之王，图里和我——我们都有过很多辉煌。他是为穷人，而我是为自己。开始我根本不相信，在我们占山为王的第二年，他以实际行动向我和我们所有的人证明了这一点。别忘了，我是他的副手，他的表弟，是他最信任的人。我扎的皮带和他的一样，也有金带扣；这皮带还是他给我的呢。但是，我在帕尔蒂尼科诱奸了一个年轻的农家姑娘，把她肚子搞大了。她父亲找到吉里安诺告了我一状。你知道图里干了什么？他把我绑在树上用鞭子抽。当然不是当着那个农民或我们其他人的面。他绝对不会让我在他们面前出丑。这是我俩的秘密。但我知道，如果我下次再违抗他的命令，他一定会宰了我。这就是我们的图里。”他把颤悠悠的手举到嘴边。在暗淡的月光下，他的小胡子微微发亮，就像一小段黑色的骨头。

迈克尔思忖，这么奇怪的事情，他告诉我干什么？

他们回到卧室后，迈克尔拉上百叶窗。皮肖塔从地板上捡起那颗被砍下的黑圣母的头，然后递给迈克尔。“我把这个扔在地板上来叫醒你，”他说，“那份遗嘱原本就放在这里面，是吗？”

“是的。”迈克尔说。

皮肖塔的脸上显出萎靡的神情。“玛丽亚·隆巴尔多对我撒了谎。我问她那个东西在不在她那里，她说不在。接着她又当着我的面把它交给你。”他苦笑了一下，“对她来说，我一直像她的儿子。”他顿了顿，接着说，“我也一直把他看成自己的母亲。”

皮肖塔又要了一支香烟。床头柜上的酒瓶里还剩了一些酒。迈克尔为他俩各倒了一杯，皮肖塔满怀感激地把酒喝下。“谢谢你了，”他说，“现在我们必须干正事了。我将在卡斯特尔维特拉诺镇郊外把吉里安诺交给你。你要乘坐敞篷车，这便于我认出你来，直接从特拉帕尼的公路开过来。我将在我选择的地点拦住你。如果有危险，你就戴上帽子，那样我们就不会出现。时间定在破晓时分。你觉得能赶上吗？”

“能，”迈克尔回答说，“现在是万事俱备。有件事我要告诉你：昨天斯特凡·安多里尼没有如期和阿多尼斯教授见面。教授很担心。”

皮肖塔第一次感到惊讶。接着他耸耸肩说：“那个小矮子是个丧门星。现在我们暂时告别，明天拂晓再见。”他抓住迈克的手握了握。

迈克尔有些冲动地说：“跟我们一起到美国去吧。”

皮肖塔摇了摇头说：“我一直生活在西西里，我喜欢自己的生活。所以即便是死，我也要死在西西里。不过我还是要谢谢你。”

说来也怪，迈克尔竟被这番话感动了。即使他对皮肖塔不大了解，但他意识到要想让这个人离开西西里的土地和大山是不可能的。这个人太凶狠残忍，太嗜血成性。无论他的肤色，还是他的声音，都是彻头彻尾的西西里人。他永远不可能相信一个陌生的国度。

“我送你出大门吧。”迈克尔说。

“不用了，”皮肖塔说，“我们这个短暂的见面必须保密。”

皮肖塔走后，迈克尔在床上辗转反侧，直到拂晓也无法入眠。他终于要和图里·吉里安诺见面了，他们要一起去美国。他心下思忖，不知这个吉里安诺是什么样的人。他是传说中的那样吗？真的那么了不起？控制着这个岛、影响了一个国家？他从床上爬起来，拉开百叶窗。终于破晓了。他看见太阳正冉冉升起，在海面上铺起一条金光大道，一艘摩托艇正沿着这道金光朝码头疾驶而来。他迅速跑出别墅，冲向海滩，去迎接彼得·克莱门扎。

他们共进早餐时，迈克尔把皮肖塔的造访告诉了他。对皮肖塔能自由出入戒备森严的别墅，克莱门扎好像并不感到惊讶。

整个早上他们都在制订与吉里安诺见面的计划。也许有密探正监视着别墅中不同寻常的活动，一个车队肯定会引起他们的注意。

迈克尔无疑也处于他们的密切监视之下。确实，韦拉尔迪的西西里警察是不会来干涉的，但谁知道又会有什么背信弃义的行动呢？

计划定完后，他们就吃午餐，随后迈克尔回房午休。他想为漫长的夜晚保持充沛的精力。彼得·克莱门扎有一大堆事务要处理——给他的手下人下达命令、安排运输问题，还要把返回的事向他哥哥唐·多梅尼克作简要汇报。

迈克尔拉上卧室的百叶窗，而后在床上躺下。他的身体僵硬，根本睡不着。在此后二十四小时中，可能会发生很多可怕的事。他有一种不好的预感。接着他做了一个梦：他回到了长岛的家中，他的母亲和父亲在门口等着他，他的长期流亡生活结束了。

第二十六章

土匪生涯的第七年，图里·吉里安诺知道自己必须离开这个山中的王国，逃亡到美国去。那里是母亲怀上他的地方，也是他孩提时，父母跟他讲得最多的地方。那是一个神奇的国度，那里的穷人受到公正的对待，政府不是富人的走狗，只要通过诚实的劳动，穷得叮当响的西西里人也能成为有钱人。

唐·克罗切一直宣称自己与吉里安诺有交情，与美国的唐·柯里昂有联系，正在帮助营救吉里安诺，送他去美国避难。图里·吉里安诺心知肚明，唐·克罗切有私人的目的，但他知道自己几乎已走投无路。他现在是大势已去。

今天夜里，他就要去见阿斯帕努·皮肖塔，他要把自己交给那个叫迈克尔·柯里昂的美国人。现在他就要与大山告别了，这些大山曾给了他七年的庇护。他将离开他的王国、他的权力、家人和所有同伴。他的队伍已经土崩瓦解；他的大山正在被占领；保护他的西西里人民正受到卢卡上校特种部队的镇压。如果他不走，他还能取得一些胜利，但他最终必然会失败。现在他已经到了山穷水尽的地步。

图里·吉里安诺背上短筒猎枪，拿起冲锋手枪，开始了前往巴勒莫的跋涉。他穿着白色无袖衬衣，外面套了一件有大口袋的皮上衣，口袋里装着几梭子枪弹。他确定了自己的行进速度。他的表已经九点。尽管天上朦胧的月光依稀可见，但日光尚未完全退去。他随时都有碰上剿匪特种部队巡逻队的危险，可是他无所畏惧地向前走去。这些年来，他学会了如何隐蔽自己。这里的乡亲们都会掩护他。如果有巡逻队，他们就会告诉他；如果他处境危险，他们就会保护他，让他躲在他们的家里；如果他受到攻击，牧羊人和农民都会聚集到他的旗下。他是他们的捍卫者；他们绝不会背叛他。

在吉里安诺婚后的几个月里，卢卡上校的特种部队和吉里安诺的部分人马有过几次激战。卢卡上校已经把帕萨藤珀的死说成是自己的功劳，报纸以巨幅标题报道说，英勇的剿匪特种部队在激烈的枪战中击毙了吉里安诺手下最可怕的头目。当然，卢卡上校对留在尸体上的字条一事缄口不言，不过唐·克罗切是从韦拉尔迪警督那里听说这件事的。此刻他知道，吉里安诺已经把发生在吉里斯特拉山口的背叛行动弄得水落石出了。

卢卡上校的五千人马给吉里安诺造成了极大的压力。他再也不敢去巴勒莫采购给养或潜入蒙特莱普雷看望母亲和尤斯蒂娜。他手下许多人因被人告密而遭到杀害。有些人离乡背井去了阿尔及利亚或突尼斯。还有些人与他的队伍一刀两断，从此销声匿迹。黑手党现在公开与他誓不两立，利用其自身的网络把吉里安诺的人送交宪兵。

而且，他的一个头目终于被除掉了。

泰拉诺瓦很倒霉，而给他带来不幸的正是他为善的德行。他不像帕萨藤珀那样凶残，也不像皮肖塔那样狡诈；他不像魔鬼修士那样手段毒辣，也不像吉里安诺那样奉行苦行主义。他很有悟性，但也太重感情，所以吉里安诺经常让他去和那些被绑架来的人交朋友，去把钱财发放给穷人。在夜深人静的时候到巴勒莫去张贴告示，宣传吉里安诺主张的也是泰拉诺瓦和他带领的那一帮人。那些比较血腥的行动他不太参加。

他需要爱，也需要情。几年前，他在巴勒莫跟一个带着三个小孩的寡妇搭上了。她根本不知道他是土匪，还以为他是到西西里来度假的罗马政府官员。她很感激他，因为他不但给她钱，而且还带礼物给她的孩子们，但是他跟她说得很清楚，他们是不可能结婚的。她回报他的是他所需要的柔情和关爱。每次他去她那里，她都给他做好吃的；她替他洗衣服，还满心感激地与他做爱。当然，这种暧昧关系不可能永远瞒过友中友。唐·克罗切把这些都记在账上，准备在适当的时候加以利用。

尤斯蒂娜进山看过吉里安诺几次，每次都是泰拉诺瓦护送。她的美貌勾起了他的欲望，他决定最后再到他情妇那里去一次，当然他也知道这样做太不谨慎。他想给她一笔钱，以便维持她和她的孩子们今后几年的生活。

于是，一天夜里，他独自潜入巴勒莫。他把钱给了那个寡妇，并解释说他可能很久都不能和她见面了。她哭着说了许多伤心的话，最后他只好把自己的真实身份告诉了她。她大惊失色。他往日的一举一动是那么谦和，他的个性是那么温存，但他却是吉里安诺手下一位赫赫有名的头领。她充满激情地和他做爱，这让他非常高兴。他们和三个孩子一起度过了一个愉快的夜晚。泰拉诺瓦教他们打牌，但这一次只要他们一赢，他就真的给他们钱，孩子们高兴得哈哈大笑。

等孩子们睡下之后，泰拉诺瓦和那个寡妇男欢女爱了整整一夜。黎明时分，泰拉诺瓦准备告辞。在门口与她最后一次拥抱后，泰拉诺瓦快步穿过小街，进入大教堂前的广场。他感到浑身像酥了一样地愉悦，脑子里十分平静。他也因此放松了警惕。

马达的轰鸣声打破了清晨的宁静。三辆黑色轿车朝着他疾驶而来。广场四周出现了武装人员。汽车上也跳下一批武装人员，其中有个人大声叫喊让他投降，要他把手举起来。

泰拉诺瓦最后看了一眼大教堂和它四周壁龛里的圣徒雕像；他看见那些蓝黄相间的阳台，看见朝阳冉冉升起，照亮了湛蓝的天空。他知道这将是他平生最后一次看见这种景象。他知道七年的好运即将结束，他只剩下一件事要做了。

他一个箭步跃起，仿佛想跨越死亡，进入一个安全的世界。就在他侧身一蹿落在地上的瞬间，他拔出手枪进行射击。一个士兵晃晃悠悠地向后退，接着一只膝盖跪在地上。泰拉诺瓦想再次扣动扳机，但这时数百发子弹一齐向他射来，把他的身体打得血肉横飞，露出了根根白骨。不过他还是很幸运的——这一切都发生在刹那之间，他没有时间怀疑自己是不是被那个女人出卖了。

泰拉诺瓦的死使吉里安诺感到大限将至。他知道自己大势已去，他不可能再进行成功的反击，也不可能继续藏匿在深山。然而，他一直在考虑他和他的头领们怎样脱身，他们不能束手待毙。

他知道现在时日无多。有一件事他一直想做，于是他把卡尼奥·西尔韦斯特罗下士找来。

“我们的时代已经结束。”他对西尔韦斯特罗说，“你跟我说过，你在英国有一些朋友，他们会保护你。现在是你离开的时候了。我允许你走。”

西尔韦斯特罗下士摇摇头。“等你安全到达美国，我随时都可以走。你仍然需要我。你知道我绝不会背叛你。”

“这我知道，”吉里安诺说，“你知道，我一直很喜欢你。但是你的骨子里从来就不是土匪。你一直是个军人和警察。你的内心深处是守法的。所以，这一切结束之后，你可以开始新的生活。在这方面，我们其他人会感到很困难。而且我们将永远是土匪。”

西尔韦斯特罗说：“我从来就没有认为你是土匪。”

“我也没有，”吉里安诺说，“可是七年来我干了什么呢？我一直认为我是在为正义而斗争。我竭尽全力帮助穷人。我希望解救西西里。我想做个好人。但是这是一个错误的时代，这也是个错误的途径。现在我们必须尽量保住自己的性命。所以你必须到英国去。如果知道你已经脱险，我会非常高兴的。”接着他拥抱了西尔韦斯特罗，“你一直是我真正的朋友，”他说，“这是我的命令。”

傍晚时分，图里·吉里安诺离开自己的山洞，动身前往巴勒莫郊外的卡普奇尼修道院，在那里等阿斯帕努·皮肖塔的消息。那里有一位修士是他们的秘密成员，负责管理修道院里安放了数百具木乃伊的地下墓穴。

在第一次世界大战前的数百年里，有钱人家和豪门贵族都有把留待入殓穿的服装钉在修道院墙上的风俗。他们死后，葬礼一结束，尸体就被送到修道院。修道院的修士是保存尸体的行家。他们让尸体缓缓受热，六个月之后对尸体的软组织进行干燥处理。在此过程中，皮肤会发皱收缩，面部会发生扭曲，形成各种死亡的怪相，有的呈惊恐状，有的呈滑稽相，让人看了毛骨悚然。接下来他们给死者穿上留给他们的服装，放进玻璃棺材里。这些棺材被放在墙上的壁龛里或用玻璃绳吊在天花板上。还有些尸体坐在椅子上，或者倚墙而立，或者像玩具娃娃一样被存放在玻璃盒子里。

吉里安诺在地下墓穴中一块潮湿的石头上躺下，把头枕在一具棺材上。他仔细观看着这些死了数百年的西西里人：一个穿褶皱蓝绸服、戴头盔、执藏剑手杖的皇家骑士；一个戴白色假发、穿高跟皮靴、具有法国式浮华的宫廷大臣；一个身披红色法袍、头戴教冠的大主教。还有一些是宫廷美女，她们的金色长裙像蜘蛛网裹苍蝇似的包在她们干瘪成木乃伊的身体上。在一口玻璃棺材中，有个戴白手套、穿白褶边睡衣的少女。

吉里安诺在这里的两个晚上都无法安睡。他心想，谁能睡得安稳呢？他们曾经是过去三四百年中西西里有头有脸的男男女女，以为这种方式可以避免被虫子吃掉。这些富人的傲慢和虚荣，这些命运的宠儿。像拉韦内拉的丈夫那样死在路上要好得多。

不过真正使吉里安诺难以入眠的，是他无法摆脱的担心。唐·克罗切怎么就逃过了那次袭击？吉里安诺知道那次行动的策划非常周密。从他得知吉里斯特拉山口大屠杀的真相后，他一直在琢磨怎样下手。唐·克罗切受到严密的保护，必须从对他的警卫中找出漏洞。吉里安诺认为对他下手的最好机会就在巴勒莫的尤姆波尔托饭店，因为唐·克罗切认为那里戒备森严，非常安全。饭店的侍者里有一个是他们的卧底，向他提供了唐·克罗切的活动日程和保镖的部署。有了这个情报，吉里安诺相信他的袭击肯定会成功。

他选出三十个人，要他们在巴勒莫与他会合。他知道迈克尔·柯里昂要去见唐·克罗切并与他共进午餐，所以他一直按兵不动，到傍晚才接到报告说迈克尔已离开饭店。接着他的二十个队员对饭店发起正面袭击，想把花园里的保镖吸引过来。紧接着，他和其他十个人把炸药贴着花园围墙放好，在墙上炸出一个洞。吉里安诺率领队员从洞里冲进花园。花园里只有五个保镖；其中一人被吉里安诺打死，其余四人都逃走了。吉里安诺冲进唐·克罗切的套间，发现里面没有人。他觉得这种没有戒备的情况很反常。与此同时，正面进攻的队员已突破防线打了进来。他们会合后对所有的房间与过道都进行了搜索，但什么也没发现。克罗切身躯肥大，行动不可能这么快，因此只能得出一个结论：迈克尔一走，克罗切跟着就离开了。吉里安诺第一次意识到，有人事先把这次袭击秘密报告给了克罗切。

糟糕透顶，吉里安诺暗自思忖。这次袭击本来不仅能除掉他的心腹大患，而且也是辉煌的最后一击。如果在那个阳光灿烂的花园里他发现了唐·克罗切，那他谱写的该是怎样的篇章！不过来日方长，他不会永远待在美国的。

第三天上午，卡普奇尼修道院那个身子和脸都像他所管的木乃伊一样干瘪的修士带来了皮肖塔的信。信上说："在查理大帝家。"吉里安诺立即明白了。祖·佩皮诺是卡斯特尔维特拉诺地区的车老板，有三辆大车和六只驴子，曾经帮助吉里安诺抢劫过唐·克罗切的卡车，而且打那以后就成了吉里安诺的秘密盟友。他的三辆大车上都画着查理大帝的传说。图里和阿斯帕努小时候就称他家为“查理大帝家”。见面时间是早就确定了的。

这是吉里安诺在西西里的最后一个夜晚，当晚他要赶往卡斯特尔维特拉诺。在巴勒莫郊外，他挑选了几个牧羊人做他的武装保镖，他们都是他组织中的秘密成员。他们的卡斯特尔维特拉诺之行似乎太顺利了，吉里安诺不禁疑窦顿生。这座小镇似乎也太松懈了。他旋即让保镖快走，他们迅速消失在夜幕之中。接着他朝卡斯特尔维特拉诺城外一座小石屋走去。石屋的院子里有三辆大车，上面画的都是有关他的传奇。这就是祖·佩皮诺的房子。

祖·佩皮诺看到他之后似乎并不感到惊讶。他放下正在其中一辆大车上绘画的笔，关上门后对吉里安诺说：“我们的情况不妙。你就像个招惹苍蝇的死骡子，把宪兵给引来了。”

吉里安诺略感震惊。“是卢卡的特种部队吗？”他问道。

“是的，”祖·佩皮诺说，“他们躲在暗处，没有在街上巡逻。我收工回家的路上看见了他们的一些车辆。有些车夫告诉我，他们还看见其他一些车辆。我们认为他们是在布设陷阱抓捕你们的人，但从来没想到会是你。”

吉里安诺感到奇怪的是，宪兵怎么会知道这次秘密接头。难道他们在跟踪阿斯帕努？难道是迈克尔·柯里昂和他那些人麻痹了？或者是有人告密？不管怎么说，反正他不能在卡斯特尔维特拉诺与皮肖塔见面。如果他们两人中有一个没有在这儿露面，他们还有个备用的接头地点。

“谢谢你的提醒，”吉里安诺说，“在城里如果见到皮肖塔，就告诉他。如果你赶车去蒙特莱普雷，就去看看我母亲，告诉她我在美国很安全。”

祖·佩皮诺说：“让我这个老头儿拥抱你一下吧。”他在吉里安诺的面颊上吻了一下，“我从来就不相信你能救得了西西里。谁也救不了，从来就没有人能，就连加里波第也不行。那个吹牛皮的领袖[1]也没做到。如果你愿意，我可以套上车，把你送到你要去的地方。”

见面时间在午夜。现在才十点。他是有意先来在这里侦察一下。他知道与迈克尔·柯里昂的见面时间在黎明。从这个备用接头地点到卡斯特尔维特拉诺，即使快速行进最少也要两个钟头，不过步行比坐佩皮诺的车要好。他向老人表示感谢，随后就消失在黑暗中。

备用接头地点在著名的古希腊废墟塞利努斯卫城。它位于卡斯特尔维特拉诺以南，离古罗马时期的玛扎拉壁垒不远，在一片濒临大海的荒原上，一直伸展到海岸峭壁旁。塞利努斯毁于公元前的一场地震，但是一排大理石柱和柱顶过梁依然挺立，抑或是被考古人员竖起来的。那条大马路至今犹在，不过它两侧的古建筑已成了一片碎石废墟。那里有座神庙，屋顶上爬满了藤蔓植物，就像一具上面有许多窟窿的头盖骨，那些历尽数百年风雨的石柱显得有气无力，垂老无比。卫城原本是古希腊城市防御体系的中心，通常建在

1 指法西斯头子墨索里尼。

最高处，所以从废墟上可以看见附近贫瘠的乡村。

来自沙漠地区的西罗科风呼呼地刮了一整天。入夜之后，大风吹来的雾气笼罩了这片濒临大海的废墟。长途赶路后，吉里安诺感到疲惫，但他还是迂回爬上海边的峭壁，以便观察地面的动静。

眼前的美丽景色使吉里安诺暂时忘了自己的危险处境。向内坍塌的阿波罗神庙只剩下了一些东倒西歪的立柱，神庙的废墟在月光下闪着寒光——没有墙壁，只剩柱子和残存的顶，还有一段堡垒墙，它的上方曾经有一个带栏杆的窗，月光从那个黑洞洞的窗口照射下来。在较低处的原城址，在卫城下方耸立着一根柱子，虽历经千年却巍然屹立，而其四周则是已成平地的废墟。这就是著名的“老妪纺锤”。西西里人对这些散落在岛上的希腊纪念碑已经司空见惯，所以对它们既喜爱，又鄙视。只有外国人看了才大惊小怪。

眼前这十二根巨大的立柱是外国人重新竖起来的。它们的宏伟气势是大力神的象征，在它们后面也是一片废墟。从这些立柱的柱脚向上，有一截带石阶的平台，就像面对长官的一排士兵。吉里安诺坐在最高的石阶上，背靠着一根立柱。他把手伸进外衣，取下冲锋手枪和短筒猎枪放在脚下的石阶上。虽然废墟笼罩在大雾中，但他知道只要有人在废墟中行走，他就能听见声音，而且不等敌人发现他，他就能发现敌人了。

他靠在一根柱子上，他的身体因疲劳而显得无力，能这样稍事休息，他还是很高兴的。七月的月亮似乎已越过灰白的立柱，倚在海边的峭壁上休息了。大洋那边就是美国。尤斯蒂娜已经到了那里，他们的孩子也将出生在那里。很快他就安全了，七年流亡生涯将化为一场梦。这时他在想，如果不生活在西西里也能幸福，那种生活将会是什么样子。他笑了。有朝一日他还要回来，他会使所有人都感到吃惊。他疲惫地叹了口气，解开靴带，把脚抽出来，然后脱下袜子，把脚踩在凉凉的石头上，感到非常舒服。他把手伸进衣袋，拿出两个仙人果，夜晚变得清凉甘甜的果汁给他注入了新的活力。他把手放在身边的冲锋手枪上，等待着阿斯帕努·皮肖塔的到来。

第二十七章

迈克尔、彼得·克莱门扎和唐·多梅尼克一起提前吃了晚饭。如果想赶上第二天黎明的碰头，接应吉里安诺的行动黄昏时分就必须开始。他们又检查了一遍计划，多梅尼克表示同意，但是增加了一个细节：迈克尔身上不带武器。如果出了问题，即使宪兵或者保安警察抓住了他们，也无法对迈克尔进行指控，这样，无论发生什么事情，他都能离开西西里。

他们在花园里喝了一坛子葡萄酒和一些柠檬汁，随后就准备动身。唐·多梅尼克吻别了他弟弟。他转身对着迈克尔，迅速地拥抱了他一下。“向你的父亲表达我的美好祝愿，”他说，“我也为你的未来祈祷。祝愿你平安无事。在未来的岁月中，如果有用得着我的地方，只要跟我说一下就行。”

他们三人沿着码头向前走。迈克尔和彼得·克莱门扎上了那艘满载武装人员的摩托艇。小艇启动之后，唐·多梅尼克从码头上向他们挥手告别。迈克尔和彼得·克莱门扎走到下面的舱里，克莱门扎躺到一个铺位上就睡了。他忙了一整天，到第二天将近黎明的时候，他们才能到达公海。

他们改变了原先的计划。原计划从马扎拉德瓦洛飞往非洲的那架飞机将是个幌子，他们要乘船前往非洲。是克莱门扎主张这样做的，说这样他可以派自己的人去控制道路，并保护这条船，但他控制不了那个小机场。前往机场要通过的地域太大，而且飞机非常容易受到攻击；它可能还没有起飞，就成了一个死亡陷阱。伪装比速度更重要，而且在海上比在天上易于隐蔽。此外，还可以作改乘另一条船的准备；在天上要换乘飞机是不可能的。

这一天，克莱门扎一直在忙于调度人马。他把部分人员和车辆派往通向卡斯特尔维特拉诺公路上的一个集结点；此外他还派出一些人去确保马扎拉德瓦洛的安全。他每隔一小时派出一拨人，因为他不想让眼线观察到有车队通过别墅大门的异常运动。为了迷惑敌人，出门的车辆分别驶向不同的方向。与此同时，那艘摩托艇将绕过西西里岛的西南角，驶向水天线，并在那里等到黎明，然后驶向马扎拉德瓦洛港。那些汽车和人员将在那里等待他们。从那里驱车前往卡斯特尔维特拉诺最多只要半个小时，尽管他们要向北拐上通向特拉帕尼的公路——皮肖塔将在那里截住他们。

迈克尔在一张铺上躺下。他听见克莱门扎的呼噜声，不由得对他在这种时候居然还能睡觉感到佩服。迈克尔心想，二十四小时后他就到突尼斯，从那里再过十二个小时他就能回去与家人团聚了。经过两年的流放，他将拥有一个自由人的所有选择，再也不需要躲避警察，也不需要服从别人的规矩。他可以想做什么就做什么。但是这要看他能否闯过此后的三十六个小时。他遐想着到美国后的头几天，要干的第一件事是什么。随着小船的轻轻晃动，他感到非常轻松，很快就进入了无梦的沉睡。

魔鬼修士斯特凡·安多里尼睡得更香。

那天早上，斯特凡·安多里尼要到特拉帕尼去接赫克特·阿多尼斯教授，他先驱车去了巴勒莫。他和西西里岛警察局局长韦拉尔迪警督有一个约会，警督经常在这样的约会时向安多里尼通报卢卡上校当天的作战计划。安多里尼把情报传递给皮肖塔，再由皮肖塔转送吉里安诺。

这是一个晴朗的早晨。道路两旁的原野上盛开着野花。现在就去赴约有点嫌早，所以他就在路边的一个神龛旁停下来抽根烟，然后跪在上了锁的圣罗沙利雕像的神龛前。他的祈祷很简单，也很务实，他乞求圣人保佑他免受敌人的伤害。这个星期天，他就要向本杰明诺神父忏悔并领受圣餐。此刻和煦的阳光把他那没戴帽子的头照得暖洋洋的。弥漫着浓郁花香的空气直往他鼻孔里钻，冲掉了他上颌的尼古丁，使他产生了强烈的饥饿感。他决定在与韦拉尔迪警督见面之后，到巴勒莫一家最好的餐厅美美地吃一顿早餐。

西西里岛警察局局长弗雷德里科·韦拉尔迪警督相信，他的世界最终会因神明护佑而得到安宁，他就像一个长期耐心等待的人那样，感受到道德方面的胜利，并且最终得到了回报。近一年来，他直接执行特雷扎部长的秘密指示，帮助吉里安诺成功逃脱宪兵和他的机动小分队的多次追捕。他曾多次与杀气腾腾的魔鬼修士斯特凡·安多里尼见面。这一年，韦拉尔迪警督实际上成了克罗切·马洛先生的属下。

韦拉尔迪出生在意大利北部。那里的人们通过教育使自己成才，他们遵守社会契约，相信法律和政府。在西西里工作的这些年，他逐渐对所有的西西里人都产生了鄙弃和仇恨的心理。这里的富人没有社会良知，与黑手党狼狈为奸，欺压穷人。黑手党打着保护穷人的幌子，帮着富人欺压穷人。这里的农民太傲气，他们具有以杀人为荣的自我意识，尽管他们可能因此而在大牢里度过余生。

可是现在事情就要发生变化。韦拉尔迪警督的双手终于被松了绑，他的机动小分队也可以放出去了。人们将再次看出他的保安警察和小丑般的宪兵之间的区别。

使韦拉尔迪大为震惊的是，特雷扎部长亲自下令逮捕持红边通行证的所有人，并下令将他们投入监狱。这些神通广大的通行证都是由部长亲自签发的，持证者可以通过各种路障，可以携带武器，可以免受常规逮捕。这些通行证都必须上交，尤其是签发给阿斯帕努·皮肖塔和斯特凡·安多里尼的。

韦拉尔迪准备动手了。安多里尼正在他的会客室里等着听他的情况通报。他今天将会大吃一惊的。韦拉尔迪拿起电话叫来一名上尉和四名警察。他让他们做好应付麻烦的准备。他自己也把手枪放进腰间的枪套里。他平常在自己的办公室里从不如此。接着他让人把斯特凡·安多里尼从会客室里带进来。

斯特凡·安多里尼的红头发梳得很整齐。他穿了一件黑底带粉色条纹的上衣，白色衬衣和深色领带。不管怎么说，到警察局局长这里来是进正规场合，要表示一点尊重。他没有带枪。根据以往的经验，无论什么人走进警察总部都要接受搜身检查。他站在韦拉尔迪办公桌前面，像以前一样等他让他坐下。由于没有让他坐下，他只好站着，这时他的头脑里闪现出第一道警示。

“把你的特别通行证给我看看。”韦拉尔迪警督对他说。

安多里尼没有反应。他在琢磨这个奇怪要求的含义。按照惯例，他说了个谎。“我没带，”他说，“我毕竟是来拜访朋友的嘛。”他特别强调了“朋友”这个词。

这一下韦拉尔迪火了。他从办公桌那边绕过来，站在安多里尼面前。“你从来就不是我的朋友。我和你这样的猪在一起进餐只是奉命行事。现在你听仔细了。你被捕了。你将被关进我的牢房听候处理，而且我必须告诉你，我在地牢里有个‘卡塞塔’。如果你放聪明一点儿，那么我们明天早晨可以在我办公室平心静气地谈谈，也好让你免受皮肉之苦。”

第二天上午，韦拉尔迪又接到特雷扎部长一个电话，同时接到唐·克罗切一个更加明确的电话。几分钟后，安多里尼被从牢房押至韦拉尔迪的办公室。

安多里尼在牢房里被单独关了一夜，他仔细考虑了这次奇怪的逮捕，认为自己肯定是凶多吉少了。他进来之后，发现韦拉尔迪正在办公室来回大步走动，那双蓝眼睛露出凶光，显然是在发脾气。斯特凡·安多里尼冷若冰霜。他把一切都看在眼里——那个上尉和四名警察处于高度戒备，韦拉尔迪腰间挎着手枪。他知道这个警督历来对他视如寇仇，而他对这个警督也恨之入骨。如果他能够让韦拉尔迪同意把卫兵撤下去，他起码能在被他们打死之前先把这个警督干掉。他说：“我招，但是这些喽啰不能在这里。”“喽啰”是对意大利警察的蔑称。

韦拉尔迪让四个警察先出去，但是却示意上尉留下，并且给他一个随时准备掏枪的暗示。接着他全神贯注地转向斯特凡·安多里尼。

“我希望得到的情报是，怎样才能抓到吉里安诺，”韦拉尔迪说，“你最后一次与他以及皮肖塔见面的时间和地点。”

斯特凡·安多里尼哈哈大笑起来，他那张凶狠的脸上肌肉抽搐，露出一副怪相。长着红胡须的皮肤因冲动而涨得通红。

韦拉尔迪心想，难怪他们叫他“魔鬼修士”呢。他真的是个危险人物。他肯定还没有觉察到将要发生什么。

韦拉尔迪以平静的语调对他说：“回答我的问题，否则我就让你尝尝卡塞塔的味道。”

安多里尼以鄙弃的口吻说：“你这个背信弃义的狗杂种，我是受特雷扎部长和唐·克罗切保护的。等他们把我放出去，我就把你这个条子的心挖出来。”

韦拉尔迪走上前来，抽了安多里尼两个嘴巴，一个正手，一个反手。他看见安多里尼的嘴里流出了血，眼睛喷射出怒火。他故意转过身坐在自己的椅子上。

这时候，斯特凡·安多里尼怒不可遏，把求生的本能置之度外，一把从警督腰间的枪套里把手枪抢过来，准备开枪。就在这时候，那名警官拔出枪，朝安多里尼连开了四枪。安多里尼被甩向对面的墙，接着就倒在地上。他的白衬衣被染成了红色，韦拉尔迪心想，这一下跟他的头发倒是挺相配的了。他弯下腰，从安多里尼的手里把手枪拿过来。这时候其他几名警察也冲了进来。他表扬上尉警惕性高，然后当着这位警官的面装上子弹，原来他在见面前已经取出了枪里的子弹。他不想让手下的这个上尉以为自己有多么了不起，以为他救了一个毫无防备的警督的命。

接着他命令手下人搜了死者的身，正如他所怀疑的，那张红边通行证是和西西里人必须携带的其他身份证件放在一起的。他接过通行证，把它放进自己的保险柜。他要亲自把它交给特雷扎部长，如果运气好，有可能把皮肖塔的也交上去。

在甲板上，有人给迈克尔和克莱门扎端来两小杯热咖啡。他俩靠着护栏把咖啡喝了。摩托艇慢慢地驶向陆地，马达声很轻，他们可以看见码头上若隐若现、针尖大小的蓝色灯光。

克莱门扎在甲板上四处走动，向武装人员和领水员下达指令。迈克尔仔细地观察那些似乎正在向他们靠近的蓝色灯光。摩托艇加快了速度，滚滚的浪涛仿佛是在驱散夜间的黑暗。天空出现了黎明前的一丝亮光。迈克尔已经可以看见马扎拉德瓦洛的码头和沙滩。远处撑在咖啡桌上五彩缤纷的遮阳伞就像一朵朵黑黝黝的玫瑰。

他们在码头上停靠的时候，有三辆汽车和六个人已在等候。克莱门扎领着迈克尔向最前面那辆车走去。这是一辆老式敞篷旅游车，里面只有司机。克莱门扎坐在前面的座位上，迈克尔坐在后边。克莱门扎对迈克尔说："如果宪兵巡逻队把我们拦住，你就趴下。在这条路上我们可不能掉以轻心，我们要干掉他们，然后赶紧走。"

在清晨惨白的阳光下，三辆宽体旅游车行驶在乡村道路上。这里的乡村自基督降生以来几乎没有发生过什么变化。古老的高架水槽和水管灌溉着这里的土地。天气温暖而潮湿，空气中弥漫着花香。在西西里夏季的炎热中，这些花儿已经开始凋谢。他们在古希腊城堡塞利农特遗址中穿行，迈克尔不时地看见一些神庙废墟上破碎的大理石柱。这些神庙是希腊殖民者两千多年前在西西里西部建立的。在浅黄色的光线中，这些石柱显得非常怪异，屋顶碎片就像蓝天上的雨点，随时有可能落下。在花岗岩峭壁的映衬下，是一片延绵起伏的肥沃黑土地。看不见一户人家，看不见一只动物，也看不见一个人。这一地貌特征是大自然鬼斧神工的造化。

接着他们掉头向北，驶上特拉帕尼－卡斯特尔维特拉诺公路。这时，迈克尔和克莱门扎更加警惕了；皮肖塔将在这条路上拦住他们，并把他们带到吉里安诺那里去。迈克尔感到异常激动。三辆旅行车放慢了速度。克莱门扎把冲锋手枪放在左侧的座位上，这样他随时可以把它拿起来对着车门外。他的两只手就放在枪上。太阳已经升得老高，金色的阳光带着几分灼热。汽车保持慢速行驶，他们几乎就快到卡斯特尔维特拉诺镇了。

克莱门扎命令司机再开慢一点。他和迈克尔在搜寻皮肖塔。他们已进入卡斯特尔维特拉诺郊区，正在一条山道上爬坡。他们把车停下，以便看清下面那个小镇上的主要道路。在高处有利于观察的地方，迈克尔可以看见从巴勒莫过来的道路上车辆拥挤——都是军用车辆；街道上有大量身穿白边黑制服的宪兵。警笛声此起彼伏，但是大街上的人群似乎并没有被驱散。天上有两架小飞机在盘旋。

司机骂了一声，踩下刹车，把车停在路边。他转身问克莱门扎：“还要往前开吗？”

迈克尔内心感到一阵不安。他对克莱门扎说：“你在城里布置了多少人等我们？”

“人手不足。”克莱门扎愠怒地说，他脸上明显露出害怕的神情，“迈克，我们必须离开此地。我们必须回到船上。”

“等一等。”迈克尔说。他看见一辆驴拉的大车正朝他们这边艰难缓慢地爬着坡。赶车的是个老人，头上扣着一顶草帽。车轮、车辕和车身上都画着传奇人物故事。大车在他们旁边停下。车夫那道道皱纹的脸上毫无表情。他下身穿一条肥大的粗布裤子，上身套了件黑坎肩，肌肉发达的手臂一直裸露到肩膀。他走到他们的车前说：“您是克莱门扎先生吧？”

克莱门扎松了一口气。“祖·佩皮诺，那边究竟出了什么事？我的人怎么不出来给我报个信？”

祖·佩皮诺那张坚毅的、布满皱纹的脸上依然毫无表情。“你们可以回美国去了，”他说，“他们把图里·吉里安诺杀害了。”

刹那间迈克尔觉得天昏地暗，感到一阵头晕。他想到了吉里安诺年迈的父母，想到了正在美国等他的尤斯蒂娜，想到了阿斯帕努·皮肖塔和斯特凡·安多里尼，还有赫克特·阿多尼斯。图里·吉里安诺是他们生命中明亮的星光。这颗星怎么可能陨落呢？

“你能肯定是他吗？”克莱门扎语气严厉地问。

老人耸耸肩。“这是吉里安诺经常使用的手法，留下一具尸体或者一个假人来诱使警察上当，这样他就可以消灭他们。现在已经过去两个小时了，还是毫无动静。尸体还躺在被他们打死的那个院子里。从巴勒莫来了新闻记者，带着照相机，逢人就照，连我的驴子都被照了。信不信由你吧。”

迈克尔感到难受，但还是打起精神说：“我们说什么也得进去看看。我必须弄清情况。”

克莱门扎的声音刺耳：“是死是活，我们都帮不了他了。我带你回家吧，迈克。”

“不行，”迈克尔轻声说，“我们必须进去。也许皮肖塔正在等我们呢。也许是斯特凡·安多里尼。告诉我们怎么办。也许死的不是他，我不相信是他。他不可能死，因为他很快就要走了，他的遗嘱还稳妥地保存在美国呢。”

克莱门扎长叹一声。他看见迈克尔脸上痛苦的表情。也许死的不是吉里安诺；也许皮肖塔正等着和我们见面。假如当局对他紧追不舍，这也许是他的金蝉脱壳计的一部分，目的是转移他们注意力。

太阳已经完全升起。克莱门扎下令手下人把车停下就跟他走。他和迈克尔沿着这条被人群阻塞的街道继续往前走。人们聚集在一条小街的入口处，那小街上停满了军车，宪兵在那里设置了封锁线。小街上有一排单门独户的房子，中间都隔着小院子。克莱门扎和迈克尔站在人群后面，和其他人一起朝那边看。一名宪兵的军官检查证件之后，让新闻记者和官员进入了那道封锁线。迈克尔对克莱门扎说：“你能带我们绕过那名军官吗？”

克莱门扎抓住迈克尔的手臂，把他从人群中拉出来。

一个小时之后，他们进入了坐落在另一条小街上的一幢小房子里。这幢房子也有个小院子，与那个聚集了很多人的地方相隔大约二十户人家。克莱门扎留下四个人和迈克尔在一起，他带着其他两个人返回小镇。一个小时之后，克莱门扎回到迈克尔那里，他的脸色特别难看。

“看来情况不妙，迈克，”他说，“他们把吉里安诺的母亲从蒙特莱普雷带来辨认那具尸体。特种部队司令卢卡上校也在那里。

记者正从世界各地飞过来，有的甚至从美国赶来。这座小镇就要乱成一锅粥了。我们得赶快离开这儿。”

“明天吧，”迈克尔说，“我们明天走。现在我们看看能不能从卫兵那边通过。你想到办法没有？”

“还没有。”克莱门扎回答说。

“那么我们先出去，见机行事。”迈克尔说。

尽管克莱门扎表示反对，他们还是来到大街上。小镇上似乎到处是宪兵。迈克尔心想，少说也有一千人。摄影记者也有数百人。街上停满了各种面包车和小轿车，根本无法接近那个院子。他们看见几个高级军官走进了一家餐厅。有人小声说那是卢卡上校和他手下的军官去举行庆功午宴。迈克尔看见了那个上校。此人身材瘦小，一脸苦相，由于天热，他脱下有穗带的军帽，用一块白手绢擦了擦他那微秃的脑门。一群摄影师争相抢拍他的照片，一大堆记者在向他提问。他挥手让他们靠边，没有回答他们的问题，径直走进那家餐馆。

大街小巷到处是摩肩接踵的人群，弄得迈克尔和克莱门扎举步维艰。克莱门扎决定返回那幢房子去等消息。那天下午晚些时候，他手下人传来消息说，玛丽亚·隆巴尔多已经指认说那是他儿子的尸体。

他们在一家露天餐馆吃晚饭。餐馆里一台收音机在大声广播有关吉里安诺死亡的报道。报道说警察包围了一幢房子，他们认为吉里安诺肯定躲在里面。他出来的时候，他们让他投降。他立即开火。卢卡上校的参谋长佩伦兹上尉在广播中接受了一批记者的采访。他说吉里安诺如何准备逃脱，他跟在他后面把他逼进了院子。

佩伦兹上尉说，吉里安诺像一头受困的狮子，他，佩伦兹被迫还击，将其击毙。餐馆里的人都在听这个广播。没有人在吃饭。服务员也没有装模作样地服务；他们也在听广播。克莱门扎转身对迈克尔说：“整件事疑点重重。我们今天晚上就走。”

就在这时候，这家露天餐馆四周的街道上突然来了很多警察。一辆当官的车在路边停下，韦拉尔迪警督从车里走出来。他径直走到他们的餐桌前，把手放在迈克尔肩上说：“你被捕了。”他那双冷冰冰的蓝眼睛盯着克莱门扎。“也是我们的运气，我们要把你和他一起带走。先告诉你一下，这家餐厅四周我布置了一百个人。不要轻举妄动，不然你们就会像吉里安诺一样下地狱。”

一辆警察面包车在路边停下。迈克尔和克莱门扎被蜂拥而上的警察围在中间，经搜身后被推推搡搡地带进了警车。有些正在餐厅用餐的报社摄影师拿起相机，一跃而起，可是立即被警察用警棍挡了回去。韦拉尔迪警督看着这一切，脸上露出狰狞而满意的微笑。

第二天，图里·吉里安诺的父亲站在蒙特莱普雷家中的阳台上，对聚集在下面街道上的人讲了话。他以西西里的传统方式宣布与背叛他儿子的叛徒势不两立。他特别宣布说与杀害他儿子的人不共戴天。他说那个人不是佩伦兹上尉，也不是某个宪兵。他说那个人是阿斯帕努·皮肖塔。

第二十八章

在过去一年中，阿斯帕努·皮肖塔总觉得内心深处那个背叛的怪物在不断长大。

皮肖塔以前一直是忠心耿耿。从孩提时代开始他就服从吉里安诺的领导，从来没有嫉妒之心。吉里安诺总是说皮肖塔是他们组织的二把手，有别于帕萨藤珀、泰拉诺瓦、安多里尼和“下士”那样的头领。可是吉里安诺的人格魅力占了绝对优势，所以二把手的领导形同虚设，吉里安诺在指挥着一切。皮肖塔毫无保留地接受了这一切。

吉里安诺比其他人勇敢。在游击战术方面无人能出其右。自加里波第以来，谁也没能像他那样赢得西西里人民的热爱。他既是理想主义者，又是浪漫主义者。他身上具有西西里人所崇拜的充满野性的机敏。皮肖塔发现他身上也有缺点，并且想帮助他克服。

吉里安诺坚持认为至少要从他们抢夺来的东西中拿出一半分给穷人，皮肖塔则对他说：“你可以很富有，你也可以受人爱戴。你认为西西里人会揭竿而起，在你的旗帜下进行一场反对罗马的战争。他们绝对不会。他们接受你给的钱，他们会喜欢你；你需要庇护的时候，他们会把你藏起来；他们绝对不会背叛你。但是他们的内心是不想革命的。”

皮肖塔讨厌唐·克罗切和基督教民主党的花言巧语。他反对镇压西西里的共产主义和社会主义组织。当吉里安诺希望得到基督教民主党政府赦免的时候，皮肖塔说：“他们永远不会赦免你。唐·克罗切决不会让你拥有权力。我们的命运是用钱买通一条脱离土匪的道路，否则我们总有一天就会像土匪那样死去。那样的死法也不坏，至少对我来说是这样。”可是吉里安诺没有听他的，这终于引起皮肖塔的反感，从而暗暗滋生了叛逆之心。

吉里安诺一直是个有信仰的人，而且很单纯，这一点皮肖塔看得很清楚。皮肖塔知道，卢卡上校和特种部队的出现，就意味着他们的末日来临。他们纵然可能有过一百次的胜利，但是只要有一次重大失败就会给他们带来灭顶之灾。就像在查理大帝传说中的罗兰和奥利维争吵一样，吉里安诺和皮肖塔之间也发生了争吵，吉里安诺坚持他的英雄主义，而且非常固执。皮肖塔觉得自己很像奥利维，不断地恳求罗兰吹响号角。

在吉里安诺爱上尤斯蒂娜并和她结婚的时候，皮肖塔意识到他和吉里安诺的命运将会有天壤之别。吉里安诺将逃往美国，有妻子有儿女，可是他皮肖塔将永远成为一个亡命之徒。他不可能活得很长；一颗子弹或他的肺病都会使他一命呜呼。那就是他的命运。他永远不可能生活在美国。

最让皮肖塔担心的是，吉里安诺得到了一个年轻姑娘的爱情和温情，但却变成了一个更为凶残的土匪。他以前只是把宪兵抓起来，现在却要把他们杀掉。他在蜜月期间处决了帕萨藤珀。他对他所怀疑的告密者从不心慈手软。皮肖塔感到恐惧的是，这些年来他一直热爱并且保卫的这个人有可能与他反目。他担心如果他最近做的一些事被吉里安诺知道了，他也可能被处决。

在过去三年中，唐·克罗切仔细研究了吉里安诺和皮肖塔之间的关系。对于他的帝国计划来说，他们是唯一的危险。他们是他统治西西里的唯一障碍。他原本以为可以把吉里安诺和他的队伍变成友中友的武装。他曾经派赫克特·阿多尼斯对吉里安诺进行试探。他的意思很明确。图里·吉里安诺将成为伟大的武士，而唐·克罗切则成为伟大的政治活动家。但是，这样吉里安诺就必须屈膝，他不肯这样做。他有自己的理想，他要帮助穷人，要使西西里获得自由，要松开罗马强加于他们的枷锁。这是唐·克罗切无法理解的。

从1943年到1947年，吉里安诺的命运之星处于上升时期。克罗切仍然忙于把友中友打造成一支统一的力量。黑手党还没有从墨索里尼法西斯政府的摧残中恢复元气。所以他对吉里安诺的力量采取了怀柔政策，诱使他和基督教民主党结盟。与此同时他重振黑手党，等待时机东山再起。他的第一招就是策划了吉里斯特拉山口的大屠杀，让吉里安诺背上黑锅。这是他的杰作，可是他又不能把功劳记在他自己的名下。这一招使罗马政府赦免吉里安诺、支持他在西西里竞选的任何可能性都化成了泡影。这一招也使吉里安诺的“西西里人民英雄”的名声沾染了永久性的污点。吉里安诺处决六名黑手党头领的时候，唐·克罗切已经别无选择。友中友和吉里安诺的武装不得不一决雌雄。

于是唐·克罗切把更多的注意力集中在皮肖塔身上。皮肖塔很聪明，但只是年轻人的那种聪明——也就是说，他没有充分认识到，最好的人心里也有潜在的恐怖与邪恶。皮肖塔已品尝到外部世界的果实和诱惑。吉里安诺对金钱嗤之以鼻，而皮肖塔却喜欢金钱带来的回报。虽然吉里安诺的犯罪活动给他带来数十亿里拉的钱财，可是他自己连一个子儿也没有拿。他把自己分得的那一部分钱财都给了穷人，也有一些用于养活自己的家人。

但是唐·克罗切注意到，皮肖塔穿的是巴勒莫裁剪最得体的服装，去的是费用最昂贵的妓院。皮肖塔家的生活比吉里安诺家的好得多。唐·克罗切还了解到，皮肖塔用假名字在巴勒莫多家银行里存了钱，还采取了一些只有渴望生存的人才会采取的措施，比如拥有三个不同名字的假证件，此外在特拉帕尼还有一处安全屋。唐·克罗切知道这些都是他背着吉里安诺干的，因此他等待皮肖塔主动造访。因为皮肖塔知道克罗切会兴致盎然、欢欣鼓舞地迎接他，当然也十分谨慎，深谋远略。克罗切由武装保镖簇拥着，此外他还提醒卢卡上校和韦拉尔迪警督，如果一切正常，就准备开一次会议。如果情况不妙，如果他对皮肖塔的判断是错误的，如果这是一个吉里安诺刺杀他的阴谋，那么阿斯帕努·皮肖塔就将有来无回。

皮肖塔同意交出武器，随即被领去见唐·克罗切。他并不害怕，因为几天前他刚为这位龙头老大干了一件大事——他告诫说吉里安诺准备袭击他那家饭店。

现在只有他们两个人。唐·克罗切的手下人事先准备了一桌酒菜，克罗切像个老派乡绅似的，给皮肖塔的盘子里加菜，还往他的杯子里倒酒。

“好日子到头了，”唐·克罗切说，“现在，你我都必须非常认真。到了决定我们命运而作决策的时候了。我希望你能够听一听我要说的话。”

“我不知道你有什么难处，”皮肖塔对他说，“不过我知道，为了避免受到伤害，我必须非常狡猾。”

“你难道不希望移民？”克罗切问道，“你可以和吉里安诺一起去美国。那里的酒不如我们的好，橄榄油稀得像水，而且他们还有电椅，不管怎么说，他们不像我们政府这么文明。你做任何事情都不能莽撞。但是那儿的生活倒真不赖。”

皮肖塔笑起来。“我到美国去干什么呢？我还是在这儿碰碰运气吧。吉里安诺一走，他们就不会到处追捕我了，而且山又那么大。”

克罗切关切地问：“你肺部的毛病还没好？还在吃药吗？”

“是的，”皮肖塔回答说，“这不是问题。我的肺病绝对不会让我丧命。”他对着唐·克罗切咧嘴一笑。

“我们一起谈谈西西里人吧，”唐·克罗切严肃地说，“我们小时候，我们年轻的时候，热爱我们的朋友，慷慨地对待他们，原谅他们的错误，这些都是很自然的。每一天都很新鲜。我们愉快地期待未来，毫无畏惧之心。世界本身并没有那么危险；那是一段欢乐的时光。可是我们长大了，要自食其力了，朋友的情谊就不那么容易维系下去。我们必须随时保持警惕。我们的长辈不再照顾我们，我们也不再对儿时简单的乐趣感到满足。我们开始有了自豪感——我们希望成为了不起的人、有权的人或者有钱的人，或者只是为了使自己免遭不幸。我知道你非常热爱图里·吉里安诺，可是现在你必须问问自己，这样的爱要付出什么代价？经过这么多年，这样的爱是否还存在？是不是只存在于记忆之中？”他等待皮肖塔作出回答。可是皮肖塔看着他，脸像卡马拉塔山上的岩石那样冷酷，那样苍白。因为皮肖塔的脸突然变得煞白。

唐·克罗切继续说：“我不能让吉里安诺活着或者逃跑。如果你继续对他保持忠诚，那么你也是我的敌人。要知道这一点。吉里安诺走了之后，没有我的保护，你在西西里是无法生存的。”

皮肖塔说：“图里的遗嘱在美国，在他朋友手上，很安全。如果你杀了他，那份遗嘱将被公之于世，政府就会垮台。新政府可能迫使你回到自己的维拉巴的农场，或者比这个更糟。”

这位龙头老大咯咯笑起来，接着便是哈哈大笑。他不屑地说：“你看过那份有名的遗嘱没有？”

“看过。”皮肖塔回答说，不过他对克罗切刚才的反应大惑不解。

“我没有看过，”克罗切说，“但是我决定采取行动，就当这个东西根本不存在。”

皮肖塔说：“你要我背叛吉里安诺。你怎么会认为有这种可能呢？”

唐·克罗切笑了笑。“你把袭击我那家饭店的事告诉了我。这难道是出于对他的友谊？”

“我那是为了吉里安诺，不是为了你，”皮肖塔说，“图里已经失去了理智。他打算除掉你。我知道，一旦你不在了，我们就都没有希望了。管它什么遗嘱不遗嘱的，不把我们全部干掉，友中友是不会善罢甘休的。几天之前他就可以出国，可是他迟迟不走，他想报仇，想除掉你。我来赴会是想和你做出一些安排。吉里安诺将在随后几天离开这个国家。他不会再和你作对了。让他走吧。”

唐·克罗切的身子离开饭桌，向后靠在椅子上，呷了一口酒。“你太幼稚了，”他说，“我们已经到了历史的终结点。吉里安诺这个人太危险，不能让他活着。但是我不能杀他。我还要在西西里生活下去——我不能杀掉这个岛上的大英雄。这是我必须做的，但又不能去做。热爱吉里安诺的人太多了。他的许许多多追随者会为他的死报仇的。这件事必须让警察去做。所以必须作出这样的安排。你是唯一能把吉里安诺带进陷阱的人。”他稍事停顿，接着又故意说，“你那个世界的末日已经来临。你可以和它一起走向灭亡，你也可以走出那个世界，到另一个世界来生活。”

皮肖塔说：“我可以得到基督的助佑。但是如果别人知道是我背叛了吉里安诺，我就死到临头了。”

“你只要把你们下次见面的地点告诉我就行了，”唐·克罗切说，“不会有第二个人知道。我会和卢卡上校、韦拉尔迪警督作出安排。其他的事情由他们去干。”他停顿了一会儿，“吉里安诺已经变了。他已经不再是你儿时的伙伴，不再是你最好的朋友。他是一个只顾自己的人。所以现在你必须作出选择。”

在7月5日晚上返回卡斯特尔维特拉诺之前，皮肖塔就对唐·克罗切作出了承诺。他把他下一次和吉里安诺见面的地点告诉了他，而且他知道克罗切会告诉卢卡上校和韦拉尔迪警督的。他没有说他们的见面地点在祖·佩皮诺的家里，只说是在卡斯特尔维特拉诺镇。他还告诫他们要小心，因为吉里安诺对陷阱有第六感觉。

皮肖塔来到祖·佩皮诺家的时候，老车夫对他的态度非常冷淡。皮肖塔心想老人是否对他起了疑心。他肯定已经注意到小镇上警察的异常活动，并根据西西里人准确的想象力进行正确的推理。

一时之下，皮肖塔感到一阵毛骨悚然的痛苦。接着他焦虑不安地想，如果吉里安诺的母亲知道是她宠爱的阿斯帕努出卖了她儿子会怎么样？如果有一天她站在他面前对他的脸吐一口唾沫，并且骂他是叛徒和凶手怎么办？他们曾经泪流满面地相互拥抱，他曾经发誓要保护她的儿子，现在却阴险地背叛了她。这时候他想到了杀死这个老人，也想到了自杀。

祖·佩皮诺说："如果你是来找图里的，他来过，但是又走了。"他很可怜皮肖塔；这个人的脸色苍白，好像气接不上来。"你要不要来一点茴香酒？"

皮肖塔摇了摇头，转身准备离开。老人说："要当心，镇上全是警察。"

皮肖塔感觉到一阵恐怖。他真是个傻瓜，没有想到吉里安诺会嗅出这是个陷阱。如果现在吉里安诺发现他是个叛徒怎么办？

皮肖塔从房子里跑出来，在镇上转了一圈，走上通往他们的备用接头地点——在古城堡遗址塞利农特的卫城塞利努斯——的乡间小道。

在夏日的月光下，这座希腊古城的遗址发出惨淡的白光。吉里安诺坐在已经倒塌的神庙石阶上，幻想着去美国的事情。

他感到极度的哀伤。昔日的梦想已经消失。他曾经对自己的前途和西西里的未来充满了希望。他曾经笃信自己命大。有那么多人热爱他，他们曾经为他祝福，可是现在他似乎觉得他们在诅咒他。他有一种众叛亲离的感觉。但是他仍然有阿斯帕努·皮肖塔。有朝一日，他们俩会重振旗鼓，找回昔日的热爱和梦想。毕竟刚开始的时候也只有他们俩。

月亮躲进了云层。古城遗址笼罩在黑暗之中；这片废墟就像画在黑色画布上的枯骨。在一片黑暗中传来小石块和泥土的窸窣声。吉里安诺身体向后一滚，滚到两个大理石石柱之间，用冲锋手枪做好射击准备。月亮从云层后面静静地爬了出来，这时他看见阿斯帕努·皮肖塔站在通向卫城那条宽宽的遗址大道上。

皮肖塔沿着石子路慢慢走过来，两眼四下里搜索，轻声喊着图里的名字。隐藏在神庙石柱后面的吉里安诺等皮肖塔走过去，才走到他身后，像儿时玩游戏似的说："阿斯帕努，我又赢了。"皮肖塔急忙转过身，吓得魂不附体，这使吉里安诺感到惊讶。

吉里安诺在石阶上坐下，把枪放在一边说："过来坐一会儿。你一定累坏了。这也许是我们最后一次这样促膝谈心了。"

皮肖塔说："我们可以到马扎拉德瓦洛那边去谈，在那儿比较安全。"

吉里安诺对他说："我们有足够的时间，如果不好好休息，你又会吐血的。来吧，到我身边坐下。"吉里安诺在最上面一层石阶上坐下。

他看见皮肖塔把枪取下，以为他要把它放在一边。他站起来，伸出手想拉他一把。这时他突然发现他的朋友正压低枪口对着他。他怔住了。这是他七年来第一次感到措手不及。

皮肖塔心里很害怕，就怕吉里安诺问他。他会问："阿斯帕努，我们的队伍里谁是犹大？阿斯帕努，是谁给克罗切通风报信的？阿斯帕努，是谁把警察引到卡斯特尔维特拉诺的？阿斯帕努，你为什么要和唐·克罗切见面？”他最怕的还是吉里安诺会说：“阿斯帕努，你是我的兄弟。”促使皮肖塔扣动扳机的正是他的这种恐惧心理。

一梭子子弹打掉了吉里安诺一只手，还在他身上穿了许多窟窿。皮肖塔不由得对自己的行动感到毛骨悚然，他等着吉里安诺倒下。吉里安诺非但没有倒下，反而慢慢地走下台阶，血顺着伤口直往下淌。内心充满无名恐惧的皮肖塔掉头就跑，他还看见吉里安诺跟在后面追赶，接着看见他栽倒在地上。

已经垂死的吉里安诺以为自己还在跑。他大脑里被打坏的神经出现紊乱，想到的是七年前他和阿斯帕努在大山里跑动的情景，清澈的水从古罗马的蓄水池里涓涓流出，奇异的花草发出醉人的香气，他们从锁在神龛里的圣人雕像前跑过，他就像今天夜里一样大声喊道：“阿斯帕努，我相信……”相信自己幸福的命运，相信朋友对他真挚的爱。可是仁慈的死神向他传达了一个信息：他遭到了朋友的背叛和最终的失败。他在梦幻中死去。

阿斯帕努·皮肖塔撒腿就跑。他穿过原野，跑到通向卡斯特尔维特拉诺的路上。他用自己的特别通行证与卢卡上校和韦拉尔迪警督取得联系。他们放出消息说吉里安诺中了埋伏，被佩伦兹上尉开枪击毙。

1950年7月5日上午，玛丽亚·隆巴尔多·吉里安诺起了个大早。她被一阵敲门声惊醒；她丈夫下楼去开门。接着他回到卧室，告诉她说他得出去一下，也许要去一整天。她从窗户往外看了看，见他上了祖·佩皮诺那辆车身和车轮上都画着色彩艳丽的传说故事的驴车。他们是不是有了图里的消息？他是不是已经逃到了美国？是不是出了什么事情？她觉得自己的焦虑正变成恐惧，而且过去七年她一直生活在恐惧之中。她感到坐立不安。她把房间收拾完之后，又把当天要吃的蔬菜做好，然后打开门，向街上看了看。

她看见贝拉大街上一个邻居也没有，也没有在街上玩耍的孩子。许多男人都被关进了监狱，因为他们被怀疑与吉里安诺一伙人串通。妇女们都非常害怕，不敢让孩子们到街上去玩。贝拉大街两头都有宪兵小分队把守。肩上挎着枪的士兵在大街上来回巡逻。她看见屋顶上也有士兵。不少房子前面停着军用吉普车。一辆装甲车封锁了贝拉大街靠近贝兰伯兵营的出口。蒙特莱普雷镇驻扎了卢卡上校手下的两千人。他们把镇上的人看成敌人，骚扰妇女，恐吓儿童，折磨没有被抓进监狱的男人。这些士兵到这里来就是为了杀死她儿子。但是他已经飞到美国去了。他将获得自由，等到时机成熟，她和她丈夫将前往美国与他团聚。他们会生活在自由之中，无忧无虑。

她回到屋里，给自己找点活干。她走到后阳台，朝山上看去。吉里安诺曾经在山上用望远镜看着这幢房子。以前她一直觉得他就在那里；可是现在她已经没有这种感觉了。他肯定已经到了美国。

这时突然响起一阵猛烈的敲门声，她更加心惊肉跳，动弹不得。她慢慢地走过去把门打开。她首先见到的是赫克特·阿多尼斯，他的那副模样是她以前从来没有见过的。他没有刮胡子，头发乱蓬蓬的，也没有打领带。他的衬衫没有熨烫，衣领上一层积垢。但是她注意到，最明显的是他脸上的尊严已荡然无存，只有无助的悲痛。他眼泪汪汪地看着她。她忍不住“哇”的一声哭起来。

他一进屋就说：“不要这样，玛丽亚，我求你了。”和他一起来的还有一个年轻的宪兵中尉。玛丽亚·隆巴尔多朝他们身后的大街看了一眼。他们家门口停着三辆黑色汽车，开车的人都是宪兵。大门两边还有几个全副武装的人。

宪兵中尉年纪很轻，红红的面颊。他脱下帽子，把它夹在胳膊下面。“你是玛丽亚·隆巴尔多·吉里安诺？”他以公事公办的口吻问道。听口音他是北方人，托斯卡纳地区的。

玛丽亚·隆巴尔多回答说是。她的声音嘶哑，充满了绝望。她觉得口干舌燥。

“请你和我到卡斯特尔维特拉诺走一趟，”中尉说道，“我有一辆车在等你。你这位朋友将陪我们一起去。当然，这要看你愿不愿意。”

玛丽亚·隆巴尔多的眼睛睁得老大。她以比较坚定的语气说：“什么原因呢？我对卡斯特尔维特拉诺一点也不熟，那里也没有我认识的人。”

中尉的语气比较缓和，稍事犹豫后才说：“那里有一个人，我们希望你去识别一下。我们认为他是你的儿子。”

“不会是我儿子。他从来不到卡斯特尔维特拉诺去，”玛丽亚·隆巴尔多说，“他是不是死了？”

“是的。”中尉回答说。

玛丽亚·隆巴尔多撕心裂肺地号啕大哭起来，一下跪倒在地上。“我儿子从来不到卡斯特尔维特拉诺去。”她说道。赫克特·阿多尼斯走上前来，把手放在她肩膀上。

“你一定要去，”他说，“也许这是他使用的计谋。他以前也这样做过。”

“不，”她说，“我不去，我不去。”

那个宪兵中尉说：“你丈夫在家吗？我们可以带他去。”

玛丽亚·隆巴尔多这才想起来今天一大早祖·佩皮诺就把她丈夫叫走了。她记得当时看见那辆漆得很鲜亮的驴车后就有一种不祥的预感。“等一下。”说着她走进自己的卧室，换了一条黑裙子，又在头上扎了一块黑头巾。中尉替她把门打开。她朝街上走去。到处是武装的士兵。她看了看贝拉大街和广场交接的一端。在七月耀眼的阳光下，她眼前清楚地浮现出七年前图里和阿斯帕努赶着毛驴去配种的情景。就在这一天他杀了人，成了一个土匪。她哭起来，中尉搀着她上了一辆正在等候的黑色汽车。赫克特·阿多尼斯上车后在她身边坐下。汽车从一个个沉默的宪兵小分队中间穿过。她把脸靠在赫克特·阿多尼斯肩上，已经不哭了。但她内心对下车后可能看到的情景感到十分恐惧。

图里·吉里安诺的尸体在院子里放了三个钟头。他似乎睡着了。他的脸向下，朝着左边，一条腿屈着，整个身体趴在那里。他的白色衬衣几乎成了猩红色。在被打断的手臂旁是一支冲锋手枪。来自巴勒莫和罗马的报社摄影师已经到场。《生活》杂志的一位摄影师正在抓拍佩伦兹上尉的照片。这张照片发表时将附如下文字：他击毙了大名鼎鼎的吉里安诺。照片上的佩伦兹上尉面目和善而忧伤，还有一点迷茫。他戴着一顶帽子，看上去不像宪兵，倒像个和蔼可亲的杂货店老板。

但是，图里·吉里安诺的照片将出现在全世界的报纸上。他向外伸出的一只手上戴着从公爵夫人手上抢来的祖母绿戒指。他的腰上扎着雕有鹰狮图案的金扣腰带。他的身体下面是一摊血。

在玛丽亚·隆巴尔多到达之前，尸体被运到镇上的殡仪馆，放在一张巨大的椭圆形大理石石板上。殡仪馆是这个柏树环绕的墓地的一部分。他们把玛丽亚·隆巴尔多带到这个地方，安排她在一张长条石凳上坐下。他们在等待上校和上尉的到来，因为这两个人此刻正在附近的塞利努斯大饭店参加庆功午宴。看见这么多的新闻记者、看稀奇的镇上人以及维持秩序的宪兵，玛丽亚·隆巴尔多又开始哭了。赫克特·阿多尼斯在一旁尽量安慰她。

他们终于把她带进了殡仪馆。椭圆形石板四周聚集了一些官员，正在提出种种问题。她抬起眼皮，看见了图里的脸。

他以前从来没有像现在这样年轻。他看起来就像小时候和阿斯帕努玩耍了一整天之后特别累的样子。他的脸上没有疤痕，只是前额上有点脏，那是刚才躺在小院子的时候蹭上的泥土。

眼前的事实使她清醒了。她开始回答问题。“是的，”她说道，“这是我儿子图里，我二十七年前生下了他。是的，我可以认出他来。”官员们还在和她谈话，让她在文件上签字，可是她没有听见，也没有看见。她没有看见簇拥在四周的人群，没有听见新闻记者的叫喊，也没有看见因想拍照而与宪兵发生冲突的摄影记者。

她吻了吻图里那与灰色纹路的大理石一样苍白的额头，又吻了吻他那紫黑的嘴唇，还有那只被子弹打烂的手。她沉浸在悲痛之中。“哦，我的儿子，我的儿子，”她呼喊着，“你死得好惨哪！”

接着她晕了过去。现场的医生给她打了一针，她苏醒过来，一定要到发现儿子尸体的院子去看一看。到了那里之后，她跪在地上，吻了吻地上的那摊血迹。

她被送回蒙特莱普雷的家里之后，发现丈夫正在等她。这时候她才知道，杀害儿子的凶手竟然是她所宠爱的阿斯帕努。

第二十九章

迈克尔·柯里昂和彼得·克莱门扎被逮捕后不久就被转送到巴勒莫监狱，然后被送交弗雷德里科·韦拉尔迪的办公室接受审讯。

韦拉尔迪身边有六个全副武装的警察。他冷漠而有礼貌地与迈克尔和克莱门扎打招呼。他首先对克莱门扎说：“你是一位美国公民，你有一本护照，上面说你是来看望你哥哥的。特拉帕尼的唐·多梅尼克·克莱门扎。他们跟我说他是一个令人尊敬的人。一个受人尊敬的人。”他在使用这个传统的短语的时候带有明显的讽刺，“我们发现你和这个迈克尔·柯里昂在一起，就在图里·吉里安诺死亡前数小时，你们在他所在的小镇随身携带了致命的武器。你们是不是能进行一下说明？”

克莱门扎说：“我当时正在打猎，我们在寻找兔子和狐狸。后来我们看见卡斯特尔维特拉诺一片混乱，当时我们停留在一家自助餐厅喝早咖啡。于是我们就去看看发生了什么事。”

“在美国你们打兔子是不是也用冲锋手枪？”韦拉尔迪警督问道。他转向迈克尔·柯里昂。“我们以前见过，你和我，我们知道你到这儿来干什么。你那个胖子朋友也知道。可是自从几天之前我们和唐·克罗切那次愉快的午餐以来，事情发生了变化。吉里安诺死了。你是密谋策划让他逃跑的同案犯之一。我已经不必对付像你这样表面人模狗样的小人渣了。供词已经准备好了，我建议你签个字。”

这时候，一名宪兵警官走进房间，对着韦拉尔迪警督的耳朵悄悄地说几句话。韦拉尔迪只说了一句：“让他进来。”

来人是唐·克罗切。他身上的衣着不比迈克尔记忆中在那次著名的午餐上穿得好。他那张红木般的脸上依然是那样毫无表情。他还摇摇摆摆地走到迈克尔跟前拥抱了他一下，然后和彼得·克莱门扎握了握手。接着他转过身，目不转睛地看着韦拉尔迪警督，一言不发。这个人的身上有一股强大的力量，通过他的脸和眼睛放射出来。“这两个人是我的朋友，”他说，“你有什么理由这样粗暴地对待他们？”他的语气中没有愤怒，也没有任何情绪。他似乎只是提出一个需要用事实来回答的问题。他似乎在说，逮捕他们是没有正当理由、没有任何事实根据的。

韦拉尔迪警督耸耸肩。“他们将面对地方法官，由他来裁定。”

唐·克罗切在韦拉尔迪警督办公桌旁的一张扶手椅上坐下，摸了摸额头，以非常平静、似乎毫无威胁的语调说：“鉴于我们的友谊，给特雷扎部长打个电话，问问他对这个问题的意见。这点面子你不会不给我吧？”

韦拉尔迪警督摇了摇头。他那双蓝眼睛已经不再那么冷酷，而是充满了仇恨。“我们从来就不是朋友，”他说，“我以前是奉命行事，现在吉里安诺死了，命令就没有约束力了。这两人要交给地方法院。如果我有这么大权力的话，你也将和他们一起出庭。”

就在这时候，韦拉尔迪警督办公桌上的电话响了。他没有去接，而是等唐·克罗切作出回答。唐·克罗切说：“接电话吧，是特雷扎部长。”

警督慢慢地拿起电话，眼睛一直盯着唐·克罗切。他听了几分钟之后说了一声“是，阁下”，随即放下电话。他一屁股坐在椅子上，对迈克尔和彼得·克莱门扎说：“你们可以走了。”

唐·克罗切站起来，就像吆喝被关在院子里的鸡一样，带着迈克尔和克莱门扎匆匆离去。接着他回身对韦拉尔迪警督说：“虽然你在我的西西里是个外来户，在过去的一年里，我待你不薄，可是你当着我的朋友和各位警官的面，对我表现得大为不恭。不过我这个人不会记仇。我希望在最近的将来，我们再在一起吃一顿饭，重续我们的友谊，更好地相互理解。”

五天后，弗雷德里科·韦拉尔迪警督在巴勒莫的主要大街上，在光天化日之下遭到枪杀。

两天之后，迈克尔回到家里。家里为他举办了一次宴会，参加的有从拉斯维加斯飞回来的哥哥弗雷迪，还有康妮和她丈夫卡洛，克莱门扎和他的妻子，汤姆·黑根和他的妻子。他们和迈克尔拥抱，向他敬酒，说他气色很好。没有人提起他被流放的岁月，似乎谁也没有注意他脸上的那道深深的疤痕，而且谁也没有谈及桑尼的死。这是为他接风的家宴，仿佛他是去外地上大学或者刚度完长假回来。他的座位被安排在他父亲的右侧。他终于安全了。

第二天早上他起得比较晚，这是他逃离美国之后睡的第一个安稳觉。他母亲把早饭准备好等着他，他在餐桌上坐下之后，母亲给了他一个吻，这是她表达爱的不寻常方式。她以前只这样吻过他一次，是他从战场上回来的时候。

早饭之后，他走进家里的藏书馆，发现父亲正在那里等他。他惊讶地发现汤姆·黑根不在那里，他意识到父亲希望和他单独谈谈。

唐·柯里昂一本正经地倒了两杯茴香酒，把其中一杯递给迈克尔说："为我们的合作干杯。"

迈克尔举起酒杯说："谢谢。我还有许多东西要学。"

"是的，"唐·柯里昂说，"但是我们有的是时间，而且我就在这里教你。"

迈克尔说："难道你认为我们不应当首先把吉里安诺的事情说清楚？"

老柯里昂一屁股坐下来，擦了擦嘴上的酒说："是的，太不幸了。我原来还是希望他能够脱身的。他的父母亲是我的好朋友。"

迈克尔说："我真的一直没搞懂究竟发生了什么事情，我也一直搞不清哪一边是哪一边。你让我信任唐·克罗切，可是吉里安诺非常恨他。我原来以为你手上的那张遗嘱会阻止他们杀吉里安诺，但是他们还是把他杀了。现在，如果我们把那份遗嘱向报界公开，他们就会无地自容啊。"

他看见父亲冷静地看着他说："那是在西西里。那里的背叛中还有背叛。"

迈克尔说："唐·克罗切和政府肯定是和皮肖塔做了一笔交

易。”

“毫无疑问。”老柯里昂说。

迈克尔依然不解。“他们为什么这么做呢？我们有这份遗嘱，可以证明政府和吉里安诺在暗中有交易。如果我们把这份东西透露给新闻界，意大利政府会垮台。这是毫无疑问的。”

他父亲微微一笑说：“这份遗嘱不能公开。我们不会把它交给他们。”

过了整整一分钟，迈克尔才明白了他父亲在说什么以及这句话的意思。接下来他真的生他父亲的气了，这是他有生以来的第一次。他面色煞白地说：“这是不是说我们一直在和唐·克罗切合作？这是不是说我没有帮助吉里安诺，而是背叛了他？我对他的父母亲撒了谎？你背叛了你的朋友，把他们的儿子引上了绝路？你把我当成傻瓜，像利用犹大的山羊那样利用了我？爸爸，我的天哪，吉里安诺是个好人，是西西里穷人心目中真正的英雄。我们必须公开那份遗嘱。”

父亲先让迈克尔把话说完，然后起身离开椅子，把双手搭在儿子肩上。“听我说，”他说，“我们为吉里安诺的逃亡做好了一切准备。我没有和唐·克罗切做任何背叛吉里安诺的交易。飞机一直在等候，克莱门扎和他手下的人接到指示，要尽一切力量帮助你们。唐·克罗切不想让吉里安诺离开。那是最简单的办法。可是吉里安诺发誓要找克罗切报仇，于是迟迟不到，希望实现自己的誓言。他本来可以在几天之内到你那里去，可是他没有去，而是要来个孤注一掷。所以他才遭到不幸。”

迈克尔从父亲的面前走开，在一张皮扶手椅上坐下。“你不公开那份遗嘱是有原因的，”他说，“你们做了交易。”

“是的，”唐·柯里昂说道，“你要记住，那天下午你被炸弹炸伤之后，我意识到我和我的朋友们已经无法在西西里岛向你提供全面的保护。你面临着更多的暗杀威胁。我必须绝对保证你安全回家。所以我和唐·克罗切做了一笔交易。他向你提供保护，而我则承诺吉里安诺到了美国之后，我会劝说他不要公开那份遗嘱。”

迈克尔感到恶心和震惊，他记得是他亲自告诉皮肖塔说那份遗嘱在美国很安全。就在那时候他已经确定了吉里安诺的命运。迈克尔叹了一口气。“我们对不起他的父母，”他说，“也对不起尤斯蒂娜。她没事吧？”

“是的，”唐·柯里昂说，“她受到了很好的照顾。要过几个月的时间，她才能慢慢接受这个现实。”他顿了顿，“她是个非常聪明的姑娘。她在这里会生活得很好。”

迈克尔说：“如果我们不公开那份遗嘱，我们就背叛了她的父母亲。”

“没有，”唐·柯里昂说，“在美国的这些年我明白了一个道理。你必须有理智，善于处理难题。公开那份遗嘱有什么好处呢？也许意大利政府会垮台，但是也有可能不会。特雷扎部长可能丢掉他的工作，可是你认为他们会惩罚他吗？”

迈克尔怒气冲冲地说：“他代表的是一个阴谋屠杀自己人民的政府。”

唐·柯里昂耸了耸肩。“那又怎么样？你让我把话说完。公开发表那份遗嘱能够帮助吉里安诺的母亲、父亲或者他的朋友吗？政府不会放过他们，会把他们投进监狱或以各种方式迫害他们。更糟糕的是，唐・克罗切可以把他们列入黑名单。还是让他们安度晚年吧。为了保护他们，让我来和那边的政府以及唐・克罗切做一笔交易。我不公开那份遗嘱也能起到一定的作用。”

迈克尔不无讽刺地说：“万一将来我们在西西里岛有求于他们的时候，这对我们还是有用的。”

“我也是出于无奈。”他的父亲微微一笑说。

一阵长长的静默之后，迈克尔轻声说道：“我不知道，这似乎是不讲义气。吉里安诺是一个真正的英雄，他已经成了传奇人物。我们必须维护他死后的名声。不要让他的英名被人糟蹋。”

唐・柯里昂第一次表现出不快。他又倒了一杯茴香酒，把它一饮而尽。他用手指着儿子说：“你想学习，现在就听我说。人的第一个任务就是让自己活下来。然后才谈得上人们所说的名声。你刚才所说的不讲义气，我愿意把它揽到自己的头上。我这么做是为了救你的命，正如你曾经背着不好的名声救我的命一样。没有唐・克罗切的保护，你是不可能活着离开西西里的。事情就是这样。你是不是想成为像吉里安诺一样的英雄？一个传奇人物？一个死人？我喜欢他，因为他是我最好的朋友的儿子，可是我并不羡慕他的名声。你还活着，可是他死了。永远不要忘记这一点。活着不要当英雄，只要活着就行。时过境迁之后，英雄似乎就有点儿愚蠢了。”

迈克尔叹了口气。“吉里安诺没有选择。”他说道。

“我们就比较幸运。”唐・柯里昂说。

这是迈克尔跟他父亲学的第一课，而且也是他学得最好的一课。这将使他未来的生活增添光彩，促使他作出一些他原来做梦也不敢想象的惊心动魄的重大决定。它改变了他关于荣誉的概念，也改变了他对英雄主义的崇拜。它帮助他绝处逢生，但却使他生活得很不愉快。虽然他父亲并不羡慕吉里安诺，迈克尔却羡慕不已。

第三十章

吉里安诺的死是对西西里人民精神上的沉重打击。他曾经是他们的带头人，是他们对抗富豪与贵族、对抗友中友以及罗马基督教民主党政府的盾牌。由于吉里安诺的死，唐·克罗切·马洛把西西里岛放进了他的橄榄油压榨机，同时从富人和穷人身上榨取了大量钱财。当政府准备修建水坝提供廉价水的时候，唐·克罗切指使人炸毁了修建水坝的所有重型设备，因为毕竟西西里的所有水井都在他的控制之下。提供廉价水的水坝不符合他的利益。由于战后重建，唐·克罗切凭借从内部得到的消息以及他劝诱式的谈判风格，以极其低廉的价格获得了最好的建筑地块，然后转手高价售出。他把西西里的所有企业都置于他的保护之下。如果不向他缴纳一点保护费，你连洋蓟也甭想拿到巴勒莫的市场摊位上去卖。如果不从唐·克罗切那里买保险，有钱人就不能给自己的老婆买首饰，或者给自己的儿子买赛马的马匹。他以铁腕击碎了农民想到奥洛尔托亲王的庄园开垦荒地的希望，虽然意大利国会曾经通过了那项不理智的法律。处于唐·克罗切、贵族和罗马政府的夹缝中的西西里人民放弃了自己的希望。

在吉里安诺死后的两年中，从西西里迁出的移民多达五十万，其中大多数都是青年男性。他们有的前往英国，做园丁、制作冰激凌和当饭店服务员；有的前往德国，从事繁重的体力劳动；有的前往瑞士，在那个国家当保洁工或者生产杜鹃报时钟；有的移民法国，在厨房打下手或者在服装厂当扫地工；有的落户巴西，在密林中砍伐树木开垦土地；有的去了寒冷的斯堪的纳维亚国家；当然也有少数人比较幸运，被克莱门扎雇用到美国为柯里昂家族服务。这些人被认为是最幸运的。这样一来，西西里岛只剩下老人、小孩和因经济仇杀成为寡妇的女人。那些石屋小村落再也无法为富人的庄园提供劳动力，富人也因此受到了影响。发财的只有唐·克罗切。

加斯帕尔·“阿斯帕努”·皮肖塔因土匪罪被判处终身监禁，关在乌恰敦监狱。不过人们普遍认为他会得到赦免。他唯一的担心是被人害死在狱中。赦免的事依然没有下文。他托人带信给唐·克罗切说，如果不立即将他赦免，他就把那伙人和特雷扎的联系全部抖搂出来，揭露新任总理怎样与唐·克罗切密谋在吉里斯特拉山口杀害自己的民众。

特雷扎部长升任意大利总理那天早上，阿斯帕努·皮肖塔于八点钟醒来。他的牢房很大，里面摆放了许多植物，还有他在监狱中刺绣的几幅大屏风。在丝绸上刺绣出绚丽图案似乎使他的思想得以平静，因为现在他时常想到自己儿时和图里·吉里安诺在一起互相关爱的情景。

皮肖塔喝了一杯自己冲的早晨的咖啡。由于害怕被人下毒，那杯咖啡里的所有东西都是由他的家人送来的。监狱里的牢饭他要先拿一小块给他养在笼子里的鹦鹉吃。为防不测，他把一大瓶橄榄油与绣花针和一堆织物绣品一起放在一个书架上。他希望把橄榄油倒进喉咙里能起到解毒作用，或者引发呕吐把吃下去的东西吐出来。他并不害怕其他形式的暴力，因为对他的看守非常严密。只有得到他的同意，探监者才能到他的牢房门口来。他是绝对不准出牢房的。他耐心地等待鹦鹉把东西吃下去，消化了，然后才津津有味地吃自己的早饭。

赫克特·阿多尼斯离开他在巴勒莫的公寓，乘电车前往乌恰敦监狱。虽然才二月份，早晨的太阳已经热烘烘的了。他后悔自己穿了黑色西服，还打了领带。但是他觉得在这样的场合，还是应当穿得庄重一些。他摸了摸上衣口袋里那张重要的纸条，而后把它往口袋下面塞了塞。

在他乘车前往市区的路上，吉里安诺的阴影一直萦绕在他的脑际。他记得有一天早上他亲眼看见一辆满载宪兵的电车被炸毁，这是吉里安诺为报复把他的父母关在这座监狱所采取的行动之一。他再次感到不解，这个曾经听他上过文学经典课程的温文尔雅的学生怎么会犯下这么严重的罪行。虽然沿途这些建筑物墙壁上的标语已经没有了，但他仍然可以想象出经常出现在这些墙壁上、用红色大写字母书写的“吉里安诺万岁”。可是，他的教子寿命并不长。不过一直使他感到不安的是，吉里安诺是被他终身的朋友和儿时的伙伴杀害的。这就是为什么接到要他送交上衣口袋里那张字条的指示之后，他感到非常高兴。字条是唐·克罗切派人送来的，上面附有具体的指示。

电车在乌恰敦监狱前停下。这座监狱是一幢长长的砖结构建筑，由一道带铁丝网的围墙把它和马路隔开。它的大门口有岗哨，围墙四周有全副武装的警察巡逻。赫克特·阿多尼斯持有全部必要的文件，所以被准许进入。他由一名看守领着来到医院的药房。一个叫库托的药剂师接待了他。此人穿着西装，系着领带，外面套着一件洁白的大褂。出于某种微妙的心理，他也决定逢场作戏，穿得正规一些。他很客气地与赫克特·阿多尼斯打招呼，接着两人坐下等候。

“阿斯帕努是不是按时服药？”赫克特·阿多尼斯问道。为了治疗肺结核，皮肖塔仍然需要服用链霉素。

“哦，是的，”库托回答说，“他非常注意自己的健康，连烟都戒了。这是我在囚犯中注意到的怪现象。他们自由的时候，不把自己的健康当回事——烟是拼命地抽，酒是不醉不罢休，搞女人就搞个精疲力竭。他们睡眠不足，运动很少。可是等他们要在监狱中度过余生的时候，他们又是做俯卧撑，又是戒烟，还注意自己的饮食，无论做什么都适当有度。”

“也许是因为他们没机会干别的事。”赫克特·阿多尼斯说。

“哦，不，不，”库托说，“在乌恰敦这里你要什么就有什么。看守穷，囚犯富。所以钱在这里转手是合情合理的。在这里什么坏事你都可以干。”

阿多尼斯向药房四周看了看。这里的架子上放的都是药品。大橡木橱里放的是绷带和医疗器械，因为这个药房也用作囚犯的急诊室。在大房间里凹进去的地方还有两张收拾得很干净的床。

“你们给他用药有什么麻烦没有？”阿多尼斯问道。

“没有，我们有一个特别采购部，”库托回答说，“今天早上我还给他发了一瓶新药。上面都有特别的封条，是美国人贴在上面出口用的。那种药很贵。当局费这么多周折来让他活着，我感到很惊讶。”

他们两人相视而笑。

在牢房里，阿斯帕努·皮肖塔接过那瓶链霉素，打开了上面精心制作的封条。他取出一定量的药，把它吃了下去。他立刻发现药非常苦，紧接着他的身体向后形成一个大的弧度，随即栽倒在地上。他的大声尖叫使看守急忙奔向他的牢房门口。皮肖塔忍着浑身的剧痛，挣扎着站起来。他感到喉咙刺痛，跌跌撞撞地朝橄榄油瓶子走去。他又一次疼得弯下腰，对看守大声喊道：“我中毒了。救救我，救救我。”在他倒下之前，他感到怒火中烧：唐·克罗切终于智胜了他一筹。

几名看守匆匆把皮肖塔抬进药房，大声喊叫说犯人中毒了。库托让他们把皮肖塔躺在凹处的一张床上，给他进行检查。接着他迅速把一帖催吐剂倒进他的喉咙。在看守们看来，他似乎是在竭尽全力抢救皮肖塔。只有赫克特·阿多尼斯知道这帖催吐剂浓度很淡，对这个将死的人来说已无济于事。阿多尼斯走到床边，从上衣口袋里取出那张字条，把它偷偷地藏在手掌心里。他假装帮助药剂师，却趁机把纸条放进了皮肖塔的衬衣里。与此同时，他看了看皮肖塔那张英俊的脸。那张扭曲的脸显得很痛苦，不过阿多尼斯知道这是剧痛造成的抽搐。由于疼痛难忍，他把一部分小胡子都咬掉了。这时候，赫克特·阿多尼斯为他的灵魂做了一次祈祷，同时也感到一阵悲伤。他记得这个人曾经和他的教子手挽手地行走在西西里的山上，背诵有关罗兰和查理大帝的诗句。

大约六个小时之后，皮肖塔身上那张字条被发现。又过了一段时间，他的死讯才上了报纸，并在西西里各地传开。赫克特·阿多尼斯偷偷放进阿斯帕努衬衣里的字条上写着：

这就是背叛吉里安诺的下场。

第三十一章

在西西里，稍微有点钱的人都不会把自己的亲人埋进土里，认为那样做太没面子，因为西西里的土地已经给了人们太多的侮辱。这块墓地上布满了小石块和花岗岩建造的陵寝——被称为“合葬冢”的四方形小陵墓。它们的入口都有铁栅门。里面有若干层墓穴，棺木放进一孔墓穴之后，就用水泥把它封上。其他墓穴则留给家人。

皮肖塔死后不久，赫克特·阿多尼斯选了一个晴朗的星期天来到蒙特莱普雷墓地。唐·克罗切将在那里与他会合，在图里·吉里安诺的墓前祈祷。他们有要事相商，对于不讲究虚荣、决心捐弃前嫌、小心谨慎的人来说，还有什么地方比这里更好呢？

为了对一位把事情干得如此利落的同僚表示祝贺，还有什么地方比这里更好呢？唐·克罗切一直想除掉皮肖塔，因为这个人太巧言善辩，而且记忆力太好。他选择赫克特·阿多尼斯策划这个行动。在尸体上留字条是克罗切最巧妙的动作之一。阿多尼斯感到满意，一桩政治谋杀案就这样被浪漫的制裁行动掩盖起来了。在墓地大门前，赫克特·阿多尼斯看见司机和保镖们把唐·克罗切扶下了车。在过去一年中，这位龙头老大的腰围粗了许多，他的体重似乎与他拥有的巨大权力一样与日俱增。

他们两人同时走进大门。阿多尼斯抬头看了看那个拱形通道。在熟铁框架上锻造了一行字，是给那些自鸣得意的凭吊者看的：我们曾经像你们一样——你们也会像我们一样。

阿多尼斯看着这个讥讽的挑战笑了笑。吉里安诺绝不会这么残忍，但阿斯帕努·皮肖塔即使在坟墓里也会这样大声喊出来。

吉里安诺死后，赫克特·阿多尼斯对皮肖塔一直恨之入骨，但这种仇恨现在已经不复存在。他已经报了仇。此刻他想到的是这两个人小时候一起玩耍以及共同沦为土匪的情景。

唐·克罗切和赫克特·阿多尼斯走进这片由小石块和花岗岩构建的墓地深处。唐·克罗切和他的保镖们走在一起，在岩石小道上相互关照，司机把手上拿着的一大把鲜花摆放在吉里安诺墓穴的门前。唐·克罗切故作姿态地把花重新摆了摆，然后看了看贴在石门上的吉里安诺的小照片。他的保镖们紧贴着他的身子，以防他摔下来。

唐·克罗切直起腰板。“他是个勇敢的小伙子，”他说，“我们大家都喜欢图里·吉里安诺。但是我们怎么能和他生活在一起呢？他想改变这个世界，把它整个颠倒过来。他热爱自己的同伴，但是他们当中的许多人又是死于谁人之手呢？他信奉上帝，可是他却绑架了红衣大主教。”

赫克特·阿多尼斯仔细看了看那张照片。吉里安诺拍这张照片的时候才十七岁，是地中海边最漂亮的小伙子。他的脸上露出讨人喜欢的甜美，你永远不会想到他会下令杀死上千人，让那么多人的灵魂下了地狱。

他心下思忖：西西里呀，西西里，你摧毁了自己最优秀的儿女，把他们变成了尘埃。你的土地上孕育出比天使还漂亮的孩子，但他们却堕落成了魔鬼。在这块土地上，邪恶像竹子和仙人果一样孳生蔓延。可是唐·克罗切为什么要到吉里安诺的墓上来摆放鲜花呢?

“啊，”这位龙头老大说，“要是我有一个像图里·吉里安诺这样的儿子就好了。我可以把一个多好的帝国交给他来治理。谁知道他会取得怎样的辉煌呢？”

赫克特·阿多尼斯笑了笑。唐·克罗切是个了不起的人物，可是他不懂历史。唐·克罗切会有一千个儿子来继承他的统治，继承他的狡诈，掠夺西西里，收买罗马政府。而他，巴勒莫大学著名的历史和文学教授赫克特·阿多尼斯就是其中之一。

赫克特·阿多尼斯和唐·克罗切准备离开的时候，墓地前有一排大车在等候。车上的油漆色彩明快，画的是有关图里·吉里安诺和阿斯帕努·皮肖塔的传说：抢劫公爵夫人，处决黑手党首领，阿斯帕努杀害图里。在赫克特·阿多尼斯看来，他似乎什么都知道。唐·克罗切虽然很了不起，但是终究会被人们所遗忘，永远活在人们心中的将是图里·吉里安诺。有关吉里安诺的传说将不断发展，有些人会相信吉里安诺根本没有死，他还在卡马拉塔山里活动，在某些重大的日子里，他会重新出来把西西里从锁链和痛苦中解救出来。在数以千计的石头和泥土建起的小村庄里，现在尚未出生的孩子将来也会为吉里安诺的灵魂及其复活祈祷。

阿斯帕努·皮肖塔头脑灵活，谁能说他在赫克特·阿多尼斯讲

THE GODFATHER
The Last Don

教父Ⅲ
最后的教父

[美] 马里奥·普佐 著
Mario Puzo
依廉 译

江苏凤凰文艺出版社
JIANGSU PHOENIX LITERATURE AND ART PUBLISHING, LTD

图书在版编目（CIP）数据

教父 . 3, 最后的教父 /（美）马里奥・普佐(Puzo,M.) 著；依廉译 . -- 南京：江苏凤凰文艺出版社，2018.8（2025.7 重印）
（《教父》三部曲：典藏版）
ISBN 978-7-5594-2402-0

Ⅰ . ①教… Ⅱ . ①马… ②依… Ⅲ . ①长篇小说－美国－现代 Ⅳ . ① I712.45

中国版本图书馆 CIP 数据核字 (2018) 第 135023 号

教父 . 3，最后的教父

［美］马里奥・普佐 著　　依 廉 译

责任编辑　丁小卉
特约编辑　赵思婷　孙若羚　叶启秀
封面设计　读客文化　021-33608320
责任印制　刘　巍
出版发行　江苏凤凰文艺出版社
　　　　　南京市中央路 165 号，邮编：210009
网　　址　http://www.jswenyi.com
印　　刷　河北中科印刷科技发展有限公司
开　　本　880 毫米 ×1230 毫米 1/32
印　　张　18
字　　数　397 千字
版　　次　2018 年 8 月第 1 版
印　　次　2025 年 7 月第 10 次印刷
标准书号　ISBN 978 – 7 – 5594 – 2402 – 0
定　　价　269.70 元（全三册）

江苏凤凰文艺版图书凡印刷、装订错误，可向出版社调换，联系电话：010-87681002。

目 录

序幕

/1965年，科沃格

与桑塔迪奥家族的大战过去一年之后，在这个棕枝全日，唐·多梅尼科·克莱里库齐奥一边为自家嫡出的两个婴儿庆祝受洗，一边作出了一生中最重要的决定。他请来了美国各大家族的头目，以及拉斯维加斯“桃源”酒店的所有者阿尔弗雷德·格罗内韦尔特，还有在美国建立起巨大毒品帝国的大卫·雷德菲洛。这些人都是他不同程度的合伙人。

如今，美国最如日中天的黑手党家族头目、唐·克莱里库齐奥，准备放弃他在明面上的势力了。是时候换一种玩法了，太过明目张胆会有危险。不过，放弃权力这种事本身就很危险。他不仅得靠自己的声誉把这件事做得和风细雨，更要牢牢把控住自己的根基。

克莱里库齐奥庄园位于科沃格，占地二十英亩，四周围着十英尺高的红砖墙，墙顶缠着带刺的铁丝网，还安装了电子探头。他的三个儿子都住在庄园主楼的旁边，此外还有二十幢房子，供家族信任的亲随们居住。

客人们还没到，唐和他的儿子围坐在后花园一张白色铁艺桌子前。大儿子乔治高高的个子，髭须修得精细硬朗，量身裁剪的衣服修饰出他那英国绅士一般修长的身形。他二十七岁，寡言少语，面色阴沉冷漠。唐告诉乔治，他准备让乔治去申请沃顿商学院。在那儿，他可以学到各种敛财而不触犯法律的把戏。

乔治并没有质疑他的父亲，这就好比圣谕，没有让他讨论的余地。他恭顺地点了点头。

接着，唐嘱咐他的侄子，约瑟夫·“皮皮”·德·莱纳。唐把皮皮当成亲生儿子一样喜欢。不光是因为血缘这么简单——皮皮是他亡姊的孩子，更主要的是，冲锋陷阵拿下桑塔迪奥家族的，正是皮皮。

“你去拉斯维加斯定居，”他说道，“你负责照看我们在桃源酒店的股份。既然我们家族不再动刀动枪了，这里就没什么事情可做了。不过，你照样是家族的‘铁锤’。”

他看得出来，皮皮不怎么开心。于是他给出了理由：“你老婆娜莱内没法在家族这种氛围里生活，也没法在布朗克斯生活。她太与众不同了，大家不会接纳她。你只能到离我们远一点儿的地方过日子。”这些都是真的，不过此外，唐还有另一个原因：皮皮是克莱里库齐奥家族的英雄战将。如果他继续当布朗克斯地区的“市长”，一旦唐死了，他的儿子们怕是都得活在皮皮的阴影里了。

“你就是我在西部的代理人，”他对皮皮说，“等着发财吧。不过，有些要紧事得办了。”

他把拉斯维加斯一幢房子的房契递给了皮皮，然后转向了小儿子、二十五岁的文森特。几个孩子中，文森特的个子最矮，可结实得简直像石头城门。他的话不多，一副软心肠。还在母亲怀里撒娇的时候，他就学会了意大利的各种经典农家菜式；他母亲去世得早，他当时哭得最伤心。

唐朝他笑了："我要决定你的命运了，"他说，"我要让你去做真正想做的事，你去纽约开一家最好的餐馆。别不舍得花钱，要让法国人见识一下什么才是真正的美食。"皮皮和其他的子侄都笑了，连文森特自己都乐了。唐笑着对他说："你去欧洲最好的烹饪学校学上一年。"

虽然很高兴，文森特还是嘟囔了一句："就他们能教我什么？"

唐严肃地看着他："你的点心技术还可以再提高些，"他说，"不过，最主要的目的是学习怎么经营和管理财务。说不定你能开自己的连锁餐馆。乔治给你投钱。"

最后，唐看着佩蒂耶。佩蒂耶是二儿子，三个儿子里他最活跃。他性情温和，虽然不过是二十六岁的毛头小伙子，唐却知道，他的身上，有着西西里克莱里库齐奥家族昔日的风采。

"佩蒂耶，"唐说道，"皮皮去西部的话，你就是布朗克斯的头领了。你要为家族提供能够拼命的人。我给你揽了一桩大买卖，是一个建筑公司。以后就由你来翻修纽约的摩天大楼，兴建州警署的营房，铺设城市道路。这桩生意很稳当，但是我希望你能把它做大。这样一来，你手下的人都有了合法工作，你也能大赚一笔。你先去给这公司现在的老板当学徒。不过记住，你的主业，是要给家族供应和调配人手。"他转向了乔治。

"乔治，"唐说，"你来继承我的位置。除非绝对有必要，否则那些有危险的事情，你和文尼就不要再参与了。眼光要往前看。你的孩子、我的孩子、小丹特，还有克罗奇菲西奥，他们不能在这种环境里成长。我们有钱，犯不着为了吃饱饭豁出命去。从今以后，我们家族的角色，就只是其他家族的财政顾问。我们帮他们出谋划策、调停他们的纠纷。但是要做这份差事，我们手头要有底牌和得力的人手。而且，我们必须保护每个家族的财产，这样他们才能让我们分享利益。”

他顿了顿，又说道：“二三十年之后，等我们全都藏身于合法世界时，就可以无忧无虑地享受财富了。今天受洗的两个孩子，永远不必替我们赎罪，也不必因为我们而担惊受怕。”

“那我们为什么还要留着布朗克斯的地盘不放？”乔治问道。

“我们要做的是助人为乐，”唐说道，“不是舍己为人。”

一小时后，唐·克莱里库齐奥出现在主楼的阳台上，俯视着下面的庆典。

巨大的草坪上摆满了餐桌，翅膀一样的绿色遮阳伞包围了桌子，两百位客人都聚集在这里，他们中许多人都来自布朗克斯地区。洗礼庆典本来应该是一片欢腾，但是眼下却稍显压抑。

克莱里库齐奥家族花费了巨大的代价才铲除了桑塔迪奥家族。唐失去了他最爱的儿子西尔维奥，唐的女儿萝塞·玛丽耶也失去了自己的丈夫。

此刻，人们流连在餐桌旁。桌上的水晶容器里装着深红色的葡萄酒，银白的汤盏里盛着汤和各种意大利面，浅盘中是切片的肉和奶酪，还有形状不一、松香脆软的面包。一支小乐队演奏着轻柔的曲子，唐让自己沉浸在这种轻松的氛围中。

唐看见那两辆盖着蓝色毯子的婴儿车停在环形餐桌的正中

央。两个小家伙可真勇敢，没入圣水的时候他们一点都不怕。婴儿车的边上是两位妈妈——萝塞·玛丽耶，还有皮皮的妻子娜莱内·德·莱纳。他看得见婴儿的脸蛋，上面还没有一丝生活的印迹。他有责任确保这两个孩子——丹特·克莱里库齐奥、克罗奇菲西奥·德·莱纳——永远衣食无虞。他的计划一旦成功，他们就能生活在平常人的世界。他觉得很好奇，在场这些人谁都没对两个婴儿表示敬意。

他看见了文森特。平时一张脸总是冷得像石头的文森特，正在从他专门为庆典制作的热狗推车上给小孩子们发热狗。虽然跟纽约街头卖热狗的推车有点像，但是它更大些，上面的遮阳伞更鲜艳，而且文森特做出来的食物更美味。他系着一张干干净净的白围裙，把酱菜、黄芥末、红葱和辣酱夹进热狗里。孩子们谁想得到热狗，就得在他的面颊上亲一口。虽然外表粗粝，但文森特其实是他儿子里心肠最软的。

地掷球场上，佩蒂耶跟皮皮·德·莱纳、维吉尼奥·巴拉佐，还有阿尔弗雷德·格罗内韦尔特在一起比赛。佩蒂耶最善于恶作剧，对此唐十分不赞成，因为这容易带来危险。这会儿，佩蒂耶又在给比赛捣乱了——掷出去的球才击中一下，就四分五裂了。

维吉尼奥·巴拉佐是唐的代理人，是替克莱里库齐奥家族办事的执行官。他永远精力充沛，见到佩蒂耶就假装要追上去抓住他，佩蒂耶就假装逃命。对唐来说，这种把戏可有点讽刺。因为他知道，他的儿子佩蒂耶生来就是当杀手的料；而巴拉佐看上去没个正经，但凭真本事闯出了名声。

可是这两个人，谁也比不上皮皮。

唐注意到，除了萝塞·玛丽耶和娜莱内这两位母亲，其他姑娘们都盯着皮皮不放。他是个非常英俊的男人，跟唐本人一样高的个头，强健硬朗的躯体，粗犷俊朗的面庞。许多男人也在注意着他，一些是他在布朗克斯领地的手下。人们在观察他领导者的气魄和灵活潇洒的身手，对他的传说也有所耳闻——他是“铁锤”，是“最合格的人”。

面颊红润的大卫·雷德菲洛年纪轻轻就成为美国最有势力的毒品贩子，此刻他正揉捏着婴儿车里两个宝宝的脸蛋。还有阿尔弗雷德·格罗内韦尔特，他西装革履，置身这场奇怪的比赛中显然感到局促不安。格罗内韦尔特跟唐年纪相仿，都已经快六十岁了。

今天，唐·克莱里库齐奥要改变这里所有人的生活。他希望会有一个好结果。

乔治来到阳台通知唐参加今天的第一次会议。十个黑手党头目正在书房等候，乔治已经把唐的计划简要知会给了他们。洗礼庆典是这场会面的绝佳掩护，但是这些人跟克莱里库齐奥家族并没有真正的社交往来，他们想尽快建立这种联系。

克莱里库齐奥的书房没有窗户，只有沉重的家具和一个小吧台。十个人围着宽阔的黑色大理石桌子坐下，个个表情肃然。他们依次跟唐·克莱里库齐奥打招呼，然后急切地等待着他开口。

唐·克莱里库齐奥把他的儿子文森特和佩蒂耶、他的执行官巴拉佐，还有皮皮·德·莱纳也叫来参加会议。人来齐之后，态度冷漠不屑的乔治作了简单介绍。

唐·克莱里库齐奥端详着面前众人。这些都是地下世界中权势最为煊赫的人物，致力于解决人们真正的需求。

“该讲的我儿子乔治已经都给你们交代了，”他说，“我的计划就是这样。我会放弃目前的一切权益，只留博彩。我在纽约的活动都移交给我的老朋友维吉尼奥·巴拉佐。他会组建他自己的家族，独立于克莱里库齐奥家族之外。我在国内其他地方的收益，包括工会、运输、烟酒，还有毒品，我都转让给你们各个家族。我的一切合法关系都对你们敞开大门。作为回报我的要求是，我要管理你们的收入，我会保证它们的安全，你们可以随时支取。用不着担心政府追踪这些钱，而我只要求抽取百分之五的手续费。”

对十个人来说，这笔交易简直像做梦一样。他们千恩万谢，因为克莱里库齐奥家族本可以进一步控制甚至捣毁他们的家族，却在这个时刻选择了急流勇退。

文森特绕过桌子，给每个人都斟了酒。大家举起酒杯，庆祝唐金盆洗手。

黑手党头目作了隆重告别之后，佩蒂耶陪着大卫·雷德菲洛来到密室。大卫坐在唐对面一把真皮扶手椅里，文森特给他倒了酒。雷德菲洛的与众不同不光是因为那一头长发，还因为他戴的钻石耳环、身上的粗棉布外套和干净平整的牛仔裤。他有斯堪的纳维亚血统，因此一头金发，眼睛湛蓝，总是显得热情、率性。

唐对大卫·雷德菲洛十分感激，因为正是大卫证实了，做毒品买卖时，法律机构也能靠贿赂摆平。

“大卫，”唐·克莱里库齐奥说，“你退出毒品生意吧，我有更好的事让你做。”

雷德菲洛并未反对，“为什么现在退出？”他问道。

“第一，”唐说，“政府花很多时间打击毒品买卖，麻烦太大。你后半辈子根本活不安稳。更重要的是，太危险。我不允许我儿子佩蒂耶和他的手下一直给你当保镖，那些哥伦比亚人太野蛮，说动手就动手，简直不要命。毒品生意就让给他们算了。你去欧洲。我会安排人在那保护你。要是你想找点事干，就去意大利买家银行，定居罗马。我们在那会有很多生意。”

“太好了，”雷德菲洛说，“我既不懂意大利语，也不懂银行。”

“你都可以学，”唐·克莱里库齐奥说，“你在罗马肯定过得舒服，或者你希望留下来也行，但是我不会再支持你。佩蒂耶也不会保障你的安全。你选吧。”

“谁接我的买卖？”雷德菲洛问道，“给我买断的钱吗？”

“哥伦比亚人会接管毒品买卖，”唐说，“谁也阻止不了，这是大趋势，不过政府少不了找他们麻烦。那么，去还是不去？”

雷德菲洛思忖片刻，笑了：“告诉我该怎么做。”

“乔治带你去罗马，把你介绍给我的人，”唐说，“以后他会一直协助你。”

唐抱了抱他：“多谢你听从我的建议。在欧洲我们还是伙伴。相信我，这对你绝对是好事。”

大卫·雷德菲洛离开后，唐让乔治把阿尔弗雷德·格罗内韦尔特带到书房。作为拉斯维加斯桃源酒店的所有人，格罗内韦尔特曾经受到过桑塔迪奥家族的庇护，可这个家族现在已经不存在了。

“格罗内韦尔特先生，”唐说，“桃源酒店继续由你经营，我会提供保护。不必担心你自己或财产的安全。你仍然持有酒店百分之五十一的股份。桑塔迪奥家族原来百分之四十九的股份现在归我，法律身份保持不变。你同意吗？”

格罗内韦尔特尽管上了年纪，仍举止庄重、仪表堂堂。他谨慎开口道：“如果由我继续经营，我的权力必须保持不变。否则我宁可把我的股份卖给你。”

“把这座金矿卖了？”唐不相信，“不，不，别害怕我。我始终是个生意人。桑塔迪奥家族要是收敛一点，什么事都不会发生。虽然他们不存在了，但你和我都是讲道理的人。我会派代表接替桑塔迪奥家族。约瑟夫·德·莱纳，也就是皮皮，得到他应得的一切。他是我西部的代理人，年薪十万，由你的酒店支付，具体方式你看着办。如果你得罪了人或是惹上什么麻烦，你可以找他。做这一行，总是会有麻烦。”

瘦高的格罗内韦尔特看上去非常平静：“你为什么看中我？你完全有其他办法赚更多钱啊。”

唐·多梅尼科郑重说道：“因为你是这一行的天才。拉斯维加斯每个人都这么说。这些回报表示我对你的敬重。”

格罗内韦尔特笑了：“你已经给我很多了。你把酒店还给了我，还有什么比这更重要呢？”

唐宽厚地笑了。虽然他一向是个严肃的人，但他很乐意用自己的权势给别人一个惊喜。“你可以任命下一个内华达州博彩业委员会成员，”唐说道，“目前他们空了个席位。”

格罗内韦尔特生平第一次感到惊讶，而后十分佩服。他高兴至极，因为他看到了酒店的未来，这是他之前做梦都不敢想的。“你要是连这都做得到，”格罗内韦尔特说，“我们将来就真要发大财了。”

“已经安排好了，”唐说，“现在你可以离开了，祝你玩得愉快。”

格罗内韦尔特说：“我要回拉斯维加斯去了，让人知道我来你这可不是件好事。”

唐点点头，“佩蒂耶，派人开车送格罗内韦尔特先生去纽约。”

现在，除了唐之外，屋子里就剩下他的几个儿子、皮皮·德·莱纳，还有维吉尼奥·巴拉佐了。这几个人都在面面相觑。只有乔治是唐的心腹，其他人并不知道唐的打算。

作为代理人，巴拉佐还年轻得很，他只比皮皮大上几岁。他控制了工会、纽约服装区的运输业，还有一部分毒品产业。唐·多梅尼科告诉他说，从今开始，他的生意要从克莱里库齐奥家族独立出去。他对经营有完全的控制权，而只需要上缴百分之十的收入而已。

维吉尼奥·巴拉佐被这样的慷慨大方搞得茫然失措。平时他总是激情饱满地表达感谢或是不满，可现在这种感激让他不知如何是好，只能拥抱唐。

“你收入的一半我会帮你保存，用于养老或者你运气不好的时候。”唐对巴拉佐说，“请你原谅，但是人是会变的，他们的记忆会出问题，他们对曾经的慷慨大方的感激之情也会淡化。我要提醒你把账目弄准确。”他顿了顿，“我毕竟不是税官，总不能征利息或者罚款。”

巴拉佐明白这一点。唐·多梅尼科必然会迅猛地给予惩罚，甚至不会事先警告。而且，这种惩罚往往就是死亡。不过，对付一个敌人，还有别的方法吗？

唐·克莱里库齐奥打发走了巴拉佐。但当他把皮皮送到门口时，他停住脚，然后把皮皮拉过来，在他耳边嘱咐了几句。“记住，我们之间有个秘密。这个秘密你必须永远保守住。我从没给你下过命令。”

楼外的草坪上，萝塞·玛丽耶正等着要跟皮皮·德·莱纳说话。她是个年轻美丽的寡妇，但是黑色不适合她。失去丈夫和哥哥的哀恸压抑着她那种与生俱来的活力，使她的美丽黯然失色。她棕色的大眼睛异常暗淡，小麦色的肤色接近蜡黄。她怀抱着刚刚受浸、扎着蓝丝带的儿子丹特，只有他才能给她带来一抹生气。今天，她跟父亲唐·克莱里库齐奥，还有她的三个哥哥乔治、文森特、佩蒂耶，一直刻意保持着距离；而现在，她想找皮皮·德·莱纳当面谈谈。

他们是表亲。皮皮要年长十岁。她还是少女的时候，曾经疯狂地爱上了他。但是皮皮始终摆着长辈的架子，让人生厌。虽然他出了名的纵情肉欲，来者不拒，但是他足够谨慎，不至于对唐的女儿乱来。

“皮皮，”她说，“恭喜你。”

皮皮露出了迷人的笑容，使他的粗犷更加吸引人。他俯下腰亲了亲婴儿的额头，随即惊讶地注意到小婴儿那带着淡淡的教堂熏香的毛发已经如此浓密。

“丹特·克莱里库齐奥，名字真美。”他说。

这本是一句无心的恭维。萝塞·玛丽耶给自己和儿子重新用上了娘家姓。唐用无可挑剔的逻辑说服了她才让她同意这么做，但她仍然有一种罪恶感。

正是出于这种罪恶感，萝塞·玛丽耶说：“你是怎么说动你新教徒妻子参加天主教庆典的受洗仪的，而且还给孩子起了这么虔诚的名字？”

皮皮朝她笑了笑说：“我妻子爱我，她想取悦我。”

萝塞·玛丽耶想，这倒是真的。皮皮的妻子爱他，因为根本不了解他，起码没有她自己这么了解他，不如她曾经那么爱他。“你给你的儿子起名叫克罗奇菲西奥，”萝塞·玛丽耶说，“你本来可以起个美国名字让她高兴一下。”

“我给他起了你祖父的名字，为了让你父亲高兴。”皮皮说。

“我们都得让他高兴。”萝塞·玛丽耶说道。不过，她的刻薄被微笑掩盖住了。她的脸型让脸上自然挂着笑容，显得亲切甜美，说什么话都让人感到愉快。她顿了顿，犹豫道：“谢谢你救了我的命。”

皮皮茫然地盯着她看，有点惊讶，又稍稍有些忧虑。然后他轻声开口道：“你从来也没遇到什么危险啊。”他搂住她的肩膀，“相信我，”他说，“别想这些了，都忘了吧。好日子还在后头呢。过去的就过去了。”

萝塞·玛丽耶探下头去亲吻婴儿，实际上只是为了不让皮皮看到她的脸而已。“我什么都明白。”她说道。她知道，这些谈话他都会告诉她的父亲和哥哥们的。“我没事的。”她想让家人知道，她依然爱他们；她的孩子被家族接纳、受到圣水的濯洗和救赎，免于陷入无尽的地狱，她很知足了。

这个时候，维吉尼奥·巴拉佐领着萝塞·玛丽耶和皮皮来到了草坪的中央。唐·多梅尼科·克莱里库齐奥走出楼门，身后跟着三个儿子。

男士穿着正装，女士身着长裙，婴儿被缎子裹着，克莱里库齐奥家族面对着摄影师聚成了一个半圆。来宾热烈鼓掌、欢呼庆祝，这一刻被永远地保留了下来：平安的、胜利的、爱的一刻。

之后，这张照片被放大装裱好挂在了唐的书房里，紧挨着他儿子西尔维奥的最后一张肖像照。西尔维奥在他们和桑塔迪奥家族的斗争中被杀害。

唐站在卧室的阳台上，观看着余下的庆典。

萝塞·玛丽耶推着婴儿车，走过了地掷球场；皮皮的妻子娜莱内，身材苗条、高挑，举止优雅，沿着草坪一路走来，怀里抱着她的儿子克罗奇菲西奥。她把自己的孩子也放在了丹特的婴儿车里，两位母亲慈爱地看着自己的孩子。

唐突然感到一阵喜悦涌上心头——这两个孩子会受到很好的庇护、平安长大，他们永远不会知道这样的幸福生活要花多大代价。

佩蒂耶把一只奶瓶放进了婴儿车，大家都乐了——两个宝宝争夺了起来。萝塞·玛丽耶从婴儿车里抱起了自己的孩子。唐还记得她几年前的样子，他叹了口气，满怀遗憾地想，没有什么比陷入爱情的女人更美丽，也没有什么比突然成为孀妇更令人心碎。

萝塞·玛丽耶是他最爱的孩子。她从来都是光芒四射，热情洋溢。但是，萝塞·玛丽耶变了。丈夫和哥哥的死对她打击太大了。然而，照唐的经历看来，真正的有情人总会再度找到爱情，孀妇也会有厌倦黑纱的一天。再说现在的她，有个婴儿可以照顾。

唐回首自己的一生，对于这样的收获，他感到惊讶。当然，为了追求权势与财富，他曾经作出过可怕的决定，但是他并不怎么后悔。这一切都是必要的，而且也证明是正确的。让别人为罪孽呻吟涕泣去吧，唐·克莱里库齐奥接受自己的罪恶，他知道，他所信仰的主会宽恕他的。

皮皮在跟布朗克斯来的三个手下玩地掷球。这几个人都比他年长，在布朗克斯都有各自真正的生意，但他们尊敬皮皮。一贯精神百倍、技艺高超的皮皮，仍然是众人注意的焦点。他是个传奇，他跟桑塔迪奥家族的人都玩过地掷球。

皮皮掷出的球击中了对手的球，使它偏离了目标，他兴高采烈地大喊大叫。皮皮这样的人真难得，唐想。他是个忠诚的战士，知心的伙伴，他强壮而敏捷，狡猾又稳重。

他的好朋友维吉尼奥·巴拉佐来到了地掷球场。他是唯一能跟皮皮的球技相抗衡的人。巴拉佐出手掷球的时候要了个炫目的花式，球成功击中目标的时候，他收到了热烈的喝彩。他带着胜利的姿态举手向阳台的方向示意，唐也拍手回应。唐感到骄傲，这些杰出的人在他的带领下大放异彩，还让他们能在棕枝全日齐聚科沃格。而且，他的远见会在艰难岁月到来的时候，给他们提供庇护。

唐预见不到的是，尚未成形的意识当中，竟已埋下了邪恶的种子。

第一部

/1990年，好莱坞
/拉斯维加斯

第一章

加利福尼亚的春天，金色的阳光洒在了博兹·斯堪尼特的一头红发上。躯体强健发达的他即将投入一场大战。他情绪高昂，因为他的行动即将为世界上的十数亿人所目睹。

斯堪尼特在网球短裤的护腰里藏了一把手枪，然后把外套的拉链拉上，把衣角一直抻到胯部挡好。这件白色外套上有红色的闪电竖纹。一块猩红色带着蓝色斑点的头巾裹住了他的头发。

他右手拎着一只银色的“依云”矿泉水瓶。博兹·斯堪尼特要向娱乐界完美地展示自己。

洛杉矶多萝西·钱德勒音乐厅前的人群正在等待来参加奥斯卡颁奖典礼的影星们。观众们候在特别搭建的看台上，街道上到处是摄像机镜头和电视记者，他们会把这些偶像的图片发往全世界。今晚，人们将会亲眼目睹那些电影巨星的本尊，没有了精心打造的神秘面纱，他们要在真实世界里一较输赢。

保安身穿制服，锃亮的警棍一丝不苟地塞在皮套里。他们排成了一个环形，以便维持观众秩序。

博兹·斯堪尼特并不在乎他们。相比这些人，他更壮、更快，还更威猛。他有搞突然袭击的天赋。他小心地注意着无畏的电视记者和摄像师随意拦住名人采访。对于突发事件，他们更愿意抓拍，而不是阻止。

一辆白色礼宾车停在了音乐厅的入口。斯堪尼特看见了安提娜·阿奎坦内——许多杂志都封她为“全世界最美丽的女人”。她刚一现身，人群便挤上了栅栏，高叫着她的名字。相机簇拥着她，把她的美丽传播到世上最远的角落。她挥了挥手。

斯堪尼特翻过观众看台的围栏，迂回穿过了路障。他注意到穿棕色衬衫的保安聚集过来，还是老一套，他们包抄的角度不对。他用上了几年玩橄榄球时对付对方擒抱的身法，一个滑步就绕过了他们，分秒不差。安提娜正对着麦克风讲话，她稍稍歪着头，把自己最美的一面展示给镜头。她身旁站了三个人。斯堪尼特确认了摄像机拍到他后，才把瓶子里的液体泼向安提娜·阿奎坦内的脸。

他吼道：“硫酸，臭婊子！”随即转身盯着镜头，表情严肃而平静。“她自找的。”他说。一拨手持警棍、身穿棕衬衫的人一拥而上。他跪在了地上。

最后一刻，安提娜·阿奎坦内看到了他。她听见他的吼声于是转过头来，液体正好溅在她的面颊和耳朵上。

十亿人都在电视上看到了这一幕：安提娜美丽的脸庞，她面颊上晶莹的液体，人群的震惊和惶恐。在她认出袭击者的那一刻，一种真正的恐惧瞬间摧毁了她不可一世的美丽。

十亿人看着警察拖走斯堪尼特。他高举着被缚的双手，比着胜利的手势，仿佛他自己才是个大明星。但这一刻被一个愤怒的警察打碎了——警察在他腰带里搜到了那把枪，于是朝他后腰重重来了一下。

安提娜·阿奎坦内惊魂未定，下意识地抹了一把脸颊上的液体。并没有灼烧感。那些液体滴在她手上，很快挥发了。人们纷纷挤在她周围，试图护送她离开。

她甩开了，然后对众人说："只是水而已。"为了证明所言非虚，她还舔了一下手上的水珠。她强自做出一个笑容："我丈夫，他一向是这个样子。"她说道。

安提娜快步走进了奥斯卡奖的音乐厅，向众人展示出助她成为传奇的那种勇气。她摘取最佳女主角桂冠之时，观众纷纷起立鼓掌致意，掌声经久不息。

在拉斯维加斯桃源赌场酒店那冰冷的顶楼套房里，八十五岁高龄的酒店老板已是行将就木。但是，在这个春日里，他觉得自己似乎能够听见十六层楼之下，象牙白色的珠子在红黑交替的轮盘格子里滴溜溜转动的声音，赌客朝着翻滚的骰子叫嚷祈祷的声音，还有老虎机哗啦啦喷吐硬币的声音。

虽然阿尔弗雷德·格罗内韦尔特已经时日无多，却仍然过得很快活。近九十年的人生中，他诈骗、拉皮条、赌博、参与谋杀、搞政治投机，最终成为桃源赌场酒店严格而仁慈的主人。因为害怕遭到背叛，他从来没真正爱上任何一个人，可他对许多人都和蔼可亲。他毫不后悔。眼下，他盼着感受余生中剩下的每一点小乐趣，比如下午去赌场巡视一圈。

克罗奇菲西奥·"克罗斯"·德·莱纳在过去五年一直是他的左膀右臂。他走进卧室问道："可以走了吗，阿尔弗雷德？"格罗内韦尔特朝他笑了笑，点点头。

克罗斯扶着他坐进轮椅。护士把毯子给老人掖好，男助理则负责推动轮椅。女护士把药盒递给克罗斯，打开了阁楼的门。她就不用跟去了。下午的出游，格罗内韦尔特可受不了让她跟着。

轮椅轻快地经过了阁楼花园的人工草皮，从快速电梯直达十六楼之下的赌场。

格罗内韦尔特笔直地坐在轮椅上左右望着。他很喜欢这样观察挑战他的男男女女，而运气永远站在他这边。他坐在轮椅上闲适地经过了二十一点和轮盘的场地、百家乐的牌池，还有一张张的骰桌。几乎没几个赌客注意到轮椅上这位老人警惕的双眼，还有凝滞在他枯瘦的脸上的笑容。坐轮椅的赌徒在拉斯维加斯很常见。他们觉得自己如此不幸，命运总该给他们点运气作为补偿。

最后，轮椅来到了茶室里。护工把他送到预订好的小包间，在另一张桌子旁等待离开的信号。

透过玻璃墙，格罗内韦尔特可以看见巨大的游泳池。内华达的太阳照在碧蓝氤氲的水面上，年轻的姑娘们和小孩子徜徉其间，仿佛五颜六色的小玩偶。这一切是他一手所创——他不由感到一阵欣慰。

“阿尔弗雷德，吃点儿东西吧。”克罗斯·德·莱纳说。

格罗内韦尔特朝他笑了笑。他很喜欢克罗斯的模样。克罗斯的英俊无论对男人还是女人都有吸引力。而且，格罗内韦尔特这辈子算得上信赖的人不多，他是其中之一。

“我真喜欢这一行，”格罗内韦尔特说，“克罗斯，我在酒店的位置就由你继承了。我知道，你必须应对我们纽约的合伙人。但是，不要离开桃源。”

克罗斯拍了拍老人骨瘦如柴的手。“我不会的。”他说道。

格罗内韦尔特觉得阳光映入玻璃墙，一直溶进了他的血液里。“克罗斯，”他说道，“我会的已经全教给你了。我们干了很多坏事，非常坏的事。别往回看。要知道，好坏的比例总是可以改变的。所以，多做好事，会有回报的。我说的可不是被爱情冲昏了头脑，或者因为仇恨而蒙蔽了双眼。这样的事情，只会增大坏的比例。”

他们都喝着咖啡。格罗内韦尔特只吃了一小片果仁点心，克罗斯则用橙汁就着咖啡喝。

“记住，”格罗内韦尔特说，“输不起一百万的人，就不能让他住那些别墅。千万别忘了。那些别墅是最值钱的。它们非常重要。”

克罗斯拍了拍格罗内韦尔特的手，又把自己的手放在老人手上。他的感情是真挚的。某些方面，他爱格罗内韦尔特胜过爱自己的父亲。

“别担心，”克罗斯说道，“谁也动不了别墅。还有别的吗？”

格罗内维尔特眼神浑浊，白内障黯淡了沧桑的目光。“要小心，”他说，“永远小心。”

“我会的。”克罗斯说道。为了让老人不去注意随时可能到来的死亡，他开口道：“你什么时候给我讲讲桑塔迪奥家的事？当时你和他们合作过。对这事儿谁都是一字不提。”

格罗内韦尔特发出了一声垂老之人的叹息，又几乎无法察觉地低语了几句。“我知道我的时间没多少了，”他说，“但是这件事我还不能给你讲。去问你父亲吧。”

“我问过皮皮，”克罗斯说，“他不说。”

“过去的事就过去了。”格罗内韦尔特说，“永远别回头。无论是为了找借口、为自己辩解还是找乐子，永远都不要回头。你现在是什么人，就是什么人，世界眼下是什么样，就是什么样。”

回到阁楼的套房，护士为格罗内韦尔特进行了下午的沐浴清洁，又测量了他的生命体征。她皱了皱眉，格罗内韦尔特却说道：“时好时坏罢了。”

那一晚他的睡眠时断时续。刚破晓，他就让护士把他扶到阳台上。她搀着他坐进一把宽大的椅子，裹好毯子，然后在他旁边坐下量脉搏。她试图移开手的时候，格罗内韦尔特握住了她的手没有放开。于是他们一起眺望着太阳从沙漠彼端冉冉升起。

太阳这个火红的球体把天空从深蓝色变成了暗橙色。格罗内韦尔特看见了网球场、高尔夫球场、游泳池，还有七座飘着桃源酒店旗帜的别墅，像凡尔赛宫一样闪烁，远远看上去仿佛是翠绿的草地上落着几只白鸽。远处，是无边无际的沙漠。

格罗内韦尔特想，这一切都是我创造的。我把废墟变成乐土，为自己创造了快乐的生活。我白手起家。我尽量让自己在这个世界上做个好人。难道这有错吗？他的思绪飘回了童年，他和他的小伙伴仿佛一群十四岁的哲学家，像所有这么大的男孩一样讨论着上帝和道德价值之类的问题。

“如果要你按下一个按钮杀掉一百万个中国人，就可以挣一百万美元，”他的一个小伙伴洋洋得意地说道，觉得自己抛出了一个伟大而无法解答的道德难题，“你会这么做吗？”漫长的争执过后，他们一致同意说不应该这么干。除了格罗内韦尔特。

如今他想，他那时的选择是对的。不是因为他的一生是成功的，而是因为这个伟大的道德困境如今早已经不存在了。这个两难的选择现在只有一种情况。

“如果你按下一个按钮杀掉一百万个中国人”——干吗非要是中国人呢？——“给你一千美元，你会做吗？”这才是现在的问题。

阳光使整个世界都变成了绯红色。格罗内韦尔特捏着护士的手保持住平衡。他不怕直视太阳——白内障挡住了强光。他恹恹地想到了几个他爱过的女人和采取的行动；他还想到了那些被他无情击垮的男人，和他曾经施与的仁慈。他想起克罗斯就像想到自己的儿子，他可怜他，可怜桑塔迪奥家族和克莱里库齐奥家族。如今都抛到身后了，他很高兴。话说回来，快活的一辈子和高尚的一辈子哪个更好？难道必须是中国人才能明白？

这最后的迷惑彻底摧毁了他的心神。护士握着他的手，感到他的手逐渐冰冷、肌肉逐渐僵硬了。她俯身检查了他的体征——毫无疑问，他已长辞于世了。

克罗斯·德·莱纳作为继承人，为格罗内韦尔特安排了盛大的葬礼。阿尔弗雷德·格罗内韦尔特是拉斯维加斯博彩界公认的天才，因此拉斯维加斯所有的名流和顶级赌手、格罗内韦尔特的所有女性朋友、酒店的所有员工都收到丧讯和葬礼邀请。

他给各个教派都赞助了资金，鼓励他们兴建教堂，他常说：“相信宗教和赌博的人应该为他们的信仰得到回报。”他杜绝了贫民窟的出现，并且修建了最高级的医院和学校。他一贯宣称，这都是利人利己的事情。他瞧不起大西洋城——在州政府的管理下，他们把所有的钱都藏进口袋，不肯为城市基础建设花上一分一厘。

格罗内韦尔特率先致力于劝导大众，赌博并不是一种可鄙的恶习，而是中产阶级的娱乐项目，跟高尔夫球或者棒球一样平常。他使得博彩在全美成为了一种受到尊敬的产业。整个拉斯维加斯都要缅怀他。

克罗斯深深地感到失落，他们二人之间始终维系着真情，不过他还是要把个人情感暂时放在一旁。现在，他拥有桃源酒店百分之五十一的股份，价值至少五亿美元。

他知道，他的生活必须要有所变化了。更加富有、更加有权势意味着会遇到更大的危险。他与唐·克莱里库齐奥及其家族的关系会变得更加微妙，因为如今他们是一家巨型企业的合伙人了。

克罗斯首先给科沃格的乔治通了话。乔治知会他说，除了皮皮之外，家族其他人不会去参加葬礼。丹特会搭下一班飞机去完成一桩已经讨论过的任务，但并不会去吊唁。至于克罗斯如今拥有了桃源酒店一半股份这件事，则并没有提及。

他从妹妹克劳迪娅那儿收到一则留言，但他拨回去的时候克劳迪娅不在，只有自动答录机。还有一则消息是厄内斯特·维尔留的。他喜欢维尔这个人，他手中还有维尔在赌场价值五万元的现金凭据。不过，这事得等到葬礼结束后再说了。

还有一则留言是他父亲皮皮留的。皮皮跟格罗内韦尔特是一生的挚友，今后的日子怎么过，他也要向皮皮咨询。他父亲会怎么看待他新得到的地位和财富呢？这个问题可不好应对，而且如何应对克莱里库齐奥家族的问题也是一样棘手。他们如今要适应自己的西部代理人是如此财大气粗，可以独霸一方。

唐会公平持重，这一点克罗斯毫无疑问，他的父亲也会支持他，这几乎可以肯定。但是唐的孩子们呢，乔治、文森特，还有佩蒂耶——他们会作何反应？还有唐的孙子丹特。自从婴孩时候一起在教父的私人礼拜堂里受洗时，二人就已经成了敌人——这一直是家族的笑谈。

眼下，丹特就要来拉斯维加斯对“偷牛贼”大蒂姆动手了。克罗斯一向挺欣赏大蒂姆，因而对此很是心烦。不过大蒂姆的命运是唐的决定，克罗斯很担心丹特会如何下手。

格罗内韦尔特的葬礼规模在拉斯维加斯是前所未有地隆重，这是对天才的致敬。他的遗体庄重地安置在一座新教教堂里。这是他亲自投资兴建的，既有欧洲教堂的宏大，又有带着浓厚美洲印第安文化特色的棕色斜墙；同时，还符合拉斯维加斯一贯闻名的实用性——停车场巨大无比，并未采用欧洲的宗教风格，而是装饰成了印第安土著风格。

唱诗班吟唱着赞美主的诗篇，祈祷格罗内韦尔特能升入天堂。他为唱诗班所在大学的人文学系赞助了三个教授职位。

几百名因为他赞助的奖学金才能大学毕业的吊唁者看上去真的非常悲痛。一些人是在酒店赌场里丢了手气的老赌棍，他们似乎都庆幸自己至少在这一点上赢了格罗内韦尔特。还有些中年女人各自默默地哭泣着。他资助的犹太教和天主教堂也派代表参加了葬礼。

赌场要是关门，那可就大大地违背了格罗内韦尔特的原则，所以只有没排上班的经理与荷官们到了场。就连一些入住别墅里的人也露了面，受到了克罗斯与皮皮的特别致敬。

内华达州长沃尔特·维文也在市长的陪同下出席了仪式。拉斯维加斯大道被警戒线封锁，银色的灵车、黑色的贵宾车和步行来吊唁的宾客一直蜿蜒到墓地，阿尔弗雷德·格罗内韦尔特此生最后一次走过这个他所创造的世界。

夜晚，拉斯维加斯的游客们以一种最能让格罗内韦尔特慰怀的形式，向他致以最后的敬意。这一夜，玩家输钱的金额达到了一个仅次于新年夜的纪录。赌客们告别了他的遗体，也告别了自己的钱，以表哀恸。

这一天过去，克罗斯·德·莱纳准备开始新的生活。

这一夜，安提娜·阿奎坦内独自坐在位于马里布的海滩别墅里，思忖着自己应该何去何从。海风穿门而入吹拂在身上，让长椅上的她微微发抖。

她小时候，很难想象她会成为闻名世界的电影明星，也很难想象她从女孩蜕变到女人的过程。电影明星的巨大魅力让人们觉得这些英雄和美女都是直接从宙斯的脑袋里迸发出来的一样。仿佛他们从来没尿过床，从来没长过青春痘，从没有过丑小鸭似的面孔，从没因为羞涩而畏缩；也从没有过青春期的局促不安，从没自慰过，没渴望过爱情的降临，也没祈求过命运的怜悯。谁能没经历过这些呢？安提娜想不出来。

安提娜觉得自己属于最幸运的那一种人。一切就这么自然而然地来了。她有非常好的父母，他们看到了她的天赋，悉心培育她。他们呵护她的美貌，又尽其所能教育她的头脑。她爸爸教她体育运动，妈妈则教她文学与艺术。安提娜想不出她的孩提时代有过任何不开心的时候，直到她十七岁。

她与博兹·斯堪尼特陷入了爱河。博兹大她四岁，大学里是个在当地小有名气的橄榄球星。他家拥有休斯敦最大的银行。博兹的英俊，一如安提娜的美貌，而且他幽默风趣，魅力十足。他渴求她。两具完美的肉体如磁石般吸引，神经末梢的快感像是高压电一般战栗，交融像丝绸和牛奶一样契合，他们进入了另外一种天堂，为了让这一切永不消散，他们结婚了。

没过几个月，安提娜就怀了孩子，但体重没怎么增加，身材跟往常一样完美。她从没呕吐过，因此怀孕这种感觉让她很享受。于是她继续去上学，学习戏剧、打高尔夫球和网球。网球她不是博兹的对手，但高尔夫球打败博兹则是轻而易举。

博兹到他父亲的银行里上班了。安提娜生下了女儿，起名叫贝萨妮。博兹的钱足够请奶妈和保姆，所以她就接着去上学。婚姻让安提娜更加渴求知识了。她贪婪地阅读各种文字，尤其是剧本。皮兰德娄的作品让她愉悦，斯特林堡的文字让她惶惑，田纳西·威廉姆斯的作品让她流泪。她变得更加活力四射，智慧给她的美丽增添了一份端庄。因此，许多男人，无论老少，都拜倒在她的石榴裙下。博兹·斯堪尼特的朋友们都嫉妒他能有这样一位娇妻。起先，她为这种完美感到异常骄傲，但是过了几年她就发现，这种完美让很多人感到不舒服，包括朋友们和爱人。

博兹开玩笑说，他这就好像是每天晚上都不得不把劳斯莱斯轿车停在大街上一样。他够聪明，知道他的老婆注定要有更大的成就，知道她太不同凡响了。而且他也很清楚，他注定会失去她，就像他已经失去了自己的梦想。虽然他觉得自己勇敢无畏，但是没有战争，他的勇气无处施展。他知道虽然自己有魅力、长得帅，但是身无所长。他对挣大钱没什么兴趣。

他嫉妒安提娜的天分，这个世界已经预留了她的一席之地。

博兹·斯堪尼特干脆去迎合这种命运了。他没完没了地喝酒，他勾引同事们的老婆，在他父亲的银行里搞起了灰色交易。就跟所有刚学会点新玩意儿的人一样，他对自己的这种小聪明洋洋得意，以此掩盖他对自己妻子日渐增长的仇视——能憎恨像安提娜这样美丽无瑕的女人，不也是一件威风凛凛的事吗？

虽然沉湎酒色，博兹可是健康得很。他很注意这一点。他去健身房、上拳击课。他喜欢拳击台带来的感觉，他能用拳头狠狠揍别人的脸。他喜欢从直拳突然换成勾拳的狡黠，喜欢接受惩罚时那种隐忍，他喜欢狩猎这种杀戮游戏，喜欢挑逗天真的女人这种浪漫的伎俩。

为了维持现状，他用自己新发现的小聪明想到了一个办法。他要跟安提娜生更多的孩子。四个、五个、六个，这样一定会让两个人回到以前那样。这样就可以让她不再越跳越高，离他越来越远。可是等到安提娜发现他的意图时，她说了“不”。她还说：“你想要孩子的话，跟你上过的那些女人生去吧。”

这是安提娜第一次对他说出这么粗俗不堪的话来。至于她已经知道了他的不忠，博兹并不惊讶，他本来也没想隐藏。事实上这正是他自以为聪明的地方——因为这样一来就等于安提娜是被他撵走的，而不是她主动离开的。

安提娜发现了博兹的变化，可她太年轻，而且太专注在自己的生活上，所以没能给予足够的关注。直到博兹真正变得残酷无情时，二十岁的安提娜才发现了自己性格中刚强的一面：她无法忍受别人的愚蠢。

博兹像那些憎恨女人的男人一样玩起了把戏。在安提娜看来，他纯粹是疯了。

他总是在下班路上去取干洗好的衣服，因为他总说："宝贝儿，你的时间比我的宝贵得多。除了专业课之外，你还有专设的音乐课和戏剧课要上呢。"他觉得，她听不出来自己那种阴阳怪气的嘲讽口气。

有一天，博兹拎着她的几套衣服回家，这时她正在洗澡。他低头看着她的一头金发和白嫩的皮肤，浑圆的双乳和臀部上满是香皂沫。他粗声大气地说："我把这堆衣服扔进浴缸里，你觉得怎么样？"但他没这么做，他把衣服挂在衣帽间里，把她从浴缸里扶出来，用玫瑰红的毛巾帮她擦干身体，然后跟她做爱。几周之后，这样的事情又出现了一次，但这一次，他把衣服扔进了水里。

有天晚上他威胁说要砸了所有的盘子，但他没有。一周以后，他把厨房里的东西全摔了。这类事情之后他总会道歉，总要跟她做爱。但是这回安提娜拒绝了他，他们分房睡了。

另一晚吃饭的时候，博兹挥起拳头说："你的脸过于完美了。要是我把你鼻梁打折，你会显得更有性格一点，就像马龙·白兰度那样。"

她躲进厨房，他也跟了进去。她吓坏了，拿起了一把刀。博兹笑了，说道："这种事你不行。"他说得对。他轻而易举地夺走了刀。"我只是开玩笑，"他说，"你唯一的缺点就是没有幽默感。"

安提娜才二十岁，她本可以向父母求助的，可她没有。她也没找朋友倾诉烦恼，她慎重地思考着解决之道，她相信自己的头脑。她知道自己没法毕业，情况已经十分危险，学校根本保护不了她。她也曾动念让博兹重新爱她，变回曾经的那个博兹。可如今她反感他，一想到他的抚摸就恶心。于是她明白，虽然假装爱他并不困难，但她再也装不出来了。

最终把安提娜逼到忍无可忍、非走不可的不是博兹对她所做的事，跟她其实并没有关系——事情关系到贝萨妮。

他常闹着玩儿地把一岁大的女儿抛到空中，然后假装不去接她，直到最后一刻才猛扑上去接住。不过有一次，他让宝宝落下来弹在了沙发上，看起来像是意外。最后有一天，他终于故意让孩子掉在了地板上。安提娜吓得喘不过气来，赶紧冲过去抱起孩子抚慰着。整晚她都没睡觉，守在婴儿床旁边，以确保孩子平安无事。贝萨妮的头上肿了个吓人的包。博兹声泪俱下地道歉，说再也不开这种玩笑了，但是安提娜还是下了决心。

第二天，她把自己的支票和存款账户全都清空了。她把自己的行程安排得复杂无比，这样就没法追踪。两天之后博兹回家时，她已经带着女儿消失了。

六个月之后安提娜只身来到洛杉矶，开始了她的职业生涯。她轻易就找到了一个中等级别的经纪人，在小剧团工作。在马克泰帕论坛剧场的演出帮助她得到了小电影里的小角色，然后就有大制作电影中的配角找上门。之后的一部电影终于让她成了一个叫座的影星，博兹·斯堪尼特却再次进入了她的生活。

成名后的三年时间里，她用钱打发了他，奥斯卡奖上这一幕，她并不惊讶。这是老把戏了。这一次，只是小玩笑而已……但是下一次，瓶子里就是真的硫酸了。

“片场出了点儿问题，”茱莉·弗兰德斯这天早上对克劳迪娅·德·莱纳说，“是安提娜·阿奎坦内。大家都担心因为奥斯卡的袭击她不会回来接着拍片子了。邦茨要你去片场。他们希望你能跟安提娜谈谈。”

克劳迪娅是跟厄内斯特·维尔一起到茱莉的办公室来的。“这边一收工，我就给她打电话。”克劳迪娅说，“她不会的。”

茱莉·弗兰德斯是混娱乐圈的律师。在这个遍地是可怕人物的城市里，她是电影界最让人望而生畏的法律大鳄。她热衷于法庭上的唇枪舌剑，而且几乎屡战屡胜，因为她既是个优秀的演员，又熟谙法律条文。

从事娱乐业法之前，她是加利福尼亚州首屈一指的辩护律师。她从毒气室里挽救了二十个谋杀犯，他们因为不同级别谋杀入狱，但是判得最重的也只是坐上几年牢而已。可是她的神经撑不住了，她转向了娱乐业。她常说，这个地方虽然没那么血腥，但是罪犯更多，也更狠。

现在，她专门为大导演、当红影星和一流编剧代理。奥斯卡颁奖典礼第二天早晨，她最喜欢的客户克劳迪娅·德·莱纳来到了她的办公室。和她一起的，是正与她合作的编剧，著名小说家厄内斯特·维尔。

克劳迪娅·德·莱纳是老朋友了，虽然她是弗兰德斯最无关紧要的当事人之一，但两人的关系却最为亲密。所以，当克劳迪娅问她能不能代理维尔时，她答应了。现在她后悔了，维尔的麻烦她解决不了。而且，她不喜欢这个人，通常情况下她连凶杀案的当事人也会尝试着喜欢。眼下的情形，要把这个坏消息告诉他，这让她有一种罪恶感。

“厄内斯特，”她说道，“所有的合同和法律文件我都看过一遍，你坚持起诉罗德斯通已经没有意义了，唯一能拿回这些权利的情况是：你在版权过期之前——也就是五年之内——死了。”

厄内斯特·维尔十年前曾是美国最炙手可热的小说家，评论界对他一片褒扬，他拥有无数的读者。罗德斯通电影公司买下了一本小说里某个角色的使用权、买断了相关权利，拍成电影之后获得了巨大的成功，两部续集也挣了大钱，于是电影公司又追加了四部续集。不幸的是，维尔在第一份合同里就把角色和标题“在任何地方，任何已知或未知娱乐手段的使用权”卖给了电影公司。对电影界尚未有影响力的小说家来说，这就是标准合同范本。

厄内斯特·维尔老是一副苦大仇深的别扭样。这是有原因的，虽然评论界仍然推崇他的书，公众却不愿再读了。还有，他才华横溢，生活却是一团糟。过去二十年里，他老婆带着三个孩子离开了他。好不容易有一本书成功搬上了大银幕，却被一次性买断了，而电影公司能在未来几年赚上好几亿。

“这怎么解释？”维尔说。

“合同写得很清楚，”茉莉说道，“工作室拥有你的角色。只有一个空子可钻——版权法有规定，如果你死了，你作品的一切权利由你的继承人取得。”

维尔头一次露出了笑容：“赎回来呢？”他问。

克劳迪娅插嘴问道：“得多少钱？”

“公平交易的话，”茉莉说，“是总收入的百分之五。如果他们再接着拍出五部片子，其中没有太烂的，全球总票房差不多有十亿。所以大概是三到四千万。”她顿了顿，哂笑着说，“你要是死了，我能给你的继承人达成一笔更可观的交易。这等于把枪抵在他们脑袋上了。”

维尔说：“给罗德斯通的人打电话吧，我要跟他们见面，我要告诉他们如果不算我一份，我就自杀。”

“他们不会信的。”茉莉说。

“那我就真自杀。”维尔说。

“别说气话，”克劳迪娅恳切地说，“厄内斯特，你才五十六岁。这才多大年纪，值得为了钱去死吗？为了原则、为了祖国利益或者为了爱情，都行——但是别为了钱去死啊。”

“我要供养妻子和孩子。”维尔说。

“是前妻，”茉莉说，“看在老天的分上，在那之后你都再婚两次了。”

“我说的是我真正的妻子，”维尔说，“有我孩子的。”

茉莉明白为什么好莱坞谁都不喜欢他了。她说：“电影公司不会答应的。他们知道你不会自杀，也不会被你——一个作家吓着。你要是个一线明星，也许可以；你要是个大导演，也许也行。但是作家，想都别想。你在这行算个屁。抱歉我说粗话了，克劳迪娅。”

克劳迪娅说：“厄内斯特明白，我也明白。要不是好莱坞还有人离不开剧本，他们早就彻底摆脱我们了。可是，难道你就没有办法了吗？”

茉莉叹了口气，给伊莱·马林打电话。她的影响力足够大，完全能跟鲍比·邦茨——罗德斯通的大老板搭上话。

之后，克劳迪娅和维尔坐在波罗餐厅一起喝了一杯。维尔若有所思地说：“这女的块头真大，这样的女人更容易勾搭。在床上，她们比娇小的女人更棒。注意到没有？”

克劳迪娅不止一次地想自己为什么会欣赏维尔。没多少人喜欢他。她一直喜欢他的小说，现在也是。“胡说八道。”她说。

维尔说：“我是说胖女人更贴心。她们会把早餐给你端到床上，她们会替你做许多小事儿，很有女人味的事。”

克劳迪娅耸了耸肩。

维尔说：“胖女人心肠好。有天晚上有个女人从聚会上把我带回了家，但不知道该干点什么好了。她把卧室看了个遍，就像没东西可吃的时候我妈翻找厨房寻思着怎么凑合出一顿饭来那样。她在想，就手头这点东西，到底怎么才能找点乐子呢。”

二人呷着杯子里的饮品。就跟平常一样，他让她松弛下来，她就凑上去了。“你知道茉莉怎么跟我成为朋友的吗？”克劳迪娅说，“当时她给一个谋杀自己女友的家伙做辩护，我就像写电影剧本一样给他写了在法庭上该说的话，最后她的当事人只判了误杀罪。我记得，那之后我们继续合作了三次才不干的。”

“我讨厌好莱坞。”维尔说。

“罗德斯通坑了你，才讨厌好莱坞。”克劳迪娅说。

“不光是这个，”维尔说，“我就像那些古代文明，什么阿兹特克、中国的朝代、美洲印第安土著一样，被更先进的科技给摧毁了。我是一个真正的作家。我写小说，是让人们花心思去读的。这样一种写作，就好比落后的科技，没有办法对抗电影。电影有镜头，有场景，有音乐，还有那些大明星。作家光靠文字，怎么能实现这些呢？电影还把战场变得更狭隘了，用不着征服头脑，只要催泪就行了。”

“去你的，我不是作家，”克劳迪娅说，“编剧就不是作家吗？你说这种话，只是因为你不擅长这个而已。”

维尔拍拍她的肩。“我不是在贬低你，”他说，“我甚至不是贬低电影这种艺术形式。我只是在下定义而已。”

“很幸运我喜欢你的书，”克劳迪娅说，“很显然，这儿没人喜欢你了。”

维尔温和地笑了。“不，不，”他说，“他们并不是不喜欢我。他们只是在小瞧我而已。但是等我死了，我的角色使用权收回来，他们就服气了。”

“你是认真的吗？”克劳迪娅说。

“我想是的，”维尔说，“这种事情很有诱惑力。自杀——如今这种事儿还属于‘政治不正确’吗？”

“去你的吧，”克劳迪娅的手臂勾上了维尔的脖子，“较量才刚开始，”她说，“我保证，我出面他们会听的。相信我。”

维尔朝她笑了笑：“不着急，”他说，“我得花上至少六个月时间才能想好怎么自杀。我讨厌暴力。”

克劳迪娅突然意识到，维尔是认真的。她很惊讶她居然害怕维尔会死。他们曾经有过一段恋情，但并不是这个原因。甚至不是因为她喜欢他的作品。是因为对他来说，他的那些作品还没有钱重要。他创造的艺术竟然会被金钱这种卑鄙的敌人给打垮。出于这种惶恐，她说道：“要是到了最坏的地步，我们就去拉斯维加斯，找我哥哥克罗斯。他也喜欢你，他会帮忙的。”

维尔笑道：“他可没喜欢我到那个地步。”

克劳迪娅说：“他心肠好，我了解我哥哥。”

“不，你才不了解。”维尔说。

奥斯卡之夜，安提娜并没参与庆祝，径自从多萝西·钱德勒音乐厅回到家里，一头躺在床上。她辗转反侧了几个小时，却无法入睡。她身上每一块肌肉都僵硬着。我再也不会让他得逞了。再也不会了。我再也不要活在恐惧中了。

她给自己沏杯茶，试图喝下去。但当她注意到自己轻轻颤抖的手时，她忍不下去了。她走出门站在阳台上，凝望着夜晚的天空。她就这么站了几个小时，还是心有余悸。

她换了一身衣服，穿上白色短裤和网球鞋。红色的太阳出现在地平线时，她跑出了门。她沿着海滩越跑越快，试图一直踩在湿硬的沙滩上，试图追着海岸线，让冷水没过她的脚。她必须让自己清醒起来。不能被博兹击败。她工作得太久、太辛苦了。她毫不怀疑他会杀了自己。但是在此之前，他会先玩弄她、折磨她，最后才会毁她的容。他会让她变成丑八怪，认为这样的话她就又属于他了。她突然觉得怒不可遏，一阵凛风裹挟着水汽拍在她的脸上。不行，不行！

她想到了电影公司。他们一定会急疯，逼她妥协。但是他们在乎的不是她，是钱。她想到了她的朋友克劳迪娅，这本来是她出名的大好机会，她觉得一阵悲哀。她又想到了其他爱她的人，不过她知道，她承担不起心软的后果。博兹疯了，没疯的人竟还想着跟他讲道理。他很聪明，让别人以为他认输了，但是她看得更清楚。她不能冒险，她不允许自己去冒险……

跑到北边海滩尽头的黑色岩崖时，她已经彻底上气不接下气了。她坐在地上，试图稳定心跳。听见咕咕的海鸥叫声，她抬头望去，看见这些鸟儿俯冲下来，掠过海面。她的眼里满是泪水，但她强忍着不让泪水流下来，压抑着喉咙里的哽咽。长久以来，她头一次希望父母离得不那么遥远。她觉得自己像个渴望回家的小孩子，回到安全的港湾，有人把她搂在怀里，能让一切好起来。她不禁苦笑，自己曾经竟然真的相信这是有可能的。现在这么多人爱慕她、渴求她、艳羡她……那又怎么样呢？她觉得自己比谁都空虚孤独。有时候，她与某个普通女人擦肩而过，这个女人也许过着平凡的生活，但她羡慕她能挽着丈夫和孩子。够了！她对自己说，好好想想吧！这取决于你自己，拿出个计划来，付诸行动。还有其他人需要你……

过了许久她才转身往家走。她高昂着头，眼睛望着正前方：她知道自己该怎么办了。

博兹·斯堪尼特被拘留了一整夜。放出来后，他的律师准备了一场记者招待会。斯堪尼特对记者说，他与安提娜·阿奎坦内结了婚，不过彼此已经十年不曾相见了；他的行为只不过是个恶作剧而已。那瓶液体就是水。他暗示自己有她一桩大秘密掌握在手里，还预计安提娜不会提起指控。这一点事后证明是对的：没有记录在案的指控。

那一天，安提娜通知罗德斯通公司，她不会继续拍摄这部史上耗资最大的影片了。因为这次袭击给她造成了恐慌。

没有了她，《梅莎琳娜》就无法完成。先期五千万美元的投资就要全部打水漂。这还意味着，有鉴于此，以后大型电影公司不会再邀请安提娜·阿奎坦内演电影了。

罗德斯通工作室发布了一纸声明说，他们的大明星最近过于疲劳，但是一个月之后就会重返片场继续拍摄。

第二章

罗德斯通工作室是好莱坞最有影响力的电影公司。安提娜·阿奎坦内拒绝继续工作，这是对他们的背叛，而且代价高昂。即使是当红影星，造成如此沉重打击的情况也十分罕见，可《梅莎琳娜》是公司圣诞节档期的主打制作，漫长的寒冬里，公司就要靠这部鸿篇巨制来推动其他作品的发行。

碰巧下周日是兄弟慈善会的晚会。宴会将在伊莱·马林比弗利山的庄园里举行。伊莱是罗德斯通最大的股东兼董事长。

伊莱·马林的大宅子建在比弗利山后的峡谷深处，二十个富丽堂皇的房间中，只有一间卧室。伊莱·马林从不愿让人在他的住处过夜。当然，有另外供客人居住的单层小屋，还有两个网球场和一个大游泳池。六间屋子都用来摆放他收藏的画了。

五百位好莱坞最杰出的人物都收到了慈善庆典的邀请，每个人的入场费是一千美元。吧台、自助餐棚和舞池都分散在户外，还邀请了一支乐队伴奏。但是，房屋不开放，设计巧妙、装饰豪华的帐篷里提供了移动盥洗设备。

庄园主楼、客房、网球场和游泳池都被绳子隔开，有专门的警卫把守。宾客并没有觉得不妥，声望和名气到了伊莱·马林这种程度，已经谈不上能冒犯谁了。

宾客们在草坪上聊天跳舞打发三个钟头的规定时间，马林正跟一群人坐在巨大的会议室里为《梅莎琳娜》能否如期完成而焦虑不安。

伊莱·马林在这群人里说话最有分量。他已经八十岁了，但是怎么看都只有六十岁的样子。他的灰发修剪得十分细致并且染成了银色。深色西装让他的肩膀和身体显得更宽、更结实，还可以掩盖骨瘦如柴的小腿。红棕色的皮鞋踏在地上，竖纹白衬衫和玫瑰色的领带让他青灰色的脸有了生机。只要他想，他就能完全控制罗德斯通，但有时候，让手下的人各安其职、各行其是更适合。

安提娜·阿奎坦内拒绝按期完成电影的拍摄，这个问题的严重性足够引起马林的注意。《梅莎琳娜》耗资一亿美元，是公司的强档作品，这部电影的录像、公共电视、有线电视网和海外版权等都被预售用来承担成本支出。这本来是个大宝藏，现在却像一艘眼看要沉没的西班牙大帆船，别想再打捞上来了。

还有安提娜自己。三十岁，大明星，已经跟罗德斯通签约了另外一部大制作。什么也比不上一个名副其实的当红明星。马林一向喜欢当红明星。

但是，当红明星又好比炸弹一样危险，所以你得控制得住才行。要想控制住，你就得付出爱，要厚颜无耻地讨好，用物质征服他们。你得扮演他们的父亲、母亲、兄弟、姐妹，甚至是情人，作出什么样的牺牲都不过分。但是到了关键时刻，你就不能再示弱了。这时候，你必得毫不留情。

眼下这间屋子里和马林坐着的人还有鲍比·邦茨、斯基比·迪尔、梅洛·斯图尔特，还有迪塔·汤美，他们就是要贯彻他意愿的人。

这间会议室是伊莱·马林最常用的，里面陈列的画作、桌椅和地毯总价值达两千万美元，算上水晶杯和茶具的话，还要再添上五十万美元。面对众人，马林感到骨头都快支撑不住身体了。他诧异，每天向世界展示一个无所不能的形象竟变得如此困难。

清晨不再让人振奋了。剃须、打领带、系衬衫扣子让他疲惫不堪。更危险的是意志变得薄弱：他开始同情权势不如自己的人了。如今他越发重用鲍比·邦茨，给他越来越大的权力。毕竟，这个人比自己年轻三十岁，还是自己的挚友，多年以来，一直忠心耿耿。

邦茨是公司的总裁和首席执行官。三十多年来，邦茨是马林的亲信，经年累月的相处使他们亲密无间、形如父子。他们配合默契。年届七十以后，马林的心肠变得太软，许多必须要做的事情，他已经心有余力不足了。

邦茨从导演手中接管电影，把片子改得更符合大众口味。他跟导演、影星和编剧讨论收入分成，用上法庭逼他们接受一个小数目，或者迫使大腕儿们，尤其是编剧，签下条款苛刻的合同。

对于编剧，邦茨连空头许诺都不愿意给。没错，要想开拍，得先有剧本，但邦茨相信，作品成败靠的是演员阵容、明星的力量。导演之所以重要，是因为他们会在不知不觉中掏空你的钱。制片人虽然也十分乐于坑钱，但要启动一部电影，少不了他们那种旺盛精力。

那么，编剧们呢？需要他们做的，不过是在几张白纸上开个头。然后你还得再另雇十几个人完成。制片人敲定情节，导演开始拍（有时候拍出来的是完全不同的电影），影星们用点点滴滴的灵感即兴编几句对白。接下来，电影公司的创意人员对照着又长又细致的备忘录，给写手提意见和要求，提供情节。邦茨见过好多次，某个著名编剧写出来的剧本号称价值百万，也拿到了百万美元的酬劳，结果等到电影最后拍出来，连一个情节、一句对白都没用上。伊莱对待编剧的态度当然会软一些——不过是因为他们在签合同的时候好欺负罢了。

马林和邦茨辗转于伦敦、巴黎、戛纳、东京和新加坡，把片子卖给电影节和院线。他们决定着年轻艺术家们的命运，他们就像皇帝和宰相，共同治理着一个帝国。

伊莱·马林和鲍比·邦茨一致认为，那些明星，无论是编剧、演员还是导演，全是这个世界上最忘恩负义的白眼狼。这些心怀希望的纯艺术家，奋力往上爬的时候什么条件都答应，他们积极热情，得到机会感激涕零，一旦功成名就，马上就变了。勤劳的小蜜蜂成了愤怒的大黄蜂。所以，马林和邦茨雇了二十人的律师团，专门用来约束他们，这太合情合理了。

为什么他们总是惹麻烦？为什么总是不高兴？毫无疑问，追求金钱比追求艺术更有前途、更快乐，比那些试图表现人类光辉的艺术家，他们更和善、更有社会价值。可惜，金钱比艺术和爱情更治愈这种题材不能拍成电影，因为公众不买账。

鲍比·邦茨把大家从外面的庆典上找过来。这里面唯一的明星是《梅莎琳娜》的女导演迪塔·汤美。众所周知她和女明星们相处得最好——在如今的好莱坞，这意味着女权主义而不是同性恋。她的确是女同性恋，但这件事跟会议室在座的诸位也毫无关系。迪塔·汤美拍片子不会超出预算，还总是卖座。而且，她勾搭女演员比男导演惹的麻烦少很多。女同性恋名流都好打发。

伊莱·马林坐在会议桌的上首位，示意邦茨带大家讨论。

邦茨开口道："迪塔，讲一下这部片子的处境吧，你对解决这个问题有什么看法。我压根儿就不明白问题是什么。"

汤美小巧精悍，说话也言简意赅。她说："安提娜怕得要死。在座的聪明人不消除她的恐惧，她就不回来。她不回来，你们的五千万美元就打水漂了。这部片子没她不行。"她顿了顿，"前几周我一直在赶拍她的镜头，也算是给你们省钱了。"

"这他妈的破电影，"邦茨说，"从一开始我就不想拍。"

这话可惹急了屋子里的其他人。制片人斯基比·迪尔叫道："去你妈的，鲍比。"安提娜·阿奎坦内的经纪人梅洛·斯图尔特也开口了："屁话。"

事实上，每个人都大力支持《梅莎琳娜》。这是有史以来能"一路绿灯"的少数几部电影之一。

《梅莎琳娜》从女性主义视角讲了克劳狄一世统治下罗马帝国的故事。男人写就的历史当中，梅莎琳娜皇后被描述成一个堕落、嗜杀、一夜之间让整个罗马帝国都沉沦于淫乐当中的娼妇。但两千年之后，在这部刻画她生平的电影里，她被描绘成了一个悲剧形象，被描绘成了另一个安提戈涅[1]和美狄亚[2]。她的角色是要利用女人唯一的武器改变这个男性奴役女性的世界。

这是个宏伟的构想——大量浓墨重彩的性爱场面和热点流行题材——还需要完美的包装让整个故事有可信度。首先，克劳迪娅·德·莱纳的剧本台词精彩、主线清晰。选迪塔·汤美当导演也是明智之选，她才华横溢、保证了票房。安提娜·阿奎坦内是扮演梅莎琳娜的不二人选，拍摄到现在她完全有能力掌控整部电影。她有美丽的外表和天才的演技，让一切设想都切实可行。更重要的是，她是全球最卖座的三位女星之一。克劳迪娅用她另类的编剧才智让梅莎琳娜不但接二连三被天主教徒引诱，还从竞技场上救出了原本难逃一死的殉道者。汤美读到这个场景，对克劳迪娅说："编也要有限度。"

克劳迪娅朝她诡秘一笑，说："电影嘛，无所谓。"

斯基比·迪尔说："安提娜不回来，我们就得停拍。每天要白花十五万。情况就是这样。我们已经花出去五千万了。电影都拍一半儿了，又不能把安提娜写死，也不能用替身。所以如果她不回来，这片子就只能中止。"

"不能中止，"邦茨说，"影星拒绝上工，保险公司可不赔钱，把她从飞机上扔下去，倒是可以。梅洛，把她找回来是你的工作。这是你的职责。"

梅洛·斯图尔特说："我是她的经纪人，但是对她这样的女

1　希腊神话中的一个悲剧角色，是忒拜国王俄狄浦斯与其母乱伦所生的女儿。

2　希腊神话中的一个悲剧角色，因为爱人移情别恋而心生恨意，杀死了二人所生的两个孩子。

人，我的影响力只有这么多。坦白说，她真的吓坏了。她不是要大牌，她是真害怕。再说，她是个聪明人，她这么做肯定是有原因的。眼下的情况很危险，要小心应付。”

邦茨说：“要是她把一部投资上亿的片子毁了，她再也别想接戏了，这话你告诉她了吧？”

“她清楚。”斯图尔特说。

邦茨问道：“她到底听谁的话？斯基比试过，失败了。梅洛也是。迪塔，我知道你尽力了。连我都试过了。”

汤美接口道：“你不算，鲍比。她不喜欢你。”

邦茨犀利地回答：“是啊，不喜欢我的方式没关系，听我的话就行了。”

汤美平静地说：“鲍比，明星都不喜欢你。但是安提娜不喜欢你还有个人原因。”

“是我把她捧成了明星。”邦茨说。

梅洛·斯图尔特冷淡地说：“她天生就是明星，你只不过运气好挖到她罢了。”

邦茨说：“迪塔，你是她的朋友。让她回来是你的工作。”

“安提娜不是我的朋友，”汤美说，“她是我的同事。她尊重我，因为我追她没得手就适可而止了。跟你不一样，鲍比。你纠缠她好几年了。”

邦茨平心静气地问道：“迪塔，她看不起我们，她以为自己是谁？伊莱，你得立立规矩了。”

大家都把注意力转向了伊莱，可他看起来已经倦了。他实在太瘦了，曾经有一位男星拿他开玩笑说，应该在他头上安块橡皮，就成橡皮头铅笔了——这个恶意的玩笑并不贴切。相比身材，他的头略大，宽脸盘更适合出现在一个大块头的身体上。他的鼻梁宽阔，嘴唇厚实，但是他的面孔看上去非常慈祥温和，有些人甚至说他英俊。不过，他的眼睛暴露了他。他暗灰色的眼睛放出精光，专注的眼神让人们望而生畏。他要大家直呼他的名字，估计就是为了抵消这种印象。

马林的声音没有一丝起伏：“你们的话安提娜要是不听，我的话她也不会听。她不在乎我的地位，但奇怪的是，一个白痴毫无意义的攻击，把她给吓成那个样子。能不能花点钱解决？”

“可以试试，”邦茨说，“但是对安提娜来说都一样。她不相信。”

制作人斯基比·迪尔说：“我们也试过来硬的。我找了警察朋友施加压力，但他不好惹，他有钱有势，而且是个疯子。”

斯图尔特说：“要是停拍，我们具体的损失是多少？我尽量让你们在以后的合约里补偿回来。”

如果梅洛·斯图尔特知道了确切的损失，容易有麻烦。他是安提娜的经纪人，知道损失了多少他就有讨价还价的资本了。马林没有接茬儿，但朝鲍比·邦茨点了点头。

邦茨不情不愿地开口道：“实际花出去的是五千万。好吧，这五千万我们可以不追究。但是海外预售款和录像带的钱要返还、圣诞主档期的空白，这些加在一起还要再多支出……”他掐住了话头，因为他不愿意给出具体数字，“还有，如果把利润也算进去，那我们就损失了……妈的，两亿五千万美元。梅洛，那可是很多份合约。”

斯图尔特觉得，为了安提娜他不得不抬价了。他说：“但实际上，你只损失了五千万。”

马林开口的时候，声音里带了一丝愠怒。“梅洛，”他说，“我们出多少钱你的当事人才肯回来干活？”大家明白，马林是打算把这当成一次敲诈。

斯图尔特明白了他的意思——你准备用这种小把戏讹多少钱？这是对他人品的质疑，但是他并不打算辩解，他可不想纠正马林。这话要是邦茨说出来，他早就暴跳如雷了。

斯图尔特在电影圈是个很有手腕的人物，他不用拍任何人的马屁，包括马林。他控制了五位大牌导演，虽然不是最卖座的，但是十分有影响力；他手中还有两个有票房号召力的男星、一位叫座的女星——就是安提娜。这意味着，有了这三位巨星，他可以顺利拍成很多部电影。但无论如何，触怒马林都是不明智的。懂得趋利避害才使斯图尔特有了现在的地位。这种情况看似可以讹上一笔钱，但并不是这样的。这种难得一见的机会，开门见山才是上策。

梅洛·斯图尔特最宝贵的财富就是他的真诚。他真的相信自己做的事。十年之前，安提娜还默默无闻的时候，他就已经相信她很有天赋，现在他仍然相信。但是如果他真能劝她回心转意、继续拍摄呢？那肯定再好不过，他相信肯定还有这样的可能。

“这不是钱的事。”斯图尔特恳切道。他对自己流露出的真诚感到一阵喜悦。“你再给她一百万，她也不会回来的。你必须解决她那个‘长期分居’的丈夫。”

一阵压抑的沉默，每个人都聚精会神。刚才他提到了一百万，这是要开始讨价还价了吗？

斯基比·迪尔说："这种钱她不会拿的。"

迪塔·汤美耸了耸肩。她根本不相信斯图尔特，但是反正不是她的钱。邦茨瞪着斯图尔特，而斯图尔特镇静地看着马林。

马林准确地理解了斯图尔特的意思，安提娜不是要钱。电影红星从来没有这么狡猾过。他决定结束这次会议。

他说："梅洛，给你的当事人仔细地解释清楚，一个月之内她不回来，这部片子就终止，损失公司承担。然后我们会起诉她，让她用全部家当来赔。必须让她清楚，以后没有大的电影公司会请她拍电影。"他朝在座诸位笑笑，"那又怎么样，不就是五千万美元嘛。"

大家都知道，他要动真格的了，他已经失去了耐心。迪塔·汤美感到恐慌，因为这部片子对她的意义比对任何人的都重大。这是她的小宝贝，如果成功，她就会跻身最有票房号召力的导演行列，她就有能力为电影开启一盏绿灯。她慌忙开口道："让克劳迪娅·德·莱纳找她谈谈吧。她是安提娜的好友。"

鲍比·邦茨讥诮道："大明星和无名小卒上床，还跟编剧做好朋友，都够丢人现眼的了。"

马林再次不耐烦了："鲍比，废话少说。让克劳迪娅找她谈谈。但是不管怎么办，赶紧把这事儿解决掉。还有别的片子要拍。"

但是第二天，罗德斯通工作室收到了一张五百万美元的支票。是安提娜·阿奎坦内寄来的。她把《梅莎琳娜》预付的片酬退回来了。

现在，轮到律师们操心了。

安德鲁·波拉德用十五年将太平洋安保公司发展成了一家在西海岸声名远扬的安保组织。从最初宾馆里的套间开始，如今他拥有圣莫尼卡的一幢四层楼，有五十名正式员工在总部工作，独立调查员和保安有五百多人，还有一支不固定的团队每年大部分时间都在为他工作。

太平洋安保为巨富和名流提供安保服务。它提供武装人员和电子系统保护名流的住宅，为明星和制作人提供保镖，为奥斯卡奖这类的大型媒体活动提供警卫，还针对敲诈勒索一类的棘手问题提供调查工作。

安德鲁·波拉德的成功源于对细节的注重。他为客户的宅邸安装了写着“武装反击”的室外标识，这些标识会在夜里闪耀刺目的红光。不仅如此，他在有围墙的房屋外安排巡逻队。他严格挑选手下，他支付的薪水高到手下的人担心会被解雇。这种慷慨他承担得起，因为他的主顾都是最有钱的人，也给得起价钱。他的聪明之处还在于，他跟洛杉矶警察署从上至下都保持着密切关系。他和吉姆·洛西是生意上的朋友。吉姆是洛城的传奇警探，是警界的英雄。更重要的是，他有克莱里库齐奥家族为他撑腰。

十五年前，他还是个年轻的警察，做事不小心被纽约警察署的内部调查科抓到把柄。这种小小的贪污行为，谁也免不了。但是波拉德拒绝揭发自己的上司。克莱里库齐奥家族的人注意到这一点，在审判过程中动了手脚，于是安德鲁·波拉德得到了一个协议：从纽约警局辞职，逃脱惩罚。

波拉德带着妻儿来到了洛杉矶。克莱里库齐奥家族出钱让他开了太平洋安保。然后家族放出话，凡是波拉德的客户，谁都不许去找麻烦。不许撬他们的门，不许抢劫他们的人，不许偷他们的珠宝——谁要是一不小心偷错了，必须还回去。正是由于这个原因，闪闪发光的“武装反击”标识也让公司声名远扬。

安德鲁·波拉德的成功真是个奇迹。他保护的地方，从来没人敢碰。他手下的保镖们几乎跟联邦调查局特工一样训练有素，因此公司从来没接到过类似监守自盗、性骚扰雇主，或者猥亵儿童等安保界常常出现的指控。只有少数企图敲诈的情况出现，也有几个保安把桃色秘闻兜售给了花边小报，但这些是避免不了的。总体来说，波拉德做事高效、手脚干净。

他公司里的电脑可以查到各行各业客人的机密信息。可想而知，只要克莱里库齐奥家族需要这些信息，他们就能得到。波拉德过上了体面的生活，因此他很感激。此外，有一些事他不能交给手下的人去做，这时他就会向西部的代理人寻求家族的帮助。

对于贪婪的捕食者来说，洛杉矶和好莱坞是遍地肥美猎物的丛林。因为桃色陷阱被勒索的电影人、没出柜的演员、受虐狂导演、恋童癖制作人，唯恐自己的秘密曝光。波拉德处理这些案子时干脆利落、口风严实。他能把封口费谈到最低，而且保证无后顾之忧。

奥斯卡奖典礼过后那天，鲍比·邦茨把安德鲁·波拉德找来。“我要这个叫博兹·斯堪尼特的家伙的全部信息，”他对波拉德说，“还有安提娜·阿奎坦内的个人信息，我们对这个大明星几乎一无所知。另外，你去跟斯堪尼特谈个交易，安提娜得给我们再拍上三到六个月的片子，让他有多远滚多远。一个月给他两万，最多不能超过十万。”

波拉德平静地问：“拍完电影，他就能随心所欲了？”

“那就是警察的事儿了，”邦茨说，“一定要小心，安德鲁，这家伙的家庭很厉害。做电影，不能被指控使用下三烂的手段，这样可能会毁了电影，伤害公司的利益。所以，达成交易就好。另外，我们会雇你们公司的人做她的私人保镖。”

“他要是不答应呢？”波拉德问。

“那你就得日夜守着她了，”邦茨说，“到电影拍完为止。”

“我可以给他稍稍施加点儿压力，”波拉德说，“当然，肯定合法，我可什么都没暗示。”

“这家伙关系太硬，”邦茨说，“警察都盯着他，就连跟斯基比·迪尔关系那么好的吉姆·洛西也没法动他。除了公关问题，公司也会被起诉罚一大笔钱的。我也不是说你就得小心翼翼呵护他，不过……”

波拉德明白了。先吓唬他然后用钱收买。“协议给我。”

邦茨从抽屉里掏出一个信封。“一式三份让他签，里面有张五万美元的支票算是定金。金额按你谈成的数目填就行。”

他离开时，邦茨在身后说：“你的人在奥斯卡奖一点都没帮上忙。都他妈睡大觉呢。”

波拉德无所谓。邦茨就这个刻薄的德行。

“那些保安都是负责控制人群的，”他说，“别担心，我给阿奎坦内小姐派最好的人。”

二十四小时内，太平洋安保的电脑上已经有了关于博兹·斯堪尼特的所有信息。他三十四岁，毕业于德州农工大学，是学校全明星队的跑卫，毕业后还打过一个赛季的职业比赛。父亲在休斯敦开了一家银行，此外，他的叔叔掌控了德州共和党的政治机器，还是总统的好朋友，这意味着他非常富有。

博兹·斯堪尼特本人的事迹也不少。他是他父亲银行的挂名副总裁，惊险地逃脱了一次油井租赁欺诈的指控。他曾六次因为斗殴被逮捕，其中有一次，他把两个警察打得重伤住院。斯堪尼特并未遭到起诉，因为他给了这两个警察一笔补偿金。他身上还有达成庭外和解的性骚扰指控。在这之前，他二十一岁时和安提娜结婚，第二年生了一个女儿，孩子的名字叫贝萨妮，他妻子二十岁时带着女儿一起消失了。

这些事情给安德鲁·波拉德的印象是，这小子是个混蛋。这家伙忌恨自己妻子十年之久，揍了警察然后还有勇气送他们去医院。这种人能被吓唬到的概率太小了。把钱给他，签了合同，还是别蹚这摊浑水了。

波拉德给吉姆·洛西打了电话，他是洛杉矶警署负责斯堪尼特这件案子的人，波拉德很敬畏洛西，他一度很想成为洛西那样的警察。他们保持着工作上的联系。洛西每年圣诞节都会从太平洋安保收到一份精致礼物。现在，波拉德想从警察那儿打听点内幕消息，他要知道洛西手上关于这件案子的一切资料。

“吉姆，”波拉德说，“你能把博兹·斯堪尼特的材料发给我吗？我想知道他在洛杉矶的地址，还有其他一些情况。”

“行啊，”洛西说，“但是对他的指控已经撤销了。你要干什么？”

“保安的工作，”波拉德说，“这家伙有多危险？”

“他是个疯子，”洛西说，“告诉你的人，要是他靠近，就直接开枪。”

“那你不得把我逮起来？”波拉德笑道，“这犯法啊。”

“是啊，”洛西说，“还真是，真他妈可笑。”

博兹·斯堪尼特住在圣莫尼卡海洋大道的一个小旅店中。对此安德鲁忧心忡忡，因为那离安提娜在马里布的房子只有十五分钟车程。波拉德派了个四人小组保护安提娜的房子，又派两个人待在斯堪尼特所在的旅店里。下午，他安排了跟斯堪尼特的会面。

波拉德带着他最高大强壮的三个手下。跟斯堪尼特这种人打交道，你永远不知道会出什么事。

斯堪尼特把他请进了旅店的房间。他很和气，笑着跟波拉德打了招呼，但什么茶水点心都没招呼。奇怪的是，他竟然穿了西装打着领带。大概是要表明，不论怎么样，他只是个银行家。波拉德介绍了自己和三个保镖，三个人都出示了太平洋安保的工作证。斯堪尼特朝他们一笑，说：“你们几个块头确实不小，但是我赌一百美元，一对一的话，我能把你们都揍得哭爹喊娘。”

三个人训练有素，只是微微一笑示意，但波拉德却刻意表示不满。这种愠怒的分寸拿捏得极好。“我们是来谈生意的，斯堪尼特先生，”他说，“不是来相互威胁的。罗德斯通公司愿意马上支付给你五万美元的定金，接下来的八个月每个月两万。而你呢，只需要离开洛杉矶就可以了。”波拉德从公文包里取出了合同和白底绿字的支票。

斯堪尼特看了看，“合同很简单，”他说，“我连律师都不用找。不过钱也不多。我想，十万首付，五万一个月。”

“太多了，”波拉德说，“我们有一份法官给你开出的人身限制令。要是你接近安提娜一个街区之内的距离，你就得坐牢。我们还给安提娜安排了二十四小时的警卫。我还会派人监视你的行动。对你来说，这是捡钱。”

“我真应该再早点儿来加利福尼亚的，”斯堪尼特说道，“连大马路都是金砖铺地啊。为什么要给我钱呢？”

“电影公司要让阿奎坦内小姐放心。”波拉德说。

“她还真是大明星啊，”斯堪尼特若有所思，“嗯，她总是与众不同。我原来每天都要干她五次才够哪。”他朝三个人咧嘴一笑，“讨价还价她也是个好手。”

波拉德好奇地打量着这个男人。这个人很英俊，就像万宝路香烟广告上那个狂野牛仔一样，只不过他的皮肤因为日晒和酗酒而发红，块头也更大。他带着南方人那种慢吞吞的腔调，显得既有趣，又带着危险。一大堆女人愿意向他这种人投怀送抱。在纽约，有些警察也是这样，他们就跟土匪一样肆无忌惮。你派他们调查谋杀案子，不到一个礼拜，他们就安慰孀妇安慰到床上去了。说起来，吉姆·洛西就是这种警察，而波拉德可从没交过这种好运。

“还是谈生意吧。”波拉德说。他想让斯堪尼特当着众人的面签了合同、收下支票。这样如果将来有必要，电影公司就可以告他勒索了。

斯堪尼特在桌子旁边坐下：“有笔吗？”他问道。

波拉德从包里掏出笔，填上了每月两万。斯堪尼特看着他写字，打趣道："我本可以拿到更多的钱。"他签了三份合同："要我什么时候离开洛杉矶？"

"就在今晚，"波拉德说，"我送你上飞机。"

"不必，谢谢。"斯堪尼特说，"我要开车去拉斯维加斯，就拿这张支票赌上几把。"

"我得看着你离开。"波拉德说。现在他觉得有必要来点儿硬的了："我警告你，如果你再出现在洛杉矶，我就叫人以勒索罪逮捕你。"

斯堪尼特红色的脸庞上满是笑意："那我可太荣幸了，"他说，"那我岂不是跟安提娜一样有名了？"

晚上，监视小组报告，博兹·斯堪尼特虽然走了，但却搬进了比弗利山庄酒店，他把那张五万美元的支票存进了他在美国银行的户头。波拉德看出了几个事实：他既然能入住比弗利山庄酒店，说明他有点影响力，而且他根本没把这桩交易当回事。波拉德把这些情况汇报给了鲍比·邦茨，并问有什么指示。邦茨要他别漏了口风。为了让安提娜放心回来工作，已经把合同给她看了。不过他并没有告诉波拉德，她对此嗤之以鼻。

"你可以冻结支票。"波拉德说。

"不，"邦茨说，"他既然把支票兑现了，我们回头就拿欺诈、勒索之类的罪名告他。我不想让安提娜知道他还在城里。"

"我再增派一倍的人手看着她，"波拉德说，"但是如果他真是个疯子，他真想对付她的话，根本不起作用。"

"他只是说说而已，"邦茨说，"又不是第一次了，他还能干出什么来？”

“我告诉你他能干出什么来，”波拉德说，“我们撬开了他的房间。你猜我们发现什么了？一罐子真正的强酸。”

“这个混蛋，”邦茨说，“你不能报告警察吗？比方说找吉姆·洛西。”

波拉德说：“家里有强酸不是犯罪，入室行窃可是犯罪。我会被斯堪尼特搞进监狱的。”

“你什么都没跟我说过，”邦茨说，“这次谈话没发生过，忘了你知道的事。”

“当然可以，邦茨先生，”波拉德说，“我也不会记得寄给你情报费的账单的。”

“那太谢谢了，”邦茨挖苦道，“保持联系。”

斯基比·迪尔把情况简要讲给了克劳迪娅，然后就像电影制片人给编剧安排工作那样吩咐她。

“你必须去讨好安提娜，”迪尔说道，“你得对她毕恭毕敬，你得大哭大闹，你得表现出精神崩溃来。你要提醒她作为挚友和同事你为她所做的一切，必须要让她回来接着拍这部片子。”

克劳迪娅已经习惯斯基比这副样子了。“为什么是我？”她无动于衷，“你是制作人，迪塔是导演，邦茨是罗德斯通的总裁。要拍马屁你们去，你们经验比我丰富。”

“因为这是你的电影，”迪尔说，“剧本的第一稿就是你写的，你说服了我，你也说服了安提娜。要是这个项目失败了，你的名字就永远跟失败两个字在一起。”

迪尔走了，办公室就剩她一个。克劳迪娅知道迪尔说得对。无奈之下，她想到了哥哥克罗斯。他是唯一能帮得上忙的人，只有他能把博兹惹的这个麻烦解决掉。她痛恨拿自己跟安提娜的友谊来做交易的这种想法。而且她知道，安提娜可能连她都会拒绝。但是克罗斯可不会。他从来没拒绝过自己。

她往拉斯维加斯的桃源酒店拨了个电话，但是被告知克罗斯在科沃格，明天才会回来。这唤起了她所有关于童年的记忆，尽管她一直试图把这些都忘掉。她绝不会往科沃格打电话找哥哥。她绝不会自愿与克莱里库齐奥家族再发生任何关系了。她从不愿想起自己的童年，不愿想到父亲，或者克莱里库齐奥家族的任何一员。

第二部

/克莱里库齐奥家族
/皮皮·德·莱纳

第三章

一百多年前，克莱里库齐奥家族在西西里就有心狠手辣的传奇名声了。为了争夺一片森林，克莱里库齐奥家族与对手展开了长达二十年的战争。对方家族的族长，唐・皮耶特罗・福尔伦扎，已经是八十五岁高龄，中风卧床，奄奄一息。医生都说他活不过一个礼拜了。克莱里库齐奥家的一员闯进卧室刺死了他，还大叫着让他不得好死。

唐・多梅尼科・克莱里库齐奥时常讲起这则古老的杀人故事，让大家明白这种过时的做法是多么愚蠢，还指出：不加选择地行凶纯属炫耀武力。暴力这种武器太宝贵了，浪费不得，必须用以达到重要目的才行。

他是有证据的。正是凶残让西西里的克莱里库齐奥家族走上了末路。墨索里尼和法西斯党徒攫取了意大利的绝对权力时，意识到了必须把黑手党消灭掉。他们省略了应有的法律程序，黑手党被瓦解了，代价是数千无辜的人被牵连进了监狱或者流放。

只有克莱里库齐奥家族有勇气用武力反抗法西斯的法令。他们杀了当地的法西斯总督，袭击了法西斯党的敢死队。最让墨索里尼暴跳如雷的是，当他在帕勒莫发表演讲的时候，他们偷走了他珍视无比的圆顶礼帽和雨伞——那可是从英国进口的啊！这种粗人的幽默感和轻蔑，让墨索里尼成了整个西西里的笑柄，却导致了他们的灭亡。大批武装部队集结到了西西里，克莱里库齐奥家族有五百名成员遭到杀害，还有五百个人被流放到地中海那些专门用于服刑的荒岛上。只有克莱里库齐奥家族的核心成员活了下来，小多梅尼科·克莱里库齐奥被送到了美国。凭借血液里一脉相承的品质，唐·多梅尼科在美国建立起了自己的帝国，他比西西里的先辈们更加狡猾、更有远见。他始终记得，纲纪不存的国家才是最大的敌人。所以，他爱美国。

很早他就听说过美国那句著名的司法格言：宁可错放一百人，不能冤枉一个人。他被这个美妙的概念震撼得哑口无言，于是他成为了热心的爱国者。美国就是他的家。他永远不离开美国。

受到这种精神的激励，唐·多梅尼科在美国所建立的克莱里库齐奥帝国比西西里的家族更加稳固。他用现金确保了与一切政治、司法机构之间的友谊。他的收入来源不是单一的，而是分散到美国最下游的传统行业中：建筑施工业、垃圾处理业、各种形式的运输业，但最大的现金流要数博彩业。相比利润最为丰厚的毒品生意，他还是喜欢博彩业，他总觉得毒品买卖靠不住。所以后来的几年，他只允许克莱里库齐奥家族操作博彩业。其他收入仅仅占据克莱里库齐奥家族抽来的份子钱中毫不起眼的百分之五而已。

二十五年以后，唐的计划和梦想就要实现了。如今的博彩业是受人尊敬的，更重要的是它正在逐步合法化。各州的乐透奖券越搞越大，都是政府骗老百姓的把戏。奖金要分二十年付清，等于州政府根本没出钱，光是这笔钱产生的利息就已经等于本金了。更可笑的是，这笔收入还要课税。这些细节唐·多梅尼科了解得一清二楚，因为他的家族拥有一家管理州乐透奖的公司，管理费颇为可观。

但是，唐一直盼望体育博彩在全美合法化。眼下只有内华达是合法的。这是他在收取地下博彩的份子钱时了解到的。光拿超级碗[1]来说，一旦赌博合法化，一天之内就能挣到十亿美元。世界大赛[2]的七场比赛收益也差不多。还有大学橄榄球赛、曲棍球、篮球，这都是丰厚的利润来源。到了那时，还会有种类繁多、让人欲罢不能的体育彩票，全都是合法的大金矿。唐知道，自己有生之年是看不到这辉煌的一天了，但对他的子女们来说，这是多么美妙的世界！克莱里库齐奥家族的子孙将会跟文艺复兴时期的王族血脉一样，他们可以成为艺术家的赞助者、成为政府的顾问和领导者，甚至青史留名。披上这么一件金光四射的斗篷，财富的根源就会完全被掩盖。他的后代、追随者和真正的朋友都会永享太平。当然，唐向往文明的社会，这样的世界就好比一棵大树，庇护和滋养人类。但是这棵大树的根部，盘踞着克莱里库齐奥家族这条巨蟒，它所吮吸的营养，来自于永远不会消亡的源头。

如果克莱里库齐奥家族是美国各黑手党组织的神圣教会，那么家族的首领唐·多梅尼科·克莱里库齐奥就是教皇。人们敬佩他，

---

1 美国职业橄榄球锦标赛。

2 美国职业棒球大联盟冠军赛。

不光因为他的智慧，而且由于他的力量。

唐·克莱里库齐奥在家族中严格奉行一套道德标准，受到众人的尊崇。每个男人、女人和孩童，在压力之下、悔恨之中，或是艰难的环境面前，都要完全对自己的行为负责。决定一个人的是行为，言语只不过是个屁。他对一切社会科学和心理学嗤之以鼻。他是个虔诚的天主教徒：生时赎清原罪，死后求得解脱，是债就得还清。在这个世界里，他有严格的是非判断。

忠诚方面，首先是忠于自己的血脉；其次是忠于上帝（他的宅邸不是修了一所私人礼拜堂吗？）；最后是忠于克莱里库齐奥家族的一切义务。

社会方面，政府——虽然他是爱国者——从来不在考虑范围之内。唐·克莱里库齐奥生于西西里，在那里，社会与政府是敌人。他对自由意志的概念非常明确，你既可以自由地放弃尊严和希望，像个奴隶一样换来每天的面包，也可以像个真正的男人一样，挣得面包的同时还能受到尊重。你的家族就是你身处的社会，你的天主处罚你的罪过，你的追随者为你提供保护。你对其他人有一份责任：他们也需要充饥的面包，他们也需要世界的尊重，他们也需要能够抵御他人冒犯的盾牌。

唐建立了这个帝国，并不是为了让他的子孙有一天湮没在一大群无望的人类之中。他建立和扩大自己的势力，为的是使家族的名字和财富能真正像教会一样长久存在。人活于世的目的，不就是在此生挣到每天的食物，在死后求得主的宽恕吗？至于芸芸大众和他们那种漏洞百出的社会结构，让他们见鬼去吧。

唐·多梅尼科带领家族登上了权力的巅峰，靠的是波吉亚式的冷酷、马基雅维利式的精明和对美国商业的深刻理解。但最重要的，是对追随者们那家长式的爱：奖赏美德，报复仇恨，保障生活。

就如唐所规划的，克莱里库齐奥家族现在的地位，除了极端险恶的情况之外，不需要再参与一般的犯罪活动。其他各个黑手党家族都成了它的封臣或者叫“代理人”，他们遇到麻烦的时候就会恭敬有加地向克莱里库齐奥家族求援。在意大利语里，“封臣”和“代理人”押同一个韵。然而，在意大利方言中，“代理人”指的是那些执行最琐碎任务的人。封臣们持续不断地寻求帮助，唐·多梅尼科因而受到启发，把“封臣”统统变成了代理人。克莱里库齐奥家族在他们之间调停，把他们从牢里弄出来，把他们的非法收益藏在欧洲，用简单的手段把他们的毒品运到美国，还利用家族在法官和政府官员当中的影响力——这种影响力从各州一直延伸到整个联邦。通常来说，是用不着市政官员的帮助的。要是某地的代理人连他们自己所在的城市都影响不了，他们也就没资格做下去了。

唐·克莱里库齐奥的大儿子乔治以其在经济学上的天赋巩固了家族的力量。他就像巧手的洗衣妇，把现代文明倾泻出的大笔大笔的黑钱统统洗白。正是乔治一直试图缓和唐残酷的手段，努力让克莱里库齐奥家族从公众视线中淡出。因此，家族得以存活。但他们的存在像不明飞行物一样，也许会有人看到什么事情、听到什么流言，也许会给人留下或恐怖或仁慈的印象，也许在联邦调查局和警察局的档案里有些许提及，但是报纸上不会刊载，甚至不会出现在以描写其他黑手党家族功绩为荣的出版物上，那些家族粗心大意、刚愎自用，等于自掘坟墓。

但是，克莱里库齐奥家族绝不是没牙的老虎。乔治的两个弟弟，文森特和佩蒂耶，虽然没有乔治那么聪明，却几乎完全继承了唐的勇猛凶悍。家族在布朗克斯意大利人聚集区养了一帮杀手。这片由四十个街区组成的地盘可以用来拍一部表现旧时代意大利的电影了。这里没有留大胡子的哈西德派犹太人、黑人、亚洲人、波希米亚人。在这儿，这些人也没有任何的生意，连一家中餐馆也没有。克莱里库齐奥家族要么持有要么控制着这一带所有的地产。当然，有些意大利家庭的后代会留长发、背吉他，一副叛逆小青年的形象，但是他们全都被送到加利福尼亚的亲戚家去了。每一年都会从西西里过来一批经过仔细筛选的新移民，以扩充人口。布朗克斯尽管被世界上犯罪率最高的地区所环绕，却是一片没有罪恶的净土。

皮皮·德·莱纳从布朗克斯聚居地的头领，被擢拔为克莱里库齐奥家族在拉斯维加斯地区的代理人。但是他仍然直接听命于克莱里库齐奥家族，家族需要他的特殊才干。

皮皮就是所谓“中选者”的典型代表。“中选者”的意思是“合格的人”。他入行非常早，十七岁干掉了第一个人，值得一提的是，他是用绳子把这个人活活勒死的——在美国，年轻人在不知天高地厚的年纪，总是看不上绳子。他的体格非常好，个子挺拔，结实威猛。他理所当然是火器和爆炸物的行家。除此之外，他还极富人格魅力，因为他热爱生活。他总是让男人们感到如沐春风，跟他相处很放松；女人呢，则为他一半西西里的粗犷和一半美国电影式的风度倾心不已。虽然他对待工作极为认真，但他相信，生活是用来享受的。

他也有小小的缺点。他嗜酒好赌，对女人的兴趣永不消减。大概是因为他太享受与人交际的乐趣，他并不像唐所期待的那样冷酷无情。不过这些缺点反倒让他成为更具威力的武器。这种人身上的缺点是用来为身体“排毒”的，却不会让身体沾染毒害。

他是唐的侄子，这一点对他的事业当然也有帮助。他是血统传承中的一分子，在他打破家族传统的时候，这一点非常重要。

没人一辈子不犯错误。皮皮·德·莱纳二十八岁的时候，因为爱情而步入了婚姻。错上加错的是，他选的妻子，与他“中选者”的身份完完全全不相吻合。

她叫娜莱内·杰瑟普，在拉斯维加斯桃源大酒店表演舞蹈。皮皮很骄傲地指出，她可不是那种在你面前露胸露屁股的舞女，她可是舞者。而且娜莱内很聪颖——按照拉斯维加斯的标准。她喜欢看书，对政治感兴趣。而且，由于她来自加州萨克拉门托典型的白人盎格鲁–撒克逊新教徒圈子，她的价值观很老派。

他们完全是两个极端。皮皮对文艺毫无兴趣。他基本不读书，也不听音乐、看电影，或者看戏。皮皮仿佛公牛，娜莱内仿佛鲜花。皮皮外向、热情，却带着危险的气息，娜莱内则是与生俱来的温润，其他舞女和舞者从来没跟她红过脸，尽管他们自己经常借此打发时间。

皮皮跟娜莱内唯一的共同点就是跳舞了。皮皮·德·莱纳，克莱里库齐奥家族让人闻风丧胆的铁锤，走进舞池却笨拙得像个呆子。舞蹈是一首他读不懂的诗，好似中世纪圣骑士的勇武、温柔，好似性爱的刺激美妙，这是他唯一一次对不懂的东西产生兴趣。

对娜莱内·杰瑟普来说，她仿佛瞥见了他的灵魂。做爱之前他们会跳上几个小时的舞，这让性爱更加飘飘欲仙，真正成为灵与肉的交流。他们跳舞时，无论在她的住所，还是在拉斯维加斯酒店的舞池中，他对她敞开心扉，无所不谈。

他擅长讲故事，他的故事也十分精彩。他用一种既殷勤又巧妙的方式表达了他的爱慕。他男子气概十足，却心甘情愿对她俯首帖耳，而且他愿意倾听。她谈论书、戏剧、民主拯救被剥削阶级的意义、黑人权利、南非的解放、救助第三世界苦难人民的责任，皮皮骄傲而兴致盎然地听着。皮皮为这些言论激动不已，因为对他而言，这一切都十分新奇。

他们的性爱因此更为和谐，他们的差异反倒让两人彼此吸引。这样对他们的感情很有好处——皮皮看到了一个真正的娜莱内，而娜莱内并没有看到真正的皮皮。她所见到的，只是一个爱慕她的人，一个用礼物淹没她的人，一个倾听她梦想的人。

他们相识一周后就结婚了。娜莱内只有十八岁而已，懵懂无知，皮皮二十八岁，坠入爱河。他接受的传统观念虽然是另一个极端，但两个人都想组建一个家庭。娜莱内是个孤儿，皮皮也不想克莱里库齐奥家族介入他们的热恋。他也知道，他们不会同意的。不如先斩后奏，让他们慢慢接受好了。他们的婚礼在拉斯维加斯的一座教堂举行了。

不过，他的判断再次出现了失误。唐·克莱里库齐奥同意了他们的婚事。就像他常说："男人在生活中最基本的责任就是养家糊口。"如果没有妻儿，生活的目的又算什么呢？让唐不快的是，婚事没有征询他的意见，婚礼没有与整个克莱里库齐奥家族共同庆祝。毕竟，皮皮的身上流着克莱里库齐奥家的血。

尽管唐气急败坏地说“他们愿意跳舞就一起跳到死”，他还是慷慨地送出了大量贺礼：一辆别克大轿车、一家年收入十万美元的讨债公司，还有擢升。皮皮·德·莱纳继续作为关系最为密切的西部代理人之一为克莱里库齐奥家族效命，他不能留在布朗克斯的聚居地，他的外族妻子怎么能跟忠于家族的人一起生活？对他们来说，她全然是个外国人，就跟被隔离在此地之外的穆斯林、黑人、哈西德派犹太人和亚洲人一样。所以实质上讲，虽然皮皮仍然是克莱里库齐奥家族的铁锤，虽然他是个“封疆大吏”，他终究失去了一部分对家族的影响力。

阿尔弗雷德·格罗内韦尔特作为伴郎、桃源酒店的主人出席了他们的世俗婚礼。他举办了一次小型的晚宴，新郎新娘翩然起舞、共度良宵。之后的若干年里，格罗内韦尔特跟皮皮·德·莱纳建立起了密切而忠诚的友谊。

婚姻维持了很长时间，他们有了两个孩子：一个儿子，一个女儿。哥哥受洗时取了名字叫克罗奇菲西奥，但大家总是叫他克罗斯。十岁大的时候，他已经长得很像妈妈了。他的身形优雅，面容柔和而英俊。但是，他也继承了父亲的力量和过人的协调能力。妹妹叫克劳迪娅，九岁，像爸爸。她的五官粗犷，好在带着孩提稚气和灵巧，才不算难看。她可没能继承父亲的天赋，却继承了妈妈对书、音乐和戏剧的爱好，以及妈妈的温柔气质。自然而然，克罗斯跟皮皮走得很近，克劳迪娅则更愿意黏着妈妈娜莱内。

德·莱纳一家和睦地度过了十一年。皮皮在拉斯维加斯的代理人事业顺风顺水，他为桃源酒店收债，充当克莱里库齐奥家族的铁锤。他发了财，过上了体面的日子，但是按照唐的要求，并不铺张奢华。他酗酒，他赌钱，他跟老婆跳舞，他跟孩子们嬉闹，尽力为孩子们成人之后走上社会作准备。

皮皮从自己危机四伏的生活中学会了及早盘算。这是他成功的原因之一。很早开始，他就把克罗斯当作大人。他希望孩子长大后能成为他的援手。也可能，是因为他希望身边能至少有一个人他能充分信任。

于是他开始训练克罗斯，教他赌博的各种手法，带他跟格罗内韦尔特共进晚餐，让他了解赌场里的各种骗术。格罗内韦尔特每次的开头都是“每天晚上都有上百万的人不眠不休，琢磨着如何在我的赌场里出老千”。

皮皮带着克罗斯去打猎，教他如何给动物剥皮、掏内脏，让他了解血腥味，让他看到自己血红色的双手。他让克罗斯上拳击课，让他感觉疼痛，教他枪械的保养使用，但是勒脖子这一套皮皮有所保留。毕竟这只是他自己的嗜好，如今已经不大用得上了。再说，他没办法跟孩子的妈妈解释绳子的用途。

克莱里库齐奥家族在内华达州的群山之中拥有一片广阔的猎场。皮皮就带着全家到那儿去度假。他带着孩子们打猎，娜莱内则在温暖的猎场小屋里读书。打猎的时候，克罗斯轻而易举就打中了狼和鹿，有时候还能打到美洲狮和熊。克罗斯的能力展露无遗，他对枪械的天赋过人，对武器的保养认真细致，在危险中能保持冷静，无论是摘血淋淋的内脏还是掏一圈一圈的肠子都不会畏缩。肢解猎物、收拾尸体，这些从来吓不着他。

克劳迪娅可没有这些品质。听到枪响她就害怕，给鹿剥皮她会呕吐出来。没过几次，她就拒绝再离开小屋了，而是跟妈妈一起读书、沿着附近的小溪散步。克劳迪娅连钓鱼都不去，让她把硬铁钩从软乎乎的虫子中间穿过去，她可受不了。

皮皮把心血都浇灌在儿子身上，从最基本的行为抓起。不轻易动怒，不谈论自己。要用行动而不是言语来赢得尊重。尊重家庭的每一分子。赌博是消遣，可不是营生。爱父母和妹妹，但是小心，别爱上老婆以外的女人。老婆就是给你生孩子的女人。有了妻儿，就要牺牲自己的生活去养活他们。

克罗斯真是个聪明的学生，他爸爸喜欢得不得了。他还喜欢克罗斯像极了娜莱内。他有着她的优雅，简直就是她的翻版，更妙的是他没有艺术细胞这种破坏婚姻的天赋。

唐梦想所有的子孙后代将来都能进入合法的社会，但皮皮从来不相信，他甚至不相信这种做法有多大好处。他认可唐天才的一面，但是这一次，伟大的唐也显出浪漫主义情怀了。不管怎么说，父亲永远希望子承父业，永远希望孩子能像自己一样。血缘就是血缘，永远变不了。

这一点上皮皮证明自己是对的。尽管这都是唐·克莱里库齐奥一手规划的，可是就连唐的孙子丹特也抵制这份宏伟蓝图。丹特仿佛回归了西西里的血统，渴望力量、意志坚定。他可从来不怕破坏什么社会法律，也不敬畏天主。

克罗斯七岁、克劳迪娅六岁的时候，克罗斯带着与生俱来的攻击性，没事就喜欢打克劳迪娅的肚子，哪怕当着爸爸的面也敢动手。克劳迪娅哭着找爸爸，而身为家长的皮皮呢，则有若干种方式解决这个问题。他可以命令克罗斯停手，如果克罗斯不听，他就拎起克罗斯的脖颈在空中来回晃，他时常这么做。他也可以要求克劳迪娅还手。他还可以一巴掌把克罗斯掴到墙上，他这么干过一两次。但是有一回，可能是因为刚吃过晚饭犯懒，更主要是因为娜莱内总是因为他对孩子们使用暴力发牢骚，总之他平静地点着了雪茄，对克罗斯说："你打你妹妹一下，我就给她一美元。"克罗斯接着对妹妹动手，皮皮就把一美元的钞票撒在克劳迪娅头上，可把克劳迪娅乐坏了。终于，克罗斯沮丧地收手了。

皮皮总是给妻子送小礼物。但是这些礼物都像是主人赏给奴隶的，是伪装奴役的贿赂。都是些贵重的礼物：钻石戒指、裘皮大衣，还有欧洲旅行。因为她讨厌拉斯维加斯，他就为她在萨克拉门托买下了一座度假别墅。他曾装扮成司机的模样把一辆宾利轿车开过来送给她。就在他们的婚姻解体之前，他还送给她一只古董戒指，那是波吉亚的藏品。他只在刷信用卡上限制她，要求她拿家里的零用钱还款。皮皮从来不用信用卡。

他在其他方面也很开明。娜莱内有完全的自由。皮皮可不是爱吃醋的意大利丈夫。尽管他自己除了生意之外从不出国旅行，他还是同意了娜莱内跟女伴们一起去欧洲游玩。因为她那么渴望看看伦敦的博物馆、巴黎的芭蕾舞，还有意大利的歌剧。

有好几次娜莱内都觉得奇怪，皮皮为什么不会吃醋，经年累月之后她才明白，没人够胆子向她献殷勤。

对于这桩婚事，唐·克莱里库齐奥曾经刻薄地说："他们难道觉得自己能跳舞跳上一辈子吗？"

答案当然是不能。娜莱内的腿长得出奇，没法成为一流舞蹈演员，她的性格太死板，又当不了交际花。于是她安于婚姻生活。起初的四年，她很开心。她照看孩子，她到内华达大学去上课，如饥似渴地读书。

但皮皮不再关心周围的一切了，他也不关心那些黑人了，反正他们连偷东西都能叫人抓住。至于那些美国土著，管他们是谁，让他们自生自灭吧。讨论书籍和音乐，他根本不是这块料。而且，娜莱内要求他不能打孩子，这也让他大惑不解。小孩子就像小动物一样，不镇住他们，怎么能让他们受到教化呢？他从来都是小心翼翼的，不会真伤到孩子。

于是，到了婚姻的第四年，皮皮有了情妇。一个在拉斯维加斯，一个在洛杉矶，还有一个在纽约。娜莱内的报复，则是拿到了教育学的文凭。

他们努力维系着婚姻。两个人都爱孩子，尽量让孩子快乐成长。娜莱内的许多时光都陪着他们读书、唱歌，还有跳舞。而婚姻则全靠皮皮的好脾气维系着。而且他精力旺盛，像动物一样欲求不竭，这多少调剂了夫妻的关系。两个孩子喜欢母亲的温柔优雅、美丽率真，敬畏父亲的强大。

夫妻两个都是孩子的好老师。母亲教他们优雅的社交、得体的举止，还有跳舞、打扮、整理仪容等，父亲教给他们立世之道，怎么避免受到伤害，怎么赌博，怎么锻炼体魄。他们从来不会觉得父亲太过粗暴，因为只有教训他们的时候他才如此。而且他教训他们时也不动肝火，所以他们并不会心怀怨愤。

克罗斯无所畏惧，却能放低姿态，克劳迪娅从来没有哥哥的那种勇气，却很倔强。好在他们从来不缺钱。

时日渐久，娜莱内注意到了一些细节。一开始都是些琐碎小事。皮皮教孩子们玩牌的时候，无论是德州扑克、21点，还是金拉米，都是皮皮洗牌，把他们的零用钱赢个精光，到了最后关头又让他们运气好得打着瞌睡都能赢牌。有趣的是，孩提时代的克劳迪娅远比克罗斯喜欢赌博。后来，皮皮就给他们演示他是怎么出千的。娜莱内很生气，她觉得他根本不把孩子的未来当回事，就好像不把她的生活当回事一样。皮皮解释说，这是对他们的教育的一部分。她说这算什么教育，分明是教他们学坏。他要孩子们面对生活的现实，而她希望孩子们面对生活的美丽。

皮皮的钱包里总是塞着一大沓现金。对这种事，妻子就跟税务官一样，充满疑虑。虽然皮皮的生意——那家讨债公司——确实挺红火，可是他们的开支跟这档买卖的收入也太不成比例了。

全家去东海岸度假、与克莱里库齐奥家族发生接触的时候，娜莱内怎么会感觉不到皮皮有多么受到尊重呢。她注意到了人们在他面前是多么小心翼翼，注意到了对他的恭敬有加，也注意到了这些人没完没了的闭门会议。

还有其他的小事情。皮皮每周至少要出差一趟。对他的行程细节她从来一无所知，他也从不吐露半个字。他有持枪执照，对于专门清讨大笔欠款的人来讲倒合情合理。他谨慎得很。娜莱内和孩子们都没法接触到他的武器。子弹都是在不同的柜子里分别锁起来的。

一年一年过去，皮皮的出行越发频繁，而娜莱内大部分时间都在家里陪孩子。皮皮和娜莱内的夫妻生活越来越少。而且，皮皮在情欲方面越来越成熟，两个人自然渐行渐远。

时间一久，谁也没法向最亲近的人掩饰自己的本性。娜莱内发现，皮皮完全是我行我素。尽管对她从不粗暴，他的本性却相当凶悍；他装作坦诚，其实诡秘难以捉摸；他面目和蔼，却极度危险。

他也有一些可爱可恼的小毛病。比方说，他喜欢的东西，别人也得喜欢。有一天，他带一对夫妇去一家意大利餐馆吃饭。这对夫妇对意大利菜并没有特别的兴趣，因此没怎么动刀叉。皮皮注意到这个，饭就没法儿吃了。

有些时候，他会说起讨债公司的生意。几乎所有拉斯维加斯的大酒店都是他的客户。他向赌场上借钱不还的顾客收债。他坚持说从来没使用过暴力，只不过用一种比较特殊的方式说服他们罢了。欠债还钱，天经地义，每个人都得为自己的行为负责，明明有钱却不履行义务，这种人很让他冒火。医生、律师或者公司高管享受了酒店服务，却不愿意付账。但是找这些人要钱很容易：到他们的办公室大吵大闹让客户和同事都听见就是了。你要让他们出尽洋相，恐吓是不行的，骂他们烂赌棍、欠钱不还、厚颜无耻、给他们自己的职业抹黑，这就行了。

做小买卖的人就麻烦多了。这帮锱铢必较的家伙恨不得一毛钱一毛钱跟你讲价。还有的耍小聪明，写张银行兑不出来的支票，然后说搞错了。这种把戏他们最愿意干了。他们给你写一张一万美元的支票，户头上却只有八千。但是皮皮能搞到银行资料，所以他干脆帮他再存两千，然后把一万整个提出来。他给娜莱内讲这些事的时候，笑得十分开心。

皮皮对娜莱内说，他的工作中最重要的部分，不光是劝赌徒还钱，还要劝他们接着赌下去。哪怕身无分文的赌徒也有价值。他可以干活挣钱。所以你只要把他的债宽限几天，就算没有信用抵押也可以接着在赌场里玩儿，只要赢钱，就能还账。

有天晚上，皮皮给娜莱内讲了个故事，他觉得这个故事太好笑了。他的讨债公司开在桃源酒店附近一家小购物中心里。那天他正在办公室里工作，外边的街上突然有枪响。他赶忙跑出去，正好看见两个蒙面人从旁边的珠宝店里逃跑。皮皮想都不想就掏枪朝两个人射击。有辆车接应这两个人跑了。几分钟之后警察赶过来，挨个问了一圈之后，他们竟然把皮皮给抓起来了！他们明知道他的枪是上了牌照的，但是他犯了"疏忽致危"罪。最后是阿尔弗雷德·格罗内韦尔特把他保释了出来。

"我他妈的为什么开枪？"皮皮嚷道，"阿尔弗雷德说，这是因为我骨子里是个猎人。我可不明白。我开枪打劫匪？我保护社会？结果他们反倒把我关起来了。把——我——关起来啦！"

但是，某种程度上讲，这都是皮皮的小花招。他不经意地流露一点出来，娜莱内就会以为这是他的本性，而不会深究到真正的秘密上去。而最终让她决定与皮皮·德·莱纳离婚的，是因为皮皮因为涉嫌谋杀被捕了……

丹尼·福波尔塔靠着放高利贷挣的钱，在纽约买下了一家旅行社。他曾经靠的是桑塔迪奥家族提供的保护，不过桑塔迪奥家族如今已经不存在了。他的大部分收入，来自组织拉斯维加斯旅游团。

所谓旅游团，其实就是跟拉斯维加斯的某家酒店签订独家合同，专门给这家酒店输送前来度假的赌客。丹尼·福波尔塔每个月都包一架747客机，凑齐两百个顾客飞赴拉斯维加斯的桃源酒店。一千美元的总价里，包括了纽约到拉斯维加斯的往返机票、航班上的免费酒水和餐点、酒店房间、酒店里的酒水和食物。许多人都报名等着排期参加这样的旅游团，福波尔塔总要对顾客加以精心挑选。能参团的，必须有高薪工作（是否合法无所谓），每天至少能在赌场里玩上四个钟头。还有，如果可能的话，他们得在桃源酒店的收银台申请一个信用户头。

福波尔塔有一笔宝贵财富，他跟一帮三教九流的人关系不错。这些人里有诈骗犯、银行劫匪、毒枭、香烟走私客、服装街的混混，还有在纽约各种藏污纳垢的地方混得有声有色的家伙。这些人都是他的主顾。毕竟他们的日子过得担惊受怕，总得找个时间放松一下。他们有大笔的黑钱，都是现金，又热衷赌博。

每次桃源酒店送去一个两百人旅游团，丹尼・福波尔塔都会收到两万的酬劳。如果桃源的住客输得太多，他还会分到提成。所有这些，再加上他收到的参团费用，使他的月收入相当可观。可惜福波尔塔嗜赌如命。终于有一次，他入不敷出了。

福波尔塔是个擅长要手腕的人，很快就想到了让收支平衡的办法。身为旅游团组织者，他的职责之一就是给申请信用账户的参团游客开具证明。

福波尔塔雇用了一群凶悍无比的武装抢劫犯。他计划靠着这些人，从桃源酒店偷八十万美元出来。

福波尔塔给四个人做了假材料，把他们说成是时装中心的老板，信用评级都很高。具体细节都从旅行社保存的档案里抄出来的。根据这些材料，他给这些人开了二十万美元的信用证明，然后把他们送进旅游团。

“唉，他们根本就是来白拿的。”格罗内韦尔特后来说道。

两天的行程里，福波尔塔和他的爪牙们在酒店大肆消费、款待美丽的女歌手、在礼品店签单买礼物——这些都不算什么。他们从赌场里换来的都是黑色筹码[1]，在账单上签了字。

他们分成两组。一组跟庄，一组跟闲。这样的话，他们顶多赔掉一点，或者不赔不赚。所以，他们要从赌场里签单提出一百万美元的筹码，福波尔塔最后全部去兑成现金。他们看起来全都赌得昏天黑地，实际上只不过是装样子而已。整个过程中他们忙得不亦乐乎，真把自己当成好演员了。开骰子的时候他们求天求地，输掉的时候脸色铁青，赢了的时候又喜形于色。这一天过去，他们把筹码交给福波尔塔提出现金，再从收银台签单换出新筹码。两天的闹剧结束之后，这个小团伙已经赚到了八十万美元。他们还高高兴兴地在食宿购物上消费了两万美元，但在收银台上留下的，是一百万美元的借据条子。

丹尼·福波尔塔作为头头儿，独得四十万，剩下的让抢劫犯们平分。他们非常满意，尤其是福波尔塔还许诺说将来可以再干一票。大酒店的漫长周末、免费的酒水食物、漂亮姑娘，每人还有十万美元入账。还有什么能比这更滋润呢？这比脑袋别在裤腰带里抢银行好赚多了。

格罗内韦尔特第二天就发现了这个骗局。日常报告上显示的金额有异样，就算是福波尔塔的旅游团数目也太大了。而赌客们在台面上输的钱和一晚上开局之后剩下的钱，相比换成筹码的钱来说又太少了。格罗内韦尔特把监视摄像头的录像找来，还没看上十分

1　一般是美国赌场中面值最高的筹码，每个价值一百美元。

钟，就明白了整套把戏。他还意识到，这些欠款单不啻一沓草纸，这些人用的都是假身份。

他忍无可忍。这么多年他见过的骗术多了，没见过这么拙劣的。还有，他很喜欢丹尼·福波尔塔这个人。这个人给桃源酒店挣了大钱。他知道福波尔塔会怎么辩解：福波尔塔会说自己也上了假身份的当，自己也是无辜受害。

对于赌场员工的无能，格罗内韦尔特很生气。骰桌的荷官应该能察觉，巡场的应该抓住这帮搞“两头赌”的家伙啊。这又不是什么高明手段。人一旦日子过得好了就心软，在拉斯维加斯也不例外。他满心悔恨地想，非得把荷官和巡场的人打发去转轮盘不可。但是有件事他躲不过去，他必须得把整件事情向克莱里库齐奥家族汇报。

他先把皮皮·德·莱纳叫到酒店来，给他看了材料和录像。皮皮认得福波尔塔，但不认得另外四个人。于是格罗内韦尔特从视频里截了图像给皮皮。

皮皮大摇其头：“丹尼还真以为自己能带着钱远走高飞吗？我本来还以为他是个挺聪明的骗子。”

“他是个赌徒，”格罗内韦尔特说，“这种人永远觉得自己手里的牌是能赢钱的牌。”他沉默了一会儿，又说，“丹尼肯定会跟你说这事儿跟他无关。但是记住，他必须证明他们拿得出钱来。他肯定说他是根据身份材料做证明的。一个组团人必须证实每个人的身份。他必须知道这一点。”

皮皮笑笑，拍了拍他的后背：“放心，他说不动我。”二人大笑。丹尼·福波尔塔有没有罪并不重要。他得为自己的过错负责。

第二天，皮皮飞到了纽约。他来到科沃格，向克莱里库齐奥家族讲了来龙去脉。

穿过大门岗哨，他驱车而上。长长的沥青路面从斜坡草坪中穿行而过，四周的围墙缠着带刺的铁丝电网。主楼门前站着一个警卫。这便是和平时期的景象。

乔治向他打了招呼，带他穿过主楼，来到后花园。花园里种了番茄、黄瓜、莴苣，甚至还有甜瓜，周边是阔叶的无花果树。唐从不种花。

全家正围坐在一张木头圆桌边吃早餐。无花果树的香气在院子里弥漫，唐就坐在院中。他快七十岁了，依然精神矍铄，这会儿他正喂自己十岁大的外孙丹特吃饭。他跟克罗斯同样年纪，虽然容貌漂亮，却十分专横。皮皮老是忍不住想上去掴他一耳光。唐对外孙百依百顺，又是给他擦嘴，又是好话哄着。文森特和佩蒂耶看起来颇不自在。一直到孩子吃完饭被妈妈萝塞·玛丽耶带走，会议才算开始。唐·多梅尼科笑着看孩子走开，然后对皮皮说："啊，我的'铁锤'啊，福波尔塔这个无赖，你说该怎么办？我们让他吃穿不愁，他竟然贪心不足。"

乔治抚慰道："要是他把钱还回来，他还是可以替我们接着挣钱的。"这是唯一可以宽宥这个人的理由。

"不是小数目啊，"唐说，"必须追回来。皮皮，你怎么看？"

皮皮耸了耸肩。"我尽量。但是这些人全都是有钱就花干净的人。"

文森特讨厌闲谈。他说："看看照片吧。"皮皮掏出照片，文森特和佩蒂耶端详着四个抢劫犯。然后文森特说道："我和佩蒂耶认识他们。"

"那好，"皮皮说，"那你们就负责这四个家伙吧。要我怎么处理福波尔塔？"

唐说道："他们没把我们当回事儿。他们把我们当什么了？只知道报警的废物吗？文森特、佩蒂耶，你们俩去帮皮皮，我要钱如数归还，这几个流氓受到应有的惩罚。"他们明白了。这件事皮皮负责，这五个人都得死。

唐离开众人，到院子里散步去了。

乔治叹了口气，说："老头子太狠了，时代变了。这样冒险不值得。"

"文尼和佩蒂耶对付那四个手下的话，就没事，"皮皮说，"没问题吧，文尼？"

文森特说道："乔治，你得跟老爷子谈谈。那四个人肯定没钱。我们做个交易，让他们出去弄钱来还给我们。要是杀了他们，钱就没了。"

文森特是个实在的杀手，从不因为嗜血的欲望而放弃更为可行的解决方法。

"好吧，这倒可以商量。"乔治说，"这几个人都是跟班。但是他肯定不会放过福波尔塔。"

"福波尔塔必须接受惩罚。"皮皮说。

"皮皮表弟，"乔治笑着说，"事成之后你想要什么奖励呢？"

皮皮讨厌乔治这么叫他。文森特和佩蒂耶这么叫他是出于热情，可乔治呢，只有在讨价还价时才会这么叫他。

“做了福波尔塔是我分内事，”皮皮说，“你们把讨债公司给我了，我还从桃源领薪水。但是追回这笔钱就比较难，所以我得分个成。要是文尼和皮提也从那几个小杂碎的钱抽成的话，就跟他们一样好了。”

“很合理。”乔治说，“但是这可跟追讨赌债不一样。没有五十那么多。”

“不，不用，”皮皮说，“让我沾点光就够了。”

听到这句西西里俗话，大家都笑开了。佩蒂耶说：“乔治，别给得太少了。你别想剥削我和文森特。”如今，佩蒂耶负责管理布朗克斯地区，是打手头领。他一向主张底层的人应该多得点钱。他愿意把自己拿到的份儿拿出来分给手下。

“你们这帮家伙真贪得无厌，”乔治笑道，“我就跟老爷子说两成好了。”皮皮知道，这种情况的意思就是一成半或者一成。这是乔治的老传统了。

“我们三个凑一起分怎么样？”文森特对皮皮说。意思是，不论谁弄回来的钱，不论多少，三个人都放在一起平分。这是友好的表示。从活人身上搞钱总比死人身上的机会要大得多。文森特明白皮皮的价值。

“好的，文尼，”皮皮说，“多谢了。”

远处的院子边上，他看见丹特和唐手拉着手一起散步。他听见乔治说：“丹特跟我父亲怎么会相处得这么好？太奇怪了。爸爸可从来没对我这么好过。他们俩成天在一起说悄悄话。嗯，老爷子这么精明，孩子早晚学得跟他一样。”

皮皮看见孩子扬起脸看着唐。两个人的表情，就仿佛他们之间有一个凌驾天地的大秘密。后来皮皮才相信，此情此景就是他的厄运之眼，为他带来了不幸。

皮皮·德·莱纳的行动一向是精心策划。他可不是一味蛮干的莽夫，而是个手艺娴熟的技师。所以，他在具体行动的时候，非常依赖心理分析策略。丹尼·福波尔塔这件事有三个问题：第一，他得把钱拿回来；第二，他得跟文森特和佩蒂耶·克莱里库齐奥仔细协调（这部分倒是很简单，文森特和佩蒂耶办事效率非常高。两天之内他们就找出了那几个喽啰，迫使他们悔过，然后安排他们作出赔偿）；第三，他得杀了丹尼·福波尔塔。

皮皮“偶遇”福波尔塔并不难，然后热情邀请他到东城吃中国菜。福波尔塔知道皮皮为桃源酒店追讨赌债。这么多年，他们生意上少不了打交道。因此在纽约碰到皮皮，福波尔塔无法推辞他的邀请。

皮皮非常低调。一直等到点完菜，他才开口道：“格罗内韦尔特跟我说他被骗了。你有责任证明这些家伙的信用能力，这你知道吧。”

福波尔塔赌咒发誓他是无辜的，皮皮咧嘴一笑，友好地拍拍他的后背：“得了吧，丹尼，”他说，“格罗内韦尔特手里有录像，你那四个伙计都招了。你麻烦大了，但是如果你把钱还回来，我可以帮你解决这件事。没准儿我还能让你接着搞旅游团呢。”

为了证明他的话，他掏出了四个人的照片：“都是你的人吧，”他说，“他们实话实说，把一切都赖在你头上。他们交代了你们怎么分的钱。所以你要是能把那四十万吐出来，你就没事了。”

福波尔塔说：“对，我是认识这几个孩子。但是他们都有种，不会张嘴的。”

“审他们的是克莱里库齐奥家族的人。”皮皮说。

“妈的，”丹尼说，“酒店是他们的啊？我不知道啊。”

“这下你知道了，”皮皮说，“你要是不把钱还回来，你就真有大麻烦了。”

“我应该现在就走。”福波尔塔说。

“不，不，”皮皮说，“别走，这里的北京烤鸭太棒了。听着，这件事可以解决的，没什么大不了，谁都想过骗点钱，还回来就行了。”

“我一毛钱也没有。”福波尔塔说。

皮皮这时才露出一点怒意。“你得有点最起码的尊重，”皮皮说，“先拿十万出来，然后打个三十万的欠条。”

福波尔塔一边咽下了一个煎饺，一边思忖着。“我只能给你五万。”他说。

“好，很好，”皮皮说，“你以后再送旅游团过去，酒店扣下你的劳务费，用来还钱。这很公平吧？”

“好吧。”福波尔塔说。

“别担心，好好吃饭。”皮皮说。他取了些鸭肉卷在饼里，放在甜面酱里蘸了蘸，递给福波尔塔。“这真棒，丹尼，”他说，“吃吧，吃完再办事。”

他们点了巧克力冰淇淋当甜点，又约好下班后，皮皮去旅行社拿那五万。皮皮接过午餐的账单付了钱。“丹尼，”他说，“你注意到没有，中国餐馆里的巧克力冰淇淋里，可可粉加得特别多。你猜我是怎么想的？肯定是第一个来美国开中国餐馆的人把配料搞错了，于是后来跟风过来的全都学的这个错误配方。真棒！这冰淇淋真棒！”

不过，丹尼·福波尔塔已经有四十八年不干那些上不了台面的事了，以至于一下子没能读出皮皮话里的讯号。跟皮皮一分开他就消失了，只留了个口信说他跑去凑钱还给酒店。皮皮并不惊讶。福波尔塔这两手在这种事里太常见了。他躲起来，就可以在保证安全的情况下讨价还价。这说明他没钱，也说明除非文森特和佩蒂耶那头搞到钱，否则皮皮就抽不了成。

皮皮从布朗克斯聚居地里调了些人手搜索他的下落，并散出口风说克莱里库齐奥家族正在通缉丹尼·福波尔塔。一周过去，皮皮的怒气越发难平。找福波尔塔要钱就是打草惊蛇，他早该想到这一点。福波尔塔心里有数，五万根本不够，再说他连五万都没有。

又过了一周，皮皮忍无可忍了。于是事情一有突破，他就贸然行动，全不复原来的谨慎。

丹尼·福波尔塔在上西城的一家小餐馆里露面。店主是克莱里库齐奥家族的一个手下，见到他就赶紧打了电话。皮皮赶到的时候，福波尔塔恰好准备离开餐馆。皮皮没想到他带了一把枪。福波尔塔是个混混，哪里会有开枪的经验。所以他的一枪打歪了。而皮皮连着打中他五枪。

事发现场有几个不利因素。第一，有好几个目击证人；第二，没等皮皮逃走，警察的巡逻车就赶到了；第三，皮皮本来打算的是把福波尔塔带到一个安全的地方说话，仓促之下竟然开了枪；第四，虽然可以说是正当防卫，却有几个目击者说是皮皮先开的枪。那句老话再次应验了：法律这种东西，对无辜的人比对真正有罪的人更加危险。还有，皮皮在枪上装了一支消音器，这是为了跟福波尔塔的友好对话万一无法继续而准备的。

倒霉的巡逻车赶到时，皮皮的正确反应派上了用场。他并没有“杀出一条血路”，而是服从了警察的要求。克莱里库齐奥家族有一条严令：绝对不许朝法务人员开枪。所以皮皮没开枪。他把枪扔到地上踢开了。他平静地接受了逮捕，否认自己跟几尺之外那个死人有任何关系。

虽然早就料到了这样的突发事件，也有对应的方法，但是再小心都敌不过命运恶意捉弄。眼下，皮皮仿佛被湮没在厄运中，但他知道，他只需要让自己放松，然后等待克莱里库齐奥家族救他上岸就好了。

首先得花大价钱请到能把他保释出去的辩护律师。其次，介于双方都持枪，可以在公平这一点上劝说法官和检察官偏袒自己。证人的记忆可以出现一点偏差。那些急于强调自己独立性的陪审员愿意看见当局颜面无光，所以只要稍稍鼓励他们一下，他们就会拒绝裁定有罪。克莱里库齐奥家族的手下不需要像疯狗一样杀出一条血路。

但是，皮皮·德·莱纳为家族效命了这么多年，还是第一次开庭受审。而且按照通常的司法习惯，他的妻子和子女必须到庭旁听。陪审团必须意识到自己的决定将左右这个无辜家庭的未来幸福。十二个陪审员必须努力硬起心肠，而对心怀怜悯的陪审员而言，“合理怀疑”则是天赐利器。

庭审当中，警察作证说他们并没见到皮皮持枪，也没见到他把枪踢开。三名证人无法指认出被告，另外两人指认皮皮时太过干脆，反倒引起了陪审团和法官的猜疑。饭馆的主人、克莱里库齐奥家族的手下作证说，他跟着丹尼·福波尔塔出了餐馆的大门，因为丹尼没付钱。他目击了枪击，但开枪的人绝对不是被告皮皮。

开枪的时候，皮皮戴了手套，所以枪上并没有指纹。法庭提交了医学证据，皮皮·德·莱纳患有间歇性皮疹。原因不明、无法治愈，所以大夫建议他戴手套。

为求万全，家族还贿赂了一名陪审员。皮皮毕竟是家族的高层。但是这项预防性措施并没有派上用场。皮皮被宣判无罪。在法律看来，皮皮永远是无辜的。

但在他妻子娜莱内·德·莱纳看来就不是了。宣判六个月后，娜莱内对皮皮提出了离婚。

神经紧绷着过日子的代价太大了。身体每况愈下，暴饮暴食伤了肝脏和心脏，睡眠严重不足。他对她的美丽无动于衷，她对他再没有一丝信任。皮皮和娜莱内都非常痛苦。她无法接受跟皮皮同床共枕，他也受不了一个没法跟他分享快乐的人。她掩饰不住自己对他这个杀人犯的恐惧，他再也不必在她面前藏头遮面，感到前所未有的解脱。

“好吧，那就离婚，”皮皮对娜莱内说，“但孩子我可不给你。”

“我看清你的真面目了，”娜莱内说，“我再也不想看见你，也不会让孩子们跟着你过日子。”

这很出乎皮皮的意料。娜莱内从来没这么粗声大气地讲过话。而且他也想不到她竟敢跟他皮皮·德·莱纳这么说话。不过，女人嘛，都是不考虑后果的。他又想到了自己的立场。他没有抚养孩子长大的条件。克罗斯十一岁，克劳迪娅十岁，他意识到，尽管他跟克罗斯很亲近，两个孩子都更爱妈妈而不是他。

他想对妻子公平一点。毕竟，他想要的她都给了：家庭、孩子、生活的基础，每个男人都需要这些。要是没有她，谁知道他能是个什么样儿呢？

“我们都理智点，”他说，“好聚好散吧。”他又变得魅力十足，“想想看，我们幸福地过了十二年。我们有那么多的好时光。我们还有两个好孩子，这都是多亏你啊。”他顿住了，诧异地看着她不为所动的表情，“好吧，娜莱内。我是个好父亲，孩子们喜欢我。你想干什么，我都会帮助你。拉斯维加斯这所房子你可以留着。桃源酒店的店铺我可以给你弄一间，你可以去卖衣服、珠宝、古董什么的。一年挣个二十万不成问题。我们共同抚养孩子好了。”

娜莱内说：“我讨厌拉斯维加斯，我一直讨厌。我拿到了教育学的文凭，在萨克拉门托找了一份工作。我已经安排孩子们在那边入学了。”

直到这个时候皮皮才意识到她是个对手，她很危险。这对他来说太陌生了。在他的理解范围里，女人和危险就不沾边。老婆、情妇、姑姑婶婶、朋友的妻子，就连唐的女儿萝塞·玛丽耶都不会带来危险。皮皮生活的世界里，女人从来就不是敌人。他突然觉得怒不可遏，这种力量的涌动只在对付男人的时候才有过。

所以，他说："我可不会去萨克拉门托看孩子。"有人无视他的热情、拒绝他的友好时，他就会恼怒。谁想不买皮皮·德·莱纳的账，谁就是找死。既然决定要对抗，就要战斗到最后。但是他再次诧异了：他的妻子这是早就计划好的。

"你不是说你看清我的真面目了吗？"皮皮说，"那就给我小心点儿。不管你搬到萨克拉门托，还是随便去哪儿。两个孩子你只能带一个，另一个跟着我。"

娜莱内不动声色地看着他。"那就让法庭决定吧。"她说，"我觉得你应该请个律师跟我的律师谈谈。"看到他那张惊讶的脸，她都快忍不住乐出来了。

"你连律师都找了？"皮皮问，"你拿法律吓唬我？"他放声大笑。他笑得得意忘形，几乎要歇斯底里了。

真奇怪。十二年来，这个男人都是个温顺的情人，渴望她的肉体、不让残酷的世界伤害她，而现在却变成了一个危险可怕的野兽。这一刻她终于明白，为什么别的男人对他都是恭敬有加，为什么大家都惧怕他。现在，他那鄙陋的魅力再也没法让人卸下心防了。奇怪，她并不怎么害怕，却只是感到伤心，因为他对她的爱竟然消散得如此之快。不管怎么说，十二年来，他们彼此拥抱、一同欢笑、一起跳舞，共同抚育孩子。对于她的付出，他表示过感激。可是现在一切都物是人非了。

皮皮冷冰冰地说："你怎么决定的我不管。法官怎么决定我也不管。你讲道理，我也讲道理。你不让步，就什么也没有。"

她第一次对曾经爱过的一切感到畏惧：他健壮的躯体、宽大的双手、粗犷的五官轮廓——别人都觉得凶悍，她却一直认为这是男人味。结婚以来，他始终彬彬有礼得不像一个丈夫，从没对她大声说过话，从没开过让她难堪的玩笑，她超支的时候他也从不生气。而且他确实是个好父亲，只有孩子们对母亲不恭敬的时候，才会对他们显得粗暴。

她感到一阵眩晕，可皮皮的脸虽然遮在几层阴影里，却更加分明。他腮上生着横肉，下巴上微微凹下去的地方像是一片乌青。他的两条剑眉中间已经夹杂了些许的白色，但大头颅上却仍是硬如马鬃的黑发。他的棕色眼睛一向带着愉悦，此刻却冷酷无情。

“我还以为你爱过我呢，”娜莱内说，“你怎么能这样威胁我？”她呜呜地哭了起来。

皮皮心软了。“听我说，”他说，“别信律师的。上法庭的话，就算我真的全输光了，你也照样不能把两个孩子都带走。娜莱内，别逼我，我真不想的。我知道，你不愿意再跟我一起生活了。我一直都觉得自己很幸运，能拥有你这么长时间。我希望你能幸福。我能给你的，比法庭能判给你的要多。但是，我老了，我不想没有家人。”

娜莱内泛起一阵促狭，这在她一生当中没几次。“你还有克莱里库齐奥家族呢。”她说道。

“的确，”皮皮说，“这你得记住。可我不想年纪大了还一个人生活。”

“这样的男人成千上万，”娜莱内说，“女人也是。”

“因为他们无能为力，”皮皮说，“他们的存在和生活都掌握在其他人手中，我绝对不允许这样的事发生。”

娜莱内不屑道：“你不允许？”

“没错。”皮皮说道，笑着端详她，“就是这样。”

“你随时可以去看孩子们，”娜莱内说，“但是两个孩子都要跟着我。”

这时，他转过身去，平静地说：“随你怎么想。”

娜莱内说：“等等。”皮皮回头看着她。她看到他的表情那么吓人，脸上一副乖戾的神色，于是喃喃道：“如果有哪一个孩子愿意跟着你，也行。”

皮皮一下子变得喜形于色，仿佛问题已经解决了一样。“太棒了，”他说，“你的孩子来拉斯维加斯看我，我的孩子到萨克拉门托看你。再好不过了。今晚就办。”

娜莱内最后试探了一句。“四十岁并不老啊，”她说，“你还可以再组建一个家庭。”

皮皮摇头道：“不会了。”他说，“我这辈子就为你这一个女人着迷。我结婚晚，我知道我不会再结婚了。算你走运，我有自知之明，知道留不住你，也知道没法儿从头再来了。”

“是的。”娜莱内说，“你无法逼我再爱你。”

“但是我有法儿杀了你。”皮皮说道。他望着她笑，就好像刚才的话是在开玩笑。

她看着他的眼睛，相信这话是真的。她意识到，这就是他力量的源泉：只要他开口威胁，别人绝对会当真。她强迫自己鼓起勇气。

“记住，”她说，“如果两个孩子都愿意跟着我，你不能拦着。”

"他们爱爸爸，"皮皮说，"一定得有一个陪着他们的老爹。"

晚饭过后，房间里有凉爽的空调，室外则是燥热的沙漠。他们已经给十一岁的克罗斯和十岁的克劳迪娅解释了现在的情况。两个人谁都不吃惊。克罗斯，长得像妈妈一样漂亮，内心却已经像爸爸一样坚韧。他警惕心强，但无所畏惧。他立即开口说："我跟妈妈在一起。"

克劳迪娅被这个选择吓到了。出于小孩子的狡黠，她说："我跟克罗斯在一起。"

皮皮很吃惊。克罗斯跟他比跟娜莱内更加亲近。跟他一起打猎的是克罗斯，跟他一起玩牌、打高尔夫和拳击的都是克罗斯。妈妈沉迷于书籍和音乐当中，他丝毫不感兴趣。皮皮周六还在讨债公司整理内部文件，是克罗斯跑过去陪他。事实上，他已经决定要抚养克罗斯了。他期望克罗斯也作出同样的选择。

克劳迪娅狡猾的回答让他觉得好笑。这个孩子很聪明。但是克劳迪娅的长相跟他太像了，他可不想每天跟自己这张丑脸大眼瞪小眼。让克劳迪娅跟着她妈妈也合情合理。克劳迪娅跟妈妈有同样的爱好。他带着克劳迪娅又能干什么呢？

皮皮端详着两个孩子。他为他们骄傲。他们知道，妈妈是父母当中弱势的一方，他们必须支持她。他又注意到，娜莱内凭着表演的本能，为眼下这个场合作了精心的准备。她穿了一条黑色裤子和一件黑色毛线衫，显得十分严肃，一头金发用细细的黑色发带扎了起来，露出她白皙的鹅蛋脸，令人心碎。他知道自己粗粝的外表在小孩子眼中是什么样子。

于是他发挥出了特有的热情。“我只是想让你们其中一个陪着我。”他说，“你们可以随时看望对方，对吧，娜莱内？你们两个小家伙不会留我一个人待在拉斯维加斯吧？”

两个孩子木然地看着他。他又对娜莱内说：“你得帮帮我，”他说，“你得挑一个。”这时，他恼怒地想：我干吗听你的啊？

娜莱内说：“你答应过的，要是他们两个都想跟着我，你不能阻拦。”

“劝劝他们。”皮皮说。他并没有因此而伤心——他知道，孩子们爱他，不过孩子们更爱妈妈。他觉得这很正常。只不过这并不能说明，他们的选择是对的。

娜莱内不屑道：“没什么可劝的，你说话要算数。”

皮皮并不知道在三人看来，他的脸色有多阴沉，也不知道他的眼神变得多么冰冷。他觉得他说话的时候已经注意语气，而且尽量保持理智了。

“你必须选一个。我答应你，如果事情还是解决不了，那就按你说的办。但是你得给我个机会才行。”

娜莱内摇摇头。“你蛮不讲理，”她说，“法庭见吧。”

就在这个时候，皮皮作出了决定。“没关系，按你想的办吧。不过你要想好，你要想想我们共同的日子。想想你是谁，想想我是谁。算我求你，讲讲道理。想想我们的未来。克罗斯像我，克劳迪娅像你。克罗斯跟我一起过会很快活，克劳迪娅跟你一起过会很快活。事情就是这样。”他沉默了半晌，“知道他们两个都更爱你而不是我，这还不够吗？他们会更怀念你而不是我，还不够吗？”最后一句话被硬生生地掐断了。他不想让孩子明白他是什么意思。

但是娜莱内明白了。出于惊惧，她连忙走到克劳迪娅旁边，把她往自己身旁拉了拉。这个时候克劳迪娅用祈求的眼神望着哥哥：“克罗斯……”

克罗斯的面庞有种冷峻的美，动作则十分优雅。突然，他站到父亲旁边说：“爸爸，我跟你走。”皮皮一下子拉过他的手，感激之情显而易见。

娜莱内呜呜地哭了。“克罗斯，要常来看我们，能来几次就来几次。我给你专门在萨克拉门托留一间卧室，专给你留着，谁也不许用。”这到底是一种背叛。

皮皮兴奋得都飘飘欲仙了。一块大石头从他心上彻底落了地，已经打算好的那件事他总算用不着去做了。“我们得庆祝庆祝，”他说，“就算我们离婚了，那也是从一个幸福的家庭变成了两个幸福的家庭。从此之后，永远幸福。”听到这话，大家都面无表情地盯着他。“又怎么了，我们尽量总可以吧。”他说。

最开始的两年里，克劳迪娅一次也没到拉斯维加斯去看爸爸和哥哥。克罗斯则每年都到萨克拉门托去看娜莱内和克劳迪娅。但去的次数越来越少，到他十五岁的时候，只有圣诞假期才会一家人团聚。

两个家长，过着两种迥异的生活。克劳迪娅和妈妈越发地像了。克劳迪娅喜欢上学，喜欢看书、看戏、看电影，她在母亲的爱护下快乐成长。娜莱内在克劳迪娅的身上发现了她爸爸的那种活力四射、热情洋溢。她喜欢她的直率，这种直率并不带有她父亲的那种野蛮。她们两人在一起很快乐。

克劳迪娅毕业之后就去了洛杉矶，想在电影业一试身手。娜莱内很遗憾她离开，但是娜莱内已经在萨克拉门托安定下来，有朋友的陪伴，还做了一家公立高中的副校长。

克罗斯和皮皮组成了完全不同的幸福家庭。皮皮掂量着这些情况：高中里，克罗斯在体育方面大放异彩，学业表现平平；他不想上大学；虽然他长得一表人才，但对女人没有过多的兴趣。

克罗斯很喜欢跟父亲一起生活。不论当时的决定做得多艰难，如今看来，这是个正确的选择。的确是两个幸福家庭，只不过水火不容。皮皮也证明了自己是个好家长，就像娜莱内之于克劳迪娅那样的好家长。换句话说，他也照自己的形象造就了克罗斯。

克罗斯对桃源酒店的事情很有兴趣。管理顾客心理、收拾老千。克罗斯对跳舞的姑娘们也保持着正常的兴趣。皮皮可没法儿用自己衡量儿子。皮皮决意要克罗斯加入家族。皮皮相信唐经常挂在嘴边的那句话："人活着，最重要的就是养活自己。"

皮皮让克罗斯当上了讨债公司的合伙人。他带着克罗斯去桃源酒店跟格罗内韦尔特吃晚饭，费尽心思让格罗内韦尔特关照克罗斯。他平时跟桃源酒店的大赌客们打高尔夫，他让克罗斯也加入进来。四人比赛里，他总是把克罗斯划到对手一方去。十七岁的克罗斯早就通晓了高尔夫球赌博的各种把戏。哪个球洞的赌注高，他就在哪个球洞发挥超常。赢家总是克罗斯那一方。皮皮欣然接受失败；纵然他费了点钱，却为儿子赢得了好感。

他带着克罗斯到纽约去参加克莱里库齐奥家族的交际活动：无论什么假期都去，尤其是独立日。克莱里库齐奥家族对这种爱国主义节日尤其热衷。还参加所有克莱里库齐奥家族的婚礼和葬礼。克罗斯毕竟是他们的第一个表亲，他的身上也流着克莱里库齐奥家族的血液。

皮皮每周都到桃源酒店的赌桌上，从他认识的荷官那里赢走八千美元。克罗斯就坐在那儿看。皮皮把每种博彩的收益比例告诉他，教他如何管理赌资，告诫他状态不好的时候千万别去赌博，一天别玩两小时以上，一个礼拜别玩三天以上，手气不好就别下大注，就算手气好，出手也要谨慎。

对皮皮来说，做父亲的本来就应当让孩子看到这个世界的种种丑恶。而作为讨债公司的初级合伙人，克罗斯也有必要了解这些。因为讨债并不是皮皮告诉娜莱内的那样人畜无害。

虽然在收债过程中遇到过几次困难的情况，但克罗斯并不感到厌恶。他还太年轻，长得又英俊，吓不着人。但是他的身体够壮，皮皮的吩咐他都能完成。

最后，皮皮为了考验儿子，派他接了一个特别棘手的任务，只能动口，不能动手。克罗斯出面意味着不会硬来，是对债务人示好。债务人是加利福尼亚北部的黑手党代理人，他欠了桃源酒店十万美元。这不是什么大事，犯不上搬出克莱里库齐奥家族的名号。事情尽量低调处理，能有商有量就不要动刀动枪。

克罗斯找到这个黑手党管家的时机不当。这个叫法尔科的人听到克罗斯好言相劝，掏出枪抵住了年轻人的喉咙：“你再他妈废话，我就把你扁桃腺打烂。”

克罗斯一点都不害怕，这一点连他自己都吃惊。“五万块就能解决的事，”他说道，“就为了区区五万美元，你不至于想杀了我吧？那我父亲可不高兴。”

“你父亲是谁？”法尔科问，枪却没移开。

克罗斯说：“皮皮·德·莱纳。你开枪也无所谓，反正他要是知道我只问你要五万美元，也会开枪崩了我。”

法尔科笑着收起枪。“好吧，告诉他们，我下次来拉斯维加斯就把钱还了。”

克罗斯说：“你来了就给我打电话吧。房间酒水和餐点我给你免单。”

法尔科早就知道皮皮，但是真正让他改变主意的还是克罗斯。他一点儿都不害怕，十分冷静还有说有笑。这些都提醒他，这样的人不好惹。不过，这件事情也给克罗斯上了一课。以后再去讨债的时候，他都带着一把枪，跟着一个保镖。

为祝贺他的勇敢表现，皮皮陪他在桃源酒店一起度假。格罗内韦尔特送给他们两套西装，还给了克罗斯一袋子黑色筹码。

这个时候的格罗内韦尔特已经八十高龄了。头发花白，但他的高大身躯依然灵活自如、充满活力。他有点学究的气质，而且喜欢指点克罗斯。当他把装了黑色筹码的袋子递给克罗斯的时候，他说：“你赢不了的，这些筹码迟早还是我的。不过听我说，你还是有机会的：我的酒店还有其他乐子。大高尔夫球场，日本来的那些赌客常常去打球；供应美食的餐厅，还有歌星、影星出演的一流节目。我们还有网球场、游泳池和专门的观光飞机，带你飞越大峡谷。全都是免费的。所以，别浪费袋子里的五千美元去赌博。”

三天的假期里，克罗斯听从了格罗内韦尔特的建议。每天早上，他都跟格罗内韦尔特、爸爸，还有一个住在酒店的大赌棍一起打高尔夫。赌注丰厚但并不过分。格罗内韦尔特赞许地看到，只要赌注加到最大，克罗斯的发挥就最好。“他的神经坚韧得像钢铁一样啊。”格罗内韦尔特对皮皮钦羡不已地说。

格罗内韦尔特最欣赏的是克罗斯过人的判断力和心智。不用别人指点，他就知道该去做什么。最后一天早晨，跟他们一起打球的老赌客怏怏不乐。他嗜赌而且技术高超，靠出版色情刊物变得极为富有。可是昨天晚上，他一口气输掉了五十万。对他来说，钱不算什么大问题。他生气的是明明手气不好，却陷进去无法自拔了——这是赌博界的愣头青才会犯的毛病。

那天早上格罗内韦尔特提的赌注是五十美元一杆。老赌客讥诮道：“阿尔弗雷德，你昨天晚上赢了我那么多钱，现在就算一千美元一杆你也打得起了。”

格罗内韦尔特感到不快。他清早起来打高尔夫是交际活动，把这跟酒店的生意扯到一起不是他的作风。但他一向客气有礼貌：“没问题。你甚至可以跟皮皮搭档，我和克罗斯一起。”

开球后，色情业大亨打得不错，皮皮和格罗内韦尔特打得也棒。只有克罗斯发挥失常。大家从来没见他打得这么糟过。他开球就打个大弧线，然后不断打入沙坑和小池塘里（在内华达的大沙漠里，这可是花了大价钱）。推杆进洞时，他彻底败下阵来。色情业大老板的口袋里添了五千块，终于恢复了自信，坚持要请大家吃早餐。

克罗斯说：“对不起，格罗内韦尔特先生，我让你失望了。”

格罗内韦尔特郑重地看着他说道：“等什么时候你父亲同意

了，你就过来为我工作。”

多年以来，克罗斯见证了他父亲跟格罗内韦尔特的亲密关系。他们是好朋友，每周都一起吃顿饭；而且皮皮很明显对格罗内韦尔特言听计从，对克莱里库齐奥家族都没到这个程度。格罗内韦尔特也不害怕皮皮，而且给了他桃源酒店的种种便利，除了别墅。此外，克罗斯发现皮皮每周都会去酒店赢上八千美元。克罗斯想到了这其中的联系。克莱里库齐奥家族和格罗内韦尔特是桃源酒店的合伙人。

克罗斯知道格罗内韦尔特对他很感兴趣，对他照顾有加。比如那一袋当作礼物的黑色筹码，还有之前许多其他的好处。克罗斯和朋友们在桃源酒店的消费全部免单。克罗斯高中毕业，格罗内韦尔特送了他一辆敞篷车当礼物。十七岁的时候，格罗内韦尔特极为热情地向酒店里的舞女们介绍了他，让他很有面子。还有，年头一久，克罗斯发现，虽然格罗内韦尔特年纪一大把，仍然时常带女人到他的阁楼套房共进晚餐。从这些女人口中他得知格罗内韦尔特是十分受欢迎的情人——他对感情从没认真过，但是他的慷慨大方，让女人们全都目瞪口呆。哪个女人要是能让他宠上一个月，她就发大财了。

在两人师徒般的一次谈话中，当格罗内韦尔特正给他讲解如何经营桃源这种大型赌场酒店的时候，克罗斯借着员工关系的话茬，大胆地问他女人的事。

格罗内韦尔特笑着对他说：“表演节目的女人都归娱乐总监管，其他女人呢，我完全把她们当男人用。不过，如果你是在问情感方面的建议，那我得告诉你：聪明的、理智的男人，绝大多数情况下都不必害怕女人。两种人你必须警惕：第一种是最危险的，那就是遭遇了不幸的小姑娘；第二种就是比你还有野心的女人。可别觉得我心肠狠，我倒是可以对女人一视同仁，但是我们的目的不在这个。我运气好，我对桃源酒店的爱超过了世界上任何事情。但是我得告诉你，没有孩子我很遗憾。”

“我觉得你的日子过得逍遥极了。”克罗斯说。

“是吗？”格罗内韦尔特说，“那是因为我付出了代价。”

在科沃格的家中，克罗斯在克莱里库齐奥家族的女人们中间引起了一阵骚动。二十岁的他血气方刚、青春四射，他英俊、文雅、健壮，而且与年龄不相称地风度翩翩。家族的人开他的玩笑，不无西西里粗鄙的恶趣味，说感谢上帝，他幸好长得像妈妈不像爸爸。

复活节周末，正当一百多个亲戚集聚一堂共庆耶稣基督复活的时候，他父亲身上的最后一处秘密被他的表弟丹特揭开了。

家族公馆用高墙围起的花园里，克罗斯看见了一位漂亮的小姑娘，身旁围着一群献殷勤的小伙子。他看到自己的父亲走到自助餐台拿了一盘烤香肠，然后朝那几个人友好地打了个招呼。他明显注意到，姑娘面对皮皮时很害怕。女人通常都喜欢他爸爸。他的粗粝、随和与热情让她们感到自在。

丹特也看到了。“她很漂亮。”他笑着说，“走，去打个招呼。”

他作了引荐。“莉拉，”他说，“这是克罗斯表哥。”

莉拉跟他们年纪仿佛，但并未真正显露出成年女性的模样，还带着青春期的一点点缺憾美。她有蜂蜜色的头发，皮肤由内焕发着光彩。可她的嘴唇太娇嫩了，仿佛尚未长成，会一触即破。她穿了一件白色的安哥拉兔毛衫，把皮肤映成了金色。克罗斯对她一见钟情。

但当他试图搭话的时候，莉拉却不理不睬，径自走到另一张桌子，找女管家们去了。

克罗斯大窘，对丹特说："看起来她不喜欢我这一型的。"丹特诡秘地朝他笑了笑。

这时的丹特，已经是一个与众不同的年轻人。他意气风发，看上去敏锐而狡黠。他有克莱里库齐奥家族的一头粗硬黑发，总是戴着一顶文艺复兴款式的帽子。他个子很矮，只有五英尺过一点，但神气十足，大概是因为唐最为宠爱他。他总是带着一股促狭劲儿。他对克罗斯说："她姓安纳科斯塔。"

克罗斯记得这个姓氏。一年以前，安纳科斯塔家族罹难了。家族首领和他的大儿子在迈阿密的一家酒店房间里被人开枪打死。这会儿，丹特盯着克罗斯，等着他的回应。克罗斯不动声色地问："然后呢？"

丹特说："你帮你爸爸做事，对吧？"

"没错儿。"克罗斯说。

"那你还想追莉拉？"丹特说，"你有病。"他乐了。

克罗斯嗅到了一丝不对头。他仍旧沉默着。丹特接着说道："你不知道你爸爸是做什么的吗？"

"他讨债。"克罗斯说。

丹特摇摇头："你爸爸是家族的清道夫，头号'铁锤'。"

克罗斯的生命中曾经有那么多惶惑不明的地方——妈妈憎恶爸

爸，皮皮在朋友们和克莱里库齐奥家族中间受到的尊敬，爸爸有时神秘地消失几个星期，他总是带着枪，说一些他不理解的话——此刻一下子都清楚了。爸爸因为谋杀受审的事情他还记得，自从那天晚上爸爸攥住了他的手，这件事就从记忆中消失了。接着，他突然觉得父亲十分亲切，他无论如何必须要保护自己的父亲。

他怒不可遏的是，丹特竟然敢这样对他实话实说。

他对丹特说："不，我可不知道，你也不知道，这些事谁都不知道。"——去你妈的，你这个讨人厌的家伙——他忍不住就要破口大骂，但他没有。他朝丹特笑笑，说道："你这破帽子哪儿来的？"

维吉尼奥·巴拉佐像个手舞足蹈的小丑，正带着小孩子们四处寻找藏好的复活节彩蛋。孩子们围拢在他身边，全都身穿复活节的盛装，小脸儿嫩得像花瓣，皮肤白得像蛋壳，帽子用粉色的丝带点缀着，人人脸上带着兴高采烈的红晕。巴拉佐给他们每人一个小草筐，一人狠狠亲了一口，然后大叫一声"出发"。孩子们笑闹着四散跑开了。

维吉尼奥·巴拉佐总是打扮得赏心悦目。他的西装是伦敦裁剪的，他的皮鞋是意大利制作的，衬衫是法国缝制的，而为他做发型的师傅则号称曼哈顿的米开朗基罗。生活如此垂青于维吉尼奥，给了他一个跟那些孩子一样漂亮的女儿。

她叫露琪尔，大家都叫她琪儿。她十八岁，今天她在帮父亲打下手。她把小草筐递过去的时候，草坪上的男人们看见这样的美人儿，都朝她吹口哨。她穿了一条短裤、一件敞口白上衣。她深色的皮肤泛着奶油色，黑色长发盘在头上像皇冠一样。她青春健美、朝气蓬勃，洋溢着喜悦，像一位年轻的女王。

恰巧此时，她无意中瞥见了克罗斯和丹特在争执什么。突然克罗斯挨了重重的一拳，痛得龇牙咧嘴。

她手里就剩一个草筐了，便走到丹特和克罗斯那里。“你们有谁想去找彩蛋吗？”她甜甜地笑着，一边问，一边递过草筐。

两个人看着她，都不由失神了。时近中午，阳光把她的皮肤照耀成了金色，她的眼睛闪烁不定。高高耸起的白色上衣既让人浮想联翩，又显得清纯无瑕。她浑圆的大腿牛奶一般洁白。

这时，一个小女孩儿惊叫了一声，所有人都看着她。这个小姑娘找到了一颗特别大的蛋，大得像个保龄球，用红蓝两色画了鲜艳的图案。小家伙在使劲地把这个蛋装在小筐里，漂亮的小白帽歪到了一侧，小脸上的大眼睛里又是惊讶又是倔强。可是蛋突然破了，飞出一只小鸟，把小姑娘吓得尖叫起来。

佩蒂耶跑过草坪，抱起小丫头安慰着她。这又是他的恶作剧。大家都笑了。

小姑娘认真地正了正帽子，尖声嚷道：“你竟然捉弄我！”她掴了佩蒂耶一耳光，然后跑开了，佩蒂耶则赶紧追过去乞求原谅。大家笑得更厉害了。他把孩子抱在臂弯里，递给她一只镶了珠宝的复活节彩蛋，上面还坠了一条金链子。小家伙接过蛋，亲了他一下。

琪儿牵着克罗斯的手来到了主楼一百码开外的网球场，在三面环墙的休息室里坐下。休息室的开口是背着庆典方向的，所以没人看得见他们。

丹特看着他们离开，感到了一点屈辱。他很清楚，克罗斯更有吸引力，他觉得自己受了冷落。但是，有这么一个英俊的表哥，他还是觉得骄傲。他突然意识到，自己竟然提着草筐，于是耸耸肩，加入了寻找彩蛋的行列。

琪儿和克罗斯藏在网球休息室里，琪儿双手捧着克罗斯的面颊，吻上了他的嘴唇。吻得很温柔，轻轻地一触。但是当他把手探入她的上衣里时，她推开了他。她的脸上满是明媚的笑容。“我十岁大的时候就想吻你了，”她说，“今天正是时候。”

克罗斯被她的吻撩拨得不能自已，但只问了一句：“为什么？”

“因为你太英俊、太完美了，”琪儿说，“今天一切都很完美。”她把手塞进他的手里，“我们有个很棒的家庭，不是吗？”她说。突然她问道：“你为什么跟你爸爸一起生活呢？”

“不为什么，事情就这样发生了。”克罗斯说。

“你刚才跟丹特打起来了？”琪儿问道，“他真讨厌。”

“丹特不坏，”克罗斯说，“我们刚才只是瞎闹。他跟佩蒂耶叔叔一样，都喜欢恶作剧。”

“丹特太粗鲁。”琪儿说着，又亲了克罗斯一下。她紧紧地拉着他的手。“我爸爸挣了好多钱，他准备在肯塔基州买一栋房子，再买一辆1920年款的劳斯莱斯。他已经有三辆老爷车了，还准备在肯塔基买几匹马。明天你来我家好不好？你想看看那几辆车吗？而且你一直喜欢我妈妈做的菜。”

“明天我得回拉斯维加斯了，”克罗斯说，“我现在在桃源酒店工作。”

琪儿用力捏了一下他的手。“我讨厌拉斯维加斯，”她说，“那个城市让我恶心。”

“我觉得还不错啊，”克罗斯笑着说，“你都没去过，为什么讨厌它呢？”

“因为人们辛辛苦苦挣来的钱，在那儿一下子就花光了，”琪儿的口气里带着年轻人的意气，“感谢上帝，我爸爸可不赌博。还有那些肮脏的舞女。”

克罗斯大笑。“这我可不知道，”他说，“我只负责高尔夫球场。我还从来没见过赌场里是什么样儿呢。”

她知道他在取笑她，但还是问他：“我去上学的时候，如果邀请你来学校看我，你会来吗？”

“当然。”克罗斯说。这种游戏，他比她老练得多。她天真烂漫地牵着他的手，不知道她爸爸和家族的真正意图，这些都触动了他的心。他明白她只是在小心翼翼地试探，在这令人愉快的一天，她的身体涌动着女性的欢愉。他在香甜却没有情欲的吻中迷醉了。

“我们得回到宴会上去了。”他说。他们手挽着手回到了野餐区。第一个发现的，是她父亲维吉尼奥。维吉尼奥搓着手指，笑着说道：“看看，看看。”然后拥抱了两个人。克罗斯永远记得这单纯美好的一天，孩子们身着洁白的衣服庆祝基督复活。在这一天他终于知道了，自己的父亲究竟是什么样的人。

回到拉斯维加斯之后，皮皮与克罗斯之间变得不一样了。显然，皮皮知道秘密已经暴露，于是他对克罗斯倾注了更多的爱护。克罗斯很惊讶，自己对父亲的感觉并没发生变化。他仍然爱着他。他无法想象没有父亲、没有克莱里库齐奥家族、没有格罗内韦尔特和桃源酒店的生活会是什么样。这是他要过的生活，而他对这样的生活并无不满。但是，一种躁动逐渐在他心里滋生。要采取行动了。

第三部

/克劳迪娅·德·莱纳

/安提娜·阿奎坦内

第四章

克劳迪娅·德·莱纳从太平洋帕丽萨德的住处开车前往安提娜在马里布的家。她思忖该怎样说服安提娜接着拍《梅莎琳娜》。

这件事对她和电影公司同等重要。《梅莎琳娜》是她第一部真正意义上的原创剧本，她其余的作品都是小说改编、重写或者修改剧本，最多也只是共同创作。

不仅如此，她还是《梅莎琳娜》的联合制片人，她从没有过这么大的权力。而且还有票房分成。这回她可真正能见识到什么才叫一大笔钱了。而且，以后她还可以再接再厉，成为编剧兼制片人。整个密西西比河西岸，估计也只有她不想当导演。因为当导演就得六亲不认，她可受不了这一点。

克劳迪娅跟安提娜的关系可不是电影业同行的职业往来而已。她们两个是挚友。安提娜肯定知道这部片子对她的职业生涯有多么大的意义。安提娜可不笨。真正让克劳迪娅不能理解的，是安提娜对博兹·斯堪尼特的恐惧。安提娜从没害怕过任何人、任何事。

这就是她要解决的事。她得先搞明白安提娜为什么害怕，然后才能帮她。当然，她要阻止安提娜毁了自己的前程。不管怎么说，谁能比她还了解电影业的钩心斗角呢?

克劳迪娅·德·莱纳曾经的梦想是到纽约当作家。二十一岁时，她的第一部小说被二十家出版社拒绝。但她并不气馁，反而来到洛杉矶，试着做起了电影编剧。

由于她聪明活泼，而且才华横溢，很快就在洛杉矶交到了许多朋友。她到加州大学洛杉矶分校报名参加了一门电影剧本写作课，在这门课上认识了一个小伙子，他的父亲是位著名的整形医师。他们成了情侣，他被她的身材和灵气迷住了，于是他把两个人的关系从“床伴”升级成了“一段认真的感情”。他带她回来跟家人共进晚餐。他爸爸，那位整形医师，对她大加激赏。饭后，医生用手捧着她的脸庞说：“这太不公平了，像你这样的姑娘，应该更漂亮才对，”他说，“别介意，这完全是与生俱来的不幸。不过这是我的本行，如果你愿意，我可以帮你。”

克劳迪娅虽然不介意，却觉得愤愤不平。“我怎么就非得漂亮不可呢？对我有什么好处呢？”她笑着说，“配你儿子，我足够漂亮了。”

“好处可太大了，”医生说，“要是我帮你整形，我儿子就配不上你。你可爱聪明，不过，美貌也是一种力量。你总不愿意瞪眼瞧着男人们围着那些连你十分之一智商都没有的漂亮女人转吧？就因为鼻梁塌了点儿，或者下巴长得像个黑手党小混混，你就愿意干坐着？”说到这里，他轻轻地拍了拍她的面颊，“不用花什么大力气。你的眼睛和嘴都很漂亮。你的身材当个电影明星都没问题。”

克劳迪娅躲开了。她知道她长得像爸爸，那句“黑手党小混混”触动了她的神经。

“没关系，”她说，“我可请不起你。”

“还有，”医生说，“我了解电影业这一行。我延长了许多演员的事业。有一天，你到电影公司去宣传自己的电影，你的外观会有很大影响的。你可能觉得不公平，我知道你很有才气。但是电影这行就这样。你得把这个问题当成职业来考虑，而不是男女两性之间的问题——其实就是男女两性的问题。”见她仍在踌躇，他又说，“我不收你钱。我既是为了你，也是为了我儿子。不过，等你像我想象中那么美丽的时候，恐怕他已经没有女朋友了。”

克劳迪娅一直都清楚，自己并不漂亮，对爸爸的记忆涌上了脑海。如果她一开始就很漂亮，命运会不一样吗？这时，她才仔细打量起了这位整形医师。他很英俊。他的眼睛柔和似水，仿佛看穿了她的所有心思。她笑了。“好吧，”她说，“让我成为灰姑娘吧。”

手术需要动的地方并不多。他削薄了她的鼻梁骨，让她的下巴变得更圆润，又磨光了她的皮肤。克劳迪娅再次出现的时候，已经是一个英气十足、自信满满的女人了，拥有完美的鼻梁骨和征服一切的气质，也许不算绝对漂亮，但却更有吸引力了。

样貌的变化对事业上的影响神奇无比。年纪轻轻的克劳迪娅取得了与梅洛·斯图尔特单独会面的机会，梅洛成了她的经纪人。他安排她给剧本作局部改动，邀她参加各种聚会，让她结识制片人、导演和影星。大家都为她所倾倒。后来的五年里，年轻的克劳迪娅成了一线编剧，参与主流大制作电影。她的个人生活也发生了惊人的变化。那位整形医师说对了，他儿子在竞争中失败了。克劳迪娅征服了许多男人——其中颇有几个对她百依百顺——怕是连电影明星也会对这种经历感到骄傲吧。

克劳迪娅喜欢电影行业。她喜欢跟其他作家合作，喜欢挑战制片人，告诉他怎么拍一个场景才最省钱，她劝说导演拍出艺术水准。男女演员都佩服她写出的对话更契合他们，让他们演得更出色、表演更真挚。大部分人都觉得片场无聊，她却喜欢片场的魔力，她喜欢与剧组打成一片，从来不会担心“有失身份”。看着一部电影开机，最后无论成功或失败，她都感到兴奋无比。她信仰电影这种伟大的艺术形式。她改编剧本的时候，总是把自己想象成一位医者，从不为了在演职员表上留个名而应付差事。二十五岁，她已经有点名气了，跟许多明星都成了好朋友，其中最亲密的就要数安提娜·阿奎坦内了。

她情欲旺盛到出乎自己的预料。在她看来，跟喜欢的男人上床，这是很自然的事情，跟其他形式的友谊没什么区别。她才华横溢，用不着出卖色相；相反，有时候她开玩笑说，男明星们为了出演她的下一部剧本，才会跟她上床。

整形医师是她第一个情人。事实证明，他比他儿子更加有魅力、更擅长此道。可能是出于对自己作品的激赏，他想用一幢公寓把她包养下来，每周给她零花钱，不是为了性，而是喜欢有她陪着。克劳迪娅拒绝了他，不无幽默地打趣道：“我记得你说过手术可是免费的。”

“你已经付过了，”他说，“可我希望我们能常见面。”

“当然可以。”克劳迪亚说。

跟她上床的对象各式各样，无论是年龄、性格还是长相都差别迥异，她乐在其中，仿佛一个尝遍天下珍馐佳肴的美食家。她偶尔指导新演员和编剧，但是她并不喜欢这种关系。她希望能学东西，所以她觉得成熟男人才更有味道。

在一个难忘的日子里，她与伟大的伊莱·马林本人发生了一夜情。虽然她很享受，但当时并不太成功。

他们是在罗德斯通工作室的宴会上碰面的。马林被她吸引了，因为她不害怕他，而是狠狠地批评了公司新上映的电影。而且，马林还听见了她聪明地回绝了鲍比·邦茨的挑逗，又避免了双方尴尬。

伊莱·马林最近几年都没有性生活了。他颇为力不从心，这种事就成了负担而非消遣。当他邀请她一同前往罗德斯通在比弗利山庄买下的一栋小别墅时，他本以为她是因为敬畏他的权势才会接受邀请的。他不知道，她在性爱上喜欢猎奇。跟有权有势的老人上床会是什么感觉呢？当然这不是全部原因。马林尽管年事已高，却很有吸引力。他告诉她大家都叫他伊莱，就连他孙子也不例外，他笑起来时那张粗犷的脸甚至可以算英俊。他的机智和天生魅力吸引住了她，因为她早就听说过这个人的冷酷无情。这肯定会非常有意思。

在比弗利山庄酒店别墅的卧室里，她兴味盎然地看见马林竟然害羞。克劳迪娅可一点都不怯，帮他宽衣解带。在他把衣服叠好放在沙发椅上的时候，她已经一丝不挂了。她拥抱他，和他一起钻进被窝。马林开起了玩笑：“所罗门王临死的时候，让好几个处女到床上抱着他取暖。”

“那我可帮不了你了。”克劳迪娅说。她亲吻他、爱抚他。他的嘴唇很温暖、很舒服。他的皮肤光滑干燥，并不让人反感。当他脱下衣服和鞋子的时候，她感到十分惊讶：原来他竟然这么瘦小，三千美元的西装果然没有白花钱。他身材虽小，脑袋却大，让人忍俊不禁，她完全没有抗拒感。可互相爱抚和亲吻了十分钟之后（马林这样的大人物，接起吻来却像个小孩子），两个人终于意识到，他已彻底不能人道。马林想，这是我最后一次跟女人上床了。她把他抱在臂弯里，他叹了口气，反倒释然了。

“好吧，伊莱，”克劳迪娅说，“那我就说说，为什么你的电影无论从票房角度还是从艺术角度都很烂。”她一边爱抚他，一边针对剧本、导演和演员作了一番单刀直入的分析。“不只是烂，”克劳迪娅说，“根本没法看。完全不能算是个故事，只是一个破导演拍了一堆幻灯片，以为这就是故事。演员只是走走过场，因为他们都知道，这片子根本就是扯淡。”

马林听着她说话，面带善意的微笑。他感到非常愉悦。他意识到，人生的一个重要部分已经离他远去，接下来的就是死亡了。他再也不能跟女人做爱了。这没什么丢脸的。他知道克劳迪娅不会把今晚上的事四处乱说的。再说，就算她真说了，又能怎么样呢？他还是有实实在在的权力。只要他活着，他仍然可以改变很多人的命运。而眼下，她对电影的分析很让他觉得新奇。

“你不明白，”他说，“我可以拍电影，但我不会创作。你说得很对，那个导演我肯定再也不用了。这些人是不用赔钱，可我会。但是承受批评的可是他们。电影能不能挣钱，这才是我关心的问题。要是电影成了一部艺术作品，那只能算是意外之喜。”

他们一边说话，马林一边翻身下了床穿衣服。克劳迪娅讨厌穿着衣服的男人，跟他们说话太费劲儿。就比方说马林，对她来说，光着屁股的马林虽然看起来有点古怪，但是绝对可爱得多。他的细腿、小身板、大脑袋，都让她充满怜爱。奇怪的是，他的阴茎尽管一蹶不振，却比跟他差不多的人都要大。她暗暗记住了这一点，回头要问问她的整形医师：难道那东西越没用，个头反倒越大吗？

她看见马林系衬衫扣子和别上袖扣的时候有多么艰难。于是跳下床去帮忙。

马林端详着一丝不挂的她。她的身材比许多跟他睡过觉的女星都要好，但他感觉不到精神上的兴奋，身体细胞也不再对她的美作出反应。他并不感到遗憾或者悲伤。

克劳迪娅帮他穿好裤子、为他系上衬衫的纽扣，替他别好袖扣。她为他正了正深红色的领带，用手指替他把一头灰发向后拢拢。他穿好西装外套站在那里，风采依旧。她亲了他，说："我很愉快。"

马林审视着她，仿佛她是什么敌人似的。过了一会儿，他露出了招牌笑容，笑容把他丑陋的面部轮廓一扫而光。他明白了，她是真的很天真烂漫，真的心地善良。他相信，这是因为她还年轻。可惜的是，她所生活的这个世界早晚会改变她的。

"嗯，至少我可以让你不饿肚子。"马林说道。他打电话叫了客房服务。

克劳迪娅确实饿了。她喝光了汤，吃了鸭肉、蔬菜和一大碗草莓冰淇淋。马林几乎什么也没吃，但两个人一起喝光了红酒。他们讨论书籍和电影，马林比她读的书还要多得多。

"我也想当作家，"马林说，"我喜欢写作。书籍给了我很多乐趣。但是见过的作家，我几乎一个都不喜欢，虽然他们的书我可能很喜欢。就比方说厄内斯特·维尔。他的书写得多棒，但是现实中这家伙实在讨厌。怎么会有这种事呢？”

“因为作家跟作家的书不是一回事，”克劳迪娅说，“他们的书就好比萃取了他们身体里最精华的部分。就好像你劈开成吨成吨的山岩，终于淘到一小颗钻石——如果钻石确实是这么来的话。”

“你认识厄内斯特·维尔？”马林问道。克劳迪娅很欣慰，他问这句话的时候什么暧昧的神色都没有。他肯定知道自己跟维尔的韵事。“你说的没错，我喜欢他的作品，但我受不了他这个人。而且他对公司横加指责，真是疯了。”

克劳迪娅拍拍他的手。这样的亲近在他们坦诚相见后是默许的。“所有的大牌明星都抱怨电影公司，”她说，“这不是针对个人的。话说回来，生意场上你也不是什么善心人。好莱坞这么多作家，估计也只有我真心喜欢你了。”两个人都笑了。

分手之前，马林对克劳迪娅说道：“有问题就打电话找我好了。”这意味着，他不打算继续这段关系了。

克劳迪娅明白他的意思。“美意心领了，”她说道，“如果哪个剧本有什么问题，打电话找我好了。咨询免费，但是如果让我动笔重写的话，稿酬可得另计。”这是告诉他说，从业务角度讲，不是她需要他，而是他需要她。这当然不是真的，不过可以让他知道，她对自己的才华是有信心的。他们像朋友一样分手了。

沿着太平洋的海岸公路，车行缓慢。克劳迪娅望着左边波光粼粼的海面，沙滩上竟然没什么游客，这跟小时候去过的纽约长岛很不一样，她感到非常惊奇。头顶上，她看见滑翔翼飞越层层电线，落到海滩上。她的右边有一群人围着一台广播车和大型摄像机。有人正在拍电影。她太喜欢这条太平洋海岸公路了。厄内斯特·维尔竟然那么讨厌这条路。他说，在这条路上开车，就像搭渡轮下地狱……

克劳迪娅·德·莱纳第一次见到维尔的时候，她正在改编他的畅销小说。她一直很喜欢他的书，他的句子真美，就像一个个音符彼此融会贯通。他理解生活，理解人物的悲剧性。他的情节不落窠臼，让她神往不已，就像童年时候被童话故事牢牢吸引。所以，能见到他，她真的很高兴。可惜现实中的厄内斯特·维尔本人，完全是另外一码事。

维尔五十岁刚刚出头。他的形象一点都没有他文字的那种风雅。他又矮又胖，谢了顶都懒得掩盖一下。也许对他书里的角色，他能理解，能倾注感情，但对于日常生活的微妙细节，他毫不在乎。可能这正是他的魅力之一吧，因为他有一种孩子气的天真。等到更加了解他之后，她认识到了隐藏在天真下的另类智慧。他有小孩子不经意显露出的几分狡黠，还有孩子般脆弱的自尊心。

在波罗餐厅用早餐的厄内斯特·维尔看上去像是全世界最幸福的人。他先前的小说为他带来了巨大声望，但收入差强人意。而他最新的作品有了突破，不仅成为了炙手可热的畅销书，还将被罗德斯通工作室改编成电影。维尔写了剧本，此刻鲍比·邦茨和斯基比·迪尔正在吹捧他的剧本有多棒。维尔就像个想出镜想疯了的新人，对这些褒奖竟然照单全收。维尔难道不知道克劳迪娅来开会的目的吗？她气愤的是前一天晚上，正是邦茨和迪尔告诉她，这个剧本纯属狗屁。绝对不是刻薄，甚至也没有贬义。所谓“狗屁”，无非是行不通、用不上的东西而已。

克劳迪娅并没有因为维尔的毫不出众而气馁。毕竟她自己也曾经毫不起眼，是整形手术才让她初露峥嵘。她甚至觉得，他这种天真和热忱很可爱。

邦茨说道：“厄内斯特，我们找了克劳迪娅来帮你。她是个非常棒的写手，这一行里最厉害的，她肯定能把你的小说变成一部好电影。我有预感这部片子肯定大卖。还有，记住——净收入你占百分之十。”

克劳迪娅明白，维尔已经上钩了。这个可怜的小笨蛋哟，他哪里会知道净收入的百分之十就是零的百分之十。

维尔似乎非常感激他们的帮助。他说：“好，我也可以向她多学习。写剧本比写书有意思得多，但是对我来说是个全新的尝试。”

斯基比·迪尔宽慰他说：“厄内斯特，你很有天分。这里就是你大显身手的地方。这部电影能让你大赚一笔。尤其是如果能有个好票房，甚至能拿下奥斯卡，那就不得了了。”

克劳迪娅打量着这几个人。两个骗子，一个笨蛋。这种三人组在好莱坞比比皆是。不过，她也没聪明到哪儿去。斯基比·迪尔不是也把她给搞定了吗——身心都给搞定了。但是她还是很钦佩斯基比。他看上去总是那么真挚。

克劳迪娅知道这是个非常麻烦的项目，独一无二的宾尼·斯莱才是真正的幕后写手，斯莱把维尔的书变成了集詹姆斯·邦德、夏洛克·福尔摩斯和卡萨诺瓦于一身的大杂烩。这么一改，维尔的书除了一副骨架子，什么都不剩了。

出于同情，克劳迪娅同意晚上跟维尔共进晚餐，顺便商量一下剧本合作的事。合作这种事的诀窍之一，就是要避免任何私人的关系。所以她尽可能把自己搞得像个工作狂，一点也不吸引人。她写作的时候，爱情这种事太让她分心了。

她惊喜的是他们共事的两个月成就了一段长久的友谊。当他们同一天被这个项目开除的时候，他们一起去了拉斯维加斯。克劳迪娅一直热衷于赌博，维尔也是一样。在拉斯维加斯，她把哥哥克罗斯介绍给了他。没想到，这两个人一拍即合。她想不通这两个人有什么共同之处。厄内斯特是学者，对高尔夫或者别的运动并无兴趣；克罗斯多少年都不读书了。于是她问厄内斯特这是为什么。

“他愿意听人说话，我愿意对人说话，仅此而已。”他说。克劳迪娅觉得不对，事情不是这么回事。

她又问克罗斯。虽然这是她哥哥，却比谁都神秘莫测。克罗斯思忖了一会儿，终于说道：“因为你用不着提防着他，他没什么想捞的。”克罗斯一开口，她就知道这才是真相。她恍然大悟。厄内斯特·维尔一点城府都没有，真是不幸。

她跟厄内斯特·维尔的关系有点不一样。他虽然是享誉世界的小说家，在好莱坞却没什么影响力，也没什么交际能力，还总是招来别人的反感。他在杂志上刊载的文章都是关于国内热点问题的，永远保持政治正确，可讽刺的是，这反倒把两方阵营都得罪了。他嘲笑美国的民主进程；他扬言除非男女在体力上达到平等，否则女人就只是屈服于男人的命，因此建议女权主义者去搞个准军事训练组织；谈到种族问题的时候，他写了一篇关于语言的文章，他说黑人应该改称自己为“有色人种”，因为用“黑色”来表示贬义的场合太多了。比如“黑暗的念头”“黑得跟地狱一样”“肤色黑”——而且“黑”这个字永远跟消极方面联系在一起，除了“纯黑色的外衣”之外。

可当他接下来又主张说地中海人种，包括意大利人、西班牙人、希腊人等，也应该被称作“有色人种”的时候，双方都被激怒了。

他说有钱人就应该冷酷无情、保持警惕性，而穷人应该成为罪犯以对抗法律，因为法律都是有钱人为了保护他们自己的钱而定的。他还写道，所有社会福利都是给穷人的贿赂，以防他们发动革命。提到宗教时，他说这些宗教都应该像药一样管制，凭处方才能使用。

不幸的是，谁也不知道他说这些到底是在开玩笑还是认真的。这些奇谈怪论从来没在他的小说里出现过，所以即便是阅读他的作品，也捉摸不透他的观点。

但是，当克劳迪娅跟他一同改编他的畅销书时，他们建立起了紧密的友谊。他是个好学生，十分尊重她，而她也挺喜欢他那些尖酸刻薄的笑话，和他对社会严肃认真的思考。他花钱随意，对金钱的概念完全是抽象的。还有，权势对这个世界，尤其是对好莱坞的影响，他竟然一无所知。他们十分合得来，于是她把自己的小说拿给他看。第二天，当他带着读小说时做的笔记来到片场，她真是受宠若惊了。

凭借她编剧事业的成功，以及经纪人梅洛·斯图尔特的影响力，她的小说终于发表了。可是她只得到了几句敷衍的赞扬，还有一堆讥诮，因为她是编剧，不是作家。但是克劳迪娅仍然很喜欢自己的书。书卖得很不好，也没人来买电影改编的版权。但至少是出版了。她还加了一条献词给维尔：“致美国在世的最伟大的小说家”。然而无济于事。

“你运气好，”维尔说，“你运气好，没当小说家，去当编剧了。你永远也当不了小说家。”接着，他花了三十分钟时间，不带任何恶意和嘲讽地把她的小说条分缕析，让她认识到这纯属一本平庸之作。没有结构、没有深度、没有引起共鸣的角色，就连她的长项对白都一塌糊涂，通篇小聪明，没有重点。这是一次残忍的打击，但维尔言之有理，克劳迪娅明白这全是事实。

他以一种自以为善意的方式作了结语：“如果是个十八岁的姑娘，这书还真不错。”维尔说，“我提到的这些缺点，都可以用经验加以弥补，只要年纪渐长就会好起来。但是还有一个问题永远没法弥补，你没有自己的语言风格。”

虽然克劳迪娅被批评得体无完肤，但是这句话真正惹怒了她。评论家们其实还赞扬了这本书抒情的风格。“你错了。”她说，“我挖空心思，就为了把句子写得完美。而且，你的作品最让我钦佩的一点，就是诗一般的语言。”

维尔这才笑了起来。“谢谢，”他说，“我并没有刻意追求诗意。我的语言全都是人物情感的真实迸发。而你的语言、你所谓的诗意，都是强加的，是假的。”

克劳迪娅的眼泪终于忍不住了，“你算什么东西？”她说，“你也太打击人了，你怎么就知道你是对的？”

维尔被逗乐了。“听着，你可以写能出版的小说然后等着饿死。可你明明是个天才编剧，何必这样呢？至于我为什么这么肯定，因为这是我唯一完全了解的事务。除非我说错了。”

克劳迪娅说：“你没说错，但你是个残忍的混蛋！”

维尔很快地扫了她一眼。“你很有天赋，”他说，“你对电影对白很敏感，你是串联故事情节的专家。你真正能够理解电影。你属于电影，你不属于小说啊。”

克劳迪娅的大眼睛惊讶地瞪着他：“你知不知道你多侮辱人？”

“我当然知道，”维尔说，“不过，这都是为了你好。”

“我真不敢相信，你这样的人能写出那样的书来，”她尖刻地说，“谁也没法相信是你写的。”

对此，维尔报以一阵大笑。“没错，”他说道，“这才妙呢，对不对？”

接下来的整个一周，他都一本正经地跟她共同改编剧本。他估计这段友谊算是完了。最后，克劳迪娅对他说：“厄内斯特，放松点，我原谅你了，我甚至相信你说得对。可是你干吗要把话说得这么难听呢？我还以为你在耍那些男人的手段呢，比方说，先损我一通，再把我推倒在床上。但是我知道，要干这种事儿你还太迟钝了。上帝啊，以后你下猛药的时候，记得塞块儿糖。”

维尔耸耸肩。“我一直坚持一条原则，”他说道，“写作的事我要是不实话实说，那我就什么都不是了。还有，我说话难听，因为我很欣赏你。你这样的女孩子很难得。”

克劳迪娅笑着问：“是说我的才华、智慧，还是美貌？”

维尔挥着手，打发她道：“不是，都不是，”他说，“是因为你受到了祝福。你是个幸福的人。不会有什么悲剧能把你摧垮的。太难得了。”

克劳迪娅思忖着。“等一下，”她说，“你隐隐地在骂我。你是说我其实很愚蠢吗？”她顿了顿，“多愁善感才是敏锐啊。”

“没错，”维尔说，“我就很多愁善感，所以我就比你更敏感？”二人大笑，然后她抱住了他。

“谢谢你的坦率。”她说。

“别盲目自信，”维尔说，“我妈妈总说生活就像一箱子手榴弹，你永远不知道哪一颗会送你见上帝。”

克劳迪娅扑哧乐了，说道：“天哪，你一定要说这么丧气的话吗？你这辈子也当不了编剧了，从你这句话就看得出来。”

“但这更真实。”维尔说。

没等剧本写完，克劳迪娅就把他拖上了床。她如此迷恋着他，只有脱了他的衣服才能脱了他的心防，真诚地交流。

就情人而言，维尔热情有余，技巧不足。他比大多数男人都知足。最重要的是，做爱之后他喜欢聊天。赤身裸体丝毫不影响他口若悬河、大肆说教。克劳迪娅喜欢看他一丝不挂。不穿衣服的他像个猴子似的灵活、性欲勃发，而且体毛浓密。他的体毛从胸前一直蔓延到后背。而且他还像猴子一样贪得无厌，总是紧紧抓住她光溜溜的身体，就好像她是枝头的果实。他的品味逗得克劳迪娅忍俊不禁，而她则享受性爱本身的愉悦。他享誉世界，她在电视上看到他时觉得他的演讲太装腔作势了。他痛批道德沦丧的世界，像模像样地攥着一个烟斗，几乎没吸过几口。他身穿粗花呢的外套，肘部缝了两块皮革，看上去非常专业。但是，他在床上比在电视里风趣得多。他一点儿也不上镜。

他们并不谈什么真爱、什么感情关系。克劳迪娅不需要这些，而对这些事情维尔只有文学上的认知而已。他比她年长三十岁，除了名气响亮，再没什么拿得出手的优点，这些两个人都承认。除了文学，两个人毫无共同语言。恐怕这种情况最不适合建立婚姻了，这点两个人也都同意。

不过，她喜欢跟他争论电影的事情。维尔一再宣称电影不是艺术，只是向远古的山洞里发现的那些原始壁画致敬而已。电影没有自己的语言风格，而人类发展靠的就是语言，所以这种东西是一种退化了的、最低等级的艺术。

克劳迪娅说："这么说，绘画也不是艺术，巴赫和贝多芬也不是艺术，米开朗基罗也不是艺术。你这纯粹扯淡。"这时候她才意识到，他是在逗她。他喜欢捉弄她，不过只是在做爱之后，而且他总是小心翼翼的。

等到剧组不再用他们两个的时候，他们已经是很亲密的朋友了。维尔动身回纽约之前，送给了克劳迪娅一枚小小的戒指，戒指镶了四种不同颜色的珠宝，外形并不对称。看起来，它并不昂贵，却是个很有价值的古董，他花了很长时间淘到的。从此之后，她就一直戴着。她已经把这枚戒指当成护身符了。

她送给他的分手礼物，则是对好莱坞运作方式的完整介绍。她告诉他，剧本会交给出色的本尼·斯莱改编。本尼是个善于剧本改编的传奇人物，曾经获得奥斯卡剧本改编奖的提名。本尼·斯莱最擅长的，就是把文艺故事变成票房上亿的大片。毫无疑问，维尔的书经过他手，一定会变成一部维尔讨厌得要死，却能卖一大笔钱的电影。

维尔耸耸肩。“无所谓，”他说，“反正我有百分之十的净利润，我会很有钱。”

克劳迪娅面带愠色地看着他。“净收入？”她嚷道，“不管电影有多少票房，你一分钱也见不到。罗德斯通最擅长的就是把钱变没。你听清楚，五部大卖的片子我都有净收入分成，我一毛钱都没见过，你也一样见不到。”

维尔再次耸了耸肩。看起来他并不在乎，这使得其后几年里他的行为更加扑朔迷离了。

克劳迪娅的下一段感情让她记住了厄内斯特所说的生活就像一箱子手榴弹。尽管她聪明伶俐，却还是跟一个完全不合适的人坠入爱河。他是个年轻的“天才”导演。在这之后，她又爱上一个全世界女性都会为之倾倒的男人，可惜对她而言仍是完全不合适。

她原本自大地认为自己能够驾驭这样的完美男人。但是他们对待她的方式很快让她打消了这种念头。

那个导演只比她大几岁，并不招人喜欢。但是他已经拍出了三部非同凡响的片子，口碑票房双丰收。每家电影公司都想请他。罗德斯通工作室给了他三部电影的合约，还安排克劳迪娅帮他改写电影剧本。

这个导演的天才之处在于他很清楚自己想要什么。一开始，他就对克劳迪娅摆架子，因为她是女人，又是作家。在好莱坞的权力体系中，这两种身份都没什么地位。他们很快就发生了争执。

克劳迪娅认为他要求的场景跟情节的结构不吻合。她认为这场戏本身是个亮点，但在整部电影中，只会起到导演炫耀技巧的作用而已。

“这场戏我写不出来，”克劳迪娅说，“这场戏对情节起不到作用。只有动作和镜头而已。”

导演硬邦邦地回应道：“所以叫作电影。按我们讨论的写就行了。”

“我不想浪费你的时间，也不想浪费我的，”克劳迪娅说，“愿意写的话你拎着摄影机自己写去吧。”

导演连发火的时间都没浪费。“你被解雇了。”他说，“这部电影用不着你了。”他拍了拍手。

但是斯基比·迪尔和鲍比·邦茨让他们两个妥协了。如果不是她的执拗激起了那个导演的兴趣，这原本是不可能的。影片很成功，克劳迪娅不得不承认，这个成功主要是因为这个导演的天才，而不是她的剧本，她没有导演的那种眼光。他们上床纯粹是个偶然。但是这个导演太扫兴了。他拒绝光着身子。就算做爱，他也得穿着衬衫。但是，克劳迪娅仍然梦想着两个人可以一起做出好看的电影来，成为最棒的编导搭档之一。在这个组合里，她心甘情愿附属于导演，用她的才华服务他。他们一定能共同创造伟大的艺术，成为传奇。两个人的感情维持了一个月，直到克劳迪娅完成了《梅莎琳娜》的待售剧本大纲，并交给他看。他看了一遍就扔到了一边。“女权主义的狗屁，除了胸就是屁股，”他说道，“你很聪明，但是我可不想浪费一年的生命拍这种东西。”

“这只是第一稿。”克劳迪娅说。

“天哪，我真讨厌那些利用私人关系来给电影搭顺风车的人。”导演说。

克劳迪娅觉得自己对他的爱霎时间烟消云散了。她愠怒不已。“我用不着靠着跟你上床来拍电影。”她说。

“你当然用不着了，”导演说，“你有才华，而且电影圈对你的屁股的评价是最高的。”

克劳迪娅悚然。她从来没在私底下议论过她的性伙伴。她讨厌他的语气。做的都是同样的事，凭什么男人就天经地义，女人就得感到羞耻。

克劳迪娅对他说道：“你也很有才华。但是一个穿着衬衫做爱的男人更加无耻。还有，至少我不会拿试戏来骗人上床。”

两人的关系就这么结束了。她因此想到了让迪塔·汤美来做导演。她断定，只有女人才配得上她的剧本。

去他妈的，克劳迪娅想。这个混蛋从来不把衣服脱光，而且做爱之后也不愿意说话。他的确是个拍电影的天才，但他没有自己的语言。在天才当中，他又是个无趣至极的人，只有谈起电影才好一点。

此刻，克劳迪娅的车马上就要开到太平洋海岸公路的大转弯处了。那里的海面像镜子一样映出她右侧的悬崖。这是她最喜欢的风光。大自然的美永远能让她愉悦。离马里布只有十分钟的路了，安提娜就住在那儿。克劳迪娅理了理思路：她得挽救片子，她得让安提娜回来。她记得，她们有过相同的情人，只不过时间不同。爱过安提娜的人也爱过她，她的心头忽然涌起一阵自豪。

太阳正是最耀眼的时候，海浪在阳光照射下像一块块巨大的钻石。克劳迪娅突然踩下刹车。她看到一架滑翔翼，她觉得这架滑翔翼会从她的汽车前方掠过去。她看得清滑翔翼下面的人。一个年轻姑娘，露出了半边乳房，一边挥手，一边飞向海滩。没人管他们吗？警察哪儿去了？她摇摇头，踩下了油门。车辆渐渐少了，公路转弯，她看不见海面了，不过半英里后还会再出现的。就像真爱一样，克劳迪娅笑着想。她生命里，真爱总是会重新出现。

她真正坠入爱河时，却换来了一次痛苦的体验，给她好好上了一课。这其实并非她的错，因为对方是斯蒂夫·施塔林斯，卖座红星，女人的梦中情人。他洋溢着阳刚之气，浑身散发着魅力，还有一定量可卡因所带来的旺盛活力。他还很有表演天分。更重要的是，他是当代的唐璜。无论他走到哪里都处处留情——非洲外景棚、美国西部的小镇、孟买、新加坡、东京、伦敦、罗马，还有巴黎。而且他这么做的时候，都仿佛是一位绅士施舍穷人，或者是基督教的慈善活动。他们之间从来谈不上有恋情，乞丐怎么有资格接到慈善家的宴会邀请呢？他对克劳迪娅倾心不已，这段感情持续了整整二十七天。

尽管他们在一起很快乐，对克劳迪娅来说，这二十七天真是一种耻辱。斯蒂夫·施塔林斯是个不可抗拒的情人，吸食了可卡因之后更是如此。他甚至比克劳迪娅还习惯于赤身裸体，他完美的身材比例起了很大的作用。克劳迪娅经常发现他对着镜子端详自己，就像女人在试戴帽子一样。

克劳迪娅知道，自己只是个小情人而已。他们约会的时候，他总是打来电话说要晚到一个小时，结果六个小时之后才出现。有时候他干脆就把约会取消掉。对他而言，她无外乎是个后备。还有，他们做爱的时候，他总逼着她一起吸食可卡因，当时飘飘欲仙，却让她的脑子变得一团糟，过后好几天她都没法工作，就算写出来点什么，她也不相信自己。她发现她正在变成自己最为痛恨的那种人——全部生活都寄托在男人的兴致上的女人。

她只是他第四或者第五个选项，这让她大感耻辱。但其实她并不怪他，她只是怪自己。不管怎么说，名声大噪的斯蒂夫·施塔林斯愿意要哪个女人都能到手，而他选了自己。施塔林斯会渐渐老去、不复俊朗；他总有一天会变成过气明星，而吸食的可卡因会越来越多。趁着年头尚好，他得及时行乐。她一生中很少有不快乐的时候，而她虽然坠入了爱河，却非常不快乐。

所以，第二十七天，施塔林斯打电话说他晚到一个小时的时候，她说道："别麻烦了，斯蒂夫，我不想再当个百依百顺的奴隶了。"

他似乎并不意外，回应道："我希望我们分手了还是朋友。"他说，"和你在一起我很高兴。"

"当然。"克劳迪娅说着就挂了电话。这还是头一次她不想在分手后保持朋友关系。她还是太傻了，这使她懊恼不已。显然他的行为都是让她主动离开的小伎俩，可她这么长时间都不知趣。想想真丢脸。她怎么能这么傻呢？她哭了，但是一周以后她发现自己根本不怀念这段感情。她可以自己分配时间了，她能工作了。没有可卡因和真爱，重新扑在写作上的感觉真好。

那位天才导演情人拒绝了她的剧本后，克劳迪娅花了六个月时间，拼命修改完了剧本。

克劳迪娅·德·莱纳在《梅莎琳娜》的初稿里，把女权主义定为基调。但她在电影这行摸爬滚打了五年，深知不论要传达什么信息，都得用一些最基本的元素包装起来。比如贪婪、性爱、谋杀，还有对人性的信仰。她不但要给主角安提娜·阿奎坦塑造一个丰满的角色，至少还得准备出三个女配角的戏份。好的女性角色太少，这个剧本肯定能吸引一线明星。最后，一个迷人、冷酷、英俊、睿智的大反派是必不可少的。她不禁想起，她的父亲是最好的原型。

最初克劳迪娅希望找到一位影响力足够的女独立制片人，不过电影公司掌握生杀大权的人大部分都是男人。他们虽然喜欢这个剧本，但是也忧虑如果制片人和导演都是女人的话，这部片子的女权主义倾向会不会过于明显。这个时候克劳迪娅已经决定导演由迪塔·汤美来担任，而高层们则希望主创人员中至少有一位男性。

对这个拍摄预算充裕的邀约，汤美肯定欣然接受。这样的片子一旦成功，她就会跻身最卖座的导演之中。而就算片子的票房失败，她的名号起码也打出去了。有时候，相比挣了钱的小成本电影，一部血本无归的大手笔更能让导演声名远播。

此外，迪塔·汤美只对女人感兴趣。这部片子能让她一下子接近四个漂亮女明星。

克劳迪娅之所以想找汤美来拍，是因为若干年前她们曾经愉快地合作过一部电影。她非常直率、敏锐，很有才华。而且，她不是“编剧杀手”那类导演，她不会找自己的朋友来修改剧本，然后在编剧里加上自己的名字。除非她确实做了相应的工作，否则她绝不会署名。她不会像其他导演和演员一样性骚扰。话说回来，在电影圈里“性骚扰”这个词其实并不成立，因为出卖色相也是工作的一部分。

克劳迪娅特意等到周五才把剧本发给了斯基比·迪尔。他只有周末才会认真读剧本。尽管他背叛过她，她还是把剧本寄给了他，因为他是好莱坞最好的制片人。而且，她从来都没法儿跟往日旧情一刀两断。她等来了回音。周日上午她接到他的电话，约她共进午餐。

克劳迪娅把电脑扔在奔驰车里，一身工作装：男款蓝色牛仔衬衫、褪了色的牛仔裤和帆布鞋。头发用红色的头巾扎到后面。

她从圣莫尼卡的海洋大道出发，途经海洋大道和高速之间的帕丽萨德公园时，她看到圣莫尼卡无家可归的人们正排队等着领早午餐。公园里空气清新，有木头桌椅，每个星期天，社工都会给他们送来食物和饮料。克劳迪娅为了能看见他们，一直都走这条路，她提醒自己，另外一个世界里的人没有奔驰和游泳池，也没钱去罗迪欧道购物。前几年，她经常自发去公园派发食物，如今她只是写张支票捐给教堂。在两个不同的世界里来往太痛苦了，让她追求成功的欲望都变得迟钝了。她不可避免地观察着他们。这些人衣衫褴褛，生活困窘，但一些人还是活得很有尊严。没有希望地活着在她看来实在不可思议。其实这根本就是钱的问题而已。她写剧本，挣钱轻松愉快；她半年赚的钱，比这些人一辈子见过的钱都多。

斯基比·迪尔的家在比弗利山庄的山谷里。管家把她引到了游泳池。游泳池的更衣室漆成了明亮的黄蓝两色，迪尔靠在太阳椅上，旁边的大理石桌子上摆着他的电话和一沓剧本。他戴着一副只在家里使用的红框老花镜，手里端着一杯冰镇的“依云”矿泉水。

他起身拥抱了她。“克劳迪娅，”他说，“我们很快就要有事可干了。”

她在琢磨他的口气。她通常能从说话的语气里听出对剧本的态度。有时候他们字斟句酌地表扬你，其实是在说“根本不行”；有时候他们先是热情洋溢地把你夸得天花乱坠，然后紧接着给你至少三个他们不能买你的剧本的理由——别的电影公司已经在做类似的题材，没有合适的演员阵容，我们公司不做这类题材——诸如此类。但是迪尔的口气听上去就像出手果断的生意人锁定了目标。他谈的是钱和操作，意思是“这个剧本我们要了”。

“这是一部大制作，”他对克劳迪娅说，“非常非常大。其实这个制作根本小不了，你的意图我明白，你很聪明。但是我必须要用性爱这个主题说服电影公司。当然了，我肯定会对女演员说这是关于女权的电影。男主角呢，如果你能让这个角色再温和一点儿，给他添几场正面的戏份，也没问题。我知道你想当这部片子的联合制片人，但最终我说了算。说说你的想法吧，我很乐于接受意见。”

“我希望能决定导演的人选。”克劳迪娅说。

“这可得由你、电影公司还有主要演员共同决定。”迪尔笑着说。

“除非同意我的导演人选，否则我不卖剧本。”克劳迪娅说。

“好吧，”迪尔说，“那这样，你先跟电影公司说你要当导演，然后再让步，他们放下心的时候，也就同意你的人选了。”他顿了一下，“你准备找谁？”

“迪塔·汤美。”克劳迪娅说。

“聪明。她不错。”迪尔说，“女演员都喜欢她。电影公司也是。她不会超出预算，也不借拍电影捞好处。不过把她拉进来之前，我们先把演员阵容定下来。”

“你准备找哪家公司？”克劳迪娅说。

“罗德斯通，”迪尔说，“他们跟我磨合得很好了，所以演员和导演的问题上我们不用太费心。克劳迪娅，你的剧本非常棒。很有灵气，很引人入胜，从早期的女权主义这个角度入手，选得非常棒，这个话题现在正火。当然还有性。你给梅莎琳娜和所有的女人正名了。回头我就找梅洛和茉莉·弗兰德斯谈你的合同问题，茉莉会联系罗德斯通的业务部。”

“你这家伙，”克劳迪娅说，“你已经跟罗德斯通谈过了吧？”

“昨天晚上，”斯基比·迪尔微笑着说，“我把剧本给了他们。他们说只要我能安排好一切，就给我绿灯。听着，克劳迪娅，可别小瞧我。我知道安提娜已经答应出演了，所以你才敢这么强硬，”他停了一下，“我跟罗德斯通也这么说了。那么，行动吧。”

这个大项目开始了。她不会让努力付诸东流的。

克劳迪娅从交通灯左侧转入辅道，这是到马里布的必经之路。她不由得感到一阵慌乱。安提娜意志坚定，这是明星必须有的特质，她不会轻易改变心意。无所谓，要是安提娜拒绝的话，她就飞到拉斯维加斯去找哥哥克罗斯帮忙。克罗斯从没有让她失望过。一起长大的时候没有，她跟母亲一起离开之后没有，母亲去世之后也没有。

克劳迪娅还记得长岛克莱里库齐奥家族聚会的盛大场景。围墙之中的宅院仿佛置身格林童话之中，她跟克罗斯就在无花果树林里嬉戏。一群八到十二岁的小男孩分成两队。没有克罗斯的那个小团体里，丹特·克莱里库齐奥带领的一队是克罗斯的对手。那时唐总是静立在楼上的窗子前，好像岩洞里的巨龙。

丹特年少气盛，喜欢打架，喜欢当首领。他是唯一一个敢跟克罗斯单挑的孩子。丹特把克劳迪娅按在地上揍她，要她屈服，恰好被克罗斯看见。于是丹特跟克罗斯就打了起来。尽管丹特是那么凶狠好斗，克罗斯却自信十足，轻轻松松就打赢了。

所以，克劳迪娅很不能理解妈妈的心思。妈妈为什么不多喜欢克罗斯一点？克罗斯更值得拥有她的爱。他选择了跟父亲一起生活，这就是证明。克罗斯其实是很想跟妈妈和她一起生活的，克劳迪娅从不怀疑这一点。

分开后的几年中，他们多少还是维持着一些联系。从两人的谈话和从周围人群的举止中，克劳迪娅知道，她的哥哥在某种程度上已经接近爸爸的地位了。虽然他们已经完全不是一路人了，兄妹两个人的感情始终如一。她意识到，克罗斯是克莱里库齐奥家族的一员，而她不是。

克劳迪娅搬到洛杉矶两年以后，也就是她二十三岁那一年，她的妈妈被诊断出了癌症。那个时候的克罗斯已经为克莱里库齐奥杀了第一个人，成了格罗内韦尔特的合伙人。他来到萨克拉门托，与她们共度了最后的两个星期。克罗斯雇了护士二十四小时照看娜莱内，还找了厨师和管家。这是离婚以来，三个人第一次重新住在一起——娜莱内不让皮皮来看她。

癌症影响了娜莱内的视力，所以克劳迪娅经常读报纸、杂志和书给她听。克罗斯负责外出购物。有些时候，他必须回拉斯维加斯花一个下午的时间处理酒店生意，但是他一定会在傍晚赶回来。

夜里，克罗斯和克劳迪娅轮流握着妈妈的手让她安心。虽然她已经用了大量的药，还是离不开他们的手。有时候她会产生幻觉，以为孩子们又回到了小时候。有一天晚上情况很糟，她呜呜地哭着，祈求克罗斯原谅她的所作所为。克罗斯把她抱在怀里，想方设法让她安心，告诉她一切都很好。

漫漫长夜里，母亲服药睡下后，克罗斯和克劳迪娅就给彼此讲述自己生活里的点点滴滴。

克罗斯说，他把讨债公司卖了，离开了克莱里库齐奥家族，不过还是靠着他们的影响力，在桃源酒店谋了一份营生。他隐晦地提到了一些他的影响力，告诉她欢迎她随时来桃源酒店玩，住宿和餐饮一律免单。克劳迪娅问他这怎么可以，他有一丝得意地说："我有签单的权力。"

克劳迪娅觉得这种得意很好笑，又有一点悲哀。

对于母亲的死，克劳迪娅比克罗斯要更伤心。但是这段经历让他们重新走到了一起。他们又回到了儿时的亲密无间。之后的几年里，克劳迪娅常常飞到拉斯维加斯去，她见到了格罗内韦尔特，看得出这位老人与她哥哥关系密切。这些年来，克劳迪娅知道，克罗斯有一定的影响力，可他从来不会把这种影响力跟克莱里库齐奥家族联系起来。克劳迪娅跟家族的关系一向很紧张，家族无论是葬礼、婚礼还是洗礼，她一概不参加。她并不知道，克罗斯仍然是家族的一员。克罗斯也从来不跟她提及这些。她很少见到爸爸。他对她没兴趣。

新年夜是拉斯维加斯最大的盛事。人们从四面八方会集到这里，但克罗斯总是给克劳迪娅留出一间客房。克劳迪娅并不热衷于赌博，可是有一年元旦的前一夜，她昏了头。她带了一个年轻气盛的男演员，使劲浑身解数讨好他，一时失控，整整签了五万美元的借据条子。克罗斯攥着欠款单来到她的房间，脸上带着好奇的神情。他一开口，克劳迪娅就发现，这根本就是爸爸的神情。

“克劳迪娅，”克罗斯说，“我一直觉得你比我聪明多了。这到底怎么回事？”

克劳迪娅有点不知所措。克罗斯经常告诫她，赌注一定要小，运气不好就别再加注。还有，每天最多赌两三个小时，因为赌博最大的陷阱就在于让人没完没了地赌。这些忠告，克劳迪娅这一次全都当了耳旁风……

她说道：“克罗斯，给我几个礼拜时间，我一定还上。”

哥哥的反应大大出乎她的意料：“让你还钱，我还不如直接杀了你呢。”他慢条斯理地把借据撕得粉碎，然后揣进了口袋。他说：“听我说，我邀请你来这儿，是因为我想见到你，不是因为我想赚你的钱。永远记住，你赢不了的。这根本不是运气的事。这是真理，就像2加2等于4一样。”

“好的，好的。”克劳迪娅说。

“撕了欠条我无所谓，但是你要是笨我可受不了。”克罗斯说。

事情就这样不了了之。但是克劳迪娅却开始好奇。克罗斯真有那么大的权力吗？格罗内韦尔特会同意吗，还是说他根本就不知道？

类似的事情还有几件，但让她心悸的是发生在一个叫洛蕾塔·兰的女人身上的事情。

洛蕾塔是桃源酒店滑稽剧演出的歌舞明星。她活力四射，有一种与生俱来的幽默特质。克劳迪娅很喜欢她，于是演出结束后，克罗斯介绍她们认识。

洛蕾塔·兰无论在舞台上还是在台下都很有个人魅力。但是克劳迪娅发现，克罗斯对她颇为不屑。不仅如此，她的精力充沛让他颇为愠怒。

克劳迪娅再次来到拉斯维加斯的时候，带了梅洛·斯图尔特专程来看滑稽剧演出。梅洛本来完全是出于好意，并不抱什么期望。他以品评的眼光观赏着演出，对克劳迪娅说："这女孩真不错。我说的不是唱歌跳舞。她有演喜剧的天分。对女演员来说，比金子还宝贵。"

到后台找洛蕾塔时，梅洛扮出一副不顾一切的表情说道："洛蕾塔，我爱你的表演，我爱你的表演，你懂吗？下周你来一趟洛杉矶，我会安排你拍一段试镜，给我的一个电影公司的朋友看。不过，你得先跟我的经纪公司签一份合同。你也知道，想挣钱的话，我得先做大量的前期工作。这个行业就是这样。我爱你的表演。"

洛蕾塔兴奋地拥抱了梅洛，不是装模作样的感谢。约好了日子之后，三个人一起去吃饭庆祝。梅洛第二天一早就回洛杉矶了。

晚饭的时候，洛蕾塔说了实话，她跟一家经纪公司有个夜店演出的合同。合同还有三年到期，没有商量的余地。梅洛让洛蕾塔放心，什么事都有解决的办法。

但是这个问题没法解决。洛蕾塔的演出经纪公司坚持她完成三年的工作。惊慌失措的洛蕾塔求克劳迪娅找她哥哥克罗斯帮忙。这让克劳迪娅很是吃惊。

“克罗斯又能怎么帮你呢？”克劳迪娅问道。

洛蕾塔说：“他在这里说话很有分量。他一定能帮我弄到合理的协议。求你了。”

克劳迪娅在酒店套房找到了克罗斯，把事情跟他说了。她的哥哥一脸嫌恶地看着她，摇了摇头。

“又不是什么大事，”克劳迪娅说道，“帮她说句话，我也没求你多做什么。”

“你真傻，”克罗斯说，“这种女人我见多了。她们专门踩着像你这样的朋友往上爬，回头就把你忘个干干净净。”

“那又怎么样？”克劳迪娅说，“她很有天分。这个好机会可能改变她的一辈子。”

克罗斯再次摇头。“别找我干这事儿。”他说。

“为什么？”克劳迪亚问道。她习惯于帮别人找关系。电影圈就这个习惯。

“因为要是我插了手，我就非办成不可。”克罗斯说。

“我不是要求你非办成不可，你尽力就好了。”克劳迪娅说，“那样的话，我至少能跟洛蕾塔说我帮她问过了。”

克罗斯笑了。“你真是个笨蛋。”他说，“好吧，告诉洛蕾塔和她的经纪人明天来找我一趟。十点钟，不许迟到。你最好也能过来。”

第二天早上的会议上，克劳迪娅第一次见到了洛蕾塔的演出经纪人。他叫托里·内文思，一身拉斯维加斯的休闲打扮，但还是特意为这次会面的严肃性做了一些休整，也就是无领白衬衫，外面套了件蓝色夹克，一条蓝色牛仔裤。

“克罗斯，很高兴又见面了。”托里·内文思说。

“我们之前见过？”克罗斯问道。他从来没亲自管理过滑稽剧表演。

“很早以前了。”内文思并不介意，接着说，“那还是洛蕾塔第一次在桃源演出呢。”

克劳迪娅注意到了洛杉矶大明星的经纪人和托里·内文思之间的差别，他是夜店小明星经纪人，显得有点紧张，外表也不强势。他没有梅洛·斯图尔特那种强悍的自信心。

洛蕾塔亲了亲克罗斯的面颊，但是什么话都没有说。其实，她还是带着平时那种活力。她坐在克劳迪娅旁边，克劳迪娅感觉到了她的紧张。

克罗斯穿着打高尔夫球时穿的夹克、肥肥大大的白裤子、白T恤，还有白色帆布鞋。他的头上戴了一顶蓝色棒球帽。他招呼大家喝点什么，大家都说不用了。于是他淡淡地说：“那我们就把这事解决了。洛蕾塔？”

她的声音哆哆嗦嗦。“托里要从我的一切收入里抽成，这其中也包括电影。洛杉矶的经纪公司自然要从我拍的所有电影收入里抽成。可我又不能让两边都抽成。所以托里决定控制我的所有工作。洛杉矶的经纪人不会接受的，我也接受不了。”

内文思耸了耸肩。“我们签了合同的。我们只是希望她履行合同而已。”

洛蕾塔说：“可那样的话，电影经纪人是不会签我的。”

克罗斯说：“我看很简单。洛蕾塔，你把合同买断就是了。”

内文思说：“洛蕾塔是个好演员，给我们挣了很多钱。我们给了她很多机会，一直都相信她的天分。我们也投入了一大笔钱。现在是她回报我们的时候，我们是不会让她走的。”

克罗斯说：“洛蕾塔，让他抽成。”

洛蕾塔都快急哭了：“我不能抽两份成，那也太残忍了。”

克劳迪娅极力想要保持微笑。但是克罗斯拉下了脸。内文思看上去很委屈。

终于，克罗斯开口道：“克劳迪娅，去把你的高尔夫球杆拿来。我们去打9洞。等我这边完事，就到楼下的收银台找你。”

克劳迪娅原本看到克罗斯穿得这么随便，似乎根本不在乎这件事，这让她很不舒服，而且她知道这也让洛蕾塔很不舒服。但是这种打扮却让托里放宽了心，以至于毫不妥协。克劳迪娅对克罗斯说：“我哪儿也不去，我想见识见识所罗门王的才干。”

克罗斯永远无法跟自己的妹妹生气。他大笑起来，她也对着他微笑。这时，克罗斯对内文思说：“看来你不准备让步，我也觉得你有道理。这样如何，一年之内，她的电影收入可以给你一份？但是你必须放弃控制权，否则事儿就不成了。”

洛蕾塔怒道：“我不会把钱给他的！”

内文思说：“我也觉得不行，不是抽入提成那个方面，而是如果我们给她联系了一场好演出，可她拍电影抽不开身怎么办？那我们要赔钱了。”

克罗斯叹了口气，语气几乎有些悲哀了：“托里，你必须终止跟她的合同。这是我的要求。我们酒店跟你有大量业务往来。给我个面子。”

内文思第一次感到警觉。他用近乎恳求的口吻说道：“我很愿意帮忙，克罗斯，但是我得跟我经纪公司的合伙人确认一下啊。”他想了想又说，“我应该可以安排一下合同买断。”

“不对，”克罗斯说，“我是说给我个面子，不是买断。我现在就要你答复，然后我还要去打高尔夫。”他顿了顿，说，“行还是不行，你说吧。”

这个要求太无礼，克劳迪娅瞠目结舌。克罗斯并不是在威胁或者恐吓。事实上，他只是打算放弃了，似乎这件事他已经失去兴趣了一样。但是克劳迪娅发现，内文思在发抖。

内文思的回答更出人意料。“可这不公平啊。”说着他剜了洛蕾塔一眼，洛蕾塔低头避开了他的目光。

克罗斯潇洒地把棒球帽歪了歪。“这只是个要求而已。”他说，“你完全可以拒绝我。怎么办都行。”

“不，不，”内文思说，“我只是不知道你这么在乎，你们交情这么深。”

突然，克劳迪娅发现她哥哥的态度立即发生了变化。克罗斯探过身子，浅浅地拥抱了托里·内文思一下。他的微笑让整个面容都显得春风和煦。这个混蛋真帅，她想。克罗斯用满是感激的口吻说道：“托里，这件事情我不会忘记的。在桃源，你想捧哪个新人随便你，名字我保证放在演出海报的前三位上。我甚至可以给你安排个滑稽剧专场之夜，把你所有的演员阵容全搬出来，而且演出当夜，我希望你还有你的合伙人能跟我一起吃个饭。有事就给我打电话，我会吩咐他们把你的电话转进来。你可以直接跟我联系。没问题吧？”

克劳迪娅意识到两件事。克罗斯是故意展示了他的影响力。还有，克罗斯早就仔细考虑过如何补偿内文思的问题，但是得在内文思点头同意之后才行，而不是之前。托里·内文思会得到一个举办专场之夜的演出机会，那他得出尽风头了。

之后克劳迪娅才明白，克罗斯让她见识了他的能力，是一种爱的表现，而且这种爱是有物质倚仗的。克劳迪娅望着克罗斯，他精致的面容和他那令人嫉妒的美丽似乎定格在这一刻，仿佛就要变成远古的大理石雕像。

克劳迪娅离开太平洋海岸公路，来到了马里布的入口。她喜欢马里布。房子就建在海边，正对着波光粼粼的海面，远远倒映着山峦。克劳迪娅把车停在了安提娜的家门前。

博兹·斯堪尼特此刻躺在马里布南侧的公共海滩。铁丝栅栏横跨整个沙滩，延伸到海里十步左右。但是这种栅栏纯粹是做做样子，你完全可以游泳绕过去。

博兹正酝酿下一次对安提娜的攻击。今天是试探，他穿着一件T恤、一条网球裤，里面套了一条泳裤，开车来到公共海滩上。他的沙滩包其实是个网球袋，里边装了一瓶用毛巾裹好的酸液。

他在海滩上这个位置，正好可以透过铁丝栅栏看到安提娜的家。他看见海滩上的两个私人保镖。这两个人都配了武器。既然屋后都有人守着，那屋前肯定也有。他不在乎保镖受伤，但他不想搞得像个大开杀戒的疯子一样。那样就损害了他报复安提娜的正当理由。

博兹·斯堪尼特脱下T恤和长裤，铺开毯子。他出神地看着沙滩和蔚蓝的太平洋。温暖的阳光让他昏昏欲睡。他又想起了安提娜。

上学时，教授讲到爱默生的时候曾经引用过一句诗：“美因美而在。”着是爱默生写的吧？写的应该是“美”吧？但他又想起了安提娜。

同时拥有美丽的外表和善良的品质的人实在是少见。他想起了安提娜还是花季少女的时候，大家都叫她提娜。

他年轻时如此爱她，他一直活在她爱他的美梦里。他无法相信生活还能如此美妙，可一点一点地，一切都不复当年。

她怎么敢如此完美？她怎么敢如此苛求爱情？她怎么敢让那么多人倾心于她？难道她不知道这有多危险吗？

博兹又想到了自己。他的爱怎么变成了恨呢？其实很简单。因为他知道，他不可能天长地久地拥有她；他早晚有一天要失去她，早晚有一天她会躺在其他男人的身边，早晚有一天她会从他的世界消失，永远不再想他。

他察觉到阳光的温暖从他脸上消失了。他睁开眼睛，看到一个身材高大、穿着得体的男人，拎着一把沙滩椅在居高临下地打量他。博兹认得他，吉姆·洛西。他往安提娜脸上泼水那次，审他的探员就是吉姆·洛西。

博兹眯起眼睛抬头看着他：“多巧啊，我竟然有幸跟你在同一片海滩游泳。你他妈想怎么样？”

洛西展开椅子坐上去：“这把椅子是我前妻给我的。我抓的人里有不少都是玩冲浪的，所以她说我也该让自己舒服一点儿。”他颇为和善地俯视着博兹·斯堪尼特，“我只是想问你几个问题而已。第一个，你离安提娜·阿奎坦内小姐的房子这么近干什么？你违反了人身限制令。”

“我在公共海滩上，中间隔着栅栏，我还穿着泳裤，你觉得我看着像是要骚扰她吗？”博兹说道。

洛西的脸上露出了同情的笑。“我明白，”他说，“我要是能娶她，我也离不开。让我看看你的沙滩包里都有什么，怎么样？”

博兹把沙滩包拉过来枕在头下。“不行，”他说，“除非你有搜查令。”

洛西和善地笑了笑。“别逼我抓你，”他说，“或者揍你一顿才把包拿过来。”

这句话挑动了博兹。他站起来，伸手作势把包递给洛西，随即又把手缩回来。“来拿啊。”他说。

吉姆·洛西很诧异。他没想到有人会比他更加强硬。换了别人，他早就抽出警棍或者手枪，把对方痛揍一顿。这一次，也许是脚下的沙地，也许是斯堪尼特的无谓，他觉得不妥。

博兹笑着说：“你只能开枪了。”他说，“我比你壮，跟你一样高。如果你开枪，你又没有正当理由。”

洛西很佩服这个男人的洞察力。真要是打起来，他未必打得赢。要掏枪又确实没理由。

“好吧。”说罢，他收起椅子起身离开。然后又回头，用一种赞许的口吻说道：“算你狠。你赢了。但是，可别给我找到什么理由。我没测量你距离房子有多远，也许你正好超过了法官限定的范围……”

博兹大笑：“我不会给你这个机会的，放心好了。”

他注视着吉姆·洛西离开沙滩、上车离开了。博兹把毯子塞进沙滩包里，找到了自己的车。他把沙滩包放进车的后座，拔下钥匙塞在前座底下。然后回到海滩，准备游过栅栏。

第五章

安提娜·阿奎坦内的成名之路中规中矩，不是那种街头巷尾津津乐道的故事。她花了数年时间接受训练：表演、舞蹈、形体、台词，大量阅读戏剧文学。这些都是表演艺术不可或缺的部分。

当然，无谓的事也做了不少。她得与经纪人、选角导演周旋，要面对好色的制作人、导演和电影公司高管热情的追求。

她入行的第一年，全靠接拍商业广告、模特走秀，还有衣着清凉地做车模来糊口。但仅仅一年之后，她的演技就开始大放异彩。爱慕她的人们给她送了数不清的钱财和珠宝，有些人还向她求婚。这些韵事来得快去得也快，都是友好结束的。

对她来说这并不痛苦也不耻辱，甚至那个劳斯莱斯的买主暗示她是随车附带的东西时也无所谓。她拒绝了他，开玩笑说她的价钱可跟车一样贵。她喜欢男人、享受性爱，但仅仅是奖励自己付出的努力而已。在她的世界里，男人不是必需品。

表演才是生命。虽然她不为人知的秘密很重要，虽然世界上的种种危险很要紧，但是表演永远排在第一位。不是那种只够她养活自己的小角色，而是小剧院的主角，马克泰帕论坛剧场的重头大戏，如今她终于接到了两部电影的主角邀约以及最终出演大制作电影的机会。

她的生活就是表演的一部分。她为角色赋予了生命，让这些角色在她的内心中与她共同生活。而她的感情生活，就像打高尔夫和网球、跟朋友吃饭一样，只不过是一种消遣，梦幻泡影。

只有在神圣庄严的剧场里，才有真实的生命。上妆、试服装、面部表情随着台词的跌宕起伏而变幻，看着观众席黑压压的一片——这一刻上帝与她同在——她在命运面前俯首帖耳。她泪流满面，她爱意缠绵，她高声喊叫撕心裂肺，她为隐秘的罪恶而祈求宽宥……有时候，她发现幸福，感受到了救赎的喜悦。

她指望成功能够让她与过去一刀两断，让她忘记博兹·斯堪尼特，忘记他们共同养育的孩子，忘记她被自己的美丽所背叛。名利是仙女给她的恩惠。

一切艺术家都追求世界的欣赏，她也不例外。她知道自己的美——她怎么可能不知道，全世界都是这么告诉她的——但她也知道自己的智慧。她从一开始就相信自己。起初她不敢相信，真正的天才所不可或缺的品质她都有：旺盛的活力、高度的注意力，还有一颗好奇的心。

表演和音乐是安提娜的真爱，为了能在这两方面全神贯注，她还花心思使自己成为其他各个方面的专家。她学会了修车、做得一手好菜，还擅长体育。她从文学和生活中汲取情爱知识，因为她知道在她这行里这事有多重要。

她也有缺点。她不愿意给周围的人带来困扰，可这类事情总是在所难免，因此她活得并不快乐。不过，为了出人头地，她仍然会作出非常现实的决定。她善于利用自己卖座红星的地位；她的冷酷有时一如她的美艳让人窒息。大导演求她出演电影，男人们期盼着爬上她的床。她能影响甚至干涉导演和演员的选择。她犯轻罪不受惩罚，她挑战传统，她蔑视几乎一切道德准则。谁都不知道哪个才是真正的安提娜。大牌明星有的神秘莫测她都有，银幕上的她和生活中的她是一对双胞胎，你无法区分她们之间的差别。

就算这样，世界仍然爱她。这还不够。她知道自己内心的丑陋。有一个人并不爱她，这让她非常难过。女演员就是如此，就算有一百个人喜欢她，但只要有一个不喜欢她，也能让她痛不欲生。

在洛杉矶的第五年，安提娜得到了第一部由她主演的电影，开始了她最伟大的征程。

斯蒂夫·施塔林斯跟所有的大牌男星一样，对跟自己演对手戏的女演员是有否决权的。他在马克泰帕论坛剧场看到了她的演出和天赋。但他更多地还是惊艳于她的美貌，于是他挑中了安提娜跟他一起主演下一部电影。

安提娜惊喜万分。她知道这是天赐良机，可最开始她并不知道为什么会挑中自己。她的经纪人梅洛·斯图尔特让她恍然大悟。

梅洛的办公室装修得十分华丽，摆满了精致的东方小古董，镶金线的挂毯，还有厚重雅致的家具。窗帘阻挡了外面的阳光，房间里用灯光照明。相比外出用餐，梅洛还是喜欢中午时分在办公室里喝上一杯英国茶，一边往嘴里塞小三明治一边说话。他只跟真正名气大噪的当事人去外面吃饭。

“这个机会你当之无愧，”他对安提娜说，“你是个非常棒的演员。但是这座城市你毕竟初来乍到。你很聪明，但是经验稍稍欠缺了一点儿。所以我接下来要说的话你别介意——是这样的——”他顿了顿，说，“一般来说我可不会解释这些的，通常根本没这个必要。”

“但是我没有经验。”安提娜笑道。

“也不至于那么没经验，”梅洛说道，“不过你太专注于你的艺术，似乎没有意识到演艺圈的复杂。”

安提娜被这话逗笑了：“那就告诉我，我是怎么拿到这个角色的。”

梅洛说：“施塔林斯的经纪人给我打电话了。他说施塔林斯在锥度剧院看了你的戏，被你的表演折服了。他非常坚决地要你来演这部片子。所以制片人就给我打电话，我们达成了协议。片酬二十万，不分成。你以后的片子就慢慢有分成了。对你接拍别的片子没有限制。这交易很不错啊。”

“多谢你。”安提娜说。

“我本来不应该这样说的，”梅洛说，“斯蒂夫有个习惯，他会疯狂地爱上跟他演对手戏的女演员。是真正地爱上，他是个非常热情的追求者。”

安提娜打断了他：“梅洛，用不着解释得这么详细。”

“我觉得我得说清楚。”梅洛说。

他深情地望着她。平时他不是这个样子的，这一次却从一开始就爱上了安提娜。但是安提娜并没有表现出对他有意思，他也很识趣地，没有坦露自己的感情。不管怎么说，她是一笔价值连城的财富，有朝一日会给他挣很多的钱。

“你是不是想告诉我说，只要我跟他有个单独相处的机会，我就应该主动扑上去？”安提娜艰难地说，“难道我的天分还不够吗？”

“绝对不是，”梅洛说，“你的天赋绝对足够。好演员就是好演员，这一点谁也改变不了。但是你知道演员是怎么当上明星的吗？他们得在最好的时机拿到最好的角色。这就是你最好的角色。要是错过了你后悔也来不及。再说了，爱上斯蒂夫·施塔林斯哪儿有那么难啊？全世界能有一亿女人都爱他，怎么就你不行？你应该感到荣幸才对。”

“我受宠若惊。”安提娜冷冷地说，“可是，万一我讨厌他怎么办？”

梅洛又捏起一个点心三明治送进嘴里。“讨厌他什么？我跟你说实话，他的确是个好男人。你至少也得拍到他们没办法换人的时候。”

“要是我的表现特别出色，他们根本没法儿让我出局呢？”安提娜问道。

梅洛叹了口气道：“实话告诉你吧，斯蒂夫根本等不了那么久。你要是没爱上他，三天就把你换掉。”

“这不是性骚扰嘛。”安提娜冷笑道。

“电影圈没有性骚扰这种事儿，”梅洛说，“你踏进这一行，就得献身，只不过形式不一样而已。”

“我是说，我为什么一定要爱上他，”安提娜说，“上床还不够吗？”

“他想跟谁上床，就能跟谁上床，”梅洛说，“他爱上你了，他也希望你能爱他。一直到电影结束为止。”他叹气道，“因为那个时候你们就会忙得没时间相爱了，”他顿了顿，“不会让你抬不起头来的，”他说，“像斯蒂夫这样的男明星总是会表现出他的兴趣。而你呢，作为被动的一方，就表现得对于他的这种兴趣没有兴趣。第一天，斯蒂夫会送花给你。第二天彩排之后，他请你吃饭，一起研究剧本。他不会强求，只不过如果你不去的话，这部片子就没有你了。当然，钱还是会给的，这点我可以安排。”

“梅洛，你不觉得我的能力用不着出卖色相吗？”安提娜佯装责备地说。

“我当然觉得，”梅洛说，“你年轻，才二十五岁，你可以等上两三年，甚至四五年。我绝对相信你的天赋。但是给你自己个机会吧。人人都爱斯蒂夫。”

事情跟梅洛·斯图尔特预测得一模一样。第一天，安提娜收到了一束花。第二天，他们跟全剧组进行了彩排。这是一部喜剧，笑中带泪，这种戏最难演。斯蒂夫·施塔林斯的演技给安提娜留下了很深印象。他淡淡地读着台词，毫不刻意雕琢，可对白就那么鲜活起来了。那么多处理台词的方法，他总是能找到最为真实的。有一场，他们用各种不同方式进行了表演，互相配戏，就像舞蹈演员那样配合。最后，他喃喃地说“真不错，真不错”，微笑着看着她，流露出纯粹出于职业角度的赞赏。

一天过去，斯蒂夫终于开始了攻势。

“有你在，我相信这部电影肯定很棒，”他说，“今晚要不要一起研究一下剧本？”他顿了顿，露出了一个孩子气的可爱笑容，“我们搭档真合适。”

“谢谢你，”安提娜说，“什么时间，到哪儿呢？”

斯蒂夫立刻露出了礼貌有加、兴致盎然的表情。“噢，我都行，”他说，“你选吧。”

这个时候，安提娜决定接受自己这个角色，就纯粹把它当作职业表演好了。他是超级明星，她是新人。选择都是他来做，而她要做的则是选出他想要的。她耳边响起了梅洛的话：“你要等两年、三年、四年、五年。”她不要等。

“你愿意来我家吗？”安提娜说，“我可以做顿简单的晚餐，这样我们可以边吃边谈。”她顿了顿，说，“七点钟？”

安提娜是个完美主义者，所以在肉体和精神两方面都作了挑逗的准备。晚餐得清淡一点，才不会影响工作和做爱。尽管她几乎不喝酒，还是准备了一瓶白葡萄酒。这顿饭得显示出她的过人厨艺，她可以一边做菜，一边和他谈工作。

还有衣服。她知道，这种挑逗必须是不经意间的，不是刻意安排的。但是也不能成为要他敬而远之的信号。作为一个演员，一切信号斯蒂夫都会加以解读。

所以，她穿了一条褪色牛仔裤，衬托出她臀部的美妙曲线。不均匀的蓝色和若隐若现的白色发送着热情的邀请。没有腰带。上身是一件白色的丝质百褶衣，乳沟没露出来，却更加掩映出了衣服下面乳白的双峰。耳朵上戴了两只小圆坠，绿色的，跟她眼睛的颜色正相配。但是，这还是有点太刻意、太拘谨，会让人心存疑虑。她灵光一闪，把脚趾染成了猩红色，裸着双足迎接斯蒂夫。

斯蒂夫·施塔林斯带着一瓶上好的红酒，虽然不是最好的，但是很不错。他也精心打扮了一番。他穿着绒线的棕色灯笼裤，蓝色牛仔衬衫，白色帆布鞋，黑发梳得一丝不苟。他的胳膊下边挟了一沓剧本，还装模作样地粘了黄色的便笺。只是古龙水淡淡的香味出卖了他。

他们坐在厨房的桌旁随意地用餐。他恰如其分地恭维了她的厨艺。他们一边吃饭，一边翻看剧本、交流心得、把对白改得更加通顺。

饭后，他们来到了起居室，把剧本中他们觉得比较不好处理的几个地方过了一遍。但是两个人始终注意着对方，干扰了他们的工作。

安提娜注意到了斯蒂夫·施塔林斯得心应手的表演。他非常专业，而且举止得体。他称颂她的美丽，他赞扬她的表演天赋和对台词的自如处理，只是他的眼睛背叛了他。终于，他开口问她排练关键的床戏会不会太累了。

这个时候，晚餐已经消化得差不多了，他们已经成为亲密的朋友了，就跟剧本里的角色一样。他们排练了那段爱情戏。斯蒂夫浅浅地吻上了她的唇，并不摸索她的身体。轻轻一吻之后，他真挚地凝视着她的双眸，用他磁性的完美嗓音说道："第一次见到你，我就想这样吻你了。"

安提娜也望着他的眼睛，然后轻轻捧低了他的头，印上了一个单纯的吻。这是个必要的信号，而出乎两个人的意料，他的回应是一阵原始的激情。这说明，我的表演技高一筹，安提娜心想。但是他熟练得很。他褪去了她的衣衫，双手探上了她的胴体。还不坏，两个人移进卧室的时候她想。斯蒂夫的美真是让人目眩神迷，他的面庞隽永古典，洋溢着激情，这种强烈的情感无法复制到电影里。因为放到电影里就只剩下情色了。他演床戏非常节制。

现在，安提娜已经把自己的角色变成了沉沦于狂野激情中的女人。他们契合完美，在眩晕的一刹那同时高潮。两个人精疲力竭地躺下来时都在想，这一幕放在电影里是什么样，不行，这样还不够，既无法表现人物，也无法推进剧情。无论是真爱还是单纯的欲望，还缺乏发自内心的柔情。必须得再练一次。

斯蒂夫·施塔林斯坠入了爱河，不过对他来说是家常便饭。安提娜虽然觉得这是某种程度上的职业强奸，但她还是很高兴事情进展顺利。除了并非出于自由意愿，这件事似乎没有真正的坏处。事实证明，谨慎地镇压自由意志对人类生存很有必要。

斯蒂夫很高兴。新电影的拍摄让他称心如意。他有了一个好搭档，他们有愉悦的关系，他用不着到处寻花问柳。而且，他几乎从没见过像安提娜这样绝妙的女人。她才貌双全，床上功夫一流。她正对他爱得如痴如醉，不过这件事以后可能是个问题。

接下来的事情更加深了他们的爱。他们同时从床上一跃而起："我们接着工作吧。"他们捡起剧本，光着身子开始修改对白。

但是有件事让安提娜很别扭。斯蒂夫穿上内裤的时候，她发现这条内裤竟然是粉红色的，还有波浪的花纹。这条内裤是为了展现他那让无数女影迷神魂颠倒的翘臀而专门设计的。他还神气地告诉她，他所用的安全套是为他特制的，生产厂家得到了他的投资。你绝对感觉不出来用了安全套。而且绝对没有意外怀孕的风险。然后，他问她这种避孕套叫"亚瑟王"或者"王者之剑"怎么样，他比较倾向于"亚瑟王"。安提娜闻言思忖了一会儿。

然后她故作正经地说："要不然换个更加政治正确的名字？"

"你说得对。"斯蒂夫说，"这种安全套成本太高，我们必须得吸引男女两性都来买才行。我们的推广口号是'明星使用的安全套'，那就拿这个做名字怎么样？就叫'明星安全套'吧。"

电影和他们的感情都取得了巨大的成功。安提娜成功地登上了通向明星的第一层阶梯，而接下来的五年之间里，她所拍的每一部电影都让她的成功变得更加坚定稳固。

就如同大多数的明星情事一样，他们的关系尽管美妙，却好景不长。靠着剧本做媒人，斯蒂夫和安提娜爱上了对方；但是他的声名和她的野心让他们的爱情不胜其扰。谁都禁不起付出更多的爱，这样的计较是激情的坟墓。而且两地分离也是个原因。电影拍摄完，两个人的关系也就结束了。安提娜去了印度拍外景，斯蒂夫的外景则在意大利。他们打电话，寄圣诞卡，送小礼物，他们还飞赴夏威夷共度销魂的周末。一起拍电影，就好比圆桌武士；而争名逐利，则好比寻找圣杯——只能单打独斗。

人们猜测说他们可能会结婚。当然，毫无可能。虽然安提娜觉得这段关系颇为愉快，但她始终觉得很滑稽。虽然她用职业演员对待工作的方式表现得更爱斯蒂夫，但她总忍不住笑场。斯蒂夫真挚、完美，是个热情而细腻的情人，她只要看一部他的电影就知道了。

他的外形赏心悦目，但无法让人长久爱慕。他吸毒、饮酒适度，让人没法指责。他把可卡因当作处方药来用，而酒精让他更加魅力焕发。成功并没有让他随心所欲或是情绪阴晴不定。

可是当斯蒂夫竟然求婚的时候，安提娜大吃一惊，委婉地拒绝了他。她知道，斯蒂夫随便和周围的人上床，无论在好莱坞的片场，还是在康复中心的时候。她可不想跟这样的人一起生活。

对于她的拒绝，斯蒂夫没说什么。过量的可卡因让他感到了短暂的虚弱，但他很快就振作起来了。

后来的五年里，安提娜终于成为了顶级明星，而斯蒂夫渐渐过气了。对他的影迷，尤其是女影迷而言，他仍然是偶像，但他运气不好，选片也不明智，毒品和酒精则让他更加无心事业。斯蒂夫通过梅洛·斯图尔特问安提娜，能不能把《梅莎琳娜》的男主角给他。如今，决定权换人了。安提娜同意了这个请求，把角色给了他。她之所以答应，是出于一种有悖常理的感激之情，再说这个角色正适合他。而且他不用陪她上床。

五年以来，安提娜有过几段短暂的感情生活。其中一次是跟年轻的制片人凯文·马林——伊莱·马林的独生子。

凯文·马林跟她年纪相仿，但在电影界经验丰富。他二十一岁那一年完成了第一部主流电影的制作，一炮而红。他因此觉得自己是电影天才。可在那之后他接连遭遇了三次票房滑铁卢，如今，整个行业里只有他父亲肯相信他。

凯文·马林长相英俊，毕竟伊莱·马林的第一任妻子是电影圈的大美人。可惜他的俊美不属于镜头，他试镜从来都通不过。那么作为一名严肃的艺术家，他只能当一名制片人了。

凯文邀请安提娜主演他的新电影，安提娜听着凯文说话，心里既惊且惧。一本正经的人谈吐往往有一种特有的无知。

“这是我读过的最好的剧本，”凯文说，“坦率地说，我本人也参与了修改。安提娜，这个角色非你莫属。这个圈子里任何女演员我都能请到，但是我只想要你来演。”他一眨不眨地盯着她，要她明白他的真诚。

他的剧本让安提娜很着迷。故事是关于一个无家可归的女人的。她露宿街头，偶然在垃圾桶里发现了一个弃婴，继而成了全美流浪者的领袖。电影中有一半镜头都是在拍她推着超市的手推车，里边装着她的全部家当。酗酒、吸毒、饥饿、强奸都没能打垮她，政府也没能从她手里夺走捡来的孩子。于是她以独立候选人的资格参选美国总统。不过，竞选失败了——这种剧本都是这样。

安提娜的这种着迷其实是一种恐惧。这个剧本要她扮演一个无家可归的绝望女人，身处的环境凄惨无比，衣服也破旧褴褛。从视觉上看，就是个灾难。影片的情绪基调一塌糊涂，戏剧冲突的建构愚蠢无比。整个剧本不知所云，完全一团糟。

凯文说：“你要是能演这个角色，我死了都愿意。”

安提娜想，是我疯了还是这家伙是个白痴？但他是个很有影响力的制片人。他很真诚，也想真正地拍电影。她无助地看着梅洛·斯图尔特，而梅洛则报以一个鼓励的微笑。她不知怎么开口。

“有意思，这个点子很有意思，”梅洛说，“经典，跌宕起伏。这就是戏剧的精髓。但是凯文，安提娜刚刚取得了突破，你知道她下一部电影的选择十分重要。让我们考虑一下，然后再答复你，怎么样？”

“当然没问题，”说着，凯文给了他们一人一份剧本，“你们一定会喜欢的。”梅洛带安提娜来到了梅尔罗斯的一家泰国小餐馆。他们点了餐，然后哗啦啦地翻着剧本。

“还不如让我自杀算了。”安提娜说，“这个凯文是怎么回事？”

“你还是不懂电影圈啊，”梅洛说，“凯文算是聪明的。他只是还没找到合适的电影。我见过更糟的。”

“在哪？什么时候？”安提娜问道。

“记不大清了，”梅洛说，“你可以拒绝他，但是你还没红到可以随意树敌的地步。”

“伊莱·马林那么精明，肯定不会支持他儿子拍这部电影，”安提娜说，“他肯定知道这剧本有多烂。”

“当然，”梅洛说，“他甚至开过玩笑说，他儿子拍商业电影没票房，他女儿拍严肃电影也赔钱。但是伊莱总得哄着自己的孩子们吧。我们用不着。我们完全可以对这片子说不。但是也有个问题。罗德斯通买下了一部小说，其中有个很适合你的角色。你要是拒绝了凯文的话，那个角色也没了。”

安提娜耸耸肩：“这次我宁可多等几年。”

“干吗不把两个角色都拿下来呢？提个条件，你得先做那部小说，然后想个办法拒绝凯文不就行了。”

“那样就不会树敌了吗？”安提娜笑着问道。

“第一部电影一定大卖，所以这就不成其为一个问题了。那个时候你得罪人也无所谓了。”

“你确定我能退出凯文的电影吗？”安提娜说。

“我要是没法儿把你弄出来，你就解雇我好了。”梅洛说。他已经跟伊莱·马林商量好了。伊莱不能对自己的儿子说“不”，所以只好迂回逃避这场灾难，让安提娜和梅洛来做恶人。梅洛无所谓。电影经纪人有时就是做剧本里的反派。

每件事情都按部就班。小说改编的电影让安提娜坐稳了一线红星的交椅。但这一连串的事情之后，她决定独身一段时间。

虽然凯文的片子根本不会投拍，但还是装模作样地进行前期准备。他毫不意外地爱上了安提娜。作为电影制作人，凯文·马林还缺乏经验，他追求安提娜时，一往无前、一片赤诚。热情和社会责任感是他最大的魅力所在。一晚，出于一时的脆弱和背叛这部电影的负罪感，安提娜跟他上了床。两个人都很享受，凯文坚持要跟她结婚。

安提娜和梅洛说服克劳迪娅修改剧本。她把剧本改写成了荒诞喜剧，凯文开除了她。他十分生气，也变得越来越讨厌。

对安提娜来说，这段感情还不错。时间正好配得上她的档期，凯文在床上的激情也让人感到愉快。还有，他连婚前协议都不用就坚持要结婚，这让安提娜受宠若惊，他将来可是要继承整个罗德斯通电影公司啊。

但是一天晚上，他喋喋不休地讨论着他的电影，安提娜突然想："要是我再听这家伙多废话一分钟，我还不如去死。"善良的人要是翻脸就会不留任何余地。安提娜知道自己一定会感到愧疚，决定一次性全部说清楚。她对凯文说，她不会嫁给他，不会跟他睡觉，而且那部电影她也不拍了。

凯文惊讶得目瞪口呆："我们可是签了合同的，"他说，"合同有强制力。你这是彻彻底底地背叛我。"

"我知道。"安提娜说，"去找梅洛谈好了。"她觉得自己真恶心。当然，凯文说得对。可是有件事她觉得很有意思：相比失去她的爱，凯文更加关心的是电影怎么办。

这段感情之后，她的电影事业已经是一片坦途了，而安提娜对男人也失去了兴趣。她一直保持着独身。她还有更重要的事情要做，而情爱显然不在其中。

安提娜·阿奎坦内和克劳迪娅·德·莱纳之所以成为了挚友，完全是因为克劳迪娅坚持跟她喜欢的女人交朋友。她最开始见到安提娜时，正在修改一部安提娜参加演出的剧本。那个时候安提娜还没那么走红。

安提娜坚持要帮她一起改剧本。剧作家往往会被这种情形吓到，但安提娜证明了自己的睿智，帮了大忙。她把握角色和情节有一种良好的本能，而且她总是无私地给予意见。因为她知道，她合作的人物角色越完美，她就会有更多的表演空间。

她们经常在安提娜的马里布别墅里一块儿工作，因而发现了许多彼此的共同之处。她们都擅长体育：游泳、高尔夫球、网球都不错。马里布海滩网球馆里，她们两个组成的搭档击败了众多男组合。所以，电影拍完后，她们仍然维持着友谊。

克劳迪娅对安提娜是无话不谈。而安提娜对自己的事却讳莫如深。这种友谊就是这样。克劳迪娅明白这一点，但是没觉得有什么大不了。克劳迪娅讲了她跟斯蒂夫·施塔林斯的感情。安提娜闻言大笑，还跟她交流起了心得。她们达成了共识，的确，斯蒂夫很让人愉快，床上也很棒。而且很有才华，他是个天赋惊人的演员，而且是个好男人。

“他的长相可差不多跟你一样出众呢。”克劳迪娅说。她向来不吝于赞美别人的美貌。

安提娜好像完全没听到这话。有人提到她的美貌时，她一向是这个反应。

“但他演技更好？”安提娜捉弄地问道。

“不，你是个好演员。”克劳迪娅说。为了让安提娜多说说自己的事儿，她又说道：“可他比你开心多了。”

“真的？”安提娜说，“也许吧，不过早晚他要比我更不开心。”

“是啊，”克劳迪娅说，“可卡因和纵酒早晚要毁了他。他将来不会好过的。不过他很聪明，也许能适应。”

“我可不想变成他将来的那个样子。”安提娜说，“我也不会那样的。”

“你最棒了，”克劳迪娅说，“不过你敌不过年龄的。我知道你不怎么喝酒，不乱搞，但是你的小秘密会击垮你。”

安提娜笑了，“我的秘密就是我的救赎，”她说，“我的秘密太没劲了，简直不值一提。我们电影明星需要一些神秘感。”

周六上午没有工作的时候，她们一起到罗迪欧道去购物。为了不让影迷或者店员认出来，安提娜总要改头换面一番，对此克劳迪娅叹为观止。安提娜戴了一顶黑色假发，用头巾遮住面部轮廓。她还变了妆，让下巴显得更阔，嘴唇更饱满。但最有意思的是，她好像可以重新排布五官在脸上的分布似的。她还戴了隐形眼镜，让亮绿色的瞳孔变成褐色。就连口音都带了点南方腔。

安提娜买东西的时候，都让克劳迪娅结账，然后等她们一起吃饭的时候再用支票还给她。扮成普通人在饭馆里自由自在可真好；克劳迪娅半开玩笑地说，谁都认不出来编剧长什么样儿。

克劳迪娅每个月都会去马里布两次，和安提娜打网球、游泳。克劳迪娅给安提娜看了《梅莎琳娜》的第二稿，安提娜问她能不能把女主角给她。就好像她不是什么头牌明星，而克劳迪娅原本也不需要低三下四地求她一样。

所以，当克劳迪娅来到马里布劝安提娜回去接着拍摄的时候，她觉得还是有希望成功的。不管怎么说，这种行为不光会毁了安提娜的前程，也会给克劳迪娅造成很大伤害。

除了马里布住宅小区大门的保安，安提娜的家里还增设了严密的警戒。见到这番光景，克劳迪娅的信心动摇了。

两个身穿太平洋安保公司制服的人站在房子正门。还有两个人在大院子里巡逻。南美洲的管家把她带到海景房的时候，她看见外面的海滩上还有另外两个保安。这些保安都带着警棍，还有装在套子里的枪。

安提娜热情地拥抱了克劳迪娅。“我会想你的，”她说，“我一周之后就走了。”

“你疯了吗，”克劳迪娅说，“难道让一个自以为是的男人毁了你？还有我。我真不敢相信你胆子这么小。这样，今晚我住在你这儿，明天我们就去办持枪证、学射击。用不了几天我们就是神枪手了。”

安提娜闻言笑了，又抱了她一下。“你的黑手党血统起作用了啊。”她说。克劳迪娅给她讲过克莱里库齐奥家族和她爸爸的事情。

她们倒了些喝的，坐在躺椅上。这样看见大海的景色，就好像在看一幅青绿色的水景写生。

“你劝不了我的，我也不是什么胆小鬼。”安提娜说，“你不是一直想知道我的秘密吗？我现在就告诉你。你也可以告诉电影公司，这样也许你们就都能理解了。”

于是她给克劳迪娅讲了她的婚姻，讲了施虐成性、心肠如铁、挖空心思要让她出丑的博兹·斯堪尼特，还讲了她是怎么逃出来的……

克劳迪娅很聪明，又是讲故事的行家，她发现了安提娜的故事里少了些东西。安提娜是故意略掉这些重要东西不提的。

“孩子呢？”克劳迪娅问道。

安提娜的五官瞬间罩上了一层电影明星的面具。“眼下我能告诉你的只有这么多了。说实话，我有孩子的事情仅限于你我之间，你绝对不能告诉公司。我相信你。”

克劳迪娅知道她问不出来什么的。“可是你为什么一定要退出这部电影呢？”克劳迪娅说，“公司会保护你的，然后你再远走高飞就是了。”

“你不懂，”安提娜说，“公司只会保护我到拍摄结束。就算如此也不管用。我太了解博兹了。什么也拦不住他的。就算我不走，这片子我也根本拍不完。”

就在这个时候，她们都注意到，有个穿着泳裤的男人从水里钻出来，朝房子走来。两个警卫拦住了他。其中一个警卫吹了一声口哨，花园里的两个人也立刻跑过来。四个对一个的悬殊比例下，穿泳裤的男人好像稍稍退了一步。

安提娜一下子站起来，明显地浑身发抖。“是博兹，”她悄悄对克劳迪娅说，“他这么干完全是要吓唬我。这不是他真正的行动。”她跑到凉台上，看着楼下的五个人。克劳迪娅也跟了过来。

博兹·斯堪尼特抬头看了看他们。他眯着眼睛，阳光把他的面颊映成了古铜色。他的身体只穿了一条泳裤，带着一种致命的危险。

他笑了笑说：“嗨，安提娜，怎么不请我进去喝一杯呢？”

安提娜明媚地笑了：“可惜我没有毒药，要不然一定请你喝。你违反了法庭的命令——我可以让你进监狱。”

“不，你不会的。”博兹说，“我们太亲密了，我们有太多小秘密了。”虽然他在笑，可看起来凶悍无比。

克劳迪娅想到了在科沃格的时候，参加克莱里库齐奥家族庆典的那些人。

其中一个保安说：“他从公共海滩绕过栅栏游过来的。他肯定把车停在那儿了。我们可以把他关起来。”

“不，”安提娜说，“把他带到他的车那边去。告诉你们公司，我要再多派四个人手。”

博兹仍然抬着头。他的身躯仿佛一座立在沙滩里的雕像。“再见，安提娜。”他说。保安把他带走了。

“确实很吓人，”克劳迪娅说，“也许你说得对。要阻止他，非动用加农炮不可。”

“我逃走之前会给你打电话的，”安提娜的语气有些刻意，

“我们还可以一起吃顿晚餐。”

克劳迪娅都快哭出来了。博兹真把她吓坏了，让她想起了她的父亲。“我飞到拉斯维加斯找我哥哥克罗斯去。他精明得很，认识好多人。我保证他能帮忙。别走，等我回来。”

“他凭什么帮忙呢？”安提娜说，“又怎么帮呢？他是黑手党？”

“当然不是，”克劳迪娅不悦道，“他帮忙是因为他爱我。”她的口气带着骄傲，“除了爸爸之外，他真正爱的就只有我一个人。”

安提娜蹙眉看着她：“你哥哥有问题。你也太天真了，不像个电影圈的女人，我就奇怪你怎么会跟那么多人睡觉的？你又不是演员，再说我觉得你也不放荡。”

“这没什么奇怪的。”克劳迪娅说，“为什么男人要搞那么多女人？”她抱了抱安提娜，“我要去拉斯维加斯了，”她说，“别走，等我回来。”

那晚，安提娜坐在凉台，望着黑漆漆的海面，天上没有月亮。她回顾了一遍她的计划，愉快地想起了克劳迪娅。真有意思，她连自己的哥哥是什么人都不知道。不过，爱，就是这样。

那天下午，克劳迪娅见了斯基比·迪尔，告诉他安提娜的故事，两个人都沉默良久。终于，迪尔开口道：“她隐瞒了一些事。我曾经找过博兹·斯堪尼特，想用钱把他打发了。他拒绝了，还警告我说如果我们耍什么花招，他就给报纸透露点儿能毁了我们的小故事——安提娜是怎么遗弃了他们的孩子的。”

克劳迪娅怒不可遏。“撒谎！”她说，“认识安提娜的人都知道，这种事她干不出来。”

“没错，”迪尔说，“但是我们可不知道她二十岁的时候什么样。”

“你也少胡说八道，”克劳迪娅说，“我要飞到拉斯维加斯找我哥哥克罗斯。他比你们这些家伙脑子都快，比你们有种。他一定能摆平这事儿。”

“我觉得他吓不着博兹·斯堪尼特，”迪尔说，“我们花大力气试过了。”不过这会儿，他又看到了一线希望。

他听说过克罗斯的一些事。克罗斯想找机会进入电影业。他给迪尔的六部电影投过钱，总体来看是亏了钱的。所以克罗斯也不是那么精明。有传言说克罗斯和黑手党有联系，在黑手党里也有影响力。但是，每个人都跟黑手党多少有点联系，这也并没让这些人看起来有多危险。他怀疑克罗斯解决不了博兹·斯堪尼特这件事。但是，制片人永远要善于听别人的意见，考虑长远。再说了，他总可以劝克罗斯再给一部电影投些钱。拉合伙人进来总是有用的，他们也控制不了电影的拍摄和财务情况。

斯基比·迪尔顿了顿，对克劳迪娅说：“我跟你一块儿去。”

尽管斯基比·迪尔曾经为了五十万美元骗过她，克劳迪娅·德·莱纳仍然爱他。她爱迪尔的小毛病，还有层出不穷的捞钱手段，还因为斯基比是个好伙伴，拥有制片人的一切好品质。

若干年前，他们合作一部电影的时候成为了朋友。当时，迪尔已经是好莱坞最成功、最有趣的制片人之一。有一次，有部电影的男主角在片场吹嘘自己搞了迪尔的老婆，而迪尔正好在三楼的吊杆架上听到了他的话，他跳到了那个演员的头上，不仅把他的肩给砸骨折了，还用一记漂亮的右直拳让他的鼻子开了花。

克劳迪娅还记得一件事。他们两个在罗迪欧道上散步的时候，克劳迪娅从橱窗里看见了一件女式衬衫。克劳迪娅从没见过这么漂亮的衣服，纯白色上面隐隐约约有绿色的暗纹，美得像莫奈的画。要进这间商店，你得事先预约，就好像店主是高明的内科医生一样。不过没问题的。斯基比·迪尔跟店主私人关系很好。迪尔跟电影公司的主管、大企业的董事，甚至西方国家的统治者都是好友。

他们走进商店，店员告诉他们说这件衣服五百美元。克劳迪娅震惊得退了一步，双手捂住了胸口。

“一件衣服要五百美元？”她问道，“别开玩笑了。”

店员被克劳迪娅的失态给弄得不知所措。

“这是最好的料子做的，”他说，“纯手工……而且这种绿条纹，全世界也找不出别的料子能有这种绿色了。价钱很合理的。”

迪尔笑了。

“克劳迪娅。”他说，“你知道要洗这衣服得多少钱吗？至少三十美元。你穿一次，三十美元就没了。而且伺候这件衣服得跟伺候孩子一样。不能沾上食物渣子，绝对不能抽烟。你要是烫了个洞，五百块就飞了。”

克劳迪娅对店员笑了笑。“请问，”她说，“要是我买下这件衣服，有免费的礼品赠送吗？”

这位衣着华美的店员此刻眼里已经有泪水打转了。他说道：

“请你离开。”

他们走出了商店。

“什么时候店员敢把客人撵出去了？”克劳迪娅笑着问道。

“这儿可是罗迪欧道啊，”斯基比说，“能进来就不错了。”

第二天克劳迪娅来电影公司上班的时候，发现桌子上有个礼品盒。盒子里装十二件那种样式的女式衬衫，还有一张斯基比·迪尔留的字条，写着：“奥斯卡奖的时候再穿。”

克劳迪娅这才知道，那个店员和斯基比·迪尔都在信口胡扯。后来她又见到过同样的漂亮绿条纹，一次是在一件连衣裙上，还有一次则是卖一百美元的特别款网球头巾。

她跟迪尔合作的是一部三流爱情动作片，这种电影要是能跟奥斯卡扯上什么关系，斯基比·迪尔就能到最高法院当法官了。但是不管怎么说，她还是很感动。

终于有一天，他们合作的电影竟然奇迹般地赚到了一亿美元的票房，克劳迪娅觉得有钱了。斯基比·迪尔请她共进晚餐庆祝。斯基比满肚子都是玩笑话。“今天真是我的幸运日啊，”他说，“片子整整卖了一亿，鲍比·邦茨的秘书给我吹箫，昨天晚上我前妻还叫车给撞死了。”

一起的其他两个制片人闻言都皱着眉。克劳迪娅以为迪尔在说笑话。但迪尔对两个制片人说：“我知道你们嫉妒得眼珠子都发绿了。不过从此以后我每年能省下五十万的赡养费，我的两个孩子继承了她的地产，那都是她从我这儿拿走的，所以我再也不用管他们了。”

克劳迪娅突然觉得情绪很低落。迪尔对她说道：“我只是实话实说而已，这种话每个男人都想过，但是绝不会大声说出口而已。”

斯基比·迪尔在电影圈能走到今天，花了很大的代价。他是个木工的儿子，原来帮着父亲在好莱坞给电影明星修房子。他成了一个中年女影星的情人，这种情况也只能发生在好莱坞。这个女人给他在经纪公司里谋了个学徒的工作，这是准备甩了他的前奏。

他工作勤奋，学着控制自己的急脾气。最重要的是，学着如何讨好一线红星、如何恳求炙手可热的导演新秀、如何哄骗影视新人、如何成为蹩脚编剧的良师益友。他自比为文艺复兴时期与法兰西国王谈判的红衣主教。法兰西国王露出屁股，当众大便，以示对教皇的轻蔑。而那个红衣主教则高呼：“噢，这是天使的屁股！”然后冲上去大亲特亲。

不过，迪尔的业务水平相当扎实。他掌握了谈判的技巧，并把这种技巧总结成“什么都得主动要”。他了解文学，眼光毒辣，专门挑出适合改编成电影的小说来。他能发现表演天赋，他对影片的制作中坑钱的不同手段洞烛于心。他成了一个成功的制作人，能把剧本内容减掉百分之五十，把预算降到百分之七十。

他喜欢读书，还能写剧本，这都帮了他的忙。虽然他没法完全从零开始写，但是他善于删减场景、修改对话，还能设计动作场面、加一些固定桥段。这些桥段虽然对情节没什么作用，但是反响往往不错。他最引以为自豪的是，他的电影之所以能有好票房，是因为他很善于拟定电影的结局，这些结局往往都是大团圆，正义战胜了邪恶——要是实在安不进去，也起码要搞个虽败犹荣什么的。他的得意之笔是一部讲原子弹摧毁纽约的电影。这部电影的结局是，原来所有的角色都是人类楷模，为了同胞的福祉奋不顾身，就连那个引爆了炸弹的角色都算在内。他多雇了五个编剧才搞出这一场戏来。

作为一个制作人，这些对他来说本来没有什么价值，但是他对金融十分敏感。谁也不知道他的投资都是从哪儿拉来的。有钱人为他的剧组慷慨解囊，就好像那些漂亮女人对他投怀送抱一样。他实话实说，连赞美生活中的好事时也是满嘴脏话，不过明星和导演们倒是喜欢他这一点。他能从电影公司以外的地方弄来赞助，还发现用贿赂电影公司高层的方法换得电影一路绿灯完全行得通。他分配圣诞卡片和圣诞礼物的送礼清单长得没完没了，有送给明星们的，有送给报纸杂志的影评人的，甚至还有高级司法官员。这些人都被他叫作好朋友，就算有朝一日他们没用了，他也只是从礼品名单上把他们删掉，但是卡片名单上永远留着他们。

当好制作人的诀窍之一是资本。可以是一本毫无名气的小说，就算印出来卖得不好也没关系，这是实实在在的东西，有了它就有跟电影公司谈判的内容。迪尔以每年五百美元的价格买下了这些作品未来五年的期权。他也会买下剧本的期权，跟作者一起修改成电影公司更愿意购买的剧本。这种事最劳心劳力。作家们都太脆弱了。迪尔最喜欢用“脆弱”形容他认为愚蠢的人。对女演员来说，这个词尤其有用。

与克劳迪娅·德·莱纳合作很成功，也很愉快。他很喜欢克劳迪娅，希望能把诀窍都教给她。他们花了三个月的时间一起修改剧本。他们一起吃饭，一起打高尔夫（迪尔感到不可思议，克劳迪娅竟然能击败他），还一起去圣安妮塔看赛马。他们一起在斯基比·迪尔家里游泳，穿泳装的秘书在旁边等着随时记下指示。在一个周末，克劳迪娅甚至带着迪尔去了桃源酒店见她的哥哥克罗斯。为了方便有时候他们干脆睡在一起。

这部片子的票房取得了巨大成功。克劳迪娅以为能赚上一大笔钱了。迪尔的分成中有她的一份，而且她知道，分成的时候他的钱总是优先付的，照他的话说，这叫“上游”。但是克劳迪娅不知道的是，迪尔有两个不同的抽成，一个基于全部票房收入，一个基于净利润。而克劳迪娅能拿到多少抽成，得看斯基比·迪尔在净利润分成时能拿多少。虽然片子挣了一亿多美元，迪尔在净利润分成上却一分钱都没能入账。公司的会计程序、迪尔的总票房抽成、制片成本让净利润一毛都不剩了。

克劳迪娅提起了起诉，斯基比·迪尔跟她以一个小数额达成了和解，友谊也得以持续。克劳迪娅谴责他的时候，迪尔说：“这事跟我们俩的私交没关系，这是两个律师之间的事。”

斯基比·迪尔说：“我曾经也是个人，但是我结婚了。”不仅如此，他真的坠入了爱河。他的理由是，当时他太年轻，而且他看得出来，她是个有天分的演员。他是对的。但是他的妻子克里斯蒂并没有那种成为明星的特殊潜质。她的最好成绩也只是第三女主角而已。

不过，迪尔真的很爱她。他在电影圈有了一席之地，便尽全力帮克里斯蒂成为明星。他找其他制片人、导演和电影公司高管帮忙，让她出演重要的角色。偶尔几部片子他为她争取到了第二女主角，但是等她年龄渐长，工作就越来越少了。他们生了两个孩子。可是克里斯蒂越来越不开心，这占据了迪尔大量的工作时间。

成功的制片人都忙得不可开交，斯基比·迪尔也是一样。他必须满世界跑，监制片子、谋求资助、开发项目等。既然跟这么多美丽迷人的女性有接触，而且还缺个伴，浪漫韵事就不罕见了。对此他照单全收，但仍然爱他的妻子。

有一天，一个开发部门的姑娘给他带来了一部剧本，说正适合克里斯蒂，这种角色再好演不过，而且真的非常适合她。这是一部黑色电影。女人爱上了年轻的诗人，杀死了自己的丈夫，于是不得不躲避孩子们的伤痛和丈夫家人对她的怀疑。当然，最后她得到了救赎。虽然是纯粹胡扯，但是电影卖座就可以了。

斯基比·迪尔要解决两个问题：说服一家公司拍这部电影，再说服他们把主角留给克里斯蒂。

他动用了一切关系，他投资都押在了净收入的分成上。他说服了一位一线男星友情客串。他还找来了迪塔·汤美做导演。事情如梦幻般顺利。克里斯蒂的表演堪称完美，迪尔的制片工作也十分完美，百分之九十的预算都投入到电影的拍摄当中。

电影成功了。电影票房反响非常好。他从净收入中得到的分成比一般总票房的分成还要多。克里斯蒂靠着这部片子拿下了奥斯卡最佳女主角。

就像斯基比·迪尔告诉克劳迪娅的一样，电影就应该这样结尾：从此过上了快乐的生活。但是现在他妻子重拾了自信，她意识到了自己的真正价值，她成了各大电影公司竞相追捧的明星，她的剧本有专人送到，角色都是一些美丽、充满大银幕魅力的人物。可是迪尔却建议她接一些更适合她的角色，下一步电影的成败至关重要。他从不怀疑她的不忠，事实上，他默许了她外出拍电影时寻欢作乐的自由。但是获奖之后没几个月，她成了街头巷尾热议的话题，所有的名流聚会都向她发出了邀请，她的名字出现在各种娱乐专栏上，年轻的男演员围着她大献殷勤以求谋个角色。她重新找回了年轻女性的魅力。她公开跟小她十五岁的演员约会。小报记者大写特写，女权主义者给她欢呼加油。

斯基比·迪尔似乎完全接受了这一切。整件事情他都理解。不管怎么说，谁让他自己总是勾搭年轻女孩子呢？既然如此，他的妻子为什么不能享有同样的乐趣呢？但是话又说回来，他凭什么还要挖空心思拓展她的事业呢？尤其是她竟然真的开口替她的一个情人索要角色。他不再为她寻找剧本，不再利用其他制片人、导演和电影公司的大人物为她造势。出于男人之间的兄弟情义，这些老男人与他同仇敌忾，不再重用克里斯蒂。

克里斯蒂又接了两部片子的主角，但是由于她选角失当，两部电影都遭遇了惨败。因此，她也耗尽了奥斯卡所带给她的信誉保证。三年之后，她又只能接第三女主角了。

这个时候她爱上了一个一心想成为制片人的小伙子。他的确很像她丈夫，但是他需要资金。克里斯蒂因而提起了离婚诉讼，得到了一幢大房子和每年五十万美元的赡养费。她的律师没有发现斯基比安置在欧洲的财产，所以他们还能和平地分了手。而现在，七年之后，她死于了车祸。那个时候，虽然迪尔的圣诞卡片名单上还有她，她却也被列在了他著名的“生命短暂”名单上——意思是，生命太短，时间有限，他是不会浪费时间回电话的。

克劳迪娅·德·莱纳对迪尔有这样一种扭曲的感情。他不介意向他人展示真实的自我，他公然为自己而活。他直视你的双眼、称呼你朋友的时候不在乎你已经看透了他虚伪的外表。他是个主动、热情、让人愉快的伪君子。除此之外，迪尔非常善于说服人。而且她觉得在认识的所有人里，只有他跟克罗斯的精明不相上下。于是他们搭了下一班飞机，赶赴拉斯维加斯。

第四部

/克莱里库齐奥家族
/克罗斯·德·莱纳

第六章

克罗斯二十一岁的时候，皮皮·德·莱纳已经迫不及待让克罗斯走上他的路。这是一个公认的事实：男人一辈子最重要的事情就是养活自己。他必须为自己的衣食住行挣钱，还得养活孩子。不消说，要想不经历不必要的苦难而得到这些，一个男人在这个世界上就必须得有一定的影响力。克罗斯必须接替皮皮在克莱里库齐奥家族当中的地位，这跟夜晚接替白天一样自然。但他必须先证明自己的实力。

克罗斯在家族的名声很好。丹特告诉他皮皮是“铁锤”时，他的回答让唐大为赞赏。唐反复念叨着这几句话：“我可不知道，你也不知道，这些事谁都不知道，你这破帽子哪儿来的？”这话说得多好！唐乐坏了。这么年轻的小伙子，却有城府，还精明，真是他父亲的骄傲！我们必须给这孩子一个机会。这些话都传到了皮皮的耳朵里，皮皮知道，火候差不多了。

他开始着力培养克罗斯。让他去催的账款都很难追回来，必须动手来硬的。他给克罗斯讲家族的历史和以前的做事方式。这没什么特别的，他强调。但是如果想做得特别，就必须把每一处细枝末节都计划好。要说简单，那就是最简单的办法。把一小块地方清空，把目标堵在里头。先监视，再派杀手，最后用车封路，然后躲一阵子避避风头。这是简单的套路。复杂的呢，那就要做得够复杂。你可以开动脑筋天马行空，但是要有切实可行的计划。不到绝对必要的时候，别把事情搞得复杂。

他还给克罗斯讲了一些黑话。“圣餐礼”指的就是杀人之后把尸体处理掉，这是复杂情况；“坚信礼”就是曝尸街头，这就简单了。

皮皮给克罗斯简单讲了克莱里库齐奥家族和桑塔迪奥家族的过节，以及奠定了他们家族地位的那次大战。皮皮完全没提他做了什么，对细节也含糊带过。但是他对乔治、文森特和佩蒂耶赞誉有加。不过最让他佩服的，要数唐·多梅尼科的高瞻远瞩。

克莱里库齐奥家族有许多生意网，覆盖最广的是博彩业。他们控制了美国所有的赌场和地下博彩，对美国土著赌场的影响力鲜为人知，他们直接控制着内华达合法的体育博彩和其他地区非法的体育博彩。家族开办了生产吃角子老虎机的工厂，在骰子和纸牌的制造业、赌场酒店的瓷器和银器供应、酒店洗衣业等等方面都有股份。博彩业是他们这个帝国最为璀璨的珠宝，他们不遗余力地在全国推行赌博合法化。

如今，全美各地的合法赌博受到联邦法律保护，成了克莱里库齐奥家族的圣杯。不仅有赌场和乐透彩票，还有体育博彩：棒球、美式足球、篮球，应有尽有。体育在美国人心目中是神圣的，一旦赌博合法化，这种神圣也会扩散到体育博彩本身。到时候就有赚不完的钱。

乔治的公司管理着某几个州的乐透彩票。乔治给家族算过一笔预期收入的细账。美国超级碗杯吸引的赌资就超过二十个亿，大部分都是非法的。光是拉斯维加斯卖出去的合法体育彩票就超过五千万。世界大赛的赛事总数不固定，总计下来又是十亿的进项。篮球的份额要小得多，但是那么多季后赛，还能再贡献十亿，这还不算每个赛季每天下的注。

一旦合法，有了特殊乐透彩票和组合式投注，这些数目还能翻两三倍。超级碗不止翻两三倍，超级碗能整整翻十倍，甚至达到每天十亿净收入的程度。全部收入能达到一千亿，而且这根本就是空手套白狼，市场费用和管理费是唯一的开支。对克莱里库齐奥家族来说，这纯粹是只赚不赔坐等收钱的买卖，每年的纯利润至少有五十亿美元。

而且，克莱里库齐奥家族长于此道，有过硬的政治关系和控制大部分市场的实力。乔治用几张图表说明了体育赛事可以构建起来的各种复杂奖券。赌博就好比一块大磁铁，从美国人民这座大金矿里源源不断地吸出钱来。

所以，博彩业风险低，增长率高。为了让赌博实现合法化，花多少钱也不是问题，风险高也值得去做。

毒品也给家族带来了巨大收益，不过家族只参与毒品生意的最上游环节。风险太高了。他们控制了欧洲的加工环节、提供政治庇护和法律干预，还负责洗钱。他们的毒品生意丝毫没有法律漏洞。他们把钱分散地存在欧洲和美国，巧妙地避开法律的约束。

但是皮皮还审慎地指出，尽管如此，有时候仍然必须承担一些风险，必须展示一下铁拳。对于这种情况，家族一定会表现得绝对慎重、不留情面。这就是出人头地、自力更生的时候。

克罗斯过完二十一岁生日不久，就迎来了考验。

克莱里库齐奥家族最大的政治财富之一是内华达州长沃尔特·维文。他年届五十，高高瘦瘦，身上的西装剪裁得当，却戴着一顶牛仔帽。他面貌俊朗，虽然已经结婚，但对女性的热爱丝毫不减。他还喜欢美食和美酒，热衷体育博彩，是个狂热的赌徒。他极度在乎大众对他的印象，所以从来不会把这些特质暴露在公众面前，也不会冒险勾搭谁。所以，他就得靠格罗内韦尔特和桃源酒店满足他的需求，同时保持他那副敬事天主、恪守传统家庭价值观的个人政治形象。

格罗内韦尔特早就认识到了维文的特别天赋，于是资助他在仕途上一路高升。维文成为内华达州长之后，想要有个放松的周末。格罗内韦尔特便把其中一套豪华别墅给了他。

这些别墅，是格罗内韦尔特最厉害的创作……

格罗内韦尔特来到了拉斯维加斯的时候，这里只算是个西部牛仔的赌博窝点。他研究赌博，研究赌博的人，就好像科学家们研究对进化意义重大的昆虫。有个问题始终让他百思不得其解，那些已经很有钱了的人，为什么还要浪费那么多时间要赢钱呢，他们根本用不着那么多钱啊。格罗内韦尔特推断，他们这么干，也许是为了掩盖其他罪行，也许是因为他们乐于征服命运，但最有可能的解释是，他们只是希望能炫耀一下相比于同类的优越感而已。因此他得出结论，他们在赌博的时候，需要别人把他们当成神。他们赌钱的派头，要表现得好像是众神来赌钱了，或者是凡尔赛宫里的法国国王前来下注。

因此，格罗内韦尔特斥资一亿建造了七幢豪华别墅，又在桃源酒店的首层修造了美轮美奂的赌场（由于他一贯的远见卓识，他早就买下了比桃源酒店所需大得多的土地）。这些别墅不仅有套房，还有六间公寓可以容纳十二个人。装修极尽奢华之能事：手织地毯、大理石地面、金碧辉煌的洗手间、墙上挂着织锦。餐厅和厨房的人员都是由酒店配备的，最先进的声像设备让客厅变成了家庭剧场。别墅的小吧台里藏有极品红酒和各种烈酒，还有一匣走私进来的哈瓦那雪茄。每幢别墅都有独立的室外游泳池，室内有水流按摩浴缸。一律免费。

有一片配备了专门的保安人员的区域连接了各栋别墅。这是一个小型的椭圆形赌场，叫作“珍珠赌坊”，赌场大亨们可以在此享受私人包间。这里的百家乐，每次最小的赌注也要一千美元。这座赌坊的筹码也与众不同。黑色的一百美元筹码在这里是最小面值，金边灰白筹码价值五百美元，金边的蓝色筹码是一千美元，而一万美元的筹码用黄金特殊加工而成，中间还嵌了一颗真正的钻石。不过，为了女宾们的方便，轮盘区可以把一百美元的筹码换成五美元的筹码。

慕名而来的有钱人多得不可思议。格罗内韦尔特算了一笔账，这些免费房间、酒水、食物的奢侈享受，每周都要花上酒店五万美元，不过这些成本都可以抵税，而且每样东西的价钱都有所夸大。数据显示（他还有本单独的账），每幢别墅平均每周可以带来一百万美元的利润。为别墅和其他重要来宾提供膳食的高级餐馆也是一个减税条目。成本清单上，四个人一顿晚餐要花一千美元以上，但是餐饮是免费提供的，所以算作经营成本，可以从税额里除去。其实这样的一顿饭连工带料也就需要一百美元，利润空间自然就出现了。

正因如此，对格罗内韦尔特来说，七幢别墅就像七座皇冠，只会授予那些敢于在短短两三天的行程里掷出百万赌注的客人。输赢无关紧要，只要赌博就行。而且他们一旦有欠款就要尽快结清，否则就会被从别墅移到一般酒店套房。套房虽然也很华丽，毕竟是无法跟别墅媲美的。

当然，还不止如此。各界要人也可以将情妇或者男友一并带到这些别墅来，更可以匿名下注。奇怪的是，许多商业巨头，尽管身家以亿万计，有妻子情人，还是感到孤独。他们独自一人，希望不必有任何顾忌地找个女伴，或者找个格外有同情心的女人。对于这样的人，格罗内韦尔特一定会送去符合他们心意的女人。

沃尔特·维文州长就是这些人当中的一个。而且只有他不在格罗内韦尔特百万美元之限。他玩得不大，赌博用的钱也是格罗内韦尔特私下塞给他的，就算他的欠款积累到了一定数额也不用急着还，以后赢钱的时候抵扣就是了。

维文来酒店散心，在桃源酒店的球场打高尔夫，跟美女喝酒调情。

格罗内韦尔特一直在苦心经营州长这条关系。二十年里他从没赤裸裸地要他帮忙，只是找他疏通一下，让格罗内韦尔特的立法提案得以提交而已。这些提案都能让拉斯维加斯的博彩业从中得益。大多数时候，他的观点都能得到支持；要是没能通过的话，州长一定会给他详细地分析一下政治形势，为什么他的提案遭到了驳回。但是，州长提供了一项极为宝贵的服务：他把格罗内韦尔特介绍给了一些颇有影响力的法官和政客，这些人都是见到现钞就眼红的。

格罗内韦尔特的愿望是，沃尔特·维文州长有朝一日当选美国总统。那个时候的回报就不可估量了。

但命运最喜欢愚弄聪明人，格罗内韦尔特深知这一点。最是毫不起眼的凡人，却能给最不可一世的人带来灾难。这一次扮演这个角色的是个二十五岁的小伙子，是州长十八岁的大女儿的情人。

州长娶的太太聪明貌美，但她的政治观点更公平自由，不过两个人配合默契。他们生了三个孩子，这个家庭是州长的重要政治财富。最大的孩子是玛尔西，她在加州大学伯克利分校读书。这是她和妈妈的选择，不是州长的选择。

远离了政治家庭的死板，自由的校园、左倾思潮、新音乐、毒品都让她着迷。她对性的兴趣非常公开坦率，这点继承了她的父亲。出于年轻人的天真烂漫和对社会公平的本能支持，她非常同情穷人、工人阶级、悲惨的少数群体。她还爱上了纯粹的艺术。因此她自然常跟诗人和音乐家学生在一起厮混，还顺理成章地爱上了一个写剧本、弹吉他的穷学生。

他叫西奥·塔托斯基，是校园爱情的最佳人选。他皮肤黝黑，长相迷人，他的家人笃信天主教，都在底特律的汽车厂工作，他经常以诗人的才情发誓宁愿和轮胎睡觉也不要做父母从事的那种工作。尽管如此，为了付学费，他还是找了几份兼职。他自视甚高，不过也确实有些才华。

整整两年，玛尔西与西奥都形影不离。她把西奥带到了州长的宅邸见父母。西奥对她的父亲并不逢迎，她感到很高兴。之后在他们的卧室里，他告诉她说，她的父亲是个典型的伪君子。

西奥大概是察觉到了她父母面对他时那种刻意隐藏的优越感。州长和妻子虽然私下里觉得他们俩根本不合适，但为了表示尊重女儿的选择，对他异乎寻常地友好和周到。妈妈倒是并不担心，因为她知道，随着女儿慢慢长大，西奥的吸引力也就慢慢消失了；爸爸试图以亲切和和蔼掩饰他的不安，可即使是按照政客的标准，他也热情过头了。毕竟州长是工人阶级的捍卫者，工人阶级是州长的政治平台；而妈妈则是接受了良好教育的自由派，她觉得女儿跟西奥的这段感情没有害处，只会增加玛尔西的生活阅历而已。此时，玛尔西跟西奥已经同居了，打算一毕业就结婚。西奥可以写剧本来演，玛尔西则想教授文学，她是他的灵感女神。

很稳妥的安排。两个年轻人都不沉迷于毒品，性关系也无伤大雅。州长甚至想当然地觉得，就算最坏的情况，两个人的婚姻也可以在政治上助他一臂之力。这桩婚姻会让公众看到，虽然他出身白人盎格鲁-撒克逊新教徒圈子，尽管他身家巨富，文化修养也高，他仍然民主地接纳了一个蓝领阶级做女婿。

他们都准备好适应这个平淡的结局。这对父母只是希望西奥不那么招人讨厌就更好了。

但青春就是善变。玛尔西在大学的最后一年爱上了另一个学生。他比西奥有钱，出身和玛尔西更接近。但是她仍然希望能跟西奥保持朋友关系。周旋于两个情人之间，又不必背上劈腿的骂名，她觉得非常刺激。她天真地觉得自己是与众不同的。

西奥的反应却让人惊讶。他表现得不像是个伯克利激进派，倒像个野蛮的波兰杂碎。尽管他是个放荡不羁的诗人、音乐家，尽管他接受过女权主义和性爱自由的熏陶，他还是嫉妒得发狂。

西奥从来喜怒无常，这本来是他魅力的一部分。跟人说话的时候，他总表现出一种极端激进的立场，他扬言说如果能构建一个自由的未来社会，炸死一百个无辜的人完全是微不足道的代价。但是玛尔西知道，这类事他是做不出来的。有一次他们放完了两个星期的假回到住所时，发现床上有一窝刚生下来的小老鼠。西奥并没伤害它们，只是把这些小生命放在了大街上。玛尔西觉得他很可爱。

但是，当西奥发现玛尔西还有另一个情人的时候，他一拳打在了她脸上。然后他又声泪俱下地号哭着乞求她的原谅。她原谅了他。她仍然觉得他们的性爱很刺激，出轨的暴露让她掌握了主导权，这让她感到更加刺激。但是他变得越来越暴躁，他们时常吵架，在一起的生活也没那么快乐了。于是，玛尔西搬了出去。

她和另一个情人也分手了。玛尔西后来又谈过几次恋爱，但是她跟西奥仍然是朋友，偶尔还睡在一起。玛尔西计划去东部，申请一所常春藤盟校的硕士学位。西奥搬到了洛杉矶，写话剧剧本，也找电影编剧的工作。他的一部音乐短剧被一个小剧团所采用，排了三场演出。于是他邀请了玛尔西来看。

玛尔西飞到洛杉矶观看了演出。这部戏烂透了，一半观众都半途离了场。为了安慰他，玛尔西当晚就住在了西奥的公寓里。那天晚上的场景谁都无法还原了，能够证实的是第二天凌晨的某个时刻，西奥把玛尔西给刺死了，两只眼睛各攮了一刀。他又往自己的肚子上捅了一刀，然后报了警。及时赶到的警察救下了他的性命，但没能救回玛尔西。

审判在加利福尼亚进行。这件事顺理成章地成了媒体的焦点。一个是内华达州长的千金小姐，一个是蓝领阶级出身的诗人，两个人苦恋三年，大千金始乱终弃，诗人因爱生恨，最终发生了谋杀。

辩护律师茉莉·弗兰德斯对“激情杀人”的辩护颇有造诣。不过这是她最后一个刑事案件，在此之后她就进入了娱乐业。她的辩护策略非常经典。证人被传唤到庭，作证说玛尔西至少有过六个情人，而西奥还以为两个人会结婚。这个家境富裕、交际广泛、生性淫荡的玛尔西甩了对她一往情深的蓝领作家，让他痛彻心扉。弗兰德斯把当事人的表现归咎于“暂时性精神失常”。最让人津津乐道的一句台词正是出自克劳迪娅·德·莱纳之手：他永远不应该为自己的所作所为承担责任。这句话绝对会让唐·克莱里库齐奥暴跳如雷。

整个庭审过程当中，西奥都是一副丢了魂的样子。他那笃信天主教的父母说动了加利福尼亚有威望的教士作证——西奥已经抛弃了原来的享乐主义生活，如今他立志深造神学。辩方还指出，西奥尝试过自杀，这表示他有多么后悔。因此可以证明他精神失常。就好像自杀和精神失常有必然的联系。茉莉·弗兰德斯能言善辩地为大家描述了西奥能够为这个社会带来的巨大贡献，但现在西奥却要因为自己的一时糊涂接受惩罚。而一切都是因为一个道德沦丧的女人，一个玩弄蓝领阶级感情的女人，一个没心没肺、腰缠万贯的女人——只不过这个女人运气不太好，死掉了。

茉莉·弗兰德斯爱死加利福尼亚的陪审团了。他们聪明，有教养，理解精神疾病和精神创伤之间的细微差别；他们受过戏剧、电影、音乐、文学的熏陶，充满同情心。弗兰德斯陈述完，结果显而易见。西奥被宣判无罪，理由是暂时性精神失常。立即有人找他签了合同，要把他的经历拍成电视迷你剧，他也会参与演出。不是主角，而是一个小角色。这个角色要唱他自己写的歌，将整个故事串联起来。对这个当代悲剧来说，这样的结局算是十分令人满意的。

但是这件事情对姑娘的父亲，沃尔特·维文州长，造成了灾难性的影响。阿尔弗雷德·格罗内韦尔特二十年的投资眼看就要打了水漂，因为维文州长在别墅里私下对格罗内韦尔特说，他不会再寻求连任了。要是随便哪个王八蛋穷鬼白人小痞子都能把他女儿用刀捅死，甚至差点把她的脑袋给割下来，而且如今还活得跟个没事人似的，那要权力还有个屁用啊？不但如此，他的宝贝女儿如今叫报纸和电视给描述得像个没脑子的臭婊子，简直死不足惜。

生活中，有些悲剧是永远没法治愈的，对州长来说，眼下就是其中之一。他几乎成天泡在桃源酒店里，再不复昔日的风光。他对女人不再有兴趣，也懒得掷骰子。他整日酗酒、打高尔夫。这个问题让格罗内韦尔特头痛不已。

对于州长的不幸他深表同情。你对一个人倾注了二十年的心血，即便是出于一己之私，不可能不产生感情。但现实问题是，如果沃尔特·维文州长退出政坛，就不再是什么宝贵财富了，也没有任何可以挖掘的潜力，只剩下一个用酒精麻醉自己的男人。还有，他赌博的时候也是心不在焉，欠格罗内韦尔特的钱已经积累到了二十万。所以他必须拒绝州长使用别墅。当然，他可以给州长在酒店开一间套房，但终究还是降了一等。在此之前，格罗内韦尔特最后做了一次尝试，想要他振作起来。

有一天早上，格罗内韦尔特说动了州长跟他一起去打高尔夫。

为了凑齐四个人，他还找来了皮皮·德·莱纳和他儿子克罗斯。州长一直很欣赏皮皮的洒脱不羁，而克罗斯年轻英俊、彬彬有礼，长辈们都愿意他陪。他们打完球以后，来到了州长的别墅吃午餐。

维文的体重急剧下降，样子已经惨不忍睹。他穿着满是污渍的汗衫，戴一顶印着桃源酒店标识的棒球帽。胡子也不刮。他总是笑，不是政客的笑，而是意气全无的苦笑。格罗内韦尔特注意到了他满嘴的黄牙。他醉气熏天。

格罗内韦尔特决定打开天窗说亮话。他说："州长，你太让你的家庭失望了，你太让你的朋友们失望了，全内华达州的市民都对你失望了。你不能再这样下去了。"

"为什么不行，"沃尔特·维文说，"去他妈的什么内华达州市民，谁在乎他们？"

格罗内韦尔特说："我在乎。我在乎你。我来筹钱，下次选举你必须要竞选参议员。"

"我他妈还非去不可啊？"州长说，"在这个疯狂的国家里，一点儿意义都没有。我可是内华达州的州长阁下啊！可是一个混蛋杀了我的女儿，居然无罪释放。而且我还必须要接受。大家都拿我死去的孩子开玩笑，替杀人犯祈祷。你知道我祈祷什么吗？一颗原子弹把这个国家炸个稀巴烂，尤其是加利福尼亚！"

皮皮和克罗斯从头到尾都一言不发。州长的怒火让他们两个感到局促。再说两个人都明白，格罗内韦尔特是带着目的来的。

"你必须把这些都放下。"格罗内韦尔特说，"别让这个悲剧把你一辈子都毁了。"他的虚情假意能把圣徒都给激怒。

州长把棒球帽朝屋子里一甩，到吧台去又给自己倒了一杯威士忌。

“我忘不了，”他说，“晚上，我躺在床上睡不着，我就想掐死那个杂种，把他眼珠子挤出来。我想活活烧死他，把他的手脚全都给剁了。但是我得让他活着，让他活着我才能一遍一遍地折磨他。”他醉醺醺地咧嘴朝他们笑，差点摔倒在地。他们看得见他的满口黄牙，闻得见他嘴里的恶臭。

维文稍微清醒了点。他的声音轻了下来，几乎是絮絮叨叨地在说话。“你们看见他是怎么捅死她的吗？”他问道，“他是朝着她眼睛里捅的刀。法官不让陪审团看那些照片，怕影响他们的判断。但是我，孩子爸爸，看得到那些照片。所以那个小西奥就这么被判无罪了，他脸上还带着笑。他用刀捅我女儿眼睛，他天天早上起来照样能看到太阳。我希望我能把他们全都杀了——法官、陪审团、律师，全都杀了。”他又倒了一杯，怒气冲冲地在房间里走来走去，他的话前言不搭后语。

“我可没法当着众人说些我自己都不相信的东西。只要那个杂种还活着，我什么都不信。我和我的妻子把他当个人一样对待，其实我们根本就不喜欢他。对他没把握的时候我们选择了相信他——没有把握，永远别信任何人——我们对他敞开家门，给他床，让他跟我女儿睡觉，他始终嘲笑我们。好像在说你是州长，你有钱有教养、生活体面又能怎么样？只要我愿意，我就能弄死你女儿，而且你什么也做不了。我要毁了你们所有人，我要强奸你的女儿，我还要弄死她，最后你们只能看着我离开。”维文的身子一晃，克罗斯抢步上去搀住了他。州长的目光越过克罗斯，盯着高高的天花板出神。天花板的壁画上是粉色的天使和白袍圣徒。“我要他死，”州长呜呜地哭了，“我要他死。”

格罗内韦尔特轻声说道：“沃尔特，都会过去的，只是需要时间。登记竞选参议员吧。你未来的日子还很漫长。你能做的事还有很多。”

维文挣开了克罗斯，静静地对格罗内韦尔特说：“你还不明白吗？我再也不相信做善事了。我不能对任何人说出我的真实想法，就连跟我老婆都不行。告诉你，选民瞧不起我，他们觉得我是个窝囊废。自己的女儿被杀了也束手无策。谁敢把内华达州的前途交到这种人的手里？”他冷笑道，“那个混蛋说不定比我还厉害。”他顿了顿，说，“阿尔弗雷德，别想了，我什么竞选也不参加。”

格罗内维尔特仔细地打量着他。他想到了什么，但皮皮和克罗斯还没想到。强烈的悲伤之后通常是脆弱，不过格罗内韦尔特决定冒险尝试一下。他说：“沃尔特，如果收拾了这家伙，你会竞选参议员吗？你还能跟以前一样吗？”

州长好像没明白。他的眼睛往皮皮和克罗斯那边稍稍斜了斜，又盯着格罗内韦尔特的脸看。格罗内韦尔特对皮皮和克罗斯说：“在我办公室里等我。”

皮皮和克罗斯快步离开了。只剩下格罗内韦尔特和维文州长两个人。格罗内韦尔特严肃地对他说：“沃尔特，我们这一次必须打开天窗说亮话。我们认识二十年了，你觉得我是一个轻率冒失的人吗？所以你尽管回答。不会有事的。如果这小子死了，你会振作起来吗？”

州长来到吧台，倒了一杯威士忌，但并没喝，而是笑了。“他葬礼当天我就去注册，我还要亲自出席他的葬礼表达我的宽恕。”

他说，“支持我的选民一定愿意看到这个。”

格罗内韦尔特放松下来了。这事成了。他如释重负。“第一件事，去看牙医，”他对州长说，“去把你那口牙洗干净。”

皮皮和克罗斯在顶楼套房等格罗内韦尔特。他把他们领到了起居间，这样大家更自在一些，然后给他们讲了刚才的对话。

“州长没事吧？”皮皮问道。

“州长没喝醉，他装的。”格罗内韦尔特说，“虽然没直说，但是我明白他的意思。”

“我今晚就飞到东部去，”皮皮说，“这件事必须得克莱里库齐奥家族点头才行。”

“告诉他们，我觉得州长的前途不可限量，”格罗内韦尔特说，“他能爬到最顶层。交这个朋友，那是无价之宝。”

“乔治和唐会明白的。”皮皮说，“只不过我得把事情全都讲清楚，然后让他们说行。”

格罗内韦尔特看着克罗斯笑了，又扭头看着皮皮。他轻声说：“皮皮，我觉得克罗斯到了加入家族的时候了。我想，他最好跟你一起飞到东部去。”

但是，乔治·克莱里库齐奥决定到西部来一趟，在拉斯维加斯会面。他希望听格罗内韦尔特亲自给他讲一遍这件事，而十年来，格罗内韦尔特从没离开过这里。

乔治和保镖虽然不是什么赌场大亨，但还是住进了其中一幢别墅。格罗内韦尔特是个特殊情况特殊处理的人。他的别墅拒绝过权势煊赫的政客和金融巨鳄，拒绝过好莱坞的一些著名影星，拒绝过跟他睡过觉的漂亮女人，拒绝过关系密切的私交好友。就连皮皮·德·莱纳他都拒绝过。但是他给乔治·克莱里库齐奥开了一幢别墅。他知道乔治习惯于简朴生活，对铺张奢华并不感兴趣。但一点点累积起来的尊重总会收到回报。而一次小的疏忽，无论多么微不足道，某一天都会被记起来。

格罗内韦尔特、皮皮和乔治在别墅里商量这件事。

格罗内韦尔特介绍了一下形势。“州长对家族来说是一笔巨大的财富，”格罗内韦尔特说，“如果他能振作起来，他的前途一片光明。先是参议员，然后就是总统。这很有可能，你们也就有希望把体育博彩在全国合法化。对家族来说，这是好几十亿的价值，而且这好几十亿里没有黑钱，都是干净钱。我认为我们必须做这件事。”

干净钱比黑钱更有价值。但是乔治最大的财富在于，他从来不会草率地作决定。“州长知道你跟我们是一起的吗？”

“应该不知道，”格罗内韦尔特说，“但是他肯定听到过传闻。他可不傻。我帮他办过一些事，他肯定知道我要是单打独斗的话根本没这个能力。他很聪明。他只说了句要是那孩子死了，他就参加竞选。他什么都没要我做。他演得太好了，看上去都崩溃了，但其实没醉成那样。整件事他都想好了，他的痛苦是真的，只是夸张了很多。他不知道怎么才能报仇，但是他算计着我能帮忙。”他顿了顿，“我们如果在这个时候拉他一把，他就去竞选参议员，那他就是我们的参议员了。”

乔治小心翼翼地在屋子里踱着步，绕开了过道里的那些雕像，还有挂了浴帘的冲浪式浴缸。透过浴帘，浴缸的大理石好像在闪着光。他对格罗内韦尔特说："你没等我们点头就答应他了？"

"是的，"格罗内韦尔特说，"只是为了劝他。我必须积极回应一下，这样才能让他感觉他还是有影响力的，让他感觉他说话还是有分量的。这样权力才能再次吸引他。"

乔治叹了口气，"我讨厌来硬的。"他说。

皮皮笑了。乔治完全是在扯淡，他是把桑塔迪奥家族连根拔起的一员悍将，让唐他老人家骄傲不已。

"我想，这件事儿我们需要皮皮的手艺。"格罗内韦尔特说，"而且我觉得，是时候让他儿子克罗斯加入家族了。"

乔治看着皮皮："你觉得克罗斯可以了吗？"他问道。

皮皮说："他一直吃穿不愁，也该自力更生了。"

"他会干吗？"乔治说，"这可是一大步啊。"

"我跟他谈谈，"皮皮说，"他会的。"

乔治转向了格罗内韦尔特："我们替州长办了这件事儿，可要是他把我们忘了怎么办？那我们就白干了。他可是内华达州的州长，他的女儿被杀了他就要死不活的，太没种了。"

"他行动了，他来找我了。"格罗内韦尔特说，"你得理解州长这种人。能做到这步，已经要很大的勇气了。"

"他能听我们安排？"乔治说。

"我们留着他，只有大麻烦才会用得着他。"格罗内韦尔特说，"我跟他打了二十年交道。我保证，只要处理得好，他一定听我们的话。他非常精明，这种事他明白。"

乔治说："皮皮，得把这件事布置成意外。这肯定是个热门话题。我们得让州长置身事外，不能让他的政敌、报纸或者电视节目有任何机会影射他。”

格罗内韦尔特说：“是的，一定不能对州长有什么影响，这非常重要。”

乔治说：“把这一次当作克罗斯的成人礼也许太复杂了。”

“不，这对他正合适。”皮皮说。大家都没法反对。这种事一直都是皮皮干。他已经通过许多行动证明了自己，尤其是对抗桑塔迪奥家族的那次大战。他经常告诉克莱里库齐奥家族：“冲锋陷阵的是我。所以如果我栽了，我希望是因为我自己的错误，而不是别人的错。”

乔治拍了拍他的手。“好吧，那就干吧。阿尔弗雷德，上午要不要打局高尔夫？明天晚上我要去洛杉矶谈生意，后天回东部。皮皮，你要谁帮忙，尽管告诉我。另外，克罗斯这次是否参与也要告诉我。”

从这句话里皮皮知道，如果克罗斯拒绝参加这次行动，就永远进入不了家族的内部。

高尔夫是克莱里库齐奥家族里皮皮这一代人热衷的运动。唐开玩笑地说，这是代理人专用游戏。那天下午，皮皮和克罗斯来到了桃源球场打球。他们没开高尔夫球车，皮皮希望走路锻炼，还能享受一下球场的绿意。

过了第九个球洞之后是一个果树园，园里有条长椅。他们就坐在那儿。

“我不能一直干下去，”皮皮说，“你总得去自食其力。讨债公司很挣钱，但是经营起来很麻烦。你必须与克莱里库齐奥家族建立牢固的关系。”皮皮已经让克罗斯做好了准备，早就派他去完成一些需要用暴力解决的任务，他了解家族和他们做事的方式。皮皮一直在耐心地等一个合适的时机，找一个不会引发同情的目标下手。

克罗斯不动声色地说：“我明白。”

皮皮说：“杀了州长女儿的人是个杂种，杀人不偿命。这是不对的。”

克罗斯被他爸爸的想法逗笑了。“再说州长又是我们的朋友。”他说。

“没错，”皮皮说，“克罗斯，记住，你可以不去。不过这是我必须完成的工作，我希望你能帮我的忙。”

克罗斯低头看着起伏的绿波。燥热无风的沙漠让球洞上插的旗子垂头丧气。银色的山岭一路延伸到远方，拉斯维加斯大道的霓虹目力难及，照亮了天际。他知道，他的生活即将发生变化，这一刻他突然觉得有点害怕。“要是我觉得不喜欢，我随时可以去为格罗内韦尔特工作。”他说。不过他把手放在了爸爸的肩上，让他明白这只是个玩笑。

皮皮看着他微笑。“这次的工作就是替格罗内韦尔特做的。他跟州长是一路的。我们要去实现他的心愿。格罗内韦尔特得先征求乔治的同意。我说你能帮我的忙。”

克罗斯看到，远方的某个果岭上有两男两女四个人。沙漠的太阳让他们像卡通人物一样闪闪发光。“我必须证明我的能力。”他对父亲说。他知道，他必须答应，否则他眼下的生活就会发生天翻地覆的变化。对现在这种生活他很满意，他乐于帮爸爸跑腿，在桃源酒店，有格罗内韦尔特的指导，有漂亮的姑娘，轻轻松松可以挣到钱，还有权力在手的感觉。做完这次的活，他就永远摆脱了普通人的命运。

“我会做好整个行动的计划，”皮皮说，“我从头到尾一直跟着你。危险是不会有，但是开枪必须由你来。”

克罗斯从长椅上起了身。虽然没有风，他还是看见七幢别墅上的旗帜在高高飘扬。他年轻的生命里第一次感受到，如果失去这个世界，他将多么失落。“我听你的。”他说。

接下来的三周里，皮皮对克罗斯进行了特训。他说，他们现在要等盯梢小组提交关于西奥的报告，他的作息、习惯，还有最近的照片。此外，从纽约来的六人行动队已经守在西奥洛杉矶住所的附近。整个行动计划都是根据监视报告制订的。皮皮还给克罗斯讲了这一行的学问。

“这是生意，”他说，“必须做好一切提前准备，以防不测。谁都能杀人，关键是永远别被抓住。被抓住才是真正的罪恶。永远不要考虑个人感情。通用汽车的老板一下子裁掉了五万人，那就是生意。毁了他们的生活，他也没办法，他不得不这么做。还有吸烟，吸烟要死好几千人，那又能怎么样？人们还是抽烟，你不能禁止价值几十亿美元的生意。枪也一样。谁都有枪，谁都能杀人。有利可图的生意我们不能放弃。人必须养活自己，这是第一位的。永远都是这样。你要是不相信这一点的话，那就混不下去了。”

克莱里库齐奥家族非常严格，皮皮对克罗斯说道：“你必须让他们点头才行。不能因为有人朝你吐口痰你就大开杀戒，必须得到家族的首肯，因为这样你就不用坐牢了。”

克罗斯记住了这些话。他只问了一个问题：“乔治说要把这个做成意外？应该怎么办呢？”

皮皮大笑道：“别让任何人告诉你该怎么做，不要让别人插手你的事。他们只能告诉你他们的期望，而且我们只找最有利于我们的方法办事。最简单的就是最好的。如果你必须把事情搞复杂，那就搞到最复杂。”

监视报告送来的时候，皮皮让克罗斯把所有资料全都研究一遍。有西奥的几张照片，西奥车牌的照片；有一张地图，是他从布伦特伍德到奥克斯纳德去看他女朋友的路线。克罗斯问爸爸说：“他还能再找到个女朋友？”

“你不明白女人，”皮皮说，“她们要是喜欢你，你在水槽里撒尿都无所谓。她们要是不喜欢你，就算你把她捧成英国女王，她也会骑在你头上拉屎。”

皮皮飞到了洛杉矶安排行动小组。两天之后他回来对克罗斯说：“明天晚上动手。”

为了避开沙漠的酷热，第二天破晓前，他们就驱车从拉斯维加斯赶到洛杉矶。车子在沙漠里穿行时，皮皮告诉克罗斯放松。沙漠中的日出胜景让克罗斯目眩神迷。初升的太阳仿佛要把沙漠熔化成一条金色的河流，蜿蜒流淌，绵延到遥远的内华达山脉之下。他感到了一丝焦虑，他想要赶紧把事办妥。

他们来到太平洋帕丽萨德的一幢民宅，这是家族的房子，从布朗克斯聚居地来的六个人已经在等他们了。车道上停着一辆偷来的车，重新喷了漆，车牌也是假的。房子里有几把无法查到来源的手枪可以使用。

克罗斯惊讶于这间房子的奢华。隔着公路，可以看到美丽的海景，有游泳池、大凉台和六间卧室。这几个人似乎跟皮皮很熟。但是皮皮并没介绍他们相互认识。

午夜动手，现在还有十一个小时要打发。那几个人对大屏幕电视视若无睹，而在凉台打起了牌。他们都穿着泳裤。皮皮看了看克罗斯，笑了："妈的，我忘了这儿还有个游泳池。"

"没关系，"克罗斯说，"穿着内裤游泳也行。"反正房子偏僻得很，绿树环绕，还隔了一条缓冲坡。

"光着屁股下去就行了。"皮皮说，"谁都看不见。直升机倒是能看见，不过直升机都盯着住在马里布那些晒日光浴的妞儿呢。"

两个人游了一会儿泳，还晒了几个小时的日光浴。六人中的一个给他们准备了饭。牛排是在凉台烤架上煎的，还用芝麻菜和莴苣拌了沙拉。大家都边吃饭边喝红酒，只有克罗斯在喝汽水。他注意到，他们喝酒都很有节制。

吃完饭，皮皮带着克罗斯检查了一下这辆偷来的车。他们沿着太平洋海岸公路来到了一家西部风情的咖啡餐馆，他们会在这儿找到西奥。监视报告说，周三晚上，西奥开车去奥克斯纳德时，习惯于停在太平洋海岸公路餐厅点份餐。时间一般是午夜，他一般都会点咖啡、火腿和鸡蛋。他大概一点钟离开。今天晚上，监视他的两个人会一直跟踪他，用电话通报他的位置。

回到房子里，皮皮再次给众人通报了行动计划。六个人三辆车。一辆车开路，一辆断后，第三辆停在餐馆停车场，应付任何突发情况。

克罗斯和皮皮坐在凉台上等电话。车道上停着五辆车，都是黑色的，在月光下闪闪发亮，像硬甲虫。六个人还在打牌，他们用来下注的都是五分、十分还有二十五美分的硬币。终于，八点三十分电话响了：西奥已经从布伦特伍德出发，往餐馆方向去了。六个人钻进三辆车按计划分头行动。皮皮和克罗斯钻进偷来的车里，多等十五分钟再走。克罗斯在外套口袋里揣了一把精巧的点二二口径手枪，没有消音器，但是开枪时只会发出轻轻的一声锐响。皮皮带的是格洛克手枪，枪声巨大。自从唯一一次涉嫌谋杀被捕之后，皮皮就再也不装消音器了。

开车的是皮皮。行动计划得非常详细。参与行动的人员不会到餐馆里去。探员会问服务员所有顾客的情况的。监视小组已经报告了西奥的衣着、车和车牌号。他们很幸运，西奥的车是亮红色的福特便宜货，在一片奔驰和保时捷中，认出这辆车太容易了。

皮皮和克罗斯来到餐馆停车场，看见西奥的车已经停在那儿了。皮皮挨着他的车停下，熄火，关灯，坐在黑暗当中。隔着太平洋海岸公路，海面隐隐发光，被金色的月光分割成一条一条的。行动小组的一辆车停在了远处。他们知道，另外两辆车也各自就位，等待着掩护他们，拦住一切尾随而来的车，提前解决一切麻烦。

克罗斯看了看表。午夜零点三十分。还要再等十五分钟。突然皮皮一拍他的肩膀。“他出来早了，”皮皮说，“走！”

克罗斯看见那个人从餐馆出来，门前的灯光让他无所遁形。克罗斯感到不可思议，他竟然看上去还像个孩子，又矮又瘦，乱蓬蓬的卷发下面是苍白纤细的面颊。这个西奥也太单薄了，不像有杀人的本事。

出乎意料的是，西奥并没有钻进车里，而是躲开车流，穿过了太平洋海岸公路。到了公路的另一边，他又一路从沙滩上晃到了海边，踩进了海浪。他站在那儿，望着海面，望着天际线上黄澄澄的月亮。然后他又转回来，穿过公路，进了停车场。海浪湿了他的脚，因此他那双时髦的靴子走起路来咯吱作响。

克罗斯慢慢跨下了车。西奥来了。擦身而过时，克罗斯礼貌地一笑，错开身去让出了位置。西奥刚钻进车里，克罗斯就拔出了枪。车窗开着，西奥刚要打火，却注意到了旁边的阴影。就在这个时候克罗斯开了枪。两人目光对视，西奥一动不动，子弹打在他的头上，顷刻间满脸是血，眼睛外凸。克罗斯拉开车门，又朝西奥的头上补了两枪。血溅了他一脸。他抓出一袋毒品扔到西奥车里，“砰”一下关了车门。克罗斯开枪的一瞬皮皮已经把车点着了火。他打开车门，克罗斯钻了进来。他不能扔掉枪，否则的话就会让人察觉这是蓄意杀人，而不是毒品买卖出了差错。

皮皮开车出了停车场，掩护的车也跟了上来。领头的两辆车已经就位，五分钟之后，他们回到了家族的房子里。又过了十分钟，皮皮和克罗斯已经开着皮皮的车出发回拉斯维加斯了。偷来的车和使用的枪都由行动小组负责处理。

他们路过那家餐馆的时候，并没发现警察。显然，还没人发现西奥。皮皮打开车载收音机，留意着新闻广播。什么也没有。“很完美，”皮皮说，“计划得好，就一定顺利。”

日出时分，他们抵达了拉斯维加斯。沙漠再次变成了连绵的红海。克罗斯永远忘不了这段沙漠之旅，他们穿过黑夜，穿过无尽的月光，太阳冉冉升起，又过了一小会儿，拉斯维加斯大道的霓虹灯出现了，像灯塔一样昭示着安全，昭示噩梦的苏醒。拉斯维加斯永无黑夜。

差不多就在这个时候，西奥的尸体被发现了。苍白的黎明中他的脸鬼魅一样可怕。公众关注的焦点在于西奥携带的可卡因，总价值整整超过了十万美元。显然这是毒品买卖引起的仇杀。州长跟这起事件完全无关。

从这件事里，克罗斯学到了很多。他栽赃给西奥的毒品不超过一万美元，可官方竟然说价值十万。州长向西奥的家庭表达了哀思，赢得一片赞誉。过了一个星期，媒体已经彻底把这件事情忘记了。

皮皮和克罗斯被叫到东部正式会见了乔治。乔治赞许二人计划周密，行动利落，对本来应该设计成一场意外的事只字不提。克罗斯知道，从此以后克莱里库齐奥家族就会把他当作家族的“铁锤”对待。最重要的信号是：克罗斯得到了拉斯维加斯博彩收入的抽成，合法非法的都包括在内。除此之外，他已经成为克莱里库齐奥家族的正式成员，因此执行任务的时候，视风险高低，还会有专门的奖励。

格罗内韦尔特也拿到了自己的奖赏。沃尔特·维文当选参议员之后，找了个周末来桃源酒店度假。格罗内韦尔特为他开了一幢别墅，祝贺他的胜利。

维文又回到了老样子。他开始赌博赢钱，跟桃源酒店的姑娘共进晚餐。他似乎已经完全振作起来了。对于之前的人生危机，他只说了一句话。他告诉格罗内韦尔特说：“阿尔弗雷德，我欠你一张空白支票。”

格罗内韦尔特笑了，说：“空白支票谁也揣不进钱包里去，不过还是多谢你。”

他要的不是一张支票两不相欠，他要的是一段长久、持续的友谊，永不中断。

后来的五年里，克罗斯成了博彩专家，经营着赌场酒店。他担任格罗内韦尔特的助手，不过最主要的工作还是配合他爸爸皮皮。他不但证明了自己有能力经营讨债公司，他还是克莱里库齐奥家族的二号“铁锤”。

二十五岁的时候，克罗斯已经成了克莱里库齐奥家族的“小铁锤”。他执行任务的时候冷酷无情，连他自己都感到奇怪。他从来不知道下手的目标都是些什么人，反正只不过是一些砧板上的肉，外边裹着脆弱的皮肤，里头撑着骨头架子，跟他小时候和爸爸一起捕猎到的野生动物没什么区别。他冷静思考这一切的时候也会害怕，但是他的行动不会受到影响。安宁的日子里，清晨醒来的时候，偶尔会莫名其妙地感到一阵恐惧，就好像做了一个可怕的噩梦。有时他会心情低落，他会想起妹妹和妈妈，童年的点点滴滴，还有家庭破碎之后去探访她们的日子。

他想起妈妈温暖的脸颊，光滑的皮肤，清透得仿佛听得到皮肤下面血液平静安详地流淌着。但是在他的梦里，妈妈的皮肤皴裂，血液从裂缝之中喷涌而出，一直汇成了猩红色的瀑流。

这又勾起了其他的记忆。妈妈亲吻他的嘴唇是冰冷的，妈妈臂弯的拥抱是礼貌性的点到即止。她从来没有像领着克劳迪娅那样拉过他的手。每次去看她，离开的时候都觉得喘不过气来，胸口像受了伤。他不觉得现在失去了她，他早就失去了她。

他想起妹妹克劳迪娅的时候，不会感到失落。他们一起的过往仍在记忆当中，而她仍然是他生活里的一部分，只不过这部分要是再多一点就好了。他记得冬天他们在一起打闹，把拳头放在大衣口袋里，然后朝对方挥过去。没有伤害的决斗。生活好得很，克罗斯想，只不过有些时候会想念妈妈和妹妹。但是，跟爸爸和克莱里库齐奥家族在一起，他仍然很高兴。

在他二十五岁那年，克罗斯以家族铁锤的身份执行了最后一次行动。行动目标是他认识了一辈子的人。

联邦调查局在全国抓获了一大批黑手党名义上的首领和真正的代理人。维吉尼奥·巴拉佐便是其中之一。他是家族在东海岸最大的首领。

二十多年来，维吉尼奥·巴拉佐一直尽职尽责为克莱里库齐奥家族敛财。作为回报，克莱里库齐奥家族让他拥有了巨富身家，巴拉佐被抓的时候已经拥有了超过五千万美元的家产。他和家人过着真正优越的生活。但意想不到的事情还是发生了。他虽然感激家族的恩惠，但还是背叛了帮他步步高升的那些人。“缄默规则”禁止他向官方提供任何信息，可如今他背弃了这个信条。

他因涉嫌谋杀受到指控。但牢狱之灾还不足以让他变成叛徒，毕竟纽约州没有死刑。不管他的刑期有多长，就算罪名成立，克莱里库齐奥家族也能在十年之内把他弄出来，而且确保这十年他会过得很舒服。这些他都清楚。审判的时候，证人会作有利于他的伪证，陪审团也会事先打点好。即便在他服了若干年刑之后，也会有人准备好新材料，提交新的证据，证明他的清白。克莱里库齐奥家族的一个委托人坐了五年牢之后，家族就是通过这种方式把他捞了出来，政府还给了他一百多万美元，作为误判的补偿。

不，巴拉佐并不怕坐牢。让他成为叛徒的真正原因是，联邦政府威胁他说，根据国会颁布的《反黑法》，要没收他的全部家当。要从他和孩子们的手中夺走新泽西那幢富丽堂皇的房子，佛罗里达的奢华公寓，肯塔基的马场，他可受不了这个，虽然马场培养出的三匹马在肯塔基州马赛中都输掉了，那也不行。一旦谁涉嫌密谋犯罪而被捕，这部臭名昭著的《反黑法》就允许联邦政府没收他的所有财产。股票、债券、老爷车，都会被夺走。对于《反黑法》，唐·克莱里库齐奥本人也火冒三丈，但他也只是说了一句——“富人们这是搬起石头砸自己的脚。有了这个《反黑法》，总有一天他们会把整个华尔街的人全抓起来的。”

最近几年里，克莱里库齐奥家族疏远了这位巴拉佐老朋友。这不是幸运，而是远见。对家族来说，他太惹眼了。《纽约时报》曾经报道过他收藏的那些老爷车，照片里的维吉尼奥·巴拉佐头戴遮阳帽，站在一款1935年的劳斯莱斯车旁边。维吉尼奥·巴拉佐还出现在了肯塔基州马赛的电视转播上，他以进口地毯富商身份，手执马鞭，大谈特谈跑马这项贵族运动之美。对于克莱里库齐奥家族来说，这些都太张扬了，必须要警惕这个人。

收到巴拉佐的律师捎来的消息，克莱里库齐奥家族才知道维吉尼奥·巴拉佐对美国地方检察官开了口。唐本已经是半退休状态，闻知此事马上从儿子乔治手里接管了权力。这种情况需要用西西里的方式解决。

家族召开了会议：唐·克莱里库齐奥，他的三个儿子——乔治、文森特和佩蒂耶，还有皮皮·德·莱纳。巴拉佐会对家族结构造成危害，但是受影响最大的只是较低级别。叛徒虽然会供出大量有价值的信息，却提供不了合法的证据。乔治建议说，真要是到了最坏情况的话，他们也随时可以在国外建立一个新总部。但是唐怒不可遏地驳斥了他：除了美国，没有地方能让他们生活。美国让他们有了钱；美国是全世界最强大的国家，能够保护他们的钱。唐时常引用那句话："宁可错放一百人，不能冤枉一个人"，然后他总会再加上一句"多好的国家啊"。麻烦在于，这样养尊处优的日子，让他们都软弱下来了。如果在西西里，巴拉佐绝不敢当叛徒，做梦也不敢想到打破缄默规则，否则就算他的亲生儿子都会弄死他。

"我太老了，没法出国。"唐说，"我可不会让一个叛徒把我从家里撵出去。"

维吉尼奥·巴拉佐的事只是一个小问题，但这种事情是会传染的症状。像他这样的人还有很多，旧日的法则让他们强大起来，他们却不再受其约束。路易斯安那州、芝加哥、坦帕，都有家族的代理人，他们挥霍财富，向全世界炫耀自己的权力。这些下贱坯子粗心大意，一旦被逮到，就会为了逃脱制裁而出卖恩主，违反缄默规则，背叛同伴。这种毒瘤必须彻底根除，唐一直这样认为。但是眼下，他要听听大家怎么说。毕竟他已经老了，也许会有其他解决办法。

乔治简要介绍了目前的情况。巴拉佐跟政府方面的律师讨价还价。他说要是政府承诺不援引《反黑法》、如果他的妻儿能够保住他的财产，他愿意坐牢。当然了，他还提出如果可以不坐牢，他愿意出庭指证他所背叛的那些人。他和妻子会被保护起来，使用假身份，还会整形改头换面。他的孩子能过平静、舒适的生活。交易就是这样。

不管巴拉佐犯了多大的错，大家都同意他是个好父亲。他精心养育了三个孩子。一个儿子马上就要从哈佛商学院毕业；女儿琪儿在曼哈顿第五大道开了一间高级化妆品店；还有一个儿子从事空间项目的计算机研发工作。他们有资格享受这样的福祉，他们是真正的美国人，真正实现了美国梦。

“那么，”唐说话了，“给维吉尼奥捎个话，让他搞清楚状况。他可以告发其他人，让他们坐牢让他们死，都无所谓。但是如果他讲出克莱里库齐奥半个字，他的孩子就没命了。”

皮皮·德·莱纳说：“威胁的话估计已经吓不着谁了。”

“这是我的威胁，”唐·多梅尼科说，“他必须相信我。至于他本人，什么承诺都别做。他自己明白。”

这个时候，文森特说了话：“要是他进入保护程序的话，我们根本没机会接近他。”

唐对皮皮·德·莱纳说：“那你呢，我的‘铁锤’，你怎么说？”

皮皮·德·莱纳耸了耸肩。“就算他作证了，就算保护程序把他藏起来，我们照样能找到他。但是那样的话太明目张胆，会引起很多的关注。值得吗？能改变什么吗？”

唐说：“做这件事的意义就在于引人注目。我们得向全世界传达我们的意思。既然要做，就要做得漂亮。”

乔治说：“我们完全可以顺其自然。不管巴拉佐说什么，也不能把我们怎么样。爸爸，你这种办法只能解决一时的问题。”

唐闻言沉思了一会儿。“你说的没错。但不是任何事都有长远的解决办法。生活本来就充满意外和随机应变。你是怀疑惩罚起不到杀一儆百的作用吧？也许能，也许不能。不过多少还是能阻止一些人。就连上帝也没法创造出一个没有惩罚的世界。我会亲自跟巴拉佐的律师谈谈。他会明白的，他会向巴拉佐传达我的意思。巴拉佐会相信的。”他顿了顿，叹了口气，“审判结束后动手。”

“那他老婆呢？”乔治说。

“好女人。”唐说，“但是太像美国人了。我不能让一个寡妇到处哭诉，把秘密都抖出去。”

佩蒂耶第一次开了口：“维吉尼奥的孩子们呢？”佩蒂耶才是真正的杀手。

“不是必要的话，就不用。我们又不是杀人狂，”唐·多梅尼科说，“再说，巴拉佐从来没跟孩子们讲过他的事。他一直想让全世界知道他是个骑手。那就让他骑马下地狱好了。”众人沉默不语。然后唐悲哀地说：“放过孩子们吧。毕竟这个国家里，孩子们用不着为父母报仇。”

第二天，维吉尼奥·巴拉佐就收到了律师带来的一段冠冕堂皇的口信。唐告诉律师，他希望老朋友维吉尼奥对克莱里库齐奥家族只有最美好的回忆，对于这位不幸的朋友，家族永远都会保护他的利益。巴拉佐绝对不用为孩子担心，孩子们不会遇到任何的危险，哪怕在第五大道也不会。唐会亲自保证他们的安全。唐非常了解巴拉佐有多么珍视自己的孩子。哪怕是牢狱、电椅，或者地狱里的恶魔，都不可能吓倒这位勇敢的朋友，这位朋友唯一害怕的就是对孩子们的伤害。“告诉他，”唐对律师说道，“我，唐·多梅尼科·克莱里库齐奥，保证他们不会遭遇到任何的不幸。”

律师把这段口信逐字逐句地转达给了他的当事人。而维吉尼奥的反应如下：“告诉我的朋友、我最亲爱的、跟我父亲一起在西西里长大的朋友，我对他的保证感激不尽。告诉他，我对克莱里库齐奥家族只有最美好的回忆，这些深厚的回忆我甚至无法用言语表达。代我亲吻他的手。”

巴拉佐对着律师哼起了小调：“特拉——啦——啦……”然后他说：“我觉得我们最好把证词再梳理一遍，我可不想把我的好朋友牵扯进来。”

“好的。”律师说。稍后，他汇报给了唐。

一切都与计划一致。维吉尼奥·巴拉佐打破了缄默规则出庭作证，无数的小喽啰被弄进了监狱，甚至牵连到了纽约市的一位副市长。但是关于克莱里库齐奥他一个字都没有说。然后，巴拉佐夫妇在证人保护程序下消失了。

报纸和电视大肆报道：无所不能的黑手党被瓦解了。上百张照片，还有电视直播，都记录了这些恶棍的锒铛入狱。《每日新闻》专门用巴拉佐做了插页图片，标题是“黑手党最大的教父落网”，报道上登载了他的老爷车、肯塔基赛马、伦敦定做的衣装。这是一场媒体的狂欢。

唐安排皮皮找到巴拉佐夫妇，实施惩罚。唐说：“这件事办得越大越好，造成的公众影响就要像现在这样才行。我们可不想人们忘了维吉尼奥。”可是，“铁锤”花了一年多才完成这个任务。

克罗斯记得巴拉佐，印象中他是个慷慨、快活的人。他和皮皮在巴拉佐的家里一起吃过饭，因为巴拉佐太太很会做意大利菜，尤其是通心粉，加了花椰菜，再放点蒜和香料，克罗斯至今记得这道菜。很小的时候他就跟巴拉佐家的孩子一起玩，甚至十几岁的时候还爱上过巴拉佐的女儿琪儿。那个神奇的星期天之后，她从学校给他写过好几封信，但是他一封都没回。现在只有他和皮皮，他说：“这次行动我不想做。”

皮皮看着他，苦笑着说：“克罗斯，总会有这样的事。你得克服。否则的话没法生存。”

克罗斯摇头。“我下不了手。”他说。

皮皮叹了口气。“好吧，”他说，“我会告诉他们你负责计划，让他们派丹特动手。”

皮皮开始了搜查。在巨额贿赂之下，克莱里库齐奥家族突破了证人保护程序的屏障。

巴拉佐一家觉得很安全。他们的身份、出生证明、社保号和结婚证都是新的，还通过整形手术改变了外貌，看上去年轻了十岁。但是他们的体态、举止、声音让他们非常易于辨认，只是他们自己没意识到这一点。

身份容易改变，但是本性难移。一个星期六的晚上，维吉尼奥·巴拉佐和妻子一起到南达科他州的一个小镇赌钱。这里离他们的新家不远，是一家地方联办的小赌坊。回来的路上，皮皮·德·莱纳和丹特·克莱里库齐奥，带着另外六个人拦住了他们。丹特破坏了计划，因为在他勾下霰弹枪的扳机之前，忍不住向两个人泄露了自己的身份。

尸体没有被藏起来，也没丢失任何值钱的东西。大家都明白了这是一起报复行动，向全世界传递了一个消息。报纸和电视掀起了轩然大波，警方承诺一定要将凶手绳之以法。这场事件引发的激烈反响，似乎撼动了克莱里库齐奥帝国的根基。

皮皮被迫在西西里躲了两年。丹特成为了家族的头号铁锤。克罗斯成了克莱里库齐奥家族西部的代理人。他拒绝参与处决巴拉佐的行动，这一点被大家注意到了。他不配成为一把真正的铁锤。

皮皮躲去西西里之前，跟唐·克莱里库齐奥和唐的儿子乔治开了最后一次会，共进了欢送晚宴。

“我必须为我的儿子道歉，”皮皮说，“克罗斯太年轻，年轻人都多愁善感。他很喜欢巴拉佐一家。”

“我们都喜欢维吉尼奥，”唐说，“他是我最喜欢的人。”

“那为什么还要杀了他呢？”乔治说，“这得不偿失啊。”

唐·克莱里库齐奥严厉地看着他。“没有规矩，不成方圆。有了权力，就得令行禁止。巴拉佐犯了非常大的错误。这一点皮皮明白，对吧，皮皮？”

“没错，唐·多梅尼科，”皮皮说，“但是我们都喜欢老方法。我们的孩子不明白。”他顿了顿，“我要感谢你让克罗斯在我离开的时候做你的代理人。他不会让你失望的。”

“这一点我清楚，”唐说，“我信任他就像信任你一样。他一时畏缩是因为他还太年轻，时间会让他的心肠硬起来的。”

他们一起用餐。饭菜是一个手下的妻子准备的。她本应该给唐准备一碗磨碎的巴马干酪，但是忘记了。为表示尊敬长者，皮皮就起身到厨房，亲自把碗端给了唐。皮皮小心地把干酪磨碎装进碗里，看着唐用一把银制大汤匙插进黄色的干酪，送进嘴里，再从杯里呷一口家酿的葡萄酒。皮皮想：这个男人胃口真好，八十岁高龄，他依旧能够轻易结束别人的性命，吃着味道浓郁的奶酪、喝烈酒。他随口问道：“萝塞·玛丽耶在家吗？我想跟她道别。”

“她又犯病了，”乔治说，“她把自己锁在屋子里不出来。还真是谢天谢地，要不然，这顿饭我们甭想吃顺喽。”

“唉，”皮皮说，“我一直以为时间一长她就好了呢。”

“她想得太多了。”唐说，“她太爱她儿子丹特了。是她自己不愿意明白。世界是什么样就是什么样，你是什么就是什么。”

乔治旁敲侧击地说：“皮皮，巴拉佐这次行动完成了，你怎么评价丹特的表现？他的胆量怎么样？”

皮皮耸耸肩，不发一言。唐不满地哼了一声，目光犀利地盯着他。“有话直说，”唐说，“乔治是他的舅舅，我是他的教父。我们流的都是同样的血，允许互相评价。”

皮皮停下刀叉，与唐和乔治对视着。他不无惋惜地说：“丹特太嗜血了。”意思是一个人太过野蛮，完成必要的工作时像野兽一样凶残。这种行为在克莱里库齐奥家族是绝对禁止的。

乔治靠回椅子上，说：“上帝啊！”听到不敬的话，唐不满地瞥了乔治一眼，然后挥挥手，示意皮皮继续。看起来，他并不感到惊讶。

“他是个好学生，”皮皮说，“他有这方面的特质，体力也不错。他动作快，也聪明。但是他太享受这个过程了。他花了很多时间处理巴拉佐一家。开枪打死那个女人之前，他整整说了十分钟的废话。然后又等了五分钟，才朝巴拉佐开枪。这不符合我的习惯，更重要的是你永远不知道什么时候会有危险，必须争分夺秒。其他的工作他也表现出不必要的残忍。就像过去有人觉得用挂肉的钩子吊死人是什么聪明方法。太详细的我就不说了。”

乔治不悦道：“这都是因为我这个杂种侄子太矮了，他就是个侏儒，就因为这个他才戴那些个狗屁帽子。那些破帽子他到底是从哪儿捡来的？”

唐不温不火地说：“黑人的帽子哪儿来的，他的就是哪儿来的。我在西西里长大的时候，人人都戴个傻乎乎的帽子。为什么？谁知道？谁在乎？好了，别说废话。我也戴那些傻帽子，也许大家都学我。都是他妈的错，从小就给他灌了一脑子的屁话。她要是再嫁一次就好了。寡妇就跟蜘蛛一个样，就知道胡编乱造。”

乔治激动地说：“但是他干得很漂亮。”

“克罗斯永远也赶不上他。”皮皮的话说得很圆滑，“但是有时候我觉得他跟他妈妈一样疯，”他顿了顿，“有时候连我都怕他。”

唐吃了一大口干酪，又喝了一口酒。“乔治，”他说，“你要教导你的侄子，改改他的毛病。否则的话早晚对我们家族所有人都是个危险。但是别告诉他是我说的。他太年轻，我太老，我不想影响他。”

皮皮和乔治都知道这不是实话。但是他们也知道，如果唐想躲在幕后，那肯定有原因。就在这个时候，他们听到楼上传来了脚步声，有人从楼梯上下来了。萝塞·玛丽耶走进了餐厅。

三个人绝望地发现她还在犯病。她的头发乱蓬蓬的，她的妆一塌糊涂，她的衣服也皱皱巴巴。最严重的是，她的嘴一直张着，但是一个音都发不出来。她不说话，而是靠体态和挥舞的手来表达意思。她的手势快得不可思议，不过还是比说话清楚一些。她恨他们，她要他们死，她要他们的灵魂在地狱之火里永受煎熬。他们吃东西得噎死，喝酒得喝瞎，跟老婆睡觉的时候生殖器得掉下来。她抄起乔治和皮皮的碟子，“啪”地摔在了地上。

这些都可以容忍。但是若干年前，她第一次发作的时候，她也是这么对待唐的碟子的。所以他命人制止了她，把她锁在屋子里，又把她送到一家特殊护理中心待了三个月。哪怕是现在，唐也赶紧用盖子把干酪碗盖上。她到处吐痰。但是突然，她好了，她变得十分安静。她对皮皮说：“我是来跟你道别的。祝你死在西西里。”

皮皮对她感到无比的同情。他站起来，抱住了她，而她并没有反抗。他亲了她的面颊，说：“我宁可死在西西里，也不愿意回来之后看见你这个样子。”她挣开他的臂膀，跑上楼去了。

“很感人，”乔治颇带讥诮地说，“不过你也用不着每个月都对她来上这么一手吧。”他这话略带轻薄。但是他们都知道，萝塞·玛丽耶早就绝经了，而且她每个月可不止发作一次。

唐似乎并没有因为自己的女儿而感到不快。“她要是不好起来就会死，”他说，“否则我就把她打发走。”

然后他对皮皮说：“你什么时候可以从西西里回来，我会告诉你的。好好享受后半辈子吧，我们都老了。不过，给布朗克斯招人的时候，要非常小心。这很重要。这些人绝对不能背叛我们，他们得从骨子里遵守缄默规则。不像这个国家生出来的无赖，总想过好日子，却不付出代价。”

第二天，皮皮去了西西里，丹特则被叫到科沃格来过周末。第一天，乔治都让丹特跟萝塞·玛丽耶在一起。他们母子的关爱很是感人，在妈妈面前丹特完全是另外一个人。他绝不会戴着奇怪的帽子，他带着她在庄园里散步，带她出去吃晚餐。他周到地照顾着她，就像十八世纪殷勤的法国男人。她要是歇斯底里地哭起来，他就把她抱在怀里，她的病一直也没发作。他们两个人说话时一直是窃窃私语，谁也听不见。

晚饭时，丹特帮萝塞·玛丽耶布置席面，把唐的干酪磨碎，一直在厨房陪着她。她做了他最喜欢的菜式：通心粉加花椰菜，以及加了培根和蒜的烤羊排。

唐和丹特之间的无拘无束始终让乔治大惑不解。丹特很周到，他舀出些通心粉和花椰菜放在唐的盘子里，还把唐用来舀碎干酪的那把银制大汤匙卖力地擦了又擦。丹特对老人家开玩笑。“祖父，”他说，“你要是有新牙，我们就用不着磨碎干酪了。现在的牙医太厉害了，他们可以在你下颌骨里边支钢架。简直是个奇迹。”

唐的兴致也很好：“我的牙要跟我一起进棺材，”他说，“再说我太老了，奇迹对我不管用了。上帝干吗要在我这个老古董身上浪费奇迹呢？”

因为儿子的缘故，萝塞·玛丽耶精心打扮了一番，她年轻时的美丽依稀可辨。自己的爸爸和自己的儿子能这么融洽，她感到很高兴。这种感觉驱散了她一直以来的焦虑。

乔治也感到很安心。看到妹妹高兴，他也很高兴。她不再那么让人伤脑筋了，而且厨艺那么好。她不再用谴责的目光盯着他，病也不再发作。

唐和萝塞·玛丽耶各自回房休息之后，乔治把丹特带到了书房。这间房子既没有电视、电话，也无法跟房子里其他任何地方传递消息，而且门也非常厚。屋子里摆了两张黑色真皮沙发，还有黑色皮座椅。屋子里有个威士忌酒柜，还有个小吧台，配了一个小冰箱和一架酒杯。桌子上放了一匣哈瓦那雪茄。不过，这间屋子没有任何窗户，像个小山洞。

丹特的那张脸太狡黠有趣，完全不像这么年轻的人，所以总是让乔治感到不自在。他的眼睛老是闪着过于精明的亮光，而且他的矮小也让乔治很不喜欢。

乔治给两个人都倒了杯酒，点燃了一支哈瓦那雪茄。“感谢老天爷，你总算是没在你妈妈面前戴那些怪帽子，”他说，“说老实话，你到底干吗要戴它呢？”

“我喜欢，”丹特说，“而且可以让你、佩蒂耶舅舅和文森特舅舅注意到我。”他顿了顿，脸上浮现出一种促狭的笑，“还能让我看起来个子高一些。”这是实话，乔治想，那些帽子确实让他看起来帅气了一点。他那张长得像个雪貂的脸扣上帽子之后确实效果好多了。不戴帽子的话，他的五官很不协调。

“你执行任务的时候不应该戴帽子，”乔治说，“让你太容易被认出来了。”

“死人不会说话，”丹特说，“我会杀了所有看见我干活的人。”

“丹特，别顶嘴，”乔治说，“这不聪明，这是给自己找麻烦。家族从来不冒风险。另外，还有一件事。有人觉得你嗜血。”

丹特非常生气，但是突然又面无表情。他放下酒杯，问：“唐知道吗？是他说的吗？”

“唐不知道。”乔治撒了谎。撒谎他是行家。“我也不打算告诉他。他最喜欢你，这种事会让他不舒服的。但是我可告诉你，以后干活不许再戴帽子，也别做无谓的事。如今你是家族的头号铁锤，但是你太享受杀人的过程了。这样很危险，也违背家族的规矩。”

对此丹特似乎充耳不闻。他想了想，再次露出了笑容。“皮皮一定跟你说了。”他温和地说。

“对，”乔治草率地回答，“皮皮是最棒的。让你跟着他，就是为了让你能学到完成任务用什么方法才合适。还有，你知道为什么他是最棒的吗？因为他有心。杀人不是用来找乐子的。”

丹特忍不住爆发出一阵大笑，他笑得跌倒在沙发里，又从沙发滚到了地上。乔治阴沉地盯着他，心想他跟他妈妈一样疯疯癫癫。终于，丹特站起身来，灌了一大口酒，极为和颜悦色地说：“也就是说，我没心喽？”

“没错，”乔治说，“你是我的侄子，但是你是什么样的人，我很清楚。你因为跟两个人吵了起来，就把他们干掉了，也没经过家族同意。唐不想处理你，他甚至都不会训斥你。你还干掉了一个舞女，这个姑娘跟你整整鬼混了一年，你一生气就把她杀了。你给她‘吃了圣餐’，让警察找不到她的尸体——也确实没有——你觉得你他妈的有点小聪明，但是家族有足够的证据证明你有罪。”

这回丹特一言不发了。他不是害怕，只是在算计。“这些事唐都知道？”

“对，”乔治说，“但他还是最喜欢你。他说过去的就过去吧，你还年轻，以后就懂了。嗜血的事我就不说了，他年纪那么大了。你是他外孙，你妈妈是他女儿。这样太伤他的心。”

丹特又是一阵大笑。“唐也有心。皮皮·德·莱纳也有心，克罗斯也他妈的一副滥好心，我妈妈也有一颗破碎的心。但是我没有心？那你呢，乔治舅舅，你有心吗？”

“当然，”乔治说，“我一直忍受着。”

“也就是说，没心没肺的就他妈只有我一个了？”丹特说，“我爱我妈妈和我的祖父，他们两个却互相憎恨。我长大之后祖父没那么爱我了。你、文尼和佩蒂耶呢？虽然我们流着一样的血，但是你们根本就不喜欢我。这些你当我不知道？但是我还是爱你们大家，可是你们觉得我还不如皮皮·德·莱纳那个混蛋。你们以为我就那么没脑子吗？”

对这突如其来的爆发，乔治瞠目结舌。而且他说的都是真的，这让他感到很不安。“你错怪唐了。他还是一样在乎你。佩蒂耶、文森特和我也是。我们什么时候没把你当成一家人过？当然，唐是有点儿疏远。但是他年纪都那么大了。至于我，我只是提醒你，这是为了你个人的安全。这一行很危险，你必须小心。你不能把个人感情放进去。否则那简直就是灾难。”

“这些事，文尼和佩蒂耶知道吗？”丹特说。

“不知道。”乔治说。这也是撒谎。关于丹特，文森特也早就跟乔治谈过。佩蒂耶没有。虽然佩蒂耶天生就是个杀手，但是他也不愿意跟丹特在一起。

“还有谁抱怨我做事的方式吗？”丹特问道。

“没有，”乔治说，“别这么计较。我是以舅舅的身份建议你，但是我是站在家族的立场说话的。以后没有家族的同意，绝对不能杀人灭口、毁尸灭迹，明白吗？”

“好。”丹特说，“但是我仍然是家族的头号铁锤，对吧？”

“一直到皮皮休完假回来，”乔治说，“看你表现了。”

“既然你这么要求，我会收敛的，”丹特说，“行吧？”他亲热地拍了拍乔治的肩膀。

“很好，”乔治说，“明天晚上带你妈妈出去吃饭吧。陪陪她。你祖父会很高兴的。”

“好。”丹特说。

“文森特在东汉普顿有家餐馆，”乔治说，“带你妈妈到那儿去吧。”

丹特突然问：“她情况恶化了吗？”

乔治耸了耸肩。“她忘不了过去。她应该忘掉的，但就是放不下。唐一直说，‘世界是什么样就是什么样，我们是什么就是什么’。这是他的老生常谈。但是她不接受。”他热情地拥抱了丹特。“好啦，忘了这次谈话吧。我讨厌干这事儿。”就好像他并不曾接到唐对此事的专门指示一样。

周一早上，丹特离开之后，乔治把整个谈话过程汇报给了唐。唐叹口气说：“他以前是个多么可爱的小男孩，如今到底怎么了？”

乔治还有一个好品质。只要他愿意，就可以完全坦白，就连对他父亲也是如此。“他跟他妈妈谈得太多了。他的性子太狠。”说罢，二人沉默良久。

“皮皮回来之后，您的外孙怎么办？”乔治问道。

“不管怎么说，我也觉得皮皮该退下来了。”唐说，“得给丹特个机会让他到最前线去。毕竟他也是克莱里库齐奥的一员。皮皮可以到西部给他儿子做代理人顾问。如果有必要的话，他随时可以给丹特做顾问。这类事情没人比他更有经验。桑塔迪奥家族那次就是明证。但是他应该安享晚年了。”

乔治讥诮地嘟囔了一句：“荣誉退休的铁锤啊。”但是唐假装没明白这个笑话。

他皱了皱眉头，对乔治说：“很快，你就要挑起我的担子了。永远记住，我们的任务是有一天让克莱里库齐奥家族从地下走到地上。家族必须永远传承下去。不管这个选择有多艰难，都要坚持。”

两个人走了。皮皮要等上两年，才能从西西里回来。那个时候，巴拉佐的死已经罩上了一团扑朔迷离的薄雾，一团克莱里库齐奥家族编织的薄雾。

第五部

/拉斯维加斯
/好莱坞
/科沃格

第七章

克罗斯·德·莱纳在桃源酒店的阁楼行政套房接待了妹妹克劳迪娅和斯基比·迪尔。这兄妹俩的巨大差异一直给迪尔留下非常深的印象。克劳迪娅不是非常漂亮，不过让人很愿意接近；而克罗斯长相英俊，身材健美修长。克劳迪娅的亲近气质浑然天成，克罗斯则客气友善却拒人于千里之外。亲近和友善是不一样的，迪尔想。一个是天生的，另一个呢，学出来的。

克劳迪娅和斯基比·迪尔坐在沙发上，克罗斯对着他们坐下。克劳迪娅把博兹·斯堪尼特的事情讲了一遍，然后探过身子说：“克罗斯，你听我说。这不仅仅是生意问题。安提娜是我最好的朋友，而且她真的是我见过的最好的人。我需要帮助的时候她总是伸出援手。这是我求你帮我做的最重要的一件事。帮帮安提娜吧，以后我再也不给你找麻烦了。”然后她又对斯基比·迪尔说：“钱的问题你跟克罗斯谈吧。”

迪尔求人之前总是先让对方冒犯他。他对克罗斯说：“我一直去你的酒店捧场，你怎么不给我开间别墅啊？”

克罗斯大笑：“都客满了。”

迪尔说："那就撵几个人出去好了。"

"好啊，"克罗斯说，"让我看看你电影的利润报表，然后你玩每注一万美元的百家乐的时候再说吧。"

克劳迪娅说："我是他妹妹，那些别墅连我都没住过。别瞎扯了，斯基比，说正经事吧。"

等迪尔说完，克罗斯看着自己做的记录说："我开门见山吧。如果这个安提娜不回去工作的话，你们，还有公司，会损失五千万的现金，两亿美元的预期利润也没了。她之所以不回去工作，是因为她害怕博兹·斯堪尼特，你们可以花钱把他打发走，但是她不信，因为她不相信你们阻止得了他。整个事情就是这样，对吧？"

"对，"迪尔说，"我们跟她保证说，整个摄制过程当中，我们会尽全力保护她，比保护美国总统还要周到。哪怕是眼下，我们也派人跟着这个博兹·斯堪尼特。我们派人二十四小时给她警卫。她就是不回来。"

"我还是没太明白问题到底出在哪里。"克罗斯说。

"这个家伙的家庭在德克萨斯州很有政治影响力，"迪尔说，"而且这家伙非常狠。我曾让保安去给他施加点儿压力……"

"保安是谁？"克罗斯问道。

"太平洋安保公司。"迪尔说。

"那又为什么来找我呢？"克罗斯问道。

"因为你妹妹说你能帮忙，"迪尔说，"不是我的主意。"

克罗斯对他的妹妹说道："克劳迪娅，你怎么会想起我能帮忙呢？"

克劳迪娅的表情不太自在。"过去我见过你解决麻烦，克罗斯。你很能说服人，而且你总能想出办法来。”她天真烂漫地一笑，“再说，你是我哥哥，我相信你。”

克罗斯叹了口气说：“又他妈来这套。”但是迪尔看得出来，这对兄妹的感情有多么深厚。

三个人坐在那里默默无言。良久，迪尔说：“克罗斯，我们知道找你希望不大。不过，如果你在寻找投资机会的话，我有个非常好的项目。”

克罗斯看了看克劳迪娅，又看了看迪尔，若有所思地说：“斯基比，我想见见这个安提娜。然后的话，估计我能帮你们把麻烦解决掉。”

“太好了，”克劳迪娅松了一口气，说，“我们明天就一起飞过去好了。”她抱了他。

“好。”迪尔说。其实他已经开始算计，《梅莎琳娜》这部电影的损失，能不能从克罗斯身上找一些回来了。

第二天，他们飞到了洛杉矶。关于这次见面，克劳迪娅已经跟安提娜打过了招呼，而且迪尔也接过电话谈了几句。打完这个电话，他断定安提娜是不会回来了。他为此火冒三丈，但是为了分散自己的注意力，飞机上他一路都在算计着。他一直在想，下次来拉斯维加斯的时候，怎么才能让克罗斯给他一间别墅。

安提娜·阿奎坦内所住的马里布海滩距离比弗利山庄和好莱坞的北部大约四十分钟的行程。这个地区有一百多幢房屋，每一幢价值三百万到六百万美元不等，但从外观上看不出什么稀奇，甚至破烂不堪。每幢房子都用篱笆围着，有的还有样式华丽的门。

进入马里布，只有一条道路，由警卫亭中控制闸门的保安把守。所有的访客，保安都会通过电话或者记录表加以核查。住户的车要挂上特制的标签，这种标签每周都会更换。克罗斯觉得，这些安全措施都是花架子，没有实际作用。

但是守护在安提娜住所的太平洋安保公司则另当别论。他们身穿制服，一律配枪，个个身高体壮。

顺着海滩从人行道走过去，他们进了安提娜的家。里面还有其他的警戒，由安提娜的秘书控制。秘书从附近的一座小会客间用通话器跟他们联系，让他们进入。

会客间里还有两个身穿太平洋安保制服的人，房门口站着第三个人。穿过会客间，众人穿过了一座大花园，四处都是鲜花和柠檬树，让带着咸味的空气多了丝缕清香。终于，他们来到了主楼——一幢正对太平洋的房子。

一位瘦小的拉丁女仆带他们进屋，穿过大厨房，来到起居室。透过窗户，整间屋子仿佛充满了海水。房子里有竹制家具、玻璃桌，还有深蓝色的沙发。女仆带他们穿过这间屋子，又打开一扇玻璃门，走上一座露台。宽阔的露台临着海，摆着桌椅，还有一辆自行车健身器熠熠闪光。再往远看，就是碧蓝一片的汪洋，连向天边。

克罗斯·德·莱纳在露台上看到安提娜第一眼时就呆了。她比在电影上还要精致，这是很罕见的事。电影捕捉不到她的色彩，捕捉不到她深邃的眼和她湛绿的瞳孔。她举手投足之间像运动员一样轻快优雅。一头蓬乱的金碎发，肯定会让其他女人逊色不少，但却凸显了她的美丽。她穿了件灰蓝色的运动衫，傲人身材遮掩不住。

她修长的双腿与躯体形成了完美的比例，她赤裸着双足，脚趾没有颜色。

但给他印象最深的，还是她脸上流露出的机敏和专注。

她礼节性地亲了一下斯基比·迪尔的面颊，热情地拥抱了克劳迪娅，然后跟克罗斯握了握手。她的眼波有如一泓秋水。“克劳迪娅总是说起你呢，”她对克罗斯说，“她的哥哥英俊、神秘，只要他想，就能让地球都停止转动。”她笑了起来。她的笑无比自然，完全不像受了惊吓的女人。

克罗斯如沐春风，没有比这个词更形象的了。她的声音来自喉咙深处，像是一件音色低沉的乐器，撩动人的心弦。大海衬托着她的轮廓，精雕细琢的面颊，未修饰的嘴唇，饱满红润，自然散发的慧黠气质。这时，克罗斯突然想起格罗内韦尔特告诉他的一句话：在这个世界上，金钱可以让你安全地避开任何困难，除了漂亮的女人。

克罗斯在拉斯维加斯见过许多漂亮女人，跟在洛杉矶和好莱坞一样多。但是在拉斯维加斯，美就只有美貌而已，几乎没有才华可言，许多这样的美人在好莱坞一无所获。在好莱坞，美丽的女人通常都有才华，少数美丽的女人也有艺术天赋。两座城市都吸引着全世界的漂亮女人。然后才会有女演员一飞冲天，成为当红巨星。

有种女人，除了美貌和气质之外，还带着一点孩子气的天真和勇气。她们的好奇心会变成一种艺术形式，赋予她们特有的端庄。虽然两座城市都不乏美女，但只有在好莱坞，才会出现女神，赢得全世界的倾慕。安提娜·阿奎坦内就是这寥寥无几的女神之一。

克罗斯潇洒地对安提娜说：“克劳迪娅告诉我说，你是全世界最美的女人。”

安提娜说：“她有没有对你说我的头脑？”

她倚着凉台的栏杆，做起了后踢腿练习。在别的女人显得矫情做作，在她身上却无比自然。而且实际上，整个会面的过程中，她一直在做练习。一会儿下腰，一会儿靠着栏杆压腿，双臂还配合着她的话语做着手势。

克劳迪娅说：“安提娜，你从来不觉得我们是亲兄妹，对吧？”

斯基比·迪尔说：“我是不觉得。”

但是安提娜看了看他们，说道：“你们确实长得很像。”克罗斯看得出来，她真是这么想的。

克劳迪娅说：“这下你明白我为什么喜欢她了吧。”

安提娜停下了动作。然后她对克罗斯说：“他们说你能帮忙，我不知道你能怎么帮。”

克罗斯尽量让自己不去盯着她看。她的一头金发，在蔚蓝的海水映衬之下，仿佛一轮艳阳。他说：“我擅长说服人。如果真是你丈夫让你没法回去工作，也许我可以跟他达成一笔交易。”

“我不相信博兹会遵守交易内容，”安提娜说，“公司已经跟他谈过一次交易了。”

迪尔尽可能柔和地说：“安提娜你实在没必要担心。我向你保证。”但是出于某些原因，他的话连自己都不信。他认真地端详着众人。他知道安提娜多能征服男人。女演员是世界上最无可抵挡的一群人，只要她们想，就做得到。但是迪尔发现，克罗斯并没有什么变化。

“斯基比只是不能接受我退出这部电影，”安提娜说，“这部片子对他来说太重要了。”

“难道对你来说不重要吗？”迪尔怒道。

安提娜深深地看了他一眼。“曾经对我很重要。但是我太了解博兹了。我必须消失。我必须开始一段新生活。”她朝众人调皮一笑。“我在哪都能活下去。”

“我可以跟你丈夫达成一个协议，”克罗斯说，“而且我保证，他会遵守的。”

迪尔自信满满地说：“安提娜，电影业这一行里，疯子骚扰明星这种事儿怕是不下几百次。我们有很简单的办法。真的没危险。”

安提娜继续做起了练习，她的一条腿不可思议地伸展到了头顶上。“你们都不了解博兹，”她说，“我了解。”

“你不回去工作只是因为博兹吗？”克罗斯问道。

“是的，”安提娜说，“他会永远跟着我的。就算你们能保护我，保护我到拍完，那之后呢？”

克罗斯说：“我想达成的交易，还没遇到过办不到的。他要什么我就给他什么好了。”

安提娜停下了动作。她第一次直视着克罗斯的眼睛。“我永远不会相信博兹达成的任何交易。”说罢，她转过身去，示意他们可以走了。

克罗斯说：“抱歉耽误你时间了。”

“没有，”安提娜洋洋得意地说，“我做了练习呢。”这时，她盯着他的眼睛，说道，“多谢你，让你费心了。我也希望自己能像在电影里一样无所畏惧。但实际情况是，我怕死。”然后她马上又回到了泰然自若的神态，说，“克劳迪娅和斯基比老是提起你那些个鼎鼎大名的别墅。如果我到拉斯维加斯去的话，你愿意给我开一间别墅让我躲进去吗？”

她的神情非常严肃，但是她的眼神却顽皮得很。她这是在向克劳迪娅和斯基比炫耀自己的影响力。显然，她希望克罗斯能为了献殷勤说出个“是”字来。

克罗斯朝她笑了笑。“别墅一般都是客满的。”他说。他顿了顿，然后又开了口。他的口气前所未有的郑重其事，让大家都吓了一跳：“不过，如果你到拉斯维加斯来，我可以保证，绝对不会有人伤害你。”

安提娜直截了当地对他说：“谁也阻止不了博兹。他不在乎被抓住。无论他做什么，都希望让大家看见。”

克劳迪娅焦躁道：“为什么？”

安提娜大笑，说：“因为他曾经爱过我。因为我比他活得更精彩。”她望着大家，片刻之后又开了口。“真是耻辱，”她说，“相爱的两人变得相互憎恨。”

这时，拉丁女仆来到露台上，打断了众人的会面。女仆还带来了一个男人。

这个男人身材颀长，面容俊朗，一身正装是从头到脚的名牌：阿玛尼的西装、滕博阿瑟的衬衫、古驰的领带、百丽的皮鞋。他立即开了口，轻声致歉。“她可没告诉我你们在忙啊，阿奎坦内小姐。”他说，“我猜她是被我的证件吓坏了。”他给她看了一块警徽。“我是来调查一下那天晚上发生的事情的。我可以等，或者下次再来也行。”

他的言辞客气，他的眼神却大胆。他瞥了两个男人一眼，说：“你好啊，斯基比。”

斯基比·迪尔大怒。“没有公关和法务人员在场，你不能跟她说话，”他说，“这点你比我清楚，吉姆。”

探员朝克劳迪娅和克罗斯伸出了手：“吉姆·洛西。”

他们都认识这个人。这是洛杉矶名气最大的警探，他的经历甚至被改编成了一部电视迷你剧。他还扮演过一些电影里的小角色。迪尔的圣诞送礼和卡片名单上都有他的名字。迪尔壮着胆子说：“吉姆，回头给我个电话，我安排你正式跟阿奎坦内小姐见面。”

洛西亲切地一笑，说：“好啊，斯基比。”

但是安提娜说道：“我不会在这儿待多长时间了。干吗不现在就问呢？我不介意。”

洛西举止得体，但眼神一直保持警惕。多年与犯罪所打的交道，使他的身体有了一种警觉。

他说：“在他们面前？”

安提娜的身体终于停下了动作。她收束起全部的魅力，冷漠地说：“我更相信他们。”

洛西只当没听见。这种事情他见多了。“我只是想问你一下，为什么你撤销了针对你丈夫的指控。他用什么手段威胁你了吗？”

“噢，没有。”她轻蔑地说，“他只不过在十亿人面前洒了我一脸水，大喊一声‘硫酸’而已，他第二天就被放出来了。”

“好吧，好吧，”洛西端起了双手，表示妥协，“我只是觉得也许我可以帮忙。”

迪尔说："吉姆，稍后打我电话吧。"

克罗斯的心里突然敲响了警钟。他若有所思地盯着迪尔，不去看洛西。洛西的视线也避开了他。

洛西说："我会的。"他随手从一把椅子上拿起安提娜的手袋。"我在罗迪欧道上看到过这个，"他说，"两千美元。"他直视着安提娜，用一种虽然礼貌却不屑的口气说："你能不能解释一下，人们为什么要花这么多钱买这种东西呢？"

安提娜的面容冷若冰霜。她走到一边，身后不再是汪洋大海。她说："别侮辱人。滚出去。"

洛西鞠了一躬，离开了。他一直在笑。他来的目的已经达到了。

"不管怎么说你也只是个普通人，"克劳迪娅用手臂揽住安提娜的肩，说，"为什么要发火？"

"我不是发火，"安提娜说，"我只是表明我的立场。"

三位访客离开后，从马里布来到了比弗利山庄的内特-阿尔熟食店。迪尔向克罗斯断言，整个落基山以西，就只有这里的五香烟熏牛肉、腌牛肉和康尼岛风格的热狗算得上食物。

吃东西的时候，迪尔若有所思地说："安提娜是回不来了。"

"我早就知道，"克劳迪娅说，"但我不明白她为什么对那个警探发火。"

迪尔大笑，对克罗斯说："你明白吗？"

"不明白。"克罗斯说。

迪尔说："好莱坞的传奇之一就是，谁都能睡大明星。这就是希望艳遇男明星的女人总在外景地或者比弗利威尔希尔酒店出没的原因了。女明星嘛，就没这么幸运了……在她们家里干活儿的工人，木匠啊，花匠啊，可能会有桃花运，比如她突然就饥渴了，这种事儿在我身上就发生过。特技演员遇上这类事的概率比较高，剧组其他人也可能有这种好运气。但是这是让人瞧不起的事，会影响女明星的前程。当然了，她们要是超级明星就不怕了。我们这帮高层的老头子可不喜欢这样的事。他妈的，怎么有钱有势的男人还比不上他们吗？”他笑眯眯地看着他们，“就比方说这个吉姆·洛西吧。他块头大，长得帅。他真的杀过人，生活在虚幻世界里的人觉得他最迷人了。他明白这一点，就利用这一点。所以他从来不低三下四地求那些明星，他都是连唬带吓就搞到手了。这就是为什么他问了那么一句话的原因。实际上，他就是冲这个来的。他找个借口来见安提娜，觉得自己有机会。那个侮辱人的问题其实就是个宣言，他在宣告说他想干她。结果安提娜把他赶出去了。”

“这么说，她洁身自好？”克罗斯说。

“对电影明星来说，算是了。”迪尔说。

克罗斯突然问道：“你觉不觉得她是在敲诈公司，只是想讹点儿钱罢了？”

“这种事情她绝对不会做的，”克劳迪娅说，“她绝对有话直说。”

“她是不是有什么不满，借机出气？”克罗斯问道。

“你不明白这一行。”迪尔说，“首先，公司是可以接受明星讹他们的。明星都这么干。其次，如果她有什么不满，早就满城风雨了。她这个人只是比较奇怪而已。”他顿了顿，“她讨厌鲍比·邦茨，对我也没什么兴趣。我们两个都追了她好多年了，一点儿机会都没给我们。”

“你帮不上忙真是太可惜了。”克劳迪娅对克罗斯说。但是他并没回答。

马里布的整个行程里，克罗斯都在冥思苦想。他一直等的就是这个机会。虽然会有危险，但是一旦成功，他就可以从克莱里库齐奥家族脱身出来了。

“斯基比，”克罗斯说，“我有一项提案，给你和公司的。我会立刻把你们这部片子买下来。你们已经投进去的五千万，我付给你们，后期追加的投资也由我解决，公司负责发行。”

“你有一亿美元？”斯基比·迪尔和克劳迪娅全都难以置信地问道。

“我认识有这笔钱的人。”克罗斯说。

“安提娜回不来的。没有安提娜就没有这部电影。”迪尔说。

“我说过，我说服人很有两下子。”克罗斯说，“你能安排我见一下伊莱·马林吗？”

“没问题，”迪尔说，“不过我得继续当这部片子的制片人。”

这个会议安排得并不容易。必须让罗德斯通公司，也就是伊莱·马林和鲍比·邦茨相信，克罗斯·德·莱纳不是空口说大话的人，得让他们相信他有足够的钱和信用。当然，拉斯维加斯的桃源酒店有他一部分，但是他个人的财务记录并不能说明他推得动所提出的这笔交易。迪尔为他作了保，但真正一锤定音的是，克罗斯出示了一张五千万美元的信用证。

在他妹妹的建议之下，克罗斯·德·莱纳聘用了茉莉·弗兰德斯担任这次交易的律师。

茉莉·弗兰德斯在办公室里接待了克罗斯。克罗斯保持警觉，他知道一些关于她的事。在他一辈子所生活的这个世界里，他还从来没见过哪个女人能驾驭权力，但克劳迪娅则告诉他，茉莉·弗兰德斯是好莱坞权力最大的人物之一。电影公司的高管们亲自接她的电话；梅洛·斯图尔特这样的经纪人得在大额交易上寻求她的帮助；安提娜·阿奎坦内这样的明星在跟片场发生争执的时候，也得用她。一次，弗兰德斯停掉了一部热门迷你电视剧，只是因为她明星当事人的薪水支票在邮寄的过程中延误了。

她比克罗斯想象的要好看得多。虽然她人高马大，但比例协调，衣着搭配也很讲究。她的面容仿佛一个金发的精灵女巫，鹰钩鼻，阔嘴巴，眯着棕色的眼睛，眼中流露出争强好胜的神情。她的头发挑出一绺编成了麻花辫。只有微笑时，她才不再是那副冷峻的表情。

茉莉·弗兰德斯尽管强悍，却对英俊男人毫无抵御力。见到克罗斯的第一眼她就看上了他。她感到诧异，因为她以为克劳迪娅的哥哥不会有特别之处。她看到的不光是英俊的外表，还有一种克劳迪娅不曾有过的气势。看上去，仿佛一切皆在他的掌握。然而，要接纳他成为当事人，这些还不足以说动她。她听说他有某些关系。她并不喜欢拉斯维加斯的世界，而且对于这场大得吓人的赌博他究竟有多大的决心，她心存疑虑。

“德·莱纳先生，”她说，“有件事我得说清楚。我是安提娜·阿奎坦内的律师，不是她的经纪人。她继续坚持这种行为的后果，我已经给她解释过了。但是我相信，她会继续坚持下去。所以，如果你跟公司达成了协议，而安提娜还是没有回来工作的话，如果你对她采取法律行动，我将为她辩护。”

克罗斯专注地看着她。这样的女人他没法看明白。他必须把大部分的牌都亮出来。“我可以签一份放弃声明，说如果我买下这部电影，我不会起诉阿奎坦内小姐。”他说，“还有，如果你做我的代理人，我这里有一张二十万的支票。这是首付。你还可以追加账单。”

“你的意思是，”茉莉说，“你会立即支付电影公司五千万美元。以后的款项都由你来负责，一直到影片拍摄完成为止。这至少还要五千万美元。也就是说，你赌一亿美元安提娜会回来工作。另外你还赌电影一定会大卖。片子是有可能失败的。这个风险非常非常大。”

只要克罗斯想，他就能释放出吸引力来。但是他意识到，对这个女人来说，吸引力没用。“我清楚，靠着海外发行、录像，还有电视播放的销售，哪怕这片子失败了，我也赔不了钱。”他说，“真正的问题只有一个，那就是让阿奎坦内小姐回来工作。也许这一点，你能帮上忙。”

“不，我不行。”茉莉说，“我不想误导你。我的确试过，但是失败了。大家都试过，都失败了。伊莱·马林更干脆，他要终止拍摄、承担损失，他还要毁了安提娜。不过我不会让他这么做的。”

克罗斯饶有兴趣地问：“那你要怎么做呢？”

“马林不想跟我闹翻，”她说，“他是个精明人。我会跟他在法庭上较量，我会让他的公司在每一笔交易上都讨不了好。就算安提娜不能再工作了，我也不能看着他们掏走她所有的钱。”

“如果你代理我，你就能保住你当事人的前程。”克罗斯说。他从西装口袋里掏出一个信封，递给她。她打开信封，端详了一下，然后抓起电话确认了一下支票的有效性。

她朝克罗斯微笑着说：“我这可不是在侮辱你。即便是跟最大的电影制片人，我也是这么做的。”

“好比斯基比·迪尔？”克罗斯笑了，“我给他的六部电影投过钱，其中有四部都很叫座，但是我还是没挣到钱。”

“因为你没找我代理你。”茉莉说，“那么，在我同意代理之前，你得告诉我，你打算怎么把安提娜找回来。”她顿了顿，“我听说过你的一些传闻。”

克罗斯说：“我也听说过你的传闻。我记得几年前，你还是个刑事辩护律师。你救了一个杀人犯。他杀了自己的女朋友，你的辩护理由是暂时性精神失常。于是还不到一年，他就又活蹦乱跳了。”他顿了片刻，装出一副愠怒的样子，“你根本不在乎他是什么样的人。”

茉莉面无表情道：“你没回答我的问题。”

克罗斯意识到，说谎也要说得有魅力。“茉莉，”他说，“我可以叫你茉莉吧？”她点了点头。克罗斯继续说道：“你知道我在拉斯维加斯开了一家酒店。我明白，有钱能使鬼推磨。有了钱，什么东西也不可怕。所以，无论影片挣了多少钱，我都会分百分之五十给安提娜。如果这笔交易你做得好而且我们走运的话，这对她来说就是三千万美元。”他沉默了片刻，然后郑重其事地说，“想想吧，茉莉，换了是你，三千万还不值得一试吗？”

茉莉摇摇头。“安提娜真的不怎么在乎钱。”

“唯一让我困惑的问题在于，像这种交易，电影公司为什么不跟她做。”克罗斯说。

整个会面里，茉莉第一次露出了笑容。“你不明白电影公司。”她说，“他们担心的是，这种先例一开，那所有的明星都会来这套了。不过我们接着说。我觉得，电影公司会接受你的交易的。因为光靠电影发行，他们已经能挣一大笔钱了。他们一定会抓住发行权不放的。还有，他们肯定会要利润分成。但是我再告诉你一遍，安提娜不会接受你这个建议的。”她顿了顿，促狭地笑着说，“我还以为你们这些拉斯维加斯的赌场老板从来不赌博呢。”

克罗斯也报以微笑。“谁都赌。概率合适的时候我就赌。另外，我打算卖掉酒店，在电影圈混。”他沉默了一会儿，让她能看清楚他进入这一行的强烈愿望，“我觉得，这一行更有意思。”

“明白了，”茉莉说，“也就是说，这不是一时头脑发热的决定。”

“这件事成功了，我一只脚就踏进门了。”克罗斯说，“而且以后我会更需要你的帮助。”

茉莉终于被打动了。“我会为你代理。”她说，“不过在进一步合作之前，先看你会不会赔掉这一亿美元吧。”

她抓起电话说了几句，挂断之后对克罗斯说：“我们会先跟他们的业务人员会面，谈好条件。你还有三天的时间重新考虑。”

克罗斯感叹道：“这么快。”

“是他们着急，不是我。”茉莉说，“片子没有进度的话，他们的成本太高了。”

“我知道这句话其实我没必要说，”克罗斯说，“不过，我给阿奎坦内小姐的那个价码是机密，仅限于你我二人知道。”

“嗯，你确实没必要说。”茉莉说。

他们的手握在一起。克罗斯离开以后，茉莉才反应过来：克罗斯·德·莱纳为什么要提那桩案子呢？她打赢过那么多为谋杀犯辩护的案子，为什么特别提起那一桩？

三天以后，克罗斯·德·莱纳跟茉莉·弗兰德斯在办公室里见了面。在去罗德斯通工作室开会之前，她需要检查一遍克罗斯的各种财务文件。然后，茉莉开上自己的奔驰SL-300，两个人来到了罗德斯通工作室。

过了大门的安检之后，茉莉对克罗斯说：“看看停车场那边，你看见一辆美国车，我就给你一美元。”

两人路过了一大片的车——奔驰、阿斯顿·马丁、宝马、劳斯莱斯——克罗斯看见一辆凯迪拉克，指了出来。茉莉笑道：“这肯定是纽约来的哪个穷作家了。”

罗德斯通工作室占地广阔，里面小建筑林立，都是各自独立的制片公司。主楼只有十层高，看上去像个摄影棚。自从二十世纪二十年代竣工以来，公司一直保持着这幢建筑的原始风貌，只做了一些必要的修缮。克罗斯想到了在布朗克斯的聚居地。

公司行政楼里的办公室狭窄而拥挤，只有第十层不是这样，因为伊莱·马林和鲍比·邦茨的行政套房设在这里。两个套房之间是一个巨大的会议室。会议室里远远的一头有吧台，有服务员，还有一间小厨房与吧台相连。会议桌旁摆放了深红色的豪华座椅。罗德斯通出品的电影海报都被加了镜框，挂在会议室的墙上。

伊莱·马林、鲍比·邦茨、斯基比·迪尔、公司高层，还有另外两名律师，已经在等他们了。茉莉把财务文件递给各位高层，双方的三名律师把整个文件过了一遍。酒保送来酒水之后就离开了。斯基比·迪尔给各位作了介绍。

伊莱·马林还是老样子，坚持要克罗斯称呼自己“伊莱”，然后讲了他最喜欢的故事——他常常用这一招来让谈判对手放下戒心。伊莱·马林说，他的祖父在二十世纪二十年代早期创办了这家公司。当时他想把公司叫作“磁石工作室”，但是他的德国口音太重，结果律师给弄错了。当时这个公司才值一万美元。虽然发现了错误，但是根本不值得一改。结果，如今这家公司价值七十亿美元，公司名字却没有任何意义。但是，马林又说了——没有深刻意味的笑话他从来不讲——纸上印的字没什么意义，在标识图案上的那颗天然磁石，从宇宙的四面八方汲取着光，让公司的整个标识都充满了力量。

茉莉拿出了协议方案。克罗斯付给公司已经投入的五千万美元、授予公司发行权，并聘请斯基比·迪尔为制片人。克罗斯负责追加投资以完成拍摄。罗德斯通工作室会拿到百分之五的利润分成。

大家都听得十分认真。鲍比·邦茨说：“这个分成比例太荒唐了。我们要提高比例。再说，我们怎么知道你们不是跟安提娜串通好来骗我们的钱？”

茉莉的反应让克罗斯大吃一惊。出于某些原因他还一直以为，这里的谈判会比拉斯维加斯的文明一点。

但是茉莉几乎是咆哮了出来。她那张女巫一样的脸上满是暴怒。“去你妈的，鲍比，”她对邦茨说，“你竟然怀疑我们串通一气？现在这种情况，保险根本不赔付。今天你们本来可以脱身，可你竟然侮辱我们。你要是不道歉，我现在就带着德·莱纳先生走，你们等着吃屎去吧！”

斯基比·迪尔插了进来：“茉莉、鲍比，得了。我们是来挽救这部片子的。至少我们先把事情都商量一遍……”

马林看着这一切，微笑不语。只有最后决定“行”还是“不行”的时候，他才会说话。

“我觉得这个问题很有道理啊。”鲍比·邦茨说，“这家伙能给安提娜什么呀？我们都不能让安提娜回心转意，凭什么他就能啊？”

克罗斯坐在那儿笑了。茉莉告诉过他，只要可以，就都让她来回答。

她说：“显然德·莱纳先生能给的东西很特殊。他凭什么要告诉你呢？要是你拿出一千万来买他这条消息，说不定我会劝劝他。一千万都便宜了。”

就连鲍比·邦茨这时都笑了。

斯基比·迪尔说：“他们觉得，如果克罗斯先生没有把握的话，不会冒险把全部这些钱都拿出来的。所以他们觉得这件事儿有点儿可疑。”

“斯基比，”茉莉说，“我还见过你花了一百万买部小说，但是从来没拍成过电影呢。这次有什么不同？”

鲍比·邦茨插话道：“那是因为斯基比那一百万都是我们公司投的。”

大家都笑了。克罗斯觉得这次会议谈不出什么来。他的耐心正在一点一点地流失。还有，他知道，不能让自己显得太积极，这样的话，让他们看看自己来脾气是什么样也无妨。他低声说道：“我突然有个想法。如果这件事儿操作起来太麻烦，那就算了吧。”

邦茨怒道：“我们谈的可是一大笔钱。这部电影在全世界能卖上五个亿。”

“那也得安提娜回来才行。”茉莉迅速接上去，“我可以告诉你，今天早上我跟她谈过。为了证明她的态度，她把头发全剪了。”

“戴顶假发不就行了嘛，可恶的女演员。”邦茨说。此刻，他正恶狠狠地盯着克罗斯，想从他那儿看出点儿什么来。他想到了什么，又说：“如果安提娜不回来，你赔掉了五千万，片子也拍不下去了，已经拍完的那些胶片怎么办？”

“我要。”克罗斯说。

“啊，”邦茨说，“你就用现有的片子，说不定还能当成情色片。”

“也有这种可能性。”克罗斯说。

茉莉朝克罗斯摇了摇头，示意他别出声。“如果你们同意这笔交易的话，”她对邦茨说，“海外发行、录像、电视，还有利润分成这些，都可以商量。只有一个条件绝不让步：协议必须保密。德·莱纳先生希望自己的名字只以联合制片人的头衔出现。”

“我没问题。”斯基比·迪尔说，“但是我跟公司的分账协议必须继续生效。”

马林第一次开了口。“那是另一码事。”他说道。这就是表示“不行”。“克罗斯，你的律师有没有完全的谈判自主权？”

“有。”克罗斯说。

“这段话要记录下来。”马林说，“你必须知道，我们原来的计划是终止拍摄、承担损失。我们相信安提娜不会回心转意了。我们也并没有对你说明她可能回来。如果这笔交易形成，你付给我们五千万，我们并不负责任。那个时候你只能起诉安提娜，而且她也拿不出那么多钱来。”

“我不会起诉她的，”克罗斯说，“我会原谅她，然后忘掉。”

邦茨说：“你不用给你的投资人一个交代？”

克罗斯耸了耸肩。

马林说：“这等于贪污。你不能随心所欲背叛信任你的投资人。因为他们有钱，这一个理由就够了。”

克罗斯郑重道：“我从来没想过跟有钱人对着干。”

邦茨大怒：“你到底玩什么花招！”

克罗斯的脸上流露出淡定。他说道：“我这一辈子都在说服别人。在拉斯维加斯，我必须说服来我酒店的那些精明人下去玩几把，试试手气。要做到这一点，我就得让他们高兴。也就是说，他们真正要的是什么，我就给他们什么。对阿奎坦内小姐也是一样。”

邦茨对这种说法完全嗤之以鼻。他非常确定，他的公司被耍了。他直截了当地说："如果我们发现安提娜已经答应跟你一起工作了，我们就起诉。那种情况下我们不会承认这份协议的。"

"我早就想进入电影这一行了。"克罗斯说，"我愿意跟罗德斯通工作室合作。大家都能赚钱。"

整个会议上，伊莱·马林一直在琢磨克罗斯，试图看清他的意图。这个人非常低调，不吹牛，也不像是骗子。太平洋安保找不到他和安提娜之间有什么真正的联系，不像是串通一气的。必须得做个决定了，但是这个决定其实没那么难做，屋子里的这些人都是装出来的而已。马林的身体太虚弱了，连衣服穿在身上都觉得沉。他想赶紧结束这个会。

斯基比·迪尔说："说不定安提娜就是疯了，她精神绷得太紧崩溃了。那样的话我们就能拿到保险钱了。"

茉莉·弗兰德斯说："她比这个屋子里的任何人都清醒。在你们证明她精神失常之前，我会先证明你们都有病。"

鲍比·邦茨直勾勾地盯着克罗斯："你愿意签一份文件，证明你目前跟安提娜·阿奎坦内没达成任何协议吗？"

"可以。"克罗斯说。他毫不掩饰自己对邦茨的厌恶。

马林听到这个，终于满意了。至少会议的这个部分是按照计划来的。邦茨扮演一副恶人嘴脸。很奇怪，人们总是几乎下意识地反感他，其实这不是他的错。他扮演的就是这个角色。话说回来，这个角色跟他的性格也挺配。

"我们要片子利润的百分之二十。"邦茨说，"国内和海外都由我们发行。拍摄任何续集，我们都要合伙。"

斯基比·迪尔大怒："鲍比！片子到最后，他们全都死了，不可能有续集！”

“那好吧，”邦茨说，“那就改成前传。”

“前传、续集，莫名其妙，”茉莉说，“这可以答应。但是利润你们最多分百分之十。光是发行你们就能挣大钱，连风险都没有。不同意就算了。”

伊莱·马林再也撑不动了。他起身，站得笔直，他的声音缓慢而平静。“百分之十二，”他说，“就成交。”

他顿了顿，盯着克罗斯说：“钱不是什么问题。但是这部片子很可能大获成功，我不想把它拿下。而且，我很好奇接下来会是什么样儿。”他又转向了茉莉：“那么，行，还是不行？”

茉莉·弗兰德斯甚至不去看一下克罗斯的反应，就说：“成交。”

然后，会议室只剩下伊莱·马林和鲍比·邦茨两个人了。他们谁也不说话。这么多年以来他们懂得了，有些东西是一定不能说出来的。终于，马林说：“这是道德问题。”

邦茨说：“我们已经签了保密协议了，伊莱。不过如果你觉得应该的话，我来打电话。”

马林说：“那样的话，片子就保不住了。这个叫克罗斯的是我们唯一的希望。而且，如果他发现消息是你泄露的，可能会有危险。”

“不管他是谁，也不敢找罗德斯通的麻烦。”邦茨说，“我担心的是，这样的话他就等于进入这一行了。”

马林呷了口酒，吐出一口烟。木头气味的烟雾让他感到一阵刺痛。

伊莱·马林现在真是累坏了。他太老了，没有精力担心未来的灾难。宇宙最大的灾难已经离他不远了。

“别打电话，”他说，“我们得遵守协议。也许是我老糊涂了，不过我真想看看，他有什么能耐。”

会后，斯基比·迪尔回到住所，打电话让吉姆·洛西来见他。两个人见面时，他要洛西发誓保密，然后把这件事情原原本本讲了一遍。“我觉得你应该盯着点儿克罗斯，”迪尔说，“也许你能发现点什么。”

斯基比·迪尔投拍了一部讲圣莫尼卡连环谋杀案的电影。一直到等他答应让洛西出演一个小角色之后，迪尔才说出了这句话。

至于克罗斯·德·莱纳，他回到了拉斯维加斯。在他的阁楼套房里，他思忖着新生活。为什么他要冒这种风险呢？最重要的是，一旦成功，回报实在太丰厚了：不仅仅是钱而已，更是一种全新的生活。但是让他疑虑的是，他还有个潜意识里的动机。蓝天碧水映衬下的安提娜·阿奎坦内，一直在运动的胴体，还有那种念头：总有一天她会认识他、爱上他——不是永远，只是一瞬间。格罗内韦尔特是怎么说的来着？“待解救的女人对男人来说最危险，小心，小心，”格罗内韦尔特说，“小心待解救的美女。”

但是他把这些从脑海中尽数驱散。居高临下地看着拉斯维加斯大道，五颜六色的彩灯形成的光墙，流光溢彩中穿行的人潮——他们仿佛背着大包袱的蚁群，忙着把金钱藏回自己的巢。他终于能够以一种冷静客观的方式分析整个问题了。

如果安提娜·阿奎坦内真是这样的一位天使，那么为什么她会提出这样的要求呢？虽然她没有明说，可实际上已经开出了价码。要想让她回到摄制组，就得找人杀了她丈夫。当然，所有人肯定都明白。工作室提出在拍摄期间保护她，但是毫无价值，因为她只是在一步步靠近死亡罢了。等电影拍完，剩下她一个人的时候，斯堪尼特就跟上她了。

伊莱·马林、鲍比·邦茨、斯基比·迪尔，他们都知道这个问题，也都知道答案。但是没人敢说出来。对他们这些人来说，风险太大了。他们已经爬上了那么高的位置，有了那么优渥的生活，他们输不起。对他们来说，收益与风险是不对等的。他们宁可承担电影的损失，对他们来说，这只是个小挫折而已。但他们受不了从社会最高层跌入万丈深渊。这样的风险是致命的。

说实在的，他们所作的是个明智的选择。他们不是这一行的专家，他们会犯错误。没了这五千万，就当华尔街的股票指数跌了。

那么，眼下有两个主要问题。第一，处决博兹·斯堪尼特，但绝对不能影响到电影或者安提娜；第二，也是更重要的问题，就是获得他父亲皮皮·德·莱纳，还有克莱里库齐奥家族的首肯。因为克罗斯清楚，所有这些安排，瞒不住他们多久了。

第八章

克罗斯·德·莱纳之所以想保住大蒂姆的性命，是有许多原因的。其一，他每年都在桃源酒店消费五十万到一百万；其二，他很喜欢这个人，因为这个人活得实在是有滋有味，总有一大堆让人哭笑不得的小花招。

蒂姆·斯内登，外号“偷牛贼”，拥有加利福尼亚北部的好几家购物中心。他还是一个拉斯维加斯的大赌棍，经常在桃源酒店流连。他尤其热衷于体育博彩，而且运气出奇的好。“偷牛贼”从来都下重注，五万块买美式足球，偶尔一万块买篮球。他觉得自己很聪明，小赌没赢过，大赌没输过。克罗斯立刻就注意到了这一点。

“偷牛贼”人高马大，身高差不多有六英尺半，体重超过三百五十磅。他的胃口也配得上他这副身材，看到什么吃什么。他逢人便说，自己做过胃分流术，所以食物直接流下去，体重却永远不增加。这件事他感到洋洋得意，这是蒙骗了自然规律。

“偷牛贼”生来就是个骗子，他这个外号就是这么来的。在桃源酒店，他用免费待遇招待朋友，把房间服务折腾得一塌糊涂。他还想把付给应召女郎的钱和花在礼品店的钱都混入免费待遇里。他输钱的时候，欠酒店一大笔债，一直拖到下次再来桃源酒店的时候才还钱。守规矩的赌客们都是在一个月内就把账还清的。

虽然体育博彩上他运气好得很，赌场里边的花样儿他就没那么走运了。他技术很娴熟，了解赔率，下注也准。但是他就是天生好赌，把他从体育博彩上赢的钱赔光了都不够。所以，克莱里库齐奥家族对他发生了兴趣，不是钱的关系，而是一种长期策略的原因。

家族的终极目标是让美国的体育博彩合法化，那么涉及体育的任何欺诈行为都会影响到这一目标。所以家族开始研究要不要取了“偷牛贼”大蒂姆·斯内登的性命。研究的结果令人担忧，皮皮和克罗斯都被叫到东部，到科沃格去参加会议。自从皮皮从西西里回归以来，这还是他的第一个行动。

皮皮和克罗斯一起搭上了飞往东部的班机。克罗斯担心克莱里库齐奥家族已经知道了他买下了电影《梅莎琳娜》，他也怕爸爸生气，因为他没有征询他的意见。五十七岁的皮皮尽管已经退休，仍然在为担任代理人的儿子充当顾问。

所以，克罗斯在飞机上告诉皮皮电影的事，又向他保证他仍然尊重他的意见，只是不想让他在克莱里库齐奥家族面前难做而已。对于这次被叫回东部，他的语气中还流露出了焦虑，因为唐已经知道了他在好莱坞的计划。

皮皮一言不发地听他说完，然后嫌恶地叹了口气。“你还是太年轻了呀。”他说，“跟电影交易没关系。唐不会那么快下手的。他会等，看看接下来的形势。文森特、佩蒂耶和丹特都认为乔治在打理家族事务。但是他们错了。唐比我们谁都精明。不过别担心他，这类的事情他一向很公正。你要担心的是乔治和丹特。”他顿了顿，似乎不愿意谈论家族的这些事情，哪怕面对克罗斯也是一样。

“你注意到没有，乔治、文森特和佩蒂耶的孩子对家族的生意一无所知？唐和乔治已经计划好了，这些孩子绝不能犯法。唐打算让丹特也过这样的生活。但是丹特太聪明了，他弄清楚了所有的事，而且他想加入。唐也拦不住他。看看我们所有这些人——乔治、文森特、佩蒂耶、你、我，还有丹特——我们都是后卫，我们拼死拼活，为的就是让克莱里库齐奥家族能跑到安全地带去。这就是唐的计划。他有这个力量，这是他伟大之处。所以你要是也打算金盆洗手，他甚至会很高兴。他希望丹特也能这样。不是吗？”

“我也觉得。”克罗斯说。可他这么做是因为爱上了一个女人——他不会坦承这种可怕的软弱，即使是对着自己的父亲。

“放长线，钓大鱼。学学格罗内韦尔特。”皮皮说，“时机合适的话，直接跟唐说。而且要让家族也从中获益。但是要小心乔治和丹特。文森特和佩蒂耶可不会在乎这个。”

“为什么是乔治和丹特呢？”克罗斯问道。

“因为乔治太贪心，”皮皮说，“丹特一直嫉妒你，而且你是我儿子。还有他是个疯子。”

克罗斯大感诧异。这还是他第一次听爸爸批评克莱里库齐奥家族的任何一员。“为什么文森特和佩蒂耶不在乎？”他问道。

“因为文森特开着自己的餐馆，佩蒂耶有建筑公司，还领着布朗克斯的地盘。文森特想安度晚年，佩蒂耶喜欢动手。再说，他们两个都喜欢你，也尊重我。我们年轻的时候一起完成过很多任务。”

克罗斯说：“爸爸，我没告诉你这件事，你不生气吗？”

皮皮冷笑了一下。“少废话，”他说，“你明知道我不会同意，唐也不会同意。你准备什么时候杀了这个叫斯堪尼特的家伙？”

“还不知道，”克罗斯说，“这件事很棘手。我得弄个‘坚信礼’，才能让安提娜知道，她再也用不着担心他了。这样她才能回来接着拍摄。”

“我来帮你计划。”皮皮说，“可要是这个叫安提娜的女人还是不拍呢？那你的五千万可就打水漂了。”

“她会回来的。”克罗斯说，“她和克劳迪娅关系非常好，克劳迪亚说她会的。”

“我的宝贝女儿，”皮皮说，“她还是不愿意见我吗？”

“可能吧。”克罗斯说，“但是她在酒店住的时候，你可以直接过来。”

“不，”皮皮说，“如果等你把事儿办完，这个安提娜还是不回心转意，那我就给她安排个‘圣餐’，我管她是个多大的电影明星呢。”

“不，不，”克罗斯说，“你应该去看看克劳迪娅，她现在可漂亮多啦。”

“那不错啊，”皮皮说，“她小时候长得那么丑，像我一样。”

“为什么不跟她和好？”克罗斯说。

“她都不让我参加我前妻的葬礼，再说她也不喜欢我。那还有什么意义呢？说实话，我死的时候，你也别让她来参加我的葬礼。去他妈的吧。”他顿了顿，“小孩子的时候她就那么厉害。”

“你现在就应该去看她。”克罗斯说。

“记住，”皮皮说，“什么事儿都别主动跟唐说。这次的会议是关于别的事的。”

“你怎么知道？”克罗斯说。

“因为他会先来找我，看我会不会把你供出去。”皮皮说。

事实证明，皮皮是对的。

在宅邸里，乔治、唐·多梅尼科、文森特、佩蒂耶，还有丹特已经在花园的无花果树下等着迎接他们了。按照惯例，他们先一起吃午餐，然后进入了正题。

乔治说“偷牛贼”斯内登在中西部地区操纵了一些大学的比赛。他可能在职业美式足球和职业篮球比赛中做了假。他贿赂了比赛官员和一部分球员，这种行径非常恶劣和危险。一旦事发，那就是一个会引起轰动的大丑闻，而且对于克莱里库齐奥家族寻求体育博彩在美国合法化的努力不啻致命一击。而且这种事情早晚会败露出去的。

“盯着操控比赛的警察比调查连环谋杀案的还多，”乔治说，“为什么？我不知道。谁赢，谁输，这能有什么大不了的？这种犯罪对谁都造不成影响，顶多就是让那些卖地下彩票的家伙吃亏，反正警察一向瞧不上他们。要是‘偷牛贼’操纵了圣母大学的比赛，让他们一路赢下去，全国都高兴。”

皮皮不耐烦道：“这种事儿有什么可讨论的，找个人警告他就行了。”

文森特说：“我们试过。他很特别，他不知道什么是恐惧。我们警告过他了，他照样我行我素。”

佩蒂耶说：“他们叫他大蒂姆，也叫他‘偷牛贼’，这些称呼他都喜欢。他从来不付账单，甚至连美国国税局的钱都敢欠。他在购物中心有许多商铺，但他拒绝交营业税，还和加利福尼亚州政府对着干。妈的，他连自己前妻和孩子们的抚养费都逃。他天生就是个贼，跟他根本讲不了道理。”

乔治说：“克罗斯，他在拉斯维加斯赌博，你认识他吧？你觉得呢？”

克罗斯想了想。“他总是拖着欠款，但不管怎么样他还是能把钱还清的。他赌得很精明，没那么下三烂。他这种人很难招人喜欢，但是他太有钱了，所以能带一大把朋友到拉斯维加斯来。实际上，就算他出千、赢走我们点儿钱，他仍然算是我们的大主顾。就这么算了吧。”他说话的时候注意到了丹特在笑。丹特知道点什么，但他不知道。

“不能就这么算了，”乔治说，“这个大蒂姆，这个‘偷牛贼’，他是个疯子。他正琢磨操控超级碗的比赛。”

唐·多梅尼科第一次说了话。他直接对克罗斯说：“这种事儿可能吗？”

这个问题其实是对他的一种褒奖。这表示唐认可了克罗斯是这一行的专家。

“不可能，”克罗斯对唐说，“你不可能买通超级碗的人，因为谁也不知道会是谁。你也没法收买球员，因为最重要的选手本来就能挣很多钱。再说，任何运动项目，你都永远不能百分之百地操纵结果。要想操控就得操控五十场或者一百场比赛。这样的话如果有三四场输掉了，你才不会受到影响。也就是说，除非你能控制许多场比赛，否则不值得冒这个险。”

“精彩。”唐说，“既然如此，这个人又有钱，怎么会干这种傻事儿呢？”

“他想出风头，”克罗斯说，“要操纵超级碗，风险太大，他肯定会暴露。这件事太疯狂了，太不可思议。‘偷牛贼’觉得他很聪明。他相信他能摆脱任何麻烦。”

“我可从来没见过这种人。”唐说。

乔治说：“这种人也只能出生在美国了。”

“这样的话，他会威胁到我们的事业。”唐说，“从你们给我讲的这些来看，他是个不听劝的人。这样的话，我们就没有选择了。”

克罗斯说：“等等，可他每年至少给赌场带来五十万美元的利润。”

文森特说：“这是原则问题。赌场经纪人付给我们钱，就是要我们保护他们的。”

克罗斯说：“让我跟他谈谈。也许他会听我的话。整个事情都没什么大不了的。他不可能在超级碗兴起风浪来。我们不值得采取行动。”他看到父亲的眼神，突然意识到他并不是争执的合适人选。

唐一锤定音。“这个人太危险。克罗斯，你别跟他谈了。他不知道你的真实身份，为什么要给他一次机会？这个人危险是因为他愚蠢。他愚蠢得就跟动物一样，什么东西都想占便宜。而要是他被抓住了，就胡搅蛮缠、大搞破坏。不管是真是假，他都会把大家都卷进去的。”他顿了顿，看着丹特，“外孙，”他说，“我觉得这次任务就交给你吧。但是计划让皮皮来做。他熟悉地盘。”

丹特点了点头。

皮皮知道他的立场很危险。无论丹特出了什么事，他都有责任。他还明白了一件事。唐和乔治已经决定了，有朝一日整个家族都会由丹特来掌管。但是眼下，他们还不相信丹特的判断力。

到了拉斯维加斯，丹特在桃源酒店要了一间套房。“偷牛贼”斯内登已经一个星期没来拉斯维加斯了。在此期间，克罗斯和皮皮一直在给丹特补充消息。

“‘偷牛贼’是个大赌棍，”克罗斯说，“但是还没到能开别墅的程度。跟那些阿拉伯人和亚洲人也不是一路。他的免费酒水账单高得惊人，凡是免费的东西他都要。他带朋友去餐馆，点最好的红酒，然后他这些朋友的账也要放在免费账单下边。他甚至还想把礼品店的钱也混到免费单据里。就连住在别墅的人也没有这种待遇。他很会虚张声势，所以荷官们都得看好他。他总是在骰子落下之前说他也要赌；玩百家乐的时候他要到第一张牌之后才下注；玩21点时他手上拿着3点也会说有18点。他总是拖着欠款，但是就算扣掉在体育赌博上赢的钱，每年还是能给我们带来五十万的收入。他很聪明。他甚至会以自己的名义签欠款单，然后把筹码给朋友，这样的话，我们会以为他赌得比实际上要大。他要的全都是这类鸡毛蒜皮的小花招，就跟过去洗衣店那帮家伙搞的把戏差不多。但是手气要是不好，他就发疯了。去年他整整扔进去两百万，我们给他开了一场宴会，还送他一辆凯迪拉克。他一直在嘀咕说怎么不是辆奔驰呢。”

丹特愤愤道：“他从收银台提出来筹码和钱，却不拿去赌？”

“对，”克罗斯说，“很多人都这么干。我们并不介意。我们喜欢装得傻一点儿。这样他们在赌桌前面更有信心，让他们觉得自己比我们聪明。”

“为什么叫他‘偷牛贼’？”丹特问。

“因为他拿什么东西都不给钱，”克罗斯说，“就连他招妓，都像是恨不得从人家身上咬下一块肉来，最后还不给钱。他这套江湖骗子的把戏都快出神入化了。”

丹特出神地说：“我真是等不及见他了。”

“格罗内韦尔特永远不会给他开别墅的，”克罗斯说，“我也不会。”

丹特犀利地盯着他：“我怎么没有别墅？”

“一间别墅一晚的开销就是十到一百万。”

丹特说：“但是乔治都拿到别墅了。”

“好吧，”克罗斯说，“我会找他结账的。”两个人都知道，丹特的这种要求一定会让乔治火冒三丈。

“他肯定会给你的。”丹特正话反说。

“你结婚的时候，”克罗斯说，“我给你开间别墅度蜜月。”

皮皮说：“我的行动计划是利用大蒂姆的弱点。克罗斯，你在拉斯维加斯配合我们让这个家伙上套。你得让丹特无限制地提钱，然后让欠款单消失。时间方面，洛杉矶安排好了。你得确保这家伙一定回去。所以你给他举办个宴会吧，送他一辆劳斯莱斯。他来了，你就把我和丹特介绍给他。然后你的部分就完成了。”

皮皮花了一个小时，把整个计划巨细靡遗地讲了一遍。丹特钦慕地说：“乔治一直说你是最棒的。唐让我跟着你，我本来不服气。现在我知道了，他是对的。”

皮皮面无表情地接受了恭维。他对丹特说：“记住，这是‘圣餐’，不是‘坚信礼’。要把他弄得像是要逃跑，他有案底和官司，这是可行的。丹特，行动时可别再带你那些破帽子了。人们总是会记住这些有意思的细节。还有，记住，唐说他要这家伙交代作假的事。但其实没有必要。他是罪魁祸首，他死了作假也就消失了。所以，别办傻事。”

丹特冷冷地说：“没有帽子，我觉得就没有运气。”

皮皮耸耸肩：“还有一件事。别想在你的无限信用额度上动手脚。这是唐亲口说的。他不想酒店因为这次行动而蒙受什么损失。一辆劳斯莱斯肯定要赔进去了。”

“别担心，”丹特说，“工作就是我的快乐。”他顿了顿，然后狡猾地一笑，说，“但愿这次你对我的表现感到满意。”

克罗斯很惊讶。事情很明显，这两个人之间存在敌意。他还想不到的是，丹特竟然会试图挑衅爸爸。无论是不是唐的外孙，发生这种事的后果都是灾难性的。

但是皮皮不在意。“你是克莱里库齐奥家族的一员，”他说，“我又能向谁汇报你呢？”他拍了拍丹特的肩膀，“我们要一起干活了，那就高兴点。”

“偷牛贼”斯内登来了。丹特观察他。他又高又胖，但是很结实，不是一片肥肉。他穿蓝色的牛仔衬衫，前胸各有一只大口袋，口袋正中是白色的纽扣。一只口袋里装的是黑色的一百美元筹码，而另一只口袋里则是青白镶金的五百美元。红色的五美元和绿色的二十美元筹码都塞在肥大的白帆布裤子口袋里。脚上穿着一双棕色凉鞋。

“偷牛贼”主要是玩花旗骰，这种游戏的赢面概率最大。克罗斯和丹特知道他已经在两场大学篮球赛上押了一万块，还给圣安妮塔的赛马下了五千块赌注。都是在地下票贩子那儿买的，“偷牛贼”才不会缴税。而且看起来，对押下去的钱他也毫不在乎。他每天都在这里掷骰子玩。

他是花旗骰桌上的赌侠，告诉别的赌客都跟着他下注。好心劝别人别缩手缩脚的。他押的全是黑筹码，每个数字他都码上几个筹码，一直都这样赌押上。轮到他扔的时候，他简直是要豁出命一样把骰子甩出去，这样才能让骰子从台尾后墙反弹回来时离他近一些。他老想把骰子抓在手里。但是执棒人警觉得很，直接用软棒把骰子钩回来，好让其他赌客下注。

丹特站在花旗骰的桌子旁边，跟着大蒂姆下注，赢了几把。然后他就开始孤注一掷，专门押那些偏门的点数。除非他运气好得挡都挡不住，否则他绝对输个血本无归。他押一对2或一对5；以1赔30的赔率押一对6，以1赔15押一个1和一个2，一个5和一个6。他借了两万块，换成黑筹码之后，全都撒上了赌桌。然后他继续借款。这个时候，他终于引起了大蒂姆的注意。

“哎，戴帽子那个，你留心学着点。”大蒂姆说。

丹特兴致勃勃地朝他挥挥手，然后继续玩命地往桌上扔钱。大蒂姆掷出了一把7点，这一局结束了。丹特抓过骰子，要了五万美元的借款。他把黑色筹码全都推上台面，暗想千万别交好运。好运道果然没来。这下，大蒂姆玩味他的眼神更不寻常了。

“偷牛贼”大蒂姆在咖啡厅吃饭，这里也是一家餐馆，供应简单的美国食物。大蒂姆很少在桃源酒店那些精美的法国餐馆、北意大利餐馆，或者真正的英国皇家俱乐部餐厅吃饭。跟他一起的还有五个朋友。“偷牛贼”大蒂姆掏出基诺彩票给每个人，这样他们可以边吃边看电视开奖的号码。克罗斯和丹特则坐在角落一个小隔间里。

“偷牛贼”有一头金色的短发，看起来就像布吕赫尔笔下快活的德国小市民。他点了一大堆菜，足够三顿饭吃的，但他不负众望——不但一个人差不多全吃光了，还从那几个朋友的盘子里抓东西吃。

“太可惜了，”丹特说，“我还从来没见过谁能活得像他这么有滋有味的。”

“这样容易树敌，”克罗斯说，“尤其是你有滋有味了却让别人掏钱。”

他们看到大蒂姆签了单，他不必付款，但却让他的一个朋友用现金给了小费。他们走后，克罗斯和丹特喝起了咖啡。克罗斯很喜欢这间大屋子，玻璃墙映着粉红色的街灯和绿意盎然的草坪与树木，让水晶吊灯的灯光变得柔和起来。

“我记得，三年前的一个晚上，”克罗斯对丹特说，“‘偷牛贼’赢了花旗骰一大笔钱。我估计他赢了十万美元以上。那时候大概是凌晨两三点钟。主管把他的筹码送去收银台提现的时候，‘偷牛贼’跳到骰子桌上撒尿。”

“你怎么处理的？”丹特问道。

“我叫保安把他带到他的房间里，罚了他五千块。但是这笔钱他从来没交过。”

“换了是我，我非把他的心给挖出来不可。”丹特说。

“如果他一年给你五十万呢？”克罗斯说，“但后来我就一直特别注意。谁知道他会不会去别墅的赌坊撒尿？”

第二天，克罗斯跟大蒂姆一起吃午饭的时候，给他讲了宴会还有劳斯莱斯的事。皮皮也来了，克罗斯作了介绍。

大蒂姆一向是贪心不足。“劳斯莱斯的事儿我得谢谢你，不过我什么时候能住一回别墅呢？”

“没问题，这是你应得的。”克罗斯说，“下次你来拉斯维加斯，我一定给你开一间别墅。我答应你，哪怕我得先把房客撵出去都行。”

“偷牛贼”大蒂姆对皮皮说：“你儿子人真好，比格罗内韦尔特那个老家伙强多了。”

“他最后那几年变得有些奇怪。”皮皮说，“我应该算是他最好的朋友了，他也从来没给我间别墅。”

“肯定不给你，”克罗斯说，“你又不赌博。”众人大笑。

但这个时候，大蒂姆突然换了个话题。“有个小个子的怪人，戴一顶傻乎乎的帽子。我就没见过玩花旗骰比他玩得还烂的人。”他说，“不到一个小时，这个家伙签了差不多二十万的欠条。能告诉我他是什么人吗？你也知道，我一直在找给我投资的人。”

“这个我不能说，”克罗斯说，“要是我告诉别人你是什么人，你能答应吗？我只能告诉你，只要他想，他随时有资格要一间别墅，但是他从来没开过口。他不喜欢张扬。”

“介绍我们认识就行了，”大蒂姆说，“我要是跟他做成交易了，算你一份。”

“不行，”克罗斯说，“不过我爸爸也认识他。”

“有钱赚我不会拒绝。”皮皮说。

大蒂姆说：“好说。给我说几句好话。”

皮皮热情地说：“你们两个肯定会是好搭档。这家伙有的是钱，但是没有你做大生意的能耐。我知道你办事儿一向讲究。你觉得该给我多少，就给我多少好了。”

大蒂姆满脸笑容。因为他可以占皮皮的便宜。“太好了，”他说，“今晚我还去花旗骰，带他过来就行了。”

花旗骰桌旁，众人作了介绍。让丹特和皮皮都措手不及的是，大蒂姆一把抓下了丹特所戴的那顶文艺复兴帽子戴在自己脑袋上，又把自己戴的洛杉矶道奇队的棒球帽扣到了丹特头上。大蒂姆戴着文艺复兴大花帽子，看上去就像跟着白雪公主的小矮人。

“这样可以转转运。”大蒂姆说。众人大笑。但是皮皮不喜欢丹特眼里一闪即逝的凶光。而且，他很生气，因为丹特把他的指示当成了耳旁风，还是戴着那顶帽子。他把丹特介绍成了斯蒂夫·夏普，给大蒂姆编了一大段故事，说斯蒂夫是东海岸的大毒枭，需要“洗”好几百万美元。斯蒂夫还是个烂赌棍，在超级碗上押了一百万，血本无归，但是连眼睛都不眨一下。他的信用好比真金白银，欠款单从来都是即刻还清。

于是，大蒂姆用粗壮的手臂揽过丹特的肩膀说：“斯蒂夫，我们好好聊聊。到咖啡厅里吃东西吧。”

大蒂姆要了个隔间。丹特点了咖啡，而大蒂姆则点了一大堆的甜点：草莓冰淇淋、法式夹心千层酥、淡奶香蕉派，外加一碟各种各样的小饼干。

然后他就开始了长达一个小时的推销演说。他有一间小型的购物中心，是个长期收入源，但是他想要出手。他可以安排用黑钱支付。另外他还有个肉类加工厂，整车整车的新鲜现货，都可以用来洗黑钱，还有利润可赚。他在电影圈里有关系，他可以帮忙投资或发行录像带，还有只在色情电影院放映的片子。“这绝对是美差，”大蒂姆说，“你能见到那些明星，不但能睡她们，还可以把钱洗干净了。”

丹特觉得这种演戏很有意思。大蒂姆把什么都说得天花乱坠，谁要是上当了，肯定做起发大财的梦了。他问了几个问题，这几个问题暴露了他的强烈兴趣，又故意显得扭扭捏捏不愿意表态。

“给我你的名片，”他说，“我会打电话给你，或者让皮皮打你电话。到时候我们一起吃晚饭，顺便详细地研究一下，这样我也好作决定。”

大蒂姆掏给他名片。“尽快吧，”他说，“我还有一桩‘稳赚的’生意可以算你一份。但是动作一定要快。”他顿了顿，“体育方面的。”

这个时候，丹特才真正流露出前所未有的兴趣。“老天爷啊，我做梦都想干这个。我爱死体育了。你能买下大联盟的棒球队吗？”

“没那么大，”大蒂姆躲躲闪闪道，“但也够大了。”

“我们什么时候见？”丹特问道。

大蒂姆傲然道：“明天，酒店会给我开个宴会，还送我一辆劳斯莱斯。庆祝我是他们最大的输家之一。后天回洛杉矶。就那天晚上怎么样？”

丹特假装思忖了一会儿。“好吧，”他说，“皮皮会跟我一起到洛杉矶，我让他给你打电话安排一下。”

“太好了。”大蒂姆说。虽然他奇怪这个人为什么小心翼翼的，但是他更清楚，不该问的不问，省得把交易搞砸。“那今晚上我就让你见识一下该怎么玩花旗骰子。”

丹特故作局促道：“赔率我都清楚，我就是随便玩玩而已。找机会搞上几个跳舞的姑娘。”

“那你没希望了，”大蒂姆说，“不过，你我合作，一定赚钱。”

第二天，桃源酒店的大舞厅里举行了给“偷牛贼”大蒂姆的宴会。许多特殊活动，比如元旦前夜的宴会、圣诞的自助餐会、大赌客的婚礼、特殊奖项和礼物的颁发典礼、超级碗的宴会、世界大赛，甚至一些政治会议，都把地点设在这个大舞厅里。

房间高大宽阔，四处飘浮着气球。两张巨大的自助餐台将房间一分为二。餐台布置成了两座巨大的冰山，冰里镶嵌着水果，五颜六色，风情各异。切开的哈密瓜露出金黄的瓜瓤，紫色的葡萄饱满鼓胀，汁液就要四溢而出；还有菠萝、猕猴桃、金橘、油桃、荔枝，以及大片大片的西瓜。十二种不同的冰淇淋装在小桶里埋进雪堆，像潜水艇一样探出头来。此外，热菜在餐台上排成一列：一整块没切开的牛肉、一只巨大的火鸡，还有一条白嫩肥美的火腿。若干盘各式各样的意大利面，浇了绿色的蒜酱和红色的番茄酱。红色的汤盏大得像垃圾桶一样，装饰着银色的把手，里边炖的号称“野猪肉”，其实是猪肉和牛肉混在一起烹制而成的。各种不同的面点和甜点：奶油泡芙、奶油甜甜圈、装饰着桃源酒店标识图案的多种小点心。最漂亮的酒店服务员给来宾端来咖啡和酒水。

没等第一批客人到达，“偷牛贼”大蒂姆就已经开始风卷残云了。

劳斯莱斯就停放在房间的正中心，四面围上了隔离绳。流光溢彩、洁白无瑕、奢华尊贵，凝集了真正的优雅与天才的设计，与拉斯维加斯的虚荣形成了鲜明的对照。为便于这辆车的进出，房间的面墙已经换成了帘幕。此外，一边的角落里还停放着一辆紫色的凯迪拉克，这是来宾抽奖的奖品。来宾的数量是有限的，只有大赌客和各大酒店的赌场经理才会接到邀请。这是格罗内韦尔特的绝妙主意之一，这样的宴会让酒店的赌场赚个盆盈钵满。

大蒂姆是如此的光芒四射，宴会取得了巨大的成功。在两个招待小姐的服侍下，他几乎一个人就把所有的自助餐扫荡一空。他端来装得满满的三个大盘子，当众表演自己的饕餮功夫，差点都省得丹特动手了。

克罗斯代表酒店做了开场演讲，然后大蒂姆发表了致谢感言。

“我要谢谢桃源酒店，能给我这样精美的礼物，”他说，“我一分不花，就得到了这辆价值二十万的车。这是我十年来一直为桃源酒店捧场的奖赏，这十年里，他们把我当成王子一样招待，当然，也掏空了我的钱包。我估计了一下，如果给我五十辆劳斯莱斯的话，我差不多才算是不赚不赔。不过管他呢，反正我一次只能开一辆车而已。”

他的话语淹没在掌声和欢呼声中。克罗斯的脸抽动了一下。这种冠冕堂皇的场合一向让他觉得万分困窘，因为酒店的虚情假意在这种情况下往往暴露无遗。

大蒂姆张开双臂揽住了两边的招待小姐，又亲昵地捏了捏她们的胸。他仿佛一个老练的喜剧演员一样，等着掌声平息下去。

“不是开玩笑。我是真的感激不尽。”他说，“这是我一辈子最快乐的时候之一。跟我当年离婚一样快乐。还有一件小事，谁能帮我把开车回洛杉矶的油钱掏了？桃源酒店又把我赢个一干二净了。”

大蒂姆是知道见好就收的。掌声和欢呼声再次响起的时候，他走上平台，钻进汽车。金色的大幕拉开，大蒂姆开车离开了。

凯迪拉克被一位大赌客赢走之后，宴会就很快结束了。整个庆典持续了四个小时，大家都急着回到赌桌上。

格罗内韦尔特的在天之灵应该感到欣慰了。那一夜的宴会让赌场的收入比平均数高了一倍。不知道多少对男女搞在了一起，精液的味道弥漫了整个门厅。美艳的应召女郎们应邀来到大蒂姆的宴会，纷纷依偎到大赌客们的怀里，用他们给的黑色筹码去赌钱。

格罗内韦尔特时常对克罗斯说，男女赌客做爱的习惯是不同的。这一点非常重要，作为赌场老板，必须了解。

首先，格罗内韦尔特高度评价了“生殖器的重要性”，这是他自己编的词。生殖器能战胜任何事情。甚至可以让一个嗜赌如命的人改过自新。酒店的住客里曾经有过各种世界级的大人物：获得了诺贝尔奖的科学家、亿万富翁、宗教信仰复兴运动的先驱者，还有文坛巨匠。曾经有个诺贝尔物理学奖的获得者，也许算是世界上最聪明的人了，在酒店住了六天，跟一大群舞女颠鸾倒凤。虽然他没怎么赌，但他的莅临就是赌场的荣耀。格罗内韦尔特亲自给每个姑娘都送去了一份礼物，这位诺贝尔奖得主都没想到要这样做。姑娘们反馈说，这个人的床上功夫世界第一，激情、生猛，技艺娴熟，不耍花样，她们几乎没见过这么漂亮的生殖器。最妙的是，他魅力无穷，从来不拿一本正经的话题烦她们。他跟这些姑娘一样，爱闲聊、爱八卦。出于某种原因，这个消息让格罗内韦尔特振奋不已。这种聪明人竟然也懂得取悦异性。不像大作家厄内斯特·维尔，人到中年了还像个孩子，只是一根硬着的生殖器，连调情都不会。还有维文参议员，说不定能当未来的美国总统，却把性爱看得跟打高尔夫球一样。更不用说耶鲁大学里学院的院长、芝加哥教区的红衣主教、美国民权委员会的领袖，还有共和党里那些乖戾的显贵们了。这些人见到了生殖器，马上变成了三岁小孩儿。只有同性恋和瘾君子不会拜倒在生殖器下，不过反正这些人也不会是什么赌客，无所谓了。

格罗内韦尔特注意到，男赌客们一般都是先招妓，然后才去赌钱；而女人呢，则更喜欢先赌钱，后做爱。酒店必须满足每一个人的性需求，可是酒店里又没有男妓，只有吃软饭的小白脸，所以酒店就用起了酒吧招待、低级荷官来满足女人的需要。男女的这种差别就是他们反馈上来的。由此，格罗内韦尔特得出了一个结论：男人的性爱是踏上战场之前的热身；而女人的性爱则是失败后的慰藉，或是胜利后的奖赏。

的确如此。大蒂姆在宴会开始一小时前叫了一个妓女，又在第二天凌晨输了一大笔钱之后，带着那两个女招待上了床。两个姑娘很不情愿，她们不是女同性恋。但大蒂姆用他特有的手段解决了这个问题。他掏出一万美元的黑色筹码，扬言说如果她们陪他过夜，筹码就归她们；他还含糊其词地承诺，他要是玩得爽快，她们能得到更多的钱。他满心欢喜地看那两个姑娘盯着一大堆筹码左思右想。但有趣的是，两个姑娘用美食和美酒把他灌得不省人事，一番温存还没来得及结束，他就已经呼呼大睡了。他躺在两个姑娘中间，臃肿的身躯把两个人全都挤到了床边。两个姑娘只能艰难地攀住他，最后到底还是跌在地上睡着了。

那天的深夜，克罗斯接到了克劳迪娅打来的电话。“安提娜不见了，”她说，“全公司都急疯了，我也担心死了。不过自从我认识她开始，我就发现她每个月都要失踪至少一个礼拜。但是我觉得你也应该了解一下这个情况。你最好做点儿什么，别让她真远走高飞了。”

“没关系的。”克罗斯说。他已经派了人手盯着斯堪尼特，不过没告诉她。

不过这通电话让他满脑子都是安提娜。那张仿佛有魔力的脸庞，似乎诉说着她的每一种情绪；那修长、美丽的双腿，还有那双慧黠的眼睛，和那种来自内心深处的悸动。

他抓起电话，找到了一个叫蒂芙尼的舞女。他跟这个姑娘有过几次约会。

蒂芙尼是桃源酒店歌舞表演团的领队，负责维持纪律。歌舞团的姑娘们时常吵架拌嘴，或者一言不合就大打出手，她得负责调停，所以能领到一份额外的补贴。她是个身材标致的美女；但她没通过电影试镜，因为在胶片上，她看起来块头太大。在舞台上，她的美可以倾倒众生，到了电影里，却显得魁梧健壮。

她来了，但是克罗斯做爱的简单粗暴却让她诧异不已。他一把将她拉过来，撕开她的衣服，在她的身体上印满了吻。他进入得快，很快高潮。这跟他平时判若两人。姑娘怅然若失地说："看来这次是真爱。"

"没错。"克罗斯说着，又跟她做了一次。

"可惜不是我，你这个负心汉。"蒂芙尼说，"是哪个姑娘这么走运？"

克罗斯很不快，自己这么容易就被人看穿了。可面对身旁的肉体，他又无法自持。她丰满的双乳、如滑香舌，还有双腿之间天鹅绒一般的肌肤，这一切都在散发着无可抵挡的热量。几个钟头之后，激情退去，他又情不自禁想起安提娜。

蒂芙尼抓起电话，给两个人都要了客房服务。"你要是真把那可怜的姑娘追到手了，我会同情她的。"蒂芙尼说。

她走之后，克罗斯觉得轻松多了。虽然沉沦于爱情之中是一种软弱，但肉欲上的满足却给了他信心。凌晨三点钟的时候，他最后巡视了一遍赌场。

他在咖啡厅看到了丹特，还有三个漂亮热情的女人。其中一个是歌手洛蕾塔·兰，他曾经帮她毁约，但他没认出来。丹特朝他挥手要他过去，但他摇摇头拒绝了。上楼回到阁楼套房里，他服了两片安眠药才上床睡觉，却依然梦见了安提娜。

和丹特坐在一起的三个女人都是好莱坞名媛，她们都是一线红星的妻子，自己也在影坛小有名气。她们都出席了大蒂姆的宴会。并没有收到请柬，而是靠着魅力敲开了宴会厅的门。

年龄最大的是茱莉亚·德莱丽。她的丈夫是电影圈里最炙手可热的当红影星之一。她有两个孩子。他们一家经常出现在杂志上，从来都是美满婚姻的最佳典范。

第二位是琼·瓦尔德。虽然年届五十，她仍然十分有吸引力。如今她扮演第二女主角，银幕形象通常包括睿智的女性，因为孩子的不幸而痛苦万分的母亲，在第一段婚姻中惨遭抛弃、却在第二段婚姻里迎来幸福的女人，或者是女权主义的激进斗士。她的丈夫是一家电影公司的老板，无论她的信用卡开销多大，为她付账从无怨言。而他的唯一要求是，在他组织的众多社交宴会上，她要当好女主人。她没有孩子。

第三位明星是洛蕾塔。如今她已经成为各种滑稽喜剧的不二人选。她嫁得也很好，丈夫也是位卖座明星，专拍无脑动作片，一年当中大部分时间都在各个国家出外景。

因为拍摄同一部电影、一起到罗迪欧道购物、一起在比弗利山庄的波罗餐厅用餐，三个人成了朋友，时常交流自己的丈夫，她们对签账卡毫无怨言。这就好像提起铲子就能挖出金矿，她们的丈夫也从来没对账单提出过任何的质疑。

茱莉亚抱怨她丈夫在孩子身上花的时间太少了。琼的丈夫是个好星探，他总是抱怨她不生孩子。洛蕾塔则抱怨自己的丈夫应该寻求一些严肃电影的角色。不过有一天，洛蕾塔说了一段话，口气还是一贯的活泼开朗：“我们都别自欺欺人了。我们过得快活，婚姻也门当户对，都嫁给了大人物。其实我们真正痛恨的是男人们把我们打发到罗迪欧道去，于是搞别的女人时他们就没有什么负罪感了。”三人大笑。这话再真实不过了。

茱莉亚说：“我爱我丈夫，但是他在塔希提拍片子都一个月了。我清楚得很，他可不会坐在沙滩上靠自慰度日。可是我又不愿意到塔希提待一个月。所以，他要么是在干女主角，要么就是搞上当地的小演员了。”

“就算你在那儿，他也得这么干。”洛蕾塔说。

琼怅然道：“虽然我丈夫的精子连个蚂蚁都生不出来，可他的生殖器就像个喷水管。我就不明白，怎么他发掘的明星全都是女的呢？他的试镜方法，就是看她们能把他的生殖器含进去多长。”

她们都有点醉了。因为相信葡萄酒不含卡路里，所以她们只喝酒。

洛蕾塔坚定道：“这也不能怪他们。全世界最漂亮的女人都往他们身边凑。他们没有选择。但是我们干吗要活受罪呢？去他妈的签账卡，我们也要找点乐子。”

于是她们每月一次庄严神圣的女子之夜活动开始了。她们的丈夫们一出门——反正他们经常出门——她们就开始了彻夜不归的大冒险。

由于大部分美国人都认得她们，她们得伪装自己。事实证明，伪装再容易不过了。用假发换个发型和发色，用化妆品把嘴唇加厚或者修薄。她们挑些中产阶级女人的衣服来穿。虽然美貌会受到一些损害，不过没关系，因为就跟大多数女演员一样，她们拥有无比的魅力。而且，她们很喜欢这种角色扮演。她们喜欢看到男人们为了她们费尽心机（他们一般都会得偿所愿）。这部戏是真实的生活，角色神秘莫测，不受剧本限制，充满愉快的惊喜。有诚挚的求婚和真爱，有男人愿意分担她们的痛苦，因为他们觉得自此一别将无缘再见。她们所得到的爱慕不源于她们的真实身份，而源于她们内在的魅力。她们还愿意给自己创造各种不同的身份。有时候是来度假的电脑打字员，有时候是休班的护士、牙医、社会工作者。为了进入角色，她们还要刻苦钻研自己新职业的各种知识。有时候她们会扮成办公室里的法律秘书，说自己为洛杉矶娱乐界的一位大律师工作，还散布各种丑闻，有的是关于她们自己丈夫的，还有的是关于她们的男演员朋友们的。她们这样出行太多次了，但是从来都是到洛杉矶城外去。洛杉矶太危险了，搞不好会碰上朋友，就算有伪装也能轻易认出她们来。她们发现，旧金山也太冒风险。有些男同性恋看她们一眼就能戳破她们的真实身份。所以她们最喜欢的地方，还是拉斯维加斯。

丹特是在桃源俱乐部的休闲馆里碰到她们的。赌客们如果觉得累了，就可以到休闲馆里去休息一下，听听乐队表演、滑稽剧，或者女歌手的演唱。在职业生涯之初，洛蕾塔也曾经在这里表演过。这里没有舞蹈演出，因为酒店希望顾客们休息好就快回到赌场去。

她们的活力和天生的魅力吸引了丹特。而丹特赌钱时一掷千金而且没有信用上限，则吸引了她们。喝过酒，他带着三个人来到了轮盘区，一人分了一千块钱的筹码。她们被他吸引住了，他戴了顶奇怪的帽子，荷官和赌场主管对他极度恭敬，还因为他总是带着讥诮的狡黠气质。丹特的精明显得粗野，有时还显得冷酷。他赌钱时候的挥金如土让她们感到刺激。她们自己也有钱，她们都是挣大钱的人。但他手里的都是现钞，现钞总是有独特魔力的。她们每天都在罗迪欧道花出去好几万，但是相应的，她们买到了奢华的名品。丹特赊账十万美元让她们大吃一惊。尽管她们的丈夫买给她们的车价值更高，但是丹特这可是在拿钱打水漂啊。

她们并不总是跟挑中的男人睡觉。可是去洗手间的时候，她们却开始讨论今晚丹特归谁。茱莉亚恳求说，她很想往丹特的那顶滑稽帽子里撒尿。于是另外两个人成全了她。

琼一直想要赢钱。她并不是缺钱，但赢到手的可都是现钞，是真正的钱。洛蕾塔并没有像其他两个人一样为丹特着迷。这要归功于在拉斯维加斯的表演生涯，这样的男人她有所了解，他们的秘密太多，大部分都不是什么好事。

这几个女人在桃源酒店订了一间套房，有三个卧室。像这样出行的时候，她们从来都住在一起，既是出于安全考虑，也是为了方便在一起说些冒险中遇到的八卦。她们约法三章，不要跟挑中的男人过一整夜。

茱莉亚跟丹特走了。丹特嘴上没说什么，其实最中意的还是洛蕾塔。不过他坚持要带茱莉亚回自己的套房。他的套房就在她楼下。“我会送你回房的，”他潇洒地说，“我们只有一个小时，明天早上我还得早起。”这时茱莉亚才意识到，他把她们当妓女了。

“到我房间来吧，”茱莉亚说，“我送你回来。”

丹特说："你的两位饥渴少妇朋友还在那，万一你们全都扑到我身上强奸我怎么办？我这么弱小。"

茱莉亚被这话逗乐了，只好跟他回了房。她就喜欢他那种坏笑。回房间的路上，她开玩笑地说："我想在你的帽子里撒尿。"

丹特冷着脸说："如果你觉得这样有趣，我没意见。"

一进房两个人就顾不上说话了。茱莉亚把手包扔到沙发上，拽开了连衣裙的上半身。她的双峰露了出来，这是她最美的所在。可是丹特似乎是个异类，这是个对乳房不感兴趣的男人。

他把她领到卧室，扯去了她的裙子和内衣，把她剥得一丝不挂之后，他也脱光了自己的衣服。"你得戴安全套。"她说。

丹特把她扔到了床上。茱莉亚是个很健美的女人，可他不费吹灰之力就抱起她把她扔了过去。然后，他骑上她的身体。

"你一定要用安全套，"她说，"我认真的。"

下一刻，她突然感到头晕目眩。她意识到，他狠狠地掴了她一个耳光，差点把她打昏过去。她想要挣开他，可这个如此矮小的男人体格竟然健壮得叫人难以置信。她又挨了两个耳光，脸上火辣辣的，牙也疼起来了。然后她感觉到，他进入了她的身体，抽插只持续了几秒钟，就猛地瘫在了她的身上。

两个人纠缠在一块儿，他把她的身子扳了过去。她看见他的下体仍是勃起的。她意识到，他想要从别的地方插进去。她喃喃地对他说："我喜欢这样，但是我得抹点儿凡士林，就在我的手包里。"

他抬起身子，让她从身下钻了过去。她走到了起居室。丹特靠在卧室的门口。两个人的身子都光着，他还在勃起。

茱莉亚在手包里四处摸索，突然，她动作夸张地掏出一把银色的小手枪。这是她一部电影里的道具，她一直幻想着有一天在现实生活里能派上用场。她拿枪指着丹特，按照拍电影时学的，微微下蹲，说道：“我现在穿衣服，然后离开。如果你想阻止我，我就开枪。”

出乎她意料的是，一丝不挂的丹特竟然爆发出一阵无比开怀的大笑。不过茱莉亚满意地发现，他的勃起一下子消失了。

她很喜欢这种场面。她在心里想着，上楼之后把这件事情讲给琼和洛蕾塔，她们听了得笑成什么样。她还壮起胆子要他的帽子，她要朝里面撒尿。

但是丹特的反应让她大吃一惊。他慢慢朝她走过去。他微笑着，温柔地说：“这么小的口径，除非你运气好一枪打中我的头，否则根本拦不住我。永远不要用小枪。就算你打中我三枪，我照样能掐死你。还有，你持枪的姿势是不对的。你不需要采用蹲姿，这枪没有后坐力。再说了，有可能你根本打不中我，这种小破玩意儿准头太差。所以，你还是把枪扔了吧，我们好好谈谈，然后你就可以走了。”

他继续朝她走过去，她只好把枪扔在沙发上。丹特捡起手枪，看了看，摇摇头。“假枪？”他说，“你真是找死。”他几乎是享受地摇着头表示不赞成。“你要真是妓女，那这应该是把真枪才对。那么，你到底是谁？”

他把茱莉亚推倒在沙发上，用一条腿压住了她。他的脚趾抵在她的耻毛上。他打开她的手包，把里面的东西倒在咖啡桌上。他又在手包口袋里摸了摸，抽出了装有信用卡和驾照的小钱夹。他端详着这些东西，兴高采烈地咧开嘴笑了起来。他对她说：“假发摘了。”然后顺手抽过来一块沙发巾，把她脸上的妆全都抹掉。

“上帝啊，你是茱莉亚·德莱丽。”丹特说，“我强奸了一个电影明星。”他又是一阵大笑，“你可以随时在我的帽子里撒尿。”

他的脚趾蹭着她的下身。他把她拉起来。“别害怕。”他说。他亲了亲她，把她的身子翻过去，用手扶住她，让她趴在沙发背上，双乳乱晃，臀部对着他高高撅起。

茱莉亚哭哭啼啼地对他说：“你答应放我走的。”

丹特一边亲她的臀，手指一边探索着。突然，他粗暴地进入了她，痛得她一声大叫。结束之后，他轻轻地拍着她的臀。

“现在你可以穿衣服了。”他说，“对不起，我食言了。但是能跟朋友炫耀我把茱莉亚·德莱丽给强奸了，还是从她美妙的屁股进去的，这种机会我不能错过。”

第二天早上，一个叫醒服务电话让克罗斯早早起了床。今天可忙得很。他要合计丹特的欠款，把必要的账务做好，然后让欠款单消失。他得把赌场主管手里的欠款簿收上来改掉，撤销那辆给大蒂姆的劳斯莱斯，还要做必要的文书工作。乔治已经准备好了法律文件，一个月之内这辆车的所有权都不会正式发生变动。乔治就善于干这个。

正忙的时候，一个电话打断了他。是洛蕾塔·兰打来的。她在酒店里，急不可耐地要见他。他以为是有什么关于克劳迪娅的事，就让警卫领她来到了阁楼。

洛蕾塔吻了他的两侧面颊，把茱莉亚和丹特的事情告诉了他。她说，那个男人自称斯蒂夫·夏普，花旗骰输了十万块，给她们留下了深刻印象。茱莉亚要跟他睡觉。她们三个本来是来放松一下，赌一晚上钱就走的。但是现在她们很害怕，怕这个斯蒂夫会把这事当丑闻抖出来。

克罗斯同情地点点头。他陷入了沉思。丹特这干的是什么蠢事啊，竟然选在行动前这个节骨眼上。而且那些黑色筹码都是临时供他使用的，这个混蛋竟然转手就送人了。他冷静地对洛蕾塔说：“我当然认识这个人。跟你在一起的那两个女人都是谁？”

洛蕾塔知道，最好还是别糊弄克罗斯。她把两个人的名字告诉了他。克罗斯笑了。“你们三个经常做这种事吗？”

“我们总得找一点点乐子吧。”洛蕾塔说。克罗斯同情地朝她笑了笑。

“好吧，”他说，“你的朋友去了他的房间，脱了衣服。现在她说她被强奸了，不会吧？”

洛蕾塔吞吞吐吐地说：“不是，不是。我们只是想让他别声张。他要是说出去的话，我们的前程就完了。”

“他不会说的。”克罗斯说，“这个人很有意思。他很低调。但是，听我的话，千万别再跟他混在一起了。你们应该小心点。”

这最后一句话让洛蕾塔很不痛快。这三个女人已经决定把这种出行活动继续下去了。一点小事故是吓不着她们的。又没发生什么真正可怕的事。她说道：“你怎么知道他不会说呢？”

克罗斯郑重地看着她。“看在我的面子上，他不会说的。”他说。

洛蕾塔走后，克罗斯调来了秘密摄像头的录像。在登记柜台出现过的所有宾客都有记录。他一一排查。既然他掌握了这么一条消息，要看穿洛蕾塔·兰身边两个女人的伪装就很容易了。连这种消息都不去搞，丹特这事办得真够蠢的。

皮皮来到阁楼办公室吃午餐。饭后他就要去洛杉矶，把大蒂姆这次行动需要运送的物资检查一遍。克罗斯把洛蕾塔讲的事情转述给了他。

皮皮大摇其头。“这个小兔崽子要是把时间都浪费在这些事上，非把这次行动毁了不可。我告诉过他别戴那顶破帽子，他还非戴不可。”

克罗斯说：“这次行动千万小心。盯着点儿丹特。”

“我做的计划，他不可能搞砸的。”皮皮说，“今晚我在洛杉矶见到他，我会再把计划讲一遍。”

克罗斯告诉了他，乔治是怎么准备劳斯莱斯那些手续的。大蒂姆一个月之内都拿不到合法所有权。所以他死之后，酒店还能把车收回来。

“典型的乔治。”皮皮说，“换了是唐的话，肯定把这车当大蒂姆的遗产留给他孩子。”

两天以后，“偷牛贼”大蒂姆·斯内登在桃源酒店留下六万块的欠款，离开了拉斯维加斯。他搭了近黄昏的飞机飞到洛杉矶，到办公室忙了几个小时，就开车去了圣莫尼卡跟前妻和两个孩子共进晚餐。他的口袋里有几卷五美元的钞票，准备跟纸盒子里装的一夸脱银币一起送给孩子们。给妻子的则是有效的赡养费支票，没有这个他就无权来探访。孩子们睡觉之后，他跟妻子软磨硬泡了好一会儿，可她就是不同意跟他上床。虽然从拉斯维加斯回来之后，他并不是太想要跟妻子干这种事，但白占便宜的事他不介意试一下。

第二天，“偷牛贼”大蒂姆真是忙得不可开交。两个国税局的人跑过来吓唬他，让他把几笔有争议的税目缴掉。他告诉他们法庭上见，就把他们撵出去了。然后，他巡视了储藏罐装食品和成药的仓库。这些货都是以最低价买下来的，因为保质期马上就到了。这些保质期都得改掉。中午他去见了一个连锁超市的副总裁，这个人会把这些货都收走的。吃午饭的时候，他给这位高管塞了一个信封，里边是一万美元。

午餐之后，他接到了一个意料之外的电话。两个联邦调查局探员询问他与一位众议员的关系，这个人目前被起诉了。大蒂姆让他们滚蛋。

“偷牛贼”大蒂姆从来不知道什么是恐惧。可能是因为他的大块头，也有可能是因为他脑子缺根弦儿。因为他不仅没有任何肉体上的恐惧，也没有任何精神上的恐惧。他与人斗，与天斗。医生告诉他这么胡吃海喝非死不可，必须认真开始节食。他却选了另外一种方案——他做了胃分流手术，这危害可比节食大多了。可结果非常理想。他可以大吃特吃，不会再有什么显著的伤害了。

他建起自己的金融帝国也是同样的方式。他签下合同，一旦没有利润他就毁约。他背叛朋友、背叛合伙人，每个人都起诉他，但拿到的钱终归比合约规定的少。作为一个从来不为未来打算的人，他这辈子实在是成功。他永远觉得自己会笑到最后。他永远都能搞垮各种法人团体、无视各种私人关系。对女人，他甚至更加冷酷无情了。他答应给投怀送抱的女人们整栋购物中心、公寓、精品时装店，结果她们只能在圣诞节的时候收到一小件珠宝，或者生日的时候收到一张小额支票。虽然总额也不少，但跟原来的承诺根本没办法比。大蒂姆并不想保持什么感情关系。他只是想确认当他有需要的时候，可以随时友好地把谁搞上床。

这些占便宜的手段大蒂姆都喜欢。这样的日子才有乐趣。曾经有一次，他因为赌橄榄球而欠了洛杉矶一个独立经营的彩票贩子七万块。彩票贩子拿枪抵住了他的脑袋，大蒂姆却说“去你妈的”，然后提出要用一万块解决这笔债。彩票贩子最终还是接受了。

他富有，身强力壮，厚颜无耻，做什么事都能成功。他相信人都是可以腐蚀的，这种纯真在勾引女人和上法庭的时候都能派上用场。而且，他对生活的热情也让他有了魅力。他是个亮出底牌的骗子。

因此，大蒂姆并没想过皮皮·德·莱纳那天晚上帮他做的安排有什么蹊跷。这个人也是个骗子，跟他一样。他有办法治他。承诺可以随便给，要钱只有一点点。

至于斯蒂夫·夏普，大蒂姆嗅到了机会。放长线，钓大鱼。他亲眼看见，这个小个子一天之内在赌桌上输掉了至少五十万。这就说明，他在赌场里的信用额度高得不可思议，所以这个人挣的肯定是相当一大笔黑钱。要操纵超级碗，他绝对是个完美人选。他不但能提供下注的钱，也会让赌注经纪人对他充满信心。不管怎么说，那些人不会随便接受任何人的巨额赌注的。

大蒂姆梦想着下次去拉斯维加斯的事情。他总算可以住进别墅了。他思忖着应该带什么人一起去。是谈生意还是消遣？是带几个可以下手敲一笔钱的人呢，还是只带女人？终于到时间了，他得跟皮皮和斯蒂夫·夏普一起用晚餐。他给前妻和两个孩子打电话聊了几句，然后就出发了。

晚餐的地点定在洛杉矶港口区的一家海鲜餐馆。门口没有门童，所以大蒂姆自己把车停进了停车场。

进了餐馆，瘦小领班看了他一眼，就带他去见皮皮·德·莱纳。

大蒂姆很专业地来了个意大利式贴面礼，他抱住了皮皮，说："斯蒂夫呢？他不会耍我吧？我可没那么多时间跟他扯淡。"

皮皮拿出了他全部的热情。他拍了拍大蒂姆的肩膀。"那我成什么了？说话不算数的小喽啰吗？"他说，"坐吧，这里的鱼绝对是你吃过最棒的。吃完饭我们就去见斯蒂夫。"

大堂经理走过来准备点菜时，皮皮对他说："我们什么都要最好的，什么都要最多的。我这位朋友最热爱美食。要是他走的时候肚子还饿着，我就去找文森特说说。"

大堂经理自信满满地笑了，他相信餐馆的水平。这家餐馆是文森特·克莱里库齐奥餐饮帝国的一部分。警察来这里追查大蒂姆的线索只会碰一鼻子灰。

他们一道接着一道吃菜。蛤蜊、贻贝、虾，接着又上了龙虾。大蒂姆三只龙虾，皮皮一只。皮皮吃完半天之后，大蒂姆才吃完。皮皮对他说："这家伙是我的朋友，我可以告诉你，他可是最大的毒贩子。如果你怕了，现在就告诉我。"

"我怕他就跟怕这只龙虾一样。"大蒂姆一边说，一边拎起吃了一半的龙虾大钳子朝皮皮比画着，"还有什么？"

"他需要一直洗黑钱，"皮皮说，"你的交易里必须把这项包括进去。”

大蒂姆正吃得不亦乐乎。各种海鲜的腥味直往他鼻孔里钻。“没问题，这些我都清楚。”他说，“他人在哪里？”

“他在自己的游艇上。”皮皮说，“他不想让任何人见到你跟他在一起。这是为了你好。他办事非常谨慎。”

“我他妈才不在乎谁看见我们在一起。”大蒂姆说，“我得亲眼看见他。”

大蒂姆终于吃完了。他的甜点是水果加一杯浓缩咖啡。皮皮娴熟地帮他削了一个梨。蒂姆又点了一杯咖啡。“这样我才能清醒。”他说，“第三个龙虾快把我撑死了。”

并没有人把账单送来。皮皮在桌子上留了一张二十美元的钞票，然后两个人离开了餐馆。大堂领班默默地对蒂姆的饕餮大加赞赏。

皮皮带着大蒂姆来到一辆租来的车旁。蒂姆艰难地把自己的身子挤了进去。“老天啊，你连大一点儿的车都租不起吗？”大蒂姆说。

“没多少路，”皮皮不动声色道。确实，路上只花了五分钟。这个时候夜色已经很暗了，只有拴在码头上的一艘游艇还在闪着灯光。

跳板已经放好了，放哨的人块头差不多跟蒂姆一样大。还有一个人在甲板的另一头。皮皮和大蒂姆走上跳板，来到游艇甲板上。丹特这时才出现在甲板上，走上前来跟他们握了手。他还是戴着那顶文艺复兴风格的帽子，善意地防范大蒂姆再把这顶帽子抓走。

丹特带着两个人走下甲板，来到船舱。这间屋子是当作餐厅来装饰的。他们围着桌子坐下来。椅子很舒服，四只脚用螺栓拧在了地板上。

桌子上有一排烈酒、一桶冰和放着玻璃杯的托盘。皮皮给每个人都倒了一杯白兰地。

这时引擎发动了。游艇动了起来。大蒂姆说：“我们到底要去哪？”

丹特自然地回答道：“出海透透气。只要我们一到公海，就可以上甲板舒服舒服了。”

大蒂姆并不是一点怀疑都没有。但是他充分信任自己。无论发生什么事情，他都能解决。所以他接受了这个解释。

丹特说：“蒂姆，照我的理解，你是想要跟我合作做生意。”

“不对，我希望的是你跟我合作才对。”大蒂姆盛气凌人地说，“我来操作。你用不着多添钱就能把钱洗了。还能挣到一大笔差价。我要在弗雷斯诺的城外建一家购物中心，可以卖给你五百万或者一千万的股份。我还有很多别的生意。”

“听起来很不错嘛。”皮皮·德·莱纳说。

大蒂姆冷冷地瞪了他一眼：“那么你是谁？我一直想问问。”

“他是我的初级合伙人。”丹特说，“也是我的顾问。我出钱，他想办法。”他顿了顿，然后真诚地说，“他跟我讲了你的不少好话，蒂姆。所以我们才会有谈话的机会。”

这时，游艇已经开得很快了。托盘上的玻璃杯在颤动。大蒂姆心里在嘀咕，到底要不要让这家伙参与到超级碗的事情里来。突然他有了一种灵感。他的这种灵感从来没错过。他靠回椅子上，呷了一口白兰地，表情严肃而满是疑虑。他经常这么做，事实上，他练习过好多次了。这种表情看起来，仿佛一个人马上就要把信任给予他最好的朋友。“我准备告诉你们一个秘密，”他说，“但是在这之前，我们到底要不要合作？购物中心，你干不干？”

“我加入。”丹特说，“明天让我们的律师去谈。我会拿点诚意金出来。”

大蒂姆把杯中的白兰地一饮而尽，向前探出身子。“我能操纵超级碗的比赛结果。”他一边说，一边傲慢地示意皮皮给他斟酒。看到两个人脸上的震惊神色，他感到神清气爽。“你觉得我满嘴胡说八道，对吧？”

丹特摘下他那顶文艺复兴花帽，若有所思地盯着它看。“我觉得你这是在往我帽子里撒尿，”他说，脸上浮现出一丝意味深长的笑容，“很多人都想过这种事儿。但是皮皮可是这方面的专家。皮皮？”

“不可能。”皮皮说，“超级碗还有八个月就开始了，可是你连哪些队伍会参加都不知道。”

“那就算了，”大蒂姆说，“万无一失的事你都不想加入，我倒是无所谓。但是我现在就是告诉你，我能操纵它。你要是不想做，没关系，我们只谈谈购物中心。把游艇开回去，别他妈浪费我的时间。”

“先别急着发火，”皮皮说，“你倒是说说你怎么能操纵。”

大蒂姆咽了一口白兰地，用一种惋惜的口吻说道：“这个我不能说。但是我可以跟你保证。你赌一千万，赢的钱我们五五分账。无论出什么问题，我都会把这一千万还给你。公平吧？”

丹特和皮皮彼此对望了一眼，露出了戏谑的笑容。丹特低下了头，文艺复兴风格的这顶花帽让他看起来像个古灵精怪的小松鼠。“你还给我现钞？”他问道。

“也不是，”大蒂姆说，“我从别的生意里补偿给你。比如优惠一千万。”

“你是操纵球员吗？”丹特问道。

“他操纵不了，”皮皮说，“他们挣的钱实在太多了。肯定是从官员身上下手。”

大蒂姆兴奋起来了。“我不能告诉你，不过其实很简单。别想钱，想想成就感。这可是体育界有史以来最大规模的假球。”

“可不是嘛，哪怕是进了监狱他们都得高看我们一眼。”丹特说。

“这就是我什么都不告诉你的好处。”大蒂姆说，“我去坐牢，你们用不着。但是我的律师和人脉能够确保我没事，我无所谓。”

丹特第一次篡改了皮皮的剧本。他说：“我们走得够远了吧？”

皮皮说：“是的。不过如果我们再谈谈的话，蒂姆会告诉我们的。”

“去他妈的蒂姆吧。”丹特愉悦地说，“听见没有，大蒂姆？现在我要你告诉我你是怎么操纵假球的。不许胡说八道。”他的口气无比轻蔑，大蒂姆的脸一下子就涨得通红。

“蠢货，”他说，“你以为能威胁我？你以为你比联邦调查员、国税局，还有西海岸放高利贷的人还厉害？我非把屎屙在你那帽子里不可。”

丹特靠回椅背上，捶了一下舱壁。几秒钟后，两个高大狠戾的男人打开了门，为他们把风。作为回应，大蒂姆站起身，一只巨大的胳膊把桌子上的东西全抡飞了。酒瓶、冰桶，还有玻璃杯和托盘，全都砸在了地面上。

“等下，蒂姆，听我说。”皮皮大叫。他想让蒂姆少受点不必要的折磨。还有，他不想亲自动手，计划不是这样的。但是大蒂姆朝门口冲过去，已经做好搏斗的准备了。

丹特突然一个滑步钻到大蒂姆胳膊下面，抵住他巨大的身躯。两个人分开时，大蒂姆双膝一软跪了下去。这一幕让人触目惊心。他的衣服已经被切没了一半，原先体毛浓密的右胸只剩下一个红色的巨大伤口，鲜血狂涌而出，溅满了半张桌子。

丹特手里握着刚才他所用的刀。暗红的血液从宽阔的刀刃蔓延到了握柄。

“把他放到椅子上。”丹特对守卫说道，然后又扯下桌布捂住他流血的伤口。大蒂姆意识模糊，快要休克了。

皮皮说道：“你本来可以再多等等的。”

“不。”丹特说，“这是个狠角色，我倒要见识一下他有多狠。”

“我去甲板准备一下。”皮皮说。他不想看见这些。他从来没折磨过人。真的没有什么秘密重要到必须严刑拷打的地步。杀人，不过是把他跟这个世界隔绝，让他没法再伤害你。

甲板上，他看到手下的两个人已经准备好了。铁笼子挂在钩子上，钢筋做成的笼门也关紧了。甲板上铺了一层塑料布。

他感觉到了空气中的腥咸和芳香。夜里的海洋泛着紫色，一片宁静。游艇慢慢减速、停下来了。

皮皮盯着海面，足足十五分钟之后，下面把风的两个人才出现在甲板上，拖着大蒂姆惨不忍睹的尸体。皮皮不禁移开了视线。

四个人把大蒂姆的尸体装进笼子，然后把笼子浸入海中。其中一个人把钢筋做了些调整。这样一来，海底生物就完全可以从钢筋条之间钻来钻去，把尸体当成美食了。钩子一松，铁笼子一口气沉到了海底。

不等日出，大蒂姆的尸体就会只剩一副骨架了。和铁笼子一起永远待在海底。

丹特来到了甲板上。看得出他冲了个澡、换了套衣服。文艺复兴风格的花帽底下，他的头发湿滑油亮，不过并没有血的痕迹。

“看来他已经吃完圣餐啦，”丹特说，“你应该等我一下的。”

皮皮说：“他说了吗？”

“噢，说了，”丹特说，“办法确实很简单。只不过，他从头到尾都在胡扯。”

第二天，皮皮飞到了东部。他给唐和乔治完整地作了汇报。“大蒂姆真是疯了，”他说，“他贿赂了给超级碗球队提供饮食的承办商。他们给他没下注的球队下药。就算球迷没发现，教练和队员们也会注意到的，连联邦调查局都得介入进来。舅舅，你说得对，这样的丑闻搞不好真会永远毁掉我们的计划。”

“他是白痴吗？”乔治问道。

“我觉得他只是想出名而已。”皮皮说，“有钱已经不能满足他了。”

“其他人怎么处理？”唐问道。

“他们一旦发现‘偷牛贼’失踪了，肯定就吓跑了。”皮皮回答说。

乔治说：“我同意。”

“非常好。”唐说，“还有我的外孙，他的表现怎么样？”

唐好像只是随便一问而已。但是皮皮太了解唐了，他知道这是个非常严肃的问题。所以他谨慎地回答，但显然话里有话。

“我跟他说过这次行动，无论洛杉矶还是拉斯维加斯，都别戴他那帽子。但他还是戴了。他也没按照行动的计划来。本来谈话就能问到的事情，他非得见血。他把这家伙给肢解了，把生殖器官都给切下来了。根本用不着这么做。他觉得有意思，但是对家族来说这是非常危险的事情。必须有人跟他谈谈了。”

“你得跟他谈谈了。”乔治对唐说，“他不听我的。”

唐·多梅尼科思忖良久。“他还年轻，长大了就好了。”

皮皮明白，唐什么也不会做的。所以他又把行动前一天晚上，丹特跟那个电影明星的鲁莽事情讲给了唐。他看到唐转过了身体，乔治也厌恶地皱着眉头。三个人沉默了很长时间。皮皮想，他是不是说得太过火了。

终于，唐摇了摇头，说：“皮皮，你的计划一向都很出色。放心吧，以后你不必再跟丹特一起工作了。但是你必须理解，丹特是我女儿唯一的儿子。乔治和我必须尽全力培养他。他会慢慢聪明起来的。”

克罗斯·德·莱纳坐在桃源酒店行政套房的凉台上，反复考虑行动可能遇到的危险。他的房间位置很好，可以居高临下看到整条拉斯维加斯大道、两侧的豪华赌场和酒店，还有街上来往的人群。他还可以看到桃源高尔夫球场上的赌客们。他们迷信只要打出个一杆进洞，就可以助他们在赌场里大展雄风。

第一个危险：这是他没有征询家族的意见而作出的重要决定。他确实是家族在西部的代理人，内华达州和加州南部都是他的势力范围，在一定程度上他可以独立行动，不必事事请示，只要给克莱里库齐奥家族上交一部分收入就可以了。但是也有严格的规定。“代理人”在没有得到克莱里库齐奥家族许可的情况下，绝不允许开展如此重大的行动。原因很简单：一旦失手，检察官是不会放过他的，也不会有人干预司法。除此之外，在对付自己领土上的后起之秀时，他不会得到任何援助；没有渠道给他洗钱，也没有钱让他养老。克罗斯知道，他应该去见乔治和唐，征求他们的同意。

这次行动非常敏感。当时格罗内韦尔特把桃源酒店百分之五十一的股份留给了他，而他正是用这笔财产去投资电影。虽然这是他自己的钱，但是这笔钱跟克莱里库齐奥家族在酒店里的幕后利益是联系在一起的。而且，这是靠家族得到的钱。克莱里库齐奥家族觉得，他们手下的财产就是他们的财产。这种观念很扭曲，但也是人之常情。要是他不征询他们的意见就拿这笔钱去投资，一定会招致怨恨。这种观念并没有法律基础，倒是跟中世纪的规矩很相似：没有皇家御准，封臣不得把城堡卖给他人。

这笔钱的巨大数额也是一个原因。克罗斯继承了格罗内韦尔特手中百分之五十一的股份，而整个桃源酒店价值十亿美元。但是他已经赌进去五千万了，还要再投五千万，总共是一亿美元。经济上的风险非常大。克莱里库齐奥家族又是出了名地保守谨慎。要生活在他们那个世界里，也确实需要如此。

克罗斯又想起一件事。很久以前，那时候桑塔迪奥家族和克莱里库齐奥家族还交好的时候，两个家族在电影圈有一席之地。但运作得不理想。桑塔迪奥家族没落之后，唐·克莱里库齐奥下了命令，中止所有跟电影有关的生意。“那些人太精明了，”唐说，“而且他们什么也不怕，因为回报太高。要进这一行，就得把他们全干掉，可我们自己又不懂行。这比毒品生意复杂多了。”

不行。克罗斯下了决心。只要提出这种要求，一定会被驳回。那就进行不下去了。如果事成之后他再来忏悔，他可以用钱收买整个家族，成功能够赦免最无耻的罪恶。如果他要是失败了，他也自身难保，无所谓赞成不赞成。这样的话，就剩下最后一个问题了。

做这件事到底是为了什么？他又想到了格罗内韦尔特说的“小心不幸的女人”。他以前也见过身处不幸的女人，但尽管让她们自生自灭。拉斯维加斯满大街都是不幸的女人。

他知道他渴望安提娜·阿奎坦内的美。她的面容、双眼、头发、双腿，还有胸，但不止如此。他更加渴望的是从她的眼睛、面颊的轮廓和优美的唇形一起散发出来的智慧和温暖。他觉得，如果能认识她，和她在一起，整个世界都会焕发别样的光彩，太阳都会释放别样的能量。他看见她身后的汪洋，那一泓装饰了白色浪花的碧波，仿佛光环笼罩在她的四周。他突然意识到：他妈妈一生的执念，就是成为安提娜这样的女人。

他十分惊讶，他很想去见她，和她依偎在一起，听她的声音，看她的举手投足。这思念汇成一口深井，蓬勃欲发。这时他又想到，噢，天哪，这就是我要做这件事的原因吗？

他释然了。他很高兴终于认清了真正的动机。这让他更加有决心，更加专注。现在最主要的问题是怎么干。忘掉安提娜，忘掉克莱里库齐奥——最棘手的问题是博兹·斯堪尼特，必须速战速决。

另一个难题是克罗斯的立场太明显，他公然从斯堪尼特的意外里得到好处是很危险的。

克罗斯决定找三个人帮忙。第一个是安德鲁·波拉德。太平洋安保是他开的，整件事情他都参与其中。第二个是利亚·瓦齐。他是克莱里库齐奥家族在内华达的猎场的看守人。利亚有一帮手下，平时充作守林人，随时待命完成特殊任务。第三个人是莱纳德·索萨，是个做假证的。他虽然退休了，还是听命于家族，做一些零碎的工作。克罗斯·德·莱纳作为西部的代理人，这三个人都是他的手下。

两天以后，安德鲁·波拉德接到了克罗斯·德·莱纳打来的电话。“我听说你工作很辛苦，”克罗斯说，“来拉斯维加斯度假怎么样？房间和酒水都免单。把你老婆也带上。如果玩累了，就顺便来我办公室聊聊。”

“多谢了，”波拉德说，“现在我很忙，下周怎么样？”

“可以，”克罗斯说，“但是下周我不在拉斯维加斯，我就见不着你了。”

“那我明天就去。”波拉德说。

“太好了。”克罗斯说完撂下了电话。

波拉德靠回椅子上，心想：这个邀请其实就是命令。他要掌握好分寸了。

只有从极刑底下死里逃生的人，才会像莱纳德·索萨那样热爱生命。他珍爱日出和日落，他珍爱破土而出的小草，还有食草的奶牛；他珍爱形形色色的美丽女人、自信青年，还有聪明小孩子；他珍爱一片面包、一杯酒、一块奶酪。

二十年前他替桑塔迪奥家族制造一百元面值的伪钞被联邦调查局抓走了。他的同伙认罪出卖了他。他一度相信自己最好的时光要在监狱里荒废了。印制伪钞比强奸、谋杀、纵火更加危险。这种行为是直接挑战国家机器。其他罪行充其量算是食腐动物吞食大型野兽的尸体——他们只是人类链条中的可消耗品。他不指望法庭开恩，这种事也确实没发生。莱纳德·索萨被判处二十年有期徒刑。

但是索萨的牢只坐了一年。他对如何运用墨水、铅笔和钢笔有着惊人的天赋，一个狱友为他的技能所折服，于是替克莱里库齐奥家族招揽了他。

突然，他有了一位新律师和一位从没见过的私人医师。一次突如其来的庭审中，由于他的智力退化到儿童水平，法庭认为他对社会不再具有危害性。莱纳德·索萨突然自由了，并成了克莱里库齐奥家族的手下。

家族需要一流的造假专家。不是做假币，他们知道政府对制造假币的打击决不手软。他们需要造假专家完成更重要的任务。乔治需要处理堆积如山的文件、应付国内外的公司、以空壳公司的名义签署法律文件、存储和提取大量资金，这些都需要不同的签名和假冒的签名。莱纳德慢慢在别的领域也派上了用场。

桃源酒店最大程度地利用他的这种技能。要是有身家巨富的大赌客没等还清赌场债务就死了，酒店就找来索萨再多签出一百万美元的欠款单。虽然欠的账没法用遗产来偿还，但这种情况下，所有的欠账都可以列为酒店损失，用来抵税。这类事情频繁发生。寻欢作乐的人死亡率似乎特别的高。这种方法也适用于对付不还债和只还一小部分债的人。

作为回报，莱纳德·索萨每年能拿到十万美元。但其他类似的造假工作他都被严禁参与，尤其是造假钞。这是跟家族整体利益相符的。克莱里库齐奥家族有一条道德准则，任何家族成员都不得参与印制假钞以及绑架。这是会引来联邦执法机构重点打击的两种罪行。得不偿失。

二十年来索萨一直像个艺术家一样在毗邻马里布的多盘加峡谷享受生活。他在住处的小花园里养了山羊、猫，还有狗。他白天画画，晚上喝酒。峡谷一带不乏年轻姑娘，她们也是自由奔放的画家。

除了去圣莫尼卡购物，索萨从没离开过峡谷，除非他被克莱里库齐奥家族叫去完成任务。一个月通常会找他两次，每次只有短短几天。他们安排他做什么，他就做什么，绝不多问。他对克莱里库齐奥家族十分有价值。

所以，当一辆车过来接他，司机告诉他带上工具和衣物，准备离开几天时，索萨把山羊、狗和猫都赶到山谷里。动物能照顾自己，毕竟它们不是小孩子。不是说他不喜欢它们，但是动物都短命，在峡谷里更是如此。跟自己养的动物离别这么多次，他早都习惯了。监狱生涯把莱纳德·索萨变成了现实主义者，意外重见天日又让他成了个乐观主义者。

利亚·瓦齐一直在内华达山脉看守克莱里库齐奥家族的猎场。刚到美国的时候他才三十岁，却已经成了意大利头号通缉犯。十年来，他说英语时的意大利口音已经很淡，读写能力也说得过去。他可是出身于西西里岛上最有威望、最有学问的家族。

十五年前，利亚·瓦齐已经是帕勒莫的黑手党领袖，也是“最合格的人”。但是他做得太过了。

罗马当局委任了一位地方预审法官，授予了他空前的权力去铲除西西里的黑手党。这位地方预审法官在军队和警察的护卫下，带着妻儿来到帕勒莫。他作了一次强硬的演讲，承诺对几个世纪以来统治美丽的西西里的罪犯们毫不留情。他说，法治的时代到了，主宰西西里命运的应当是意大利的民选代表，而不是秘密结社的无耻恶棍。瓦齐火冒三丈，认为这番言论是对他本人的侮辱。

由于这位地方预审法官需要听取证词、签发逮捕令，因此有重兵对他日夜保护。他的法庭设置得像个堡垒，他的住处也围了一圈军队。看起来，他的防卫牢不可破，他的行程也是机密，以防有人突袭。但是三个月之后，瓦齐还是搞到了法官的行程安排。

法官经常到西西里各大城镇去收集证据、签发逮捕状。而这一次，他要回到帕勒莫接受一枚奖章，表彰他为西西里铲除黑手党这个祸害。利亚·瓦齐带着手下在法官必经的一座小桥埋下地雷，把法官和卫队全都炸成了碎渣，以至于后来必须要用筛子才能从水里把尸身碎块捞起来。罗马当局雷霆震怒，对嫌犯展开了大清查。于是瓦齐不得不躲起来。虽然政府并没有证据，但是他知道，落到他们手里是生不如死。

克莱里库齐奥家族每年都派皮皮·德·莱纳去西西里岛为布朗克斯的地盘招募。这是因为唐坚信，只有西西里人，数百年来恪守缄默规则，才信得过，不会成为叛徒。美国的年轻人软弱又虚荣，地方检察官轻而易举地就能把他们变成警方的线人，然后把许多代理人关进监狱。

作为一种为人处世的方式，缄默规则非常简单。对警察讲出任何不利于黑手党的事情都是死罪。如果敌对黑手党当着你的面杀了你父亲，你也不许报警。如果你中了枪、奄奄一息，你也不许报警。如果他们偷了你的骡子、你的山羊、你的珠宝，你也不许报警。政府当局就是地狱大魔王，一个真正的西西里人永远不会去寻求他们的帮助。为你报仇雪恨的是家族和黑手党。

十年前，皮皮·德·莱纳带着克罗斯去西西里训练他。这样的任务更像是“筛选”而不是“招募”。希望被选上去美国的有好几百人。

他们来到帕勒莫五十英里外的一个小镇，进入镇郊。村落都是石头砌的，装点着西西里的鲜花。镇长亲自迎接他们。

镇长个子不高，挺个大肚腩。在西西里，黑手党的头领就被称为“大肚皮男人”。

房子带了一座漂亮的院落，里面种着无花果、橄榄和柠檬树。皮皮的面试地点就在这里。这座小院跟克莱里库齐奥家在科沃格的花园很像，只不过科沃格那里的花儿没有这么艳，也没种柠檬树。显然，镇长是个喜欢追求美的人，不光因为这处小院，还因为他美丽的妻子和三个娇艳的女儿。她们才十几岁，却已经含苞待放了。

克罗斯发现，皮皮一到西西里就仿佛变了一个人。他平时殷勤温和的态度都不见了，对女人们完全是敬而远之，他的热情也收束起来了。那天深夜里，他在房间里告诫克罗斯说："你得小心西西里人。他们不信勾搭女人的男人。你要是搞了他的女儿，我们肯定吃不了兜着走。"

之后的几天，皮皮筛选着面试的人。他有自己的一套标准。不能超过三十五岁，也不能小于二十岁。要是结婚了，只能有一个孩子。最后，镇长要为他们担保。他解释道，太年轻，就容易被美国文化过分影响；太老就适应不了美国。孩子多了，就会变得谨小慎微，担不起完成任务所需要的风险。

来的人里，有些是因为法律已经容不得他们在此存身，不得不离开西西里；有些则是不管多大代价，都要到美国过好日子；还有些则是不甘心屈从于命运，迫切地想为克莱里库齐奥家族卖命——这最后一种人是最理想的。

一周过去，皮皮挑齐了二十个人，把名单给了镇长。镇长批准之后就会帮他们迁移。但镇长却从名单上勾掉了一个名字。

皮皮说："我觉得这个人非常适合我们。是我判断有误吗？"

"不是，不是，"镇长说，"你一直很有眼光，这次也一样。"

皮皮糊涂了。这些人招来之后待遇都很好。给单身汉安排公寓，给已婚带孩子的安排一幢小房子。都给他们安排稳定的工作，都住在布朗克斯地区。他们中间有些人会成为克莱里库齐奥家族的手下，收入可观、前途光明。镇长勾掉的名字一向都是名声不好的人。那他怎么还能通过面试呢？皮皮感到有猫腻。

镇长狡黠地看着他，似乎在琢磨着他的心思，而且因为猜中了他的心思感到得意。

“你也是西西里人，我骗不了你。”镇长说，“我女儿想要嫁给这个人。我想再留他一年，让我女儿高兴高兴。然后你就可以把他带走了。但无论如何我不能拒绝他来面试。另外还有一个原因。我手头有个人选你应该留下，可以替掉他的位置。你愿意给我个面子见见他吗？”

“当然。”皮皮说。

镇长说：“我不想误导你，但是他的情况比较特殊，必须立刻离开这里。”

“你也知道，我必须慎重考虑。”皮皮说，“克莱里库齐奥家族很挑剔。”

“他肯定对你们的胃口，”镇长说，“不过有一点儿危险。”然后他把利亚·瓦齐的来龙去脉讲了一遍。暗杀地方预审法官的新闻在全世界都登上了头条，所以皮皮和克罗斯对这件事也很熟悉。

“他们要是没有证据，瓦齐为什么着急走？”克罗斯说。

镇长说道：“年轻人，这里是西西里。警察也是西西里人。法官也是西西里人。谁都知道这是利亚干的。什么法律证据根本无所谓。要是他落到他们手里，他就死定了。”

皮皮说：“你能把他送到美国去吗？”

“能，”镇长说，“问题是怎么藏在美国。”

皮皮说：“听起来，他的麻烦比价值大多了啊。”

镇长耸了耸肩。“他是我的朋友，这点我承认。不过这点暂且不提，”他顿了顿，然后慈祥地一笑，意思是这点可不能真不提，“他还是个最出色的‘中选者’。他是爆破专家，这可永远都是一门厉害学问啊。他知道怎么用绳子，这是老手艺了，非常有用。刀枪就不用提了。最重要的是，他很聪明，是个全才。而且意志坚定，像岩石一样。他从来不乱说话。他既懂得听人说话，又懂得怎么套别人的话。你说，这样的人你能不用吗？”

“梦寐以求，”皮皮圆滑地说，“可是这样的人为什么还要逃跑？”

“因为他除了这些品质之外还有一条，”镇长说，“他很小心。他可不想挑战命运。要是在这儿待着，他就没几天活头了。”

“一个合格的人，”皮皮说，“甘心到美国给家族当打手吗？”

镇长带着遗憾和同情低下了头。“他是个真正的基督徒，”他说，“他十分谦逊，就像耶稣一直教导我们的那样。”

“这样的人我得见。”皮皮说，“就当开开眼界，不过我可什么也保证不了。”

镇长大大地伸开了手臂。“当然啦，他肯定得符合你们的要求嘛。”他说，“不过还有一件事我必须得告诉你。这一点他绝不让我瞒着你。”镇长第一次失去了那种底气。“他有老婆和三个孩子，都得带走。”

当时皮皮就知道，答案肯定是“不行”。他说：“那可有点困难。我们什么时候见他？”

“天黑之后他就到院子里来。”镇长说，“没有危险，我会安排妥当。”

利亚·瓦齐个子不高，但是结实强壮，这是许多西西里人从他们的阿拉伯祖先那里继承的气质。他有张英俊、棱角分明的脸，深棕色的面庞意气风发。他的英语说得还算流利。

他们在镇长的院子里围着桌子坐下。桌子上有一瓶家酿的红酒、一碟从旁边树上摘下的橄榄，还有新鲜松脆的圆面包。旁边是整条的意大利熏火腿，撒了些像黑宝石一样的小胡椒粒。利亚·瓦齐只是吃喝，一言不发。

“别人极力推荐你，”皮皮客气地说，“但是我担心。像你这种资历和教育的人，愿意到美国屈居人下吗？”

利亚看看克罗斯，然后对皮皮说：“你也有儿子。要是需要救他的命，你会怎么做？我想救我老婆孩子的命，所以我愿意效命。”

“那对我们来说会有危险，”皮皮说，“你得理解，我肯定得权衡一下利弊。”

利亚耸了耸肩：“反正我说了不算。”看起来他已经做好被拒绝的准备了。

皮皮说：“如果你一个人来，事情就简单了。”

“不行。”瓦齐说，“我们必须一起活着，或者一起死，”他顿了顿，“要是我把他们留在这儿，政府肯定不会给他们好日子过的。我宁可豁出自己去。”

皮皮说：“问题在于，怎么才能把你和你的家人都藏起来。”

瓦齐耸了耸肩。“美国那么大。”说着，他把装橄榄的碟子朝克罗斯端了端，略带戏谑地说，“你爸爸会遗弃你吗？”

“不会，”克罗斯说，“他是个老派的人，就像你一样。”他的口气郑重其事，却隐隐带出了一丝笑意。他又说：“我听说，你还干农活儿。”

“橄榄。”瓦齐说，“我自己榨油。”

克罗斯对皮皮说：“塞拉山的猎场不是正缺人？他能在那照顾家人，还能挣点钱。那个地方与世隔绝。他的家人也能一起帮忙。”他对利亚说：“在林子里住的话，可以吗？”在西西里，一切不是城市的地方都可以叫林子。利亚耸了耸肩。

最后说服皮皮·德·莱纳的，是利亚·瓦齐的个人气质。瓦齐并不高大，但是浑身上下透着威严，让人不寒而栗。死亡无法征服这个人，无论是地狱还是天堂，他都无所畏惧。

皮皮说：“好主意。这是完美的伪装。如果有特殊的任务，我们会找你，让你挣额外的钱。这些工作就是你去美国要承担的风险。”

他们看见，当利亚终于意识到自己被挑中的时候，他脸上的肌肉终于松弛下来了。他说话的时候，声音都在微微颤抖。“多谢你救了我的老婆孩子。”他一边说，一边凝视着克罗斯·德·莱纳。

在此之后，利亚·瓦齐一再证实了自己的能力，他的贡献远远超出了对当年恩情的回报。他从一个打手被擢拔为克罗斯手下行动小组的头领。他带着六个人一起看管猎场，他自己的家也建在猎场里。他的生活欣欣向荣。他成为了美国公民，孩子上了大学。所有这些，都是凭了他的勇气、他过人的品质，还有最重要的一点：他的忠诚。当接到消息，要他去拉斯维加斯见克罗斯·德·莱纳时，他欣然收拾好了行装，开上他新买的别克轿车，一路开到了拉斯维加斯的桃源酒店。

第一个抵达拉斯维加斯的是安德鲁·波拉德。他搭了中午的班机从洛杉矶飞过来，在桃源酒店的大游泳池旁歇了歇，玩了几把骰子，就悄悄来到了克罗斯·德·莱纳的阁楼行政套房。

两人握了手，克罗斯说："我不会耽误你很长时间，今晚你就可以飞回去。我需要的是那个叫作斯堪尼特的家伙的全部资料。"

波拉德把所有事的原委都讲了一遍，包括斯堪尼特现在住在比弗利山庄酒店。他还讲了跟邦茨的那次谈话。

"所以说，他们根本就不在乎她死活。他们只是想把片子拍完而已。"他对克罗斯说，"还有，对于那种角色，工作室从来不会认真对待。我公司里有个二十人的部门，就是用来应付这类骚扰的。对于他这种人，电影明星很是头疼。"

"警察呢？"克罗斯说，"他们就什么也不管？"

"管不了，"波拉德说，"不发生实质性的伤害，就管不了。"

"你呢？"克罗斯说，"你的手下很厉害。"

"我得小心。"波拉德说，"要是硬来，我就做不下去了。你也知道法庭怎么做事。我不能让他们抓到把柄。"

"这个博兹·斯堪尼特，是个什么样的人？"克罗斯问道。

"他什么也不怕，"波拉德说，"说实话，我怕他。他是那种狠到骨子里的人，从来不考虑后果。他家里有钱，还有政治影响力，所以他心里有数，惹出什么来他都不会有事的。而且他非常喜欢制造麻烦，你知道，有些家伙就是这样。你要是想插手的话，必须得慎重才行。”

“我从来都很慎重。”克罗斯说，“现在有人盯着斯堪尼特吗？”

“我保证有人盯着，”波拉德说，“他绝对有能力捅出大娄子来。”

克罗斯说：“撤掉你的人。谁都不许盯着他。明白没有？”

“听明白了，照你意思办。”波拉德说。他顿了片刻，说道：“小心点儿吉姆·洛西。他也盯着斯堪尼特呢。你认识洛西吧？”

“我见过他。”克罗斯说，“还有件事你得帮我办一下。把你太平洋安保的工作证借我一会儿。晚上你坐飞机回洛杉矶之前我就还给你。”

波拉德很担心。“你知道我肯定会为你做任何事，但是你要小心。这件事很棘手。我现在生活得很好，不想毁了一切。我知道这一切都是克莱里库齐奥家族给我的，我一直都是感激不尽，我也一直都在回报。但是干这一行真不容易。”

克罗斯朝他宽慰地一笑：“你对我们太重要了。还有，如果斯堪尼特打电话找你，要核实你们公司是不是有人找过他，你承认就行了。”

听到这话，波拉德的心猛地一沉。这下可是真麻烦了。

克罗斯说：“还有什么他的事情，都告诉我。”波拉德踌躇着，克罗斯又补了一句，“回头我会报答你的。”

波拉德思忖了一会儿。“斯堪尼特叫嚣说他知道一个关于安提娜的大秘密，只要秘密不泄露出去，让安提娜做什么都行。这就是她为什么撤销了针对他的指控的原因。这个秘密不得了。斯堪尼特爱死这个秘密了。克罗斯，我不知道你是怎么卷进来的，也不知道为什么。不过也许搞到这个秘密，你的问题就解决了。”

头一次，克罗斯盯着他看的目光失去了方才的亲切。这下他突然明白了克罗斯怎么会有那么大的威望。这种眼神冰冷、直指人心，伴随着死亡的威胁。

克罗斯说：“你很清楚我为什么感兴趣。邦茨肯定已经把整件事都告诉你了。他还派你来调查我的背景。那么，关于这个大秘密，你知道多少？电影公司又知道多少？”

“我不知道，”波拉德说，“谁都不知道。克罗斯，我尽力了，你知道的。”

“我可不知道。”克罗斯说道。突然，他的口气又平和下来了。“我给你指条路吧。电影公司非常想知道我打算怎么让安提娜回心转意。我可以告诉你，我会把整个片子的一半利润分给她。这件事情你完全可以告诉他们，我没有意见。这样你就能拿到佣金了，说不定他们还能给你多发一笔奖金呢。”他从桌子里取出一个圆形的皮袋子，塞进波拉德的手里。“五千美元的黑筹码。”他说，“我叫你来谈正事，但是还总担心你输钱。”

他大可不必担心。安德鲁·波拉德从来都是把这些筹码直接拿去提现的。

莱纳德·索萨刚在桃源酒店的商务套房里安顿好，就接到了波拉德的工作证。他用自己的工具仔细地仿造出四套太平洋安保的工作证，连特制的翻盖钱夹都配齐了。这些东西瞒不过波拉德本人的眼睛，但这无关紧要，因为波拉德永远不会见到它们。索萨完成之后几个小时，两个人开车送他去内华达的猎场，把他安置在密林深处的一间小屋中。

那天下午，他在小屋的门廊里看到了一只鹿和一头熊在附近游荡。夜里，他清洗好工具，等待着。他不知道自己这是在哪儿，要去做什么，不过他也不想知道。他每年拿十万美元，自由自在地生活。为了打发时间，他在一百页纸上都画了熊和鹿，然后把它们摞好，“哗啦啦”地迅速翻动，看起来就好像是鹿追逐起了熊。

利亚·瓦齐受到的欢迎则截然不同。克罗斯拥抱了他，在他的套房里安排了晚餐。瓦齐来到美国这么多年，在克罗斯的手下完成了许多次行动。虽然瓦齐凶狠果敢，却从来没有过僭越行为。克罗斯因此一直把他当作同伴一样尊重。

这些年，克罗斯会去猎场度周末，两个人也会一起去打猎。瓦齐给克罗斯讲西西里的琐事，还有在美国生活的不同感觉；而克罗斯则邀请瓦齐带着家人到拉斯维加斯去，在桃源酒店的房间酒水一律免单，还有赌场五千美元的信用额度，而且也用不着利亚偿还。

晚餐时，他们随便闲聊。瓦齐在美国的生活又有了令他感慨不已的变化。他的大儿子在加州大学读书，对父亲的秘密身份一无所知。这点让瓦齐感到很不自在。“有时候我都觉得，他身上流的不是我的血，”他说，“教授讲的什么东西他都信。他相信男女是平等的，他相信应该把空地都分给农民。他在学校里参加了游泳队。我在西西里生活了那么多年——再说西西里还是个岛——就从来没见过西西里人游过泳。”

“除非是渔民从船上掉下去了。”克罗斯笑道。

“不，那也不会，”瓦齐说，“他们肯定淹死。”

饭后，他们开始谈正事。瓦齐一向不喜欢拉斯维加斯的食物，但是他很喜欢白兰地和哈瓦那雪茄。每年圣诞，克罗斯都会送给他一箱子白兰地，还有一匣细长形哈瓦那雪茄。

“有件事需要你来办。不过很麻烦。”克罗斯说，“一定要办得漂漂亮亮的。”

“这样的事一向都麻烦。”瓦齐说道。

“就在猎场干。”克罗斯说，“有一个人会到猎场写几封信、交代点事。”他收住话头，微笑着看瓦齐。瓦齐满不在乎地摆摆手。看美国电影的时候，遇到主角或者是反派无论如何都不肯开口交代的情节，瓦齐一向嗤之以鼻。“就算要让他们说中国话，我也能办到。”瓦齐一向都是这么说的。

“困难的地方在于，”克罗斯说，“他身上绝对不能留下痕迹，尸体里边也不能有药物。还有，这个人非常强悍。”

“只有女人才能动口不动手就让男人开口说话。”瓦齐吸了一口雪茄，打趣道，“看来你要亲自出马。”

克罗斯说：“没办法。动手的事由你的人来，但是先得把女人和孩子们送到别的地方去。”

瓦齐晃了晃雪茄。“他们就去迪士尼乐园好了。无论好事坏事，去那儿都不错。我们从来都是把他们送去迪士尼乐园的。”

“迪士尼乐园？”克罗斯闻言大笑。

“我还从来没去过呢。”瓦齐说，“我希望快死的时候去一回。这次是坚信礼还是圣餐？”

“坚信礼。”克罗斯说。

然后他们开始研究细节。克罗斯把行动给瓦齐仔细讲了一遍，告诉他为什么要办，以及具体怎么办。“觉得怎么样？”他问道。

“你比我儿子更像西西里人，可你却是在美国出生的。”瓦齐说，“但是如果他还是坚持不说，怎么办？”

“那样的话，责任都是我的。”克罗斯说，“和他的。而且我们就得付出代价。这一点美国和西西里都一样。”

“没错，”瓦齐说，“这一点在中国，在俄罗斯，在非洲，也都一样。就像唐说的一样：那样的话我们就得一起下地狱了。”

第九章

伊莱·马林、鲍比·邦茨、斯基比·迪尔，以及梅洛·斯图尔特在马林家里紧急聚会。安德鲁·波拉德已经向邦茨报告了克罗斯·德·莱纳的打算。这个消息也得到了警探吉姆·洛西的证实，不过洛西拒绝透露自己的消息来源。

“这纯粹是抢劫，”邦茨说，“梅洛，你是她的经纪人，你对她和你的所有当事人都要负责。难道以后我们拍大制作的片子，你的明星拍到一半突然拒绝接着干了，我们就得把一半的利润分给他们？”

“你疯了才会答应他们，”斯图尔特说，“让这个叫德·莱纳的家伙愿意付钱就付吧，他在这行混不下去的。”

马林说：“梅洛，你说的是长远的策略，而我们说的是眼下的事。如果安提娜真回来了，然后你和你的当事人都像抢银行似的狮子大开口，你能允许吗？”

大家全都大吃一惊。马林很少这么直截了当地说话，至少从他年纪大了之后就不这样了。斯图尔特在心里敲响了警钟。

“安提娜完全不知道有这回事。”他说，“要不然她早就告诉我了。”

迪尔说：“如果知道，她会接受吗？”

斯图尔特说：“我会建议她接受，然后再签一份附加协议，把这笔钱跟公司对半分。”

邦茨咬牙切齿道：“那样的话，她之前说什么害怕简直就是笑话。说白了就是放屁。还有，梅洛，你纯粹是胡说八道。你以为公司会因为分到德·莱纳给安提娜的一半的钱就妥协吗？那些钱本来就应该是我们的。再说，就算她最后能跟德·莱纳一起发大财，她的事业也完了。没有电影公司会请她了。”

“到国外，”斯基比说，“国外的电影公司也许会试试。”

马林拿起电话，递给斯图尔特。“说这些都没意义。给安提娜打电话。告诉她克罗斯·德·莱纳开的价钱，问她接不接受。”

迪尔说：“她消失了。整个周末都没见她。”

“她回来了。”斯图尔特说，“她周末常常找不到人。”他在电话上摁下了号码。

通话很短。斯图尔特挂了电话，笑了。“她没听说过这件事，但即使是这样她也不会回来。她根本就不在乎什么事业了。”他顿了顿，钦佩地说，“我真想见见这个斯堪尼特。能把一个女演员吓到连前程都不要了，也算有点儿本事。”

马林说：“事情就这样吧。我们已经从无望的情况下挽回了损失。可惜了，安提娜确实是个好演员。”

安德鲁·波拉德收到了指示。第一是告诉邦茨，克罗斯·德·莱纳愿意分利润的一半给安提娜，只要她回来继续拍电影；第二是撤掉所有盯梢斯堪尼特的人手；第三是约博兹·斯堪尼特见个面。

波拉德来到比弗利山庄酒店的套房时，斯堪尼特只穿着汗衫，身上一股古龙水的味道。“刚刮完胡子，”他说，“这个酒店在卫生间里洒的清新剂比妓院洒得还多。”

“你不应该在这个城市里出现的。”波拉德责难地说道。

斯堪尼特拍了拍他的后背。“我知道，我明天就走。手头剩下点儿事情要处理一下而已。”换了以前，他健壮的体魄和狠戾的笑意也许会吓到波拉德，但是克罗斯插手这件事，波拉德的心里就只剩下了同情。不过，他仍然得小心行事。

“安提娜料到你没离开。”他说，“她感觉电影公司不了解你，但是她了解。所以她想私下跟你见上一面。她觉得如果只有你们两个人在场的话，也许可以达成一笔交易。”

他看见，兴奋在斯堪尼特的脸上一闪即逝；他知道，克罗斯猜对了。这个家伙仍然爱着安提娜，他肯定会相信。

突然博兹·斯堪尼特警惕道：“这不像是安提娜说的话。她根本不愿意看见我，当然，这也不怪她。”他大笑，“她可不能没有那张宝贝脸蛋儿啊。”

波拉德说：“她是认真的。她可以给你一份终身赡养费。如果你同意的话，她可以每年从她的收入里给你分一部分，一直到她死。但是，她要跟你单独面谈，没有外人在场。还有一些别的要求。”

“我知道她有什么要求。”斯堪尼特说。他的脸上显出一种奇怪的神情，就像悔过的强奸犯感到遗憾不已。

“七点钟，”波拉德说，“我的两个手下会过来接你，把你带到见面的地方。他们会一直跟着她，给她当保镖。这两个都是我最得力的手下，都配了枪。所以你最好不要动什么歪脑筋。”

斯堪尼特笑了。“别担心。”他说。

“那就好。”波拉德说完就离开了。

门关上之后，斯堪尼特朝着空中猛地挥了挥拳头。他又能见到安提娜了，只有两个半吊子私家侦探保护她。而且他还能证明，这个见面要求是她主动提的，他完全没有触犯法官的限制令。

这一整天里，他都怔怔地想着他们重逢的场景。这的确出乎他的意料，想到这里他就知道，安提娜一定会用身体说服他接受交易的。他躺在床上，想象着再次跟她在一起会是什么样。她的身体无比清晰，白嫩的肌肤，小腹平缓的曲线，双乳和粉红色的乳头，她的眸子碧绿一片，仿佛一种别样的光芒，她温润精致的嘴唇，她的呼吸，她的金发，仿佛夜空里一轮云雾缭绕的旭日。恍惚间，旧日的爱意遍布他的全身；他爱她的聪慧和勇敢，是他把她的勇敢彻底变成了恐惧。于是，他从十六岁以来头一次爱抚起了自己的身体。在他的头脑里，安提娜的轮廓是那么清晰，她不停呼唤着他，直到他达到了高潮。在那一瞬间，他是幸福的，他爱过她。

平静下来，他感到了一种羞耻，一种侮辱。他再次痛恨起她来。突然他开始坚信，这是一个陷阱。关于这个叫波拉德的家伙，他了解些什么呢？斯堪尼特匆匆穿好衣服，端详着波拉德留给他的名片。办公楼的地址离酒店只有二十分钟距离。他冲下楼，跑出酒店大门，门童为他取来了车。

他走进太平洋安保的大楼时，这幢建筑的规模和富丽堂皇让他惊叹不已。他来到前台，说明了来意。一位武装警卫把他送到了波拉德的办公室。斯堪尼特注意到，墙上挂着许多奖状，有洛杉矶警察署发的、有无家可归者救助协会发的，包括美国童子军在内许多其他组织，甚至还有一个电影奖项。

安德鲁·波拉德小心翼翼地迎接了他。斯堪尼特让他放心。

“我只是想来跟你说，”他说，“我会自己开车去跟她见面。你的人可以开车跟着我，给我带路。”

波拉德耸了耸肩。这跟他无关，反正他已经完成指示里的要求了。“无所谓，”他说，“不过你可以先打电话的。”

斯堪尼特朝他咧嘴一乐：“可是我只是想来看看你的办公室。还有，我会给安提娜打个电话，确认这件事。我想，你应该可以替我打这个电话。她不接我的电话。”

“行。”波拉德欣然说道，然后摘起电话。他不知道到底发生了什么。他在心里希望斯堪尼特取消这次会议，他就能从克罗斯的计划里抽身出来了。他还知道，安提娜不会直接跟他讲话的。

他拨出了号码，找安提娜说话。他按下了外放，让斯堪尼特也能听见。安提娜的秘书答复他说，阿奎坦内小姐出门了，明天才会回来。他放下电话，扬起一边眉毛瞧着斯堪尼特。斯堪尼特一脸兴奋。

斯堪尼特确实很兴奋。他猜对了。安提娜果然打算用身体来换取交易。她这是准备要跟他过夜。血液涌上了他的脑袋，他脸上微红的皮肤几乎闪耀出了古铜色的光泽。他想起她年轻的时候，想起她还爱他的时候，想起了他也爱她的时候。

晚上七点，利亚·瓦齐带着一个手下来到酒店时，斯堪尼特已经整装待发地等着他们了。斯堪尼特经过了精心打扮，穿得像个大男孩儿。他穿了一条暗蓝色的牛仔裤、水洗磨白的蓝色牛仔衬衫，还有一件白色的运动外套。他的胡子刮得干干净净，金发向后梳得整整齐齐。微红色的皮肤看起来白多了，因而五官看起来也没那么狠戾。利亚·瓦齐和手下给斯堪尼特看了他们伪造的太平洋安保工作证。

斯堪尼特没有把这两个人放在眼里。两个小矬子，其中一个带着口音的可能是墨西哥人。真要收拾这两个家伙太轻松了。这些私家侦探都是没用的废物，他们就这样保护安提娜？

瓦齐对斯堪尼特说："我知道你要自己开车。我坐你的车走，我的朋友开我的车跟着我们。你同意吗？"

"可以。"斯堪尼特说。

他们走出电梯、进入一楼大堂的时候被吉姆·洛西拦住了。警探一直坐在壁炉边的沙发里，拦住他们完全凭的是直觉。他一直在盯着斯堪尼特，以防万一。他掏出证件，出示给了三个人。

斯堪尼特查看了证件，说："你他妈要干什么？"

吉姆·洛西说道："这两个跟你在一起的是谁？"

"与你无关。"斯堪尼特说道。洛西打量着瓦齐和他手下的脸，两个人一言不发。

"我想单独跟你说几句话。"洛西说。

斯堪尼特把他拨到一边，但洛西拽住了他的胳膊。两个人都是大块头。斯堪尼特急着要走。他气急败坏地对洛西说："指控已经撤销了，我不用跟你说什么。你要是不松手，我就不客气了。"

洛西松开了手。他不是被吓唬住了，而是一直在盘算着。这两个跟斯堪尼特一起来的人很面生。肯定有什么猫腻。他让开了一步，但跟着他们来到了住客等着取车的门廊。他看到斯堪尼特钻进了自己的车，利亚·瓦齐也跟了进去。但是另外一个人留了下来。洛西注意到了这一点，他等待着，看是否还有一辆车会从停车场开出来，但是没有。

跟着他们没用，盯着斯堪尼特的车被揍一顿也没有意义。他犹豫着要不要把这件事报告给斯基比·迪尔，最后还是否决了这个主意。有件事是肯定的：斯堪尼特要是再有什么出格的举动，一定会后悔今天对他的侮辱。

路途很远，斯堪尼特一直在抱怨询问，甚至还威胁要掉头回去。但是利亚·瓦齐一直在安抚他。斯堪尼特被告知见面的地方是安提娜在内华达山脉拥有的猎场，他们要在那里住一夜。安提娜一再坚持说这次见面是个秘密，不能告诉任何人，她会把这个问题解决掉，让各方都满意。斯堪尼特并不明白这是什么意思。她怎么能解决这十多年来滋生出的恨意呢？她难道真的傻到这种地步，以为她的身体和钞票就会让他心软吗？她难道觉得他就这么好打发吗？一直以来他都钦羡她的聪慧，可现在看来，也许她只不过是好莱坞那些傲慢自大的女演员中的一个而已，还以为用自己的身体和钞票就什么都能得到吧。但是她的美丽还是一直萦绕在他心头。这么多年之后，她终于又要对他笑了，取悦他，臣服他。不管发生什么，今晚他是来定了。

斯堪尼特威胁着要回去，对于这件事利亚·瓦齐并不担心。他知道后面跟着三辆护送的车，而且他也接到了指示。万不得已的情况下，他可以干脆杀掉斯堪尼特。但是给他的指示也明确了一点：杀了斯堪尼特即可，不得让他受到其他伤害。

车开进了敞开的大门。猎场的巨大规模让斯堪尼特感到诧异，简直像个小型酒店。他钻出车门，舒展身体。猎场小屋的旁边还停了五六辆车，他感到有点奇怪。

瓦齐带他来到门前，为他拉开了屋门。这时，斯堪尼特听见，又有几辆车开进了屋前的小路。他想，可能是安提娜来了。但他看到的，却是三辆车停在门口，每辆车里都下来了两个人。利亚又带他从小屋的正门来到有个大壁炉的起居室。一个男人坐在沙发里等他，他从来没见过这个人。这个人就是克罗斯·德·莱纳。

接下来的事情都发生在电光石火之间。斯堪尼特咆哮道："安提娜在哪儿？"两个人抱住他的胳膊，另外两个人拿枪抵住了他的头。看起来毫无威胁的利亚·瓦齐弯腰拽住了他的双腿，他仰躺在地板上。

瓦齐说："不想死就按我们说的做，不许挣扎，躺着不许动。"

另外一个人把斯堪尼特的两条腿死死地捆在了一起，然后把他拉起来，让他面朝着克罗斯。虽然这些人放开了他的胳膊，斯堪尼特还是惊讶地发现自己竟然如此孤立无助。他的双脚被绑住了，让他浑身的力量都使不出来。他猛地挥拳想要至少揍那个混蛋一通，可是瓦齐向后错了一步。斯堪尼特的胳膊也被捆住，因此来回蹦，还是无法保持平衡。

瓦齐无比轻蔑地打量着他。“我们知道你是个喜欢用暴力的家伙，”他说，“但是现在该用用脑子了。力量在这儿没用……”

斯堪尼特似乎接受了这个建议。他竭力思考着，要是谁想让他死，他们早就动手了。眼下这一套只不过是恫吓，要他同意些什么事情而已。那好吧，他会同意的。以后预先防范一下就是了。有一件事他很确定。安提娜并没有参与这件事情。他无视了瓦齐，而是转向了坐在沙发里的男人。

“你到底是谁？”

克罗斯说：“我有几件事需要你办，办完你就可以开车回家了。”

“如果我不答应，你就折磨我，对吧？”斯堪尼特大笑道。他开始觉得这是在模仿好莱坞电影的俗套剧情。

“不会的，”克罗斯明明白白地说道，“不会折磨你的。谁都不会碰你。我要你做的，就是到那边的桌子坐下，写四封信。第一封是给罗德斯通工作室的，保证永远不会靠近他们的摄影棚；第二封给安提娜·阿奎坦内，为你以往的行径道歉，发誓再也不接近她了；第三封给警察局，供认你买了硫酸，准备再次袭击你的妻子；另外还有一封给我，告诉我你妻子的那个秘密。很简单。”

斯堪尼特一步步朝着克罗斯蹦过去。其中一个人推了他一把，他跌坐到了对面的沙发里。

“别碰他。”克罗斯严厉地说。

斯堪尼特用胳膊支撑着自己站了起来。

克罗斯指着桌子。桌子上面有一沓纸。

“安提娜在哪儿？”斯堪尼特说。

“不在这里。”克罗斯说，“都出去，利亚留下。”其他人退出了门外。

“过去，到桌子那儿坐下。”克罗斯对斯堪尼特说。

斯堪尼特照做了。

克罗斯对他说：“我想认真地跟你谈谈，别硬撑了，什么蠢事都不要做。你的手是自由的，可别因为这个就胡思乱想。我要你做的，就是把那四封信写了，你就自由了。”

斯堪尼特傲慢地说：“去你妈的。”

克罗斯对瓦齐说道：“不浪费时间了，杀了他。”

克罗斯的语气毫无起伏，但他漫不经心更加可怕。这个时候，斯堪尼特感到了一种从未有过的真正的恐惧。他这才意识到这些人全都是用来对付他的。利亚·瓦齐尚未动手。斯堪尼特说道：“好好，我写就是了。”他取过一张纸，开始写字。

他很狡猾，用左手写信。就像一些优秀的田径运动员一样，他两只手几乎一样灵活。克罗斯走到他身后，看他写字。斯堪尼特为自己突然的怯懦感到羞耻，他双脚抵着地板，凭着对自己身体协调性的自信，他把笔换到右手，跳起来用笔朝克罗斯的脸上刺，希望能扎进这个杂种的眼睛里。他剧烈地挣扎着，两只胳膊疯狂地四处挥舞，整个身体都扑了上去。可是克罗斯轻松地就躲开了。但斯堪尼特仍在拼命挪动着绑在一起的双脚。

克罗斯一言不发地打量着他，说：“每个人我都可以容忍一次。你的这一次已经用完了。现在，把笔放下，把信纸给我。”

斯堪尼特照做了。克罗斯扫了一眼信纸，说：“那个秘密你还没告诉我。”

“我不写，让这家伙出去，”他朝瓦齐示意着，“我就告诉你。”

克罗斯把信纸递给利亚，说：“处理一下。”

瓦齐离开了屋子。

“好了，”克罗斯对斯堪尼特说，“这回可以说说你的大秘密了。”

瓦齐离开猎场小屋，来到几百英尺外的一间小房子里，莱纳德·索萨就住在这儿。索萨正等着哪。他看了两张信纸，一脸嫌恶地说：“这是左手写的，左手写的东西我模仿不了，克罗斯知道的。”

“再看看，”瓦齐说，“他想要捅克罗斯的时候，用的可是右手啊。”

索萨又端详了一下信纸。“嗯，对。”他说，“这家伙并不是真的左撇子。他在耍你们。”

瓦齐拿着信纸回到了猎场小屋，走进图书室。从克罗斯的脸色他就知道，什么事不对劲。克罗斯的表情满是困惑，斯堪尼特则倒在沙发里，被捆起来的双腿搭在沙发上，他盯着天花板笑得十分快活。

“这些信没用。”瓦齐说，“他用左手写的，但是专家说他惯用右手才对。”

克罗斯对斯堪尼特说：“你很强悍，我应付不了，我不能威胁你、强迫你做这件事，我放弃。”

斯堪尼特从沙发里探出身子，耍狠地对克罗斯说：“但是我告诉你的可都是真的。人人都爱安提娜·阿奎坦内，但是谁都没有我了解她。”

克罗斯不动声色地说：“你不了解她，你也不了解我。”他走到门口示意了一下。四个人进入了房间。克罗斯转头对利亚说：“你知道我要的是什么。如果他不给我的话，就除掉他。”说完，他走出了房间。

利亚·瓦齐明显长出了一口气。他很敬佩克罗斯，这么多年来一直心甘情愿做他的手下。但是克罗斯实在是太有耐心了。的确，西西里所有伟大的唐都很有耐心，但是他们知道什么时候该打住。瓦齐猜想，克罗斯·德·莱纳肯定还是有美国人的心软，否则早就成为那样的大人物了。

瓦齐扭头看看斯堪尼特，和风细雨地对他说：“你和我，咱们开始吧。”他又对屋子里的四个人说：“把他的胳膊铐起来，但是要轻点儿。别伤了他。”

四个人抓住了斯堪尼特，其中一个掏出了手铐，斯堪尼特彻底无力反抗了。瓦齐推了他一把，让他跪在地上，另外几个人逼住了斯堪尼特，让他动弹不得。

“喜剧已经结束了。”瓦齐对斯堪尼特说。他坚毅的身体似乎放松下来了，说话也像是交谈的口吻：“用右手把这几封信写一遍，你可以拒绝。”其中一个人拿过一把巨大的左轮手枪，还有一盒子弹，交给利亚。他当着斯堪尼特的面，一发一发地把手枪上满了子弹。他走到窗口，朝着树林打光了所有子弹，然后回到斯堪尼特旁边，重新填了一发。他“哗”地拨动了转轮，用枪抵住斯堪尼特的面颊。

“我不知道子弹在哪。”利亚说，“你也不知道。如果这几封信你还是不写，我就扣扳机。写不写？”

斯堪尼特盯着利亚的眼睛，没有回答。利亚扣动扳机，只是空膛的一声轻响。利亚赞许地点点头。“我真要为你喝彩。”他对斯堪尼特说。

他朝转轮里看了看，把子弹填在了第一个弹巢里，走到窗口，开了火。爆炸声震彻整个屋子。利亚走回来，又从桌子上取了一发子弹填进枪里，拨动了转轮。

“我们再玩一局。”他用枪抵住斯堪尼特的面颊。可这一次，斯堪尼特畏缩了。

“把你的老板叫回来，”斯堪尼特说，“我还有别的事告诉他。”

“不行，”利亚说，“要花招的时间过去了，就说写还是不写吧。”

斯堪尼特盯着利亚的眼睛，却看不到威胁，只能看到对死人的哀悼和惋惜。“好吧，”斯堪尼特说，“我写。”

几个人立刻拉他起来，又按着他坐在书桌前。瓦齐坐在沙发里，而斯堪尼特则在奋笔疾书。他拿过斯堪尼特写完的东西，来到索萨的小房子里。“这回行了吗？”他问道。

“这回没问题了。”索萨说。

瓦齐回到猎场小屋，把事情汇报给了克罗斯。他走进图书室，对斯堪尼特说：“都结束了。等我准备好，马上就开车送你回洛杉矶。”说完，利亚把克罗斯送出门，送上了车。

克罗斯说：“该做什么你都知道。明天早上再动手。那个时候我已经回拉斯维加斯了。”

“别担心，”瓦齐说，“我还以为他不会写信了，真是个禽兽。”他看得出来，克罗斯心事重重。“我出去的时候他跟你说什么了？”瓦齐问道，“有什么事情需要让我知道吗？”

克罗斯开了口。瓦齐从来没见过他这么阴狠地说过话。“我应该直接杀了他。我宁可冒这个险了。我讨厌顾虑那么多。”

“好啦，”瓦齐说，“事情已经办好了。”

他目送克罗斯的车开出大门，想起了西西里，十年来这样的情况没有几次。在西西里，男人从来不会因为一个女人的秘密而心烦意乱。在西西里，根本不会有这些麻烦。斯堪尼特早就应该死了。

破晓时分，一辆密闭的小客车开进了猎场小屋。

利亚·瓦齐拿到了莱纳德·索萨伪造的自杀信之后，就把他送进了载他回托潘加峡谷的车里。瓦齐把小房子清理好，烧掉斯堪尼特写的信，抹掉房间里一切有人住过的痕迹。莱纳德·索萨在此期间一直没见到斯堪尼特，也没见到过克罗斯。

然后利亚·瓦齐开始准备处决博兹·斯堪尼特。

六个人参与了行动。他们蒙住斯堪尼特的眼睛，塞住他的嘴，把他装进小客车。两个人跟着他一起上了车。斯堪尼特手脚都被捆住，完全动弹不得。另一个人负责开车，此外还有一个人拎着霰弹枪坐在副驾驶上。第五个人开的是斯堪尼特的车，而利亚·瓦齐和第六个人开另一辆车在前面引路。

利亚·瓦齐看着太阳从群山的阴影中冉冉升起。车队开了六十英里，然后拐进了一条幽深的林间小路。

车队终于停下了。瓦齐仔细地指点着要如何停放斯堪尼特的车，然后把斯堪尼特从小客车中拖了出来。斯堪尼特完全没有反抗，看起来已经彻底认命了。看来他终于想明白了。瓦齐想。

瓦齐从车里掏出了绳子，仔细量好长度，把绳子一段绑在附近一棵树的粗干上。两个人把斯堪尼特直直地抱起来，好让瓦齐把绳圈套上他的脑袋。瓦齐掏出莱纳德·索萨伪造的两封绝笔信，塞进了斯堪尼特的上衣口袋。

四个人合力才把斯堪尼特举到小客车顶上。利亚·瓦齐朝司机一挥拳头，小客车一下子蹿了出去，斯堪尼特掉下车顶，在空中来回摇荡。他的脖子扭断的声音在树林中回响。瓦齐检查了一下尸体，解开了捆他的绳子，其他人去掉了他的眼罩和塞在嘴里的东西。嘴边有些小小的擦伤。但是在林子里挂个几天之后就没那么明显了。他检查了一下手腕和脚腕上捆绑的痕迹。虽然有些小痕迹，但是什么问题也说明不了。他很满意。他不知道这些安排会不会起作用，但是克罗斯吩咐的每件事情现在都完成了。

两天之后，在一条匿名线索的指引下，郡治安官发现了斯堪尼特的尸体。当时一头棕熊正拍打着绳索，让尸体来回晃荡个不停，治安官不得不先把熊赶走。等法医带着助手赶到的时候，他们才发现尸体的皮肤早已腐烂，被虫子吃得差不多了。

第六部

/好莱坞式的死亡

第十章

十个姑娘翘起她们光溜溜的屁股，迎向摄像机闪亮的镜头。尽管片子前途未卜，迪塔·汤美仍在《梅莎琳娜》的摄影棚内面试女演员，给安提娜·阿奎坦内的屁股找个替身。

安提娜拒绝拍裸戏。也就是说，她拒绝在镜头面前暴露双乳和臀部。对于一位明星来说，这种矜持实在是让人大感诧异，但也不至于对她的星途产生什么致命影响。迪塔只需要从现在面试的不同女演员里挑几个出来，用她们的胸部和臀部代替安提娜的就可以了。

当然，她还是会把有台词的整场戏份发给来面试的女演员们。她不会让她们像拍色情片一样搔首弄姿，那样太侮辱人了。但是决定性的因素还是最后的情爱镜头，当她们在床上翻滚的时候，需要把赤裸的臀部对着摄像机。专门负责情爱镜头的艺术指导正在勾勒她们和男明星斯蒂夫·施塔林斯纠缠在一起的床戏镜头。

和迪塔·汤美一起观看面试的，还有鲍比·邦茨和斯基比·迪尔。除了他们之外，就只有必要的剧组成员留在现场。汤美并不介意迪尔来看，但是鲍比·邦茨来这儿瞎凑什么热闹。她也考虑过禁止他进入摄影棚，不过《梅莎琳娜》要是拍不下去了，她就没什么地位了，她需要他的帮助。

邦茨不耐烦道：“我们到底在挑什么？”

情爱场面的艺术指导是个叫作威利斯的小伙子，他还是洛杉矶芭蕾剧团的团长。他无比陶醉地说：“我们要找到全世界最美的屁股，而且肌肉的形状也要漂亮。脏兮兮的不要，股沟太宽的也不要。”

“没错，”邦茨说，“脏兮兮的肯定不能要。”

“胸怎么办？”迪尔问道。

“胸不能乱颤。”艺术指导说。

“明天我们来看胸。”汤美说，“女人不可能同时拥有美丽的胸和屁股。也许安提娜是个例外，可她还不愿意脱。”

邦茨促狭地一笑：“你应该知道的，迪塔。”

汤美顾不上她现在的处境：“鲍比，如果我们要找个混蛋，你肯定是最合适的人选。你勾搭不到她，就说她是同性恋？”

“好吧，好吧，”邦茨说，“上百个电话可等着我回呢。”

“我也是。”迪尔说。

“鬼才会相信你们。”汤美说。

迪尔说：“迪塔，有点儿同情心好不好。鲍比和我，我们俩能有什么娱乐活动啊？没时间打高尔夫球，看电影是工作，也没时间去看话剧和歌剧。晚上还得陪老婆孩子，剩下的要是能抽出一个小时找找乐子就很不错了。你说一天就一个小时，能干什么？只能干女人。这是最不消耗精力的娱乐活动了。”

“哇，斯基比，快看，”邦茨说，“我就没见过这么漂亮的屁股。”

迪尔赞叹地摇摇头。“鲍比说得对。迪塔，就是她了，签了她吧。”

汤美无可奈何地大摇其头。“老天啊，你们真是一对白痴，”她说，“那是个黑人的屁股。”

“反正签了就是了。”迪尔兴高采烈道。

“对呀，”邦茨说，“让她演梅莎琳娜的埃塞俄比亚奴隶。但是话说回来，她怎么能进来面试的？”

迪塔·汤美玩味地打量着这两个人。眼前这两个人都是电影界翻云覆雨的大人物，每天都得回上百个电话，眼下却像两个十几岁的小青年，寻找第一次性高潮。她耐心地解释：“我们找演员的时候，不允许要求只要白人。”

邦茨说：“我想见这个姑娘。”

“我也是。”迪尔说。

但是这些都被闯进摄影棚的梅洛·斯图尔特打断了。他笑得意气风发。“我们可以重新开始工作了，”他说，“安提娜要回来接着拍了。她的丈夫，博兹·斯堪尼特，上吊自杀了。博兹·斯堪尼特跟这部电影再也没关系了。”他一边说，一边拍着手，就像剧组杀青后拍手庆祝一样。斯基比和鲍比也跟着他拍起了巴掌。迪塔·汤美看着这三个人，一脸嫌恶。

“伊莱要你们俩马上过去一趟，”梅洛说，“你不用去，迪塔。”他歉意地笑笑，“只是谈生意，不是谈创意。”几个人离开了录音室。

他们走后，迪塔·汤美把那个臀部特别美的姑娘叫到了自己的工作车里。她很美，皮肤是那种真正的黑色，而不是古铜色。而且她带着一种冒冒失失的热情劲儿，迪塔觉得这是她的天性，不是演员的做作。

“我准备把梅莎琳娜皇后手下一个埃塞俄比亚奴隶的角色给你。”迪塔说，“你有一句台词，不过镜头主要还是拍你的屁股。可惜的是给阿奎坦内小姐当替身的话必须得是个白屁股，你的太黑，否则你肯定会抢风头了。”她友善地一笑，“法莱内·方特，这个名字很适合电影圈嘛。”

“可能吧，无所谓。”姑娘说，“多谢你的赞美，也多谢你给我这份工作。”

“还有一件事，”迪塔说，“我们那个制片人斯基比·迪尔，他觉得你的屁股是全世界最漂亮的。还有公司的总裁和制片总监邦茨先生也这么想。他们会找你的。”

法莱内·方特诡秘地一笑。“那你觉得呢？”她说。

迪塔·汤美耸了耸肩。“我不像男人们那样对屁股那么感兴趣。但是我觉得你很有魅力，是个好演员，我觉得完全可以在片子里拿到更多的台词。今晚来我家吧，我们可以谈谈你的事业。我给你做晚饭。”

那天晚上迪塔·汤美和法莱内·方特在床上共度了两个钟头。然后迪塔做了晚饭，她们讨论起了法莱内的职业生涯。

“我很快活，”迪塔说，“不过我觉得我们还是保持朋友关系比较好，就把今天晚上当成一个秘密吧。”

“好，”法莱内说，“谁都知道你只搞女人，是因为我是黑人吗？”她咧嘴笑着。

“只搞女人”这种话，迪塔全当没听见。她暗示了要拒绝继续来往，自然会招致小小的报复。“你的屁股棒极了，管它是黑的、白的、绿的，还是黄的呢。”迪塔说，“不过你真的很有天赋。光演我的电影，你没法展露出天赋来的。我两年才拍一部电影，这对你来说远远不够。大部分的导演是男性，他们总想选你这样的姑娘演电影，然后找机会搞你上床。要是他们以为你也只搞女人的话，就不会考虑选你了。”

“要是我傍到了一个制片人或者电影公司的老板，谁还用得着导演啊。”法莱内快活地说。

“用得着的。”迪塔说，“别人都只能把你领进门，但只有导演才能真正让你留下来。或者，他还可以把你的形象和声音都拍得非常糟糕。”

法莱内满脸悲伤地摇着头：“我得和鲍比·邦茨上床，让斯基比·迪尔搞我，而且我已经和你睡过了。非这样不可吗？”她瞪大了眼睛，满脸无辜。

迪塔这个时候真是爱死她了，这个姑娘一点都不装清高。“今晚我过得非常愉快，”她说，“你真是太厉害了。”

“唔，我从来不明白做爱有什么大惊小怪的，”法莱内说，“对我来说一点儿也不难。我不嗑药，也不酗酒，总得找点乐子吧。”

“好吧。”迪塔说，“现在说说迪尔和邦茨。迪尔更有希望帮你。我告诉你为什么。迪尔爱自己，也爱女人。所以他真会帮你办事儿。他可以给你找个好角色，他还很敏锐，能发现你的天赋。而邦茨呢，他除了伊莱·马林之外谁都不喜欢。而且他没有品位，也没有发现天赋的眼睛。邦茨肯定跟你签一份制片合同，签完就让你自生自灭去了。他老婆就是很好的例子，虽然她出演过很多大制作电影，但是从来没演过什么重要角色。而斯基比·迪尔呢，如果他喜欢你的话，一定会替你的前程铺路的。”

“听起来真是残酷。”法莱内说。

迪塔拍拍她的手臂。“不用跟我装，我也是个女人，我了解演员，无论男女，为了往上爬，他们什么都能做。下赌注不就是为了赢大钱吗？你是愿意到俄克拉荷马州去找个朝九晚五的工作呢，还是愿意当个电影明星，住在马里布呢？你的资料上写你才二十三岁。你跟几个人上过床？”

“算上你吗？”法莱内说，“大概五十个吧，不过可都是因为找乐子啊。”她自嘲地说。

“那再多来几个也无所谓了。”迪塔说，“再说了谁知道呢，没准儿也有乐子可找啊。”

“知道吗，”法莱内说，“我要是对成名成星没有信心的话，才不会这么干呢。”

“那是当然啦，”迪塔说，“谁都不会的。”

法莱内笑了。“那你呢？”她问道。

“我没得选。”迪塔说，“我全是靠自己过人的天分。”

“小可怜儿。”法莱内说。

罗德斯通工作室里，鲍比·邦茨、斯基比·迪尔和梅洛·斯图尔特在伊莱·马林的办公室里见到了他。邦茨气急败坏地嚷道：“这个愚蠢的混蛋，他把大家都吓个半死，然后自杀了。”

马林对斯图尔特说：“梅洛，我想你的当事人可以回来了对吧？”

“当然。”梅洛说。

“她没别的要求，也不需要其他好处，对吧？”马林不动声色地问道。梅洛·斯图尔特这才意识到，马林已经是怒火中烧了。

“没有，”梅洛说，“明天她就上工。”

“太好了，”迪尔说，“这样的话预算就不会超了。”

“你们全都给我闭嘴，听我说。”马林说。这种毫无征兆的粗鲁口气让大家全都安静了。

马林又用他通常那种沉稳轻松的语气开了口。但是毫无疑问，他动怒了。

“斯基比，超没超预算跟我们有个屁的关系？这电影已经不是我们的了。当时我们害怕了，我们犯了个愚蠢的错误。我们全都有责任。片子不是我们的了，被外人拿走了。”

斯基比·迪尔想打断他：“做发行的话，罗德斯通还是能赚不少钱的。再说利润也有分成，这笔交易挺不错的。”

“但是德·莱纳挣的钱比我们多，”邦茨说，“这不对。”

“关键是，德·莱纳什么力都没出。”马林说，“这样的话，从法律上讲，我们当然有立场把片子夺回来。”

“说得对，”邦茨说，“去他妈的，上法庭。”

马林说：“我们用打官司吓唬他，然后另做一笔交易。他的钱还给他，再分给他一成票房收入。”

迪尔笑道：“伊莱，茉莉·弗兰德斯不会让他接受你这个交易的。”

“我们直接跟德·莱纳谈，”马林说，“我觉得我能说服他。”他顿了顿，“一收到消息我就给他打了个电话。他会尽快赶过来。还有，你们也知道，他有点儿背景。自杀的事过于巧合了。我觉得他不会在乎上法庭的。”

克罗斯·德·莱纳正在桃源酒店的阁楼套房里看报纸。报纸上登载了斯堪尼特的死讯。一切都很理想。自杀的事实很清楚，尸体上的两封绝笔信就是明证。博兹·斯堪尼特没写过多少信，莱纳德·索萨的技艺又那么高明，所以笔迹鉴定专家们不可能认出来这是伪造的。斯堪尼特手脚上的束缚也早就松开了，不剩任何痕迹。利亚·瓦齐可真是个专家。

找克罗斯的第一通电话完全不出他所料。乔治·克莱里库齐奥找他去科沃格的家族宅邸。克罗斯不会自欺欺人，他绝不侥幸以为克莱里库齐奥家族不知道他干了些什么。

克罗斯接到的第二通电话是伊莱·马林打来的，找他去洛杉矶，别带律师。克罗斯答应了。但是离开拉斯维加斯之前，他给茉莉·弗兰德斯打了电话，把马林的电话内容告诉了她。她暴跳如雷。“这帮卑鄙的混蛋，”她说，“我到机场接你，我们一起去。以后记住，除非你带了律师，否则就连‘早上好’这种话都别对电影公司的任何人说。”

二人来到罗德斯通工作室，走进马林的办公室，他们意识到会有麻烦。四个等着他们的人都是一副凶狠的样子，恨不得扑上来就要动手。

“我决定还是带着律师比较好。”克罗斯说，“你不介意吧？”

“没关系。”马林说，“我只是不想让你太尴尬而已。”

茱莉·弗兰德斯面色铁青。她恶声恶气地说：“多好啊，太好了。你们想把电影要回来，可惜我们的合同也不是白签的。”

“你说得对，”马林说，“但是我们恳请克罗斯有点公平交易的意识。他没有做任何能解决问题的事，而罗德斯通投入了大量的金钱和时间，还有创意。没有这些，这部电影根本不可能拍出来。克罗斯把他的钱拿回去，还能拿到一成票房收入。他没有任何风险。”

“他当时就遇到了风险，他挺过来了。”茱莉说，“你们的提议太侮辱人了。”

“那我们就只好上法庭了。”马林说，“克罗斯，我知道你跟我一样讨厌上法庭。”他朝克罗斯笑了笑。这个慈祥的笑容竟让他那大猩猩一样的脸看上去像个天使。

茱莉怒不可遏。“伊莱，你讨厌上法庭？你一年出庭的次数能有二十次，你一贯耍的就是这套把戏。”她扭头对克罗斯说：“我们走！”

但是克罗斯知道，他可招架不住长年累月地打官司。从他买下电影到斯堪尼特适时地死了这么巧合的事全都会遭到详细的调查。他们会一点点地挖出他的身份，他们会把他大书特书，把他暴露在众目睽睽之下。对这种事情，唐绝对无法容忍。毫无疑问，马林对这些全都一清二楚。

“等一下。”克罗斯对茱莉说完，转向了马林、邦茨、斯基比·迪尔，还有梅洛·斯图尔特，“要是有赌客到我的酒店里来赌了一笔大钱还赢了，他赢了多少我付给他多少，绝不可能把赌资还给他扯平了就行。你们现在就在这样做。”

邦茨不快地说：“这是生意，不是赌博。”

梅洛平心静气地对克罗斯说：“你稳稳当当就能赚来一千万，当然很公平。”

“尤其是你还什么都没干。”邦茨说。

站在他这边的似乎只有斯基比·迪尔。“克罗斯，你确实应该再多要点儿。接受他们的出价比打官司要保险，万一你官司输了怎么办？这次就这样吧，下次我们两个合作，不跟罗德斯通干了。我保证你得到应得的一份。”

克罗斯知道，一定不能显得太强势。于是他无奈地笑了笑。“也许你们是对的。”他说，“我想在电影这一行里混下去，我想跟各位都保持个好关系。一千万的利润，这个开头也不错。茉莉，你起草一下文件吧。我得赶飞机，抱歉失陪了。”他离开了房间，茉莉也跟他一道出了门。

“上法庭我们能赢的。”茉莉告诉他。

“我不想闹到法庭去。”克罗斯说，“答应他们。”

茉莉认真看了看他，终于说道：“好吧，不过我可不能只拿一成。”

第二天，克罗斯赶到科沃格的家族宅邸，唐·多梅尼科·克莱里库齐奥，还有他的儿子乔治、文森特、佩蒂耶，还有外孙丹特，都在等着他。他们在花园里吃午餐，意大利冷火腿、奶酪、一大木碗的沙拉，还有一条意大利硬面包。还给唐准备了一碗磨碎的干酪。他们一边吃，唐一边不经意地问道：“克罗奇菲西奥，我们听说你做起了电影生意。”他呷了一口红酒，然后舀了满满一勺磨碎的意大利巴马干酪送进嘴里。

“是的。”克罗斯回答道。

乔治说：“你挪用了你在桃源酒店的股份，投资电影，是真的吗？”

“这是属于我的权力范围，”克罗斯说，“毕竟我是你们西部的代理人啊。”他笑了起来。

“说的没错，代理人。”丹特说。

唐责备地瞥了自己的外孙一眼，然后对克罗斯说：“你牵扯进了一个意义重大的事件里，但是没征询家族的意见和我们的想法。最重要的是，你采取了暴力行动，这些暴力行动可能会有严重的负面影响。关于这个问题，我们的惯例非常明确，你必须取得我们的同意，否则如果你自行其是的话，就要承担一切后果。”

“而且你动用了家族的资源，”乔治不留情面地说，“山里的猎场。你用了利亚·瓦齐、莱纳德·索萨，还有波拉德和他的安保公司。他们都是你的手下，但是他们也是家族的资源。你运气好，一切顺利，但是万一出了意外呢？那我们就都得担风险。”

唐·克莱里库齐奥不耐烦道：“他都懂。问题是为什么。我的外孙，几年前你还请求我不要让你参与这样的行动。尽管我那么器重你，还是同意了你的要求。但是这一次，为了你自己的利益，你反倒动了手。这可不像是我一直以来认识的那个好外孙啊。”

克罗斯知道，唐还是很可怜他的。他知道他不能说实话，不能说他是被安提娜的美丽所吸引才会动手的。这不是个理智的解释，这根本就是侮辱人，甚至是致命的。一个女人的吸引力竟然高于了对克莱里库齐奥家族的忠诚，还有什么比这更不可原谅的呢？他字斟句酌地开了口。“我看到了一个挣大钱的机会。”他说，“这个机会可以让我和家族在一个新行业里扎根。这种生意可以把黑钱洗白。但是我必须迅速行动。当然了，我绝对没有对家族保密的意思。我用了家族资源，你们不可能不知道，这就是明证。我只是想等这件事儿大功告成的时候再告诉你们而已。”

唐微笑地看着他，温和地问道：“成功了吗？”

克罗斯立刻意识到，唐什么都知道了。“后来又发生了一件事儿。”克罗斯说，然后说了他跟马林做成的交易。听完之后，唐朗声大笑，让他大感诧异。

“你做得完全正确。”唐说，“打官司的话麻烦就大了。让他们沾沾自喜，真是一群无耻之徒。我们一直不做这个生意，也不是什么坏事。”他顿了片刻，“至少你挣到了一千万，都是干净钱。”

“不，”克罗斯说，“我和家族各挣一半。我觉得我们不能就这么算了。我还有几个计划，不过需要家族帮忙。”

“那我们就得多分点儿钱了。”乔治说。他跟邦茨真是一个样儿，克罗斯想道，总是得寸进尺。

唐不耐烦地打断了他：“兔子先打，兔子肉后分。家族支持你。但是有一点：使用任何激烈手段之前，必须跟家族研究。明白吗？”

“明白。”克罗斯说。

离开科沃格时，他心头一块石头落了地。唐还是喜欢他的。

已经八十多岁的唐·多梅尼科·克莱里库齐奥，仍在统治着他的帝国。他花费了毕生的心血、付出了巨大的代价才创造了这个世界，他感到这一切都有所回报了。

耄耋之年的人，大多会因当年不得已犯下的罪行而悔恨，因梦想不再而遗憾，甚至会怀疑自己的一辈子。而唐仍然毫不动摇地保持着他的诸多品质，一如他十四岁的时候。

唐·克莱里库齐奥恪守自己的信条、笃行自己的判断。上帝创造了一个危险的世界，而人类把它变得更加危机四伏。上帝创造的世界如同监牢，在这监牢里，人们必须自己挣出每日的食物；而同伴其实都是猛兽，弱肉强食、毫无怜悯。唐·克莱里库齐奥非常骄傲，因为他保护自己所爱的人平安度过了这一生。

他觉得很欣慰。这个年纪，他仍然有坚定的意志结束敌人的生命。当然，他会宽恕他们，他不是个基督徒吗？他的宅邸里甚至修了一所私人礼拜堂。但是他对敌人们的宽恕，就好比上帝对所有人类的宽恕。上帝免了人的罪，却还是会给人类带来无可避免的死亡。

唐·克莱里库齐奥在他所创造的世界里受到家人、布朗克斯的手下和牧守一方的代理人的尊敬。代理人们把自己的钱交给他保管，在与社会发生冲突的时候，就会寻求他的调停。他们都知道，唐就是公正。无论是贫穷、疾病还是其他危难，都可以寻求他的恩惠。所以，他们都爱他。

唐也知道，无论爱有多么深，这种情感都不可靠。爱不一定带来感激和顺从，也不一定能在如此艰难的世界里带来和睦。这一点没人比唐·克莱里库齐奥更清楚了。所以，为了激励真正的爱，必须让人有所畏惧。爱本身一钱不值，必须包括信任和服从才有意义。若是他的规矩不能得到认可，爱对他来说又能有什么好处呢?

唐要对他们的生命负责，唐是他们福祉的根源，所以在履行责任的时候，他不可以犹疑。他必须严格执行自己的裁决。如果有人背叛他，如果有人破坏了他的世界的公正，那么这个人就必须受到惩罚、必须受到限制，哪怕这意味着死。他不接受任何借口，也不会酌情原谅或是给予怜悯。该做的事情就一定要做。他的儿子乔治有一次曾经说他守旧过时。他同意，但事情别无选择。

眼下，他有太多的事情需要思量。自从二十五年前消灭了桑塔迪奥家族，一切都尽在他的掌握。他有远见，狡猾，必要的时候心狠手辣，情况允许他也会表现出怜悯。如今，克莱里库齐奥家族如日中天，似乎任何攻击都伤害不了他们。很快整个家族就会进入到法治世界里，真正坚不可摧。

唐·多梅尼科能活这么久，绝不会因为乐观而只考虑当下。毒草破土而出之前，他就能有所察觉。眼下最大的危险来自于内部。丹特正在崛起，他正在成长为一个真正的男人，可他的行事方式却无法让唐完全满意。

还有克罗斯。他受到格罗内韦尔特的青睐，做重要决定的时候没有请示家族的意见。这个年轻人起初非常厉害，就像他的爸爸皮皮，只差一步成为合格的人选。维吉尼奥·巴拉佐的那件事之后他开始变得挑三拣四。家族知道他心肠软，允许他不用亲自动手，可他竟然为了自己的利益，在没有得到唐的批准的情况下，处决了那个叫斯堪尼特的人。唐·克莱里库齐奥原谅了自己纵容的行为，因为他有些伤感，他很少这样。克罗斯正在努力逃离他的掌控，进入另外一个世界。虽然这些行动是——或者可能是——背叛的苗头，唐·克莱里库齐奥还是能够理解。但是，皮皮和克罗斯的同时存在对家族一定是个威胁。还有，唐不是看不出来丹特有多恨德·莱纳一家。皮皮那么精明，也不可能不明白。皮皮是个危险人物，尽管他的忠诚已经得到了证实，但必须对他严加防范。

唐的容忍源自于对克罗斯的赏识和对皮皮的爱。皮皮是他忠实的旧臣、他姐姐的儿子。毕竟他们都流着克莱里库齐奥家族的血。实际上让他更为担忧的，反而是丹特对家族造成的危险。

对丹特来说，唐·克莱里库齐奥一直是慈祥可亲的外祖父。两个人十分亲近，直到丹特十岁那一年，美好的表象被打破了。唐发现了丹特有一些让他头疼的性格特质。

十岁时的丹特是个活泼顽皮的孩子。他的身体协调性很好，很有体育天分。他喜欢跟人说话，尤其是跟祖父。而且他跟妈妈萝塞·玛丽耶在一起说了好多好多的悄悄话。可是，十岁之后，他变得粗鲁顽劣，和男孩打架过于激烈，戏弄女孩子时超越年龄的下流，虽然有趣但让人惊讶。他折磨小动物——唐知道这种事情对小男孩来说算不了什么——可他曾经试图在学校的游泳池里淹死一个比他小一点的男孩。

唐并没有因为这些事情就下了定论。不管怎么说，孩子就好比小动物，需要教育才能变得文明。即便像丹特这样的小孩子，长大了也有成为圣徒的时候。让唐感到困扰的是他总是多嘴多舌，跟他妈妈没完没了地谈话，还有最重要的，他不听唐的话。

唐一向对大自然的神秘莫测充满了敬畏，丹特十五岁的时候个子停留在了五英尺三英寸，再也不长了，这也让唐十分苦恼。家族为此请来了大夫，却被告知他最多还能再长高三英寸，永远不可能达到家族中平均六英尺的身高。唐认为丹特矮小的身材是个危险信号，就像双胞胎一样。他认为，生命是受到祝福的奇迹，但是双胞胎就太离谱了。布朗克斯一个手下曾经生下了三胞胎，大为惊骇的唐把他们全家都打发到了俄勒冈州的波特兰，给他们在那儿买了一爿杂货店，让他们富裕孤单地过日子。唐还迷信地忌讳左撇子和口吃的人。不管别人怎么说，他都觉得这不是什么好兆头。而丹特天生就是左撇子。

但就算这些全加起来，也不至于让唐对自己的外孙多一些提防，或者少一丝喜爱。唐对流着他的血的人，自然是特别地宽容。但是随着丹特一点点长大，却和唐的希望渐行渐远。

十六岁时，丹特退了学，随即加入了家族事务当中。他反应快又精明，在文森特的餐馆工作时很受欢迎，能挣许多小费。厌倦了之后，他去华尔街为乔治工作了两个月，尽管乔治热心教他认识错综复杂的金融资产，他却讨厌这类事情，而且丝毫没有天赋可言。最后，他在佩蒂耶的建筑公司安顿了下来，而且很喜欢跟布朗克斯的人一起工作。他对自己越来越强壮的身体感到自豪。在这期间，他从三个舅舅那里学到了一些性格特质，唐注意到之后觉得非常骄傲。他拥有文森特的直率、乔治的冷静，还有佩蒂耶的剽悍。不仅如此，他也确立了自己的个性，他精明、狡诈、阴险。就是从那时起，他开始戴起了那些文艺复兴风格的帽子。

谁也不知道他的帽子都是从哪儿弄来的。这些帽子都是五颜六色的亮线织成的，有圆的也有方的，扣在他头上就好像漂在水面上。这些帽子让他看上去高了一点，更加英俊讨人喜欢。帽子戴起来使他像个小丑，让人卸下心防，而且让他两颊的轮廓显得匀称。这些帽子很适合他，它们盖住了他油腻的头发，克莱里库齐奥家族的人都有一头又黑又粗的头发。

西尔维奥的照片仍然挂在书房的醒目之处。一天丹特问他的外祖父："他是怎么死的？"

唐简要地回答："意外。"

"他是你最喜欢的儿子，对吧？"丹特问道。

唐大为惊异。丹特只有十五岁。"你怎么这么肯定？"

"因为他死了呀。"丹特狡黠地一笑。唐一会儿才反应过来，这个小毛孩子竟然敢开这种玩笑。

唐还知道，丹特曾经趁他下楼吃饭的时候，到他的办公室里东翻西找。他觉得无所谓，小孩子总是对老东西感到好奇，唐从来不会让任何信息从纸上泄露。唐·克莱里库齐奥的头脑里有块巨大的黑板，一切必要信息都用粉笔写在上面，包括他最亲近的人的罪恶与美德。

虽然唐·克莱里库齐奥越来越提防丹特，但他却表现得越来越喜爱他，让丹特确信自己将是这个家族的继承者之一。而告诫、训斥的事都是他的几个舅舅来做，尤其是乔治。

终于，唐他不再冀求丹特能够回归合法的社会，因而准许了丹特受训成为一把"铁锤"。

唐听见他的女儿萝塞·玛丽耶在叫他吃饭。只有他们两个人的时候，都是在厨房里吃的。他走进厨房，坐在椅子上，彩色的碗里是意大利细面条，上面放了番茄，还有从园子里刚摘的罗勒。她把装在银碗里的碎干酪放在了他面前。干酪是嫩黄色的，说明有坚果的甜味。萝塞·玛丽耶坐在他的对面，兴高采烈。看到她情绪很好，他也欣慰了。今晚她的病不会发作了。她终于回到跟桑塔迪奥家族那场大战以前了。

真是一场悲剧。他很少犯这样的错误，这个错误却证实了，胜利并不一定总是胜利。可是谁会想到萝塞·玛丽耶要孀居一辈子呢？情人总会移情别恋的，他一直深信这一点。这时，唐感觉到对女儿强烈的爱意。为了她，他可以原谅丹特的罪恶。萝塞·玛丽耶探过身子，怜爱地轻抚着唐斑白的头发。

他往嘴里送了一整勺碎干酪，感觉着里面掺杂的干果抵住了他的牙床。他呷了一口酒，凝视着萝塞·玛丽耶切开羊腿。她给他递过来三个脆嫩的土豆，泛着油脂的光泽。他的烦恼顿时不见了，谁还能比他幸福呢？

他的心情非常愉快，在萝塞·玛丽耶的劝说下，一起到起居室里看电视。这竟然已经是一周内的第二次了。

惊恐地看了四个小时的电视之后，他对萝塞·玛丽耶说：“像这样的世界，谁都可以为所欲为，怎么能生活得下去呢？谁都不会受到上帝或者他人的惩罚，谁都不必养活自己？真有这种为所欲为的女人吗？真有男人如此愚蠢和软弱，任何一点欲望、梦想或者快乐都可以使他们屈服吗？那些诚实的丈夫在哪？他们为了食物而工作，想方设法保护孩子们不受命运和这个残酷的世界摆布。谁能真正明白一片奶酪、一杯酒、一个温暖的家，人生就足够了？向往虚无缥缈的幸福的都是什么人？看看他们把生活搞得多么乱七八糟、凭空制造了多少悲剧。”唐拍了拍女儿的头，冲着电视荧幕不屑地摆摆手，说，“让他们都下地狱吧。”最后，他又加了一句金玉良言，“每个人都要为自己的所作所为负责。”

这天晚上，唐独自走到了卧室的凉台上。所有的房子都灯火通明，他听得见网球场地上的击球声，看得见灯下打网球的众人。这么晚了，孩子是不会在外面玩的。他看见了大门和房子四周警戒的保安。

他思忖着，怎么样才能阻止未来的悲剧。对女儿和外孙的爱袭上他的心头，这是让年老变得有意义的事。他要做的很简单：全力保护他们。他又为自己感到生气。为什么他总是预见悲剧呢？他解决了自己一生中所有的问题，这个问题也不在话下。

他的脑中不断计划着。他想起了维文参议员。若干年以来他塞给这个人的钱足有几百万，都是为了推动立法，让博彩合法化。但是他老奸巨猾，格罗内韦尔特不在人世了，真可惜。克罗斯和乔治的手腕还不足以支使这个参议员。也许博彩帝国永远也实现不了。

这时他又想到了老朋友大卫·雷德菲洛。他如今在罗马过着滋润的日子，是时候让他回到家族了。克罗斯这一次宽恕了好莱坞的合伙人。他做得很对，毕竟他还年轻，不懂得小小的软弱就可能惹来杀身之祸。唐决定了，他要把大卫·雷德菲洛从罗马叫回来，让他在电影圈帮帮克罗斯。

第十一章

博兹·斯堪尼特死了一周以后，克罗斯从克劳迪娅那里接到了来自安提娜·阿奎坦内的邀请，请他到马里布的家里共进晚餐。

夕阳就快沉入汪洋的时候，克罗斯从拉斯维加斯飞到洛杉矶，租车来到了马里布的住宅小区。特设的警卫已经撤走了，秘书还在会客间里，用通话器为他开了门。他穿过长长的花园来到海滩的房子里。瘦小的拉丁女仆带他到一片碧绿、仿佛连着太平洋的起居室。

安提娜在等着他，她甚至比记忆中还要漂亮。她的上衣是绿色的，宽大的裤子也是绿色，看起来似乎要融化在身后的万顷碧波之中。他无法把视线从她身上移开。她亲切地跟他握了手，没有像好莱坞通行的那样吻他的双颊。她已经准备了加了酸橙的“依云”矿泉水，递给他一杯。他们坐在薄荷绿色的宽椅子里，面朝大海，夕阳西下，屋子里洒下一地碎金。

她的美如此强烈地侵袭着克罗斯，他不得不低下头，不去看她的金发、奶油色肌肤和慵懒地卧在椅子里的样子，夕阳映着她碧绿的眼睛，光影转瞬即逝。一种急切的欲望在他心头燃起，他想抚摸她，想亲近她，想占有她。

安提娜似乎对她所引起的这种情愫一无所知。她喝了一口水，轻轻地说："我要谢谢你，能让我继续拍电影。"

克罗斯更加心醉神迷。她的声音不撩拨，也不诱人，但那天鹅绒一般柔软细腻的声调，既带着雍容，又那么温和。他只想听她再多说一点。天哪，他想，我这到底是怎么了？他感到羞耻，自己面对她的时候竟然如此不能自持。他仍然低着头，喃喃道："我以为满足你的贪婪，你就会回来工作。"

"我的缺点不少，不过这一项不算。"安提娜说。她不再望着窗外的汪洋，而是转过头来，凝视他的眼睛，"克劳迪娅告诉我说，我丈夫刚一自杀，公司就反悔你们的交易了。你必须把电影还给他们，只拿分成。"

克罗斯强装作无动于衷。他真希望能把对她的所有感觉都从脑海里驱逐出去。"也许我不是个好的生意人。"他说。他想要给她留下一种印象，以为他不过如此。

"你的合同是茉莉·弗兰德斯拟的，"安提娜说，"她是这行最好的律师。你不该让步的。"

克罗斯耸了耸肩。"策略而已。我想在电影界继续待下去，所以不想树敌，尤其像罗德斯通这样的强敌。"

"我可以帮你，"安提娜说，"我可以拒绝回去拍摄。"

克罗斯一阵兴奋。她竟然肯为了他这么做。他思考着这个建议。这样的话，电影公司仍然会把他告上法庭。而且，他不想接受安提娜的帮助。他突然想到，虽然安提娜很美，但这可不意味着她不聪明。

“你为什么肯这么做呢？”他问。

安提娜从椅子上起身，站在观景窗旁边。沙滩变成了一片灰影，太阳已经消失不见，海水朦胧地映出了她屋子后面的山峦和太平洋海岸公路。她出神地注视着已经变成深蓝色的海水，和在海面上顽皮地翻涌的细浪。她并没回头看他，说道：“我为什么肯呢？因为我比谁都要了解博兹·斯堪尼特，就算他留下一百封绝笔信我也不信他会自杀。”

克罗斯耸了耸肩。“死了就是死了。”他说。

“没错。”安提娜说。她转过身，直视他的眼睛，“可是你买下了电影，博兹恰巧就自杀了。你有凶手的嫌疑。”哪怕是表情冷峻的时候，克罗斯也觉得她如此美丽。克罗斯竭力想稳住自己的声调，却无法完全随心所愿。

“电影公司呢？”克罗斯说，“马林是这个国家最有权势的人之一。还有邦茨和斯基比·迪尔呢？”

安提娜摇了摇头。“我要的是什么他们都明白，就跟你一样明白。可他们没有那么做，而是把电影卖给了你。他们才不在乎片子拍完之后我会不会死，但是你在乎。甚至就在你说帮不了忙的时候，我就知道你会的。当我听说你买了电影之后，我就知道你要做什么了。我没想到你做得这么绝妙。”

突然，她朝他走过去，他站了起来。她拉过他的手。他能闻到她的体香，能感受到她的气息。

安提娜说：“这是我一辈子做过的唯一一件坏事。利用人去杀人。这太可怕了，比我动手杀人还要恶劣，可是我自己做不到。”

克罗斯说：“你怎么肯定就是我做的？”

安提娜说：“克劳迪娅经常跟我讲起你。我知道你是什么人，但是她太天真了。到现在她还没明白。她一直只是觉得你有胆量、有些影响力而已。”

克罗斯突然警觉起来。她在诱导他认罪。他绝不会做这种事情，哪怕面对神父，甚至是上帝，他也不会的。

安提娜说：“还有你看着我时的样子。很多男人都是那样看着我的。我不是自夸，但是我知道我很美。从我还是个小孩子的时候，人们一直都是这样告诉我的。我一直知道我有一种力量。但是我从来没能真正明白这种力量。虽然拥有它我并不感到快乐，我还是会去用这种力量。人们把这种力量叫作‘爱’。”

克罗斯放开了她的手。“你为什么这么怕你丈夫？是因为他会毁了你的前程吗？”

她的眼中闪出了愤怒的火焰，过了一小会儿她才开口。“不是前程，”她说，“甚至不是因为我怕他。我知道他想杀了我，不过还有一个更重要的理由。”她顿了顿，说，“我可以让他们把电影还给你。我可以拒绝回去拍摄。”

“不必。”克罗斯说。

安提娜笑了，然后她用一种亲热、快活的语调说：“那我们就上床吧。我发现你真是很吸引人呢，我们一定会很开心的。”

他的第一个反应是生气，她竟然觉得这样就可以收买他。她这是在逢场作戏，是在施展女人特有的手段，跟男人们用暴力解决问题一样。可真正让他难受的是，他听出安提娜的口气里隐约带着一丝嘲弄。她在嘲弄他的大献殷勤，把他的真爱贬成了简单的求欢。她仿佛是说她对他的爱是假的，就像他对她的爱一样假。

他冷淡地说："我跟博兹谈了很长时间，想要跟他达成交易。他说你们结婚的时候，他一天要干你五遍。"

看到她的惊异，他感到一阵愉悦。她说："我没数过，不过确实很多。那时我十八岁，而且那时我是真的爱他。可如今我竟然要他死。多可笑啊，不是吗？"她蹙起了双眉，过了一会儿又漫不经心地问，"还跟你说什么了？"

克罗斯阴沉沉地说："博兹还告诉了我你们之间的一个秘密，可怕的秘密。他说你离家出走之后，就在沙漠里把孩子活埋了。"

安提娜面无表情，她碧绿的双眸也黯淡了下来。克罗斯第一次觉得她不可能是在演戏。她的脸变得苍白一片，哪个演员也演不出这一点。她低低地问了克罗斯一句："你真的相信我会杀了我的孩子？"

"博兹说这是你告诉他的。"克罗斯说。

"我确实是这么跟他说的。"安提娜说，"现在，我再问你一遍。你真相信我会杀了我的孩子吗？"

没有比谴责美丽的女人更糟糕的事情了。克罗斯知道，如果他说真话，就会永远失去她。突然，他把她轻轻搂进了臂弯。

"你太美了，像你这么美的人，不可能做出那种事。"男人对美的永恒崇拜否定了一切证据。"不会的，"他说，"我相信你不会的。"

她退后一步挣开了他。"哪怕我对博兹的死负有责任，你也相信我吗？"

"你没有责任，"克罗斯说，"他是自杀的。"

安提娜目不转睛地盯着他看。他拉过她的双手。"你会相信我杀了博兹吗？”他问道。

这时，安提娜笑了。女演员终于知道这场戏该怎么演了。“那你相信我会杀了自己的孩子吗？”

两个人都笑了起来。他们互相证实了对方的清白。她挽过他的手说：“现在呢，我给你做饭，然后我们上床。”她牵着他来到了厨房。

这样的戏码她演过多少次了，克罗斯嫉妒地想。美丽的女王像普通女人那样尽家庭主妇的职责。他看着她做饭，她并没系围裙，技艺娴熟得不可思议。她可以一边跟他聊天，一边切菜、热锅、摆桌子。她递过来一瓶葡萄酒让他打开，挽着他的手，轻拂他的身体。不过半个小时，一桌晚餐就已经准备好了，她看到他的眼光里满是感叹。

她说：“我最早那些角色里有一个是厨师，所以我去上了培训班，把每样事情都搞明白。当时有个影评家说：‘要是安提娜的演技跟厨技一样好的话，就是大明星了。’”

他们在厨房的拐角处用餐，这样可以看见翻滚的海浪。食物非常美味，小块牛肉配蔬菜，一盘苦苣沙拉、一碟奶酪、温热的面包像鸽子一样圆滚滚的。此外，还准备了浓缩咖啡和柠檬蛋挞。

“你真应该做个厨师。”克罗斯说，“我表叔文森特开了几家餐馆，他肯定随时都愿意雇你当厨师。”

“我可什么都能做呢。”安提娜假装自夸。

晚餐时，她会不经意地触碰他，这种触碰很性感，仿佛她是在他的肉体中寻找某种精神的印记。每次触碰都让克罗斯感到一阵对她身体的渴望。吃到最后他已经是食不甘味了。终于，他们用完餐，安提娜牵着他的手，带他离开了厨房，上了两级楼梯，来到她的卧室。她动作优雅，几乎带着羞涩，似乎脸上也泛起了潮红，仿佛她是急不可耐的新娘。克罗斯不禁为她的演技叫绝。

卧室很大，在房子的最顶层，有个小凉台，临着海洋。墙壁上画了画，怪诞而艳丽，好像把整个房间都照亮了。

他们站在凉台上，看着房间里的黄色灯光影影绰绰地映照着沙滩。马里布其他的房子里也闪耀着如豆灯光。小鸟在浪波之间飞来飞去，仿佛在玩不要被海水沾湿的游戏。

安提娜的手搭上克罗斯的肩膀，环上他的身体。另一只手则捧着他的头，让他的唇迎向自己的唇。他们拥吻良久，任温暖的海风吹拂着他们。然后安提娜带他回到了卧室。

她很快就脱去了衣服，绿色的上衣和裤子从她的身上滑落。她和他想象中的一样美丽，白色的身体在月夜中发亮，双乳挺拔看起来像是棉花糖，上面有两颗覆盆子形状的乳头。她一动不动站着，雾蒙蒙的海风勾勒出她修长的双腿，臀部的曲线和金色的耻毛。

克罗斯伸出手去触摸她的身体。她的肉体如同天鹅绒般细腻，她的唇满是花草的芬芳。爱抚她的感觉是如此美妙，他无法进行下一个步骤。安提娜帮他脱下衣服。她动作轻柔，双手也探索着他的身体。然后，她一边吻他，一边揽住他的身体，和他一起躺倒在床上。

克罗斯不知道、也没想过做爱会有这样的激情。他如此急不可耐，安提娜抚摸着他的脸庞，让他柔和下来。哪怕高潮过去，他还是搂着她的身体不愿放手。他们纠缠着、厮磨着，然后再次开始。这一次她更加热情，仿佛是一场激烈的争斗，仿佛是某种宣誓。终于，他们沉沉睡去，相拥而眠。

太阳刚刚从天际线上升起的时候，克罗斯便醒了。他感到头阵阵作痛，这还是有生以来的第一次。他光着身子来到凉台，拣了一张竹椅坐下。他望着太阳渐渐跃升于海面，金光万缕。

她是个危险的女人。她杀了自己的孩子，埋在沙漠里。她在床上是那么娴熟。他觉得她有可能是他的终结，决定以后不要再见她了。

这时他察觉到她的胳膊环上了他。他扭过脸去吻她。她穿着一件白色的绒质浴袍，头发束了起来。头发上的夹子熠熠生辉，仿佛金色皇冠上的珠宝。“洗个澡吧，我给你做早餐，然后你再走。”她说。

她带着他来到双人浴室。这里有两个水槽，两个大理石的洗手台，两个浴缸，还有两个淋浴间。男人的清洁工具，剃刀、剃须泡沫、爽肤水、牙刷、梳子，这里都齐全。

他沐浴完，又来到了凉台上。安提娜为他端过来牛角面包、咖啡，还有橙汁，放在了桌子上。“我还可以给你做点儿培根和鸡蛋。”她说。

“不麻烦了。”克罗斯说。

“我还能再见到你吗？”安提娜问道。

“拉斯维加斯那边有很多事在等着我，”克罗斯说，“下周我会给你打电话的。”

安提娜若有所思地打量着他。“这是说‘再见’，是吗？”她问道，“昨天晚上我真的非常快活。”

克罗斯耸了耸肩。“你已经履行义务了。”他说。

她咧嘴一笑，温和地说：“而且热情似火，不是吗？一点都不勉强。”

克罗斯笑了。“没错。”他说。

她好像窥探到了他内心的想法。昨天晚上他们用谎言相互欺骗，而今天早上这个谎言已经失效了。她好像明白了，她太过美丽，让他难于信任；她承认的罪行让他感觉到了危险。她陷入了沉思，一言不发地吃饭。然后，她对他说：“我知道你很忙，不过我想给你看点儿东西。你搭下午的飞机走行吗？这件事情很重要，我想带你去一个地方。”

和她共度最后一段时间，这样的事情克罗斯无法拒绝。所以他说了“可以”。

安提娜开上了自己的车，一辆奔驰SL-300，带着克罗斯向南往圣地亚哥的方向开去。但是就快要进城的时候，她转而走上了一条小窄路，穿过群山之间。

十五分钟后，他们来到了一处被带刺铁丝网围住的大院。院子里有六幢红色的砖砌小楼，中间隔着绿草坪，漆成天蓝色的甬路把它们连接起来。在其中一块绿草坪上，有二十几个小孩子在踢足球；另外一块绿茵上则是十来个孩子在放风筝。三四个成年人站在旁边看着他们，但是眼前的这一幕多少有些古怪。足球飞到空中，踢球的孩子们大都不去接球，却一哄而散；另外一块草地上的那只风筝一直飞上天空，再也没有回来。

“这是什么地方？”克罗斯问道。

安提娜用恳求的眼光看着他：“现在先跟我来就好了，晚些时候我再回答你的问题。”

安提娜把车开到大门口，向门卫出示了一张金色的身份牌。穿过大门，她把车停在了最大的那栋楼前。

在接待处，安提娜低声问护工一些问题。克罗斯站在她后面，不过还是听到了回答：“她情绪不错，所以我们在她的房间里安了一台拥抱机。”

“拥抱机是什么东西？”克罗斯问道。

但是安提娜并没有回答。她牵着他的手，穿过一条贴着瓷砖的长走廊，来到隔壁的宿舍楼中。

坐在门口的护士问了他们的名字，点了点头。安提娜带着克罗斯进入另一条长长的走廊。两侧都是房门。终于，她打开了其中的一扇。

这间漂亮的卧室宽阔明亮。这里也有古怪的深色调图画，跟安提娜家里墙上的一样。但是这里的画都涂在地上，到处都是。墙上，一个小架子摆了一排漂亮的娃娃，这些娃娃都穿着过浆的阿米什服饰。地板上还有一些图画的碎片。

一张小床上面盖了粉红色的毛毯，白色的枕头上绣满了绽开的红玫瑰。但是孩子并不在床上。

安提娜朝一个大箱子走过去。这个箱子顶部是开口的，两壁和底部都包裹了浅蓝色的垫子，又软又厚。克罗斯看见一个孩子躺在里面。孩子没注意到他，而是正在拨弄箱子上的一个球形把手。她拨下把手之后，带着软垫的两壁就合在一起，紧紧夹住她。

小姑娘才十岁，简直和安提娜是从一个模子里刻出来的，却毫无情感，脸上一片木讷，没有半分表情。她绿色的眼睛像架子上的瓷娃娃一样茫然无神。但是每次她拨动开关、让夹板紧紧夹住她的时候，她的脸上就有一刻安宁的神情。对他们两个人的到来，她完全没有一点反应。

安提娜俯身看着木箱子。她关掉开关，把孩子从箱子里抱出来。孩子似乎轻得一点分量也没有。

安提娜像抱小婴儿似的抱着她，低头亲吻孩子的面颊。但是孩子躲了一下，挣开了。

“是妈妈，”安提娜说，“你不想亲妈妈一下吗？”

她的语调让克罗斯心碎。她简直是低三下四地在乞求，孩子却只顾在她的臂弯里拼命挣扎。安提娜只好把她轻轻放在地上。孩子马上爬开了，抓起一盒彩笔和一块画板，开始画画，全神贯注。

克罗斯站在安提娜的身后，看着安提娜使出一个演员的浑身解数，想跟孩子亲近。她先是挨着小姑娘跪在地上，像一个亲密无间的玩伴和她一起画画。可孩子不理不睬。

然后安提娜坐起身子，变成了一个谆谆教导的慈母，给孩子讲了最近的各种奇闻异事。安提娜又扮作宠溺孩子的大人，夸她的画真漂亮。可是，孩子只是一个劲儿地躲。安提娜抓起一支笔刷想要帮忙，孩子发现了，竟一下子把笔刷抢过来。从头到尾，孩子都没有开口说一句话。

安提娜终于放弃了。

“我明天再来噢，宝贝儿，”她说，“明天我带你出去兜兜风，买套新的水彩笔，你看——”她说，泪水噙在她的眼眶里，“你的红颜色可要用完了。”她想在走之前再亲亲孩子，却被两只漂亮的小手挡在一边。

安提娜终于站起身，带着克罗斯走出了房间。

安提娜把汽车钥匙交给他，回去马里布的路让他开车。路上她一直用双手抱住头在哭泣。克罗斯目瞪口呆，完全不知说些什么好。

他们走下车时，安提娜看起来平静了许多。她把克罗斯拉进房间，转过身来看着他。“那就是我的孩子，我对博兹说在沙漠里活埋了的那个。这下你相信了吧？”克罗斯第一次真正从心里觉得，也许她爱他。

安提娜带他进了厨房，煮了咖啡。他们坐在厨房的拐角，看着外面的大海。喝咖啡的时候安提娜随意讲起了孩子的事，声音平缓，面无表情。

“我离开博兹之后，就把孩子拜托给了我在圣地亚哥的远亲。当时她还是个小宝宝，看起来很正常。那时候我不知道她有自闭症。我把她放在亲戚家，是因为我下决心要成为一个成功的演员。我必须挣钱养活我们两个人。我相信我是有天赋的——谁知道呢？每个人都说我很漂亮。我一直认为当我成功之后，就可以把宝宝接回来了。

“所以我在洛杉矶工作，但是只要有空我就去圣地亚哥看孩子。那个时候正是我的突破期，所以没法经常去看她，大概一个月去看她一次。终于，我能把她接回来了。她三岁生日的时候我带了一大堆礼物去看她，可贝萨妮变得好像完全生活在另外一个世界里。她一片空白，我根本就没法跟她沟通。当时我惊慌失措，以为她是得了什么脑瘤，因为我记得，博兹曾经把她摔在地板上过，我想也许就是那个时候受的伤，不过到现在才表现出来。之后的几个月我带她看了好几个医生，能做的检查全都做了；我带她去找各科专家，把什么都查了一遍。就是那个时候有个人，我不记得是波士顿的哪个医生还是德克萨斯儿童医院的心理学家了，告诉我说她有可能是自闭症。当时我根本就不知道自闭症是什么东西，我还以为智障之类。‘不是的，’大夫说，他说自闭症表示她生活在自己的世界里，完全意识不到其他人的存在，对他们也不会产生任何的兴趣，对任何人和任何事都没有感情。就是那个时候，我才把孩子送到这家诊所，这样孩子能离我近一些。我们发现，她能对拥抱机产生反应，就是你看到的那个机器。也许会有用。所以我只能把她留在这里。”

克罗斯默默地坐着，安提娜继续说道：“自闭症意味着她永远不会爱我。但是医生们告诉我，有些自闭症的孩子很有天赋，甚至可能是天才。我想，贝萨妮就是个天才。不只是她的画，还有别的。大夫告诉我，长年刻苦的训练，可以让一些自闭症的人关心别人和别的事物。甚至还有一些人能过上接近正常人的生活。眼下，贝萨妮不能听音乐，连一点杂音她都受不了。但是最开始的时候，她连我碰她都受不了，现在她已经学会容忍我了，也就是说，她比原来好些了。

“她仍然排斥我，不过没那么强烈了。我们的确有进步。有段时间我觉得，这是不是对我的惩罚，我太想出名而忽略了她。但是专家说，虽然有时候这种病症看起来是遗传的，其实也有可能是后天的。不过他们也说不清楚病因究竟是什么。大夫跟我说，这跟博兹把她掉在地上或者我遗弃了她都没有关系，不过我也不知道该不该相信。他们一直在宽慰我说这不是我们的责任，只是生命中的不解之谜，也许这一切都是注定的。他们一再说，这种事情的发生是没办法阻止的，甚至都没办法改变。这些说法我心里都不愿意相信。

“一开始我就一直在想。我必须作出非常艰难的决定。我知道，除非我挣很多钱，否则根本就没有能力帮她。所以我把她送进看护中心，每个月至少有一个周末都过去看她，有些时候不是周末我也过去。终于，我有钱了，我也出名了，以前我在乎的事情，如今全都不在乎了。我就是想跟贝萨妮在一起。就算没发生最近这些事情，我也打算拍完《梅莎琳娜》就息影了。”

“为什么？”克罗斯问道，“你打算做什么？”

“法国有个特殊医疗诊所，有个非常好的医生，”安提娜说，“我打算拍完这部电影就到那去。博兹出现的时候，我知道他要杀了我，那贝萨妮就没有任何能依靠的人了。所以我才想到用斯堪尼特的命做回来拍戏的条件。她谁也没有，只有我。所以为了她，我愿意承担这种罪恶。”安提娜顿了片刻，朝克罗斯笑了笑，“比肥皂剧还烂俗套，是不是？”她露出一丝微笑来。

克罗斯怅然望着汪洋。阳光映照着一片碧海晴天。他想起了那个小姑娘和她像面具一样空洞的脸，这副面具怕是永远不会向世界揭开了。

“她躺的那个箱子是什么？”他问道。

安提娜笑了起来。“就是那个东西给了我一线希望，”她说，“多可悲，不是吗？那就是个大箱子。很多自闭症的孩子在感到情绪低落的时候就会用它。它用起来就好像有人在拥抱你，你不必跟任何人有接触。”安提娜深吸一口气，接着说道，“克罗斯，总有一天我会取代那只箱子。如今这就是我全部的生活目标。除此之外，我的生命毫无意义。是不是很滑稽？公司告诉我说给我写信求爱的人有成百上千，在公共场合总有人想要触摸我。那么多人都在告诉我说他们爱我。每个人都是这样，只有贝萨妮不是，可她却是我唯一在乎的人。”

克罗斯说：“我会尽我所能帮你的忙。”

“那就下周给我打电话吧，”安提娜说，“趁《梅莎琳娜》还没拍完，我们就尽量多在一起吧。”

“我一定给你电话。”克罗斯说，“我无法证明我的清白，但是我爱你胜过世上的一切。”

“你真的清白吗？”安提娜问道。

“是的。”克罗斯说。既然她已经证实了自己的清白，他无法忍受让她知道事实真相。

克罗斯的心想着贝萨妮。她茫然的小脸儿精致、美丽、轮廓分明，她的眼睛明亮得像镜子一样。这是一个没有任何罪孽的人，这样的人寥寥无几。

安提娜也一直在琢磨克罗斯。她认识的那么多人里，自从女儿被诊断为自闭症，只允许他见过。这是一次考验。

这辈子最出乎她意料的一个发现是，虽然她聪明又美丽（而且她自嘲地想，她还很和善、优雅、大方），她的那些密友、爱她的男人、羡慕她的亲戚，却有时候会因她的不幸而感到庆幸。

博兹把她的眼睛打青的那次，虽然大家都指责博兹是“无可救药的混蛋”，她还是发现了他们眼中的一丝幸灾乐祸。起先她觉得是自己太过敏感了，都是自己的胡乱猜测而已。但是当博兹再一次打青了她的眼睛的时候，她又发现了这种表情。这让她非常受伤，因为这下她彻底明白了。

当然，他们全都爱她，这一点她毫不怀疑。但是似乎谁都忍不住会有一丝小小的恶意。任何形式的伟大都会招致嫉妒。

她喜欢克劳迪娅的原因之一就是，克劳迪娅从没辜负她，从没有过这样的表情。

正因如此，贝萨妮的存在是个秘密，避开了她的日常生活。她讨厌看到所爱的人眼中那种满足，仿佛她因自己的美貌而受到了惩罚。

所以，她深知美貌的力量，也擅长利用它，她却憎恶这种力量。她期待有一天，皱纹会深深地刻进她完美的面庞之中，每条皱纹都显示出她选择的道路和艰辛的旅途。她期待自己有一天发福、松弛，那时候她丰满的体形可以为她在乎的人遮风挡雨；见到那么痛苦的遭遇之后，她的眼睛会因为曾经未能流下的眼泪而更加清澈，满是怜悯。那时她嘴角的笑纹会慢慢漾开，因为她嘲笑自己、嘲笑生活。若是能不再惧怕美丽的外表所带来的后果，而是欣然接受青春不再，取而代之享受持久安宁，那是多么自由。

因此，在克罗斯·德·莱纳见到贝萨妮的时候，她一直在关注他的一举一动。她看到他起先有所退缩，很快就恢复了正常。她知道，他这是无可救药地爱上她了；而且她看见，在他知道她和贝萨妮的不幸时，他的脸上并没有那种幸灾乐祸的表情。

第十二章

克劳迪娅和伊莱·马林有过一夜风流，她决定是时候兑现这份人情了。她要利用马林的羞耻之心让他同意厄内斯特·维尔能从他的小说改编的电影中得到他想要的分成。虽然希望渺茫，但是她愿意妥协。鲍比·邦茨在电影票房上是绝对不可能让步的，但是伊莱·马林则从来不按常理出牌，对她也是一副软心肠。此外，电影圈可敬的惯例是：陪别人上床，无论时间多么简短，都必须给予实质性的回报。

维尔威胁要自杀，才会有了这次会议。要是他真这么干，小说的各项权利就会转到他前妻和孩子们的名下，那个时候茉莉·弗兰德斯肯定得狮子大开口。谁也不相信维尔的威胁，就连克劳迪娅都不信。但是鲍比·邦茨和伊莱·马林以己度人，想想自己为了钱能干出什么事来，对此类事情一向留心。

克劳迪娅、厄内斯特和茉莉来到罗德斯通，发现行政套房里只有鲍比·邦茨。他看上去很不自然，但他和众人打招呼试图掩盖这一点，尤其是对维尔。“我们的国宝。”他热情洋溢地拥抱了厄内斯特。

茉莉立刻警觉了起来，试探了一句。“伊莱呢？”她说，“这件事情只有他能决定。”

邦茨的声音很镇定：“伊莱住院了，在希达–塞奈医院。没什么大事儿，就是检查一下而已。这可是秘密，他的健康状况会影响罗德斯通的股票。”

克劳迪娅干巴巴地说：“他都八十多岁了，所有的事都不是小事。”

“不，不，”邦茨说，“我们每天都在医院里谈生意。他甚至更厉害了。有什么事就跟我说吧，等我见到他的时候会告诉他的。”

“不行。”茉莉直截了当地说。

但厄内斯特·维尔却说：“我们就跟鲍比说说吧。”

他们把要求说了一遍。尽管邦茨心里暗笑，脸上却装得若无其事。他说：“好莱坞的事我都知道，这件事尤其特别。我咨询过律师了，他们说维尔的死不会影响我们的权利的。这是个复杂的法律问题。”

“那你应该也咨询过公关部门了，”克劳迪娅说，“要是厄内斯特真自杀了，事情一旦捅出去，罗德斯通的脸就全丢尽了。伊莱可不喜欢看到这种事。他还有点人性。”

“只是比我有点人性。”鲍比·邦茨的言语仍然客气，心里却大为光火。他干的所有事情都是马林点了头的，大家怎么就不明白呢？他对厄内斯特说：“你准备怎么死呢？吞枪、割腕还是跳楼？”

维尔朝他微微一乐：“就在这里切腹。”二人大笑。

“这样谈没用。”茱莉说，“干吗不去医院看看伊莱呢？”

维尔说：“到医院跟病人谈钱，这种事儿我可干不出来。”

众人同情地看着他。当然一般意义上讲，这么做的确不近人情。但是病榻中的人也会策划谋杀、革命、欺诈，或者背叛电影公司的事。病房才不是圣堂。他们知道，维尔这种做法，只是一种浪漫主义情结而已。

茱莉冷漠地说：“厄内斯特，你要是还想做我的当事人，就给我把嘴闭上。哪怕伊莱住院，也能算计一百个人。鲍比，我们做个明智点的交易。那些续集对你们来说就是个大金矿，给厄内斯特分两个点的毛利，就当保险了，你完全掏得起这笔钱。”

邦茨大惊失色，这是活生生往他肚子上捅了一刀啊。“毛利？”他简直不敢相信自己的耳朵，大嚷道，“不可能。”

“好吧，”茱莉说，“那净利润分五个点呢？不能预先扣除广告成本，不能扣除利息，也不能扣除给明星的毛利分成。”

邦茨轻慢道：“那跟毛利润有什么区别。再说了，谁都知道厄内斯特是不会自杀的。这种事多愚蠢啊，他那么聪明的人。”他的言下之意是，这人没那个种。

“干吗要赌呢？”茱莉说，“我把你们的数字过了一遍。你们至少准备了三部续集。最少算来也是五亿美元的院线和海外收入，还不包括录像和电视。再说了，鬼知道你们到底发行了多少录影带。所以说，为什么不能分点儿给厄内斯特呢，不就是两千万嘛。随便什么半吊子明星你都肯开这个价钱。”

邦茨思忖着，然后故作热情地开了口。“厄内斯特，”他说，“你呢，是个小说家里的国宝，我比谁都要尊敬你。就说伊莱吧，他十分崇拜你，你所有的书他都读过。所以我们还是愿意和解的。”

克劳迪娅发现厄内斯特对这种屁话很是受用，让她很是难为情。不过，听到“国宝”这种奉承，厄内斯特也打了个冷战。

“说点实在的。”他说。这下克劳迪娅又替他自豪起来了。

邦茨对茉莉说：“这样，五年的合同，每周一万美元，做原创剧本，也会做点儿改编工作。当然啦，原创剧本我们肯定是有优先采用权。每次做改编的时候每周都多加五万。五年的话，他挣的也差不多一千万了。”

“翻倍，”茉莉说，“翻倍的话还值得谈谈。”

这个时候，维尔终于失去他那天使的耐心了。“你们谁都没把我当回事儿。”他说，“算术我懂。鲍比，你开的价码一共才两百五十万。你才不会从我这儿买什么原创剧本呢，也不会让我写出来。你也永远不会安排我做改编。还有，你要是做六部续集呢？那你可就挣了十亿啊。”维尔开怀大笑，“两百五十万甭想打发我。”

“你他妈笑什么？”鲍比说。

维尔笑得都快歇斯底里了。“哪怕一百万，我这辈子都没梦见过。如今这些钱根本打发不了我了。”

克劳迪娅了解维尔的这种诡异的幽默感。她说：“打发不了你，什么意思？”

“因为我还活着，”维尔说，“我的家人需要那笔分成。他们信任我，我却背叛他们。”

这个时候的众人本来应该大为感动的，可惜维尔的口气太假惺惺，透着一股洋洋得意。

茉莉·弗兰德斯说：“还是跟伊莱谈去吧。”

维尔气急败坏。他怒气冲冲地夺门而去，大吼道：“受不了你们这些人了。我不会去医院跟病人讨价还价的。”

他走之后，鲍比·邦茨说：“你们还要帮那家伙吗？”

“要不然呢？”茉莉说，“我曾经代理过一个人，他捅死了自己的妈妈和他三个亲生孩子。厄内斯特多少比他还是强点儿。”

“你的理由呢？”邦茨问克劳迪娅。

“我们作家要相互帮助。”克劳迪娅苦笑道。闻言大家都笑了。

“那就没什么可说的了。”鲍比说，“我尽力而为了，你们说呢？”

克劳迪娅说：“鲍比，为什么你就不能给他一两个点呢，很公平呀。”

“因为这么多年来他一直在欺负人，他欺负了成百上千的作家、演员和导演。这就是他的做人原则。”茉莉说。

“没错儿，”邦茨说，“他们要是翅膀硬了，也会欺负我的。这都是生意。”

茉莉一脸假惺惺的关切对邦茨说：“伊莱还好吧？真没什么事儿吗？”

“他没事儿，”邦茨说，“别急着卖股票。”

茉莉就势道：“那他就能见我们了。”

克劳迪娅说：“要不然我也想见见他。我真的很关心伊莱。是他给了我第一个机会。”

邦茨无奈地耸耸肩。茉莉说：“厄内斯特要是真想不开了，你就真成了自己挖坑自己跳。那些续集比我说的还要值钱。我说话的时候已经替你考虑了。”

邦茨不屑道：“那个废物不会自杀，他没那个胆子。”

“刚才还是‘国宝’，这会儿又成‘废物’了。”克劳迪娅被逗乐了。

茉莉说：“这家伙绝对有问题，搞不好真会出问题。”

“他不会嗑药吧？”邦茨略带忧虑地问。

“不，”克劳迪娅说，“但是厄内斯特从来不按套路出牌。这人怪到根本不觉得自己怪。”

邦茨思忖了一会儿。他们的话也有一定道理。再说，他从来不愿意树没必要的敌——他可不愿意招致茉莉·弗兰德斯的不满。这个女人太可怕。

“我给伊莱打个电话吧，”他说，“如果他说行，我就带你们去医院。”他确信马林一定会拒绝的。

没想到，马林却说：“当然可以，快让他们都来。”

他们坐着邦茨的专车去了医院。这是一辆加长型轿车，但不奢华。车里设有一台传真机、一台电脑，还有一部移动电话。一个太平洋安保派来的保镖坐在司机旁边。还有两个人坐着护卫车跟在后边。

车窗的茶色玻璃把整个城市都染成了一片昏黄，像老西部片的画面。越往市中心走，楼宇就越高，仿佛他们正在一片石林中穿行。克劳迪娅对此总是觉得不可思议。刚才还是四野绿草如茵的小镇，十分钟的路，竟然就变成了混凝土和玻璃的繁华都市了。

希达-塞奈医院的走廊宽阔得就像机场大厅，但天花板却压得很低，仿佛德国印象主义电影里的怪诞镜头。一位导医员接待了他们。这个女人模样俊俏，一身制服庄重又典雅，让克劳迪娅想起了拉斯维加斯那些酒店里的礼宾小姐。

病房都是黑色橡木做的雕花门，从地面一直开到天花板，门上的黄铜把手闪闪发亮。房门是像院子的大门一样双扇平开的，里面的每一间病房都是套房，有卧室，有起居室。起居室很大，是半隔断的，摆了餐桌和椅子、沙发和安乐椅。一个文书间，摆了电脑和传真。一间小厨房。除了给病人的卫生间之外还专设了一个访客洗手间。天花板很高，用作厨房的空间和起居室之间没有墙，而角落里专供处理商务的文书间则让整套房子看起来像个摄影棚。

伊莱·马林倚在整洁雪白的病床上，身后垫着大枕头。他正在看一本橘黄色封皮的剧本。旁边的桌子上都是商务档案夹，里边是正在拍摄的电影的预算。一位年轻漂亮的秘书坐在床的另一边做记录。马林总是喜欢漂亮女人围着他转。

鲍比·邦茨吻了马林的面颊，说："伊莱，你气色很不错啊。"茉莉和克劳迪娅也亲了他的面颊。克劳迪娅一再坚持要带束花来，她把花摆在了床上。这种亲近情有可原，因为伊莱·马林病了。

克劳迪娅就像研读剧本一样端详着各种细节。医学题材的戏一向都是只赚不赔的买卖。

事实上，伊莱·马林可不是"气色很不错"。他的嘴唇泛出一丝丝青色的细线，好像用墨水画上去的一样；说话时的气息也不匀称。一根绿色的双头插管插在他的鼻子里，一端通过细细的塑料管连到水瓶上，水瓶里汩汩地升起气泡，连着氧气瓶隐藏在了墙后。

马林注意到了她的视线。“氧气。”他说。

“只是临时措施。”鲍比·邦茨赶紧解释，“辅助呼吸的。”

茉莉·弗兰德斯对他充耳不闻。“伊莱，”她说，“我把情况跟鲍比解释过了，他需要你点头。”

马林情绪似乎不错。“茉莉，”他说，“你是好莱坞最不好对付的律师，我都快死了你还来烦我？”

克劳迪娅很是忐忑。“伊莱，鲍比跟我们说你没什么事儿。再说我们也确实想看看你。”克劳迪娅明显羞愧不安，马林抬手宽慰了她。

“你们的立场我都明白了。”马林说。他示意秘书可以走了，她离开了房间。他的私人护士则是一个面容姣好却英气十足的女人，正在餐厅里看书。马林打手势让她离开，她看看他，摇摇头，然后继续看书。

马林笑了，他笑的时候声音很低，喉咙里带着呼哧呼哧的气息。他对众人说：“她叫普瑞希拉，加州最好的护士。她很敬业，所以这么凶。我的医生这次专门请了她来。她才是大老板呢。”

普瑞希拉朝众人点头致意，接着看书。

茉莉说：“我愿意把他的分成加个两千万的封顶。这就是个保险。没必要冒风险。再说这也太不公平了。”

邦茨怒道：“有什么不公平的，他都签合同了。”

“去你妈的，鲍比。”茉莉说。

马林权当没听见。“克劳迪娅，你怎么想？”

克劳迪娅想了很多。显然马林比大家说的要严重得多。再说给这样一位老人施加压力也太残酷了，他连说话都困难。她很想说算了，可她觉得马林愿意见他们肯定有自己的意图。

“厄内斯特是个不按套路出牌的人，”克劳迪娅说，“他一心要给家人争取点儿东西。可是伊莱，他是个作家，你不是一直都喜欢作家嘛。考虑一下，就当是为艺术奉献。你给大都会博物馆捐了两千万，为什么不能给厄内斯特呢？”

“然后等着所有的经纪人都像这样来找我们要钱？”邦茨说。

伊莱·马林深吸了一口气。绿色的插头好像插得更深了些。“茉莉，克劳迪娅，就把这件事当成我们的小秘密吧。给维尔两个点的毛利分成，两千万封顶。预付一百万。这样你们满意吗？”

茉莉想了想。这几部电影加起来，两个点的毛利至少是一千五百万，可能还要多。她只能做到这步了，而且马林能开出这种价钱，出乎她的意料。要是她再得寸进尺，他完全有能力收回这个提议。

“非常好，伊莱，谢谢你。”她俯下身子亲了他的面颊，“明天我把备忘录发到你的办公室。还有，伊莱，祝你早日康复。”

克劳迪娅控制不住她的情绪了。她紧紧握住了伊莱的手，手冰凉，皮肤上有褐斑，他时日不多了。“你救了厄内斯特的命。”

正在这时，伊莱·马林的女儿带着自己的两个小孩子进了病房。护士普瑞希拉从椅子上站起身来朝孩子走过去，仿佛见了老鼠的猫。她拦住了孩子不让他们靠近病床。马林的女儿离了两次婚，跟父亲处得也不好。但是马林很喜欢自己的孙子，所以她还是得到了罗德斯通的一家制作公司。

克劳迪娅和茉莉离开了。她们开车来到茉莉的办公室，给厄内斯特打电话说了这个好消息。他力邀二人共进晚餐，以示庆祝。

马林的女儿带着两个孩子只在病房里待了短短一会儿，不过已经足够让她爸给她买下一本价格高昂的小说了。她的下一部电影就要翻拍这部小说。

只剩下了鲍比·邦茨和伊莱·马林两个人。“你今天很心软啊。”邦茨说。

马林能感到自己身体的疲倦，甚至能感觉到吸进身体的空气。跟鲍比在一起他很放松，用不着在他面前演戏。他们经历了这么多，一起利用职权赢得胜利、一起四处奔波算计，他们完全明白对方的心思。

“我给女儿买下的那部小说，能拍成片子吧？”马林问道。

“小制作，”邦茨说，“你女儿做的都是‘严肃’电影。”

马林倦怠地摆了摆手：“别人的好意为什么都是我们来掏钱？给她找个好编剧吧，但是别用明星演员。这样她高兴，我们也不赔钱。”

“你真打算把毛利分给维尔吗？”邦茨问道，“我们的律师说，要是他死了，打官司我们能赢。”

马林笑了笑：“要是我挺过这一遭，就说话算话。要是我死了，你就看着办。到时候作决定的人就是你了。”

马林悲凉的话让邦茨很是吃惊。“伊莱，你一定会康复的。”他绝对是真心的。他真的没有继承伊莱·马林的念头。而且实际上他真的不愿意去想，尽管这一天早晚要来。只要马林同意，他什么都愿意干。

“你看着办吧，鲍比。”马林说，“其实换了是我，我不会做这个交易的。可是大夫告诉我，我得做个心脏移植，但是我决定这个手术不做了。我大概还能活半年，或者一年，或者根本活不了多久了，因为我的心脏已经完了。再说了，我太老了，不符合做移植的要求。”

邦茨目瞪口呆。“不能做搭桥手术吗？”他问道。马林摇摇头，邦茨又说：“别瞎想了，你必须做移植。这家医院有一半都是你建的，他们必须得给你换个心脏。你还能健健康康地再活十年。”他顿了顿，“你累了，伊莱，我们明天再说这事儿吧。”可这个时候，马林已经打起了瞌睡。邦茨出门找到大夫，告诉他们立即着手为伊莱·马林物色一颗新的心脏。

厄内斯特·维尔、茉莉·弗兰德斯，还有克劳迪娅·德·莱纳为了庆祝，来到圣莫尼卡的“甜蜜生活”餐厅共进晚餐。这是克劳迪娅最喜欢的餐馆。她还记得小时候，爸爸带着她来到这里，对他们的招待简直如同皇室莅临。她还记得窗户壁龛、墙边的座位下面和所有的角落都码着葡萄酒瓶。顾客们伸手就可以取下一瓶，仿佛那不是一瓶葡萄酒，而是一串葡萄。

厄内斯特·维尔精神大好。克劳迪娅又不禁想：谁相信他会自杀？他正兴奋地口若悬河，说自己的威胁多么有用。在红酒的刺激下，他们吹嘘得更起劲了。他们为自己感到高兴。地道的意大利菜肴不断补充着他们的精神。

“现在我们要考虑考虑了，”维尔说，“是不是可以再多要一个点。”

“别太贪心，”茉莉说，“交易都已经达成了。”

维尔带着大明星的范儿吻了她的手，说：“茉莉你真是个天才，一个冷血天才，真的。你们俩怎么能吓唬一个卧病在床的人？”

茉莉用面包蘸了一点番茄酱。“厄内斯特，”她说，“你永远不明白好莱坞，这里没有同情。在这里酗酒、吸毒、恋爱、分手都是一样的。凭什么有病就不一样了呢？”

克劳迪娅说：“斯基比·迪尔有一次给我讲过，你要是准备买进，就带对方去中餐馆，你要是准备卖出呢，就带他去意大利餐馆。这话有道理吗？”

“他是个制片人，”茉莉说，“谁知道他打什么算盘。没有个前提条件，就什么也说明不了。”

维尔像个刚拿到缓刑的犯人一样贪婪地大嚼着。他点了三种不同的意大利面，全都是给自己的。不过他给克劳迪娅和茉莉各分了一点，让她们品尝。“除了罗马，就属这儿的意大利菜最好了，”他说，“斯基比的做法也有点道理。中国菜便宜，有利于把价钱拉低；意大利菜能让你昏昏欲睡，所以你砍价就没那么狠了。不过这两种菜我都喜欢。话说，知道斯基比什么时候都在算计，不是也挺有意思的吗？”

维尔从来都要点上三道甜点。他不是要全都吃掉，而是想在一顿饭里尽量多尝尝不同的东西。这对他来说不足为怪。他的穿衣打扮也是，好像衣服唯一的功能就是遮风挡雨；他剃须时的漫不经心，一边的鬓角总是比另外一边的低一截；他威胁要自杀也毫不稀奇、合情合理；他毫无顾忌的坦率总是很伤人。克劳迪娅不是没见过怪人，好莱坞怪人多的是。

“你知道，厄内斯特，你注定是好莱坞的人。因为你够怪。”她说。

“我才不怪，”维尔说，“我只是有点儿不拘小节而已。”

“为了钱就喊着要自杀，这还不叫怪？”克劳迪娅说。

“这是一种针对我们的文化的极端冷静的反应，”维尔说，“我受够默默无闻了。”

克劳迪娅不耐烦道：“你怎么能这么想呢？你写了十本书，你还得了普利策奖。全世界都知道你的名字。”

维尔已经把三份意大利面都一扫而光，正盯着他的主菜，加了柠檬的三片极品小牛肉。他拿起刀叉。“那有什么用。”他说，“我没钱。我活了五十五年才明白一个道理：没钱你什么都不是。”

茉莉说：“你的确不是怪，你是疯了。别发牢骚说你没钱了。你没钱，可你也不穷啊，要不然我们就不会在这儿了。你也没为了艺术遭多大罪。”

维尔放下了刀叉，拍拍茉莉的手臂。“你说得对。”他说，“你说的都对。每时每刻我都珍惜生命。让我感到沮丧的，是人生大起大落。”他喝光杯里的葡萄酒，宣言似的说，“我再也不写小说了，”他说，“写小说是条死路，跟打铁的没区别。如今是电影和电视的天下了。”

“胡说八道，”克劳迪娅说，“人们总要读书的。”

“你纯粹是懒。”茉莉说，“你那些都是借口。懒得活着才是你想自杀的真正原因。”三个人都笑了起来。厄内斯特给她们分了小牛肉，又分了甜点。只有用餐的时候他才会显出风度来，他似乎很喜欢给别人添菜。

“都是实话，”他说，“但是对小说家来说，除非写浅薄的东西，否则他根本挣不到钱。就算写浅薄的东西，也没有出路。小说永远没有电影来得浅薄。”

克劳迪娅怒道：“你为什么总是贬低电影？你看电影也会哭。电影也是艺术啊。”

维尔很快活。毕竟跟工作室这场仗他打赢了，拿到了分成。“克劳迪娅，我的确同意。”他说，“电影是艺术。我这是出于嫉妒才抱怨的。电影让小说变得无关紧要了。用抒情的文字描写大自然还有什么意义呢？美丽的夕阳、积雪覆盖的山峦、一碧万顷的大海，还写这些干什么呢？”他挥舞着双手滔滔不绝，“激情火热的世界和女人的美，你还能写些什么？你既然都在电影里看见了，都在彩色大银幕上了，写它还有什么用？啊，谜一般的女子，火热的红唇，散发着魔力的眼神，还有她们光溜溜的屁股，嫩得像威灵顿牛排一样的大胸脯，看到这些不就够了吗？这些全都比现实生活都要精彩多了，更不用说比散文了。还有，那些英雄事迹我们怎么写？战胜了一切艰难和诱惑英雄事迹，你全都看得见，大银幕把大量的血浆和因折磨而扭曲的脸直接展现给观众了。这些事情演员和摄像机全都替你办到了，根本不用费脑子去想。你看斯莱·史泰龙，就跟《伊利亚特》里的阿喀琉斯一样。大银幕唯一做不到的事情，就是深入角色的思想中去，电影没有办法复制思维过程的，也没有办法复制生活的复杂性。”他顿了顿，又愁苦地说，“可你们知道最最悲哀的地方是什么吗？我是个精英主义者。我之所以想要成为一个艺术家，就是因为我想要做出与众不同的东西来。所以我最恨最恨的是，电影是个民主的艺术。谁都可以拍电影。克劳迪娅，你说得对，我的确看电影流泪过。问题是有件事情我清楚得很，这些做电影的人都是一群白痴，他们没有感情和教养，连一点点最起码的道德感都没有。编剧写出来的东西狗屁不通，导演都是自大狂，制片人简直就是道德的刽子手，演员呢？让他们表演焦虑不安，他们就只懂得拿拳头捶墙、砸镜子。问题是，这样的确就能拍出电影了。怎么能拍出来呢？因为电影把雕塑、绘画、音乐、人体、科技全都用在它自己身上了，可小说家呢？只有一串文字组合而已，除了黑墨水就是白稿纸。不过说实话，没那么糟。这是一种进程，这是一种伟大的新艺术。一种群众性的艺术。而且创作这种艺术完全不用体会痛苦。去买部摄像机、找一帮朋友，你的电影就成了。”

维尔看着两个女人微微一乐。“多妙啊，这种艺术根本就不需要真正的天赋，真是民主又治愈，去拍一部你自己的电影吧。早晚有一天连做爱都可以用这个取代了。我去看你的电影，你来看我的电影。这种艺术形式肯定会改变世界，变得更好。克劳迪娅，你很幸福啊，你的艺术形式，就是未来。”

“你这个傲慢自大的混账，”茉莉说，“克劳迪娅竭力为你争取、帮你辩护；我对你的耐心比对我以前辩护过的任何一个谋杀犯都多。结果你却借着请我们吃饭来羞辱我们。”

维尔看起来完全震惊了。“我可没有羞辱你们的意思啊，我只是下个定义而已。我对你们非常感激，而且我爱你们两个。”他顿了顿，然后谦卑地说，“我可不是在说我比你强。”

克劳迪娅爆发出一阵大笑。“厄内斯特，你纯粹是胡说八道。”她说。

“只在现实生活里胡说，”维尔和颜悦色道，“我们谈点正经事，茉莉，要是我死了，我的家人拿回所有权利的话，罗德斯通会花五个点买下来这些权利吗？”

“至少五个点，”茉莉说，“你不会是想为了多几个点自杀了吧？你完全把我给搞糊涂了。”

克劳迪娅看着他，一脸忧色。对于他表现出来的高昂情绪，她并不相信。“厄内斯特，你还是不高兴吗？我们给你拿到了一个很不错的交易，我已经很满意了。”

维尔亲切地说：“克劳迪娅，你对这个世界究竟是什么样完全没有概念。正因如此，你才是个完美的编剧。我究竟高不高兴，这又有什么区别呢？就算全世界最高兴的人，一辈子里也要有痛苦的时候。我刚刚大获全胜，我用不着自杀了。我享受这顿丰盛的美食，而且还有两个又漂亮、又聪明、又有同情心的女人陪着我。再说，我的老婆和孩子经济上也有保障了。”

“那你还在抱怨什么？”茉莉问道，“你为什么总是这么煞风景？”

“因为我写不出来东西了，”维尔说，“这不是什么大悲剧。这件事情也不再那么重要了，问题是我只会做这个。”他一边说，一边欣然吃光了三份甜点，那种洋洋自得的劲头让两个女人忍俊不禁。维尔朝他们一乐。“我们的确是把老伊莱给吓怕了。”他说。

“你太害怕作家的瓶颈了，”克劳迪娅说，“慢慢就会好了。”

“剧作家没有作家的瓶颈，因为他们根本就不是作家，他们什么也不写。”维尔说，“我写不出来东西的原因是我没有什么可说的。这样吧，我们说点儿更有意思的事儿。茱莉，有件事我一直没明白。一部毛利润一亿美元、成本只有一千五百万的电影，我明明可以拿到百分之十的净利润，可是我一分钱都没见着。我很想在死前把这个谜底搞清楚。”

茱莉来了精神。她一向很喜欢给人讲法律。她从手袋里掏出一本笔记，潦草地写下来几个数字。

“这没什么稀奇的，”她说，“他们的确履行了合同，但是这份合同你从一开始就不应该签。你看，就拿这一亿美元总收入来说，院线拿走一半，所以公司只拿到五千万，这叫电影拷贝的院线租赁。

“公司拿走一千五百万的成本。还剩三千五百万。但是根据你的合同和大部分制片公司的合同来说，公司要拿百分之三十的租赁收入作为电影的发行费用。也就是说他们又拿走了一千五百万。你还剩两千万。然后还要扣除印刷品的成本、电影广告的成本，随便就得要五百万。剩下的一千五百万——精彩的地方来了——根据合同，公司要拿走预算的百分之二十五，是管理费、电话费、电费、摄影棚租赁等。还剩一千一百万。你以为从一千一百万里拿走一成也可以。但是一线明星们还得拿走租赁收入的最少五个点，导演和制作人是另外五个点。这就是另外的五百万。你还剩六百万。至少你还有钱可拿。但是别急，他们还得从这里头扣除所有的发行成本，比如把印刷品送到英国需要五万，送到法国或者德国还需要五万，诸如此类。最后他们还得问你要一千五百万本金的利息，因为这笔钱他们是借来拍电影的。就是这儿把我弄糊涂了，总之最后的六百万也没了。你不找我当律师，就会碰到这种情况。要是我拟定合同，我肯定会确保这个金矿有你的一份儿。不是毛利润，仍然是净利润，不过是定义得非常清楚的净利润。这下明白啦？”

维尔笑了。“就算我明白了吧。”他说，“那电视和录像的收入呢？”

“电视收入倒是有，”茉莉说，“谁也不知道他们在录像上挣了多少钱。”

“那我跟马林的这笔交易完全是基于毛利润吗？”维尔问道，“他们这回耍不了我了？”

“我写合同就耍不了你。”茉莉说，“完全基于毛利润。”

维尔悲哀地说：“那我就再也没什么可抱怨的了。也没有借口不写东西了。”

“你真是太怪了。”克劳迪娅说。

“不，不，”维尔说，“我只是老把事情搞砸而已。怪人做怪事，是为了让人们注意不到他们的真面目。他们自卑。所以搞电影的人才都那么怪。”

谁能想到，原来死亡竟是一个如此愉悦的过程呢？竟然可以如此安宁，毫无恐惧。最重要的是，谁能想到，天地间的这个大谜题马上就要被他解开了呢？

伊莱·马林病卧在长夜之中。他一边从墙里引来的管子吸入氧气，一边思考他的一生。他的私人护士普瑞希拉值夜班，此刻正在屋子另一侧昏暗的灯光下看书。他看见，她的眼睛不时抬起瞥他一眼，大概是每读完书上的一行字就要确认一下他的状况。

马林在想，在电影里的话，这个场景该是多么不同啊。电影中的这类镜头更有张力，因为描写的是生与死之间的挣扎。护士一定会俯在他床头忙前忙后，医生们一定会争分夺秒进进出出。肯定还得加上嘈杂的人声，肯定得让整个镜头看起来扣人心弦。可现在呢，屋子无比安静，护士在看书，马林则轻轻松松从一根塑料管子里就能呼吸。

他知道，整个阁楼层都是豪华病房，只会接待极为重要的人物。像有权有势的政治家、身家亿万的房产大亨、娱乐界昔日的大明星等。他们曾经都是手掌大权的君王，如今也得在这夜里躺在医院，成为死亡的奴仆。他们孤独无助地躺着，只有花钱雇来的人才会稍稍安慰他们，他们的权力已经瓦解。身体里插着管子，鼻子里接着呼吸管头，静待医生用手术刀取出他们衰竭心脏里的废物，或者就像他现在一样，静待植入一个新的心脏。他好奇，他的心脏是不是也像他一样认命了。

为什么要认命呢？为什么他要拒绝医生做心脏移植、宁可靠着衰竭的心脏活过剩下的短暂时光呢？他想，谢天谢地，看来我还是能作出理智的决定，不被情感所左右。

对他来说一切都很清楚，就跟电影达成交易一样清楚：成本、收入分成、附属版权的价值，还有和明星、导演、预算透支有关系的各种陷阱。

第一，他已经八十岁了，不再健康。做了心脏移植之后，他至少一年不能工作。他当然无法再执掌罗德斯通工作室，那他肯定无法大权在握了。

第二，没有权力的生活是难以忍受的。话说回来，像他这样的老人，就算换个全新的心脏，又能再做些什么呢？他无法运动、无法风流，美食美酒也无法再享受。这可不行，对老人来说，唯一的快乐就剩下权力了，而且权力又有什么不好的？权力是可以用来做好事的。他不是抛弃了一切谨慎原则、抛弃了笃信一生的偏见，给了厄内斯特·维尔好处吗？他不是跟大夫说了，他不愿意夺走一个孩子或者年轻人也能使用的心脏？这难道不是权力所做出的更大的善事吗？

但是，他一辈子都在跟伪善打交道，现在终于在自己身上也发现了它。他拒绝移植心脏，根本原因是这笔交易划不来。他给厄内斯特·维尔分成，是因为他想看到克劳迪娅对他的爱慕，以及茉莉·弗兰德斯对他的尊重，其实无外乎一时冲动。他想留个好印象而已，这有那么糟吗？

对自己的一生，他很满意。他白手起家，终于出人头地。他把同胞都比了下去：他享受到了人一辈子所能享受的一切快乐，爱过漂亮女人、住过奢华房子、穿过精致衣衫。他还为艺术创造作出了贡献。他得到了巨大的权力和财富。他也想着帮助同胞们：光是这家医院就收到过他的一千万美元捐款。但更重要的是，他喜欢跟同胞们勾心斗角的过程。这又有什么不好的吗？不这样的话，又怎么能把大权攥在手里呢？没有大权，又怎么做善事呢？恰恰这个时候，他开始后悔给厄内斯特·维尔的恩惠了。不能把自己辛辛苦苦与人相争得来的战利品就这么简单地拱手让人，哪怕是面对威胁也不行。

鲍比会讲述他如何拒绝了心脏移植、把器官源让给年轻人的故事。鲍比会把承诺给厄内斯特·维尔的分成都收回来。鲍比会解散女儿的电影公司——长期以来这家公司都是罗德斯通亏钱的无底洞。鲍比会承担所有的骂名。

他似乎听到遥远的地方传来了一阵轻微的铃声，然后是蛇一样的沙沙声，那是传真机传来了纽约的票房数据。这种声音断断续续，就像在附和他衰朽得不堪跳动的心脏。

这就是真相。他已经享受完了美好人生。最终背叛他的不是他的身体，而是他的意识。

这就是真相。他对人类失望了。他见到了太多的背叛、太多可怜的软弱、太多争名逐利的贪婪。相爱的人之间却都是逢场作戏，夫妻也好、父子也好、母女也好，都是一样。谢天谢地，他总算制作了那么多给人以希望的电影；谢天谢地，他有了子孙；谢天谢地，他总算不用再看着他们长大成人之后的丑恶嘴脸了。

传真机还在响。马林听见自己疲惫不堪的心跳声。清晨的阳光洒进他的房间，他看到护士关了台灯合上书。要死了，真是孤独啊，有那么多了不起的人爱他，临死的时候屋子里却只有这个陌生人。护士扒开他的眼皮，把听诊器放在他的胸口。病房的门像上古神庙的大门一样推开了，他听见早餐托盘和碟子碰撞，发出叮当的响声……

屋子一下子明亮起来。他感觉到有人在用拳头捶打他的胸口，他奇怪这些人到底在干什么。一层迷云覆上了他的脑海，一阵尖叫声穿过了这层密云。某部电影里的台词突然涌进了他已经缺氧的脑中：“众神也是这样死去的吧？”

整个好莱坞都会哀恸不已，但是谁也没有夜班护士普瑞希拉更悲伤。为了养活两个小孩，她不得不值夜班，马林恰好就死在了她的夜班里。她一直被誉为全加利福尼亚最好的护士，这让她骄傲不已。她讨厌死亡。但是她刚刚读的那本书太精彩了，她还想着要跟马林谈谈，把这本书改编成电影呢。她不会一辈子都当护士的，她闲暇时候还是个编剧。不过就算现在她也没有放弃希望。这间医院顶楼的豪华病房里住的都是好莱坞最大的人物，她会守护着他们，防止死神来袭。

其实这一切都只发生在马林死前的脑海里，那里装载了他看过的成千上万的电影。

实际上，他死了十五分钟之后，护士才走到他的床前。他静悄悄地离开了。她想了半分钟到底要不要采取急救手段唤回他的生命。对死亡她司空见惯了，因此有了更多的怜悯。唤回他的生命只能让他继续忍受折磨。她走到窗边，看太阳升起，看石阶上踱着方步的鸽子。普瑞希拉是马林命运的最后裁决……也是对他最为悲悯的法官。

第十三章

维文参议员有个大消息，不过这消息得让克莱里库齐奥家族花上五百万美元。这是乔治派来送信的人说的。这意味着克罗斯得从赌场提出五百万，而且还得做出一堆记录来抹平账面，也就意味着堆积如山的账面工作。

克劳迪娅和维尔也给克罗斯留了个消息。两人正待在酒店，只开了一间房。他们想尽快见到他，有急事。

还有，利亚·瓦齐从猎场来了一通电话。他要尽快和克罗斯单独见面。他倒没说事急，不过他这个人要么不打电话，一旦提出要求就一定是急事。况且，他现在都在路上了。

为了把五百万交给维文参议员，克罗斯开始做账。这笔钱数额太大，手提箱和大号的旅行袋都装不下。他给酒店的礼品店打了个电话，那里卖的中式老款旅行箱可以装得下那么多钱。这款箱子漆成深绿色，画有红色的龙纹，镶了人造绿宝石，装着特别牢靠的锁。

格罗内韦尔教过他如何做账才能从酒店赌场正当合理地提钱。这是个耗时费力的活儿，得把钱打到好几个户头上，比如支付给不同供应商的餐饮酒水费用，特殊训练计划和宣传活动，还得编出几个子虚乌有的债务人，说他们欠了赌场的钱。

克罗斯忙活了一个小时，维文参议员得周六，也就是明天才能到。五百万必须在他周一清晨离开前交到他的手里。克罗斯终于集中不了注意力了，他得歇歇。

他给克劳迪娅和维尔的房间打过去电话。接电话的是克劳迪娅：“我和厄内斯特遇上麻烦了，得找你谈谈。”

“好。”克罗斯说，“你俩下楼玩几把去吧，一个小时后我去骰子赌台接你们。”他顿了顿说，“然后我们出去吃顿饭，咱们在饭桌上聊。”

“我们没钱赌，”克劳迪娅说，“厄内斯特的信用上限超了，而你只给我一万的额度。”

克罗斯叹了口气，这也就是说厄内斯特·维尔欠了赌场十万，而且这些欠款单现在就可以当手纸了。“一小时后来我房间吧，我们吃顿晚饭。”

克罗斯还得打给乔治，核实一下参议员要的那笔钱。他不是怀疑，只是按规定办事。他们有一套约定好的口令，姓名字母用数字代替，而金额数字则用字母代替。

克罗斯想继续做账，但就是无法静下心来。为了这五百万，维文肯定有很重要的话要说。还有利亚，能让他开那么久车来拉斯维加斯，肯定出大事了。

门铃响了，是克劳迪娅和维尔。警卫把他俩带到了屋里。克罗斯异常热情地拥抱了克劳迪娅，因为他不想让她觉得自己是在埋怨她输钱。

他在房间起居室里把客房服务目录递给了他俩，还给他俩点了菜。克劳迪娅瘫坐在沙发里，维尔则直直地背靠沙发，表情一副漠然。

克劳迪娅说：“克罗斯，维尔遇上大麻烦了，我们得帮他。”

克罗斯觉得维尔看上去可没有那么糟，他似乎悠闲得很，眼睛半开半闭，嘴角一丝愉悦的笑。这让克罗斯很不痛快。

“没问题，首先要做的就是取消他在这里的所有信用额度，这样就能省钱了。我第一次见笨成他这样的赌客。”

“和赌博无关。”克劳迪娅说，她把马林承诺给维尔的事情说了出来，可马林竟然死了。

“那又怎么样？”克罗斯问。

“现在的鲍比·邦茨可不会管马林留下的承诺，”克劳迪娅说，“自从鲍比当了罗德斯通工作室的头儿，已经被权力烧昏头了。他干什么都想学马林的做派，可是脑子和魄力都不够。所以厄内斯特的事情又没人管了。”

“你就说到底要我做什么吧。”克罗斯说。

“你是罗德斯通拍《梅莎琳娜》的合伙人，”克劳迪娅说，“你对他们肯定有影响力，我想要你出面，让鲍比·邦茨履行马林的承诺。”

每次碰上这类事情，克罗斯都觉得自己真是拿克劳迪娅毫无办法。邦茨才不会让步，他就是干这个的，他就是这样的人。

“不行，”克罗斯说，“我早就跟你说过，没把握的事我不会做的。比如这件事，根本没希望。”

克劳迪娅皱起了眉。“为什么？”她顿了顿，说，“厄内斯特他是认真的，他想自杀，好让家人拿回那些权利。”

这时候维尔来了兴致，他说：“克劳迪娅你这个傻瓜，你还不明白你哥哥吗？要是对方拒绝他的要求，他就得把那些人都干掉。”说完，他朝克罗斯龇牙一乐。

克罗斯被维尔激怒了，他竟敢在克劳迪娅面前说这种话。幸好，就在这个时候，服务员推着小车送来客房服务，在起居室准备好了晚餐。他们坐下吃饭时，克罗斯控制了一下情绪，但还是忍不住冷笑道：“厄内斯特，你只要一死，所有问题都解决了。这点我倒可以帮你，不如我把你的套房挪到十楼，你只要从窗户跳下去就可以了。”

克劳迪娅大怒。“我可不是开玩笑！”她说，“厄内斯特是我最好的朋友之一。而你是我的哥哥，口口声声说爱我、愿意为我做任何事。”她泪流满面地说着。

克罗斯起身过去抱了抱她。“克劳迪娅，我是真的无能为力，我没那么神通广大。”

厄内斯特·维尔正在享用他的晚餐。要是连他这么惬意的人都想自杀，那谁都有自杀嫌疑了。“你太谦虚了，克罗斯，”他说，“我没胆子跳出窗户。我想象力丰富，在落地之前就能想到一千种自己落地后摔得七零八落的样子，还有可能会砸到别人；我不敢割腕，见血就晕；我也不敢用刀、枪或者撞车、卧轨。我不想一无所成就死了，不想邦茨和迪尔那对混蛋拿了我的钱还笑话我。不过你确实能帮我个忙。雇个人杀了我，随时都可以。”

克罗斯笑了起来，他拍拍克劳迪娅的头宽慰着她，然后坐回了自己的椅子。“你以为这他妈的是拍电影啊？”他对厄内斯特说，

“你以为杀人是开玩笑吗？”

克罗斯起身坐回办公桌前。他打开抽屉的锁，拿出一袋黑色筹码。他把袋子丢给厄内斯特说：“这里是一万块。最后赌一回吧，说不定有好运气。别再当着我妹妹的面侮辱我。”

维尔情绪倒是不错。“走吧，克劳迪娅，”他说，“反正你哥哥是不会帮忙的。”他把黑色筹码装进口袋，似乎迫不及待想要去赌博。

克劳迪娅似乎心不在焉。她把今天听到的事综合起来，却不肯接受真相。她看着哥哥平静英俊的脸庞。他才不会是维尔说的那种人呢。她吻了吻克罗斯的脸颊，说：“对不起，哥哥，但是我很担心厄内斯特。”

“他没事的，”克罗斯说，“他太好赌了，舍不得死。他不是个天才吗？”

克劳迪娅咯咯地笑。“他自己总是这样说，我也觉得是。”她说，“而且他是个胆小鬼。”她虽然这么说，却亲热地伸手摸着厄内斯特。

“你怎么老黏着他？”克罗斯说，“为什么要和他住一间房？”

“因为我是他最好的朋友，也是最后的朋友。”克劳迪娅气呼呼地应道，“再说我喜欢看他的书。”

克劳迪娅和维尔离开后，克罗斯整夜都在忙着五百万转账的事。一切准备完成后，他打电话给赌场经理——克莱里库齐奥家族的高级成员，要他把钱送到他的阁楼套房去。

经理和两个克莱里库齐奥家族的保安拎来了两大麻袋的钱。他们帮克罗斯把钱装进中式旅行箱。赌场经理笑着说："箱子不错。"

他们离开后，克罗斯把被子从床上扯下来包在箱子上。然后他让客房服务准备两份早餐。几分钟后，保安打电话告诉他利亚·瓦齐已经等着见他了。他点头让保安带利亚上来。

克罗斯拥抱了利亚，他一向很愿意看见利亚。

"好消息还是坏消息？"客房服务送来早餐后，克罗斯问他。

"坏消息，"利亚说，"我去比弗利山庄找斯堪尼特的时候，那个把我拦住的探员叫吉姆·洛西。他竟然摸到猎场来了，他询问我和斯堪尼特的关系。我把他打发走了。问题是，他怎么知道我是谁的？他怎么知道我在猎场？我没有案底，也没惹上过麻烦。也就是说，有内奸。"

利亚的话让克罗斯很吃惊，克莱里库齐奥家族很少有内奸，有的话一定会被毫不留情地铲除。

"我会告诉唐，"克罗斯说，"你呢？你想去巴西休假吗？等我们查清楚再回来？"

利亚吃得很少。自己倒了杯白兰地，点起了哈瓦那雪茄，这都是克罗斯特地给他准备的。

"我不紧张，至少现在还好，"利亚说，"只要你同意我对付这个家伙就行，我得保护自己。"

克罗斯警惕道："利亚，你不能这么干，在这个国家，杀警察很危险。这不是西西里。这件事本来不应该告诉你的，吉姆·洛西是克莱里库齐奥家族的关系人之一，收了不少钱。我猜他只是打听着什么风声了，拿你讹一笔封口费而已。”

“好，”瓦齐说，“但肯定还是有内奸。”

“我来处理，”克罗斯说，“别担心洛西。”

利亚吸了一口雪茄，说道：“他是个危险的家伙，小心点。”

“我会的，”克罗斯说，“但你不能先动手，明白吗？”

“好，”说完，利亚明显松了口气，然后随口问道，“被子里是什么东西？”

“一件给大人物的小礼物，”克罗斯说，“在酒店住一晚上吧？”

“不了，”利亚说，“我回猎场，你有了进展可以告诉我。但要我说的话，还是趁早除掉洛西比较好。”

“我去跟唐谈谈。”克罗斯说道。

维文参议员下午带着三名男性随从入住了桃源酒店三楼。跟以前一样，他的座车没有任何标记，也没有护卫车队。五点钟的时候，他把克罗斯叫到了自己住的别墅。

克罗斯带着两个保安，把棉被裹着的钱箱装进高尔夫球车的后座。一名保安开车，克罗斯坐在乘客位上看着箱子。放箱子的位置通常是放球杆和冰镇水的地方。只要五分钟，就能从桃源酒店的首层走到七幢别墅的院子，整个院子都布置了单独的警卫。

克罗斯一直都很喜欢这些别墅的样子，看上去就有种彪炳权势的感觉。一座座都像是小号的凡尔赛宫，每一座都带着翠绿色钻石形状的游泳池，广场中心还有座珍珠形状的小赌坊，专供别墅住客的私人娱乐。

克罗斯带着箱子独自走进别墅。参议员的一名随从领他到餐厅，参议员在那儿正享用丰盛的冷食和冰镇柠檬汁呢。他已经不喝酒了。

维文参议员还是那么优雅随和。他已经在国家政坛里爬得很高了，身兼多个重要委员会的主席职位，绝对是角逐下届总统的黑马。他站起身来，欢迎了克罗斯。

克罗斯把棉被掀开，把箱子搁在地上。

“酒店的小小礼物，参议员，”他说，“周末愉快。”

参议员双手握住克罗斯的手。他的手很滑。“看着这礼物就高兴，”他说，“谢谢你，克罗斯。我能和你说几句悄悄话吗？”

“当然可以，”克罗斯说着，并把箱子的钥匙给了他。维文把钥匙揣进裤袋，转向他的随从说道：“箱子放到卧室里去，留个人看着。我和我的朋友克罗斯要单独待会儿。”

他们离开后，参议员在房间里踱来踱去，皱着眉头，“好消息肯定是有，不过也有坏消息。”

克罗斯点点头，欣然说道：“祸福相依嘛。”他觉得凭着这五百万，好消息肯定比坏消息要重要得多。

维文轻笑道：“谁说不是呢？先说好消息吧，是个非常好的消息。最近几年，我把精力都投入到全美博彩的合法化上了。包括体育博彩。现在参议院和上议院终于有意投我的票，箱子里这钱是用来游说几张关键选票的。是五百万，没错吧？”

“是五百万，”克罗斯说道，“好好利用，坏消息呢？”

参议员悲哀地摇摇头。“你的朋友们肯定特别不愿意听见这个坏消息，”他说，“尤其是乔治，他性子太急了。但他很厉害，真的很厉害。”

“我最喜欢他这个叔叔了。”克罗斯干巴巴地说。克莱里库齐奥家族所有人里面，他最不喜欢的就是乔治了，参议员显然也一样。

维文这时候丢出了重磅炸弹：“总统说，他要否决我的提案。”

克罗斯本以为唐·克莱里库齐奥完美的计划即将实现，一个博彩合法的帝国就要浮出水面了。结果这话让克罗斯糊涂了，参议员到底想说什么？

“我们票数不够，应付不了总统的否决权。”维文补充道。

克罗斯得冷静一下。他说：“那这五百万是给总统的吗？”

参议员吓了一跳。“不，不是，”他说，“我和他根本就不是一个党的。再说了，总统退休后绝不愁钱。哪家大公司的董事会都会争着抢着要他。这点儿小钱儿他看不上。”维文对克罗斯满意地笑笑。“当了美国总统，很多事就不一样了。”

“也就是说，除非总统死了，否则我们束手无策。”克罗斯说道。

“完全正确，”维文说，“他呼声很高。就算阵营不同，这点我也得承认。他肯定连任。我们得耐心一点。”

“那我们还得再等五年，然后期待下一任总统不会否决？”

“这倒不是。”参议员说，他犹豫了一下，继续说，“我说老实话吧。五年之后议会的班底都变了，现在能控制这么多票，到时候就未必了。”他又顿了顿，“变数太多。”

克罗斯彻底不明白了。维文他妈的到底什么意思？这时，参议员终于说到正题："当然啦，要是总统发生了什么不测，那就是副总统签字。所以，虽然听起来有点儿大不敬，不过也只能盼着总统心脏病突发、飞机失事或者中风瘫痪。这也不是不可能，我们都是肉体凡胎。"参议员朝他微微一笑。克罗斯突然恍然大悟了。

他极度愤怒，这个混蛋是要告诉克莱里库齐奥家族：参议员能做的都做了，要通过法案，只有美国总统。他真是狡猾，连一点话柄都不留下。克罗斯确信，唐不会同意去杀总统的；万一他真同意了，克罗斯绝不会留在家族。

维文堆着可亲的笑容继续说道："似乎不可能，但是谁说得准，命运无常。副总统跟我关系非常好。虽然我和他也不是一个党派，但是我知道，我的法案他肯定点头。我们等着瞧就行。"

克罗斯简直难以置信，这种话参议员都说得出来。维文参议员虽然也有弱点——女人和高尔夫球，但他是美国政客的道德楷模。他仪表堂堂，言行高雅，像是世界上最可亲的人。可现在呢？他居然暗示克莱里库齐奥家族去刺杀总统！这老家伙简直疯了，克罗斯心想。

参议员开始挑着吃桌上的食物。"我就待一晚，"他说，"你这儿那么多唱歌跳舞的姑娘，不知道有没有愿意跟我共进晚餐的。"

回到自己的阁楼套房后，克罗斯打电话给乔治，说自己明天要去科沃格。乔治告诉他，到了之后机场有家族的司机接他。乔治没问任何问题。克莱里库齐奥家的人从来不在电话里谈生意上的事。

克罗斯到科沃格的主楼后，惊讶地发现人都到齐了。在那间没有窗户的书房里，唐、皮皮，以及唐的三个儿子乔治、文森特和佩蒂耶都在场。丹特也来了，这次戴着天蓝色的帽子。

桌上没有吃食。先说正事，后用晚餐。如往常一样，唐要所有人看看壁炉架上的照片：有西尔维奥的，也有克罗斯和丹特受洗的照片。“多快乐的一天啊。”唐经常这么说。他们都坐在椅子上或是沙发上，乔治给每个人拿了饮料，唐点燃了他的黑色意大利方头手卷雪茄。

克罗斯仔细地讲了一遍：从他是怎么把五百万交给维文参议员开始，只字不差地把两人的对话复述了一遍。

克罗斯说完后，房间里陷入了长时间的沉默。不需要克罗斯再解释什么，所有人都明白了。最发愁的是文森特和佩蒂耶。文森特名下有一家连锁餐馆，他不情愿去冒险。佩蒂耶虽然统领着家族在布朗克斯那块地盘上的兵，最关注的还是自己名下数目不小的建筑施工生意。都安安稳稳活了大半辈子了，他们可不想接这么个倒霉买卖。

“那个混蛋疯了。”文森特说道。

唐对克罗斯说：“你确信这是参议员的意思？我们得杀了我们的国家元首、他的政坛同事？”

乔治冷冷地说道：“参议员说他们不是一个党派的，不算同事。”

克罗斯答道：“参议员不会让自己卷入这件事，他点到即止，料定我们会按他说的做。”

丹特想到这件事能给他带来的荣耀和利益，兴奋地说：“为了赌博业合法，这是值得的，那可是棵摇钱树啊。”

唐转向皮皮，亲切地问道：“你怎么看，我的‘铁锤’？”

皮皮怒形于色：“这种事不可能成功，而且就不应该干。”

丹特用嘲笑的口吻说：“皮皮表舅，你要是做不到，那就我来吧。”

皮皮轻蔑地看着他。“你是屠夫，根本不会计划。给你一百万年，你也想不出一个像样的办法。这件事风险大、太引人注目，执行起来也非常困难，你根本没法脱身。”

丹特傲慢道：“祖父，派我去吧，我一定能做到。”

唐没有拂他外孙的面子。“我知道你一定能做到，”他说，“而且事成之后回报丰厚。但是皮皮说的没错，这件事的后果对家族来说风险太大了。人可以不断犯错，但绝不能犯要命的错。就算得手了，目的也达到了，这件事的阴影也会一直笼罩着我们。这罪孽太大了。立法通过与否，并不危及家族的根本，仅仅是我们的一个目标罢了。只要有耐心，目标总会实现的。况且，我们现在干得很不错。乔治在华尔街也算有点地位；文森特有很多餐馆；佩蒂耶有建筑公司。克罗斯，你名下有酒店，还有皮皮，你也一把年纪了，该享享福了。还有，丹特，我的外孙，你一定要有耐心，整个博彩帝国早晚都是你的，你是继承人。那一天到来的时候，你也用不着因为罪恶感而成天提心吊胆的。所以——让参议员一个人下地狱吧。”

房间里的所有人都松了口气，紧张的氛围消失了。除了丹特，所有人都乐于见到这项决定。而且所有人和唐一样都诅咒参议员该下地狱。他胆子也太大了，敢让他们两头为难。

只有丹特似乎不同意，他对皮皮说：“就你还叫我屠夫。那你是什么东西？白衣天使弗洛伦斯·南丁格尔吗？”

文森特和佩蒂耶听后大笑。唐摇了摇头表示不满。“还有一件事。”唐·克莱里库齐奥说，“我觉得眼下我们得跟参议员保持好关系。我不心疼白白花掉的五百万，但他竟然觉得就为了多挣几个钱，我们就能杀国家总统，真是把我们给看扁了。下一步他还要对付谁？这里面他有什么好处？他这是在利用我们。克罗斯，他去你酒店的时候，多给他些筹码，让他玩得开心点儿。这样的人变成我们的敌人实在太危险了。”

计划已定。克罗斯很犹豫要不要提出另一个敏感的问题。最终他还是说了利亚·瓦齐和吉姆·洛西的事情。“家族里有内奸。”克罗斯说道。

丹特冷冷道：“那是你做的事，你的问题。”

唐不容置疑地摇头。“不可能有内奸，”他说，“那探员碰巧知道了点儿什么，想靠这个赚一笔。乔治，交给你了。”

乔治酸溜溜地说：“又是五万，克罗斯，这是你的买卖，这钱得从你的酒店里出。”

唐重新点起了雪茄。“既然大家都在，还有别的问题吗？文森特，你饭店的生意怎么样？”

文森特花岗岩一样的表情软化了。“我又开了三家。”他说，“费城一家，丹佛一家，纽约一家。高端餐饮业。爸爸，我一盘意大利面要卖十六块。我自己在家做的时候，成本不过五十美分。不管我怎么算，通心粉最多也就值这个价。我甚至把蒜头和肉丸的价钱都算进去了。而且不知道为什么，我是唯一一家卖肉丸的高级意大利餐厅。但是肉丸一份我卖八块，还不是多大的一份，成本只有二十美分。”

他还想继续说，但是唐打断了他。他转向乔治，说：“乔治，你在华尔街做得如何？”

乔治谨慎地说：“行情有起有落，但是我们的交易佣金跟在街头拼了命放贷赚的钱一样多。没人赖账，也坐不了牢。我看，别的生意可以全扔了，顶多把博彩留下。”

唐很欣慰，他很满意他们在合法世界里取得的成功。他说：“还有佩蒂耶，你的建筑公司呢？我听说你前两天遇到了个小问题……”

佩蒂耶耸耸肩，“生意太大，我都管不过来了。到处都在盖楼，而且我们还包揽了修路。我的手下都靠这个生意养家，挣得还不错。不过一个礼拜之前，有个黑茄子跑到我最大的施工项目里头来了，还跟着一百个黑人，举着各种各样的标语，都是民权啊什么的。所以我就把这家伙带进了我的办公室，突然间他就摊牌了。我只要给百分之十的黑人安排工作，然后悄悄塞给他两万美元就行。”

这把丹特逗笑了。“我们被人讹了？”他咯咯笑道，“克莱里库齐奥家族被人给讹了？”

佩蒂耶说：“我试着用爸爸的方式去想：他们为什么不能有份工作？于是我给了这个黑茄子他要的两万，然后跟他说，我解决百分之五的人的工作。”

“你做得很好，”唐对佩蒂耶说，“你小事化了，没让小问题变大。再说了，克莱里库齐奥家族凭什么就不能为人类和社会的进步作贡献？”

“要我就杀了那个黑鬼，”丹特说，“他早晚要得寸进尺。”

“那我们还是让步，”唐说，“只要不过分就行。”他转头对皮皮说，“你呢，有什么问题吗？”

“没有，”皮皮说，“只是家族几乎都没有什么任务了，我也没事干了。”

“这是好事，”唐说，“你已经工作得够卖力了，多少次你都是死里逃生，现在该享受生活了。”

丹特没等唐问他。“我和皮皮一样，”他对唐说，“但我还年轻，要退休还太早。”

“那就打高尔夫去吧，代理人不是都喜欢玩这个吗？”唐·克莱里库齐奥干巴巴地说，“你也别急，事情总会有的，麻烦也会有的。另外，保持耐心。你的机会恐怕就要来了，我的也是。”

第十四章

伊莱·马林葬礼的那天早上，鲍比·邦茨朝着斯基比·迪尔大吼大叫。

“这简直是疯了，这就是电影这一行的问题所在，你怎么能同意这种事情？”他抓起一沓装订在一起的文件，在迪尔的眼前挥来挥去。

迪尔看了看这沓纸，这是某部片子到罗马取景的出行计划。“是的，怎么了？”迪尔说。

邦茨怒不可遏：“所有人都坐头等舱去罗马……剧组、配角、跑龙套的、助手还有实习生。就一个人不坐头等舱，你知道那是谁吗？是罗德斯通派到罗马控制我们花销的会计主管！他一个人坐经济舱。”

“是，那又怎么了？”迪尔说道。

邦茨故意装得更加生气：“这片子的预算里还要建一座学校，让剧组人员的孩子去上学。还要租两个礼拜的游艇。我刚才仔细看了看剧本，有十二个演员只有两三分钟的镜头。需要游艇的镜头拍两天也够了。现在你给我解释一下，这种预算你怎么能批准的。”

斯基比·迪尔冲他笑了笑。“没问题，”他说，“这片子导演是洛伦佐·塔卢福。他要求他的人要坐头等舱；配角和跑龙套之所以能在剧本里，是因为他们勾搭上那些明星；游艇要租两周，因为洛伦佐想要坐游艇去参加戛纳电影节。”

“你是制片人，你和洛伦佐去谈谈。”邦茨说。

“别找我，”迪尔对他说，“洛伦佐拍了四部票房过亿的片子，拿了两次奥斯卡。能给他租船我高兴还来不及。要说你自己去说。”

邦茨不吱声。照理说，电影公司的老板是最有分量的人，制片人负责统筹安排、监督预算，还要琢磨剧本。但事实上，一旦电影开拍，导演说了算。票房大卖的导演就更不必提了。

邦茨摇摇头：“没有伊莱支持，我可不敢和洛伦佐谈。我要是找他，洛伦佐肯定告诉我有多远让我滚多远，这片子也拍不了。”

“而且他还理直气壮，”迪尔说，“他妈的，洛伦佐每次都要拿走额外的五百万，这已经成业界惯例了。冷静点，等会我们还要出席葬礼。”

但是邦茨又看到了另一张成本清单。“你的片子里，”他对迪尔说，“叫个中国菜的外卖要花五十万。谁能吃中国菜吃掉五十万，谁能？连我老婆都吃不了这么多。法国菜没准儿还说得过去，但是中国菜？中国外卖？”

斯基比·迪尔心念急转，鲍比这是抓到他的漏洞了。“是日本餐厅，要的是寿司。全世界的食物里就属寿司最贵了。”

邦茨顿时消停了，谁都抱怨寿司。一个对头电影公司的老板曾经带一个日本投资商去吃晚餐，去的是一家做寿司出名的餐厅，他后来向邦茨抱怨道："两个人吃了一千美元，就他妈吃了二十个鱼头。"邦茨当时诧异坏了。

"好吧，"邦茨对斯基比·迪尔说，"不过还是得省点儿花。下个片子里多找大学实习生。"实习生是免费劳动力。

在好莱坞，伊莱·马林的葬礼甚至比一线红星的葬礼更有报道价值。他德高望重，在电影公司的高层、制片人、经纪人、红演员、导演甚至是电影编剧中间，没谁不尊敬他，而且不少明星、导演和编剧还喜欢他。他能有这样的地位，因为他彬彬有礼、老谋深算，给电影行业解决了不少问题。而且他还是个公正讲理的人。

他晚年的时候变得清心寡欲，不在乎权力，对女明星也没有兴趣了。罗德斯通早已是业界巨擘，出品的经典巨制远胜其他公司，对真正用心做电影的人来说，没有什么比这更可贵的了。

美国总统派幕僚长致简短的悼词。虽然法国的文化部长一向与好莱坞电影针锋相对，但他还是来了。梵蒂冈派来了教皇的特使。这是一名年轻、俊朗的红衣主教，凭外表都可以接到片约了。从日本竟然还来了一批商务高管。荷兰、德国、意大利和瑞典诸多电影公司的最高层人物都为了缅怀伊莱·马林而亲临现场。

仪式开始。致悼词的先是一名当红男星，然后是位当红女星，接着是一位主流大制作的导演，甚至编剧宾尼·斯莱都为马林献上了哀思。幕僚长讲完后，为了使场面看上去不至于太假惺惺，电影界两名最伟大的滑稽演员讲了几个笑话，都是关于伊莱·马林的权力和商业嗅觉的。最后是伊莱的儿子凯文、女儿朵拉，以及鲍比·邦茨。

凯文·马林称颂伊莱·马林是一名慈父，不仅关爱自己的孩子，而且对罗德斯通的全体同侪都照顾有加。他是电影艺术的一代巨擘、一盏明灯。凯文还对前来吊唁的来宾说，他会继承他父亲的遗志，继续擎起这盏电影业的明灯。

伊莱·马林的女儿朵拉的悼词由宾尼·斯莱执笔。这篇讲稿文辞隽秀、震撼心灵，用幽默的口吻阐述了对伊莱·马林高尚德行和斐然成就的尊重。“我爱我的父亲，爱他超过其他一切人，”她说，“但我很庆幸，我从来不必跟他谈判。而今，我只要和鲍比·邦茨谈就行，这家伙可没我聪明。”

众人大笑。最后轮到鲍比·邦茨致辞，他暗恨朵拉拿他开玩笑，上台后说：“三十年来，我和伊莱·马林共同建起了罗德斯通，他是我生平仅见的最聪明、最善良的人。在他手下工作的这三十年，是我人生中最快乐的三十年。而从今以后，我会继续完成他的梦想。他信任我，让我在之后的五年内掌管公司，我不会让他失望。我不敢指望自己能做到伊莱那么好。他把梦想播洒给了全世界无数的人。他将财富和爱分享给了家人和美国的民众。他的确是块磁石。”

在场来宾都知道，这是鲍比·邦茨亲手执笔的悼词，因为他向全行业传达了一个重要信息：之后五年内，罗德斯通他说了算，他希望所有人能像尊敬伊莱·马林一样尊敬他。鲍比·邦茨不再是二把手了。他现在是第一把交椅。

葬礼后两天，邦茨把斯基比·迪尔叫到公司，升任他为罗德斯通的制作总监，也就是邦茨自己曾经的职位。而他现在则接替了马林的位子，做了董事长。他给迪尔提供的薪水很丰厚，迪尔可以从公司拍的每一部电影的票房里抽提成。少于三千万预算的片子，他都能自己决定。他甚至可以把自己的制片公司并入罗德斯通，但保持独立性，由他自己指派这家下属公司的负责人。

斯基比·迪尔对于这些优待很是吃惊，他分析了一下，认为这是邦茨的不安感作祟。邦茨深知自己在创意领域方面的弱势，指望迪尔能够帮他一把。

迪尔接受了这份工作，然后指定克劳迪娅·德·莱纳主管他的制片公司。因为她有创意、谙熟电影制作，还因为她很老实，不会瞒着他做小动作。他可以放心大胆地把事情交给她。有她在，他就有了一个得力助手。此外，他也喜欢她的陪伴和她的温和，这两点在电影制片这一行是宝贵的品质。他们早就不是床伴的关系了。

斯基比·迪尔整天想着他能变得多有钱。迪尔早就知道，即使是卖座明星，老了以后也有不少人生活变得拮据。迪尔已经很有钱了，但是他觉得富有程度排十个档次的话，他自己不过是在第一档罢了。当然，他下半辈子能活得奢侈富足，但他还买不起私家飞机，置不了五座豪宅，养不起情人。他也没钱做个烂赌棍，没法离五次婚，雇不起一百个仆人。甚至没钱给自己的电影投资。他也收藏不起太贵的艺术品，伊莱能为收藏莫奈或是毕加索的名作而伤脑筋，这种事他却做不了。不过从现在开始，说不定哪一天，他就能从第一档升级到第五档呢？要更有钱，他必须得工作得非常努力，同时也得动足脑筋，最重要的是，得摸透邦茨这个人。

邦茨陈述了他大胆的计划，显然他想要在权力的世界里站稳脚跟。

他要先跟梅洛·斯图尔特达成一笔交易，这样罗德斯通就能优先征用梅洛经纪公司里所有的红星。

“我来处理，”迪尔说，“我答应他，他最感兴趣的项目我一律放行。”

“我非常希望安提娜·阿奎坦内能出演我们的下一部片。”鲍比·邦茨说。

迪尔心里想：果然。邦茨执掌了罗德斯通的大权，就想着把安提娜拐上床。自己作为制作总监，也不是没有机会啊。

“我马上让克劳迪娅为她量身定做一部电影。”迪尔说。

“非常好，”邦茨说，“你记住，很多事情伊莱都想做而不能做，他太软弱了，而这些我一清二楚。我们得摆脱掉朵拉和凯文的公司。他们只会赔钱，我不想带着两个累赘。”

“这件事你还是慎重点，”迪尔说，“他们是公司的大股东。”

邦茨笑了。“没错，但伊莱让我在未来五年管理公司，所以，就由你出面否决他们所有的电影。最多一两年，他们就待不下去了，但他们只能埋怨你。伊莱就是这样做的，所有的坏事都是由我出面办的。”

“不大好办，”迪尔说，“这是他们俩的第二个家，他们就是在这儿长大的。”

“试试看，”邦茨说，“还有一件事，伊莱死之前那晚，他答应过厄内斯特·维尔，他写的小说改编的电影，都得按照毛利给他提成。伊莱之所以会同意，都是因为茱莉·弗兰德斯和克劳迪娅到伊莱的病床前逼他，真让人恶心。我已经给茱莉发了书面通知，不管从法律上还是道德上讲，我都没有义务履行这个承诺。”

迪尔仔细考虑了一下这个问题，说：“他绝不会自杀，可是万一他活不过五年，我们也要考虑一下这种情况。”

“不必，”邦茨说，“伊莱和我问过律师，律师说茉莉在法庭上站不住脚。就算给他点儿钱，也不能按毛利算。那是抽我们的血。”

“那么茉莉答复了吗？”迪尔问。

“答复了，律师函都是些陈词滥调，还能有什么新东西，”邦茨说，“我告诉她滚蛋。”

邦茨摘下电话，打给他的心理医生。多少年来，他的妻子一直催他去接受一下心理治疗，让他这个人多少变得可爱点。

邦茨通过电话说：“我就是确认一下我们约好下午四点，没错吧。对，下周我们聊聊你的剧本。”说完他挂了电话，对迪尔诡秘地笑了笑。

迪尔知道，邦茨和法莱内·方特要去公司在比弗利山庄里订的房间幽会。而他的心理医生很乐意为他打掩护，因为他写的剧本——《心理医生是连环杀手》——被公司买下了。好笑的是，邦茨买了本子，却觉得这东西一文不值；而迪尔看过剧本后却觉得，当作小制作来做的话这片子还是不错的。所以迪尔准备拍这部片，顺便卖了邦茨一个人情。

然后邦茨和迪尔聊了聊，为什么和法莱内厮混会那么开心。他们一致同意这是由于他们这类大人物就喜欢法莱内的孩子气。他们也觉得，和法莱内做爱真是太美妙了，她非常有趣，而且不对他们提要求。当然会有些暗示，但是她的确才华横溢，如果时机合适，的确是可以给她机会的。

邦茨说：“有件事让我担心，如果她成了个不大不小的明星，也许我们和她之间的快乐日子也就到头了。”

“没错，”迪尔说，“明星不都这样吗，不过管他呢，那时候她可以给我们赚很多钱。”

他俩又聊了聊制片和上映计划，《梅莎琳娜》在两个月内就能杀青。而且会成为圣诞档期的主打制作。维尔作品的一部续集已经在预热了，两周内就能上映。罗德斯通出品的这两部电影加在一起，算上录像带的话，在全世界能赚到十亿美元。邦茨能够拿两千万，迪尔大概也有五百万。那时候，鲍比就会被大众看作是天才，在接替马林的第一年就有这么好的业绩，大家也会承认他第一把交椅的地位了。

迪尔若有所思道：“《梅莎琳娜》调整之后的毛利，我们还得给克罗斯分出去百分之十五，想想真丢脸。我们干脆把钱连本带利还给他好了。他要是不满，就去告我们。明显他害怕上法庭。”

“他不会是黑手党吧？”邦茨问道。听到这话，迪尔觉得这家伙真是个彻头彻尾的胆小鬼。

“我了解克罗斯，”迪尔说，“他不是什么狠角色。要是他有那么危险，他妹妹克劳迪娅早告诉我了。只有茉莉·弗兰德斯我才担心一下。我们这可是同时在坑她的两个当事人啊。”

“好吧，”鲍比说，“耶稣基督啊，我们真是干得不错。在维尔身上省下两千万，大概在德·莱纳身上也能省个一千万。我们的奖金有着落了，我们都是大英雄了。”

“是啊，”迪尔说，他看了看表，“快四点了，你不去找法莱内吗？”

就在这个时候，鲍比·邦茨办公室的门被粗暴地推开了，茉莉·弗兰德斯站在门口。她穿着一套格斗用的训练服，裤子、外套，还有白色的丝绸衫，脚下还蹬着平底鞋。她俏丽的脸蛋因为愤怒涨得通红。眼里还噙着泪，但是她这个样子，却比她以往的扮相都要美。她的声音里带着点怨恨，也带着点欣喜。

“好了，你们这两个杂种，”她说，“厄内斯特·维尔死了。我已经申请了强制令，从现在开始你们不得发布他作品的新续集了。现在你们两个混蛋准备好坐下来谈谈交易了吧？”

厄内斯特·维尔知道，在自杀问题上他最大的障碍是如何避免暴力手段。他太胆小了，不敢使用时下流行的法子。枪太吓人了，刀和毒药又太直接，而且一点也不方便。把脑袋塞进煤气炉里，在车里被一氧化碳毒死，这些方法永远都不保证一定奏效。割腕会见血。不，他想迅速、彻底而又不用受罪的死亡，尸体要完整，死得要有尊严。

厄内斯特感到很骄傲。这是个理性的决定，这个决定对大家都好，只是罗德斯通会有点麻烦。这纯粹是个人经济利益和恢复自尊心的事。他能够重新掌控自己的生命，思及至此他不禁大笑。说明他的确没疯——他还保持着幽默感呢。

游泳出海溺水身亡实在是太“电影化”的桥段；冲到公交车面前被车撞又疼又不一定会死，而且这种死法太丢脸，简直跟流浪汉一样了。他突然想到一种安眠药，这种东西已经没多少人用了，因为它是栓剂，得塞进直肠。不过，这样死也太没尊严了，还不保证成功。

厄内斯特推翻了所有这些手段，继续寻找一种愉快彻底的死法。他越想越兴奋，甚至都不想死了。写遗书时越写越高兴，他要把所有的艺术天赋都用上，不能太自大，也不能抱怨。最重要的是，他要靠这份遗书让别人明白：他自杀是经过理性分析，而不是因为胆小怕事。

他从致第一任妻子的信开始写，他认为她是他唯一的真爱。第一句话他就试着写得客观、实际。

“见字请即联系我的律师茉莉·弗兰德斯。她有要事告知。谨此感谢你与孩子给我多年快乐生活。我并不希望你将我此番作为理解为对你的责备。我们分开之前已然互相厌烦。这绝非我情绪恶劣或龌龊思想之产物。我的行为完全合乎理性，我的律师会详加告知。告诉孩子我爱他们。”

写完后厄内斯特把便笺纸推到一边。这东西还得修改。他继续给第二任和第三任妻子写信，这两封信里的语气连他自己都觉得冷漠。信的大意是通知她们，她们可以得到一小部分他的遗产，感谢她们带给他的快乐，并安抚她们说绝不需要为他的行为负责。从这两封信看来，他写的时候似乎不存在爱意。所以给鲍比·邦茨的信更简单，就一句骂人的脏话。

之后他给茉莉·弗兰德斯留了信，写完“让那帮混蛋见识你的能耐吧”，让他心情变好了一点。

致克罗斯·德·莱纳的信中，他写道：“我做了应该做的事。”德·莱纳看不起他，这他早就感觉到了。

最后，在写信给克劳迪娅的时候，他终于敞开了心扉。“虽然我们甚至连恋人都不曾做过，但你给了我生命中最快乐的时光。你有没有感到同样快乐呢？为什么你所做的事情总是对的，我总是磕磕绊绊要出错呢？事到如今，把我对你写的东西做的评价都丢到一边吧，我对你作品的刻薄，不过是一个打铁匠一样的过气小说写手的嫉妒心作祟而已。谢谢你一直在出力帮我夺回我的分成，虽然最后没成功，但是你努力了，我爱你。”

他把这些写在黄色便笺上的信件都摞在一起，虽然这些信眼下看起来有点糟糕，但是他会修改的，修改总是写出好作品的关键所在。

不过写便笺这件事勾动了他的思维，他终于想到了自杀的完美方法了。

肯尼斯·卡尔多涅是好莱坞最棒的牙医，在这个小圈子里，他的名气像当红的明星一样众人皆知。他技术精湛，生活丰富多彩，为人勇敢。他憎恶那些书籍和电影，它们总是把牙医塑造成极端平庸的人。他总是尽一切努力推翻这种形象。

他衣冠楚楚，举止礼貌，他的牙科办公室装饰奢华，有一书架的英美顶级杂志，还有个稍小的书架，上面放着外语杂志，德语、意大利语、法语应有尽有，甚至还有俄语的。

在等待间的墙上挂着一流的现代艺术作品，而当你走进治疗室的路上可以看到，走廊处处装点着一些签名照，都是全好莱坞最杰出的名字。他们都找他看牙。

他为人开朗，谈吐幽默，隐约有点娘娘腔，让人看不透彻，弄不明白。他热爱女人，但他无论如何也不明白为什么有人可以为了女人而放弃一切。对他来说，做爱跟美食、美酒、美妙的音乐都是一样的。

肯尼斯唯一信仰的是牙医的艺术。在牙科领域，他就是个艺术家，他时刻紧跟技术上和美观上的发展。他拒绝在病人嘴里安装可拆卸的齿桥；他一再坚持用钢制植入片，这样能让假牙永久嵌进牙床。他曾经在牙科大会上做过讲座，在这方面是绝对的权威，还给摩纳哥王室成员看过牙。

肯尼斯·卡尔多涅的病人，不必半夜把假牙放进玻璃杯。只要坐在他精心配置的牙科用诊疗椅上，不管接受什么治疗，都不会感到一丝疼痛。他用药一向大手大脚，尤其是“甜香”，一种“笑气”和氧气的混合气体，病人带着橡胶面具把这种气体吸入肺部之后，就感受不到手术中的任何疼痛了。而且，患者还会进入一种半清醒状态，有一种飘飘欲仙的感觉，就像吸了鸦片。

厄内斯特和肯尼斯相识并成为朋友，是差不多二十多年前了，那时候厄内斯特才第一次来好莱坞。当时，有个制片人为了得到厄内斯特一本书的版权，对他大献殷勤。在这位制片人举办的晚宴上，厄内斯特被牙疼折磨得死去活来。制片人大半夜挂电话给肯尼斯，肯尼斯当即赶到了宴会现场，把厄内斯特带回诊所治疗坏牙。治疗完毕后，他又把厄内斯特送回酒店，并交代他次日去复诊。

后来厄内斯特评论此事时认为，那位制片人肯定和那位牙医关系匪浅，才能在大半夜打通他家里的电话。制片人却否认了，他解释说，肯尼斯·卡尔多涅秉性就是如此。对他来说，一个人患了牙病，就像快要溺死一样，他必须赶来救人。当然也有一部分原因是，卡尔多涅喜欢厄内斯特的作品，他把厄内斯特所有的书都读完了。

第二天，厄内斯特去了肯尼斯的办公室，一个劲儿地说着感激的话。肯尼斯举起手来，阻止了他的滔滔不绝，说：“你的书很有趣，算起来还是我欠你的呢。咱们讲讲钢制植入片的事情吧。”他说了很久，告诉厄内斯特称保护牙齿必须尽早开始。还说厄内斯特之后还会掉几颗牙齿，现在有了钢制植入片，他就用不着每天晚上把假牙放进玻璃杯里再灌上水了。

厄内斯特说：“我考虑考虑。”

“不行，”肯尼斯说，“质疑我的专业的病人，我可不治。”

厄内斯特大笑。“幸亏你不是个小说家，”他说，“好吧，那就装植入片。”

他们成了朋友。维尔每次来好莱坞，都会邀他共进晚餐。有时候，他会专程跑来洛杉矶，就是为了吸一口“甜香”。肯尼斯对厄内斯特的小说评价很是精辟，他对文学的理解，几乎赶得上他对牙科的理解了。

厄内斯特爱死甜香了。吸了甜香以后他再也感觉不到疼，而且在那种飘飘欲仙的状态中，他还想出过一些精彩的情节。之后的几年里，他和肯尼斯建立了深厚的友谊，他在牙根新装了一套钢片、换了整整一套牙，结实到足够陪着他一路进棺材了。

但是，厄内斯特对肯尼斯最主要的兴趣，是把他视作小说里的一个角色。厄内斯特相信，任何人都有反常怪异的一面。肯尼斯所暴露出来的怪癖，则是在性爱上的——只不过不是色情片里那种通常套路罢了。

在治疗前，他们通常会聊聊天，然后厄内斯特才会吸入甜香。

肯尼斯说，跟他关系最密切的女朋友，他“重要的另一半”，除了跟他之外，还跟她的狗做爱，一条大型的德国牧羊犬。

厄内斯特当时刚开始吸甜香。听到这话，他脱下橡胶面具不假思索地问：“你在和一个跟狗做爱的女人乱搞，你就不担心吗？”他指的是医学和心理的复杂状况。

肯尼斯没听懂言下之意，说：“我为什么要担心？狗可没法和我比。”

一开始厄内斯特觉得他在说笑。这时他才发现，肯尼斯是认真的。厄内斯特重新戴上面具，沉浸在笑气和氧气带来的梦幻状态里。他的意识活跃得一如既往，详尽地分析着他的牙医。

肯尼斯这样的人，完全不明白爱情是一种关乎心灵的活动。他认为愉悦才是最重要的，这就跟止痛措施是为了让人飘飘欲仙一个道理。沉溺享乐的时候必须控制肉体。

当天晚上他们一起吃了晚餐。肯尼斯或多或少地验证了厄内斯特的分析。“做爱就比笑气更好，”肯尼斯说，“不过就像笑气一样，必须混合百分之三十的氧气。”他朝厄内斯特狡黠一笑，“厄内斯特，你是真喜欢甜香，这我看得出来。我给你吸的是最大量，百分之七十的笑气，你竟然跟没事儿人似的。”

厄内斯特问：“这很危险吗？”

“危险倒不会，”肯尼斯说，“除非你把面罩连续扣在脸上好几天，就算这样问题也不大。当然，纯的笑气可以在十五至三十分钟内要你的命。其实，每个月我都会在办公室组织一次小型午夜聚会，参加聚会的‘美人’都是精挑细选出来的，都是我的病人，我有他们的血检报告，都是健康人。笑气能激起他们的欲望。吸气的时候你也感觉到性快感了吧，对不对？”

厄内斯特大笑：“刚才你一个助手走过的时候，我就想去捏捏她的屁股。”

肯尼斯诡秘一笑：“我确信她会原谅你的。不如你明晚来办公室吧？会很有意思的。”他看到厄内斯特的脸上浮现出一丝反感来，于是说道，“笑气不是可卡因，可卡因让女人完全失去理智了，而笑气只是让她们放松而已。来吧，就把这当成一个鸡尾酒会。你用不着非得做什么。”

厄内斯特恶毒地想，狗也来吗？然后接受了邀请。他对自己说，这只是为了小说做个研究而已。

他一点也没觉得这个聚会有什么意思，压根儿没有参与进去。说实话，与其说笑气激起了他的性欲，倒不如说笑气让他的精神得到了“升华”，仿佛这甜香是专门用来祭祀某个仁慈神祇的圣药。来参加聚会的客人们动物似的到处性交，这场面瞬间就让他明白了，肯尼斯不在乎他“重要的另一半”和德国牧羊犬做爱，完全是合情合理。这样的性交不包含一点人类情感，简直有点无聊。肯尼斯自己没有参与，他忙着控制释放笑气呢。

但现在，若干年后，厄内斯特知道他有自杀的办法了。这种死法就和无痛看牙一样。他不会有痛苦，不会让遗容有碍观瞻，也不会感到害怕。他会毫无遗憾地在一片飘飘欲仙之中直上云端，从此端的世界往生于彼岸的世界——说得通俗点，这种死法很快乐。

现在的问题是，怎么在半夜潜入肯尼斯的办公室，弄明白怎么操作笑气……

他和肯尼斯约了检查牙齿。肯尼斯在看他的X光片时，他告诉肯尼斯要在新小说里加入一名牙医角色，想知道应该如何操作释放甜香。

肯尼斯是一个天生的老师，他详细演示了怎么使用甜香罐上的开关，还强调了安全比例。

“但这不危险吗？”厄内斯特问，“你要是喝醉了搞错了呢？我会死的。”

“不可能，这东西会自动调节，所以永远可以保证氧气含量不低于百分之三十。”肯尼斯说。

厄内斯特犹豫了一会儿，装出一副难以启齿的样子：“你知道的，好几年前那个聚会，其实我挺喜欢的。现在我有个小女朋友，特漂亮，但是比较腼腆。我想你帮我个忙。能把你办公室的钥匙给我吗？我想带她来这儿一趟，甜香能让她放得开一点。”

肯尼斯仔细地看着X光片。“你这套牙齿简直棒极了，”他说，“我可真是个好牙医。”

厄内斯特问：“钥匙的事？”

“货真价实的大美女吗？”肯尼斯问，“告诉我是哪个晚上，我来控制甜香。”

“不行，不行，”厄内斯特说，“这是个正派的姑娘，你在旁边的话，她放不开，”他顿了顿，“她很老派的。”

“少扯淡。”肯尼斯说。他盯着厄内斯特的双眼，然后开口道，“等我一分钟。”他离开了治疗室。

回来的时候，他手里攥着钥匙。“去配一把一样的，”肯尼斯说，“让他们知道你是谁，然后把钥匙还给我。”

厄内斯特又惊又喜："我也没说现在就要。"

肯尼斯把X光片整理到一起码到一边，转身看着厄内斯特。他脸上的欢乐爽朗已经完全看不见踪影了，自从厄内斯特认识他以来，几乎没见过他这样凝重的表情。

"当警察在我的治疗椅上找到你的尸体时，"肯尼斯说，"我不想被牵连进去，我不想我的专业素养受到危害，也不想失去我其他的病人。警察会找到钥匙和配钥匙的商店，最终他们会觉得这是你自己的诡计。我猜，你肯定已经留了信了吧？"

厄内斯特惊住了，又觉得很羞愧。他没想过这样会伤害肯尼斯。肯尼斯看着他，嘴角带着些责备意味的微笑，同时也泛着伤感。厄内斯特接过钥匙，少见地动了感情。他犹豫不决地拥抱了肯尼斯。"看来你明白了，"他说，"不过，我的决定可是完全理性的。"

"我当然懂，"肯尼斯说，"我也想过如果我老了以后，或者日子过不下去的时候，"他开心地笑道，"什么都比不上一死了之。"他们都笑了。

"你真的知道我寻死的缘故吗？"厄内斯特问道。

"好莱坞的人都知道，"肯尼斯说，"在一场聚会上，有人问斯基比·迪尔，他是不是真打算拍那几部片子。他当时回答说，'除非地狱结冰，或者厄内斯特·维尔自杀，否则我拍定了'。"

"你不觉得我疯了吗？"厄内斯特说，"为了钱干这种事儿，而且这笔钱我还花不着了……"

"这有什么呢？"肯尼斯说，"比为了爱情自杀要聪明多了吧。就是操作起来有点麻烦，你得断开墙里面输送氧气的阀门。这能让自动分配不起作用，你就能把笑气的成分调到百分之七十以上了。等周五晚上清洁工走了之后你再来，这样的话你的尸体直到周一才会被发现。要不然，被人发现的话，你总有被救活的可能。当然，如果你吸百分百的纯笑气，三十分钟之内就死。”他又带着一丝悲哀笑了笑，“我在你牙齿上下的功夫都废了。真可惜。”

两天后的周六，厄内斯特很早就在比弗利山庄酒店房间醒来。太阳才刚刚升起。他洗了澡，刮了脸，穿上T恤和宽松的牛仔裤，外面套上一件棕褐色的亚麻夹克。房间里满地的衣服和报纸，但是也没必要整理了。

肯尼斯的办公室离酒店需要走半个小时，厄内斯特走出酒店，感受到了自由的味道。洛杉矶谁都不走路。他很饿，但是害怕如果吃东西的话，到时候笑气会让他吐得一塌糊涂。

办公室在一栋十六层楼建筑的十五层。大厅里只有一个保安，电梯里一个人都没有。厄内斯特用钥匙打开牙医诊所的大门，进门，回身锁好，然后把钥匙揣进夹克的口袋。房间里静谧一片，前台的窗子闪耀着清晨的日光，电脑则静静地藏在诡谲的阴影之中。

厄内斯特打开门，走进工作区。沿着走廊一路走去，走廊墙上大牌明星的照片都在向他致意。一共有六个治疗室，左手边三个，右手边三个。走廊尽头是肯尼斯的办公室和会议室，他们常常在那里聊天。肯尼斯的私人治疗室里配有特制水压牙科椅，供最有身份的病人使用。

那张椅子极尽奢华，垫子更厚、皮子更软。椅子旁的滑动桌上放着吸入甜香用的面具。控制台的阀门连在输气管上，装着笑气和氧气的罐子藏在墙里，两个控制旋钮都指向零点。

厄内斯特把旋钮调到一半笑气一半氧气，然后坐上椅子，戴上面具，放松身体。不管怎么说，这次肯尼斯不会用刀子切进他的牙床了。所有的疼痛和苦厄都离他而去，他的大脑在整个天地之间徜徉。他感觉棒极了，这时候还要想到死亡的话，真是荒唐。

下一部小说该怎么动笔的想法跃进了他的头脑，他想到了很多认识的人，没有谁是怀揣恶意的，这是他最爱笑气的一点。该死，他忘了修改绝笔信了，他意识到，不管他下笔时初衷多么良善、文辞有多考究，这些信都会伤人的心。

厄内斯特现在好像身处一个巨大的、航行中的彩色气球里。他飘荡在他所知的世界之上。他想到了伊莱·马林，追逐自己的命运、获得了巨大的权力，无情而睿智的手腕让世人敬畏。当时厄内斯特刚刚发表他的得意手笔，电影制作公司就买下了这部小说准备改编成电影，这部小说还让他获得了普利策奖。出版商为他举办了鸡尾酒会，而伊莱也出席了这次庆典。

伊莱伸出手说："你是个非常优秀的作家。"他参加酒会的消息传遍了好莱坞。而且伟大的伊莱·马林在大去之时又对他表示了最后的、绝对的尊重，他愿意按照毛利给他提成，尽管邦茨在马林死后对此拒不履行了。

其实邦茨也不是坏人，他这样不懈地追逐利益，都是源于他在那样一个名利场中的种种经历。说老实话，斯基比·迪尔才叫混蛋，因为迪尔凭借的是精明、魅力、禀赋的能量和与生俱来的背信弃义，可是个危险得多的人。

厄内斯特又想到，他为什么总是看不起好莱坞和电影，为什么总要嘲笑他们呢？这是嫉妒。电影是现在最受尊敬的艺术形式，而且他自己也喜欢好电影。但是他嫉妒摄制电影时剧组成员之间的联系。演员、剧组、导演、大明星，甚至是“西装男”——那些粗鲁不文的管理层，在拍摄期间都亲密无间像家人一样。虽然这个家庭不能天长地久，但至少能持续到电影杀青之前。他们相互赞美、亲吻、拥抱，彼此发誓一直相亲相爱。要是能拥有这种感觉该有多好。他记起来，当他和克劳迪娅第一次写剧本的时候，还一直以为这个大家庭会接纳他呢。

但是以他的性格、恶意的机智和总是浮上嘴角的讥笑，要怎么融进那个家庭呢？不过在甜美的笑气里，就连剖析自己也没那么犀利了。他有版权，他写过了不起的作品（厄内斯特真心爱自己的作品，这在小说界可不常见），他应该得到更多的尊重。

浸没在宽恕一切的笑气中，厄内斯特想通了，他其实不想死。钱没那么重要，也许邦茨会发发慈悲，又或者克劳迪娅和茉莉能想到别的法子。

他又想到了所受的那些羞辱。他的几任妻子没有一个真正爱过他。他一直就像个乞丐，却从没得到过爱情的施舍。他的书广受好评，但没有真正地引起轰动让他变得富有。有些评论家恶意诽谤，他还要假装一点都不在乎。毕竟，不能在批评家面前失态是作家基本素养，但这让他痛苦不堪。他的男性朋友偶尔也很欣赏他的聪明、坦率，但他们的交情止于普通朋友，连肯尼斯都算不上他的密友。他知道只有克劳迪娅是真的喜欢他，茉莉·弗兰德斯和肯尼斯只是同情他。

厄内斯特探起身子，关上了甜香的控制钮。过了几分钟他就清醒多了，然后去肯尼斯的办公室坐了下来。

清醒之后，他再度消沉。他回到肯尼斯的安乐椅上，看着太阳从比弗利山上升起。电影公司出尔反尔让他愤怒到无暇顾及任何别的事情。他讨厌新一天的黎明，至少在夜里，他还能早早吞下安眠药，然后能睡多久是多久……他恨自己竟然被这些他根本瞧不起的人羞辱了。他现在连读书也读不下去，阅读是永远不会背叛他的一种快乐。当然，他再也没法写作了。那些笔触优雅的散文，那么受人欢迎，现在看来都是无病呻吟，夸张做作而且自命不凡。他不再喜欢写这样的东西了。

很长一段时间里，他每天早上醒来时，都会对这新的一天满怀畏惧。他太疲劳，连澡也懒得洗，脸也懒得刮。而且他破产了。他的确赚过几百万美元，但他嗜赌、好色、酗酒，有时甚至直接把钱送给别人。直到现在他才发现钱有多么的重要。

两个月前，他已经付不起孩子和前妻的赡养费了。和大多数男人不同，厄内斯特付这笔钱时感到很快活。他已经五年没出版过一本书了，性子也变得越发难以亲近，就连自己都觉得讨厌。他成天抱怨自己命不好，自己就好像社会这张大脸里的烂牙。而这种想象只能让他更加沮丧。像他这样天赋异禀的作家怎么会沦落进这样狗血的肥皂剧情里呢？浓重的忧郁侵袭了他整个人，他浑身都瘫软了。

他起身走进治疗室。肯尼斯告诉过他如何操作。他拉出那根电线，电线顶端连着两个插头，一个供给氧气，另一个输送笑气。他只插上了一个插头——输送笑气的那个。他坐上牙科椅，伸出手旋转旋钮，那时候他想，肯定有办法能调整到最少百分之十的供氧，那样就不一定会死。他拿起面具，戴在脸上。

高纯度笑气让他感受到了片刻的狂喜，苦痛一扫而光，他进入梦幻般的世界里。笑气净化了他的大脑。他感受到了最后的、最纯粹的愉悦，那一刻他相信，世上存在上帝和天堂。

茉莉·弗兰德斯对着鲍比·邦茨和斯基比·迪尔大发雷霆，要是伊莱·马林还在世的话，她会小心得多。

“你们有一部厄内斯特作品的续集马上就要发行了，但是我申请的限制令不会允许你们上映的。现在这些财产都属于厄内斯特的遗产继承人。当然，你们也可以无视禁令强行上映，那我就起诉。要是我胜诉，那部电影和大部分收入都会算进厄内斯特的遗产。而且你们永远别想用他书中的角色再拍任何其他的电影。现在我们先不谈那些，也不谈法院上的事。我要求你们预付五百万、每部片子拿出一成毛利来。还有录像带的收入，我要你们给我一个真实有效的账户，存上录像带的分成。”

迪尔惊惧交加，邦茨则怒气冲冲。厄内斯特·维尔，一个编剧，要在一部片里拿走比大部分人都高的利润分成，都快赶上大明星了，简直岂有此理。

邦茨立即打电话给梅洛·斯图尔特和罗德斯通的首席法律顾问。不到半小时，他们就来到了会议室。梅洛必须到场，因为他负责这个系列电影的统筹，大明星、导演、编剧都要付给他佣金。这种情况是他损失几个点的利益的时候。

首席法律顾问说：“维尔先生第一次恐吓公司的时候，我们就研究过这个问题了。”

茱莉·弗兰德斯怒气冲冲地打断了他："你把他的自杀说成是恐吓？"

"除了恐吓还有勒索，"首席法律顾问不假思索道，"我们已经完全研究过这种情形下的法律条款，目前的情形比较复杂，但我还是建议公司上法庭，我们肯定赢。在这种特定情况下，财产的各项权利不会回到遗产继承人名下。"

"你凭什么保证？"茱莉问律师，"有百分之九十五的把握吗？"

"没有，"法律顾问说，"法律里没有那么准的事。"

茱莉听了后感到心情愉悦。如果能胜诉，她靠着这个案子里挣的钱就可以直接退休享福了。她起身准备离开，说："你们都得完蛋，我们法庭见。"

邦茨和迪尔吓得一句话也说不出来。邦茨真心诚意地希望伊莱·马林还活着。

还是梅洛·斯图尔特站起来挡住了茱莉，他带着乞求，亲切地拥抱了茱莉。"嘿，"他说，"我们不是正在商量吗，大家都文明点吧。"

他把茱莉请回了座位，注意到她眼里带着泪。"我们可以做笔交易，我可以放弃一部分利益。"

茱莉平静地对邦茨说："你想冒险失去一切吗？你的顾问能保证你必然胜诉吗？他当然做不到。你他妈到底是商人还是烂赌棍？你为了省下两千万，最多四千万，想用十亿来冒险吗？"

他们商定，预付给厄内斯特的遗产四百万，还有将要上映的那部电影百分之八的毛利。如果要出其他的续集，每一部都会支付给他两百万和百分之十调整后的毛利润。厄内斯特三任前妻和孩子现在是有钱人了。

茱莉临走时说："别说我不留情面，等克罗斯发现他被耍了，你们等着瞧他会怎么做。"

茱莉凯旋而归，她还记得有一夜她是怎么把厄内斯特带回家的。当晚她喝得醉醺醺的，无比空虚，而厄内斯特机智诙谐，让她觉得和他过一晚可能会很有意思。然后他们就去了她家，在路上她酒就醒了，到家后她把他带进了卧室，却绝望了。厄内斯特平淡无奇、在性事上还放不开，像个居家的男人一样，笨手笨脚，张口结舌。

但茱莉是个有教养的人，箭在弦上了总不能撵他出去。于是她又把自己灌醉，两人上了床。说真的，一片黑暗中，没差到哪儿去。厄内斯特十分享受，而她也因而心情大好，早上还为他把早餐端到了床上。

他对她狡黠地笑了笑。"谢谢你，"他说，"再次谢谢你。"她以为他这是完全明白她昨夜的感受才说出的话，以为他感谢的不仅仅是早餐，还有昨晚上施舍给他的美妙体验。她一直很遗憾，自己这个演员要是客串得再好点就好了。不过无所谓，反正她是律师不是演员。而且这一次，她已经为厄内斯特·维尔演了一出戏——得到回报的爱。

大卫·雷德菲洛博士在罗马参加一场重要会议时，接到了唐·克莱里库齐奥的召唤。当时他正在向意大利总理报告一项新的银行法规，大力制裁贪腐的银行官员——他自然是反对这项提案的。于是他立即中断了发言，飞往美国。

流亡意大利的二十五年来，大卫·雷德菲洛的事业发展到了他做梦也不敢想的高度。刚开始，唐·克莱里库齐奥帮助他在罗马买下一家小银行。他拿出从毒品生意上赚来的钱和瑞士银行里的存款，买下更多银行和电视台。不过，都是靠着唐·克莱里库齐奥在意大利的朋友的点拨和帮助，他才建立了他的帝国，除了银行，他们帮他拿下了不少杂志、报纸和电视台。

但是大卫·雷德菲洛也很满意自己的表现。他改头换面，拿到意大利公民身份，娶了意大利籍的妻子，生了意大利籍的孩子，养了典型的意大利情妇，还从意大利大学拿到一个尊贵的博士学位（花费两百万）。他穿阿玛尼的西服，每周花一小时打理发型，在咖啡吧（他收购的）里有一群男性的密友；他还踏入政界，向内阁和总理建言。虽然位高权重，但是他每年都会去一次科沃格见他的导师——唐·克莱里库齐奥，完成他的期望。所以这次特殊的召唤让他很是警惕。

科沃格家中的晚餐已经准备好了，他到了之后当即开宴。萝塞·玛丽耶使出了浑身解数，因为雷德菲洛一直是罗马餐馆的忠实拥趸。克莱里库齐奥全家——唐的儿子乔治、佩蒂耶和文森特，他的外孙丹特，还有皮皮和克罗斯·德·莱纳——都聚集在这里欢迎他。

这是个致英雄的欢迎会。大卫·雷德菲洛——大学辍学的毒枭，离经叛道的狂野年轻人——如今摇身一变，成了社会的中流砥柱。他们不仅为他感到骄傲，唐·克莱里库齐奥甚至觉得他欠雷德菲洛的。因为正是雷德菲洛给他上了一堂道德课。

有件事让唐·克莱里库齐奥十分感伤，他曾经认为法律是不可能被毒品腐蚀的，而大卫·雷德菲洛扭转了这一点。

1960年，大卫·雷德菲洛还是个二十岁的大学生。那时他刚开始贩毒，不是为了赚钱，只是为了让他和朋友能买到便宜的毒品。他只卖可卡因和大麻。一年的时间里，他们的生意已经发展到可以买下一架飞机专门从墨西哥和南美边境进货。他们自然要面对法律的制裁，这时候大卫才真正地显露出他的天才之处。贩毒的六人团队赚了很多钱，大卫·雷德菲洛慷慨解囊买通各方渠道，很快，他的行贿名单上就有了治安官、地方检察官、法官和美国东海岸成百上千的警察。

他常说这很简单。去搞清楚这些人的年薪，按五倍的数额开价就行了。

但是后来，哥伦比亚的贩毒团伙出现了，他们比旧西部片里的印第安人还要凶狠，对付敌人，他们不仅仅是扒掉头皮，连整个脑袋都要切掉。雷德菲洛死了四个合伙人，于是雷德菲洛寻求了克莱里库齐奥家族的庇护，代价是百分之五十的收益。

佩蒂耶·克莱里库齐奥带着一批布朗克斯的手下做他的保镖。1965年，唐把雷德菲洛送到了意大利。毒品行业实在太危险了。

如今，大家再次共聚晚餐，都称赞唐多年前的英明决定。丹特和克罗斯是第一次听说雷德菲洛的故事。雷德菲洛是个讲故事的好手，他大加赞赏佩蒂耶。“真是个战士啊，”他说，“要不是他，我活不到去西西里的那天。”他转向丹特和克罗斯说：“那是你俩受洗的那天，我还记得他们差点把你们在圣水里淹死，但是你们一点不怕。我做梦也想不到有朝一日，竟然能和你们一起共事，你们都长大了。”

唐·克莱里库齐奥干巴巴地说：“他们和你不一样，你只跟我，还有乔治一起共事。需要帮助的话，就找皮皮·德·莱纳。我已经决定了，上次我们谈的生意要继续。乔治给你解释原因。”

乔治把最新的进展告诉大卫，伊莱·马林死了，鲍比·邦茨上位后夺走了克罗斯在《梅莎琳娜》中所有的分成，只是把投进去的钱连本带利还了回来。

雷德菲洛很喜欢这个故事。“这人很聪明。他料定你不会告他，就拿你的钱。真会做生意。”

丹特正在喝咖啡，闻言恶狠狠地瞟了一眼雷德菲洛。萝塞·玛丽耶就坐在他身边，这时把手搭在了他的胳膊上。

“你觉得这很好笑吗？”丹特对雷德菲洛说。

雷德菲洛打量了丹特一会儿。他板起脸说：“因为我知道，这种事情玩手段就大错特错了。”

唐看着这场交锋，似乎被逗乐了。他很少这样不稳重，但是只要这种情绪一出现，他的儿子们就能注意到，而且很喜欢。

“那么，外孙，”他对丹特说，“你打算怎么办？”

“让他去死。”丹特说道。唐朝他笑了笑。

“那你呢，克罗奇菲西奥？你怎么解决？”唐问。

“我只能接受，”克罗斯说，“然后吸取教训。我以为他们没这个胆子，所以中了他们的算计。”

“佩蒂耶和文森特呢？”唐问。

但他们拒绝回答，他们知道这是唐玩的老把戏。

“你不能认栽，”唐对克罗斯说，“这样的话，大家都把你当傻子看，全世界的人谁也不会尊重你了。”

克罗斯认真地听了唐说的话。“伊莱·马林买的画还在他房子里，差不多值两千到四千万。把这些弄来，要赎金。”

“不行，”唐说，“那你就暴露了，底牌就泄了。而且不管怎么小心，都有危险。太复杂。大卫，你怎么做？”

大卫若有所思地吐出一口雪茄，说：“买下电影公司。做一次文明像样的生意。靠我们的银行和关系，买下罗德斯通。”

克罗斯不太相信。“罗德斯通是全球最老、最有钱的电影公司。就算你可以拿出一百亿，他们也不肯卖的。这是不可能的。”

佩蒂耶开玩笑道：“大卫，我的老伙计，你能搞到一百亿元吗？你的小命还是我救下的呢，你不是还说过，这辈子都还不清欠我的债吗？”

雷德菲洛不理他的玩笑。“你不懂大宗资金是怎么运转的，那就像生奶油一样，拿一点小钱，然后用债券、贷款和股票把这笔钱搅得越来越蓬松。钱不是问题。”

克罗斯说道：“问题是怎么让邦茨出局，他控制着公司，不管他能犯什么错，他一直奉行马林的遗愿。他绝不会同意卖掉公司的。”

“我去和他谈谈。”佩蒂耶说。

唐作了决定。他对雷德菲洛说：“按你的计划来吧。放手做。但是要小心。皮皮和克罗斯归你指挥。”

“还有一件事，”乔治对雷德菲洛说，“按照伊莱·马林的遗愿，鲍比·邦茨管理电影公司五年。但是马林的儿子和女儿在公司里所持有的股份比邦茨要多。邦茨不会被炒，但如果电影公司出售，要打发掉他还得再花一笔钱。这事儿你也得解决了。”

大卫·雷德菲洛微笑着吐出一口雪茄：“跟那个时候一样。我只需要你——唐·克莱里库齐奥的帮助就够了。意大利有一部分银行也许不愿冒这种险赌一把。要知道，我们花的钱肯定会大于电影公司真正的价值。”

“别担心，”唐说，“我在那些银行里有很多钱。”

皮皮·德·莱纳警惕留意着周围。这次会面有太多人在场，按道理，应该只有唐、乔治和大卫·雷德菲洛在场。皮皮和克罗斯本应该在其他场合受命去协助雷德菲洛。为什么他们要被卷进这个秘密里面来呢？更重要的是，为什么丹特、佩蒂耶和文森特也在？这一切不像是他所认识的唐·克莱里库齐奥的所作所为，他所知道的唐一向是尽可能地把计划内容隐藏起来。

文森特和萝塞·玛丽耶扶唐上楼睡觉。他坚决不同意在楼梯上装升降椅。

等到他俩离开后，丹特嬉皮笑脸地问乔治：“我们买下电影公司后，谁来管理？克罗斯吗？”

大卫·雷德菲洛淡淡地插了话：“我持有，我经营。有你祖父一笔收入。这些都写入法律文件。”

乔治表示认同。

克罗斯笑道：“丹特，我们俩谁也不适合经营电影公司。我们还没冷血到那个程度啊。”

皮皮看着他们所有人。他对危险一直都很敏感，这也是他能活那么久的原因。但是这次他也弄不明白，也许只是因为唐老了吧。

佩蒂耶载着雷德菲洛去肯尼迪机场，他的私人飞机停在那里。克罗斯和皮皮包了一架飞机从拉斯维加斯飞过来。唐·克莱里库齐奥严禁桃源酒店或他名下任何产业买飞机。

克罗斯开着租来的车去机场。途中，皮皮对克罗斯说：“我要在纽约市待一段时间。等到了机场，把车给我。”

克罗斯看着紧张的父亲。“我表现得不好。”他说。

“你还好，”皮皮说，“但唐说的没错，你不能让任何人一而再地占你便宜。”

他们抵达肯尼迪机场的时候，克罗斯下车，皮皮从副驾驶钻到了驾驶位。车窗摇下来，他们握了握手。皮皮抬头看着他儿子英俊的脸庞，满是欣慰。他轻柔地拍了拍克罗斯，试图挤出一个微笑，说：“要小心。”

“小心什么？”克罗斯问，他深色的眼睛寻找他父亲的目光。

“所有的东西。”皮皮说，然后，说了一句让克罗斯震惊的话，“也许我该让你跟着你的妈妈，但是我太自私了，我想把你留在身边。”

克罗斯看着他的父亲开车离开，第一次意识到他父亲有多么在乎他，多么爱他。

第十五章

皮皮·德·莱纳决定结婚了，这件事连他自己都不敢相信，不是为了爱情，而是为了找人做伴。的确，他有克罗斯，有桃源酒店的好友，有克莱里库齐奥家族和一大堆关系复杂的亲戚；他还有三个情妇，胃口也不错；他喜欢打高尔夫，让别人十杆都稳赢不输；他还喜欢跳舞。唐就曾评价，他可以一路跳到棺材里。

所以，在五十七八岁的年纪里，这个身体硬朗、性情乐观、有钱的半退休老人想要稳定的家庭生活了，也许还能再生几个孩子呢？他越想越觉得心驰神往。他竟然想再当一次父亲了。抚养女儿长大肯定充满乐趣，当克劳迪娅还是个孩子的时候，他深爱着她，但是如今他们连话都不说了。她从小就狡黠调皮，但同时又有坦率真诚的一面，如今她已经在世界上闯荡成一个成功的电影编剧。而且世事难料，也许有朝一日他们会和好呢。在某些方面，她和他一样固执，所以他能理解她，并尊重她选择的道路，因为那是她自己的信仰。

克罗斯在电影行业下的赌注输了，但是对他来说，此路不通也总有其他路能走通。他还有桃源酒店的产权，而且唐会帮他拿回这场豪赌里赔掉的部分。他是个好孩子，但还年轻，年轻人必须得承担风险。人生不就是这样嘛。

把克罗斯送到机场后，皮皮开车去纽约市，他准备找东海岸的情人待两天。她是个有着深色头发的美女法律秘书，有着纽约式的机智，舞跳得也好。她说话刻薄、喜欢花钱，肯定会是一个烧钱的太太。不过这些不是真正的问题。她已经过了四十五岁，不再年轻了。而且她也太独立，做情人是很妙，但是不是皮皮想要的那种太太。

虽然她周日有半天时间都在读《时代周刊》，但他们还是共度了一个愉快的周末。他们在最好的餐厅吃了饭，又去夜店跳舞，然后在她的公寓待了一晚。但是皮皮想要更加平静的夫妻生活。

皮皮飞去芝加哥，他在那儿也有个情人，她的性感很衬这座喧嚣的城市。她喜欢酒和疯狂的聚会，她随遇而安而且相当有趣。但她有点懒，太过于邋遢。皮皮喜欢干净的家。真要组建家庭的话，她也太老了。她说自己最少也有四十岁。但是那又如何呢，他还真要和一个年轻女人过日子吗？在芝加哥待了两天，皮皮把她也划出了名单。

皮皮没把握说服她们任何一个定居拉斯维加斯。她们都是生活在大城市的女人，皮皮心里知道拉斯维加斯不过是个乡下小镇，唯一的区别只是用赌场换了牛棚。但是除了拉斯维加斯，皮皮不可能住在别的地方。这是因为拉斯维加斯是个不夜城。城市在夜晚熠熠生辉，电流驱走了所有的幽魂。好似沙漠中的玫瑰红宝石；而到黎明再现，炙热的天球又会烧尽昨夜幸免于霓虹灯的幽灵。

他最看好的是洛杉矶情人，皮皮对自己这种按照地区清晰安排情人的做法很是高兴。她们绝不会意外撞见，他也不用费心在她们之间做出抉择。她们都是他的情妇，但互不冲突。回首往事，他对自己的人生很满意。大胆而谨慎，勇敢但不莽撞，忠诚于家族也受到家族的奖励。他唯一的错误就是娶了娜莱内那样的女人，不过即便如此，娜莱内在那十一年中也给予了他独一无二的快乐。还有谁敢扬言这辈子只犯了一个错呢？唐挂在嘴边的那句话怎么说来着，人可以犯很多错，但绝不能犯要命的错。

他决定直接去洛杉矶，不在拉斯维加斯停留。他给米歇尔打了电话，说他已经在路上，而且拒绝她来接机。“准备一下，在家等我就行。”他告诉她，“我很想你，还有很重要的话要对你说。”

米歇尔够年轻，只有三十二岁，她更温柔，更愿意奉献，也没那么神经质，也许这都是因为她生长在加利福尼亚的缘故。她的床上功夫也不错，这不是说别人就不好，但这是皮皮选择妻子一条主要的考量标准。她没有棱角，不会让人烦心。可她有个怪癖，相信新纪元的胡说八道，什么通灵、灵魂沟通，总是谈论她前几辈子都干了什么。不过她也算是很有趣。和很多加利福尼亚美女一样，她也曾梦想过做个女演员，但是后来也就不做梦了。她现在把全副身心都投入到瑜伽和通灵里，锻炼身体、跑步、去健身房。而且她还经常夸奖皮皮的言行。当然，他的情人们都不知道他真正的职业，以为他是拉斯维加斯酒店联盟的行政主管。

是的，和米歇尔在一起，他可以住回拉斯维加斯，他们可以在洛杉矶买下一间公寓，在拉斯维加斯待腻了就坐四十分钟飞机去洛杉矶待两个星期。为了让她有事可做，也许他还可以给她买下一间礼品店来。这些都是可以实现的，不过，万一她拒绝他怎么办？

有些事从记忆深处浮现出来，娜莱内在孩子们还小的时候，给他们读《金发姑娘和三只熊》，他不就是故事里金发姑娘的翻版吗？纽约的女人太强硬，芝加哥的女人太软弱，而洛杉矶的女人则刚刚好。他觉得这个想法很有意思。当然，现实生活中没有什么东西是“刚刚好”的。

他在洛杉矶下了飞机，大口呼吸着加利福尼亚的芬芳空气，连烟雾都没注意。他先租了辆车，去罗迪欧道，他喜欢给他的女人们带点小礼物作为惊喜，并很享受逛街的乐趣，当然街边必须得是高级店铺，店里卖的也必须得是价钱昂贵的商品。他在古驰专柜买了一块奢华的腕表；在芬迪专柜买了一款女包，尽管他觉得这包很难看；还有爱马仕的围巾和一些香水，装在看上去像雕刻品的瓶子里。他买下一盒昂贵的女用内衣的时候，每个细胞都带着欣喜，他向年轻的金发服务员打趣说这是他打算自用的。那女孩儿瞥了他一眼说：“好吧……”

回到车上时，身上已经少了三千美元，他开车去了圣莫妮卡，礼物放在客座，都用古驰颜色艳丽的购物袋装着。路过布伦特伍德时，他在布伦特伍德大超市停了车，这是他最喜欢的地方。他喜欢这里开放的广场，一圈都是食品店和露天餐桌，可以在桌上享用食物和冷饮。飞机餐不好吃，他饿了。米歇尔在节食，冰箱里从来都不会有食物。

他在一家店里买了两份烤鸡、十二块烤排、四根配料十足的热狗，在另一家店买了新鲜出炉的白面包和黑麦面包，在一家露天摊位买了一大杯可乐。然后他坐在一张露天餐桌旁边，享受这最后一刻的独居生活。他吃了两根热狗、半份烤鸡、一些薯条，觉得自己好像从来没吃过这么好吃的东西。坐在加利福尼亚傍晚金色的斜阳里，甜美芬芳的气息拭过他的脸庞。他不想离开，但米歇尔已经在等了。她肯定已经洗了澡、喷了香水，还小酌了几杯，他一出现就会被立即拉到床上，连刷牙的时间都没有。在他们缠绵之前，他要求婚。

装着食物的购物袋上写着几则关于食物的寓言，带着知识的购物袋正适合商场里有知识的客人。他把购物袋放上车，只顺便瞟了上面的第一行："水果是人类最早消费的产品。在伊甸园……"瞎说八道，皮皮想。

他驱车前往圣莫妮卡市，停在米歇尔的公寓前。这是几幢西班牙风格的双层连体小别墅。他步出车门的时候，自然而然地把两个购物袋拎在左手，空出右手来。出于习惯，他四处看了看街面。景致很好，没有停着的车，西班牙风格的建筑略带几分宗教性的温厚，有宽敞的便道。人行道的边缘隐藏在花草中，枝繁叶茂的树木挡住了落日的余晖。

皮皮得走过一段长长的甬道，甬道两边是刷成绿色的木质栅栏，栅栏上缀着玫瑰。米歇尔的公寓就在后面，是圣莫妮卡老城区的一处遗迹，还保留着田园风格。建筑群似乎是老旧的木头所造，每一个独立游泳池边上都放着几把白色的长椅。

皮皮突然听见甬道外边有汽车发动机"嗡嗡"的空转声。他顿时警惕起来，他向来都很警觉。同一时刻，他看见一个男人从长椅上站起身。他诧异万分，不假思索道："你他妈怎么跑这儿来了？"

那个男人并没有要跟他握手的意思，皮皮恍然大悟了。他知道要发生什么。那么多信息全涌现在他脑海里，让他完全来不及反应。他看见对方掏出了枪——看上去小巧无害，他看见杀手的脸上神情紧张。他第一次明白了死于他手的人们脸上的表情，他第一次明白了那种生命行将终结的极度震惊，他也明白这次是在劫难逃，报应来了。他心里甚至还闪过一个念头，杀手的计划有瑕疵，要是换成他，就不会这么干。

他竭尽全力，知道这次必然无幸。他丢下购物袋向前猛冲，同时伸手拔枪。杀手也向他冲来，皮皮也全力扑过去。皮皮身中六发子弹，向后弹起，又狠狠地摔进绿色栅栏边上的一丛鲜花里。他闻到花朵的芬芳，抬头，看着伫立在跟前的杀手道："你这桑塔迪奥家的狗。"最后一发子弹打穿了他的脑壳。皮皮·德·莱纳死了。

第十六章

皮皮·德·莱纳死的那天早上，克罗斯驱车到马里布，和安提娜前往圣地亚哥去见她的女儿贝萨妮。

护士给贝萨妮换好了可以出门的装束。克罗斯可以看得出她对母亲印象模糊，而且在她这个年纪来说，长得算高了。她还是面无表情，双眼无神，身体慵懒。她的五官似乎尚未成型，好像被溶解了一部分，就像一块用过的肥皂。她依然穿着红色塑料围裙，这围裙是用来防止涂画时把颜料染到衣服上的。她今天一大早就在墙上涂画。她好像没看见他们，对母亲的拥抱和吻，也只是避开身子扭开脸地退缩。

安提娜仿佛浑然不觉，甚至抱得更用力了。

今天要去森林繁茂的河边野餐。安提娜装了一个午餐篮。

短暂的途中，贝萨妮坐在他俩中间，安提娜坐驾驶位。安提娜不停地帮贝萨妮梳理头发，抚摸她的脸庞，而贝萨妮却笔直盯着前方。

克罗斯想，今天结束后，他和安提娜要回到马里布做爱。他正在遐想她赤裸的躯体躺在床上，而他趴在她的身上。

突然贝萨妮开口说话了，对他说的。她之前可从没认出过他。她用呆滞的绿眼睛盯着他。“你是谁？”

安提娜作了回答，声音自然，好像贝萨妮开口问话是世界上最自然不过的事情一样。她说：“他叫克罗斯，是我最好的朋友。”贝萨妮似乎听而不闻，又回到自己的世界去了。

安提娜把车停在离湖几码远的树林里。湖面闪耀着粼粼波光，好似一大块绿色布料中间的一小粒蓝宝石。克罗斯把午餐篮拎到野餐的地点，安提娜在草地上铺开一块红色的桌布，把午餐篮里的食物一一放在桌布上。她把崭新的绿色餐巾和餐具也取了出来。桌布上绣着的各种乐器吸引了贝萨妮的注意。接着，安提娜排开一大堆不同种类的三明治，几份用玻璃碗装的土豆沙拉和水果薄片。然后是一碟香甜的奶油蛋糕和一盘炸鸡。她好似一个想要迎合客户口味的大厨，精心准备好这一切，因为贝萨妮喜爱食物。

克罗斯从车后备厢拿出一箱汽水。午餐篮里有玻璃杯，他为他们斟满饮料。安提娜把她的杯子递给贝萨妮，但贝萨妮却拍开她的手，然后看着克罗斯。

克罗斯望着她的眼睛。她板着的脸像是一张面具，但她的眼神警惕起来。就仿佛她跌入某个隐秘的洞穴里，仿佛快要窒息却无法呼救，仿佛浑身起了水泡因而谁也碰不得。

野餐的时候，安提娜不停说话，极力想把贝萨妮逗笑。克罗斯惊异于她的娴熟，假装的愤怒和无聊，好像她孩子的自闭症行为完全理所当然，她把贝萨妮当作闲聊的对象，但是贝萨妮却从不应声。这是一出感人的独角戏，她自导自演，为了消减自己的痛楚。

最后是甜点时间，安提娜取出一块奶油蛋糕，端给贝萨妮，贝萨妮不要。她给克罗斯也取了一块，克罗斯摇摇头。他现在很紧张，因为虽然贝萨妮吃得不少，但显然她很生妈妈的气。他知道，安提娜一定也感觉到了。

安提娜咬了一口蛋糕，兴高采烈地呼喊这东西如何美味。又取出两块放在贝萨妮面前，这女孩喜欢甜食。贝萨妮把它们拿出桌布放到草地上。仅仅几分钟，点心上就爬满了虫子。然后贝萨妮把这两块糕点取回来，往自己嘴里放了一块，把另一块递给克罗斯。克罗斯毫不犹豫地把蛋糕塞进嘴里。他感觉整个上颚和牙龈两侧有点痒痒的，连忙猛灌了几口汽水，好把这些虫子冲进肚子里。然后贝萨妮看向安提娜。

安提娜若有所思地蹙起了眉头，好像一个女演员，正面对一场很难表演的戏。很快，她笑了起来，笑得很有感染力，拍着手说道："很好吃吧。"她再取出一块蛋糕，但贝萨妮和克罗斯都不要。安提娜随手把点心一丢，用餐巾帮贝萨妮擦了嘴，然后也给克罗斯擦了擦，看上去自得其乐。

回医院的途中，她用对贝萨妮说话的语调向克罗斯说话，仿佛他也是个自闭症。贝萨妮注意着她，然后扭头端详着克罗斯。

他们在医院放下了孩子。有那么一会儿，贝萨妮牵着克罗斯的手。"你很美。"她说，但当克罗斯打算吻她的脸颊告别时，她却扭开头跑了。

开车回马里布时，安提娜高兴地说："她回应你了，这是个好现象。"

"因为我很美。"克罗斯干巴巴地说。

“才不是因为这个，”安提娜说，“是因为你能吃虫子。我也很美，至少不会输给你，但她讨厌我……”她笑得很开心，如往常一样，她的美丽让克罗斯心旌摇荡。

“她觉得你和她一样，”安提娜说，“也有自闭症。”

克罗斯笑了，他喜欢这个想法。“她也许是对的，”他说，“也许你应该把我和她都送进医院。”

“不行，”安提娜笑道，“那我渴望你的肉体的时候就没办法了，而且拍完《梅莎琳娜》之后，我要带她出院。”

他们到了马里布的住处后，克罗斯和她一起进门。他们打算共度良宵。这时候他突然理解了安提娜：她表现得越活泼，心里越痛苦。

“要是你不开心，我可以回拉斯维加斯的。”他说。

现在她终于露出难受的样子了，克罗斯想知道他什么时候最爱她，是当她生气勃勃的时候，当她严肃认真的时候，还是她闷闷不乐的时候。她美丽的面容不断变化，似乎有种魔力，克罗斯自己的情绪也随她一起变化。

她深情地对他说：“你今天过得不好，你会得到补偿的。”声音带着一丝戏谑，但他知道，这是她对自己美丽的戏谑，她知道她的魔法都是假的。

“我今天过得挺不赖。”克罗斯说，而且事实的确如此。今天他感受到的快乐，他们三个在湖边大片的树林里的时光，让他回想起他的童年。

“你喜欢蛋糕上的蚂蚁……”安提娜难过地说。

“味道还行，”克罗斯说，“贝萨妮会好起来吗？”

“我不知道，但我会继续寻找治疗方法，直到找到为止。”安提娜说，“拍完《梅莎琳娜》后，我有个很长的假期。我打算和贝萨妮飞去法国，巴黎有个名医，我想带她再去做个评估。”

“要是医生说没希望呢？”克罗斯说。

“那我就不相信，这无所谓，”安提娜说，“反正我爱她。我会照顾她。”

“永远照顾她吗？”克罗斯问。

“是的，”安提娜说，然后她拍手，绿色的眼睛闪烁着，“现在呢，我们应该给自己也找找乐子了。我们上楼、洗澡，然后上床。我要把你榨干净，然后给你做个夜宵补补。”

克罗斯觉得自己就像回到了小时候，妈妈准备好早餐，和好友做游戏，和爸爸出门打猎，然后全家一起吃晚餐，克劳迪娅、娜莱内和皮皮。饭后打打牌。真是无忧无虑的生活。在黄昏，他和安提娜做爱前，在凉台看着太阳渐渐消失到太平洋之下，天幕映成奇妙的红色和粉色，她温暖的躯体和丝绸般的皮肤。她美丽的脸庞和让人渴望轻吻的嘴唇。他微笑着把她领上楼。

卧室的电话此时响起，安提娜比克罗斯快一步接起电话。她捂住话筒惊声道：“是找你的，一个叫乔治的男人。”他从没在她家接过电话。

肯定是出了麻烦，克罗斯想，然后做了他认为自己不可能做的事情——他摇了摇头。

安提娜对着电话说：“他不在这儿……好，他来了以后我会让他回电给你。”她挂断电话后问，“乔治是谁？”

“一个亲戚。”克罗斯说，他对自己的所作所为感到震惊，而这样做的原因竟然是他不想放弃和安提娜度过一晚。这是重罪。他还想知道，乔治是怎么知道他在这儿，他有什么事。肯定有要紧的事，他觉得，但是不管什么事都能等明早再说。没什么事比和安提娜做几个小时爱更让他心驰神往的了。

这是他们一整天，一整周都在等待的时刻。他们脱光了衣服，虽然还没洗澡，但他忍不住抱住她，他们身子上还带着野餐时的汗水。接着，她牵起他的手走到喷头下。

他们用橘黄色的浴巾擦干彼此的身体，又用这大浴巾把两个人的肉体紧紧裹在一起，站在凉台上，看着太阳渐渐滑到地平线以下，他们回到屋子里，躺在床上。

克罗斯和她做爱时，大脑中的所有细胞以及身体似乎都飞了出去，他仿佛陷入了狂喜的梦境。他是由喜悦构成的幽灵，进入她的躯体。他失去了平时的谨慎和理智，甚至不去看她是否在敷衍他，是不是真爱他。这快乐似乎永不消退，直到他俩枕在彼此手臂上进入梦乡。醒来的时候他们还紧紧抱在一起，月光洒落在他们身上，似乎比日光更加明亮。安提娜吻了吻他说："你真的喜欢贝萨妮吗？"

"真的，"克罗斯说，"她是你的一部分。"

"你觉得她能好起来吗？"安提娜问，"你觉得我能帮她吗？"

那一刻，克罗斯愿意放弃生命来治好那个女孩。他急切地想牺牲自己成全自己爱的女人，很多男人都有过这种感觉，现在轮到他了。

"我们可以一起努力。"克罗斯说。

“不，”安提娜说，“这事儿我只能自己做。”

他们又睡着了，电话再响的时候已经是第二天清早，在初晨的薄雾中，安提娜接起电话，听了一会儿后对克罗斯说：“是门卫打来的，他说有一辆车载着四个人，想进门见你。”

克罗斯感到一阵恐惧，他接过电话对门卫说：“让他们中间一个人接电话。”

电话里传来文森特的声音。“克罗斯，佩蒂耶和我在一起，我们有个非常糟糕的消息要告诉你。”

“好，让门卫接电话。”克罗斯说，之后他对门卫说，“放他们进来。”

他完全忘了昨天乔治的电话。都是爱情的错，他有点儿看不起自己，这样下去，一年我也活不过。

他迅速穿上衣裤跑下楼，车正好在屋前停下，太阳依旧半露着脸，阳光从地平线上洒出来。

文森特和佩蒂耶从长轿车后座钻出来。克罗斯看得见前座的司机和另一个男人。佩蒂耶和文森特沿着长长的花园走道来到门前，克罗斯为他们打开门。

突然安提娜站到他身边，罩着便裤和套衫，里面什么也没穿。佩蒂耶和文森特的目光看到她就挪不开了。她从来没有这么美过。

安提娜把他们都带进厨房，开始冲咖啡，克罗斯向安提娜介绍这都是他表叔。

“你们怎么来的？”克罗斯问，“昨天晚上你们还在纽约。”

“乔治给我们包了一架飞机。”佩蒂耶说。

安提娜一边做咖啡，一边观察他们。这些人没有流露出一丝情绪。他们看上去像是兄弟，两个都是大人物，只是文森特脸色像花岗岩一样苍白，而佩蒂耶略瘦的脸颊由于日晒或是饮酒的缘故，显得红彤彤的。

“什么坏消息？”克罗斯说。他期待听见唐死了，萝塞·玛丽耶疯了或是丹特做了什么蠢事给家族带来危机。

文森特用一贯简练的口吻说：“我们得单独告诉你。”

安提娜给他们倒上咖啡。“我的坏消息你都知道，”她对克罗斯说，“我也要听听你的。”

“我要和他们离开一会儿。”克罗斯说。

“别想随便打发我，”安提娜说，“也别想着溜。”

这时候文森特和佩蒂耶有了反应。文森特花岗岩般的脸窘得通红。佩蒂耶则对安提娜意味深长地一笑，好像要她注意一些。克罗斯看到这里，笑道：“好吧，那我们一起听。”

佩蒂耶试着尽量减轻打击。“你父亲出了点事。”他说。

文森特粗鲁地打断道：“皮皮被一个黑人抢劫犯用枪给打死了。那个抢劫的也死了，在逃跑时被一个叫洛西的警察开枪射杀。他们要你去洛杉矶认尸，然后做一些笔录。老爷子希望把他葬在科沃格。”

克罗斯感觉喘不过气来，他摇晃了一下，仿佛在昏暗的风中颤抖，然后他感到安提娜用双手握住了他的手臂。

“什么时候的事？”克罗斯问。

“昨晚八点，”佩蒂耶说，“乔治给你打了电话。”

克罗斯想，当我做爱的时候，爸爸躺在停尸房里。他对自己那时的软弱感到异常鄙夷，还有无尽的羞耻。“我得走了。”他对安提娜说。

她凝视他沉痛的脸庞，她从没见过他这个样子。

“我很抱歉，”她说，“给我打电话。”

在轿车后座，克罗斯听到前座的那两个人向他吊唁。他认出来，他们是家族在布朗克斯的手下。随着他们驶出马里布住宅小区的大门，驶上海岸公路，克罗斯观察到车辆的行动有些迟缓，他们的车已经做了防弹保护。

五天后，皮皮·德·莱纳的葬礼在科沃格举办。唐的宅邸里拓了一片私家墓地，主楼里还辟有一间私人礼拜堂，皮皮葬在西尔维奥边上，以显示唐的敬意。

只有克莱里库齐奥家族的人和布朗克斯最出色的手下出席了葬礼。应克罗斯的要求，利亚·瓦齐从内华达山脉里的猎场赶来。萝塞·玛丽耶不在场。听到皮皮的死讯后，她又发作了一场，被送去精神病院了。

但是克劳迪娅·德·莱纳来了。她飞来安慰克罗斯，并和爸爸永诀。她感到，在皮皮生前她没有做的事，必须在他身后补上。她想要和爸爸恢复父女关系，让克莱里库齐奥家族的人知道，他不仅是他们家族的一员，也同时是她的爸爸。

克莱里库齐奥主楼前的草坪上放着一个巨大的花圈，尺寸和大广告牌差不多，草坪上摆着自助餐桌，侍应生穿梭其中，一个临时搭建的吧台里，酒保侍奉来客。这是全家哀悼的一天，不讨论任何家族生意。

克劳迪娅哭得很伤心，因为多年来她没能和爸爸在一起，但是克罗斯则带着庄重平静的神情接受人们的吊唁，没有显示出一点悲伤。

第二天，克罗斯站在桃源酒店套房的凉台上，俯瞰着霓虹灯里五光十色的长街。即使隔得这么远，他也能听见街上传来的音乐，还有寻觅赌场的赌徒叫叫嚷嚷。不过这已经足够安静，能让他分析过去一个月发生了什么，仔细想想他爸爸的死。

克罗斯不相信皮皮·德·莱纳会被一个随便的抢劫犯给杀了。这样一个中选者不可能落得这么个下场。

他把所听到的消息重新梳理了一遍。爸爸被一个叫休·马罗威的黑人抢劫犯杀死，该犯二十三岁，有贩毒前科。马罗威在逃离作案现场时被吉姆·洛西探员击毙，探员正在一宗毒品案里追缉马罗威。马罗威用枪指着洛西，因而被洛西枪杀，干净利落的一枪，从鼻梁上穿入。洛西调查时发现皮皮·德·莱纳的尸体，当即打电话通知丹特·克莱里库齐奥。那时他还没把事情上报给警察呢。即使他是家族行贿名单上的一员，还是说不通。他为什么要做这种事呢？真是绝大的讽刺——皮皮·德·莱纳，最出色的中选者，三十年来克莱里库齐奥首屈一指的铁锤，竟然被一个手段拙劣的贩毒强盗杀了。

但另一方面，为什么唐要派文森特和佩蒂耶用防弹车来接他，保护他直到葬礼呢？为什么唐要这么如临大敌？在葬礼上他问过唐。但唐只是说在事情水落石出之前，多准备一点比较明智。他做的全套调查似乎说明所有事情都是真的。一个小偷犯了个错，造就一起荒诞的悲剧，但另一方面，唐说过，绝大多数悲剧都是荒诞的。

毫无疑问，唐的哀伤是真的。他一直把皮皮视若己出，对他偏爱有加，还对克罗斯说过：“你要做到你爸爸在家族那样的地位才行啊。”

但是现在克罗斯站在凉台上俯视着拉斯维加斯，思索着最核心的问题。唐从不相信巧合，而这桩事情正是因巧合而生。吉姆·洛西探员在家族的行贿名单上，只是洛杉矶千千万万探员和警察中的一员，但偏偏是他撞见了凶杀。这里面有什么猫腻？且不论这个，更为重要的是，唐·多梅尼科·克莱里库齐奥清楚地知道，一个街头混混绝不可能走到离皮皮·德·莱纳这么近的距离。而且哪个抢劫犯会在逃跑前打出六发子弹？唐绝不可能相信这种事。

所以问题出现了。克莱里库齐奥是不是认定他们最出色的手下已经对他们造成威胁呢？是出于什么原因？他们否认皮皮的忠心和热忱、否认他们对皮皮的感情了吗？不对，他们是无辜的。最有力的证据就是，克罗斯还活着。如果是他们杀了皮皮，唐绝不会让自己活下来。但是克罗斯知道，他肯定处于危险之中。

克罗斯想他是真的爱爸爸。皮皮生前感到很伤心的是克劳迪娅拒绝和他说话。然而她却来了葬礼，为什么？是不是她想起在家庭分崩离析之前，他对她们俩有多么好呢？

他想起那天他选择和爸爸走，因为他意识到以爸爸的性情，如果娜莱内把两个孩子全带走，他真会杀了她。他走上前牵起爸爸的手，并非出于爱，而是因为克劳迪娅眼神里的恐惧。

克罗斯一直觉得爸爸是他在这个世界的保护神，一直觉得爸爸是刀枪不入，给予死亡，而非被人杀死。而现在，他需要自己来对抗敌人了，这敌人甚至可能是克莱里库齐奥家族的人。毕竟，他很富有，坐拥价值五亿的桃源，他的命很值钱。

这让他想到了他人生的方向。他想要达成什么目标呢？像爸爸那样老去，冒着各种风险到头来还是死于他人之手吗？的确，皮皮享受有权力和金钱的生活，但对于如今的克罗斯而言，这似乎是空虚的人生。爸爸从不知道，爱上像安提娜这样的女人，所能感受到的甜蜜滋味。

他才三十六岁，可以过新的生活，他想到安提娜，他明天会去看她工作，这还是第一次呢，观察她表演出来的生活和她脸上所有的假面具。皮皮会多么喜爱她啊，他喜爱所有的美女。不过另一方面，他想到维吉尼奥·巴拉佐的妻子，皮皮就很喜爱她，和她同桌吃饭，拥抱，共舞，和她的丈夫打室外保龄球，然后设计杀了他们夫妻俩。

他叹了口气，起身走回套房。天破晓了，如同剧院巨大的幕布一样悬在长街上的霓虹，被晨曦蒙上了一层薄雾。他可以看见所有赌场大酒店的旗帜：沙湾酒店、凯撒、弗拉明戈、沙漠旅店、还有生意兴隆的海市蜃楼大酒店。桃源酒店比他们规模都大。他看着桃源酒店上飘扬的旗帜。他生活在怎样的梦境中啊，而现在，这梦将醒了。格罗内韦尔特死了，爸爸也被杀了。

回到房间里后他拿起电话，拨给利亚·瓦齐，邀他上楼共进早餐。他们在科沃格的葬礼结束后，同路回到拉斯维加斯。然后他点了他俩的早餐。他记得利亚爱吃薄烤饼，虽然在美国待了那么多年，他还是没法接受这种饼。保安把瓦齐带来的时候，正巧早餐也送到了。他们在套房的厨房里用餐。

“你是怎么想的？”克罗斯问利亚。

“我早说，”利亚说，“我们该杀了这个洛西探员。”

“也就是说，你不信他那些话？”克罗斯问。

利亚把薄烤饼切成一条条的，“那就是胡扯，”他说，“像你父亲这样的中选者，绝不会让一个流氓离他那么近。”

“可唐信了，”克罗斯说，“他调查过。”

利亚伸手拿了一支哈瓦那雪茄，满上一杯白兰地，这都是克罗斯特地给他准备的。“我绝不会否定唐·克莱里库齐奥，”他说，“但是让我杀了洛西来确认一下。”

“要是给他撑腰的是克莱里库齐奥呢？”克罗斯问。

“唐是个正派的人，”利亚说，“从很久以前就是。而且，如果是他杀了皮皮，绝不会留你一命。他知道，你肯定会为父亲报仇，而他向来谨慎。”

“但如果这一切都是真的，”克罗斯说，“你会选择对付谁呢？是我，还是克莱里库齐奥？”

“我没得选，”利亚说，“我以前和你父亲走得太近，现在也和你太亲近。你死了，我也没命。”

克罗斯第一次和利亚一起，在早餐的时候喝了白兰地。“也许只是一场荒诞的巧合吧。”他说。

“不可能，”利亚说，“肯定是洛西干的。”

“但他没有动机，”克罗斯说，“我们得把事情弄得水落石出。去组织个小队，六个人，要最忠心于你的人，不要布朗克斯的人。准备就绪后听我指示。”

利亚的表情异乎寻常的严肃。“请原谅我，”他说，“此前我从没质疑过你的命令，但在这件事上，制订全盘计划的话，请跟我商量着来。”

“好，”克罗斯说，“下周末我打算飞去法国待两天。那时候你就尽全力调查洛西。”

利亚朝克罗斯微笑道：“你要和你的未婚妻一起去吗？”

克罗斯被他的礼貌逗乐了：“是的，还有她的女儿。”

“脑子缺了四分之一的那个？”利亚问。他无意冒犯。这是一则意大利俗谚，也指聪明但健忘的人。

“是的，”克罗斯说，“那儿有个医生可能帮得上她。”

“太棒了，”利亚说，“祝你一切顺利。这个女人，她知道家族的事情吗？”

“但愿她不知道。”克罗斯说，然后他俩都笑了。克罗斯则纳闷利亚怎么对他的私生活了解那么多。

第十七章

克罗斯第一次去片场探安提娜班，看她装出虚假的情绪、假装成另外一个人。

在罗德斯通的片场，克劳迪娅的办公室，他和克劳迪娅会合，一起去见安提娜。办公室里还有两个女人，克劳迪娅为他们彼此作了引见。“这是我哥哥克罗斯，这位是导演迪塔·汤美，还有法莱内·方特，她今天要出镜。”

汤美打量着他，觉得凭他的俊美可以进军电影业，可惜一副冷漠的样子，没有激情。他要是上了台，会像块冰冷的石头那样死气沉沉。她顿时没了兴致。“我要走了。”她摇摇头，又说，“对你父亲的事儿，请节哀。顺便说一句，欢迎你来片场参观。虽然你也是制片人之一，但克劳迪娅和安提娜都向我担保说，你肯定不会乱来。”

克罗斯开始注意到另一个女人——法莱内。她好似一块黑巧克力，脸上时常挂着偏执傲慢的神色，而衣服则衬出姣好的身材，显得比起汤美随意得多。

“我不知道，克劳迪娅竟有这么个英俊的哥哥。我还听说你很有钱。如果你想找人陪你吃晚餐，就打我电话。”法莱内说。

“我会的。”克罗斯说，他不惊异会收到邀请。桃源酒店有大把舞蹈演员甚至舞女，跟法莱内一样直接。这是个本性轻浮的女孩，她知道自己有多漂亮，不想因为社会规则就让看着顺眼的男人溜走。

克劳迪娅说：“我们刚给法莱内加了几个镜头。迪塔觉得她挺有才华，我也这么看。”

法莱内向克罗斯投去灿烂的笑容，“是的，以前我得对着镜头扭六次屁股，现在我得扭十次啦。我要对梅莎琳娜皇后说，‘全罗马的女人都爱您，全罗马的女人都期盼您的凯旋’。”她顿了一分钟又说，“我听说你也是这个电影的制片人，你可以说服他们让我在电影里扭二十下屁股吗？”

虽然她活力四射，但是克罗斯感觉到她尽力隐藏着什么。

“我就是个出钱的，”克罗斯说，“谁都有要扭屁股的时候。”他带着纯真迷人的微笑道，“无论如何，祝你好运。”

法莱内探过身子吻了他的脸颊。他能闻到她身上的香味，浓郁而性感。然后又感受到她礼貌的拥抱，为他的美好祝愿。之后她站直身子说：“我得对你和克劳迪娅说件事儿，可你们一定得保密。我可不想惹上麻烦，尤其是现在。”

克劳迪娅坐在电脑桌前，皱起眉头没有回应。克罗斯退开一步，他可不喜欢惊喜。

法莱内注意到这些反应，声音有点支吾。“对你父亲的事，先请节哀，”她说，“但是有些事我得告诉你。那个嫌犯马罗威，他是我从小玩到大的伙伴，我很了解他。外界传说是那个吉姆·洛西探员射杀了所谓的嫌犯马罗威。但我知道，马罗威从没带过枪。他怕枪怕得要死。他是个小毒贩，但他还会演奏黑管呢，他就是个可爱的胆小鬼。吉姆·洛西和他的伙伴——菲尔·沙尔基，也曾带着他四处转悠指认毒贩。他很怕坐牢，还是警方的线人。但他突然就成了抢劫犯和杀人犯。我了解马罗威，他绝不会伤害任何人。”

克劳迪娅一言不发，法莱内向她挥了挥手，然后步出门外，却又转了回来。“别忘了，这是我们之间的秘密。”

“事情过去就过去了，”克罗斯做出最让人安心的笑容，“况且，你说这些也改变不了什么了。”

“我只是不想憋在心里，”法莱内说，“马罗威真是个挺不错的人。”说完她就离开了。

“你怎么看？”克劳迪娅对克罗斯说，“到底是怎么回事？”

克罗斯耸肩道：“瘾君子从不按常理出牌。他需要钱，就抢，结果运气不好，死了。”

“我猜也是，”克劳迪娅说，“法莱内心肠好，什么都信。不过这可真是讽刺，爸爸竟然落得这么个下场。”

克罗斯板着脸盯着她：“谁都有不走运的时候。”

下午剩下的时间，克罗斯在片场观看拍摄。有这么一场戏，主角赤手空拳干掉了三个全副武装的敌人。这把他惹毛了。是英雄就不应该让自己陷入这么绝望的局面。这种事只能证明这家伙太蠢，根本不配当英雄。之后他看安提娜出演爱情场面和争吵场面。他有点失望，她似乎没怎么演，其他演员都比她出彩。克罗斯没经验，他不懂安提娜的表现会在电影中被更有力地展示出来，摄影机会为她完成这项魔术。

而且他没发现安提娜有真情流露。她只有短短几个镜头，而且两场之间的间隔也很长。你完全找不到看大银幕时那种来电的感觉。在镜头前，安提娜甚至看上去都不那么美了。

那夜他们在马里布的时候，他什么也没说。但他们做完爱，她烹制夜宵的时候却说：“我今天表现得不怎么样，是吗？”她向他投去一笑，狡黠得像只小猫，这笑容常让他惊艳。“我可不想在你面前表现得太好，”她说，“我知道你会站在那儿，指望把我看透呢。”

他笑了，每次知道她理解他，他都很开心。“不，没那么糟，”他说，“周五你飞法国的时候，我能一起去吗？”

从安提娜的眼神里，他看出她的吃惊。她的表情没什么变化，她总是能控制自己。她想了想道：“那真是帮了大忙啦，而且我们还能一起游览巴黎哪。”

“那我们周一回来吗？”克罗斯问。

“回来，”安提娜说，“我周二早上还得出镜，没几周就杀青了。”

“那之后呢？”克罗斯问。

“之后我就退休，照看女儿，”安提娜说，“况且，我也不想再把她藏起来了。”

“巴黎的医生说了算吗？”克罗斯问。

“谁说了也不算，”安提娜说，“在这件事上，谁也做不了主。但他的话会挺有分量。”

周五晚上他们坐上专机飞往巴黎。安提娜戴着假发，化上妆掩饰自己的美貌，看上去平平无奇。她穿着宽松的衣服，完全显不出身材，活脱脱一个家庭主妇。克罗斯惊讶不已，她甚至连走路姿势都不一样了。

飞机上贝萨妮惊喜于可以俯瞰地球，满飞机乱逛，在每一面舷窗前向外张望。她似乎又有点害怕窗外的景色，向来呆滞的表情几乎和正常人差不多了。

他们下机后，到了乔治-曼德尔大道上的一家小酒店。他们定了一间双卧室套房，克罗斯住一间，安提娜和贝萨妮住另一间，起居室在两间卧室之间。他们早上十点抵达旅馆；安提娜脱下假发，卸下妆容，换了衣服。她可不能忍受自己在巴黎还那么丑。

他们三人中午抵达医生办公室，一栋小别墅矗立在庭院里，庭院四周围着一圈铁栅栏。门卫在大门前核对过他们的姓名后，就把他们放了进去。

女仆在门前候着他们，领他们来到一间巨大的起居室里，房间里堆了好多陈设，医生正在这里等着他们。

奥塞尔·热拉尔德医生身材魁伟，穿着裁剪美观的褐色细纹西服、白衬衫、配上一条深褐色的丝织领带，浑身上下打理得一丝不苟。他有一张圆脸，要是蓄些胡须来掩盖宽大的下巴就好了。他的嘴唇很厚，是深红色的。他向安提娜和克罗斯介绍了自己，却没有理会孩子。安提娜和克罗斯顿时对这位医生大为不满。他不像是个适合从事这种敏感职业的医生。

桌上放着茶和糕点。一位女仆走进屋，侍立在旁。两位年轻的女护士也走了进来，她俩穿着职业套装——白色护士帽以及乳白色的上衣和裙子。用餐时间，两位护士热情地盯着贝萨妮。

热拉尔德医生对安提娜朗声道：“女士，感谢您愿意慷慨解囊资助我们自闭症儿童医学院。您要求评估要完全保密，所以我将评估地点放在了我的私人中心。现在请详细地告诉我，您对我有什么要求。”他操着浑厚的男低音，富有磁性的声音吸引了贝萨妮的注意，她紧紧盯着他，但他毫不理会。

安提娜显得不怎么放心，她真是不喜欢这个男人。“我想要你做个评估。如果可能的话，我希望她能过上正常人的生活，为此我愿意付出一切。我要你把她收入机构，还愿意住在法国，在她上课的时候帮点忙。”

她带着几分沮丧和希冀说着，极力自制的样子很是迷人，两位护士近乎崇拜地凝视着她。克罗斯意识到，她正使出所有表演技巧以说服医生接纳贝萨妮入院。他看见她伸出手臂，爱怜地搂住贝萨妮的手。

热拉尔德医生却无动于衷。他并不瞧贝萨妮，而是直接对安提娜说：“别自欺欺人啦，您的爱帮不上这个孩子。我检查过她的病例，毫无疑问，她是自闭症。她不会回馈您的爱。她的世界里没有我们，甚至连动物都没有。她在另一个星球，完全孤独地生活着呢。”

他继续道：“这不是您的错，而且我相信，也不是她父亲的错。这是人类身上一种神秘的精神疾病。我所能做的，就是帮她做个更详尽的测试。之后我会告诉您机构可以做什么以及不可以做什么。要是我无能为力，您必须带她回家。要是我们帮得上忙，您就把她交给我，让她在法国调理五年。”

他对一名护士用法语说了几句，护士出门拿了一本厚厚的书回来，书里有著名画作的照片。她把这本书递给贝萨妮，但是书太大了，她的膝盖上放不下。热拉尔德医生第一次向她说话了。他用的是法语。她听后立即把书放在桌上，开始翻书。很快就看书里那些图片入了迷。

医生似乎挺不安。“我无意冒犯，”他说，“但这也是为了您女儿好。我知道德·莱纳先生不是您的丈夫，但他会不会是孩子的父亲呢？如果是这样的话，我想让他也做一下检查。”

安提娜说：“女儿出生的时候我还不认识他呢。”

“好吧，”医生耸肩道，“这种事总有可能嘛。”

克罗斯笑道：“也许大夫在我身上也发现了一些症状吧。”

医生点头露出亲切的微笑，这时候他厚实通红的嘴唇皱了起来，说：“您是有症状。我们都有。谁知道呢？或多或少罢了，我们所有人都可能是自闭症。我现在要去给孩子做详尽的评估，再做些测试。这至少要花四个小时呢，不如两位逛逛我们可爱的巴黎吧。德·莱纳先生，这是您第一次来巴黎吗？”

“是的。”克罗斯说。

安提娜说：“我想陪着女儿。”

“如您所愿，女士，”他说完后对克罗斯说，“好好享受您的旅程吧。我个人讨厌巴黎。如果城市会得自闭症的话，巴黎就是一例。”

克罗斯叫了辆出租车回到酒店房间。安提娜不在身边，他没有游览巴黎的兴致。而且，他来巴黎就想散散心，理清思路把事情想想明白。

他回想法莱内对他说的话，记起来洛西是一个人来的马里布，而探员一般是两人一起行动。在离开巴黎之前，他已经安排瓦齐对这一点展开调查了。

四点钟，克罗斯回到医生那里。他们已经在等他了。贝萨妮聚精会神地读着画集，安提娜则脸色苍白，这是克罗斯所知她唯一演不出来的神色。贝萨妮一边看书还一边抓糕点大嚼，医生把那碟饼拿开，用法语说了几句。贝萨妮没有反抗。然后一名护士走进来，带她去了游戏室。

“原谅我，”医生对克罗斯说，“但我必须问您几个问题。”

“请说。”克罗斯说。

医生从座位上站起来，在房间里踱步。“我会把对女士说的也告诉您。”医生说，“自闭症患者身上不可能出现奇迹，绝对没有。长时间训练的话，病人可能会有长足的进步，但这种情况不多。而这位小姐的话，即便有进步恐怕也很有限。她必须去尼斯，在我的机构里至少调理上五年。我们在那儿有老师，他们可以竭尽每一种可能性。那时候我们就能知道，她到底能不能过基本正常的生活，或是只能在医院待一辈子。”

听到这里，安提娜开始哭泣，用一块蓝色小丝帕擦了擦眼睛，克罗斯能闻到丝帕的香味。

医生不带感情地看着她。“女士已经同意了，她会加入机构，成为一名教师……就是这样。”

他坐到克罗斯正对面。“有些很好的迹象，她有绘画的天赋。虽然不会逃跑，但却能实实在在地感觉到警惕。我说法语的时候，她虽然听不懂，但很感兴趣，还能凭直觉感知我的意思。这是个很好的迹象。还有一点：今天下午孩子显示出一点想念您的迹象，她对另一个人能有感觉，意味着她对其他人也可以有感觉。这可少见得很，但也可以作出并非不可思议的解释。当我和她探讨这个问题的时候，她说您很美。现在请一定不要生气，德·莱纳先生。我想问您一个问题，这个问题只是出于治疗上的考虑，而非质问您。您是否以某种方式激起了这女孩的性欲呢，也许只是无意的？”

克罗斯先是惊呆了，然后爆发出一阵大笑：“我不知道她竟然对我有反应，而且我没有做过任何可以让她有反应的事。”

安提娜的脸气得通红。“荒唐，”她说，“他都没和她单独待过。”

医生继续道：“那您是否爱抚过她呢？我不是指揽住她的手，或是拍拍头发，甚至是亲脸颊也不算。这女孩的身体已经成熟了，她可能仅仅只是身体反应。而且，被这样的纯真少女所诱惑的男人很多，就算您是如此，也并非是第一个。”

“也许是因为她知道我和她母亲的关系呢。”克罗斯说。

“她不在乎她母亲，”医生说，“请原谅我，女士，但这件事您得承认，她不在乎自己的母亲，也不在乎她母亲的美貌和声望。这些对她来说根本不存在。而您不一样。她将自我延伸到了您身上。想一想。也许是哪次无意识的柔情表露呢。”

克罗斯冷冷地看着他。“要是有，我会告诉你的。我也希望这孩子好。”

“那您喜欢这个女孩吗？”医生问。

克罗斯想了想，说：“喜欢。”

热拉尔德医生靠回座位，双手相扣。“我相信您，”他说，“这样的话希望就大得多了。如果她能回应您，那么接受帮助后，她也能回应其他人。有朝一日，她也许能接纳她的母亲，而这对您来说就够了，我说得对吗，女士？”

“啊，克罗斯，”安提娜说，“我希望你没生气。”

“没关系，真的。”克罗斯说。

热拉尔德医生仔细地看着他。“您没有被冒犯吧？”他说，“听到这些，大多数男性都会非常生气。一名病人的父亲还动手打我。但您并不生气，请告诉我原因。”

他没法儿向这个男人解释，甚至对安提娜也无法解释，贝萨妮在拥抱机里那一幕对他的影响有多大。他想到了蒂芙尼和所有歌舞团里和他做过爱的舞女，不过在她们那儿，他只感觉到了空虚；而后他又想到了爸爸，乃至克莱里库齐奥全家人，他们让他感到的也只有孤独和失望；最后还有他亲手伤害过的人，他们像是他噩梦的受害者一样。

克罗斯直视医生的眼睛。“也许因为我也是自闭症。”他说，“又或者，因为我有更可怕的罪行要掩饰吧。”

医生靠在椅背上满意地说：“啊，”他顿了顿，第一次笑逐颜开，“您要检查一下吗？”他们两个都笑了。

“现在，女士，”热拉尔德医生说，“我知道，您明早要赶飞机回美国。不如现在把女儿留在这里吧。我的护士们都很出色，而且我能向您保证，女孩儿不会想念您的。”

“但我会想她，”安提娜说，“今晚我能带走她吗，明早我再送她回来？我们有包机，所以我随时都可以走。”

“当然可以，”医生说，“明早您把她带来，我会让护士送她去尼斯。您有机构的电话号码，随时可以找我。”

他们起身离开，安提娜猛地在医生脸上亲了一口。医生脸红了，虽然长得丑怪，但他并不是对她的美貌和名声没有感觉。

安提娜、贝萨妮和克罗斯当天剩下的时间都在游览巴黎的大街小巷，安提娜为贝萨妮买了新衣服，可以装满整整一柜子。她还买了画具和大提箱，箱子是用来装这些新东西的。他们把所有东西都送去了旅馆。

他们在香榭丽舍大街的一家饭店用晚餐。贝萨妮吃得狼吞虎咽，尤其爱吃糕点。她一整天都没说一个字，也没有回应过安提娜的慈爱举动。

克罗斯从没见过像安提娜对贝萨妮这样的爱。除了小时候看见母亲娜莱内为克劳迪娅梳头。

晚餐时间，安提娜抓住贝萨妮的手，掠去她脸上的食物残渣，解释说她会在一个月内回到法国，之后五年会在学校陪她。

贝萨妮没听。

安提娜激动地告诉贝萨妮她们可以一起学习法语，一起去博物馆，看所有伟大的画作，贝萨妮可以随心所欲地画画，想画多久都行。她描述她们能怎么玩遍整个欧洲，去西班牙，去意大利，去德国。

然后贝萨妮开口说了今天第一句话："我想要我的拥抱机。"

如往常一样，克罗斯被一种圣洁感触动了。这个美丽的女孩就好像一张绝美的自画像，但是没有画家的灵魂在里面，仿佛是具留给上帝的躯壳。

他们走回酒店的时候已经入夜了，贝萨妮走在他俩之间，他们吊着她的手让她悬在空中，这一次她接受了，事实上还挺高兴，于是他们就这么吊着她走回酒店。

这一刻克罗斯又感受到了野餐时那种快乐。而这种快乐仅仅在于他们三个人心连心，手牵手。突然，他对自己的多愁善感十分不解，又有点害怕。

最后他们回到酒店，贝萨妮上床睡觉后，安提娜回到套房的起居室，克罗斯正在这儿等着她。他们并肩坐在淡紫色的沙发上，手拉着手。

“巴黎恋人，”安提娜向他微笑道，“我们还从没在法国床上睡过觉呢。”

“你担心把贝萨妮留在这吗？”克罗斯问。

“没有，”安提娜说，“反正她不会想我们的。”

“五年，”克罗斯说，“五年是一段很长的时间啊。你愿意放弃这五年，放弃你的事业吗？”

安提娜从沙发上站起来，在房间里踱来踱去。她热情洋溢地说：“我一直感到骄傲，任何事我想做就能做，不用假装。小时候我梦想成为一名女英雄——玛丽·安托瓦内特上了断头台；圣女贞德被绑上柴堆；玛丽·居里把人类从肆虐的疾病手上救了回来。当然梦想里还有最可笑的一部分，要爱上一个了不起的人而放弃一切。我梦想做个英雄，知道自己一定会上天堂。我的身心都将纯净无瑕。我厌恶做出妥协，尤其是为了钱。我志愿绝不伤害任何人。每个人都会喜爱我，包括我自己。我知道我聪明，所有人都说我漂亮，而且我也证明自己不仅能干，而且有天赋。

“但我都做了什么？我爱上博兹·斯堪尼特；我和男人上床，却并非出于渴望，而是为了铺平前程；我的孩子也许不会爱我，也不会爱任何人；然后我巧妙地操纵别人，或者说是要求别人杀了我丈夫。我几乎是毫不含蓄地问谁能杀了我的丈夫，他现在对我是个严重的威胁，”她按住他的手，“为此我感谢你。”

克罗斯安慰她说：“这些都不是你做的。按照我家族里的说法，‘命中注定罢了’。至于斯堪尼特，我们家族还有句话，‘他是你鞋子里的石头’，既然这样，怎么就不能除掉他呢？”

安提娜在他的唇上轻点了一下，“现在我除掉了，”她说，“我的骑士，现在的问题是你还在继续屠龙，不肯收手。”

“五年后，要是医生说她不能好转的话怎么办呢？”克罗斯问。

“我不在乎别人怎么说，”安提娜说，“总有希望，我这辈子都要陪着她。”

“你不会怀念工作吗？”他问。

“当然会，也会想你。”安提娜说，“但是我终究得做些我自己认为是对的事，而不是只做个电影里的女英雄。”她的声音带着笑意，然后又用平缓的语调说，“我要她爱我，仅此而已。”

他们拥吻，互道晚安，然后各自回房就寝。

第二天早上，他们带贝萨妮去医生的办公室。安提娜在与女儿离别的时候依依不舍。她抱着女儿哭泣，但是贝萨妮却既没有回抱她，也没有流泪。她推开母亲，还作势推克罗斯。但克罗斯根本没上前抱她。

克罗斯激愤于安提娜对她的女儿束手无策。医生注意到这点，随即对安提娜说："您回来的时候需要接受大量训练，学会怎么和这孩子相处。"

"我会尽快回来。"安提娜说。

"不用急，"医生说，"她的世界里并没有时间观念。"

在回洛杉矶的飞机上，克罗斯和安提娜达成一致，他直接飞回拉斯维加斯，不陪她去马里布了。飞机上他们度过了全部旅程中唯一一段糟糕的时间，整整半个小时，安提娜沉浸在悲伤之中，一句话也不说，只是哭。慢慢才平静下来。

当他们分别的时候，安提娜对克罗斯说："很抱歉，我们在巴黎没有做爱。"但他知道，她只是客气一下。在这种时候，做爱的念头会让她反感。就像她的女儿一样，她现在也与世界隔绝开了。

猎场派出来的一辆礼宾车在机场接上了克罗斯。利亚·瓦齐坐在后座。利亚关上玻璃隔墙，免得驾驶员听见他们说话。

"洛西探员还想着再见我一次，"他说，"下次见面就是他的死期。"

"别那么冲动。"克罗斯说。

"我知道这种事，你一定要相信我。"利亚说，"还有一件事，布朗克斯的一帮人去了洛杉矶，我不知道是谁下的命令。但你最好还是带几个保镖。"

"还用不着，"克罗斯说，"你六个人找齐了吗？"

"齐了，"利亚说，"不过要是直接对克莱里库齐奥家族下手的话，他们不会干的。"

他们抵达桃源酒店后，克罗斯发现一份安德鲁·波拉德留下的备忘录，这是一份吉姆·洛西的完整文件资料，读来挺有意思。还有一条可以立即采取行动的信息。

克罗斯从赌场资金里拿出十万美元，都是面值一百的大钞。他告诉利亚他们要去洛杉矶。利亚开车，就他们俩。他把波拉德的备忘录给利亚看。他们第二天就飞到洛杉矶，租了辆车前往圣莫尼卡市。

菲尔·沙尔基正在修建屋前的草坪。克罗斯和利亚跨出车门，自称是波拉德的朋友，想要点消息。利亚仔细地观察沙尔基的脸。然后回到车里。

菲尔·沙尔基的长相没有吉姆·洛西那样令人印象深刻，但看上去依然是个厉害的角色。他在警署工作的这些年似乎熬尽了他对同僚的信心。他机警多疑，严肃认真，这都是最出色的警察才拥有的品质。但他显然不快乐。

沙尔基把克罗斯带进房间，一栋真正的平房，内部沉闷老旧，没有女人和孩子，一副孤寂的样子。沙尔基进门后，第一件事先打电话给波拉德确认访客的身份。之后没有任何客套，直接对克罗斯说："问吧。"

克罗斯打开公文包，拿出一包百元大钞。"这是一万美元，"他说，"我有事问你，但我们得说上一会儿。有啤酒没有？我们坐下谈好吗？"

沙尔基笑逐颜开。一个出色的警察竟然肯合作，真是好说话得出奇，克罗斯想。

沙尔基随手把钱揣进裤袋。“我喜欢你，”沙尔基说，“你很聪明。知道钱比废话管用。”

他们坐在平房后廊上一张小圆桌边，可以俯瞰海洋大道、沙滩和远处的水面，他们直接端着瓶子喝啤酒。沙尔基拍了拍口袋，确保钱还在身上。

克罗斯说：“要是你如实回答我的问题呢，我们谈完马上再给你两万。如果你不把我来这儿的事儿说出去，两个月后我再来见你，再给你五万。”

沙尔基咧嘴笑了，不过笑容里带着几分促狭。“那两个月之后，我告诉谁都无所谓了，是吧？”

“是的。”克罗斯说。

沙尔基这回认真了：“要是有让人坐牢的事情我可不会说的。”

“我看你还是没搞清楚我是谁，”克罗斯说，“也许你应该再给波拉德打电话问问？”

沙尔基没好气地说：“我知道你是谁。吉姆·洛西告诉我，遇上你无论什么事都要小心。”然后摆出了一副洗耳恭听的样子，这也是他职业的一部分。

克罗斯说：“你和吉姆·洛西十年来都是搭档。而且你俩也另外赚了不少钱。但之后你就退休了，我想知道这是为什么。”

“这么说来，你调查的是吉姆了，”沙尔基说，“那很危险啊，他是我见过最勇敢，也是最聪明的警察。”

“他诚实吗？”克罗斯问。

“我们是警察，洛杉矶警察。”沙尔基说，“你知道这他妈的意味着什么吗？要是老老实实工作，真的找西班牙人和黑人的麻烦，我们早就被告得饭碗都丢了。也就动动那些有钱但脑子不好使的白人才不会有麻烦。我没有偏见，不能抓有色人种就去抓白人吗？这样不公平。”

“吉姆可有不少奖章啊，”克罗斯说，“你也有不少。”

沙尔基无所谓地耸耸肩。“在这个镇子里，稍微有点胆子就能当英雄。那群人不知道好好说话就能谈成生意。而且他们中有些是不折不扣的杀手。所以我们得保护自己，就得了几块勋章。相信我，我们从没主动找过碴儿。”

克罗斯怀疑沙尔基讲的一切。吉姆·洛西虽然穿得讲究，但是个天生暴力的家伙。

“你俩干什么事都是搭档吗？”克罗斯问，“你都知道所有的事吗？”

沙尔基笑道：“和吉姆·洛西？一直是他说了算，有时候我甚至不知道我们在干什么。甚至不知道我们会拿到多少钱。都是吉姆在处理，然后给我一笔钱，说这是我的份儿。”他顿了一会儿，“他有他自己的准则。”

“那你们怎么赚钱？”克罗斯问。

“收大赌博集团的贿赂，”沙尔基说，“有时候也从毒贩那里拿钱。有一次吉姆·洛西不想赚这笔钱，但马上就被别人占了，于是我们又拿了。”

“你和洛西有没有利用过一个叫马罗威的黑人孩子指认大毒贩子？”克罗斯问。

“有过，”沙尔基说，“马罗威，一个连自己影子都怕的家伙。我们一直找他帮忙。”

克罗斯说：“那你听说他抢劫的时候杀了人，结果逃跑的时候被洛西开枪给打了，你会不会惊讶？”克罗斯问。

“妈的，才不会。”沙尔基说，“嗑药的总是越陷越深，干什么事都会搞砸。要是吉姆碰到这种情况，他才不管按规定我们应该先警告。他会直接开枪。”

“但这不太巧了吗？”克罗斯说，“两个不同路的人怎么刚好碰见了？”

这时候，沙尔基才稍稍放松，他露出了一丝悲哀的表情。“有问题，”他说，“整件事都不大对头。不过，我可以老实告诉你，吉姆·洛西很勇敢，女人喜欢他，男人尊重他。就算我是他搭档我也这么想。可这家伙一向都不大对头。”

“所以这件事有可能是个圈套。”克罗斯说。

“不，不，”沙尔基说，“你得搞清楚，这个工作可以让你拿点贿赂，但不会把你变成杀手。吉姆·洛西绝不会做那种事。这点我绝对不信。”

“那为什么你在那之后退休了呢？”克罗斯问。

“只是因为吉姆让我不安罢了。”沙尔基说。

“不久之前，我在马里布见过洛西，”克罗斯说，“就他一个人，他经常单独行动吗？”

这时候沙尔基又笑了。“有时候也会，”他说，“比如去勾搭女演员的时候。说出来吓你一跳，你知道那一行里的大腕儿他都勾搭多少了？有时候他跟人一起吃午饭的时候，也不愿意我跟着。”

“说个别的事儿，”克罗斯说，“吉姆·洛西是种族主义者吗？他是不是讨厌黑人？”

沙尔基露出惊讶的表情，里面透着一股玩味。“他当然是。你肯定是个该死的自由主义者，对吧？你觉得种族主义太糟糕了？那你去当一年警察试试。你肯定会投票赞成把黑人全关到动物园里去。”

“我还有一个问题，”克罗斯说，“你见没见过他跟一个小个子在一起过，那小个子老戴个傻乎乎的破帽子？”

“意大利人是吧，”沙尔基说，“我们吃过一回午饭，吃完吉姆就把我打发了。那人也让人害怕。”

克罗斯把手探进公文包，拿出另外两包钱。“两万，”他说，“记住，闭上嘴，你就能再拿五万，知道吗？”

“放心，我知道你是谁。”沙尔基说。

“你当然知道，”克罗斯说，“就是我让波拉德告诉你的。”

“我知道你的真实身份，”沙尔基带着有感染力的笑容说，“否则我早就扣下你整个箱子。知道我为什么答应你保持沉默两个月吗？你和洛西，不一定谁先杀了我呢。”

克罗斯·德·莱纳意识到，他遇到大麻烦了。他知道吉姆·洛西在克莱里库齐奥家族的贿赂名单上。每年收受五万美元，特殊工作另外加钱，但这些都不包括杀人。这些信息够克罗斯作出最终判断了。是丹特和洛西杀了爸爸。他不需要合法的证据，也能轻易作出这个判断。他在克莱里库齐奥家族受到的全套训练帮助他下了这个有罪判决。他知道爸爸的能力和素质。抢劫犯绝不可能接近他。他也知道丹特的能力和素质，还有，丹特不喜欢他爸爸。

大问题在于：丹特是自行其是，还是受唐指使？但是克莱里库齐奥家族没理由杀皮皮。皮皮对家族尽忠四十年，在家族里身居要职。在与桑塔迪奥的战争中，他是伟大的将军。克罗斯想知道，为什么没人告诉自己那场战争的细节，这不是第一次了，他爸爸不说，格罗内韦尔特也不说，乔治、佩蒂耶和文森特都不说。

他越想越确定一件事：唐在杀他爸爸这桩事上没插手。唐·多梅尼科在公事上是个老派的人。对忠诚的下属，他奖励而非责罚。他处事极为公平，乃至于冷酷无情。而最有力的论据是：如果是唐杀的皮皮，绝不可能让克罗斯活着。这就是唐无辜的证据。

唐·多梅尼科信上帝，有时候也相信命运，但不信巧合。警察吉姆·洛西杀了的抢劫犯，正巧是杀死皮皮的凶手，这样的事唐绝对不信。他肯定私下做过调查，发现了丹特和洛西的关系。而且他除了知道丹特有罪以外，肯定还知道他的动机。

那萝塞·玛丽耶——丹特的母亲呢？她知道些什么？当她得到皮皮的死讯时，发了最严重的一次病，莫名其妙地尖叫，不停地哭泣，乃至唐不得不把她送去东汉普顿的精神病院，这家诊所他多年以前资助过。她至少需要调理一个月。

唐禁止任何访客探望诊所里的萝塞·玛丽耶，除了丹特、乔治、文森特和佩蒂耶。但克罗斯经常会送去花和果篮。那么萝塞·玛丽耶到底他妈的在难过些什么？她知道丹特的罪行，明白他的动机吗？这时候克罗斯想到，唐说过要丹特继位。这可不是好兆头。克罗斯决定无视唐的禁令，去探望萝塞·玛丽耶。带上鲜花和水果、巧克力和奶酪，带上深重的情意，不过目的是骗她背叛自己的儿子。

两天后，克罗斯走进东汉普顿的精神病诊所大厅。门口有两名门卫，其中一名送他到了前台。

前台是一个中年女性，穿着考究。他说明了来意。她热情地笑了一下，告诉他萝塞·玛丽耶正在做一个小疗程，他得等半小时。疗程结束的时候她会提醒他。

克罗斯坐在接待区的等待室里，等待室就在大厅旁边，有桌子和柔软的扶手椅。他拿起一份好莱坞杂志。阅读时看见一篇关于吉姆·洛西的文章——《洛杉矶的英雄探员》。文章详细描述了他英雄般的成就，其中功绩最高的就数击毙抢劫杀人犯马罗威。里边有两件事把克罗斯逗乐了，报道说皮皮是一家金融服务机构的所有者，成了一场残酷凶案的典型无辜牺牲品；另一件事，文章的结语里说，要是吉姆·洛西这样的警察再多一些的话，街头犯罪能控制住了。

一名护士拍拍他的肩，这位护士看上去强壮得吓人，笑得却一脸和蔼，她说："我带你上去。"

克罗斯拿起带来的巧克力和鲜花，跟着她走上一层短短的楼梯，之后沿着一条长廊继续前行，长廊两边是一道道门，他们在最后一扇门前停下，护士取出万能钥匙打开门，示意克罗斯进去，然后在他身后关上了门。

萝塞·玛丽耶穿着灰色的睡袍，头发编得整整齐齐，正在看一台小电视。当她看见克罗斯的时候，一下从沙发上蹦向他，抱着他泪流满面。克罗斯吻了她的脸颊，把巧克力和鲜花交给她。

"啊，你来看我了。"她说，"我还以为你会怪我呢，怪我对你爸爸做的事。”

“你对爸爸没有做任何事。”克罗斯说着，把她带回沙发，关上电视，跪坐在沙发边说，“我就是担心你。”

她伸出手抚摸他的头发，“你总是这么美，”她说，“真遗憾啊，你竟然是你父亲的儿子。你爸爸死了，我很高兴。不过，我早知道会出可怕的事。空气和土地里都是我给他下的毒。事到如今，你觉得我父亲会善罢甘休吗？”

“唐是个正直的人，”克罗斯说，“他不会责怪你的。”

“他愚弄了你，也骗过了所有人啊。”萝塞·玛丽耶说，“永远别信他，他背弃了亲生女儿、亲外孙和侄子皮皮……现在轮到你啦。”

她的嗓门越来越大，克罗斯害怕她又要发病。

“小点儿声，姨妈，”克罗斯说，“告诉我你为什么而难过，甚至还发病被送回这里。”他直视她的眼睛，想着她曾经肯定是个非常美丽的女孩儿，她眼神里还留着纯真呢。

萝塞·玛丽耶放低声音说：“你要是弄清楚我们和桑塔迪奥家的事，你就什么都明白了。”她看向克罗斯身后，然后用手盖住了脸。克罗斯转身，看见门开着，文森特和佩蒂耶安静地站在那儿。萝塞·玛丽耶从沙发上跳起来冲进卧室，重重地带上门。

文森特花岗岩般的脸庞显出同情和绝望。“老天，”他说，走到卧室前敲敲门，然后透过门说，“萝塞，开门。我们是你哥哥，不会伤害你的……”

克罗斯说：“真巧啊，在这里遇到你们，我也来探望萝塞·玛丽耶呢。”

文森特向来不说废话："我们不是来探望的，唐要在科沃格见你。"

克罗斯想了想。显然前台给科沃格的某人挂了电话，这是早已计划好的程序；唐不想他和萝塞·玛丽耶对话，他派来佩蒂耶和文森特说明这不是刺杀，否则的话他们不会这么不小心地暴露自己。

文森特说的话更证实了克罗斯的估计。"克罗斯，我坐你的车，佩蒂耶坐自己的车。"克莱里库齐奥家族的刺杀绝不会是一对一。

克罗斯说："我们不能把萝塞·玛丽耶就这么留在这儿。"

"当然可以，"佩蒂耶说，"护士会给她打针的。"

克罗斯开车的时候试着和文森特说话："文森特，你们来得真快。"

"是佩蒂耶开得快，"文森特说，"他就他妈是个疯子。"他顿了一会儿，然后用略显忧虑的声调说，"克罗斯，你是知道规矩的，为什么还要去探望萝塞·玛丽耶呢？"

"嘿，"克罗斯说，"萝塞·玛丽耶是我小时候最喜欢的姨妈。"

"唐可不喜欢这点，"文森特说，"他气坏了。他说这不像是克罗斯做的事。克罗斯知道规矩。"

"我会向他解释，"克罗斯说，"但我真的很担心你妹妹。她病情如何？"

文森特叹口气："这次也许好不了了，你知道她小时候最讨唐的喜欢。谁能料想皮皮的死对她的打击这么大？"

克罗斯捕捉到文森特声音里的虚伪，他知道一些事。但是克罗斯只说：“爸爸一直都很喜欢萝塞·玛丽耶。”

“以前她可不怎么喜欢他，”文森特说，“尤其是发病以后。你真该听听那时候她是怎么说他的。”

克罗斯漫不经心地说道：“你们都参加过跟桑塔迪奥家的那场战争，为什么你们从没跟我说起过这事呢？”

“因为我们从不谈论以前干过的事，”文森特说，“我父亲告诫我们，谈论没有意义。你得向前走。现在要担心的麻烦多的是。”

“但我爸爸当年表现挺神勇，是吗？”克罗斯说。

文森特的笑容只绽开了一会儿，他花岗岩般的声音略略融化了些。“你父亲是个天才，”文森特说，“他运筹帷幄的本事赶得上拿破仑。他布下的局从来不会出错。就算有那么一两次岔子，也是因为运气不好。”

“那么与桑塔迪奥的战争，是他筹划的吗？”克罗斯说。

“这些问题你去问唐吧。”文森特说，“现在聊点别的吧。”

“好吧，”克罗斯说，“我会像爸爸那样被除掉吗？”

听到这话，素来冷酷并拥有岩石般脸庞的文森特勃然变色。他抓住方向盘强迫克罗斯在公路上靠边停车。他说话的时候，声音因为强烈的感情而哽咽：“你疯了吗？你觉得克莱里库齐奥家族会做这种事吗？你父亲身上流着克莱里库齐奥家族的血。他是我们最好的手下，他救了我们的命。唐对他视若己出。上帝啊，你为什么要问出这种话？”

克罗斯温顺地说：“你们两个这样突然出现，我只是被吓着了。”

“继续上路，”文森特还没消气，“你父亲、我、乔治和佩蒂耶在真正艰难的时刻并肩战斗。我们绝不会对彼此动手。皮皮只是不走运，撞见一个疯狂的黑人劫犯而已。”

一路无话。

科沃格宅邸的大门口站着两个门卫，都是熟面孔，门廊上歇着一个人，似乎没什么不寻常的举动。

唐·克莱里库齐奥、乔治和佩蒂耶已经在主楼的密室里等着了。吧台上有一盒哈瓦那雪茄和一个装满黑色手卷意大利方头雪茄的罐子。

唐·克莱里库齐奥坐在一张巨大的褐色皮扶手椅上。克罗斯进去打招呼，吃惊地看到唐握住扶手自己站起身子，动作灵敏得不符合他的年纪，唐起身后过来拥抱了他。之后他示意克罗斯去大咖啡桌那里，桌上摆着各种酪食和干肉。

克罗斯感觉到唐暂时不打算说话，就给自己做了一份夹着马苏里拉奶酪和熏火腿的三明治。熏火腿被切成薄片，暗红色的筋肉边缘连着嫩白色的脂肪。马苏里拉奶酪则是一个白色小球，新鲜得能够滴出奶来。奶酪球顶上是个扎起来的咸味小球结，长得像个绳结。唐这辈子所说的最像吹牛的一句话，就是他自称从来不吃做好超过三十分钟的马苏里拉奶酪。

文森特和佩蒂耶也吃了点东西，乔治则当起了酒保，给唐斟上酒，给其他人斟上饮料。唐只吃滴着奶的马苏里拉奶酪，让奶酪在嘴里化开。佩蒂耶给唐取出一支手卷方头雪茄，为他点上。老爷子胃口真好，克罗斯想。

唐·克莱里库齐奥突然说："克罗奇菲西奥，不管你打算向萝塞·玛丽耶打听什么，我都能告诉你。你怀疑你父亲的死有蹊跷。你错了。我也做过调查，事实确凿无疑，而且如其所说，皮皮只是不走运。他是他那行最谨慎的人，但这种荒唐的意外也有可能发生。放心吧。你父亲是我的侄子，是克莱里库齐奥家族的人，也是我最尊敬的朋友之一。"

"我想知道桑塔迪奥家族和我们的那场战争。"克罗斯说。

第七部

/桑塔迪奥家族之战

第十八章

“和蠢人讲道理是很危险的事情，”唐·克莱里库齐奥说，接着从酒杯里啜饮了一口，把烟放到一边，“好好听着吧，这件事说来话长，而且所有的事情都并非表面看上去的那样。那差不多是三十年前……”他对他三个儿子示意道，“如果我忘了什么重要的事情，帮我补上。”他的儿子们听着笑了，唐怎么会忘记什么重要的事情。

书房里的灯光柔和金黄，弥漫着雪茄的烟雾，甚至食物的气味如此芬芳，似乎也对灯光产生了影响。

“这个道理直到桑塔迪奥的事情之后我才彻底明白……”他顿了顿，啜了一口酒，“那时候我们和桑塔迪奥家族势均力敌，但桑塔迪奥树敌太多，吸引当局太多注意力，而且从不讲究公正。他们建立的世界没有一点价值观念，而不讲究公平的世界是绝不能长久存在的。

“我向桑塔迪奥家提出很多协定，我作出妥协，想要两家和平共处。因为他们强大，所以他们像莽夫一样仗势欺人。他们相信实力至上。因此导致我们之间的战争。”

乔治打断道：“为什么克罗斯必须知道这些事？说了对他或对我们有什么益处呢？”

文森特转开头不看克罗斯，佩蒂耶紧紧盯着他，往后缩了缩脑袋，揣摩着什么。他们三个都不想让唐讲那段历史。

“因为这是我们欠皮皮和克罗奇菲西奥的。”唐说，然后他面对克罗斯说，“你怎么想随便，但我和我的儿子们并没有犯下你所怀疑的罪行。皮皮就像是我的孩子，你对我来说就像孙子一样。你们都是克莱里库齐奥的骨血。”

乔治又说：“说这些对我们所有人都没好处。”

唐·克莱里库齐奥不耐烦地摆摆手，然后对他的儿子们说：“话是没错，但我刚才说什么来着？”

他们点头，然后佩蒂耶说：“我们一开始就该把桑塔迪奥家斩尽杀绝。”

唐耸耸肩，然后对克罗斯说：“我的儿子们当时还年轻，你的父亲也很年轻，都没到三十岁。我不想让他们把命丢在这场大战里。唐·桑塔迪奥——愿上帝保佑他的灵魂——有六个儿子，但他待他们与其说像儿子，不如说是手下。吉米·桑塔迪奥是他的长子，同时也是我们的老朋友——格罗内韦尔特的同事——愿上帝也保佑他的灵魂。桑塔迪奥那时候有酒店一半的股份。吉米是桑塔迪奥家最出类拔萃的一个，只有他预见到和平是对我们所有人来说最好的解决办法。但是那老头子和另外几个儿子却都嗜血成性。

“那时候，流血战争对我没有好处，我需要时间和他们讲道理，说服他们接受我的提议是有好处的。我把所有的毒品生意给他们，他们要把所有的赌博行当交给我。我要他们在桃源酒店那一半股份，作为回报，他们可以控制全美的毒品生意，毒品这种见不得光的生意需要一双蛮横而稳定的手来操控。这提议很切合实际。毒品赚的钱比别的行当要多得多，但不能长久，还需要大动干戈。这一切会让桑塔迪奥家更加强大。克莱里库齐奥家族控制所有的赌博行业，风险不如毒品那么大，也没毒品那么赚钱，但是如果经营有方，从长远来看赌博比毒品更有价值。这也会让克莱里库齐奥家更为强大。一直以来，我的最终目的就是使家族成为社会的一员，而赌博可能是合法化的摇钱树，那时候我们就用不着每天冒着风险，也不用干些见不得人的勾当。在这件事上，时间证明我是正确的。

“不幸的是，桑塔迪奥想要一切。什么都要。想想吧，外孙，那时候我们所有人都很危险。联邦调查局已经知道我们这些家族存在，而且互相合作。政府凭借资源和技术剿灭了不少家族。缄默之墙已经被攻破了。

“出生在美国的年轻人，为了保命和当局合作。幸亏我组建了布朗克斯聚居地，能把西西里的新人送过去训练成我的手下。

“唯一一件我弄不懂的事情就是，女人怎么能惹上那么多麻烦。我的女儿萝塞·玛丽耶那时候只有十八岁。她是怎么迷上吉米·桑塔迪奥的？她说他们就像什么‘罗密欧’和‘朱丽叶’。罗密欧和朱丽叶是谁？我的老天爷啊，这两位到底是什么人啊？肯定不是意大利人。我知道这件事以后，又打算和解了。于是重新开启了和桑塔迪奥家族的协商。还放宽了我的要求，以便让我们共存。可他们愚蠢地认为，这是我们软弱的迹象。于是持续多年的悲剧开始了。”

唐说到这里停了下来。乔治喝了杯酒，吃了片面包和一块新鲜奶酪，吃完后站到唐身后。

“为什么今天说这些事呢？”乔治问。

“因为我的孙子关心他父亲究竟是怎么死的，我们必须消解他对我们的任何怀疑。”唐说。

“我对您没有一丝怀疑，唐·多梅尼科。”克罗斯说。

“每个人对任何事都有怀疑，”唐说，“这是人类的本性。但让我继续说。萝塞·玛丽耶当时很年轻，她完全不知道外面发生了什么。两个家族开战时她痛苦得不能自拔。但她不知道战争由来。于是她决心让大家握手言和，她那时候很深情，相信爱能战胜一切，而这件事她后来才告诉我。而且她当时是我生命里的珍宝。我妻子很年轻就去世了，但我没有再结婚，因为我不能容忍把萝塞·玛丽耶分享给一个陌生人。我从没拒绝过她，对她的未来有很高的期望。但我受不了和桑塔迪奥家联姻。于是我下了禁令。但我那时候也很年轻，以为孩子们会遵从我的命令。我想要她上大学，嫁给另一个世界的人。乔治、文森特和佩蒂耶这辈子只能跟着我干了，我需要他们的帮助。但我也希望他们的孩子能够去一个更好的世界。还有我的小儿子，西尔维奥。”唐指指密室壁炉架上的照片。

克罗斯从没仔细看过这张照片，他此前并不知道它的历史。照片上是一个二十岁的年轻男子，看上去和萝塞·玛丽耶极为神似，只是更加温和一些，而且瞳色更灰，眼神里更有灵性。这张脸栩栩如生，不由让克罗斯猜测这张照片是不是后来修整过。

乔治点起了一支哈瓦那雪茄，烟雾使无窗房间的空气变得更加浑浊。

唐·克莱里库齐奥说：“我对西尔维奥的喜爱甚至超过萝塞·玛丽耶。他比大多数人心肠要好，被大学录取的时候还拿到了奖学金。我所有的期望都在他身上，但他太天真了。”

文森特说：“他没有社会经验，要是我们的话都不会去的。而他一点保护措施都没有做，就这样去了。”

乔治接过话头：“萝塞·玛丽耶和吉米·桑塔迪奥在那家科马克快捷旅馆过夜了。萝塞·玛丽耶想到如果吉米和西尔维奥聊聊，也许可以把两个家族联系到一起。她打电话给西尔维奥，结果他谁也没告诉就来到旅馆。他们三个商量策略。西尔维奥一直称呼萝塞·玛丽耶为‘萝伊’，他留给她的最后一句话是，‘一切都会好起来的，萝伊，爸爸会听我说的’。”

但是西尔维奥永远也没机会对他的父亲说话了。不幸的是，桑塔迪奥家的两兄弟——丰萨和伊塔洛看上去是在当保镖，实际上是监督他们的长兄吉米。

桑塔迪奥家的人脑子里都是暴力妄想，他们怀疑萝塞·玛丽耶是在引诱吉米踏入陷阱。或至少是引诱他结婚以降低他们在家族里的地位。而萝塞·玛丽耶凭着无畏的勇气和嫁给他们长兄的决心，对他们气势汹汹。她甚至连自己的父亲，伟大的唐·克莱里库齐奥都敢反抗。没什么能阻止她。

西尔维奥步出旅店的时候，他们认出了他，然后在罗伯特·摩斯大堤路设陷把他射杀，之后还拿走他的钱包，让整个现场看上去像是抢劫杀人。这是典型的桑塔迪奥做派，凶残野蛮。

唐·克莱里库齐奥当时就识破了这套把戏。但守灵那天，吉米·桑塔迪奥来到灵堂。他没带任何手下，也没带武器。他要单独求见唐。

“唐·克莱里库齐奥，”他说，“我的悲伤不比你少。如果你觉得这是桑塔迪奥家族的责任，我的命就在你的手上。我和父亲谈过，他否认下过这样的命令。而且他也让我传话给你，愿意重新考虑你所有的提议。此外，他也同意我娶你的女儿。”

萝塞·玛丽耶投入吉米的怀抱，露出可怜兮兮的表情，那一刻唐心软了。悲伤和恐惧让她显露出悲剧性的美丽，黑亮的眼睛噙着泪水，让人心惊，脸上还带着惊骇不解的神色。

她把视线从唐身上移开，含情脉脉地看向吉米·桑塔迪奥。唐·克莱里库齐奥这辈子少有的几次心软了。他怎么能让这么美丽的女儿伤心呢？

萝塞·玛丽耶对她父亲说：“吉米很怕你觉得这事和他们家有关。我知道他们没做过。吉米还向我保证说，他家愿意和我们达成协议。”

无需任何证据，唐·克莱里库齐奥已经认定这桩命案是桑塔迪奥家族下的手。但是心软是另一回事。

“我相信你，我也接受你，”唐说，他确实相信吉米是无辜的，虽然这也没带来什么不同，“萝塞·玛丽耶，我允许你嫁给他，但是不能在这里成婚，而且家族里的任何人都不会去参加婚礼。还有吉米，告诉你父亲婚礼后我再和他谈生意。”

“谢谢你，”吉米·桑塔迪奥说，“我理解，婚礼会在我们家族的棕榈泉馆举办，一个月之内我们家族的所有人都会到那里，而且请柬也会发给克莱里库齐奥家族的所有人。他们可以决定不参加。”

唐被这话激怒了：“他还没下葬你们就要结婚，不嫌太快了吗？”他指了指灵柩。

听见这话，萝塞·玛丽耶瘫倒在唐的怀里，他能感觉到她的恐慌。她用极低的声音悄悄告诉他：“我怀孕了。”

“啊。”唐恍然道，并对吉米·桑塔迪奥投去微笑。

萝塞·玛丽耶又轻声说：“我会给他取名叫西尔维奥，为了纪念弟弟。他会和西尔维奥一样出色的。”

唐拍拍她的深色头发并吻了她的脸颊。“很好，”他说，“很好，但我还是不会参加婚礼。”

这时候萝塞·玛丽耶已经恢复了勇气，她仰起脸看着父亲，吻了他的脸颊后说：“爸爸，总得有人来，总得有人在婚礼上把我交给新郎啊。”

唐转向站在身边的皮皮：“皮皮你去。代表家族参加婚礼。他是我的侄子，而且爱跳舞。皮皮，你去把你的表妹交出去，然后就随心所欲地跳舞吧。”

皮皮弯下腰吻了玛丽耶的脸颊：“我会去的，”他还故作英勇道，“要是吉米不出现，我们就私奔。”

萝塞·玛丽耶感激地抬起头，一下投入他的怀中。

一个月后，皮皮坐上拉斯维加斯飞往棕榈泉馆的班机去参加婚礼。此前的一个月他一直和唐待在科沃格的主楼里，同乔治、文森特和佩蒂耶多次商谈。

唐明令皮皮统领整个行动，无论他下达什么命令，都必须看作是唐本人的命令予以执行。

只有文森特敢质问唐：“万一桑塔迪奥没有杀西尔维奥呢？”

唐说：“这不要紧，不管做没做，他们在这件事上都显得太蠢了，这种愚蠢以后会危及我们的。即使放过这次，我们迟早都会和他们打一场。他们当然有罪。恶意本身就是谋杀。如果桑塔迪奥家族是无辜的，那我们就只能承认是命运在和我们作对。你们愿意相信哪种呢？”

人生中第一次，皮皮注意到唐的心碎了。他在地下室的礼拜堂里待了很久，只吃一点点东西，喝许多酒，这对他来说并不寻常。他还把西尔维奥的裱框照片在卧室里放了几天。有一个礼拜天，他请求正在做弥撒的牧师听他告解。

最后一天，唐只叫上皮皮密谈。

“皮皮，”唐说，“这是一件棘手的活儿，如果吉米·桑塔迪奥得以幸免的话可能会有问题，别让这种情况发生。所有人都不能知道这是我的命令，这件事得算在你的头上。我没有插手，乔治、文森特和佩蒂耶都没有插手。你愿意为我承担这份罪责吗？”

“我愿意，”皮皮说，“你不希望女儿憎恨你或是责备你，也不希望她这么对待她的哥哥们。”

“萝塞·玛丽耶可能有危险。”唐说。

“是的。”皮皮说。

唐叹口气。“竭尽全力保护我的孩子们，”他说，“必须由你来下最后的命令。但要记住，我从没要求你杀死吉米·桑塔迪奥。”

“那要是萝塞·玛丽耶发现这是……”皮皮说。

唐直视皮皮·德·莱纳，说：“她是我的孩子，也是西尔维奥的姐姐。她绝不会背叛我们。”

棕榈泉馆的桑塔迪奥家主楼有三层楼，四十个房间，西班牙式的装修风格和周围的沙漠景色相得益彰。一圈红色的石制围墙将整片宅院和广袤的沙漠区分开来。围墙内除了房屋之外，还有一个巨大的游泳池，一片网球场以及一个地掷球场。

婚礼当天，宅院的草坪上挖了一个宽大的烧烤灶坑，为交响乐队搭了个乐池，还搭了个木板舞池。舞池周围放着许多长餐桌，宅院古铜色大门边上停着三辆准备食物的大卡车。

皮皮·德·莱纳周六早上带着一个手提箱抵达了，手提箱里装着婚礼上要穿的礼服。桑塔迪奥家给他安排的住处在二楼，沙漠上太阳的金色光芒灌入窗户，他开始整理行李。

教堂婚礼仪式将在半小时后于棕榈泉馆举行，宗教仪式会在中午开始，仪式结束以后宾客返回宅院庆祝。

随着一记敲门声，吉米走了进来，满脸喜气洋洋，热情地拥抱了皮皮。他还没换上新郎礼服，穿着宽松的白色便裤和银灰相间的丝质T恤，这副形象看上去非常英俊。他握住皮皮的手示好。

“你能来真好，”吉米说，“萝伊很激动你要带她走红毯。现在趁典礼还没开始，老头子想要见见你。”

吉米带皮皮下到一楼，沿着一条长廊走到唐·桑塔迪奥的房间，一路上都握着他的手。唐·桑塔迪奥穿着蓝色棉睡衣躺在床上。他比唐·克莱里库齐奥衰老得多，但是两人有着同样锐利的眼神，总是一副留神倾听的样子；他的脑袋和球一样圆，头顶已经秃了。他示意皮皮走近一点并伸出手让皮皮拥抱。

“你来得正巧，”老头子说，声音嘶哑，“我就指望你来让两家人互相拥抱，就像我俩现在这样。你是我们不可或缺的和平鸽。祝福你，祝福你。”说完他躺回床上闭上眼睛，“我今天太快乐了。”

房间里有个矮胖的中年女护士，吉米介绍这位是他的表妹。护士轻声告诉他们老头子要为待会儿的庆典保存体力，他们该走了。那一刻皮皮重新考虑了通盘计划，显然唐·桑塔迪奥活不长了，之后吉米就会继承家业。也许那时候事情可以有转机呢。但是唐·克莱里库齐奥绝不会接受西尔维奥的死；两家之间绝不可能存在真正的和平。而且不管怎么说，唐已经给他下了严格指示。

同一时间，桑塔迪奥家的两兄弟，丰萨和伊塔洛正在搜查皮皮的房间寻找武器和通信设备，皮皮租来的车里也被彻底搜查过了。

桑塔迪奥家为他们的王子举办了豪华的婚礼。宅院里到处都放着大号编织篮，篮子里都是异域鲜花。色彩鲜艳的凉亭里，酒保为客人倾倒香槟。穿着中世纪服装的小丑给孩子们变戏法，院子各处的扬声器里传出音乐。每个客人都拿到一张摸奖券，奖金额两万美元，稍后开奖。还能有什么庆典能比这个更棒呢？

修剪过的草坪上，到处都支着色彩艳丽的大帐篷，保护宾客不受沙漠酷热的侵扰。舞池上的是绿色帐篷，乐池上的是红色帐篷。网球场上支着的蓝色帐篷里放着新婚礼物，包括唐·桑塔迪奥送给新娘的一辆银色奔驰小轿车和送给新郎的一架小型私人飞机。

教堂仪式简单，时间也不长。宾客们回到桑塔迪奥家的宅院里时，发现乐队正在演奏。他们各自的帐篷里放着食品柜台和三个独立的酒吧台，食品柜台上装饰着猎人追捕野猪的图案，酒吧台上放满高脚玻璃杯，杯子里盛着热带果饮。

新婚夫妇跳了第一曲舞，他们在帐篷的阴影中舞动，沙漠上的红日照进角落，在他们头上投下片片阳光，给他们的欢乐镀上一层金铜色。他们之间的爱意显而易见，周围的人又是欢呼又是拍手。萝塞·玛丽耶看上去从没那么美，吉米也从来没有显得像今天这么年轻。

乐队停止演奏，吉米把皮皮拉出人群，带到数百个宾客面前。

他说："这是皮皮·德·莱纳，是他把新娘交给我。他代表克莱里库齐奥家族，是我最亲爱的朋友。他的朋友就是我的朋友，他的敌人就是我的敌人。"他举起酒杯说，"我们一同敬他，让他与新娘跳一支舞。"

皮皮和萝塞·玛丽耶共舞时，她对他悄悄说："你会让两家人走到一起的吧，皮皮？"

"小菜一碟。"皮皮说，然后带着她转了一圈。

皮皮在婚礼的表现令人大加赞赏，没有比他更欢快的婚礼宾客了。他每一曲舞都要跳，脚步比年轻人还要轻盈。他和吉米跳，然后和他另外五个兄弟跳，丰萨、伊塔洛、本尼迪克特、基诺和路易斯。他和孩子们跳，和主妇们跳。他和乐队领队跳华尔兹，和乐队一起唱歌，用西西里方言唱喧闹的歌曲。他纵情吃喝，晚礼服上还沾上了污渍，有番茄酱，也有用在鸡尾酒和葡萄酒中的果汁。他在地掷球场上活力四射，整整一个小时，他让整个球场成为婚宴焦点。

打完地掷球后，吉米·桑塔迪奥把皮皮拉到一边。“我就指望你搞定一切，”他说，“我们两家人的和解已经势不可挡啦。合作愉快。”说这话的时候，吉米·桑塔迪奥脸上露出最迷人的表情。

皮皮回答得无限真诚：“我们会的，当然会的。”而且他也想知道，吉米·桑塔迪奥是不是如他所表现的那么坦率。现在，他总该知道是他家族里的人犯下了那场命案。

吉米似乎感觉到了这点：“我向你发誓，皮皮，我和这件事一点关系都没有。”他拉起皮皮的手，“我们和西尔维奥的死没关系，毫无瓜葛。我用我父亲的脑袋起誓。”

“我相信你。”皮皮说道，并用力握紧吉米的手。他犹豫过一刹那，不过没关系，太晚了。

沙漠红日西沉，黄昏的日光尽皆洒落宅院。这是正式晚宴开宴的信号。而新郎的弟弟们，丰萨、伊塔洛、基诺、本尼迪克特和路易斯一致提议为新人干杯，祝愿他们新婚美满，赞美吉米的美好品质，还有为他们了不起的新朋友，皮皮·德·莱纳干杯。

唐·桑塔迪奥年事已高，病重不能下床。但他送来了最真诚的祝愿，提到送给儿子的飞机时所有人都笑了。随即新娘亲自为公公切了一大块婚礼蛋糕，送去老头子的卧室，但他已经睡了。于是他们把蛋糕给了护士，护士承诺在他醒来以后喂蛋糕给他吃。

午夜的时候，派对终于结束了。吉米和萝塞·玛丽耶要返回新房，他们明早得启程去欧洲度蜜月，今晚得休息。宾客们听到后大声起哄，讲起了下流的话。大家都非常兴奋。

数百辆车驶离宅院，各自驱车开进沙漠。备办食物的卡车塞得满满的，工作人员撤下帐篷，收起桌椅，拉起平台，甚至还匆匆检查了庭院里有没有留下垃圾。终于，他们把事情都清理得差不多了，明天再来收尾。

根据皮皮的要求，宾客离开后，桑塔迪奥家的五兄弟和皮皮开了一场正式会议。他们要交换礼物，来庆贺两个家族之间新的友谊。

午夜时分，他们聚集在桑塔迪奥主楼巨大的晚宴厅里。皮皮带了满满一箱子货真价实的劳力士手表，还有一件日本和服，和服上手绘了东方的春宫画。

丰萨叫道：“咱们这就把这件衣服送去给吉米吧。”

“太晚了，”伊塔洛快活地说，“吉米和萝塞·玛丽耶已经在干第三回合了。”

满堂大笑。

屋外，沙漠上的月亮照在孤零零的宅院上，洒下乳白色的寒光。挂在宅院围墙上的中式灯笼，在白茫茫的月光下显出一个个红圈。

车身一侧上漆着金色“备办食物”几个字的大卡车，隆隆开到桑塔迪奥宅院大门前。

两名门卫中的一位走到车边，司机告诉他，他们是回来拿落下的发电机的。

“这么晚？”门卫说。

他们说话的当口，司机的帮手从卡车里钻出来走向另一个门卫。两个门卫都在婚礼上吃饱喝足，反应迟钝。

两件事同时发生：司机从腿间摸出一把装着消音器的枪，对门卫的脸打出三发子弹。司机的帮手则勒住另一个门卫的脖子，握着一把大尖刀，迅猛地划过他的喉咙。

他们的尸体倒在地上。随着一声轻巧的引擎声，卡车背后的大金属平台放了下来，从里面钻出二十个克莱里库齐奥的手下。个个穿着黑衣，长筒袜蒙面，佩着装有消音器的枪，由乔治、佩蒂耶和文森特带领进入宅院。一支特殊小队去切断电话线，另一支散开控制宅院。乔治、佩蒂耶和文森特带着十个蒙面人冲进晚宴厅。

桑塔迪奥家几兄弟正举杯向皮皮敬酒，他突然走开几步，一言不发。入侵者开枪，一阵弹雨把桑塔迪奥五兄弟打得体无完肤。其中一个蒙面人，佩蒂耶，站在他们跟前，给五兄弟一人从下巴底下补了一枪。地上散着亮晶晶的碎玻璃。

另一个蒙面人乔治，交给皮皮一个头套、一条黑色便裤和一件黑毛衣。皮皮迅速换上衣服，把换下的衣服丢进另一个蒙面人撑开的袋子里。

皮皮还是没有武器，带着乔治、佩蒂耶和文森特走过长廊，来到唐·桑塔迪奥卧室门口，推开房门。

唐·桑塔迪奥终于醒了，正在吃婚礼蛋糕。他一瞅见门外的四个人，就在胸前画了个十字，拿起枕头遮住脸。盛着蛋糕的碟子滑落地上。

护士在房间角落里读书，佩蒂耶像一只大猫似的扑向她，塞住她的嘴，再用细尼龙绳把她绑到椅子上。

乔治走到床前。他轻轻伸手，扯掉唐·桑塔迪奥脑袋上的枕头。犹豫了一会儿，然后打出两枪，一枪打在眼睛上，第二枪从下巴打入，从秃顶的圆脑壳上穿出。

他们重新整队，文森特交给皮皮一根银色长绳，皮皮总算有件武器了。

皮皮带着他们走出屋子，通过长廊，上到三层，新房就在这一层。走廊里到处丢着鲜花和果篮。

皮皮推了一下新房的门，门锁着。佩蒂耶脱下一只手套，拿出开锁器，轻而易举地打开门，把门推开。

萝塞·玛丽耶和吉米躺卧在床上。他们刚恩爱过，浑身湿淋淋的。萝塞·玛丽耶的透明睡袍纠缠在腰际，束带滑落两侧，双乳一览无余。她的右手摸着吉米的头发，左手放在他的肚子上。吉米浑身赤裸，但是看见门口这些人时，一下子坐起来，扯起床单遮住身子。他什么事都明白了。“别在这里，出去吧。”他说着，然后向他们走去。

萝塞·玛丽耶诧异了一瞬间。吉米走向门口的时候，她伸手抓他，但被他躲开了。蒙面的乔治、佩蒂耶和文森特围在门口，他走出房门。这时候萝塞·玛丽耶说道：“皮皮，皮皮，请别这样。”突然三个蒙面人扭头看她，她一下子意识到，这都是她的哥哥，“乔治、佩蒂耶、文森特，别这样，别这样。”

这是皮皮最头疼的时刻，要是萝塞·玛丽耶把这件事说出去，克莱里库齐奥家族就完了。他有责任杀了她。唐在这件事上虽然没有特别指示，但他怎么能宽恕杀死自己女儿的凶手呢？她的哥哥们会听令吗？而且她怎么认出他们的？他作出决定，关上身后的门，同吉米和萝塞·玛丽耶的三个哥哥来到走廊上。

唐的意思很明白了。他要绞死桑塔迪奥。也许是出于怜悯，当爱他的人捧着他的尸体哭泣时，他的身体应该是完好无损的；也许是一种传统，如果他的死是一场祭礼，那就不应该流血。

吉米·桑塔迪奥突然放手，任床单落下，伸手扯下皮皮脸上的头套。乔治抓住他的一只手，皮皮抓住另一只手。文森特趴在地上抓住吉米的两腿。皮皮随即拿绳子绕过吉米的脖子，用力把他的脑袋往后勒，弯向地面。吉米的嘴角带着一丝扭曲的笑容，看着皮皮的脸时有一种奇怪的怜悯：命运或是某个神秘的神祇会报复他的所作所为。

皮皮勒紧绳子，佩蒂耶伸手帮忙用力，他们都倒在过道上，白色的床单上盛着吉米·桑塔迪奥的尸体，好似一块裹尸布。新房里，萝塞·玛丽耶开始尖叫……

唐说完了，再点起一支方头雪茄，啜了一口酒。

乔治说："皮皮布置了全套计划。我们全都脱罪，而桑塔迪奥全家死绝。英明透了。"

文森特说："什么事都解决了，从那以后我们再没遇上过麻烦。"

唐·克莱里库齐奥叹气："这是我作下的错误决定。但我们怎么知道萝塞·玛丽耶会疯呢？那时候对我们来说危机重重，而这是我们打出决定性一击的唯一机会。你要知道，那时候我还没到六十，我把自己的权势和智慧看得太重。我当时想过，这件事对女儿肯定是一件惨剧，但寡妇不会永远悲伤的。而且他们杀了我的儿子西尔维奥。我怎么能宽恕他们呢，谁还顾得上女儿？但自那以后我学乖了，你不能和蠢人讲道理。我一开始就该把他们统统杀光。

在他们俩相爱之前就动手。那样我就能把儿子和女儿都救下了。”他停顿了一会儿。

“所以，你知道了，丹特是吉米·桑塔迪奥的儿子，而你，克罗斯，你俩在婴儿时期用过同一个摇篮，那还是你在这里住的第一个夏天。这些年因为他父亲的事，我尽力弥补丹特。我也努力帮助女儿从悲伤中走出来。丹特长大了，长成克莱里库齐奥家族的一员，而且他也会和我的儿子们一起，做我的继承人。”

克罗斯想弄明白到底发生了什么。他对克莱里库齐奥家族，对这个世界的态度剧变，厌恶得浑身发抖。他想到父亲皮皮，他竟然扮作撒旦的角色，把桑塔迪奥家族引向死亡。这样一个人怎么会是他的父亲呢？他又想到喜爱的萝塞·玛丽耶阿姨，知道真相后，这么多年来伤心痛苦，神志不清地活着。是她自己的家人背叛了她。他甚至对丹特产生了几分怜悯，现在丹特的罪名是坐实了。然后他想知道，唐肯定不信皮皮被抢劫的说辞，那为什么他似乎接受了这种解释呢？他是一个从不相信巧合的人啊。他到底是什么意思？

克罗斯从来看不透乔治，他相信抢劫杀人的说辞吗？显然文森特和佩蒂耶信了。但他现在知道了他父亲和唐父子四人特殊的亲密关系。他们在屠杀桑塔迪奥家族的时候曾并肩战斗。他的父亲放过了萝塞·玛丽耶。

克罗斯说：“萝塞·玛丽耶没对任何人说过？”

“没有，”唐语气讥讽道，“她甚至做得更好，直接疯了。”他的声音里还带着一点点骄傲。“我送她去西西里，然后在丹特快临盆的时候带她回美国，让丹特出生在美国的土地上。世事无常，也许他往后能成为美国总统呢。我对这小家伙有希冀，但是两个家族的血脉对他来说太沉重了。”

“你知道最糟糕的事情是什么吗？”唐说，“你父亲皮皮犯了个错，他不该留下萝塞·玛丽耶的，虽然我因此而喜欢他。”他叹口气，啜了口酒，端详着克罗斯的脸，说，“要知道，世界眼下是什么样，就是什么样；你现在是什么人，就是什么人。”

在回拉斯维加斯的班机上，克罗斯不解地思考着。为什么唐要告诉他那些事？是为了防止他去见萝塞·玛丽耶，然后从她那儿听到另一个版本吗？还是为了警告他放弃，因为丹特牵扯其中，所以不要报仇吗？唐的行为让人不解。但有一件事克罗斯是可以确定的，如果是丹特杀了他的父亲，那丹特肯定也要杀他。而且唐·多梅尼科·克莱里库齐奥必定也心中有数。

第十九章

丹特·克莱里库齐奥没必要再听一遍这段往事。他的母亲，萝塞·玛丽耶在他两岁的时候就原原本本给他讲过了：每次她发病时，或是因失去丈夫和弟弟西尔维奥而痛苦不已时，又或是沉浸在对皮皮和三个哥哥的恐惧中时，她都会对他诉说。

只有在发病最严重的时候，萝塞·玛丽耶才会把丈夫的死怪到父亲——唐·克莱里库齐奥头上。唐一直否认自己下过命令，也否认三个儿子和皮皮执行了屠杀。但她怪了唐两次以后，他把她打发去诊所调理了一个月。此后她就只是大叫大嚷，再没敢直接指责过他。

但丹特一直记得她的私语。小时候他爱他的祖父，也相信他是无辜的。但他却处心积虑对付三个舅舅，虽然他们都待他不错。他尤其想要报复皮皮，虽然这些都只是幻想，但为了母亲，他还是想这么做。

萝塞·玛丽耶正常的时候，她把丧偶的唐·克莱里库齐奥照料得无微不至，对三个哥哥表现出妹妹的关心，对皮皮，她敬而远之。神志清醒的时候，她面容那么甜美，看不见一星半点的恶意。

她的脸型、嘴角的弧度和清澄的褐色双眼里找不到半分憎恶。对儿子丹特，她爱之至深，天底下再没有哪个男人能让她动情至此。出于母爱，她送给丹特好多礼物，虽然丹特的祖父和三个舅舅也送了不少东西，但动机却不那么纯洁，而是一种混杂着内疚的爱意。当萝塞·玛丽耶清醒的时候，她从没对丹特提起过那段往事。

但发病的时候，她骂骂咧咧，满口诅咒，甚至她的脸都因为愤怒而扭曲成丑陋的样子。丹特一直很困惑，他七岁时生起一道疑问。"你怎么知道那是皮皮和我的舅舅们呢？"他问她。

萝塞·玛丽耶一听，咯咯笑个不停。丹特看来，母亲活脱脱就是从自己那些童话书里面走出来的巫婆。她对他说："他们觉得自己有多聪明，他们觉得有了那些蒙面，有了那些特殊的衣服和帽子，我就看不出来了。你想不想知道他们忘了什么？皮皮还穿着他的舞鞋，带着蝴蝶结的漆皮鞋。还有，你的舅舅们站队的顺序永远是特定的。乔治一直站在前面，文森特稍微后边，佩蒂耶在右边。我认出他们的时候，他们转过头看着皮皮，看他会不会下令杀我。他们犹豫不决，都想走开。但是他们当时真应该杀了我的，我的亲哥哥。"之后她放声大哭，伤心欲绝的神色把丹特吓坏了。

即使只是个七岁的小孩子，他也试着安慰她。"佩蒂耶舅舅绝不会伤害你的。"他说，"要是他们伤害你的话，祖父会要他们的命。"他不确定自己对乔治舅舅甚或是文尼舅舅的感情，但是在他幼小的心灵中，他绝不会原谅皮皮。

丹特十岁那年，他已经学会要留心母亲发病，她一叫他过去，又要讲桑塔迪奥家的故事时，他就急忙把她带到她的卧室里，这里安全，不会让祖父和舅舅们听见。

丹特成年之后，他的聪明才智已经足够识破克莱里库齐奥家族的所有伪装。他天性顽劣，有意让他的祖父和舅舅们明白，他是知道真相的。他也能感觉得到，他的舅舅并没那么喜欢他。丹特本是要被遣去合法世界的，也许会接乔治的班，学习复杂的经济知识，但他对此显得丝毫不感兴趣。他甚至奚落舅舅，说他对家族这些娘娘腔的东西没有兴趣。乔治不动声色地听完，这反应让十六岁的丹特吓了一跳。

乔治舅舅说："好吧，你不用去了。"声音里带着沮丧，也有几分愤怒。

丹特中学四年级那年退学后，去佩蒂耶的建筑公司里上班。建筑公司在布朗克斯，丹特工作努力，建筑工地上的艰辛劳作为他锤炼出强壮的肌肉。佩蒂耶把他安排到布朗克斯的手下那里，当丹特年纪到了，唐就让他给佩蒂耶当手下。

乔治把丹特的所作所为向唐汇报之后，唐才作下这个决定。丹特班里一个漂亮的女孩控诉他强奸，另一个同龄同学控诉他用小刀行凶。丹特乞求舅舅别让祖父知道这两件事，他们答应了，但是不出意料，他们转头就告诉了唐。家族花了很多钱，才把这些指控抹平。

在青少年时代，他对克罗斯·德·莱纳的嫉妒越来越盛。克罗斯那时候已经是身材高挑、英俊非凡、礼节周到的年轻人。克莱里库齐奥家族的所有女人都爱慕他，簇拥着他。他的女性表亲纷纷与他调情，这些事她们可从没对唐的外孙做过。丹特矮壮健硕的身材、顽劣的幽默感，再戴上文艺复兴风格的帽子，只会吓到年轻姑娘。丹特可不笨，把这些全看在眼里。

丹特被带去内华达山脉的猎场，他偏爱设置陷阱胜过开枪射击。他爱上了自己的一个表妹，这在克莱里库齐奥家族再自然不过，但是他太性急。而且，他跟布朗克斯手下的女儿们太过亲近。最终，乔治担当起了严师慈父的角色，把他介绍给一个纽约高级应召场子的老板，让他少惹点事。

但丹特好奇心重，机智狡猾，这让他成为克莱里库齐奥这一代唯一知道家族底细的人。所以，最终家族决定送丹特去参加行动训练。

随着时间流逝，丹特发觉自己与家族之间隔阂渐多。唐还是一如既往地疼爱他，而且明确地告诉他，他会成为这个王国的继承人，但他不再把自己的想法和见解告诉外孙，也不再和他分享他的智慧。唐也不支持丹特的建议和计划。

他的舅舅们，乔治、文森特和佩蒂耶，也不如小时候疼爱他。佩蒂耶更像是一个朋友，可他也是佩蒂耶训练出来的。

丹特够聪明，知道也许错在自己，因为他泄露了自己知道桑塔迪奥家族和生父的事。他甚至向佩蒂耶问过吉米·桑塔迪奥的事情，而他的舅舅告诉他，他们非常尊敬他的父亲，而他的死讯令大家十分伤心。他们从没开诚布公地谈过，也从来没有承认过，但唐·克莱里库齐奥和他的儿子们晓得，丹特知道真相，萝塞·玛丽耶在犯病的时候把秘密泄露了。他们有心赎罪，待他像个王子。

但是对丹特性格影响最深的，要数他对母亲的同情和爱。犯病的时候，她在他心中种下了对皮皮·德·莱纳仇恨的种子，却免除了她父亲和哥哥们的罪孽。

这一切帮助唐·克莱里库齐奥下了最终决定，唐能轻而易举地看穿外孙的心思，就好像阅读自己的祈祷书一样简单。唐作出决断，丹特不会参加家族融入社会的最终撤退。他身上的桑塔迪奥血脉（唐是个公正的人）和克莱里库齐奥家的血脉，混杂起来太过凶狠。因此，丹特会进入文森特和佩蒂耶、乔治和皮皮·德·莱纳所在的世界。他们会并肩战斗，直到最后一刻。

而丹特也不负厚望，成了一员出色的悍将，尽管不怎么服管教。他自行其是，蔑视家族规矩，有时候甚至对某些命令充耳不闻。当有昏了头的代理人或不守规矩的兵逾越家族的底线，要被发落去投胎的时候，他的凶狠就派上用场了。除了唐谁也管不住丹特，让人不解的是，唐却不肯亲手严惩丹特。

丹特担心母亲的未来。而这未来得指望唐，她犯病越来越频繁，丹特看得出唐已经越来越不耐烦了。尤其是萝塞·玛丽耶每次离开时都要大吵大闹一番，她用脚画出一个圈，往中间吐唾沫，大喊大叫绝不要再进这栋屋子。这种时候，唐就会送她去诊所调理几天。

所以她每次发病时，丹特都会好言相劝把她哄回来，让她恢复原来的甜美和慈爱。但他一直害怕自己最后保护不了她，除非他变得和唐一样有权势。

这世上丹特唯一害怕的人就是唐。这是他小时候和唐相处的经历留给他的感觉，还有他觉得唐的儿子们对唐·克莱里库齐奥的爱和恐惧一样多。这让丹特觉得不可思议，唐已经八十多岁，已经没了力气，也几乎不出门，连身高也因为衰老而萎缩了。为什么要怕他呢？

唐胃口很好，相貌英武，时光在他身体上留下的唯一伤害，就是牙齿松脱，因此他的食谱上只剩下意大利面、磨碎的干酪、炖烂的蔬菜和例汤。肉要加番茄酱煨碎了才能吃。

但是唐不久就会离开这个世界了，权力会交接。万一皮皮成为乔治的左膀右臂呢？万一皮皮凭着积威掌权呢？要是那样的话，克罗斯就上位了，而且他在桃源酒店还有那么多的财富。

丹特安慰自己，这件事有实在的原因，不是因为他怨愤皮皮，竟敢在家族面前批评他。

丹特跟吉姆·洛西第一次接触，是因为乔治作出的安排。乔治觉得丹特手里得攥住一些权力，所以指派他负责给洛西的份子钱。

当然，万一洛西叛变，保护丹特的预防措施还是做了的。双方签署的合约里写明，聘任洛西担任家族一家证券公司顾问一职。合约属于机密文件，而且洛西的薪水必须现金酬付。在证券公司的税务申报中，给洛西的钱算作开支，用一家挂名公司做收账账户。

丹特给洛西送了很多年的钱以后，他们发展出了更亲密的关系。他没被洛西的臭名吓到，而是把洛西看成是一个处在人生关口的人，想给自己赚一大笔退休金。洛西什么事都有份，保护毒贩，收受克莱里库齐奥家族的贿赂保护赌博，甚至胁迫某些实力强大的零售商付给他额外的保护费。

丹特使出了全部的魅力，打算给洛西留下个好印象；他的狡狯机敏，戏谑的幽默感，还有他对大众接受的道德准则不屑一顾，这一切都很对洛西胃口。丹特对洛西的战史很感兴趣，故事里洛西对付着破坏西方文明的黑人。丹特本人倒是没有种族歧视。黑人对他的生活没有任何影响，要是有的话，早被无情地除掉了。

丹特和洛西极为投契。他们都是注重仪表、好赶时髦的人。在性爱关系上，他们都喜欢驾驭女人。这点倒不是出于情欲，而是为了彰显力量。丹特在西部的时候，就喜欢和洛西混在一起。他俩一起吃晚餐，饭后一道纵情夜店。丹特从来不敢带他去拉斯维加斯，或是去桃源酒店，而这也不是他的目的。

丹特喜欢对洛西说自己刚开始追求女人时的糗事，那时候他低声下气、挥霍金钱，但是女人仗着美貌十分傲慢。而之后他又是多么热衷于耍花招把女人带进无法逃跑的绝地，迫使她们上床。洛西有点瞧不上丹特的把戏，自称靠自己出众的男子气概，从最一开始就能斩获女人，然后再羞辱她们。

他们都声称，如果一个女人对他们的求爱无动于衷，他们绝不强迫她上床。他们一致同意，如果安提娜·阿奎坦内接受他们，那绝对是中大奖。他们一起出没于洛杉矶的俱乐部，勾搭女人，交流经验，嘲笑那些虚荣的女人，以为自己可以不用付出任何代价为所欲为。有时候女人闹得太凶，洛西就会出示盾徽，然后告诉她们他可以依照卖淫把她们都抓起来。因为他们上手的大部分女人多少都干点这个，所以这招屡试不爽。

通过丹特的精心安排，他们夜夜厮混在一起。洛西不说“黑鬼”故事的时候，就会试着给各种各样的妓女下定义。

一种是“一手交钱一手交货”的老娼妇，左手接住你的钞票，右手攥住你的生殖器。另一种呢，则是娇滴滴的小婊子，为你神魂颠倒，和你一夜缠绵，等第二天早上你要离开时，她才张嘴问你要张支票，帮她交个房租。

还有一种小婊子，她爱你，但是也爱其他人。她跟你们所有人都建立了长期的友谊，每个假日都捧着珠宝礼物满载而归，甚至劳动节都不落下。还有出来兼职的白领秘书、空姐、名品店的售货小姐什么的。这些人会跟你吃豪华大餐，会邀你到她家里喝咖啡，问题是最后她们连用手都不答应就会把你赶到街上！这是她们的最爱。和她们做爱非常刺激，充满激情，需要耐心和忍耐，而且这样的性爱比爱情还要美妙。

一天夜里，他们在威尼斯的“中国人”餐馆用过晚餐，丹特提议去海滨人行道走走。他们坐在长椅上，看着人来人往，漂亮的年轻姑娘们蹬着溜冰鞋，各种肤色的皮条客在后面紧追慢赶，嘴里叫着心肝宝贝，娇滴滴的小婊子卖着T恤，上面写着他俩看不懂的格言。印度教克利须那派教徒捧着乞讨用的饭盆，留着胡子的歌手们背着吉他，全家出游的带着相机，这一切的一切，映在黑沉沉的太平洋海面上。在海滩上，情侣们裹在毯子底下，不消说，肯定是在行苟且之事。

“我可以把这儿的人全抓起来，我有合理的理由，”洛西说，“真他妈是个动物园。”

“连那些溜冰的小妞儿你也不放过？”丹特问。

“那我就以她们携带生殖器这种危险武器为理由拘捕她们。”洛西说。

“这儿黑人不多。”丹特说。

洛西在沙滩上伸伸懒腰，一出声就是模仿得惟妙惟肖的南方口音。

“我想我对黑皮肤同胞太严苛了，”他说，“就像自由主义者总挂在嘴边的：这全都因为他们以前当过奴隶。”

丹特等着听他的妙语。

洛西把双手搁在脑袋后面，胳臂把夹克衫往后展了展，露出枪套，以吓退那些鲁莽的小混混。但是压根儿没人盯着他，他在海滨人行道刚走上一步，他们就看出他是警察了。

“奴隶制，”吉米·洛西说，“让人堕落。那样的生活太容易了，让他们变得太依赖别人。自由太艰难了。在种植园一日三餐有人照顾，不用交租，有衣服穿，还有医疗看护，因为他们是宝贵的财产。他们甚至连自己的孩子都不用管。想想吧。农场主强奸他们的女儿，给那些孩子安排一辈子的铁饭碗。当然，他们得工作，但他们不是成天唱歌吗？他们的工作能有多苦呢？我敢打赌，五个白人就能做一百个黑鬼的工作。”

丹特被逗乐了，洛西是认真的吗？无所谓，他只是抒发感情，又不是在讲道理。

他们在这儿很愉快，这是一个宜人的晚上，而且在他们眼中，这个世界很是安全，这些人绝对威胁不到他们。

然后丹特说：“我有个非常重要的提案对你说，你打算先听回报还是先听风险？”

洛西向他投去微笑：“先听回报，向来如此。”

丹特说：“事先给二十万美元，一年以后让你负责桃源酒店的安保。薪水是你现在的五倍。有费用账户，安排专车，吃住全包，女人随你挑。到时候能把调查酒店舞女背景的活儿交给你。还有贿赂，钱数和现在一样。还不用你开枪，承担主要责任。”

“听上去太好了，”洛西说，“但总有人得开枪，这是个有风险的活，是吗？”

“我来担风险，”丹特说，“我来开枪。”

“为什么不是我？”洛西问，“我戴着警徽，可以把这件事弄成合法枪杀。”

“因为就算合法，你也活不过六个月。”丹特说。

“那我干什么？”洛西问，“拿根鸡毛撩拨你屁眼儿助兴？”

丹特解释了全套行动，洛西吹了声口哨，表示钦佩这份计划里的胆量。

“为什么是皮皮·德·莱纳？”洛西问。

“因为他要叛变。”丹特说。

洛西还是满脸疑惑，这是他第一次冷血谋杀。丹特决定再下点猛药。

“你还记得博兹·斯堪尼特自杀的事吗？”他说，“是克罗斯干的，但不是孤身一人，是和一个叫利亚·瓦齐的人合伙动的手。”

“他长什么样？”洛西问。丹特描述了一通瓦齐的长相，他想起来这就是自己在酒店大厅撞见的家伙，他和瓦齐在一起，自己把他拦住了。“我在哪儿能找到这个瓦齐？”

丹特沉吟良久，他正在打破唐定下的、家族唯一真正神圣的规矩。但这能让克罗斯出局，而且克罗斯在皮皮死后可能会变成需要留心的人。

“我绝不把消息来源说出去。”洛西说。

丹特重新想了想，随即说道：“瓦齐住在内华达山脉的猎场，那里是我家族的产业。但是在杀皮皮之前，什么动作都不要有。”

“可以。”洛西说。他随心所欲惯了，才不会理会这条。“而且事先我就能拿二十万，是吗？”

“没错。”丹特说。

“听上去不错，”洛西说，“不过有一件事要说清楚，如果克莱里库齐奥来对付我，我会把你供出去的。”

“别担心，”丹特亲切地说，“要是我听到风声，会先杀了你的。现在我们就来商议细节吧。”

一切按照计划行进。

当丹特往皮皮·德·莱纳身上开了六枪，皮皮低声挤出“你这只桑塔迪奥家的狗”的时候，丹特感到了前所未有的快乐。

第二十章

第一次，利亚·瓦齐违抗了他的老板克罗斯·德·莱纳的命令。这也是没有办法的选择。吉姆·洛西探员来到猎场，再次询问他有关斯堪尼特的问题。利亚否认自己认识斯堪尼特，并称自己那时候只是碰巧才会出现在酒店大厅。洛西拍拍他的肩膀，然后又轻拍他的脸颊。“好，你这意大利小杂碎，”他说，“我看你还能嚣张多久。”

利亚在心里已经为洛西签了一张死刑执行令。不管发生什么事，只要他知道自己的未来有危险，就一定要洛西死。但他得非常小心。克莱里库齐奥家族有着严格的规矩，绝对不能伤害警察。

利亚回忆起驾车送克罗斯去见菲尔·沙尔基的事，那是洛西已经退休的搭档。他从来不信沙尔基会为了将来的五万美元就恪守承诺保持沉默。现在他确信了，沙尔基肯定把那场会见告诉了洛西，而且可能把看见瓦齐坐在车里的事也说了。这要是真的，克罗斯和他就很危险了。说实话，他不信克罗斯的判断，警察就和黑手党一样，非常团结。他们有他们自己的缄默规则。

利亚征募了两个手下，开车把他从猎场送去圣莫尼卡市，那是菲尔·沙尔基的住处。他有自信，只要和沙尔基聊上两句，就能知道这家伙有没有把克罗斯拜访的事情告诉洛西。

沙尔基的住处附近人迹罕至，草坪空空荡荡，只剩下一台废弃的刈草机。但是车库门开着，里面停着一辆车，利亚沿着水泥道路走到门口，按响门铃，却无人应答，他继续按铃，然后试了试门把，发现门没锁。现在得做个选择，是进屋还是直接离开呢？他用领带下摆擦净把手和门铃上自己的指纹，然后进门，在短短的门廊里喊沙尔基的名字，却没有人应答。

利亚穿过屋子：两间卧室里什么也没有，他还看了看衣柜里和床底下。他穿过起居室，检查了沙发底下和窗帘后。然后他走进厨房，露台桌上有一盒牛奶和一个纸盘子，盘子上盛着吃过几口的奶酪三明治，三明治的白面包皮子边上蘸着脱水的黄色蛋黄酱。厨房里有一扇褐色的板条门，利亚打开门，发现门后的房间地势略低，走下两个木板台阶就到底了，算是一个没窗户的半下沉房间。

利亚·瓦齐走下两步台阶，房间里有一堆用过的自行车，利亚瞅了瞅这堆自行车后面。他打开一只衣柜巨大的柜门，里面只挂着一套警察制服，地上摆着一双厚实的黑皮鞋，鞋子上搁着一顶镶着穗带的街警帽。此外无他。

利亚走到地上一个箱子跟前，掀开箱盖，竟出人意料地轻。箱子里堆满了叠得整整齐齐的灰色毯子。

利亚走回厨房，站在露台上盯着大海。把尸体埋进沙滩里是件蠢事，于是他放弃了这个想法。也许谁来把沙尔基带走了呢？但是这样的话可能被人看见，刺杀就有风险。而且沙尔基也不是容易杀的人。所以利亚推理出，如果有人死了，尸体肯定在屋子里。他立即回到半下沉房间，把箱子里的毛毯统统丢开。果然，箱子底部先是一颗硕大的头颅，下面连着瘦削的身子。沙尔基的右眼上有一个洞眼，上面盖着一层薄薄的血痂，像是一枚红色硬币。因为死亡时间长，尸体脸色苍白，脸上还布满了黑点。利亚作为一个中选者，清楚地知道这意味着什么。某个沙尔基深信不疑的人在离沙尔基非常近的地方开枪射击，打中他的眼睛；那些黑点都是火药粉痕。

利亚小心翼翼地把毯子重新码好，盖住尸体，然后退出屋子。他在现场没留下一点指纹，但他知道毯子上的毛肯定沾到自己身上了。他必须彻底销毁这些衣服，还有他的鞋子。他让手下开车送他去机场，打算乘坐班机飞往拉斯维加斯，候机的时候，他在机场商场的一家店里买下一套替换衣物，包括鞋子。之后他还买了一个可以随身携带的包裹，把旧衣服丢了进去。

到了拉斯维加斯以后，他入住桃源酒店，并给克罗斯留了信。然后他彻底地把自己刷洗了一遍，再次穿上新衣服，等着克罗斯的电话。

电话来的时候，他告诉克罗斯要见他。他带上装着旧衣服的包，见到克罗斯第一句话就是："你刚省下五万元。"

克罗斯看着他，嘴角泛起了微笑。利亚一向衣着得体，但这次他穿着花里胡哨的衬衫，蓝色帆布裤，还有同样是蓝色的薄外套，看上去就像是一个不上场面的赌场老千。

利亚对他说了沙尔基的事。他试着给自己的行为找借口，但克罗斯不听。"你和我是一起的，得保护好自己。不过话说回来，这他妈的算什么？"

"说来也简单，"利亚说，"唯一能证明洛西勾结丹特的，就是沙尔基。没有他的话，那就是空口无凭。所以丹特让洛西杀了他的搭档。”

克罗斯说：“沙尔基怎么能他妈的那么蠢？”

利亚耸肩。“他觉得自己可以从洛西手上拿到钱，然后不管怎样，还能再从你这儿拿五万。他知道你能给出那么多钱，毕竟他也当了二十年的探员，能够把这些都想明白。而且他做梦也想不到，洛西会杀他，他可是他的老搭档啊。但他算漏了丹特。”

“他们做得很彻底。”克罗斯说。

“这种情况，容不下额外的人，”利亚说，“我还挺惊讶，丹特竟然能想到沙尔基是个威胁。洛西肯定不愿杀自己的老搭档，我们都有善感的时候，但是丹特还是说服了他。”

“那就是说，丹特控制着洛西，”克罗斯说，“我觉得洛西没那么软弱。”

“他们是完全不同的人，”利亚说，“洛西是强大，丹特则是疯狂。”

“所以说，丹特知道我已经知道是他杀了皮皮。”克罗斯说。

“我得尽快展开行动了。”利亚说，

克罗斯点点头。“那就得用‘圣餐礼’，”他说，“让他们消失。”

利亚笑道：“你觉得那骗得过唐·克莱里库齐奥吗？”

“要是计划得当的话，没人能把这事儿算到咱们头上。”克罗斯说。

之后的三天，利亚都在和克罗斯商议计划。那期间他用酒店的焚烧炉亲手把自己的旧衣服烧了。克罗斯练习打十八洞的高尔夫球，利亚则开着高尔夫球车陪他。利亚想不通，高尔夫球是怎么流行在各大家族之间的。在他看来，这种运动就是旁门左道。

第三天夜里，他们坐在阁楼套房的阳台上，克罗斯拿出白兰地和哈瓦那雪茄。然后他们看着拉斯维加斯大道上的人流。

“不管他们有多么聪明，我父亲死后没多久，我也死了，唐肯定会怀疑丹特的，”克罗斯开口，“我觉得我们可以等等。”

利亚吸了一口雪茄。“但不能等太久，现在他们知道你和沙尔基聊过了。”

“我们得把他们同时干掉，”克罗斯说，“别忘了，一定给他们吃‘圣餐’，一定要让他们的尸体消失得无影无踪。”

利亚说：“你不应该先担心这个，我们该先确认能杀得了他们。”

克罗斯叹气道：“肯定很难，洛西是个危险又小心的家伙，而丹特英勇善战。我们必须把他俩孤立在一处，能在洛杉矶动手吗？”

“不行，”利亚说，“那是洛西的地盘，他在那儿势力太大，我们只能在拉斯维加斯下手。”

“这会坏了规矩。”克罗斯说。

“要是‘圣餐礼’，没人会知道他们死在哪儿，”利亚说，“而且要杀警官，已经算坏了规矩。”

“我想我有办法让他们同时去拉斯维加斯。”克罗斯说道。他把计划告诉利亚。

“我们得多放点饵，”利亚对克罗斯说，“我们得保证洛西和丹特在我们要他们来的时候来。”

克罗斯又喝下一杯白兰地。“好，这里还有诱饵，”他对利亚说，利亚点头表示同意，“他们要是消失了，可算是拯救了我们，”克罗斯说，“而且谁也不会知道是我们下的手。”

“除了唐·克莱里库齐奥，”利亚说，“他是我们唯一要害怕的人。”

第八部

/坚信礼

第二十一章

斯蒂夫·施塔林斯在拍完《梅莎琳娜》最后一个特写镜头之后才死真是太幸运了。如果重新摄制，得花上几百万美元呢。

他的最后一场戏其实是在电影中段，是一场战争戏。拉斯维加斯五十英里外的一个荒漠小镇被选作波斯军的大营，在片中被克劳狄一世（斯蒂夫·施塔林斯饰）和他的妻子梅莎琳娜（安提娜饰）摧毁了。

那天拍摄结束后，斯蒂夫·施塔林斯回到酒店套房。晚上有可卡因、好酒，还有两个女伴，但他气得不行，想把每个人都暴扁一顿。首先，如今他就是一个有角色的普通演员，不是什么大明星了。他意识到自己已经过气了，这是老去的明星躲不掉的命运。其次，安提娜在整个摄制过程中都故意疏远他，他原本可意不止此的。还有一点，连他自己都觉得有些孩子气，就是在庆功宴上，或是试映的时候，他也没有受到明星的待遇，连桃源酒店闻名遐迩的别墅他都没能住进去。

在电影行业浸淫那么多年，斯蒂夫·施塔林斯知道权力结构是如何运作的。当他还是个卖座明星时，他可以谁的面子都不卖。理论上说，电影公司的头是最大的老板，有权审批电影。有能耐的制片人，可以给电影公司捞来能下金蛋的原著小说，也算得上老板，他可以把所有元素都整合到一块儿——比如明星、导演、电影剧本——管理剧情发展，还能从“联合制片人”身上筹集资金，这些联合制片人虽然有个头衔，但是没有任何权力。那段时间里制片人可是说一不二。

但一旦电影开拍，就是导演做主了。假如他还是一位专拍主流大制作的导演，或更厉害的明星导演（有票房号召力、吸引卖座明星出演的导演），那就更不言自明了。

导演对影片全权负责。每件事都要经过他。服装、音乐、布景，演员怎么演。导演工会也是电影业里实力最强大的团体。没有哪个有名有姓的导演会接受顶替另一个导演。

但是所有这些人，虽然权势彪炳，照样得向那些最炙手可热的大明星折腰。要是导演在他的电影里同时碰上两个大明星演员，那就好比一个人骑着两匹烈马，卵蛋都要碎成四瓣儿。

斯蒂夫·施塔林斯曾经就是这样的明星，但他知道现在他已经风光不再了。

白天的拍摄工作让人身体疲劳，斯蒂夫·施塔林斯需要休息。他洗了个澡，吃了一大块牛排。这时候两位姑娘来了，都是当地的小演员，长得都不错。他让她们吸食可卡因、喝香槟。这一次他敞开了玩，毕竟自己的事业也到了暮年，而且他真的用不着再小心翼翼了。于是他干脆饱吸了一顿可卡因。

两个姑娘所穿的T恤上印着“斯蒂夫·施塔林斯的马屁精”，他的屁股为全世界的男女影迷所崇拜。她俩一开始还有些矜持，但是吸食可卡因之后，就脱了T恤和他滚到床上去了。这让他挺开心。他又吸了一口可卡因。女孩们爱抚着他，脱了他的短裤和衬衫。施塔林斯则被摸得心猿意马，她们的抚摸让他浑然欲仙。

明天的庆功宴上，他会见到所有曾经得手的情人。他搞过安提娜·阿奎坦内，干过写剧本的克劳迪娅，很久以前甚至还和迪塔·汤美有过一腿——当时她还不知道自己的性取向呢。他上过鲍比·邦茨的妻子，也泡过斯基比·迪尔的老婆，但她已经死了，所以不算数。在晚宴上环顾四周，算一算那些如今安静坐在丈夫或恋人身边的女人，总是给他一种功德圆满的感觉。他和她们都有过私情。

突然他的思绪被拉了回来，一个姑娘为了让他更来劲儿，用手指戳进了他的屁眼里，但是他一向最反感的就是这个。他有痔疮。他从床上坐起身，又吸了几口可卡因，灌下一大口香槟，但酒精让胃很难受。他先是觉得恶心，然后头脑发晕，浑然不知自己身在何处了。

忽然他感觉到极度的疲倦，双腿撑不住身子似的，杯子从手里滑落。脑子迷迷糊糊的。女孩儿们的尖叫好似从极远处传来，这声音让他愤懑不已，他人生的最后一个感觉，仿佛有个闪电球在脑袋里炸开了。

而接下来的事会发生，少不了愚蠢和怨愤。一个女孩惊声尖叫，因为被斯蒂夫·施塔林斯直挺挺地压倒在床上。他就此一动不动，嘴巴还张着，双眼直瞪瞪地盯着前方，显然是死了。两个女孩吓得要死，只是不住尖叫。声音引来了酒店服务人员和一群赌客，他们本来都在旅馆的小赌场赌博，这家小赌场里只有吃角子老虎机、一个骰子赌台和一张圆形的大扑克桌。这些人循着尖叫声上了楼。

施塔林斯的房门大开，屋外聚集着不少人，都看着他摊在床上浑身赤裸的尸体。仅仅几分钟后，又有一群人从小镇闻声赶来，差不多几百个。他们争先恐后地挤进房间去抚摸他的尸体。

一开始只是虔诚的碰触，对一个让全世界女人神魂颠倒的男人。然后一些女人吻了他，其他女人摸了他的睾丸、阴茎，一个女人从包里拿出一把剪刀，剪下了一大把乌黑发亮的头发，结果露出了底下灰白色的头发茬儿。

之所以会有这种亵渎，是因为斯基比·迪尔第一个抵达现场，却没有立即报警。他坐视第一批女人在斯蒂夫·施塔林斯的尸体上上下其手。他看得清清楚楚，施塔林斯的嘴巴开着，好似正在歌唱，脸上还带着惊异非常的神色。

迪尔看得清楚，第一个走到他跟前的女人先阖上他的眼帘，掩上他的嘴巴，然后在他的额头上轻吻了一记。但她被第二批不那么拘谨的人推到一边。迪尔对他有怨气，多年前施塔林斯给他戴上的绿帽子如今似乎还隐隐作痛，于是他放任那些女人为所欲为。施塔林斯经常吹嘘，说没有女人可以抵挡他的魅力，而这话的确中肯。就算是死了，女人们还在爱抚他的尸体。

等到施塔林斯连耳朵都丢了一块，身体也被翻过来，露出美名传扬的屁股，整具尸体显出死灰色时，迪尔才终于报了警，并开始控制局势，解决所有问题。这就是制片人的本职，他们的特长所在。

斯基比·迪尔给尸体做下整套安排，立即验尸，然后船运去洛杉矶，三天后葬礼会在那儿举行。

尸检报告显示，施塔林斯死于脑动脉瘤，动脉瘤破裂的时候会把他全身的血液统统冲进脑袋。

迪尔找到了之前和施塔林斯在一起的两个女孩儿，保证她们不会因为吸食可卡因受到起诉，而且她们能在他出品的新片里拿到几个小角色。他每周还支付给她们一千美元，为期两年。不过也有相应的条款约束她们：如果对任何人提起施塔林斯的死，则协议作废。

然后他花了点时间，给洛杉矶的鲍比·邦茨打了个电话，解释他之前的作为，又给迪塔·汤美挂了个电话，告知了施塔林斯的死讯，并让她通知《梅莎琳娜》所有工作人员，不分台前幕后，都要出席拉斯维加斯的庆功宴。然后，恐惧终于席卷全身，他浑身颤抖得厉害，程度剧烈得连自己都不敢承认，他随即服下两片安眠药，上床睡觉了。

第二十二章

斯蒂夫·施塔林斯的死并没有影响到在拉斯维加斯举行的试映和庆功。这都得归功于斯基比·迪尔的专业水准和拍摄电影时的情况。施塔林斯曾经是一个大明星，但是他已经不再卖座。他搞过不少女人，也是成百万女性的意淫对象，但他得到的爱却不比他从中得到的快感多。甚至片中的女性，安提娜、克劳迪娅、迪塔·汤美和另外三个各有特色的女明星对他的死也没有浪漫的想象中那么悲伤。大家都认为，斯蒂夫·施塔林斯也会希望项目继续进行。他若是泉下有知，一定不会同意取消庆功宴和试映会的。

在电影界，片子停机的时候，就要跟你那些拍摄过程当中的风流伴侣礼貌地说再会了。就跟旧时的舞会一样，一曲终了时跟舞伴道别。

斯基比·迪尔把庆功宴摆在桃源酒店，以及把放映粗剪安排在当天晚上都说成是他的主意。他知道安提娜在几天内就要出国，所以要确保她没有需要重拍的场次。

但事实上，这两件事都是克罗斯的提议，他主动提出帮忙。

“这是桃源大好的宣传机会，”克罗斯对迪尔说，“我能给摄制组所有人，还有你所有的客人安排一晚上的住宿、食物和饮料。你和邦茨分别能分到一幢别墅。我也会给安提娜一幢。保安也交给我，我保证，像记者这样不招你待见的人，绝对看不着粗剪。你不是很想住别墅吗？”

迪尔仔细考虑了一下：“你做这些就只是为了知名度吗？”

克罗斯朝他咧嘴笑道：“你也带来了不少的有钱人，赌场可有得赚呢。”

“邦茨不赌钱，”迪尔说，“但我赌。你能赚到我的钱。”

“我贷给你五万美元，”克罗斯说，“要是你输光了，也用不着还。”

这一条把迪尔说服了。“好吧，”他说，“但告诉电影公司的时候，我得把这说成是我的主意，否则他们不会答应的。”

“当然可以，”克罗斯说，“但是斯基比，你和我合作过不少次。但到最后我总是吃亏。这次不同，这次你必须善始善终。”他对迪尔微笑道，“可不能再让我失望了。”

人生中少有的几次，迪尔因为害怕而打战，却并不知道在怕些什么。克罗斯并没有威胁他，看上去和蔼可亲，好像只是在陈述事实。

“别担心，”斯基比·迪尔说，“我们三周之内杀青，你拟一份计划吧。”

然后，克罗斯得确认安提娜会同意出席庆功宴，并观看粗剪。“为了酒店，也为了能再见你一次，我真心希望你来。”他对她说。

她答应了。如今克罗斯要确保丹特和洛西会来这场盛宴。

他邀请丹特来拉斯维加斯，聊聊罗德斯通的买卖，和洛西的电影计划，影片取材自他在警署的冒险经历。谁都知道洛西和丹特现在是好朋友。

“我要你为我向吉米·洛西美言几句，”克罗斯对丹特说，“我想做他电影的联合制片人，投资一半的预算资金。”

丹特被这话逗乐了，说：“你还真对电影这个行业上心啦，为什么？”

“因为可以赚大钱，”克罗斯说，“还可以认识美女。”

丹特笑道：“你已经赚到大钱，也有美女了。”

“最好的大钱和最好的美女。”克罗斯说。

“你怎么不邀请我参加这场盛宴呢？”丹特问道，“而且我从来没住过别墅。”

“把我的要求转告给洛西，”克罗斯说，“我就满足你。带上洛西。另外，你要是想要约会，我可以帮你安排蒂芙尼。你看过她演出的。”

对丹特来说，蒂芙尼就是欲望的终极化身——丰满的胸脯，滑润细长的脸，丰润的嘴唇和阔嘴巴，身材高挑，双腿匀称。丹特第一次来了热情。“真的？”他说，“她的个头是我两个大。能想象吗？就这样说定了。”

做得有点太明显了，但克罗斯就指望，所有家族禁止在拉斯维加斯使用暴力的禁令能让丹特相信他克罗斯不敢动他。

之后克罗斯漫不经心地加了几句：“连安提娜都要来，她才是我干电影这一行的主要原因。”

鲍比·邦茨、梅洛·斯图尔特，还有克劳迪娅搭乘电影公司的包机飞到拉斯维加斯。安提娜和其他演员，以及迪塔·汤美，则在拍完各自的预告片部分后赶了过来。维文参议员，以及他一手擢拔上来的内华达新州长，将共同代表内华达州。

丹特和洛西住同一幢别墅的两个公寓间，利亚·瓦齐和他的手下住那幢别墅剩下的四个公寓间。

维文参议员、州长和随从们占了另一幢别墅。克罗斯为他们准备了一场私宴，有舞女作陪。他希望他们的出席能消弭将要发生事情的调查热度。凭着他们的政治影响力，什么报道和法律追诉都能压住。

克罗斯破坏了所有的规矩。安提娜有一幢别墅，但克劳迪娅、迪塔·汤美和茉莉·弗兰德斯的公寓间也在这幢别墅。剩下两间公寓里住着利亚·瓦齐的四人团队，保护安提娜。

邦茨和斯基比·迪尔带着随从们住进了第四幢别墅，剩下三幢别墅则安排进了利亚二十个手下，他们会取代原先的安保人员。然而，瓦齐的手下都不会参加正式行动，他们不知道克罗斯的真正目标。执行者只有利亚和克罗斯两人。

克罗斯把别墅的珍珠赌坊关了两天。好莱坞的大多数来人，不管多成功，都用不起赌坊的筹码。而那些已经预订别墅的有钱人则被告知别墅正在修理翻新，不能入住。

克罗斯和利亚·瓦齐商讨后，决定由克罗斯动手杀死丹特，利亚解决洛西。否则，要是唐认为丹特是死在利亚手上，可能会杀了利亚全家。而要是唐发现真相，也许不会动克劳迪娅，毕竟她身上也淌着克莱里库齐奥家族的血。

而且利亚和吉姆·洛西之间还有私仇，他痛恨所有代表政府的人，既然这件事这么危险，何不混进一点个人喜好呢?

真正的问题在于，要怎么把两人孤立，然后隐匿尸体。美国所有的家族都规定不许在拉斯维加斯杀人，这是为了获取公众对赌博的支持。唐就是这条规矩最大的支持者。

克罗斯希望丹特和洛西不会怀疑这是陷阱。他们还不知道利亚已经发现了沙尔基的尸体，所以也不会知道他们的意向。另一个问题在于，怎么应对丹特的反击？于是利亚在丹特的阵营里布了眼线。

茉莉·弗兰德斯在盛宴当天早上飞抵，她要给克罗斯办一桩业务。她带来了加州最高法院的法官和罗马天主教拉斯维加斯教区的主教阁下。她还精心准备了一份遗书带在身边，克罗斯在签署这份遗书的时候，这两位将在场见证。克罗斯知道，自己生还的几率很小，他也深思熟虑过，自己如果难逃一死，桃源酒店的这些股份要何去何从。这些份额值得上五亿美元，绝对不容小视。

遗书中列明，利亚的妻子和孩子可以获得一辈子享用不尽的抚恤金，剩下的部分则分给克劳迪娅和安提娜。安提娜的那部分则会以信托方式保管，最终交给她的女儿贝萨妮。下一刻，克罗斯惊诧地发现，竟然没有第三个人可以交付遗产了。

当茉莉、主教和法官来到克罗斯的阁楼套房后，法官赞他少年老成，早立遗嘱。主教不动声色地四处打量了一下套房的奢华布置，似乎在计算这些不义之财的数目。

两个人都是茉莉的好朋友。茉莉分文不取地帮过他们的忙。

而因为这层人情的关系，茉莉联系上了他们。这是克罗斯特别吩咐的。克罗斯希望找出几个证人，而这些证人不会屈从于克莱里库齐奥家族的任何手段。

克罗斯给他们拿了饮料，然后签署了遗书。接着，两位先生起身告辞；虽然他们收到请柬，但是他们爱惜名声，不希望自己在赌窟拉斯维加斯参加电影庆功宴的事情传扬出去。他们毕竟不是民众选出来的国家官员。

克罗斯和茉莉两人待在套房里，茉莉给他看了遗书初稿。克罗斯说："你自己也留了备份，是吗？"

"当然，"茉莉说，"你要我准备遗书的时候，我真是吓了一跳。我还不知道你和安提娜已经走得这么近了呢。况且她自己已经很有钱了。"

"她现在的财力可能还不够。"克罗斯说。

"她的女儿？"茉莉说，"我知道她。我是安提娜的私人律师。你说得对，贝萨妮可能用得着那笔钱。我把你想到别处去了。"

"想到别处去了？"克罗斯说，"怎么想的？"

茉莉平静地说："我那时候还以为是你杀了博兹·斯堪尼特。一直以为你是冷血的黑手党。我还记得我替一个孩子辩护过，他当时被指控谋杀，后来判无罪。你跟我提到过这个人。结果他就死了，据说是什么毒品交易。"

"现在你知道你错得有多离谱了吧。"克罗斯向她投去微笑。

茉莉冷漠地看着他："我知道你让鲍比·邦茨卷走你在《梅莎琳娜》的利润的时候，更是大吃一惊。"

“都是小钱。”克罗斯说。这时候他想起了唐和雷德菲洛。

“安提娜后天动身去法国。”茉莉说，“这时候你不陪陪她吗？”

“不了，”克罗斯说，“我这里还忙得很。”

“好吧，”茉莉说，“放映粗剪和庆功宴的时候见吧。也许等你看到粗剪之后的片子，就知道邦茨从你这儿捞了多少钱了。”

“这不要紧。”克罗斯说。

“你知道吗，迪塔打算在粗剪片头放一段祝语，就写‘献给斯蒂夫·施塔林斯’。邦茨要是知道，肯定要气死了。”

“他为什么生气？”克罗斯问。

“因为斯蒂夫搞上了所有邦茨搞不上的女人，”茉莉说，“男人真是坏透了。”她添完这句就离开了。

克罗斯坐在阳台上，拉斯维加斯的街道人潮涌动，人们在街边挑选着看得上的酒店赌场。霓虹亮着酒店大名：凯撒、沙湾酒店、海市蜃楼大酒店、阿拉丁、沙漠旅店、星尘酒店——紫的、绿的、红的，彩虹般的色彩一望无际。除非你把目光投向远处的沙漠和群山，否则连下午刺目的太阳也盖不住它们的光芒。

《梅莎琳娜》剧组成员三点之后才来。要是事败，这就是他最后一次见安提娜了。他拿起阳台上的电话，给利亚·瓦齐所在的别墅挂了个电话，要他来阁楼套房，再检查一遍计划。

《梅莎琳娜》中午杀青，迪塔·汤美想要最后来一个罗马战场上旭日东升，照遍尸横遍野的镜头。安提娜和斯蒂夫·施塔林斯低头下视。施塔林斯的镜头用替身来拍，阴影打在脸部以掩饰形象。大约下午三点之前，摄影车、摄制组人员的化妆车、移动厨房、服装车和装着公元前武器的卡车一辆接着一辆驶进了拉斯维加斯。由于克罗斯这次用的是拉斯维加斯的老办法举办宴会，所以也来了不少其他车辆。

克罗斯的老办法就是：他不分高低贵贱，为《梅莎琳娜》所有工作人员提供房间、食物和饮料。罗德斯通给的名单上超过三百个人。克罗斯的确是慷慨大方，这件事也的确让人对他赞不绝口。但这三百人会在赌场花掉很大一部分工资。这是他从格罗内韦尔特身上学来的。“人们感觉良好的时候，就想庆贺，开始赌博。”

《梅莎琳娜》的粗剪会在晚上十点放映，不配音乐，也不加特效。放映结束后开始庆功宴。巨大的桃源舞厅曾给大蒂姆办过宴会，整个舞厅分成两个部分，较小的那部分是电影放映厅，较大的那块是自助餐室和乐队所在的地方。

下午四点，所有人都到了酒店和别墅。谁也没缺席：两个光辉夺目世界的聚会，好莱坞和拉斯维加斯，而且一切都是免费的。

记者们被严格的安检惹毛了。别墅和舞厅的入口防备森严，连一张与宴演员的照片都拍不到。更别说电影明星、导演、参议员、州长、制片人和电影公司老板了。他们甚至连粗剪放映会都进不去。这些记者绕着赌场逡巡，花大钱贿赂剧组里的小角色，以求进入舞厅的证件。有些人还成功了。

四个剧组成员、两个特技替身演员，还有两个后厨的女人把证件卖给了记者，一千美元一张。

丹特·克莱里库齐奥和吉姆·洛西很喜欢他们别墅里的奢华装扮。洛西惊讶地摇头。“小偷哪怕光是从这浴室里搞点儿黄金出去，就够舒舒服服过一年的啦。”他大着嗓门道。

“不可能，”丹特说，“他连六个月都活不过。”

他们坐在洛西公寓间的起居室，没有叫客房服务，因为厨房的冰箱里已经放满了盘子和瓶子，盘子里盛着三明治和夹着鱼子酱的小面包，瓶子里装着进口啤酒和最醇的葡萄酒。

“所以一切就绪啦。”洛西说。

“是的，”丹特说，“事成之后我要求唐把这间酒店给我，我们这辈子都不愁啦。”

“重点是，把他一个人叫来这儿。”洛西说。

“交给我，别担心。”丹特说，“实在不行，我们就开车把他带去沙漠。”

“你怎么把他叫来这幢别墅？”洛西说，“这是重点。”

“我就告诉他，乔治偷偷来了，想要见他。”丹特说，“然后我负责下手，你清理现场。他们是怎么调查犯罪现场的，这些你最清楚。”

他沉吟道：“最好的法子就是把他丢进沙漠，他们可能再也找不到他了。”他顿了顿，“你知道的，皮皮死的那晚，克罗斯没接乔治的电话。他可不敢再这么来一次。”

“但万一他敢呢？”洛西问，“我只好孤零零待在这儿，手淫一晚上。”

“安提娜的别墅就在隔壁，”丹特说，“你敲开门就是，会交上好运的。”

“她要是说出去怎么办？风险太大了。”洛西说。

丹特笑逐颜开，道：“我们可以把她和克罗斯一起送到沙漠。”

“你真是疯狂。”洛西说。然后又意识到这话没错。

“干吗不做呢？”丹特说，“干吗不找点乐子呢？沙漠很大，容得下两具尸体啊。”

洛西想着安提娜的身子，她可爱的脸庞，她女王一样的气势。他和丹特会找到乐子的。他已经是个杀人犯了，强奸也无所谓。马罗威、皮皮·德·莱纳和他的老搭档——菲尔·沙尔基。他已经杀了三个人，但因为怕羞，还没强奸过别人。他正变成自己逮捕的那些蠢蛋中的一员。还是为了一个把身体卖给全世界看的女人。他面前这个戴着顶破帽子的矮子，可是个彻头彻尾的混蛋。

“我试试，”洛西说，“到时候邀她喝一杯，要是她答应了，那就是她自愿的。”

丹特觉得洛西的逻辑很有趣。“谁都自愿做这码事，”他说，“我们也是。”

他们检查了细节。然后丹特回到自己的公寓间洗澡，他要用别墅里价格昂贵的香水。浸在芬芳的热水里，他那克莱里库齐奥家族独有的、马鬃般的黑发上满是肥皂，仿佛一顶硕大的白色头冠，他想着自己的命运可能会如何。把克罗斯的尸体丢到离拉斯维加斯几英里远的地方以后，最艰难的部分就开始了。他得说服祖父他是清白的。要是事情败露，他就向唐供认不讳，把皮皮的死也交代出来，他祖父肯定会原谅他的。唐一直对他偏爱有加。

而且，丹特现在是家族的铁锤。他要申请出任西部的代理人，还要掌管桃源酒店。乔治会反对他，但文森特和佩蒂耶则会保持中立。他们已经满足于靠那些合法营生赚钱了。老头子总会死，而乔治是个白领。战争狂变身帝王的那天肯定会到来。他才不要撤退到地上社会。他要带着家族恢复荣光，绝不会放弃手握生死的权柄。

丹特走出浴缸，冲掉头发上的肥皂，取出了酒店里的古龙水和发胶，这些东西都装在造型漂亮的容器里。他仔细读着说明书，给自己洒上古龙水，涂上气味芬芳的发胶。然后走到装着文艺复兴风格帽子的衣箱那儿，选了一顶嵌着昂贵珠宝的帽子，形状像块蛋奶糕。帽子有着金色和紫色的编织线，衣箱里的帽子看上去荒谬可笑。但当他戴上头的时候，丹特陶醉了，他真像个王子。尤其是前额一溜绿宝石。这就是安提娜今晚会见到的扮相了，如果见不到安提娜的话，蒂芙尼也行。不过要是有正事，今晚不急着见她们也行。

他打扮好之后，想着人生之后将何去何从。他会住在一幢奢华的别墅里，不逊任何殿宇，有看不尽的美女，都是自食其力的舞女，在桃源酒店的歌舞厅里谋生。他可以在六家不同的饭店里吃饭，吃六种不同国家的风味。他可以下令杀死敌人，犒赏伙伴。在现代社会里能活得像个罗马皇帝似的。唯一的阻碍就是克罗斯。

吉姆·洛西终于独处在公寓了，他想着自己的人生轨迹。职业生涯前半段，他是个出色的警察，守护社会的真正骑士。他疾恶如仇，尤其讨厌黑人。但渐渐地，他变了。他讨厌媒体指控警察野蛮。这个他从渣滓手上保护的社会竟然反过来咒骂他。他的上级，穿着金边制服，和满嘴胡言的政客站在一起，还说些不能仇恨黑人的屁话。仇恨黑人有什么不好？一大半罪人都是黑人。而且他作为一个自由的美国人，难道不是可以憎恨任何人吗？黑人就是一群蟑螂，会啃噬掉所有文明。他们不想干活、不想学习，除非是去月光下投篮，否则开夜车对他们来说就是个笑话。他们抢劫手无寸铁的公民，逼老婆卖淫，还蔑视法律，藐视执法者。保护富人不被仇富的穷人伤害是他的职责，而且他自己也想变得有钱。他想要衣服、轿车、食物、美酒，还有最重要的，有钱人才能搞得到的女人。这才是美国人的生活。

一开始是收受贿赂保护赌博，然后是收保护费，为毒贩找替罪羊。他曾经很是得意自己“英雄警察”的身份，这是自己凭着英勇无畏得来的赞誉，但一文不值。他还是得买便宜衣服，精打细算地过日子才能过得长久。而且他保护富人不被穷人侵害，却没收到一点奖励，自己还是个彻头彻尾的穷光蛋。但是，压垮骆驼的最后一根稻草是，公众对他的尊敬还不及罪犯。他的一些执法者朋友不过是履行职责，就被起诉然后投入大牢，或是丢掉了工作。强奸犯、窃贼、抢劫杀人犯和持械劫匪则在光天化日下明目张胆，比警察权力还大。

多年来，洛西对自己的经历愤愤不平。新闻和电视辱骂执法者。该死的米兰达警告，该死的美国公民自由联盟。让那些该死的律师出街巡逻六个月，他们也会忍不住动私刑的。

毕竟他用过欺诈、暴力和威胁让一些渣滓认罪伏法，滚出社会。但洛西还不能完全出卖自己，他是个厉害的警察，不能因为杀过人就泯灭良心。

忘掉那些吧，他要有钱了。他要把警徽和那些颂扬他英勇无畏的引文都丢到政府和大众脸上去。他会成为桃源酒店的保安主管，拿着十倍的薪水，在这个沙漠中的伊甸园里，愉快地看着逍遥法外的罪犯把洛杉矶搞得乌烟瘴气。今晚他要看《梅莎琳娜》的粗剪，还要去庆功宴。也许还能和安提娜做一场。想到这儿他感到有点难为情，虽然光想想那样的性爱场面，就已经让他全身饥渴。晚宴上他要和斯基比说说他的故事片，素材全都取自他——洛杉矶警署最伟大警察的职业生涯。丹特告诉他克罗斯想要投资他的电影，这可真是有趣。为什么要杀掉一个打算出钱的金主呢？这很简单。因为他知道，要是他退出，丹特会宰了他。而洛西虽然凶狠，也不敢动丹特。他太了解克莱里库齐奥家族了。

突然他想到马罗威，一个不错的黑鬼，无忧无虑，做事也很配合。他一直都挺喜欢马罗威，所以动手杀马罗威的时候，他自己也挺遗憾。

离放映和庆功宴还有几个小时，他可以去赌场里玩两把，但赌博是罪犯们的游戏，于是他决定还是不赌了。今晚很重要，先是电影和晚宴，凌晨三点他还要帮丹特杀了克罗斯·德·莱纳，然后再把他埋到沙漠里。

鲍比·邦茨邀请《梅莎琳娜》所有的明星晚上五点到他别墅喝庆功酒：安提娜、迪塔·汤美、斯基比·迪尔，出于礼貌把克罗斯·德·莱纳也请上了。但只有克罗斯回绝了，说在这个特殊的夜晚，酒店工作太多，他走不开。

邦茨带来了他最新的目标，一个新入行的年轻女孩儿约翰娜，一个出色的星探在俄勒冈州的小镇上发掘到她。她签署了一份为期两年的协议，每周工资五百美元。她虽然漂亮，却毫无心机，浑身散发出处女般天真无邪的气息，有一种别样的吸引力。但是，她也有超过年龄的机灵劲儿，死活不同意和鲍比·邦茨上床，除非他带她来看《梅莎琳娜》的粗剪。

斯基比·迪尔和邦茨住同一幢别墅，就在邦茨隔壁，却赖在邦茨的屋里不肯走，妨碍邦茨和约翰娜的好事。这让邦茨大为光火。斯基比正在向邦茨大谈特谈一部自己为之狂热的故事片，对钱狂热是制片人分内的工作。

迪尔和邦茨说的正是吉姆·洛西，洛杉矶警署最伟大的警察，一个高大英俊的混球，甚至可以自己来出演片中的主角，因为这是他的生活。一段“真实”的生活经历，内容可以随便杜撰。

迪尔和邦茨都知道，洛西不可能主演，这只是为了骗他便宜点卖出自己的故事，也是为了欺骗大众。

斯基比·迪尔怀着极大的热情勾画出故事大纲。巧妇难为无米之炊，做不出片子什么钱也赚不到。这一刻他感受到纯粹的快乐，拿起电话，在邦茨阻止之前就挂给探员，邀请他在下午五点钟参加鸡尾酒会。洛西问能不能带个伴儿，迪尔以为是他的女朋友，就同意了。斯基比·迪尔作为一个电影制片人，喜欢把不同的世界混杂到一起。你永远也不知道会发生什么奇迹。

克罗斯·德·莱纳和利亚·瓦齐在桃源酒店的阁楼套房里重审今晚行动的细节。

“我的人都到位了，”利亚说，“别墅院子控制住了。这些人都不知道我们的计划，他们不参与。不过我收到消息了，丹特派布朗克斯的人在沙漠里给你挖坑呢。今晚一定小心。”

“我担心的是今晚之后，”克罗斯说，“那时候我们要对付的是唐·克莱里库齐奥。你觉得他会信我们编的故事吗？”

“很难，”利亚说，“但那是我们唯一的希望了。”

克罗斯耸耸肩。“我没得选，丹特杀了我爸爸，现在也要杀死我才肯罢休。”他顿了顿，然后说道，“我希望唐不是一开始就知道，而且站在他那边，那样的话我们就一点希望都没了。”

利亚小心地说：“或者也可以取消所有行动，把问题都摆到唐面前去。让他决定该怎么办。”

“不行，”克罗斯说，“他不会作出不利于自己外孙的决定。”

“也对，人之常情，”利亚说，“现在，唐的心肠有点儿软了。他竟然容忍好莱坞那帮人骗你，换了他年轻的时候，他绝对容忍不了。不是钱的事儿，这是不尊重你。”

克罗斯给利亚的杯子里加上白兰地，为他点起雪茄。他没对他说大卫·雷德菲洛的事情。“喜欢你的房间吗？”他打趣道。

利亚吸了口雪茄。“少废话，漂亮有什么用？谁非得过这种日子不可？太过了。这些东西会让人堕落，引起别人的妒忌。这样侮辱穷人可不明智，他们想杀了你也是合情合理的。我父亲在西西里也算有钱了，他就从来没住这么奢侈过。”

“你不懂美国，利亚，”克罗斯说，“每个看见别墅装潢的人都喜不自胜，因为他们心里知道，有朝一日他们也会住进这样的地方。”

这时候阁楼套房的私人电话响了，克罗斯接起电话，心颤了一下，是安提娜。

“电影放映之前我们能先见面吗？”她问。

“那你得来我的套房，”克罗斯说，“我真离不开。”

“真够殷勤，”安提娜讽刺道，“那我们庆功宴后再见吧，我明早就走，你可以来我的别墅。”

“我真去不了。”克罗斯说。

“我一早去洛杉矶，”安提娜说，“次日飞往法国。要是你不来……我们就只能法国见了。”

克罗斯看向利亚，他摇头皱眉。于是克罗斯对安提娜说：“要不然你现在到我这儿来？拜托了。”

他等了很久才听到她的回答：“好，等我一小时。”

“我给你派车和保安，”克罗斯说，“他们到你别墅外边等你。”他挂了电话后对利亚说，“我们得关照好她，丹特是疯子，什么都做得出来。”

美女们为邦茨别墅里举办的鸡尾酒会增光添彩。

梅洛·斯图尔特带来一个在戏剧界声誉卓著的年轻女演员，他和斯基比·迪尔打算让这位姑娘担任吉姆·洛西新片的女主角。她有着强烈的埃及式美丽，五官分明，神采飞扬。邦茨则带着新宠约翰娜，姓氏不明的天真处女。安提娜从没这么容光焕发过，被朋友们围着：克劳迪娅、迪塔·汤美和茉莉·弗兰德斯。安提娜反常地不发一言，但虽然如此，约翰娜和戏剧女角丽扎·朗盖特，都带着近乎敬畏和嫉妒的眼神盯着她。两人都来到安提娜——她们希望取而代之的影后面前。

克劳迪娅问鲍比·邦茨："你没请我哥吗？"

"当然请了，"邦茨说，"但他太忙没空来。"

"谢谢你分给厄内斯特家人的利润。"克劳迪娅笑逐颜开道。

"茉莉把我抢劫了。"邦茨说。他一直都喜欢克劳迪娅，也许因为马林当初也喜欢他，所以他不介意她的玩笑。"她挺着一管加农炮抵着我脑袋呢。"

"是你把事情先搞得那么棘手，"克劳迪娅说，"要是马林的话早就没事了。"

邦茨茫然地盯着她，突然间热泪盈眶。他从没成为过马林那样的人。他想马林了。

这时候斯基比·迪尔把约翰娜拉到角落里，对她说新片的事，新片里有个女角色，是个年轻女孩儿，被毒贩粗暴地奸杀了。"这个角色好像就是为你度身定做一样，你没多少经验，但是我可以和鲍比说说，让你来试镜。"他顿了一会儿，然后用热情而富有煽动力的语调说道，"你该改一个名字，约翰娜对你的职业生涯来说，太过古板啦。"言下之意是她星途似锦。

他注意到了她的小脸蓦地潮红一片。真是令人感叹，年轻姑娘们竟然都那么相信她们自己的美貌，那么渴望成名成星，就像文艺复兴时期的女子渴望成为圣徒那样强烈。厄内斯特·维尔那种不屑的嗤笑又浮现在他眼前。他想，你想怎么笑都可以，想成名也是一种高尚的欲望。虽然大多数人到最后都是殉道而不是得道，但这本来就是成名必经之路。

不出所料，约翰娜去找邦茨聊了。迪尔走去了梅洛·斯图尔特和他的新女友丽扎身边。虽然她在舞台上才华横溢，但斯基比怀疑，她在银幕上是不是能出彩。对她展现出来的那种美，摄影机太过残酷。而她的智慧又会让她和许多角色无缘。但梅洛坚持要她做洛西片中的女主角，虽然他自己也承认过，那部片里的女主角没什么价值。

迪尔吻了丽扎的双颊。“我看见你在纽约的演出了，”他说，“非常棒的表演。”他顿了顿，说，“我希望你能在我的新电影里出演，梅洛觉得这会使你在电影业更进一步。”

丽扎冷笑道：“我得先看看剧本。”迪尔顿时感觉到一种熟悉的厌恶。她在事业的突破口，不赶紧抓住送上门的机会，还要先看他妈的什么剧本。他看见梅洛在一旁窃笑。

“当然可以，”迪尔说，“但相信我，我绝不会把配不上你才华的剧本给你的。”

梅洛做情人从没做商人那么热心。“丽扎，我们可以保证你是主角，而且是一线的主流制作。电影剧本跟戏剧剧本不一样，没那么神圣，完全可以照你意思改。”

丽扎对他的笑容稍微比刚才温暖了一些。她说：“那种鬼话你也信？舞台剧的本子也要修改。要不然你以为我们在城外头试演的时候，究竟是在干吗？”

在他们回应之前，吉姆·洛西和丹特·克莱里库齐奥走进了公寓间，迪尔疾步过去和他们打招呼，并将这两位引见给派对上的其他人。

洛西和丹特几乎就是一对活宝。洛西高大英俊，尽管现在是拉斯维加斯炙热的七月，还是穿着合体的衬衫，打着领带。而他身边的丹特，肌肉鼓胀的身体紧紧包在T恤里，缀着珠宝的文艺复兴式帽子闪闪发光，盖住他黑绳似的头发，而且身形矮小。房间里所有的其他人都是虚伪做作世界的专家，却都知道这两人尽管行为古怪，却肯定不是做作的人。他们神色冷峻，面无表情，绝不可能是假装出来的。

洛西立即找到安提娜，对她说自己有多么想要看她在《梅莎琳娜》里的演出。他舍掉了自己追求女人一贯的胁迫威吓手段，相反有点近乎奉承讨好。女人都觉得他魅力无边，安提娜能是个例外吗？

丹特给自己倒了杯饮料，坐到沙发上。除了克劳迪娅没人走到他附近。这些年他们见面的次数不超过三次，唯一的交集就是儿时的共同回忆。克劳迪娅吻了他的脸颊，小时候他欺负过她，但她在想起他的时候，却总是带着某种情愫。

丹特起身拥抱了她。“表妹，你看上去真美。要是小时候你就这么漂亮，我绝不会动不动就打你。”

克劳迪娅摘下了他脑袋上文艺复兴风格的帽子。“克罗斯对我说过你的帽子，你戴着挺好看的。”她把帽子戴在自己头上，“教皇都没有这么漂亮的帽子。”

“他有很多顶帽子，”丹特说，“谁能料想，你现在是电影圈的大人物了。”

“你近来忙些什么呢？”克劳迪娅问。

“运营一家肉制品公司，”丹特说，“供应给酒店。”他微笑，然后问道，“嘿，你能帮我给你那位漂亮的明星引见引见吗？”

克劳迪娅把他带到安提娜身边，洛西还在对她大献殷勤，安提娜有些烦心。但一看见丹特的帽子，她就忍不住笑了。丹特的形象，有着让人纾解烦躁的滑稽感。

洛西继续甜言蜜语道："我知道，你的电影肯定会很棒，"他说，"庆功宴后，我可以当你的保安，送你回别墅。然后我们可以一起喝一杯。"他极力扮演一个好警察的角色。

安提娜手段高妙地回绝了他的建议。她向他甜美地笑道："我很愿意，但我只能在派对上待半个小时。明天一早得赶飞机去法国。琐事太多，我可不希望你错过派对。"

丹特这时候对她升起一股钦佩之意。他看得出来她讨厌洛西，也有点害怕洛西。但她的表现让洛西着迷，还以为自己能有机会和她做爱呢。

"我可以和你一起飞去洛杉矶，"洛西说，"几点的飞机？"

"你真好，"安提娜说，"但那是一架小型包机，已经坐满了。"

她安然回到别墅以后，打电话告诉克罗斯，自己已经出发过去了。

安提娜察觉到的第一件蹊跷事是安保，去桃源酒店阁楼套房的电梯附近配置了保安。开启电梯需要用一把特殊的钥匙。电梯顶部还装有监控摄像头。电梯开启的时候正朝向一个休息室，里面有五个人。其中一个站在电梯口迎接她。另一个站在长桌跟前看着一组监控屏幕。还有两个人在房间一角打牌。剩下那个坐在沙发上读着《体育画报》。

他们都以一种特殊的眼神打量着她，略显惊讶。这种眼神她已经遇到好多次了，不过是承认她的美貌异乎寻常。她早就不会因此而自满了，如今看见这种眼神，她只会感觉到危险。

桌前的男人按下按钮，打开去克罗斯套房的门，她走进去后，门在她背后关上了。

她在套房的办公区。克罗斯在这里接到她，带她去了起居室。他轻点了一下她的唇，然后带她进了卧室。他们一言不发，就褪去衣服，紧紧抱着彼此赤裸的身躯。克罗斯搂着她，心里如释重负，他看着她光彩四射的脸庞，叹气道："我宁愿每天看着你什么都不做。"

作为回应，她爱抚他、要他吻她、拉他上床。她感觉到这个男人是真爱着她，愿意为她赴汤蹈火，而作为回报，她也愿意满足他的任何要求。在很长的一段时间里，这是她第一次真情萌动。她真爱他，喜欢和他做爱。但她一直知道他很危险，在某种程度上，即使对她来说也很危险。

一小时后，他们穿上衣服走上阳台。

拉斯维加斯沐浴在霓虹灯光下，黄昏的太阳给街道和华美的酒店缀上一条金色的博带。远处是大漠群山。此时此刻，只有他们两个人，别墅绿色的旗帜软绵绵地垂挂在旗杆上。

安提娜紧紧握住他的手。"在放映会和庆功宴上我能看见你吗？"她问。

"抱歉，我去不了。"克罗斯说，"但我会去法国见你的。"

"见你一面真难，"安提娜说，"电梯是锁着的，还有那么多守卫。"

克罗斯说："只是这几天会这样，现在有太多陌生人了。"

"我遇到你表哥丹特了，"安提娜说，"那个探员似乎是他朋友。他们两个一起很有趣。洛西对我的幸福和日程安排很感兴趣。丹特也提出要帮忙。对我能不能安全抵达洛杉矶，他们非常关心。"

克罗斯握紧她的手："你会安全抵达的。"

"克劳迪娅说你和丹特是表兄弟，"安提娜说，"他怎么总是戴着那些傻乎乎的破帽子？"

"丹特是个好人。"克罗斯说。

"但克劳迪娅告诉我，你俩从小就是敌人。"安提娜说。

"的确，"克罗斯亲切地说，"但他还是个好人。"

他们沉默不语，楼下的街道挤满了车辆和人流，人们穿行于不同的酒店中，寻找合意的菜品和赌场，梦想着惊险刺激的快乐。

"看来这是我们最后一次见到彼此了。"安提娜说，握住他的手用了用力，似乎想让自己说的话不算数。

"我说过我会去法国见你的。"克罗斯说。

"什么时候？"安提娜问。

"不知道，"克罗斯说，"要是我没来，我就死了。"

"事情有那么严重吗？"安提娜说。

"是的。"克罗斯说。

"你就不能告诉我吗？"安提娜问。

克罗斯一时没有回应。"你会安全无事的。"他说，"我觉得我也会没事的，其他的我什么都不能说。"

"我等你。"安提娜说。她吻了吻他，走出卧室，然后离开套房。克罗斯目送她离开，接着走上阳台看她从酒店出来，走上廊道。他看见他手下的保安开着车送她去别墅。随即拿起电话打给利亚·瓦齐，要他再加强安提娜身边的安保。

晚上十点，舞厅的放映厅座无虚席。观众都等着看《梅莎琳娜》粗剪的首映。嘉宾座位区摆着柔软的扶手椅，中间放着一个电话控制台。有一个座位没有人坐，只是放着一个署斯蒂夫·施塔林斯名的花圈。克劳迪娅、迪塔·汤美、鲍比·邦茨和他的女伴约翰娜、梅洛·斯图尔特和丽扎依次列席。斯基比·迪尔直接坐到电话跟前。

安提娜是最后一个到场的，剧组下层人员和特技替身演员向她喝彩。而高层人士、主要配角和坐在扶手椅上的所有人都鼓起了掌，在她走到中央扶手椅的路上，纷纷起身亲吻她的脸庞。之后斯基比·迪尔拿起电话，要求放映师开始。

黑色背景下浮现出了“献给斯蒂夫·施塔林斯”的标语，观众们一言不发，满怀敬意地鼓掌。鲍比·邦茨和斯基比·迪尔此前并不同意插入这段祝语，但迪塔·汤美否决了他们。天知道为什么要这么干，邦茨说。但随便吧，这就是个粗剪片，而且感人的镜头也能造就一点新闻效果。

然后电影开始……

安提娜在银幕上大放异彩，她在银幕上的性感更甚平时，还幽默风趣，这点了解她的人都知道。确实，克劳迪娅写的对白特意彰显了她的魅力，简直是不计成本。而且几个关键的性爱场面也是品位高绝。

毫无疑问，《梅莎琳娜》在经历过这么多麻烦之后，绝对会成为一款巨作。而现在这部片子，还没加上后期音乐和特效呢。迪塔·汤美开心得不能自已，她终于成为一名卖座导演了。梅洛·斯图尔特则算着下次找安提娜接片得花多少钱；邦茨看上去不甚高兴，他想的和梅洛相同。斯基比想着自己能赚多少，他终于能买得起自己的飞机了。

克劳迪娅比他们所有人都更加激动。她的作品被搬上银幕了。她是唯一的编剧，而且这是一本原创电影剧本。感谢茉莉·弗兰德斯，给她挣来了毛利润分成。当然，本尼·斯莱也对剧本做了些许改动，但是分量太少，还不足以让他名列制作名单。

所有人都围在安提娜和迪塔·汤美身边，恭喜她们。但茉莉则盯着一个特技替身演员，特技替身演员都是些疯狂的混蛋，但他们身体强壮，而且床上功夫了得。

斯蒂夫·施塔林斯的花圈被掠到地上，人们经过的时候也从上面踩过。茉莉看见安提娜分开人群，捡起花圈放回座位。安提娜注意到茉莉的视线，她俩都耸耸肩。安提娜露出羞涩的微笑，好似在说：这就是电影。

人群走去舞厅另一边，一支小型乐队正在那里演奏。但所有人都涌向自助餐桌。随即舞会开始。茉莉走向特技替身演员，他正怒目四顾；这种派对上他们最是脆弱敏感。他们感到自己的工作不被赞赏，最恨在电影里被那些绵软无力的男星打得满地找牙，现实生活中他们可是能把那些娘娘腔打死。他的生殖器肯定硬起来了，这种时候的特技演员都这样，茉莉一边想着，一边跟他来到了舞池当中。

安提娜在派对就待了一小时，她仪态优美地接受各方祝贺，她其实很讨厌装模作样。她和灯光助理舞了一曲，然后是剧组其他成员，再是一个特技替身演员，但那个替身演员动作太粗暴，她想离开了。

桃源酒店的劳斯莱斯正在入口处等她，车上坐着一名武装精良的司机和两名保安。到了别墅后，她钻出劳斯莱斯，惊讶地看见吉姆·洛西从旁边的别墅里走出来。他向她走来。“今晚电影里，你演得真棒。”他说，“我从没看过比你身材更好的女士了，尤其是那美妙的臀部。”

安提娜本该更机警一些的，但是司机和两名保安让她略微放松了警惕，现在他们已经钻出劳斯莱斯，各自站定。学戏剧的时候她受过这方面的训练，懂得如何在舞台上根据众人的位置找准自己的站位。她注意到他们三个人所处的方位，可以避开任何来路的枪击。她也注意到洛西看他们的表情带着一抹轻蔑。

“那屁股是替身的，”安提娜说，“不过还是谢谢夸奖。”她对他微笑道。

突然洛西捉住她的手，“你是我见过最美的女人，”他说，“你怎么不找一个真正的男人试试，干吗非要跟那些假惺惺的娘娘腔胡搞呢？”

安提娜抽回手。“我也是个演员，我可不假惺惺。晚安。”

“我能进去喝一杯吗？”洛西问。

“失陪了。”安提娜说，然后摁响别墅的门铃。男管家打开门，是一张生面孔。

洛西走前一步打算和她一起进门，而出乎安提娜意料的是，男管家出门迅速把安提娜推进别墅。三个保安组成一道人墙，挡在洛西和门之间。

洛西轻蔑地看着他们，问道："这他妈什么意思？"

男管家留在门外。"我们是阿奎坦内小姐的保安，"他说，"请你离开。"

洛西拿出警官证。"你看看我是谁，"他说，"我能让你们全都吃不了兜着走，然后把你们都关起来。"

男管家看着警官证，说："你是洛杉矶警官，在这里没有司法权。"他拿出自己的身份证，"我是拉斯维加斯警察。"

安提娜·阿奎坦内就站在门廊上，起初她还惊诧，男管家竟然是一个探员，但是现在她开始明白了。"别把事情搞大。"她说完后关上门，把他们所有人都关在外面。

两个人都把证件放回外套。

洛西凌厉的眼神从他们脸上一一扫过。"我记住你们了。"他说，但没人搭理他。

洛西转身离开，他还有正经事要办。两个小时之后，丹特·克莱里库齐奥会把克罗斯·德·莱纳带回他们的别墅。

丹特·克莱里库齐奥，顶着文艺复兴风格的帽子，在庆功宴上玩得很开心。玩乐让他准备好动真格的。他盯上餐饮部的一个女孩儿，她注意到了，却并没有鼓励他上前，因为她钟情于一个特技替身演员。那位替身向丹特投来带着威胁性的眼神。算他走运，丹特想，我今晚还有正经事情。他看了看表，也许老练的吉姆已经网住了安提娜。蒂芙尼说过要来，但还是没出现。丹特决定提早半小时展开行动。他致电给克罗斯，用的是接线员给他的私人号码。

克罗斯接起电话。

“我马上要见你，”丹特说，“我在舞厅，庆功宴很棒。”

“那你上来吧。”克罗斯说。

“不行，”丹特说，“这是命令，不能在电话里说，也不能在你的套房里说，下来吧。”

克罗斯很久没有应声，方才说道：“我这就下来。”

丹特选了一个可以看见克罗斯穿过舞厅的位置。他似乎没带保安。丹特把帽子往下拍了拍，回想起他们的童年。克罗斯是他唯一忌惮的男孩，因为这种害怕，他经常和克罗斯打架。但他喜欢克罗斯那副模样，经常心生嫉妒。他也嫉妒表弟的自信。真是太糟糕了……

他杀了皮皮之后，丹特就知道他不能留克罗斯活着。这件事了结后，他就得面对唐了。但丹特一点也不怀疑祖父对自己的疼爱，唐经常表现出对他的宠爱。唐也许讨厌他的行径，但他绝不会运用自己可怕的权势惩罚他爱的外孙。

克罗斯站到他跟前了。他得把克罗斯带到洛西所在的别墅。这很简单。他会枪击克罗斯，然后开车带着他的尸体去沙漠埋了。没什么稀奇的，就如皮皮·德·莱纳常说的那样。运尸体的车已经停在别墅后庭了。

克罗斯突然对他说：“是怎么回事？”他看上去并无疑心，甚至毫无戒心。“新帽子不错。”他笑道。丹特一直嫉妒这抹微笑，好像已经看穿他的所有想法一样。

丹特装出一副慢条斯理的样子，说话声音压得很低。他拉着克罗斯的手臂出门，走到酒店入口处，色彩艳丽的巨大雨篷前，这门面花了桃源酒店差不多一千万美元。沙漠的月光照耀下，雨篷闪现出蓝色、红色和紫色的光芒，将他俩笼罩在寒光中。丹特对克罗斯悄声道："乔治飞来了，此刻正在我的别墅，他想立即见你。这是最高机密，所以我不能在电话里说。"

丹特很高兴看见克罗斯惴惴不安的表情。"他让我别把所有事都告诉你，看样子气坏了。我觉得他是发现什么关于你父亲的事了。"

这时候克罗斯闷闷不乐地看了一眼丹特，几乎带着点不满。然后说道："好，走吧。"他带丹特穿过酒店广场，走向别墅区。

别墅区大门的四个门卫认出了克罗斯，放他们进去了。

丹特欢快地打开门，摘下帽子说："你先请。"然后诡秘地笑了笑，脸上流露出恶毒的诙谐。

克罗斯走了进去。

吉姆·洛西在安提娜保安面前转身返回自己别墅的时候，虽然气愤难平，犹如冷水浇头，但是他清醒的一部分大脑在估计形势以后，得出警告的信号。那些保安在附近干吗？可是，该死，她是个电影明星啊，和博兹·斯堪尼特在一起的日子肯定让她吓得不轻，所以才会雇这些人。

他掏出钥匙打开门，进入别墅后发现空无一人。所有人都在聚会。他还有一个多小时可以慢慢等克罗斯的到来。他打开自己的手提密码箱，里面的格洛克手枪闪闪发光，用枪油擦得一尘不染。他打开另外一只手提箱，箱子的秘密夹层里装着有子弹的弹匣。他把枪弹都取出来，戴上肩部枪套，把枪塞进枪套。这样就一切就绪了。他发现自己一点也不紧张，在这些事情上，他从没紧张过。这也是他成为一个好警察的原因。

洛西离开卧室，走到厨房。别墅里有很多走廊。他从冰箱里取出一瓶进口啤酒和一碟鱼子酱小面包。他用牙齿咬碎小面包，鱼子酱满溢到嘴里的每个角落。他满足地轻叹一声，从没吃过这么美味的食物。这才是人的活法，他的余生都要这么度过：鱼子酱、舞女，也许有朝一日还能搞上安提娜。只要今晚办妥了，什么都有了。

他托着盘子和瓶子，来到巨大的起居室。

刚到起居室，他就大吃一惊，地上和家具上都盖着塑料罩布，让整个房间闪现出鬼怪似的白色光泽。而后，他看见覆着塑料的扶手椅上坐着一个抽细雪茄的男人，手里端着一杯白兰地。是利亚·瓦齐。

洛西想，他妈的搞什么？他把碟子和瓶子放在咖啡桌上，然后对利亚说："我一直在找你。"

利亚吸了一口雪茄，啜了一口白兰地。"你找到我了，"他说，站起身来又说，"现在你又可以抽我耳光了。"

洛西经验丰富，向来机警。他的大脑正把这些事联系到一起。他想知道为什么这幢别墅的其他房间都是空的，这很奇怪。他漫不经心地解开外套的扣子，朝利亚咧嘴一笑。这次可不只是一记耳光了，他想。离丹特带着克罗斯前来还有一个小时，他可以在等待途中先干掉一个。他已经全副武装，不怕和利亚一对一。

突然房间里闯进一群人。他们从厨房、门厅、电视厅里涌出来。个子都比吉姆·洛西要大。只有两个人带着枪。

洛西对他们说："你们知道我是警察吗？"

"我们都知道。"利亚毫不含糊道。他走近洛西。同时，两个佩枪的男子用枪顶住洛西的后背。

利亚抄进洛西的外套，掏出一把格洛克手枪。他把枪交给一名手下，然后快速搜了洛西的身。

"现在，"利亚说，"你一直有很多问题，我在这儿了，你问吧。"

洛西还是没有真正害怕，他只是担心待会儿丹特会和克罗斯一起到。至于他本人，在那么多险境里都活了下来，他可不信自己这么有运势的人最后会完蛋。

"我知道是你设计杀了斯堪尼特，"洛西说，"迟早我会凭此抓到你的。"

"那最好早点，"利亚说，"迟的话你就来不及了。没错，斯堪尼特是我下的手，现在你可以明白地去死了。"

洛西还是不相信，竟然有人敢谋杀警察。的确，抓捕毒贩的时候会发生交火，因为你出示警徽，一些疯狂的黑鬼也会冲你开枪，抢银行的逃犯也是，但那都是紧急情况。没有哪个暴民敢设计谋杀警官。那风险太大了。

他伸手推开利亚，要重新掌控局势。但突然，他惊讶地发现一发子弹打进自己的肚子，他双腿颤抖，双膝一软，跪倒在地。他感到有什么厚实的东西抽在他的脑袋上，耳朵火辣辣地疼，听不见声音了。他上半身也伏落到膝盖上，感觉膝下的毯子似乎无穷无尽。他抬起头，看见利亚·瓦齐站在自己跟前，手里攥着一根细丝绳。

利亚·瓦齐花了两天时间织出了要用的裹尸袋。袋子是深褐色的帆布做的，袋口有一个束口用的绳结。每个袋子都装得下一个大个子。绝对不会漏血，而且拉上绳结以后，你可以把袋子扛在肩膀上，仿佛是个行军露营袋。洛西没看见沙发上的两个袋子。现在他已经躺进了其中一个袋子里。利亚把绳结拉紧，由着袋子靠在沙发上。下令手下围到别墅附近，除非他召唤，否则别现身。召唤之后要做什么，手下心里也都明白。

克罗斯和丹特从别墅区的大门走向丹特的别墅。白天毒辣的沙漠阳光，使得晚上的空气还是闷热迫人。他们都出汗了，丹特注意到克罗斯穿着便裤、宽松的衬衫和系扣外套，这样的装扮是可以佩枪的……

七幢别墅上的绿色旗帜轻轻飘扬，在月光下尤显壮观。看上去似乎是另一个时代带着阳台的大楼，窗户上搭着绿色褶边遮阳棚，白色大门饰以黄金。丹特抓住克罗斯的手臂。“看看，”他说，“是不是很漂亮？我听说你强奸了电影里的那个大美女，恭喜啊，玩厌了记得告诉我一声。”

“当然可以，”克罗斯亲切地说，“她挺喜欢你和你的帽子的。”

丹特脱下帽子，热切地说：“所有人都喜欢我的帽子，她真说她还喜欢我吗？”

“她被你迷住了。”克罗斯冷冰冰地说。

“迷住了，”丹特沉吟道，“真是时髦的说法。”这一刻他想知道洛西到底有没有把安提娜带回别墅喝一杯。要是有的话可就锦上添花了。他被克罗斯刚才的恼怒逗笑了，克罗斯方才的声音里，分明蕴含着轻微的怒意。

他们走到别墅门口，周围似乎没有守卫。丹特摁下门铃，等了会儿，然后又摁了一次。里面一直没有回应，他掏出钥匙打开门，进入洛西的套房。

丹特想，也许洛西正在搞安提娜呢。现在杀人太煞风景，不过他要是先知先觉，本可以和安提娜共度良宵的。

丹特带克罗斯进入起居室，却惊讶地看见墙上和家具上盖着干净的塑料布。沙发上靠着一个褐色大帆布袋。沙发上搭着一个同样的袋子。一切都被盖在塑料之下。“老天爷啊，这他妈的是怎么回事？”丹特说。

他转过脸去看克罗斯，看见克罗斯手里举着一把非常小巧的手枪。“为了不让血洒在家具上，”克罗斯说，“我得告诉你，我从没觉得你的帽子好看，也从来不相信什么抢劫犯杀了我爸爸的鬼话。”

丹特正在想，洛西他妈的去哪儿了？他一边大声喊洛西的名字，一边想着这么小口径的枪可挡不住我。

克罗斯说：“你这辈子一直都是桑塔迪奥的人。”

丹特闪了一步，身子缩进过道，然后猛冲向克罗斯。他的策略奏效了：子弹果然只打中了他的肩膀。他感到一阵狂喜，自己赢定了。子弹却突然炸开，崩飞了他半个膀子。这时他意识到，完了。可他接下来的举动让克罗斯大为吃惊：他开始用完好的那只手把地板上的塑料布扯起来。血涌出他的身体，他的胳膊上缠了一大团塑料布，他从克罗斯面前跌跌撞撞地退开，又举起胳膊，好像捧起了一面银色的盾牌。

克罗斯上前一步，不慌不忙地开火打穿了塑料布。一枪，又是一枪。子弹爆开，血红色的塑料屑溅了丹特满头满脸。克罗斯补了一枪，丹特的左大腿跟躯干似乎只剩下藕断丝连。丹特栽倒在地，白色的地毯上晕开了一个个猩红色的同心圆。克罗斯挨着丹特跪下，扯了塑料布卷住他的脑袋，又开了一枪。文艺复兴风格的帽子被炸上半空，但是还连着脑袋。克罗斯注意到，这帽子原来是用某种夹子别在脑袋上的，不过如今只剩下一大块白花花的头盖骨衬着，像是漂在了水面上。

克罗斯站起身，把枪放回后腰的小枪套。这时候利亚走进屋子，他们四目相对。

“解决了，”利亚说，“在浴室洗个澡，回酒店去吧。记得把衣服处理掉。枪给我，我来清理现场。”

“地毯和家具呢？”克罗斯问。

“都交给我吧，”利亚说，“你洗干净去参加派对吧。”

克罗斯离开后，利亚从大理石面桌子上拿起一支雪茄点燃，然后检查桌面上有没有血迹，桌面上倒是没有，但是沙发和地板上到处都是。好吧，情况就是这样。

他用塑料罩布裹起丹特的尸体，在两个手下的帮忙下，把尸体塞进了空的裹尸袋。然后他收起了房间里所有的塑料布，把它们塞进同样的袋子里。完事后，他拉紧绳结。之后，他依次把装着洛西和丹特的裹尸袋拿到别墅车库，丢进卡车。

卡车已经被利亚·瓦齐改装过，货箱两层之间被辟出一块独立空间，利亚和他的手下把两个袋子塞进独立空间里，然后闩上货箱门。

作为一个中选者，利亚对什么都有准备。卡车里有两罐汽油。他亲自带着汽油回到别墅，洒在地板和家具上。设置了一个五分钟后引燃汽油的导火线后，他钻进卡车开往洛杉矶。

他前后左右是他手下的车队。

次日大清早，他开车到了海边，海岸边有一艘游艇正等着他。他把两个袋子搬上游艇，游艇随即离岸而去。

差不多正午的时候，他们已在远海，他看着铁笼子装着的两具尸体缓缓地沉入海中。“圣餐礼”完成了。

茉莉·弗兰德斯和她的特技替身演员一起离开了，他们并没有来别墅，而是去他在酒店的房间。因为茉莉虽然对无权无势者有好感，但还是存着老派的好莱坞式势利，她不希望被人知道她和一个下层演员做爱。

天刚破晓，庆功宴开始渐渐散场，太阳罩在一团不祥的红色里，一道细长的蓝烟直冲天际。

克罗斯换过衣服洗过澡后动身参加派对。他坐在克劳迪娅、鲍比·邦茨、斯基比·迪尔和迪塔·汤美身边，一同庆贺《梅莎琳娜》的成功。突然外面传来阵阵呼喊，好莱坞的人冲了出去，克罗斯也跟着他们。

一根细长的火柱洋洋得意地盖过拉斯维加斯长街上霓虹的光芒，不久楼就垮了，仿佛一个巨大枕头形状的梅子，升起的红云挡住了远处的沙山。

“我的天哪，”克劳迪娅说，紧紧抓住克罗斯的手臂，“那是你的一幢别墅啊。”

克罗斯不吱声，他看着别墅顶上的绿色旗帜在烟火中若隐若现，听到消防车的引擎在长街上熄火。一千两百万美元付之一炬，为了掩盖他洒下的鲜血。利亚·瓦齐真是一个不折不扣的中选者，不计任何代价，不冒一点风险。

第二十三章

因为还在出公差，吉姆·洛西探员失踪的事情直到桃源酒店失火五天以后才被人发现。当然，丹特·克莱里库齐奥的消失则永远不会报告给警察。

调查中，警察发现了菲尔·沙尔基的尸体。嫌疑落在洛西身上，怀疑他畏罪潜逃了。

洛杉矶探员专门来造访过克罗斯，因为洛西最后的身影出现在桃源酒店。但这两人之间似乎毫无瓜葛。克罗斯说他只在晚宴开始前见过他，时间很短。

但克罗斯并不担心法律的制裁，他在等唐·克莱里库齐奥的决定。

克莱里库齐奥家族当然知道丹特失踪了，也知道他最后一次现身在桃源酒店。但为什么还没有联系他、问他情况呢？整件事就这么过去了吗？克罗斯可不信。

他继续照常经营酒店，忙着筹划重建烧毁的别墅。利亚·瓦齐的确把血迹给抹干净了。

克劳迪娅来见他，喜气洋洋。克罗斯准备了晚餐，稍后会送到阁楼套房让他俩谈私事。

“你肯定不信，”她对克罗斯说，“你妹妹要成为罗德斯通工作室的头儿啦。”

“恭喜，”克罗斯说，并给了她一个兄长式的拥抱，“我早就说，你才是克莱里库齐奥家族最厉害的人。”

“看在你的面子上，我才去了爸爸的葬礼。这点我跟大家说得很清楚。”克劳迪娅蹙眉道。

克罗斯笑道：“这倒是，你把所有人都气得够呛，除了唐说了句‘让她去做电影吧，上帝保佑她’。”

克劳迪娅耸肩道：“我才不在乎他们呢。不过，有件事情可奇怪啦，我给你讲。我们乘邦茨的飞机离开拉斯维加斯的时候，一切都很完美。但等我们降落在洛杉矶的时候，就出怪事了。探员逮捕了邦茨，你猜罪名是什么？”

“因为电影拍得太烂了。”克罗斯揶揄道。

“才不是，听着，这件事很古怪，”克劳迪娅说，“还记得邦茨带去庆功宴的女孩儿约翰娜吗？你还记得她长什么样吗？她竟然才十五岁。邦茨的罪名是强奸幼女，还有卖女性为娼，因为他带着她跨过州境了。”克劳迪娅激动得瞪大双眼，“但这肯定是陷害，约翰娜的父母嚷着他们可怜的女儿被一个大她四十岁的男人强奸了。”

“她看上去肯定不像十五岁，”克罗斯说，“倒像个老练的骗子。”

“这本来会变成一桩特大丑闻的，”克劳迪娅说，“但老练的斯基比·迪尔控制住了局势，他暂且保全了邦茨。没让他被捕，也没让这件事进入媒体的视线。所以似乎已经风平浪静了。”

克罗斯微笑，老练的大卫·雷德菲洛宝刀不老。

“这可不好笑，”克劳迪娅嗔怪道，“可怜的鲍比被陷害了。那女孩儿咬定鲍比在拉斯维加斯逼她发生了关系。而她的父母硬说自己不在乎钱，只想阻止未来还有人强奸无辜少女。公司上下全都闹翻天。朵拉·马林和凯文·马林商量着要把公司卖掉。然后斯基比又挺身而出，把那女孩儿签去主演一个低成本的片子，剧本是她父亲写的。片酬丰厚。然后他又花了另外一大笔钱雇了本尼·斯莱，让他花一天时间把剧本修改了。效果不错，顺便说一句，本尼的确有几分天才。这样就万事俱备了。不过洛杉矶的地方检察官坚持要起诉鲍比，这位检察官是罗德斯通支持获选的，也被伊莱·马林皇帝似的供着。斯基比甚至聘过他在公司的业务部干五年，年薪一百万美元。但他却说除非鲍比·邦茨引咎辞职，否则没门。谁也不知道他为什么一副铁石心肠。”

“一个不吃贿赂的公职人员，”克罗斯耸肩道，“这种人也是有的。”

他又想到大卫·雷德菲洛。雷德菲洛肯定会矢口否认存在这种生物。克罗斯在心里想着大卫是如何设计好这一切的。雷德菲洛也许会对检察官这么说：“这是贿赂，但我是在贿赂你让你依法办事。”至于钱，他可能直接就开出最高价。两千万，克罗斯算了算，一百亿买下电影公司，两千万他妈的算什么？而且检察官不用承担任何风险。他只要严格依法办事就行。真是件美差。

克劳迪娅还在絮叨个不停，语速很快。“总之，邦茨要下台了。”她说，“而朵拉和凯文很愿意把公司卖掉，条件是给他们自己的五部片子开绿灯，外加十亿美元装到他们个人的口袋里。这时候有个矮小的意大利人出现在公司，开了个会，说自己是这里的新老板了。出人意料的是他任命我当公司的头儿。斯基比气坏了。现在我是他的老板了，这一切听起来是不是有点疯狂？”

克罗斯只是开心地盯着她，嘴角绽放出微笑。

突然，克劳迪娅退后一步看着兄长。她的眼神显得比以前都要更深邃、更犀利、更睿智。但她的脸上仍然绽放着和善的笑容。她说：“跟男人一样，对吧，克罗斯？现在，我就和男人做的事情没什么差别了。而且我也不用跟谁上床……”

克罗斯诧异道：“怎么了，克劳迪娅？我以为你挺高兴的呢。”

克劳迪娅微笑道：“我是高兴，但我不傻。因为你是我哥哥，我爱你，所以我想让你知道，我没有被愚弄。”

她走过去，坐在他旁边的沙发里：“我说我去参加爸爸的葬礼只是为了你，我说谎了。我去是因为我想和你和他一样，成为大家的一部分。我去是因为我不想一直逃避下去了。但我的确讨厌他们那一套，克罗斯。唐也是，其他人也是。”

“这话的意思是说你不想接管电影公司吗？”克罗斯问。

克劳迪娅大声笑道：“不，我愿意承认我还是克莱里库齐奥家族的人。而且我想拍好电影、赚大钱。电影可是个聚宝盆啊，克罗斯。我要拍一部描述伟大女性的伟大电影……不妨看看，我把家族遗传的天分用在正路上，能发生些什么事。”他们都笑了。

然后克罗斯把她搂进怀里，吻了吻她的脸颊。“我觉得不错，真不错。”他说。

这话他既是对她说的，也是对自己说的。因为唐如果任命她做工作室的头头，就意味着他没有把丹特失踪的事怪到克罗斯头上。整个计划成功了。

吃完饭，他们又聊了好几个钟头。克劳迪娅起身准备离开的时候，克罗斯从桌子里掏出一袋黑色筹码。“去玩几把，输了算我的。”他说。

她亲昵地拍了拍他的面颊说：“别把我当小孩，上次我真是想狠狠揍你一下呢。”

他拥抱了她，离她这么近感觉真好。克罗斯突然感到一阵软弱，说道：“你知道的，万一我发生不测，我给你留了我三分之一的财产。而且我很有钱。所以你什么时候不想继续在电影公司干都没问题。”

克劳迪娅双眼闪闪发亮。“克罗斯，我很感激你这么担心我，但不管有没有这笔财产，我都可以随时随地让电影公司滚蛋……”突然她露出急切的神情，“发生什么事了吗？你病了吗？”

“没有，没有，”克罗斯说，“我只是让你知道而已。”

“感谢上帝，”克劳迪娅说，“既然我参与了家族的生意，也许你可以休息了。你可以远离家族做个自由人。”

克罗斯笑了。“我本来就自由，”他说，“我就要走了，去法国和安提娜一起生活。”

第十天下午，乔治·克莱里库齐奥出现在桃源酒店要见他，克罗斯心里一沉，他知道要是控制不好情绪就会显得很恐慌。

乔治把保安留在门外，和酒店保安待在一起。不过克罗斯毫无幻想，他的保安肯定会毫不犹豫地执行乔治的任何命令。而且他从乔治脸上也看不出端倪。乔治似乎瘦了几斤，面色苍白。克罗斯第一次觉得乔治似乎没有完全控制好情绪。

克罗斯向他打招呼，热情得过分。“乔治，”他说，“你怎么也不告诉我一声就跑过来啦，来，我给你开间别墅吧。”

乔治投给他一个疲惫的微笑，然后说：“我们找不到丹特了，”他顿了顿，“他不见了，最后一次有人见到他是在桃源酒店。”

“上帝，”克罗斯说，“这很严重啊。但你也知道丹特的，他一向我行我素。”

乔治收起微笑。“他和吉姆·洛西在一起，吉姆·洛西也不见了。”

“这一对活宝，”克罗斯说，“我也想知道他们去哪儿了。”

“他们是朋友，”乔治说，“老爷子不喜欢这个。不过洛西的钱一直是丹特负责给。”

“有我帮得上忙的尽管吩咐，”克罗斯说，“我会跟酒店所有员工核实一下情况的。但是你也知道，丹特和洛西没登记过。别墅的客人都是不登记的。”

“你回来再说吧，”乔治说，“唐想单独见见你。他还特地包了一架飞机。”

克罗斯沉吟良久。“我收拾一下，”他说，“乔治，问题严重吗？”

乔治板着脸看着他：“我不知道。”

坐在飞往纽约的租用机上，乔治研究着满满一提箱的文件。克罗斯没有自欺欺人，但这是个糟糕的信号。乔治无论如何都不会向他透露什么的。

飞机降落后，三辆封闭式轿车和六名克莱里库齐奥的手下来接机。乔治钻进一辆轿车，示意克罗斯钻进另一辆。又是一个糟糕的信号。天破晓的时候，车轮正滚过克莱里库齐奥家族在科沃格的一道道门闸。

屋前有两名守卫，其他人则分散在宅院各处，但看不见女人和孩子。

克罗斯对乔治说："大家都去哪儿了，迪士尼乐园吗？"但乔治不理会他的玩笑。

在科沃格的起居室，克罗斯第一眼就看见八个人围成一个圈，圈里两个人亲切交谈着。他的心猛地一揪。那是佩蒂耶和利亚·瓦齐。文森特则气冲冲地盯着他们。

佩蒂耶和利亚看上去关系很好。但利亚只穿着便裤和衬衫，没打领带也不见外套。利亚一向都着装正式，这就是说他已经被搜过身而且缴了械。而且他看着的确就像一只快乐的老鼠，被一群险恶愉悦的猫围着。利亚向克罗斯惨然点头。佩蒂耶则一眼没有朝他看过。但乔治把克罗斯往密室带时，佩蒂耶和文森特越众而出，跟了上来。

唐·克莱里库齐奥在那里等着他们。他坐在一张巨大的扶手椅上，正在吸手卷的雪茄。文森特走到他跟前，从吧台上为他取了一杯酒，但什么也没给克罗斯。佩蒂耶倚着门口站着。乔治坐到挨着唐的沙发里，示意克罗斯过来坐到他旁边。

岁月在唐的脸上越发明显。他的面孔没有任何表情。克罗斯吻了他的脸颊。唐看着他，脸上的表情松了下来，仿佛泛起了一阵悲哀。

“那么，克罗奇菲西奥，”唐说，“一切都做得天衣无缝。但你现在得解释原因，我是丹特的祖父，我女儿是他妈妈。这里的几个男人是他的舅舅。你必须给我们所有人一个交代。”

克罗斯试着保持镇静。“您说什么我不明白。”他说。

乔治厉声道：“丹特在哪儿？”

“上帝，我怎么知道？”克罗斯说话的表情仿佛吃惊不小，“他从不向我报告行踪，没准这会儿正在墨西哥逍遥自在呢。”

乔治说：“你不明白。别兜圈子了。你已经被判定有罪了。你把他的尸体丢到哪儿去了？”

吧台边的文森特转过身去，好像不肯看他的脸。他背后的克罗斯听见佩蒂耶朝沙发走来。

“证据呢？”克罗斯说，“谁说我杀了丹特？”

“我说的，”唐说，“搞清楚：我宣布你有罪。这是我的裁决，你不得上诉。我让你到这儿来，是打算从轻发落。但是你必须给我个合理的理由，为什么杀了我的外孙。”

听到这话，听到他毫无感情的语调，克罗斯知道一切都完了。他和利亚·瓦齐都完蛋了。但瓦齐已经知道了，从他刚才的眼神里就看得出来。

文森特转过身子面对克罗斯，花岗岩般的表情软化下来：“跟我爸爸说实话吧，克罗斯，这是你唯一的机会了。”

唐点点头，说：“克罗奇菲西奥，你父亲对我来说可不只是一个同族的侄子，你也不只是一个侄孙。你父亲是我信得过的朋友。所以我也会听听你的理由。”

克罗斯仔细斟酌了一下：“丹特杀了我爸爸，我判定他有罪，就像现在您宣布我有罪一样。他因为仇恨和野心杀了我爸爸，他骨子里还是桑塔迪奥家的人。”

唐一言不发。克罗斯继续说：“我能不为我爸爸报仇吗？我能忘了我爸爸对我的养育之恩吗？还有，我一直都那么尊重克莱里库齐奥家族，就像我爸爸一样。所以我绝对不会相信我爸爸的死跟您有任何牵扯。但是我觉得，您肯定知道这件事情丹特是有罪的，可是您什么也没做。那我又怎么能来求您主持公道呢？”

“你的证据。”乔治说。

“皮皮·德·莱纳这样的人绝对不可能被打得措手不及，”克罗斯说，“而且吉姆·洛西的出现也太凑巧了。这间屋子里没有人相信巧合。你们都知道丹特有罪。还有，唐，桑塔迪奥家的事情是您亲自告诉我的。谁知道丹特杀了我之后有什么打算，不过他自己可一清二楚。下一个，就轮到他的舅舅们了。”克罗斯毫不畏惧地提及唐，“他敢这么干，是因为您对他的宠爱。”他对唐说。

唐把雪茄放到一边。他的表情高深莫测，蕴含着几分悲伤。

佩蒂耶开口了，他曾经和丹特最为亲近。“你把尸体扔哪儿了？”佩蒂耶又问了一遍。而克罗斯没法回答他，一个字也说不出口。

一段长久的沉默后，唐终于抬起头，对他们所有人说：“给年轻人办葬礼是浪费，他们做了什么需要奠念呢？凭什么让大家又是吊唁又是追思的呢？年轻人不懂同情，没有感激。再说了，我女儿已经疯了，我们还要让她雪上加霜、一点儿康复的希望都没有吗？就告诉她儿子逃跑了吧，就算她知道真相，也肯定是多少年以后了。”

房间里的人似乎都松了口气，佩蒂耶走上前坐到克罗斯身边。文森特在吧台后面，把一杯白兰地端到唇边，像是向他致意。

“但不论公正与否，你都对家族犯了罪。”唐说，“必须有惩罚，你赔钱，利亚・瓦齐偿命。”

克罗斯说：“利亚没动丹特，他只是杀了洛西。让我花钱救他的命吧。我有桃源酒店一半的股份。我愿意手中一半的份额交出来给您，赎我和瓦齐的命。”

唐・克莱里库齐奥似乎斟酌了一番，“你很忠诚啊。”他说。他转向乔治，然后又朝向文森特和佩蒂耶。“你们三个同意的话，我也同意。”他们没有回答。

唐叹了口气，好像怀着懊悔：“签字转让吧。把一半财产过户给家族。但是从此你不再是我们的人了。瓦齐必须举家回到西西里，也可以不去，随他喜欢吧。我也只能做这些了。你和瓦齐往后不许再有交谈。而且我当着你的面，对我的儿子们下令，绝不能追究他们侄子的死。你有一周时间处理这些问题、签完字的文件给乔治。”然后唐舒缓语调道，“我向你保证，我对丹特的计划一无所知。现在平平安安地去吧，还有记住，我一直把你的父亲视如己出。”

克罗斯离开房间的时候，唐・克莱里库齐奥从椅子上站起来对文森特说：“去睡觉。”文森特扶着他上楼，唐现在两腿真的不行了。岁月终于开始毁坏他的身体了。

尾　声

/法国尼斯
/科沃格

在拉斯维加斯的最后一天，克罗斯·德·莱纳坐在阁楼套房的凉台上，俯瞰阳光普照的拉斯维加斯大道。那些大酒店——凯撒皇宫、弗拉明戈、沙漠旅店、海市蜃楼酒店和沙湾酒店——霓虹雨篷上的光芒耀眼超过太阳。

唐·克莱里库齐奥的流放令说得很明确：克罗斯绝不能再踏上拉斯维加斯的土地。皮皮曾经在那里过得多开心啊，格罗内韦尔特把这座城市建造成自己的瓦尔哈拉殿堂，但克罗斯从没享受过他们享受过的悠闲。他在拉斯维加斯享受过不少乐趣，但这样的乐趣向来带着钢铁的冰冷气息。

七幢别墅的旗帜在寂静的沙漠中无力地垂着，但其中一面挂在烧毁的建筑上，好像一具焦黑的骷髅，又像是丹特的鬼魂。但他再也看不见这一切了。

他曾爱过桃源，爱过爸爸、格罗内韦尔特和克劳迪娅。但他在某些意义上都背弃过他们。对格罗内韦尔特，他没有对桃源尽忠；对爸爸，他没有对克莱里库齐奥家族尽孝；而克劳迪娅，他背叛了她的信任。现在他要摆脱他们了，开始一场新生活。

他要怎么表达对安提娜的爱呢？格罗内韦尔特、爸爸，甚至唐他老人家都曾警告过他爱情的危险。对任何伟大的人物来说，那会成为他们的死穴。那如今他为什么要无视他们的建议呢？为什么他要将自己的命运置于一个女人的怜悯中呢？

答案很简单：她的容貌，她的声音，她的举手投足，她的快乐和伤悲，这一切都让他欣喜若狂。当与她相伴，他的世界洋溢着喜悦。食物更美味，太阳的热量温暖到骨头里，还有他升起对她身体的渴望，都让生命为之神圣。而当他和她相拥而眠的时候，他从未害怕过那些破晓前的梦魇。

距他上次见安提娜已经过去三周了，但他今天早上才听过她的声音。他给她打电话说自己要来了，电话里她的声音流露出喜悦，因为她知道他还活着。这也许说明她爱他。而现在，还有不到二十个小时他就能见到她了。

克罗斯相信总有一天她会爱上自己的，会回馈他的爱。像一个天使那样，将他从地狱中拯救出来。

安提娜·阿奎坦内也许是法国唯一一个用妆容和衣服来遮掩自己美丽的女人了。她不是故意变丑，她可不是受虐狂，但她开始觉得，对她的内心世界来说，自己外表的美丽太过危险。她厌憎美丽带给她的力量，让她凌驾于周围人之上。她也厌憎虚荣心败坏她的灵魂。这些会妨碍她的工作，她认为自己会为之奋斗一生的工作。

第一天在尼斯的自闭症儿童治疗机构上班的时候，她学孩子们那样走路，想和他们打成一片。那天她一心仿效，放松脸上的肌肉，现出一股毫无生气的安详，还学被车撞了的孩子们那种掌握不好平衡、一瘸一拐的怪异走路方式。

热拉尔德医生见了，讥嘲道：“啊，效果不错，可惜方向不对。”然后他牵起她的手轻声地说，“你绝不能认同他们的不幸。你必须与那些不幸战斗。”

安提娜感觉受了责备，很是难为情。她女演员的虚荣心再次误导了她。但她在照顾孩子的时候会觉得心境平和。她法语不是很好，但不要紧，他们反正也不明白她话里的意思。

甚至恼人的现实也没让她颓丧。孩子们有时候很有破坏欲，不守社会的规矩。他们互相殴打，打护士，在墙上蹭脏脸，还随处小便。他们偶尔发狂或是排斥外部世界的时候，真让人心惊胆战。

在尼斯租下的小公寓里，安提娜唯一一次感觉到无助。那时候她正研究机构的文献，是有关孩子们进步情况的报告，文献内容让人不寒而栗。然后她爬上床不停哭泣。不像是她参演过的那些电影，这些报告里的结局大多惨淡。

当她接到克罗斯来电说要来见她时，她好似被快乐和希望的浪潮淹没了。他还活着，而且会帮她。不过快乐之后她又有些忧虑，就去咨询热拉尔德医生。

“你觉得怎样比较好？”她问。

“他可能会对贝萨妮大有帮助。”热拉尔德医生说道，“我很想观察他们一段时间，看看他们能建立什么样的联系。对你可能也很有好处。母亲绝不该成为孩子们的陪葬。”她一路斟酌他的话，前往尼斯机场接克罗斯。

克罗斯走下飞机进入机场低矮的航站楼。尼斯的空气温和芬芳，不像拉斯维加斯那样热得可怕。混凝土浇筑的出站大厅边缘，栽满了大红大紫的花卉，品相奢华。

他看见安提娜在大厅等他，惊异于安提娜高明的乔装手段。她虽不能完全隐藏自己的美丽，但伪装得很不错。

她戴着金边的有色眼镜，原先伶俐的绿色眼睛变成灰色，穿着显胖的衣服，一头金发统统塞进了蓝色丁尼布裁成的宽檐帽里。帽子还把她的脸遮住一半。他突然生起一阵占有的快感，他是唯一知道她真正美丽的人。

克罗斯走近后，安提娜摘下眼镜放进上衣口袋里。他看见她表现出一股抑制不住的骄傲，嘴角不由得扯起微笑。

不到一小时后，他们就到了内格雷斯科酒店的套房里，拿破仑曾在这里和约瑟芬共度良宵。至少大门上的酒店宣传册上是这么写的。一名侍者敲门进来，举着一个托盘，托盘上放着一瓶葡萄酒和一碟美味的小三明治。他把托盘放在凉台的桌上，在那里可以俯瞰地中海。

起初他们还有些尴尬，她放心地握着他的手，却仿佛掌控着他。他轻抚她温热的胴体，欲火蓦地燃起。可他看得出，她还没有准备好。

套房的装潢很漂亮，比桃源酒店的别墅更加富丽堂皇。床以暗红色的丝绸为顶，相配的床幔上绣着金色的鸢尾花。桌椅中流露出的优雅绝不可能在拉斯维加斯见到。

安提娜带克罗斯来到凉台，这时候克罗斯猛地吻上她的脸颊。她顿时情难自禁，拿起包在酒瓶上的湿棉巾，用力擦掉脸上难看的妆容。随着水从下巴滴落，她容光焕发，脸蛋变得粉扑扑的。她一只手搭在他肩上，温柔地吻上他的嘴唇。

在凉台上，他们能看见尼斯的石屋，经过几百年的风霜洗礼，石屋上的蓝绿油漆已经褪色。楼下的尼斯市民沿着盎格鲁街散步，石滩上的男男女女几乎全裸跳进蓝绿色的水里，而孩子们则待在卵石沙滩上挖洞，要把自己埋起来。更远处翔鹰般的白色游艇张灯结彩，在海际游弋。

克罗斯和安提娜啜了一口酒，突然听到一阵淡淡的轰鸣声。那轰鸣声来自石海堤，来自形似炮管的下水道排污口，一股深褐色的大浪涌进了原先清澈苍蓝的大海。

安提娜转过头，对克罗斯说："你在这儿待多久？"

"你愿意的话我就待五年。"他说。

"别犯傻，"安提娜皱眉道，"你要在这儿做什么？"

克罗斯说："我有钱，也许买一家小旅馆吧。"

"桃源酒店发生什么事了吗？"安提娜问。

"我得卖掉我的股份，"他说，然后顿了顿，"所以以后再也不愁钱了。"

"我也有钱，"安提娜说，"你要了解，我打算在这儿待五年，然后带她回家。他们说什么都行，反正我绝不会把她送到疗养院去，我要照顾她一辈子。她如果先走了，我这辈子就跟像她一样的孩子们在一起。所以你明白，我们永远也过不到一块儿去。"

克罗斯很了解她，他酝酿了很久才作出回答。

他的声音坚定有力："安提娜，我唯一确信的事情就是我爱你和贝萨妮。你必须相信我。我知道情况肯定艰难，但我们都会竭尽全力。你要帮助贝萨妮，而不是做个陪葬。所以我们该迈出最后一步了。只要能帮上你，我什么都愿意做。你看，我们就像是我赌场里那些赌客。赔率虽不利于我们，但总有赢的机会。”

克罗斯见她踌躇不决，于是又添了一把火。“我们结婚吧，”他说，“然后生几个孩子，像正常人那样生活。将来我们跟孩子们一起纠正这个世界上的不正确。生活就是这样不易，但我知道我们可以克服过去的。你相信我吗？”

安提娜终于凝视着他：“除非你也相信我，我是真爱你的。”

他们在卧室做爱的时候，已经完全信任了对方。安提娜相信克罗斯真的会帮她救贝萨妮，而克罗斯也相信安提娜真心爱他。最后她将身子转过来朝着他，低声道：“我爱你，真的爱你。”

克罗斯弯下身子吻她。她又说：“我真的爱你。”克罗斯想，天底下哪个男人会不信她呢？

独处在卧室，唐把冰凉的褥单拉到头颈。死亡已经迫近，他那么睿智，不会察觉不到它的来临。但所有事情都按照他的伟大计划发展了。啊，和年轻人斗智得胜是多么简单。

最近五年里，他发觉丹特成为伟大计划的重大威胁。丹特会阻止克莱里库齐奥家族融入社会。然而，作为唐他又能做些什么呢？下令杀死自己女儿的孩子，他自己的外孙吗？乔治、文森特和佩蒂耶会不会执行这样的命令呢？要是执行，他们又会不会觉得他是个怪物呢？之后他们会不会对他戒惧多过爱呢？还有萝塞·玛丽耶，那以后她还能恢复正常吗？她肯定会知道这一切的。

但当皮皮·德·莱纳被谋杀，一切就不能挽回了。唐很快识破了整件事的真相，调查了丹特和洛西的关系并作出了判断。

他派文森特和佩蒂耶去护送克罗斯，并安排了防弹车等一切事情。而后为了预先警告克罗斯，他告诉了克罗斯与桑塔迪奥家族那场战争的往事。矫正世界是多痛苦的一件事啊。他百年之后，谁能来作这些可怕的决定呢？他现在下令：克莱里库齐奥家族要开始最终撤退，这样就能一劳永逸了。

文尼和佩蒂耶将悉心照料各自的餐饮和建筑生意。乔治会在华尔街买下一家公司。洗底将会很彻底。布朗克斯也不会再补充新人了。克莱里库齐奥家族安全了，而且还要打击新生的不法之徒。他不会因为女儿的不幸和外孙的死谴责自己，他毕竟放走了克罗斯。

陷入沉睡之前，唐看到了一种景象。他将永生不死，克莱里库齐奥之血统将代代延续人间。而正是他单枪匹马，缔造了这不朽的基业。他凭着一己之力，立下这不世的功勋。

不过，这个世界真是邪恶，不断驱使人们坠入罪恶的深渊。

Saturday	Sunday	Memo

Year

Month

“爱本身一钱不值，必须包括信任和服从才有意义。”

Monday	Tuesday	Wednesday	Thursday	Friday

Saturday	Sunday	Memo

Year

Month

“永远别回头。
你现在是什么人，就是什么人，
世界眼下是什么样，就是什么样。”

Monday	Tuesday	Wednesday	Thursday	Friday

Saturday	Sunday	Memo

Year	
Month	

> 要用行动而不是言语来赢得尊重。

Monday	Tuesday	Wednesday	Thursday	Friday

Saturday	Sunday	Memo

Year	
Month	

“我们真正的信仰在于我们相信奇迹会发生。”

Monday	Tuesday	Wednesday	Thursday	Friday

Saturday	Sunday	Memo

Year	
Month	

“真话是力量的源泉，是控制的杠杆，
为什么要拱手交给别人呢？”

Monday	Tuesday	Wednesday	Thursday	Friday

Saturday	Sunday	Memo

Year	写在纸上的东西会影响历史，但影响不了生命。 生命是一部不同的历史。
Month	

Monday	Tuesday	Wednesday	Thursday	Friday

Saturday	Sunday	Memo

Year

Month

“相信自己的美德比相信自己的狡诈更加危险。”

Monday	Tuesday	Wednesday	Thursday	Friday

Saturday	Sunday	Memo

Year	
Month	

“活着不要当英雄，只要活着就行。
时过境迁之后，英雄似乎就有点儿愚蠢了。”

Monday	Tuesday	Wednesday	Thursday	Friday

Saturday	Sunday	Memo

Year

Month

“

家族比社会更加忠实，更加值得信赖。

”

Monday	Tuesday	Wednesday	Thursday	Friday

Saturday	Sunday	Memo

Year	
Month	

“伟大的人并非生而伟大，而是越活越伟大。”

Monday	Tuesday	Wednesday	Thursday	Friday

Saturday	Sunday	Memo

Year	
Month	

“友谊就是一切。”

Monday	Tuesday	Wednesday	Thursday	Friday

Saturday	Sunday	Memo

Year

Month

“男人要是不愿意好好当父亲就不是真正的男人。”

Monday	Tuesday	Wednesday	Thursday	Friday

Saturday	Sunday	Memo

Year	
Month	

“爱本身一钱不值，必须包括信任和服从才有意义。”

Monday	Tuesday	Wednesday	Thursday	Friday

Saturday	Sunday	Memo

Year	
Month	

“永远别回头。
你现在是什么人，就是什么人，
世界眼下是什么样，就是什么样。”

Monday	Tuesday	Wednesday	Thursday	Friday

Saturday	Sunday	Memo

Year	
Month	

“要用行动而不是言语来赢得尊重。”

Monday	Tuesday	Wednesday	Thursday	Friday

Saturday	Sunday	Memo

Year

Month

“我们真正的信仰在于我们相信奇迹会发生。”

Monday	Tuesday	Wednesday	Thursday	Friday

Saturday	Sunday	Memo

Year

Month

“真话是力量的源泉，是控制的杠杆，
为什么要拱手交给别人呢？”

Monday	Tuesday	Wednesday	Thursday	Friday

Saturday	Sunday	Memo

Year	
Month	

“写在纸上的东西会影响历史，但影响不了生命。
生命是一部不同的历史。”

Monday	Tuesday	Wednesday	Thursday	Friday

Saturday	Sunday	Memo

Year	相信自己的美德比相信自己的狡诈更加危险。
Month	

Monday	Tuesday	Wednesday	Thursday	Friday

Saturday	Sunday	Memo

Year	
Month	

“活着不要当英雄，只要活着就行。
时过境迁之后，英雄似乎就有点儿愚蠢了。”

Monday	Tuesday	Wednesday	Thursday	Friday

Saturday	Sunday	Memo

Year	
Month	

“家族比社会更加忠实，更加值得信赖。”

Monday	Tuesday	Wednesday	Thursday	Friday

Saturday	Sunday	Memo

Year	
Month	

“伟大的人并非生而伟大，而是越活越伟大。”

Monday	Tuesday	Wednesday	Thursday	Friday

Saturday	Sunday	Memo

Year	
Month	

“友谊就是一切。”

Monday	Tuesday	Wednesday	Thursday	Friday

Saturday	Sunday	Memo

Year	
Month	

“

男人要是不愿意好好当父亲就不是真正的男人。

”

Monday	Tuesday	Wednesday	Thursday	Friday

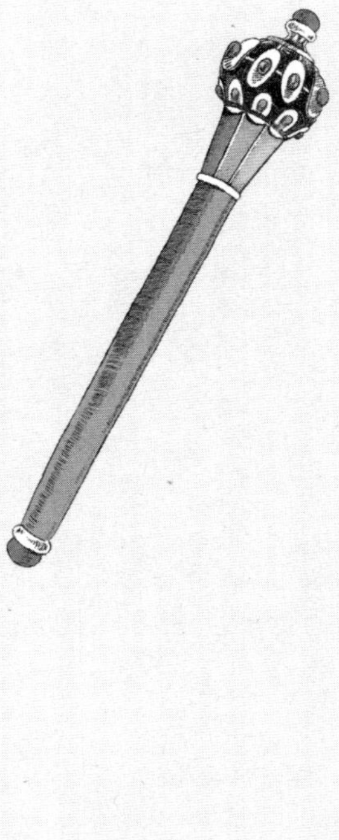

Saturday	Sunday	Memo

Year	
Month	

“爱本身一钱不值，必须包括信任和服从才有意义。”

Monday	Tuesday	Wednesday	Thursday	Friday

Saturday	Sunday	Memo

Year	
Month	

永远别回头。
你现在是什么人，就是什么人，
世界眼下是什么样，就是什么样。

Monday	Tuesday	Wednesday	Thursday	Friday

Saturday	Sunday	Memo

Year	
Month	

“要用行动而不是言语来赢得尊重。”

Monday	Tuesday	Wednesday	Thursday	Friday

Saturday	Sunday	Memo

Year	
Month	

“我们真正的信仰在于我们相信奇迹会发生。”

Monday	Tuesday	Wednesday	Thursday	Friday

Saturday	Sunday	Memo

Year	
Month	

“真话是力量的源泉，是控制的杠杆，为什么要拱手交给别人呢？”

Monday	Tuesday	Wednesday	Thursday	Friday

Saturday	Sunday	Memo

Year	
Month	

“写在纸上的东西会影响历史，但影响不了生命。
生命是一部不同的历史。”

Monday	Tuesday	Wednesday	Thursday	Friday

Saturday	Sunday	Memo

Year	
Month	

“相信自己的美德比相信自己的狡诈更加危险。”

Monday	Tuesday	Wednesday	Thursday	Friday

Saturday	Sunday	Memo

Year

Month

“活着不要当英雄，只要活着就行。
时过境迁之后，英雄似乎就有点儿愚蠢了。”

Monday	Tuesday	Wednesday	Thursday	Friday

Saturday	Sunday	Memo

Year	
Month	

“家族比社会更加忠实，更加值得信赖。”

Monday	Tuesday	Wednesday	Thursday	Friday

Saturday	Sunday	Memo

Year	伟大的人并非生而伟大，而是越活越伟大。
Month	

Monday	Tuesday	Wednesday	Thursday	Friday

Saturday	Sunday	Memo

Year	友谊就是一切。
Month	

Monday	Tuesday	Wednesday	Thursday	Friday

Saturday	Sunday	Memo

Year	
Month	

> 男人要是不愿意好好当父亲就不是真正的男人。

Monday	Tuesday	Wednesday	Thursday	Friday